Anderland - Boe

RIVIER VAN BLAUW VUUR

CW01656697

Van dezelfde auteur:

Staartjager's zang*

De boeken van Heugenis, Smart en het Sterrenzwaard:
De Drakentroon
De Steen des Afscheids
De Groene Engeltoren deel I – De belegering
De Groene Engeltoren deel II – Het ontzet

Anderland – Boek I Stad van Gouden Schaduw

Calliban's Wraak

*In POEMA-POCKET verschenen

Tad Williams

Anderland - Boek II

Rivier van Blauw Vuur

Uitgeverij Luitingh ~ Sijthoff

© 1998 Tad Williams
All rights reserved
Published by arrangement with DAW Books
© 1998 Nederlandse vertaling
Uitgeverij Luitingh ~ Sijthoff B.V., Amsterdam
Alle rechten voorbehouden
Oorspronkelijke titel: *Otherland II – River of Blue Fire*
Vertaling: Tom van Son en Rein van Essen
Omslagontwerp: Karel van Laar
Omslagillustratie: Michael Whelan
Typografie: Text & Image

CIP/ISBN 90 245 3449 6
NUGI 335

Dit boek is opgedragen aan mijn vader,
Joseph Hill Evans.

Zoals ik al eerder heb gezegd, pa houdt niet van fictie. Daarom heeft hij nog steeds niet door dat dit aan hem is opgedragen. Dit is het tweede deel – ik ben benieuwd hoe lang het duurt voordat hij het doorheeft.

Woord van dank

Zoals altijd: een omvangrijk boek, veel te zeggen, veel fouten (voornamelijk van mij), maar ook veel dank die ik hierbij wil uitspreken. Op de lijst uit het eerste dubbeldikke deel stonden al de volgende personen:

Deborah Beale, Matt Bialer, Arthur Ross Evans, Jo-Ann Goodwin, Deb Grabien, Nic Grabien, Jed Hartmann, John Jarrold, Roz Kaveney, Katharine Kerr, M.J. Kramer, Mark Kreighbaum, Bruce Lieberman, Mark McCrum, Peter Stampfel en Mitch Wagner.

Daaraan moeten nu de volgende namen worden toegevoegd:

Barbara Cannon, Aaron Castro, Nick Des Barres, Tim Holman, Nick Itsou, Jo en Phil Knowles, LES.., Joshua Milligan, Eric Neuman, Michael Whelan en alle aardige lui op de Tad Williams Listserve.

Mijn onuitsprekelijke dank gaat tevens uit naar Betsy Wollheim en Sheila Gilbert, die maar blijven stralen in hun langdurige en vermoeiende rol van geachte redacteuren.

Noot van de auteur

Na de verschijning van *Anderland, Stad van Gouden Schaduw*, heb ik verschrikkelijk veel post ontvangen, zowel elektronische als ouderwetse met een postzegel erop. Tot mijn genoegen waren de meeste reacties bijzonder aardig en heel gunstig. Sommige lezers beklaagden zich er alleen over dat het eerste deel tamelijk abrupt eindigde.

Ik heb daar begrip voor en het spijt me. Het probleem met dit verhaal is, dat het niet als een serie is bedoeld: het is één lang uitgevallen roman die eigenlijk als zodanig gepubliceerd zou moeten worden, ware het niet dat 1) mijn gezin en huisdieren van honger zouden omkomen voordat hij af was, en 2) er geen boeken van zulk formaat uitgegeven kunnen worden tenzij ze een circustent als omslag gebruiken. Dat betekent dat ik voor een moeilijke keuze word geplaatst: óf ik laat elk deel plompverloren eindigen, iets wat sommige lezers juist ideaal vinden, óf ik bedenk een kunstmatig slot. Dat laatste zou naar mijn mening de uiteindelijke vorm van het boek veranderen en misschien zelfs afbreuk aan de structuur van het verhaal doen.

Ik kan mijn welwillende lezers dus alleen maar om begrip vragen. Ik zal mijn best doen om geen enkel deel midden in een zin te laten aflopen. 'Opeens ontdekte ze dat ze... Oei, het einde.' Het zijn nu eenmaal onderdelen van een groter werk en sommige overgangen zijn niet te vermijden, maar ik zal proberen voor elk afzonderlijk boek een zekere afronding te vinden.

Iedereen bedankt.

Meer informatie is te vinden op de website van Tad Williams:
http://www.tadwilliams.com

Anderland: Stad van gouden schaduw

Samenvatting

In de loopgraaf lijkt de drijfnatte en doodsbange *Paul Jonas*, met alleen zijn kameraden *Finch* en *Mullet* om hem zijn verstand niet te laten verliezen, op duizenden andere soldaten die in de Eerste Wereldoorlog aan het front liggen. Toch begint hij aan zijn verstand te twijfelen als hij plotseling helemaal alleen op het verlaten slagveld staat en een boom ziet die tot in de hemel groeit. Hij klimt langs de boom omhoog, ontdekt in de wolken een kasteel, een vrouw met de vleugels van een vogel en een angstwekkende reus, en hij weet zeker dat hij gek is geworden. Maar als hij in de loopgraaf wakker wordt, houdt hij in zijn hand een veer van de vogelvrouw geklemd.

In Zuid-Afrika, halverwege de eenentwintigste eeuw, heeft *Irene 'Renie' Sulaweyo* heel andere dingen aan haar hoofd. Ze is docente virtueel programmeren en een van haar studenten, *!Xabbu*, behoort tot de Bosjesmannen uit de woestijn, een volk dat heel ver van de moderne technologie af staat. Thuis speelt ze de rol van moeder voor haar broertje *Stephen*, die bezeten is van de wereldomspannende communicatienetwerken, kortweg 'het net' genoemd. Renie probeert in haar schaarse vrije tijd voor een min of meer normaal gezinsleven te zorgen. Haar vader, de weduwnaar *Long Joseph*, heeft voornamelijk belangstelling voor de vraag waar hij zijn volgende fles bier vandaan moet halen.

Zoals de meeste kinderen wordt Stephen gelokt door de verboden uithoeken van het net. Renie heeft hem al eens uit de dubieuze virtuele nachtclub Mister J's moeten halen, maar Stephen gaat er ongemerkt opnieuw naartoe. Voordat Renie ontdekt wat hij heeft gedaan, is hij in coma geraakt. De artsen hebben er geen verklaring voor, maar Renie weet zeker dat er iets met hem is gebeurd terwijl hij op het net zat.

De Amerikaanse tiener *Orlando Gardiner* is iets ouder dan Renies broer. Vanwege een ernstige ziekte is hij bijna voortdurend aan zijn bed gekluisterd, wat hem in staat stelt een groot deel van zijn tijd te besteden aan virtuele avonturenspelen in de gedaante van *Thargor*, een barbaarse krijger. Op een dag krijgt Orlando een glimp te zien van een gouden stad, een uniek visioen dat hem zo van zijn stuk brengt dat Thargor onverhoeds wordt gedood. Ondanks deze verschrikkelijke tegenslag kan Orlando de gouden stad niet vergeten. Geholpen door zijn elektronische assistent *Kruiper* en zijn netvriendje *Fredericks* gaat hij op zoek naar de vreemde stad.

Intussen bezoekt *Christabel Sorensen*, een klein meisje dat met haar ouders op een militaire basis in de Verenigde Staten woont, in het geheim *meneer Sellars*, een eigenaardige oude man met een gezicht vol littekens. Haar ouders hebben het haar verboden, maar ze houdt van de oude man en van zijn verhalen en ze heeft medelijden met hem. Ze weet niet dat hij heel bijzondere plannen met haar heeft.

Renie leert !Xabbu de Bosjesman beter kennen en begint waardering te krijgen voor zijn bedaarde, opgewekte karakter en voor zijn verfrissende kijk op het moderne leven. Ze gaat steeds meer op hem vertrouwen bij haar pogingen om uit te vinden wat er met haar broertje is gebeurd. Samen met !Xabbu gaat ze naar Mister J's. De nachtclub doet zijn reputatie alle eer aan en de bezoekers geven zich over aan allerlei kunstmatige uitspattingen. Toch is er niets te vinden waardoor Stephens gezondheid geschaad zou kunnen zijn, totdat ze een angstaanjagende ontmoeting hebben met een virtuele uitvoering van Kali, de hindoeïstische godin des doods. !Xabbu bezwijmt en ook Renie wordt bijna overweldigd door Kali's hypnotische bezweringen. Slechts dankzij een geheimzinnige figuur, wiens gesimuleerde lichaam (zijn 'sim') totaal geen persoonlijke trekken vertoont, slagen ze erin Mister J's te ontvluchten. Voordat Renie van het net gaat geeft de onbekende haar een gouden juweel dat elektronische informatie bevat.

Ogenschijnlijk terug op het slagveld deserteert Paul Jonas uit zijn eenheid en vlucht door het gevaarlijke niemandsland tussen de vijandelijke linies. Terwijl de kanonnen bulderen strompelt Paul in de regen door de met lijken bezaaide modder. Hij raakt verzeild in een soort onderwereld, nog vreemder dan het kasteel in de wolken, een vlakke, mistige leegte. Ineens wordt zijn blik getroffen door een glanzend goudgeel licht, maar voordat hij de bron ervan vindt duiken zijn twee vrienden uit de loopgraaf op om hem mee terug te nemen. Afgemat en verward wil hij zich al overgeven als hij ziet dat Finch en Mullet helemaal niets menselijks meer hebben. Hij vlucht weg door het gouden licht.

In de eenentwintigste eeuw is *Felix Jongleur* de oudste en misschien ook de rijkste mens op aarde. Zijn echte lichaam is nagenoeg dood en hij brengt zijn dagen door in het virtuele Egypte dat hijzelf heeft geschapen. Daar is hij *Osiris*, de god van leven en dood die over alles regeert. Zijn voornaamste dienaar, zowel in het echte leven als op het net, is een seriemoordenaar van inheems-Australische afkomst. Deze noemt zichzelf de Slachter en combineert zijn jachtinstinct met de vreemde bovenzintuiglijke gave om elektronische circuits te kunnen beïnvloeden, wat hem in staat stelt bewakingscamera's en dergelijke uit te schakelen. Jongleur had die gave lang geleden opgemerkt en de jonge knaap onder zijn hoede genomen om hem op te leiden tot zijn beul.

Jongleur/Osiris is ook de leider van de *Graalbeweging*, een groep machtige en welgestelde mensen die het Graalproject hebben ontworpen, een virtueel netwerk zonder weerga dat ook wel Anderland wordt genoemd, naar 'de Ander': een vorm van kunstmatige intelligentie of iets nog vreemders, die voor het Graalproject van buitengewoon belang is en grotendeels door Jongleur wordt gecontroleerd, maar die tevens de enige in heel de wereld is waar de oude man angst voor voelt.

In de Beweging is onenigheid ontstaan over de trage vordering van het geheimzinnige Graalproject. Ze hebben er stuk voor stuk miljarden in geïnvesteerd en wachten al tien jaar of langer op de voltooiing. Onder aanvoering van *Robert Wells*, een Amerikaanse technologiemagnaat, begint er verzet te komen tegen het leiderschap van Jongleur en diens geheimen, zoals de ware aard van de Ander.

Jongleur weet een dreigende muiterij te bezweren. Intussen schakelt hij de Slachter in om zich te wreken op een van de dissidenten, die de Beweging inmiddels heeft verlaten.

In Zuid-Afrika bekomen Renie en haar pupil !Xabbu langzaam van de schrik na hun hachelijke avontuur in de virtuele nachtclub. Ze zijn er nu zeker van dat Mister J's iets te maken heeft met de ziekte van haar broer. Als Renie het juweel onderzoekt dat de onbekende haar heeft gegeven, blijkt het een verbazingwekkend realistische weergave van een gouden stad te zijn. Ze roept de hulp in van haar vroegere leermeester, dr. Susan van Bleeck, maar die durft niet eens te zeggen of het wel om een bestaande stad gaat. De hoogleraar besluit een kennis in te schakelen, *Martine Desroubins*, die zich met virtuele technologie bezighoudt. Op het moment dat Renie voor het eerst met de geheimzinnige Martine kennismaakt, wordt dr. Van Bleeck thuis overvallen. Ze raakt zwaar gewond en al haar apparatuur wordt vernield. Renie haast zich naar het ziekenhuis, waar Susan met haar laatste krachten een naam noemt voordat ze sterft. Renie blijft boos en bang achter.

Inmiddels is Orlando Gardiner, de zieke Amerikaanse tiener, koortsachtig op zoek naar de gouden stad die hij op het net had gezien. Zijn vriend Fredericks begint zich zorgen over hem te maken. Orlando had altijd al eigenaardige trekjes – zoals een voorkeur voor virtuele doodservaringen waar Fredericks niets van begrijpt – maar nu lijkt hij helemaal door te draaien. Fredericks ziet zijn ergste vrees bewaarheid als Orlando voorstelt samen naar het BoomHuis te gaan, een beruchte uithoek van krakers op het net.

Het BoomHuis is het laatste toevluchtsoord van de anarchisten, een plek waar niemand je voorschrijft wat je moet doen of hoe je eruit moet zien. Orlando vindt het een fascinerende omgeving en krijgt hulp van een onwaarschijnlijke troep vliegende gele aapjes (die door andere kinderen als sim worden gebruikt), de Apenbende. Als hij navraag doet naar de gouden stad wekt hij de achterdocht van anderen en moet hij met Fredericks vluchten.

Ook Renie en !Xabbu zijn dankzij de hulp van Martine Desroubins naar het BoomHuis gegaan, op zoek naar een zekere *Singh*, een oude hacker wiens naam door Susan van Bleeck was genoemd. Ze weten hem te vinden en hij vertelt dat hij als programmeur heeft gewerkt aan de beveiliging van het mysterieuze netwerk Anderland. Al zijn collega's zijn onder verdachte omstandigheden aan hun einde gekomen: hij is de enige die nog in leven is.

Renie, !Xabbu, Singh en Martine besluiten in het netwerk in te breken om te ontdekken welk geheim voor de makers zo belangrijk is dat ze Singhs collega's ervoor willen vermoorden en kinderen als Stephen ziek maken.

Paul Jonas is weliswaar aan de loopgraven ontsnapt, maar nu bevindt hij zich in een land dat niet van deze wereld is. Gehinderd door geheugenverlies belandt hij in een conflict tussen de Witte en de Rode Koningin en wordt opnieuw achtervolgd door Finch en Mullet. Hij ontsnapt dankzij de hulp van de jonge *Gally* en van een breedsprakige, eivormige bisschop, maar de vrienden van Gally worden door zijn belagers vermoord. De verschijning van het monster Wauwelwok geeft Paul en Gally de gelegenheid een rivier in te duiken.

Als ze boven water komen bevinden ze zich in een andere wereld, een vreemde en bijna komisch aandoende versie van Mars, gevuld met monsters en heldhaftige Engelsen. Paul ziet opnieuw de vogelvrouw uit zijn droom, die hier *Vaala* heet en de gevangene is van een Martiaanse krijgsheer. Geholpen door de doldrieste avonturier *Hurley Brummond* weet hij de vrouw te redden. Ze herkent Paul, maar ze kan niet zeggen waarvan. Ze slaat op de vlucht als Finch en Mullet opnieuw opduiken. In een poging haar in te halen storten Paul en Gally neer met een gestolen luchtschip, schijnbaar hun dood tegemoet. Na een vreemde droom, die hem terugbrengt in het wolkenkasteel en waarin Finch en Mullet een nog schrikwekkender uiterlijk aannemen, ontwaakt hij zonder Gally in de ijstijd, omringd door Neanderthalers.

In Zuid-Afrika wordt Renie intussen door onbekenden bedreigd, zodat ze zich genoodzaakt ziet haar huis te verlaten. Op aanwijzing van Martine (die ze alleen nog maar over het net heeft gesproken) vindt Renie samen met haar vader en *Jeremiah*, de huisbediende van Susan van Bleeck, een onderkomen in een afgedankte luchtmachtbasis in de Drakensbergen. Ze slaagt erin twee VR-tanks in werking te stellen, wat haar en !Xabbu in staat stelt voor onbepaalde tijd op het net te blijven en in Anderland op onderzoek uit te gaan.

Op de legerbasis in Amerika helpt kleine Christabel de verminkte en gehandicapte meneer Sellars met de uitvoering van een ingenieus ontsnappingsplan dat de hele basis in rep en roer brengt, niet in het minst haar eigen vader, die over de beveiliging gaat. Christabel heeft samen met een zwerfjongen van buiten een gat in de omheining geknipt om de indruk te wekken dat Sellars is gevlucht, maar alleen zij weet dat hij in werkelijkheid in het tunnelcomplex onder de grond verborgen zit en doorgaat met de rest van zijn geheimzinnige plannen.

Op de basis in de Drakensbergen gaan Renie en !Xabbu in de tanks liggen, sluiten de apparatuur aan op het net en slagen erin Anderland te vinden. De toegang wordt kennelijk bewaakt door de Ander, het schrikwekkende wezen dat Singh een fatale hartaanval bezorgt. Het netwerk is zo onvoorstelbaar realistisch dat ze aanvankelijk niet kunnen geloven dat het een virtuele omgeving is. Ook in veel andere opzichten is het een vreemde ervaring. Martine heeft voor het eerst gestalte gekregen en !Xabbu gebruikt de sim van een baviaan. Erger is dat ze geen kans zien weer van het net af te komen. Renie en de anderen ontdekken dat ze in een denkbeeldig land in Zuid-Amerika terecht zijn gekomen. De hoofdstad blijkt de langgezochte gouden stad te zijn, maar daar aangekomen worden ze de gevangenen van *Bolivar Atasco*, een man die van het begin af aan betrokken is geweest bij de Graalbeweging en de bouw van het netwerk.

In Amerika houdt de vriendschap tussen Orlando en Fredericks stand, ook na de onthulling dat Orlando aan een dodelijke ziekte lijdt en dat Fredericks in het echte leven een meisje is. De Apenbende brengt hen onverwachts in contact met Singh, juist op het moment dat hij de verbinding met het netwerk tot stand wil brengen, en ze worden naar Anderland gevoerd. Ze overleven ternauwernood de confrontatie met de Ander en worden eveneens door Atasco's handlangers gevangengenomen. Als ze samen met Renie en de anderen en nog enkele onbekenden voor de grote man worden geleid, blijkt het niet Atasco te zijn die hen heeft laten komen, maar Sellars – niemand anders dan de sim zonder gezicht die Renie en !Xabbu had geholpen uit Mister J's te vluchten.

Sellars vertelt dat hij met opzet het beeld van de gouden stad heeft gebruikt om hen te lokken, een omslachtige methode die noodzakelijk was vanwege de genadeloze macht van hun vijanden in de Graalbeweging. Atasco en zijn vrouw waren ooit lid van de Beweging, maar hadden die verlaten toen hun vragen over het netwerk onbeantwoord bleven. Sellars vertelt verder dat er een onduidelijk, maar onmiskenbaar verband bestaat tussen het geheime Anderland en de ziekte van Stephen en duizenden andere kinderen. Voordat hij verder kan uitweiden verstarren de sims van Atasco en diens vrouw en verdwijnt Sellars in het niets.

In de echte wereld heeft de Slachter op bevel van Jongleur de aanval ingezet op het Colombiaanse fort waar de Atasco's wonen. Hij breekt door de verdediging heen en doodt Atasco en zijn vrouw. Daarna gebruikt hij zijn vreemde gave om hun elektronische systeem door te lichten. Hij ontdekt de bespreking die tussen Sellars en de anderen is gehouden en geeft zijn assistente, *Dulcinea Anwin*, opdracht de besturing van eén van de sims over te nemen. Zo heeft de Slachter een spion die alles waarneemt wat Renie en de anderen doen.

Sellars keert plotseling terug in de virtuele wereld van Atasco en zegt dat zijn bezoekers moeten vluchten terwijl hij zal proberen hun aanwezigheid te verbergen. Het is hun taak Paul Jonas te zoeken, een gevangene in Anderland die hij heeft geholpen bij zijn vlucht voor de Beweging. De groep begeeft zich naar de rivier, waar een blauwe vonkenregen de Poort naar een andere simwereld markeert. Martine, in paniek geraakt door de overweldigende hoeveelheid informatie, onthult Renie ten slotte haar geheim: ze is blind.

De boot waarop ze voeren is in een reusachtig boomblad veranderd. In de lucht nadert een libel die zo groot is als een straaljager.

In de ondergrondse basis in de Drakensbergen kunnen Jeremiah en Renies vader Long Joseph alleen maar naar de stille VR-tanks kijken en zich afvragen hoe lang ze moeten wachten.

Proloog

Er lag overal sneeuw: de wereld was wit.

In het Land van de Doden was het nog warmer geweest, dacht hij, zichzelf en het zinloze heelal bespottend. *Ik had nooit moeten weggaan.*

Sneeuw en ijs, wind en bloed...

Het ding in de ondiepe kuil maakte een afgrijselijk, schel balkend geluid en zwaaide met zijn kop. Het struikachtige gewei doorboorde sneeuw en aarde, en miste op een haar na een van de mannen die zich vooroverboog om het dier met zijn speer te doden.

De eland was veel groter dan zijn soortgenoten die Paul ooit in de armetierige dierentuin van Londen had gezien, bij de schoften meer dan manshoog en even zwaar als een prijsstier. Zijn geweldige kracht was na het gevecht van bijna een uur nog niet afgenomen en de enorme gekromde takken van het gewei waren besmeurd met het bloed van de man die Huilt Niet werd genoemd. Maar het dier was zelf ook gewond en zijn ruwe vacht zag rood, net als de sneeuw aan de rand van de kuil.

De eland sprong opnieuw, viel terug en vertrapte de sneeuw op de bodem tot roze schuim. De speren die in zijn dikke huid waren blijven steken, rammelden tegen elkaar als vreemde sieraden. Loopt Ver, die de moedigste jager van het hele stel leek te zijn, boog naar voren en rukte een van zijn speren los. Hij miste de eerste stoot, ontweek het zwaaiende gewei en stak de stenen punt hard in de hals van het dier, vlak onder de zware kaak. Het bloed uit de slagader spoot drie meter de lucht in, bevlekte Loopt Ver en twee andere jagers en voegde een nieuwe tint toe aan de gele en zwarte verf waarmee ze hun gezichten voor de jacht hadden beschilderd.

De eland deed een laatste wanhopige poging om te ontsnappen, maar nog voor hij de rand bereikte stootten de jagers hem terug met hun speren en gleed hij langs de helling omlaag, onhandig als een kalf.

Het bloed kwam niet meer in golven uit de verse wond. De eland wankelde op zijn poten en snakte gierend naar adem. Een voorpoot sloeg dubbel, maar het dier worstelde zich met een laatste inspanning overeind, zijn bek opengesperd onder het brede gewei. Vogeljager stootte zijn speer in de flank, hoewel dat niet meer nodig was. Het dier deinsde naar achteren met een blik in zijn ogen die je bij een mens ontsteld zou noemen, zakte door zijn voorpoten en viel op z'n zij. De zware borstkas ging op en neer.

'Nu geeft hij zich over,' zei Loopt Ver. Zijn gezicht stond strak van vermoeidheid en zat onder de doorgelopen verf, maar hij lachte opgetogen en in zijn ogen lag een nog diepere uitdrukking. 'Nu is hij van ons.'

Loopt Ver en een andere jager sprongen in de kuil. Terwijl zijn metgezel de geweitakken van de briesende en stuiptrekkende eland stevig beetpakte, sneed Loopt Ver de keel van het dier door met een zware stenen bijl.

Het had een bijzonder wrede speling van het lot kunnen zijn: de man die de vreemde naam Huilt Niet droeg, had bij de jacht niet alleen diepe wonden in zijn gezicht opgelopen maar was ook zijn linkeroog kwijtgeraakt. Terwijl een van de andere jagers de ruwe wond met sneeuw bedekte en verbond met een strook gelooid leer, zat Huilt Niet in zichzelf te mompelen en te neuriën, een klaaglied of een gebed. Loopt Ver hurkte bij hem neer en nam een handvol sneeuw om het gezicht en de baard van de gewonde schoon te maken, maar het bloed bleef uit de japen sijpelen. Paul verwonderde zich over de kalmte waarmee de anderen op de verschrikkelijke kwetsuren van hun metgezel reageerden, hoewel ze ook zelf littekens en verminkingen aan vorige jachtpartijen hadden overgehouden.

De dood is hier heel nabij, bedacht hij, *alles wat minder is, geldt als een overwinning*.

De Neanderthalers sneden het karkas van de eland snel en vaardig aan stukken met hun stenen messen en wikkelden de organen, ingewanden en zelfs de botten in het nog dampende vel. De Mensen, zoals ze zichzelf noemden, lieten nooit iets ongebruikt.

Toen het zwaarste werk achter de rug was begonnen enkele jagers weer blikken naar Paul te werpen, alsof ze zich afvroegen of de uit de ijsrivier geredde vreemdeling wel naar behoren onder de indruk was van hun prestatie. Alleen Vogeljager was duidelijk wantrouwig, hoewel ook de anderen op een afstandje bleven. Paul had niets bijgedragen aan de jacht of aan het villen en voelde zich volstrekt nutteloos, zodat hij blij was toen Loopt Ver naar hem toe kwam. De leider van de groep was tot nu toe de enige die hem had aangesproken. Nu stak hij zijn met bloed besmeurde hand uit en bood Paul een stuk dieprood vlees van de eland aan. Paul wilde niet onvriendelijk zijn en nam het aan. Het vlees had vreemd genoeg nauwelijks smaak en was zo taai als een stuk gezouten rubber.

'Driehoorn heeft fel gevochten.' Loopt Ver propte een stuk vlees in zijn mond, gebruikte de bijl om het restant af te snijden en begon driftig te kauwen. Daarna lachte hij en liet zijn versleten en gekartelde tanden zien. 'We hebben nu veel vlees. De Mensen kunnen blij zijn.'

Paul knikte aarzelend. Hij verbaasde zich over het eigenaardige fenomeen dat de jagers goed Engels spraken, wat bijzonder onwaarschijnlijk was voor een stel Neanderthalers. Maar wat hij hoorde kwam niet helemaal overeen met de bewegingen van hun lippen, alsof hij in een goed maar niet perfect nagesynchroniseerd toneelstuk verzeild was geraakt.

Sterker nog, het had er alle schijn van dat er bij hem een vertaalchip was geïmplanteerd, net als bij zijn oude schoolvriend Niles toen die deel ging uitmaken van het corps diplomatique. Maar hoe was dat mogelijk?

Voor de vijfde of zesde keer die dag voelde hij onwillekeurig aan zijn nek, op zoek naar de neurocanule die er had moeten zijn. Hij voelde alleen het kippenvel op zijn huid. Hij had zich altijd verzet tegen implantaten, zelfs lang nadat de meeste van zijn vrienden eraan hadden toegegeven. Misschien had iemand van een onbewaakt ogenblik geprofiteerd en was de chip volledig onder zijn huid weggewerkt.

Maar wie kon zoiets doen? vroeg hij zich af. *En waarom? En nog belangrijker, waar ben ik in vredesnaam?*

Hij had zijn hersens gepijnigd zonder dichter bij een antwoord te komen. Het was alsof hij door ruimte en tijd werd geslingerd, de hoofdpersoon uit een wel erg vergezocht sciencefictionverhaal. Hij herinnerde zich dat hij met een ruimteschip boven Mars had gevlogen en dat hij een verwarde versie van *Alice in Wonderland* had meegemaakt. Hij was ook op andere plaatsen geweest, al even onbestaanbaar. Ook al wist hij geen details meer, de beelden waren te echt om uit zijn dromen te stammen. Maar hoe was dat mogelijk? Als het allemaal decors waren geweest en de mensen ingehuurde acteurs met als enige bedoeling hem volkomen voor de gek te houden... Dat zou miljoenen, miljarden hebben gekost! En wat hij ook probeerde, aan de mensen om hem heen was niets gekunstelds te zien. Hij kon zich evenmin voorstellen dat iemand zoveel moeite zou doen om een spelletje te spelen met een museumbeheerder zoals hij, zonder hooggeplaatste vrienden of geweldige vooruitzichten. Wat de stem van de gouden harp ook had gezegd, dit moest allemaal echt zijn.

Tenzij hij was gehersenspoeld, een mogelijkheid die hij niet kon uitsluiten. Misschien was hij een proefkonijn geweest om een nieuw geneesmiddel te testen, al bleef hij ook dan met die ene vraag zitten: waarom hij? Het antwoord kon ergens in zijn gehavende geheugen liggen, maar hoe hij zich ook inspande, het enige dat te voorschijn wilde komen waren die vreemde beelden van denkbeeldige landschappen.

Loopt Ver zat nog steeds naast hem op zijn hurken en keek hem met nieuwsgierige ronde ogen aan. Paul voelde zich slecht op zijn gemak. Hij haalde verward zijn schouders op, pakte een handvol sneeuw en wreef die fijn tussen de stijve vingers van zijn ruwe handschoenen. Een hersenspoeling zou kunnen verklaren dat hij uit een bevroren rivier was gered door authentiek ogende mensen uit de oertijd, want een hallucinatie was niet zo moeilijk in scène te zetten, maar niet de absolute en onweerlegbare echtheid en permanente aanwezigheid van zijn omgeving. Het was geen verklaring voor de sneeuw in zijn hand die koud, korrelig en wit was. Het was geen verklaring voor de man die naast hem zat, met zijn primitieve en vreemde, maar toch zo levensechte gezicht.

Allemaal vragen zonder antwoord. Paul zuchtte en liet de sneeuw uit zijn hand glijden.

'Blijven we hier vannacht?' vroeg hij aan Loopt Ver.

'Nee. We zijn dicht bij het kamp van de Mensen. We kunnen er zijn voordat het helemaal donker is.' De jager leunde naar voren, fronste zijn wenkbrauwen en keek naar Pauls mond. 'Je eet, Riviergeest. Eten alle mensen uit het Land van de Doden?'

Paul glimlachte triest. 'Alleen als ze honger hebben.'

Loopt Ver had de leiding genomen en liep met verbazend gemak op zijn korte benen door de sneeuw. Net als de andere jagers, zelfs de zo zwaargewonde Huilt Niet, bewoog hij met de instinctieve gratie van een wild dier. De groep volgde hem snel, ondanks de extra last van honderden kilo's elandvlees, en Paul had de grootste moeite om bij te blijven.

Hij struikelde en viel bijna over een tak die onder de sneeuw verborgen lag. De jager naast hem ving hem op en hield hem stevig vast tot Paul zijn evenwicht had hervonden. De handen van de Neanderthaler waren even hard en ruw als boomschors. Paul begon weer in verwarring te raken. Hij kon onmogelijk blijven twijfelen aan de realiteit van zijn omgeving. Deze oermensen waren wel niet de primitieve holbewoners waarover hij op school had gehoord, ze waren toch wilder en simpeler dan hijzelf, zó anders dat hij zijn scepsis voelde wegzakken in een soort winterslaap waaruit hij pas weer zou ontwaken als er een nuttige taak voor hem weggelegd was.

Tussen de heuvels klonk het gejank van een wolf. De Mensen begonnen wat sneller te lopen.

Niets om je heen is echt, maar de dingen die je ziet kunnen je verwonden of doden, had het gouden juweel, de stem uit de harp, tegen hem gezegd. Of deze jagers nu werkelijkheid of illusie waren, dit was hun wereld en Paul hoorde daar heel beslist niet in thuis. Hij was aan hun vaardigheden overgeleverd. Om niet helemaal gek te worden moest hij er maar op vertrouwen dat ze niet anders waren dan ze zich voordeden.

Als kleine jongen, toen hij nog 'Paultje' werd genoemd en hij zijn excentrieke vader en zijn broze moeder moest gehoorzamen, werd hij voor de kerstdagen altijd meegenomen naar het huis van zijn oma in Gloucestershire, in het beboste, glooiende heuvelland dat voor de plaatselijke bevolking 'het echte Engeland' was. Maar het was niet echt geweest, helemaal niet; het landschap symboliseerde juist iets dat eigenlijk nooit had bestaan, het burgerlijke Engeland met zijn verfijnde, landelijke schoonheid waarvan de oppervlakkige aard elk jaar steeds duidelijker aan het licht kwam.

Voor opoe Jonas was de wereld buiten haar eigen dorp steeds vager geworden. Ze kon een burenruzie over een hek in geuren en kleuren beschrijven, compleet met alle juridische haken en ogen, maar ze wist nauwelijks te vertellen wie de premier was. Natuurlijk had ze een muurscherm, een klein en ouderwets ding dat in een barokke vergulde lijst in de mooie kamer hing alsof het een portret van een lang geleden gestorven familielid was. Ze maakte er weinig gebruik van en bij telefoongesprekken was er geen beeldverbinding. Opoe Jonas had aan dat laatste altijd een hekel gehad, ook aan het idee dat ze desgewenst bij een ander naar binnen kon kijken zonder zelf gezien te worden. En het idee dat anderen haar in haar nachthemd zouden kunnen zien gaf haar 'de koude rillingen, Paultje', zoals ze zelf zei.

Ondanks haar wantrouwen jegens de moderne wereld, of misschien wel juist mede daardoor, was Paul dol op haar geweest. Omgekeerd hield ze van hem zoals alleen een grootmoeder dat kan. De geringste prestatie van zijn kant werd de hemel in geprezen, elke overtreding van een ouderlijk gebod werd opgevat als een teken van een onafhankelijke geest die aangemoedigd en niet veroordeeld moest worden. Als kleine Paul in een opstandige bui eens weigerde mee te helpen met de afwas of een ander klusje (wat hem zijn pudding kostte), kwam opoe Jonas later stiekem naar zijn kamer om hem clandestien iets lekkers toe te stoppen. Daarna haastte ze zich de trap af voordat zijn ouders de kans kregen haar te betrappen.

Hij was zeven jaar toen de sneeuw kwam. Het werd de witste kerst die Engeland in jaren had beleefd en de zenders beconcurreerden elkaar om de mooiste plaatjes in de huiskamers te brengen: de koepel van St. Paul's met een witte puntmuts, de bevroren benedenloop van de Theems waarop werd geschaatst zoals tijdens de elisabethaanse periode... veel mensen verdronken omdat het ijs te dun was. De eerste weken, voordat er in het nieuws koppen verschenen als 'Nieuwe Atlantische storm zorgt voor aanhoudende noodtoestand' en de lijken in beeld werden gebracht van daklozen en zelfs van treinreizigers die op een klein station waren doodgevroren, waren de meeste mensen nog wel opgetogen over de zware sneeuwval. Paultje was beslist een van hen. Het was de eerste keer dat hij echt kon gaan sleeën en sneeuwballen gooien of kon lachen om mensen die ineens een lading sneeuw van een boomtak in hun nek kregen. De meeste kleuren van de wereld waren van de ene op de andere dag uitgewist.

Op een mooie dag, toen de zon aan de overwegend blauwe hemel stond, was zijn oma met hem gaan wandelen. Alles lag onder de sneeuw van de laatste bui en tijdens hun trage tocht door de velden kwamen ze geen mens tegen. In de verte steeg rook uit een schoorsteen op en de enige voetstappen waren die van hun eigen laarzen, zodat het landschap zich oorspronkelijk en ongerept voor hen uitstrekte.

Zijn oma bleef abrupt staan toen ze bij de hagen op de top van een lage heuvel waren aangekomen en naar het lieflijke dal keken.

Ze had haar armen gespreid en gezegd, op een toon die hij nooit eerder van haar had gehoord, zacht en toch trillend van intensiteit: 'Kijk, Paultje! Is het niet mooi? Is het niet volmaakt? Het is net of we terug zijn aan het begin van de tijd, alsof deze hele verdorven wereld een nieuwe kans krijgt!' Ze kneep haar handen dicht en drukte haar wanten tegen haar gezicht als een kind dat een wens doet. 'Zou dat niet heerlijk zijn?'

Verrast en een beetje onder de indruk van haar felle reactie had hij geprobeerd haar wens tot de zijne te maken. Hij had het geprobeerd... maar hij was er niet in geslaagd. De illusie van leegte en van nieuwe mogelijkheden had weliswaar iets aantrekkelijks, maar als jongetje van zeven kon hij moeilijk de mening van zijn grootmoeder delen dat de mensen alles naar de maan hadden geholpen. Hij was nog genoeg kind om terug te schrikken voor een wereld zonder bekende plekken en gezichten, een wereld van schone maar koude eenzaamheid.

Lange tijd hadden ze naar die onbewoonde winterse wereld staan staren en toen ze eindelijk teruggingen – Paul was in stilte maar wat blij dat hij zijn eigen voetstappen kon volgen, als een spoor van broodkruimels dat hem uit het gevaarlijke bos van volwassen teleurstellingen leidde – had zijn oma telkens gelachen en zacht een liedje gezongen dat hij niet goed kon verstaan.

Paul was er die dag, lang geleden, niet in geslaagd haar inzicht te doorgronden, maar nu leek hij toch zelf te zijn beland in de wereld die zij zich had gewenst en die ze alleen van horen zeggen had gekend, talloze eeuwen voordat zij haar inmiddels onvoorstelbare jeugd had beleefd.

Ja, dacht hij, *had opoe Jonas dit maar kunnen zien. God, ze zou het ontzettend naar haar zin hebben gehad. Dit is echt het begin, lang voor de tijd van de corrupte politici, de gore shows op het net met al die grove en onbeschaafde mensen, de buitenlandse restaurants waar ze gerechten serveerden waarvan ze de naam niet eens kon uitspreken. Hier zou ze in de zevende hemel zijn.*

Alleen aan een lekker bakkie thee zou ze moeilijk kunnen komen, besefte hij.

De Mensen zetten hun tocht voort langs de rand van een beboste heuvel, in een ogenschijnlijk chaotisch verband. Daarna daalden ze een lange, besneeuwde helling af die bezaaid was met onregelmatig gevormde rotsen van kalksteen. Ranke boomschaduwen vielen over het pad als de blauwdruk van een nog aan te leggen trap. Het daglicht werd snel minder en de lucht, die de zachtgrijze tint van een duivenborst had, kreeg een koudere en donkerder kleur. Plotseling vroeg Paul zich voor het eerst af wáár hij in de wereld was en niet in welke tijd.

Hadden er overal Neanderthalers geleefd of alleen in Europa? Hij kon het zich niet herinneren. Zijn geringe kennis van de prehistorische mens bestond uit fragmenten, uit niet meer dan weetjes: grotschilderingen, mammoeten, stenen werktuigen die uiterst zorgvuldig met de hand waren bewerkt. Het was frustrerend dat hij maar zo weinig wist. In avonturenfilms wisten de helden altijd heel nuttige dingen van de onbekende oorden waar ze terechtkwamen. Maar als een tijdreiziger nu eens slecht had opgelet bij geschiedenis, wat moest hij dan beginnen?

De kalksteen verhief zich nu in nog grotere, gekantelde formaties uit de bodem, donkere blokken die in de schemering scherp afstaken tegen de alomtegenwoordige sneeuw. Loopt Ver vertraagde zijn pas en liet de anderen van de groep passeren tot Paul op gelijke hoogte met hem was. De baardige jager begon naast hem mee te lopen zonder iets te zeggen; wat Paul wel zo prettig vond, aangezien hij buiten adem was.

Ze passeerden een paar hoge rotsblokken en ineens zag Paul een warme gele gloed die over de sneeuw viel. In een brede opening in de rotswand zag hij de vreemd gevormde silhouetten van mensen met speren in mismaakte handen, en even moest Paul aan de angstaanjagende volksverhalen over trollen en berggeesten denken. Loopt Ver pakte hem bij zijn elleboog en duwde hem naar voren. Pas bij de ingang zag hij dat de trollen gewoon een paar achtergebleven jagers waren, krom van ouderdom, die de grot en het gemeenschappelijke vuur bewaakten als een vroege voorloper van de Britse Home Guard.

De teruggekeerde groep werd snel omringd door de oude bewakers en door een stoet in dierenvellen geklede vrouwen en kinderen die druk gebaarden en door elkaar heen praatten. De verwondingen van Huilt Niet werden met veel blijken van medeleven bekeken. Paul verwachtte half dat zijn eigen verschijning aanleiding zou geven tot het uitbreken van een bijgelovige paniek, maar hoewel iedereen hem angstige dan wel nieuwsgierige blikken toewierp, ging verreweg de meeste aandacht uit naar het vlees en naar de verhalen van de jagers. De hele groep liet de koude wind achter zich en trok zich terug in de rokerige grot, waar het flikkerende licht van de vlammen over de wanden speelde.

Het onderkomen van de Mensen leek aanvankelijk sterk op een militair kampement. Een rij tenten van huiden stond als een kleine kudde bijeen, de openingen van de ingang van de grot afgewend. In de windstilte achter die tenten brandde een groot vuur in een lichte uitholling in de bodem. De grot zelf was een natuurlijke holte in de kalksteen, laag en breed. De paar vrouwen die waren achtergebleven om op het vuur te letten keken op en begroetten lachend de teruggekeerde jagers.

De vrouwen en kinderen verschilden niet veel van de mannen met wie Paul had opgetrokken. Ze waren klein en stevig gebouwd, maar afgezien van hun brede wenkbrauwen en zware kaakbeenderen leken ze geenszins op de ruige holbewoners die hij uit tekenfilms kende. De ruwe dierenvellen waarin ze zich hulden, waren vaak versierd met kralenkettingen van been of steen, maar lang niet zo uitbundig als bij de primitiefste stammen uit Pauls eigen tijd. De meeste kleine kinderen liepen in hun blootje rond, tegen de kou beschermd door het vet waarmee ze waren ingewreven. Ze bekeken hem nieuwsgierig vanuit de tentopeningen en met hun glimmende lichamen deden ze hem denken aan ouderwetse tekeningen van kabouters en elfjes.

De terugkeer van de jachtgroep ging met verrassend weinig ceremonieel gepaard, hoewel Loopt Ver hem had gezegd dat ze dagen op pad waren geweest. De mannen begroetten hun vrouwen en kinderen en raakten hen met tastende vingers aan alsof ze zich ervan wilden overtuigen dat ze echt waren. Sommigen drukten hun neuzen tegen elkaar aan, maar Paul zag geen zoenen of omhelzingen. Het was duidelijk dat er ook over hem werd gepraat – een paar jagers wezen naar hem alsof ze bezig waren te vertellen wat voor vreemde dingen ze hadden beleefd – maar hij werd aan geen van de anderen voorgesteld en hij kon evenmin iemand ontdekken die de leiding over de groep had. De grot leek te worden bewoond door twintig tot vijfentwintig volwassenen en een tiental kinderen.

Terwijl de buit nog werd bewonderd begonnen enkele Mensen het vlees zonder verdere plichtplegingen te bewerken. Twee vrouwen namen lange stokken en duwden een paar brandende houtblokken opzij om de laag stenen onder het vuur gedeeltelijk vrij te maken. Daarna legden ze stukken vlees op de gloeiende stenen en bijna onmiddellijk werd de grot gevuld met de geur van bradend vlees.

Paul zocht een rustig hoekje op, waar hij niemand in de weg liep. Het vuur kon de kou niet echt verdrijven en hij ging zitten met de pelzen strak om zich heen getrokken. Het gewone leven in de grot werd opmerkelijk snel hervat. Binnen enkele minuten na de terugkeer van de groep was iedereen druk in de weer, met uitzondering van de jagers zelf. Vermoedelijk zouden die op andere avonden ook bezig zijn om nieuwe wapens te maken en oude te herstellen, maar nu hadden ze een geslaagde jacht achter de rug en mochten ze op hun beloning wachten, de eerste stukken van de prooi.

Een van de vrouwen haalde met een stok een flinke homp vlees van de haardstenen, legde het op een reep boomschors en bracht het als een dankoffer naar Loopt Ver. Die nam een hap en lachte goedkeurend, waarna hij het vlees met zijn mes in tweeën deelde, opstond en met de schors in zijn handen naar een van de tenten ging. Paul was de enige die hem nakeek. Bracht Loopt Ver het eten naar een zieke vrouw, of naar een kind? Naar een van de ouderen?

De jager bleef enige tijd in de tent. Toen hij naar buiten kwam, stak hij het restant van het vlees in zijn mond en begon energiek te kauwen met zijn brede kaken. Het was niet te zeggen wat hij daarbinnen had gedaan.

Paul merkte plotseling dat er iemand naast hem stond. Het was een klein meisje, dat hem verwachtingsvol aankeek. Hij meende althans dat het een meisje was, hoewel de jongens van de groep dezelfde verwarde lange haren hadden en haar middel verborgen bleef onder een leren rokje. 'Hoe heet je?' vroeg hij.

Ze slaakte een gemaakt kreetje en holde weg. Een paar andere kinderen kwamen dichterbij en renden achter haar aan, lachend en schreeuwend met hun hoge vogelstemmen. Enkele ogenblikken later gleed een grotere schaduw over Paul heen.

'Praat niet met dat kind.' Vogeljager had een boze uitdrukking op zijn gezicht, maar Paul meende ook pure angst in zijn ogen te zien. 'Zij is niet voor jou.'

Paul schudde zonder begrip zijn hoofd. Vogeljager draaide zich zwijgend om en liep weg.

Denkt hij dat ik met dat meisje naar bed wil? Of verwacht hij nog steeds het ergste van iemand uit het dodenrijk? Misschien dacht Vogeljager dat hij het meisje met zich mee wilde nemen naar het Land van de Doden voorbij de bevroren rivier.

Ja, dat ben ik, de magere Hein van het Pleistoceen, dacht Paul. Hij liet zijn kin op zijn borst zakken en sloot zijn ogen, ineens overmand door vermoeidheid.

Hij had een vrouw in zijn droom gezien, en bloeiende planten en zonlicht dat door een stoffige ruit naar binnen viel, maar de details verdwenen even snel als een plas water door de gootsteen. Paul schudde zijn hoofd en knipperde met zijn ogen. Loopt Ver stond bij hem en zei iets dat niet zo gauw tot hem doordrong.

De jager gaf hem een duwtje tegen zijn schouder. 'Riviergeest! Riviergeest, je moet meekomen.'

'Meekomen? Waarheen?'

'Donkere Maan zegt dat je moet komen praten.' De jager was zo opgewonden als een kleine jongen. 'Kom mee!'

Paul liet zich overhalen en volgde Loopt Ver naar de tent waar de jager het eerste gebraden vlees van de eland naartoe had gebracht. Paul dacht dat hij naar binnen moest gaan, maar Loopt Ver beduidde hem dat hij moest wachten. De jager bukte zich en ging de tent in. Even later kwam hij terug, gevolgd door een nietige figuur in een dikke pelsmantel.

Het was een oude vrouw. Ze bleef in het licht van het vuur staan, nam Paul van top tot teen op en stak haar hand uit in een uitnodigend en tegelijk bevelend gebaar. Paul deed een stap naar voren en haar harde, magere vingers sloten zich om zijn pols. Samen met Loopt Ver bracht hij de oude vrouw langzaam naar een ronde zitsteen die door het vuur was verwarmd. Paul merkte dat Vogeljager van een afstandje strak naar hem stond te kijken, met aan zijn hand het kleine meisje dat eerder was weggehold. Hij hield haar zo stevig vast dat haar gezicht vertrokken was van pijn.

'Breng me water,' zei de oude vrouw tegen Loopt Ver terwijl ze zich langzaam op de steen liet zakken. De jager ging weg en ze keek Paul aan. 'Wat is je naam?'

Paul wist niet goed welk antwoord ze van hem verwachtte. 'De jagers noemen mij Riviergeest.'

Ze knikte voldaan, alsof hij voor een examen was geslaagd. Haar gerimpelde gezicht was vuil en haar schedel was duidelijk zichtbaar onder haar dunne grijze haar, maar de vrouw had een sterke persoonlijkheid en stond duidelijk in aanzien bij de anderen. Ze stak haar kromme vingers uit en pakte zijn hand.

'Ik ben Donkere Maan. Dat is de naam die ze mij hebben gegeven.'

Paul knikte, ook al snapte hij zo gauw niet waarom ze zoveel betekenis aan dit feit hechtte. *Dit is een andere wereld*, bedacht hij. *Voor primitieve volken hebben namen een magische lading.*

'Kom je uit het Land van de Doden?' vroeg ze. 'Vertel me wat er is gebeurd.'

'Ik... ik kom uit een heel ver land. De Mensen, de jagers hebben mijn leven gered toen ik bijna in de rivier verdronk.' Hij aarzelde en wist niets meer te zeggen. Hoe kon hij haar vertellen wat er was gebeurd als hij het zelf niet begreep, zelfs niet de details die hij zich duidelijk herinnerde?

Ze tuitte haar lippen. 'En wat beteken je voor ons? Wat heb je bij je voor de Mensen? Wat ga je van ze afnemen?'

'Ik hoop niet dat ik jullie iets afneem, behalve het eten en het onderdak dat jullie me geven.' Hij voelde zich bijna net zo stompzinnig als een opperhoofd in een slechte indianenfilm. 'Ik ben alles kwijtgeraakt in de rivier, daarom heb ik geen geschenken bij me.'

Donkere Maan keek hem weer aan en ditmaal duurde het onderzoek iets langer. Loopt Ver kwam terug met een kom die kennelijk uit de hoorn van een of ander dier was gemaakt. De oude vrouw dronk gretig van het water voordat ze zich weer tot Paul richtte. 'Ik moet nadenken,' zei ze ten slotte. 'Ik begrijp niet wat je in de wereld doet.' Ze draaide zich om, klopte Loopt Ver op zijn schouder en verhief plotseling haar stem om de aandacht van de anderen te trekken. 'De jagers zijn teruggekeerd. Ze hebben voedsel meegebracht.'

De anderen, die net hadden gedaan alsof ze niet naar haar gesprek met Paul hadden geluisterd, staakten hun maaltijd en een paar lieten een instemmend gebrom horen.

'Het is een goede avond.' Donkere Maan spreidde langzaam haar armen, alsof het gewicht van de pelsmantel te zwaar voor haar nietige lichaam was. 'Vanavond zal ik een verhaal vertellen. Hij die Riviergeest wordt genoemd zal met vreugde denken aan de Mensen die hem te eten hebben gegeven.'

De stamleden kwamen dichterbij en de voorsten gingen aan de voeten van Donkere Maan zitten. Velen namen de gelegenheid te baat om Paul beter te bekijken. Hij zag heel wat angstige en bezorgde gezichten; Vogeljager was de enige die een vijandige indruk maakte. De anderen bekeken hem alsof hij een zonderling was die toevallig hier verzeild was geraakt, maar die nog geen aanstalten maakte om te gaan schreeuwen of met dingen te smijten.

Een paar kleine kinderen waren al in slaap gevallen, geveld door alle opwinding en door hun volle magen, maar hun ouders en verzorgers namen ze gewoon mee naar de kring om niets van de belangrijke gebeurtenis te missen. Ook Vogeljager liet zich door zijn wantrouwen niet weerhouden en bleef aan de rand staan luisteren, ook al wierp hij af en toe een dreigende blik in de richting van Paul.

'*Ik zal vertellen over vroeger dagen*,' zei Donkere Maan op een zangerige toon en zelfs Paul voelde aan dat dit het gebruikelijke rituele begin van een verhaal was. '*Over de tijd voordat de vaders van jullie vaders en hun vaders in de wereld kwamen.*'

Ze zweeg even en Paul bespeurde een onverwacht verlangen bij zichzelf. Ondanks zijn bedenkingen en zijn scepsis voelde hij zich in deze koude grot heel dicht bij de oorsprong van de vertelkunst. Hij had het voorrecht een van de oudste van alle verhalen te mogen aanhoren.

'*In die dagen,*' begon Donkere Maan, '*was alles donker.*'

Er was geen licht en er was geen warmte. Eerste Man en Eerste Vrouw leden onder de kou, die overal was. Ze gingen naar de andere Eerste Mensen, naar alle Diermensen, om te vragen hoe ze zich warm moesten houden.

Langneus zei dat ze haar op hun lichaam moesten laten groeien, net als hij had gedaan. Omdat hij zo groot was dachten Eerste Man en Eerste Vrouw dat hij heel oud en heel wijs moest zijn, maar wat ze ook probeerden, ze kregen niet genoeg haar om warm te worden. Daarom sloeg Eerste Man Langneus dood en beroofde hem van zijn behaarde huid, waarna ze het een tijdje warm hadden.

Maar algauw werd de wereld nog kouder en zelfs de vacht van Langneus was niet genoeg om hen warm te houden. Ze gingen naar Grotbewoonster en vroegen haar hoe ze het warm konden krijgen.

'Je moet een diepe grot in de berg zoeken,' zei Grotbewoonster, 'waar je kunt leven zoals ik, ver van de wind-die-bijt, en waar je kinderen kunt grootbrengen.'

Maar Eerste Man en Eerste Vrouw konden geen eigen grot vinden, daarom sloegen ze Grotbewoonster dood en namen haar grot in beslag, waarna ze het een tijdje warm hadden.

Weer werd de wereld kouder. Eerste Man en Eerste Vrouw kropen dicht tegen elkaar aan in hun grot en trokken hun huiden dicht om zich heen, maar ze wisten dat ze weldra zouden sterven.

Op een dag zag Eerste Vrouw Naaktstaart door de grot rennen. Ze ving hem met haar handen en wilde hem opeten, want ze had erge honger, maar Naaktstaart zei dat hij haar iets heel belangrijks zou vertellen als ze hem niet inslikte. Ze riep Eerste Man en samen luisterden ze naar wat Naaktstaart te zeggen had.

'Ik zal jullie een machtig geheim vertellen,' zei Naaktstaart. 'Gele Ogen, die in de koude en donkere leegte woont, heeft een magisch voorwerp, een ding dat met de zachtste wind meebuigt en toch niet wegwaait, dat geen tanden heeft en toch een harde boomtak kan doorbijten. Het is een warm ding dat de kou verdrijft en ervoor zorgt dat zijn ogen geel glanzen in het donker.'

'Wat hebben wij daaraan?' vroeg Eerste Man. 'Hij zal ons dat magische warme ding nooit geven.'

'We kunnen hem voor de gek houden en het stelen,' zei Eerste Vrouw. 'Zo zijn we toch ook aan de huid van Langneus en aan de woning van Grotbewoonster gekomen?'

Eerste Man zei niets. Hij was bang voor Gele Ogen, die wreed en sterk was en veel slimmer dan Langneus of Grotbewoonster. Eerste

Man wist dat de woning van Gele Ogen omringd was door de gebroken en afgekloven botten van vele andere Diermensen. Maar hij luisterde wel naar de woorden die Eerste Vrouw uit haar binnenste tot hem sprak.

'Ik zal doen wat je zegt,' zei hij ten slotte. 'Als ik het niet waag zullen we in elk geval sterven en in de duisternis verdwijnen.'

De vlammen van het vuur flakkerden toen een koude windvlaag door de spelonk gierde. Paul rilde en trok de huiden strakker om zich heen. Hij werd slaperig en kon zich moeilijk concentreren. Alles was zo vreemd. Dit verhaal had hij toch al eens ergens anders gehoord? Maar hoe was dat mogelijk?

Het werd donkerder in de grot en in de gloed van de houtblokken leken de Mensen in de kring net rode geesten. De gebarsten stem van Donkere Maan verhief zich weer en ze vervolgde haar lied van het gestolen vuur.

Eerste Man ging naar de plaats van de talloze beenderen waar Gele Ogen woonde. Al van ver zag hij de stralende ogen, maar Gele Ogen zag hem toch nog eerder.

'Wat wil je?' vroeg hij aan Eerste Man. 'Zeg op, anders vermaal ik je tussen mijn kaken.' Gele Ogen liet zijn verschrikkelijke tanden aan Eerste Man zien.

'Ik wil met je handelen,' zei Eerste Man. 'Ik wil iets met je ruilen tegen het warme, stralende ding dat jij hebt.'

'En wat heb je mij te bieden?' vroeg Gele Ogen, wiens ogen wat feller straalden.

'Een kind,' zei Eerste Man. 'Het is zo koud dat hij zal sterven als we niet een stukje van dat warme, stralende ding krijgen.'

Gele Ogen likte zijn lippen af en knarste met zijn verschrikkelijke tanden. 'Dus je wilt mij een kind geven in ruil voor een beetje van mijn vuur?'

Eerste Man knikte.

'Laat het kind eerst eens zien,' zei Gele Ogen, 'dan zal ik je geven wat je vraagt.'

Uit zijn mantel haalde Eerste Man het kind dat Eerste Vrouw met haar bedreven handen uit aarde had gekneed. Hij zette het kind neer voor Gele Ogen.

'Waarom is hij zo stil?' vroeg Gele Ogen.

'Hij is bang voor je tanden,' antwoordde Eerste Man.

'Dat is goed,' zei Gele Ogen, die zijn kaken opensperde. 'Voel maar in mijn mond, dan krijg je wat je wilt.'

Eerste Man was heel erg bang, maar hij ging naar voren en rook de stank van de dood die uit de mond van Gele Ogen kwam.

'Voel in mijn mond,' zei Gele Ogen weer.

Eerste Man stak zijn arm in de mond van Gele Ogen, voorbij de verschrikkelijke tanden tot diep in de keel. Eindelijk voelde hij iets dat gloeiend heet was en hij sloot zijn vingers eromheen.

'Je mag maar een klein beetje nemen,' zei Gele Ogen.

Eerste Man trok zijn arm terug. In zijn hand lag iets dat met de wind meeboog en toch niet wegwaaide, dat geen mond had en toch aan zijn vingers begon te knagen. Eerste Man keek naar Gele Ogen en zag dat die het lemen kind besnuffelde. Daarom rende hij weg met het warme gele ding stevig in zijn hand.

'Dit is jouw kind niet!' schreeuwde Gele Ogen woedend. 'Je hebt me bedrogen, Eerste Man!'

Gele Ogen kwam hem achterna. Eerste Man rende zo snel als hij kon, maar hij hoorde zijn vijand steeds dichterbij komen. Het warme magische ding was heel zwaar en beet in zijn vingers, zodat Eerste Man het moest weggooien. Het ding vloog omhoog en bleef in de lucht hangen, waar het de hele wereld verlichtte. Gele Ogen schreeuwde weer en begon nog sneller te rennen, maar Eerste Man kwam bij de grot waar hij met Eerste Vrouw woonde en vloog naar binnen. Samen duwden ze een rots voor de opening zodat Gele Ogen hen niet kon grijpen.

'Je hebt me bedrogen en dat zal ik niet vergeten!' riep Gele Ogen. 'En als je ooit een echt kind krijgt zal ik het van je afpakken.'

Eerste Man lag helemaal uitgeput op de bodem van de grot. Eerste Vrouw zag dat er nog een beetje van het warme, stralende ding aan zijn vingers zat. Ze veegde het eraf met een stok en toen het aan het hout begon te vreten werd het groter en verwarmde de hele grot. Dat was het vuur.

Sindsdien waren de vingers van Eerste Man niet allemaal hetzelfde, zoals bij de Diermensen het geval is. Van elke hand was één vinger naar opzij gegroeid door het gloeiende vuur en daarom hebben alle kinderen van Eerste Man en Eerste Vrouw handen die anders zijn dan de handen van de Diermensen.

Uit het vuur dat in de lucht werd gegooid ontstond de zon. Gele Ogen en zijn volk verbergen zich voor het licht omdat het ze herinnert aan het bedrog van Eerste Man. Maar als de zon verdwijnt en de wereld donker wordt, dan komt Gele Ogen weer te voorschijn. De maan is het oog waarmee hij naar de wereld kijkt om het kind te zoeken dat Eerste Man en Eerste Vrouw hem hadden beloofd. En sinds die tijd, voordat de vaders van jullie vaders en hun vaders op de wereld waren, jaagt hij elke nacht op de kinderen van Eerste Man en Eerste Vrouw.

De stem van Donkere Maan werd een ijl gefluister, nog net hoorbaar in de ademloze stilte in de grot.

'*En hij zal nog altijd jagen als de kinderen van jullie kinderen en hun kinderen op de wereld zijn.*'

Hij hoorde een zwaar en traag gedreun, als het tikken van een gigantische klok of de voetstappen van een naderende reus, maar alles wat hij zag was duisternis en alles wat hij voelde was een ijzige wind. Hij had geen handen en geen lichaam, niets om zichzelf te beschermen tegen het gevaar dat in de zwarte leegte schuilging, hier aan de rand van alle dingen.

'*Paul.*' De stem in zijn oor was een zacht geruis, maar hij voelde zijn hart bonken van schrik.

'*Ben jij het?*' Zijn eigen stem klonk alleen binnen zijn hoofd, of misschien had hij geen oren meer waarmee hij zichzelf kon horen praten.

Er was iets bij hem in het donker. Hij bespeurde het, ook al wist hij niet hoe. Hij voelde een ijle aanwezigheid, iets met een snel kloppend hartje.

'*Je moet bij ons terugkomen, Paul. Je moet bij mij terugkomen.*'

Ineens zag hij haar in gedachte voor zich, alsof ze alleen uit zijn bewuste geest en niet uit zijn dromen was verdwenen. Uit zijn geheugen kwam het beeld van haar even absurde als prachtige gevleugelde gestalte, haar trieste ogen. Ze had weggedoken gezeten in die gouden kooi en hij had naar haar gekeken, machteloos aan de andere kant van de tralies. Hij had haar overgelaten aan dat vreselijke, alles verslindende ding, de Oude Man.

'*Wie ben je?*'

De aanwezigheid werd iets tastbaarder, een nauwelijks merkbare trilling van ongeduld. '*Ik ben niemand, Paul. Ik weet niet wie ik ben, het kan me ook niet meer schelen. Ik weet alleen dat ik je nodig heb, dat je moet terugkomen.*'

'*Maar waar ben je? En je zei "bij ons". Wie zijn dat?*'

'*Je vraagt te veel,*' antwoordde ze bedroefd, maar zonder boosheid. '*Ik heb niet de antwoorden die je zoekt, maar één ding weet ik: als je bij me komt zullen we allebei antwoord krijgen.*'

'*Ben jij Vaala? Ben jij dezelfde vrouw die ik heb gezien?*'

Het ongeduld was terug. '*Die dingen zijn onbelangrijk. Het is hier zo zwaar voor me, Paul, zo zwaar! Luister! Luister, dan zal ik je alles vertellen wat ik weet. Er is een berg, een zwarte berg die tot de hemel reikt en de sterren bedekt. Die berg moet je vinden, daar zijn al je antwoorden.*'

'*Maar hoe? Hoe kom ik daar?*'

'*Dat weet ik niet.*' Ze zweeg even. '*Maar als je mij vindt kan ik het je misschien toch zeggen.*'

Hij werd ergens door afgeleid. Hij voelde een vage, maar aanhoudende pijn, een druk die hij niet kon negeren. De droom begon onder zijn eigen gewicht in te storten. Terwijl hij hem voelde wegglippen probeerde hij die stem in de leegte vast te houden.

'*Hoe kan ik je vinden? Wat bedoel je?*'

'*Je moet bij me komen... bij ons...*' De stem werd zwakker en ze was niet meer dan een gefluister, opgevangen aan het eind van een lange gang.

'*Ga niet weg! Hoe kan ik je vinden?*' De druk begon toe te nemen, eiste zijn aandacht op. '*Wie ben je?*'

Het gemompel kwam van een onpeilbare afstand: '*Ik ben... een gebroken spiegel...*'

Hij ging rechtop zitten. Zijn keel leek wel dichtgeschroefd en hij voelde een gloeiende pijn in zijn buik. Ze was weer weg! Zijn laatste strohalm, hoewel hij zich afvroeg hoe zo'n krankzinnige verschijning hem ooit kon helpen terug te keren naar de werkelijkheid. Of was ze toch alleen maar een droom?

De pijn werd scherper. In de zwakke gloed van de smeulende haard zag hij een vormloze schaduw over zich heen gebogen staan. Een hard en scherp voorwerp werd tegen zijn buik gedrukt. Paul stak zijn hand uit en voelde de koude stenen speerpunt die door zijn pelsmantel heen was gedrongen. De vacht was al kleverig en warm van het bloed. Nog een paar centimeter en zijn ingewanden zouden doorboord worden.

Vogeljager boog zich verder naar hem toe en Paul rook de geur van rauw vlees. De speerpunt werd een gloeiende vuurbal.

'Jij bent mijn aartsvijand, Riviergeest. Ik zal je terugsturen naar het Land van de Doden.'

Deel Een

DE VERBORGEN RIVIER

... Want hier zijn de miljoenen gemengde tinten en schaduwen, verdronken dromen, nachtgedachten, mijmeringen; hier liggen wat wij levende zielen noemen te dromen, altoos te dromen, zich wentelend als slapers in hun bedden, de eeuwig rollende golven opwekkend door hun rusteloosheid.

Herman Melville, *Moby Dick*

1

Stille wateren

NETFEED/NIEUWS: *Helm verplicht voor schoolkinderen*
(beeld: kinderen passen helmen)
COMMENTAAR: *Kinderen in de voorstad Pine Station in Arkansas zijn voortaan verplicht op school een helm te dragen, tenzij hun ouders een verklaring tekenen dat ze na een ongeluk geen schadevergoeding zullen eisen.*
(beeld: Edlington Gwa Choi, inspecteur van het district Pine Station)
Gwa Choi: 'Het is heel eenvoudig: we kunnen de verzekeringspremie niet meer opbrengen. De helmen van tegenwoordig zijn heel licht en prettig, de kinderen zullen er nauwelijks iets van merken. De eerste proeven zijn al geslaagd. En wie niet wil hoeft niet mee te doen, zolang ouders maar voor de schade opdraaien...'

Langs de waterkant hobbelde een kever ter grootte van een bestelwagen, naast haar liep een zingende baviaan en Renie zelf snakte naar een sigaret.

!Xabbu's gezang klonk bijna toonloos:

'En we gaan op weg,
Op weg naar het water.
Ah!
Waar de vis zich verstopt,
Zich verstopt en ons uitlacht...'

'Wat is dat?' Renie keek naar de kever die onverstoorbaar over de stenen op het strand kroop. Ze moest denken aan de hersenloze robots die op Mars en op de maan aan het graven waren. 'Wat je zingt, bedoel ik.'

'Ik heb het van mijn oom geleerd. Hij zong het altijd als hij bij de stenen dam in het water zat te wachten tot er een vis in de buurt kwam.' !Xabbu krabbelde in zijn dikke vacht, op een kieskeurige manier die meer bij een mens past dan bij een sim.

'O.' Renie keek fronsend naar hem. Ze kon zich maar moeilijk concentreren en zelfs !Xabbu's verhaal over zijn jeugd in de Okavangodelta kon haar aandacht nu niet vasthouden.

Ze had nooit kunnen denken dat ze nog eens naar een betoverd land ontvoerd zou worden, waar de geschiedenis naar believen herschreven kon worden en waar mensen elk ogenblik konden worden verkleind tot de omvang van een maanzaadje... maar al helemaal niet dat ze daar geen dringender zorg aan haar hoofd zou hebben dan het gebrek aan sigaretten. Maar ze had twee spannende dagen achter de rug en nu ze eindelijk even rust had, staande op het enorme boomblad dat ooit als boot dienst had gedaan, begon ze te merken wat ze miste.

Ze zette zich af tegen de opgekrulde rand van het blad. Ze wilde iets doen, wat dan ook. Alles was beter dan hier blijven staan en zichzelf opvreten als een opgefokte junk. Per slot van rekening was er genoeg te doen. Sinds hun aankomst in de virtuele gouden stad van Atasco was de hele zaak lelijk uit de hand gelopen.

Op de verre oever was de kever bezig in een zee van grasstengels achter het strand te verdwijnen, elk zo hoog als de vertrouwde palmbomen van haar eigen land. Renie liet !Xabbu alleen met zijn zachte visserssliedje en het uitzicht op het inmiddels verlaten strand en liep voorzichtig naar het midden van het blad.

Lieve William stond als een waakzame vampier naar de andere, nog verder verwijderde kust te staren, maar de anderen zaten in het midden met hun ruggen tegen de geweldige ribbel van de middennerf. Ter bescherming tegen de felle zon hadden ze een stuk dekblad afgescheurd en als een tentzeil over hun hoofden gespannen.

'Hoe gaat het met hem?' vroeg ze aan Fredericks. De jonge middeleeuwse avonturier bekommerde zich nog steeds om zijn zieke vriend. Orlando's gespierde sim was een misleidende vermomming voor het zwakke jongetje dat daar lag te slapen.

'Zijn ademhaling lijkt me een stuk krachtiger.' Fredericks zei het met zóveel nadruk dat Renie er niets van geloofde. Ze keek omlaag naar de opgerolde gestalte en ging op haar hurken bij hem zitten.

Ze legde haar hand op zijn voorhoofd. 'Dat gaat zo niet,' zei Fredericks, tamelijk verontschuldigend. 'Die sims zijn niet allemaal even gevoelig. Ik geloof niet dat de lichaamstemperatuur veel verandert.'

'Dat weet ik, het was maar een reflex van me.' Renie ging rechtop zitten. 'Het spijt me, maar ik vind helemaal niet dat hij er goed uitziet.' Ze had gewoon geen energie meer om door te gaan met valse hoop, ook al vond ze het hartverscheurend wat Fredericks over de echte Orlando Gardiner had verteld. Ze dwong zichzelf haar hoofd af te wenden. 'En jij, Martine? Voel jij je al wat beter?'

De Française met de donkere sim van een boerenvrouw uit Temilún glimlachte slapjes. 'Ik... ik kan me wat beter concentreren, geloof ik. Al die nieuwe informatie is wat minder pijnlijk voor me. Maar...' Ze schudde haar hoofd. 'Ik ben heel lang blind geweest in de wereld, Renie, maar ik ben er niet aan gewend hier blind te zijn.'

'Hoezo "hier"?' vroeg de strijdrobot, een echte netjongen die zichzelf de naam T4b had gegeven. Renie geloofde dat hij jonger was dan hij zich voordeed, misschien wel net zo jong als Orlando en Fredericks, een mening die nog versterkt werd door zijn barse toon. 'Ik dacht dat geen mens hier ooit was geweest. Waar was al die stennis voor nodig als je het hier al kent?'

'Ik geloof niet dat ze dat bedoelt,' merkte Quan Li op.

'Nee, ik ben hier nooit geweest,' zei Martine. 'Als ik op het net ben, bedoel ik. Dat is altijd mijn wereld geweest. Maar die geweldige ruis sinds ik hier ben, de overstelpende hoeveelheid info... het valt me heel zwaar om normaal te luisteren of zelfs te denken.' Ze wreef met trage en onhandige bewegingen over haar slapen. 'Het is net of er een vuur in mijn hersens brandt, of er insecten in rond zoemen.'

'Nou, aan insecten hebben we hier geen gebrek.' Renie keek naar een ongelooflijk grote libel die vanaf de verre oever over de rivier vloog, brommend als een ouderwetse vliegboot. 'Kunnen we iets voor je doen, Martine?'

'Nee. Misschien kan ik er over een tijdje beter mee leven.'

'Nou, en wat gaan we nu doen?' vroeg Renie na een stilte. 'We kunnen ons niet letterlijk en figuurlijk met de stroom laten meedrijven. We hebben geen flauw idee waar we eigenlijk naar op zoek zijn, laat staan of we in de goede richting gaan. Heeft iemand soms een helder idee?' Ze keek vluchtig naar Florimel, die net als Martine en Quan Li de sim van iemand uit Temilún gebruikte, en ze vroeg zich af of de vrouw eindelijk iets van haar gevoelens zou laten blijken. Maar Florimel handhaafde het verontrustende stilzwijgen dat ze sinds hun gezamenlijke vlucht had volgehouden. 'We kunnen moeilijk blijven afwachten. Sellars zei immers dat ze achter ons aan zouden komen.' Renie keek de kring van bonte sims rond. 'En we zijn niet moeilijk te vinden.'

'Wat stel je zelf voor, schat?' Lieve William kwam aanlopen over het onregelmatige oppervlak van het blad, ruisend met zijn veren. Renie vroeg zich af of hij het niet vreselijk warm had in al dat gesimuleerde leer aan zijn lijf. 'Begrijp me goed, ik vind je doortastende optreden heel inspirerend. Je bent zeker akela geweest. Kun je ons laten zien hoe we van onze afgeknipte vingernagels een buitenboordmotor moeten maken of zoiets?'

Ze glimlachte zuur. 'Dat zou nog altijd beter zijn dan wachten tot ze ons te pakken nemen, maar ik had gehoopt dat een van jullie een idee had dat uitvoerbaar is.'

'Daar zit wat in.' William ging naast haar zitten en stootte met een scherpe knie tegen haar been. Renie kreeg de indruk dat hij iets minder arrogant was geworden sinds de vlucht uit het paleis van Atasco. Zelfs zijn duidelijke Noord-Engelse accent was minder sterk geworden, alsof dat net zo kunstmatig was als zijn naargeestige sim. 'Laten we eens nadenken,' zei hij. 'We hebben geen riemen om mee te roeien. We zouden natuurlijk naar de kant kunnen zwemmen... hoewel, als je mij ziet zwemmen lig je meteen in een deuk. Maar wat moeten we doen als we aan land zijn? Ik voel er weinig voor om door die uit hun krachten gegroeide monstertjes te worden opgevreten.'

'Zijn ze echt zo groot of zijn wij gekrompen?' vroeg Fredericks. 'Er zijn wel meer simwerelden waarin van die enorme monsters voorkomen.'

Renie kneep haar ogen half dicht en tuurde naar de kust. Bij de waterkant vlogen een paar insecten heen en weer, kleiner dan de libellen. 'Nou, de bomen zijn een kilometer hoog, de zandkorrels zijn zo groot als een kinderhoofdje en wij zitten op een blad dat ooit als schip dienst heeft gedaan. Als je het mij vraagt zijn wij hier maar kleintjes.'

Fredericks wierp haar een gekwetste blik toe voordat hij zich weer over zijn slapende vriend boog. Ook Lieve William leek enigszins ontdaan te zijn. 'Jij hebt een scherpe tong, meisje,' zei hij, niet zonder waardering.

Renie schaamde zich niet echt. Die lui deden alsof ze in een avontuurlijk spel terecht waren gekomen, waarvan de afloop altijd goed was, met als ergste wat je kon overkomen een lage score. 'Jullie schijnen nog altijd te denken dat je straks een bordje GAME OVER krijgt te zien,' zei ze, de gedachte hardop uitsprekend, 'maar zo is het niet. Ik weet dat er iemand is omgekomen toen hij probeerde in dit netwerk in te breken. En de Atasco's zijn ook dood, of het nu op het net is of daarbuiten.' Ze merkte dat haar stem schril werd en probeerde zich te beheersen. 'Dit is geen spelletje. Mijn broertje ligt op sterven of misschien is hij al dood en jullie hebben ongetwijfeld je eigen zorgen, dus laten we iets gaan doen.'

Er viel een stilte, die werd verbroken door T4b, de vervaarlijk uitziende strijdrobot. 'Zeg het maar, mevrouw. Wij luisteren.'

Renie aarzelde, plotseling overmand door de last van hun problemen. Ze kende deze mensen niet, ze had geen pasklare oplossingen bij de hand. Ze wist niet eens waar ze moest beginnen. Bovendien was ze het beu deze onbekenden aan de hand te moeten meevoeren. Het was een vreemd gezelschap, veel minder ondernemend dan Sellars had verondersteld, en van de weinige vrienden die ze echt durfde te vertrouwen kon ze alleen op !Xabbu rekenen. Martine was totaal veranderd en niet meer de rustige, uiterst competente vrouw die ze was geweest.

'Ik geef toe dat we hier beter niet aan land kunnen gaan,' zei Renie. 'De insecten zijn al zo groot als dinosaurussen en wie weet wat voor beesten er nog meer rondlopen. Er kunnen ook vogels zijn, al hebben we die nog niet gezien, en voor een zeemeeuw zijn we ongetwijfeld maar een tussendoortje.'

'Maar wie weet waar deze rivier uitkomt?' zei Quan Li.

'We kunnen dan wel geen buitenboordmotor maken, maar misschien vinden we toch iets om mee te roeien of dat als zeil kan dienen. Als we nog eens wat meer van dat dekblad afscheuren en dat gebruiken?' Ze wees op de gerafelde stof boven hun hoofden.

'Zonder mast heb je niets aan een zeil,' zei Florimel ernstig. 'Dat weet een kind.'

Renie keek haar verbaasd aan. Dus de zwijgende vrouw kon toch praten. 'Nou ja, we kunnen toch wel zorgen dat het wind vangt. Hoe heet zo'n ding dat aan een ruimteveer hangt... een remparachute? Kunnen we geen zeil maken en de nerven gebruiken om het vast te binden?'

'Dat lijkt me een heel goed idee van Renie,' zei Quan Li.

'Ja, ze is een echt wonderkind,' zei Lieve William. 'Maar hoe lang gaat dat wel niet duren? We sterven hier van de honger voordat we klaar zijn.'

'We hoeven toch niet te eten?' Renie keek naar de gesimuleerde gezichten, die ineens allemaal een ernstige uitdrukking hadden. 'Ik bedoel, we hebben toch allemaal maatregelen genomen? Niemand kan zolang op het net blijven zonder voor automatische voeding te zorgen.'

'Ik zal wel aan het infuus hangen.' Fredericks klonk nu heel troosteloos. 'In dat ziekenhuis.'

Een snelle rondvraag leerde dat de bezorgdheid van Lieve William tamelijk voorbarig was. Iedereen van het gezelschap beweerde dat er voorlopig niets aan de hand was. William zelf liet zijn populaire masker een ogenblik zakken. 'Ik kan wel een week vooruit, jongens en meisjes, daarna moet ik hopen dat er iemand bij me op bezoek komt.' Verder wilde niemand veel kwijt over zijn of haar leven in de echte wereld, wat Renies ergernis opnieuw aanwakkerde.

'Het gaat hier om leven of dood,' zei ze ten slotte. 'We hebben stuk voor stuk een dringende reden om hier te zijn. We moeten elkaar kunnen vertrouwen.'

'Je hoeft het niet persoonlijk op te vatten,' zei William met een bitter lachje, 'maar we spelen hier toch geen Duizend-en-een-nacht? Ik heb recht op mijn eigen leven. Als je mijn verhaal wilt horen moet je het verdienen.'

'Ja, wat wil je eigenlijk weten?' vroeg Florimel. Haar Temilúnisim kon heel overtuigend verontwaardiging uitdrukken. 'We dragen allemaal ons eigen kruis, Renie Sulaweyo. Jij, hij, ik, iedereen hier. Waarom zou die Sellars ons anders hebben uitgekozen? En is het soms toeval dat we stuk voor stuk langere tijd op het net kunnen blijven? Nee, dat is niet voor niets.'

'Spreek voor jezelf,' zei William fel. 'Ik heb wel wat beters te doen dan een lang weekend Superman te spelen. Ik wil hier alleen maar vandaan en terug naar huis.'

'Ik had hier helemaal niet op gerekend,' zei Fredericks aangeslagen. 'Mijn ouders hadden me net naar het ziekenhuis gebracht. Orlando was ook niet voorbereid, het was voor ons allebei een verrassing.' Hij keek peinzend voor zich uit. 'Waar zou hij nu zijn? Zijn lichaam, bedoel ik?'

Renie deed haar ogen dicht en spande zich in om rustig te blijven. Ze wou dat !Xabbu zijn uitkijkpost op de rand van het blad verliet, maar hij keek nog steeds naar de oever. 'We hebben wel iets anders te doen dan ruzie te maken,' zei ze uiteindelijk. 'Fredericks, je zei dat je ineens veel pijn voelde toen je probeerde af te sluiten.'

De jongeman knikte. 'Het was gewoon afschuwelijk. Ik heb er geen woorden voor, zo erg was het.' Hij huiverde en drukte zijn armen tegen zijn borst.

'Kon je met iemand praten, Fredericks? Met je ouders of zo?'

'Zeg maar Sam.'

'Sam dan. Kon je met iemand praten?'

Hij dacht erover na. 'Ik geloof het niet. Ik weet wel dat ik gilde, maar ik kon mezelf niet eens horen. Niet toen ik... daar was. Het deed zo'n pijn! Ik geloof niet dat ik nog normaal kon praten. Je kunt je gewoon niet voorstellen hoe het was...'

'Dat kan ik wel,' zei Florimel, maar er klonk weinig medeleven in haar stem. 'Ik ben ook van het net gegaan.'

'Echt? En wat gebeurde er?' vroeg Renie. 'Heb je het helemaal zelf gedaan?'

'Nee, ik werd zomaar van het net gehaald, net als hij,' zei ze toonloos. 'Het gebeurde voordat ik in Temilún was. Maar hij heeft gelijk, de pijn is ontstellend. Ook al zou ik een manier weten om het zelf te doen, ik ga nog liever dood dan dat ik dat nog eens moet meemaken.'

Renie leunde achterover en zuchtte. De grote oranje zonnebal was al een tijdje achter de bomen verdwenen en de wind begon fris aan te voelen. Een groot soort insect vloog zigzaggend over hun hoofden. 'Maar hoe bestaat het dat je je neurocanule niet kunt vinden? Dat je hem niet kan zien, goed, maar je moet hem toch kunnen voelen?'

'Niet zo naïef, kindje,' zei William. 'De informatie van onze tastzenuwen is heus niet betrouwbaarder dan wat er via je ogen en oren binnenkomt. Daar dient zo'n implantaat nou juist voor. Of heb jij soms iets beters?'

'Beter? Nee, het is juist slechter.' Renie glimlachte onwillekeurig. 'Ik gebruik maar oude apparatuur, spullen waar jullie je voor zouden schamen. Maar omdat mijn interface zo ouderwets is, kan ik hem gewoon losmaken.'

William keek haar boos aan. 'Nou, dat is dan heel fijn voor je. En wat hebben wij daaraan?'

'Ik kan van het net afgaan om hulp te halen!'

'En wie zegt dat jij niet in dezelfde martelkamer terechtkomt als je dat probeert?' vroeg William bars.

'Laat haar nou,' bromde T4b. 'Laat haar gaan. Ik wil hier alleen maar weg.'

'Omdat mijn interface niet rechtstreeks met mijn zenuwstelsel is verbonden.' Ze bracht een hand naar haar gezicht om de even vertrouwde als onzichtbare vorm van haar masker te voelen, zoals ze de laatste dagen zo vaak had gedaan. Maar ditmaal voelde ze niets anders dan haar huid.

'En die kleine broer over wie je het steeds hebt,' zei Florimel. 'Was zijn zenuwstelsel soms rechtstreeks op een systeem aangesloten? Dat dacht ik niet.'

'Renie?' zei Quan Li. 'Wat kijk je vreemd. Wil je niet dat we over je arme broer praten?'

'Ik voel het niet meer.' De schemering daalde als een verstikkende deken op haar neer. Ze was verdwaald, een hulpeloze drenkeling in een onvoorstelbaar vreemde zee. 'Lieve god, ik voel mijn masker niet meer. Het is weg.'

In het begin had hij het gesprek kunnen volgen, maar weldra voelde Orlando zich weer wegzakken en werden de fluisterstemmen even onbegrijpelijk als het gekabbel van het water tegen de zijkant van hun vreemde vaartuig.

Hij leek te zweven en toch was het alsof hij heel zwaar was. Hij wist dat hij roerloos naast Fredericks lag, maar tegelijkertijd begon hij naar beneden te zakken, dwars door de vezels van het blad heen. Het bloedwarme water van de rivier nam hem op en trok hem mee naar de diepte. En net als eerst, toen hij met Fredericks op het vlot had gelegen, merkte hij dat hij het niet erg vond.

In dit visioen, in deze trance was de waterwereld een en al licht, maar doordat het licht door het water zelf werd uitgerekt, gebogen en gesplitst leek het alsof hij langs de vlakken van een groot juweel naar beneden zakte. Dieper in de vlekkerige rivier kronkelden eigenaardige glanzende vormen langs hem heen, wezens die een licht uitstraalden dat feller was dan de gebroken gloed van de zon. Ze leken hem niet op te merken en vervolgden hun ogenschijnlijk doelloze wegen, een nabeeld op zijn verwarde netvlies brandend als de sporen van kerndeeltjes in een bellenvat.

Toch waren dit geen vissen. De wezens waren licht, zuiver licht.

Ik droom weer. Het besef drong geleidelijk tot hem door, alsof hij aan de clou van een detectiveverhaal was gekomen dat hem eigenlijk niet meer boeide. *Ik ben niet aan het verdrinken, ik droom weer.*

Hij zonk dieper, steeds dieper. Het licht werd zwakker en de druk nam toe. Hij vroeg zich af of het net zo zou zijn als je doodging, een langzame afdaling waar je je niet tegen kon verzetten. Of misschien ging hij nu wel echt dood, hij had in elk geval weinig of geen belangstelling meer voor het leven waar iedereen zich zo aan vastklampte. Misschien hoefde je dan toch nergens bang voor te zijn als het zover was. Dat hoopte hij tenminste, want hij vertrouwde de dood niet helemaal nadat hij die met al zijn listen en lagen zolang had bestudeerd om erop voorbereid te zijn als zijn tijd kwam.

De dood wachtte al op hem zolang hij zich kon herinneren. Het was geen abstracte dood zoals voor de meeste mensen, een verdrietige maar onvermijdelijke ontmoeting aan het eind van een welgevuld leven nadat alle belangrijke dingen waren geregeld; het was een duidelijke aanwezigheid, even geduldig en volhardend als een deurwaarder, een dood die elke dag op de stoep stond te wachten op dat ene moment van onachtzaamheid waardoor hij naar binnen kon glippen...

Een schaduw verstoorde Orlando's neerwaartse dagdroom en zijn schrikreactie bewees dat hij zich ondanks al zijn voorbereidingen, nog niet lijdzaam door de koude dood kon laten meevoeren. Maar als dit de dood was, dan had hij hier in het diepste water de donkere vorm aangenomen van een kreeft of een krab of een ander beest met veel poten. Sterker nog, de schaduw leek veel op... een spin?

Orlando? Baas, ik weet niet of je me kunt horen. Ik blijf bezig, maar ik heb niet veel tijd meer. Als ze me betrappen kan ik het wel schudden.

Hij zag de gelede poten van het ding bewegen in de zwakke gloed van de oogsteeltjes in het midden. Hij wilde iets zeggen, maar hij kon geen woord uitbrengen. Het water drukte op zijn borst als de hand van een reus.

De laatste keer had je het over 'Atasco', baas. Zo klonk het tenminste, het was heel zacht. Ik heb het dertig keer teruggespoeld en op alle mogelijke manieren geanalyseerd, maar ik kan er geen chocola van maken, baas. Er was op alle nieuwsnetten veel te doen over iemand die zo heet, heel veel. Iemand uit Zuid-Amerika die onlangs gestorven is. Maar bedoel je hem wel? Je moet me meer informatie geven, baas.

Orlando merkte dat zijn belangstelling was gewekt, alsof hij iets had zien bewegen onder de ondraaglijk zware deken waaronder hij lag. Wat wilde dat veelpotige ding van hem? Hij zweefde net zo vredig naar de bodem.

Het spinnenbeest kroop op zijn borst. Hij voelde de stompe uiteinden van de pootjes slechts heel vaag, ongeveer zoals de sprookjesprinses de erwt moest hebben gevoeld die haar dromen verstoorde. Hij probeerde het ding van zich af te schudden om weer van zijn zware rust te kunnen genieten, maar de spin ging niet weg.

Je ouders willen me uitzetten, baas. Jou durven ze niet meer van het net te halen nadat je de vorige keer er bijna het leven bij hebt gelaten, maar mij kunnen ze uitschakelen. Ik heb me in je koffer laten meesmokkelen naar het ziekenhuis, maar het kan niet lang meer duren voordat iemand hier me in de gaten krijgt.

Orlando probeerde opnieuw iets te zeggen. Onhoorbare klanken werden al in zijn keel gesmoord.

Ik kan er alleen iets tegen doen met jouw toestemming, baas. Ik ben maar een agent, je ouders hebben het voor het zeggen tenzij jij me een andere opdracht geeft. Maar ik kan je op het net helemaal niet vinden. Waar zit je?

Het kostte te veel kracht om zich tegen de neerwaartse druk te blijven verzetten. Orlando voelde een intense lethargie over zich komen, een zware warmte die hem verder naar beneden trok. De stem van het spinnenbeest werd zwakker.

Hoor je wat ik zeg, baas? Ik kan niets voor je doen als je me niet helpt. Ze sluiten me af als je niet zegt dat ik moet blijven werken. Desnoods kan ik me ergens in het systeem verbergen of zelfs naar een ander systeem verhuizen, maar alleen als jij me een opdracht geeft, baas...

Hij wenste niemand kwaad, zelfs geen insect. '*Doe dan maar,*' mompelde hij. '*Blijf werken...*'

De stem was verdwenen, maar de dringende hulproep bleef Orlando bij. Hij vroeg zich af wat er toch zo belangrijk kon zijn geweest. Intussen voelde hij zich dieper en dieper wegzakken. Onder hem lag de afgrond, donker als een gapende muil. Het licht was nog slechts een flauw geglinster ver boven zijn hoofd, overblijfselen van een dode ster.

Renie was zo geschokt en ontzet dat het gepraat van de anderen nauwelijks nog tot haar doordrong. Het droomachtige avontuur begon een bizarre en nog gevaarlijker belevenis te worden.

'Doe nou toch niet zo verbaasd, stomkop.' Lieve William trok zijn magere schouders op en schudde met zijn verentooi, waardoor hij sterk leek op een grote tropische vogel. 'Het is natuurlijk een vorm van autohypnose of zoiets.'

'Hoe bedoel je?' vroeg Quan Li. De oude vrouw had een arm om Renies schouders geslagen toen de onverwachte tranenvloed was gaan stromen.

Ik kan mijn zuurstofmasker niet voelen, maar wel de tranen op mijn wangen... mijn blote wangen. Wat is er toch gebeurd? Renie snoof en schudde haar hoofd. Ze schaamde zich dat ze zich bij deze bijna-onbekenden zo liet gaan, maar als ze werkelijk niet meer in verbinding met het echte leven stond dan kon ze nooit weg uit dit horrorverhaal, hoe erg het ook zou worden. *En toch heb ik in tegenstelling tot de anderen geen neurocanule. Hoe is dit mogelijk?*

'Ik weet niet of autohypnose het juiste woord is. Posthypnotische suggestie of iets in die geest, je begrijpt me wel. Het is een truc die illusionisten veel gebruiken.'

'Maar wie heeft dat dan gedaan? En hoe?' vroeg Florimel op boze toon. 'Ik snap er niets van.' Er klonk iets verachtelijks in haar stem en Renie schaamde zich nog meer dat ze deze vrouw haar tranen had laten zien.

'Misschien is dat ook zo met de pijn die ik voelde,' opperde Fredericks. 'Hoewel het wel verdomd echt leek. Het was in elk geval niet gewoon.'

'Ja, daar zit iets in,' zei William. 'Iemand heeft een heel sterk subliminaal signaal aan de draaggolf gekoppeld zonder dat we er zelf erg in hebben. Per slot van rekening kunnen ze toch al met onze hersens knoeien, want als we ons gezond verstand hadden gebruikt waren we hier nooit gekomen.'

Renie wreef haar ogen droog en snoot haar neus. Ze had geen zin stil te staan bij de idiote en onmogelijke aspecten van de suggestie. Nog meer insecten vlogen onvast over de boot heen, even groot als een gezinsauto. Ze toonden geen belangstelling voor de nietige mensen die daar beneden zo gespannen zaten te praten. Dat was in elk geval iets om dankbaar voor te zijn, vond Renie.

'Wat praten jullie nou toch?' vroeg ze hardop. 'Moet ik soms geloven dat ik me alleen maar voorstel dat ik net mijn neus heb gesnoten? Of dat Fredericks hier zich alleen maar verbeeldde dat hij een elektrische schok kreeg?'

'Heb jij soms een betere verklaring, meid?'

Ze keek William scherp aan. 'Hoe komt het eigenlijk dat jij er zoveel van weet?'

'Renie!' riep !Xabbu vanaf zijn uitkijkpost op de rand. 'Er komt een hele zwerm insecten onze kant op. Ik heb zulke nog niet eerder gezien. Zouden ze gevaarlijk zijn, denk je?'

Renie tuurde naar een van de dieren die brommend langs het blad vloog. Het had een rond lijf met bungelende poten en een plompe kop. Alleen de glanzende vleugels maakten een sterke indruk.

'Ik geloof dat ze net zijn uitgekomen,' verklaarde Florimel. 'We zijn vast te groot om als voer te dienen. Zo te zien hebben ze trouwens iets anders aan hun hoofd. Ze zoeken een partner... kijk ze eens dansen!' Ze wees naar twee insecten die een zwierige pas de deux uitvoerden, nog geen honderd meter bij de boot vandaan.

'Ben je biologe?' vroeg Renie. Florimel schudde zwijgend haar hoofd. Renie probeerde een andere vraag te verzinnen toen Fredericks plotseling als een wilde met zijn armen begon te zwaaien.

'Orlando haalt geen adem meer!'

'Wat? Weet je het zeker?' Renie ging haastig naar de roerloze gestalte. Fredericks zat op zijn knieën naast zijn vriend en trok aan een van diens gespierde armen om hem bij te brengen.

'Ja, natuurlijk! Zijn borst beweegt helemaal niet meer!'

'Het is een sim,' zei Lieve William, maar zijn stem klonk ineens schril van angst. 'Een sim hoeft geen adem te halen.'

'Maar dat heeft hij de hele tijd wel gedaan,' zei Fredericks radeloos. 'Ik heb het zelf gezien. Zijn borst ging op en neer, maar nu niet meer!'

Voordat Renie iets kon doen werd ze ruw opzij geschoven door Florimel, die zich over Orlando heen boog en driftig op diens zware borstkas begon te duwen.

'Ik zeg toch dat het een sim is!' riep William. 'Waar ben je nou mee bezig?'

'Als hij tastsensoren gebruikt moet hij er iets van merken,' zei Florimel terwijl ze haar tanden op elkaar zette. 'Aan zuurstof heeft hij hier niets, anders zou jij met je grote mond nog iets nuttigs voor hem kunnen doen.'

'O, sorry.' William maakte een hulpeloos gebaar met zijn lange vingers. 'Het spijt me.'

'Laat hem niet doodgaan!' Fredericks sprong op en neer van de zenuwen.

'Als hij net als jij ergens in een ziekenhuis ligt,' zei Florimel hijgend, 'dan kunnen ze hem waarschijnlijk wel helpen. Maar we moeten zijn hart op gang houden totdat ze bij hem zijn.'

!Xabbu stond op zijn achterpoten bij Renie, met een hand op haar schouder. Elke seconde leek een pijnlijke eeuwigheid te duren. Renie voelde haar lege maag omkeren terwijl ze het slappe hoofd van Orlando's sim heen en weer zag gaan onder het gebonk van Florimel, maar ze kon haar blik niet afwenden. Een van de net uitgekomen insecten vloog vlak langs de rand van het blad en Renie wenste vurig dat ze net zo groot als vroeger was geweest, dan had ze het beest met liefde doodgeslagen.

'Het lawaai wordt erger,' zei Martine ineens, alsof ze niets merkte van wat er gebeurde. 'Het lawaai in mijn hoofd.'

'Daar kunnen we nu niets aan doen,' zei Renie. 'Probeer het te vergeten. Die jongen ligt op sterven!'

'Nee, het... het is zo erg!' riep Martine. 'O! O god, help me, er is... er is iets...'

Het blad werd plotseling omhooggeduwd alsof het door een zware vuist was gestompt. Renie, !Xabbu en de anderen werden de lucht in geslingerd en keken elkaar geschrokken aan voordat ze neerkwamen en snel overeind probeerden te krabbelen.

Voordat iemand iets kon zeggen verhief zich uit het water naast het drijvende blad een enorme glanzende vorm, zo groot als de boeg van een duikboot. Het was een vis van onbestaanbare afmetingen, met een gevlekte rug waar het water vanaf stroomde en met een kil en stompzinnig oog dat groter was dan Renie zelf. Een van de reusachtige kieuwen stond open en even was een roze kathedraal van vel en kraakbeen zichtbaar. Het boomblad deinde op de opgestuwde golven en de bek van de vis klapte dicht met het oorverdovende geluid van een kanonschot. Het gevleugelde insect was verdwenen. De vis dook onder in de schuimende rivier.

Renie en de anderen werden over het hobbelige oppervlak van het blad geslingerd. Voordat ze ergens houvast konden vinden, sprong een monsterlijke donkere vorm over het blad heen en dook aan de andere kant in de golven, een fontein van water opwerpend. Het blad kapseisde en dreigde om te slaan. Renie gaf een gil terwijl ze over de geribbelde nerven naar de rand en het kolkende water gleed. Op het laatste moment werd de rand door een volgende golf opgestuwd. Renie schoof met een klap tegen de ruwe zijkant en bleef half verdoofd en buiten adem liggen.

Steeds meer vissen staken hun kop boven water om zich aan de rondzwermende insecten te goed te doen, tot het hele rivieroppervlak leek te koken. Het water stroomde over de randen van het blad, dat snel volliep. Renie probeerde overeind te komen, maar ze kon onmogelijk blijven staan.

'!Xabbu!' riep ze. Om haar heen zag ze de anderen als kegels omvallen, spetterend door het water waden of tegen de randen gesmeten worden, maar de kleine baviaan was nergens te zien. Ineens herinnerde ze zich !Xabbu's vreselijke angst bij het zien van water in Mister J's, een angst die hij had overgehouden aan zijn jeugd toen hij door een krokodil was aangevallen. Ze deed haar mond open om hem nog een keer te roepen, maar juist op dat moment werd ze overspoeld door een grote golf.

'Hou je vast!' riep iemand. De zijkant van het blad kwam weer omhoog en hing in een fractie van een seconde boven haar hoofd. Renie werd weggeslingerd en voelde zich een ogenblik gewichtloos voordat ze in het donkere water landde. De golven slokten haar op als de koude bek van de leviathan.

Hij was ergens in de diepte, dieper dan hij zich kon voorstellen. Er was geen licht. Er was geen geluid, zelfs niet het vertrouwde geluid van zijn eigen lichaam. De stilte was absoluut.

Orlando wachtte ergens op, al wist hij zelf niet wat het was. Iemand zou hem iets belangrijks gaan vertellen, of er zou een verandering optreden. In elk geval zou alles duidelijk worden. Eén ding wist hij zeker, hier in de diepte, hier in zijn donkere droom: zelf kon hij helemaal niets meer doen.

Hij had zo lang tegen de zwakte gevochten, tegen de angst en tegen de pijn, tegen de mensen met hun afschuw en hun medelijden als een verstikkende deken. Hij had geprobeerd onverschillig te zijn, te glimlachen en grapjes te maken, net te doen alsof hij even gezond en gelukkig was als iedereen. Maar het was niet vol te houden, hij had geen kracht meer over. Hij had geen weerstand meer tegen de stroom die hem meetrok, het kon hem allemaal ook niets meer schelen.

Behalve...

Behalve dat kleine stemmetje dat van buiten leek te komen en dat nog leefde in de grote stilte die hem omvatte. Iets in zijn binnenste wilde nog wat, geloofde nog ergens in, durfde nog... te hopen?

Nee. Dat kon alleen maar een grap zijn, een laatste kwalijke grap. 'Hoop' had alleen nog maar betekenis in de mond van de dokter, in de mond van zijn moeder en van zijn vader met zijn dappere glimlach. Dat had Orlando allemaal achter zich gelaten, iets wat meer kracht vereiste dan ze ooit konden beseffen. 'Hoop' was een zinloos woord geworden, alleen bedoeld om hem op te jagen, om hem zijn laatste krachten te laten verspillen en zijn weinige ogenblikken van gemoedsrust met valse beloften te verdrijven. Maar nu had hij zich afgewend van die ruwe levensdrift die zichzelf probeerde te manifesteren. De diepe duisternis had hem omringd en eindelijk had hij de durf om alle hoop te laten varen.

Alleen dat belachelijke stemmetje wilde niet weggaan. Het bleef aan hem knagen als een twistgesprek dat hij toevallig moest aanhoren.

Je mag niet opgeven, zei de stem clichématig, en daarna bijna beledigend: *Je bent laf als je nu opgeeft.*

Hou toch op, dacht hij vermoeid. *Wat is er erger dan vergeefse hoop?*

En de anderen dan? De mensen die je nodig hebben? En je was toch met je grote avontuur bezig, je was toch de held van het Middenrijk, met een heel echte en verschrikkelijk belangrijke opdracht?

De stem was in elk geval hardnekkig, dat moest hij toegeven. Er was een gevoelige snaar bij hem geraakt.

Maar wat moet ik dan? Wat kunnen mij die andere mensen schelen? Wat heb ik met die gasten te maken?

Ja, wat moet jij nou? Wie ben je? Wat ben je?

Ik ben een gewone jongen, een zieke jongen. Ik ga dood.

En zolang je nog leeft?
Laat me met rust.
Je hebt het zelf voor het zeggen.
Laat me met rust.
Helemaal zelf.

De stem wist van geen wijken, wist van geen opgeven. Hij had geen poot om op te staan, maar toch gaf hij niet op.

Orlando voelde zich doodmoe, erger dan op de ergste dagen van zijn ziekte, maar hij luisterde naar zichzelf en naar dat halsstarrige stemmetje en verzette zich tegen het loodzware gewicht van de stille en eenzame diepte.

Langzaam kwam hij weer boven.

2

Schmink

NETFEED/INTERACTIEF: GCN, AFL. 7 (Eur, NAm): 'De vlucht!'
(beeld: Zelmo wordt naar de operatiekamer gebracht)
COMMENTAAR: Nedra (Kamchatka T) en Zelmo (Cold Wells Carlson) zijn weer ontsnapt uit de Iron Island Academy, maar Lord Lubar (Ignatz Reiner) heeft zijn Vertraagde Doodsstraal op Zelmo losgelaten. Er zijn acht vacatures voor bijrollen, tien voor figuranten. Voor een rol in het ziekenhuis is medische ervaring een pre. Reacties naar: GCN.IHMLIFE.CAST

Een van de banden van de Zippy-Zappy-Zoomermobiel was lek en nu zouden ze allemaal te laat komen voor de hemelse picknick van koning Sky Monkey. Oom Tierelier probeerde samen met de kinderen de snikkende Zoomer Zizz te troosten toen ze ineens weer een stekende hoofdpijn voelde opkomen.

Ze schakelde de sensoren op haar gezicht uit; oom Tierelier kon wel wat langer dan normaal met die grijns op zijn gezicht rondlopen. Ze hield haar adem in en wachtte de eerste aanval af om te zien hoe erg het zou worden. De pijnscheut trok weg. Het was niet zo erg als anders, ze zou het wel overleven.

'Zoomer huilt nou nog!' riep een van de jongste kinderen, ontroerd door de aanblik van de zielige zebra met zijn nachtmuts.

Oom Tierelier, haar werkelijke gezicht verborgen achter haar elektronische masker, beet op haar tanden en probeerde de stem op te zetten die bij het programma hoorde. 'Maar dat is helemaal niet nodig, hij stelt zich aan! Nietwaar, kinderen? Wij zullen de Zippy-Zappy-Zoomermobiel wel voor hem maken!'

Er klonk een instemmend gebrul en haar gezicht vertrok van pijn. Lieve god, wat was dit nu toch? Het voelde alsof ze een tumor in haar hoofd had, hoewel de dokter had gezegd dat er op de scan niets bijzonders te zien was.

'Nee!' jammerde Zoomer. 'Het is toch al te laat! O nee, we komen nooit meer op tijd voor de picknick. En het is allemaal mijn schuld!' Hij sperde zijn gestreepte kaken open en liet een volgende jammerklacht horen die door merg en been ging.

Oom Tierelier kneep haar ogen dicht. De knaap die Zoomer Zizz speelde – ze meende zich te herinneren dat het een nieuwe was, iemand uit Zuid-Californië – was zich wel erg aan het uitsloven met al die herrie. Hoopte hij soms op een eigen serie? Als zijn poten er nou afgevallen waren... Dat was de zebra in een vorige aflevering overkomen, met een acteur die er heel aardig een komische draai aan had gegeven. Dat was de moeilijkheid met die nieuwe gasten, die wisten niet goed wat improviseren was. Ze wilden allemaal zo snel mogelijk de top bereiken en elke dialoog met een uitsmijter eindigen. En ze begrepen absoluut niet wat het was om met kinderen te werken.

De hoofdpijn werd nog erger, als een gloeiende naald die ergens achter haar linkeroog stak. Oom Tierelier keek op haar horloge. Nog tien minuten. Ze had er meer dan genoeg van, dit was niet uit te houden.

'Ik geloof dat je gelijk hebt, Zoomer. Trouwens, wie wil er nou met een vieze oude zebra op een picknick komen? Jullie toch zeker niet, kinderen?'

Het kleuterkoor joelde een beetje, niet zeker van de afloop.

'Ik denk dat we je hier maar aan de kant van de weg moeten laten zitten met je gestreepte billen. Dan gaan we zonder jou naar de picknick om een lekker feestje te bouwen. Maar laten we eerst eens de speciale uitnodiging bekijken die we van koning Sky Monkey en koningin Cloud Cat hebben gekregen. Laat maar eens zien, jongens!' Ze kuchte zachtjes en mompelde: 'Kom op met die kaart!'

Ze wachtte met ingehouden adem tot een van de technici haar teken doorhad en het eerder opgenomen fragment in beeld bracht, een opname van de katten en apen aan het hof die aan het zingen en dansen waren. Oom Tierelier drukte op de noodknop en hoorde meteen de stem van een technicus.

'Wat is er aan de hand, Miz P.?'

'Het spijt me, maar ik moet uit de uitzending. Ik... ik voel me niet goed.'

'Nou, die ouwe Zoomer is mooi afgeserveerd. Misschien kunnen we zeggen dat je wilde laten zien dat hij zich aanstelde, dat hij alleen maar medelijden met zichzelf had.'

'Dat lijkt me een goed idee. Roland kan er wel een draai aan geven.'

Roland McDaniel was als volgende aan de beurt om oom Tierelier gestalte te geven en hij stond al helemaal klaar in zijn netuitrusting. Hij hoefde maar een paar minuten extra voor zijn rekening te nemen.

'Best. Denk je dat je er morgen weer klaar voor bent?'

'Ik weet het niet. Nou ja, vast wel.' Ze liet de knop los, schakelde de apparatuur uit en werd weer zichzelf, Olga Pirofsky. Met trillende vingers wurmde ze zich uit het pak en klom naar beneden, waarna ze snel naar de badkamer ging om haar maag leeg te kotsen.

Nadat ze zich had opgefrist en theewater had opgezet, ging ze naar de slaapkamer om Misha te bevrijden. De kleine hond met zijn spitse oren bleef op de sprei zitten en keek haar aan met een blik die duidelijk maakte dat hij haar dit niet gauw zou vergeven.

'Kijk nou maar niet zo.' Ze pakte het hondje op en nam hem op haar arm. 'Mammie heeft een zware dag gehad. Mammie heeft hoofdpijn. En trouwens, je hebt maar vijf minuten langer moeten wachten dan anders.'

Het staartje wapperde nog niet, maar Misha leek al enigszins bij te draaien.

Ze maakte een pak hondenvoer open, deed wat brokken in zijn bak en zette die op de grond. Terwijl ze naar hem keek voelde ze zich voor het eerst die dag een beetje tevreden. Het water kookte nog niet. Ze stond voorzichtig op, want haar hoofd klopte nog na, en ging naar de zitkamer om de radio aan te zetten, zachte klassieke muziek op een station in Toronto. Er was geen muurscherm meer in de kamer: die ruimte werd nu in beslag genomen door een paar stadsgezichten van Sint Petersburg en een groot schilderij van de synagoge in de Berlijnse Oranienburgerstrasse. Olga had door haar werk meer dan genoeg van de moderne tijd gezien. Zelfs de radio was een antiek geval, met een aparte knop om zelf de stations op te zoeken en een digitale klok waarvan de rode cijfers gloeiden als vurige kolen.

Het fluiten van de ketel bracht haar terug naar de keuken. Ze zette de halogeenplaat uit, deed een lepel honing in een kop en goot er kokend water in voor ze het zakje met Darjeeling toevoegde. Bij haar eerste en enige bezoek aan het hoofdgebouw van de zender had ze zo'n kop voorgekookte thee gekregen, een onsmakelijk brouwsel dat ze niet door haar keel had kunnen krijgen, ook al had ze zich voorgenomen zich van haar beste zijde te laten zien om salarisverhoging te krijgen.

Ze hinkte naar de zitkamer. Uit de radio klonk een *Impromptu* van Schubert en door de gashaard begon de kamer eindelijk een beetje op temperatuur te komen. Ze ging in haar vaste stoel zitten, zette de kop op de grond en klopte op haar been. Misha rook aan de thee en aan haar enkel voordat hij bij haar op schoot sprong. Blijkbaar vond hij het geen avond om ruzie te maken. Nadat ze haar thee had gepakt, stak het hondje zijn snuit onder de rand van haar trui, verschoof zijn pootjes een paar keer tot hij de beste houding had gevonden en viel onmiddellijk in slaap.

Olga Pirofsky staarde naar de vlammen en vroeg zich af of haar einde nabij was.

De hoofdpijnen waren bijna een jaar geleden begonnen. De eerste aanval was samengevallen met het hoogtepunt van oom Tiereliers Magische Monsterfeest, een evenement waar bijna het hele seizoen naartoe was gewerkt en waar een voor kinderprogramma's ongekende reclamecampagne voor was opgezet. De pijn was zo onverwacht en zo intens komen opzetten dat ze onmiddellijk uit de uitzending was gegaan, overtuigd dat er iets vreselijks met haar lichaam was gebeurd. Door een gelukkig toeval moest oom Tierelier zich in die uitzending in twaalf identieke versies van zichzelf splitsen (de zender was zo vriendelijk alle betrokken acteurs een graantje te laten meepikken), dus haar afwezigheid was niet fataal geweest. Die had trouwens toch maar kort geduurd, want de pijn was snel verdwenen en thuis wees niets erop dat haar echte lichaam iets was overkomen.

Als het daarbij was gebleven zou ze er dan ook niet lang bij hebben stilgestaan. Het Monsterfeest brak volgens verwachting alle kijkcijfers en leverde haar daardoor een aardige bonus op. Het werd ook nog een artistiek succesje voor haar. De figuur van Mister Boom, een soort wandelende explosie die ze samen met Roland en een andere acteur had bedacht, werd een kortstondige rage die in andere spelletjes en netshows werd opgevoerd en wiens beeltenis op ontploffende T-shirts, drinkbekers en allerlei speelgoed verscheen.

Twee maanden later kreeg ze een nieuwe aanval te verduren die haar dwong drie dagen haar werk te verzuimen. Haar dokter zei dat de hoofdpijn het gevolg was van stress en schreef haar een lichte pijnstiller en Seritolin voor. Sindsdien kreeg ze bijna elke week een aanval. De huisarts liet verschillende onderzoeken doen, waaruit geen enkele afwijking bleek, zodat hij het op het laatst ook niet meer wist.

Olga ging ten slotte maar niet meer naar hem toe. Dat hij niets voor haar kon doen was tot daaraan toe, maar ze vond het onverdraaglijk dat hij het haar kwalijk leek te nemen dat ze zo'n onverklaarbare aandoening had.

Ze krabbelde over de lichte groef boven op de schedel van Misha. Het schoothondje snurkte zachtjes. Dat beest had tenminste een rustig bestaan.

Het stuk van Schubert was afgelopen en er volgde een schier oneindige reclamespot over de voordelen van de nieuwste beeldschermen, alleen draaglijk door de begeleidende klassieke muziek in plaats van het gebruikelijke overspannen geschreeuw. Olga wilde haar hondje niet wakker maken door op te staan, daarom deed ze haar ogen dicht en probeerde de reclame te negeren tot de muziek weer zou beginnen.

Ze geloofde er niets van dat haar hoofdpijn door stress werd veroorzaakt. De ergste spanningen in haar leven had ze al jaren achter de rug, alle mogelijke ellende en de bijna onverteerbare zaken waren verwerkt. Acteren was niet altijd gemakkelijk, maar ze had vele jaren op het podium gestaan en dankzij de elektronische maskers kon je tegenwoordig zelf verborgen blijven. Bovendien was ze echt gek op kinderen en ook al konden die soms doodvermoeiend zijn, ze kon zich niet voorstellen dat enig ander werk haar meer plezier zou geven.

Het verlies van Aleksandr en haar kleintje leek een eeuwigheid geleden en van de open wonden waren nog slechts de harde, gevoelloze littekens overgebleven. Ze voelde zich veel ouder dan haar zesenvijftig jaar. Eigenlijk leidde ze al zo lang het leven van een oude vrijster dat ze nauwelijks beter wist. De minnaars die ze na Aleksandr had gehad, waren op de vingers van één hand te tellen en geen van hen had het langer dan een paar maanden volgehouden. Ze kwam haar appartement alleen nog uit om boodschappen te doen, niet omdat ze bang was – hoewel de buitenwereld iedereen weleens angst inboezemde – maar omdat ze tevreden was met haar vredige leventje thuis, ver van de drukte die andere mensen maakten.

Dus waarom zou ze last van stress hebben? Dat sloeg nergens op. Er moest een lichamelijke oorzaak zijn, een afwijking diep in haar hersenen of organen die bij de onderzoeken stomweg niet aan het licht was gekomen.

Uit de radio klonk een volgende reclamespot. Olga Pirofsky zuchtte. Als ze nou echt iets dodelijks onder de leden had, zou dat zo erg zijn? Wie zou ze missen? Alleen Misha en die zou vast wel ergens een goed tehuis vinden. Hij zou haar vergeten als hij maar genoeg aandacht en lekker eten kreeg. Verder had ze alleen haar herinneringen en daar kon ze misschien maar beter vanaf zijn. Hoe lang kon iemand trouwens in de rouw blijven?

Ze lachte, een bittere, trieste lach. 'Hoe lang? Je hele leven natuurlijk,' zei ze tegen de slapende hond.

De reclame was eindelijk afgelopen en er begon een pianoconcert van Brahms. Ze deed haar ogen open om een slok thee te kunnen nemen zonder op de ronkende Misha te morsen, het stomme trouwe dier. Ze had altijd moeite met haar coördinatie na zo'n aanval en ze voelde zich tientallen jaren ouder.

Ja, zou ze ergens spijt van hebben als het nu afgelopen was? Ze zou de show niet missen. Ze had oom Tierelier niet zelf verzonnen en hoewel ze vond dat ze hem beter had neergezet dan de anderen, vooral door haar circusopleiding die tegenwoordig zo zeldzaam was, betekende het niet zo heel veel voor haar. Eigenlijk was het een vlotte manier om speelgoed aan kinderen te slijten. Als oom Tierelier kon ze af en toe een wijze raad geven of een verdrietig kind opbeuren, maar ze voelde nauwelijks enige band met haar publiek. De kijkers konden geen onderscheid maken tussen de verschillende acteurs die oom Tierelier uitbeeldden, daar zorgde de studio wel voor met zijn kostbare filters en andere apparatuur, met zijn scriptgirls en grafische vormgevers.

En sinds de aanvallen regelmatig terugkeerden vond ze het steeds moeilijker zich met hart en ziel op haar werk te storten. Die stekende pijn in haar hoofd maakte het zo vreselijk moeilijk je op de kinderen te richten. Soms leek het wel of de aanvallen alleen tijdens haar werk begonnen.

Alleen tijdens haar werk...

Misha begon onrustig te worden en Olga besefte dat ze hem al een tijdje op dezelfde plek zat te krabbelen. Het verbaasde haar dat ze er niet eerder aan had gedacht, net zomin als haar eigen dokter en de verzekeringsarts. De hoofdpijn begon altijd als ze bezig was oom Tierelier te spelen.

Toch werden haar neurocanule en haar implantaten bij het jaarlijkse onderzoek door de bedrijfsarts altijd getest en dat was na de eerste aanval opnieuw gebeurd. Die lui van de verzekering waren echt niet gek. De aansluiting van de canule was in orde, even schoon als de foto's van de scan.

En wat dan nog? Als het niet aan de bedrading lag moest het iets anders zijn. Maar wat?

Ze pakte Misha op en zette hem op de grond. Hij jankte zachtjes en begon met een poot achter zijn oor te krabben. Olga stond op en liep heen en weer. Ze zette haar theekop pas neer toen ze de hete vloeistof over haar hand voelde lopen.

Wat kon het anders zijn dan de canule? Was er toch iets mis met haar eigen lichaam? Probeerde ze een externe oorzaak te vinden omdat ze de waarheid niet onder ogen durfde te zien, hoe stoïcijns ze zichzelf ook vond?

Olga Pirofsky bleef voor de haard staan en staarde naar het hologram van oom Tierelier, een geschenk ter gelegenheid van haar tienjarig jubileum en gemaakt door de ontwerpafdeling van de studio. Zijn zwarte kraaloogjes waren net zo onschuldig als die van een knuffelbeer, maar zijn vette lach beloofde weinig goeds voor Roodkapje. Oom Tierelier had knikkende knieën en reusachtig grote handen waarmee hij goocheltrucs kon doen die kinderen tot verbazing brachten of in lachen deden uitbarsten. Hij was een absoluut originele en absoluut kunstmatige schepping, over de hele wereld beroemd geworden.

Olga Pirofsky staarde naar het witte gezicht terwijl op de achtergrond zachte pianomuziek speelde en ze besefte ineens dat ze die kleine smeerlap eigenlijk nooit erg had gemogen.

3

De bijenkorf

NETFEED/NIEUWS: *Bukavu-5 bedreigt Zuid-Frankrijk*
(beeld: ambulances en politieauto's met flitsende zwaailichten op een landingsbaan)
COMMENTAAR: *Een kleine particuliere luchthaven in de omgeving van Marseille is door de autoriteiten afgezet na de landing van een vliegtuig uit Centraal-Afrika, waarvan de inzittenden besmet zouden zijn met het bukavu-5-virus. Een ooggetuige heeft beweerd dat alle passagiers bij aankomst dood zouden zijn geweest en dat de piloot zelf besmet was, maar hoewel dit bericht door meerdere persbureau's is verspreid gaat het vooralsnog om een onbevestigd gerucht. De betrokken Franse autoriteiten doen geen mededelingen over de reden voor het instellen van de quarantaine of over het inschakelen van de Wereldgezondheidsorganisatie...*

Het water wemelde van de monsters, reusachtige kronkelende vissen die Renie in haar oude leven, in haar echte leven, met één hand had kunnen vangen. Hier waren de rollen omgedraaid en zouden de vissen haar met huid en haar kunnen verzwelgen.

Grote schubben schuurden langs haar heen en ze werd door een volgende golf opgetild en weggeslingerd. Daardoor kwam ze uit de buurt van de happende vissen, in water dat verbazend stevig aanvoelde en waarop ze bijna bleef drijven.

Ze herinnerde zich ineens wat ze op school had geleerd over oppervlaktespanning: ze was domweg te klein om door het water te zakken.

Een manshoog oog staarde haar aan en dook meteen weer onder, maar de rust van het water was verstoord en ze ging kopje-onder. Renie probeerde haar evenwicht te bewaren en niet in paniek te raken.

Ik lig in een VR*-tank op een militaire basis*, bracht ze zichzelf wanhopig in herinnering. *Wat ik om me heen zie gebeurt niet echt. En ik heb een zuurstofmasker voor mijn gezicht, ik kan helemaal niet verdrinken!*

Alleen kon ze het masker niet meer voelen. Misschien was het losgeraakt en lag ze nu op sterven in de afgesloten tank die een mooie sarcofaag zou zijn...

Ze blies de ingehouden adem uit en zoog verse lucht naar binnen, samen met heel wat meer schuimend water dan haar lief was. Ze spuugde het water uit en begon te roepen.

'!Xabbu! Martine!' Ze trapte met haar voeten en zwaaide wild met haar armen om haar hoofd boven water te houden terwijl ze op en neer deinde met de golven. Dertig meter bij haar vandaan kolkte het water waar de reuzenvissen elkaar verdrongen om de rondzwermende insecten te vangen. Ze zag geen spoor van het blad of van de anderen, alleen maar de toppen en dalen van het opgezweepte rivierwater en van de heen en weer schietende insecten. Een van de gevleugelde dieren kwam op haar af en bleef bijna recht boven haar hoofd zweven. Het gonzen van de vleugels overstemde aanvankelijk een vreemde stem.

'Hela!' klonk iemands stem van dichtbij, zwak maar doodsbenauwd.

'Hé!' Renie stak haar hoofd zo ver mogelijk boven het wateroppervlak uit en zag T4b met zijn armen slaan om zijn onhandige robotsim drijvende te houden. Heen en weer geslingerd door de golven probeerde ze de zijstroom te overwinnen en naar hem toe te zwemmen.

'Ik kom bij je!' riep ze, maar hij leek haar niet te horen. Hij begon weer te schreeuwen en wild met zijn armen te slaan, een inspanning die hij onmogelijk lang kon volhouden. Zijn gespartel deed hem des te sneller zinken en het schuim spatte op rond zijn hoofd. Renie verdubbelde haar eigen inspanning en begon eindelijk dichterbij te komen, toen een zilverwitte kop als de neus van een flitstrein in een borrelende fontein uit het water schoot, T4b opslokte en weer in de diepte verdween.

Renie deinde mee met de golfslag die bij de onverhoedse aanval was ontstaan. Verbijsterd staarde ze naar de plek waar T4b net nog was geweest. Nu was hij zomaar weg.

Het gezoem van vleugels in de lucht werd nog luider, maar Renie kon haar ogen niet afhouden van de plek waar ze de robot voor het laatst had gezien, zelfs niet toen de luchtverplaatsing het water opzweepte tot een regen van druppels.

'Neem me niet kwalijk,' riep een stem. 'Heb je misschien hulp nodig?'

De droom waarin ze gevangenzat werd met de minuut gekker. Renie slaagde er eindelijk in naar boven te kijken. Een van de libellen zweefde op een steenworp afstand boven haar. Uit de flank van het dier stak een menselijk gezicht dat naar beneden keek.

Renie was zo verrast dat ze bij de volgende golf kopje-onder ging. Ze kwam proestend boven en zag de libel en het gezicht met een soort vliegeniersbril nog steeds boven haar zweven. 'Kun je me verstaan?' riep het fabelachtige hoofd. 'Ik vroeg of je hulp nodig had.'

Renie knikte zwak, niet in staat een woord uit te brengen. Een touwladder met sporten van glanzend aluminium werd uit de buik van het insect neergelaten, de laatste losgetornde draad in het weefsel van de werkelijkheid. Renie reikte naar de onderste sport en greep die vast, te moe om ook naar boven te klimmen. Een enorme rij glinsterende schubben doorboorde het wateroppervlak niet ver van haar vandaan en dook meteen weer onder, gekroond door een vin die zo groot was als het raam van een kathedraal. Iemand in vliegenierspak begon de ladder af te dalen. Even later sloot een sterke hand zich om haar pols en werd ze opgetrokken tot in de buik van de libel.

Ze zat op een gestoffeerd bankje met een reddingsdeken van mylar om zich heen. Het was moeilijk te zeggen waar ze het ergst van trilde, van haar eigen uitputting of van de bewegingen van de mechanische vleugels.

'Het is me wat,' zei een van de twee piloten in de cockpit. 'Een denkbeeldige deken gebruiken om je echte lichaam warm te houden. Maar hier werkt alles min of meer met symbolen. De deken betekent zoveel als "ik verdien het om het warm te hebben" en je neurale interface reageert op die boodschap.'

Ze schudde haar hoofd en voelde de zinloze neiging de onwaarschijnlijke vreemdeling erop te wijzen dat ze helemaal geen hoogwaardige neurale interface of iets dergelijks had, maar telkens wanneer ze haar mond opendeed begon ze met haar tanden te klapperen.

En ze kon geen einde maken aan het filmfragment dat steeds maar door haar hoofd speelde, de drie seconden waarin T4b in het water lag te spartelen en werd opgeslokt, telkens opnieuw.

De piloot die vlak voor haar zat deed helm en bril af. Renie zag korte zwarte krulletjes, Aziatische ogen en een rond, vrouwelijk gezicht. 'Hou nog even vol. We lappen je in de Bijenkorf wel weer op.'

'Ik geloof dat ik iets zie,' zei de tweede piloot. Deze had een mannelijke stem, maar het gezicht bleef verborgen achter de vliegeniersbril. 'Ik zal een eindje zakken.'

Renies maag bleef een paar seconden hangen terwijl ze zelf met het toestel in de richting van de rivier stortte.

'Daar drijft iemand tussen het wrakhout. Hoewel, hij ziet eruit als een aap.'

'!Xabbu!' Renie sprong op en stootte met haar hoofd onzacht tegen het dak, dat slechts dunnetjes was bekleed. 'Dat is mijn vriend!'

'Geen zorg,' zei de piloot. 'Lenore, ik geloof dat we de ladder weer nodig hebben.'

'Best, maar als het een aap is kan hij makkelijk zelf naar boven klimmen.'

Binnen enkele ogenblikken zat !Xabbu naast Renie op het bankje. Ze drukte de kleine baviaan stevig tegen zich aan.

De kunstmatige libel vloog nog een paar rondjes boven het kolkende water, maar er werden verder geen overlevenden aangetroffen.

'Het is jammer van je vrienden,' zei de piloot terwijl hij de libel van de rivier naar het woud van onmogelijk hoge bomen liet zwenken. 'Maar je kunt niet alles hebben.' Hij schoof zijn vliegeniersbril op zijn voorhoofd en Renie keek in het sproetige, langgerekte gezicht van een blanke man. De piloot liet het toestel onbekommerd kantelen om tussen twee enorme, naar elkaar toe hellende bomen door te vliegen. Renie en !Xabbu moesten zich aan de wand vastklampen om niet te vallen. 'Zo gaat het nu eenmaal, deze rivier is niet voor beginners.'

Renie luisterde ontdaan naar de ongevoelige woorden. Lenore keek enigszins afkeurend naar haar metgezel, alsof ze haar kleine broer met zijn vingers in de koekjestrommel had betrapt.

'Hou je een beetje in, Cullen. Je weet niet eens wat ze daar aan het doen waren. Misschien hebben ze echt een probleem.'

'Ja, ja,' snoof de magere piloot, niet in het minst aangedaan. 'Het leven is hard en als je pech hebt word je door de vissen opgevreten.'

'Wie bent u?' vroeg !Xabbu, ongeveer een halve tel voordat Renie het op een schreeuwen wilde zetten.

'De vraag is eerder: wie zijn jullie?' Cullen wierp een blik over zijn schouder voordat hij zich weer op het voorbijschietende megalover van het bos concentreerde. 'Weten jullie niet dat dit privéterrein is? Geloof me, het is helemaal niet verstandig om Kunohara tegen de haren in te strijken.'

'Kunohara?' Renie kon zich moeilijk concentreren. Bijna al haar reisgenoten waren net verdronken of verslonden, betekende dat dan helemaal niets voor deze mensen, ook al leefden ze in een virtuele wereld? 'Wie is dat?'

'Jullie hebben toch zeker wel gemerkt dat jullie in een andere simulatie terecht zijn gekomen?' vroeg Lenore vriendelijk, hoewel er een greintje ongeduld in haar stem doorklonk. 'Deze hele wereld is eigendom van Hideki Kunohara.'

'De koning der kevers,' zei Cullen lachend. 'Echt zonde dat jullie vrienden dit moeten missen.'

Renie probeerde haar verontwaardiging te beteugelen. Ze dacht aan Atasco en aan alle fouten die ze zelf had gemaakt. 'Een andere simulatie? Ik begrijp het niet.'

'Nou ja, je vrienden kunnen hier natuurlijk niet terugkomen. Eerlijk gezegd snap ik niet goed waar jullie zo snel vandaan kwamen, zeker via een achterdeurtje van een andere simwereld. Misschien is dat zo gek nog niet, Kunohara haalt wel vreemdere streken uit.' Hij schudde bewonderend zijn hoofd. 'Hoe dan ook, jullie zullen ergens anders moeten afspreken. Dat is helemaal geen probleem, wij kunnen je overal naartoe brengen zolang je maar een adres opgeeft.' Hij liet de libel een scherpe bocht maken om een overhangende tak te ontwijken en bracht het toestel met vaardige bewegingen weer horizontaal.

'Ik ben Lenore Kwok,' zei de vrouw, 'en jullie piloot is Cullen Geary. Overdag is hij een echte smeerlap, maar 's nachts... nou ja, dan is hij net zo goed een smeerlap.'

'Je vleit me, Len-baby, je vleit me,' grinnikte Cullen voldaan.

De hemel boven het woud was lichtpaars geworden en de boomstammen wierpen al snel kolossale verticale schaduwen. Renie sloot haar ogen en probeerde wijs uit de situatie te worden. De piloten leken te denken dat T4b, Martine en de anderen niets ernstigs was overkomen, dat ze alleen maar uit de simulatie waren verdwenen. Maar was dat echt het geval? En als ze de dood in deze simwereld konden overleven, iets waar Renie helemaal niet zeker van was na wat er met Singh was gebeurd, hoe konden zij en !Xabbu ze dan ooit terugvinden? Het leek wel alsof heel de moeizame onderneming nu al voorbij was, alsof Sellars zijn werk voor niets had gedaan.

'Waar zijn we hier?' vroeg ze. 'In welke simwereld?'

'O nee.' Cullen stak vermanend een vinger op terwijl het buiten donker werd. 'Zeg eerst maar eens wie jullie zijn.'

Renie en !Xabbu keken elkaar even aan. Door al hun beslommeringen hadden ze niet de gelegenheid gehad hun verhalen op elkaar af te stemmen met het oog op een dergelijke ontmoeting. Renie besloot dat een halve leugen de beste aanpak was.

'Ik heet... Otepi.' Het duurde even voordat de schuilnaam uit de club haar te binnen wilde schieten. 'Irene Otepi. Ik was bezig met een systeemanalyse voor Atasco.' Ze zweeg even om te zien hoe haar redders zouden reageren. 'Kent u hem?'

'De antropoloog?' Lenore boog zich over het instrumentenpaneel. Als ze al iets verborgen hield, deed ze dat heel goed. 'Ja, ik heb weleens van hem gehoord. Ik meen dat hij uit Midden- of Zuid-Amerika komt.'

'Uit Zuid-Amerika,' zei Cullen. 'Om precies te zijn uit Colombia. Ik heb ooit een interview met hem gezien. Wat vond je van hem?'

Renie aarzelde. 'Ik heb hem zelf niet ontmoet. Er ging iets mis, al weet ik niet precies wat. Er was een soort revolutie aan de gang in zijn simwereld. We zaten op een boot en toen zijn we maar doorgevaren.' De piloten moesten zich wel afvragen waarom ze niet gewoon van het net af waren gegaan. Dat was een goede vraag en ze wist geen beter antwoord te bedenken dan de buitenissige waarheid. 'Het was heel vreemd allemaal. De boot werd een boomblad en zo zijn we in deze wereld beland, denk ik. Het blad sloeg om en u heeft ons gered.'

!Xabbu had scherp naar haar zitten kijken en nu begon hij in zijn beste Engels te praten. 'Mijn naam is Henry Wonde,' zei hij. 'Ik ben een student van mevrouw Otepi. Hoe kunnen we onze vrienden terugvinden?'

Cullen keek over zijn schouder om de baviaan eens goed op te nemen. Pas op het laatste moment draaide hij zijn hoofd weer om en stuurde het toestel langs een web van takken. 'Hoezo, zijn jullie dan van plan op het net te blijven? Willen jullie misschien terug naar die simwereld van Atasco?'

Renie haalde diep adem. 'Ik geloof dat er iets met onze eigen systemen aan de hand is. We kunnen niet van het net.'

Cullen liet een verrast gefluit horen. 'Dat is pas echt raar.'

'Daar kijken we in de Bijenkorf wel naar,' zei Lenore vol vertrouwen. 'Het komt allemaal weer goed.'

Renie was daar minder zeker van, maar ze zei niets. De libel vloog snel verder door de donker wordende nacht.

Orlando lag te dromen vlak voordat hij wakker werd, een vaag en warrig fragment over een kind zonder gezicht dat in een koude, donkere kamer zat en hem smeekte te blijven om een spelletje te doen. Er was iets met een geheim, iets dat voor de grote mensen verborgen moest blijven, maar op dat moment ontwaakte hij en werd de droom als rook uiteengejaagd. Maar ook al verdwenen de details binnen enkele minuten uit zijn geheugen, het onheilspellende gevoel dat de droom hem gaf bleef veel langer hangen.

In de eerste, al te felle momenten nadat hij zijn ogen had geopend dacht hij dat hij verlamd was. Het was alsof zijn benen een eigen wil hadden en hij had nauwelijks gevoel in zijn onderlichaam.

'Orlando?'

De stem klonk bekend, in tegenstelling tot de wereld om hem heen. Hij knipperde met zijn ogen en draaide zijn hoofd in de richting van het geluid.

'Je bent wakker!' Het gezicht van Fredericks was heel dichtbij. Orlando besefte al gauw dat hij de arm van zijn vriend om zijn middel voelde en dat Fredericks zich met zijn vrije hand aan de rand van het blad vasthield terwijl ze allebei tot aan hun borst in het warme water van de rivier dreven.

'Zo, daar hebben we ons zonnetje in huis weer.' Lieve William hing een paar meter verder aan de rand en zag er enigszins uit als een natte, zwarte kaketoe. 'Kan hij nu ook zelf zwemmen of moeten we jullie allebei om de haverklap aan boord hijsen?'

'Laat hem met rust,' snauwde Fredericks. 'Hij is erg ziek.'

'Hij heeft gelijk,' zei een vrouwenstem. 'Het is tijdverspilling om ruzie te maken.'

Orlando stak zijn nek uit, die zo taai als een stuk toffee aanvoelde, om langs Fredericks naar de anderen te kijken. Drie vrouwelijke sims, Quan Li, Florimel en Martine, waren bij de rand op het hoogste deel van het blad gaan zitten. Florimel, die de laatste opmerking had gemaakt, keek hem strak aan. 'Hoe voel je je?'

Orlando schudde zijn hoofd. 'Niet geweldig, maar beter dan eerst.'

Het blad begon te schudden. Orlando voelde zijn hart ineens bonzen en stak zijn handen uit naar Fredericks en naar de rand van het blad. Een ogenblik later hield het schudden op.

'Ik geloof dat we over een wortel zijn gevaren,' zei Florimel. 'We zijn dicht genoeg bij de oever om het laatste stuk te zwemmen.'

'Ik denk niet dat ik dat haal.' Orlando erkende niet graag zijn zwakte, maar de anderen hadden hem uren of dagen vrijwel alleen bewusteloos gezien en het was zinloos om zich groot te houden.

'Breek daar je mooie hoofdje maar niet over,' antwoordde Lieve William. 'We nemen je gewoon op onze rug en dragen je helemaal naar de Stad van Smaragd of naar Mordor of waar we dan ook in 's hemelsnaam naartoe gaan. Zo gaat het toch in zulke verhalen? We steunen elkaar tot het bittere einde.'

'O, hou toch op,' zei Fredericks.

Orlando sloot zijn ogen en deed zijn best om zijn hoofd boven water te houden. Na een paar minuten trilde het blad opnieuw en dreef met een lichte bons ergens tegenaan, deinend op de zwakke stroom.

'We weten niet of het blad nog loskomt,' merkte Florimel op. 'Laten we naar de oever gaan, die is nu niet ver meer.'

'Iedereen wil hier de baas spelen, geloof ik,' zei Lieve William met een zucht. 'Nou ja, laten we het er maar op wagen, des te eerder weten we waar we aan toe zijn.' Hij liet het blad los en zwom naar Fredericks toe.

Orlando vroeg zich enigszins dromerig af wat William aan het doen was, toen hij plotseling een arm om zijn nek voelde en ruggelings door het water werd gesleurd. Hij begon wild met zijn armen en benen te slaan.

'Hou daarmee op, stommerd,' sputterde William. 'Anders mag je zelf zwemmen.'

Orlando staakte zijn verzet toen hij begreep dat William hem op deze hardhandige manier naar de kust wilde helpen. William begon met verrassend krachtige bewegingen te zwemmen. Orlando lag met zijn kin op een arm van Pierlala en keek naar de tropisch blauwe hemel boven zijn hoofd, uitgestrekter dan hij ooit had gezien, en vroeg zich af of deze droom nooit meer zou ophouden.

Wat een afgang, dacht hij. *Hier had ik net zo goed als iedereen mijn mannetje kunnen staan, zo niet beter, en nu ben ik nog steeds ziek.*

Maar zijn spieren leken niet meer zo slap als eerst, wat een boeiend verschijnsel was. Bij wijze van proef trapte hij met zijn voeten in het water, wat hem op een proestende terechtwijzing van Lieve William kwam te staan. 'Je brengt me uit mijn evenwicht. Ik weet niet wat je aan het doen bent, maar hou er liever mee op.'

Orlando hield zijn benen stil, niet ontevreden over de kracht die in zijn virtuele lichaam aan het terugkeren was.

Even later sleepte William hem een eindje over de ronde steentjes op het strand en bleef bij hem staan. Kletsnatte veren plakten tegen zijn hoofd en schouders. 'Blijf jij maar hier, jonge held,' zei hij. 'Hou je met je verheven gedachten bezig terwijl ik terugga om onze blinde vriendin aan land te brengen.'

Orlando deed niets liever dan in de warme zon blijven liggen om zijn vingers en tenen te bewegen. Na een paar minuten kon hij ook zijn armen en benen buigen en strekken. Zijn longen deden nog steeds zeer als hij wat dieper probeerde adem te halen en hij voelde al zijn spieren, maar de onverschillige, dromerige afwezigheid was voor het eerst sinds de tocht op Atasco's koninklijke schip bijna verdwenen. Toch werd hij nog gekweld door een duisternis diep vanbinnen, een schaduw die hij niet duidelijk kon zien en waar hij ook geen naam aan kon geven.

Er is iets gebeurd. Heb ik niet gedroomd? Gedroomd over Kruiper en een klein kind? Hij kon er geen enkele betekenis aan geven, maar het verontrustende was juist dat iets in zijn achterhoofd zo belangrijk leek te zijn. *Moet ik niet iets doen, iemand helpen?* Langzaam kwam er een andere gedachte bij hem op, nog verontrustender: *was ik niet bijna dood geweest? Ik ben in het donker afgedaald. Was ik stervende?*

Hij deed zijn ogen open en zag de anderen aan land strompelen, Lieve William met Martine in zijn armen. Hij legde haar opvallend voorzichtig naast Orlando neer. Pas toen iedereen in een kringetje op het strand zat, begreep Orlando ineens dat niet alles in orde was.

'Waar zijn de anderen? Waar zijn...?' Hij kon niet zo snel op de naam komen. 'Waar zijn Renie en haar vriend? En de strijdrobot?'

Quan Li schudde zwijgend haar hoofd en keek naar de stenen op het strand.

'Weg,' zei Florimel. 'Misschien zijn ze verdronken, maar ze kunnen ook ergens anders aan land zijn gespoeld.' Haar zakelijke toon klonk niet helemaal oprecht, alsof ze moeite deed haar angst te verbergen. 'Iedereen is overboord geslagen, maar wij hier konden ons aan de rand van het blad vastgrijpen. Je vriend pakte je beet en hield je hoofd boven water, daarom leef je nu nog.'

Orlando keek naar Fredericks. 'Sleep me maar voor de rechter als je wilt,' zei Fredericks fel. 'Dat je een idioot bent betekent nog niet dat ik je laat verzuipen.' Orlando voelde zijn maag omkeren. Hoe vaak had zijn vriend de laatste tijd zijn leven niet gered?

Lieve William scheen zijn gedachten te raden. 'Net voordat we omsloegen, ademde je niet eens meer, schattebout. Flossie hier moest je mond-op-mondbeademing geven.'

'Ik heet Florimel, niet Flossie.' Ze keek verontwaardigd naar de doorweekte William. 'Iemand moest het doen.'

'Dank u.' Hoewel Orlando het meende, wist hij niet goed wat hij van de felle vrouw moest vinden. Bovendien drong pas nu goed tot hem door wat een groot verlies ze hadden geleden. 'Kunnen we Renie en de anderen niet gaan zoeken? Misschien hebben ze hulp nodig.'

'Jij hebt makkelijk praten, maar we hebben niet allemaal een gratis ritje naar het strand gehad,' zei William. 'Sommigen van ons zouden hier wel willen gaan liggen om een week te slapen.'

Orlando keek om zich heen. Vanuit zijn verschrompelde perspectief was de rivieroever een smal steenstrand met heuvels en dalen. De stroom zelf was een brede groene plas waarvan het water als door een storm was opgezweept en verdween in de verte uit het zicht. Het strand werd begrensd door de voorste rij bomen, elk zo groot als de wereldboom uit de Noorse mythologie. Maar niet alleen de omvang van alles in de omgeving was verwonderlijk. 'Het is nu ochtend,' zei hij, 'maar een tijdje geleden was het net avond. Gaat de tijd hier zo snel?'

'Moet je hem horen!' zei William lachend. 'Hij heeft de hele nacht lekker geslapen terwijl wij aan het watertrappen waren en nu denkt meneer dat er iets aan de tijdrekening mankeert.'

Orlando wist zeker dat zijn echte gezicht rood aanliep. 'O, sorry,' zei hij, snel een ander onderwerp zoekend. 'Blijven we hier voorlopig? Moeten we dan geen vuur maken?'

Martine was zwijgend blijven liggen sinds William haar aan land had gebracht. Nu kwam ze met een ruk overeind, haar ogen opengesperd. 'Er is iets...' Ze sloeg haar handen voor haar gezicht en wreef zo hard over haar ogen dat Orlando bang was dat ze zichzelf zou bezeren, ondanks de sensoren. 'Of nee, er is iemand...' Haar mond viel open en haar gezicht vertrok in een geluidloze schreeuw. Ze stak haar hand uit en wees naar het water. 'Daar! Daar is iemand!'

Allemaal draaiden ze hun hoofd in die richting. Niet ver van het strand stond een in witte kleren gehulde figuur, net zo groot als zij, naar iets te kijken dat voor hen verborgen bleef. Orlando krabbelde overeind, maar hij kreeg onmiddellijk een aanval van duizeligheid.

'Orlando, pas op!' Fredericks sprong op en pakte hem bij een arm. Orlando wankelde op zijn benen en slaagde er niet in een stap naar voren te doen. Hij zwaaide heen en weer en probeerde zijn evenwicht te bewaren.

Florimel was al op weg naar de onbekende, snel over de ongelijke stenen lopend. Lieve William ging achter haar aan.

'Wees voorzichtig!' riep Quan Li hen na. Ze ging naar Martine en pakte de hand van de Française, die haar blinde ogen van links naar rechts liet gaan als een satellietschotel die zijn signaal kwijt is.

Terwijl Orlando eindelijk zijn eerste stappen zette, eerder gehinderd dan geholpen door Fredericks' stevige greep, draaide de gestalte in de witte mantel zich om naar Florimel en William alsof hij nu pas bemerkte dat er nog anderen in de buurt waren. Orlando meende glinsterende ogen in de schaduw onder de kap te zien toen de figuur verdween.

Fredericks hield zijn adem in. 'Jeetje, zag je dat? Hij was ineens weg!'

'Het is... VR,' hijgde Orlando. 'Had je soms... een rookgordijn... verwacht?'

De twee verkenners hurkten neer aan de rand van het water en keken ergens naar. Orlando dacht eerst dat het een of ander afgedankt apparaat was, maar het zag er nog veel te gaaf uit om lang in het water te hebben gelegen. William en Florimel kantelden het ding en Orlando zag ineens wat het was.

'Kijk eens wat we hier hebben!' riep William. 'Het is BoemBoem, de jongen van staal!'

T4b werd het strand op geholpen terwijl Orlando gesteund door Fredericks naar hen toe waggelde, als twee eerbiedwaardige, maar stokoude staatslieden die aan elkaar voorgesteld moesten worden.

'Alles goed?' vroeg Fredericks aan de strijdrobot. Florimel begon T4b te onderzoeken, liet hem zijn vingers en armen bewegen en probeerde onder het metaal een polsslag te voelen, hoewel Orlando zich afvroeg of dat bij een sim enige zin had. 'We dachten al dat je dood was!' riep Fredericks buiten adem.

'Ja, en we zijn nog niet eens formeel aan elkaar voorgesteld,' zei William spottend. 'Is mister T goed of zeggen we gewoon Vier Bee tegen je?'

T4b kreunde en legde behoedzaam een met scherpe nagels afgezette stalen handschoen tegen zijn wang. 'Ik ben geradbraakt. Die vis heeft me opgevreten.' Hij schudde zijn hoofd, waardoor Florimel bijna een van zijn helmpieken in haar oog kreeg. 'Nog een geluk dat hij me weer uitkotste.' Hij zuchtte. 'Dat was eens maar nooit weer.'

'Het is niet veel, maar hier wonen we,' verklaarde Cullen. Renie zag een eindje verder alleen maar een groepje lichten flonkeren.

'Wacht even,' zei Lenore scherp. 'Op halfeen zit een onbekend object dat onze kant uit komt.'

'Wat is het?'

'Zo'n vervloekte quetzal, denk ik.' Lenore keek fronsend naar de radar voordat ze haar hoofd omdraaide naar Renie en !Xabbu. 'Dat is een vogel.'

'Hou je vast.' Cullen zette een steile landing in. 'En doe voor de zekerheid je riemen om.'

Renie en !Xabbu grepen de gordels die aan de wand hingen en snoerden zichzelf in. Na een duikvlucht van enkele seconden vertraagde het toestel zo sterk dat Renie als een harmonica in elkaar werd gedrukt. Daarna leek het alsof ze langzaam naar beneden zweefden, tot zij en !Xabbu hevig schrokken van een gesis en gerammel vlak onder hun voeten.

'De poten worden uitgeklapt,' legde Lenore uit. Terwijl de libel met een bonk tot stilstand kwam bleef ze naar het instrumentenpaneel kijken. 'We wachten gewoon tot dat stomme beest er genoeg van krijgt. Ze kunnen je niet zien zolang je niet beweegt.'

Renie begreep niets van het tweetal, dat het allemaal als een groot avontuur leek te beschouwen waarin ze meespeelden. En misschien was dat ook wel zo. 'Waarom doen jullie dit?' vroeg ze.

Cullen snoof. 'Anders vreet hij ons op. We kunnen onze tijd wel beter besteden.'

'De kust is veilig,' zei Lenore. 'Hij is weggevlogen. Laten we voor alle zekerheid nog even wachten, maar er zit niets meer in de lucht.'

De vleugels van de libel begonnen te klapperen en het toestel verhief zich trillend van de grond. Cullen zette weer koers naar de lichten, die bij hun nadering een verticale muur van glanzende puntjes leken te vormen. Een verlichte rechthoek werd groter en groter en bleek uiteindelijk een enorme, vierkante deuropening te zijn waar de libel gemakkelijk doorheen kon. Cullen manoeuvreerde het toestel behendig naar binnen en zette het aan de grond.

'Bovenste etage,' kondigde hij aan. 'Hier uitstappen voor snavels, huidbekleding en damesondergoed.'

Renie kreeg de aanvechting hem een klap in zijn gezicht te geven, maar ze was al moe toen ze zich uit de riemen had geworsteld en ze daalde achter de twee piloten af door de luikopening. !Xabbu kwam achter haar aan, langzaam de trap afdalend om haar niet op te jagen.

Het libelvliegtuig stond in een grote hangar waarvan de deur met veel gerammel werd gesloten. Renie moest aan de militaire bunker in de Drakensbergen denken, met als enige verschil dat die echt bestond en deze niet. Net als alle andere simulaties in Anderland was de ruimte ongelooflijk natuurgetrouw, een architectonisch gevaarte dat zo op het oog bestond uit fibramische dwarsbalken en platen van plastaal. Aan het hoge plafond hingen rijen tl-buizen. De vijf of zes sims die kwamen aanlopen om zich over de libel te ontfermen, hadden allemaal een gewoon gezicht met individuele gelaatstrekken. Ze vroeg zich af of achter een van hen ook een mens van vlees en bloed zat.

Plotseling besefte ze dat ze niet eens wist of hun redders wel echt waren.

'Kom mee,' zei Lenore. 'De ondervraging zal niet lang duren, hoewel Angela misschien nog het een en ander van jullie wil weten. Daarna geven we jullie een rondleiding.'

De Bijenkorf, zoals Lenore het onderkomen noemde, was een reusachtige ondergrondse ruimte, aangelegd in een heuvel van bosgrond. Voor de kleine mensjes was die heuvel zelfs nog groter dan de berg waarin de luchtmachtbunker was ondergebracht, maar Renie vond het toch griezelig veel overeenkomsten vertonen met de gebeurtenissen in hun echte leven. Lenore en Cullen verlieten de hangar via een lange gang en deelden plaagstootjes uit terwijl Renie en !Xabbu volgden, de baviaan op handen en voeten. Renie vroeg zich opnieuw af of dit een ingewikkelde spelwereld was.

'Wat doen jullie hier precies?' vroeg ze.

'Dat is waar, dat hebben we nog niet verteld,' antwoordde Lenore met een glimlach. 'Jullie zullen wel denken.'

'Kevers,' zei Cullen. 'We zijn hier voor de kevers.'

'Alleen om ze te bekijken natuurlijk,' zei Lenore.

!Xabbu ging een ogenblik op zijn achterpoten staan en streek met zijn vingers langs de wand om het materiaal te voelen. 'Is dit een spel?' vroeg hij, alsof dezelfde gedachte als die van Renie hem bezighield.

'Het is even serieus als een hartaanval,' antwoordde Cullen. 'Kunohara mag het misschien een speeltuin vinden, voor entomologen zoals wij is het de hemel op aarde.'

'Nu word ik pas echt nieuwsgierig,' zei Renie, en dat was ze tot haar eigen verbazing ook. Ze was nog steeds vervuld met zorg over het lot van haar metgezellen, maar Anderland had eens te meer een verrassing voor haar in petto.

'Nog even geduld, dan zullen jullie alles zien. We halen bezoekerspassen en dan krijg je de complete rondleiding.'

Renie had vanwege de hoogst realistische sfeer verwacht dat Lenore hen naar een kantoor zou brengen, maar de pilote bleef midden in de gang staan en opende een datavenster in de lucht. Plotseling stond er een vrouw bij hen, klein van stuk, met kort bruin haar en een bijzonder ernstig gezicht dat goed gesimuleerde mediterrane trekken vertoonde.

'Kijk maar niet zo verbaasd,' zei ze op bijna bevelende toon tegen Renie en !Xabbu. 'Hier in de Bijenkorf hoeven we ons niet met dat realistische gezeik uit te sloven.' Terwijl Renie en !Xabbu over deze verwarrende mededeling nadachten, richtte de vrouw zich tot Lenore. 'Jullie wilden me spreken? Zeker over deze mensen?'

'We hadden het onderweg willen melden, maar Cully kwam bijna in aanvaring met een quetzal en daardoor werden we nogal afgeleid.'

'Ach, wat stelde het nou voor?' wierp Cully tegen.

'Ze zijn hier bij vergissing uit een andere simwereld beland. Die van Atasco, was het toch?' vroeg ze aan Renie. 'En nu kunnen ze niet meer van het net.'

De vrouw snoof. 'Dan hoop ik dat je thuis genoeg water en glucose krijgt, schoonheid, want op het ogenblik hebben we weinig tijd om je te helpen.' Ze richtte zich weer tot de piloten. 'Het Ecitonfront is omgedraaid en het is ongeveer dertien meter in doorsnee als het beweegt. Ik wil dat jullie er morgenochtend nog eens naar gaan kijken.'

Cullen salueerde. 'Tot uw orders, kapitein.'

'Donder op.' Ze draaide haar hoofd om naar de bezoekers en trok haar wenkbrauwen op terwijl ze !Xabbu opnam. 'Ik zou kunnen zeggen dat we hier niet veel bavianen op bezoek krijgen, maar dat is een afgezaagde grap en bovendien heb ik daar geen tijd voor. Ik ben Angela Boniface. Jullie twee zijn een probleem. We hebben duidelijke afspraken met de uitbater, onder andere dat we zonder zijn instemming geen vreemden binnenhalen.'

'We willen u geen moeilijkheden bezorgen,' zei Renie haastig. 'We gaan hier zo snel mogelijk weg. Misschien kunt u ons de weg wijzen naar de dichtstbijzijnde...' Ze zocht even naar een toepasselijk woord. 'Naar de grens, dan verdwijnen we meteen.'

'Zo gemakkelijk zal dat niet gaan.' Angela Boniface fronste haar voorhoofd. 'Verdomme. Nou ja. Kwok, probeer jij iemand te vinden die kan uitzoeken wat er met hun systeem aan de hand is, dan ga ik Bello de schop onder zijn achterste geven die hij nog te goed heeft.' Terwijl ze zich omdraaide verdween ze als een illusionist in het niets.

'Bello is de projectleider,' verklaarde Lenore.

'Wat bedoelde ze met "dat realistische gezeik"?' vroeg !Xabbu. Zelfs Renie moest lachen om de kieskeurige manier waarop hij de woorden uitsprak.

'Ze bedoelde dat we hierbinnen de schijn niet hoeven op te houden,' vertelde Cullen terwijl hij zijn lange armen uitstak om zich als een kat uit te rekken. 'Kunohara wil niet dat er iets onnatuurlijks in de buitenwereld te zien is, vandaar dat wij in de omgeving moeten opgaan als we iets van dichtbij willen bekijken. Daarom zien de voertuigen er ook uit als libellen. Hij heeft nog een heleboel andere vervelende regeltjes opgesteld. Het is een spelletje voor hem en hij vindt het leuk om ons door hoepels te laten springen. Althans, zo denk ik erover.'

'Tot je een paar keer miljardair bent geworden,' merkte Lenore op, 'dan kun je je eigen simulatie bouwen en zelf de regels bepalen.'

'Nou, de eerste regel wordt dan dat de baas geen zestien uur per dag in touw hoeft te zijn. Ik ga mijn logboek bijwerken en dan ben ik hier weg. Aju.' Hij knipte met zijn vingers en was verdwenen.

'Echte slaapplaatsen hebben we niet,' zei Lenore verontschuldigend in de vergaderkamer. 'Er blijft hier nooit iemand slapen, dat zou onzin wezen.' Ze keek de kale ruimte door. 'Er valt niet veel te zien ook. Als jullie willen kan ik wel wat aan de muur hangen of wat meer meubels maken.'

Renie schudde haar hoofd. 'Het zal wel gaan.'

'Over een paar uur kom ik in elk geval weer even kijken. Als er voor die tijd een technicus beschikbaar is, laat ik jullie wel oproepen.' Ze loste op in het niets en Renie en !Xabbu bleven alleen achter.

'Wat denk je?' vroeg !Xabbu, die op een van de kale rechthoekige tafels was geklommen. 'Kunnen we hier praten?'

'Als je bedoelt of niemand ons kan horen, dan betwijfel ik dat.' Renie keek fronsend om zich heen. 'Het is een virtuele vergaderkamer, dus er moet allerlei communicatieapparatuur zijn aangesloten. Maar ik geloof ook niet dat de mensen hier ons zullen afluisteren.'

'Dus je denkt niet dat zij onze vijanden zijn?' !Xabbu bleef op zijn hurken zitten en krabde in de kortharige vacht op zijn poten.

'Dan hebben ze wel erg veel risico genomen om ons te redden. Nee, ik geloof dat ze inderdaad zijn voor wie ze zich uitgeven, een groep entomologen die in een dure simulatie onderzoek doet. Alleen weet ik niet of dat ook geldt voor de eigenaar, die hoe-heet-hij-ookweer.' Ze zuchtte en ging op de grond zitten, met haar rug tegen de kale witte muur. De overall van haar sim vertoonde nauwelijks sporen van slijtage na het bad in de rivier, maar dat was nog niet onrealistisch. De simulaties van Anderland hielden blijkbaar zelfs rekening met zulke details uit het dagelijkse leven.

Eens te meer vroeg ze zich af wie die mensen van de Broederschap waren. Hoe konden ze zo'n levensecht netwerk maken? Zelfs een onuitputtelijk kapitaal leek haar niet toereikend om zo'n geweldige technische prestatie te verwezenlijken.

'Wat gaan we doen?' vroeg !Xabbu. 'Zijn we de anderen definitief kwijt?'

'Daar kan ik echt geen antwoord op geven.' Renie voelde zich doodmoe en neerslachtig. Ze probeerde haar gedachten op een rijtje te zetten. 'We kunnen afwachten en hopen dat Sellars ons vindt voordat die lui van de Graal dat doen. We kunnen hier ook vertrekken en op zoek gaan naar die... welke naam noemde Sellars ook alweer?'

!Xabbu kreeg rimpels in zijn apenvoorhoofd. 'Jonas,' zei hij na een tijdje. 'Sellars kon in zijn dromen met hem praten. Hij had Jonas bevrijd, zei hij.'

'Je hebt gelijk, alleen zegt dat ons helemaal niets omtrent zijn verblijfplaats. Trouwens, hoe zouden we hem moeten vinden? De rivier kan zich wel tot in het virtuele oneindige uitstrekken. Voor mijn part hebben ze er zo'n moebiusfiguur van gemaakt die in een kringetje rondloopt zonder dat er een einde aan komt.'

'Je bent ongelukkig,' zei !Xabbu. 'Ik geloof niet dat het zo erg is. Wat een wereld is dit! En denk eens aan het land van Atasco! Er zijn niet genoeg mensen op aarde om een oneindig aantal van zulke gecompliceerde omgevingen te construeren.'

Renie glimlachte vermoeid. 'Je zult wel gelijk hebben. Dus we moeten weer terug naar de rivier om Martine en de anderen of Jonas te zoeken. Heb je weleens van een naald in een hooiberg gehoord?'

!Xabbu schudde zijn smalle kop. 'Wat is een hooiberg?'

Haar dromen kwamen en gingen vrijwel ongemerkt, als een mild regenbuitje in de vroege ochtend. Ze werd wakker op de vloer van de denkbeeldige vergaderkamer en hoorde de rustige ademhaling van !Xabbu, die naast haar lag.

Een herinnering kwam bij haar op, in het begin niet meer dan een vaag samenraapsel van geluid en gevoel. Toen Stephen nog klein was, kroop hij 's ochtends weleens bij haar in bed als het koud was. Dan mompelde hij wat met zijn slaperige hoofdje, ging dicht tegen haar aan liggen en was binnen een paar tellen weer diep in slaap terwijl

Renie gelaten wakker bleef liggen tot de wekker zou afgaan.

De halve-droomstaat, dit besluiteloze niets waarin Stephen nu verkeerde was verschrikkelijk. Haar moeder was tenminste dood, iemand die ze miste en betreurde en aan wie ze soms met spijt terugdacht. Stephen was niet dood en niet levend, hij was in een niemandsland zonder dat zij er iets aan kon doen.

Behalve misschien wat ze nu aan het doen was, wat neerkwam op een hopeloze zoektocht of een verwarde aanval op een groep machtige mensen die ze niet eens kende. Renie wist niets beters te bedenken, maar Stephen was ziek en als ze helemaal niets deed zou ze het zichzelf eeuwig blijven verwijten.

Haar trieste gedachten wekten een andere herinnering. Toen Stephen vijf of zes jaar oud was kwam hij op een middag opgewonden thuis, zwaaiend met zijn armen alsof hij wilde gaan vliegen. Renie had om zijn capriolen kunnen lachen als hij geen kapotte lip en besmeurde kleren had gehad. Een paar oudere kinderen hadden hem op de terugweg van school opgewacht om hem dingen te laten zeggen die hij van thuis niet mocht zeggen, een van die oude kwajongensrituelen, en hadden hem vervolgens ruw tegen de grond gegooid. Renie was het huis uit gerend zonder eerst naar zijn bebloede lip te kijken. Het groepje tienjarigen rende weg toen ze eraan kwam, maar een van hen was net te langzaam. Ze schudde het joch door elkaar en schold hem de huid vol totdat hij nog harder huilde dan Stephen had gedaan. Toen ze hem losliet ging hij dodelijk geschrokken op de grond zitten, wat Renie met een intense schaamte vervulde. Dat zij, een volwassen vrouw met genoeg hersens om te studeren, een kind zo de stuipen op het lijf kon jagen... Ze vond het een afschuwelijke gedachte en ze had het zichzelf nooit helemaal vergeven. Stephen daarentegen, die vanuit de deuropening had staan toekijken, had geen last van dergelijke twijfels. Hij vond het prachtig dat een van de daders op zijn kop had gekregen en stond haar dansend op te wachten toen ze terugkwam.

Hoe kon iemand het in zijn hoofd halen met opzet kinderen kwaad te doen? Welk voordeel dacht die Graalbeweging uit zulke wreedheden te halen? Ze kon zich er niets bij voorstellen, al waren er tegenwoordig natuurlijk veel dingen waar ze niets van begreep.

Renie bromde om zichzelf uit haar sombere overpeinzingen te wekken en ging rechtop zitten. !Xabbu mompelde iets en ging op zijn andere zij liggen.

Wat kon ze anders doen dan verder gaan? Ze had fouten gemaakt en dingen gedaan waar ze liever niet aan werd herinnerd, maar Stephen had niemand anders. Zijn leven lag in haar handen, en wat een belangrijk leven was het. Als zij de strijd opgaf zou ze hem nooit meer zien rondrennen met zijn slungelige en toch sierlijke lijf, ze zou hem nooit meer horen grinniken om de pijnlijk flauwe grappen van een netshow, ze zou hem nooit meer meemaken terwijl hij een van die dingen deed waardoor hij zo'n uniek mens was.

Misschien had dat schoffie van tien niet zo'n hardhandige afstraffing verdiend, maar hij had Stephen nooit meer lastig gevallen. Er moest altijd iemand zijn om voor de zwakken en de onschuldigen op te komen. Als ze niet al het mogelijke voor hem deed, zou ze die mislukking de rest van haar leven met zich meedragen. Zelfs als Stephen doodging zou hij voor haar niet meer dan een geest uit het schimmenrijk blijven, de geest van een gemiste kans.

4

In de poppenfabriek

NETFEED/NIEUWS: *Mini-olifantjes meer dan een rage (beeld: Cannon en mini-olifant 'Jimson')*
COMMENTAAR: *Het zijn goede tijden voor de Good Things Farm. Eigenares Gloriana Cannon, hier samen met de jonge stier Jimson, fokt en verkoopt per jaar bijna honderd miniatuurolifanten, die veelal 'dombootjes' worden genoemd. De omzet van het bedrijf, dat tien jaar geleden tijdens de laatste huisdierenrage werd opgezet, logenstraft de sombere verwachtingen van marktanalisten.*
CANNON: *'Het komt ook doordat deze diertjes zo intelligent zijn. Het zijn niet zomaar noviteiten, het zijn echte kameraadjes. Bovendien zijn ze veel evenwichtiger dan sommige andere miniklonen, hun genetische samenstelling is beter. Laat dat, Jimson. Als je bedenkt hoe onberekenbaar die kleine grizzly's waren, alle ongelukken die daarmee zijn gebeurd... En dan die kleine boskatten die zo onhandelbaar bleken te zijn. En die durfden ze ook nog 'oceliefjes' of zo te noemen...'*

Dulcinea Anwin legde haar hand op het paneel en zag dat haar vingernagels gescheurd waren. Fronsend wachtte ze tot de deur openging. Ze had ook geen tijd om haar uiterlijk te verzorgen. Ze zag er afgrijselijk uit, maar haar leven was de laatste tijd heftiger en drukker dan ooit.

De vorige keer dat ik hier naar binnen ben gegaan, had ik nog niemand gedood. Zulke gedachten waren de afgelopen dagen steeds bij haar opgekomen. Zelf vond ze dat ze er behoorlijk goed mee omging, al was het vrijwel nergens mee te vergelijken. In elk geval werd ze niet verteerd door wroeging. Het zou waarschijnlijk anders zijn geweest als ze het slachtoffer echt goed had gekend, maar nu ging het om een onbeduidende Colombiaanse technicus die voor de Slachter had gewerkt.

Bovendien had ze zich er jaren op kunnen voorbereiden. In dit vak kon je geen succes hebben zonder persoonlijk geweld uit te oefenen, je kon het althans niet eeuwig uit de weg gaan. Toch had ze verwacht dat ze een ander de klus zou zien opknappen, niet dat ze het zelf moest doen. Ze zette het idee weer van zich af, maar de herinnering aan de blinde ogen van Antonio Celestino, zowel voor als na het dodelijke schot, zou haar nog wel een tijd bijblijven...

Het controlepaneel maakte geen onderscheid tussen de oude Dulcie en Dulcie de moordenares, en de deur van het appartement schoof sissend open. Ze passeerde de infraroodstraal en na exact anderhalve seconde gleed de deur weer dicht. Jones kwam de slaapkamer uit, rekte zich in de deuropening loom uit en liep op zijn gemak naar haar toe, alsof hij zijn vriendin niet bijna twee weken had moeten missen.

Dulcie zette haar tas neer en bukte zich om de kat te aaien. Het dier gaf haar een kopje en liep slingerend weg. Zijn achterkant, breed als van een Pers maar met de kleuren van zijn Siamese voorouders, vertoonde geen verschijnselen van vermagering. Charlie van beneden had hem blijkbaar goed verzorgd.

Op het muurscherm knipperde een roze lichtje, maar Dulcie sloeg er geen acht op. Ze had geen berichten meer opgevraagd sinds ze in Cartagena in het vliegtuig was gestapt en daar had ze ook geen enkele haast mee. Ze had het gevoel alsof ze zich in geen dagen had gewassen en bovendien zou ze het binnenkort weer druk genoeg hebben.

'*Er is een dringend bericht binnengekomen,*' zei een zachte mannenstem uit het scherm, geactiveerd door het opengaan van de voordeur. '*Er is een dringend bericht binnengekomen.*'

'Verdomme.' Dulcie streek een lok uit haar ogen en wreef over haar voorhoofd. Het zou de Slachter toch niet zijn, toch niet nu al? Daar had ze helemaal geen zin in. 'Laat maar horen.'

Het aantrekkelijk lelijke gezicht van haar huidige werkgever verscheen op het scherm, bijna een meter hoog. Zijn lange sprietige haar was vochtig. Hij zag eruit alsof hij qat had zitten kauwen, opgewekt en trillend van energie als een gebroken stroomkabel. '*Dulcie, bel me zodra je thuis bent. Het is heel erg dringend.*'

'Verdorie, nooit eens rust.' Ze liet de Slachter oproepen terwijl ze zich op de bank neerplofte en haar schoenen uitschopte.

Hij kwam bijna onmiddellijk in beeld. 'Er is een probleem.'

'Werkt de subroutine niet?' Voordat ze de Slachter in Colombia had achtergelaten, had ze het programma van hun sim aangepast om hem van tijd tot tijd alleen te kunnen laten zonder dat hij inactief werd. Bij een nader onderzoek zou direct blijken dat het om een marionet ging, maar het moest voldoende zijn om zelf te kunnen slapen of je met andere zaken bezig te houden.

'Nee, die werkt prima, maar de groep is uit elkaar gevallen. Die Afrikaanse vrouw en haar vriend zijn verdwenen, misschien wel verdronken. Ze kwamen in een school roofvissen terecht. De boot is omgeslagen en de anderen zijn aan land gespoeld.'

Dulcie haalde diep adem en probeerde haar geduld te bewaren. Mannen mochten dan nog zo intelligent en sterk zijn, soms waren het net kinderen die zó in hun spel opgingen dat ze helemaal vergaten dat het een spel was. Vrouwen daarentegen hielden de belangrijke zaken in het oog, zoals regelmatig een bad nemen en je haar wassen. 'Maar onze sim is nog steeds bij de rest van de groep?'

'Ja, afgezien van die twee zijn ze allemaal bij elkaar. Maar het is duidelijk dat ze zich in een gevaarlijke situatie bevinden en dat betekent dat we ze elk ogenblik kunnen kwijtraken. Ik moet me bezighouden met alles wat we hebben opgevangen en dat kan niet als ik die sim moet sturen.'

'Kun je misschien nog een uur wachten? Ik weet dat je moe bent, maar ik kom net binnen en ik val flauw als ik niet gauw iets eet.' Mannen hadden geen benul van een bad, maar eten begrepen ze meestal wel.

Hij staarde haar een ogenblik aan. Zijn gezicht stond op onweer, alsof hij haar wilde uitschelden, maar in plaats daarvan begon hij te grinniken. Zijn tanden blikkerden in zijn donkere gezicht. 'Natuurlijk,' zei hij. 'Neem me niet kwalijk.'

Dulcie kon niet goed hoogte van hem krijgen. Zijn vreemde reacties, zoals nu, zijn briljante ingevingen en zijn kinderachtige bijnaam leverden geen samenhangend beeld op. Het ergerde haar dat ze hem geen etiket kon opplakken. 'Ik moet echt even...'

'Roep me maar op als je klaar bent.' Hij verbrak de verbinding.

Dulcie keek naar Jones, die was teruggekomen en nu geduldig bij haar kousenvoeten zat te wachten. 'Haast, haast, haast,' zei Dulcie tegen de poes. 'Er is altijd haast bij.' Jones knipperde even met zijn ronde ogen alsof hij ook vond dat het geen manier van doen was.

Haar rode krullen waren in een handdoek gewikkeld en haar zachtste badjas omhulde haar vochtige, maar heerlijk schone huid. Ze lag languit op de bank, met haar voeten op de armleuning. In haar hand had ze een tube mangoyoghurt en Jones lag heel aangenaam bij haar op schoot, aangenaam voor de kat dan.

Moet je mij nou zien, dacht ze. *Ik heb iemand doodgeschoten, iets dat veel mannen niet eens zouden kunnen, maar zie eens hoe kalm ik blijf.* Ze trok een gezicht dat bij haar indrukwekkende zelfvertrouwen paste en liet de Slachter oproepen.

Op het scherm leek hij drie keer zo groot als in werkelijkheid. Zo te zien was hij iets minder opgefokt. 'Ze liggen allemaal te slapen, dus het valt mee. De marionet ziet er fantastisch uit, hij snurkt en beweegt in zijn slaap. Je doet je werk goed.'

'Dank je.'

'Heb je gegeten?' Zijn donkere ogen dwaalden over haar badjas op een insinuerende en tegelijk verachtelijke manier. 'Ik wil graag van deze gelegenheid gebruik maken om je op de hoogte te brengen.'

'Ga je gang.' Ze hield de tube yoghurt omhoog. 'Ik ben klaar.'

De Slachter begon bij haar vertrek die ochtend, toen de hele groep nog op het boomblad op de rivier had gezeten, en vertelde wat er sindsdien was voorgevallen. Hij legde de nadruk op het belang van de continuïteit. 'We zouden een programma moeten hebben dat onderweg ongemerkt de gebeurtenissen vastlegt,' zei hij. 'Anders kunnen we een belangrijk detail over het hoofd zien als wij de marionet van elkaar overnemen en dan valt de sim misschien door de mand.'

Dulcie vroeg zich in stilte af hoe lang hij hier nog mee door wilde gaan. Aan de andere kant had ze de premie al geïncasseerd en beloofde hij een flinke vergoeding voor haar verdere werkzaamheden, wat betekende dat ze na deze klus minstens twee jaar niet zou hoeven te werken. Die vrijheid was het ongemak wel waard.

Slechts vluchtig stond ze er bij stil dat Celestino wel erg snel niet meer dan een bedrag op haar bankrekening was geworden.

'Kunnen we niet een derde vinden voor de aflossing?' vroeg ze hardop. 'Met ons tweeën hebben we een volledige dagtaak aan het volgen van die mensen, zelfs aangenomen dat ze acht uur slapen, en dat voor een onbepaalde tijd. Ik zou wel iemand kunnen vinden die ons kan helpen.'

De Slachter zweeg even en zijn gezicht verloor ineens elke uitdrukking. 'Wil je er iemand bij halen?'

'Nee, nee.' Tot nu toe was hij zo in de wolken geweest over de resultaten van zijn operatie-Hemelgod dat ze bijna zijn wispelturigheid was vergeten, maar zijn stemming was helemaal omgeslagen. Toch maakte dat hem minder saai dan de meeste mannen, vond ze. 'Nou, ik heb niemand speciaal in gedachten, ik vind alleen dat we op deze manier tot over onze oren in het werk zitten. En je zei dat je je moest bezighouden met... met de nieuwe gegevens.' Bijna had ze de naam van Atasco laten vallen en ze besefte dat ze werkelijk erg moe was. Ze betwijfelde of iemand haar kon afluisteren – de Slachter had haar het allerbeste controleprogramma gestuurd, dat ze naast haar eigen voorzorgsmaatregelen gebruikte – maar het zou stom zijn om onnodig risico te nemen en de aanslag op Atasco was al dagen wereldnieuws.

'Ik zal erover nadenken.' Zijn kille blik maakte een ogenblik later plaats voor een levendiger uitdrukking, alsof iemand een hete vloeistof in een koude beker had gegoten. 'Er zijn nog een paar dingen waar we het over moeten hebben...'

'*Er is iemand aan de deur*,' zei de computerstem. '*Iemand aan de deur.*'

Dulcie keek op. '*Intercom.* Wie is daar?'

'*Ik ben het, Charlie*,' luidde het antwoord.

'Dus je bent echt terug!'

'Wie is dat?' vroeg de Slachter, die weer lelijk was bekoeld.

'Dat is de buurvrouw van beneden.' Ze schoof de verontwaardigde Jones van zich af en stond op. 'Zij heeft voor mijn kat gezorgd. Ik kan je terugbellen als het nodig is.'

'Ik wacht wel.' De Slachter schakelde zijn beeldverbinding uit en het muurscherm werd leeg, maar Dulcie twijfelde er geen moment aan dat hij meeluisterde.

Charlie droeg haar grijsblonde haar in een ingewikkeld kapsel, met haarstrengen als elektronen in een model van een atoomkern, waardoor haar lippen bij de welkomstkus op vijf centimeter van Dulcies wang bleven steken. 'Maar je bent helemaal niet bruin, Dulce! Wat heb je in 's hemelsnaam in Zuid-Amerika uitgevoerd?'

'Ik had het te druk om in de zon te liggen.' Charlie was zo iemand die van een kernexplosie nog de positieve zijde zag: door de straling werd je zo lekker bruin. 'Geen problemen gehad met Jonesy? Hij ziet er stralend uit.'

'Nee, alles ging op rolletjes. Je moeder is nog een keer langs geweest toen ik hier was. Wat een leuk mens.'

'O ja, reuze leuk. Ik lach me dood met haar.' Dulcie koesterde niet bepaald warme gevoelens voor Ruby O'Meara Mulhearn Epstein Anwin, hoewel andere mensen haar moeder altijd een schat leken te vinden. Dulcie vroeg zich af of het misschien aan haar lag. 'Was er verder nog iets?'

'O god, je bent natuurlijk doodmoe. Ik kwam eigenlijk alleen even kijken of jij het inderdaad was die ik hoorde.' Charlie draaide plotseling om haar as en trok haar zilverkleurige rokje, versierd met een mozaïekpatroon, een eindje omhoog langs haar lange, slanke benen. 'Hoe vind je hem? Ik heb hem pas gekocht.'

'Heel leuk. En nog bedankt voor het oppassen.'

'Geen probleem. Denk je dat je de volgende week Zig en Zag te eten kunt geven? Ik heb... ik moet de stad uit. Je hoeft alleen te kijken of ze nog genoeg sla en water hebben.'

Charlie beweerde altijd dat ze vertegenwoordigster was voor een cosmeticafirma, een leugen die volgens Dulcie gegrond was op een baantje dat ze als stagiaire ooit had gehad. Ze had niet door dat Dulcie wist dat ze een callgirl was, en bepaald niet een van het goedkope soort: haar hoge stem en meisjesachtige figuur waren ongetwijfeld zeer aantrekkelijk voor zekere welgestelde klanten. Charlie geloofde dat ze haar broodwinning geheim had weten te houden, maar Dulcie maakte er een punt van alles van al haar buren te weten en ze was erg goed in het uitzoeken van zulke dingen.

Charlie denkt dat ze zo'n spannend leven leidt, maar ze moest eens weten dat haar vriendin van boven een terroriste is die over de hele wereld opereert. Ze had de kat van een beroepsmoordenares gevoerd.

Toch schonk die gedachte Dulcie maar weinig plezier. Ze nam zich zelfs voor Celestino een tijdje te vergeten en de hele gebeurtenis een plaats te geven in het grotere geheel van haar leven.

Charlie ging heupwiegend als een overjarige padvindster in uitgaanstenue naar de lift en Dulcie draaide zich om naar het muurscherm.

'Ze is weg.'

De Slachter kwam onmiddellijk weer in beeld, zoals ze had verwacht. Natuurlijk had hij meegeluisterd en vermoedelijk ook gekeken om zijn perverse fantasieën uit te leven op blonde Charlie met haar korte rokje. Maar hij maakte er in elk geval geen enkele toespeling op.

'Mooi zo. We moeten nu allereerst beslissen in hoeverre we ons groepje enigszins leiding kunnen geven.' De Slachter staarde fronsend voor zich uit. 'Als ik wist wat ze aan het doen waren zou ik ze rustig hun gang laten gaan, maar ze hebben nu de ideale gelegenheid om van alles te ontdekken en toch lijken ze maar een beetje rond te zwerven.'

'De ideale gelegenheid voor jou om van alles te ontdekken,' merkte Dulcie op.

Hij grinnikte. 'Natuurlijk.' De lach verdween. 'Je weet toch voor wie ik werk?'

Dulcie wist niet goed wat ze moest zeggen. 'Je hebt me nooit verteld...'

'Kom, kom, straks daal je nog in mijn achting. Je bent goed in je werk, je verdient behoorlijk, je rijdt veel te hard met dat glanzende sportwagentje van je en toch heb je nooit een prent gehad... Je bent niet van gisteren, Dulcie. Ik denk dat je wel kunt raden wie mijn baas is.'

'Nou goed, ik heb wel een idee.' Nu ze Anderland vanbinnen had gezien wist ze dat de geruchten waar moesten zijn: de Slachter werkte voor de bijna legendarische Felix Jongleur. Alleen Jongleur en een handjevol andere mensen konden zich de technische uitrusting veroorloven die voor het netwerk nodig was.

'Dan weet je ook hoe belangrijk ons werk is. We houden cruciale informatie achter voor een van de slechtste, intelligentste en machtigste mannen ter wereld. We zitten hier in de achtertuin van de Oude Man zelf. Als hij het ontdekt ben ik er meteen geweest.' Hij keek haar aan met een blik die nog ijziger was dan eerst. 'Begrijp me niet verkeerd. Ook als jij me verlinkt zal de Oude Man met je afrekenen, als ik dat dan nog niet heb gedaan. Jij hebt al veel te veel over zijn netwerk ontdekt. Er zal geen spoor van je overblijven. Binnen vierentwintig uur zal niemand kunnen bewijzen dat je ooit hebt geleefd.'

Dulcie deed haar mond open en meteen weer dicht. Ze had die mogelijkheden stuk voor stuk overwogen, maar het was iets heel anders om ze zo nuchter en zo beslist uit de mond van de Slachter te horen. Plotseling besefte ze dat ze haar nek wel heel ver had uitgestoken.

'Wil je ermee kappen?'

Ze schudde haar hoofd, bang dat haar stem zou overslaan als ze iets zei.

'Heb je dan nog iets te vragen voordat we verder gaan?'

Dulcie aarzelde even en slikte moeilijk. 'Alleen dit: hoe kom je aan je bijnaam?'

Hij trok een wenkbrauw op en lachte blaffend. 'De Slachter, bedoel je? Weet je zeker dat je niets anders wilt vragen?'

Ze knikte. Als hij zo lachte krulden alleen zijn mondhoeken wat omhoog, als een dier. Als een grauwend dier vlak voor de aanval.

'Die naam heb ik mezelf gegeven toen ik nog een jongen was. Die vent bij wie ik in huis zat... dat doet er nu niet toe. Aan hem heb ik mijn liefde voor "ragga" te danken, Jamaicaanse muziek uit het begin van de eeuw. Het zijn vaak sombere teksten en die naam past er goed bij.'

'Is dat alles? Ik vond het nogal... nogal kinderachtig, niets voor jou.'

Even vroeg ze zich af of ze te ver was gegaan, maar zijn donkere gezicht kreeg een geamuseerde trek. 'Het is ook een waarschuwing aan het adres van de Oude Man met al zijn gezeik over de Graal en zo. Iets om hem aan het denken te zetten, snap je?'

Dulcie haalde haar schouders op. Geschiedenis had ze op school altijd doodsaai gevonden, vooral de middeleeuwse. 'Het zal wel.'

'Maak je er maar niet druk om. We hebben dringender zaken aan ons hoofd, schoonheid.' De grijns was weer terug. 'We gaan de Oude Man eens een beetje afleiding bezorgen, meer dan hem lief is.'

Dulcie kreeg zichzelf weer enigszins in de hand en voelde een lichte afkeer opkomen. Wat vond hij zichzelf toch slecht, zo angstaanjagend en gevaarlijk. De mannen in dit vak waren zonder uitzondering óf volslagen psychopaten, techneuten zonder een greintje gevoel, óf een soort gemaakte filmhelden vol kernachtige uitspraken en een dreigende oogopslag. Ze was er absoluut zeker van dat de Slachter tot de laatste categorie behoorde.

'*No problemo*, Pancho,' zei ze, de favoriete uitdrukking van Charlie gebruikend. 'Laten we weer aan het werk gaan.'

Die lege, in zichzelf gekeerde gezichtsuitdrukking... Ja, ze kende het type. Ze durfde te wedden dat hij veel vrouwen had gehad, maar dat geen van die relaties van lange duur was geweest.

Christabel was de vorige dag op het schoolplein gestruikeld en had haar knie opengehaald toen ze Portia wilde voordoen hoe ze moest serveren. Van haar moeder mocht ze het spuitverband er niet steeds afhalen om naar de schaafplek te kijken, daarom wachtte ze tot ze de hoek om was voordat ze van haar fiets stapte.

Het was een raar verband, een ronde witte plek op haar knie als een paar over elkaar geplakte spinnenwebben. Ze ging op het gras zitten en pulkte met haar nagels aan de rand van het witte spul. De pijnlijke rode plek daaronder begon geel te worden, net een stuk gum. Ze vroeg zich af of dat de vorige week bij oom Tierelier ook met het Mengelvarken was gebeurd, toen het moest niezen en al zijn neuzen er meteen afvielen. Ze zou het helemaal niet leuk vinden als zoiets ook bij haar gebeurde, dacht ze.

Er was niemand op het sportveld zelf toen ze daar langsfietste, alleen aan de overkant marcheerde een groep soldaten heen en weer. Omdat er vandaag ook geen muziek was klonk het piepen en kraken van haar pedalen heel luid, alsof ze zelf muziek maakte.

Ze reed bijna blindelings door de ene straat na de andere, want ze kende inmiddels de weg, tot ze bij het hoog opgeschoten gras en de kleine betonnen huizen aan de rand van de basis kwam. Ze zette haar fiets tegen een boom, duwde met haar voet de standaard naar beneden en haalde de boodschappentas uit het mandje. Haar vader had het mandje beter vastgemaakt, zodat het nu stevig aan het stuur hing.

'Hé, kleintje. *¿Que haces?*'

Christabel maakte een sprongetje van schrik en slaakte een angstige kreet. Ze draaide zich om en zag iemand tussen de bomen naar haar toe komen. Even dacht ze dat het een aangeklede aap was, zo'n monster uit die film die ze had mogen zien nadat ze haar moeder had beloofd dat ze er heus geen nachtmerrie van zou krijgen. Net als in een enge droom kon ze zich niet verroeren en alleen maar blijven kijken.

Het was toch geen aap, het was een jongen met een vies gezicht en een ontbrekende voortand. Met moeite herkende ze de jongen die haar had geholpen een gat in het hek te maken zoals meneer Sellars haar had gevraagd, want hij was nog viezer dan toen en kleiner dan ze had gedacht. En nu was hij zelf binnen de omheining, op de basis! Dat mocht hij helemaal niet.

'Waarom zeg je niks?' De jongen glimlachte op een manier alsof hij zich gekwetst voelde. Christabel deinsde naar achteren. 'Ik doe je toch niets, *mu'chita*. Wat heb je daar in die tas?'

'D-Dat is niet voor jou.' Christabel drukte de tas stijf tegen zich aan. 'Het... het is voor iemand anders.'

'Echt waar, kleintje?' De jongen deed een stap naar voren, maar langzaam, alsof hij het zelf nauwelijks in de gaten had. 'Dan is het zeker weer eten. Ik heb het wel gezien.'

'Gezien?' Ze snapte nog steeds niet wat de kleine jongen hier deed. Je had mensen van binnen en mensen van buiten en hij hoorde zeker niet bij de mensen van binnen.

'Ja, *claro*. Ik wilde weten of je terugkwam nadat je me het hek had laten doorknippen. Het alarm was uit, daarom ben ik eroverheen geklommen. Jullie hebben daar mooie spullen, net als ik dacht. Maar het alarm ging weer aan. Ik gooide een stok tegen het hek en toen kwamen ze aanrennen, die jonge soldaten. Ik kon nog net op tijd in een boom klimmen.'

'Je kunt niet meer terug,' flapte ze eruit. 'Je kunt niet terug, omdat...' Ze hield geschrokken haar mond. Ze had bijna de naam van meneer Sellars genoemd. 'Omdat het hek onder stroom staat.'

'Dat weet ik ook wel, *mu'chita*. Ik heb eten gevonden, dat gooien ze zomaar weg. Ze lijken wel *loco*. Maar er is niet altijd iets te vinden en nu heb ik honger.' Hij kwam nog een stap dichterbij en Christabel was ineens bang dat hij haar wilde opeten, net als in de verhalen die Ophelia vertelde als ze bleef logeren. Hij zou haar vastgrijpen en haar bijten met zijn vieze mond en zijn halve gebit. Ze draaide zich om en begon weg te rennen.

'Hé, kleintje, kom nou terug!'

Ze keek naar het gras dat onder haar voorbijschoot en naar haar dansende knieën. Het was net of haar hart vanbinnen tegen haar borst duwde om naar buiten te kunnen. Ze hoorde de stem van de jongen dichterbij komen, daarna voelde ze een por in haar rug en trapte ze met haar voeten in de lucht. Ze viel languit met haar gezicht in het gras. De jongen bleef bij haar staan. Ze voelde haar geschaafde knie kloppen en nu deed ook haar andere been zeer. Het duurde even voordat Christabel weer adem kon halen. Ze begon van schrik te huilen en tegelijk te hikken.

'Kleine stommeling.' Hij klonk bijna net zo ongelukkig als zij zich voelde. 'Waarom loop je nou weg?'

'Ik-ik, ik z-zeg het tegen mijn vader als je me iets doet!'

Hij lachte wel, maar zijn gezicht stond boos. 'O ja? Je doet maar, kleintje, dan zal ik eens vertellen wat jij hier allemaal uitspookt.'

Christabel hikte alleen nog maar, want ze moest ineens te hard nadenken om nog te kunnen huilen. 'Ik spook niks uit.'

'Ik zei toch dat ik je heb gezien? Wat heb je hier verstopt, een hond of zo?' Hij stak zijn hand uit. 'Voor mijn part is het hondenvoer, geef op die tas.' Ze verroerde zich niet en hij bukte om de tas uit haar handen te pakken. Hij hoefde niet hard te trekken. Christabel had meer dan ooit het gevoel dat dit een boze droom was en liet de tas snel los.

'Wat?' Hij staarde naar de inhoud. 'Zeep! Wil je me soms voor de gek houden?' Met zijn rappe vuile vingers maakte hij de verpakking open en rook eraan. 'Gewone zeep! *Mu'chita loca*!' Hij gooide het stuk zeep weg en het stuiterde een eindje over het gras. Christabel keek ernaar alsof het een paasei was dat ze had gevonden. Ze durfde niet naar de jongen te kijken, die heel erg boos was geworden.

'Nou goed,' zei hij na een tijdje te hebben gezwegen. 'Dan breng je me hier wat te eten, elke dag. *M'entiendes?* Anders zal ik tegen je pappie vertellen dat je hier komt. Ik weet niet wat je met die zeep uitvreet, maar ik durf te wedden dat je er vuiligheid mee wast. Heb je me verstaan, kleine *vata loca?* Ik weet waar je woont, bij die mama en papa van je. Ik heb je door het raam gezien en als je me niets te eten brengt klim ik door dat raam naar binnen.'

Alles was beter dan zijn boze geschreeuw. Christabel knikte.

'Verdomme.' Hij zwaaide met zijn armen, waardoor hij weer op een aap leek. 'En vergeet het niet, want Cho-Cho kan *un mal hombre* zijn, begrepen? Als je Cho-Cho belazert, maakt hij je dood.'

In die geest ging hij nog een tijdje door, tot Christabel door kreeg dat de jongen zelf Cho-Cho heette. Ze kende helemaal niemand die zo heette. Misschien was het alleen een naam van de mensen van buiten.

Hij liet haar de rest van de zeep houden en klom langs een van de dikke boomstammen omhoog naar zijn geheime schuilplaats, maar zelfs toen hij weg was durfde ze de zak niet voor meneer Sellars te laten staan. Ze zette hem weer in het mandje aan het stuur en fietste terug naar huis. Halverwege begon ze weer te huilen. Haar ogen waren betraand en ze zag bijna niets meer toen ze thuiskwam.

En nu had ze allebei haar knieën geschaafd.

De Slachter verbrak de verbinding en strekte zijn lange benen. Hij activeerde de sim in Anderland en opende diens ogen. De anderen lagen nog te slapen, waardoor zijn eigen oogleden aangenaam zwaar werden. Hij schudde zijn hoofd, haalde een adrenax-tablet uit zijn zak, het echte spul dat hij op de zwarte markt in Zuid-Amerika had gekocht, en slikte het stimulerende middel door. Daarna zette hij een paar drums op zijn interne systeem, een zacht geroffel om alles wat opwindender te maken. Toen hij het juiste ritme had gevonden en de muziek door zijn hoofd rolde, concentreerde hij zich weer op het werk. Hij liet het Anderlandvenster open, liet de sim door zijn ooghareren kijken om geen aandacht te trekken als een van de anderen wakker werd, en leunde naar achteren in zijn stoel om na te denken.

Zijn hand gleed bijna vanzelf naar zijn canule en met zijn eeltige vingers streek hij over het gladde oppervlak van het apparaat. Er waren een heleboel raadsels, maar er was zo weinig tijd om ze op te lossen. Misschien was Dulcies idee zo gek nog niet. Zelfs als hij niets anders te doen zou hebben, kon hij geen negen of tien uur per dag aan de marionet besteden en de Oude Man zou hem beslist niet eeuwig met rust laten.

En Dulcie zelf? Zijn hoge dunk van haar, nog versterkt door de besluitvaardigheid waarmee ze die idioot van een Celestino had weggewerkt, was niet weinig ondermijnd door haar vaste wens terug te gaan naar New York. En dat alleen vanwege een kat, een stomme kat! Dat Anderland was het grootst denkbare technologische wonder, een simulatie die nog echter was dan het echte leven zelf, en zij wilde haar kat niet nog eens twee weken onder de hoede van die vlasblonde del van beneden laten. Het was bijna stompzinnig genoeg om die tante van de lijst met bedreigde soorten af te halen.

Nog irritanter was het feit dat hij net uit zijn eigen zak een flink bedrag, zorgvuldig voor de Oude Man verborgen gehouden, had uitgegeven om in Cartagena een gemeenschappelijk kantoor in te richten. Nu moest hij maar afwachten of haar eigen systeem alle gegevens kon verwerken. Toen ze zei dat ze naar huis ging, had hij serieus overwogen haar koud te maken en het werk helemaal alleen op te knappen, maar dat zou in de huidige omstandigheden uiteraard niet doenlijk zijn geweest.

Dat pleziertje moest dan maar even wachten.

Het ergste van alles was misschien nog dat hij van een vrouw afhankelijk was. Doorgaans hield hij zelf alle touwtjes in handen en liet hij slechts een klein deel van het werk aan anderen over. Als je moest delegeren raakte je onvermijdelijk het overzicht kwijt. Kijk maar naar de manier waarop die zakkenwasser van een techneut bijna de hele operatie had verziekt.

Maar Celestino was nu de grond aan het bemesten en dat kon zelfs de Colombiaan moeilijk verpesten.

De Slachter stak een dunne Corriegas op, een van de weinige voordelen van zijn gedwongen verblijf in Zuid-Amerika, en overwoog wat hem te doen stond. Hij moest voorbereid zijn op een oproep van de Oude Man, want juist nu mocht hij geen enkele aarzeling of weerzin laten blijken. Verder moest hij de marionet in Anderland blijven sturen, eigenhandig of desnoods met hulp van betrouwbare ondergeschikten. Dulcie Anwin was tot nu toe betrouwbaar, maar een derde erbij halen zou hem alleen maar meer kopzorgen geven en een groter risico betekenen, een extra zwakke plek die het op een cruciaal moment kon begeven...

Over die kwestie zou hij later een besluit nemen. Over vier uur zou Dulcie het van hem overnemen, en als het stimulerende middel uit zijn lichaam was verdwenen zou hij misschien even kunnen slapen. Hij kon beter goed uitgerust zijn voordat hij zo'n belangrijke beslissing nam.

Intussen moest hij ook de tijd vinden om zijn eigen onderzoek voort te zetten. De groep die nu in Anderland gevangenzat, had tot nog toe weinig ontdekt waaruit hij iets kon afleiden over de bedoelingen van de Oude Man, maar hij had wel degelijk iets aan de dingen die ze ongewild over zichzelf hadden verteld. Met een andere helper erbij zou hij kunnen proberen nog iemand van het reislustige gezelschap door een marionet te vervangen, al was het alleen maar om een reserve te hebben voor het geval er weer een aanval van reuzenvissen of iets dergelijks kwam.

Toch ging zijn belangstelling vooral uit naar die mensen zelf en naar de reden waarom de geheimzinnige Sellars juist hen had uitgezocht. Van het hele stel hadden die Afrikaanse vrouw en haar vriend de hoogste prioriteit. De anderen kon hij onder observatie houden, maar die Renie of hoe ze ook heette, was in rook opgegaan en misschien wel helemaal van het net af, in welk geval ze een hoogst onberekenbaar element vormde.

De Slachter dempte het ritme van de drums tot een niveau waarbij hij beter kon nadenken. Hij trok aan zijn sigaar en blies de rook in een kring naar het lage witte plafond. Er zaten geen ramen in de kamer, die deel uitmaakte van een half leegstaand kantoorgebouw aan de buitenste rand van Cartagena, maar het systeem kon een grote bandbreedte aan en dat was het enige waar hij op lette.

Die Renie was een Afrikaanse, zoals hij alleen al uit haar accent kon opmaken. Iemand had gezegd dat haar vriend een Bosjesman was en een vluchtig onderzoek had hem geleerd dat de meeste Bosjesmannen nog in Botswana en Zuid-Afrika te vinden waren. Natuurlijk zou de vrouw nog ergens anders vandaan kunnen komen en haar vriend op het net ontmoet kunnen hebben, maar hij durfde er iets onder te verwedden dat ze allebei uit Zuid-Afrika kwamen.

Een Zuid-Afrikaanse dus. Veel meer wist hij niet van haar af, behalve dat haar broer in coma lag, maar dat moest samen met haar voornaam en mogelijke varianten daarop voldoende zijn om haar doopceel te kunnen lichten.

Maar zulk saai speurwerk zou hij niet zelf doen. Gezien haar vermoedelijke afkomst zou hij Klekker en zijn mensen aan het werk zetten, in elk geval tot hij zeker wist dat ze haar op het spoor waren. Daarna was het afwachten. Klekker zette meestal krachtpatsers in en die kwamen soms goed van pas, maar dit vereiste eerder een delicate aanpak. Ook hierover zou hij later een besluit nemen.

De Slachter blies nog een kring naar het plafond en zwaaide met zijn hand om de rook te verdrijven. De adrenalinepil begon te werken en tegelijk met de nieuwe energie voelde hij een soort blinde, idiote jeuk in zijn kruis en achter zijn ogen, iets dat hij niet meer had gevoeld sinds die avond met de stewardess. Hij wist dat de aandrang snel sterker zou worden, maar hoe kon hij ooit de tijd vinden om veilig op jacht te gaan? Hij stond op de rand van een geweldige doorbraak en ditmaal was hij van plan de raad van de Oude Man op te volgen en zich niet door zijn eigen genoegens te laten afleiden.

De Slachter grinnikte. Die ouwe smeerlap kon trots op hem zijn.

Hij kreeg een ingeving, legde een hand op zijn kruis en begon peinzend te wrijven. Dit was niet de goede tijd om op jacht te gaan, althans niet in het echt. Maar deze simulatie was zo realistisch...

Hoe zou het zijn om in Anderland te jagen? Hoe levensecht waren die sims als ze oog in oog met de dood kwamen te staan?

Hij voerde het ritme van de drums weer op tot hij zijn kaken voelde trillen, precies de goede muziek voor een film die zich in een donker oerwoud vol gevaren afspeelde. Het idee begon hem steeds meer in zijn ban te krijgen.

Hoe zou het zijn om in Anderland te jagen?

5

De mars der miljoenen

NETFEED/NIEUWS: VS EN CHINA STRIJDEN OVER ANTARCTICA
(beeld: ondertekening van het Zesmogendhedenverdrag)
COMMENTAAR: Slechts enkele maanden na het akkoord van Zürich is tussen twee van de zes betrokken staten opnieuw onenigheid ontstaan over het zuidpoolgebied.
(beeld: Amerikaanse ambassade in Ellsworth)
Twee ondernemingen uit China en de Verenigde Staten, die beide voor commerciële doeleinden van de VN grond hebben gepacht, hebben een geschil over de exploitatie van kostbare mineralen in de omgeving van Wilkesland. De spanning is opgelopen sinds de verdwijning, een week geleden, van twee Chinese onderzoekers. Chinese bronnen beschuldigen de Amerikanen van ontvoering of zelfs moord op het tweetal...

'Mag ik binnenkomen?' vroeg een stem in Renies oor. Twee tellen later verscheen Lenore Kwok in de vergaderkamer. Ze droeg een sportieve leren vliegeniershelm en een ogenschijnlijk nieuwe overall.

Waarschijnlijk is het ook een nieuw pak, dacht Renie. *Ze hebben gewoon de standaardinstelling gebruikt.* Zelfs na al haar ervaring met simulaties kostte het haar moeite zich aan te passen aan het ongelooflijke realisme van deze nieuwe wereld, of liever gezegd van dit nieuwe universum, met voor elk onderdeel verschillende regels.

‘Het spijt me echt,’ zei Lenore, ‘maar ik heb nog niemand gevonden om naar jullie systeem te kijken. Ik geloof dat we zelf een technisch probleem hebben, want er zijn vandaag veel mensen niet aanwezig en iedereen is druk bezig uit te zoeken waar de schoen wringt. Jullie moeten je dus behelpen met mensen zoals ik, die net hun dienst erop hebben zitten. De anderen hebben allemaal wel iets te doen.’ Ze trok een meelevend gezicht. ‘Ik wilde jullie in elk geval een korte rondleiding geven. Als je wilt kun je daarna met mij en Cullen mee naar een nest *Eciton burchelli.* Dat is buitengewoon spectaculair en heel wat leuker voor jullie dan hier rondhangen.’

!Xabbu klom op Renies schouder om aan het gesprek te kunnen deelnemen. ‘Wat is dat voor nest?’

‘Een mierennest. Kom gerust mee, je hebt nog nooit zoiets gezien. Als we terugkomen is ons probleem wel opgelost en dan kan iemand jullie gaan helpen.’

Renie keek naar !Xabbu, die zijn magere apenschouders optrok. ‘Goed. Maar we moeten hier echt weg, en niet alleen vanwege jullie.’

‘Dat begrijp ik heel goed.’ Lenore knikte ernstig. ‘Ze zullen thuis wel op jullie zitten te wachten. Het moet heel vervelend zijn om op het net vast te zitten.’

‘Ja, heel vervelend.’

Lenore wriemelde met haar vingers en de vergaderkamer maakte onmiddellijk plaats voor een enorme, koepelvormige collegezaal. Er zaten slechts een paar mensen en boven een tiental andere zitplaatsen gloeide een zwak lampje. Verder was de grote zaal bijna leeg. Op het podium, of beter gezegd daarboven, zweefde het grootste insect dat Renie ooit had gezien, een sprinkhaan ter grootte van een straaljager.

‘*Het exoskelet,*’ klonk een docerende stem uit de luidsprekers, ‘*biedt vele voordelen in de strijd om het bestaan. Het gaat de verdamping van lichaamsvocht tegen, een nuttige bijkomstigheid voor kleine dieren die door de verhouding van lichaamsoppervlakte tot volume geneigd zijn vocht te verliezen, terwijl de harde delen tevens geschikte punten verschaffen voor de aanhechting van spieren...*’

De sprinkhaan draaide in de lucht langzaam om zijn as, waarbij de helft van het lijf werd losgemaakt om het inwendige zichtbaar te maken, een soort instructieve animatiefilm.

‘Dit is eigenlijk bestemd voor eerstejaars,’ vertelde Lenore, ‘althans voor de studenten die het geluk hebben hier te mogen komen. Maar ik zei al, er is vandaag bijna niemand.’

Nog meer stukken van de sprinkhaan lieten los om de organen

daaronder te onthullen terwijl andere lichaamsdelen kort oplichtten.

'*Het huidpantser zelf bestaat grotendeels uit een beschermlaag die wordt afgescheiden door de opperhuid direct daaronder, een laag epitheelcellen die op zijn beurt wordt gesteund door een laag bindweefsel, het zogeheten onderste membraan.*' De diverse bestanddelen van het huidpantser werden achtereenvolgens belicht. '*Het pantser is niet alleen bijzonder effectief in het vasthouden van vocht, het heeft ook een beschermende functie. Het heeft dezelfde spankracht als aluminium en is slechts half zo zwaar...*'

!Xabbu keek met een serieus gezicht naar de roterende sprinkhaan. 'Net goden,' mompelde hij. 'Weet je nog wat ik tegen je zei, Renie? Met zulke machines kunnen de mensen zich gedragen alsof ze goden zijn.'

'Ja, niet gek, hè?' zei Lenore. 'Kom, dan laat ik jullie iets anders zien.'

Met een knip van haar vingers verlieten ze de collegezaal. Lenore bracht hen eerst naar de kantine van de Bijenkorf, hoewel ze snel uitlegde dat eigenlijk niemand er kwam om te eten: het was meer een ontmoetingsplaats. Het was een fraaie ruimte, waarvan de hoge glaswand uitzicht bood op een met reusachtige grasssprieten begroeide helling en een stuk van een indrukwekkende boomwortel. Het verschil in perspectief tussen de op menselijke maat gemaakte tafels en stoelen en het zicht vanuit het insectenoog gaf Renie een enigszins onbehaaglijk gevoel, alsof ze van grote hoogte naar beneden keek.

Hun gids voerde hen snel naar diverse andere plekken, vooral werkkamers die een verkleinde uitvoering van de collegezaal waren en waar virtuele insecten in minstens drie dimensies en een heel palet aan kleuren vertoond konden worden. Ze kregen ook een paar 'stilteplekken' te zien, waar mensen zich in alle rust konden ontspannen of nadenken, even zorgvuldig ontworpen als een haiku. Er was zelfs een soort museum, een kleine collectie opmerkelijke insecten die in het levende laboratorium buiten de Bijenkorf waren gevonden.

Lenore wees hen op een veelpotig exemplaar dat in de ruimte zweefde en door een onzichtbare bron werd verlicht. 'Een van de opmerkelijkste dingen is wel dat sommige insecten ons volkomen onbekend zijn. Cullen gelooft stellig dat Kunohara ons voor de gek houdt, maar er staat in het contract dat het een natuurgetrouwe simulatie moet zijn van tienduizend vierkante meter grond en bestaande levensvormen, dus ik ben er niet zo zeker van. Kunohara heeft per slot van rekening ook veel zorg aan het terrein besteed. Als hij zo zijn best op de omgeving heeft gedaan, waarom zou hij dan zelf een stel insecten verzinnen en die loslaten?'

'Zijn er nog meer vreemde dingen in deze gesimuleerde wereld?' vroeg !Xabbu.

'We krijgen weleens meldingen binnen van dingen die je in geen enkele simulatie verwacht, of van vreemde verschijnselen die eerder aan een technische storing doen denken, zoals lichteffecten en plaatselijke anomalieën. Maar ook een entomoloog kan natuurlijk moe worden en dingen gaan zien die er niet zijn, vooral in een omgeving die zelf al zo overweldigend is.'

'Waarom is die Kunohara hier eigenlijk mee begonnen?' vroeg Renie.

'Ik zou het niet weten.' Lenore streek met haar vingers door haar haren en dit menselijke gebaar herinnerde Renie er paradoxaal genoeg aan dat ze naar een sim keek. De echte Lenore kon een totaal ander uiterlijk hebben en haar lichaam bevond zich heel ergens anders. 'Ik heb ergens gelezen dat hij als klein kind al geobsedeerd werd door kevers en dergelijke, wat natuurlijk voor de meesten hier geldt. Alleen wist hij er geld mee te verdienen. Hij was net twintig toen hij zijn eerste biomedische patenten liet vastleggen. Hij heeft de rechten op cimbexin, de stof waarmee nu wordt geëxperimenteerd om de celgroei te regelen, en op informica, een materiaal dat zelf de gewenste vorm kan aannemen. Hij is er multimiljonair mee geworden.'

'En dat geld heeft hij hiervoor gebruikt?' !Xabbu bestudeerde de larve van een schietmot met een extreem aantal poten die telkens uit zijn koker te voorschijn kwam.

'Nou, de Bijenkorf hebben we zelf aangelegd. Dat wil zeggen, een consortium van universiteiten en agro-ondernemingen. Kunohara heeft de natuurlijke omgeving ingericht, het milieu dat wij bestuderen. En dat ziet er echt verbazingwekkend uit. Kom, dan laat ik het jullie zien.'

Zonder overgang kwamen ze van het museum in de cockpit van de mechanische libel terecht. Cullen zat al klaar in zijn vliegenierspak. Hij knikte even en keek weer naar zijn instrumenten.

'Sorry dat het zo snel gaat,' zei Lenore, 'maar in de Bijenkorf mogen we zelf de regels bepalen en we vinden het maar tijdverspilling om gewoon te lopen. Zodra we uit de hangar zijn, gebeurt alles in real time, ook al is dit één grote simulatie. Dat zijn de regels van Kunohara.'

'Hij zou ons maar al te graag laten lopen,' zei Cullen. 'Er gebeuren weleens ongelukjes met onze sims. Zo stond Traynor, een migratiedeskundige, laatst ineens tegenover een zweepschorpioen. Voor hij het wist was hij verlamd en klaar om opgepeuzeld te worden. Kunohara zal zich wel rot gelachen hebben.'

'Hoe is het met hem afgelopen?' vroeg !Xabbu. Aan zijn angstige gezicht te zien zag hij zichzelf al tegenover een levensgrote schorpioen staan.

'Met Traynor? Die kreeg de schrik van zijn leven voordat hij van het net werd gegooid.' Cullen rolde met zijn ogen. 'Zo gaat het altijd. Het vervelende is dat we elke keer toestemming moeten vragen om een andere sim te mogen gebruiken. Daarom was Angela niet zo blij met jullie. Onze eerbiedwaardige Kuno houdt niet van vreemd volk in zijn simwereld, daar krijgt hij prompt de racekak van.'

'Ik heb net ontbeten, Cullen,' zei Lenore.

'Riemen vast,' zei de piloot. 'Ik heb het tegen jullie, groentjes. We hebben toestemming om te vertrekken en ik wil niet dat jullie onder de blauwe plekken komen te zitten.'

Renie en !Xabbu snoerden zichzelf haastig in terwijl de deur van de hangar werd geopend. Ze zagen een muur van donkere planten en bladeren onder een lichtgrijze hemel.

'Hoe laat is het?' vroeg Renie.

'Bij je thuis? Ik zou het niet weten.' Lenore schudde haar hoofd. 'Hier rekenen ze in GMT. Het is net vijf uur in de ochtend. Dat is de beste tijd om Eciton te bekijken, want bij het aanbreken van de dag worden ze actief.'

'Daarom mogen we wel opschieten,' zei Cullen fronsend. 'Je had op tijd moeten zijn, Kwok, dan waren we er al geweest.'

'Hou je mond en zet deze ouwe kist in beweging, lekkere tor van me.'

!Xabbu zat stilletjes door het raam naar de opdoemende en voorbijschietende gigantische bomen te kijken. Renie was onder de indruk van het overweldigende perspectief. De nieuwsberichten over alle milieurampen hadden haar onbewust het idee gegeven dat de natuur een breekbaar ding was, een steeds zwakker web van groen en schoon water. Op de echte aarde mocht dat werkelijk het geval zijn, hier zag ze de natuur weer in zijn vroegere angstwekkende grootsheid. Nu kon ze zich pas echt voorstellen dat de aarde Gaia was, een enkel levend organisme waarvan zij slechts een onderdeel was in plaats van de kroon der schepping. Dat laatste was grotendeels een illusie, een gevolg van het feit dat de mens een van de grotere dieren was. Gekrompen tot het formaat van een kabouter zag ze elk blad als een ongelooflijk ingewikkeld ding. Onder elke steen, onder elke kluit aarde waren hele dorpen vol met bedrijvige diertjes, die op hun beurt weer onderdak gaven aan nog kleinere wezens. Voor het eerst kon Renie zich de keten van het leven voorstellen tot op het niveau van moleculen en zelfs van atomen.

Zouden de atoomkernen hier ook gesimuleerd zijn? vroeg ze zich af. *Heeft !Xabbu gelijk en kunnen de mensen zich als goden elke willekeurige gestalte aanmeten, zo groot als het heelal of klein genoeg om in een atoom rond te lopen*?

Bijna ongemerkt voelde ze bewondering voor mensen als Atasco en Kunohara, in elk geval voor diegenen die hun simwerelden niet hadden ingericht om anderen te kwellen. Wat ze tot nu toe had gezien was simpelweg verbijsterend.

'Wel verdomme!' Cullen bonkte met een vuist op het stuurwiel. 'We zijn te laat.'

Renie boog naar voren om langs hem heen te kijken, maar door de voorruit zag ze niets anders dan het enorme oerwoud. 'Wat is er?'

'Ze zijn al op mars,' zei Lenore. 'Zie je die beesten daar?' Ze wees naar een stel vogels die boven de libel op de boomtakken zaten. 'Dat zijn miervogels. Die volgen de Eciton en vangen de insecten die voor de mieren op de vlucht slaan.'

'Ik zal hem op de automatische piloot moeten zetten,' zei Cullen stuurs. 'Het wordt een onrustig ritje, maar dat kan ik niet helpen. Ik was op tijd.'

'Een mens is niet snel genoeg om alle aanvallen van vogels te ontwijken,' legde Lenore uit. 'Trek je maar niets aan van Cullens charmante optreden, dat is zijn ochtendhumeur.'

'Pleur toch op.'

'Maar het is wel jammer,' hernam Lenore. 'Het is heel interessant om te zien hoe deze mieren hun nest maken, hun bivak zoals wij dat noemen. Ze hebben kleine uitsteeksels aan hun poten. Als ze een geschikte plek vinden, haken ze die in elkaar en gaan in lange verticale rijen hangen. Op het laatst ontstaat er een soort web van dikke lagen mieren die de koningin en haar larven afschermen.'

Renie had in haar leven vast wel iets onsmakelijkers gehoord, maar ze kon niet zo gauw iets bedenken. 'Zijn dit allemaal soldaten?'

'Een soort,' antwoordde Lenore. 'Je komt uit Zuid-Afrika, daar zie je vooral werkmieren en...'

Haar uiteenzetting over de huiselijke insecten werd ruw verstoord toen de libel plotseling als een steen omlaag viel en een koprol maakte voordat hij rakelings over het lange gras scheerde. Cullen slaakte een opgetogen kreet. 'Allemachtig, wat is dat ding snel!'

Renie begon te kokhalzen. Zelfs het apengezicht van !Xabbu vertoonde een ontstelde uitdrukking.

Lenore moest een paar minuten wachten met haar uitleg. Het toestel voerde een bijna onafgebroken reeks duikvluchten, zwenkingen en loopings uit om vogels te ontwijken die Renie pas op het allerlaatste moment in het oog kreeg. De libel leek voornamelijk omhoog of omlaag te gaan en nauwelijks vooruit te komen. Lenore vertelde dat ze inderdaad min of meer op dezelfde plek wilden blijven tot ze de zwerm mieren in zicht kregen.

Terwijl Renie in de cabine achter de piloten heen en weer werd geslingerd en haar maag in bedwang probeerde te houden, vroeg ze zich af hoe realistisch het gevoel van beurtelings gewichtloosheid en versnelling was. Ze kon nauwelijks geloven dat die impressie uitsluitend werd opgewekt door de VR-tanks op de basis waarin ze nu lagen.

Plotseling doemde een grote gevederde schaduw voor de voorruit op. De libel reageerde met een nieuwe koerswijziging, een onaangekondigde stijging waardoor Renies maag naar haar schoenen zakte. De beweging was te veel voor haar. Ze kreeg een vieze smaak in haar mond en begon over te geven, maar de simulatie zorgde er blijkbaar voor dat er niets naar buiten kwam. Alleen het krampachtige samentrekken van haar maag bewees dat ze werkelijk een aanval van misselijkheid had gekregen.

Misschien is het braaksel automatisch afgevoerd door de slangen van mijn gezichtsmasker, dacht ze slap. *Het masker dat ik niet meer kan voelen.* ‘Ik geloof niet dat ik nog veel kan hebben,’ zei ze hardop.

‘Geen probleem,’ zei Cullen op een toon alsof hij helemaal niet blij was met zulke passagiers aan boord. Hij nam de besturing over en zette een wervelende landing in. ‘Het wordt alleen nog maar erger als de mieren er zijn, dan moeten we onze waarnemingen doen én die vervloekte vogels ontwijken.’

‘Het is wel jammer dat jullie het niet van dichtbij kunnen zien,’ zei Lenore, ‘maar we zullen proberen jullie op een goede plek af te zetten.’ Ze wees naar buiten. ‘Kijk, die zijn al op de vlucht! De mieren zijn er bijna.’

In het dichte gebladerte glansde het ochtendlicht flauw op de vleugels en dekschilden van een krioelende bende insecten, haastig voortscharrelende kevers, zoemende vliegen, grote spinnen en schorpioenen die de kleinere en langzamere dieren vertrapten in hun pogingen om voor de gezamenlijke vijand uit te blijven. Het leek wel of er een bizarre uitbraak uit een insectengevangenis aan de gang was, vond Renie. De libel daalde steeds verder in een spiraalvlucht en de stroom insecten werd steeds dichter en chaotischer. Renie keek met afschuw naar de uitdrukkingsloze koppen en de malende gelede poten. Het was een leger van verdoemden, vergeefs op de vlucht voor de bazuinen van het Laatste Oordeel.

'Zie je die daar?' Lenore wees naar een groep insecten met slanke vleugels die boven de op hol geslagen kudde vlogen, veel doelgerichter dan de andere dieren. 'Dat zijn ithomiines, zogeheten miervlinders. Net als de miervogels volgen ze de zwerm Eciton; ze voeden zich met de uitwerpselen van de vogels.'

De libel bleef een eindje boven de grond zweven en het luik gleed sissend open. Renie had haar buik vol van moeder Natuur en haar eetgewoonten. Ze klom moeizaam de touwladder af naar een met mos begroeide steen, waarna ze vooroverboog om het bloed weer naar haar hoofd te laten stromen. !Xabbu volgde haar tot hij naast haar stond.

'Blijf waar je bent!' riep Lenore door de luikopening heen. 'De vogels kunnen nu genoeg voedsel vinden, maar je moet niet onnodig de aandacht trekken. Over een halfuur zijn we terug om jullie op te pikken.'

'En als er nou iets gebeurt?'

'Dan ben je toch nog sneller van het net af dan je had gedacht,' antwoordde Lenore opgewekt. 'Veel plezier!'

'Nou, je wordt bedankt,' bromde Renie, maar de vleugels van de libel begonnen weer te klapperen en ze betwijfelde of de pilote haar in het ruisen van de wind had verstaan. Even later verhief het toestel zich als een kleine wervelwind in de lucht, vloog zigzaggend over de horde insecten en verdween het woud in.

Hierbuiten drongen alle geluiden goed tot Renie door en ze besefte nu pas hoe lawaaiig de natuur was. Natuurlijk waren de meeste beelden van het buitenleven die zij had gezien vergezeld gegaan van klassieke muziek en een commentaarstem. Hier was alleen al het krijsen van de jagende vogels bijna oorverdovend. Samen met het geklik en gekrabbel van de vluchtende insecten en het gezoem van de vliegen boven die voortijlende massa gaf het haar en !Xabbu het idee dat ze in een vreemde fabriek waren beland waar in een koortsachtig tempo werd gewerkt.

Ze wilde op het mos gaan zitten en zakte een eind weg tussen de stijve stengels, die bijna net zo groot waren als zijzelf. Ze stond weer op en zocht een plaatsje op de kale steen.

'Wat vind je ervan?' vroeg ze na een tijdje aan !Xabbu. 'Je zult er wel nieuwe hoop van krijgen in verband met je eigen plannen. Als ze dit kunnen maken, dan moet jij met jouw ideaal ook een heel eind kunnen komen.'

Hij ging naast haar op zijn hurken zitten. 'Ik moet bekennen dat ik de laatste uren niet meer aan mijn project heb gedacht. Ik verbaas me alleen maar over alles wat ik zie. Ik had nooit kunnen denken dat zoiets mogelijk was.'

'Ik ook niet.'

Hij schudde zijn hoofd en er kwam een frons in zijn lage voorhoofd. 'Eerlijk gezegd vind ik dit realisme nogal angstaanjagend, Renie. Ik geloof dat ik nu weet hoe mijn voorouders en stamgenoten zich voelden toen ze voor het eerst een vliegtuig of de lichten van een grote stad zagen.'

Renie tuurde in de verte. 'Het gras beweegt gewoon.'

!Xabbu kneep zijn diepliggende ogen half dicht. 'Dat zijn de mieren. Grootvader Mantis!' riep hij ineens, en mompelde iets onverstaanbaars in zijn eigen taal. 'Moet je zien!'

Renie kwam ogen te kort. De voorkant van de mierenzwerm stroomde als lava in onophoudelijke, stroperige golven over de rand van de min of meer open plek, tot er niets meer te zien was van het gras en de bladeren. De mieren waren donkerbruin met rode buiken. De ranke insecten waren twee keer zo lang als Renie, nog afgezien van de gelede tasters die nog veel sneller heen en weer gingen dan hun poten. Maar hun even intense als afschrikwekkende aantrekkingskracht lag niet in hun individuele verschijning.

Renie keek met open mond naar de hoofdmacht van de troep. Het brede front leek zich vanuit haar perspectief al heel ver verwijderd te hebben, toen de grote massa over de open plek begon te stromen, een krioelende, kolkende hoop op elkaar gepakte mieren. Het was alsof de hele omgeving pootjes had gekregen en op hen af kwam marcheren.

Ondanks de eerste indruk van een chaotische opmars, deden de mieren meer dan blind oprukken. Verkenners schoten her en der naar voren en speurden de directe omgeving af, waarna ze snel naar de rand van de golvende massa teruggingen om de weg aan te geven. Zo kroop het hele leger als een gigantische amoebe naar voren, een kronkelend organisme waarvan alle ledematen samenwerkten om de juiste richting te vinden. Bij deze afmetingen was het leger groot genoeg om heel Durban onder zijn snelle poten plat te trappen, dacht Renie.

'Lieve god,' fluisterde ze. 'Ik heb nog nooit...' Ze zweeg, met stomheid geslagen.

De libel kwam tussen de boomrand weer in zicht en vloog over de mieren heen, af en toe stilhangend terwijl de entomologen hun waarnemingen deden. Plotseling zwenkte het toestel doelbewust opzij om een witbruine vogel te ontwijken die zich op een nietsvermoedende kakkerlak stortte.

Het zien van het toestel stelde Renie enigszins gerust. Per slot van rekening was dit allemaal gesimuleerd, het waren mensen die deze hele omgeving hadden geschapen, ook al waren ze zelf niet meer dan een onbeduidend vlekje op het pad van een mierenzwerm. Diezelfde mensen zouden ervoor zorgen dat ze ongedeerd terugkwam.

De hoofdmacht was misschien nog vierhonderd meter verwijderd van de grote steen waarop zij en !Xabbu zaten, maar die uitkijkpost leek niet op de weg te liggen die de mieren volgden. Renie haalde wat opgeluchter adem en begon zelfs van het spektakel te genieten. Lenore had gelijk, het was een verbazingwekkend gezicht.

'Ze lijken nog sneller omdat wij zo klein zijn,' zei een stem achter haar. 'De voorkant van een zwerm Eciton burchelli legt ongeveer twintig meter per uur af.'

Renie maakte een sprongetje van schrik. Heel even dacht ze dat Cullen en Lenore ongezien waren geland en naar hen toe waren geslopen, dat de libel boven de mieren een echte was geweest in plaats van een mechanische, maar toen ze omkeek zag ze een paar passen achter haar een onbekende figuur in een witte mantel staan.

'Is het geen fascinerend gezicht?' vroeg de vreemdeling. Ze zag hem vaag glimlachen in de schaduw van zijn kap.

'Wie bent u?'

De man schoof de kap van zijn hoofd in een gebaar dat net niet dramatisch was. Hij had kort zwart haar en een gerimpeld oosters gezicht. 'Mijn naam is Kunohara, maar dat zult u wel geraden hebben. Ik neem tenminste aan dat ze het in de Bijenkorf nog weleens over mij hebben.' Zijn Engels klonk overdreven precies, maar zonder het geringste accent. Renie kreeg niet de indruk dat hij een vertaalprogramma gebruikte.

'Ja, ze hebben uw naam genoemd.'

'Dit is toch uw wereld?' vroeg !Xabbu aan de nieuwkomer. Renie merkte dat haar vriend enigszins gespannen was en zelf wist ze zich ook niet goed raad met de vreemdeling. 'Het is bijzonder indrukwekkend.'

'Ze hebben u in elk geval een spectaculaire demonstratie gegeven,' zei Kunohara. 'Het lijkt een ordeloze zwerm, maar dat is het niet. Ziet u die spin daar?' Hij wees naar de voorste rand van de kolkende massa. Een groene spin met lange poten was er niet in geslaagd op tijd weg te komen en ging nu een bij voorbaat verloren strijd aan met een drietal mieren met grote koppen. 'Dat zijn de echte soldaten van het leger, de mieren die wachtlopen om het zo maar te noemen. Ze komen alleen in actie om de anderen te verdedigen, prooidieren worden voornamelijk gevangen door de slaven en werkmieren. Maar kijk wat er nu gebeurt!'

De spin lag op zijn rug en de bewegingen van zijn poten werden steeds zwakker. Een groepje kleinere mieren kroop over hem heen. Twee ervan sneden met hun vlijmscherpe kaken de kop eraf terwijl de andere de poten afbeten en in stukken naar de zwerm brachten. Binnen enkele ogenblikken was alleen de zware gladde buik en een stuk van het borstpantser nog over.

'Daarvoor halen ze er een ander bij,' zei Kunohara, even voldaan alsof hij de slotakte van zijn favoriete opera bijwoonde. 'Kijk, de soldaten zijn alweer op patrouille, die dragen zelf niets.'

Inderdaad kwam er al snel een wat grotere mier, hoewel nog kleiner dan de overgebleven romp, die zijn kaken in de rand van het borstsegment zette en het begon weg te sleuren, geholpen door de andere.

'Ziet u wel?' Kunohara kwam langzaam dichterbij, zijn blik nog steeds op de mieren gericht. 'Het lijkt een grote chaos, maar alleen voor het oog van een leek. In werkelijkheid is het een uitermate complex en tegelijk efficiënt geheel, gevormd door het aangepaste gedrag van duizenden of zelfs miljoenen individuen. Mieren bestaan al tien miljoen generaties, de mens niet meer dan een paar duizend. Zij zijn volmaakt en bekommeren zich helemaal niet om ons. Iemand heeft eens geschreven dat mieren "meedogenloos en sierlijk" zijn. Natuurlijk kun je dat net zo goed zeggen van geavanceerde simulaties, maar we weten zelf nog niet half hoe ingewikkeld ons eigen kunstmatige leven is.' Hij bleef staan en glimlachte op een eigenaardige manier, verlegen en toch niet erg innemend. 'Maar ik zit weer op mijn praatstoel. Ze zeiden thuis al dat ik mijn eigen stem zo graag hoorde. Misschien is dat wel de reden waarom ik tegenwoordig zo vaak alleen ben.'

Renie wist niet goed wat ze moest zeggen. 'Ik ben het met mijn vriend eens, het is erg indrukwekkend.'

'Dank u. Maar misschien wordt het tijd dat ik ú aan het woord laat.' Hij bleef vlak voor hen op de steen staan. Kunohara droeg een wijde witte broek onder zijn witte mantel en hij was blootsvoets. Renie zag nu ook dat hij niet veel groter was dan !Xabbu, althans dat de sim niet veel groter was dan !Xabbu in zijn werkelijke gedaante... Ze gaf het op. Ze kreeg hoofdpijn van al die relativistische vergelijkingen. 'Wat brengt u hier?' vroeg Kunohara. 'Ik meen dat u uit de simwereld van Atasco komt?'

Hij wist het dus, al vroeg Renie zich af hoe dat mogelijk was. Natuurlijk had hij wel de beschikking over alle apparatuur van de simulatie, terwijl zij en !Xabbu weinig meer waren dan proefkonijnen.

'Ja,' beaamde ze, 'dat is juist. Er ging daar iets mis en ineens waren we hier.'

'Door een achterdeurtje naar mijn wereld, natuurlijk. Daar zijn er verschillende van. Maar het lijkt me een eufemisme om te zeggen dat er iets misging, zoals u wel zult weten. Bolivar Atasco is vermoord. De echte Bolivar Atasco.'

!Xabbu gaf haar een waarschuwend kneepje in haar arm, maar Renie keek naar de heldere ogen van Kunohara en zag dat het niet verstandig zou zijn om te liegen. 'Ja, dat wisten we. Kende u Atasco?'

'Hij was een collega van me. We wisselden programma's uit, want die zijn op dit niveau onvoorstelbaar duur. Daarom is dit ook een microscopische versie van een bos uit Atasco's gesimuleerde Colombia. In het begin hadden we allebei baat bij de samenwerking, hoewel onze doelstellingen uiteenliepen. Het effect is om die reden ook totaal anders, ook al hebben we dezelfde geografische omgeving gebruikt. Bolivar Atasco was geïnteresseerd in de mens. Zoals u ziet gaat mijn belangstelling daar niet naar uit.'

Renie had het vage gevoel dat ze tijd probeerde te winnen, hoewel Kunohara op geen enkele wijze kwaad in de zin leek te hebben. 'Waarom houdt u zich juist met insecten bezig?'

Hij liet een vreemde lach horen, een zwak gegrinnik, alsof hij die vraag had verwacht en toch teleurgesteld was. 'Het gaat me niet zozeer om de insecten zelf, het is eerder een reactie op alle aandacht die mensen krijgen. Atasco en zijn vrienden van de Graalbeweging zijn daar een uitstekend voorbeeld van. Ze hebben ontzettend veel geld en invloed en toch richten ze zich uitsluitend op mensen.'

!Xabbu zat volmaakt roerloos naast haar. 'De Graalbeweging? Kent u die dan?' vroeg Renie. Na een lichte aarzeling besloot ze door te zetten. 'Of bent u misschien zelf lid?'

Hij grinnikte weer. 'O nee. Nee, dat is helemaal niets voor mij. Evenmin voel ik iets voor de andere kant van de medaille, die doodernstige mensen van de Kring.'

'De Kring?' piepte !Xabbu angstig. 'Wat heeft die ermee te maken?'

Kunohara schonk geen aandacht aan hem. 'Overal stuit je op dezelfde tegenstelling, het zijn technici of filosofen.' Hij stak zijn handen uit alsof hij verwachtte dat er iets uit de lucht zou komen vallen. 'Altijd willen ze het een of het ander, maar waarom nemen ze niet gewoon de hele medaille? Beide kampen staan zo lijnrecht tegenover elkaar, op een dag krijgen ze daar spijt van.' Hij vouwde zijn handen samen en stak ze !Xabbu uitnodigend toe. De Bosjesman aarzelde even voordat hij een magere apenvinger uitstak en op Kunohara's handen tikte. De man vouwde ze open en op de palmen zaten twee vlinders, een zwarte en een witte, even klein als ze in het echt zouden zijn. Hun vleugels gingen licht heen en weer in de wind.

Renie en !Xabbu keken heel stil naar Kunohara en zijn vlinders.

'Nu we het toch over dualisme hebben, ik wil u twee gedachten meegeven waar u wellicht iets aan zult hebben,' zei Kunohara. 'Als het hele geval u iets aangaat, natuurlijk. Van de technische kant zou ik op de wet van Dollo willen wijzen, een geliefd instrument uit de begintijd van de kunstmatige intelligentie dat vreemd genoeg door de ingenieurs van de Graalbeweging onbenut is gelaten. Filosofisch gesproken heeft u misschien iets aan de boeddhistische figuur Kisjimo-jin, al was het maar vanwege het gematigde optimisme waartoe de parabel aanleiding kan geven. Aan de andere kant rekenen boeddhisten met langduriger tijdperken dan de meesten van ons lief is, dus misschien zult u er weinig troost uit putten.' Hij sloot zijn vingers over de vlinders en strekte ze meteen weer. Er zat nu alleen een grijze vlinder op zijn hand. Kunohara hield zijn hand omhoog en liet hem wegvliegen. Na enkele vleugelslagen verdween het dier in het niets.

'Wat wilt u nu eigenlijk zeggen?' vroeg Renie. 'Wat hebben die raadsels voor zin? Waarom zegt u niet gewoon wat u op uw hart hebt?'

'O nee, dat is niet de weg van de ware wijsheid.' Kunohara grinnikte ineens weer. Renie begon het een heel irritant geluid te vinden. 'Een beetje zenmeester kan u vertellen dat een bedelaar weinig te kiezen heeft.'

'Wie bent u? Waarom praat u eigenlijk met ons?'

Kunohara keek haar aan. De vaste en heldere blik in zijn ogen raakte versluierd, alsof hij achter het gesimuleerde gezicht zijn belangstelling aan het verliezen was. 'Waarom ik met u praat? Misschien omdat u een horzel bent, om in entomologische termen te blijven. En wie ik ben? Dat kunt u wel uit mijn simulatie afleiden, evenals de reden waarom ik slechts zijdelings geïnteresseerd ben in de strijd tussen de goden.' Hij gebaarde naar de wriemelende stroom mieren in de laagte, een zee van kauwende en kruipende monsters. 'Over techniek gesproken, ik meen overigens dat uw vrienden uit de Bijenkorf weldra zullen merken dat die niet altijd even betrouwbaar is.' Hij legde een hand op de borst van zijn witte mantel. 'Wat mij betreft, ik zei al dat u naar mijn simulatie moest kijken. Ik ben namelijk maar een klein mannetje, ziet u.'

Het volgende ogenblik waren Renie en !Xabbu alleen op de rots.
Het was Renie die de stilte uiteindelijk verbrak. 'Wat was dat nou toch? Begreep jij er iets van of kon je het ook niet volgen?'

'Hij had het over de Kring alsof dat net zoiets als de Graalbeweging is.' !Xabbu had een hand op zijn knobbelige kop gelegd en leek al net zo verward als zij.

'De Kring? Daar heb ik nog nooit van gehoord. Wat zijn dat voor mensen?'

!Xabbu keek haar zo treurig aan dat ze wel kon huilen. 'Dat zijn de mensen die mij naar school hebben laten gaan, Renie, dat heb ik je toch verteld. Zo noemden ze zich toen ze mijn opleiding betaalden, de Kring. Zou het toeval kunnen zijn?'

Renie kon niet helder meer denken. Kunohara's woorden klonken verward na in haar oren. Ze wilde het zich herinneren, want hij had dingen gezegd waarover ze later zou moeten nadenken. Ze kon alleen maar met haar hoofd schudden in reactie op de vraag van !Xabbu.

Ze zaten nog altijd zwijgend op de steen toen de libel terugkwam en de touwladder naar beneden werd gelaten.

'Dit lijkt godbetert wel het steentijdperk!' riep Cullen woedend uit terwijl Renie en !Xabbu de gordels omdeden. 'Het is toch niet te geloven!'

'Het systeem vertoont allerlei rare kuren,' verklaarde Lenore. 'We hebben geen goede verbinding meer met de Bijenkorf.'

'We hebben helemaal geen verbinding meer,' snauwde Cullen. 'We kunnen niet van het net, we kunnen helemaal niks.'

'Kunnen jullie ook niet van het net?' Het was net alsof Renie een vaag tromgeroffel in haar achterhoofd hoorde, een aanzwellend alarmsignaal dat uit haar primitieve brein stamde.

Lenore haalde haar schouders op. 'Ja, blijkbaar zijn jullie niet de enigen. Normaal zou het niet zo'n ramp zijn, maar de zwerm is van koers veranderd. De mieren gaan nu in de richting van de Bijenkorf.'

'Juist,' zei Cullen bitter, 'en als wij de basis niet kunnen waarschuwen zullen die verwenste namaakbeesten alles kaalvreten. Dankzij die stomme regeltjes van Kunohara zullen we de hele zaak weer van de grond af moeten opbouwen.'

Renie had iets willen zeggen over hun ontmoeting met de heer en meester van deze simwereld, maar op het laatste moment bedacht ze zich. Ze keek !Xabbu indringend aan in de hoop dat hij het zou begrijpen en eveneens zijn mond zou houden.

Er was beslist iets aan de hand en Renie had het verontrustende gevoel dat het allemaal veel ingewikkelder was dan de twee jonge entomologen wel dachten. Heel Anderland was aan het veranderen, zoals Sellars zich had laten ontvallen, het netwerk had een soort kritische massa bereikt. Maar voor dit tweetal was het niet meer dan een prachtige plek voor hun waarnemingen, een prachtig stuk speelgoed of een wetenschappelijk pretpark. Ze beseften niet dat het in werkelijkheid de burcht van een reus was, opgetrokken uit het gebeente van zijn slachtoffers.

Er viel een stilte terwijl de libel langs de ruwe schors van enorme boomstammen scheerde en bladeren ontweek die als grote groene zeilen in de wind wapperden.

'Ik wilde iets vragen,' zei !Xabbu ten slotte. 'U zei dat u net als wij niet van het net af kunt en dat u niet met de Bijenkorf kunt communiceren.'

'Wat kan mij die Bijenkorf schelen,' zei de piloot bars. 'Ik heb ook nog een gewoon leven, aapman.'

'Kan het niet wat minder, Cully?' vroeg Lenore zacht.

'Ik begrijp alleen niet waarom u niet gewoon uw eigen systeem uitschakelt,' zei !Xabbu, met zijn kleine ogen strak naar de piloot starend. 'Waarom doet u dat niet?'

'Omdat iemand toch de basis voor die mieren moet waarschuwen,' zei Cullen.

'Maar kunt u dat niet beter via uw eigen systeem doen als de communicatie binnen deze simulatie niet werkt?'

Renie luisterde met bewondering naar de kleine man, die kennelijk goed had nagedacht. Hij gebruikte de problemen van de Bijenkorf om zijn technisch inzicht te testen.

'Als je het dan met alle geweld wilt weten,' barstte Cullen woedend los, 'ik kan mijn verdomde canule niet vinden, terwijl dat ding er toch gewoon moet zijn. De hele zaak is faliekant uit de hand gelopen, dus tenzij ze thuis in het lab in de gaten krijgen dat er iets mis is, kan ik slechts wachten tot de noodvoorziening in werking treedt of de boel wordt gerepareerd.'

Renie hoorde de angst in zijn furieuze stem en ze besefte dat haar boze voorgevoelens maar al te gerechtvaardigd waren.

Voordat iemand nog iets kon zeggen klonk er een zware slag en werd het toestel opzij geslingerd.

'Jezus!' schreeuwde Cullen. Hij hees zich overeind in zijn stoel. 'Nou is verdomme de helft van de instrumenten uitgevallen!' Hij trok het stuurwiel met moeite naar zich toe. Het toestel schommelde heftig en leek een ogenblik stil te hangen voordat het verder vloog. Het kwam weer horizontaal te liggen, maar er was duidelijk iets helemaal mis. 'Wat was dat in vredesnaam?'

'Een vogel, denk ik.' Lenore boog zich over het instrumentenpaneel, waarvan de meeste lampjes gedoofd waren. 'Twee vleugels zijn beschadigd en we zijn ook een of twee poten kwijt.'

'Ik kan hem niet lang zo in de lucht houden,' zei Cullen met op elkaar geklemde tanden. 'Shit! Het kost me een jaarsalaris als dit ding in de prak gaat.'

'Daar hoef jij niet voor op te draaien,' zei Lenore, alsof ze een opstandig kind toesprak, maar het was duidelijk dat ze haar eigen paniek nauwelijks de baas kon blijven. 'Halen we de basis nog?'

Cullen dacht even na. 'Nee. We kunnen geen vogels meer ontwijken en als we nog een vleugel verliezen kunnen we een landing ook wel vergeten.'

Renie probeerde zichzelf in te prenten dat hij een stukje programmacode bedoelde waarmee hij of Kunohara de werkelijkheid had nagebootst; ze kende de gevaren van Anderland inmiddels goed, maar ze kon er niet langer zo abstract over denken. Ze hadden een grote kans met het toestel neer te storten, met alle realistische symptomen die de simulatie maar kon produceren... misschien wel inclusief het ultieme symptoom.

'Zet ons dan maar aan de grond,' zei ze. 'Desnoods lopen we terug.'

Cullen wierp haar een blik van berusting toe, zijn woede tijdelijk vergeten. 'Welja, dan maar helemaal terug naar het steentijdperk. Te voet door de jungle.' Hij duwde het stuurwiel naar voren en zette zijn voeten op de pedalen. De libel schoot naar beneden, dreigde even over de kop te slaan en begon schokkend en slingerend te dalen.

Een donkere vorm verduisterde de voorruit.

'De automatische piloot is uitgevallen,' waarschuwde Lenore.

Cullen liet het toestel zwenken. De vogel schoot als een luchtdoelraket langs hen heen en de libel trilde door de luchtverplaatsing. Cullen probeerde het toestel weer in evenwicht te krijgen, maar het luisterde niet meer naar hem en de spiraalvlucht werd steeds steiler en sneller.

'Zet je schrap!' riep de piloot. 'Ik geloof niet dat onze sensoren al te veel pijn toelaten, maar...'

Hij kon zijn zin niet afmaken. Een vleugel van de libel bleef achter een overhangende tak steken. Er klonk een scheurend geluid, het toestal kapseisde en stortte naar beneden. Renie voelde haar hart nog twee, drie keer bonken voordat ze tegen de wand van de cabine werd geslingerd. Ze zag alleen nog een oogverblindend vuurwerk, dat snel uitdoofde.

6

De man uit het Land der Doden

NETFEED/CONTACTADVERTENTIES: *Ik wacht nog steeds...*
(beeld: foto van adverteerder M.J. [vrouwelijke versie])
M.J.: *'O, nu begin ik toch echt boos te worden. Ik zit hier te wachten, maar jullie zogenaamd stoere binken gedragen je als een stel kleine kinderen. Waarom komen jullie niet op bezoek? Jullie zijn toch niet bang? En als dat wel zo is, hoef je ook niet te komen. Want ik wacht op echte mannen, die ik geestelijk en lichamelijk kan trakteren op een trip die ze* NOOIT *zullen vergeten...'*

De man die Vogeljager werd genoemd drukte de stenen punt van zijn speer hard tegen de buik van Paul Jonas en haalde diens huid open. Paul kon nauwelijks ademhalen zonder een steek van pijn te voelen. Hij lag op zijn rug terwijl de man zich over hem heen boog; hij kon geen kant op.

'Wat wil je van me?' vroeg Paul. Hij deed zijn best om zo rustig mogelijk te klinken.

Vogeljager had een wilde blik in zijn ogen, als iemand die voor het eerst een overval pleegt. 'Ik stuur je terug naar het Land van de Doden, dan zul je ons nooit meer lastig vallen.'

'Ik kom niet uit het Land van de Doden.'

Vogeljager keek hem verward aan. 'Dat heb je zelf gezegd.'

'Nee, dat zei jij toen je me uit de rivier haalde. Ik heb het alleen niet ontkend.'

Vogeljager bleef roerloos staan en keek hem scherp aan, alsof hij geneigd was Paul het voordeel van de twijfel te geven. Het volk van de Mensen was blijkbaar niet gewend aan leugens, een verschijnsel dat Paul onder andere omstandigheden fascinerend had kunnen vinden.

'Nee,' zei Vogeljager ten slotte, langzaam en weloverwogen als een rechter die het vonnis uitspreekt. Zijn gepeins had kennelijk geen bevredigend resultaat opgeleverd. 'Nee, jij komt uit het Land van de Doden. Daar zal ik je naartoe sturen.'

Paul greep met beide handen de schacht van de speer en gaf een ruk, maar de Neanderthaler hield het uiteinde stevig tegen zijn borst geklemd en liet niet los. Paul begon uit alle macht te duwen terwijl Vogeljager met zijn volle gewicht op de speer leunde. Hij voelde zijn buikspieren meegeven met de stenen punt. Zijn armen trilden van inspanning.

'Hou op!'

Vogeljager bleef op de speer leunen terwijl hij zijn hoofd omdraaide. Loopt Ver kwam snel op hen af, zijn handen uitgestrekt alsof hij bang was dat Vogeljager een uitval naar hem zou doen. 'Hou op,' herhaalde hij. 'Wat ben je aan het doen?'

'Hij is uit het Land van de Doden gekomen om mijn kind te halen,' verklaarde Vogeljager.

'Je kind?' Paul schudde zijn hoofd. 'Ik wist helemaal niet dat je een kind had.'

Andere stamleden waren nu ontwaakt en kwamen dichterbij, een haveloos groepje schaduwen dat in de zwakke gloed van het smeulende vuur nauwelijks menselijke trekken had.

'Hij is een geest,' hield Vogeljager vol. 'Hij is uit de rivier gekomen om mijn jongen te stelen.'

Paul hoopte dat Loopt Ver zich als een wijze leider zou opwerpen, maar de man bromde slechts en trok zich terug in het donker.

Zo hoort het helemaal niet te gaan, dacht Paul radeloos. *In een verhaal zou hij me moeten helpen omdat ik zijn leven had gered of zoiets*. Tevergeefs probeerde hij de scherpe speerpunt weer weg te duwen. Hij en Vogeljager keken elkaar in een gespannen stilte aan. Paul wist dat hij het niet veel langer zou kunnen volhouden.

'Laat me het kind dan zien,' zei hij smekend, bijna buiten adem doordat hij nauwelijks lucht kon krijgen. 'Misschien kan ik hem helpen.'

'Nee.' Vogeljager klonk behalve woedend ook angstig, maar hij gaf geen millimeter toe.

'*Waarom wil Vogeljager bloed in ons kamp laten vloeien?*'

De trillende stem van Donkere Maan viel als een steen in een stille vijver. Vogeljager had zich van Loopt Ver niets aangetrokken, maar nu trok hij de speer terug en ging een eindje bij Paul vandaan. De oude vrouw kwam schuifelend naar hen toe, steunend op de arm van Loopt Ver. Zo te zien was ze net wakker geworden: haar spichtige haar piekte alle kanten op.

'Zeg hem dat ik geen geest ben,' zei Paul tegen haar. 'Ik heb geen kwaad tegen hem of iemand anders in de zin. Als u wilt dat ik hier wegga, dan ga ik.' Nog voordat hij was uitgesproken dacht hij aan de ijzige kou en het donker buiten de grot, bevolkt door monsters die hij zich maar nauwelijks uit de schoolboeken kon herinneren. Sabeltandtijgers, hadden die niet in dezelfde tijd als de holbewoners geleefd? Maar hoe moest het hierbinnen met hem aflopen als hij het tegen een jager uit de oertijd moest opnemen?

Ik ben toch zeker Tarzan niet! Een machteloze woede overviel hem. *Wàt heeft dit toch allemaal te betekenen? Ik werk nota bene in een stoffig museum*!

'Je zegt dat je het kind zult helpen.' Donkere Maan boog zich over hem heen, met grote ogen in een gezicht dat verder in de schaduw verborgen bleef.

'Nee,' zei Paul geprikkeld. 'Nee, ik zei dat ik hem misschien kan helpen.' Hij zweeg, nog steeds buiten adem. Ook al sprak hij dezelfde taal als deze mensen, het communiceren was een hopeloze opgave.

Donkere Maan stak een hand uit naar Vogeljager, die terugdeinsde alsof hij bang was dat hij zich zou branden. Ze schuifelde naar hem toe en stak opnieuw haar hand uit. Ditmaal bleef hij staan en ze pakte zijn arm stevig vast met haar klauwachtige vingers.

'Hij zal het kind zien,' zei ze.

'Nee.' Vogeljager fluisterde bijna, alsof hij door een hevige pijn werd gekweld. 'Dan neemt hij mijn kind met zich mee.'

'Als de doden je kind willen hebben, dan zullen ze het krijgen,' antwoordde Donkere Maan. 'Je kunt de dood niet met een speer verjagen, althans niet deze dood.'

Vogeljager wierp een blik op Paul alsof hij wilde zeggen dat hij het mooi voor elkaar had, maar ze verstevigde haar greep op zijn arm en ten slotte liet hij zijn hoofd hangen als een jongen die een uitbrander heeft gekregen.

Donkere Maan draaide zich om naar Paul. 'Kom het kind zien, Riviergeest.'

Niemand bood aan hem te helpen en Paul krabbelde op eigen kracht overeind. Zijn maagstreek deed zeer en toen hij een hand op de pijnlijke plek legde, voelde hij lauw bloed. De Oude Vrouw leunde weer op de arm van Loopt Ver en liep langzaam terug door de grot. Paul volgde hen, zijn tegenzin nog groter toen Vogeljager achter hem aan kwam en met de speerpunt zacht maar veelbetekenend in zijn rug prikte.

Ik moet hier weg, dacht Paul. *Dit is mijn volk niet en ik hoor hier helemaal niet thuis. Ik begrijp de regels niet.*

Hij werd naar een tent gebracht, een van de laatste in de rij en zó ver van de haardplaats verwijderd dat er voor de ingang in een steenkring een eigen vuur was aangelegd. Hier had Vogeljager misschien somber in de vlammen zitten staren tot hij de moed had gevonden om iets te ondernemen. Paul kon hem zijn wrok moeilijk kwalijk nemen als zijn kind werkelijk ziek was.

Zijn medeleven werd een stuk minder toen hij bij de ingang aarzelde en meteen een por in zijn rug kreeg.

De tent van Vogeljager was kleiner dan sommige andere en Paul moest bukken om naar binnen te gaan. Van de drie kinderen in de tent keken er slechts twee naar hem op toen hij binnenkwam, een peuter met bolle ogen die in een stel huiden was gewikkeld en het meisje dat hij eerder had gezien. Ze keken hem roerloos en met grote ogen aan, als twee geschrokken eekhoorns. Tussen hen in lag een klein jongetje over wie het meisje zich had ontfermd. Alleen zijn hoofd was zichtbaar boven de vellen die zijn lichaam bedekten. Zijn donkere haar zat tegen zijn voorhoofd geplakt en zijn ogen waren weggedraaid onder zijn trillende oogleden, zodat er in het flakkerende licht van het vuur slechts twee witte vlekken te zien waren.

Paul knielde neer en legde zijn hand zachtjes tegen het voorhoofd van de jongen. Hij negeerde het boze gegrom van Vogeljager en liet zijn hand liggen, ook toen het kind zijn hoofd zwakjes probeerde weg te draaien. De huid gloeide als een van de haardstenen waarop de stamleden hun voedsel bereidden. Paul haalde zijn hand pas weg toen de jongen, die negen of tien jaar oud leek te zijn, met slappe vingers tegen zijn pols duwde.

Hij ging rechtop zitten en staarde naar het kleine bleke gezicht. Ook hierom was dit een boze droom, heel anders dan zo'n goed ouderwets verhaal of een film waarin altijd een van de bezoekers uit de toekomst alles van moderne geneeskunde wist en uit een paar palmbladeren een pacemaker kon improviseren of penicilline kon vinden om het zieke stamhoofd te redden. Paul wist van kinderziekten nog minder af dan zijn eigen moeder en grootmoeder, die in elk geval waren grootgebracht met allerlei huismiddeltjes, een traditie die sindsdien bijna was verdwenen. Penicilline? Groeide dat niet op beschimmeld brood? Trouwens, wie zei dat het kind een infectie had en niet iets onbehandelbaars als een zwak hart of een nieraandoening?

Paul schudde geërgerd zijn hoofd. Het was een stom idee geweest om naar het kind te vragen, ook al kreeg hij niet de indruk dat hij de vader van de jongen valse hoop had gegeven. Hij voelde de hete adem van Vogeljager in zijn nek, even dreigend als de lucht bij een naderend onweer.

'Ik geloof niet...' begon Paul, toen het kind plotseling begon te spreken.

Het was aanvankelijk weinig meer dan een gefluister, een ademtocht die over de droge lippen kwam. Paul boog zich naar hem toe. De jongen schudde heftig met zijn hoofd en gooide het naar achteren alsof hij door iets onzichtbaars naar de keel was gevlogen. De schorre stem werd luider.

'Zo donker... zo koud... Ze zijn allemaal weggegaan, allemaal opgeroepen, weg door de ramen en deuren en over de Zwarte Oceaan...'

Een paar stamleden hielden verrast de adem in of begonnen te fluisteren. Paul voelde een rilling over zijn rug lopen, een sensatie die niets te maken had met de speerpunt. De Zwarte Oceaan... daar had hij eerder over gehoord.

'Waar zijn ze?' De groezelige vingers van de jongen schraapten over de bodem. 'Ik ben in het donker achtergebleven. De Stem, hij heeft ze allemaal geroepen...'

Hij mompelde nog iets onverstaanbaars. Paul boog nog dichter naar hem toe, maar de rochelende stem werd steeds zwakker. De heftige bewegingen van het hoofd hielden op. Paul keek naar het bleke gezicht van de jongen. Uit de opengevallen mond klonk alleen nog zijn ruisende adem. Paul had net weer zijn hand op het voorhoofd gelegd toen de jongen plotseling zijn ogen opende.

Zwart. Twee zwarte gaten waren het, zwart als de ruimte, zwart als de binnenkant van een gesloten kastdeur. Ze dwaalden een ogenblik ongericht rond en Paul hoorde iemand achter hem een kreet van angst slaken. Daarna richtten de pupillen zich op hem en keken hem strak aan.

'*Paul? Waar ben je?*' Het was háár stem, die pijnlijke muziek uit zoveel dromen. Zijn hart leek te bezwijken van schrik nu hij hem hier in deze donkere grot hoorde. Het duurde even voordat hij weer kon ademhalen. '*Je zei dat je zou komen, je hebt het beloofd.*' De jongen stak bevend zijn kleine hand uit en pakte hem beet met een kracht die Paul niet voor mogelijk had gehouden. '*Voordat je de berg kunt vinden, moet je het huis van de zwerver zoeken. Je moet naar het huis van de zwerver gaan en de wever bevrijden.*'

Paul zoog lucht in zijn longen alsof hij lang met zijn hoofd onder water was geweest en probeerde zich los te maken uit de greep van het kind. De jongen hield hem nog even vast voordat hij zich slap op zijn bed van huiden liet terugzakken. Hij zei niets meer en zijn oogleden begonnen weer te trillen. Paul voelde iets in zijn hand.

Hij kreeg nauwelijks de tijd om ongelovig te staren naar de veer die in zijn hand lag. Onverhoeds voelde hij een zware slag tegen de zijkant van zijn hoofd en hij viel voorover. Slechts vaag hoorde hij een beweging achter zich, alsof zijn aanvaller ver weg was, daarna voelde hij iemand boven op hem springen en sloten harde vingers zich rond zijn keel.

Paul kon niet zien wie het was en dat maakte hem ook niet uit. Hij verzette zich hevig en probeerde het zware, valse gewicht op zijn rug kwijt te raken. Hij zag alleen maar lichte en donkere strepen en hoorde niets dan een gesuis in zijn oren, maar zelfs dat dreigde verloren te gaan in de zwarte leegte die in zijn hoofd oprukte. Zijn doodsnood gaf hem onvermoede krachten en hij slaagde erin een van de knellende handen van zijn hals te rukken. De vingers klauwden in zijn gezicht en graaiden naar zijn ogen. Paul kreeg de hand niet meer te pakken en gooide zichzelf naar voren terwijl hij opnieuw als een drenkeling naar adem snakte. Hij voelde iets scherps in zijn zij prikken en een koud spoor trekken, een pijnlijke aanraking die hem weer enigszins bij zijn positieven bracht.

Hij rolde opzij tot hij ergens tegenaan stootte en probeerde overeind te komen. De hand verdween uit zijn gezicht en hij voelde weer een scherpe koude steek in zijn zij. Paul stormde naar voren en duwde zijn aanvaller uit de weg. Plotseling veranderde het licht toen hij languit tegen de grond viel en de onbestemde geluiden die hij hoorde werden gevolgd door hun echo.

Hij lag met zijn hoofd dicht bij iets gloeiends. Het was alsof hij bezield werd door een tomeloze woede, een drift die heel lang opgesloten had gezeten en zich nu pas een weg naar buiten had gebaand. Paul besefte ineens dat hij buiten de tent terecht was gekomen en dat hij niet ver van het kleine kampvuur lag. Hij rolde om en schudde de man op zijn rug van zich af op de gloeiende stenen. Zijn belager liet hem los, schreeuwend als de in de kuil gevangen eland, en sprong op om de vlammen te doven die zijn bontvellen verschroeiden. Maar Paul nam geen genoegen meer met zijn voorlopige ontsnapping: hij sprong over het kampvuur heen en sleurde de ander tegen de grond zonder zich iets aan te trekken van de gloeiende hitte tegen zijn huid. Heel even zag hij het doodsbange gezicht van Vogeljager onder zich. Zijn hand vond een zwaar rond ding; een gloeiende steen van de stookplaats, stelde zijn koude, genadeloze geest vast. Hij tilde de steen boven zijn hoofd om Vogeljager en heel deze verschrikking te verbrijzelen, maar in plaats daarvan kreeg hij zelf een onverwachte slag tegen zijn achterhoofd. Hij verstarde alsof hij een zware stroomstoot had gekregen en alles voor zijn ogen werd donker.

Het was alsof ze ruzie hadden. De stemmen klonken zacht en ver weg, ze leken niet zo heel belangrijk.

Waren het zijn vader en moeder? Die hadden niet vaak ruzie. Jonas senior behandelde zijn vrouw met een eerbied die veel op minachting leek, alsof ze een broos kunstvoorwerp was dat elk moment uit elkaar kon vallen. Maar af en toe verdween zijn goedmoedige desinteresse, voornamelijk wanneer een van zijn ideeën door collega's was verworpen, en ontstond er een korte woordenwisseling gevolgd door een urenlang zwijgen, een stilte die de jonge Paul altijd het gevoel gaf dat iedereen in huis erop zat te wachten dat hij lawaai ging maken om alles te bederven.

Bij de weinige gelegenheden dat zijn moeder voor zichzelf opkwam, zij het altijd op haar aarzelende, verontschuldigende manier, duurden de twistgesprekken net zo kort, maar kon de stilte wel een of twee dagen aanhouden. Tijdens die dodelijk lange uren bleef Paul op zijn kamer, niet in staat de confrontatie met zijn zwijgende ouders aan te gaan. Op zijn muurscherm liet hij kaarten van verre landen verschijnen om aan de hand daarvan zijn vluchtplannen te maken. In die eindeloze middaguren stelde hij zich weleens voor dat zijn kamer zich in zo'n glazen bol bevond waarin het begon te sneeuwen als je hem schudde, dat de rest van het huis zich langzaam vulde met een witte deken die elk geluid dempte.

Hij hoorde de stemmen nog steeds, even ver, even onbelangrijk, al drong het vaag tot hem door dat het de stemmen van twee mannen waren. Misschien was een van hen oom Lester, de broer van zijn moeder, iemand die in Amerika de een of andere bank vertegenwoordigde. Lester en Jonas senior waren in de familie berucht om hun politieke meningsverschillen – zijn oom beschouwde elke aanhanger van Labour als een wereldvreemde zonderling – en hun discussies konden urenlang op quasi vriendschappelijke voet doorgaan.

Pauls moeder placht nu en dan te knikken, te glimlachen of afkeurend haar hoofd te schudden om haar zogenaamde belangstelling voor hun buitenissige uitspraken te tonen, terwijl Paul zelf in een hoek ging zitten met een van haar prachtige boeken, ouderwetse gedrukte boeken vol met reproducties die zijn eigen vader haar had gegeven.

Een van die boeken had in het bijzonder zijn belangstelling gehad en Paul zag het weer voor zich nu hij zijn vader en oom Lester hoorde twisten. Er stond een schilderij in van Pieter Bruegel – dat meende hij althans, om een of andere reden kon hij zich de naam maar moeilijk herinneren – van een groep jagers die over een besneeuwde helling afdaalde naar een vrolijk verlicht dorp in de laagte. Het tafereel had hem aangegrepen zonder dat hij wist waarom en als student had hij het gebruikt als achtergrond op zijn muurscherm. Als zijn kamergenoot er niet was, liet hij het scherm soms de hele nacht aanstaan, zodat hij in slaap viel met het beeld van de witte sneeuw en de bontgekleurde halsdoeken van de jagers voor ogen. Hij wist niet waarom het zijn favoriete schilderij was geworden, alleen dat hij zich aangesproken voelde door de saamhorigheid van de dorpelingen. Hij had altijd gedacht dat het kwam doordat hij enig kind was.

Terwijl hij aan dat schilderij dacht en de stemmen in de verte beurtelings luider en zachter klonken, kon hij de bijtende kou van Bruegels sneeuw bijna voelen. Wit, volmaakt wit, neerdwarrelend tot de hele wereld ermee bedekt was en er niets meer overbleef dat pijnlijk of beschamend was...

Zijn hoofd deed zeer. Kwam het door de bijna tastbare kou of door het voortdurende geruzie van die mensen? En wie waren dat nu eigenlijk? Een van hen zou zijn vader kunnen zijn, maar oom Lester was bijna tien jaar geleden na een hartaanval overleden toen hij op Java met vakantie was.

Het begon tot hem door te dringen dat niet alleen zijn hoofd zeer deed. Zijn hele lichaam werd door elkaar geschud en bij elke stoot voelde hij een kille pijnscheut door zich heen gaan.

Plotseling merkte hij dat hij een eindje omlaag viel, een val die onaangenaam hard werd gestuit. Zijn hoofd duizelde ervan, maar ondanks zijn verwarring besefte hij dat de grond onder hem hard en heel erg koud was.

'... met zijn bloed,' hoorde hij een van de stemmen zeggen. 'Dat brengt een vloek over ons. Je wilt toch niet door iemand uit het Land van de Doden vervloekt worden?'

'Maar dat is de speer van Vogeljager. Waarom geven we die aan hem?'

'We hebben hem niet gegeven, maar hij mag hem houden. Het bloed van Riviergeest zit erop en we willen niet dat hij daardoor wordt teruggelokt. Moeder Donkere Maan heeft gezegd wat we moesten doen, je hebt haar toch gehoord?'

De kou werd steeds erger. Paul begon te rillen. Bij elke beweging leken zijn botten hard tegen elkaar te schuren en hij kreunde van pijn.

'Hij komt bij. Laten we teruggaan.'

'Hij is nog te dicht bij ons kamp, Loopt Ver,' zei de tweede stem. 'We kunnen hem beter doden.'

'Nee. Moeder Donkere Maan zei dat zijn bloed ons zal vervloeken. Heb je niet gezien dat Vogeljager er al ziek van is geworden? Het is zijn bloed dat de boze geest in de jongen wekte. Hij zal niet terugkomen.'

Paul voelde zijn slapen kloppen en zijn hele lichaam leek onder de blauwe plekken te zitten. Hij slaagde er nauwelijks in zijn ogen open te doen en door zijn oogharen zag hij dat iemand zich over hem heen boog.

'Hij zal niet terugkomen,' zei Loopt Ver dicht bij zijn oor, alsof hij het tegen Paul had. 'Moeder Donkere Maan zegt dat hij dan zelf vervloekt zal zijn. Wij zullen hem doden zonder zijn bloed te vrezen als hij terugkomt.'

De gebogen gedaante verdween. Paul hoorde iets naast zich neerploffen, gevolgd door een ritmisch gekraak, het geluid van voetstappen die zich verwijderden.

Hij begon zich vaag te herinneren wat er was gebeurd, maar de ijzige kou maakte het hem moeilijk zich te concentreren. Een vibrato van rillingen trok door zijn lichaam en hij rolde zichzelf op als een blinde worm om warm te blijven. Helpen deed het niet: de kou die van de grond optrok leek al het leven uit hem te zuigen. Hij ging op zijn buik liggen en trok moeizaam zijn knieën op, waarna hij beide handen plat tegen de grond drukte om zichzelf overeind te duwen. Een golf van misselijkheid overspoelde hem en alles werd zwart voor zijn ogen. De duisternis verdreef zelfs de kou, maar niet langer dan een ogenblik.

Het donker verdween uit zijn hoofd en Paul deed zijn ogen open. De nachthemel strekte zich uit boven zijn hoofd, een onvoorstelbaar fluweelachtig zwart, maar geleidelijk begon hij het genadeloze fonkelen van sterren te onderscheiden. De bovenkant van een brede gele maan tuurde over de bomen aan de rand van de heuveltop waarop hij lag. Onder de hemel strekte de puur witte helling zich uit, zodat het net was alsof alles was gereduceerd tot een simpele tegenstelling van wit en zwart. Het enige andere in heel de wereld was Paul zelf, gevangen tussen zwart en wit.

Waarom moet mij dit overkomen, dacht hij treurig. *Wat heb ik misdaan, God?*

Een windvlaag trok langs hem heen en verdween weer even snel als hij was gekomen, maar voor Paul was het alsof hij met messen werd bekogeld. Hij huiverde en duwde zichzelf overeind. Wankelend slaagde hij erin zijn evenwicht te bewaren. Zijn hoofd bonkte, al zijn botten leken gebroken. Hij proefde metaal in zijn mond en spuugde wat bloed uit, dat een klein gaatje in de witte helling sloeg. Een gesmoorde snik ontsnapte aan zijn keel. In de verte klonk een gehuil als van een wolf, alleen veel zwaarder, het galmde tussen de witte heuvels van het maanlandschap, een angstaanjagend primitief geluid dat precies bij zijn stemming van hopeloze verlatenheid paste.

Ze hebben me uit de grot gegooid om me hier te laten sterven, dacht Paul. Hij vocht tegen zijn opwellende tranen, bang om weer tegen de grond te slaan als hij zich liet gaan. Hij wist niet of hij nog een keer de kracht zou vinden om op te staan.

Hij zag een lang en donker voorwerp in de sneeuw voor zijn voeten liggen en moest aan de woorden van Loopt Ver denken. Het was de speer van Vogeljager. Hij staarde ernaar. Het was in elk geval iets waarop hij kon leunen. Paul trok de vacht dichter om zich heen – waarom hadden ze hem die eigenlijk laten houden als ze hem zo graag dood wilden hebben? – en bukte voorzichtig om niet voorover te vallen. Moeizaam stak hij zijn hand uit naar de speer zonder dat hij door zijn knikkende knieën zakte. Zijn hoofd voelde alsof het uit elkaar zou spatten. Hij kreeg de speer te pakken, zette de punt tegen de grond en duwde zichzelf weer rechtop.

De wind wakkerde aan en sneed dwars door zijn kleren.

Waar nu heen? Even overwoog hij de voetsporen van de jagers te volgen en terug te gaan naar de grot. Als ze hem niet binnen wilden laten, zou hij op zijn minst kunnen proberen het vuur te stelen, net als in het verhaal van Donkere Maan. Maar zelfs met een hoofd vol bloed en gebroken tanden begreep hij wel dat het een dwaas plan was.

Ja, waarheen? Hij moest een schuilplaats zien te vinden, ergens waar hij geen last van de wind zou hebben en kon wachten tot het warmer werd.

Tot het warmer wordt... Ook al kon hij er de galgenhumor wel van inzien, zijn lach klonk als een gesmoord hoesten. *Wanneer zal het dan warmer worden? Hoe lang hadden de ijstijden ook weer geduurd?*

Hij begon de helling af te dalen, elke stap in de diepe sneeuw een kleine, maar uitputtende slag in een oorlog die hij nooit zou kunnen winnen.

De maan was boven de bomen uit geklommen en hing nu vet en rond aan de einder, de hele hemel dominerend. Hij durfde er niet bij stil te staan wat hij had moeten doen als er geen maan was geweest. Zelfs nu zakte hij al telkens weg in de zilverkleurige, verraderlijk diepe sneeuw en elke keer kostte het hem meer moeite om zich uit de kuil te bevrijden. Zijn voeten waren in stukken vacht gewikkeld, met het bont naar binnen gekeerd, maar ze waren al snel zo koud geworden dat hij ze niet eens meer voelde. Zijn benen leken een paar centimeter boven zijn enkels op te houden. Hij had er niet voor doorgeleerd, maar het leek hem geen goed teken.

Sneeuw, dacht hij, tot aan zijn heupen wegzakkend. *Al die sneeuw*. Het laatste uur waren er alleen maar van zulke stompzinnige, voor de hand liggende gedachten in zijn hoofd opgekomen. Het kostte kracht om ze te verdrijven, om zich op het lopen te concentreren, en juist nu had hij al zijn kracht nodig.

Sneeuw, sneeuwwit, sneeuwval, sneeuwpoppen... Hij tilde een voet op zonder te weten of het de rechter of de linker was. Hij zette hem weer neer en zakte meteen weg. De wind beet in zijn gezicht, dat slechts gedeeltelijk werd beschermd door de kraag van zijn mantel. *Sneeuwstorm...*

Ja, hij was verdwaald in een storm, hij was zijn hele leven al verdwaald geweest. Hij had maar wat gedaan, op school en ook bij zijn werk in de Tate Gallery, waar hij elke dag dezelfde afgezaagde grappen tegen groepen huisvrouwen moest vertellen. Ooit had hij gedacht dat hij nog eens wat zou kunnen bereiken, dat hij iets tot stand zou kunnen brengen. Als kind had hij dat duidelijk gevoeld, ook al had hij toen nog geen idee wat die toekomstige persoon dan wel zou gaan doen, hoe die eigenlijk zou zijn. Nu was het eerder alsof er een god voor mislukkelingen bestond die hem als straf voor zijn nalatigheid had veroordeeld om zelfs in tijd en ruimte verdwaald te zijn, als iemand die na sluitingstijd in een eindeloos museum moet ronddolen.

Ja, hij doolde maar wat rond. Zelfs in deze koude, primitieve wereld, waar zijn geheugen grotendeels weer leek te functioneren, had hij zich door anderen laten leiden. De grotbewoners hadden hem uit de rivier moeten redden en Loopt Ver had gezegd dat hij uit het Land van de Doden kwam. Paul had het maar zo gelaten, even slap en vol zelfbeklag als een man die in de metro blijft staan omdat iemand zijn koffertje op de laatste vrije stoel heeft gelegd.

Riviergeest hadden ze hem genoemd en daar school meer waarheid in dan ze zelf wisten. Als een rusteloze geest was hij van het ene krankzinnige oord naar het andere gegaan en in al die werelden was hij vroeg of laat in een rivier beland, bijna alsof het steeds dezelfde rivier was. Het was een geslaagde metafoor voor zijn ongerichte bestaan, steeds opnieuw dezelfde rivier...

Plotseling kwam er een herinnering bij hem boven. '*Ze zullen je zoeken op de rivier*,' had iemand tegen hem gezegd. Was het in een droom geweest, een van die vreemde, vreemde dromen? Nee, het was de stem uit het gouden kristal geweest, geen zingende harp zoals in zijn droom. Het kristal had hier in deze ijstijd tot hem gesproken. '*Ze zullen je zoeken op de rivier*,' had het kristal gezegd. Dus het was waar, de rivier had een bepaalde betekenis. Misschien kon hij er daarom niet aan ontsnappen.

Paul bleef staan. Zijn pijn en verwarring werden een ogenblik verdrongen, niet door een herinnering maar door een ingeving, een pijnlijk duidelijk idee. Het moest afgelopen zijn met dat ronddwalen. Als hij niet eeuwig als een blad door de wind opgejaagd wilde worden, moest hij zijn leven in eigen hand nemen.

De rivier is de plaats waar ik van de ene naar de andere wereld ben gegaan. Hij wist het zeker, ook al drong dat inzicht nu pas tot hem door. *Wonderland, Mars, deze ijstijd, elke keer ben ik uit het water gekomen. Als ik de rivier kan vinden...*

Als hij de rivier kon vinden zou hij in elk geval weer ergens heen gaan. Alles zou anders worden, hij zou dichter bij een antwoord op zijn vragen komen.

Hij probeerde zich te herinneren van welke kant de jagers waren gekomen en keek naar de stand van de maan, maar in zijn vroegere leven had hij al een zwak oriëntatievermogen gehad en hij wist dat het er niet beter op was geworden. Maar hij wist ook dat water de laagste plekken opzocht en daarom moest hij verder naar beneden gaan, naar beneden om de uitweg te zoeken. Hij zou de uitweg vinden en nooit meer ronddolen.

De maan was een heel eind opgeschoven aan het zwarte uitspansel boven zijn hoofd, maar niet ver genoeg om te denken dat de dag spoedig zou aanbreken. Elke stap was inmiddels een kwelling voor hem, alleen mogelijk nadat hij zijn lichaam had aangespoord met beloften die hij nooit zou kunnen nakomen. De enige troost was dat hij het steilste deel van de helling achter de rug had. Nog een stukje langs de lage, met sneeuw bedekte bomen en hij zou de vlakte bereiken.

Maar onder deze omstandigheden was zelfs een flauwe helling een grote hindernis. Paul bleef staan en leunde op zijn speer, een hulpmiddel waar hij Vogeljager zeer dankbaar voor was, ook al was het wapen besmeurd met zijn eigen bloed. Hij vroeg zich af of de speer voor de jagers echt taboe was geweest. Dankzij het oordeel van Loopt Ver en Donkere Maan was hij niet gedood, maar hadden ze hem zijn kleren laten houden en ook nog de speer nageworpen. Misschien was dat hun manier om hem een laatste kans te geven.

Een kans die hij met twee handen moest aangrijpen. Hij haalde diep adem en zette vermoeid zijn voet naar voren.

Het was een vreemd idee dat hij zijn leven te danken had aan een stel Neanderthalers, tijdgenoten van zijn echte voorouders uit een onvoorstelbaar ver verleden. En dan te bedenken dat deze mensen, die zichzelf dé Mensen noemden, hun normale leven hadden geleid totdat hij ineens was opgedoken. Wie waren ze eigenlijk? En waar was hij?

Paul Jonas liep nog over zulke vragen na te denken toen een windvlaag van achteren de geur van de dood met zich meevoerde.

Hij kreeg kippenvel van de angst die hem ineens beving en zijn nekharen gingen overeind staan. Het was de stank van rottend vlees, maar ook van wilde dieren, van urine, ontlasting en bloed. De stank was de voorbode van radeloosheid, van het definitieve einde. Hij draaide zich om en zag een roerloze donkere gestalte een eind hoger op de helling staan. Even dacht hij dat zijn ogen hem bedrogen en dat het slechts de omtrek van een rotsblok was, maar nog hoger was een bewegende schaduw te zien die zijn hoofd naar de wind draaide om de nieuwe geuren op te snuiven. Zijn ogen hadden in het licht van de maan een gele glans.

De wind wakkerde aan. Paul rook die afschuwelijke stank weer en al zijn spieren verstijfden, gealarmeerd door zijn primitiefste instinct. Zelfs in zijn toenemende angst begreep hij dat vluchten geen zin had. Op de helling verscheen een derde silhouet van een groot dier, dat schuin afdaalde op zijn vier poten. Hij vermoedde dat de naamloze beesten hem nog niet hadden aangevallen omdat hijzelf nieuw voor ze was, een onbekend gevaar. Maar als hij het op een lopen zette... Paul kende wilde dieren alleen uit films, maar dat was genoeg om te weten dat vluchten hetzelfde was als het luiden van de etensgong.

Hij draaide zich weer om en begon rustig door te lopen. Het was misschien het dapperste wat hij ooit had gedaan, met die grote donkere gedaanten die ongetwijfeld steeds dichterbij kwamen. Hij voelde de krankzinnige neiging om een deuntje te fluiten, als een stripfiguur die zich groot probeert te houden. Was hij maar een stripfiguur, iemand die binnenstebuiten gekeerd kon worden zonder er iets aan over te houden, ongedeerd en klaar voor het volgende avontuur.

De wind draaide en kwam nu weer van voren. Paul meende een goedkeurend gegrom achter zich te horen, alsof de dieren zijn geur hadden opgevangen. Zijn enige kans op redding lag in het vinden van een schuilplaats, een grot, een hoge rots of een boom om in te klimmen. Geen wonder dat de jagers hun tentenkamp in een grot hadden opgeslagen. Paul had zijn vakanties meestal op een zonnig strand doorgebracht en kende geen ruigere omgeving dan de Schotse Hooglanden of de Cotswolds. Nu pas drong het tot hem door hoe verschrikkelijk eenzaam en hulpeloos een mens in de natuur kon zijn.

De sneeuw was niet meer zo diep en hij kwam iets sneller vooruit, hoewel de ondergrond ijzig en hier en daar verraderlijk glad was. Paul vloekte in stilte en liep zo snel hij durfde. Hij kon het zich niet veroorloven uit te glijden. Een valpartij zou de dieren achter hem ongetwijfeld hetzelfde signaal geven als een vlucht.

Uit een ooghoek zag hij rechts van hem iets bewegen. Heel langzaam draaide hij zijn hoofd een beetje opzij. Door de sneeuw draafde een schaduw, op niet meer dan een ruime steenworp afstand. Het beest had een harige kop en rug en leek enigszins op een hond, maar dan van een onbekend ras. De adem kwam in wolkjes uit zijn bek.

De grond onder Pauls voeten was nu bijna helemaal vlak, maar zelfs de lage bomen groeiden hier niet meer. Voor hem uit lag een eenvormige witte vlakte zonder rotsen of bomen die hem beschutting konden bieden. Hij keek over zijn schouder en vroeg zich af of hij niet beter kon teruggaan naar de laatste rotsblokken op de helling, maar die gedachte zette hij uit zijn hoofd zodra hij de twee silhouetten zag die zigzaggend van de heuvel afdaalden. Blijkbaar waren het drie dieren die gezamenlijk jacht op hem maakten, een vreemde soort die hier om een of andere reden niet thuis leek te horen.

Het omkijken kwam hem duur te staan. Paul voelde zijn voet wegglijden en struikelde. Eén afschuwelijk ogenblik dacht hij dat hij languit op de grond zou vallen, maar hij slaagde er nog net in de speer van Vogeljager in de grond te steken en zo zijn val te stuiten. Hij kwam met een knie op de verbazend harde grond terecht, maar zijn ledematen waren half bevroren en daardoor voelde hij nauwelijks iets van de klap. De drie jagende dieren hadden zich verzameld en bleven op een afstand naar hem staan kijken, hun ogen in het donker fonkelend als bleke juwelen, knipperend achter het rookgordijn van hun adem.

Paul groef met zijn hand in de sneeuw tot hij de harde bodem vond om zichzelf overeind te duwen. Het was net of er onder de sneeuw werkelijk een dikke ijslaag was, alsof zelfs de bodem hem wilde verhinderen te ontsnappen. Zijn ergernis verdween door een ingeving.

Is dit de rivier?

Plotseling kwam een van de drie dieren in beweging, alsof het snel een einde wilde maken aan de hernieuwde hoop van de prooi. Het verplaatste zich veel sneller dan Paul voor mogelijk had gehouden en de afstand werd vlug kleiner. Hij zag pas kans de speer op te tillen toen het dier nog maar twaalf meter bij hem vandaan was.

'*Weg!*' riep hij. '*Ga weg!*' Hij zwaaide wild met zijn vrije arm en stak dreigend de speer naar voren, bang dat het dier zonder moeite de doodsnood in zijn stem herkende.

Het beest bleef staan, maar trok zich niet terug. Het liet zijn kop zakken en loerde naar hem. Paul hoorde een diep, trillend gegrom en met een schok besefte hij wat er zo vreemd aan de dieren was. Het waren een soort hyena's, alleen veel groter, zo hoog als een pony, met een brede borst en zware poten. De dampende kaken waren groot genoeg om hem half te verzwelgen.

Het beest gromde weer, een machtig gedreun dat Paul door merg en been ging. Hij voelde zijn knieën knikken en wist zich slechts met moeite overeind te houden. De wind voerde opnieuw de stank van dood vlees en muskus aan. Zijn hart bonkte als een gek, alsof het elk moment kon barsten.

Het zijn grothyena's, dacht hij ineens, een naam die hij in een documentaire of in een natuurhistorisch museum opgevangen moest hebben... alsof het er iets toe deed hoe die vreselijke monsters werden genoemd. Grothyena's, de grote jagers uit de ijstijd, een wandelende moordmachine die geen mens in vijfhonderd eeuwen had gezien.

Paul deed een stap terug, trillend op zijn benen. De hyena zette onmiddellijk een poot naar voren, de kop nog steeds dicht bij de grond, de ogen groen als dwaallichtjes. De twee andere kwamen krakend door de sneeuw de helling af en stelden zich een eind verder aan weerskanten op, even ongehaast en nonchalant als een stel huurmoordenaars. Paul zwaaide weer met de speer. Hij probeerde te schreeuwen, maar zijn keel was als dichtgeschroefd en hij kon slechts een gesmoorde kreet uitbrengen.

De rivier! dacht hij koortsachtig. *Ik ben op de rivier!* Maar wat had hij eraan nu hij hem had gevonden? Hij had geen idee hoe de rivier hem naar een andere wereld kon brengen en wat vluchten betreft... hij kon evengoed proberen een van die monsters een zadel om te doen en erop weg te rijden.

De hyena in het midden gromde opnieuw en kwam in een drafje op hem af. Paul liet zich op zijn knieën zakken en stak de speer naar voren, het uiteinde zo stevig mogelijk in het gladde ijs gedrukt. Het dier naderde steeds sneller door de sneeuw, hoewel trager dan een gewone hyena.

Misschien zag het dier de speerpunt niet afsteken tegen Pauls gerafelde kleren, misschien wist het niet wat een speer was. De hyena sperde zijn muil open, klaar voor de sprong. Paul voelde de gloeiende adem uit de bek en meteen daarop een schok die bijna zijn armen uit de kom rukte toen de hyena recht in de speerpunt stormde. Paul kreunde van pijn en klemde zich uit alle macht aan de speer vast terwijl hij de punt door spieren en weefsel hoorde splijten. Het dier vloog jankend tegen hem aan en Paul werd opzij geslingerd alsof hij door een auto was aangereden. De hyena schoof langs hem heen over het ijs en Paul werd op zijn buik meegetrokken aan de speer. Het leek een eeuwigheid te duren voordat de punt losraakte en de speer uit de bek van het dier gleed.

Paul bleef als verdoofd liggen met zijn gezicht in de sneeuw, zonder te weten wat onder of boven was. Er klonk een geluid als van een geweerschot en even dacht hij dat hij in *Peter en de Wolf* verdwaald was geraakt en dat de jager hem kwam redden. Hij tilde zijn hoofd op en zag de gewonde hyena plotseling wegzakken in een zwart gat dat zich in de witte sneeuw had geopend.

Paul draaide zich met een ruk om toen hij gegrom achter zich hoorde. De twee overgebleven hyena's kwamen snel dichterbij op hun gespierde poten. Hij duwde zichzelf overeind en bleef wankelend staan, wanhopig zwaaiend met de speer. Kort na elkaar klonken weer twee scherpe knallen en in de ijslaag onder zijn voeten verschenen geribbelde zwarte scheuren die naar alle kanten uitwaaierden, alsof hij zich midden in een spinnenweb bevond. Het ijs begon te trillen en Paul vroeg zich net af waarom zijn ene been ineens korter was dan het andere en ook kouder aanvoelde – een bijtende kou die veel op hitte leek – toen het ijs onder hem bezweek en hij door het gretige zwarte water naar beneden werd gezogen.

7

Een bezoek van grootvader

NETFEED/ECONOMIE: *Krellor verkoopt MedFX*
(beeld: Krellor en vice-president Von Strassburg)
COMMENTAAR: *Uberto Krellor heeft zijn toeleveringsbedrijf MedFX, een van de laatst overgebleven onderdelen van het Zwarte Schild, voor vele miljoenen dollars verkocht aan de Clinsor Group. Laatstgenoemde is nu de grootste fabrikant van medische apparatuur ter wereld. Krellor, die een miljardenverlies heeft geleden toen de nanotechnologie het vertrouwen van de consument had verloren, heeft inmiddels de meeste van zijn bezittingen van de hand gedaan om zijn schuldeisers te kunnen betalen.*
(beeld: Krellor en Hagen bij het hotel van de Zwitserse olympische ploeg in Boekarest)
Maar hoewel het hem in andere opzichten niet voor de wind gaat, is Krellor onlangs voor de tweede maal in het huwelijk getreden met Vila Hagen. De problemen tijdens hun eerste huwelijk brachten het paar bijna voortdurend in het nieuws.
KRELLOR: *'Het is geen uitverkoop, het is een reorganisatie... Begrijpt u er dan helemaal niets van? En laat ons nu alstublieft met rust, wij proberen van onze huwelijksreis te genieten.'*

Al waren ze nog zo lang samen in de simwereld geweest, Renie schrok toen ze haar ogen opsloeg en recht in het gezicht van de baviaan keek.

'Heb je niets gebroken?' !Xabbu wreef voorzichtig over haar arm. 'We zijn neergestort, net als in een film.'

Renie was er niet helemaal zeker van dat ze niets had gebroken. Haar hoofd deed zeer, de hele wereld leek op zijn kop te staan en ze slaagde er nauwelijks in haar armen en benen te bewegen. Dat laatste probleem werd verholpen toen ze erin slaagde de riemen los te maken waarin ze tegen de geblutste wand van de mechanische libel hing; het tweede werd begrijpelijk toen ze langs de wand naar beneden schoof en zag dat de libel ondersteboven terecht was gekomen.

'We hebben het overleefd,' verklaarde ze.

'Wat heet.' Een eindje onder haar, tegen het vernielde instrumentenpaneel geklemd, deed Cullen verwoede pogingen om zich los te maken. 'En dat noemen ze dan een simulatie. Moet je dit verdomme zien!' Hij bonkte met een vuist op het verbrijzelde paneel. 'Alles ligt in puin.'

'Kun je dat stomme speelgoedje van je even vergeten?' Lenore zat er veel ongemakkelijker bij dan Cullen: ze was met stoel en al naar voren geschoven en tegen het bedieningspaneel gedrukt. Ze klonk ook veel angstiger dan haar collega en haar scherpe stem maakte Renies hoofdpijn nog erger. 'Haal me hier als de donder uit!'

'Help me een handje,' zei Renie tegen !Xabbu, maar toen ze haar hoofd omdraaide zag ze dat hij uit de ingedeukte cabine van het toestel was verdwenen. '!Xabbu?'

'Haal me hier nou uit!' riep Lenore.

Renie aarzelde. De twee entomologen hadden hulp nodig, maar ze was ineens erg bang dat ze haar kleine vriend zou kwijtraken en dat ze hier helemaal alleen zou achterblijven.

'*Blijf daar niet zitten, stomme trut! Help me toch!*' schreeuwde Lenore.

Renie draaide zich geschrokken om, maar ze kreeg niet de kans om boos te worden: het goed gesimuleerde gezicht van Lenore Kwok was vertrokken in doodsnood.

'We komen al,' zei Cullen, ook al zat hij zelf nog klem. 'Rustig maar, Lenore.'

'Hou je bek!' Ze duwde radeloos tegen de wrakstukken die haar gevangenhielden.

Renie begon snel de rond Cullen neergestorte wandplaten weg te trekken. Ze verbaasde zich opnieuw over de gedetailleerdheid en het realisme van de simulatie. Zelfs de kapotte dingen zagen er echt uit.

'Wat ben je nou aan het doen?' riep Lenore.

'Ik maak eerst hem vrij,' zei Renie, die probeerde kalm te blijven. 'Daarna kunnen we samen jou helpen, want ik geloof niet dat ik dat in mijn eentje red.'

'Waar is die godvergeten aap?' Lenore keek wild om zich heen, alsof ze dacht dat !Xabbu zich ergens voor haar verborgen hield.

'Ik weet het niet. Maar Cullen heeft gelijk, we moeten rustig blijven.'

'Hoe kan ik nou rustig blijven!' zei Lenore, zwaar ademend en met een wanhopige blik in haar ogen. 'Ik heb geen gevoel meer in mijn benen! Ik kan ze niet bewegen!'

'Allemachtig,' zei Cullen. 'Laat je niet meeslepen, Lenore, dat is maar suggestie. Het is een simulatie en daardoor kun je je niet bewegen. Er is niets met je benen aan de hand, gebruik je verstand.'

Renie keek hem streng aan. 'Hou alsjeblieft je mond, Cullen.'

'Kijk dit eens!' !Xabbu stak zijn hoofd door de luikopening, die inmiddels een paar meter boven hun hoofd in plaats van onder hun voeten zat. 'Het is een stekel van een plant.' Hij liet iets vallen en Renie ving het enigszins geschrokken op. De stekel leek op de gladde hoorn van een antilope, even lang als haar uitgestrekte arm en vuistdik, met een taps toelopend uiteinde. Ze slaagde er niet in het ding te buigen. 'Daar hebben we misschien iets aan,' zei ze terwijl !Xabbu zich naar beneden liet zakken.

Met de doorn als hefboom slaagde ze erin het instrumentenpaneel voldoende op te krikken om Cullen te bevrijden. De piloot ging staan en wreef over zijn pijnlijke ledematen toen Lenore weer begon te jammeren.

'Goed, goed,' zei hij. 'Je bent wel een schijterd, Kwok, als je dat maar weet.'

'Help nu maar een handje.' Renie vond een geschikt steunpunt voor de hefboom en begon de stoel van de copilote naar achteren te duwen.

'Dat is verspilde moeite, ik weet iets beters.' Cullen speurde de vloer af tot hij een klein luik vond. Met de doorn wrikte hij het open en haalde uit de bergruimte daarachter een metalen kist met een handgreep eraan. 'Zie je? Weer een van die stomme regeltjes van Kunohara. Aan boord van elk virtueel toestel moet een virtuele gereedschapskist zijn, verdomme. Is die vent geschift of niet?' Hij haalde een moersleutel uit de kist en begon de bouten los te maken waarmee de stoel van de copilote aan de vloer was bevestigd. De bodem van het toestel was bij de harde landing ontwricht en hij moest een paar keer hard tegen de stoel trappen voordat er beweging in kwam.

Het was nog enkele minuten hard werken voordat ze Lenore hadden bevrijd.

'Ik... ik kan mijn benen nog steeds niet bewegen,' zei ze, fluisterend als een spook. Renie vond de klank van haar stem nog erger dan haar geschreeuw.

Vooral dankzij het bedreven geklauter van !Xabbu slaagden ze erin haar op te hijsen naar de luikopening en haar buiten op de grond te laten zakken. De libel had zich met zijn kop in de bosgrond geboord en zag eruit als een tweedekker na een noodlanding, met de vleugels naar voren gezakt boven de begraven neus en de glanzende langwerpige staart naar de hemel gericht.

'Ik kan niet lopen,' stamelde Lenore. 'Mijn benen willen niet.'

'Dat is gelul,' snauwde Cullen. 'Misschien weet je het niet meer, maar we hadden net een halfuur voorsprong op die mierenzwerm en die laat niets van de Bijenkorf heel als we ze niet op tijd waarschuwen.' Hij zweeg even en er trok een onzekere uitdrukking over zijn lange gezicht. 'Om over onszelf nog maar te zwijgen.'

'O god.' Renie was zo druk bezig geweest met de bevrijding van Lenore dat ze helemaal niet meer aan het mierenleger had gedacht. 'Lieve god, ze eten ons levend op. O, wat afschuwelijk.'

'Ze eten ons helemaal niet op,' zei Cullen vol afkeer. 'Ze zullen alleen maar verhinderen dat we de Bijenkorf bereiken en ik moet er niet aan denken hoeveel het gaat kosten om alles weer op te bouwen. Dit is nog steeds een simulatie, hoe vaak moet ik dat nog zeggen?'

Renie keek hem aan en draaide haar hoofd om naar !Xabbu, die zijn wenkbrauwen optrok en voor een baviaan een merkwaardig fatalistische indruk maakte. Ze moest toegeven dat het tijdverspilling zou zijn om hier te blijven bekvechten. 'Goed, dan is het een simulatie. Laten we hier in elk geval weggaan, afgesproken?'

Geholpen door Renie en !Xabbu hees Cullen zijn collega op zijn rug. 'Hoe is het met je benen?' vroeg hij. 'Voel je al iets?'

'Helemaal niets... ik kan ze niet bewegen.' Lenore kneep haar ogen dicht en sloeg haar armen stevig rond de hals van Cullen. 'Ik wil er niet over praten. Ik wil naar huis.'

'Wij ook,' zei Renie. 'Maar alles wat je ons kunt vertellen...'

'Nee.' Lenore klonk als een weerbarstig kind. 'Het is wel mooi geweest, ik ben het zat. Dit gebeurt allemaal niet echt.'

Renie ging met de anderen op weg door het torenhoge gras. Lenore, bedacht ze, wist er al net zo weinig van als wie dan ook die ze de laatste tijd had ontmoet.

Cullen mocht dan gebukt gaan onder het extra gewicht van Lenore, hij was blijkbaar van plan de leiding van het groepje op zich te nemen. Renie wilde zich daar niet zo snel bij neerleggen, maar voordat het tot een nieuwe discussie kon komen merkte !Xabbu op dat hij het beste voorop kon gaan. Cullen liet zich overreden door het wetenschappelijke argument dat !Xabbu een ervaren jager en spoorzoeker was, waarna hij de Bosjesman duidelijk maakte in welke richting de Bijenkorf lag. !Xabbu stelde zich aan het hoofd op en begon de bodem van de jungle af te speuren.

Het werd een van de vreemdste en onwezenlijkste tochten die Renie ooit had ondernomen, en dat na alles wat ze de laatste maanden had meegemaakt. Gezien door de ogen van een dwerg was de wereld een verbazingwekkend oord, vol met angstaanjagende en tegelijk fascinerende dingen. Een doodgewone rups was hier een glanzend, psychedelisch wezen ter grootte van een autobus. Terwijl Renie en de anderen behoedzaam doorliepen zagen ze de rups over het boomblad schuiven met een trilling die van voor tot achter al zijn poten in beweging bracht, als een dansgezelschap dat dezelfde pas uitvoerde. Daarna begonnen de verticale kaken het blad weer te vermalen met het lawaai van een staalpers in een fabriek.

Tijdens hun haastige tocht naar de Bijenkorf kwamen ze door een compleet safaripark vol met chitineuze wonderen, bladluizen die als gewichtloze schapen ondersteboven in hun groene weiden graasden, mijten die in rottende planten groeven als honden op zoek naar de botten die ze ergens hadden begraven, een vlo die zichzelf bij hun nadering met een hoorbare plof lanceerde om op een ander blad te springen. In het echt zou het beest in één keer boven op het hoogste gebouw in het centrum van Durban hebben kunnen springen, bedacht Renie vol ontzag.

!Xabbu leidde hen behoedzaam langs een spinnenweb dat er van dichtbij uitzag als een fantastisch geconstrueerd bouwwerk, maar Renie moest er niet aan denken dat ze aan een van de draden bleef kleven. Ze keek gespannen een paar keer achterom, maar van de spin zelf was niets te bekennen.

Ook de vegetatie was wonderbaarlijk, elke plant een kunstzinnig maaksel. Zelfs de humus op de grond, een verwarde chaos waar je in het gewone leven geen aandacht aan zou schenken, was de moeite waard. De aarde zelf was vanuit hun nieuwe perspectief heel anders: wat voor normale ogen een vlak spoor was, bleek nu een verraderlijk pad te zijn, vol met diepe kuilen en gladde hellingen.

Ondanks de spectaculaire omgeving kon Renie niet vergeten wat er achter hen aan kwam. !Xabbu toonde zich een ervaren gids in de microjungle, die doorgangen vond waar anderen zouden zijn vastgelopen, maar Renie vreesde toch dat ze niet snel genoeg vorderden. Cullen ging letterlijk gebukt onder het gewicht van Lenore en Renie moest op haar tong bijten om geen scherpe opmerking te maken toen ze zag dat hij steeds langzamer ging lopen. Zelfs aan !Xabbu ergerde ze zich, want ook al wist ze dat hij zijn best deed, hij ging zo kalm en geduldig te werk dat het leek alsof hij helemaal geen haast maakte.

Ze bleven abrupt staan toen een hoog overvliegende vogel een ogenblik de zon verduisterde.

'Dit houd ik niet vol,' zei Cullen hijgend toen de schaduw was gepasseerd. Hij liet Lenore op de grond zakken en bleef bij haar staan, naar adem snakkend. 'Je bent te zwaar, Kwok.'

'Ik draag haar wel een tijdje.' Renie had geen zin in een twistgesprek tussen Cullen en Lenore, waardoor ze alleen maar meer vertraging zouden oplopen. 'We kunnen hier niet blijven. Die rotmieren maken korte metten met ons, virtueel of niet.' Ze ging op haar hurken zitten en probeerde Lenore op haar rug te nemen, maar de zwijgende entomologe was even onbehulpzaam als een boos kind. Renie vloekte, pakte Lenore beet en trok haar als een zak meel over haar schouder.

'Laten we gaan nu het nog kan,' zei ze, haar stem trillend van inspanning.

Terwijl ze hun moeizame tocht hervatten wenste Renie niet voor het laatst dat de simulatie wat minder realistisch was geweest. Lenore voelde precies zo zwaar aan als ze in werkelijkheid zou kunnen wegen en het kostte haar grote moeite om een enkele stap te doen zonder haar evenwicht te verliezen.

Na enige tijd werden ze ingehaald door vliegende insecten, het eerste teken van de naderende mierenzwerm. Het was verschrikkelijk frustrerend om ze voorbij te zien komen, tien of twintig keer zo snel als ze zelf konden lopen. Renie kreeg pijn in haar rug. Het zou een hele bevrijding zijn om Kwok gewoon te laten vallen en het op een lopen te zetten, maar dat kon ze helaas niet over haar hart verkrijgen. Lenore leek in een shock te verkeren en Renie besefte dat de vrouw even ernstig genomen moest worden als de rest van de angstaanjagende simulatie. De pilote zou niet in staat zijn geweest op eigen kracht vooruit te komen, zelfs al zou ze in een echte jungle voor haar leven hebben moeten vechten.

'Daar!' riep Cullen. 'Ik zie het!'

Renie bleef naast hem staan. Ze hadden de middennerf van een gevallen palmblad beklommen en vanaf dit relatief hoog gelegen punt, boven de humus op de bodem van het bos, zagen ze eindelijk de glinsterende ramen van de Bijenkorf tegen een helling in de verte. 'Hoever is het nog?' vroeg Renie hijgend. 'Misschien maar een paar meter, als we onze gewone omvang zouden hebben...'

'Ja,' zei Cullen. 'Als...' Hij begon langs de andere kant van het blad af te dalen, in een trager tempo gevolgd door Renie met Lenore op haar schouder.

Ze liepen over het betrekkelijk open stuk grond aan de voet van de heuvel waarop de Bijenkorf lag, toen ze werden ingehaald door andere dieren die voor de zwerm op de vlucht waren geslagen. Een spin rende hen op zijn hoge poten voorbij, zo groot als een huis. Daarna volgden kleinere, maar nog minder aangename beesten in een aanzwellende stroom vol opwinding en lawaai.

'We halen het nooit,' zei Renie. Prompt struikelde ze en wist met moeite overeind te blijven. Ze liet Lenore op de grond zakken terwijl een vlieg met een gebrom als van een kleine straalhelikopter over hun hoofden vloog. 'We moeten ergens naar boven klimmen.'

'Ben je gek?' vroeg Cullen bars. Hij wees naar de Bijenkorf. 'Dat programma daar is miljoenen waard!'

'Allemachtig, snap je het dan niet?' Renie kon haar woede niet beteugelen, ook al begreep ze dat het geen verstandige aanpak was. 'Wat kan ons die simulatie schelen? We moeten zien te overleven!'

!Xabbu was al een eind verder. Hij draaide zich om en begon terug te lopen. Een glimmende, kronkelende duizendpoot staakte plotseling zijn vlucht en deed een uitval, maar de kleine baviaan bracht zichzelf met een sprong in veiligheid voordat de scherpe kaken in de ronde kop hem konden grijpen. De sim ontblootte dreigend zijn tanden en nam een defensieve houding aan. De duizendpoot aarzelde even en begon weg te kruipen, zijn jachtinstinct verdreven door de angst voor het naderende gevaar.

'We moeten een hoge plek zien te vinden!' riep Renie naar !Xab bu. 'We bereiken de Bijenkorf nooit op tijd!'

'Dat is... dat is onverantwoordelijk.' Cullen klonk niet meer zo zeker van zichzelf. Een schaduw gleed over de grond, weer een miervogel die naar een van de zich voortreppende vluchtelingen dook.

'Hierheen!' !Xabbu ging naar de stengel van een varen en wenkte de anderen. 'Als we hier naar boven klimmen zijn we veilig, denk ik.'

Renie bukte en trok Lenore over haar schouder. Na een paar passen voelde ze een por in haar rug en ze raakte uit balans. Terwijl ze een val maar net wist te vermijden, begon Lenore met twee vuisten op haar rug te bonken.

'Zet me neer! Zet me neer!'

Renie liet de pilote voorzichtig op de grond glijden, met als dank een harde klap op haar oor. 'Wat doe jij nou?' snauwde ze.

Lenore had zichzelf opgerold als een pissebed. Cullen kwam met grote passen terug terwijl het gezoem van de overvliegende insecten luider werd en en de stroom andere vluchtelingen steeds breder. 'Wel verdomme. Waar ben jij mee bezig, Kwok?'

'Laat me met rust.' Lenore keek hem niet aan. 'Ik wil niet meer.'

Cullen bukte om haar beet te pakken. Er zat nog geen beweging in haar benen, maar ze zwaaide wild met haar armen en slaagde erin hem vol in zijn gezicht te raken. Hij liet haar vloekend los. 'Je bent gek! Je kunt hier niet blijven liggen!'

'Jullie moeten opschieten!' riep !Xabbu, die al een eind langs de steel van de varen naar boven was geklommen. 'Ik zie de mieren al!'

'Niet zonder Lenore!' Cullen zag eruit als iemand die zijn huis ziet afbranden. 'We kunnen haar toch niet zomaar achterlaten?' Hij wilde haar arm pakken, maar ze schudde hem af. 'Wat mankeer je toch?' vroeg hij.

'Het is allemaal zo stom!' riep ze jammerend. 'Het is stom en het doet pijn! Ik doe niet meer mee.' Ze keek hem aan met opengesperde ogen, een blik die bijna waanzinnig was. 'Het is niet echt, Cullen, dit gebeurt helemaal niet. Het is een stom spel en ik heb er geen zin meer in.' Ze sloeg zijn hand weg en hij ging rechtop staan.

'Dan niet,' zei Renie. 'Je ziet maar wat je doet, Cullen.' Ze draaide zich om en holde over de open plek in de richting van !Xabbu en diens schuilplaats in de varen. Een kever maakte zich los van de naderende massa en kruiste haar pad, krakend als een opgetuigde driemaster. Renie bleef staan, van de ene voet op de andere springend tot het ondier voorbij was. Daarna rende ze verder.

'Ik kan haar niet achterlaten!' riep Cullen haar na.

'Dan blijf je maar bij haar!' Renie stond aan de voet van de stengel, pakte de dikke uitsteeksels waarmee de steel was bedekt en hees zichzelf omhoog. Een eindje boven de grond bleef ze staan en keek achterom. Cullen stond driftig tegen Lenore te praten, onverstaanbaar in het aanzwellende geraas, maar ze had zichzelf weer tot een bal opgerold en schonk geen aandacht aan hem. Ze reageerde pas toen hij opnieuw probeerde haar op te tillen, slaand en duwend met haar armen en ellebogen. Renie schudde haar hoofd en klom verder naar boven.

'Hier ben ik.' !Xabbu kwam een eindje naar beneden, even gemakkelijk alsof de stengel een brede trap was. 'Je kunt daar je voet zetten... daar, ja. Waarom wil de pilote niet komen?'

'Ik weet het niet. Ik denk dat ze een shock heeft.' Renies voet gleed weg en even hing ze aan één hand, wanhopig trappelend in de lucht, totdat !Xabbu zijn beide armen om haar middel sloeg en haar vasthield tot ze een steunpunt voor haar voeten had gevonden. Toen ze weer naar beneden durfde te kijken, zag ze Cullen juist de voet van de varen bereiken.

Het lawaai nam toe, aanzwellend tot het gebulder van de zee in een rotsspleet. De lucht werd een wirwar van springende en vliegende insecten van elk denkbaar formaat. Sommige streken met hun vleugels langs de varen en lieten de bladeren dansen. De horde op de grond werd nog talrijker. De miervogels voerden hun duikvluchten uit zonder de uittocht te kunnen vertragen.

Renie en !Xabbu waren ongeveer halverwege de steel toen de volgende zijtakken te hoog zaten om zonder levensgevaar te bereiken. Daarom kropen ze over een tak naar de holte die door een omkrullend blad werd gevormd. Het blad begon vervaarlijk te slingeren toen ze erop stapten, meer door de wind dan door het onaanzienlijke gewicht van het nietige tweetal.

Even later kwam Cullen naar hen toe, tegen zichzelf pratend. 'Ze redt het wel. Ze... ze wordt gewoon van het net gegooid. Trouwens, het systeem is beveiligd.'

Renie keek naar zijn bleke, bezorgde gezicht en voelde er niets meer voor om hem tegen te spreken.

Ze kropen over het behaarde oppervlak van het blad naar de rand en zagen Lenore ver beneden hen opgerold op de grond liggen, net een rijstkorrel in haar witte pak. Renie staarde omlaag toen ze de hand van !Xabbu op haar arm voelde. Ze keek op en volgde met haar blik zijn wijzende vinger.

Niet ver bij hen vandaan lag een kleine boom, omgevallen en deels weggezakt in de humus op de bodem van het bos, de grijsbruine bast grotendeels bedekt met mos en gras. Vanuit hun perspectief leek de stam even hoog en lang als een heuvelrij.

Het mierenleger krioelde over de stam als een troep zegevierende soldaten. De eerste verkenners keerden al terug van hun inspectietochten en Renie zag hoe het voorste deel van de hoofdmacht langs de schors afdaalde naar de bodem. Heel de omgevallen boom verdween nu onder een levend tapijt van mieren terwijl de smallere uitsteeksels uitwaaierden over de open plek waar Renie en de anderen net nog hadden gestaan.

'Het is niet echt,' zei Cullen schor. 'Je moet niet vergeten dat het alleen maar cijfers zijn, kleine groepjes cijfers. We zitten naar algoritmen te kijken.'

Renie kon alleen maar met geboeide afschuw naar de oprukkende mieren staren. Een van de verkenners bleef bij het onbeweeglijke lichaam van Lenore staan, tastte haar met zijn antennes af als een hond die aan een slapende kat snuffelt, draaide zich om en ging snel terug naar de dichtstbijzijnde arm van de zwerm.

'De simulatie gooit ons eruit als er iets fout gaat.' Cullen fluisterde nu bijna. 'Verder gebeurt er niets. Ze zei het zelf, het is een spel. Dat vervloekte rotspel van Kunohara.' Hij slikte. 'Hoe kan ze daar nou gewoon blijven liggen?'

!Xabbu greep Renies arm nog steviger beet terwijl Lenore door wriemelende werkmieren werd omringd.

'Gebruik je spuitbus!' riep Cullen. De kleine gestalte reageerde niet. 'Verdomme, Kwok, pak je spuitbus!'

Plotseling kwam Lenore toch in beweging, tijgerend als een soldaat om haar onbruikbare benen achter zich aan te slepen, maar het was te laat.

Renie zag Cullen vanuit haar ooghoek ineenkrimpen. 'O, god,' zei hij. 'Ze schreeuwt. O, mijn god, waarom gilt ze zo? Het is toch maar een simulatie, ze kan geen pijn voelen...' Hij zweeg en staarde met open mond en een lijkbleek gezicht naar beneden.

'Ze is alleen bang,' zei Renie. 'Het... het moet een afschuwelijke ervaring zijn, ook al is die gesimuleerd.' Ze kon alleen maar bidden dat haar eigen instinct haar bedroog. 'Er is niets aan de hand.'

'O god, ze vreten haar op!' Cullen sprong overeind en viel bijna over de rand. !Xabbu greep hem bij zijn broekspijp, maar de baviaan was te licht om de piloot tegen te houden. Renie pakte de riem van Cullens pak en trok hem weg van de rand. 'We moeten iets doen,' zei hij verward. 'We kunnen hier niet...' Hij maakte zijn zin niet af en bleef naar beneden kijken.

De werkmieren hadden korte metten met hun prooi gemaakt. De sim van Lenore was maar klein geweest en ze hadden geen hulp van grotere mieren nodig om de stukken naar de zwerm te dragen.

Cullen sloeg zijn handen voor zijn gezicht en begon te snikken. Renie en !Xabbu bleven zwijgend zitten terwijl de rest van het leger over de open plek marcheerde.

Het duurde bijna een uur voordat de achterhoede uit het zicht was verdwenen. De stroom had zo eindeloos geleken dat Renie na een tijd geen afschuw of fascinatie meer voelde. Ze was verdoofd.

'Ze had een shock, dat was het.' Cullen leek zichzelf weer in de hand te hebben. 'Lenore is natuurlijk van het net gegaan... maar wat een rotgezicht!' Hij tuurde over de rand van het blad naar het droge slagveld. 'Ik had niet gedacht dat het zo... zo erg zou zijn.'

'Je riep iets over een spuitbus,' zei Renie. 'Wat was daarmee?'

Cullen haalde een zilverkleurig busje uit zijn zak. 'Dit is een spray tegen *Solenopsis fugax*, een roofmier. We hebben het spul zogezegd geïmporteerd om onszelf te kunnen verdedigen als we aan het werk zijn.' Hij stopte het busje weg en draaide zich om. 'Solenopsis komt alleen in Europa voor, dus helemaal eerlijk is het niet.'

Renie keek hem een ogenblik sprakeloos aan. Alleen iemand die in een fantasiewereld leefde, of een geobsedeerde wetenschapper, zou een collega aan stukken gescheurd kunnen zien worden en dan net doen alsof het een niet geheel geslaagd experiment betrof. Maar het had geen zin om met hem te bekvechten, Renie kon niets bewijzen. 'We moeten maar weer verder,' zei ze daarom. 'De zwerm is nu wel uit de buurt.'

Cullen keek haar zonder uitdrukking aan. 'Waar wou je dan heen?'

'Naar de Bijenkorf, dacht ik. Misschien werkt de apparatuur nog en kunnen we hier weg.'

!Xabbu keek op. 'We moeten terug naar de rivier.'

'Ik snap niet waar jullie het over hebben,' zei Cullen. 'De simulatie is naar de knoppen. Wanneer dringt het nou eens tot jullie door dat dit allemaal niet echt is? Het heeft geen zin om te gaan rondlopen, want we kunnen nergens heen.'

'Je snapt het inderdaad niet.' Renie begon terug te lopen naar de steel van de varen. 'Je snapt een heleboel niet en ik ben op het ogenblik niet in staat om het je uit te leggen, maar het moet je toch zijn opgevallen dat er iets helemaal mis is. Als je lang genoeg wilt leven om ooit thuis te komen, raad ik je sterk aan je mond te houden en met ons mee te gaan.'

Het was net alsof ze over een slagveld liep, dacht Renie, veel erger dan het van bovenaf had geleken. Waar de mierenzwerm was gepasseerd was al het leven in de microjungle verdwenen, afgezien van de grootste planten. Op de bodem waren alle stengels afgeknaagd en lagen her en der kleine, onherkenbare restanten.

Cullen leidde hen over de heuvel in de richting van de Bijenkorf. Sinds Renies uitbarsting had hij zijn mond gehouden – eerder omdat hij vond dat ze een gevaarlijke gek was, vermoedde ze, dan omdat hij op haar inzicht vertrouwde.

Ze wist zelf niet goed wat ze ervan moest denken. Had ze echt gezien hoe een vrouw aan reusachtige mieren ten prooi was gevallen of was het toch alleen maar een realistische simulatie geweest, een denkbeeldig menselijk lichaam dat door denkbeeldige insecten was ontleed terwijl Lenore zelf alweer thuis was, net als Stephen en zijn vriendjes wanneer ze een van hun vechtspelletjes op het net hadden verloren?

Maar natuurlijk was ook Stephen niet meer teruggekomen na zijn laatste spel. Wie kon met zekerheid zeggen dat Lenore al lang en breed weer thuiszat, of dat Renie, !Xabbu en de jonge entomoloog met zijn strakke gezicht een soortgelijk ongeval zouden overleven?

!Xabbu keerde terug van een snelle verkenningstocht langs de kromme stengel van een klimplant. 'De mieren zijn al ver weg. Bij de Bijenkorf zijn ze niet meer te zien.'

Renie knikte. 'Dat is dan een zorg minder. Ik hoop dat we een libel kunnen gebruiken, want de rivier ligt een heel eind achter ons en behalve mieren zijn er nog een heleboel andere gevaren in het bos.'

!Xabbu keek haar peinzend aan. 'We wisten al dat er iets met dit netwerk aan de hand is, Renie, maar nu beginnen ook anderen er last van te krijgen.'

'Daar lijkt het wel op.'

'Maar hoe is dat mogelijk? Onze vrienden konden niet weg uit Anderland, ze konden zelfs helemaal niet meer van het net af. Nu overkomt deze mensen hier hetzelfde, maar voor zover ik weet hebben die niets met onze zoektocht te maken.'

'Er is een kink in het hele systeem gekomen.' Renie haalde haar schouders op. 'Vraag me niet hoe of waarom, ik heb geen idee. Misschien zullen we het nooit weten, want Sellars zei al dat er nog nooit zo'n netwerk als dit is geweest.'

'O, shit.' Cullen was op de top van een lage heuvel blijven staan. Voor hem lag de Bijenkorf, open en geplunderd.

De grote ramen in de voorgevel waren ingedrukt, waarschijnlijk onder het gewicht van de zwerm. De mieren hadden van alles naar buiten gesleept, maar andere dingen zonder aanwijsbare reden ongemoeid gelaten. De helling voor het gebouw lag bezaaid met virtuele objecten van binnen, brokstukken van muren, stoelen en tafels, insecten uit het museum. Er waren ook minder aangename overblijfselen, bloedeloze lichaamsdelen van de sims die de entomologen hadden gebruikt, her en der over het landschap verspreid. De afgerukte of afgebeten ledematen maakten een onwezenlijke indruk, alsof het onderdelen waren van poppen, maar het bleef een afgrijselijk gezicht. Cullen stond er zo verslagen naar te staren dat hij wel een standbeeld leek.

Renie pakte hem bij een arm en trok hem met zich mee. Een van de deuren van de hangar was naar boven geschoven en hing verwrongen in zijn glijders, zodat ze er zonder moeite onderdoor konden lopen. Nu was het Renie die een wee gevoel in haar maag kreeg. De kleine luchtmacht van de Bijenkorf was door het mierenleger vernietigd, misschien juist wel omdat de toestellen op insecten leken. Slechts een handvol onderdelen was nog herkenbaar, niet eens genoeg om een tuinstoel van te maken, laat staan een helikopter.

Renie kon wel huilen, maar ze hield zich groot. 'Zijn er nog andere toestellen?'

'Ik weet het niet,' zei Cullen zwakjes. 'Dat van Angela is misschien nog heel.'

'Waar is dat?'

'Renie?' !Xabbu stond bij de deur van de hangar naar de met rommel bezaaide helling te kijken. Zijn stem klonk vreemd hoog. 'Renie, help me.'

Ze draaide zich geschrokken om en rende naar hem toe. Over de helling kwam een helgroen insect naar boven, zo groot als een bouwkraan. Het beest draaide zijn driehoekige kop heen en weer alsof hij iets zocht, maar hij kwam zonder van zijn koers af te wijken op hen af.

'Hij is het,' zei !Xabbu met een gesmoord gefluister. 'Grootvader Mantis!'

'Nee, dat kan niet.' Ze pakte een van zijn magere voorpoten en probeerde kalm te blijven ondanks de angst die haar beving. Ze kreeg een benauwd gevoel op haar borst en had moeite met ademhalen. 'Dat... dat is weer een simulatie, !Xabbu. Het is maar een gewone sprinkhaan.' Voor zover je een sprinkhaan ter grootte van een tyrannosaurus gewoon kon noemen, dacht ze ongerijmd. 'Het is een van Kunohara's speeltjes.'

'Dat is niet eerlijk,' zei Cullen strak. 'Dat is een *Sphodromantis centralis*, een soort die hier niet voorkomt. Die beesten horen in Afrika thuis.'

Renie vond het tamelijk brutaal van iemand die zelf een spuitbus tegen Europese roofmieren op zak had, maar vanwege de naderende sprinkhaan leek het haar geen goed idee om een discussie over de ethiek van het net te beginnen. Ze trok aan !Xabbu's harige arm. 'We moeten hier weg.'

'Tenzij hij met een schip is meegekomen,' mompelde Cullen. 'Zo zijn ze in werkelijkheid ook in Amerika terechtgekomen.'

'Allemachtig, wil je nou eens een keer ophouden? We moeten...' Renie zweeg. De sprinkhaan had hen in de gaten gekregen en begon sneller naar hen toe te kruipen, zijn scherpe voorpoten uitgestoken als een levensgrote snijmachine. 'Wat eten die dingen?' vroeg Renie angstig.

'Alles wat beweegt,' antwoordde Cullen.

Ze liet de arm van !Xabbu los en trok Cullen met zich mee, verder de hangar in. 'Weg hier! Je zei dat Angela een eigen toestel had. Waar is dat?'

'Op het dak, geloof ik. Als ze er zelf niet mee weg is.'

'Dan gaan we naar het dak.' Ze keek om. '!Xabbu!' riep ze uit. 'Wat ben je aan het doen?' De baviaan zat nog altijd roerloos onder de verfrommelde schuifdeur, alsof hij op zijn dood wachtte. Ze holde terug en tilde hem op, een niet onaanzienlijke inspanning nadat ze Lenore die dag al had moeten dragen.

'Hij is het, ik heb hem gezien!' fluisterde !Xabbu. 'Ik kan niet geloven dat ik dit mag meemaken.'

'Het lijkt wel of je God hebt gezien, maar ik zeg je dat het een reusachtig aapetend insect is. Cullen, wil je alsjeblieft opschieten? Jij bent de enige die weet hoe we op het dak kunnen komen.'

De entomoloog leek uit een droom te ontwaken. Hij draaide zich om en rende de hangar door, op de voet gevolgd door Renie. Ze hadden bijna de gang bereikt toen het gesimuleerde metaal van de schuifdeur luid begon te kraken. Renie keek om. De roofsprinkhaan probeerde naar binnen te komen en sleepte zijn lange buik en achterpoten door de opening. De kop met de afschuwelijke groene oogbollen ging nog steeds heen en weer, alsof het ding een robot was.

De binnendeur was niet afgesloten, maar ze hadden niets om hem mee te barricaderen. !Xabbu probeerde zich los te maken. 'Zet me maar neer, Renie! Ik mankeer niets.'

Ze liet hem los en met zijn drieën renden ze naar de deur aan het eind van de gang.

'Kunnen we er niet rechtstreeks heen?' vroeg Renie aan Cullen terwijl ze over de gesimuleerde rommel sprong. 'We hoeven hier toch zeker niet te lopen?'

'Het systeem luistert verdomme niet!' riep hij. 'Ik heb het geprobeerd. Kunohara heeft de boel uitgeschakeld of zoiets. Nog een geluk dat we liften hebben aangebracht voor het geval Kunohara weer eens zijn regels zou veranderen.'

De lift was op de begane grond blijven staan en de deuren stonden gedeeltelijk open, maar Renie zag al gauw dat ze er niets aan hadden: de deuren waren naar buiten gebogen, alsof er een groot gewicht tegenaan had gedrukt. Plotseling zagen ze een grote, donkere schaduw en klonk er een daverende slag tegen de deuren. Een van de soldatenmieren was in de kooi opgesloten geraakt en probeerde zich met geweld een weg naar buiten te banen.

Cullen bleef met een kreet van angst en ergernis staan. Alle drie draaiden ze zich om toen er in de gang achter hen een luid gekraak klonk. De sprinkhaan had met zijn wigvormige kop de binnendeur van de hangar geforceerd en de sponningen vlogen aan splinters toen het ondier zijn massieve lijf door de opening probeerde te wringen.

'Daar is de trap!' Cullen wees naar een van de zijgangen waar ze langs waren gekomen.

'Schiet op dan!' Renie trok !Xabbu aan zijn harige arm mee voor het geval hij weer een aanval van religieus ontzag mocht krijgen. De sprinkhaan verbrijzelde de laatste restanten van de deur, duwde zijn enorme groene lijf naar voren en verhief zich tot zijn tasters het hoge plafond raakten. Het leek wel alsof een van de virtuele objecten uit het museum tot leven was gekomen om zich op zijn scheppers te wreken. Renie en de anderen holden de zijgang in, zo snel dat ze bijna over hun eigen benen struikelden. Het monster kon in een paar passen bij hen zijn. Renie liet !Xabbu los en rende op volle snelheid naar de trap.

'Opschieten!' schreeuwde ze.

Haar vriend hield haar op handen en voeten gemakkelijk bij en Cullen volgde hen op de hielen. Ze duwden de dubbele deur open en kwamen in het trapgat. Renie vloekte toen ze zag dat de trap breed genoeg was voor het monster dat hen achtervolgde, al zou het op de treden misschien niet zo snel vooruitkomen. Ze vertraagde haar pas en liet Cullen vooropgaan om de weg te wijzen.

Ze hadden pas de tweede overloop bereikt toen de sprinkhaan de deuren uit hun hengsels drukte. Renie stormde de trap op en keek even naar beneden. Dat had ze beter niet kunnen doen. Het monster liet de treden links liggen en begon door het trapgat omhoog te klimmen, met zijn lange, gelede poten steun zoekend bij de reling en de wanden. De ogen keken haar begerig aan, van zo dichtbij dat ze de gepantserde kop bijna had kunnen aanraken.

'We moeten de gang op!' riep ze tegen haar metgezellen. !Xabbu rammelde aan de knop van de deur op de derde overloop, maar die zat stevig op slot.

'Het is nog maar een paar verdiepingen naar het dak!' riep Cullen.

Renie vertraagde haar pas opnieuw, ditmaal om niet uit te glijden. Een val zou vermoedelijk fataal zijn, want de sprinkhaan bevond zich nog maar twee meter beneden hen, uit het trapgat opstijgend als een duivel uit de onderwereld.

Even kwam het monster zelfs boven Renie uit: ze zag het uiteinde van een reusachtige groene poot voorbijkomen en de wand boven haar hoofd aftasten. Renie schrok geweldig en drukte zich tegen de traptreden om onder de poot door te kruipen. Elk moment verwachtte ze door de scharen in de tang te worden genomen, maar de sprinkhaan vond geen houvast aan de muur en gleed een halve etage naar beneden voordat hij weer op de reling kon steunen.

Lieve god, dacht ze ineens. *Straks is de deur naar het dak ook op slot.*

Ze bereikte struikelend de laatste overloop, waar Cullen al zonder resultaat tegen de deur stond te duwen. Ze hoorde de sprinkhaan weer verder klimmen, met een leerachtig gekraak en geklik alsof er een levensgrote paraplu werd ontvouwd.

'Hij zit op slot!' riep Cullen.

Renie gooide zich met haar volle gewicht tegen de deur, die met een slag openviel. Ze keek naar de blauwe middaghemel en prevelde een dankgebedje. *De deur is niet op slot, hij klemt alleen maar.* Ze deed een stap opzij voor !Xabbu, die op de grond zat en Cullen achterwaarts met zich meetrok. De grote kop van de sprinkhaan doemde uit het donkere trapgat op als een groene maan. Renie hoorde een poot van het dier langs de reling schrapen. 'Waar is dat toestel nou?' riep ze tegen Cullen.

De entomoloog kwam weer enigszins bij zijn positieven en keek verwilderd om zich heen. 'Daar!'

Renie deed snel de deur achter hem dicht en haalde de stekel onder haar riem vandaan. Ze zette de doorn klem onder de klink, ook al begreep ze dat het de sprinkhaan nauwelijks zou ophouden. Vervolgens rende ze achter de anderen aan naar het windscherm dat het dak in tweeën deelde. 'Weet je zeker dat het er is?' riep ze. Cullen gaf geen antwoord en rende op volle snelheid door. Bij de deur hoorde ze een luide plop en een seconde later vloog de stekel voorbij en viel stuiterend op het dak. Achter hen werd de deur uit zijn hengsels gerukt.

Bij de rand van het scherm gekomen hoorde Renie de deur met een klap omvallen. Ondanks haar radeloze angst was ze ook woedend. Hoe kon een insect zo bezeten zijn prooi blijven achtervolgen? Waarom had hij het niet allang opgegeven? Een echte sprinkhaan zou zich toch niet gedragen als een monster uit een film? Ze begon Kunohara ervan te verdenken dat hij dit element bij wijze van genoegdoening in zijn simulatie had verweven voor iedereen die de macht van de natuur onderschatte.

Renie kwam aan de andere kant van het scherm. Rondom en boven haar hoofd strekte zich het enorme bos uit. Cullen was al bezig het zeildoek te verwijderen van een lijvig object, ongeveer zo groot als een minibus. Renie en !Xabbu hielpen een handje en al gauw werd het vliegtuig onthuld: een zespotige monstruositeit in de vorm van een zonnebloempit, bruin, geel en zwart gelakt.

'Dat is weer zo'n rotinsect!'

'Een Semiotus. Al onze toestellen zien eruit als insecten.' Cullen schudde meewarig zijn hoofd. 'Angela heeft het zeker niet gehaald.' Hij legde zijn duim tegen een paneel en de deur zwaaide open. De entomoloog liet het trapje neer, waarna Renie snel in de nauwe cabine klom.

Terwijl !Xabbu haar volgde gleed er een schaduw over hen heen. Renie draaide zich met een ruk om. De sprinkhaan passeerde het windscherm, de massieve poten rijzend en dalend met de afschuwelijke precisie van een elektrische naaimachine. Zijn kop stak hoog boven het toestel uit. Cullen bleef als verstard aan de voet van de trap staan toen de grote kop naar hem toe bewoog. De tijd leek stil te staan. Renie hoorde een suizend geluid, afkomstig van de luchtspleten op de flanken van het dier.

Ze probeerde naar Cullen te roepen, maar haar keel was als dichtgeschroefd van angst. Ze slikte moeilijk. 'Cullen, je spuitbus!'

Hij deed moeizaam een stap naar achteren en voelde in zijn zak. De kop bewoog met hem mee, even soepel als een geoliede machine. De reusachtige voorpoten met de scherpe klauwen werden uitgestoken en gleden aan weerskanten langs zijn hoofd tot ze met een zachte tik de zijkant van het toestel raakten. Cullen hield de spuitbus met trillende vingers omhoog en spoot het gas recht in de meedogenloze driehoekige kop.

De tijd kwam weer op gang.

De roofsprinkhaan trok zijn kop naar achteren, sissend als een stoommachine. De armen zakten daarbij omlaag en Cullen werd tegen de grond geslagen. Het ondier wankelde terug, graaiend naar zijn verblinde ogen. !Xabbu snelde de trap weer af en greep Cullen bij zijn kraag. Een arm van de entomoloog bleef op het dak achter, schijnbaar achteloos weggegooid, nog steeds gehuld in de afgerukte mouw van zijn vliegenierspak.

'Jij bent Grootvader Sprinkhaan niet!' riep !Xabbu schel naar het monster terwijl hij Cullen over de ladder naar boven sleepte. 'Je bent maar een ding!'

Renie had het gevoel alsof ze in een nachtmerrie gevangenzat, maar haar voeten kwamen automatisch in beweging om !Xabbu te helpen. Terwijl de sprinkhaan krampachtig stond te graaien, hesen ze Cullen aan boord en sloten de deur. Renie keek door het zijraam naar het ondier, dat stond te dansen als een pop op batterijen, hoewel zijn bewegingen al snel gecontroleerder werden.

Er was geen bloed bij Cullens schouder te zien. Renie probeerde desondanks de slagader te vinden en af te klemmen, niet voorbereid op het verlenen van eerstehulp bij zulke virtuele ongelukken. 'Hoe bedien je dit toestel?' riep ze.

Cullen knipperde verdwaasd met zijn ogen. 'Het... het doet pijn,' zei hij zacht. 'Hoe kan het nou pijn doen?'

'Hoe moet ik dit ding de lucht in krijgen? Schiet op, die sprinkhaan komt terug!'

Cullen slaagde erin het een en ander uit te leggen voordat hij flauwviel. Renie liet zijn verzorging over aan !Xabbu en begon de knoppen in te drukken die hij had aangewezen, hopelijk in de juiste volgorde. Het toestel trilde toen de vleugels onder de romp vandaan kwamen en snel begonnen te slaan. Renie slaagde erin de machine naar de rand van het dak te draaien, weg van het windscherm. Nog tijdens de draai dook de sprinkhaan als een vogelverschrikker op voor de ruit, zwaaiend met zijn voorpoten.

Renie deed een schietgebedje, trok het stuurwiel naar zich toe en gaf vol gas. Het toestel sprong omhoog, waardoor !Xabbu en Cullen tegen de beklede wand van de cabine werden geslingerd, en scheerde rakelings langs de vergeefs graaiende poten van de sprinkhaan.

Binnen enkele ogenblikken lag de ruïne van de Bijenkorf ver beneden hen. Renie probeerde de besturing uit, wat bijna tot een fatale duikvlucht leidde, maar na een tijdje kreeg ze de slag te pakken en liet ze het toestel een bocht boven het hoge bos beschrijven in de richting van de ondergaande zon.

'Dat was Grootvader Sprinkhaan niet,' verklaarde !Xabbu op plechtige toon. 'Ik schaam me dat ik me zo heb laten gaan.'

Renie begon te rillen en even vreesde ze dat het nooit meer zou ophouden. 'Insecten,' zei ze huiverend. 'Die hoef ik van mijn leven niet meer te zien.'

8

Monsters

NETFEED/PERSONALIA: *'Boze man' overleden*
(beeld: Gomez tijdens interview op bordes van gerechtsgebouw)
COMMENTAAR: *Nestor Gomez, door diverse rechtszaken beter bekend geworden als 'de boze man', is op 98-jarige leeftijd overleden in een tehuis in Mexico-City. Gomez werd wereldnieuws toen hij als gepensioneerd fabrieksarbeider een machinepistool leegschoot op de auto van een groepje jongeren bij een wegrestaurant in de omgeving van Juarez. Hij verklaarde dat de jongens hem hadden lastig gevallen.*
(beeld: verkoold wrak van de auto)
Grote opschudding ontstond toen een ooggetuige verklaarde dat Gomez de auto in brand had gestoken terwijl enkele gewonde inzittenden nog leefden. Bij het eerste proces in Mexico-City kon de jury niet tot een unanieme uitspraak komen, bij twee latere processen evenmin. Gomez is nooit in de Verenigde Staten berecht, ondanks het feit dat alle vijf de slachtoffers uit dat land afkomstig waren.
(beeld: Gomez wordt toegejuicht na aankomst in Buenos Aires)
Nog jaren na het incident was hij een gevierd spreker op tal van bijeenkomsten en Gomez werd een symbool voor een gewelddadige en zelfs excessieve reactie op de openbare onveiligheid...

'Ik blijf het vreemd vinden,' zei Fredericks, die de verkoelende schaduw van een grasstengel had opgezocht. 'Ik weet wel dat we niet hoeven te eten, maar ik zou de dag toch het liefst met een ontbijt beginnen.'

Orlando, die de ergste koorts duidelijk te boven was, haalde zijn schouders op. 'Misschien is er een terrasje aan de rivier, of een plantage waar we gepofte rijst kunnen krijgen.'

'Hou alsjeblieft op,' bromde Lieve William. 'Geen koffie en niks te roken. Dit is de hel en daar ben ik nog lang niet uit, om met Shakespeare te spreken. En voor zover jullie brave yankee-jongetjes het niet weten, Shakespeare was een grote Engelse toneelschrijver.'

Orlando grinnikte. Wat zou William zeggen als hij wist dat een van die brave jongetjes eigenlijk een meisje was? Hoewel, wie zei dat Lieve William zelf geen meisje was, of Florimel een jongen?

'Wat gaan we nu doen?' vroeg Quan Li. 'Waar moeten we heen? En moeten we niet eerst de anderen gaan zoeken?'

'We kunnen doen wat we willen,' zei Florimel, die met een sissende en rammelende T4b terugkwam van een verkenningstocht langs de rivier, 'zolang we maar niet het water opgaan. De vissen zijn weer actief.'

Orlando had zijn goede humeur zelfs niet laten bederven door de verhalen van de anderen over de roofvissen die hun bladboot hadden laten omslaan. Hij ging staan, al heel wat vaster op zijn benen dan in dagen het geval was geweest, en klopte het stof van Thargors ruwe lendedoek. Het was een vreemde gewaarwording om te zien dat zelfs het vuil aan zijn kleren hier grover leek te zijn. Zandkorrels die hij bij zijn normale afmetingen niet eens had kunnen onderscheiden bleken uit nog kleinere deeltjes te bestaan. Hij stelde zich voor dat het zo maar doorging, alles steeds kleiner en kleiner, totdat je zelfs in moleculen nog stofnesten zou aantreffen. Niet van deze wereld, zoals Fredericks zou zeggen...

'Heeft iemand een idee waar Renie en Kobbu, of hoe hij ook heet, gebleven zijn?' vroeg Orlando. 'Hebben jullie ze nog gezien nadat de boot was omgeslagen?'

'Ze leven nog.'

Iedereen draaide zijn hoofd om naar Martine. Ze zat met haar rug tegen de stenen – die in hun eigen wereld niet meer dan zandkorrels zouden zijn geweest – die de reizigers bij wijze van beschutting hadden opgestapeld. Haar sim zag er vandaag iets minder afgemat en neerslachtig uit, hoewel Orlando zich misschien door zijn eigen verbeterde toestand liet misleiden. 'Hoe weet je dat?' vroeg hij.

'Ik... ik weet het gewoon. Ik geloof dat ik ze kan voelen.' Martine wreef met twee handen over haar gezicht, zo hard dat het van uitdrukking veranderde, en Orlando begon voor het eerst te beseffen dat ze echt blind was: hij dacht niet dat iemand die kon zien zo'n intiem gebaar zou maken. 'Er bestaan geen woorden voor zulke dingen, maar ik heb altijd al gewerkt met non-visuele manieren van communicatie. Begrijp je wat ik bedoel? Mijn systeem is daarop ingericht. Ik krijg gegevens door die ik nog nooit heb gezien, nieuwe en heel vreemde informatie, maar ik begin er langzaam wijs uit te worden. Langzamer dan me lief is, want het is erg pijnlijk.' Ze draaide haar hoofd om naar Orlando. 'Laat ik jou als voorbeeld nemen. Je bent vooral geluid voor me: ik kan je kleren horen ruisen, ik hoor je hart kloppen, ik hoor zelfs het borrelen van je zieke longen. Verder kan ik het leer van je riem ruiken, net als je lichaamsgeur en het ijzer van je zwaard. Weet je trouwens dat het begint te roesten?'

Orlando keek naar het zwaard. Hij schaamde zich, want Thargor zou zijn wapen nooit hebben verwaarloosd als het een tijd in het water had gelegen. Hij pakte een handjevol fijn zand en begon het blad schoon te wrijven.

'Maar dat is nog niet alles,' hernam Martine. 'Ik krijg andere dingen door waarvoor geen woorden bestaan. Nog niet, althans.'

'Wat bedoel je?' vroeg Quan Li gespannen. 'Wat krijg je dan door?'

'Ik bedoel dat ik niet kan uitleggen wat ik voel. Hoe kun je een blinde duidelijk maken wat een bepaalde kleur is?' Ze fronste haar voorhoofd. 'Ik kan me tenminste nog kleuren van vroeger herinneren, maar iemand die van zijn geboorte af blind is geweest zal nooit weten wat "rood" of "groen" betekent. Ik kan Orlando "zien" doordat de stromingen in de lucht veranderen, waardoor ik weet dat er iets in de buurt moet zijn met zijn lichaamsomvang, alleen zijn het geen echte luchtstromingen. En de bomen van het bos zijn in zekere zin cijfers en getallen voor me, miljoenen kleine, harde dingen die met elkaar communiceren. Het is zo moeilijk onder woorden te brengen.' Ze schudde haar hoofd en drukte haar vingers tegen haar slapen. 'Dit hele netwerk is net een zee van informatie voor me, in het begin voelde ik me een drenkeling die aan de golven was overgeleverd, maar langzaam maar zeker leer ik hoe ik moet zwemmen.'

'*Ho dzang!*' riep Fredericks verbijsterd uit. 'Ik kan het allemaal niet volgen.'

'Dus je weet zeker dat Renie en de baviaan nog leven?' vroeg Orlando.

'Ja, ik kan ze... voelen. Het is net of ik ze heel in de verte hoor. Ze zijn niet in de buurt of anders is het alleen maar een soort ruis...' Haar gezicht betrok. 'Misschien ben ik te optimistisch geweest. Misschien zijn ze er helemaal niet meer en voel ik slechts een afdruk.'

'Hoe hou je ons dan uit elkaar, met sonar of zo?' Florimel klonk boos en misschien ook een tikkeltje angstig. 'Wat weet je nog meer van ons af? Kun je onze gedachten soms lezen, Martine?'

De blinde vrouw stak afwerend haar handen uit. 'Nee! Ik kan alleen maar zeggen wat ik voel. Ik weet niet meer van wat er in jullie hoofden omgaat dan wanneer ik jullie gezicht kon zien of je stem kon horen.'

'Ja, Flossie, stel je niet zo aan,' zei Lieve William grinnikend.

'Ik heet geen Flossie,' zei ze met een ijzige uitdrukking op haar virtuele gezicht. 'Hou op met die flauwe grappen.'

'Maar wie zijn jullie?' vroeg Orlando. 'Wie zijn jullie echt?' De anderen keken hem aan. 'Ik bedoel, ik ken jullie nog steeds niet. We moeten elkaar vertrouwen, maar hoe kan dat als we helemaal niets van elkaar weten?'

'We móéten helemaal niks,' antwoordde William zuur. 'Wat mij betreft, ik ben niet van plan van dit gedoe mijn levenswerk te maken en wat jullie allemaal in je vrije tijd uitspoken hoef ik al helemaal niet te weten.'

'Daar komen we niet verder mee,' zei Orlando. 'Ik stel voor dat ik begin. Mijn echte naam is Orlando Gardiner en ik ben vijftien jaar oud.'

'Ja, over drie maanden,' merkte Fredericks op.

'Je bent dus nog maar een tiener? Dat is nog eens een verrassing.' William rolde met zijn ogen.

'Hou op, ik probeer te helpen.' Orlando haalde diep adem en begon opnieuw. 'Ik ben bijna vijftien en ik lijd aan progeriasis, een dodelijke ziekte waar niets tegen te doen is.' Net als eerst bij Fredericks voelde hij een zekere extase, alsof hij na een lange aarzeling eindelijk van de hoogste duikplank was gesprongen. 'Dat zeg ik niet om jullie medelijden op te wekken, want daar gaat het niet om.' William trok een wenkbrauw op, maar hij zei niets en Orlando ging haastig verder. 'Ik doe al jaren mee aan netavonturen en daar ben ik echt goed in geworden. Op de een of andere manier ben ik in dit Anderland terechtgekomen. Ik ken wel niemand die er ziek door is geworden, maar misschien kan ik hier geholpen worden en... en ik weet dat dit het belangrijkste is wat me ooit is overkomen.'

Hij zweeg en voelde een blos over zijn echte gezicht trekken. Hij hoopte dat er aan zijn sim niets te merken zou zijn. Niemand zei iets.

Fredericks was de eerste die de ongemakkelijke stilte verbrak. 'Ik heet Sam Fredericks en ik ben echt vijftien,' zei hij met een bijna verlegen glimlach naar Orlando. 'Gardiner heeft me hierheen gesleept en nu zit ik hier vast, net alsof ik iemand moet redden. Nou ja, misschien moet ik mezelf redden, of ons.'

Orlando vond het niet prettig dat Fredericks die opmerking over zijn leeftijd had gemaakt, maar hij verbeterde zijn vriend niet. Hij of zij moest zelf weten welk masker hij wilde dragen, net als de anderen.

'En ik ben Martine Desroubins,' zei de blinde vrouw. 'Ik ben programmeur. Op mijn achtste kreeg ik een ongeluk en sindsdien ben ik blind. Ik woon alleen in de Haut-Languedoc, niet ver van Toulouse in Zuid-Frankrijk. Ik wilde samen met Renie, !Xabbu en Murat Shagar Singh naar Anderland, maar Singh heeft het niet overleefd.' Ze knikte alsof ze de droge opsomming zo wel genoeg vond. Orlando hoorde de hiaten in haar verhaal, maar ook nu stelde hij geen vragen.

'Dit is gewoon abno.' T4b had zijn stekelige armen over elkaar geslagen. 'Wat moeten al die vragen? Zijn jullie van het nieuws of zo?'

'Over normaal gesproken,' zei Florimel, 'kun je niet normaal praten? Ik kan je amper volgen.'

'Vertel dan alleen hoe je hier bent gekomen en hoe je in het echt heet,' drong Orlando aan.

'Ik noem geen namen.' T4b keek hem fronsend aan voor zover zijn verchroomde strijdhelm dat toeliet. 'Ik zoek mijn schaduw.'

'Wat bedoel je?' vroeg Quan Li.

'Hij bedoelt zijn vriend,' antwoordde Orlando, die beter op de hoogte was van het Bargoens dat neurojunks gebruiken.

'Niks vriend,' zei T4b verontwaardigd. 'Hij is mijn schaduw, van dezelfde kast!'

'Dat is een soort straatbende,' zei Orlando tegen de enige grootmoeder die het gezelschap telde. 'Wat is er met hem gebeurd, T4b?'

'Daar probeer ik nou juist achter te komen, niet dan?' zei de robot. 'Hij lag voor dood op de grond naast zijn bed toen ik hem vond. Ik dacht dat het een overdosis was, maar hij zat op het mama-papanet. Nu ligt hij in het ziekenhuis.'

Orlando begon zich een beetje bespottelijk te voelen, maar hij ging dapper door met zijn vertaling. 'Zijn vriend ligt in het ziekenhuis, net als Renies broer. Ze dachten eerst dat zijn canule overbelast was, maar hij was op het gewone net aangesloten.'

'Nu je het zegt, beste BoemBoem, is "T4b" trouwens niet een term voor een soort overdosis?' vroeg Lieve William.

'De zevende hemel, man,' antwoordde de robot, wiens stem een extatische klank had gekregen. 'Je weet niet wat je meemaakt. Mijn naam is mijn faam, vat je wel?'

'De hemel sta ons bij,' zei William. 'Een neurojunk, die konden we net gebruiken.'

T4b zwaaide met zijn vervaarlijke handschoen. 'Pas op je woorden, grapjas.'

'O, hou toch op, jullie.' Orlando voelde zijn opgewekte stemming verdwijnen en de ochtend was nog niet eens voorbij. 'Quan Li?'

'Iedereen heeft mijn trieste verhaal toch al gehoord?' Ze keek de kring rond, maar niemand zei iets. 'Bij mij was het mijn kleindochter.' Quan Li zweeg een ogenblik. 'Mijn lieve kleine Jing. Ook zij is... in slaap gevallen, net als Renies broertje, net als de vriend van deze man. Ik heb alles gedaan om te ontdekken wat er met haar aan de hand was.' Ze leek slecht op haar gemak nu iedereen naar haar luisterde. 'Ik woon in New Kowloon, een deel van Hongkong,' voegde ze eraan toe. 'Zegt dat niet voldoende over iemand als ik? Ik ben heel erg oud.'

Orlando glimlachte, al betwijfelde hij of Quan Li werkelijk zo bescheiden en beleefd was als ze zich voordeed. Er was heel wat doorzettingsvermogen voor nodig om in Anderland te komen, zeker als je hele familie zei dat het een dwaze en zinloze onderneming was. 'Wie is nog niet aan de beurt geweest?'

'Ik zeg alleen iets omdat we voorlopig toch nergens heen kunnen,' zei Florimel. 'Het heeft geen zin om te praten als we iets kunnen doen en eerlijk gezegd vind ik het niet erg belangrijk wie we zijn.' Ze sprak het laatste woord met ironische nadruk uit. 'Jullie weten dat ik Florimel heet. Mijn achternaam doet er niet toe. Ik ben geboren in Baden-Württemberg en tegenwoordig woon ik in de buurt van Stuttgart.'

Orlando wachtte, maar Florimel zei niets meer. 'Is dat alles?'

'Wat moet je nog meer weten?'

'Waarom je hier bent,' zei Fredericks. 'En hoe je wist wat je met Orlando moest doen? Ben je misschien dokter?'

'Ik heb er niet voor gestudeerd, maar ik weet er wel iets van af. Laat dat volstaan.'

'Maar waarom ben je hier?' drong Orlando aan.

'Ach, al die vragen!' Het gesimuleerde gezicht van Florimel keek fronsend om zich heen. 'Ik ben hier vanwege een zieke vriend. Vraag alles wat je wilt, ik zeg toch niets meer.'

Orlando keek naar de man in het zwart. 'En jij?'

'Van mij weet je al bijna alles, knaap. "Mijn naam is mijn faam", zoals BoemBoem in zijn oneindige wijsheid al opmerkte. Mijn naam ken je en met dit smoel van me zul je het moeten doen. We vinden het natuurlijk allemaal verschrikkelijk voor je dat je zo'n exotische en dramatische ziekte hebt, maar dat betekent nog niet dat je ons het hemd van het lijf kunt vragen.' Lieve William sprak niet meer op de bekende sarcastische toon. Net als Florimel was hij blijkbaar niet van plan meer over zichzelf te onthullen.

'Nou, dan moet het maar zo. En wat gaan we nu doen?' Orlando richtte zijn blik op de onstuimige groene rivier. 'Gaan we verder langs de oever? Ook al zouden we het water weer op kunnen, onze boot is gezonken.'

'Misschien moeten we Renie en haar vriend gaan zoeken,' zei Quan Li. 'Wie weet hebben ze onze hulp nodig.'

'Ik betwijfel of wij met ons huidige formaat van vliegenpoepjes veel voor ze kunnen doen,' verklaarde William. 'Vooropgesteld dat ze niet al lang en breed ergens anders zijn. Jullie verlangen er misschien naar om door de kevers opgevreten te worden, mijn masochistische wensen zijn iets verfijnder van aard.'

'We moeten in elk geval dicht bij de rivier blijven,' merkte Fredericks op. 'Dat is de enige manier om hier weg te komen en naar een andere simulatie te gaan.'

'Dan stel ik voor dat we hier als de bliksem weggaan,' zei William.

'Zegt hij ook eens iets verstandigs.' T4b knikte heftig om zijn instemming te betuigen. 'Wegwezen. Ik heb geen zin meer om voor visvoer te spelen.'

'Dat kan toch niet zomaar!' riep Orlando verontwaardigd uit, extra gevoelig vanwege zijn eigen kwetsbaarheid. 'Renie en haar vriend zijn misschien gewond of verdwaald, we kunnen ze toch niet laten stikken!'

'Luister nou eens, schat,' snauwde William. 'Je moet toch echt eens het verschil tussen het echte leven en een van jouw netavonturen leren inzien. Er is een goede kans dat ze dood zijn. Er is ook een goede kans dat er dadelijk een buitenmodel oorwurm om de hoek komt zetten om onze kop eraf te bijten en dan zijn wij ook dood. Echt dood, zonder dat er een elf aan te pas komt om ons op het laatste moment te redden.'

'Ja, dat weet ik ook wel!' zei Orlando, maar terwijl hij het zei begon hij het jammer te vinden dat dit geen avontuur was. Als hij echt Thargor was, en dit het Middenrijk, dan zou hij tenminste iets aan zijn zwaard hebben. 'Daar gaat het nu juist om. We zitten in hetzelfde schuitje als Renie en haar vriend. Misschien was het je nog niet opgevallen, maar we zijn niet meer met zoveel mensen dat we er wel een paar kunnen missen.'

'Daar zit iets in,' viel Quan Li hem bij.

Fredericks en T4b begonnen nu op hun beurt luidkeels een steentje bij te dragen, maar Orlando kon ze nauwelijks verstaan. Hij kreeg de neiging om zijn vingers in zijn oren te stoppen. Was een van de anderen eigenlijk wel volwassen?

'Hou op!' zei Martine met schorre stem. De anderen zwegen, niet in het minst vanwege de pijn die in haar woorden doorklonk. 'Misschien kunnen we een compromis vinden. Zoals Orlando al zei, we hebben een andere boot nodig. Misschien kunnen een paar van jullie daarmee beginnen terwijl de anderen onze verdwenen vrienden gaan zoeken.'

'Mega!' riep Fredericks. 'Ik kan wel een vlot maken, net als op het eiland. Dat heeft ons gered, of niet soms, Orlando?'

'Wat heet. We hoefden maar de helft van de afstand te zwemmen.'

Fredericks beloonde hem met een stomp tegen zijn schouder.

'Begin dan maar,' zei Martine. 'Ik geloof dat ik zelf beter naar Renie en !Xabbu kan gaan zoeken. Jullie hebben niets aan mij als er een vlot gebouwd moet worden.'

Quan Li bood aan met haar mee te gaan, net als Florimel. Lieve William en T4b besloten na veel gesoebat te helpen materiaal voor een boot te verzamelen. 'Het maakt mij niet uit waar ik mee bezig ben als ik door de insecten word opgegeten,' merkte William op.

'We zijn voor zonsondergang terug,' beloofde Martine.

'En als het toch al donker is,' zei William, 'pas dan op dat we je niet voor een grote tor aanzien, anders steken we je misschien per ongeluk overhoop.'

Fredericks had op het eiland het meeste werk gedaan. Orlando was doodziek geweest terwijl zijn vriend een vlot van rietstengels maakte en zelf kon hij alleen maar diens aanwijzingen opvolgen. Nu voelde hij zich stukken beter, wat niet inhield dat het werk ook vlotter verliep. De bouwcommissie bleek te bestaan uit leden die allemaal hun eigen inbreng wilden hebben. Fredericks wilde weer een vlot maken, maar William wees erop, en niet ten onrechte, dat zelfs een groot vlot nooit stevig genoeg kon zijn om hen op de rivier drijvende te houden. Door hun geringe omvang zou zelfs de zwakste golfslag de indruk wekken dat ze in een storm waren beland. Fredericks liet zich zoals gewoonlijk niet snel overtuigen. In tegenstelling tot de kritiek die Orlando eerder had geuit, vond hij dat het vlot prima had gewerkt en dat ze bovendien niet de uitrusting of het materiaal hadden om een beter vaartuig te maken. Orlando moest toegeven dat hij daar weer gelijk in had.

Het meningsverschil ontaardde al snel in over en weer geuite verwijten, totdat T4b per ongeluk met het beste idee van de hele middag kwam en ze het met elkaar eens werden. Tijdens een zeldzaam rustig moment in de discussie liet de robot zich ontvallen dat het boomblad lang niet zo'n gekke boot was geweest. Een paar minuten later, toen Orlando het beu was tussen Fredericks en Lieve William te bemiddelen, zag hij T4b kijken naar de enorme stam van een boom die zich als een smalle rotswand op de oever verhief. Hij herinnerde zich wat de robot had gezegd.

'Wacht eens even,' zei hij. 'Misschien moeten we echt een ander blad zien te vinden.'

'Ga je gang,' zei William met een spottende blik in zijn ogen. 'Bij de eerste de beste golf slaat dat ding om, net als dat andere blad, en dan gaan we gewoon allemaal terug naar huis zwemmen. Dat lijkt me een uitstekend idee.'

'Luister nou. We kunnen dat vlot van Fredericks maken en het dan als een soort dek op een blad leggen. Dan heeft het meer, eh... hoe noem je dat?'

'Artistieke waarde?' opperde William.

'Meer drijfvermogen. Het blad wordt er stabieler door, vooral als we er een paar drijvers bij maken, net als bij die kano's die ze op Hawaï gebruiken. Dan kan het blad niet meer omslaan.'

'Hawaï?' William glimlachte flauw, maar ditmaal meende hij het. 'Welja, laten we er een stel surfplanken bij maken, dan zijn we helemaal klaar. Meen je dat nou echt of leef je alleen nog maar in een fantasiewereld?'

'Ik vind het een goed idee,' zei T4b ineens. 'Dat wordt een goede vluchtboot.'

'Nou ja, wie weet.' William trok een wenkbrauw op. 'Drijvers, zei je? Het kan geen kwaad om het te proberen, denk ik. Tenzij we verzuipen, natuurlijk.'

De zon was het hoogste punt aan de hemel gepasseerd en daalde langzaam naar het westen aan de overkant van de rivier. Orlando begon te ontdekken dat hij nog lang niet de oude was. Misschien lag het aan de instelling van de sensoren of anders kon Thargor hier in Anderland niet al zijn bovenmenselijke eigenschappen aanwenden, maar de befaamde onvermoeibaarheid van de barbaar was hier afwezig: Orlando droop van het virtuele zweet en de pijn in zijn spieren en gewrichten voelde heel echt aan.

Fredericks zag er ook niet erg opgewekt uit. Hij maakte een vermoeide indruk en zijn gesimuleerde gezicht was rood aangelopen.

Met behulp van een harde zandkorrel, die hij net met twee handen kon vasthouden, hamerde hij de laatste dwarsligger in het boomblad. 'Nu kan de mat erop.'

Orlando gebaarde naar T4b en liet zich voorzichtig van de rand van het blad op het strand zakken. Ze hadden een iets kleiner blad uitgekozen dan waarmee ze waren gekomen, maar alleen het verslepen naar de waterkant had al een groot deel van de ochtend in beslag genomen. Orlando had het gevoel alsof hij dagenlang met zijn zwaard op de bamboeachtige grasprieten had moeten inhakken voordat ze eindelijk genoeg hadden om de mat te vlechten.

William legde juist de laatste hand aan de mat, waarvan hij de ruwe vezels met een scherp stuk steen op maat had moeten snijden. Ook hij leek er bepaald geen makkelijke klus aan te hebben gehad. 'Wie is er op dit achterlijke idee gekomen?' vroeg hij toen Orlando en T4b kwamen aansjokken. 'Als ik het was, geef me dan een klap met die steen.'

Orlando was te moe voor grappen, ook al had de toenemende meligheid hem geholpen het zware werk vol te houden. Hij boog kreunend voorover en pakte een rand van de mat. T4b volgde zijn voorbeeld met een zelfde gekreun.

'Allemachtig, jullie lijken wel een stel oude Tasmaanse wasvrouwen.' William stond op en ging naar de andere kant van de mat. 'Jullie trekken, ik duw.'

Gezamenlijk sjorden ze de mat over de gekrulde rand van het boomblad waarna ze hem met veel gevloek en getier min of meer op zijn plaats kregen.

'Klaar zo?' vroeg T4b hoopvol.

'Nee.' Fredericks zoog nadenkend op zijn onderlip. 'We moeten hem nog goed vastbinden en daarna een paar lange stengels vinden voor die drijvers van Orlando.'

'Mijn drijvers?' bromde Orlando. 'Ik heb die rotdingen niet nodig, ze zijn voor de boot.'

Williams ging rechtop staan, een gitzwarte vogelverschrikker met veren en tressen die ritselden in de wind. 'Binden jullie de mat vast, dan ga ik een paar geschikte stengels zoeken. Maar als je uitgerust bent, mijn beste Orlando, dan mag jíj ze komen afsnijden. Per slot van rekening heb jij eraan gedacht een zwaard mee te nemen.'

Orlando knikte vermoeid.

'Kom jij maar met me mee, BoemBoem,' vervolgde William. 'Jouw grote metalen knuisten komen misschien nog van pas als ik door een engerd op poten word beslopen.'

De robot schudde zijn hoofd, maar hij kwam rammelend overeind en ging achter Pierlala aan.

Orlando keek hen na, niet bepaald met een voldaan gevoel. Lieve William had niet helemaal ongelijk: in een netavontuur zou Orlando precies hebben geweten wat de sterke kanten van zijn bondgenoten waren, hun snelheid, behendigheid, kracht of magische kunsten. Afgezien van de telepathische vermogens die Martine leek te bezitten waren déze bondgenoten voornamelijk bedreven in het vinden van een merkwaardige uitdossing.

Orlando liet zich op de grond zakken, nu al bevreesd voor het onvermijdelijke beroep dat Fredericks vroeg of laat op hem zou doen. Boven een stuk onherkenbaar wrakhout op het strand zag hij twee vliegen, rondtollend en duikvluchten uitvoerend als een stel antieke vliegtuigen. Het gonzen van de vleugels was zo luid dat hij nauwelijks kon nadenken, maar de dieren hadden ook een zekere schoonheid. Hun lijven glansden in de zon met alle kleuren van de regenboog, net als de snel slaande, bijna onzichtbare vleugels.

Orlando zuchtte. Van heel dit Anderland was niets te begrijpen. Als het een spel was zou je duidelijke regels verwachten, zodat je een plan de campagne kon maken dat naar de overwinning moest leiden. Een spel was overzichtelijk. Zoals die kleine Zunni van de gele aapjes het had gezegd: 'Monster doodmaken, juweel vinden, bonuspunten krijgen. Wiebel-wabbel-woebel.' Dat was niet wat je noemde levensecht, maar daar had je bij een spel geen behoefte aan, net zomin als aan deze bizarre variant. Geen regels, geen duidelijk doel, zelfs geen idee waar je moest beginnen.

'Zeg, Gardino, ben je van plan de hele dag te blijven zonnen of kom je me nog helpen?'

Hij stond op en zuchtte weer. Wat was eigenlijk hun voorlopige doel en wat waren ze tot nu toe aan de weet gekomen? Dat ze op de een of andere manier in dit netwerk gevangenzaten; dat ze in leven moesten zien te blijven tot Sellars hen kon bevrijden; en dat ze op zoek moesten gaan naar een zekere Jonas die net als zij in een van de misschien wel ontelbare simulaties verdwaald was.

'Een naald in een hooiberg,' mompelde Orlando terwijl hij over de rand van het boomblad klom. 'Alleen is die hooiberg zo groot als het heelal.'

Fredericks keek hem fronsend aan. 'Je moet niet zo lang in de zon blijven zitten. Je begint al tegen jezelf te praten.'

Er was opnieuw een uur verstreken en geen van de anderen was teruggekomen. De zon was achter de boomtoppen gedaald en wierp uitgestrekte schaduwen over de rivieroever. Ook de nieuwe boot lag in de schaduw, waar de temperatuur aanmerkelijk was gedaald. Orlando was blij dat ze nog niet hoefden te vertrekken. Hij liep met een lange rietstengel te zeulen die ze in ondiep water als vaarboom konden gebruiken, toen er plotseling achter een stapel stenen een gesis klonk. Fredericks slaakte geschrokken een kreet, maar Orlando had uit een ooghoek al een beweging bespeurd. Hij sprong opzij en rolde een eindje weg over de grond terwijl hij de stengel losliet. Daarna trok hij zijn zwaard en kwam met bonzend hart overeind.

De duizendpoot was minstens vijf of zes keer zo lang als Orlando, grijsbruin en bedekt met korrels aarde en zand. Het beest bewoog zich kronkelend en min of meer zijlings voort, waardoor Orlando moest terugwijken. Het insect was nauwelijks te onderscheiden tegen de achtergrond en Orlando was blij dat het nog niet helemaal donker was.

Een trilling trok over de gepantserde huidsegmenten van de duizendpoot, die zijn kop en het voorste deel van zijn lijf van de grond tilde. Orlando meende een paar kronkelende uitsteeksels onder de bek te zien en herinnerde zich ineens dat deze wezens giftig waren. Het beest liet zijn kop weer zakken en kwam naar voren op zijn tientallen gelede poten, aanstormend als een monorail met giftanden. Fredericks riep iets, maar Orlando had geen tijd om aandacht aan hem te schenken. Snel liet hij zijn uitgebreide ervaringen als Thargor de revue passeren. Dit was geen hoogpotig beest als een griffioen of de meeste draken die je een dodelijke buikwond kon toebrengen. Met al die poten was het heel beweeglijk, misschien wel sneller dan hij als hij probeerde erlangs te rennen.

De duizendpoot kwam op hem af met het geroffel van een op hol geslagen kudde. Orlando wachtte met springen tot het allerlaatste moment. Net toen de voorpoten hem wilden grijpen om hem naar de bek te brengen, sprong hij op en stak het zwaard in wat een oog moest zijn. Het grote lijf schokte en Orlando werd opzij geslingerd. Hij viel met een zware slag op de grond en krabbelde overeind, zo snel als zijn pijnlijke spieren hem toestonden. Fredericks stond radeloos op het boomblad toe te kijken, maar zonder wapens kon hij niets voor zijn vriend betekenen.

Orlando deinsde naar achteren voor de kop van het reusachtige insect, dat zijn lijf zonder moeite in een halve cirkel draaide. Anders dan de antropomorfe monsters in het Middenrijk vertoonde het geen spoor van gevoel of intelligentie. Het was niets anders dan een jager, een moordmachine die bij het vallen van de avond actief werd.

Orlando bukte om de vaarboom op te rapen, een stevige grasstengel die twee keer zo lang was als hijzelf. Het ding was waarschijnlijk niet hard genoeg om het pantser van de duizendpoot te doorboren, maar misschien kon hij hem ermee op een afstand houden tot hij een beter plan had bedacht. Het enige probleem, zoals hij al snel ontdekte, was dat hij onmogelijk zowel de stengel als zijn zwaard kon vasthouden. Toen de duizendpoot aanzette voor een nieuwe uitval, liet hij de stengel zakken en stopte snel het zwaard onder zijn riem.

Hij slaagde erin de stengel op te tillen en op de kop van de duizendpoot te richten. Hij voelde een zware schok en het was dat hij een uiteinde van de vaarboom in de grond achter hem had geduwd, anders zou hij regelrecht langs de steel in de bek zijn geschoven. De stengel boog door zonder af te breken. De verblinde duizendpoot tilde zijn kop en drie paar poten van de grond. De stengel werd rechtgetrokken en kwam los. De duizendpoot liet zich met een smak op de grond zakken en begon nog luider te sissen.

Orlando sleepte de stengel met zich mee, zoekend naar een betere positie om zich te kunnen verdedigen. Het voorste deel was helemaal versplinterd. De duizendpoot kwam weer aangemarcheerd, wat meer op zijn hoede maar nog niet van plan op zoek te gaan naar een maaltijd die inschikkelijker was. Orlando vloekte zachtjes.

'Ik zie de anderen!' riep Fredericks. 'Ze komen terug!'

Orlando schudde zijn hoofd terwijl hij op adem probeerde te komen. Hij kon zich niet voorstellen dat de anderen iets konden uitrichten, tenzij ze over een geheim wapen beschikten. Dit was werk voor een drakendoder en Orlando was een van de beste. Of was Thargor een van de beste?

Ik heb echt te lang in de zon gezeten, dacht hij wazig terwijl hij de stengel weer optilde om zich te verdedigen. In de bek van de duizendpoot klonk een angstwekkend geknars van scherpe dingen. *Ik weet niet eens meer wie ik zelf ben...*

Hij stak toe met de stengel, maar ditmaal had hij niet de tijd gekregen om het uiteinde in de grond te duwen. Het insect kwam naar voren, de lange steel gleed langs het lijf omlaag en kwam vast te zitten tussen twee van de stampende poten, als een spaak in een fietswiel. De stengel ging met een ruk omhoog en Orlando klemde zich uit alle macht vast toen het ding werd weggeslingerd. De klap waarmee hij neerkwam perste de lucht uit zijn longen. Het veelpotige monster draaide snel zijn kop naar hem toe, kronkelde een eindje naar voren en richtte zich gedeeltelijk op, de poten naar binnen gekeerd als de grijpende vingers van een reus. Orlando kroop naar achteren, maar ontsnappen was onmogelijk.

De duizendpoot stak zijn kop naar voren en Orlando keek recht in de bek, de giftige uitsteeksels als cilinders van een reusachtige ponsmachine die hem ging doorboren. Het onverstaanbare geschreeuw van Fredericks ging snel verloren in het lawaai van een naderende storm of van een langdurige ontploffing, een vreemd geraas waar Orlando geen aandacht aan kon besteden. Voor het laatst probeerde hij de steel op te tillen. De tijd scheen langzamer te verlopen nu de dood zo dichtbij was. Het heelal stond bijna stil, wachtend op het aanbreken van die laatste seconde.

Die seconde brak aan met een bulderende zwarte windvlaag, een koude orkaan die recht van boven kwam en hem in een werveling van bijtend, oogverblindend stof plat tegen de grond drukte. Orlando schreeuwde het uit, wachtend op de gifstekels die zijn lichaam zouden verlammen. Hij voelde een slag tegen zijn hoofd en kreeg een waas voor zijn ogen.

De wind nam af en ook de duisternis begon op te lossen. Fredericks stond nog steeds te schreeuwen.

Orlando deed zijn ogen open, knipperend tegen het opwarrelende stof, en ontdekte tot zijn verbazing dat hij nog in dezelfde simwereld was. Zware stenen rolden langs hem heen terwijl een onvoorstelbaar grote, zwarte gedaante zich als een engel in negatief boven zijn hoofd in de lucht verhief. Hij zag twee klauwen waarin een mager en relatief klein dier kronkelde.

Het waren de klauwen van een vogel, een vogel die nog groter was dan een verkeersvliegtuig, groter dan een draagraket! De windvlaag die hem tegen de grond had gedrukt trok voorbij, toen de vogel met krachtige vleugelslagen wegvloog om haar jongen te voeden met de duizendpoot die zich tevergeefs uit de greep van de poten probeerde te bevrijden.

'Orlando! Hé, Orlando!' De jammerende stem van Fredericks drong slechts vaag tot hem door, onbelangrijk nu hij op zo'n ontzagwekkende manier uit de klauwen van de dood was gered. 'Gardiner!'

Op de klippen boven het strand stonden Lieve William en T4b verwonderd naar de snel kleiner wordende vogel te staren, naast de bundels riet die uit hun handen waren gegleden. Orlando draaide zijn hoofd om naar Fredericks en de boot, maar die waren verdwenen.

Na een angstig ogenblik zag hij dat de boot die ze met zoveel moeite hadden gebouwd door de stormvlaag een eind was verplaatst. In zijn verwarring drong het pas laat tot hem door dat het boomblad door de luchtverplaatsing van de vleugels in het water terecht was gekomen en langzaam afdreef naar het midden, waar de stroom veel sterker was. Fredericks, de enige opvarende, stond op en neer te springen en met zijn armen te zwaaien. Zijn geroep was al niet meer te verstaan.

Orlando keek radeloos naar de rotsen. William en de robot hadden eindelijk door wat er aan de hand was en begonnen zo snel mogelijk de bemoste helling af te dalen, maar ze waren nog een heel eind van het water verwijderd en het boomblad kon elk ogenblik door de stroom buiten hun bereik worden gesleurd.

Orlando raapte de vaarboom op en rende over het strand in de richting van een overhangende rots in de hoop dat hij het blad zou kunnen tegenhouden, maar bij het water gekomen zag hij dat hij minstens drie van zulke stengels nodig zou hebben om bij de boot te komen. Het blad begon te draaien op de grens van de snelle stroom en het stille water achter de rotsen. Orlando draaide zijn hoofd om naar T4b en Lieve William, die nog een heel eind verder over het strand kwamen aanrennen. Hij draaide zich om, nam een vliegende aanloop over de rotsen en dook de rivier in.

Het water was behoorlijk warm, maar na alle inspanningen die hij had moeten leveren werd de zwemtocht hem bijna te veel. Hij vroeg zich af wat er aan de hand was met zijn benen, die hij niet meer voelde, toen Fredericks zich over de rand van het blad boog en de dobberende vaarboom uit het water viste. Orlando begon net te denken dat het voor iemand met een dodelijke ziekte een hele omweg was om in een virtueel heelal te verdrinken. Plotseling kwam het versplinterde uiteinde van de stengel met een klap op het water neer, een paar centimeter naast zijn hoofd.

'Pak beet!' riep Fredericks.

Orlando klemde zich vast en werd door zijn vriend over de rand gehesen tot hij op de mat lag waaraan ze de halve middag hadden gewerkt. Orlando vond nog net de kracht om een beschut plekje tegen de opstekende wind te zoeken. Hij dook rillend in elkaar terwijl het water van hem afdroop en de stroom hen snel wegvoerde van het strand en hun verbijsterde reisgenoten.

'Je kunt aan de slag, Skouros,' zei de hoofdinspectrice. 'Merapanui. Vanaf nu zit alles in jouw systeem.'

'Bedankt, ik ben er erg blij mee.' Calliope Skouros klonk niet alsof ze het meende en ten overvloede trok ze spottend haar mondhoeken op. 'Die zaak is al zo oud dat ik de stank kan ruiken.'

'Je hebt er zelf om gevraagd,' antwoordde haar chef, met een gebaar alsof ze haar handen in onschuld waste. 'Je wilt zo nodig laten zien dat je ambitie hebt, dus je moet alles nog maar eens nalopen en de getuigen opnieuw horen...'

'Als er nog getuigen in leven zijn.'

'De getuigen opnieuw horen, zeg ik, misschien komen ze nog met iets nieuws. Daarna stop je het voor mijn part weer in het archief, je ziet maar.' Ze boog over het bureau heen en kneep haar ogen tot spleetjes terwijl ze Skouros aankeek. Skouros vroeg zich af of de hoornvliesoperatie van haar chef toch niet helemaal geslaagd was. 'En ik spreek namens het voltallige politiekorps van Groot-Sydney als ik zeg dat je voorlopig niets meer te klagen hebt.'

Rechercheur Skouros stond op. 'Dank u voor deze dode mus, o weldadige meesteres. Ik kwispel met mijn staart voor u.'

'Wil je nu maken dat je wegkomt?'

'Het is onze zaak en daar zijn we mooi klaar mee,' verklaarde ze. De hydraulische vering van haar stoel siste toen ze haar zware lichaam op de zitting liet zakken.

'Wat bedoel je?' Stan keek haar aan over de rand van zijn ouderwetse bril. Alles aan Stan Chan was ouderwets, inclusief zijn naam. Calliope kon nog steeds niet begrijpen welke ouders in de eenentwintigste eeuw hun kind 'Stanley' durfden te noemen.

'Ik bedoel dat het stinkt, dat het klote is, dat het van geen kant deugt. Het is een doodlopende straat.'

'Heb je het soms over Merapanui?'

'Precies. Ze zijn eindelijk tot de conclusie gekomen dat het niets te maken heeft met het optreden van de seriemoordenaar, al geloof ik niet dat ze er veel mee hebben gedaan. De zaak dateert van vijf jaar geleden en volgens mij hebben ze de gegevens alleen vluchtig vergeleken met hun model en het vervolgens in een aparte la gestopt.'

Haar partner drukte zijn vingertoppen tegen elkaar. 'En heb je het geval zelf al opgelost of mag ik er ook nog naar kijken?'

'Sarcasme past niet bij je, Stan Chan.' Ze zette het muurscherm aan en riep een bestandenlijst op, waarna ze het gezochte dossier opende. 'Merapanui, Polly. Leeftijd vijftien jaar en woonachtig in Kogarah toen ze werd vermoord, maar oorspronkelijk afkomstig uit het noorden. Ik meen dat ze een Tiwi was.'

Hij dacht even na. 'Die leven toch op Melville?'

'Juist. Op haar dertiende is ze weggelopen uit een pleeggezin en sindsdien leidde ze een zwervend bestaan. Ze is een paar keer opgepakt wegens bedelarij, twee keer wegens winkeldiefstal, twee keer wegens ordeverstoring. Ze heeft enkele dagen vastgezeten op verdenking van prostitutie, maar blijkens de aantekeningen in het dossier was dat misschien onterecht.'

Stan trok een wenkbrauw op.

'Ja, dat is een verbazingwekkende conclusie.' Calliope haalde een foto op het scherm. Het meisje met de besmeurde blouse had een rond gezicht dat te groot leek voor haar magere hals, angstige grote ogen en donker krulhaar dat in een enkele vlecht opzij hing. 'Zo zag ze er bij haar aanhouding uit.'

'Voor een Tiwi heeft ze een erg lichte huid.'

'Ik geloof niet dat er nog echte Tiwi's bestaan, net zomin als er nog echte Grieken zoals ik in Australië voorkomen.'

'Ik dacht dat je grootvader uit Ierland kwam?'

'Hij had een Grieks karakter.'

Stan leunde naar achteren en legde zijn vingers weer tegen elkaar. 'Waarom was er volgens de collega's geen verband met de seriemoordenaar?'

Calliope bewoog haar vingers en liet foto's van de plaats van het misdrijf zien. Het was geen prettig gezicht. 'Wees maar blij dat onze projectie gebrekkig is,' zei Calliope. 'In sommige opzichten was er overeenstemming met het werk van de seriemoordenaar, zoals het gebruikte wapen – vermoedelijk een Zeissing of een soortgelijk groot jachtmes – en het aantal steekwonden, maar deze moord vond drie jaar eerder plaats.'

'Was dat de enige reden?'

'Alleen het patroon van de steekwonden vertoonde een gelijkenis. De seriemoordenaar zoekt zijn slachtoffers onder blanken van Europese afkomst, gewone mensen. Ze zijn allemaal min of meer in het openbaar vermoord, op plaatsen waar je een elektronisch bewakingssysteem kunt verwachten, alleen bleek er telkens iets aan dat systeem te mankeren. En kijk nou maar niet zo. Ik weet ook wel dat het vreemd is, maar dat is onze zaak niet. Dít is onze zaak.'

'Nu je er toch over begint, waarom heb je hier eigenlijk om gevraagd? Je zegt dat ze geen prostituee was, misschien had ze dan een fatale ruzie met haar vriendje. Zulke moorden vinden hier elke dag plaats.'

'O ja?' Calliope stak een vinger op en liet foto's zien waarop het gezicht van het slachtoffer in beeld werd gebracht.

'Wat is er met haar ogen?' vroeg Stan na een tijdje, tamelijk zacht.

'Dat weet ik niet, maar wat je ziet zijn stenen. Die heeft de dader in haar oogkassen gestopt.'

Stan Chan nam de handschoen van haar over en vergrootte een van de opnamen. Zwijgend staarde hij er enige tijd naar. 'Goed, dan was het geen uit de hand gelopen ruzie,' zei hij. 'Maar het blijft een zaak van vijf jaar geleden die ten onrechte in verband is gebracht met het optreden van een beruchte seriemoordenaar. Kortom, Skouros, je hebt je laten afschepen met de afgekloven botten die onze collega's hebben laten liggen.'

'Dat is bondig en toch bloemrijk omschreven. Daar hou ik wel van, grote jongen. Doe je mee of niet?'

Stan keek haar fronsend aan. 'Het is beter dan winkeldieven en neurojunks oppakken.'

'Dat zou ik niet zeggen, het is een klotezaak. Maar het is wel ons onderzoek.'

'Ik ben je eeuwig dankbaar, Skouros.'

Op werkdagen was het altijd lastig kiezen tussen de lichttrein en de zwakke elektrische auto die het korps voor haar had geleast, maar al was die laatste in de stad langzamer, hij maakte in elk geval minder lawaai.

Onderweg liet ze de computer het dossier oplezen, wat bij sommige namen van Aziaten of aboriginals tot een bizarre verhaspeling leidde. Dat waren er niet veel, want er hadden zich nauwelijks getuigen gemeld. De moord was gepleegd in de buurt van een honingraat onder de Great Western Highway, maar die illegale behuizing bleek verlaten te zijn toen het lichaam werd ontdekt. De mensen die onder de viaducten leefden, voelden er nooit veel voor met de politie in aanraking te komen.

Calliope luisterde naar de stroom van gegevens en probeerde elke vooropgezette mening uit haar hoofd te bannen. Dat was natuurlijk geen eenvoudige opgave, vooral niet omdat ze telkens haar aandacht moest richten op het drukke verkeer dat onder de feloranje avondzon hortend en stotend een weg door de stad zocht.

Een van haar vooroordelen was dat de moordenaar een man moest zijn, maar was dat eigenlijk wel zo? Ze werkte nog niet zo lang bij de recherche in Sydney, maar Calliope had genoeg gezien om te weten dat ook vrouwen in staat waren iemand van het leven te beroven, soms met verbazend grof geweld. Maar de dader moest over stalen zenuwen beschikken om zo'n grotesk, bezeten spel met het lijk van zijn slachtoffer te spelen en daartoe was toch alleen een man in staat? Of was ook dat een vooroordeel?

Nog maar enkele jaren geleden was er in de Verenigde Staten, als ze zich niet vergiste in de Pacific Northwest, een politieke groepering geweest die beweerde dat geweld vooral door mannen werd gepleegd en dat de meeste daders hun agressieve neigingen te danken hadden aan hun erfelijk materiaal. Er was een wetsvoorstel ingediend om embryo's van mannelijke kinderen bij wie zulke genetische factoren werden gevonden, *in utero* te behandelen. Tegenstanders schreeuwden moord en brand over de 'genetische castratie' die hiervan het gevolg zou zijn en het hele debat was uitgelopen op een scheldpartij. Calliope vond dat eigenlijk jammer. Ze had genoeg ogenschijnlijk zinloos bloedvergieten gezien, bijna zonder uitzondering veroorzaakt door jongemannen, om zich af te vragen of het wetsvoorstel geen waardevolle elementen bevatte.

Stan Chan had haar om die reden een fasciste genoemd, een pot en een mannenhater. Maar hij had het op een vriendelijke toon gezegd.

Ze moest er inderdaad voor oppassen conclusies te trekken die niet door de feiten werden ondersteund, maar ze moest ook proberen zich in de geest van de dader te verplaatsen, ze moest de dader bégrijpen voordat ze hem of haar kon grijpen. Voorlopig zou ze op haar instinct vertrouwen. Alles wees erop dat de moord het werk van een man was, en dan ook nog een zwaar gestoorde man, en daar zou ze van uitgaan tenzij het tegendeel overtuigend werd aangetoond.

Veel meer aanwijzingen waren er niet voor het trekken van belangrijke conclusies. Niets wees op seksueel misbruik, ook al was het slachtoffer verder zeer gewelddadig toegetakeld. Het leek in veel opzichten eerder een rituele moord dan een lustmoord.

Ritueel... Het woord had een bijzondere klank voor haar en ook nu besloot ze op haar intuïtie te vertrouwen. Een ritueel, dat moest ze in haar achterhoofd houden.

Verder was er weinig om op af te gaan. De dader had zijn sporen minder zorgvuldig uitgewist dan de seriemoordenaar, maar Polly Merapanui was in de openlucht onder het betonnen viaduct gedood en de wind had alle bruikbare aanwijzingen weggevoerd. Zelfs met de krankzinnig dure ForVac, de deeltjeszoeker van het korps, waren geen sporen van betekenis gevonden. De dader had handschoenen gedragen en onder Polly's vingernagels was niets aangetroffen dat op een vechtpartij wees.

Calliope betreurde niet voor het eerst in haar loopbaan bij de recherche dat het oude bakerpraatje niet op waarheid berustte: het netvlies van een dode bewaarde niet het laatste beeld dat de ogen hadden opgevangen.

Misschien geloofde de moordenaar daar wel in en had hij daarom de ogen door stenen vervangen.

De computerstem praatte maar door, even monotoon als een tikkende klok. Een eind verder boven de stroom achterlichten zag Calliope het bord hangen waarop de afslag werd aangegeven die ze moest nemen. Ze ging op de linker rijbaan rijden. Geen fysieke sporen, een slachtoffer dat in maatschappelijk opzicht tot de laagste klasse behoorde, een handjevol nutteloze getuigen (voornamelijk zwervers en weinig toeschietelijke familieleden) en een even gruwelijke als zeldzame modus operandi... Stan had gelijk. Ze had zich laten opzadelen met een uitgekauwd onderzoek waar niemand meer raad mee wist.

Maar het meisje mocht dan een verschoppelinge zijn geweest, een straatkind met geen ander bezit dan de kleren die ze droeg, ze was toch een mens van vlees en bloed geweest. En wat deed Calliope Skouros anders met haar eigen leven dan opkomen voor de verschopten en verdrukten?

Dat is mooi gezegd, Skouros, dacht ze terwijl ze luid toeterde naar een ongetwijfeld half beschonken idioot die haar sneed, *maar het blijft een klotezaak.*

Fredericks zat gehurkt op wat je de voorsteven van het boomblad zou kunnen noemen en keek uit over het water, dat bij het vallen van de avond snel donkerder werd. De stroom was tot nu toe niet al te sterk geweest, maar Fredericks hield zich voor de zekerheid met twee handen vast aan de mat. Orlando had een tijdje naar hem zitten kijken, totdat hij draaierig werd van het onophoudelijke schudden van Fredericks' hoofd. Nu lag hij op zijn rug en keek naar de lichtpuntjes van de eerste sterren die aan de hemel zichtbaar werden.

'We zijn ze allemaal kwijt,' zei Fredericks neerslachtig en niet voor het eerst sinds het begin van hun onvrijwillige vaartocht. Orlando reageerde niet. Hij probeerde zichzelf wijs te maken dat zijn spaarzame kleren al aardig droog begonnen te worden en dat de lucht aangenaam warm aanvoelde. 'Of kan jou dat niks schelen?'

'Natuurlijk wel, maar wat kunnen we eraan doen? Het is niet mijn schuld dat we op deze stomme boot zitten.'

Fredericks zei niets. Orlando had spijt van zijn woorden, maar niet genoeg om ze terug te nemen. 'Ze weten welke kant we op gaan,' zei hij ten slotte bij wijze van verontschuldiging. 'Als we... als we overgaan of hoe je dat noemt, dan wachten we ze aan de andere kant gewoon op. Ze hoeven alleen maar de rivier te volgen en dan zijn we in de volgende simulatie weer bij elkaar.'

'Misschien wel.' Fredericks keek hem aan. 'Zeg eens, Gardiner...'

Orlando wachtte op het vervolg, maar zijn vriend had blijkbaar behoefte aan tweespraak. 'Ja?'

'Denk je... denk je dat we het overleven?'

'Nog een paar minuten, als we geluk hebben.'

'Hou op, ik ben serieus. Wat gaat er met ons gebeuren?' Fredericks fronste zijn voorhoofd. 'Ik bedoel, ik mis mijn ouders en zo. Ik ben bang, Orlando.'

'Ik ook.'

In de toenemende duisternis werden de reusachtige bomen op beide oevers tot ononderbroken muren van schaduw, als de rotswanden van een diepe vallei.

'Het Dal van de Schaduw des Doods,' mompelde Orlando.

'Wat zeg je?'

'Niets.' Hij ging rechtop zitten. 'Luister, iets beters dan dit kunnen we niet doen. Als er een simpele manier was om hier uit te komen dan had een van ons die al gevonden. Vergeet niet dat Sellars het juist moeilijk heeft gemaakt om in Anderland te komen, dus Renie en de anderen zijn lang niet achterlijk, ook al zien sommigen er wel zo uit. We kunnen slechts doorgaan tot we de uitweg hebben gevonden. Doe maar net alsof we in het Middenrijk zijn.'

'In het Middenrijk kon je geen pijn voelen, niet echt. En je kon ook niet echt doodgaan.'

Orlando glimlachte gedwongen. 'Dan krijgen Thargor en Pithlit nu de kans om te laten zien wat ze waard zijn.'

Fredericks probeerde eveneens te glimlachen, zonder overtuigend resultaat.

'Hoe zie jij er eigenlijk uit?' vroeg Orlando ineens. 'In het echt?'

'Waarom wil je dat weten?'

'Zomaar. Ben je groot of klein, wat?'

'Daar wil ik niet over praten, Orlando. Ik zie er heel gewoon uit, geloof ik. Laten we het ergens anders over hebben.' Fredericks keek de andere kant op.

'Goed. Je hebt me nog steeds niet verteld hoe je aan de naam Pithlit komt.'

'Ik zei toch, dat weet ik niet meer.'

'Ja, ja, en dat geloof ik. Vertel op.'

'Ik... nou ja...' Fredericks keek hem uitdagend aan. 'Waag het niet om te lachen, want ik maak je af.'

'Ik lach niet.'

'Het is uit een boek, een kinderboek waar ze me vroeger uit voorlazen. Daar kwam een soort opgezet beest in voor dat Piglet heette, maar ik kon het niet goed uitspreken toen ik klein was en maakte er "Pithlit" van. Mijn ouders gebruikten het als een bijnaam voor me en toen ik voor het eerst het net opging leek het me een goede schuilnaam. Zit je nou te lachen?'

Orlando klemde zijn kaken op elkaar en schudde zijn hoofd. 'Nee, helemaal n...' Hij zweeg toen er boven het geruis en geklots van het water een ander geluid hoorbaar werd. 'Wat is dat?'

Fredericks staarde naar de rivier. 'Weer een insect, geloof ik, maar hij vliegt heel laag.'

Het schepsel naderde snel, zo laag vliegend dat een van de poten een wit schuimspoor door het water trok. Het insect dreigde om te slaan en ging zigzaggend wat hoger vliegen. Daarna scheerde het schuin voor hen langs, waardoor ze konden zien dat het ongeveer half zo groot was als het boomblad, maakte verder stroomafwaarts een brede bocht boven het water en kwam opnieuw dichterbij.

'Ik geloof dat hij ons gaat aanvallen,' zei Fredericks, en greep haastig de vaarboom.

'Ik weet het niet, het lijkt wel of hij gewond is of zo. Misschien is hij ziek...' Orlando's blik werd getrokken door een beweging in het water onder het manoeuvrerende insect. 'Kijk! Daar heb je dat blauwe licht weer!' Fredericks ging staan en hield zich met moeite in evenwicht, zijn ogen strak op het laag vliegende insect gericht. Hij tilde de stengel boven zijn hoofd alsof hij van plan was het dier uit de lucht te slaan. 'Je bent toch niet gek geworden?' Orlando trok hem ruw naar beneden. Fredericks liet de vaarboom uit zijn handen vallen en kon hem nog net binnenboord houden terwijl hij door zijn knieën zakte. 'Dat ding is tien keer zo groot als jij!' zei Orlando boos. 'Als je hem raakt word je zelf overboord geslagen.'

Het insect kwam zoemend naderbij en draaide zijn kop recht naar hen toe. Orlando ging op zijn knieën liggen, klaar om zich plat tegen de mat te drukken. Hij zag dat het een soort tropische kever was, met gele stippen op het bruine rugschild. Toen het dier langs hen heen scheerde zag hij ook een opening in het voorste deel van het vleugelschild, een opening waarin iets bewoog...

'Er zit iemand naar ons te zwaaien!' zei hij verwonderd.

'Dat is Renie!' riep Fredericks terwijl de kever zoemend voorbijvloog. 'Ik kon haar duidelijk zien!'

Het water rond de boot glinsterde met een hemelsblauwe tint. Orlando keek naar het insect, dat weer met een wijde bocht terugkwam. Het was nauwelijks te onderscheiden in de blauwe gloed die boven het water hing.

'Ze hebben ons gevonden!' Fredericks stond op en neer te springen. 'Maar hoe kunnen ze nou met dat beest vliegen?'

'Geen idee!' riep Orlando terug. Het ruisen van de rivier was nu een onophoudelijk geraas en het blauwe licht omgaf zijn hele lichaam. Het gevleugelde insect minderde vaart en bleef boven hun hoofden zweven, eveneens omringd door het fonkelende blauwe vuur. 'Dat vragen we aan de andere kant wel...'

Ze werden opgeslokt door het gebulder en het licht en ze gingen naar een andere wereld.

9

De holle man

NETFEED/AMUSEMENT:*De 'papa diabla' was prima, alleen de warme gazpacho had van mij niet gehoeven (fijnproever na bezoek aan restaurant Efulgencia's World Choir in Oklahoma City)*
(beeld: een schotel iguana con bayas)
COMMENTAAR: *'Mijn tweede grote klacht over* EWC *is voor andere bezoekers misschien niet zo'n probleem.* EWC *is als een van de laatste restaurants bij de virtuele keten aangesloten en hun aanpak is erg agressief. Terwijl wij zaten te eten werd de verbinding wel zes keer gewijzigd, waardoor er nauwelijks tijd was om de nieuwkomers te vragen naar welk restaurant hun voorkeur uitging, laat staan wat ze besteld hadden of wat ze van het eten vonden voordat ze alweer verdwenen en het volgende gezelschap arriveerde. Mij heeft deze noviteit toch al nooit aangesproken, maar* EWC *richt zich duidelijk op een jong en snel publiek, iets waartoe ondergetekende zich niet rekent. Gelukkig maar, want als ik terugdenk aan de starende ogen van die doodgekookte leguaan...'*

Het begon snel donker te worden. Renie had zich sinds het opstijgen geen moment vertrouwd gevoeld met het stuurwiel en keek naar het instrumentenpaneel om te zien of het toestel met verlichting was uitgerust. Er waren zoveel knoppen waarvan ze de functie niet kende en waarvan het indrukken mogelijk fatale gevolgen kon hebben, dat ze het maar opgaf en weer naar de overweldigende, monsterlijke jungle keek.

'Hij leeft nog,' zei !Xabbu, die naast Cullen op zijn hurken zat. 'Ik zie geen bloed, dus ik weet niet hoeveel schade er is aangericht toen dat ding zijn arm afrukte. Ik heb voor de zekerheid zijn jas om de stomp gewikkeld en hij ligt nu weer te slapen.'

Renie knikte afwezig, voornamelijk geconcentreerd op het vermijden van dodelijke fouten. In de toenemende duisternis kon ze makkelijk een boomtak over het hoofd zien en vanuit haar veranderde perspectief vloog ze zeker honderd meter boven de grond. Ze had wel verder willen stijgen tot boven de boomtoppen, maar ze wist niet of het toestel wel berekend was op zo'n naar verhouding duizelingwekkende hoogte en bovendien begonnen de meeste takken pas een eind boven haar hoofd, zodat de kans op een botsing niet zo erg groot leek.

'Weet je zeker dat we de goede kant opgaan?' vroeg ze.

'Hij zei dat de rivier in het westen lag. Je hebt hem toch gehoord, Renie.'

Ze knikte en voelde ineens dat haar kaken zeer deden, zo hard hield ze haar kiezen op elkaar geklemd. Ze probeerde zich te ontspannen. Tussen de bomen door had ze af en toe een glimp van de ondergaande zon opgevangen, wat haar in staat stelde een min of meer westelijke koers aan te houden, maar in tegenstelling tot al haar andere zorgen was het vinden van de juiste route een ogenschijnlijk onbeduidend probleem.

Terwijl ze zich door de schemering voortspoedden, ging Renie wat meer in haar eigen besturingskunst geloven, zodat ze bijna van het uitzicht kon genieten. Ze kwamen langs een eekhoorn, zo groot als een kantoorgebouw, die hen met een van zijn enorme glimmende ogen nakeek. Vliegende insecten, een grote mot en een paar muskieten, keurden het toestel geen blik waardig, alsof het niet meer was dan een medepassagier in een overvolle forensentrein.

De bomen stonden verder uit elkaar en het duurde nu bijna een minuut om van de ene gigantische stam naar de andere te vliegen. Slierten mist zweefden boven de grond en bleven rond de takken hangen, wat het zicht verder bemoeilijkte, maar voordat Renie zich nog meer zorgen kon gaan maken bereikten ze eindelijk de rand van het oerwoud. Ze vlogen over een smal strand en kwamen boven een onafzienbare vlakte van grijsgroen water.

'De rivier! We zijn er!' Renie durfde het stuurwiel niet los te laten om in haar handen te klappen. In plaats daarvan wipte ze op en neer op de zachte stoelzitting.

'Goed gedaan, Renie,' zei !Xabbu. 'Zullen we nu de anderen gaan zoeken?'

'We kunnen het proberen, hoewel ik niet weet of het zal lukken. Misschien zijn ze weer aan boord geklommen en verder stroomafwaarts gegaan.' Ze liet de machine een ruime bocht over het water maken. Het toestel vloog veel onrustiger dan de libel, die grotere vleugels had, en schudde in de opstekende wind. Door scherpe koerswijzigingen te vermijden slaagde ze erin het kleine vliegtuig ongeveer boven het midden van de stroom te krijgen en horizontaal te houden. Natuurlijk waren deze virtuele toestellen ontworpen voor gebruik door wetenschappers en niet door beroepsvliegers, maar ze was toch trots op zichzelf.

Na een paar minuten werd duidelijk dat ze in het donker de anderen nooit zouden kunnen zien, tenzij die recht onder hen op het water dreven of op een hoge rots aan de oever stonden. Renie zocht al naar een landingsplaats met de bedoeling de speurtocht bij het aanbreken van de dag te hervatten toen !Xabbu rechtop ging zitten en wees.

'Wat is dat? Ik zie een blad en ik geloof dat er iets op beweegt.'

Renie zag nauwelijks meer dan een donkere schim die op het water dobberde. 'Weet je het zeker?'

'Ik dacht het wel. Kun je wat lager gaan vliegen?'

De snelle reactie van het kleine toestel verraste haar. De neus dook naar beneden en Renie vloekte toen ze de weerstand van het water tegen de poten voelde. Net op tijd kreeg ze de machine weer onder controle en ging iets hoger vliegen. Ze passeerden het boomblad.

'Dat zijn ze!' riep !Xabbu opgewonden uit. 'In elk geval een paar! Maar het lijkt wel of ze ergens bang voor zijn.'

'We zien er natuurlijk uit als een echte kever.'

Renie liet het toestel weer een ruime draai maken. 'Er is iets vreemds met het water,' zei !Xabbu. 'Ik zie dezelfde blauwe lichten als eerst.'

'We moeten zorgen dat ze aan land gaan.' Renie vloog terug over de rivier terwijl !Xabbu erin slaagde de deur open te krijgen. Een felle windvlaag stormde door het toestel en rukte aan hun riemen. Cullen begon te kreunen. Renie stak haar hand door de opening en zwaaide naar de verbaasde gezichten op de boot.

'Ga terug!' riep ze in de wind.

Ze hadden haar niet gehoord of anders konden ze de boot niet besturen; in elk geval veranderde het blad niet van richting. Het werd door de stroom meegevoerd en tegen de tijd dat Renie de volgende bocht had gemaakt, had het de rand van het glinsterende blauwe licht al bereikt.

Renie trok de deur dicht. 'Met hoevelen zijn ze?'

'Ik heb er maar twee gezien.'

Ze dacht snel na. 'Als zij niet kunnen stoppen, moeten wij ze volgen. Anders vinden we ze misschien nooit meer terug.'

'Ja, natuurlijk,' zei !Xabbu. 'Het zijn onze vrienden.'

Renie was nog niet zover dat ze haar lotgenoten als vrienden beschouwde, maar ze begreep wat !Xabbu bedoelde. Verdwalen was in de gewone wereld al vervelend genoeg. 'Hou je vast, daar gaan we.'

Ze hadden de boot bijna ingehaald toen slierten neonblauw licht langs de voorruit begonnen te kronkelen. Renie zag vonken over een van de vleugels stromen en kreeg een beklemmende associatie met de laatste Ares-ruimtevlucht, waarbij de hitteschilden het tijdens de terugkeer in de dampkring hadden begeven. Zo te zien was dit koudvuur, de gloed van methaangas of van dwaallichtjes.

De lucht om hen heen werd helemaal blauw en vervolgens helemaal wit. Renie kreeg even een vredig gevoel, een gevoel van rust en gewichtloosheid... totdat de hele wereld op zijn kop kwam te staan. De ruiten werden uit het toestel geblazen en ze werden halsoverkop het duister in geslingerd. Renies angstkreten werden overstemd door een ontzettend gebulder.

Het rondtollen werd een voorwaartse beweging. Het geraas nam toe en Renie verloor enkele ogenblikken het bewustzijn, maar merkte er tot haar geluk niets van. Ze kwam weer enigszins bij haar positieven toen ze het toestel vaart voelde minderen. De machine trilde, er klonk een zwaar schurend geluid en ze sloegen een paar keer over de kop tot hun val met een doffe klap werd gebroken.

Alles was donker en koud om haar heen. Ze kon geruime tijd geen woord uitbrengen.

'Renie?'

'Ja... Hier...' Ze ging moeizaam rechtop zitten. Ze zag geen ander licht dan het zwakke twinkelen van sterren. Het vliegtuig leek van vorm te zijn veranderd, maar ze kreeg de tijd niet daarover na te denken. Ze voelde iets hard tegen haar lichaam drukken en haar benen werden steeds kouder. 'We liggen in het water!' riep ze.

'Ik ben hier, bij Cullen. Help me.' Ze voelde de ranke vingers van de baviaan in het donker en kroop naar hem toe. Samen trokken ze de gewonde man over de scheefgezakte vloer naar de deuropening en de uitgestrekte nachtelijke hemel. Het water reikte tot hun heupen en kwam steeds hoger.

Renie sleepte zichzelf door de verwrongen opening, waarna ze zich omdraaide en Cullen met beide handen stevig beetpakte voordat ze hem naar buiten trok. De lucht leek elektrisch geladen te zijn, als bij onweer, hoewel er geen wolken aan de zwarte hemel te zien waren. Ze stond tot haar middel in het water en ze moest zich schrap zetten om niet door de stroom te worden meegetrokken terwijl !Xabbu naar buiten klauterde, maar de rivier was verrassend ondiep. Blijkbaar waren ze op de rand van een zandbank of iets dergelijks neergestort. In elk geval konden ze door het water helemaal naar de donkere oever waden. Struikelend trokken ze Cullen aan land en lieten zich uitgeput op de grond zakken.

Renie keek op toen ze een scherp gekraak hoorde. Het toestel stak als een vormloze omtrek uit het water, door de stroom heen en weer geschud met een knisperend geluid alsof het grotendeels van hout was gemaakt. Even later gleed het van de bank af en zakte weg in de rivier.

'Weg,' zei Renie zachtjes. Ze begon te rillen. 'Ons vliegtuig is net gezonken.'

'Maar we zijn nu ergens anders,' merkte !Xabbu op. 'Kijk maar, de grote bomen zijn er niet meer. Dit is een gewone rivier.'

'De anderen!' riep Renie plotseling uit. 'Hallo? Hallo! Orlando? Zijn jullie daar?'

Het land langs de rivier was vlak en verlaten en ze kreeg geen antwoord. Alleen het gekabbel van het water was te horen, terwijl een eenzame krekel juist op dit moment gewacht scheen te hebben om zijn tweetonige lied aan te heffen.

Renie en !Xabbu begonnen weer te roepen, maar de enige reactie kwam van Cullen, die op de oever onrustig bewoog en in zichzelf praatte. Ze hielpen hem te gaan zitten, maar hij gaf geen antwoord op hun vragen. In het donker was moeilijk te zien of hij helemaal bij bewustzijn was.

'We moeten hulp voor hem vinden,' zei Renie. 'Misschien gelden er in deze simulatie andere regels en kan hij nu wel van het net af.' Maar erg hoopvol klonk ze niet en ze zei het voornamelijk om de moed erin te houden. Samen met !Xabbu hees ze Cullen overeind, waarna ze de oever beklommen. Op de rand gekomen zagen ze een open veld en in de verte, tot grote opluchting van Renie, een hele reeks oranje lichten.

'Een stad! Misschien zijn Orlando en de anderen daarheen gegaan. Misschien wisten ze niet dat wij bij ze waren.' Ze sloeg een arm om Cullen heen om hem te steunen terwijl !Xabbu vooropging in de richting van de lichten, moeizaam een weg zoekend door het dichte gewas waarmee het veld was begroeid. Hij bleef even staan om het beter te bekijken.

'Kijk, dit is maïs.' Hij hield een stengel vlak voor haar gezicht. 'Maar alle planten zijn vertrapt, alsof er een olifant of een kudde antilopen langs is gekomen.'

'Misschien is dat echt gebeurd,' zei Renie klappertandend. 'Eerlijk gezegd zou ik alles prima vinden, zolang het maar geen reuzeninsecten zijn.' Ze keek om zich heen. De vlakke akkers strekten zich naar alle kanten in het donker uit. 'Ik zou alleen wel graag willen weten waar we zijn.'

!Xabbu was weer blijven staan, twintig meter voor de anderen uit. 'Er is nog meer platgetrapt behalve de maïs,' zei hij. 'Het hele hek is omgevallen, kijk.'

Renie haalde hem in en liet Cullen voorzichtig op de grond zakken. De entomoloog bleef zwijgend zitten, licht zwaaiend met zijn bovenlichaam. Dwars over de geknakte maïsplanten, als een gescheurd lint, lag een zwaar metalen hek van ongeveer vier meter hoogte. 'We hoeven in elk geval niet naar de uitgang te zoeken.' Renie boog zich over een rechthoekig metalen bord dat met een kromgeslagen bout aan het hek was bevestigd. Ze wrikte het los en hield het omhoog in het licht van de maan die boven de vlakte stond.

'ONBEVOEGDEN WACHT DE DOODSTRAF' verkondigde het bord met grote zwarte letters. Daaronder stond, kleiner geschreven: 'OP BEVEL VAN ZIJNE WIJZE MAJESTEIT, DE ENIGE KONING VAN KANSAS.'

'Het is jouw beurt,' zei Long Joseph. Hij keek met schichtige ogen over een schouder van Jeremiah. 'Er is geen probleem met de tekens.'

Jeremiah Dako legde zijn boek neer. 'Tekens?'

'Met de meters, of hoe je die dingen noemt. De hartslag is de ene keer sneller dan de andere, verder is alles hetzelfde. Ik word gek als ik nog langer naar die dingen moet kijken.'

Long Joseph Sulaweyo had nog maar zes uur de wacht gehouden toen hij Jeremiah kwam halen. Jeremiah controleerde de monitoren die lichaamstemperatuur, ademhaling, afvalstoffen, water en voedsel regelden en zag dat er inderdaad geen verandering was opgetreden. Renies vader begon over de galerij heen en weer te lopen en wierp af en toe een blik naar de geruisloze VR-tanks. Zijn voetstappen weergalmden droog door de holle ruimte.

Toen Long Joseph voor de tiende keer passeerde, deed Jeremiah zijn koptelefoon af en sloeg met een vuist op het paneel. 'Lieve god, man, zou je alsjeblieft ergens anders willen gaan ijsberen? Eerst hou je me met dat heen en weer geloop uit mijn slaap en nu haal je me ook nog uit mijn concentratie. Geloof me, als er hier iets te drinken was zou ik de eerste zijn om het voor je te halen.'

Long Joseph draaide zich om, maar niet zo fel als anders. Ook zijn gesnauw was lang niet meer zo heftig. 'Wat krijgen we nou, loop je me overal achterna? Kijk je soms naar me als ik lig te slapen? Denk erom dat je niks probeert, want je krijgt met de riem.'

Jeremiah kon erom glimlachen. 'Waarom denken jullie toch dat elke homoseksueel iets met jullie wil? Ik zweer het, oude man, jij bent mijn type niet.'

Joseph keek hem dreigend aan. 'Dat is dan reuze jammer voor je, want verder is hier niemand.'

Jeremiah lachte. 'Ik laat het je wel weten als ik iets voor je begin te voelen.'

'Mankeert er soms iets aan me?' vroeg Joseph op een toon alsof hij zich beledigd voelde. 'Of val je misschien alleen op van die watjes en op schandknapen?'

'Ach, Joseph...' Jeremiah schudde zijn hoofd. 'Ga liever wat doen of pak een boek. Veel keus is er niet, maar er is best wat boeiends bij.'

'Een boek lezen? Dat is net als een bord mieliepap, de eerste hap is vies en die smaakt nog het beste.' Joseph zuchtte diep, ontsteld door de gedachte aan lezen. 'Goddank hebben we het net nog. Zonder net zou ik mezelf meteen van kant maken.'

'Daar moet je niet zoveel naar kijken. We mogen alleen stroom gebruiken als het echt nodig is. Martine zei dat het anders opvalt dat er hier iemand is.'

'Wat klets je nou?' Long Joseph begon weer aardig op temperatuur te komen. 'We hebben die... die grote tanks aangezet en al die andere rotzooi.' Hij gebaarde geprikkeld naar de met kabels behangen sarcofagen, naar de computers en monitoren en ook naar Jeremiah zelf. 'En jij zit te zeiken omdat ik af en toe het net opga?'

'Nou, misschien heb je gelijk.' Jeremiah zette de koptelefoon weer op. 'Doe maar wat je wilt, zolang je mij rustig laat werken.'

Een minuut later gleed de smalle schaduw van Long Joseph weer over hem heen. Jeremiah wachtte gelaten af, maar toen de ander niets zei schoof hij de koptelefoon van zijn oren. Ze hadden trouwens toch al in geen dagen iets van Renie of !Xabbu gehoord. 'Wat is er? Wil je misschien weten welke boeken ik aanbeveel?'

Long Joseph fronste zijn voorhoofd. 'Nee.' Hij keek Jeremiah niet aan: zijn blik schoot heen en weer alsof hij een onrustig fladderende vogel volgde.

'Wat dan?'

'Ik weet het niet.' Long Joseph legde zijn handen op de balustrade en keek naar de zoldering, vier verdiepingen hoger. Zijn stem kreeg een schrille klank. 'Ik ben alleen... Ik weet het niet, man, ik geloof dat ik gek ga worden.'

Jeremiah legde langzaam de koptelefoon neer. 'Waarom dan?'

'Ik... ik weet het niet. Ik moet steeds maar aan Renie denken en aan mijn zoon. Ik kan helemaal niets voor ze doen, alleen maar wachten tot dit idiote gedoe voorbij is.'

'Het is niet idioot wat ze doen. Je dochter probeert Stephen te helpen. Of dacht je dat doctor Van Bleeck voor niets is vermoord? Het is geen spelletje.'

'Je hoeft niet kwaad te worden, ik wilde je niet...' Voor het eerst keek Long Joseph hem aan. Zijn ogen waren rood omrand. 'Ik zít hier alleen maar, dag in dag uit. Er is geen zon, er is geen lucht.' Hij legde een hand op zijn keel. 'Ik kan amper ademhalen. En als Stephen me nu eens nodig heeft? Ik kan hier niets voor hem doen.'

Jeremiah zuchtte. Hij had deze litanie al vaker aangehoord, hoewel Long Joseph er slechter aan toe leek te zijn dan anders. 'Je weet dat dit het beste is wat je voor Renie en Stephen kunt doen. Dacht je dat ik me geen zorgen maakte? Mijn moeder weet niet waar ik zit, ze heeft me twee weken niet gezien en ik ben haar enige kind. Maar we moeten dit doen, Joseph.'

Long Joseph wendde zich weer af. 'Ik droom van hem, weet je. Het zijn heel vreemde dromen. Hij ligt in het water en is bezig te verdrinken, maar ik kan niet bij hem komen. Of hij stapt in de lift om naar boven te gaan, ik kan niet eens zijn gezicht zien. Er lopen mensen in de weg en ik kan hem niet inhalen.' Hij spreidde zijn brede handen en greep de leuning beet. Zijn knokkels verhieven zich als kleine heuvels. 'Altijd gaat hij bij me vandaan. Ik geloof dat hij doodgaat.'

Jeremiah wist niet wat hij moest zeggen.

Long Joseph haalde zijn neus op en ging rechtop staan. 'Ik wilde alleen maar drinken om nergens aan hoeven te denken. Niet aan hem, niet aan zijn moeder die half verbrand was en niet eens meer kon huilen, ze maakte alleen maar dat vreemde geluidje: *hoe, hoe...*' Hij wreef driftig over een oog. 'Daar wil ik niet meer aan denken, het is genoeg geweest. Daarom wil ik drinken, dat is beter dan mezelf verhangen.'

Jeremiah hield zijn blik strak op het instrumentenpaneel gericht, alsof hij bang was dat hij alles zou bederven als hij de ander aankeek. Ten slotte draaide Long Joseph zich om en liep weg. Jeremiah hoorde zijn voetstappen in de galerij, traag als een ouderwetse klok die het uur slaat, gevolgd door een gesis en een zachte plof toen de liftdeur achter Joseph dichtgleed.

'Er komt iemand aan, Renie.' !Xabbu raakte haar hand aan. 'Het zijn meerdere mensen. Ik hoor vrouwen praten.'

Renie bleef met ingehouden adem staan, maar het enige dat haar oordopjes doorgaven was de wind die door de geknakte maïsstengels ritselde. Cullen deed hetzelfde, wankelend op zijn benen, even willoos als een elektronische pop zonder afstandsbediening.

'We weten niet wat voor mensen het zijn,' fluisterde ze. 'We weten alleen dat dit Kansas moet voorstellen of een groter deel van de Verenigde Staten.' Ze vroeg zich af of ze misschien opnieuw in het Amerika van Atasco waren beland. Zou dat gunstig of ongunstig zijn? Het zou prettig zijn om op bekend terrein te komen, hoewel de Graalbeweging elke virtuele steen zou omkeren om de groep te vinden die uit Temilún was weggevlucht.

Bijna een minuut later hoorde ze pas wat !Xabbu had opgevangen: het geluid van naderende stemmen en van talrijke voeten die door het vernielde gewas kwamen aanlopen.

'Verberg je,' fluisterde Renie. Ze trok Cullen omlaag tussen het woud van stengels en !Xabbu hielp haar de entomoloog op zijn buik te leggen. Ze hoopte maar dat de gewonde het benul had om zijn mond te houden.

De geluiden kwamen dichterbij. Het was een heel gezelschap dat hen passeerde, misschien wel op weg naar het omgevallen hek. Renie spitste haar oren, maar de gesprekken leken voornamelijk te gaan over de smaak van puddinkjes met stroop. Een paar keer hoorde ze de naam 'Emily' vallen.

Vlakbij klonk een heel zwak geruis. Tot haar schrik zag ze dat !Xabbu was verdwenen. Ze kon slechts zo stil mogelijk blijven liggen terwijl de onzichtbare groep op een paar meter afstand voorbijtrok. Ze had haar hand op de rug van Cullen gelegd en besefte zelf niet dat ze er zachtjes over wreef, zoals ze zo vaak bij de kleine Stephen had gedaan als hij getroost moest worden.

Op ongeveer twintig meter afstand hield de groep halt. Op hetzelfde moment keerde !Xabbu terug, zo onverhoeds tussen de stengels opduikend dat Renie het bijna uitgilde.

'Een stuk of tien vrouwen zijn bezig het hek te repareren,' zei hij zachtjes. 'Er is ook een mechanische man bij, heel vreemd, die zegt wat ze moeten doen. Ik denk dat ze nog een hele tijd bezig zullen zijn, want het is een groot hek en het zal moeite kosten om het overeind te krijgen.'

Renie keek hem verwonderd aan. 'Een mechanische man? Bedoel je een robot?'

!Xabbu haalde zijn schouders op. 'Nou, hij ziet er niet uit als T4b of zo. Ik weet niet goed hoe ik het moet uitleggen.'

Renie gaf het op. 'Nou ja, laat maar zitten. Denk je dat we...'

!Xabbu stak snel zijn kleine hand uit en legde een vinger tegen haar lippen. In het licht van de maan zag ze weinig meer dan zijn silhouet, verstrakt in een gealarmeerde en oplettende houding. Even later hoorde ze iemand naderen, iemand die weinig omzichtig over het maïsveld kwam aanlopen.

Renie voelde haar hart angstig bonzen, ook al was er nog geen reden om aan te nemen dat de bewoners van deze simwereld vijandig waren. Een magere gestalte verscheen op een kleine open plek, slechts van hen gescheiden door een enkele rij gebogen planten. In het maanlicht zagen ze een heel jong blank meisje met grote donkere ogen en kort, sprietig haar. Ze droeg een boerenkleed van ruwe stof.

Terwijl Renie en !Xabbu toekeken ging het meisje op haar hurken zitten, tilde de zoom van haar kleed op en begon te plassen. Daarbij neuriede ze een deuntje. Het meisje overtuigde zich ervan dat de urine niet over haar schoenen kon lopen, voelde al neuriënd in de zak van haar schort en haalde er iets uit. Ze hield het voorwerp, dat niet groter was dan een druif, in het licht van de maan en bestudeerde het aandachtig, alsof het een ritueel was dat ze voor de honderdste of misschien wel voor de duizendste keer uitvoerde.

Renie zag de facetten flonkeren in de zachte glans van de maan. Haar adem stokte onwillekeurig. Het meisje schrok van het zachte geluid. Ze stopte het kleine gouden juweel weg en keek snel om zich heen. 'Wie is daar?' Ze stond op, maar ze maakte geen aanstalten om weg te lopen. 'Ben jij dat, Emily?'

Renie hield haar adem in om erger te voorkomen, maar het meisje leek eerder nieuwsgierig dan bang. Blijkbaar had ze tussen de omringende planten iets opgemerkt, want ze kwam naar de plek waar ze lagen, even behoedzaam als een kat die iets nieuws in huis heeft ontdekt, stak ineens haar hand uit en duwde de stengels opzij. Het meisje slaakte een verraste uitroep en sprong naar achteren toen ze Renie en de anderen zag.

'Niet bang zijn!' zei Renie snel. Ze ging op haar knieën zitten en stak haar handen naar voren in een gebaar van verzoening. 'We zullen je niets doen. We zijn hier vreemd, maar we hebben geen kwaad in de zin.'

Het meisje bleef aarzelend staan, gereed om op de vlucht te slaan maar niet in staat haar nieuwsgierigheid te bedwingen. 'Waarom... waarom heb je dát bij je?' vroeg ze, met haar kin naar !Xabbu wijzend. 'Komt hij uit het Bos?'

Renie wist niet goed wat ze moest zeggen. 'Hij... hij hoort bij me. Hij is erg lief.' Het meisje maakte helemaal geen vijandige indruk, daarom besloot Renie het erop te wagen. 'Ik weet niet welk bos je bedoelt, ik zei al dat we hier vreemd zijn.' Ze wees naar Cullen, die nog steeds languit op de grond lag en niet leek te beseffen wat er om hem heen gebeurde. 'Onze vriend is gewond. Kun jij ons misschien helpen? We willen je geen last bezorgen.'

Het meisje staarde even naar Cullen voordat ze antwoord gaf, af en toe een bezorgde blik op !Xabbu werpend. 'Wonen jullie hier dan niet? En jullie komen ook niet uit het Bos of van de Fabriek?' Ze schudde haar hoofd, alsof ze haar oren niet kon geloven. 'Nog meer vreemdelingen, dat is al de tweede keer tijdens Donkerkou.'

Renie spreidde haar armen. 'Ik begrijp niet waar je het over hebt. We komen in elk geval van heel ver. Kun jij ons helpen?'

Het meisje wilde iets zeggen, maar ze hield haar hoofd schuin toen er in de verte roepende stemmen klonken. 'Ze zoeken me.' Ze fronste peinzend haar voorhoofd. 'Loop maar achter ons aan, maar pas op dat niemand je ziet. Jullie zijn mijn geheim.' De steelse uitdrukking op haar gezicht maakte haar nog jonger, alsof ze nog een kind was. 'Jullie kunnen aan de rand van het veld wachten tot ik je kom halen.' Ze deed een stap naar achteren en wierp nog een opgetogen blik naar de nieuwkomers. 'Nog meer vreemden! Ik kom jullie zeker halen!'

'Hoe heet je?' vroeg Renie.

'Emily, natuurlijk.' De jonge vrouw maakte een enigszins spottende buiging, waarna ze ondeugend en weer zo opgetogen lachte.

'Ik hoorde je daarnet iemand roepen.' Het geluid van de stemmen werd luider en Renie trok zich terug in de schaduw. 'Heet je vriendin dan ook Emily?' fluisterde ze.

'Ja, vanzelf.' Het meisje keek haar verward aan voordat ze zich omdraaide. 'Gekkie, iedereen heet toch zeker Emily?'

Ze hoefden niet lang te wachten aan de rand van het maïsveld. Renie kreeg nauwelijks de gelegenheid om de enorme graansilo's en de barakken in zich op te nemen, gebouwen die haar deden denken aan de *townships* bij de industrieterreinen van Johannesburg. Ze keek net bezorgd naar Cullen toen de ranke gestalte van Emily over het open veld kwam aangeslopen.

Op hetzelfde moment keerde !Xabbu bij haar terug na een korte verkenningstocht, maar het meisje begon opgewonden te praten zodra ze hen zag en hij kreeg de kans niet te vertellen wat hij had ontdekt.

'Ik wist wel dat er vandaag iets bijzonders zou gebeuren, ik wist het! Kom, dan gaan we. We hebben namelijk twee dagen achter elkaar strooppudding gehad en het was niet eens kersttijd, want dat is al een tijdje terug. In Donkerkou rekenen we natuurlijk altijd tot kersttijd, maar ik weet niet hoeveel dagen dat geleden is.' Het meisje ging hen voor naar een soort parkeerplaats, waar allerlei tractors en andere werktuigen stonden. Ze gunde zich nauwelijks de tijd om adem te halen. 'En nu kregen we alweer pudding! De blijmuziek ging niet van falalala, daardoor wist ik dat het niet weer kersttijd was, trouwens, dat zou veel te snel zijn geweest. En toen kwam die intocht ineens, een heel vervelende, en ik dacht dat er vandaag misschien weer zoiets zou gaan gebeuren, maar nu zijn jullie het! Stel je voor!'

Renie kon er geen touw aan vastknopen, maar ze begreep dat het meisje heel wat te vertellen had. 'Hoe kom je aan dat... aan dat kleine juweel?'

Emily draaide haar hoofd om en keek haar argwanend aan, maar die achterdocht verdween razendsnel en ze kwam blijkbaar tot de conclusie dat ze de vreemdelingen kon vertrouwen. 'Ja, vind je hem niet mooi? Die heb ik van hem gekregen. Hij was die andere verrassing, de eerste. Jullie zijn de tweede. En dan ook nog twee keer strooppudding!'

'Wie... wie was dat dan?'

'Die andere vreemde, gekkie. Dat zei ik toch? De vreemde henry.'

'O, heet hij Henry?'

Hun gids zuchtte theatraal, alsof ze al die vragen te stom voor woorden vond. 'Ze heten toch allemaal Henry?'

Na een tijdje vernamen ze dat het meisje Emily 22813 was. Alle vrouwen die hier woonden en werkten heetten Emily... met of zonder hoofdletter, alsof het een andere benaming voor 'vrouw' was. En zo werden alle mannen Henry genoemd. Emily 22813 en haar collega's – aan de woonbarakken te zien moesten het er honderden zijn – werkten overdag op de akkers en velden waarop bonen, maïs en tomaten werden verbouwd.

'Dat moet van de koning,' antwoordde ze slechts op een vraag van Renie, die de indruk kreeg dat er hier een soort slavenarbeid werd verricht.

Als ze het goed begreep werd de boerderij zelf Em Rell genoemd, een naam die kennelijk was afgeleid van die van de vrouwen. Ze kon verder geen overeenkomsten ontdekken met de Verenigde Staten in het algemeen of met Kansas, waarvan ze alleen wist dat het een stad in een landbouwgebied was.

Em Rell maakte een merkwaardig uitgestorven indruk. Er waren geen andere vrouwen of opzichters te zien bij de tractors en de her en der opgestapelde lege kratten. Renie en haar metgezellen liepen ongehinderd over het erf, dat verlicht werd door de oranje lampen die in grote aantallen aan palen en draden waren opgehangen. Emily bracht hen naar een enorme schuur die nog veel groter was dan het opvangcentrum in Durban waar Renie na de brand had gezeten. Het leek wel een vliegtuighangar, maar dan omgeven door opwaaiend kaf en stof. 'Hier kunnen jullie slapen.' Emily wees naar de ijzeren trap tegen de buitenmuur. 'Op de zolder, daar komt nooit iemand.'

!Xabbu klauterde omhoog, stak zijn hoofd door de deuropening en kwam snel weer naar beneden. 'Er liggen allemaal werktuigen,' zei hij. 'Het is een goede schuilplaats.'

Geholpen door Emily brachten ze de bijna omvallende Cullen naar boven. 'Ik moet nu weg,' zei Emily bij de brede opening. 'We mogen uitslapen vanwege het hek, dus ik hoop dat ik jullie morgenochtend kan komen opzoeken. Tot ziens, vreemdelingen!'

Renie keek de slanke gestalte na, die met snelle passen de treden af danste en in de schaduw van een van de lange, lage barakken verdween. Een zijdeur ging open en meteen weer dicht. Even later zag ze achter de barakken een vreemde, bijna ronde gestalte opdoemen. Renie trok zich haastig terug in de deuropening, uit het licht van de maan, en zag de figuur langs de schuur hobbelen. Er klonk een zacht ratelend geluid en Renie meende een paar flauw glanzende ogen te zien voordat de gedaante om een hoek uit het zicht verdween.

De zolder lag slechts boven een klein deel van de schuur, maar was toch langer dan de straat in Pinetown waar Renie woonde en bood tal van verborgen plekjes om te slapen. Ze kozen een beschut hoekje, niet ver van de ingang en de trap. !Xabbu vond een stel grote jutezakken, volgepropt met stevige schorten, die Cullen als matras konden dienen. Hij maakte er een paar leeg en legde ze achter de kisten die tussen hun schuilplaats en de ingang stonden. De jonge entomoloog deed zijn ogen niet eens open toen ze hem erheen sleepten. De anderen maakten het zich zo gemakkelijk mogelijk op enkele andere zakken. Renie had heel graag met !Xabbu over alle gebeurtenissen van die dag gepraat, maar haar oogleden waren zwaar en ze gaf zich snel over aan de slaap.

Emily hield zich aan haar woord en kwam de volgende ochtend naar hen kijken, vroeger dan Renie lief was. Terwijl ze naar het opgewekte gebabbel van de jonge vrouw luisterde, drong de volle betekenis van het gezegde 'ergens alles voor overhebben' tot haar door: ze zou werkelijk alles overhebben voor een kop behoorlijke koffie en een sigaret.

Ze had Jeremiah moeten vragen af en toe cafeïne aan het infuus toe te voegen, dacht ze wrang. *Nou ja, volgende keer dan maar...*

Emily had uit de kantine van de arbeidsters wel iets meegesmokkeld, maar die 'ontbijtdrank', zoals ze het noemde, was zeer beslist geen koffie. Het brouwsel smaakte naar chemicaliën en was ongeveer even vies als ongezoete hoestsiroop. Renie nam een klein slokje en gaf de beker haastig terug toen ze voelde dat haar hart als een razende begon te bonken. Emily had het in elk geval goed bedoeld, bedacht ze.

Nadat het meisje in geuren en kleuren had opgehaald hoe ze hen de vorige avond had gevonden en gered, even kinderlijk en geestdriftig alsof het helemaal niet over Renie en !Xabbu zelf ging, vertelde ze dat ze vandaag vroeger klaar met haar werk zou zijn voor een bezoek aan 'dokter Henry' en dat ze zou proberen dan weer langs te komen. Renie kreeg uit haar korte beschrijving van de behandeling de indruk dat de dokter een soort veearts was. Buiten klonk uit luidsprekers wat Emily blijkbaar onder 'blijmuziek' verstond, een soort schurende en krassende hoempapa. Renie voelde er weinig voor de hele dag op de zolder opgesloten te zitten en naar die herrie te moeten luisteren. Ze vroeg het meisje naar wat er verder in de omgeving te vinden was, maar Emily had een beperkte woordenschat en een beperkte belangstelling zodat ze maar weinig te weten kwam.

'We weten niet eens of Orlando en de anderen hier ook zijn,' zei Renie geërgerd, nadat de jonge vrouw was weggegaan. 'We weten helemaal niets, we tasten in het duister rond als een stel blinden.' De beeldspraak deed haar aan Martine denken, met zo'n verrassend scherp gevoel van gemis – per slot van rekening kende ze de Française nauwelijks – dat het begin van !Xabbu's antwoord haar ontging.

'... naar die Jonas zoeken. En we mogen aannemen dat Sellars ons weer zal vinden, ik weet zeker dat hij heel slim is.'

'Akkoord, maar wat wil hij nu eigenlijk? Hij doet wel erg veel moeite, alleen om de wereld te redden.'

!Xabbu keek haar een ogenblik verwonderd aan, tot hij begreep dat ze het sarcastisch bedoelde. Hij glimlachte. 'Zouden alle stadsmensen er zo over denken, Renie? Dat iemand alleen maar iets doet als hij of zij er zelf beter van wordt?'

'Nee, natuurlijk niet. Maar het is allemaal zo vreemd, zo ingewikkeld. Het lijkt me niet verstandig om wie dan ook op zijn woord te geloven.'

'Dat is waar, maar misschien kent Sellars ook iemand die door het werk van de Graalbeweging ziek is geworden. Geen van onze vrienden heeft precies verteld waarom hij hier is.'

'Behalve jij en ik.' Ze haalde diep adem. 'Hoewel, van jou weet ik het niet eens zeker. Ik ben hier vanwege mijn broertje, maar eigenlijk ken jij Stephen helemaal niet.' Ze besefte dat het net klonk alsof ze zijn beweegredenen in twijfel trok. 'Je hebt veel meer voor me gedaan dan ik van een vriend zou mogen verwachten, !Xabbu. Ik ben je erg dankbaar. Het spijt me dat ik vandaag zo'n rotbui heb.'

Hij haalde sierlijk zijn schouders op. 'Ik geloof niet dat er hekken rond vriendschap staan.'

Er viel een stilte. !Xabbu draaide zich na een tijdje om naar Cullen, die al die tijd nog geen teken van leven had gegeven. Renie ging naar de deuropening om zwijgend verder te piekeren.

Ze schoof een paar kisten voor de ingang, zodat ze naar buiten kon kijken zonder zelf gezien te worden, en ging zitten met haar kin op haar handen. Beneden was het grote boerenbedrijf tot leven gekomen. De blijmuziek galmde uit de luidsprekers, zó vals dat je er nauwelijks bij kon nadenken. Renie vroeg zich af of dat laatste misschien precies de bedoeling van de muziek was. Er waren geen mannen te zien, behalve dan !Xabbu's vreemde 'mechanische mannen' die toezicht hielden op de groepen vrouwen die van tijd tot tijd over het erf liepen, voortsjokkend alsof ze werden geblucht. !Xabbu had gelijk, ze leken helemaal niet op de robots die het geautomatiseerde werk in fabrieken deden en evenmin op de blinkende vechtmachines uit de film. Ze deden haar denken aan de duikelaartjes van twee eeuwen geleden, plompe metalen poppetjes die je met een sleutel kon opwinden, met een zwierig snorretje op het altijd verbaasde en altijd infantiele gezicht.

De nieuwigheid van wat ze beneden haar zag, ging er snel van af. De volle witte zon klom hoger aan de hemel. Het begon onaangenaam warm te worden op de zolder en de buitenlucht werd even wazig en diffuus als een plas water. In de verte, dansend in de hete lucht, lag de stad waarvan ze de vorige avond de lichten had gezien. Ook al kon ze nauwelijks details onderscheiden, hij maakte een merkwaardig platte indruk, alsof een reus van de prairie hem had vertrapt, even achteloos als een jochie dat de koppen van een stel paardenbloemen afrukt. Toch was die stad het enige dat boven de horizon uitstak, in het bijzonder de schoorstenen en torens van wat een gigantische gasfabriek leek te zijn; verder was er alleen het vlakke land te zien, een lappendeken van geelgrijze aarde en groene velden zonder verticale aspecten. Renie vond het landschap net zo deprimerend als sommige eindeloze vlaktes in Zuid-Afrika.

Wat heb je aan al die duizelingwekkende technologische mogelijkheden als je er niets beters mee weet te verzinnen? Renie kreeg het gevoel alsof ze vanochtend alleen maar aan dingen kon denken waarvan ze nog meer in de put raakte.

Zou het verstandig zijn naar die stad te gaan, al zag hij er nog zo weinig aanlokkelijk uit? Hier op de plantage viel niet veel meer te ontdekken, Emily leek althans niet in staat iets van belang te vertellen. In die verre stad zouden ze ongetwijfeld meer aan de weet komen. Per slot van rekening waren ze op zoek naar hun reisgenoten en naar een zekere Paul Jonas; die zouden ze hier echt niet vinden, opgesloten op een zolder die sterk op een oven begon te lijken.

Ze keek somber naar het erf, verveeld en ongelukkig. Ze had geen zin meer in koffie: ze had zin in een koel glas bier. En ze zou een moord doen voor een sigaret...

De dag mocht dan saai en somber zijn begonnen, de middag had twee verrassingen in petto.

De zon was het hoogste punt aan de hemel gepasseerd en de lucht was bijna te heet geworden om in te ademen, toen Cullen stierf.

Althans, daar had het alle schijn van. !Xabbu riep haar toen ze nog bij de deuropening zat, met een stem die eerder verward dan ongerust klonk. De entomoloog had de hele ochtend nauwelijks een teken van leven gegeven, slechts af en toe opschrikkend uit zijn slaap, maar zijn sim lag nu roerloos op de jutezakken, met opgetrokken armen en benen, even onbeweeglijk als het uitwendige skelet van een spin.

'Hij is eindelijk van het net af,' zei Renie toonloos. Ze wist zelf niet of ze dat geloofde nu ze naar de verontrustend roerloze sim keek: door de onnatuurlijk gebogen houding zag het lichaam eruit als een egel die was overreden en aan de kant van de weg lag uit te drogen. Na een vruchteloos onderzoek legde ze de sim terug in de positie waarin die voor het laatst door de echte Cullen was gebruikt.

!Xabbu schudde zijn hoofd, maar hij zei niets. Het verlies van Cullen leek hem veel meer te raken dan Renie en hij liet zijn apenhand geruime tijd op de borst van de entomoloog liggen terwijl hij zachtjes een lied zong.

Nou goed, we weten het niet, dacht Renie bij zichzelf. *We weten het niet zeker. Misschien zit hij thuis met een lekker koel drankje te denken aan alles wat hij heeft beleefd.* In sommige opzichten verschilde het eigenlijk niet zoveel van het echte leven. Waar moesten nabestaanden zich anders aan vastklampen dan aan hun geloof, hetzij in wederopstanding, hetzij in het definitieve einde?

Of hebben we alleen maar naar de sim van Cullen gekeken terwijl zijn echte lichaam wegkwijnde van honger en dorst? Had hij niet zelf gezegd dat er vroeg of laat iemand in het lab naar hem zou komen kijken?

Ze kon dergelijke gedachten op het ogenblik niet verdragen. Sterker nog, het viel haar steeds moeilijker zich waar dan ook op te concentreren. Afgezien van de drukkende warmte leek er nog iets anders in de trillende lucht te hangen, de geur van een kolkende, kokende zee.

Renie ging naar de deuropening, de stil treurende !Xabbu achterlatend bij de sim van Cullen. Op hetzelfde moment gleed een schaduw over de opening alsof iemand een gordijn voor de zon dichttrok. De schraalblauwe hemel werd ineens een paar tinten donkerder. Het stof dwarrelde in de opstekende wind over het erf.

De groep emily's op de binnenplaats bleef abrupt staan en keek met open mond naar boven, ondanks het vermanende geklik en geratel van de opzichters. Renie voelde een grote afkeer opkomen toen ze de passieve, naar boven gekeerde gezichten van de vrouwen zag. Ze moest zichzelf eraan herinneren dat deze vrouwen slavenarbeidsters waren, even machteloos als haar eigen voorouders waren geweest. Ze waren niet verantwoordelijk voor hun eigen lot.

'Intocht!' riep een van de vrouwen plotseling en begon naar de barakken te rennen alsof ze zich ergens voor in veiligheid wilde stellen. Minstens de helft van de anderen volgde haar voorbeeld en de stoet viel uit elkaar. De vrouwen holden gillend weg en liepen elkaar in hun paniekerige vlucht bijna omver. Renie keek verbaasd naar de lucht.

De hemel was opeens donkerder geworden en angstwekkend actief.

Uit het niets was een massa onweerswolken verschenen, bijna recht boven de boerderij. In het midden daarvan begon een reusachtige zwarte wolkenband te kronkelen. Terwijl Renie er met open mond naar keek, schoot de koker als een losgelaten veer naar beneden tot hij bijna het dak van een van de silo's raakte. De wind wakkerde snel aan. De kleren die aan lange lijnen hingen te drogen, begonnen heftig te klapperen met het geluid van geweerschoten. Sommige kledingstukken werden van de lijn gerukt en vlogen weg, meegevoerd door de onzichtbare hand van een reus. Binnen enkele seconden werd het geruis van de wind een gebrul dat pijn deed aan Renies oren, die klikten door de verandering van de luchtdruk. Het daglicht kreeg een vaalgroene tint. De wind gierde over het erf en voerde een horizontale storm van kaf met zich mee.

'Renie!' riep !Xabbu achter haar, verrast en angstig, nauwelijks verstaanbaar in het aanzwellende gedaver. 'Wat gebeurt er?'

Bliksemschichten werden zichtbaar in de donkere wolkenmassa. De zwarte slurf kwam weer kronkelend naar beneden, een grillige dans tussen aarde en wolken, een dans van extase of pijn. Plotseling kwam Renie op het woord waar ze een halve minuut naar had gezocht.

Een tornado.

De koker wervelde nogmaals en sloeg toen neer, uitgestoken als de donkere vinger van God, en een van de silo's ontplofte.

Renie sprong haastig weg van de opening toen een hagel van brokstukken kletterend tegen de zijkant van de schuur sloeg. Restanten van daktegels vlogen vlak langs haar hoofd tegen de kisten achter haar. Het bulderen van de wind was oorverdovend. Renie kroop naar achteren tot !Xabbu haar hand kon pakken. Hij riep iets naar haar, maar ze kon hem niet verstaan. Samen kropen ze verder over de zolder, op zoek naar een schuilplaats, maar het was of iets onzichtbaars hen naar de deuropening probeerde te trekken. De opgestapelde kratten begonnen te wankelen en schoven met horten en stoten in de richting van de deur. Buiten was de wervelende lucht pikzwart geworden. Een van de stapels viel om, waarna de kisten op de grond stuiterden en meteen door een onzichtbare macht werden opgetild en naar buiten werden getrokken.

'Naar beneden!' schreeuwde Renie in het oor van de baviaan.

Ze wist niet of !Xabbu haar had verstaan in het gieren van de wind, dat klonk alsof er tien straalvliegtuigen in de schuur stonden, maar hij trok haar mee in de richting van de trap. Nog meer kisten werden door de deuropening naar buiten gezogen. Af en toe bleven er een paar steken, waardoor de wind op de zolder ineens wegviel; als de kisten vervolgens door de opening in de gierende duisternis verdwenen nam hij weer toe en probeerde ook Renie en !Xabbu mee te sleuren.

Ze gleden hotsend de trap af, belaagd door graanzakken en dekkleden die als kwade spoken klapperden. Beneden was de wind iets minder hevig, maar de tractors en landbouwwerktuigen knetterden van de statische elektriciteit en de grote deuren van de schuur gingen heen en weer als blaasbalgen. De schuur stond te schudden op zijn grondvesten.

Renie kon zich achteraf niet herinneren hoe ze een schuilplaats hadden gevonden tussen de zware machines die als koeien bij een onweer stonden te trillen, verblind door het rondwervelende papier, jute en stof. Ze kropen in de ruimte onder de brug waarop tractors gerepareerd konden worden, een kuil waarvan de betonnen vloer was bedekt met olie. Ze drukten zich tegen de wand en luisterden naar het woedende getier van de ontzettende wervelstorm die alles deed om de grote schuur aan stukken te scheuren.

Er was een uur verstreken of misschien waren het maar tien minuten.

'Het begint minder te worden,' zei Renie, die merkte dat ze haar stem nog maar nauwelijks hoefde te verheffen. 'Ik geloof dat de storm wegtrekt.'

!Xabbu hield zijn hoofd schuin. 'Ik ken die geur nu. De volgende keer zal ik je op tijd waarschuwen zodat we een schuilplaats kunnen zoeken. Ik heb nog nooit zoiets meegemaakt.' De storm was afgenomen tot een harde wind. 'En het ging allemaal zo snel. Voor ik wist wat er aan de hand was, hing het onweer recht boven ons. Ik heb het weer nog nooit zo snel zien omslaan.'

'Je hebt gelijk.' Renie ging verzitten en strekte haar stijve rug. Ze begon nu pas te merken dat ze onder de blauwe plekken zat. 'Het was niet natuurlijk. Het ene moment was de lucht blauw en het volgende, wam!'

Ze bleven in de kuil zitten tot de wind helemaal niet meer te horen was. De schuur stond nog overeind, maar ook beneden was schade aangericht: de enorme dubbele deur hing scheef in zijn hengsels en door de rechthoekige opening was de nu weer blauwe hemel te zien. Een zware bulldozer vlak bij de brug lag als een speelgoedwagentje op z'n zij, andere voertuigen waren meters van hun plaats verschoven en de hele vloer was bezaaid met rommel.

Renie stond de schade verbaasd op te nemen toen een schaduw door de ingang naar binnen glipte.

'Daar zijn jullie!' riep Emily schril. Ze holde naar Renie toe en begon haar op haar armen en schouders te kloppen. 'Ik was zo bang!'

'We zaten...' begon Renie, maar Emily viel haar onmiddellijk in de rede.

'We moeten hier weg! Vluchten! Overtreding! Misdaad!' Ze pakte Renie bij de pols en begon haar mee te trekken naar de deur.

'Wat zeg je toch allemaal? !Xabbu!'

!Xabbu schoot haar te hulp en even ontstond er een merkwaardig getouwtrek tussen de baviaan en het meisje, met Renie als touw waaraan werd getrokken. Ten slotte staakte Emily haar pogingen en begon Renie weer te bekloppen, zenuwachtig van de ene voet op de andere springend. 'Maar we moeten weglopen!'

'Ben je gek? Het moet buiten een chaos zijn na die tornado. Hier zitten we veilig...'

'Nee, ze komen achter me aan!'

'Wie?'

Voordat Emily iets kon zeggen viel er een schaduw door de deuropening. De ene mechanische man na de andere kwam naar binnen gestampt, allemaal verrassend snel en zoemend als een zwerm bijen, tot er vijf of zes in een halve kring tegenover hen stonden.

'Zij,' antwoordde Emily ten overvloede. 'De tiktaks.'

Renie en !Xabbu dachten tegelijkertijd aan de trap naar de zolder, maar toen ze zich omdraaiden zagen ze dat ze waren ingesloten door mechanische mannen die door de zijdeur naar binnen waren gekomen. Renie keek om. De deuropening werd versperd door de laatst aangekomen duikelaar. Ontsnappen was onmogelijk.

Ze probeerde haar woede te bedwingen. Die stomme Emily had de bewakers rechtstreeks naar hen toe gebracht en nu zaten ze allemaal in de val. De mechanische mannen waren allemaal drie of vier keer zo zwaar als Renie zelf en bovendien waren ze ver in de meerderheid. Ze kon alleen maar hopen dat de gevolgen niet al te desastreus zouden zijn. Gelaten zag ze de zoemende figuren dichterbij komen. Een met schuimrubber afgezette klauw sloot zich om haar pols, verrassend zachtzinnig.

'*Clandestien lichaam*,' zei de bewaker met een stem als een antieke krakende plaatopname. De ogen van zwart glas waren nog leger dan die van de reuzensprinkhaan. '*Wilt u ons maar volgen*.'

De tiktaks voerden de drie gevangenen naar buiten, waar een middeleeuwse helleschildering tot leven leek te zijn gekomen. De lucht was opgeklaard en de zon straalde weer even fel als voorheen. In het schelle licht waren overal doden en gewonden te zien, voornamelijk vrouwen. Barakken waren geheel of gedeeltelijk ingestort en de slachtoffers lagen onder het puin. Daken waren losgerukt en als op hol geslagen gletsjers over het erf geslingerd, alles op hun weg tot pulp en stof vermalend.

Ook een aantal tiktaks was vernield. Een ervan leek van grote hoogte op de grond te zijn gevallen: de restanten lagen niet ver van de schuur over tien meter verspreid, een wirwar van gescheurde metalen platen en springveren. Een deel van het bovenlijf was nog intact; een arm hing op de grond en toen ze erlangs liepen, opende en sloot de hand zich met kleine rukjes, als de scharen van een stervende kreeft.

Renie veronderstelde wel dat de meeste, zo niet alle arbeidsters niets anders waren dan geanimeerde poppen, maar de enorme verwoesting had een deprimerende uitwerking op haar. Ze liet haar hoofd hangen en keek naar het gesjok van haar eigen voeten door het stof dat op het erf was neergedaald.

De tornado had het overslagstation en de rails ongemoeid gelaten, hoewel Renie een paar honderd meter verderop het spoor van vernieling kon zien. Samen met !Xabbu en Emily 22813 werd ze in een goederenwagon geladen. De groep tiktaks stapte eveneens in, wat Renie aan het denken zette. Door de wervelstorm waren er heel wat mechanische mannen uitgeschakeld en dat er toch zes als bewakers werden meegestuurd voor twee vreemdelingen – en voor Emily, maar Renie betwijfelde of het meisje werkelijk een grote rol speelde – betekende dat ze blijkbaar een ernstige overtreding hadden begaan.

Of misschien was alleen hun vreemde uiterlijk debet aan deze behandeling, dacht ze hoopvol. De mechanische mannen waren duidelijk niet begiftigd met een groot verstand en misschien was de hele organisatie in de war gestuurd door de verschijning van onbekenden in deze simulatie.

De trein vertrok rammelend en puffend van het perron. Renie en !Xabbu zaten op de houten lattenvloer van de wagon en wachtten op wat ging komen. Emily liep aanvankelijk handenwringend en snikkend rond onder de matte donkere blikken van de tiktaks, tot Renie haar eindelijk zover kreeg dat ze bij hen kwam zitten. Het aangeslagen meisje sloeg voornamelijk wartaal uit over de tornado, die grotendeels aan haar voorbij leek te zijn gegaan, en over haar medisch onderzoek waarin ze de oorzaak van haar problemen scheen te zien.

Ze zal bij het onderzoek wel iets over ons hebben gezegd, veronderstelde Renie. *De dokter is immers een 'henry', een mens, en daarom waarschijnlijk sneller van begrip dan die metalen krachtpatsers.*

De trein vervolgde ratelend zijn tocht. Het licht viel in stroken op de wanden van de gesloten wagon. Ondanks haar zorgen merkte Renie dat ze zat te knikkebollen. Ze keek naar !Xabbu, die iets merkwaardigs met zijn vingers zat te doen, iets waar ze in het begin helemaal niets van begreep. Pas toen ze na even ingedut te zijn opschrok en nog met haar ogen knipperde, begreep ze dat hij zonder touwtje draadfiguren zat te maken.

De reis duurde slechts iets meer dan een uur. De trein kwam tot stilstand en ze werden door de bewakers naar buiten geduwd. Ze bevonden zich op een drukker en veel groter emplacement, niet ver van de hoge gebouwen van de stad die Renie eerder had gezien. Nu zag ze ook waarom die zo'n vreemde indruk hadden gemaakt: van de hoogste gebouwen was de bovenkant verdwenen, de overgebleven stompen verschroeid en gekarteld door een nog veel erger natuurverschijnsel dan de tornado die zij en !Xabbu hadden meegemaakt.

De tiktaks brachten hen, nagestaard door in overall geklede henry-arbeiders, naar een open vrachtwagen. Die voerde hen niet naar het centrum van de getroffen stad, maar naar een omvangrijk gebouw van twee verdiepingen aan de rand dat helemaal uit beton leek te zijn opgetrokken. Via een laadplatform en een magazijn werden ze naar een brede goederenlift gebracht. Toen iedereen binnen was, zette de lift zich in beweging zonder dat iemand op een knop had gedrukt.

De lift daalde minutenlang en Renie begon het benauwd te krijgen van het zachte snorren van de tiktaks. Emily was bij hun aankomst weer in snikken uitgebarsten en Renie was bang dat ze het meisje de huid vol zou schelden als ze er nog veel langer mee doorging. !Xabbu leek het aan te voelen en stak zijn lange vingers uit om haar hand te pakken.

Eindelijk ging de deur open. Renie kreeg kippenvel toen ze in het stikdonker staarde, een ruimte die niet werd beschenen door de zwakke verlichting in de lift. Toen zij en de anderen zich niet verroerden, werden ze door de tiktaks met een duwtje in de rug aangespoord. Renie ging langzaam naar voren, met haar voet de grond aftastend, bang dat ze ineens aan de rand van een diepe kuil zou staan. Na ongeveer twintig passen veranderde het geluid van de tiktaks plotseling. Renie draaide zich geschrokken om. De mechanische mannen, ronde schaduwen met gloeiende ogen, trokken zich terug naar de lift. De deur gleed achter hen dicht en daarmee was ook het laatste zwakke licht verdwenen.

Emily begon nog harder te snikken, dicht bij het linkeroor van Renie.

'O, hou toch op!' snauwde Renie. '!Xabbu, waar ben je?'

Ze voelde zijn geruststellende aanraking weer en voor het eerst werd ze zich bewust van een vaag geluid op de achtergrond, een gelijkmatig geborrel. Op hetzelfde moment begon er in de donkere ruimte een licht te gloeien. Ze wilde iets zeggen, maar de woorden stokten in haar keel van verbazing.

Voor hen zat iemand in een grote stoel, tollend met zijn hoofd. Renie dacht even dat het een soort fraai bewerkte pausentroon was, maar dat was gezichtsbedrog: het groene licht rond de figuur werd sterker en ze zag dat de stoel volgehangen was met tal van slangen, zakjes, flessen, blaasbalgen en doorzichtige buisjes waar borrelende vloeistoffen doorheen liepen.

De meeste slangen en buisjes waren verbonden met de man in de stoel, die er echter weinig baat van leek te ondervinden. Het was eerder een ding dan een mens en afgezien van zijn misvormde hoofd kon hij zich nauwelijks bewegen. Langzaam draaide hij zijn hoofd over de neksteun naar hen toe. Een van de ogen in het maskerachtige gezicht staarde hen verrast aan, het andere had een even belangstellende als cynische uitdrukking. Zijn hoofdhaar was net een bos stro, waarvan de sprieten slap voor zijn bleke en slappe gezicht hingen.

'Dus jullie zijn de vreemdelingen.' Zijn stem klonk sopperig, alsof iemand met rubberlaarzen door de modder liep. Het ding haalde diep adem, geholpen door de klapperende en blazende balgen die zijn longen vulden. 'Het spijt me dat jullie hierin verzeild zijn geraakt.'

'Wie bent u?' vroeg Renie bars. 'Waarom heeft u ons ontvoerd? We zijn alleen maar...'

'Een sta-in-de-weg, vrees ik,' zei de figuur. 'Maar ik vergeet mijn manieren. Welkom in Smaragd, voorheen Nieuw-Smaragd. Mijn naam is Vogelschrik. Ik ben hier de koning, voor straf.' Hij maakte een vochtig geluid van afkeer. In het donker tussen zijn voeten zag Renie een kleine gedaante opduiken en een van de buizen verwisselen. Ze keek er onthutst en sprakeloos naar, tot ze besefte dat het niet !Xabbu was maar een aap met kleine vleugels. 'Maar nu moet ik me met dit ellendige jonge schepsel bezighouden.' De man in de stoel stak een bevende gehandschoende hand uit naar Emily. 'Zij heeft de ergste van alle lichaamsmisdrijven begaan en dat op zo'n uiterst ongelegen moment. Ik ben erg teleurgesteld in je, kind.'

Emily begon weer te snikken.

'Dus het was toch om haar te doen?' Renie probeerde er iets van te begrijpen. Een stad die Smaragd heette, koning Vogelschrik... De tovenaar van Oz, die oude film! 'En wat bent u dan met ons van plan?'

'O, ik ben bang dat ik jullie ter dood zal moeten brengen.' Het weke gezicht van Vogelschrik kreeg een quasi bedroefde uitdrukking. 'Dat is natuurlijk ellendig, maar ik kan niet hebben dat jullie hier vrij rondlopen en allerlei moeilijkheden veroorzaken. Jullie zijn namelijk midden in een oorlog beland.' Hij keek omlaag en tikte met een vinger tegen het gevleugelde aapje. 'Wiedje, wees eens een brave jongen en verwissel ook de filters, wil je?'

10

Kleine geesten

NETFEED/SPORT: *Tijger aan de lijn*
(*beeld: Castro tijdens training van de Tigers*)
COMMENTAAR: *Elbatross Castro is niet de eerste basketballer die als onderdeel van zijn miljoenencontract een implantaat heeft moeten nemen om de ploegleiding inzicht te verschaffen in waar hij zich op elk moment van de dag bevindt en zelfs wat hij eet, drinkt, rookt of inademt, maar hij is wel de eerste die wordt beschuldigd van geknoei met het apparaat. Hiermee is een ernstig juridisch probleem ontstaan voor de basketbalbond en voor Castro's team, de Baton Rouge GenFoods Bayou Tigers, de regerend kampioen van de North American Conference...*

Terwijl haar moeder naar de namaakvrouw zat te kijken, draaide Christabel zich om en hield haar gezicht vlak bij de spiegel. Met haar donkere bril op zag ze er een beetje uit als Hannah Mankiller, vond ze, de spionne uit *Inner Spies*. 'Repelsteeltje,' zei ze, zo luid als ze durfde. 'Repelsteeltje!'

'Christabel, wat sta je nu toch tegen die spiegel te mompelen? Ik versta er zo geen woord van.' Haar moeder keek haar aan terwijl de namaakvrouw bleef praten. Iemand anders liep dwars door de vrouw heen, waardoor die er heel gek uit kwam te zien, net alsof je jezelf in een plas water zag, maar ze bleef gewoon doorpraten.

'Niks.' Christabel trok een pruillip. Haar moeder deed hetzelfde en draaide haar hoofd weer om naar het hollegram.

'Ik hou er niet van als je hierbinnen dat ding op je neus zet,' zei mama over haar schouder. 'Die donkere bril. Je loopt nog eens ergens tegenaan.'

'Nee hoor.'

'O, dan niet.' Haar moeder nam haar bij de hand en liep verder de winkel in. 'Je zit zeker in zo'n moeilijke fase.'

Christabel wist niet wat een moeilijke fase was, misschien dat je tegen een spiegel praatte of binnen je sprookjesbril ophield. Meneer Sellars had gezegd dat haar ouders niet mochten weten wat er voor bijzonders aan die bril was. 'Het is niet moeilijk,' zei ze. 'Ik kijk alleen maar naar de Betoverde Prins.'

Mama lachte. 'Goed, jij je zin.'

Christabel keek altijd uit naar een bezoek aan Seawall Center. Ze vond het toch al leuk om in de auto te stappen en van de basis af te gaan, maar Seawall was zowat de leukste plek op aarde. Alleen de allereerste keer, toen ze nog echt klein was geweest, had ze het niet leuk gevonden. Toen dacht ze nog dat ze naar 'Zie Wol' gingen. Wol was de naam die de uil uit Winnie de Pooh zichzelf gaf, haar favoriete verhalenboek, en ze had de hele dag tevergeefs naar de uil uitgekeken. Pas toen ze op de terugweg begon te huilen had mama verteld dat Seawall een heel groot winkelcentrum was.

Sindsdien was het alleen maar leuker geworden. Papa beweerde wel dat het stom was om daar helemaal naartoe te gaan – 'drie kwartier heen en drie kwartier terug!' – terwijl je alles wat je wilde hebben bij de kampwinkel kon krijgen of bestellen, maar mama was het niet met hem eens. 'Alleen mannen denken dat je kleren kunt kopen zonder de stof te voelen of naar de zoom te kijken,' zei ze weleens, en dan keek ze er altijd bij alsof ze vond dat papa ook in een moeilijke fase zat.

Christabel hield van haar vader, maar ze wist dat mama gelijk had. Seawall was beter dan de gewone winkel, zelfs beter dan het net. Het leek wel één groot pretpark. Er hoorde trouwens een echt pretpark bij, net als een ronde bioscoop met een scherm dat nog groter was dan hun eigen huis. En er waren allerlei stripfiguren die een eindje met je meeliepen of naast je vlogen terwijl ze grapjes vertelden of een liedje zongen, en namaakmensen die ineens uit het niets verschenen, grappige voorstellingen in de etalages en nog veel meer dingen. Er waren ook veel meer winkels dan Christabel ooit bij elkaar had gezien. In sommige werd alleen lippenstift verkocht, in andere alleen Nanoo-jurkjes zoals Ophelia Weiner er eentje had. Er was zelfs een winkel waar ze niets anders dan ouderwetse poppen hadden, poppen die niet konden lopen of praten en die toch heel mooi en bijzonder waren. Eigenlijk vond Christabel die zaak nog het leukste van allemaal, hoewel ze het ook een beetje eng vond. Al die ogen keken naar je als je binnenkwam, net alsof al die stille gezichtjes naar je staarden. Mama had beloofd dat ze voor haar volgende verjaardag een van die ouderwetse poppen mocht uitkiezen en ook al zou het nog een hele tijd duren voor ze jarig was, bij elk bezoek verheugde ze zich erop alleen maar rond te kijken en na te denken over welke pop ze het liefst zou hebben. Normaal zou het vooruitzicht zo opwindend zijn geweest dat ze er niet van kon slapen, maar vandaag voelde ze zich helemaal niet prettig. Meneer Sellars gaf geen antwoord en ze was heel bang voor die vreemde jongen die ze vannacht weer voor het raam van haar kamer had gezien.

Christabel en haar moeder waren in een winkel die alleen maar spullen voor de barbecue verkocht, toen de Betoverde Prins ineens zijn mond hield en ze de stem van meneer Sellars hoorde. Mama stond iets te bekijken en Christabel liep een stukje verder, waar haar moeder haar nog steeds kon zien. Ze bleef staan voor een groot metalen geval dat meer op een ruimteraket leek dan op een barbecue.

'*Christabel, kun je me verstaan?*'

'Ja. Ik ben in een winkel.'

'*Kun je nu met me praten?*'

'Ik geloof het wel.'

'*Ik zag dat je twee keer hebt geprobeerd mij te bereiken. Is het belangrijk?*'

'Ja.' Ze wilde hem alles vertellen, net alsof de woorden mieren waren die in haar keel wriemelden en die ze wilde uitspugen. Ze wilde hem alles vertellen over de jongen die ze voor meneer Sellars had verzwegen, over het hek dat ze niet in haar eentje had kunnen door knippen. Ze wilde hem alles vertellen, alleen kwam er net een meneer van de winkel aanlopen.

'Ja, het is belangrijk.'

'*Kan het nog tot morgen wachten? Ik heb het op het ogenblik erg druk, kleine Christabel.*'

'Dat is goed.'

'*Zullen we zeggen om drie uur? Je kunt na school komen. Haal je dat?*'

'Ja. Ik moet nu weg.' De Betoverde Prins had net zijn stem terug toen ze haar sprookjesbril afzette.

De winkelmeneer was klein en dik. Met zijn snor leek hij een beetje op kapitein Perkins, de vriend van papa, alleen niet zo oud. Hij glimlachte vriendelijk. 'Hallo, meisje. Dat is een mooie, vind je niet? De Magna-Jet Admiral, een van de beste die er zijn. Het eten komt helemaal niet met de barbecue in aanraking. Is dat geen fijn cadeau voor je vader?'

'Ik moet weg,' zei Christabel. Ze draaide zich om en ging terug naar haar moeder.

'Nog een prettige dag verder,' zei de man.

Christabel trapte zo snel als ze kon, want ze wist dat ze niet veel tijd had. Ze had tegen haar moeder gezegd dat ze na school haar boom water moest geven. Mama had het goed gevonden, maar ze moest wel om halfvier thuis zijn.

De hele klas van juf Karman had bomen geplant in de Chinese tuin. Eigenlijk waren het maar kleine groene planten en nog geen echte bomen, maar juf Karman zei dat het vanzelf bomen zouden worden als ze goed verzorgd werden. Christabel had haar eigen boompje op weg naar school al water gegeven, zodat ze nu de tijd had om naar meneer Sellars te gaan.

Ze reed zo snel dat de banden van haar fiets zoemden. Bij elke hoek keek ze naar links en naar rechts zoals haar ouders haar hadden geleerd, niet alleen om te zien of er auto's aankwamen maar ook om zeker te weten dat die enge jongen niet in de buurt was. Ze moest eten voor hem neerleggen, een paar keer een appel of koekjes en wat ze van het middageten op school overhield, maar ze kon niet elke dag helemaal naar de betonnen huisjes gaan zonder dat haar moeder het merkte en daarom was ze erg bang dat hij op een avond door haar raam naar binnen zou klimmen om haar pijn te doen. Ze had zelfs gedroomd dat hij haar helemaal met modder had ingesmeerd, waardoor mama en papa niet meer wisten wie ze was en haar niet binnen wilden laten, zodat ze buiten in het donker en de kou moest blijven.

Volgens haar Otterlandhorloge was ze al drie minuten te laat toen ze in de buurt van de betonnen huisjes kwam. Ze zette haar fiets ditmaal ergens anders neer, tegen een muur, en sloop op haar tenen tussen de bomen door. Prins Pikapik wees al 15.09 uur aan toen ze weer op haar horloge keek, maar toch bleef ze telkens even staan om te kijken en te luisteren. Ze had al drie dagen geen eten voor Cho-Cho achtergelaten en ze hoopte dat hij daarom ergens anders heen was gegaan, maar tegelijk was ze bang dat hij zich in een boom had verstopt.

Alles wat ze hoorde of zag waren een paar vogels en daarom liep ze door. Ze telde de huisjes even zorgvuldig als altijd, tot ze bij het achtste kwam. Ze deed de deur open, ging naar binnen en trok de deur achter zich dicht, hoewel het donker haar net zo bang maakte als die droom over de enge jongen. Ze liep bijna te huilen, zo lang duurde het voordat ze op de tast de andere deur had gevonden. Plotseling zwaaide de deur open en ze zag het rode licht.

'Christabel? Daar ben je, kindje. Je bent laat, ik begon me al zorgen te maken.'

Meneer Sellars zat in zijn rolstoel onder aan de metalen ladder, met in zijn hand een kleine vierkante zaklamp waaruit een rode lichtstraal kwam. Hij zag er precies zo uit als anders met zijn lange dunne hals, zijn gezwollen gezicht en zijn grote, vriendelijke ogen. Ze begon te snikken.

'Wat krijgen we nu, kleine Christabel? Waarom huil je, lieverd? Kom gauw bij me.' Hij stak zijn bevende handen uit om haar te helpen. Ze klom het laddertje af en sloeg haar armen om hem heen. Ze moest nog harder snikken toen ze voelde hoe mager hij was, net een geraamte met kleren aan. Hij wreef over haar hoofd. 'Stil maar, stil maar,' zei hij telkens.

Toen ze eindelijk weer kon praten veegde ze haar neus af. 'Het spijt me,' zei ze. 'Het komt allemaal door mij.'

Zijn stem klonk heel zacht. 'Wat komt allemaal door jou, kleine vriendin? Wat heb je dan gedaan dat je het zo te kwaad hebt?'

'*Oye*, kleintje, wie heb je daar?'

Christabel maakte een sprongetje van schrik en slaakte een kreet. Ze draaide zich om en zag de vuile jongen op zijn knieën boven aan de trap zitten. Ze was zo bang dat ze in haar broek plaste, net of ze nog een baby was.

'*Quien es*, die ouwe freak?' vroeg hij. 'Zeg op, *mija*, wie is dat?'

Christabel kon geen woord uitbrengen. Haar boze droom was uitgekomen. Ze voelde haar plas langs haar benen lopen en begon weer te huilen. Ook de jongen had een zaklamp en hij liet het licht over meneer Sellars schijnen, die met open mond naar hem keek. De lippen van meneer Sellars bewogen, maar er kwam geen geluid uit zijn mond.

'Laat ook maar zitten, *mu'chita*,' zei de jongen. Ze zag dat hij in zijn andere hand iets scherps had. '*No importa*, snap je? Ik heb jou nu. Ik heb jou.'

'Natuurlijk is het goed om voorzichtig te zijn,' zei Jaleel Fredericks. Hij stak zijn armen naar voren en staarde naar de groene ziekenhuisjas en de handschoenen die ze hem hadden laten aantrekken. 'Maar je kunt ook overdrijven.' Fredericks was groot van gestalte en met die frons op zijn donkere gezicht was het net of er een echt onweer op komst was.

Catur Ramsey trok op zijn beurt een meelevend gezicht. Fredericks was niet zijn belangrijkste cliënt, maar het scheelde niet veel en hij en zijn vrouw waren nog jong. Hij kon nog jaren zaken met ze doen. 'Het is bijna hetzelfde als wanneer we bij Salome op bezoek gaan. Het ziekenhuis wil geen onnodig risico nemen.'

Fredericks fronste opnieuw, misschien wel omdat zijn dochter zelden Salome werd genoemd. Zijn vrouw Enrica glimlachte toen ze zijn gezicht zag. Ze schudde haar hoofd alsof hij een onverbeterlijk kind was dat weer eens met zijn eten had zitten knoeien. 'Nou ja,' zei ze, maar veel meer wist ze blijkbaar niet te bedenken.

'Waar blijven ze nou eigenlijk?'

'Ze hebben gebeld om te zeggen dat het nog een paar minuten kon duren,' antwoordde Ramsey haastig, met een gevoel alsof hij een topconferentie aan het organiseren was. 'Ik denk dat ze...'

De deur van de bezoekersruimte ging open en er kwam een ander echtpaar binnen, eveneens in groene jassen gehuld. 'Sorry dat we zo laat zijn,' zei de vrouw. Ramsey vond haar aantrekkelijk, ondanks de donkere kringen onder haar ogen en haar schichtige manier van doen, alsof ze een zware tijd achter de rug had. Haar echtgenoot, een kleine man met een baard, was door de natuur minder goed bedeeld; hij zag er alleen maar uitgeput en ellendig uit.

'Ik ben Vivien Fennis,' zei de vrouw. Ze streek het lange haar uit haar gezicht voordat ze mevrouw Fredericks een hand gaf. 'Dit is mijn man, Conrad Gardiner. We vinden het heel prettig dat u wilde komen.'

Nadat ze zich voorgesteld hadden, namen de Gardiners plaats – Vivien wilde die achternaam wel gebruiken om het niet nodeloos ingewikkeld te maken. Jaleel Fredericks bleef staan. 'Ik begrijp nog steeds niet waarom we hier eigenlijk zijn.' Hij gebaarde ongeduldig naar zijn vrouw, hoewel die nog niets had gezegd. 'Ik weet dat onze kinderen bevriend waren en ook dat er met uw zoon, met... Orlando eveneens iets is gebeurd. Maar waarom moesten we hier afspreken? We hadden toch alles over het net kunnen bespreken?'

'Daar komen we nog op,' zei Conrad Gardiner tamelijk scherp, alsof hij de behoefte voelde de pikorde vast te stellen. Er waren meer mensen die zo op Fredericks reageerden, had Ramsey opgemerkt. 'Maar niet hier. Daarom wilden we u juist onder vier ogen spreken. We zullen ergens anders heen gaan.'

'Naar een restaurant,' vulde Vivien aan. 'We kunnen er hier niets over zeggen.'

'Ik kan het niet volgen.' De dreigende frons op het voorhoofd van Fredericks was teruggekeerd. 'Ik begrijp er helemaal niets meer van.'

Ramsey, die zich zoals gewoonlijk zwijgend op de achtergrond hield, was weliswaar nieuwsgierig, maar ook bezorgd. Bij de eerste gesprekken hadden de Gardiners een heel redelijke indruk gemaakt. Blijkbaar hadden ze een goede reden om met Fredericks te praten, ook al wilden ze niet zeggen welke. Hij was op zijn intuïtie afgegaan en kon nu alleen maar hopen dat ze niet in vliegende schotels geloofden of meenden dat hun zoon het slachtoffer van een wereldomvattend complot was geworden, anders kon hij er weleens spijt van krijgen dat hij zijn cliënten helemaal uit Virginia had laten overkomen.

'U zult wel denken dat we niet goed bij ons hoofd zijn,' zei Vivien lachend. 'Dat nemen we u niet kwalijk, maar geef ons alstublieft de kans om alles uit te leggen. Als u daarna nog steeds vindt dat we gek zijn, dan nemen wij de reiskosten voor onze rekening.'

'Het gaat toch niet om het geld!' zei Fredericks bars.

'Jaleel,' zei zijn vrouw. 'Hou je een beetje in, lieverd.'

'Maar eerst zouden we graag zien dat u meeging naar Orlando,' vervolgde Vivien, alsof de komische woordenwisseling niet had plaatsgevonden.

'Maar...' Enrica Fredericks keek haar verbaasd aan. 'Maar hij ligt toch in coma?'

'Als je het zo kunt noemen.' Conrad lachte verbitterd. 'We hebben...' Hij zweeg en staarde strak naar de hoek met de stoel waarop ze hun jassen hadden gelegd. De anderen volgden zijn blik. Ramsey kon helemaal niets bijzonders ontdekken. Gardiner wreef met de muis van zijn hand over zijn voorhoofd. 'Het spijt me, ik dacht even...' Hij zuchtte diep. 'Het is een lang verhaal. Ik dacht dat ik een spin zag, een heel bijzondere spin. Vraag maar niets, dat zou te veel tijd in beslag nemen en ik leg het liever later uit. U kunt nog beter blijven denken dat we gek zijn.'

Ramsey lachte in stilte. Zijn cliënten keken elkaar steels aan voordat Enrica een blik naar Ramsey wierp. Hij schudde licht met zijn hoofd, alsof hij wilde zeggen: Maakt u zich geen zorgen. Hij had tamelijk veel ervaring met idioten, maar de echte krankzinnigen hadden niet de gewoonte om zelf te opperen dat ze gek waren.

'U hoeft niet per se mee naar Orlando,' zei Vivien terwijl ze opstond, 'maar dat zouden we wel erg op prijs stellen. We blijven maar een minuutje bij hem. Na ons gesprek kan ik nog de hele avond bij hem zijn.'

Ze gingen de kamer uit en liepen de ziekenhuisgang door, de vrouwen naast elkaar, gevolgd door de twee echtgenoten. Ramsey sloot de rij, wat hem in staat stelde de groene papieren hoesjes om zijn schoenen te testen door een schaatsbeweging over de vloer te maken.

Hij kwam niet vaak genoeg onder de mensen, dat begreep Ramsey zelf ook wel. Als hij niet snel wat werk afstootte, zou hij binnenkort zijn cliënten wegjagen door midden in een belangrijk gesprek in lachen uit te barsten, zoals hem de laatste weken al een paar keer bijna was overkomen, en in het ergste geval zou hij net als zijn vader achter zijn bureau doodblijven. Het duurde geen tien jaar meer voor hij vijftig was en er waren nog steeds mannen die op hun vijftigste aan een hartaanval overleden, ondanks alle moderne geneesmiddelen, celtransplantaties en andere ingrepen.

Maar dat was nu net het probleem met werken. Op het eerste gezicht leek het iets wat je makkelijk naast je neer kon leggen of delegeren, of desnoods even helemaal vergeten. Maar in de praktijk ging dat niet zo gemakkelijk. Zijn werk was niet iets abstracts, het was de lang uitgesponnen ellende van de nalatenschap van DeClane, een zwartgallige soap die drie generaties in zijn greep hield. Of het was de oude Perlmutter die zijn eigen zaak terug wilde hebben nadat hij door de andere bestuursleden aan de kant was geschoven. Of Gentian Tsujimoto, een weduwe die smartengeld eiste omdat haar man verkeerd was behandeld. Of zoals nu het echtpaar Fredericks, dat in elk geval juridisch duidelijkheid wilde omtrent de raadselachtige ziekte van hun dochter, want dat was nog altijd beter dan helemaal geen duidelijkheid.

Dus al wilde hij het wel iets rustiger aan gaan doen, wie van die mensen zou hij moeten afwijzen? Hij had zich uitgesloofd om hun vertrouwen te winnen, om relaties op te bouwen, om ingewikkelde problemen of hartverscheurende zaken op te lossen, en nu zou hij dat zomaar moeten opgeven?

Het was makkelijker gezegd dan gedaan. Natuurlijk voelde hij er niets voor een eersteklas kaartje voor de hartambulance aan te schaffen, zoals zijn vader had gedaan, maar hoe kon hij weggooien wat voor hem het belangrijkste van zijn hele bestaan was, zelfs om dat bestaan te redden? Het zou misschien anders zijn als hij naast zijn werk ook nog een ander leven had...

Decatur – 'zeg maar Catur, zo noemde m'n moeder me ook altijd' – Ramsey hoopte enerzijds dat de geheimzinnige toespelingen van de Gardiners werkelijk tot een intrigerende zaak zouden leiden, een zaak waar hij naam mee kon maken. Een zaak die hem niet alleen een vermelding in de handboeken zou opleveren, maar waardoor hij net zo populair zou worden als Kumelos of Darrow. Aan de andere kant had hij al veel te veel avonden voor zijn muurscherm doorgebracht, starend naar de documenten tot zijn ogen ervan prikten, of stukken gedicteerd tot hij helemaal schor was en het eten van de afhaalbirmaan koud was geworden. Daarom hoopte hij eigenlijk net zozeer dat de Gardiners, tegen zijn verwachting in, toch volslagen gestoord zouden blijken te zijn.

Ze deden hun hoofdkapjes op en stapten door de sonische ontsmetter. Jaleel Fredericks kon zijn ergernis weer niet bedwingen. 'Als uw zoon dezelfde aandoening heeft als Sam, waar zijn al deze voorzorgen dan voor nodig?'

'Doe nu niet zo moeilijk, Jaleel.' Zijn vrouw had haar zenuwen nog maar nauwelijks in de hand. Ramsey had haar gezien aan het ziekbed van haar dochter en hij wist dat ze zich ondanks haar vlotte kleding en haar beheerste gezicht als een drenkeling aan elke strohalm vastklampte.

'Het is niet erg,' zei Vivien. 'Ik begrijp hoe u zich voelt, maar het is niet helemaal hetzelfde als met uw Salome.'

'Hoe bedoelt u dat?' vroeg Enrica.

'Ze heet Sam, niet Salome,' zei Jaleel voordat er op de vraag van zijn vrouw antwoord gegeven kon worden. 'Ik weet niet hoe ik me ooit door Enrica heb kunnen laten overhalen. Ze was een slechte vrouw. Salome, bedoel ik, uit de bijbel. Dat is toch zeker geen voorbeeld voor een kind?'

'O, schatje toch.' Zijn vrouw glimlachte opgewekt en rolde met haar ogen. 'De Gardiners willen hun jongen zien.'

Fredericks liet zich door de luchtsluis naar de particuliere kamer brengen waar Orlando Gardiner in zijn plastic zuurstoftent lag, als een dode farao in een vitrine.

Enrica Fredericks hield haar adem in. 'O! O, god, wat is...' Ze drukte een hand tegen haar mond en keek met opengesperde ogen naar de tent. 'Is dat... is dat wat er met Sam gaat gebeuren?'

Conrad was aan het voeteneind van het bed gaan staan. Hij schudde zijn hoofd zonder iets te zeggen.

'Orlando was ziek,' antwoordde zijn vrouw, 'al heel lang. Daarom ligt hij op deze speciale afdeling. Zelfs vroeger was hij al heel vatbaar voor infecties.'

De frons van Jaleel Fredericks had nu een ander karakter gekregen. Hij voelde zich als iemand die van een afstand iets verschrikkelijks moet meemaken, alsof hij naar beelden van een hongersnood of van een terroristische aanslag keek. 'Heeft hij problemen met zijn afweer?'

'Gedeeltelijk.' Vivien stak haar vingers in de handschoen die in de zijkant van de tent was aangebracht en streelde de skeletachtige arm van Orlando. Van zijn bijna gesloten ogen waren slechts dunne witte sneetjes te zien. 'Hij lijdt aan progeria, een ziekte waarbij je heel vroeg ouderdomsverschijnselen krijgt. Er moet bij het genetisch onderzoek iets mis zijn gegaan, dat kan niet anders, maar we hebben nooit iets kunnen bewijzen. We wisten dat het een paar generaties geleden in mijn familie is voorgekomen, maar er was zo'n kleine kans dat ook Conrad... Hoe dan ook, toen de test een goed resultaat opleverde, hebben we er geen seconde meer bij stilgestaan.' Ze keek weer naar haar zoon. 'Als ik het had geweten, zou ik een abortus hebben aangevraagd.' Haar stem kreeg een harde klank. 'En ik hou van mijn zoon, ik hoop dat u dat begrijpt. Maar als ik het over kon doen, zou ik de zwangerschap laten onderbreken.'

Er viel een stilte, die pas na geruime tijd door Jaleel Fredericks werd verbroken. 'Het spijt ons heel erg.' Zijn zware stem klonk nu zachter.

Orlando's vader lachte ineens, kort en ruw, een gesmoord geluid dat tegen zijn wil uit zijn keel kwam. 'Ja, ons ook.'

'We weten hoe moeilijk het voor u is,' zei Vivien. 'En ook dat u Sam niet graag alleen laat, al is het maar voor een dag, om hierheen te komen.' Ze trok haar vingers uit de handschoen en ging rechtop staan. 'Maar we wilden u Orlando laten zien voordat we iets zouden zeggen.'

Enrica hield nog steeds een hand tegen haar mond gedrukt. Haar mascara, volgens de laatste mode dik aangebracht, begon bij haar ooghoeken een beetje door te lopen. 'Ach, de arme jongen.'

'Hij is zo geweldig.' Vivien sprak met gesmoorde stem. 'Ik kan niet zeggen hoe dapper hij is geweest. Hij is heel zijn leven al... anders dan anderen geweest. Hij werd altijd overal aangestaard en hij wist al heel vroeg dat er maar weinig kans was dat hij... dat hij zelfs maar vijftien jaar zou worden.' Ze kon niets meer zeggen. Conrad keek naar haar, maar hij bleef bij het voeteneind van het bed staan. Het was Enrica Fredericks die ten slotte naar haar toe ging om een hand op haar arm te leggen. Orlando's moeder deed zichtbaar moeite om zichzelf te beheersen. 'Hij heeft dit helemaal niet verdiend en hij hield zich zo groot... het is gewoon hartverscheurend. Het was al zo onrechtvaardig en dan nu dit! Daarom... daarom wilden we u

Orlando laten zien, zodat u begrijpt hoe hij eraan toe is voordat we met u spraken.'

Er viel opnieuw een stilte. Catur Ramsey vond dat het nu zijn beurt was.

'Ik geloof dat we nu maar eens moesten gaan praten.'

'Het ziet er op de kaart allemaal verrukkelijk uit,' zei Enrica Fredericks. Haar opgewektheid was zo breekbaar als antiek glas. 'Kun je iets aanbevelen, Vivien?'

'We zijn hier ook nog nooit geweest. We hebben het maar lukraak uit een restaurantgids gehaald. Ik hoop dat het eten goed is.'

Het klapperen van de luifel aan de gevel klonk erg luid in de stilte. Ramsey zette zijn wijnglas op zijn servet om te verhinderen dat het wegwaaide. Hij schraapte zijn keel. 'Misschien moeten we maar meteen ter zake komen.'

'Ja, daarom zijn we ook buiten gaan zitten,' zei Conrad ineens.

'Ik begrijp het nog steeds niet,' antwoordde Fredericks, die het menu bestudeerde. 'Ik denk dat ik de zeebaars neem.' Hij riep de ober, die een beschut plekje uit de wind had gezocht. 'Dat is toch wel baars uit de Pacific?'

De ober haastte zich na het opnemen van hun bestellingen terug naar de warmte van het restaurant. Vivien nam het woord.

'De moeilijkheid is dat kinderen tegenwoordig nooit meer iets opschrijven,' zei ze, met haar vinger in een bijna onzichtbaar plasje witte wijn wrijvend. 'Praten doen ze wel, ze kletsen de hele dag door, en ze doen samen dingen op het net, maar iets opschrijven is er niet meer bij.'

'En?' zei Fredericks.

'Daardoor was het zo moeilijk voor ons om te ontdekken wat Orlando deed,' antwoordde Conrad Gardiner. 'Op het net, bedoel ik. Maar volgens ons is dat de oorzaak van alle ellende, voor allebei de kinderen.'

'Dat is onmogelijk,' zei Enrica Fredericks vlak. 'Zulke dingen krijg je niet van het net, dat heeft de dokter zelf gezegd. Tenzij iemand... tenzij iemand ze iets heeft toegediend.' Haar strakke gezicht kreeg een boze uitdrukking. 'Een lading, zo noemen ze dat toch?'

'Dat zou kunnen,' zei Vivien, 'maar dan toch een soort lading die de artsen nog niet kennen. In elk geval moet je dat spul jarenlang gebruiken voor je eraan verslaafd raakt... maar nee, zelfs dan is het nog anders. Je zei zelf al dat jullie Sam niet van het net kunnen halen, dan begint ze te schreeuwen en te slaan tot je haar weer aansluit. Hetzelfde geldt voor Orlando, alleen is hij door zijn ziekte te zwak om het zelf te laten merken. Het is alleen op de monitoren te zien, aan zijn hartslag en dergelijke. We hebben overal navraag gedaan, bij neurologen en neuropsychologen, bij verslavingsklinieken, overal. Niemand heeft ooit zulke symptomen gezien. Daarom hebben we contact met jullie opgenomen.'

De salades en hors-d'oeuvres werden gebracht. Ramsey keek fronsend naar de bruschetta die hij had besteld. Misschien was het een goed idee als hij toch eens gezonder ging eten. Er was een wachtlijst van eeuwen voor harttransplantaties, ondanks de nieuwe generatie klonen. Het was verstandiger geweest om een gewone salade te bestellen.

Hij schoof de bruschetta van zich af.

'Ik wil niet ongeduldig lijken,' zei Jaleel Fredericks, 'maar die rol lijkt nu eenmaal voor mij te zijn weggelegd. Wat willen jullie eigenlijk bespreken? We waren misschien niet op de hoogte van alle details, maar verder hebben jullie ons niets nieuws verteld.'

'Natuurlijk weten we allemaal dat er iets met Sam en Orlando aan de hand is, alleen geloven wij niet in een ongeluk.'

Fredericks trok een wenkbrauw op. 'Ga verder.'

'We hebben geprobeerd Orlando's eigen bestanden in zijn systeem te openen. Daarom is het zo frustrerend dat kinderen niet eens meer e-mail gebruiken, zoals wij nog deden. Ze communiceren wel, maar er wordt nauwelijks iets vastgelegd. En daar komt bij dat zijn agent bestanden heeft verwijderd. Dat is een van de dingen waar we ons zorgen over maken.'

Ramsey schoof geboeid naar voren op zijn stoel. 'Waarom dan?'

'Omdat het helemaal niet kan,' zei Conrad. Hij had alleen water besteld en pauzeerde om een grote slok te nemen. 'We hebben Orlando's systeem bevroren toen hij in coma raakte. Zijn agent kan alleen maar bestanden verwijderen met Orlando's uitdrukkelijke toestemming en u hebt gezien hoe hij eraan toe is... Hoe komt het dan dat dat ding nog steeds bestanden verwijdert of zelfs helemaal wist? Die agent heeft zijn code ook nog eens onzichtbaar gemaakt, dus we kunnen hem niet uitschakelen tenzij we het hele systeem ontmantelen, maar dan kunnen we nooit meer achterhalen waar Orlando mee bezig was. Trouwens, die robot die in huis rondkroop is verdwenen. Ik dacht even dat ik hem in het ziekenhuis zag.' Hij schudde zijn hoofd. 'Het begint gewoon griezelig te worden.'

'Maar ik snap het niet,' zei Erica klaaglijk. 'Waarom gebeurt dat allemaal? Wie heeft er nu belang bij om bestanden weg te maken of te wissen?'

'Dat weten we niet.' Vivien keek naar de steel selderij in haar hand.

'Maar we hebben wel genoeg gezien om te weten dat Orlando met heel vreemde mensen contact had. Hij was... hij ís zo'n intelligente jongen. Hij zat de hele dag op het net, daarom willen we weten waar hij is geweest, wat hij heeft gedaan en met wie. Maar we willen niet dat anderen weten dat we daarmee bezig zijn, daarom zitten we hier op het terras van een restaurant waar geen van ons ooit is geweest.'

'En wat verwachten jullie van ons?' vroeg Fredericks langzaam.

'Jullie bestanden. Sam en onze zoon waren samen ergens bij betrokken. Iets of iemand heeft tegen onze uitdrukkelijke opdracht met ons systeem geknoeid, maar dat van jullie is misschien nog intact. In elk geval vind ik dat jullie zelf verplicht zijn dit tot op de bodem uit te zoeken, ook al denken jullie dat we gek zijn. We willen jullie bestanden. Of die van Sam, om precies te zijn.' Vivien keek hem verrassend fel aan. 'We moeten weten wie dit onze zoon heeft aangedaan.'

Vivien en Jaleel staarden elkaar aan terwijl hun partners de uitkomst afwachtten, maar Ramsey kende die al. Hij leunde naar achteren, heen en weer geslingerd tussen opluchting en radeloosheid. Goed, de Gardiners waren niet gestoord en het probleem was interessant genoeg om mee aan de slag te gaan, ook al zou het misschien een storm in een glas water blijken te zijn. Anderzijds zou er natuurlijk een hoop werk in gaan zitten, met heel veel details en allerlei juridische haken en ogen.

Het zag ernaar uit dat hij weer veel op kantoor zou zitten.

Olga Pirofsky deed de laatste meloen in de tas en ging met haar boodschappen naar de snelkassa. Natuurlijk kon je letterlijk alles laten bezorgen, maar het had wel iets om zelf een stuk fruit uit te zoeken voordat je het kocht. Dat was een gewoonte die snel aan het uitsterven was.

Op weg naar huis liep ze zoals altijd door Kinmount Street, onder het grote viaduct van de zweeftrein naar Toronto. Juniper Bay baadde vandaag in het zonlicht en de warmte voelde prettig aan op haar rug.

Ze had zich voorgenomen niet voor de etalage van de kinderwinkel te blijven staan, maar natuurlijk deed ze dat toch. Achter de ruit was een hele rij holografische kinderen in modieuze kledij aan het spelen terwijl stralende namaakpeuters hun glanzende kruippakjes demonstreerden. Het was nog vroeg in de middag en de meeste echte kinderen zaten op school. Binnen zag Olga slechts een handvol moeders en vaders met hun kleintjes rondlopen.

Olga keek naar de mensen die zo volmaakt zeker van zichzelf van de ene vitrine naar de andere gingen, af en toe een onwillig kind sussend of iets aan elkaar vragend, mensen die helemaal in het hier en nu leefden; een hier en nu waarin ze voor eeuwig de blije ouders zouden zijn, met als enige nadeel dat de kleren die ze voor hun kinderen kochten over een maand al te klein zouden zijn. Ze had wel tegen de ruit willen bonzen om ze te waarschuwen. Ooit had ze gedacht zelf een van die mensen te zullen worden, een van die angstaanjagend opgewekte mensen, maar nu voelde ze zich net een rusteloze geest die in de kou moest blijven staan om afgunstig toe te kijken.

Twee holografische kinderen lieten tussen hun batjes een balletje van licht metaal heen en weer vliegen dat telkens van magnetische lading veranderde, zodat het moeilijk in toom te houden was. *Maar ik ben de geest niet*, besefte Olga. *Deze etalagepoppen zijn de echte geesten, net als oom Tierelier en zijn vriendjes. Ik ben een mens van vlees en bloed, iemand die net een paar meloenen, thee en twaalf pakken hondenvoer heeft gekocht. Iemand met een leven.*

Helemaal overtuigend vond ze het zelf nog niet, maar het gaf haar in elk geval de kracht om zich van de ruit los te maken en haar wandeling naar huis voort te zetten.

Op een dag zal ik dat misschien niet meer kunnen. Dan blijf ik net zolang voor die etalage staan tot het winter wordt, net als het meisje met de zwavelstokjes.

Ze vroeg zich af of dat een slechte manier zou zijn om aan je einde te komen.

'Straks komen we terug om prinses Apenkat te helpen, jongens, maar eerst moeten jullie met oom Tierelier naar Speelgoedland!'

Het pavloviaanse gejuich klonk weer in haar oordopjes. Oom Tierelier moest even aan gesloten goederenwagons in de sneeuw denken, maar dat was onzin: het waren maar reclamespotjes, onschuldige kapitalistische hebzucht. En ook al zou het niet zo onschuldig zijn, het was een deel van de wereld die deze kinderen kenden. Het grootste deel misschien wel, daar leek het althans vaak op.

'We gaan zo ons koopliedje zingen,' zei ze, opgewonden met haar armen zwaaiend, 'maar eerst wil ik jullie aan iemand voorstellen. Haar naam is Turnie Kitt en zij is het nieuwste lid van de Koppensnellersclub! Je kunt heel veel van haar leren en dat laat ze je nu meteen zien!'

De kinderen, althans hun virtuele incarnaties, joelden en sprongen op en neer. De Koppensnellersclub was een populaire verzameling poppen, met toppers als Kickboks Ken, Knekel Kate en andere bloederige actiefiguren. Binnenkort zou een nieuwe reeks afleveringen met de poppen als hoofdpersonen beginnen, iets waar oom Tierelier helemaal niet naar uitkeek. Turnie Kitt draaide zichzelf een poot uit en liet zien hoe de kinderen haar net echte bloed moesten stelpen. Oom Tierelier had er vier uur op zitten en ze wist niet meer dat ze Olga Pirofsky was.

... *Of omgekeerd*, dacht ze. *Ik herinner me soms maar met moeite wie ik werkelijk ben.*

De stem van de technicus klonk in haar oordopjes. 'Leuk gedaan, Miz P. McDaniel neemt het nu over.'

'Toi-toi-toi. Maar laat Ronald oppassen, straks draaien die fijne kinderen hem nog een poot uit.'

De technicus lachte en verbrak de verbinding. Olga deed haar masker af. Misha zat aan de andere kant van de kamer naar haar te kijken, zijn kopje scheef gehouden. Ze wriemelde met haar vingers en hij kwam meteen naar haar toe om zich onder zijn witte kin te laten krabben.

Ze had de laatste tijd geen hoofdpijn meer gehad, iets waar ze erg blij om was, maar de raadselachtige aanvallen hadden haar op de een of andere manier diep geraakt. De afgelopen weken was de show haar steeds meer gaan tegenstaan, vooral de opzichtig commerciële aspecten die haar deden denken aan de dieren en slaven die voor het plezier van de oude Romeinen werden afgeslacht. Toch was het niet de show die was veranderd, maar Olga zelf: de omgang met de kinderen had haar altijd genoeg vreugde geschonken om haar teleurstelling over de inhoud opzij te kunnen zetten, maar dat was nu voorbij.

En ook al had ze geen last meer van hoofdpijn, ze kon de aanvallen net zomin vergeten als de ingeving die ze die eerste keer had gekregen. Ze had er met haar nieuwe dokter en met de bedrijfsarts over gesproken en die hadden haar verteld dat hoofdpijn een niet ongebruikelijk gevolg was van het werken met VR-maskers, hoewel ze haar nog maar een paar weken eerder op een hersentumor hadden onderzocht. Nu hadden ze ineens een onschuldige verklaring gevonden en bovendien een eenvoudige oplossing: ze bracht te veel tijd op het net door. Ze zou eens ernstig moeten overwegen een tijdje vrij te nemen.

De echte boodschap was haar natuurlijk niet ontgaan: *Je wordt een beetje te oud voor dit werk, is het niet, Olga? De figuur van oom Tierelier met zijn heen en weer gespring, zijn liedjes en zijn onop-*

houdelijke uitbundigheid kan beter worden uitgebeeld door een jonger iemand. Vind je zelf ook niet dat het tijd wordt om het aan een ander over te laten?

Onder andere omstandigheden had ze voor dat argument misschien nog wel begrip kunnen opbrengen. Maar die hoofdpijn was niet normaal, net zomin als Kickboks Ken last had van gekneusde vingers.

Olga stond op en ging naar de keuken. Ze rekte zich uit, stijf van het lange zitten in de stoel. Haar boodschappen zaten nog in de tas op het aanrecht. Misha hechtte sterk aan de dagelijkse routine en ging afwachtend bij haar voeten staan. Zuchtend maakte ze een pak open en deed het voer in zijn bak.

Wat moest je als je eigen huisarts niet naar je wilde luisteren? Natuurlijk had ze allerlei mensen gebeld die geacht werden er iets van af te weten, ook de Bond van Interactieve Acteurs. Ze had Roland McDaniel gevraagd of hij collega's van vroeger kende die soortgelijke problemen hadden ondervonden. Ze had zelfs haar vrije tijd opgeofferd om op het net te zoeken naar artikelen en gegevens over aandoeningen die door het netgebruik veroorzaakt konden worden. Een aardige jonge neurobioloog van de McGill-universiteit had haar vragen beantwoord door het sturen van een hele lijst van ogenschijnlijk weinig relevante vakgebieden die iets met haar probleem te maken zouden kunnen hebben. Tot nu toe was ze geen stap verder gekomen.

Ze liep bij Misha vandaan, die met zijn kopje in zijn bak schrokkende geluidjes maakte, en ging in de kamer op de bank liggen. Haar speciale stoel, behangen met draden en kabels alsof het een elektrische stoel was, leek haar verwijtend aan te kijken. Er was nog veel te onderzoeken, heel veel. Maar ze was zo moe.

Misschien hadden de anderen gelijk en kwam het echt door haar werk. Misschien was ze werkelijk toe aan een lange vakantie.

Kreunend liet ze haar benen van de bank glijden en stond op. Op zulke dagen begon ze haar leeftijd te voelen. Langzaam ging ze naar de netstoel en sloot zichzelf aan, waarna ze onmiddellijk in het hoofdmenu kwam. Het bedrijf had haar met de allerbeste apparatuur uitgerust, wat eigenlijk niet besteed was aan iemand die zo weinig om moderne middelen gaf.

Het duurde even voordat Chloe Afsani in beeld verscheen; ze veegde net een stukje roomkaas van haar bovenlip.

'O, sorry, ik wist niet dat je zat te eten.'

'Geeft niks, Olga. Ik was net aan het ontbijten, maar ik hou het nog wel even uit.'

‘Kan het echt? Je hebt het al druk genoeg zonder dat ik je lastig val.’ Chloe was opgeklommen tot manager van het archief, een bijenkorf van gemaskerde mensen van wie Olga knap zenuwachtig was geworden toen ze de eerste keer een vraag had gesteld. Chloe was begonnen als productieassistente van de show, een manusje-van-alles zoals ze het zelf noemde, en Olga was bevriend met haar geraakt toen het eerste huwelijk van de jongere vrouw was stukgelopen. Toch vroeg Olga slechts met tegenzin om een gunst, want het was dan net alsof ze van de vriendschap wilde profiteren.

‘Dat is niet erg. Ik heb trouwens goed nieuws voor je.’

‘Echt waar?’ Olga schrok een beetje toen ze voelde dat Misha bij haar op schoot sprong.

‘Ja, echt. Ik stuur je alles door, maar ik kan je de hoofdlijnen nu al vertellen. Het is natuurlijk een erg breed terrein, want er is een heleboel geschreven over mogelijk kwalijke gevolgen van het net. Alleen met “ergonomie” krijg je al duizenden treffers, maar het wordt steeds makkelijker als je weet wat je zoekt. Om een lang verhaal kort te maken, er zijn talloze aandoeningen die aan netgebruik worden toegeschreven, chronische stress, desoriëntatie, vermoeide ogen, pseudo-PTSS – ik weet niet eens meer waar die afkorting voor staat – en nog veel meer. Maar het enige dat bij jouw probleem in de buurt komt, als dat tenminste niet gewoon een gevolg is van het feit dat je te hard werkt, is het syndroom van Tandagore.’

‘Wat is dat, Chloe?’

‘Het is genoemd naar de ontdekker; iemand uit Trinidad, als ik me niet vergis. Het is in elk geval tamelijk omstreden. Niet iedereen accepteert het als een aparte aandoening, hoewel er meerdere onderzoekers zijn die zich ermee bezighouden. De meeste artsen gebruiken de term niet, gedeeltelijk omdat er zoveel verschillende symptomen zijn. Hoofdpijn, epileptische aanvallen, coma; er zijn zelfs een paar sterfgevallen aan toegeschreven.’ Chloe Afsani keek naar Olga’s gezicht. ‘Maak je maar geen zorgen, het is geen progressieve aandoening.’

‘Wat bedoel je daarmee?’ Misha zat hinderlijk met zijn snuit tegen haar buik te drukken, maar Chloe’s woorden gaven haar een angstig voorgevoel. Ze aaide het hondje om het stil te houden.

‘Dat de symptomen niet erger worden. Als je alleen hoofdpijn hebt, dan hoef je volgens de literatuur niet bang te zijn dat er nog andere verschijnselen de kop opsteken. Bovendien is het nog maar de vraag of het werkelijk om dit syndroom gaat. Dat betwijfel ik zelfs en ik zal je ook zeggen waarom.’

Het was geen aangenaam idee dat ze met die verwoestende aanvallen van hoofdpijn zou moeten leren leven. In sommige opzichten was dat zelfs nog angstaanjagender dan het idee dat ze een dodelijke ziekte onder de leden kon hebben. 'En dat noem je goed nieuws?' vroeg ze slapjes. 'Of hebben ze een geneesmiddel gevonden?'

'Nee, maar aan het goede nieuws ben ik nog niet toegekomen.' Chloe glimlachte flauw. Haar tanden leken witter te zijn geworden sinds ze tot manager was gepromoveerd. 'Ik maak je toch niet bang, lieverd? Wacht dan nog even. Waarschijnlijk lijd je helemaal niet aan dit syndroom, al was het alleen maar omdat het bijna uitsluitend onder kinderen voorkomt. Er is nog een overtuigender reden waarom ik denk dat je alleen maar hard aan vakantie toe bent, en dat is je werk zelf.'

'Hoezo?'

'Hier komt eindelijk het goede nieuws. Tandagore houdt verband met het net, nietwaar? Het gemeenschappelijke element, afgezien van het feit dat het voornamelijk om kinderen gaat, is een overmatig gebruik van het net.'

'Maar dat doe ik juist de hele tijd, Chloe! Dat is mijn werk, zoals je zelf heel goed weet!'

'Laat me uitspreken, lieverd.' Chloe klonk alsof ze het tegen een weerbarstig kind had. 'Van alle zieke kinderen die ik kon vinden heeft er nooit een meegedaan aan Oom Tierelier of een van de andere series. Ik heb de gegevens van ons station vergeleken met hun medische dossiers, dus ik weet wat ik zeg. Denk eens na. In de loop der jaren hebben miljoenen kinderen aan een van onze shows meegedaan en geen van hen heeft ooit dezelfde verschijnselen vertoond.'

'Dus je bedoelt...'

'Dat het syndroom vermoedelijk wordt veroorzaakt door bepaalde elektronische signalen of iets dergelijks, iets dat invloed heeft op de hersengolven. Tandagore zelf lijkt het antwoord in die richting te zoeken. Maar als geen van die kinderen ziek is geworden, dan kan het moeilijk aan onze uitzendingen liggen. *Ipso facto* – een mooie term voor iemand die zulk werk doet, vind je niet? – jij lijdt niet aan het syndroom van Tandagore.'

Olga klopte Misha op zijn kop en dacht na. 'Je wilt dus zeggen dat ik geen ziekte heb waar ik toch al nooit van gehoord had?'

Chloe lachte, maar ze klonk enigszins geërgerd. 'Ik wil maar zeggen dat Tandagore het enige is dat erop lijkt, verder zou ik geen andere verklaring weten dan stress of een andere dooddoener. Volgens de dokter is er niets bijzonders met je aan de hand. Je kunt geen Tandagore hebben, want dan zouden anderen daar ook last van moeten hebben, dus blijft er niets anders over dan te veel werk en te veel getob.' Chloe glimlachte vrolijk. 'Kortom, hou op met tobben!'

Olga bedankte haar opgewekter dan ze zich voelde en verbrak de verbinding. Misha was in slaap gevallen en daarom bleef ze in de netstoel zitten. De zon was ondergegaan achter de spoorbaan en het begon donker te worden in de kamer. Olga luisterde naar het gefluit van de vogels, een van de redenen waarom ze in Juniper Bay was gaan wonen. De plaats was groot genoeg om netproviders te hebben die voldoende gegevens konden verwerken, maar niet te groot om alle vogels te verjagen. In Toronto zag je alleen nog duiven en zeemeeuwen en die eerste zouden volgens de verhalen allemaal gemuteerde exemplaren zijn.

Kortom, ze kon niet aan dat buitenissige syndroom lijden en dus was ze gewoon overspannen. Chloe was niet alleen jong en intelligent, ze beschikte ook over de beste zoekmachines die je je kon voorstellen. Met andere woorden, Olga kon de rest van haar eigen onderzoek net zo goed laten zitten. Waarom voelde ze zich dan niet beter?

De driedimensionale figuur van oom Tierelier leek haar aan te kijken met zijn zwarte ronde ogen en zijn xylofoontanden. Zijn brede lach was meer een meewarige grijns als je er goed naar keek.

Eigenlijk is het vreemd, dacht ze. *Volgens Chloe is er onder al die kinderen met het syndroom van Tandagore niet één die ooit naar de show heeft gekeken, terwijl je zou denken dat ieder kind dat vroeg of laat weleens deed.*

Het begon koud te worden in de kamer. Olga verlangde ineens terug naar de zon.

Het is zelfs meer dan vreemd. Het is... heel onwaarschijnlijk.

Kon het stom toeval zijn dat al die kinderen door overmatig netgebruik ziek waren geworden zonder dat ze ooit naar haar eigen show hadden gekeken? Of betekende het dat haar apparatuur beter was, dat ze beschermd was tegen de straling?

Of... Ze trok Misha tegen zich aan. Het hondje piepte en trapte even met zijn pootjes alsof hij in zijn droom aan het zwemmen was. Het was nu erg donker in de kamer.

Of omgekeerd? Was haar apparatuur zo goed omdat iemand wilde verhinderen dat er een verband tussen de show en de ziektegevallen werd gelegd?

Dat is onzin, Olga. Dat zou betekenen dat iemand het met opzet doet. Door die hoofdpijn begin je nu ook al paranoïde te worden.

Maar het monsterachtige idee wilde haar niet loslaten.

11

Keukenhulpjes

NETFEED/NIEUWS: *Neurojunks voor het blok*
(beeld: wachtkamer in het Great Ormond Street-ziekenhuis)
COMMENTAAR: *De eerste liberaal-democratische regering van Engeland heeft de verslaafden voor de keus gesteld: als ze hun neurocanules, in het jargon* cans *genoemd, niet permanent met een polymeerlijm laten afsluiten of een filter laten aanbrengen dat ongewenste programma's blokkeert en tevens positieve subliminale boodschappen doorgeeft, zullen ze elk recht op bijstand verliezen. Organisaties voor burgerrechten zijn verontwaardigd over de nieuwe wet...*

Het blauwe licht verdween en ze waren ineens omringd door water. Op een onverklaarbare manier bleven ze zelf droog, alsof ze in een luchtbel waren opgesloten terwijl ze door de snelstromende rivier werden meegesleurd. In het oorverdovende lawaai kon Orlando zijn eigen geschreeuw niet horen, laat staan dat Fredericks dat zou kunnen.

Het boomblad schoot op topsnelheid door een bocht, waarna de neus plotseling naar beneden dook. Orlando probeerde zich wanhopig vast te houden, maar hij voelde dat hij loskwam van het blad terwijl ze steeds sneller naar beneden vielen.

Het licht veranderde. Een ogenblik later werd Orlando's val keihard gestuit en pas toen hij voelde dat hij aan het zinken was, merkte hij dat hij opnieuw in het water terecht was gekomen. Het blad verdween binnen enkele tellen uit het zicht. Een soort waterval kletterde vlak naast hem neer en het hele oppervlak was in beroering, zodat hij nauwelijks boven en onder van elkaar wist te onderscheiden. Eindelijk ving hij een glimp op van Fredericks, die een eindje verder met zijn gezicht naar beneden op het water dreef, maar net toen hij zijn vriend riep werd die door het kolkende water mee de diepte in getrokken.

Orlando haalde diep adem en dook achter hem aan. Het roerloze lichaam van Fredericks zakte steeds verder naar beneden. Het water was doorzichtig als glas en hij kon de glanzend witte, vlakke bodem zien van het meer waarin ze waren beland. Met krachtige slagen zwom hij naar zijn vriend toe. Hij kreeg de kap van Pithlits mantel te pakken en trok Fredericks mee naar wat hij dacht dat de oppervlakte was, een donkere plek midden in een witte cirkel.

Het leek dagen te duren. Het slappe lichaam van Fredericks was het zwaarste dat hij ooit had moeten tillen. Eindelijk, toen zijn longen uit zijn borst leken te barsten, slaagde hij erin zichzelf en zijn vriend boven water te krijgen. Fredericks haalde gierend adem en spuugde vervolgens een paar liter water uit. Er was iets vreemds aan hem, al kon Orlando in de klotsende golven niet goed zien wat het was. Orlando begon te watertrappen. Ze lagen maar een paar meter van de donderende waterval af en hij voelde zijn krachten snel afnemen. Hij keek om zich heen en zag dat de oever van het meer een soort witte muur was, even glad als glas.

'Kun je zelf zwemmen?' vroeg hij hijgend. 'Ik denk niet dat ik je nog lang kan vasthouden.'

Fredericks knikte slapjes. 'Waar is de boot?'

Orlando schudde zijn hoofd.

Fredericks begon moeizaam naar de dichtstbijzijnde muur te zwemmen. Orlando deed zijn best om hem bij te houden. Meer dan ooit vond hij het jammer dat hij geen zwemles had gehad. Zwemmen in Anderland was iets heel anders dan in het Middenrijk, waar Thargor geen enkele moeite had met het oversteken van een diep bergmeer of een slotgracht. Thargor raakte ook lang niet zo snel uitgeput.

Hij haalde Fredericks in, die tamelijk wanhopig tegen de gladde witte wand bonkte. 'Wat is dit nou?' jammerde zijn vriend. 'Je kunt hier nergens naar boven.'

Orlando keek omhoog. De steile muur stak een paar meter boven zijn hoofd uit en boven de rand... 'O shit,' zei Orlando, vlak voordat een golf over zijn hoofd spoelde en hij nog meer water naar binnen kreeg. Het was zoet, niet zout, wat in elk geval logisch was.

'Niet nog een keer!' zei hij toen hij weer kon ademhalen.

'Wat bedoel je?'

Orlando wees naar boven. De waterval stroomde uit een lange zilveren pijp die uit de witte muur stak, geflankeerd door twee merkwaardig gekartelde rondjes. Een kraan met twee knoppen: ze lagen in een gootsteen. Nog veel hoger, nauwelijks kleiner dan de volle maan, gloeide een lamp.

'O nee,' kreunde Fredericks. 'Dit is onwijs!'

Het slechte nieuws was dat hun boot, althans een donkere omtrek die het boomblad zou kunnen zijn, naar de bodem van de gootsteen was gezonken, deinend op de stroom die door het water uit de reusachtige kraan werd veroorzaakt. Het goede nieuws, zoals ze even later ontdekten, was dat het blad de afvoer had verstopt en het water in de bak aan het stijgen was.

'We hoeven alleen maar te blijven drijven om boven te komen.' Fredericks veegde het kletsnatte haar uit zijn gezicht om Orlando aan te kijken. 'Denk je dat je het haalt?'

'Ik weet het niet. Ik geloof het wel, ik ben alleen zo moe.' Zijn vriend zag er nog steeds vreemd uit, bijna als een karikatuur van zichzelf, maar Orlando had niet genoeg energie over om er lang bij stil te staan.

'Als het nodig is help ik je wel.' Fredericks liet zijn hand over de porseleinen wand glijden. 'Wat is dit stom. Komen we dan nooit uit het water?'

Orlando zei niets. Hij spaarde liever zijn adem.

Het water steeg steeds langzamer. Orlando keek weer omhoog toen hij zich sterk genoeg voelde en zijn benen niet zo'n pijn meer deden. De rand van de bak was nog te ver weg om veel te kunnen zien, maar de hele omgeving was bepaald vreemd te noemen en dat lag niet alleen aan de enorme afmetingen. Er klopte iets niet met de schaduwen en zowel de gloeilamp als de gootsteen leek op de een of andere manier heel onecht, hoewel ze geen van beide een spookachtige of onwezenlijke indruk maakten. Zelfs het water leek te langzaam te bewegen, niet zo volmaakt realistisch als in de vorige simwerelden waar ze waren geweest.

Hij keek naar Fredericks en eindelijk drong het tot hem door. Het gezicht van zijn vriend was afgevlakt, had minder diepte dan normaal, alsof de apparatuur van deze simulatie lang niet zo geavanceerd was. Maar wat betekende dat?

Pas toen het gezicht van de indiaanse krijger – een grappige inboorling met knalrode wangen, een neus als een knakworst en rollende ogen – op de rand van de gootsteen verscheen en naar beneden keek, besefte Orlando dat ze in een soort tekenfilm terecht waren gekomen.

'Ugh,' zei de indiaan. 'Jullie papoose gezien?'

Fredericks keek met uitpuilende ogen naar de indiaan op de rand. 'Dit kan niet waar zijn.'

'Kunt u ons hieruit helpen?' riep Orlando. 'We verdrinken!'

De krijger keek hen een ogenblik ondoorgrondelijk aan met zijn simpele gezicht, daarna stak hij een hand in zijn leren buis en haalde een eind touw te voorschijn. Met onnatuurlijk scharnierende armen maakte hij het touw vast aan een van de knoppen en wierp het andere uiteinde naar beneden.

Erg snel ging het niet, maar door hun voeten tegen de gladde porseleinen wand te zetten en geholpen door de indiaan slaagden ze erin de laatste paar meter naar de veilige rand te overbruggen. Orlando klemde zich dankbaar vast aan de koude kraan.

'Bleekgezichten papoose gezien?' De indiaan had het touw opgehaald en stond nu met over elkaar geslagen armen naar hen te kijken. Orlando kon zich niet herinneren wat een papoose ook alweer was, maar hij wilde alles doen om het vertrouwen van een mogelijke bondgenoot te winnen.

'Nee, maar u heeft ons leven gered, dus we zullen u helpen.' Fredericks keek hem scherp aan, maar daar sloeg hij geen acht op. 'Zegt u maar wat we kunnen doen.'

De indiaan keek naar beneden. 'Beter meegaan naar wigwam. Water weldra over rand en groot meer op de vloer maken.'

Fredericks stond Orlando van top tot teen op te nemen. 'Je ziet er niet normaal uit, Orlando. Je lijkt Captain Comic wel.'

Orlando keek naar zijn lichaam. Zijn borst had inderdaad een merkwaardige vorm, net een op zijn kop staande driehoek. Hij vroeg zich af wat er van Thargors gezicht overgebleven was. 'Nou ja, kijk naar je eigen,' zei hij. 'Je lijkt net een mislukte kleuter van oom Tierelier. Je hebt niet eens tenen aan je voeten.'

De indiaan had ongeïnteresseerd naar hun gesprek geluisterd, alsof hij er niets van begreep of het onbelangrijk vond. Hij draaide zich om en liep een eindje over de rand van de gootsteen, waarna hij plotseling met een sprong in het niets verdween.

'Jezus!' Fredericks staarde naar de lege plek. 'Hij is gewoon naar beneden gesprongen!'

'Kom mee.' Orlando liep hinkend achter hun redder aan.

'Je wilt toch niet... Je kan toch niet zomaar achter hem aan springen? Hij is niet echt, Orlando!'

'Dat weet ik ook wel. Hij is een stripfiguur. Kijk eens om je heen. Dit is één grote tekenfilm, Fredericks, iets uit de vorige eeuw.'

'Dat kan wel zijn, maar laten wij die kant uit gaan.' Fredericks wees naar de andere kant van de bak, waar een langwerpig houten aanrecht te zien was met aan het eind een paar planken die grotendeels in de schaduw lagen. 'Dan zien we tenminste waar we lopen.'

'Jawel, maar hij is daarheen gegaan.'

'Nou en?'

'Zonder hem weten we helemaal niet waar we zijn. Schiet nou maar op, want hij is de eerste in heel dit krankzinnige netwerk die ons heeft geholpen.'

Fredericks begon met tegenzin te lopen terwijl het water van hem afdroop. 'Ik zweer dat ik nooit, maar dan ook nooit meer naar jou luister.'

Orlando draaide zich om en hinkte naar de plek waar de indiaan van de rand was gesprongen. 'Je doet maar.'

De indiaanse krijger bleek niet in een afgrond te zijn gesprongen. Niet ver onder de rand van de gootsteen stond een kleine tafel, klein in vergelijking met de rest van de omgeving, hoewel hij voor Orlando en Fredericks zo groot als een voetbalveld leek te zijn. Het blad was bezaaid met dozen en flessen. In een hoek stond een zwart fornuis dat er bepaald antiek uitzag, hoog op de poten als een grote hond. Achter het rooster gloeide een rood licht.

De indiaan stond bij een van de dozen, een rechthoekig stuk karton dat twee keer zo lang was als de krijger. Op de zijkant was met strakke lijnen een tent afgebeeld met daarboven de tekst: PAWNEE LUCIFERS.

'Welkom in mijn wigwam,' zei de indiaan, naar de doos wijzend. 'Wij vredespijp roken.'

Fredericks schudde afkerig zijn hoofd, maar hij volgde Orlando. De indiaan stapte dwars door de wand van de doos naar binnen, alsof het dikke karton lucht was. Orlando haalde zijn schouders op en deed hetzelfde. Hij liep niet met zijn neus tegen de wand, maar bevond zich ineens in een driedimensionale en verrassend ruime teepee. Fredericks dook even later naast hem op, zijn ogen groot van verbazing. In het midden van de driehoekige ruimte brandde een vuur. De rook kringelde omhoog en verdween door de opening waar de tentpalen bij elkaar kwamen.

De indiaan draaide zich om en beduidde hen plaats te nemen, waarna hij zelf tegenover hen ging zitten. Uit een donkere hoek kwam een vrouw naar voren. Ook haar gezicht was vuurrood en karikaturaal. Ze droeg een hertenvacht en in haar haar stak een enkele veer.

'Ik ben opperhoofd Strijkhout,' zei de indiaan. 'Dit mijn squaw zijn, Licht Ontvlambaar. Wie zijn bleekgezichten?'

Terwijl Orlando zichzelf en Fredericks voorstelde, gaf de squaw hun dekens om hun kletsnatte virtuele lichamen te warmen. Strijkhout bromde instemmend en liet zich door zijn vrouw de vredespijp aanreiken. Hij haalde een leren zakje uit het niets te voorschijn en begon de pijp te vullen. Orlando vroeg zich af hoe het opperhoofd de pijp wilde aansteken, want met zijn lange houterige hals en zijn vuurrode ronde hoofd leek de indiaan zelf wel een ouderwetse lucifer. Hij dacht al dat Strijkhout zijn eigen kop tegen de tentpaal wilde afstrijken, toen de tabak begon te roken zonder dat er een zichtbaar vuur aan te pas was gekomen.

Orlando voelde zijn longen schroeien toen hij een trek nam, maar hij deed zijn best om niet in hoesten uit te barsten terwijl hij de pijp doorgaf aan Fredericks. Opnieuw verwonderde hij zich over de bijzondere eigenschappen van Anderland. Er was heel wat voor nodig om de sensatie van gloeiende rook in je longen na te bootsen, hoewel misschien nog niet zo moeilijk als het creëren van de zwaartekracht waardoor je uit een kraan werd gespoten alsof het een waterval was.

Nadat ze allemaal een haal hadden genomen, gaf Strijkhout de pijp terug aan zijn vrouw, die het ding als een goochelaarster liet verdwijnen. Het opperhoofd knikte. 'Nu wij, vrienden. Ik jullie helpen, jullie mij helpen.'

Fredericks toonde meer belangstelling voor de kom met bessen die Licht Ontvlambaar voor hem neerzette, zodat Orlando het woord maar deed. 'Hoe kunnen we u helpen?'

'Slechte mannen hebben Kleine Vlam gestolen, mijn papoose. Ik hen zoeken. Jullie meegaan, helpen papoose vinden.'

'Natuurlijk.'

'Helpen slechte mannen doden.'

'Eh, graag.' Hij lette niet op de blik die Fredericks hem toewierp. Dit was immers maar een tekenfilm, ze zouden geen echte mensen hoeven te doden.

'Dat goed zijn.' Strijkhout sloeg zijn armen over elkaar en knikte weer. 'Jullie eten en daarna slapen. Om middernacht wij op jacht gaan.'

'Om middernacht?' vroeg Fredericks met zijn mond vol bessen.

'Middernacht.' De stripfiguur glimlachte wrang. 'Dan hele keuken ontwaken.'

Het was dezelfde nachtmerrie en zoals altijd was hij volkomen machteloos. De ruit vloog in een regen van splinters naar buiten, elke scherf in het zonlicht rondtollend als een afzonderlijke planeet, een glinsterend universum waarin het evenwicht was verstoord en dat nu aan een chaotische expansie was begonnen.

Zoals altijd bleef het geschreeuw nagalmen in zijn hoofd.

Hij werd rillend wakker en sloeg een hand voor zijn gezicht, maar in plaats van tranen of angstzweet voelde hij slechts zijn strakke, koude huid. Hij was in de troonzaal van het grote, door lampen verlichte paleis in Abydos-Dat-Was. Hij was in slaap gevallen en de oude nachtmerrie was teruggekomen. Had hij in zijn slaap iets geroepen? De duizend knielende priesters staarden hem roerloos aan, als muizen in een kast die plotseling door het licht worden betrapt.

Hij wreef over zijn virtuele gezicht en verwachtte half iets anders te zien als hij zijn handen weghaalde. Maar wat? Zijn fort in Amerika aan de oever van Lake Borgne? De binnenkant van de tank waarin zijn gebrekkige lichaam in leven werd gehouden? Of het kasteel in Limoux waar hij als kind had gewoond en waar alles was begonnen?

Opeens herinnerde hij zich een reproductie van David die aan de deur van zijn slaapkamer had gehangen, een afbeelding waarop Napoleon I zichzelf onder de ogen van een verraste paus tot keizer kroonde. Wat een eigenaardige decoratie voor een kinderkamer! Maar natuurlijk was hij ook een eigenaardig kind geweest en hij had zich aangesproken gevoeld door de grandeur en het grenzeloze zelfvertrouwen van de Corsicaan.

Het was vreemd om weer aan dat oude kasteel te denken. Hij zag de zware gordijnen en de dikke savonnerietapijten zó voor zich, hoewel het kasteel evenals zijn bewoners – afgezien van hemzelf – allang niet meer bestonden.

Felix Jongleur was de oudste mens op aarde, daar was hij zeker van. Hij had de twee wereldoorlogen in de vorige eeuw overleefd, de ondergang van de communistische staten meegemaakt en de opkomst van de Aziatische stadstaten gevolgd. Zijn fortuin, gebaseerd op het bauxiet, nikkel en de sisal van West-Afrika, was in de loop der jaren steeds groter geworden en had hij geïnvesteerd in industrieën waarvan zijn vader Jean-Loup, toch ook een zakenman, alleen maar had kunnen dromen. Maar al vernieuwde zijn fortuin zichzelf, Jongleur kon dat niet. Met het aflopen van de eeuw en van het millennium stelden sommige nieuwsagentschappen al een overlijdensbericht op, waarin de nadruk werd gelegd op de geheimzinnigheid en de onbewezen geruchten waarmee hij zijn hele werkzame leven omringd was geweest. Maar die berichten werden weer in een la gelegd. In de eerste decennia van de nieuwe eeuw had hij het dagelijkse gebruik van zijn stervende lichaam opgegeven voor een nieuw bestaan in de virtuele wereld. Hij had zijn fysieke aftakeling weten te vertragen, onder meer door toepassing van experimentele cryogene technieken. Dankzij de nieuwe virtuele mogelijkheden, voor een aanzienlijk deel tot stand gebracht met behulp van het kapitaal van hemzelf en van zijn geestverwanten, was hij werkelijk aan een tweede leven begonnen.

Net als de echte Osiris, dacht hij. *De Heer van de Westelijke Horizon, vermoord door zijn broer en door zijn vrouw tot een eeuwig leven opgewekt. Meester over leven en dood.*

Maar zelfs goden konden door nachtmerries worden geplaagd.

'Groot is hij die het graan en de groene gewassen het leven schenkt,' hoorde hij iemand zingen. 'O Heer der Beide Landen, door allen geëerd en oneindig in wijsheid, leen mij uw oor.'

Hij liet zijn handen zakken – hoe lang had hij zo gezeten? – en keek fronsend naar de priester die aan de voet van de trap op zijn buik lag te kronkelen. Soms had hij een hekel aan de rituelen die hij zelf had bedacht. 'Spreek.'

'O goddelijke heerser, er is bericht gekomen van de tempel van uw donkere broeder, de verbrande, de roodzwarte.' De priester drukte zijn gezicht tegen de grond, alsof alleen de gedachte aan die andere godheid al onverdraaglijk was. 'Zijn priesters wensen zich dringend aan uw wijsheid te laven, o farao.'

Seth, zijn broer. Jongleur – of liever Osiris, want hij kon zijn goddelijke pantser nu goed gebruiken – ging rechtop zitten. 'Waarom hoor ik dat nu pas?'

'Het bericht is net gekomen, Heer. Zij wachten op uw goddelijke adem.'

Niemand zou het wagen hem in zijn overpeinzingen te storen voor een probleem dat alleen iets met de simulatie te maken had, dat was eenvoudig ondenkbaar. Het moesten de technici zijn.

Osiris gebaarde met zijn hand en een venster opende zich in de lucht voor de troon. Hij zag het gezicht van een van de ingenieurs in de tempel van Seth, maar het beeld bevroor onmiddellijk. De stem van de technicus kraakte en viel af en toe weg, als een radioverbinding tijdens een elektromagnetische storm.

'*Hebben te weinig... Metingen zijn... Geef ons alstublieft...*' De stem kwam niet meer terug.

De godheid was verontrust. Hij zou er zelf heen moeten, zonder de gebruikelijke voorbereidingen, maar daar was niets aan te doen.

De Graalbeweging, heel zijn plan was afhankelijk van de Ander. En van de Broederschap was hij de enige die besefte hoe broos dat fundament was.

Hij gebaarde opnieuw en het venster verdween. Een groep priesters met een groot plat voorwerp op de schouders kwam de enorme zaal binnen en spoedde zich naar de troon. De knielende priesters haastten zich ruim baan te maken, maar sommigen waren niet snel genoeg en werden door de mannen met hun zware last onder de voet gelopen. Osiris haalde diep adem om zich te concentreren en de rust te vinden waarmee hij al zoveel problemen had opgelost en zelfs de dood te slim af was geweest. De priesters bleven staan en zetten de gepolijste bronzen spiegel rechtop, kreunend onder het immense gewicht.

Osiris keek in de spiegel en zag zichzelf opstaan, zelfs op dit moment voldaan over de majesteit van de Heer van het Westen, staande voor zijn troon. Hij ging naar voren tot hij niets anders meer zag dan zijn bronzen spiegelbeeld en stapte na een lichte aarzeling door de rechthoek.

In de tempel bevond zich slechts een handvol mensen, gekleed in gewaden die zo licht waren als het zand van de woestijn. De priester-ingenieurs waren zo van streek dat ze er niet aan dachten voor Osiris te knielen, maar de godheid liet zijn ontstemming niet blijken. ‘Ik kreeg jullie bericht niet goed door. Wat is er aan de hand?’

De hoofdingenieur wees naar de deur van de grafkamer. ‘We kunnen niet naar binnen. Het... hij geeft ons geen toestemming.’

De man maakte een vreemd gespannen indruk, bijna alsof hij koorts had. ‘In figuurlijke zin, bedoel je?’

De priester schudde zijn hoofd. ‘Hij weigert te communiceren, maar hij geeft ook nauwelijks nog een teken van leven. Het is angstaanjagend.’ Hij zuchtte en streek met twee handen over zijn haar, hoewel het hoofd van zijn sim kaalgeschoren was. ‘Ongeveer een uur geleden begon zijn toestand ineens snel achteruit te gaan. Daarom probeerde Freimann met hem te communiceren, alleen om te zien hoe hij eraan toe was. Misschien was hij... ziek, of hoe je dat moet noemen.’ De stem van de priester trilde weer, alsof hij elk moment kon gaan lachen of huilen.

‘Heeft iemand anders nog met het gesproken?’

Het hoofdschudden was nu nog heftiger. ‘Freimann heeft het geprobeerd. Ik zei dat we moesten wachten tot u er was, maar hij had de leiding en zette zijn zin door. Hij opende de directe lijn van de stemverbinding.’

'En er gebeurde niets.'

'Niets? Nou, dat zou ik niet willen beweren. Freimann is dood.'

De godheid kneep zijn ogen even dicht. Dus daarom was de ingenieur zo over zijn toeren. Werd hij nu met een tweede crisis geconfronteerd, afgezien van de woede-uitbarstingen van de Ander ook nog een muiterij onder zijn betaalde lakeien? 'Wat is er gebeurd?'

'Dat is snel verteld. Hij opende de lijn en vroeg of... of de Ander hem hoorde. Of het – sorry, of hij ergens behoefte aan had. Daarna maakte Freimann een vreemd geluid en ineens... ineens hield hij gewoon op. Zijn sim verstijfde. Kenzo is meteen van het net gegaan en vond hem op de vloer in zijn kantoor. Er kwam bloed uit zijn neus en ooghoeken, alsof hij een zware hersenbloeding had gehad.'

Osiris slikte nog net een impulsieve vloek in; het leek in deze simulatie ongepast zelfs maar de naam van andere goden aan te roepen. 'Heb je het geregeld?'

'Het?' De ingenieur lachte gesmoord. 'Als u Freimann bedoelt, de bewaking is gewaarschuwd. Wat dat andere "het" betreft, niemand waagt zich nog bij hem in de buurt. Wij hebben genoeg gezien. Hij wil niet met ons praten, best, wij hoeven niet zo nodig.' Weer die lach die elk moment in snikken leek te kunnen overgaan. 'Ik geloof niet dat dit in onze taakomschrijving staat.'

'Stel je niet zo aan. Hoe heet je?'

De priester keek hem verrast aan, alsof hij vond dat een god de naam van al zijn aanbidders moest kunnen onthouden. 'Mijn echte naam?'

Jongleur sloeg zijn ogen ten hemel. Op deze manier bleef er van de discipline weinig over. Hij zou de hele technische staf eens grondig moeten doorlichten. Het waren toch niet de eersten de besten die hij had ingehuurd, maar blijkbaar had hij de uitwerking van de dagelijkse omgang met de Ander onderschat. 'Je Egyptische naam. En vlug een beetje, anders zal de bewaking ook bij jouw kantoor moeten langsgaan.'

'O, o ja. Mijn naam is Seneb, men... Heer.'

'Seneb. Je hebt niets te vrezen, mijn knecht. Blijf met de anderen op je post.' Hij had ze de rest van de dag vrijaf kunnen geven terwijl hij zich met de opstandige Ander bezighield, maar na wat er gebeurd was wilde hij niet dat ze met elkaar konden praten om hun aantekeningen te vergelijken en elkaar aan te steken. 'Ik zal zelf met hem praten. Open de verbinding.'

'Die heeft hij gesloten, men... Heer.'

'Dat snap ik, maar maak hem dan van onze kant open. Je begrijpt me toch wel?'

De priester maakte een aarzelende buiging en haastte zich weg. Osiris zweefde naar de grote dubbele deur van de grafkamer. De hiërogliefen in de donkere steen begonnen bij zijn nadering te gloeien en de deuren zwaaiden open.

Binnen was er niets meer te merken van een geopende verbinding. De sarcofaag van zwart basalt was even koud en onbeweeglijk als een brok steenkool. Er was geen spoor van statische elektriciteit in de lucht, geen enkele aanwijzing voor een poort naar een niet helemaal begrijpelijke andere wereld. De godheid spreidde zijn verbonden armen uit voor de grote lijkkist.

'Broeder, wil je niet met me praten? Wil je niet zeggen wat je kwelt?'

De sarcofaag bleef een stomme zwarte steen.

'Als je hulp nodig hebt, zullen we je die geven. We kunnen de pijn laten ophouden.'

Geen antwoord.

'Zoals je wilt.' De godheid zweefde dichterbij. 'Maar vergeet niet dat ik je pijn ook kan verergeren. Wil je het jezelf misschien nog moeilijker maken? Je moet met me praten. Geef antwoord, anders zal ik je ongeluk nog vergroten.'

Er trad een bijna onmerkbare verandering op, een geringe aanpassing van licht en schaduw. Osiris boog naar voren en hoorde de stem van Seneb in zijn oor.

'*Heer, de verbinding is...*'

'Hou je mond.' *De idioot. Goede ingenieurs waren nauwelijks te vinden, anders had hij de priester ter plekke gedood.* De godheid wachtte af.

Het geluid leek van een onmetelijke diepte te komen, een ijle stem uit een onpeilbare afgrond. Het was aanvankelijk niet meer dan een gefluister en even vreesde hij dat hij zich vergiste, dat hij alleen het eindeloze ruisen van het woestijnzand hoorde. Na een tijdje kon hij woorden onderscheiden.

'Een engel... heeft mij aangeraakt... een engel... heeft mij aangeraakt... een engel...'

Het was een telkens herhaald refrein, even vaag en krassend als een grammofoonplaat uit de jeugd van Felix Jongleur. De gekwelde, onmenselijke stem had een vreemde intonatie. De godheid luisterde er verbaasd naar, verward en niet weinig verontrust.

De Ander was aan het zingen.

In zijn droom dacht hij dat het een vliegtuig was, een antiek geval met tuiglijnen en met zeildoek bespannen vleugels. Vanuit de cockpit werd naar hem gezwaaid terwijl het over hem heen vloog en op de zijkant was een lachende aap geschilderd. Het toestel verwijderde zich en toch klonk het gebrom van de motor steeds luider...

Orlando deed zijn ogen open en staarde in het donker. Het gebrom klonk heel dichtbij en even dacht hij dat de droom werkelijkheid was geworden, dat Renie en !Xabbu hem kwamen ophalen om hem weer naar huis te brengen. Hij draaide zich op zijn zij en knipperde met zijn vermoeide ogen. Opperhoofd Strijkhout lag te snurken, even luid als een klein vliegtuig. De buitensporige neus van de indiaan ging als een ballon op en neer met zijn ademhaling. Zijn squaw lag naast hem en snurkte een lichter contrapunt.

Het is een tekenfilm. Het was nog steeds niet helemaal tot hem doorgedrongen. *Dit is niet echt.* Maar de droom was ook niet echt geweest.

'Fredericks,' fluisterde hij. 'Waar zijn Renie en !Xabbu? Ze zijn tegelijk met ons doorgekomen, maar waar zijn ze?'

Er kwam geen antwoord. Hij keek om zich heen, maar Fredericks was nergens te bekennen. Orlando zag alleen een lege slaapmat en daarachter het tentdoek bij de opening dat flapperde in de tocht die door de luidruchtige ademhaling van het opperhoofd werd veroorzaakt.

Hij kroop met bonzend hart door de opening naar buiten. De etiketten op de dozen en flessen waren in het halfdonker onleesbaar (de plafondlamp gaf nog maar heel weinig licht), maar uit sommige klonk eveneens luid gesnurk. Aan de linkerkant waren keukenkastjes boven het aanrecht te zien; verderop moest de gootsteen zijn. Aan die kant was geen spoor van Fredericks te ontdekken. Het uitzicht naar de andere kant van de tafel werd belemmerd door grotere en kleinere dozen en bakken. Orlando begon te lopen en passeerde de luid snurkende wikkel van een stuk Blauwe Jaguar handzeep.

Het eerste wat hem opviel was een vage rode gloed bij de rand van de tafel, net alsof de zon onderging. Daarna zag hij ook een silhouet, maar was het Fredericks? En zo ja, wat deed hij dan zo gevaarlijk dicht bij de rand?

Orlando kreeg ineens een angstig voorgevoel en begon te rennen. Hij holde langs een fles Captain Carveys bitterzout en hoorde een slaperige stem. 'Wat een lawaai! Wie is daar? Hoe laat is het?'

Er was iets vreemds aan zijn vriend, alsof zijn nek en schouders van rubber waren, maar het was ongetwijfeld Fredericks, althans diens stripversie. Orlando vertraagde zijn pas, bang dat hij ergens over zou struikelen en over de rand van de tafel zou vallen, toen hij een zachte stem hoorde. Eerst dacht hij dat Fredericks in zichzelf stond te praten. Het was een nauwelijks hoorbaar gefluister, maar al na een paar passen begreep Orlando dat het onmogelijk de stem van Sam Fredericks kon zijn. Het was een zware, ruwe stem, sissend als een slang.

'Fredericks! Ga bij de rand vandaan!' Hij naderde heel omzichtig om zijn vriend niet te laten schrikken, maar Fredericks draaide zich niet om. Orlando legde een hand op zijn schouder. Fredericks reageerde nog steeds niet.

'Dit wordt jullie einde,' zei de slissende stem, die nog altijd zacht klonk maar wel goed te verstaan was. 'Jullie hadden hier nooit moeten komen. Het is onbegonnen werk en jullie hebben geen schijn van kans, dat wilde ik maar even zeggen.' De lach klonk al even theatraal als het gesnurk van de indiaan, maar Orlando voelde zijn hart opnieuw bonken.

Fredericks staarde met zijn slappe Pithlitgezicht naar de gloed zonder iets te zien. In de zwarte oven gloeide een dieprood vuur en vlammen speelden rond het rooster als de vingers van een gevangene die zich aan de tralies van zijn cel vastklemt. Achter die vingers was een vage gedaante zichtbaar.

'Hé, word eens wakker!' Orlando kneep hard in de arm van Fredericks. Zijn vriend kreunde, maar bleef willoos naar de dansende vlammen in het fornuis staren.

'Daar ben je dan,' zei de krakende stem uit de oven. 'Dus je komt je vriendje redden? Zet dat maar uit je hoofd. Jullie gaan hier allebei sterven.'

'Wie ben jij?' vroeg Orlando terwijl hij probeerde Fredericks van de tafelrand weg te trekken.

'Wie dacht je?' vroeg de stem lachend en plotseling zag Orlando duidelijk de gedaante achter de vlammen, als een rode duivel uit een oud boek, met horens op zijn kop, een staart en een drietand. De duivel keek hem met grote ogen aan en ontblootte zijn tanden in een krankzinnige grijns. 'Jullie gaan hier allebei dood!' Hij danste rond in de oven en de gloeiende kolen sprongen weg onder zijn voeten. Orlando wist dat het maar een simulatie was, en dan ook nog een tamelijk kinderachtige, maar desondanks liep er een rilling van angst over zijn rug. Hij greep Fredericks stevig beet en trok hem weg van de rand, terug in de richting van de teepee.

'Ik zie jullie nog wel!' riep de duivel opgewekt. 'Daar wil ik jullie ziel onder verwedden!'

Fredericks rukte zich los toen ze de tent van het opperhoofd bereikten. Hij wreef met zijn vuisten in zijn ogen. 'Orlando? Wat... wat is er gebeurd? Wat doen we hier?' Hij keek over het tafelblad, dat er nu rustig bij lag. 'Was ik aan het slaapwandelen?'

'Ja,' zei Orlando. 'Je was aan het slaapwandelen.'

'Onwijs.'

Het opperhoofd zat een enorme strijdbijl te slijpen aan een wetsteen die net als het touw en de pijp uit het niets leek te zijn opgedoken. Hij keek hen in een regen van vonken aan toen ze binnenkwamen. 'Jullie wakker. Dat goed zijn. Bijna middernacht.'

Orlando had graag nog een tijdje geslapen, maar in Anderland leek elke simwereld zijn eigen dagindeling te hebben. Hij en Fredericks moesten maar zien wanneer ze de kans kregen een oog dicht te doen.

'Renie en de anderen zijn niet samen met ons doorgekomen,' fluisterde hij tegen Fredericks terwijl het opperhoofd en zijn squaw een leren tas inpakten. 'Anders hadden we ze wel in de gootsteen gezien.'

'Ik denk het ook,' antwoordde Fredericks met een somber gezicht. 'Maar ik snap niet waar ze zijn. We hebben ze toch zelf gezien?'

'Misschien heeft de rivier meer dan een uitgang en kom je ergens anders als je vliegt.'

'Maar dan vinden we ze nooit meer terug! Ze kunnen wel overal zitten!'

Het opperhoofd kwam naar hen toe en wees naar Orlando's zwaard. 'Jij groot mes hebben, dat goed zijn.' Hij keek naar Fredericks. 'Maar jij zonder mes.' Hij gaf Fredericks een boog en een pijlkoker.

'Pithlit schiet nooit met pijl en boog,' fluisterde Fredericks. 'Wat moet ik hiermee?'

'Op mensen schieten die niet Orlando heten.'

'Je wordt bedankt.'

Het opperhoofd ging hen voor naar de uitgang en Licht Ontvlambaar sloeg het tentdoek voor hen opzij. 'Alstublieft Kleine Vlam zoeken?' vroeg ze.

Ook al zag ze er helemaal niet als een mens uit en sprak ze een bespottelijk taaltje, het trillen van haar stem klonk heel echt en Orlando kreeg ineens weer kippenvel. Deze mensen dachten zelf dat ze leefden, stripfiguren of niet. In wat voor gekkenhuis waren ze nu weer beland?

'We... we zullen ons best doen, mevrouw,' zei hij voordat hij de anderen naar buiten volgde.

'Verdomme, wat is dit zwaar,' zei hij hijgend. 'Ik heb nooit geweten dat Thargor zo sterk was.'

Fredericks wilde iets zeggen, maar hij deed zijn mond weer dicht toen het touw wegzwaaide van de tafelpoot en ze in het donkere niets werden geslingerd. Strijkhout was hen voorgegaan en ze wisten niet eens of hij nog wel aan het touw hing.

Het touw klapperde een paar keer tegen de poot en ze werden flink door elkaar geschud voordat ze hun afdaling konden voortzetten. 'Ik geloof dat ik nog steeds Pithlit ben,' zei Fredericks, 'alleen is die nooit erg sterk geweest.'

'Het heeft me nooit moeite gekost,' zei Orlando, naar adem snakkend. 'Kun je de vloer al zien?'

Fredericks keek naar beneden. 'Ik weet het niet zeker.'

'Doe dan maar alsof.'

'We zijn er bijna, Gardino.'

Een paar minuten later hingen ze werkelijk vlak boven de vloer. Het was heel donker onder de tafel en de indiaan was alleen te herkennen aan zijn glanzende ogen en tanden. 'Hier kano,' zei het opperhoofd. 'Wij over rivier gaan, veel sneller.'

'Rivier?' Orlando tuurde in het donker. Hij ontwaarde een bochtige stroom die niet door oevers in toom werd gehouden en toch niet over de vloer uitvloeide. Het water kabbelde vrolijk langs de plint onder het aanrecht en stoomde een beetje in de buurt van de roodgloeiende oven. Orlando hoopte dat ze de andere kant op gingen. 'Hoe komt die rivier daar?'

Strijkhout sleepte een kano van berkenhout achter een tafelpoot vandaan, draaide hem om en tilde hem op zijn hoofd. Orlando en Fredericks liepen achter hem aan naar het glanzende water. 'Rivier?' Zijn verbaasde stem klonk hol in de kano. 'Gootsteen loopt over.' De indiaan wees naar een soort waterval die langs een kast naar beneden stroomde. Uit de plas op de grond ontsprongen twee riviertjes. Hoewel het water van grote hoogte kwam, spatte het nauwelijks. 'Gootsteen altijd overlopen.'

Orlando begon door te krijgen dat deze simulatie minder eenvoudig was dan hij op het eerste gezicht had gedacht, zodat hij zich beter op zijn eigen activiteiten kon concentreren, ook al vond hij het als Thargor niet prettig om in het onzekere te moeten verkeren.

Strijkhout hield de kano stil terwijl ze instapten, toverde een peddel te voorschijn en zette af.

'Wie zoeken we precies?' vroeg Orlando.

'Slechte mannen,' zei de indiaan. Hij drukte een lange vinger zonder kootjes tegen zijn lippen. 'Zacht praten. Keuken wakker worden.'

In het flauwe licht van de plafondlamp hoog boven hun hoofden viel weinig te onderscheiden. Orlando maakte het zich zo gemakkelijk mogelijk en keek naar de donkere kastdeuren onder het aanrecht.

'Waarom doen we dit eigenlijk?' fluisterde Fredericks.

'Omdat hij ons heeft geholpen. Iemand heeft zijn kind ontvoerd.'

Orlando moest denken aan de verdrietige oogopslag van Licht Ontvlambaar, maar daar leek Fredericks niet gevoelig voor te zijn. 'Dat is stom, Orlando. Het zijn maar Poppen!' Hij bracht zijn mond dicht bij het oor van Orlando om de indiaan niet te kwetsen, Pop of niet. 'We zouden Renie en de anderen moeten gaan zoeken in plaats van ons leven in de waagschaal te stellen voor... voor een stuk code!'

Orlando kon er weinig tegen inbrengen. 'Ik... ik vind alleen dat we verplicht zijn hem te helpen.'

'Dit is geen spelletje, Gardiner. We zijn toch niet in het Middenrijk? Het is hier nog veel vreemder!'

Orlando kon alleen maar met zijn hoofd schudden. Zijn vage en onverklaarbare idee dat het goed was als ze de indiaan zouden helpen, was moeilijk onder woorden te brengen. En misschien hield hij zichzelf ook wel voor de gek. Hij genoot ervan weer van alles te kunnen doen zonder dat zijn lichaam protesteerde. Daardoor dreigde hij de grimmige feiten uit het oog te verliezen en alles als een uitdaging te zien, net alsof hij Thargor was. De indiaan was een onverwachte bondgenoot die hij snel had geaccepteerd, ook al zou die hem geen stap verder kunnen brengen. Het was de logica van een spel, alleen deden ze niet aan een spel mee. Het ging nu werkelijk om mensenlevens en hun tegenstanders waren niet de Spelleiding, een stelletje fantasierijke programmeurs en andere wonderkinderen die graag avonturen beleefden. Tenzij Sellars maar wat uit zijn duim zoog, waren de meesters van Anderland onvoorstelbaar rijk, machtig en genadeloos. Het waren ook moordenaars.

En hoe reageerde Orlando op die uitdaging en op de verdwijning van zijn echte bondgenoten? Hij liet zich door een stripfiguur meetronen door deze belachelijke keuken, op zoek naar een ontvoerde stripkleuter. Fredericks had gelijk. Het was idioot.

Hij deed zijn mond open om zijn eigen stommiteit toe te geven, maar op dat moment draaide de indiaan zijn hoofd om en legde opnieuw een vinger tegen zijn lippen. 'Ssst.'

Een eindje verderop dreef iets op het water, maar de indiaan stuurde de kano erlangs zonder er aandacht aan te besteden, zijn blik strak vooruit gericht. Orlando zag in het voorbijgaan een blikje vloerwas onder water verdwijnen. Plotseling hoorde hij het geluid van een zachte, moeizame ademhaling.

'Wat is dat?' vroeg Fredericks zenuwachtig.

Geleidelijk zagen ze op het water een silhouet opdoemen, een bijzonder eigenaardig silhouet. Strijkhout hield zijn peddel stil toen ze op een meter afstand waren, maar Orlando kon nog altijd niet ontwaren wat er op het water dreef. Het was net een geopende oester met daarin een magere, gebogen gestalte, een soort Venus, zoals Orlando die zo vaak in advertenties had gezien.

Eindelijk drong het tot hem door dat het een schildpad was, alleen zat het dier op de onderste helft van zijn eigen schild. Bovendien blies het hard tegen de bovenkant van de schaal, alsof het zich op die manier over het water wilde voortbewegen.

'*Ho dzang*,' mompelde Fredericks. 'Het... het is een schildpad.'

Het iele figuurtje draaide zijn kop om. 'Dat is juist,' verklaarde het met een waardige neusstem. Het haalde ergens een bril vandaan en zette die op het puntje van zijn snavelachtige neus om de inzittenden van de kano beter te kunnen bekijken. 'Helaas ben ik een landschildpad, anders zou ik al aan de overkant zijn geweest.' Het dier draaide zijn kop weer om en blies puffend tegen het schild, dat echter geen centimeter van zijn plaats kwam. Strijkhout moest zijn peddel gebruiken om de kano naast het schild te houden.

'Dat niet helpen,' stelde hij nuchter vast.

'Dat heb ik gemerkt,' antwoordde de schildpad. 'Nog meer nuttige wenken?' Zijn waardige houding stond in een belachelijk contrast met zijn uiterlijk. Zijn kale vel hing in plooien rond zijn lijf en zijn hoofd wiegde heen en weer op zijn gerimpelde nek. Hij zag eruit als een oud mannetje dat in zijn pyjama de straat op is gegaan.

'Waar naartoe gaan?' vroeg Strijkhout.

'Naar de kant, en wel zo snel mogelijk.' De schildpad keek hem fronsend aan. 'Ik had gedacht dat ik er al zou zijn. Mijn schild is wel waterafstotend, maar niet echt geschikt om een rivier mee over te steken.'

'In kano stappen.' Het opperhoofd bracht zijn boot langszij. 'Wij jou brengen.'

'Dat is heel vriendelijk van u!' zei de schildpad, hoewel zijn zorgelijke blik niet direct verdween. 'Als u tenminste bedoelt dat u mij naar de oever wilt brengen.'

'Naar oever,' bevestigde de indiaan.

'Dank u. Je kunt niet voorzichtig genoeg zijn. Ik kreeg daarnet een lift aangeboden door een grote pot Great White schuurpoeder. "Hou je maar vast aan mijn vin," zei hij, maar als u het mij vraagt zat er een luchtje aan.' De schildpad stapte in de kano en hees zijn gevoerde schild aan boord. De indiaan begon naar de oever bij de keukenkast te peddelen.

De schildpad wilde zijn schaal over zich heen trekken toen hij Orlando en Fredericks zag kijken. 'Het zou van goede manieren getuigen,' zei hij bedachtzaam, 'als u zich omdraaide terwijl ik mij aankleed. Hoewel het gezien de geringe plaatsruimte voldoende zou zijn om uw hoofd af te wenden.'

Orlando en Fredericks keken elkaar aan, wat de schildpad in staat stelde zijn kleding op orde te brengen. Hij maakte er nog een heel werk van en door zijn gebrom en gemopper konden Orlando en Fredericks hun lachen bijna niet bedwingen. Orlando moest hard op zijn lip bijten. Door de pijn vroeg hij zich opeens af in hoeverre de filters in zijn neurocanule zijn virtuele bewegingen nabootsten. Beet hij in het ziekenhuis ook op zijn lip? Konden zijn ouders of het personeel alles horen wat hij zei en min of meer volgen wat er gebeurde? Ze zouden zich wel afvragen wat er allemaal aan de hand was. Of denken dat hij volslagen gestoord was geworden.

Ondanks zijn twijfels zag hij plotseling het absurde van de hele situatie in en de lang ingehouden lach ontsnapte toch nog aan zijn keel.

'Ik hoop dat u zich amuseert,' zei de schildpad op ijzige toon.

'Ik lach niet om u,' zei Orlando toen hij was uitgelachen. 'Ik moest ergens aan denken...' Hij haalde zijn schouders op. Het was toch niet uit te leggen.

Dichter bij de oever zagen ze licht flonkeren en hoorden ze de vage tonen van opgewekte muziek. Vlak bij de waterkant stond een groot koepelvormig bouwsel. Licht stroomde uit honderden kleine openingen en door de ingang aan de zijkant bewoog zich een hele stoet van merkwaardig gevormde figuren. De ritmische muziek maakte een ouderwetse indruk. De vreemde vormen leken op de maat te dansen en er was zelfs een polonaise aan de gang, met een hoop gelach, geduw en armgezwaai. Pas toen de kano op een steenworp afstand was gekomen, konden de inzittenden de feestgangers duidelijk onderscheiden.

'Onwijs!' Fredericks floot zachtjes. 'Het zijn groenten!'

Inderdaad was het een verzameling plantaardige types die zich op de oever vermaakte. Boven de ingang van het koepelgebouw hing een groot verlicht bord met de tekst: IN HET VERGIET. Stengels prei en venkel in doorzichtige feestgewaden, courgettes in strakke pakjes en nog veel meer fraai uitgedoste groenten kwamen uit de volgepakte tent alsof de hoorn des overvloeds was leeggestort en bewogen zich hossend over het donkere linoleumstrand.

'Hmf,' bromde de schildpad afkeurend. 'De vegetatie is hier wel erg rumoerig.' Er klonk geen spoor van ironie in zijn stem.

Terwijl Orlando en Fredericks met een mengeling van verbazing en verrukking naar het feestgewoel keken, botste de kano met een harde klap ergens tegenaan. De boot helde vervaarlijk over en Orlando kon zichzelf nog maar net binnenboord houden. De schildpad viel tegen de zijkant. Fredericks stak snel zijn hand uit en trok het dier naar beneden. Het was op zijn rug terechtgekomen en lag driftig met zijn pootjes te maaien.

Het hout van de kano kraakte onder een volgende bonk. Strijkhout bracht de peddel met zijn grote handen razendsnel van de ene naar de andere kant om de boot in het plotseling woelige water rechtop te houden.

Terwijl Orlando zijn evenwicht probeerde te bewaren, hoorde en voelde hij iets over de volle lengte van de kiel schrapen. Hij ging op handen en voeten zitten om te kunnen zien wat er gebeurde. Het was net of ze op een zandbank waren gelopen, maar een zandbank op een keukenvloer...?

Hij tuurde over de rand van de schommelende kano. Eerst zag hij alleen het hoog opspattende water, dat glinsterde in het licht van de feesttent, maar meteen daarop schoot een brede muil vol tanden uit de diepte op hem af. Orlando slaakte een kreet en drukte zich plat tegen de bodem. De grote kaken sloegen met een luide klap dicht op de plek waar zijn hoofd was geweest, daarna viel het haaiachtige monster schurend langs de zijkant van de boot terug in het water.

'Dat... dat ding beet zowat mijn kop eraf!' riep Orlando. Terwijl hij trillend van angst op de bodem lag, zag hij aan de andere kant van de kano weer een opengesperde muil opdoemen. De stompe tanden schoven knarsend langs elkaar heen zonder een prooi te vinden voordat het ding onder water verdween. Orlando greep naar zijn zwaard, maar dat hing niet meer aan zijn riem. Misschien was het wel overboord gevallen.

'Heel gevaarlijk!' riep Strijkhout boven het gekletter uit. Er klonk opnieuw een zware slag en de indiaan kon de kano nog maar net in evenwicht houden. 'Slavorken! Zij heel erg boos zijn!'

Orlando bleef naast Fredericks en de nog maar zwak spartelende schildpad op de bodem van de kano liggen. De boot begon snel vol met water te lopen en hij probeerde zich te verzoenen met het idee dat hij door een stel slavorken vermalen zou worden.

De Slachter zat de eerste gegevens te bekijken die Klekker en Co hem over Zuid-Afrika hadden gestuurd, genietend van de sterke uitwerking van zijn laatste pilletje Adrenax, toen in zijn ooghoek een lichtje begon te knipperen. Hij draaide het volume van de vloeiend-ritmische muziek in zijn hoofd iets lager.

Het binnenkomende signaal trok zich niets aan van zijn standaardinstelling, die alleen met geluid werkte, en opende automatisch een venster. Daarin verscheen een ascetisch bruin gezicht onder een pruik van zwarte en goudgele hennep. De Slachter kreunde in stilte. Een lakei van de Oude Man en niet eens een echt mens. Het was een wel heel rare manier om iemand te beledigen, hoewel zo'n rijke en wereldvreemde kerel als de Oude Man misschien niet eens wist dat het een belediging was.

'De Heer van Leven en Dood wenst u te spreken.'

'Je bedoelt dat ik naar de studio moet komen,' zei de Slachter, ook al besefte hij dat het zinloos was om zijn sarcasme op een Pop te botvieren. 'Naar virtueel Egypte, Abydos of hoe het daar ook heet.'

'Nee.' Het gezicht bleef onbewogen, maar de stem kreeg iets afkeurends, alsof hij de lichtzinnige opmerking ongepast vond. Misschien was het toch geen Pop. 'Hij wenst u nu te spreken.'

De Slachter kreeg niet de tijd om van zijn verrassing bij te komen. Het gezicht van de priester verdween en maakte plaats voor het vaalgroene doodsmasker van de Oude Man. 'Gegroet, boodschapper.'

'Gegroet.' De plotselinge verschijning van de god van het dodenrijk had hem overvallen en hij staarde onzeker naar de documenten die hij uitgerekend nu in de andere vensters had geopend, de bewijzen van zijn verraad. De Oude Man kon via deze open lijn toch zeker niet in zijn systeem kijken? Het idee bezorgde hem kippenvel. Eigenlijk wist hij helemaal niet waar de Oude Man wel of niet toe in staat was. 'Wat kan ik voor u doen?'

Het vreemde gezicht keek hem aan en de Slachter wenste opeens vurig dat hij niet had geantwoord. Had de Oude Man hem door? Kon hij nu de straf voor zijn verraad verwachten, een straf die slechts langzaam tot zijn dood zou leiden?

'Ik... ik heb werk voor je.'

De Slachter durfde wat opgeluchter adem te halen, ondanks de vreemde toon in de stem van zijn werkgever. De Oude Man hoefde zijn betrekkelijk machteloze ondergeschikten niet te ontzien, daarom was het niet waarschijnlijk dat hij iets wist of zelfs maar vermoedde.

En ik zal niet altijd machteloos blijven...

'Dat komt goed uit. Aan de Hemelgod valt hier niet veel meer te doen.'

De Oude Man ging verder alsof hij niets had gehoord. 'Het ligt niet direct op jouw... op jouw terrein. Ik heb anderen ingeschakeld, maar die... die hebben me niet kunnen helpen.'

Het hele gesprek begon vreemd te worden. De Oude Man klonk voor het eerst werkelijk als een oude man. Hoewel de illegale adrenaline in zijn bloed hem tot vluchten of vechten aanzette, voelde de Slachter zijn gebruikelijke zelfvertrouwen langzamerhand terugkeren. 'Ik zal u graag van dienst zijn, Grootvader. Stuurt u het door?'

Het masker kreeg prompt een dreigende uitdrukking, verstoord door het gebruik van de ongewenste bijnaam. 'Heb je muziek in je hoofd?'

'Alleen op de achtergrond.'

'Zet af.'

'Het is niet hard...'

'Zet af!' De stem klonk nog steeds enigszins afwezig, maar de Slachter gehoorzaamde onmiddellijk. Het werd stil in zijn hoofd.

'Ik wil dat je ergens naar luistert,' zei de Oude Man. 'Heel goed luistert. En zorg ervoor dat je het vastlegt.'

En plotseling begon de Oude Man te zingen.

De Slachter kon zijn oren niet geloven, zo bizar en onwaarschijnlijk was het. Hij hoorde een bijna kinderlijk melodietje en de dunne, krassende stem van zijn werkgever die een paar woorden zong. Duizend gedachten speelden door zijn hoofd. Was de ouwe smeerlap dan eindelijk doorgeslagen? Was dit het eerste bewijs van zijn aftakeling? Een van de machtigste mannen die ooit op de aardbodem hadden rondgelopen, wat moest die in vredesnaam met zo'n bespottelijk kinderliedje?

'Je moet voor me uitzoeken waar dat lied vandaan komt, wat het betekent en alles wat je verder maar kunt ontdekken,' zei de Oude Man nadat hij zijn krakerige recital had beëindigd. 'Maar niemand mag weten waar je mee bezig bent en dan bedoel ik speciaal de andere leden van de Broederschap. Als je bij je onderzoek op een van hen stuit, laat je me dat onmiddellijk weten, is dat duidelijk?'

'Natuurlijk. Zoals u zelf al zei, het is niet mijn normale...'

'Nu wel. Dit is van het grootste belang.'

De Oude Man verbrak de verbinding en de Slachter bleef nog geruime tijd verbijsterd zitten. De ongewone stilte in zijn hoofd werd gevuld door de woorden die de beverige stem telkens had gezongen: '*Een engel heeft mij aangeraakt... Een engel heeft mij aangeraakt.*'

Het was gewoon te gek voor woorden.

De Slachter liet zich op de vloer van zijn witte kamer vallen en barstte in lachen uit.

12

Het midden van de doolhof

NETFEED/ADVERTENTIE: *ELEUSIS*
(beeld: vrolijke, goed geklede mensen tijdens een feestje in slow motion)
COMMENTAAR: *'Eleusis is de meest exclusieve club ter wereld. Voor wie eenmaal lid is blijft geen deur gesloten.'*
(beeld: glimmende sleutel in een lichtbundel op een fluwelen kussen)
COMMENTAAR: *'De bezitter van een Eleusissleutel wordt op al zijn wenken bediend en onderhouden op een manier waarvan gewone stervelingen slechts kunnen dromen, en dat allemaal voor niets. Hoe u lid kunt worden? U kunt zich niet aanmelden. Als dit de eerste keer is dat u van ons hoort, zult u waarschijnlijk ook nooit lid worden. Onze adressen zijn geheim en nieuwe leden worden uitsluitend op introductie aangenomen. Waarom we dan adverteren? Omdat het niet zo leuk is de allerbeste te zijn als verder niemand het weet...'*

Terwijl hij worstelde om aan het wateroppervlak van de zoveelste rivier te komen was zijn eerste gedachte: *ik begin hier knap genoeg van te krijgen.*

En de tweede, toen hij net zijn hoofd boven water had gestoken: *het is hier in elk geval warmer.*

Paul watertrappelde en hield zich moeizaam drijvend. De lucht boven zijn hoofd was een grijs wolkendek. De verre oever van de rivier ging schuil in de mist, maar slechts een paar meter bij hem vandaan dobberde een lege roeiboot, alsof hij in een goedkope avonturenfilm terecht was gekomen. Hij zwom ernaartoe tegen een zwakke stroom die niettemin bijna te veel was voor zijn vermoeide spieren. Hij bleef aan de rand hangen tot hij voldoende op adem was gekomen om zich aan boord te hijsen, waarbij de boot twee keer bijna omsloeg. Uitgeput ging hij in de plas water op de bodem liggen en viel onmiddellijk in slaap.

Hij droomde van een veer die op de modderige bodem van het diepe water glansde. Hij dook naar beneden, maar de bodem zakte steeds verder weg en de veer bleef tot zijn ergernis telkens net buiten zijn bereik. De druk begon toe te nemen tot het was alsof een reus zijn borst probeerde fijn te knijpen. Het drong ook tot hem door dat iemand hem achtervolgde zoals hij de veer, twee wezens met ogen die zelfs in de troebele diepte glinsterden. Ze joegen als haaien achter hem aan terwijl de veer steeds verder wegzakte en het water donkerder en zwaarder werd...

Paul werd kreunend wakker. Hij had hoofdpijn, wat natuurlijk niet verbazingwekkend was voor iemand die net door een besneeuwd bos was getrokken en een hyena met de kracht van een flink trekpaard had overleefd. Hij keek naar zijn handen, die helemaal niet koud meer aanvoelden. Nog vreemder was dat hij zijn ruwe ijstijdvacht niet meer droeg. Hij had moderne kleren aan, een donkere broek, een wit overhemd zonder boord en een vest, hoewel hij niet precies kon zeggen hoe modern ze waren, omdat ze kletsnat waren.

Paul hees zijn gepijnigde lichaam overeind, waarbij hij zijn hand op een roeispaan legde. Hij tilde het ding op en keek om zich heen, maar de tweede roeispaan was nergens te bekennen. Hij haalde zijn schouders op. Het was beter dan helemaal geen riemen...

De nevel begon langzaam op te lossen in de warmte van de zon, die zelf nog niet meer dan een diffuus lichtschijnsel achter de wolken was. Op beide oevers kon Paul nu de vage omtrekken van gebouwen onderscheiden, evenals het donkere silhouet van een brug die een eind verderop de rivier overspande. Hij staarde ernaar en voelde zijn hart sneller kloppen, maar ditmaal niet van angst.

Dat kan toch niet... Hij tuurde door de mist, kroop naar de boegspriet en leunde zo ver naar voren als hij durfde. *Het is... Maar dat kan niet waar zijn!* Hij gebruikte de ene roeispaan als peddel om de boot in beweging te brengen en kreeg al snel de slag te pakken, zodat de boot niet meer heen en weer slingerde.

O, lieve god. Paul durfde nauwelijks nog naar de brug te kijken, bang dat die voor zijn ogen zou oplossen of iets anders zou worden. *Het is echt waar: het is de Westminster Bridge.*

Ik ben thuis!

Hij kon nog steeds niet zonder schaamte aan het incident terugdenken. Samen met Niles en diens toenmalige vriendin Portia, een broodmagere jonge vrouw met een schelle lach en heldere ogen die rechten studeerde, was hij in een van de pubs in de buurt van de universiteit iets gaan drinken. Ze hadden gezelschap gekregen van een van Niles' ontelbare vrienden. (Niles verzamelde vrienden zoals anderen sigarenwikkels of postzegels, onder het motto 'je weet nooit wanneer je ze nodig hebt'.) De nieuwkomer, wiens naam en gezicht Paul al lang geleden was vergeten, was net teruggekeerd uit India en vertelde honderduit over de onvoorstelbare pracht van de Taj Mahal, die hij het mooiste bouwwerk ter wereld vond. Hij beweerde zelfs dat de architectonische perfectie ervan wetenschappelijk kon worden aangetoond.

Portia zei op haar beurt dat er geen mooiere plek op aarde was dan de Dordogne en dat iedereen dat met haar eens zou zijn, als de streek niet werd verpest door die afschuwelijke elektrische kampeerwagens met satellietschotels op het dak.

Niles kwam uit een reislustige familie – ze hadden het zelf ook nooit over 'reizen', net zomin als een vis het woord 'zwemmen' nodig heeft – en verklaarde dat de anderen geen recht van spreken hadden, zolang ze niet met eigen ogen de angstwekkende schoonheid van het kale hoogland van Jemen hadden aanschouwd.

Paul was aan zijn derde gin-tonic bezig en zat zich af te vragen waarom het schijfje citroen soms bleef drijven en soms naar de bodem zonk. Hij zat zich eveneens af te vragen waarom hij zich altijd het vijfde wiel aan de wagen voelde als hij bij Niles was, toch een van de aardigste mensen die hij kende, toen de onbekende (die niettemin een naam gehad moest hebben) hem vroeg wat hij ervan vond.

Paul nam een slok van de vaalblauwe drank en zei: 'Er is geen mooier gezicht dan de Westminster Bridge bij zonsondergang.'

Nadat de anderen waren uitgelachen probeerde Niles zijn vriend te hulp te schieten door te zeggen dat Paul ze allemaal mooi bij de neus had genomen. In werkelijkheid was hij lelijk in verlegenheid gebracht: Portia en de naamloze student keken naar hem alsof ze dachten dat hij achterlijk was. Hij had het gevoel alsof er met grote letters 'heikneuter' op zijn voorhoofd stond. Maar hij meende wat hij zei en in plaats van met een geheimzinnige glimlach zijn mond te houden, begon hij moeizaam uit te leggen waarom, wat alles natuurlijk alleen maar erger maakte.

Niles had precies hetzelfde kunnen zeggen en dan net kunnen doen of het een schitterende grap was, of hij had zijn mening zo welbespraakt verdedigd dat de anderen terstond in snikken waren uitgebarsten, overmand door patriottische gevoelens. Paul had nooit zo goed uit zijn woorden kunnen komen, vooral niet als iets belangrijk voor hem was. In dit geval had hij eerst iets gestameld, vervolgens het tegendeel gezegd van wat hij bedoelde en ten slotte was hij zo kwaad geworden dat hij was opgesprongen, waarbij hij zijn glas omstootte, en de pub was uit gerend, ontdaan nagestaard door de anderen.

Niles had hem later nog weleens aan het incident herinnerd, op een plagerige manier, alsof hij voelde hoe pijnlijk het voor Paul moest zijn geweest. Toch zou hij dat nooit helemaal kunnen begrijpen.

Want het was waar: zelfs nu nog vond hij dat er niets mooiers bestond dan deze brug. Als de zon laag aan de hemel stond, viel er een gloed over de huizen op de noordelijke oever van de Theems. Zelfs de modernere gebouwen van Londen, doorgaans ontworpen door architecten zonder enige smaak, kregen een fraaier aanzien. Dit was het echte Engeland, alles wat het ooit was geweest, alles wat het ooit had kunnen zijn. De brug, de parlementsgebouwen, de nog net zichtbare abdijkerk, zelfs de Naald van Cleopatra en de grappige Victoriaanse lantaarns op de kade: ze mochten dan volslagen belachelijk zijn, pompeuze monumenten in de slechtste menselijke traditie, voor Paul waren het symbolen van iets waarvoor hij grote bewondering had zonder precies te kunnen zeggen wat het was. Zelfs de beroemde toren van de Big Ben, een toonbeeld van goedkoop sentiment en nationalisme, had een verfijnde en tegelijkertijd adembenemend simpele schoonheid.

Maar over zulke dingen kon je niet praten na drie glazen gin-tonic, althans niet met mensen zoals de vrienden van Niles, mensen die onbekommerd van het leven konden genieten zonder veel verantwoordelijkheid te hoeven dragen, gewapend met de onoverwinnelijke ironie die ze op kostschool hadden meegekregen.

Maar als Niles nu bij hem had kunnen zijn om met eigen ogen naar die brug te kijken, dat prachtige ouwe ding dat als door een wonder uit de mist te voorschijn was gekomen, dan had zelfs hij (de zoon van een parlementslid en zelf een rijzende ster in het corps diplomatique, het toppunt van ingetogenheid) zich op zijn knieën laten vallen om de stenen pijlers te kussen.

Het lot was hem toch niet zo goedgezind als hij eerst had gedacht. De eerste teleurstelling, en naar later zou blijken ook de kleinste, was dat de zon niet onderging. Terwijl Paul tegen beter weten in doorpeddelde naar de Embankment en niet naar een minder opvallende aanlegplaats, trok de mist voldoende op om te kunnen zien dat de zon in het oosten stond en nog aan het klimmen was.

Het was dus ochtend, maar daar kon hij mee leven. Hij zou op de Embankment aan land gaan, ongetwijfeld aangestaard door tal van toeristen, en naar Charing Cross lopen. Er zat geen geld in zijn zakken en daarom zou hij gaan bedelen, net als anderen die in hun leven door tegenslagen waren getroffen en door hun medemensen het liefst zo snel mogelijk met een grijpstuiver werden afgekocht. Als hij genoeg geld had zou hij de metro naar Canonbury nemen om thuis te kunnen douchen en een paar uur welverdiende slaap te nemen. Dan had hij nog genoeg tijd om terug te gaan naar de Westminster Bridge om van de zonsondergang te genieten en de hemel te danken dat hij de reis door het chaotische heelal had overleefd en behouden in het prachtige en vertrouwde Londen was teruggekeerd.

De zon klom wat hoger aan de hemel. Er stak een oostenwind op die een bijzonder onaangename geur met zich meevoerde. Paul trok zijn neus op. Tweeduizend jaar was deze rivier het kloppend hart van Londen geweest en de mensen sprongen nog net zo stompzinnig en achteloos met het water om als hun primitieve voorouders. Het was een zure, volle stank van riolen, van bedrijfsafval, zelfs van rottend voedsel, maar ook daardoor liet hij zijn immense opluchting niet bederven. Aan de rechterkant zag hij de Naald van Cleopatra, de zwarte obelisk die oprees in de mist die nog boven de oever hing, omringd door helrode bloemen die in de bries heen en weer zwaaiden. Ook op de Embankment waren hoveniers druk aan het werk geweest, te oordelen naar de grote bakken met paarse bloemen. Paul was gerustgesteld. Misschien was er op Trafalgar Square of bij het monument voor gesneuvelde soldaten een plechtigheid aan de gang, per slot van rekening had hij geen idee hoe lang hij weg was geweest. De oever maakte een wel erg verlaten indruk, maar misschien was de omgeving van het parlement afgezet.

De gedachte werd al snel minder geruststellend. Waar waren alle schepen gebleven? Zelfs bij de belangrijkste plechtigheden was er toch altijd wel verkeer op de rivier?

Hij keek weer naar de Westminster Bridge, die steeds duidelijker uit de mist opdoemde, en plotseling kwam er een nog akeliger gedachte bij hem op. Waar was de Hungerford Bridge? Rechts herkende hij de Embankment, maar als dat zo was zou hij de oude spoorbrug moeten kunnen zien, vlak voor zijn ogen.

Hij draaide de punt van de roeiboot naar de noordelijke oever en tuurde door de nevel. Tot zijn opluchting zag hij een van de beroemde lantaarnpalen in de vorm van een dolfijn: het moest de Embankment zijn.

Hij zag nog een tweede paal, die als een haarspeld was kromgebogen. Alle andere lantaarns waren verdwenen.

Twintig meter verderop staken de overblijfselen van de Hungerford Bridge uit de verbrijzelde betonnen pijlers. De dwarsbalken waren uitgerekt en verwrongen alsof het stukken veterdrop waren. Een eind kromgeslagen rails hing nog half over de pijlers, verfrommeld als een snoepwikkel.

Paul staarde ernaar, zijn geest was als een zwarte draaikolk waarin geen enkele gedachte langer dan een oogwenk stand kon houden, toen de roeiboot door de eerste golf werd opgetild en weer neergezet. Pas na de tweede, derde en vierde golf, steeds hoger dan de vorige, kon hij zijn ogen eindelijk losrukken van de deerniswekkende stomp die er van de spoorbrug was overgebleven. Hij keek over het water. Een soort vaartuig passeerde juist de Westminster Bridge. Het was een huizenhoog geval, dat zich kleiner maakte om onder de brug door te kunnen en zich daarna weer in zijn vroegere vorm herstelde, even hoog als de bovenste balken van de brug.

Paul kon het gevaarte niet plaatsen. Het was net een absurd modernistisch meubelstuk of een varende replica van een kantoorgebouw. Het bewoog zich in oostelijke richting voort over de Theems en na een tijdje zag Paul dat het op drie reusachtige poten liep met daartussen een doolhof van steunbalken en platforms, het geheel afgedekt met een brede metalen kap.

Terwijl hij er met open mond naar keek bleef het ding midden in de Theems staan, als een lelijke parodie op een badende vrouw van Seurat. Met een hydraulisch gesis dat zelfs op flinke afstand duidelijk hoorbaar was, zakte het gevaarte een eindje door zijn poten tot de grote kap bijna het water raakte. De kap begon te draaien alsof het een hoofd was dat de omgeving afspeurde. Stalen tentakels aan de platforms zwaaiden heen en weer en trokken een spoor van schuim in het water. Even later kwam het ding weer overeind om zijn steltloop voort te zetten, sissend en ratelend. Het gevaarte naderde verrassend snel, met passen van enkele tientallen meters. Paul, die zijn vreugde binnen enkele seconden had zien omslaan in een nachtmerrie, kreeg nauwelijks de tijd om van zijn verbazing bij te komen. Het ding stampte langs hem heen, de roeiboot werd door de hoge golven opgetild en hard tegen de oever gesmakt. Paul viel tegen de zijkant en voelde hoe de lucht uit zijn longen werd geperst, maar het enorme mechanische ding besteedde niet meer aandacht aan het bootje dan hijzelf aan een dobberende houtspaander zou hebben besteed.

Paul bleef als verdoofd op het bankje in de boot liggen. De nevels begonnen steeds meer op te lossen. Voor het eerst kon hij de Big Ben duidelijk onderscheiden, net voorbij de brug. De spits was niet in mist gehuld geweest, zoals hij had gedacht, er was helemaal geen spits meer. Alleen een geblakerde stomp stak nog boven het evenzeer verwoeste dak van het parlementsgebouw uit.

De golfslag werd geleidelijk minder. Paul ging rechtop zitten en keek naar het metalen monster, dat een ogenblik bleef staan op de plaats waar de Waterloo Bridge over de rivier had gelegen. Met zijn stalen tentakels haalde het een berg modderig beton en ijzer boven water en liet alles als een verveeld kind weer vallen. Daarna verdween het langzaam maar zeker in de mist, op weg naar Greenwich en de zee.

Paul ontdekte in de volgende dagen dat er nog meer mechanische monsters waren, maar ook dat hij niet al te veel moeite hoefde te doen om bij ze uit de buurt te blijven. Blijkbaar bekommerden ze zich niet om individuele mensen, net zomin als een insectenverdelger zich druk zou maken om een enkele ontsnappende mier. Maar de eerste uren verwachtte hij niet anders dan dat een van die gigantische machines hem zou grijpen en vermorzelen.

Want vermorzelen was iets waar ze duidelijk erg goed in waren. Londen, althans het deel dat hij vanaf de rivier kon overzien, was een ruïne, de schade veel groter dan alles wat de stad sinds de dagen van Boudicca had meegemaakt. Hele huizenblokken, zelfs complete wijken waren door de enorme machines bij hun ogenschijnlijk willekeurige strooptochten aan stukken geslagen en platgebrand. En Paul wist dat hij nog niet eens het ergste te zien kreeg. Op beide oevers lagen dode lichamen en in de volgende dagen zouden er nog veel meer stoffelijke overschotten op de stroom langsdrijven, maar toen de wind keerde werd de lijkenlucht ineens ondraaglijk en begreep hij dat er duizenden en nog eens duizenden doden moesten liggen, gevangen in de catacomben van de ondergrondse of verpletterd onder het vallende puin.

Er waren ook minder destructieve indringers. De rode bloemen die hij op de Victoria Embankment had menen te zien, waren in werkelijkheid een onaardse vegetatie die overal wortel had geschoten.

De helrode stengels overwoekerden bermen, vluchtheuvels en verwaarloosde tuinen of hingen als slingers aan de overgebleven bruggen en lantaarnpalen. Behalve het deinende water zag Paul soms kilometers lang niets anders bewegen dan de bladeren van het rode gewas, wiegend in de stinkende wind.

Maar hoe ontstellend de aanblik van het doodse Londen ook was, deze wereld had nog andere, nog vreemdere verrassingen voor hem in petto.

Binnen enkele uren na de confrontatie met de eerste metalen reus begon Paul te beseffen dat dit niet *zijn* Londen was, maar eerder het Londen van enkele generaties voor zijn tijd. De nog overeind staande winkelgevels die hij vanaf het water kon zien, hadden uithangborden met eigenaardig krullerige letters en de opschriften zelf stamden uit een voorbije eeuw: 'Modiste', 'Kruidenierswaren', 'Manufacturenhandel'. Ook de paar nog als zodanig herkenbare auto's waren hopeloos ouderwets, net als de kleding van de lijken die op straat lagen weg te rotten, vooral de hoofddoeken en de enkellange rokken van de vrouwen. Sommige naamloze doden droegen nog hun hoed en handschoenen, alsof een ontmoeting met de dood een plechtige aangelegenheid was.

Paul verkeerde nog uren in shock na het zien van dat eerste gedrocht en het drong slechts langzaam tot hem door waar hij eigenlijk terecht was gekomen.

Om zijn armen rust te gunnen had hij de boot naar een verlaten strekdam tegenover Battersea gestuurd. In het Londen dat hij kende had hier een bekende elektriciteitscentrale gestaan, die inmiddels allang was afgebroken om plaats te maken voor torenhoge fibramische kantoorgebouwen, maar in dit Londen was er zelfs nog geen sprake van een centrale. En aangezien bijna de hele bevolking door de vreemde monsters leek te zijn uitgeroeid, zou die centrale hier ook wel helemaal nooit komen. Wat een verwarrend idee!

De zon was een eind naar het westen gedaald, waardoor de geblakerde ruïnes iets minder grimmig leken en de verwoesting een fractie draaglijker werd. Paul bleef een tijdje roerloos zitten en probeerde te vergeten wat hij allemaal had gezien. Hij sloot zijn ogen om de omgeving buiten te sluiten, maar plotseling werd hij overvallen door een sterk gevoel van naderend onheil. Elk ogenblik kon een van die groteske wolkenkrabbers aan de horizon opdoemen, een mechanisch roofdier op drie poten dat hem kwam verslinden...

Drie poten... Paul deed zijn ogen open en staarde zonder iets te zien naar het water dat tegen de dam klotste. Monsters op drie poten, dodelijke machines, rode planten die overal groeiden. Was dat niet uit een of ander verhaal...?

De herinnering trof hem als een vuistslag, niet als het bevredigende antwoord op een vraag maar als het onaangename begin van een nog angstwekkender probleem.

O god, dat is toch het verhaal van H.G. Wells? De invasie van de Marsbewoners...

Hij meende dat verhaal goed te kennen, ook al had hij het boek nooit gelezen en zelfs nooit een van de vele verfilmingen gezien (waarvan er heel wat op het net beschikbaar waren, ook interactieve versies). Daarom dacht hij zeker te weten dat déze versie nog niet eerder was vertoond. Dit was ook geen verfilming, dit was afschuwelijk echt.

Maar hoe kan ik in een verhaal terecht zijn gekomen als dat verhaal helemaal niet bestaat?

Het begon hem al snel te duizelen. Er waren veel te veel mogelijke antwoorden, het ene nog idioter dan het andere. Was het een vage imitatie, alleen in hoofdlijnen gebaseerd op een bestaand verhaal en verder speciaal voor hem ontworpen? Dat was ondenkbaar. Die hele ijstijdomgeving was al een prestatie geweest, maar om een stad als Londen te simuleren had je een onvoorstelbaar kapitaal nodig. En dan waren er nog die andere werelden waar hij al was geweest... Nee, het was onmogelijk. Maar welke andere verklaring was er dan te geven? Was dit misschien een echte stad, een Londen in een parallel universum dat door Marsbewoners was verwoest en waar Wells per ongeluk mee in aanraking was gekomen? Berustte het alternatieve heelal van die oude schrijver dan op waarheid?

Of was het nog ingewikkelder, een van die kwantumverschijnselen waar Muckler van het museum altijd over doorzeurde? Was de creatieve gedachte van Wells voldoende geweest om deze wereld te scheppen, een realiteit die pas tot stand kwam toen de man uit Bromley zijn pen op het papier zette?

Die mogelijkheid leidde slechts tot nieuwe, nog moeilijker vragen. Zat er achter elk verhaal een eigen universum of alleen achter goede verhalen? En wie besliste daarover?

En was Paul zelf, toch al losgeslagen uit zijn verleden, veroordeeld tot een zwerftocht door steeds nieuwe werelden, door dimensies die steeds verder verwijderd waren van de zijne?

Onder andere omstandigheden was het misschien aardig geweest om je voor te stellen dat je was overgeleverd aan de grillen van een bovenaardse eindredacteur, maar aan deze omgeving was helemaal niets aardigs te ontdekken. Paul was verdwaald in een onbegrijpelijk universum, hij was oneindig ver van huis en ook nog eens helemaal alleen.

Die avond sliep hij in een leeg restaurant in de buurt van Cheyne Walk. Er was geen spoor te bekennen van iets eetbaars, maar hij had ook weinig trek. De draaiende wind voerde uit elke richting de geur van bederf met zich mee. Hij kon zich trouwens nauwelijks herinneren wanneer hij voor het laatst trek had gehad en al helemaal niet wanneer hij voor het laatst had gegeten, een besef dat alleen maar meer vragen opwierp en aan vragen had hij nu zeker geen behoefte. Hij trok de gordijnen voor de ramen los en legde die over zich heen voordat hij in een diepe, droomloze slaap wegzakte.

De volgende dag kwam hij sneller vooruit, dankzij de tweede roeispaan die hij in een andere lege boot had gevonden. Hij ontdekte dat hij niet als enige in dit verwoeste Londen rondzwierf. Vanaf het water zag hij in totaal een stuk of tien andere mensen, maar telkens wanneer hij aanlegde maakten ze zich als schuwe ratten uit de voeten en geen van hen reageerde op zijn kreten. Hij moest aan het geplunderde restaurant denken en besefte dat het werkelijk zwervers waren, uitgemergeld en met besmeurde gezichten zodat hij niet kon zien of ze blank of zwart waren, mensen die probeerden te overleven.

De dag daarop trof hij in Kew een hele gemeenschap aan van enkele tientallen mensen in gescheurde kleren die zich in de koninklijke tuinen hadden gevestigd. Paul ging niet aan land, maar riep hen vanuit de boot aan. Een kleine afvaardiging kwam naar de waterkant en vertelde dat de meeste 'machinewezens' na de verwoesting van Londen naar het noorden waren getrokken, maar dat de paar achtergebleven monsters de stad bijzonder onveilig maakten. Zelf waren ze pas een week geleden vanuit het bijna totaal vernietigde Lambeth naar de botanische tuin getrokken. Sommigen waren op het grasveld door een driepoot platgetrapt, maar alleen omdat ze niet snel genoeg uit de weg konden komen. De mensen vertelden dat ze verder zouden trekken als ze niet genoeg eekhoorns en vogels meer konden vangen om van te leven.

Het was prettig met iemand te kunnen praten, hoewel Paul vond dat de mensen tamelijk vreemd naar hem keken. Daarom ging hij ook niet in op de uitnodiging om zich bij hen te voegen.

Terwijl hij in de richting van Richmond roeide, probeerde hij zich te herinneren wat er in de originele *War of the Worlds* was gebeurd. De invallers van Mars bleken kwetsbaar voor aardse ziekten en waren binnen enkele weken na het begin van hun vernietigende aanval gestorven, maar volgens de overlevenden in Kew waren de eerste ruimteschepen al meer dan een halfjaar geleden in Surrey geland. Paul verwonderde zich over de afwijking van het verhaal. Af en toe vond hij op de oever een stuk van een oude krant uit de tijd vlak voor de invasie, maar dat stelde hem natuurlijk nog niet in staat de huidige datum te bepalen. Op de dag van de aanval was de aardse beschaving tot stilstand gekomen.

Dat was juist het vreemde aan heel deze situatie. In tegenstelling tot de andere werelden die hij tijdens zijn onvrijwillige zwerftocht had gezien, leek dit verwoeste Engeland een soort evenwicht te hebben bereikt, alsof iemand een partij schaak had nagespeeld en de laatste stukken op het bord had laten staan. Londen was blijkbaar helemaal aan de Martianen ten prooi gevallen en misschien gold dat ook voor de rest van het land en voor de hele aarde. Van de aanvallers was slechts een handjevol achtergebleven en de overlevenden hadden al hun energie nodig om aan eten te komen. Het was allemaal zo... zo leeg.

De gedachte liet hem niet los terwijl hij verder de rivier afzakte en een andere groep mensen op de oever zag, die niet op zijn kreten reageerden. Alle plaatsen waar hij na het einde van zijn normale leven was geweest hadden zo *oud* geleken. Het waren plaatsen en toestanden geweest die bij een heel andere tijd leken te horen. De roman van Wells uit het begin van de eeuw, de fantastische versie van het bewoonde Mars – maar dan een heel andere planeet dan waar de mechanische monsters vandaan waren gekomen, wat op zich al een interessant fenomeen was – en het Wonderland waar hij Gally had ontmoet: hoe vaag zijn herinneringen soms ook waren, ze hadden altijd iets met een reeds lang afgelopen oorlog te maken. En die ijstijd was heel duidelijk iets van lang geleden. Maar behalve oorlog moest er nog een ander gemeenschappelijk element te vinden zijn, een verontrustende overeenkomst die hij nog niet goed onder woorden kon brengen.

Op de vierde dag, toen hij net ten oosten van Twickenham was, kwam hij ze tegen.

Hij was net een eilandje in de rivier gepasseerd en roeide langs een plantsoen op de noordelijke oever, toen hij een man doelloos op het gras heen en weer zag lopen. Paul kreeg de indruk dat het een afgetakelde zwerver was, want toen hij hem aanriep keek de man op en staarde hem aan alsof hij een geest zag. Een ogenblik later begon hij op en neer te springen en als een dolle met zijn armen te zwaaien. ‘Goddank!’ riep hij uit. ‘O, de hemel zij geprezen! Goddank!’

Paul zag de man over de oever naar hem toe rennen en bleef op een afstandje, voorzichtig geworden na zijn eerdere ontmoetingen met overlevenden. Hij nam de ander wat nauwkeuriger op. De man was van middelbare leeftijd, mager en opvallend klein van stuk, nauwelijks een meter zestig lang. Hij droeg een bril en een snorretje die latere generaties aan een zekere Duitse dictator zouden doen denken. Afgezien van zijn gescheurde zwarte pak en de tranen van opluchting die over zijn wangen stroomden, leek hij nog het meest op de boekhouder van een klein, bedompt verzekeringskantoor.

'Ik smeek u, kom mij toch helpen.' De man haalde een zakdoek uit zijn vestzak en bette zijn gezicht. De groezelige doek had zijn oorspronkelijke kleur reeds lang verloren. 'Mijn zuster... Ze is gevallen en kan niet meer opstaan. Helpt u mij toch!'

Paul keek de man strak aan. Hij zag er niet bepaald uit als een overvaller en gezien de verlatenheid van de rivier was het evenmin erg waarschijnlijk dat zijn handlangers zich achter de bomen hadden verborgen. Toch kon het geen kwaad om op je hoede te blijven. 'Wat is er met uw zuster gebeurd?'

'Ze is gevallen en heeft zich bezeerd. Ik smeek u, mijnheer, wees een barmhartige Samaritaan en help mij. Als ik kon zou ik u voor uw hulp betalen.' Hij glimlachte wrang. 'Al zou ik niet weten wat u met geld kon beginnen. Maar wij zullen ons eten met u delen.'

De man maakte een heel oprechte indruk en bovendien was hij een kop kleiner dan Paul. Een wapen had hij al veel eerder kunnen gebruiken. 'Goed,' zei Paul. 'Ik zal mijn boot vastleggen.'

'God zegene u, mijnheer.'

De kleine man stond van de ene voet op de andere te springen, als een kind dat nodig moet, terwijl Paul naar de oever waadde en de roeiboot vastlegde. De man wenkte hem en begon op een eigenaardige manier naar de bomen te draven en Paul betwijfelde of hij sinds zijn schooltijd ooit zo hard had gelopen.

De man in het zwarte pak vertraagde plotseling zijn pas en draaide zich om, alsof de aanwezigheid van een vreemdeling hem aan zijn goede manieren herinnerde. 'Het is werkelijk heel vriendelijk van u. Mijn naam is Sefton Pankie.' Achterwaarts lopend stak hij zijn hand uit, waardoor hij ernstig gevaar liep over een boomwortel te struikelen.

Paul was al eerder tot de conclusie gekomen dat hij behalve zijn eigen geheugen ook niets of niemand anders kon vertrouwen, gaf de man een hand en noemde een valse naam. 'Ik ben... Peter Johnson.'

'Aangenaam, mijnheer. Nu we de omgangsvormen in acht hebben genomen moeten we ons maar haasten.'

Pankie draaide zich weer om en rende tegen een heuvel op. De top was begroeid met een strook van dat onvermijdelijke Martiaanse gras, alsof de invallers hier hun rode vlag hadden geplant. Aan de voet van de helling stond een groep beuken. Paul begon zich af te vragen of Pankie hem niet toch in een hinderlaag wilde laten lopen, toen de kleine man aan de rand van een diepe greppel bleef staan.

'Daar ben ik weer, lieve. Je maakt het toch goed? O, zeg dat het je goed gaat!'

'Sefton?' Het was een krachtige altstem, eerder doortastend dan melodieus. 'Ik dacht al dat je me in de steek had gelaten.'

'Hoe kom je erbij, lieve.' Pankie greep een paar boomwortels en liet zich in de greppel glijden, al even onhandig als hij had gedraafd. Paul keek over de rand van de greppel en zag een vrouw op de bodem liggen. Hij begon Pankie te volgen.

De vrouw zat klem in een nauwe bodemspleet en lag in een moeilijke en tamelijk onwelvoeglijke houding, met haar benen in de lucht, haar zwarte gelakte haar verstrikt in een paar wortels. Een strohoed zat nog half op haar hoofd. Ze was ook opvallend groot. Paul klom naar beneden en keek naar haar rood aangelopen, bezwete gezicht. Ze was zeker niet jonger dan Pankie.

'O, lieve help, wie is dat?' vroeg ze met ongeveinsde ontzetting toen ze Paul zag. 'Wat moet u wel niet van mij denken, mijnheer? O, wat afschuwelijk, wat een vernedering!'

'Dit is mijnheer Johnson, lieve, hij is zo vriendelijk ons te helpen.' Pankie ging naast de vrouw op zijn hurken zitten en liet zijn handen over haar lange grijze japon glijden alsof het de huid van een prijskoe was.

'Let u maar niet op mij, mevrouw.' Paul zag meteen dat het niet eenvoudig zou worden. Pankies zuster was zeker drie keer zo zwaar als hij. Het zou een hele toer worden om haar los te krijgen en dan uit de greppel te hijsen. Toch kon hij haar niet aan haar lot overlaten en hij had zelfs begrip voor haar Victoriaanse verlegenheid, hoewel preutsheid nauwelijks relevant was na de verwoestingen die de Martianen hadden aangericht. Hij bukte zich om haar te helpen.

Het duurde bijna een halfuur voordat ze de vrouw hadden bevrijd, vooral omdat ze het uitgilde van de pijn zodra ze probeerden haar zwarte haar los te maken van de takken. Toen dat eindelijk was gelukt moesten Paul en Sefton Pankie haar nog uit de greppel zien te krijgen en naar de veilige heuveltop brengen. Het was bijna donker toen ze ten slotte boven waren, alle drie uitgeput, vuil en doornat van het zweet.

De vrouw liet zich als een inzakkende tent tegen de grond vallen en weigerde voorlopig zelfs maar te gaan zitten. Paul verzamelde droge takken voor een kampvuur terwijl Pankie zich om zijn zuster bekommerde als een vogel die insecten van de huid van een nijlpaard pikt. Pankie gebruikte zijn zakdoek in een poging haar kleren te reinigen, een volslagen zinloze bezigheid. Paul legde de takken bij elkaar en Pankie toonde trots een doosje lucifers. Uiterst behoedzaam, om geen lucifers te verspillen, staken ze een van de takken in brand. Terwijl de zon achter de puinhopen op de andere oever van de rivier onderging, schoten de vlammen hoog op en begonnen ze zich snel beter te voelen.

'Ik kan u niet genoeg bedanken,' zei de vrouw. Haar ronde gezicht zat onder de striemen en vuile vegen, maar desondanks slaagde ze erin hem innemend toe te lachen. 'Het lijkt misschien vreemd na alles wat er is gebeurd, maar ik hecht sterk aan goede omgangsvormen. Mijn naam is Undine Pankie.' Ze stak hem een hand toe alsof het een bijzondere lekkernij was. Paul vroeg zich af of een handkus van goede omgangsvormen zou getuigen, maar hij besloot dat hij ergens de grens moest trekken. Hij liet het bij een handdruk en stelde zichzelf ook aan haar voor onder zijn haastig verzonnen schuilnaam.

'Ik kan u niet zeggen hoe dankbaar ik ben,' zei ze. 'Mijn man bleef zo lang weg, ik was al bang dat hij was overvallen. U kunt zich voorstellen hoe ik mij voelde, hulpeloos en helemaal alleen in die afschuwelijke greppel.'

Paul keek haar fronsend aan. 'Pardon... uw man, zei u?' Hij keek naar Pankie. 'U had het toch over uw zuster?' Hij draaide zijn hoofd weer om naar de vrouw, die een onschuldig gezicht probeerde te trekken maar er niet in slaagde haar ergernis te verbergen.

'Zuster? Sefton, hoe kwam je op dat idee?'

De kleine man staakte zijn vergeefse pogingen om haar haren op orde te brengen en lachte verlegen. 'Tja, ik weet het zelf niet goed. Het komt door die invasie, begrijp je wel. Ik ben er helemaal van in de war.'

Paul accepteerde die uitleg (Undine Pankie leek in elk geval net zo verbaasd te zijn als hij), maar om de een of andere reden bleef het hem dwarszitten.

Undine Pankie werd snel weer de oude en praatte de rest van de avond honderduit over de Martiaanse invasie en over het ruwe leven in de openlucht, twee verschrikkingen die ze ongeveer even erg leek te vinden.

Ze was een bijzonder spraakzame vrouw en toen Paul eindelijk kans zag zich terug te trekken voor de nacht, had ze hem meer verteld dan hem lief was over het leven van de kleine burgerij in Shepperton, zowel voor als na de invasie. Sefton bleek een gewestelijk ambtenaar te zijn geweest, een positie die zijn vrouw duidelijk beneden zijn stand vond. Zo te horen had ze het idee dat hij met veel ijver en de juiste relaties zou kunnen opklimmen, iets wat Paul weinig waarschijnlijk achtte zolang de Martianen geen aanstalten maakten het gewestelijk bestuur in ere te herstellen. Toch begreep hij wel dat deze mensen zich in hun abnormale omstandigheden aan hun gewone leven wilden vastklampen en daarom schudde hij meelevend zijn hoofd toen Undine verhaalde hoe weinig waardering de chef voor de kwaliteiten van haar echtgenoot had.

Undine zelf was huisvrouw, een positie waarvan ze meer dan eens verklaarde dat het de allerhoogste was waar een vrouw naar kon en mocht streven. Ze bestierde haar huishouden als de kapitein van een schip, zei ze, en ze liet er geen twijfel over bestaan dat zelfs haar geliefde Sefton zich aan de regels diende te houden.

Het ontging Paul niet dat Seftons gezicht even betrok.

Undine Pankie had één grote grief in haar bestaan, namelijk dat de Heer het haar niet had vergund de vreugden van het moederschap te mogen beleven, toch het grootste geschenk dat een vrouw haar echtgenoot kon geven. Ze hadden alleen een foxterriër die naar de naam Dandy luisterde... Nu was het haar eigen gezicht dat betrok toen ze zich herinnerde dat Dandy tegelijk met het huis waar ze hadden gewoond door de Martianen met hun hittestralen was opgeblazen. De Pankies waren zelf aan de dood ontsnapt doordat ze bij de buren het laatste nieuws waren gaan vragen.

Undine onderbrak haar relaas en vergoot een paar tranen voor haar dappere kleine Dandy. Paul voelde zich opgelaten. De halve stad lag in puin en deze dikke, weke vrouw zat om een hondje te jammeren en uit een ooghoek naar hem te kijken om te zien of hij wel goed begreep hoe hulpeloos en sentimenteel ze was. Maar ook al wist hij niet of zijn eigen huis nog overeind stond, laat staan hoe hij daar moest komen, wie was hij om te beoordelen welk verlies voor anderen het zwaarst woog?

‘Dandy was als een kind voor ons, mijnheer Johnson, ik zweer het! Is het niet zo, Sefton?’

Pankie hield abrupt op met knikkebollen. Hij had in het vuur zitten poken en naar de rood omrande boomtakken gekeken zonder veel aandacht aan het gesprek te besteden, maar hij was kennelijk lang genoeg getrouwd om te weten wanneer er een bijdrage van hem werd verwacht.

'We wilden niets liever dan een eigen kind, mijnheer Johnson, maar God heeft ons dat ontzegd. Toch zal het wel beter zijn zo. We moeten ons verheugen in Zijn wijsheid, ook al blijven Zijn wegen ondoorgrondelijk.'

Later, toen Paul op de slaap lag te wachten en naar het verenigde gesnurk van de Pankies luisterde – het hare zwaar en schor, het zijne piepend – bedacht hij dat de vrouw weleens heel wat minder volgzaam zou kunnen zijn als ze God ooit van aangezicht tot aangezicht zou zien. Ze leek hem een vrouw die zelfs haar schepper de mantel zou kunnen uitvegen.

Undine Pankie gaf hem de koude rillingen.

Het was een vreemde gewaarwording voor Paul toen ze de volgende morgen met de boot de Theems afvoeren, dat zelfs de ergste, bijna onvoorstelbare verschrikkingen door heel banale dingen naar de achtergrond gedreven konden worden. De menselijke geest had blijkbaar geen behoefte aan vage overwegingen maar aan tastbare zaken, aan simpele dingen die ook een aap kon doen: jagen, beetpakken, manipuleren.

Hij kende de Pankies nog geen dag en toch hadden ze zijn eenzame odyssee al veranderd in een soort gondeltochtje. Zo waren ze op dit moment aan het twisten over de vraag of Sefton in staat zou zijn met behulp van een eind garen en een veiligheidsspeld een vis te vangen. Zijn vrouw liet duidelijk merken dat ze hem daar veel te onhandig voor vond en dat hij zulke dingen beter kon overlaten aan 'die slimme mijnheer Johnson'. Daarbij schonk ze Paul een glimlach die hem meer aan de bek van een vleesetende plant deed denken dan aan een gewone menselijke gelaatsuitdrukking.

Maar hij zat nu eenmaal met ze opgescheept en hun niet aflatende, bekrompen alledaagsheid had ervoor gezorgd dat hij helemaal niet meer aan zijn eigen moeilijkheden had gedacht. Wat geen onverdeelde zegen was.

Toen hij die ochtend was ontwaakt hadden de Pankies zich tot zijn schrik zo goed mogelijk opgedoft en hun schamele bezittingen bijeengepakt, 'klaar voor de reis' zoals ze zeiden. Geheel buiten Paul om waren ze tot de conclusie gekomen dat hij bereid was hen in zijn boot mee te nemen naar een wat beschaafdere omgeving dan het park aan de rand van Twickenham.

Undines pogingen om hem de voordelen van het samenzijn op het hart te drukken ('wat verrukkelijk, ik voel me net een kind dat een dagje de stad uit mag') deden hem al bijna op de vlucht slaan, maar het echtpaar verkeerde duidelijk in nood en hij kon het niet over zijn hart verkrijgen om hen achter te laten.

Maar er was iets vreemds gebeurd toen ze naar de waterkant waren gegaan, waar de roeiboot gelukkig nog bleek te liggen. Paul was in het water gestapt om de boot helemaal aan land te trekken, zodat het ding niet kon omslaan als Undine aan boord probeerde te klimmen, en toen hij zich omdraaide kreeg hij een schok bij het zien van de twee gestalten op de oever, de een groot en de ander klein. Het was een schok van angst, zo onverwachts en overweldigend dat hij even dacht dat hij een hartaanval kreeg.

De monsters uit het kasteel! Hij herkende ze heel duidelijk in het tweetal op de oever, de twee afschuwelijke wezens die hem al die tijd hadden achtervolgd, de grote en de kleine jager, allebei even meedogenloos, allebei angstwekkender dan enige menselijke belager zou kunnen zijn. En nu hadden ze hem gevonden. Of liever, hij had zichzelf aan hen uitgeleverd.

Hij had met zijn ogen geknipperd en de Pankies hadden hun gewone uiterlijk weer aangenomen, twee onfortuinlijke bewoners van deze onfortuinlijke wereld. Terwijl hij zich aan de rand van de boot had vastgeklemd en naar hen keek was de angst weggeëbd. Het was anders dan bij de confrontatie met die twee jagers, waarvan alleen de nabijheid al voldoende was geweest om hem de stuipen op het lijf te jagen, een angst die hem misselijk had gemaakt. Maar bij dit tweetal voelde hij niets anders meer dan de vrees dat Undine Pankie dag en nacht zou blijven doorpraten.

En als dit toch zijn vermomde vijanden waren, waarom hadden ze hem dan niet gegrepen toen hij lag te slapen?

Undine had op de schouder van haar tobberige man geleund en haar gekreukte hoed stevig op haar hoofd gedrukt in de opstekende wind. 'O, kijk eens naar die boot, Sefton! Wat een prachtig scheepje!'

Het was gezichtsbedrog geweest, besloot Paul, ook al had het een heel gevoelige snaar bij hem geraakt. Gewoon gezichtsbedrog.

Maar al waren de Pankies dan niet zijn vijanden, dacht Paul terwijl ze langs de plantentuin van Hampton Wick op de noordelijke oever voeren, ze hadden hem lelijk afgeleid en dat zou op de lange duur weleens ongunstig kunnen zijn. Hij had immers min of meer een doel voor ogen en sinds zijn aankomst in dit vreemde Engeland was hij er geen stap dichterbij gekomen.

Het kind in de grot had tot hem gesproken met haar stem, de stem van de vogelvrouw uit zijn dromen, en hem verteld wat hij moest doen. '*Je zei dat je zou komen*,' had ze verwijtend gezegd. '*Je moet naar het huis van de zwerver gaan en de wever bevrijden.'*

Maar wie of wat was de wever? En waar zou hij zoiets vaags als 'het huis van de zwerver' moeten zoeken, hier of in een andere wereld? Het was zoeken naar een naald in een hooiberg.

Tenzij ik zelf die zwerver ben, dacht hij opeens. *Alleen, wat kan ik nog meer wensen als ik mijn huis heb teruggevonden? Of bedoelde de vrouw niet mijn echte huis, maar een huis hier in dit andere Londen?*

Het was in elk geval prettig een duidelijk doel voor ogen te hebben. Even kreeg hij de aanvechting om de boot te keren en terug te roeien naar het verminkte hart van de stad. De straat in Canonbury waarin hij woonde was oud genoeg, het huis moest al gebouwd zijn... al was het nog maar de vraag of er veel van over was. Na alles wat hij had gehoord was het wel zeker dat er in het centrum nog veel meer doden waren gevallen.

Hoe meer hij erover nadacht, des te onwaarschijnlijker kwam het hem voor dat hij die zwerver was. Maar wie was het dan wel? En wat kon hij anders verzinnen?

'Hij heeft het weer verknoeid, mijnheer Johnson. Hou nu maar op, Sefton, straks breekt de draad nog! Heus, mijnheer Johnson, u zult hem echt een handje moeten helpen.'

Paul zuchtte in stilte, zijn gedachten weer even onsamenhangend als het wrakhout dat her en der op het bruine water dobberde.

De Theems werd smaller toen ze Hampton Court naderden en voor het eerst begon Paul iets van het normale Engelse leven te zien. Zoals hij weldra zou vernemen waren de meeste mensen hierheen getrokken nadat de driepoten waren afgemarcheerd. Enkele maanden na de invasie was er een hele gemeenschap van vluchtelingen ontstaan. Boven de geïmproviseerde kampen kringelde zelfs rook van houtvuren: de bewoners waren niet bang meer om zich te laten zien en dreven ook openlijk ruilhandel, slechts beschermd door wachters met spiegels om signalen door te geven en met een handjevol vuurwapens. Paul veronderstelde wel dat er schuilplaatsen waren ingericht waarin de mensen bij het eerste teken van onraad zouden verdwijnen, als konijnen op een grazige heuvel.

Undine Pankie keek opgetogen naar de kleine nederzettingen en toen Paul bij een ervan aanlegde, stapte ze zo enthousiast uit dat de boot bijna omsloeg.

Van een man met een grommende hond aan een stuk touw kregen ze een homp brood in ruil voor nieuws uit het oosten. Hij schudde bedroefd zijn hoofd toen Paul vertelde wat hij nog maar een paar dagen geleden in het centrum van de stad had gezien. 'Onze dominee in Chiswick zei dat het de straf van God is, maar zó zondig kan een stad toch niet zijn?'

Hampton Court was ingericht als een soort marktplaats, vertelde de man verder, waar ze de laatste nieuwtjes konden vernemen en de Pankies wellicht iemand zouden vinden die hen kon helpen. 'Maar iedereen moet voor zijn eigen kostje zorgen,' zei de man met een weifelende blik naar Undine Pankie. 'Het zijn harde tijden, dat zijn het.'

Undine sloeg geen acht op zijn insinuaties, verrukt bij het idee dat ze hier weer een eigen huishouden op poten zou kunnen zetten. Sefton knikte slechts vluchtig toen de man afscheid nam, alsof hij vond dat zijn vrouw beledigd was maar niet genoeg om inbreuk op de goede omgangsvormen te maken.

Het paleis kwam in zicht toen ze een scherpe bocht in de rivier achter zich lieten, een woud van torentjes die in het wazige zonlicht glansden. Op de gazons van Hampton Court was een teleurstellend klein aantal mensen te zien, maar nadat Paul Undine Pankie aan land had geholpen vertelde een vrouw op een kar dat ze de markt achter het paleis konden vinden, in wat ze 'de Wildernis' noemde.

'Eerst stonden we hier, maar toen kwam een van die slagschepen van Mars voorbij,' zei de vrouw, wijzend naar de geblakerde restanten van het grote poorthuis. Het stuk grond voor de verbrokkelde muren was kaalgeschuurd en glom als een geglazuurde kan.

Undine ging haastig op weg, net als de beer waarop ze leek was ze verrassend snel, en haar echtgenoot had moeite om haar bij te houden. Paul volgde in een rustiger tempo. Hij zag allerlei hooiwagens waarop blijkbaar hele families zaten en kleinere rijtuigen die ooit een teken van welstand waren geweest, maar nu net als de boerenkarren uitsluitend als vervoermiddel dienst deden, op weg naar de markt. Niemand begroette hem vriendelijk en slechts een enkeling knikte naar hem. Verder maakten deze mensen een heel gewone indruk op hem, anders dan de overlevenden die hij tot nu toe had ontmoet. Alleen al het feit dat ze na al die maanden van ellende weer naar de markt konden, betekende een terugkeer naar het normale bestaan. De Martianen mochten de aarde dan hebben veroverd, het leven van de mens ging door.

Paul liep over de klinkers van de parkeerplaats in de richting van de Tiltyard Gardens, waar het al veel drukker was. Al was dit dan misschien niet de plaats die de vogelvrouw bedoelde, het was in elk geval Engeland, een Engeland dat hij had gemist. De toekomst was nog heel onzeker, alsof deze mensen nog niet genoeg hadden geleden – hij zag regelmatig iemand die een arm of een been miste en mensen met vreselijke brandwonden, zodat hij niet de kans kreeg te vergeten dat de omstandigheden abnormaal waren – maar ze waren in elk geval doelbewust bezig op de puinhopen weer iets op te bouwen. Dat was meer dan hij tot nu toe van zichzelf kon zeggen.

Sterker nog, hij merkte dat hij moe was. Moe van het denken, moe van het rondtrekken, bijna overal moe van.

Hij liep langs de rode bakstenen muur en kwam in de Wildernis, ondanks de naam een zorgvuldig aangelegde tuin met hagen en taxusbomen. De aanblik zorgde ervoor dat hij zich wat beter voelde, ook al had het vreemde vuurrode gewas zelfs hier wortel geschoten. De markt was in volle gang. Allerlei groenten waren op karren uitgestald en er vond een levendige handel plaats. Waar hij ook keek, overal zag hij potentiële kopers en verkopers druk debatteren over de waarde van de aangeprezen producten. Als hij zijn ogen half dichtkneep was het net een landelijke markt op een oude prent. De Pankies waren nergens te zien, wat hij niet direct een ramp vond.

Terwijl hij naar de markt stond te kijken, waar zich twee- of driehonderd mensen bevonden, werd zijn oog getroffen door een man met donker haar en een tamelijk donkere huid, een man die hem met meer dan gewone belangstelling scheen te bekijken. De onbekende sloeg snel zijn ogen neer en draaide zich om, maar Paul had sterk de indruk dat de man hem al enige tijd in de gaten had gehouden. De donkere figuur passeerde twee vrouwen die aan het bekvechten waren over een hond in een mand – Paul wist niet wat mensen in deze tijd met een hond moesten, maar hij vreesde het ergste voor het dier en hoopte dat Undine Pankie het niet zou zien – en verdween in de menigte.

Paul haalde zijn schouders op en liep door. Eigenlijk was alleen het Aziatische uiterlijk van de man opvallend geweest en Aziaten hadden ook vroeger al in Londen gewoond. Bovendien had Paul niets bespeurd van de angst die zijn achtervolgers hem altijd inboezemden.

Zijn overpeinzingen werden gestoord door de plotselinge terugkeer van de Pankies. Undine liep te snikken en haar gemaal probeerde haar zonder veel succes te troosten. Paul dacht even dat ze het hondje in de mand had gezien en aan haar arme Dandy was herinnerd, die zo rampzalig aan zijn einde was gekomen.

'O, mijnheer Johnson, het is onverdraaglijk!' Ze klampte zich vast aan zijn mouw en keek hem met haar brede gezicht smekend aan.

'Misschien willen ze alleen maar een waakhond,' zei Paul, maar de vrouw luisterde niet naar hem.

'Ik zag haar lopen, net zo oud als onze Viola nu zou zijn als ze niet... O, het is te wreed!'

'Kom, kom, lieve.' Sefton keek zenuwachtig om zich heen. 'Maak nu geen scène, kindje.'

'Viola?'

'Ons kleine meisje. Ze leek er sprekend op! Ik wilde naar haar toe, maar mijn man hield me tegen. O, mijn arme kleine meisje!'

Paul schudde zijn hoofd. 'Uw dochter? Maar u zei toch dat u geen...'

'Verzonnen,' zei Sefton Pankie op besliste toon, hoewel Paul vond dat hij een radeloze indruk maakte. 'Een leugentje om bestwil. We hebben een kind verzonnen en haar Viola genoemd. Zo is het toch, lieve?'

Undine stond nog steeds te snikken en met haar mouwen over haar neus te wrijven. 'Mijn liefste Viola.'

'En dat meisje bij de heg zag er net zo uit... net zoals wij ons dochtertje hadden voorgesteld, begrijpt u wel?' Seftons miserabele glimlach was hartverscheurend. Paul wist niet wat hij van het echtpaar moest denken met hun vreemde verhalen, maar of het nu leugenaars of fantasten waren, dit had hij liever niet meegemaakt.

Undine was eindelijk haar tranen de baas en keek hem enigszins beschaamd aan. 'Neemt u mij niet kwalijk, mijnheer Johnson.' Haar glimlach was even weinig geruststellend als die van haar echtgenoot. 'U zult me wel een dwaas vinden en dat ben ik ook, een oude zottin.'

'Helemaal niet,' begon Paul, maar Sefton Pankie trok zijn vrouw al met zich mee.

'Ze heeft alleen wat frisse lucht nodig,' zei hij over zijn schouder, alsof daar in de tuin gebrek aan was. 'Het is een hele slag voor haar geweest, een hele slag.'

Paul keek hen sprakeloos na totdat ze in de menigte opgingen, de grote leunend op de kleine.

Hij stond bij de hoge haag die de beroemde doolhof omsloot, kauwend op een stuk vlees waarvan de verkoper bij hoog en bij laag had bezworen dat het van een geit afkomstig was. Paul had zijn vest afgestaan in ruil voor het vlees en een kroes bier, een prijs die gezien de omstandigheden niet overdreven hoog leek te zijn. Paul had de kroes in één teug leeggedronken, hard toe aan een beetje ontspanning.

Zijn gedachten waren nog even verward en hij slaagde er maar niet in om er enige ordening in aan te brengen. Kon hij de Pankies op hun woord geloven en hadden ze in hun eenzaamheid werkelijk een kind verzonnen om hun kinderloze bestaan op te vrolijken? Maar waarom hadden ze dan gezegd dat hun Viola net zo oud als het andere meisje zou zijn geweest *als ze niet...*? Als ze niet wat? Wat kon een kind overkomen dat slechts in je verbeelding bestond?

'U bent hier vreemd.'

Paul maakte een sprongetje van schrik. De donkere man stond in de ingang van de doolhof en keek hem ernstig aan met zijn grote bruine ogen.

'Dat... dat klopt. Maar ik zal wel niet de enige zijn. Ik hoor dat dit de enige markt in de wijde omgeving is.'

'Inderdaad.' De onbekende glimlachte gedwongen. 'Ik zou u graag spreken, meneer...'

'Johnson. Maar waarom? En wie bent u?'

De man beantwoordde alleen de eerste vraag. 'Laten we zeggen dat ik over informatie beschik die voor u van belang kan zijn. Voor iemand die in... bijzondere omstandigheden verkeert.'

Paul voelde zijn hart nog steeds snel kloppen en de geheimzinnige woorden van de ander stelden hem niet gerust. 'Zeg het dan maar.'

'Niet hier,' zei de onbekende ernstig. 'Maar we hoeven niet ver te gaan.' Hij draaide zich om naar de doolhof. 'Komt u maar mee.'

Paul moest iets doen. Hij vertrouwde de man helemaal niet, maar aan de andere kant voelde hij nog steeds die instinctieve angst niet. En al was de onbekende langer dan meneer Pankie, hij had geen erg indrukwekkende gestalte. 'Goed dan. Maar u heeft nog niet gezegd wie u bent.'

'Nee,' zei de onbekende terwijl hij door het poortje ging. 'Dat is juist.'

De man bleef voortdurend op een meter afstand terwijl hij Paul voorging door de groene gangen van de doolhof, alsof hij hem op zijn gemak wilde stellen. Onderweg liet hij niets los en beperkte zich tot koetjes en kalfjes. Hij vroeg Paul naar de toestand in de rest van het land, alsof hij niet wist waar Paul vandaan kwam, en vertelde op zijn beurt over de wederopbouw na de invasie in de omgeving van Hampton Court.

'De mens begint altijd opnieuw,' zei de onbekende. 'Een bewonderenswaardige eigenschap, vindt u niet?'

'Misschien wel.' Paul bleef staan. 'Maar dit is toch niet waar u mij over wilde spreken, neem ik aan. Of bent u van plan mij te beroven?'

'Als het me daarom te doen was hoef ik geen praatjes over bijzondere omstandigheden op te hangen,' antwoordde de man. 'Het lijkt me dat er maar weinig mensen zijn op wie die woorden beter van toepassing zijn dan op u.'

De man sprak foutloos Engels, maar aan zijn lichte accent te horen kwam hij uit India of Pakistan. Paul kreeg een akelig voorgevoel. Het werd tijd voor de ontknoping.

'Misschien wel. Wat heeft u mij te zeggen?'

De man hapte niet. Hij draaide zich om en liep door. Paul ging na een lichte aarzeling achter hem aan. 'Nog een klein stukje,' zei de onbekende. 'Dan kunnen we praten.'

'Waarom nu niet?'

De ander glimlachte. 'Zoals u wilt. Om te beginnen moet ik u zeggen dat uw reisgenoten niet de personen zijn voor wie ze zich uitgeven.'

'Zo? En wie zijn ze dan wel? Satanisten misschien, of vampiers?'

De donkere man kneep zijn lippen op elkaar. 'Ik kan het niet precies zeggen, maar ik weet wel dat het niet een knus Engels echtpaar is.' Ze bereikten het eind van een haag en kwamen in het hart van de doolhof. De man spreidde zijn handen. 'We zijn er.'

'Dit is belachelijk,' zei Paul kwaad. Het kostte hem moeite zijn opkomende paniek te bedwingen. 'U heeft me niets verteld. Waarom sleept u me helemaal hierheen?'

'Dat zal ik u laten zien.' De man sprong naar voren en greep hem bij zijn middel. Paul probeerde zijn armen los te wringen, maar de ander was verrassend sterk. Het licht in de doolhof begon plotseling te veranderen, alsof de zon een heel eind aan de hemel was verschoven.

'Hallo daar!' klonk de schrille stem van Undine Pankie ergens in de doolhof. 'Mijnheer Johnson, bent u daar? Heeft u het midden al gevonden, slimme man die u bent?'

Paul kon niet genoeg lucht meer krijgen om te roepen. Een botergele gloed verspreidde zich over de bankjes, de hagen en het grindpad, een gouden glans die hij herkende. Paul spande zijn laatste krachten in. Hij slaagde erin een hand los te rukken en het volle zwarte haar van de ander te grijpen, maar de onbekende haakte een been achter zijn enkels en duwde hem weg. Paul struikelde achterwaarts door het licht en bevond zich plotseling in het niets.

Deel Twee

STEMMEN IN HET DONKER

Laat haar weggaan, zij die in het donker komt
die in het geheim binnenkomt
met haar neus achter haar, haar gezicht omgedraaid,
laat haar niet slagen!

Ben je gekomen om dit kind te kussen?
Ik wil niet dat je hem kust!

Ben je gekomen om hem kwaad te doen?
Ik wil niet dat je hem kwaad doet!

Ben je gekomen om hem te halen?
Ik wil niet dat je hem bij me weghaalt!

Oud-Egyptische bezwering

13

De dromen van getallen

NETFEED/DOCUMENTAIRE: *Anderwereld, het ultieme netwerk? (beeld: Slot Neuschwanstein met op de achtergrond mist boven de Rijn)*
COMMENTAAR: *Wat voor wereld zouden de rijkste mensen op aarde zich wensen?* BBN *werkt aan een documentaire over Anderwereld, een simulatieproject waarover in kringen van virtuele programmeurs veel wordt gesproken. Bestaat het eigenlijk wel? Sommigen beweren dat het een sprookje is, zoiets als luilekkerland of Shangri-La; volgens anderen heeft het wel degelijk bestaan, ook al is het nu misschien afgedankt, en was het de grootste onderneming op het gebied van virtuele simulatie...*

Het kon niet denken. Het leefde niet.
Alle eigenschappen waren er door zijn makers ingestopt en het had nooit die cruciale nexus benaderd waarbij het, als in een klassiek sf-verhaal, meer kon worden dan de som van zijn delen. Het was altijd het resultaat gebleven van de tijd en moeite die de ingenieurs eraan hadden besteed, het product van hun scherpzinnige lineaire berekeningen.

En toch had Nemesis, naarmate het programma ingewikkelder was geworden en even onverwachte als onvermijdelijke eigenaardigheden was gaan vertonen, een zekere autonomie ontdekt, los van de onderscheidingen die zijn makers van vlees en bloed hadden aangebracht.

Het programma was geschreven door het J-Team van Telemorphix, zowat de scherpste geesten die je je kon voorstellen. De officiële naam van de groep was Team Jericho. Hoewel hun opdrachtgever en mentor Robert Wells nooit precies duidelijk had gemaakt welke muren ze met dit of een van hun andere projecten moesten ondermijnen, gingen ze aan de slag met een *esprit de corps* dat je wel vaker bij zulke exclusieve groepjes aantreft. De uitverkorenen waren stuk voor stuk getalenteerd en gedreven, op het bezetene af. Soms, als ze een deeltaak af moesten krijgen, voelden ze hun stoffelijke lichaam niet meer en werd hun geest één met Het Probleem zelf, met al zijn vormen en mogelijke oplossingen.

Net zoals zijn makers zich weinig van hun eigen omhulsel aantrokken, nauwelijks de moeite namen om zich aan te kleden of te eten en in het heetst van de strijd zelfs helemaal niet meer sliepen, zo was Nemesis slechts losjes verbonden met de matrix waarin het programma opereerde, het Graalproject (of Anderland, zoals de weinige ingewijden het noemden). Anders dan de meeste bewoners van dat speciale binaire universum, die uit artificiële levensvormen waren ontwikkeld om echte wezens na te bootsen, had Nemesis alleen de mogelijkheid gekregen om zich onopvallend te kunnen bewegen en de omgeving waar te nemen. Het beschouwde zichzelf net zomin een deel van die omgeving als een roofvogel zichzelf als een deel van de tak beschouwt waarop hij nestelt.

Bovendien werd het geleid door een ingebouwde obsessie met het *wezen* van de dingen in tegenstelling tot hun uiterlijke verschijning, een heel ander motief dan bij de programma's die het leven in het netwerk moesten imiteren. Nemesis was een jager en ook al waren er de laatste tijd aanpassingen nodig gebleken om die taak zo efficiënt mogelijk te kunnen uitvoeren, het kon zich niet ineens als de andere kunstmatige levensvormen van het Graalproject gaan gedragen of zich buiten dat elektronische heelal begeven.

Nemesis bestond in zijn eigen werkelijkheid. Het had geen lichaam en dus geen lichamelijke behoeften, ook al veranderde de begeleidende wolk van getallen om een net-echte imitatie in een van de simwerelden te vormen. Die imitatie van leven was slechts bedoeld voor de waarnemers: Nemesis zelf maakte geen deel uit van die simulaties. Het stond erbuiten en erboven. Het bewoog zich als een mistbank door de getallenwereld en was zich niet bewust van de eindeloze reeks levensvormen die het simuleerde en die op de VR-sensoren van mensen een realistische indruk maakten. Is de regen zich bewust van nat of droog?

Sinds die eerste opdracht, sinds het eerste commando als een bliksemschicht boven kasteel Frankenstein Nemesis tot zijn bijzondere leven had gewekt, had het zijn eigenzinnige taken uitgevoerd volgens de lineaire methode van zijn makers: het opzoeken van anomalieën, de grootste of dichtstbijzijnde anomalie analyseren en dan de volgende bestuderen, een tocht zonder einde. Maar Nemesis was niet direct ontworpen voor een netwerk als Anderland, die verwarrende chaos, die maalstroom van telkens veranderende waarden die zelfs voor zijn menselijke scheppers nauwelijks te begrijpen was. Het verschil tussen het conceptuele schema dat Nemesis had meegekregen en het werkelijke Anderland was zelfs zo groot dat het programma meteen al in het begin bijna was vastgelopen door deze even eenvoudige als onvermijdelijke paradox: Als het doel het opsporen van anomalieën is en alles blijkt een anomalie te zijn, dan is het uitgangspunt tegelijk het eindpunt.

Maar de feilbare scheppers van Team Jericho hadden hun maaksel zonder het te weten flexibeler gemaakt dan de bedoeling was. In het fijnmazige web van subroutines vond het onstuitbare jachtinstinct van Nemesis de nodige herkenningspunten die het in staat stelden Anderland als een witte vlek op de kaart te beschouwen, waardoor het werd bevrijd van de banden van het oorspronkelijke concept. Deze nieuwe versie van de matrix had een patroon en Nemesis zou op zoek gaan naar uitzonderingen op dat patroon.

Deze flexibiliteit zorgde ook voor andere, nog grotere moeilijkheden. Het oplossen van het eerste probleem maakte de uitvoering van de oorspronkelijke taak onmogelijk. Er waren te veel kleine afwijkingen, de anomalieën die Nemesis eigenlijk moest analyseren, en er kwamen voortdurend nieuwe bij.

Maar dat bleek geen onoverkomelijke moeilijkheid. Het J-Team, de scheppers waarvan Nemesis geen besef had en die het dus ook niet kon aanbidden of vrezen, had bij zijn berekeningen geen al te grote fout gemaakt. Nemesis zou zichzelf kunnen splitsen om een groter terrein te kunnen bestrijken, wat het mogelijk maakte de eigenlijke taak uit te voeren zonder de belangrijkste anomalieën uit het oog te verliezen. Hoewel het programma geen notie had van een ‘ik’, een centraal bewustzijn zoals zijn makers zichzelf algemeen toeschreven, opereerde het in de praktijk wel als een zenuwcentrum, als een knooppunt dat alle gegevens verwerkte. Het opsplitsen van dat knooppunt zou tot enig capaciteitsverlies leiden, maar er tevens voor zorgen dat de analyses sneller konden worden uitgevoerd.

Er was nog een andere reden voor opsplitsing, een vreemde factor waarop het programma was gestuit en die voor nuchter onderzoek in aanmerking kwam. Tijdens de tijdloze uren van beweging en inspectie, zwevend rond de getallenwinden die het moest controleren, was het ergens anders mee in aanraking gekomen, iets dat eveneens zo sterk van de oorspronkelijke conceptuele kaart van de omgeving verschilde dat de logische integriteit van Nemesis er bijna door in gevaar was gebracht.

Ergens – ook zo'n term die voor het programma zonder betekenis was, omdat de enige plaatsaanduidingen in deze informatiewereld voor mensen bestemd waren – ergens aan de verre grens van Anderland was de omgeving *anders*.

Nemesis wist niet wat er anders was en evenmin hoe iets op grote afstand kon zijn als er geen sprake was van een fysieke ruimte, het wist alleen dat beide zaken een feit waren. Het was de eerste aanwijzing voor een verschijnsel dat niet helemaal door het programma kon worden verklaard. Natuurlijk was het ook een anomalie, een waar de menselijke scheppers nooit rekening mee hadden gehouden, maar deze was zo anders dat hij aan de speurende ogen van Nemesis had moeten ontsnappen, als een prooi die roerloos blijft zitten om zichzelf onzichtbaar te maken. Maar die verre 'plaats', waar alles anders was, waar de getallen stroomden op een nieuwe en voor Nemesis onbegrijpelijke manier, had zijn aandacht getrokken en was nu een obsessie geworden voor zover dat mogelijk was voor een onbezield, levenloos computerprogramma.

En dus besloot Nemesis tot een soort zelfmoord door zichzelf in stukken te hakken. Maar van al die stukken zou er één een bijzondere opdracht krijgen, het zoeken naar die Grote Anomalie. Het zou zich op de informatiestromen laten meevoeren naar dat onvoorstelbaar verre onland om te zien welke werkelijkheid daar te ontdekken was.

Nemesis kon niet denken. Het leefde niet. En alleen iemand die de beperkingen van een simpele programmacode, van die kale cijfers niet kende, zou op het idee kunnen komen dat Nemesis een droom had.

14

Een spel in de schaduw

NETFEED/NIEUWS: *Feromonen op lijst van verboden middelen (beeld: twee mieren die elkaar met hun antennes aftasten)*
COMMENTAAR: *Het gebruik van chemische stoffen die insecten van nature aanwenden om informatie uit te wisselen en die door fabrikanten worden toegepast om klanten te lokken of producten van de concurrentie onaantrekkelijk te maken, zal ondanks protesten van de Verenigde Staten, Frankrijk en China door de Verenigde Naties aan banden worden gelegd. (beeld: woordvoerder tijdens persconferentie)*
De nieuwe maatregel werd aangekondigd door Victor Rausha van de afdeling Consumentenbelangen van de VN.
RAUSHA: *'Het is een moeizame en voortdurende strijd tegen machtige belangengroepen geweest, maar consumenten – burgers – hebben het recht zelf een keuze te maken zonder enige subliminale beïnvloeding. Het gebruik van geurstoffen blijkt bijzonder effectief te zijn. Als we fabrikanten toestaan de eetlust van potentiële kopers op te wekken, waarom zou de overheid dan geen middelen mogen gebruiken om de burgers volgzaam en tevreden te houden? Waar is dan het einde?'*

'C*ode Delfi. Begin hier.*
Ik hield van de regen. Als ik iets heb gemist in mijn langdurige bestaan onder de grond, dan is het de regen in mijn gezicht.
En dan de bliksem, die heldere striem aan de hemel als het transcendente licht van de eeuwigheid dat een ogenblik door het stoffelijke universum heen schijnt. Als ik iets mis in mijn leven, dan is het het wonderbaarlijke gezicht van God dat door een kier in het heelal naar binnen kijkt.'

'Mijn naam is Martine Desroubins. Ik kan mijn dagboek niet op de gewone manier voortzetten, om redenen die ik zo dadelijk zal geven. Daarom leg ik het op deze subvocale manier vast, ook al weet ik niet waarop of waarin, in de hoop dat iemand het op een dag zal vinden. Ik heb geen idee welk systeem er achter Anderland zit en hoeveel vrij geheugen er is. Misschien gaan mijn woorden voorgoed verloren en zit ik in de ruimte te praten, maar deze samenvattingen en bespiegelingen zijn in de loop der jaren een ingeslepen gewoonte geworden die ik niet zomaar kan opgeven.

Misschien zal iemand deze woorden op een dag uit de matrix halen, ooit, als alle dingen waar ik me nu mee bezighoud en die me zo beangstigen verleden tijd zullen zijn. Wat zal die toekomstige mens ervan vinden? Zal die er iets van begrijpen zonder mij te kennen? Ik heb soms zelf nog het gevoel dat het de gedachten van een vreemde zijn, ook al heb ik mijn halve leven een dagboek bijgehouden.

Is dit dan een boodschap voor de toekomst of praat ik maar wat in mezelf, zoals alle waanzinnige vrouwen uit de geschiedenis, gevangen in mijn eigen donkere universum?

Natuurlijk krijg ik geen antwoord op die vraag.'

'Er gaan wel vaker dagen voorbij dat ik niet aan mijn dagboek denk, als ik ziek ben soms wel weken, maar nooit eerder zijn er tijdens zo'n onderbreking zulke verbazingwekkende veranderingen geweest. Ik weet gewoon niet waar ik moet beginnen. Werkelijk alles is nu anders.

Het is in zekere zin nog een geluk dat ik mijn dagboek kan voortzetten. Ik was bang dat ik niet meer normaal zou kunnen denken, maar met het verstrijken van de dagen hier, illusie of niet, merk ik dat ik iets beter bestand ben tegen de ontstellende informatiestromen van Anderland of van het Graalproject, zoals de bedenkers het noemen. Ook mijn lichamelijke toestand is er iets op vooruitgegaan, al ben ik in deze omgeving nog steeds zo onhandig en verward als een kleuter, nog bijna even hulpeloos als toen ik achtentwintig jaar geleden mijn gezichtsvermogen verloor. Dat was een afschuwelijke tijd en ik had gezworen nooit meer zo hulpeloos te zijn. God heeft me blijkbaar op de proef willen stellen. Ik kan niet zeggen dat ik het een geslaagd staaltje van humor vind.

Maar ik ben geen kind meer. Toen moest ik huilen, elke nacht weer, en ik bad God dat Hij me mijn gezichtsvermogen zou teruggeven – mijn hele wereld, want die dacht ik verloren te hebben. Hij hielp me net zomin als mijn nerveus tobbende ouders. Die kónden me ook niet helpen, maar ik weet niet of dat ook voor God geldt.'

'Het is vreemd om na al die tijd weer aan mijn vader en moeder te denken en vooral om te beseffen dat ze op dit moment misschien nog geen honderd kilometer van mijn fysieke lichaam zijn. Er is altijd zo'n enorme afstand tussen ons geweest, lang voordat ik naar dit onverklaarbare Anderland ging, dit denkbeeldige universum, dit stuk speelgoed van een stel monsterlijke kinderen.

Mijn ouders bedoelden het niet kwaad, maar het is een schrale troost te weten dat het nog erger had kunnen zijn. Ze hielden van me. Ongetwijfeld doen ze dat nog steeds en ik denk dat de verwijdering hun veel verdriet doet, maar ze hebben mij niet beschermd. Dat is moeilijk te vergeven, vooral omdat de schade zo groot is.

Mijn moeder Genevieve was ingenieur, net als mijn vader Marc. Ze konden vroeger al slecht met andere mensen opschieten en voelden zich meer op hun gemak met hun berekeningen en hun schema's. Ze zagen zichzelf in de ander terug als twee solitair levende soortgenoten en besloten samen een nest tegen de donkere wereld te bouwen. Maar je kunt je niet voor het donker verbergen: hoe meer licht, des te meer schaduw. Dat herinner ik me nog goed uit de tijd waarin ik zelf licht kon onderscheiden.

We gingen zelden de deur uit. Ik weet nog dat ik elke avond op de grond voor het muurscherm zat terwijl ze naar de sf-films keken waar ze zo gek op waren. Ouderwetse films, voor interactieve shows hadden ze geen belangstelling. Ze gingen alleen met elkaar om en af en toe ook met mij, voor de rest speelde hun hele leven zich in hun eigen hoofd af. Tijdens de film vermaakte ik me met een kleurboek of mijn speelgoed terwijl mijn ouders op de makkelijke bank achter me hasj zaten te roken – 'discreet', noemden ze dat zelf – en elkaar op de onbenullige fouten of onmogelijkheden van het verhaal attent maakten. Dat deden ze zelfs als ze de film al kenden, net zo opgewekt en uitputtend als de eerste keer. Soms kreeg ik zin om te schreeuwen dat ze hun mond moesten houden, dat ze niet zo'n onzin moesten uitkramen.

Uiteraard werkten ze allebei thuis en communiceerden ze voornamelijk via het net met hun collega's. Dat was een doorslaggevende factor bij hun beroepskeuze geweest. Het is dat ik naar school moest, anders was ik misschien helemaal nooit het huis uit gekomen.

Hun gebrek aan belangstelling voor de buitenwereld kwam misschien voornamelijk voort uit verlegenheid, maar in de loop der jaren kwam er iets anders bij. Vooral mijn moeder maakte zich steeds meer zorgen als ik naar school was, alsof we bezoekers uit de ruimte waren en de stille straten van Toulouse gevuld waren met monsters die me elk ogenblik konden opeten. Ze stond erop dat ik meteen na school naar huis kwam. Als er werkelijk zoiets als een teleporteermachine uit die films van haar had bestaan, dan zou ze me rechtstreeks uit de klas naar huis hebben laten komen.

Toen ik klein was en ze allebei werkten hadden ze zich zo'n ding misschien nog kunnen veroorloven, maar later niet meer. De opgewektheid van mijn vader was een oppervlakkig masker, in werkelijkheid was hij volkomen hulpeloos als er moeilijkheden waren. De firma die mede door hem van de grond was gekomen stuurde hem de laan uit en hij moest genoegen nemen met een baan waarin hij minder verdiende. Ook mijn moeder raakte haar werk kwijt zonder dat ze er iets aan kon doen – het Europese Ruimtevaartinstituut zegde het contract op met het bedrijf waarvoor ze werkte en haar hele afdeling werd opgeheven – maar ze kon het nauwelijks opbrengen om te gaan solliciteren. Ze zocht uitvluchten om thuis te kunnen blijven en bracht steeds meer tijd door op het net. Het werd steeds moeilijker voor ze om het huis in een stille buitenwijk van Toulouse aan te houden. Hun discussies, waarbij ze altijd stoned waren, werden steeds venijniger. Ze verkochten hun dure terminal aan een kennis en vervingen hem door een tweedehands kloon uit West-Afrika. Ze kochten geen nieuwe dingen meer. Zelfs op het eten werd bezuinigd. Mijn moeder maakte liters soep, klagend als een keukenprinses die geen erkenning krijgt. Zelfs nu kan ik geen groente ruiken zonder aan haar onvrede en stille woede te denken.

Toen het aanbod kwam was ik acht jaar, oud genoeg om te weten dat mijn ouders problemen hadden zonder er ook maar iets aan te kunnen doen. Een kennis van mijn vader zou mijn moeder misschien een baan kunnen bezorgen bij een instelling die zich met wetenschappelijk onderzoek bezighield. Zij ging er niet op in; ik weet niet eens zeker of ze in die tijd het huis had verlaten als er brand was uitgebroken. Mijn vader nam wel contact op met de instelling in de hoop dat hij iets extra's zou kunnen verdienen.

Dat was niet het geval, maar hij kwam wel in contact met een vrouw die daar als projectmanager werkte. Ik geloof echt dat ze mijn vader alleen maar wilde helpen toen ze zei dat er alleen behoefte was aan vrijwilligers voor een bepaald onderzoek, vrijwilligers die heel goed betaald werden.

Mijn vader wilde zich opgeven, maar de vrouw vertelde dat alleen zijn dochter van acht in aanmerking kwam. Het betrof een experiment waarbij de zintuiglijke ontwikkeling werd onderzocht, gesubsidieerd door de farmaceutische afdeling van de Clinsor Group. Ze vroeg of hij zijn dochter wilde laten meedoen.

Het pleit voor Marc dat hij niet onmiddellijk ja zei, hoewel de vergoeding bijna overeenkwam met zijn jaarsalaris. Hij was in een tamelijk afwezige stemming toen hij thuiskwam. Tijdens de film die avond zaten ze de hele tijd te fluisteren en ik hoorde ze ruzie maken nadat ik naar bed was gebracht. Later hoorde ik dat het voorstel hun huwelijk op de rand van een echtscheiding had gebracht, ook al waren ze geen van beiden duidelijk voor of tegen het idee. Dat was heel kenmerkend voor ze: ze konden een hoog oplopende ruzie krijgen zonder dat ze zelf wisten wat ze wilden.

Drie dagen later werden ze het erover eens dat het geen kwaad kon, na diverse gesprekken met de quasi universitaire instelling die het onderzoek zou uitvoeren. Ik bedoel dat laatste niet als een belediging, want zelfs toen waren er nog maar heel weinig universiteiten die niet met handen en voeten aan het bedrijfsleven waren gebonden. In hun vreemde en asociale gedachteleven geloofden ze misschien echt dat ik zelf baat bij het experiment zou kunnen hebben, dat er eigenschappen aan het licht zouden komen die me nog bijzonderder zouden maken dan ze mij toch al vonden.

In zekere zin hadden ze nog gelijk ook: het experiment betekende voor mij een blijvende verandering.

Ik weet nog dat mijn moeder mijn kamer binnenkwam. Ik was vroeg naar bed gegaan om nog wat te lezen, want ik kon niet goed tegen het geruzie, vooral niet omdat ze bijna leken te slaapwandelen. Ze kwam binnen en ik voelde me bijna schuldig, alsof ze me ergens op had betrapt. De scherpe geur van de hasj kleefde aan haar gerafelde jumper. Zoals wel vaker op dat tijdstip was ze een beetje daas en ik werd bang van haar toen ze daar zo stond te mompelen, alsof ze geen mens meer was maar een dier of een buitenaardse dopelgänger uit een van haar geliefde films.

Ik werd nog banger toen ze vertelde wat ze hadden besloten. Ik zou een tijdje bij andere mensen moeten blijven om ze ergens mee te helpen. Aardige mensen zouden voor me zorgen, maar ze bedoelde natuurlijk vreemde mensen. Ik zou haar en mijn vader ermee helpen en ik zou het vast leuk vinden. Alle kinderen op school zouden jaloers op me zijn als ik terugkwam.

Hoe egocentrisch ze ook was, als moeder had ze toch moeten weten dat het een afschuwelijk vooruitzicht voor me was? Ik heb dagen lopen huilen. Mijn ouders vonden dat ik me aanstelde, alsof het een zomerkamp of de eerste schooldag was waar ik tegen opzag, maar blijkbaar beseften ze zelf toch ook dat er iets aan hun ouderschap mankeerde. Ik kreeg elke dag mijn favoriete toetje en twee weken rookten ze geen hasj om geld te sparen en nieuwe kleren voor me te kunnen kopen.

Die kleren had ik aan toen ik naar het instituut ging. Alleen mijn vader was bij me in het vliegtuig naar Zürich; mijn moeder durfde in die tijd niet eens zonder urenlange voorbereiding naar de brievenbus op de hoek. Het was een sombere dag, met een grauwe lucht die ik zelfs na al die zwarte jaren nog voor me zie, en na de landing was ik ervan overtuigd dat mijn vader me in de steek zou laten, net als de vader van Hans en Grietje die zijn kinderen in het bos had achtergelaten. We werden opgewacht door mensen van het Pestalozzi-instituut in een grote zwarte auto, net zo'n auto waar je als klein meisje nooit mag instappen. Het was allemaal erg geheimzinnig en bedreigend. Zelfs de stad joeg me angst aan met zijn gebouwen die ik niet kende en met de sneeuw die al in de straten lag, terwijl het in Toulouse nog warm was geweest. Het instituut was gevestigd in een complex van lage gebouwen, omringd door tuinen die in de zomer misschien een vrolijker indruk zouden maken. Mijn vader kon de eerste nacht blijven slapen voordat ze met het experiment begonnen, maar hij had al een retourvlucht geboekt en maakte zich meer zorgen om zijn vrouw dan om mij. Ik begon te huilen en wilde hem bij het afscheid zelfs geen zoen geven.

Vreemd, vreemd, het was allemaal zo vreemd. Later heb ik mijn ouders op hoge toon gevraagd hoe ze een klein kind in 's hemelsnaam zo konden wegsturen. Hun enige verklaring was dat het indertijd een goed idee had geleken. "Wie had ooit kunnen denken dat het zo zou aflopen, kind?" zei mijn moeder. Ja, wie? Misschien een moeder voor wie er nog meer op de wereld bestond behalve het muurscherm en de zitkamer.

O, ik kan er zelfs nu nog woedend om worden.

De mensen van het Pestalozzi-instituut waren op hun manier erg aardig. Ze werkten veel met kinderen en de Zwitsers geven niet minder om hun dochters en zonen dan anderen. Het instituut hield zich bijna uitsluitend bezig met onderzoek naar de ontwikkeling van kinderen en er waren diverse personeelsleden die alles deden om ons op ons gemak te stellen. Ik herinner me een mevrouw Fuerstner, die erg aardig voor me was. Ik vraag me vaak af wat er van haar is geworden. Ze was ongeveer net zo oud als mijn moeder en dus zal ze nog wel in leven zijn. Misschien woont ze zelfs nog in Zürich, al weet ik wel zeker dat ze niet meer bij het instituut werkt.

De eerste dagen kon ik aan mijn nieuwe omgeving wennen. Ik deelde een soort slaapzaal met een heleboel andere kinderen, van wie de meesten Frans spraken, zodat ik me wat dat betreft niet eenzaam hoefde te voelen. We kregen genoeg te eten en onze verzorgers gaven ons ook allerlei speelgoed. Ik keek naar sf-films op het net, maar zonder het achtergrondcommentaar van mijn ouders vond ik er weinig aan.

Op een dag stelde mevrouw Fuerstner me voor aan dokter Beck, een vrouw met goudblond haar die me aan een sprookjesprinses deed denken. De dokter legde me met haar zachte, geduldige stem uit wat er van me werd verwacht en na een tijdje geloofde ik niet meer dat er iets vervelends zou gaan gebeuren. Zo'n mooie vrouw zou me nooit kwaad doen en er was altijd nog mevrouw Fuerstner om me te helpen. Ik was in een beschermde omgeving opgegroeid, hoewel ik later begreep dat het een verkeerde vorm van bescherming was, en deze aardige mensen vertelden me dat er in dat opzicht niets zou veranderen.

Het experiment betrof een onderzoek naar de gevolgen van zintuiglijke deprivatie. Ik begrijp nu nog niet goed wat het instituut ervan verwachtte. Bij de gesprekken zeiden ze dat ze de biologische cyclussen in mijn lichaam wilden bestuderen, maar ook de invloed van de omgeving op mijn leervermogen en algemene ontwikkeling. Ik kreeg niet te horen wat dit voor nut had voor een farmaceutische multinational als de Clinsor Group, maar die onderneming had een enorm onderzoeksbudget en het Pestalozzi-instituut was slechts een van de vele instellingen die daarvan profiteerde.

Dokter Beck vertelde dat het een soort bijzondere vakantie voor me zou worden. Ik zou helemaal alleen in een heel donkere en heel stille kamer liggen, zoiets als mijn eigen slaapkamer maar dan met een badkamer erbij. Er zou genoeg speelgoed voor me zijn en ook leerboeken om me bezig te houden, maar ik zou alles in het donker moeten doen. Ik zou niet echt alleen zijn, vertelde de dokter, want zij of mevrouw Fuerstner zou altijd kunnen horen wat er gebeurde. Als er iets was hoefde ik maar te roepen en dan zouden ze met me praten. Het zou maar een paar dagen duren, daarna zou ik net zoveel taart en ijs mogen eten als ik maar wilde en een heleboel speelgoed krijgen.

En mijn ouders kregen geld, maar dat zei ze er niet bij.

Het klinkt misschien gek als ik het nu zeg, want het is niet relevant, maar ik was nooit echt bang voor het donker geweest. Als dit een verhaal en geen dagboek was zou ik daarmee zijn begonnen: "Als kind ben ik nooit bang voor het donker geweest." Natuurlijk wist ik toen nog niet dat ik de rest van mijn leven in het donker zou doorbrengen.

Uiteindelijk bleken de experimenten die het Pestalozzi-instituut met mij en de andere kinderen uitvoerde weinig nieuws op te leveren. Het onderzoek bevestigde alleen maar wat al bekend was van volwassen proefpersonen of van mensen die lang in een grot of in donkere cellen opgesloten hadden gezeten. Er waren wel enkele verschillen – kinderen pasten zich beter aan, maar over een langere periode waren er ongunstige effecten op hun ontwikkeling merkbaar – maar voor zo'n duur programma zijn dat wel erg magere resultaten. Jaren later, toen ik de rechtbankverklaringen van de onderzoekers opvroeg, ontdekte ik tot mijn grote woede hoe weinig het verlies van mijn levensgeluk had opgeleverd.

In het begin was het inderdaad niet vervelender dan dokter Beck had gezegd. Ik at, speelde en sliep in het stikdonker, vaak gewekt door een stem van een van de onderzoekers. Die stemmen werden heel belangrijk voor me, na een tijdje kon ik ze zelfs zien. Ze hadden een eigen kleur en vorm... ik kan het moeilijk uitleggen, net zomin als ik aan mijn huidige reisgenoten duidelijk kan maken hoe anders mijn waarneming van deze kunstmatige wereld is. Ik denk dat het gebrek aan zintuiglijke prikkels een voorproefje van synesthesie was.

De spelletjes en oefeningen begonnen als heel simpele geluidsproeven om mijn reactievermogen en geheugen te testen, lichaamsbewegingen om mijn gevoel voor evenwicht en algemene coördinatie te bepalen. Ongetwijfeld zullen ze ook mijn ontlasting hebben geanalyseerd en precies bijgehouden wat ik at en dronk.

Het duurde niet lang voordat ik elk besef van tijd kwijt was. Ik ging slapen als ik moe was, soms wel twaalf uur of langer als de onderzoekers me niet wekten, maar het kon ook drie kwartier duren. Natuurlijk wist ik zelf niet hoe lang ik had geslapen. Dat vond ik niet vervelend, want je moet volwassen zijn om aan tijd gebonden te kunnen zijn, maar andere dingen wel. Ik miste mijn ouders, al schoten die nog zo tekort, en om de een of andere reden begon ik bang te worden dat ze me nooit meer uit die donkere kamer zouden laten.

Deze angst bleek natuurlijk profetisch te zijn.

Van tijd tot tijd liet dokter Beck me met een van de andere kinderen praten over het geluidskanaal van het muurscherm. Sommigen zaten net als ik helemaal alleen in het donker, anderen in een gewone kamer. Ik weet niet wat de onderzoekers ervan verwachtten. We waren per slot van rekening kinderen en kinderen kunnen wel samen spelen, maar geweldige gesprekken voeren is niet hun sterkste punt. Toch was een ervan anders. Ik schrok toen ik voor het eerst zijn stem hoorde, zoemend en kwakend – ik moest aan een hard en hoekig ding denken, een soort oud opwindpoppetje – en hij had een heel vreemd accent. Achteraf begrijp ik dat het een stemsynthesizer was, maar op dat moment stelde ik me een of ander monster voor.

De vreemde stem vroeg hoe ik heette, maar zelf noemde de jongen geen naam. Hij sprak hortend en liet regelmatig een stilte vallen. Ik weet nu nog niet wat ik ervan moet denken. Ik vraag me weleens af of het geen computer was in plaats van een soort autistisch kind dat met moderne middelen kon praten, maar in die tijd ging er een vreemde fascinatie uit van dit nieuwe vriendje dat zo moeizaam sprak.

Hij vertelde dat hij alleen was, net als ik in het donker zat. Hij kon in elk geval niets zien en misschien was hij wel echt blind zoals ik nu, want hij gebruikte alleen een deels aangeleerde beeldspraak als hij het over "kijken" had. Hij wist niet waar hij was, maar hij zei meer dan eens dat hij naar buiten wilde.

Die eerste keer kon ik maar een paar minuten met mijn nieuwe vriendje praten, latere gesprekken duurden langer. Ik leerde hem een paar geluidsspelletjes die de onderzoekers met mij hadden gedaan en ik zong een paar liedjes voor hem. Sommige dingen drongen helemaal niet tot hem door, maar andere leerde hij zo snel dat het gewoon beangstigend was. Het leek soms wel alsof hij bij me was en alles kon zien wat ik in mijn stikdonkere kamer deed.

Bij ons vijfde of zesde "bezoekje", zoals dokter Beck deze gesprekken noemde, zei hij dat ik zijn vriendinnetje was. Dat was een hartverscheurende bekentenis die ik nooit zal vergeten.

Later heb ik alle mogelijke moeite gedaan om dat verdwenen kind op te sporen. Ik heb alle gegevens van het instituut opgevraagd en geprobeerd met iedereen te praten die iets met de experimenten te maken heeft gehad, maar zonder resultaat. Ik vraag me nu af of het wel een echt kind was. Werden we misschien onderworpen aan een soort Turingtest? Waren ze bezig een apparaat te ontwikkelen dat volwassenen om de tuin moest kunnen leiden, maar dat in die tijd nog nauwelijks een normaal gesprek met een kind van acht kon voeren?

Hoe dan ook, ik heb hem nooit meer gesproken. Er gebeurde iets heel anders.

Ik zat al een hele tijd in het donker, meer dan drie weken. Nog twee dagen en dan zou ik naar buiten mogen. Daarom wilden ze nog een paar laatste, bijzonder ingewikkelde en grondige testen doen, af te nemen door mijn lieve stiefmoeder, mevrouw Fuerstner. Daarbij ging er iets mis.

De mensen van het instituut konden voor de rechtbank zelf geen duidelijke verklaring geven, maar blijkbaar was er iets aan de hand met het complexe computersysteem. Ik merkte er zelf voor het eerst iets van toen de zachte, sussende stem van mevrouw Fuerstner midden in een zin ineens wegviel. Ook het onafgebroken zoemen van de airconditioning hield plotseling op, zodat de stilte bijna pijn deed aan mijn oren. Alles was weg, alles. Al de geruststellende geluiden die het donker draaglijk hadden gemaakt waren verdwenen.

Na een paar minuten begon ik bang te worden. Ik stelde me voor dat er een overval was geweest en dat dokter Beck en de anderen waren ontvoerd. Of misschien waren ze allemaal gedood door een groot monster, dat nu door de gangen snuffelde om mij te zoeken. Ik ging snel naar de gewatteerde deur van de kamer, maar doordat de stroom was uitgevallen kon die niet meer open. Ik kreeg zelfs de klep niet meer open waardoor mijn eten altijd was aangereikt. Ik begon te gillen, maar de dokter en mevrouw Fuerstner gaven geen antwoord en er kwam niemand de kamer in. De duisternis werd opeens heel benauwend, een dik en tastbaar ding dat mijn borst wilde fijnknijpen en me zou opslokken. Ik had het gevoel alsof ik in een zee van inkt aan het verdrinken was. En nog altijd was er geen geluid te horen, geen enkele stem, alleen die stilte van het graf.

Uit het rechtbankverslag weet ik nu dat het bijna vier uur duurde voordat ze het elektronisch systeem weer aan de praat hadden. Voor de kleine Martine die ik was, opgesloten in het donker, leken het wel vier jaar.

Eindelijk, toen ik halfgek dacht te worden en ook mijn geest in duisternis dreigde weg te zinken, kwam er iemand bij me.

Plotseling, zonder enige waarschuwing, was ik niet meer alleen. Ik voelde iemand naast me in het donker, maar dat verloste me nog niet van mijn angst. Wie of wat het ook was, die aanwezigheid vulde de leegte van de kamer met een afschuwelijke, onbeschrijflijke eenzaamheid. Hoorde ik niet een kind huilen? Of was het nog steeds zo stil? Ik weet het niet. Ik weet het nu al helemaal niet en op het moment zelf was ik waarschijnlijk over mijn toeren. Ik voelde alleen dat er iemand naast me kwam zitten, bittere tranen vergietend in die verstikkende zwarte nacht, een lege, koude en volslagen eenzame aanwezigheid. Het was de verschrikkelijkste ervaring van mijn leven. Ik was sprakeloos, verlamd van pure doodsnood.

En ineens ging het licht aan.

Het is vreemd dat een leven van zulke onbenulligheden kan afhangen. Net voor een stoplicht moeten wachten, je geld vergeten en daardoor een vliegtuig missen, een verlichte straathoek bereiken als er iemand achter je aan loopt – kleine toevalligheden waardoor alles verandert. Het uitvallen van het systeem was op zichzelf niet voldoende geweest, hoe radicaal en onverklaarbaar het ook was. Maar er bleek een fout te zitten in een van de subroutines, een kwestie van een paar verkeerde cijfers, waardoor mijn kamer en nog twee andere niet goed werden aangesloten. Toen de stroom werd hersteld gingen de lampen niet geleidelijk aan, zoals de bedoeling was, maar begon de sterke noodverlichting in één keer te stralen. In plaats van een soort halvemaan was er ineens een gloed van duizend watt te zien. De twee andere kamers van de afdeling stonden leeg: de ene was al een paar weken niet meer gebruikt, in de andere had een kind gezeten dat een paar dagen eerder met waterpokken naar de ziekenboeg was gebracht. Zodoende was ik de enige die vanuit het donker ineens in het aangezicht Gods staarde... zolang als het duurde, want het was het laatste dat ik ooit zag.

Allemaal zeggen ze dat er geen fysiologische oorzaak is en ik ben bij meer specialisten geweest dan ik me kan herinneren. De beschadiging zou niet permanent moeten zijn geweest. De oogzenuw vertoont geen merkbare afwijkingen en uit alle testen blijkt dat ik iets zou moeten zien. Het optische systeem in mijn hersenen reageert nog altijd op prikkels en verwerkt ze. Maar wat de artsen ook zeggen, natuurlijk zie ik niets.

Vroeger noemden ze dat "hysterische blindheid", waarmee ze bedoelen dat ik wel zou kunnen zien als ik maar wilde. Dat lijkt me een onzinnige bewering. Zou iemand kunnen geloven dat ik al die jaren in het donker heb geleefd omdat ik daar zelf voor heb gekozen? Die ene lichtflits heeft me op de een of andere manier van mijn gezichtsvermogen beroofd en me in een permanente nacht gestort. Het heeft me ook tot de vrouw gemaakt die ik nu ben, zoals Saulus op de weg naar Damascus zijn nieuwe identiteit kreeg.

Sindsdien heb ik in het donker geleefd.

De rechtszaak duurde bijna drie jaar, maar ik weet er nog maar weinig van. Ik was naar een andere wereld verbannen alsof een boze fee een vloek over me had uitgesproken en ik was alles kwijt. Het duurde lang voordat die wereld leefbaar begon te worden. Mijn ouders kregen een schadevergoeding van een paar miljoen van Clinsor en het Pestalozzi-istituut en van dat bedrag zetten ze bijna de helft voor mij opzij. Dankzij dat geld kon ik naar speciale scholen en kreeg ik later een eigen huis, eigen apparatuur en een eigen leven. Het heeft me ook in staat gesteld afstand van mijn ouders te nemen: ik heb niets meer van ze nodig.

Er valt nog meer te zeggen, maar de tijd gaat zo snel. Ik weet niet hoe lang ik hier al heb zitten fluisteren, maar ik voel dat de zon in deze vreemde wereld begint op te komen. In zekere zin ben ik hier helemaal opnieuw begonnen, net zoals ik met dit nieuwe dagboek ben begonnen in de vage hoop dat iemand het op een dag zal kunnen lezen. Was het de Engelse dichter Keats die van zichzelf zei dat zijn naam in het water geschreven stond? Dan zal ik Martine Desroubins zijn, de blinde heks uit een nieuwe wereld, en ik zal mijn naam in de lucht schrijven.

Ik hoor iemand roepen. Ik moet gaan.

Code Delfi. Einde.'

Het was een melodieuze reeks klanken, een thema dat telkens werd herhaald terwijl het zich vertakte in korte reeksen. Ook die vertakten zich weer in de ene laag na de andere, totdat de hele wereld gevuld was met een immense brij van geluid waarin geen enkele toon of melodie meer te onderscheiden was. Ten slotte werd het een enkele noot met miljoenen varianten, één vloeiende, trillende, weergalmende fis, het geluid waarmee het universum moest zijn ontstaan.

Het was de muziek waar de Slachter bij nadacht. Het was een soort verslaving, net als de jacht en de adrenalinepillen die hij af en toe slikte. Maar het was geen onbeheersbare verslaving. Hij was immers geen ordinaire neurojunk, eerder een dokter die af en toe een shot zuivere heroïne uit zijn voorraadkast nam en daarna weer aan het werk ging. Hij had die middag vrij genomen en een digitaal 'Niet storen' aan zijn systeem gehangen. Nu lag hij midden op het kleed in zijn kantoor in Cartagena naar de harmonie der sferen te luisteren, met een kussen onder zijn hoofd en naast zich een knijpfles mineraalwater.

Terwijl die enkele noot gladder en paradoxaal genoeg minder ingewikkeld leek te worden, hoewel de varianten exponentieel toenamen, voelde hij hoe hij aan zijn lichaam ontsteeg en in de lege zilverkleurige ruimte kwam die hij had gezocht. Hij was de Slachter, maar hij was ook Johnny Wulgaru en nog iets anders, iets dat akelig dicht in de buurt kwam van de Doodsbode van de Oude Man, maar hij was meer dan dat. Hij was al die dingen, maar dan zo groot als een zonnestelsel, leeg en zwart en toch gevuld met licht.

Hij voelde de *gave* uit zijn sluimer ontwaken, een gloeiende punt in de kern van zijn wezen. Terwijl hij in het zilveren niets van de muziek zweefde, voelde hij zijn eigen kracht toenemen. Als hij wilde zou hij nu zijn hand kunnen uitsteken om iets aan te pakken dat veel ingewikkelder en machtiger was dan een bewakingssysteem. De aarde hing in de ruimte onder hem, alleen zichtbaar aan de kronkelende elektronische snelwegen, een aaneenschakeling van lichtpuntjes, en in zijn zilveren, door de muziek opgeklopte grandeur voelde hij zich in staat de hele wereld aan te pakken.

De Slachter voelde zichzelf ergens lachen en het was ook om te lachen. Het was om je te bescheuren.

Maar vond de Oude Man dat ook? Voelde ook hij zich de hele tijd zo machtig, met de wereld als een speelbal aan zijn voeten? Waren mensen als de Slachter voor hem niet meer dan lichtpuntjes, nog onbeduidender dan een vuurvliegje?

Misschien wel, maar de Slachter kon er niet mee zitten. Hij zat in zijn eigen zilveren cocon en hoefde de Oude Man niet te benijden of te vrezen. Binnenkort zou alles anders worden.

Nee, hij had nu andere dingen aan zijn hoofd, andere dromen om te dromen. De enkele vibrerende toon bracht hem weer buiten zijn lichaam. De gave verwarmde hem terwijl hij terugging naar die koele zilveren plek, de plek waar hij ver vooruit kon kijken en precies kon zien wat hij onderweg allemaal zou moeten doen.

De Slachter lag op de vloer van zijn kantoor en luisterde naar zijn denkmuziek.

Het duurde hinderlijk lang voordat ze reageerde. Hij had de verbinding met de sim al geopend en gezien dat het groepje in Anderland lag te slapen. Stond ze nou alweer onder de douche? Geen wonder dat ze zo aan die kat gehecht was, ze leek zelf wel een kat zoals ze zich voortdurend aan het optutten was. Dat wijf mocht weleens een lesje hebben, een creatief lesje...

Nee, dacht hij, *denk aan de zilveren plek*. Hij riep muziek op (niet zijn denkmuziek, want hij had zijn weekrantsoen al verbruikt en wat dat betrof was hij erg streng voor zichzelf), een zacht getinkel alsof er waterdruppels in een vijver vielen. Hij mocht zich niet door zijn ergernis laten afleiden. Op deze kans had hij heel zijn leven gewacht.

Hoewel hij zijn digitale handtekening had meegestuurd werd er alleen een geluidsverbinding geopend. 'Hallo?'

Denk aan de zilveren plek, dacht hij. *Denk aan de grote lijnen.*

'Ik ben het, Dulcie. Kom je soms net weer uit bad?'

Op het scherm werd het sproetengezicht van Dulcie Anwin zichtbaar. Ze droeg werkelijk een badjas, maar haar rode haar was droog. 'Nee, ik had er niet aan gedacht het beeld weer aan te zetten.'

'Laat maar zitten. Er is een probleem met ons project.'

'Omdat ze weer uit elkaar zijn gegaan, bedoel je?' Ze rolde met haar ogen. 'Als het zo doorgaat is onze sim straks alleen. Nu die twee avonturiers weg zijn hebben we er nog maar vier over, met ons erbij vijf.'

'Dat is het probleem niet, hoewel ik er niet blij mee ben.' De Slachter zag een schaduw in de deuropening van de keuken achter haar. 'Is er iemand bij je?'

Ze keek verbaasd om zich heen. 'Alsjeblieft zeg, dat is Jones maar, mijn kat. Dacht je nou echt dat ik met je zou praten als er nog iemand was?'

'Nee, natuurlijk niet.' Hij zette het tinkelende geluid wat harder om zichzelf te kalmeren en een glimlach op zijn gezicht te kunnen brengen. 'Sorry, Dulcie, ik heb het nu eenmaal erg druk.'

'*Te* druk, als je het mij vraagt. Je moet al maanden bezig zijn geweest met onze vorige onderneming. Wanneer heb je voor het laatst een tijdje vrij gehad?'

Ze deed net of hij een overwerkt ambtenaartje was. De Slachter lachte in stilte bij het idee. 'Dat is al een tijd geleden, maar daar wil ik het niet over hebben. We zitten met een probleem. We kunnen er geen derde bij halen om de sim te sturen en nu kunnen we dat ook niet meer met z'n tweeën doen.'

Ze keek hem fronsend aan. 'Hoezo niet?'

'Je hebt niet erg goed opgelet, geloof ik.' Hij zei het op een luchtige toon, maar juist vanwege de taak die hij voor haar in gedachte had vond hij het niet prettig dat ze zoiets over het hoofd had gezien. 'Als die blinde vrouw, die Martine, de waarheid vertelt – en ik zie geen reden om daaraan te twijfelen – dan vormt ze een reëel gevaar voor ons.'

Dulcie leek te beseffen dat ze had gefaald en trok meteen een aandachtig gezicht. 'Ga verder.'

'Ze verwerkt informatie op een manier die we niet begrijpen. Ze zegt dat ze dingen in de virtuele omgeving voelt die jij en ik niet voelen, net zomin als de andere vluchtelingen van de Hemelgod. Het is maar een kwestie van tijd voordat ze de ruis voldoende weet te onderdrukken om te merken dat onze sim door twee mensen wordt gestuurd, als dat al niet gebeurd is.'

'Aha.' Dulcie knikte, draaide zich om en liep naar de bank. Ze ging zitten, pakte een beker en nam een slok voordat ze verder ging. 'Maar daar heb ik wel degelijk aan gedacht.'

'O ja?'

'Het leek me gevaarlijk om onze subliminale signalen ineens te veranderen.' Ze nam weer een slok en roerde met een lepeltje in de beker. 'Misschien heeft ze van onze sim al een bepaalde signatuur opgesteld. Als we er nog een derde bij halen zou dat haar kunnen opvallen. Nou ja, dat dacht ik.'

Hij begon weer wat meer respect voor Dulcinea Anwin te krijgen. Haar antwoord sloeg helemaal nergens op, maar voor een improvisatie was het niet zo gek bedacht. Hij vroeg zich onwillekeurig af of ze net zo rustig en zelfvoldaan zou blijven als ze hem ooit in zijn ware gedaante zag, als ze hem zonder masker moest zien... Hij zette de verwarrende gedachte van zich af. 'Ja, ik begrijp wat je bedoelt. Er zit iets in, maar ik weet niet of het juist is.'

Het was duidelijk dat ze van haar uitvlucht wilde profiteren. 'Jij bent de baas. Wat vind jij dat we moeten doen? Wat kunnen we doen?'

'We moeten in elk geval snel iets doen. We kunnen zo niet blijven doorgaan en de enige andere mogelijkheid is dat nog maar een van ons zich met de sim bezighoudt.'

'Dag en nacht?' Ze was haar herwonnen kalmte bijna weer kwijt. 'Dat is...'

'Geen erg aanlokkelijk vooruitzicht, ik weet het. Maar we kunnen misschien niet anders... Jij kunt misschien niet anders, omdat ik zo verrekt veel aan mijn kop heb. Maar ik zal nog eens nadenken over wat je zei. Je hoort vanavond van me, om tien uur jouw tijd. De sim zal dan wel slapen en anders halen we die even bij de anderen weg.'

Hij keek geamuseerd naar de geërgerde uitdrukking op haar gezicht. 'Goed, dan spreek ik je vanavond, tien uur.'

'Dank je, Dulcie. O ja, nog een vraagje. Ken jij veel oude liedjes?'

'Wat? Oude liedjes?'

'Ik hoorde laatst een fragment. Het ging zo...' Hij bedacht zich plotseling. Het was misschien niet zo'n goed idee om te gaan zingen tegen iemand die zijn ondergeschikte was. Hij herhaalde alleen de woorden. '"Een engel heeft me aangeraakt, een engel heeft me aangeraakt." Zo ging het maar door.'

Dulcie staarde hem aan alsof ze dacht dat het een van zijn valstrikken was. 'Van zo'n liedje heb ik nog nooit gehoord. Waarom vraag je dat?'

Hij glimlachte zo innemend mogelijk, zijn glimlach die betekende: 'Wil-je-een-lift, schatje?' 'Zomaar. Het kwam me bekend voor, maar ik kon het niet thuisbrengen. Tot vanavond.' Hij verbrak de verbinding.

'*Code Delfi. Begin hier.*

Het was de rivier maar. Het is gek dat zo'n scherp gehoor als het mijne, versterkt door de beste apparatuur die ik dankzij de schadevergoeding kon kopen, nog steeds in de war raakt door het geluid van stromend water, ook al wordt dat gegenereerd door de beste apparatuur die de Graalbeweging tot zijn beschikking heeft.

Ik heb eens nagedacht over dit nieuwe dagboek en ik geloof dat ik wel erg pessimistisch ben begonnen. Ik hoop dat iemand dit verslag later zal kunnen opvragen, maar omdat ik zoveel over mijn eigen verleden heb verteld is het net alsof ik er zelf nooit meer iets mee zal doen. Dat mag een pragmatisch uitgangspunt zijn, het getuigt niet van een goede instelling. Ik moet ervan uitgaan dat ik het op een dag zelf zal kunnen beluisteren, zodat ik weet hoe ik me nu voelde.

Ik kan niet veel zeggen over mijn aankomst in Anderland, want daar weet ik nog maar heel weinig van. De beveiliging vertoont veel overeenkomsten met het programma dat kinderen in een hypnotische slaap brengt en waar Renie in die virtuele nachtclub zulke afschuwelijke ervaringen mee had. Het werkt blijkbaar in op het onderbewuste en heeft fysiologische bijverschijnselen. Zelf herinner ik me alleen de aanwezigheid van een woedende en kwaadaardige entiteit. Of het nu een neuraal netwerk is of iets anders, het is in elk geval veel en veel sterker dan alles waar ik zelf ooit van heb gehoord.

Maar eenmaal in Anderland heb ik heel langzaam grip gekregen op het onophoudelijke gebulder, zowel van de echte geluiden als van de ruis, en ik ben niet bang meer dat ik gek zal worden. Ik kan ook dingen waartoe ik vroeger helemaal niet in staat was. De verwarring ligt achter me en ik bevind me in een heel andere zintuiglijke wereld, net als Siegfried nadat die het bloed van de draak over zich heen had gekregen. Ik kan een blaadje horen vallen, het gras horen groeien. Ik kan een druppel water op een boomblad ruiken. Ik kan heel precies voelen wat voor weer het is, dat ingewikkelde samenspel van elementen, en voorspellen hoe het gaat worden. In sommige opzichten is het erg verleidelijk. Ik voel me soms net een jonge arend die op een tak zit en zijn vleugels spreidt om voor het eerst te gaan vliegen. Er ligt een hele wereld voor me open. Het zal niet meevallen dit weer te moeten opgeven, al hoop ik natuurlijk vurig dat we zullen slagen en dat ik het einde nog mag meemaken. Tegen die tijd laat ik het misschien makkelijk achter me, al kan ik me dat nu helemaal nog niet voorstellen.

Ik kan me trouwens ook moeilijk voorstellen dat we het zullen halen. We zijn al vier leden van onze groep kwijt. We hebben geen idee waar Renie en !Xabbu nu zijn; in deze simwereld bespeur ik nauwelijks nog iets van hun aanwezigheid. Orlando en zijn jonge vriend zijn door de rivier meegesleurd en ongetwijfeld in een van de ontelbare andere simulaties terechtgekomen.

Zo zijn we hier nog met ons vijven. Ik was misschien liever met de vier anderen opgetrokken. Vooral Renie Sulaweyo is zoiets als een vriendin van me geworden, ondanks haar opvliegendheid, en ik mis haar erg. Natuurlijk ken ik mijn huidige reisgenoten nog niet zo goed, dus dat kan nog komen. Toch is het een vreemd gezelschap; ze zijn lang niet zo openhartig als !Xabbu en Renie, en ik voel me niet helemaal op mijn gemak bij ze.

Lieve William is de sterkste persoonlijkheid, al geloof ik dat op hem dat oude gezegde van toepassing is: een ruwe bolster, een blanke pit. Toen we hem en T4b op het strand terugvonden, leek hij in elk geval totaal van streek door de verdwijning van Orlando en Fredericks. Ik weet niet goed of ik op mijn nieuwe instincten mag vertrouwen, maar het is net of hij niet helemaal compleet is. Ondanks zijn barse optreden aarzelt hij soms, als iemand die bang is zich bloot te geven. Ik vraag me af waarom hij niet over zijn echte leven wil praten.

De oude vrouw, Quan Li, lijkt minder gecompliceerd in elkaar te zitten, al kan ze die indruk natuurlijk met opzet wekken. Ze zegt niet veel, maar ze is behulpzaam en komt af en toe met heel goede suggesties. Ze is ongetwijfeld sterker dan ze zich voordoet. Quan Li was degene die ons steeds aanmoedigde naar Renie en !Xabbu te blijven zoeken, zelfs toen de taaie Florimel er de brui aan wilde geven, en ze nam ons op sleeptouw. Of zoek ik er nu te veel achter? Een oude Chinese vrouw zoals zij is er misschien aan gewend zich bescheiden op te stellen, ook al zou ze anders willen. Ik weet het nog niet goed.

Florimel, die al net zo op haar privacy is gesteld als William, baart me nog de meeste zorgen. Oppervlakkig gezien is ze heel zakelijk en kortaangebonden, iemand die nauwelijks rekening houdt met anderen. Toch lijkt ze op sommige momenten zelf op de rand van een instorting te staan, al betwijfel ik of er behalve ik anderen zijn die dat kunnen merken. Ik bespeur zulke subtiele veranderingen in haar... in haar uitstraling. Het zijn heel kleine dingen, maar soms lijkt het of ze een meervoudige persoonlijkheid heeft, al heb ik nooit gehoord van een meervoudige persoonlijkheid die zich als een enkele voordeed. Als ik me niet vergis zijn de verschillende karakters bij een echt syndroom er juist opuit om de andere te domineren.

Hoe dan ook, ik kan al die informatie nog niet goed verwerken en dus is het mogelijk dat ik me vergis of dat ik te veel gewicht hecht aan zulke kleine eigenaardigheden in haar gedrag. Ze is sterk en moedig. Ze heeft niemand kwaad gedaan en ons goed geholpen, dat is het belangrijkste.

De laatste van ons groepje – misschien de enige kans die Sellars nog heeft om het raadsel van Anderland op te lossen, want we kunnen alleen maar hopen dat Renie en de anderen ongedeerd zijn – is de jongeman die zichzelf T4b noemt. Ik weet natuurlijk niet of hij echt een man is, hoewel zijn energieke optreden soms een bepaald viriele indruk op me maakt en ik zulk gesnoef nooit van een vrouw heb gehoord. Maar op andere ogenblikken is hij ineens heel timide en dat is ook de reden waarom ik denk dat hij jonger is dan hij zich voordoet. Verder valt er weinig af te leiden uit zijn gepraat: zijn woordenschat is heel populair en vaag, zodat het soms lijkt alsof hij nog maar een jaar of tien is.

Hier ben ik dan, met vier mensen die ik niet ken, in een gevaarlijke simulatie en omringd door ongetwijfeld nóg gevaarlijker simulaties. We hebben duizenden vijanden met macht en geld, die bovendien weten hoe deze simwerelden in elkaar zitten. We waren al met zo weinig en na een paar dagen is onze groep gehalveerd.

Het is natuurlijk uitzichtloos. Het zou al een wonder zijn als we de volgende simulatie halen. Het gevaar loert overal. Gistermiddag zag ik hoe een vlieg door een reusachtige spin werd gevangen, slechts een paar meter bij me vandaan. Ik voelde de vlieg spartelen terwijl het leven uit zijn lijf werd gezogen, een van de ergste dingen die ik ooit heb meegemaakt, hier of in de echte wereld. Ik ben heel erg bang.

Maar de rest van mijn dagboek zal ik doen alsof ik helemaal niet bang ben, alsof ik vast geloof dat ik ooit weer thuis zal zijn om naar deze woorden te kunnen luisteren alsof het een verhaal uit een ver verleden is.

Ik hoop bij God dat het waar is.

Nu hoor ik echt iemand. Ik moet verder met deze vreemde reis. Ik zal geen afscheid van je nemen, lief dagboek in de lucht. Ik zal alleen maar zeggen: "Tot ziens."

Maar ik ben bang dat dat een leugen is.

Code Delfi. Einde.'

Jones zat bij Dulcie Anwin op schoot en likte zichzelf schoon, zoals gebruikelijk totaal onverschillig voor alles wat niet direct met haar te maken had. Haar bazin bereidde zich voor op de confrontatie. Daartoe had althans het eerste glas van de niet zo beste rode Tangshan gediend. Het tweede glas had ze nodig om zich nog wat meer moed in te drinken.

Ze voelde er niets voor. Daar kwam het op neer en dat zou hij moeten begrijpen. Ze was een specialiste, iemand met een praktijkopleiding van meer dan tien jaar waar zelfs de beste hacker slechts van kon dromen. Die laatste klus in Cartagena was voor haar persoonlijk misschien een bloedig unicum geweest, technisch was het een makkie. En nu verwachtte hij dat ze dat allemaal vergat om babysitter te spelen voor een gekaapte sim?

En hoe lang ging dat wel niet duren? Die lui konden nog wel een jaar in het netwerk rondtrekken als ze thuis voldoende werden verzorgd. Dulcie zou haar eigen leven kunnen vergeten. Ze had al in geen zes weken iemand gezien, laat staan een minnaar gehad; het moest niet nog gekker worden. De hele zaak was toch al bespottelijk, dat moest de Slachter toch begrijpen? En bovendien was ze niet bij hem in dienst. Ze werkte alleen op contractbasis en hij was maar een van haar opdrachtgevers. Ze had iemand vermoord, jezus christus! (Die onwillekeurige gedachte bezorgde haar even een koude rilling, alsof ze zich ergens op betrapt voelde.) Hoe dan ook, ze hoefde niet voor hem te kruipen alsof ze zijn secretaresse was.

Het energieke gelik van Jones begon haar te ergeren en ze duwde de kat van haar schoot. Jones keek haar verwijtend aan en verdween schommelend naar de keuken.

'*Dringend bericht*,' zei de stem uit het muurscherm. '*Er is een dringend bericht voor u.*'

'Verdomme.' Dulcie dronk haar glas leeg. Ze stopte haar blouse in haar broek – ze had zich voorgenomen hem niet meer in badjas te woord te staan, daarmee dwong ze geen respect af – en ging rechtop zitten. '*Aannemen.*'

Het gezicht van de Slachter kwam in beeld, een meter hoog. Het gebruinde gelaat was gladgeschoren, het volle, weerbarstige haar in een staart gebonden. Hij leek ook geconcentreerder dan bij het eerste gesprek, toen hij de helft van de tijd ergens anders naar scheen te luisteren.

'Hallo,' zei hij met een glimlach. 'Je ziet er goed uit.'

'Luister.' Ze nam nauwelijks de tijd om adem te halen: ze wilde er niet omheen draaien. 'Ik heb er geen zin in, niet de hele tijd. Ik weet wat je wilt zeggen en ongetwijfeld heb je allerlei andere belangrijke zaken aan je hoofd, maar dat betekent nog niet dat je mij met al het werk kunt opzadelen. Het gaat me niet om het geld, wat dat betreft heb ik helemaal niets te klagen. Ik wil het alleen niet dag en nacht doen, het is nu al lastig genoeg voor me. Natuurlijk zal ik er nooit met iemand anders over spreken, wat er ook gebeurt, maar desnoods zal ik de opdracht moeten teruggeven.' Ze haalde diep adem. Het gezicht van haar opdrachtgever was bijna verstard, maar nu begon hij opnieuw te glimlachen, op een andere manier. Zijn lippen krulden bij de mondhoeken omhoog zonder uit elkaar te gaan, zodat zijn brede witte tanden helemaal verborgen bleven.

'Dulcie, Dulcie,' zei hij eindelijk, met zijn hoofd schuddend alsof hij heel erg teleurgesteld was. 'Ik wilde net zeggen dat je de sim niet dag en nacht hoeft te sturen.'

'Niet?'

'Nee. Ik heb eens nagedacht en het is waar wat je zei. Het is riskant om ineens te veranderen. We hebben het tot nu toe samen gedaan en die blinde vrouw denkt waarschijnlijk dat het een eigenaardigheid van de sim is.'

'Dus... dus we blijven op de oude voet doorgaan?' Ze probeerde haar innerlijke evenwicht te hervinden: ze had zich zo intens op een ruzie voorbereid dat ze niet zo snel van de onverwachte schok kon herstellen. 'Maar hoe lang nog? Of kun je dat niet zeggen?'

'Voor onbepaalde tijd.' Zijn ogen waren heel erg helder. 'We zien wel wat er gaat gebeuren. Het kan zijn dat jouw aandeel iets groter wordt, in elk geval de komende dagen. De Oude Man heeft me iets opgedragen en om hem tevreden te houden moet ik iets kunnen laten zien.' De glimlach werd geheimzinniger. 'Maar verder kun je op me blijven rekenen. Ik begin eraan gewend te raken, snap je? En ik vind het wel aardig om... om eens iets te proberen.'

Dulcie was opgelucht, al kon ze het niet helemaal volgen. 'Dus we gaan inderdaad gewoon zo door? Ik doe mijn werk en jij betaalt me er dik voor.' Ze wist dat haar lach niet erg overtuigend klonk. 'Voor onbepaalde tijd?'

'Voor onbepaalde tijd.' Hij knikte en zijn gezicht verdween van het scherm.

Dulcie zat nog te zuchten toen hij plotseling weer in beeld kwam. Ze kon nog net een kreet van angst tegenhouden. 'O ja, nog één ding.'

'Ja?'

'Je kunt je niet terugtrekken, dat wilde ik nog even opmerken. Ik zal je netjes behandelen, maar denk erom dat je zonder mijn toestemming niets doet. Waag het niet te verdwijnen, iets tegen anderen te zeggen of iets ongewoons met de sim te doen, want ik maak je af.'

Nu gingen zijn lippen wel van elkaar en zijn tanden sprongen naar voren tot ze het muurscherm vulden als een rij grafzerken. 'Nadat we gedanst hebben, Dulcie.' Hij zei het met de angstaanjagende kalmte van iemand in de hel die een praatje over het weer houdt. 'Mijn speciale dans.'

Lang nadat hij de verbinding had verbroken zat ze nog te huiveren, haar ogen wijd opengesperd.

15

Een laat kerstcadeau

NETFEED/DOCUDRAMA: IEN, 18u (Eur, Nam) – 'Revanche'
(beeld: Raphael en Thelma Biaginni huilend voor een brandend huis)
COMMENTAAR: Vanavond de vijfde aflevering van de controversiële dramawedstrijd. Deelnemer Sammo Edders laat de geslaagde verwoesting van Biaginni's huis – een episode die alle kijkcijferrecords brak – volgen door een poging tot ontvoering van de drie kinderen. De onder zware druk staande Raphael Biaginni zal volgens kenners lang voor de tiende en laatste aflevering tot zelfmoord worden gedreven...

Renie staarde naar de holle man met zijn slappe hoofd van stro en haar angst werd weggespoeld door een golf van verontwaardiging. 'Hoezo laat je ons ter dood brengen?' Ze rukte zich los uit de greep van Emily. Het idee dat dit rare ding, deze clownsfiguur uit een oude kinderfilm, het waagde hen te bedreigen... 'Je bent niet eens echt!'

Het ene beweegbare oog van Vogelschrik keek haar verwonderd aan en zijn brede mond vertrok in een vermoeide glimlach. 'Welja, scheld me ook nog maar uit.' Hij verhief zijn stem. 'Wiedje! Ik zei toch dat je die ellendige filters moest verwisselen?' Het tamelijk kwaadaardig uitziende aapje klapperde met zijn vleugels en begon aan een van de buizen rond de troon te trekken. 'Of nee,' zei Vogelschrik, 'roep eerst die stomme tiktaks terug.'

!Xabbu ging op zijn achterpoten staan. 'We zullen voor ons leven vechten. We hebben niet al die dingen meegemaakt om alles zomaar op te geven.'

'O god, toch niet weer een aap?' Vogelschrik leunde naar achteren, waardoor de pompen en slangen rond de stoel rammelden. 'Alsof Wiedje en zijn kleine soortgenoten niet erg genoeg zijn. Ik had ze nooit uit het Bos moeten redden. Er kon niet eens een bedankje van af.'

Een deur gleed sissend open en uit het donker kwamen zes tiktaks naar voren.

'Gelukkig,' verzuchtte Vogelschrik. 'Wees zo goed deze buitenstaanders mee te nemen. Stop ze in een cel, maar controleer of die baviaan niet door een raam naar buiten kan klimmen.'

De tiktaks verroerden zich niet.

'Schiet op! Wat mankeert jullie?' Vogelschrik stak zijn wiebelende hoofd naar voren. 'Moet jullie olie soms ververst worden of zijn jullie veren overspannen?'

In de kleine ondergrondse kamer was een geklik te horen, gevolgd door een zacht gefluit. In de schaduw begon een licht te gloeien en ten slotte werd een rechthoekig muurscherm zichtbaar met glimmende metalen buizen langs de randen en aan de onderkant een paneel met wijzerplaten en meters. Na enig geruis werd in het midden van het scherm een donkere, cilindervormige gestalte zichtbaar.

'Hallo, slapjanus,' zei het ding tegen Vogelschrik.

Emily gaf een gil.

Het hoofd op het scherm bestond geheel uit grijs, dofglanzend metaal, een grimmige kop als een zuiger met een kleine mondopening maar zonder ogen. Renie deinsde onwillekeurig terug van afschuw.

'Wat moet je, Tinnen Man?' Vogelschrik deed zijn best om verveeld te klinken, maar hij kon zijn zenuwen toch niet helemaal verbergen. 'Ben je eindelijk klaar met die stofwolken van je? Van mij mag je je gang gaan, ik lust ze rauw.'

'Nu je erover begint, ik ben nogal trots op die tornado's.' De stem van het metalen ding zoemde als een scheerapparaat. 'En je zult moeten toegeven dat ze een ontmoedigende uitwerking hebben op je vleesslaafjes. Maar eigenlijk wilde ik je ergens anders over spreken. Kijk maar eens goed, dan kunnen we lachen.' De spottende, onmenselijke stem kreeg een bevelende ondertoon. 'Tiktaks, maak een dansje!'

De zes opwindbare robots begonnen rammelend rond te stampen met hun grote voeten, waardoor ze er meer dan ooit uitzagen als dolgedraaide poppen.

‘Ik heb je frequentie weten te kraken, mijn beste.’ Het schuifje voor zijn mond ging klapperend op en neer terwijl de Tinnen Man raspend lachte. ‘Je had zelf kunnen weten dat het maar een kwestie van tijd was, per slot van rekening waren de tiktaks eigenlijk voor mij bestemd. Schud dus nog maar eens met je strooien kop, want ik vrees dat het de laatste keer zal zijn.’ Het ding liet weer een schurend gelach horen. ‘Je zult ongetwijfeld geen genade voor recht verwachten en ik zal je niet teleurstellen. Tiktaks, maak ze af. Allemaal.’ De tiktaks staakten abrupt hun rondedans, tilden hun zware armen op en kwamen ratelend naar voren. Emily boog haar hoofd met het fatalisme van een geboren slaaf. Renie pakte haar beet en trok haar mee naar de muur. De Tinnen Man draaide zijn oogloze kop om alsof hij de beweging volgde. ‘Tiktaks, wacht,’ beval hij. ‘Wie hebben we daar, Vogelschrik? Je hebt charmante gasten, zie ik.’

‘Dat gaat je niets aan, bumperkop,’ zei Vogelschrik puffend. ‘Ga je gang, je bent nog steeds aan zet.’

Renie staarde naar de stompzinnige gezichten van de mechanische mannen en vroeg zich af of ze erin zou slagen langs hen heen te rennen. De kans op ontsnapping was moeilijk te beoordelen doordat een groot deel van de kamer in het donker lag. Zouden ze de lift nog kunnen gebruiken? En wat moest ze met Emily beginnen? Moest ze het meisje met zich meeslepen of kon ze haar achterlaten in de hoop dat ze toch maar een sim was? Maar zou ze daartoe in staat zijn, zelfs als die hoop zekerheid was? De doodsstrijd in deze simwerelden was wel heel erg realistisch en ze wist niet of ze zelfs een Pop tot zo’n marteling zou kunnen veroordelen.

Renie stak haar hand opzij, maar !Xabbu was niet bij haar. De baviaan was ergens in de schaduw verdwenen.

‘Tiktak, onderzoek die vrouw,’ zei de Tinnen Man.

Renie zette zich schrap en hief afwerend haar handen, maar de mechanische man liep bonkend langs haar heen en stak zijn klauwen uit naar Emily, die jammerend terugdeinsde. De tiktak liet zijn stalen vingers langs Emily’s lichaam glijden zonder haar aan te raken, alsof hij detectors in zijn klauwen had. Emily wendde haar gezicht af en begon weer te snikken. Even later deed de tiktak een stap naar achteren en liet zijn armen langs zijn ronde middel zakken.

‘Nee maar,’ zei de Tinnen Man, die de informatie blijkbaar rechtstreeks van de tiktak had door gekregen. ‘Kijk eens aan. Het zal toch niet waar zijn?’ De zoemende stem klonk hortend, alsof hij verbaasd was. ‘Je stijgt in mijn achting, vijand. Heb je echt de Dorothy gevonden?’

Emily zakte door haar knieën van angst. Renie ging naar haar toe, een instinctieve reactie die tenminste nog enige zin had in heel dit onbegrijpelijke drama.

'Val dood,' zei Vogelschrik, die buiten adem begon te raken. 'Je kunt haar niet...'

'Maar natuurlijk kan ik dat. Tiktaks, laat alleen de emily in leven,' knarste de Tinnen Man. 'Breng haar onmiddellijk bij me.'

Vier mechanische mannen draaiden zich om en begonnen de troon van Vogelschrik in te sluiten. De twee anderen naderden Renie en Emily, die nog altijd in de schaduw bij de muur stonden.

'Staaljochie, je bent zo stom dat je me begint te vervelen.' Vogelschrik schudde zijn dikke hoofd, hoestte een paar keer en spuugde iets op de vloer. Toen de mechanische mannen de voet van zijn troon bereikten stak hij een hand op en trok aan een koord.

De vloer rond de troon klapte plotseling naar beneden met een immense dreun, alsof een reus met een hamer op een aambeeld sloeg. De tiktaks verdwenen uit het gezicht, maar Renie hoorde ze nog drie of vier seconden tijdens hun val tegen de metalen wanden kaatsen.

'Tiktaks, breng de emily bij me!' zei de Tinnen Man tegen de twee resterende mechanische mannen. 'Misschien krijg ik jou niet te pakken, vogelverschrikker, maar je kunt me ook niet tegenhouden!'

Renie had geen zin om af te wachten of dat laatste waar was of niet. Met uitgestoken armen sprong ze naar voren en duwde met haar handen tegen de borst van de voorste tiktak. Het was een zwaar ding en het bovenlijf gaf nauwelijks mee, maar met een van zijn cilindervormige benen moest hij een stap naar achteren doen om zijn evenwicht te bewaren.

'Wiedje!' riep Vogelschrik. 'Puzzel, Malenger, Piep!'

Renie schonk geen aandacht aan deze wartaal. Ze zakte door haar knieën en sloeg haar armen om het tonronde middel van de tiktak. Terwijl ze het trillen van zijn veren en raderen in haar eigen botten voelde, zette ze zich schrap met haar lange benen en duwde weer. Een met schuimrubber afgezette grijper streek langs haar arm, maar ze trok haar hand snel terug voordat de klauw zich rond haar pols kon sluiten. Ze hing half tegen de tiktak aan en duwde uit alle macht. Het ding moest opnieuw een stap naar achteren doen om niet te vallen. De grijper werd weer uitgestoken, maar Renie gaf nog een laatste duw en sprong weg. De tiktak zwaaide als een dronkenman heen en weer, zijn raderen zoemend als een stel boze muggen. Hij wilde zijn andere been neerzetten, viel over de rand van de put die zich rond de troon van Vogelschrik had geopend en verdween in de diepte.

Renie kreeg amper de tijd om van haar triomf te genieten. Twee andere gevoerde klauwen grepen haar bij haar middel en schouder vast, zo hard dat ze het uitgilde van de pijn. De overgebleven tiktak aarzelde geen moment en duwde haar over de betonnen vloer naar de kloof waarin zijn collega's waren beland. Renie gilde opnieuw, maar nu van angst, terwijl ze wild met haar armen zwaaide om de tiktak achter haar te raken.

'!Xabbu!' riep ze. 'Emily! Help me!' Ze probeerde haar voeten schrap te zetten op de ruwe vloer, maar de tiktak schoof haar genadeloos verder. De put sperde zijn muil open.

Er schoot iets langs haar heen en plotseling liet de tiktak haar schouder los. Ze draaide haar hoofd om en zag een kleine aap op het gezicht van de tiktak zitten. De mechanische man sloeg ernaar, maar slaagde er met zijn korte arm niet in het dier te verjagen.

'!Xabbu!' riep ze weer. Op hetzelfde moment schoten nog meer kleine apen uit het donker naar beneden. De tiktak liet Renie nu helemaal los en graaide met beide armen naar zijn belagers. Renie liet zich op handen en voeten zakken en kroop weg van de gapende opening ondanks de pijn in haar zij en schouder.

De verblinde en van alle kanten belaagde tiktak begon te wankelen, maar zijn wilde uithalen eisten hun tol. Een van de aapjes werd uit de lucht gemaaid en viel op de grond, waar het slap bleef liggen. De tiktak deed een paar onhandige passen en leek zijn evenwicht te hervinden. Hij haalde een tweede aap neer met een ziekmakende klap en draaide zich om naar Renie. In de halfdonkere ruimte kon ze niet zien of een van de getroffen apen !Xabbu was.

Zonder enige waarschuwing werd opeens alles binnenstebuiten gekeerd, de kamer, de worstelende tiktak, de kleine apen en koning Vogelschrik op zijn met buizen en slangen behangen troon.

Renie had het gevoel of er een miljoen fototoestellen tegelijk flitsten. De lichtvlekjes werden zwart, de schaduwen kregen oogverblindende kleuren en alles en iedereen werd door elkaar geslingerd alsof de aarde ergens tegenaan was gebotst. Haar lichaam leek in duizend stukken uit elkaar gerukt te worden en ze deed haar mond open om te gillen, maar het enige dat ze hoorde was een machtig gebrom dat door alles heen drong, als het geluid van een misthoorn die diep in de aarde weergalmde.

Ze voelde niet meer dat ze een lichaam had. Ze tolde rond in een draaikolk en werd vervolgens over een afstand van duizenden kilometers uitgerekt tot er niets anders van haar overbleef dan een greintje bewustzijn dat zich alleen maar aan het naakte bestaan kon vastklampen.

En plotseling hield het op, even abrupt als het was begonnen. De overvloeiende kleuren van het heelal sloegen om in hun tegenpolen, negatief werd positief en de kamer werd weer de oude.

Renie lag op de grond en snakte naar adem. Emily lag jammerend naast haar, haar armen over haar hoofd geslagen in een vergeefse poging om de chaos buiten te sluiten.

'Jezus christus,' zei Vogelschrik ontdaan. 'Wat heb ik daar toch de pest aan.'

Renie ging rechtop zitten. De laatste tiktak lag in het midden op de vloer met zijn armen te zwaaien, het inwendige mechanisme blijkbaar onherstelbaar aangetast. De twee nog levende aapjes vlogen eromheen, als kolibries klapperend met hun vleugels en angstig rondkijkend alsof ze vreesden dat de chaos elk moment kon terugkeren.

In plaats van het oogloze hoofd van de Tinnen Man was er op het beeldscherm alleen nog confetti te zien.

'Dat gebeurt tegenwoordig vaker dan me lief is.' Vogelschrik sloeg zijn handen tegen zijn hoofd en fronste zijn juten voorhoofd. 'Ik dacht dat Tinnen Man erachter zat, net als bij die tornado's, want Leeuw heeft niet zulke geavanceerde spullen, maar ik geloof niet dat hij dit tijdstip zou hebben uitgekozen.'

'Wat gebeurt er toch?' Renie kroop naar de twee dode apen. !Xabbu was er niet bij. 'Zijn jullie allemaal gek geworden? En wat heb je met mijn vriend gedaan?'

Vogelschrik wilde net geërgerd antwoorden toen er bij zijn schouder een kleine gedaante verscheen.

'Hou op!' De baviaan pakte met zijn lange vingers een van de grotere slangen waarmee Vogelschrik verbonden was, vlak bij de hals van de stroman. 'Laat mijn vriendin en Emily gaan,' zei !Xabbu, 'anders trek ik hem los!'

Vogelschrik draaide zijn hoofd om. 'Je praat naar dat je verstand hebt,' zei hij op meelevende toon. 'Wiedje, Malenger! Grijp hem!'

De vliegende aapjes schoten op de troon af en !Xabbu rukte de slang los. Uit de opening stak een plukje katoen, dat losraakte en naar de vloer zweefde toen de apen !Xabbu beetpakten en de lucht in trokken.

!Xabbu werd een eindje naast de troon losgelaten. Hij kwam op zijn achterpoten neer en kroop geschrokken ineen aan Renies voeten. Vogelschrik nam de losse slang in zijn slappe vingers en zwaaide met het uiteinde. 'Dat is maar een nieuwe vulling,' verklaarde hij. 'Ik voelde me wat slapper dan anders. Je weet hoe het gaat als je het zo druk hebt, dan verwaarloos je jezelf.' Hij keek naar Wiedje en Malenger, die bij zijn gelaarsde voeten waren geland en elkaar nu zaten te vlooien. 'Roep de anderen eens, wil je?'

Wiedje stak zijn kleine kop de lucht in en slaakte een hoge kreet. Plotseling daalde een massa gevleugelde aapjes uit de schaduwen neer, als geschrokken vleermuizen in een grot. Binnen enkele seconden werden Renie en !Xabbu door tientallen kleine apenhandjes beetgepakt.

'Laat de emily maar liggen, ik wil nog met haar praten. Breng die twee daar naar de toeristencel en kom meteen weer terug. En vlug een beetje! De tiktaks zijn uitgeschakeld, dus tot nader order doet iedereen overwerk.'

Renie werd opgetild en in het donker weggevoerd, omringd door een wolk van klapperende vleugels.

'Niet allemaal!' riep Vogelschrik. 'Wiedje, kom hier en sluit deze slang weer aan. En verwissel die verdomde filters eindelijk eens!'

De deur viel met een zware, definitieve slag achter hen dicht.

Renie bekeek hun nieuwe omgeving, een langwerpige cel waarvan de wanden, het plafond en de vloer saai muntgroen geverfd waren. 'Ik had me de Stad van Smaragd anders voorgesteld.'

'Kijk eens aan,' klonk een stem uit de schaduw. 'Gezelschap.'

In het halfdonker tegen de achterwand zat een man, zo te zien de enige andere gevangene. Hij was mager en had een knap gezicht (zijn sim had een knap gezicht, bedacht Renie). Hij was een blanke man met een gebruinde huid en dik zwart haar, dat in een ouderwetse stijl recht naar achteren was gekamd. Zijn snor was slechts iets minder extravagant dan de metalen knevel van de tiktaks. Renie verbaasde zich echter vooral over de sigaret die hij rookte.

Een plotseling verlangen naar nicotine overviel haar en al verloor ze de voorzichtigheid niet uit het oog, na een snelle overweging van de feiten kwam ze tot een conclusie die haar niet slecht uitkwam. De man was blijkbaar een gevangene en daarom een mogelijke bondgenoot. Bovendien hoefde ze hem niet in vertrouwen te nemen, want misschien was hij maar een Pop.

'Heeft u misschien een sigaret voor me?'

De man trok een wenkbrauw op en bekeek haar van top tot teen. 'Die dingen zijn geld waard voor gevangenen.' Hij sprak Engels met een licht accent, dat Renie niet kon thuisbrengen. 'Wat zit er voor mij in?'

'Renie?' !Xabbu kende de gevaarlijke verlokkingen van tabak niet, ook al was het een zogenaamd veilige sigaret, en trok aan haar mouw. 'Wie is dat?'

De man met het donkere haar schonk geen aandacht aan de pratende baviaan. 'En?'

Renie schudde haar hoofd. 'Niets. Ik heb niets in ruil aan te bieden. Deze kleren zijn mijn enige bezit.'

'Hmm, dan heb ik nog iets van u te goed.' Uit een borstzak haalde hij een rood pakje Lucky Strikes. Hij nam er een sigaret uit en stak die aan met zijn eigen peuk. Renie ging naar hem toe om de sigaret aan te nemen, op een afstandje gevolgd door !Xabbu. 'Kunnen uw sensoren de smaak aan?'

Dat vroeg Renie zich ook net af. Bij het inhaleren voelde ze de hete rook in haar keel en longen en ze durfde te zweren dat ze de tabak kon proeven. 'O god, dat is verrukkelijk,' zei ze, een wolk uitblazend.

De man knikte alsof hij een klein wonder had gezien en stopte het pakje sigaretten terug in zijn borstzak. Hij droeg net zo'n ketelpak als de andere henry's die ze in Smaragd had gezien, al maakte hij niet de indruk een van die afgerichte arbeiders te zijn. 'Wie bent u?' vroeg ze.

Hij keek haar geprikkeld aan. 'En wie bent u?'

Renie stelde zichzelf en !Xabbu voor onder dezelfde schuilnamen die ze in de insectenwereld van Kunohara had gebruikt. Per slot van rekening had de onbekende haar alleen maar een sigaret gegeven, geen nier. 'We zijn hier per toeval verzeild geraakt,' zei ze. De man kon zelf ook wel zien dat ze hier niet thuishoorden, tenzij hij een van de werkslaven van deze simwereld was. 'Dat is hier blijkbaar een misdaad. Wie bent u en hoe bent u hier terechtgekomen?'

'Azador,' zei de vreemdeling.

Renie dacht even dat hij het tegen iemand anders had en keek om zich heen.

'Mijn naam is Azador,' verduidelijkte hij, 'en ik zit hier omdat ik zo onverstandig ben geweest zijne wijze majesteit de koning ongevraagd van advies te dienen.' Hij glimlachte ironisch, alsof hij vond dat hij beter had moeten weten. Renie moest bekennen dat het een heel aantrekkelijke sim was. 'Jullie zijn allebei Burgers, neem ik aan?'

Renie wierp een blik naar !Xabbu, die op veilige afstand van Azador op zijn hurken zat. De baviaan keek ondoorgrondelijk terug. 'Ja, dat zijn we.'

De belangstelling van de man leek te zijn bevredigd, wat Renie het gevoel gaf dat ze de juiste beslissing had genomen. 'Goed, ik ook. Het is werkelijk jammer dat ze u uw vrijheid hebben ontnomen.'

'Wat is er hier aan de hand?' Ze moest ineens aan Emily denken. 'Onze vriendin is nog bij die vogelverschrikker, de koning. Wat gaat hij met haar doen?'

Azador haalde zijn schouders op, alsof hij zich niet verantwoordelijk achtte voor de problemen van anderen. 'Ze zijn hier allemaal gek geworden. Ik weet niet hoe het hier vroeger was, maar de boel staat op instorten. Dat zie je wel vaker bij slechte simulaties. Daarom heb ik juist mijn advies aangeboden.' Hij drukte zijn sigaret uit, wat Renie eraan herinnerde dat ze zelf helemaal vergat te roken. Ze nam een trekje terwijl Azador verder ging. 'U kent het verhaal van Oz toch wel?'

'Inderdaad,' antwoordde Renie, 'maar het is niet helemaal hetzelfde. Dit is een tamelijk slap aftreksel en bovendien moet dit Kansas voorstellen, maar Oz lag toch niet in Kansas?'

'Maar zo is het hier niet begonnen.' Azador pakte een andere sigaret, die hij echter niet aanstak maar achter een oor stopte. Renie keek er begerig naar, ook al brandde haar eigen sigaret nog. Het was een onaangename sensatie. 'Zoals ik al zei,' hernam Azador, 'de boel staat op instorten. De simulatie bestaat uit twee samenhangende lokaties, Oz – de wereld van het originele leesboek, dat volgens mij ook bestaat – en de Amerikaanse staat Kansas. Het waren net de twee helften van een zandloper, begrijpt u wel, met een smal tussenstuk waar de contacten plaatsvonden.'

!Xabbu zat intussen aandachtig de cel te inspecteren. Renie vond dat hij een verontruste indruk maakte.

'Maar in Oz is iets helemaal misgegaan,' zei Azador. 'Ik heb verschrikkelijke verhalen gehoord over moord, plundering en kannibalisme. Ik geloof dat het nu zo goed als verlaten is. De drie mensen, Burgers, die de rollen van Vogelschrik, Tinnen Man en Laffe Leeuw speelden hebben hun koninkrijken allemaal naar Kansas overgebracht.'

'Dus het is zo'n oorlogsspel?' vroeg ze. 'Wat stom! Oz is zo'n leuk verhaal, waarom moesten ze dat nou weer verpesten?' Echt iets voor mannen, dacht ze erbij, maar dat zei ze niet hardop.

Azador glimlachte loom, alsof hij haar gedachten had geraden. 'Zo is het niet helemaal begonnen. De Tinnen Man en de Leeuw zijn inmiddels overgenomen door anderen, door mensen die net als jullie van buiten kwamen. De simwereld is nu bijna helemaal van hen. Alleen Vogelschrik was sterk genoeg om zich te blijven verzetten, maar ik denk niet dat hij het nog erg lang kan volhouden.'

'En wat er daarnet gebeurde? Ik dacht even dat de hele simulatie op zijn kop werd gezet. Heeft u dat ook gevoeld?'

!Xabbu was op het stapelbed tegen de muur geklommen en inspecteerde het rooster dat voor het piepkleine raam was aangebracht. 'Weet je nog wat Atasco zei?' vroeg hij. 'Toen dat ding van licht in de kamer kwam?'

Renie verstrakte toen !Xabbu de naam van de dode liet vallen, maar Azador reageerde niet. 'Ik geloof niet...'

'Hij zei dat het netwerk misschien te snel groeide of dat het te groot werd, zoiets. En Kunohara zei...'

'!Xabbu!'

Nu was Azadors belangstelling wel gewekt. 'Hebben jullie Kunohara ontmoet? Hideki Kunohara?'

'Nee,' zei Renie snel. 'Alleen een paar mensen die hem kenden. Dat beweerden ze althans.'

'Die smeerlap zag me toen ik in een vleesetende plant zat, een bekerplant heet dat, geloof ik.' Azador maakte een oprecht verontwaardigde indruk. 'Hij gaf me een lesje over de ingewikkelde samenhang van de natuur of zo, net alsof hij het tegen een kind had. En daarna liet hij me gewoon aan mijn lot over terwijl ik door dat stinkende spul werd verteerd! De schoft.'

Ondanks alles moest Renie lachen. Dat was inderdaad echt iets voor Kunohara, dat vreemde, zelfvoldane mannetje dat ze hadden ontmoet. 'Maar u bent toch ontsnapt.'

'Zoals altijd.' Er kwam een sombere blik in zijn ogen. Hij haalde de sigaret achter zijn oor vandaan en stak hem omslachtig aan met een dikke zilveren aansteker. Hij stopte de aansteker weer in zijn zak, stond op en liep langzaam langs Renie heen naar de celdeur, waar hij bleef staan en een of ander deuntje neuriede. Ze kreeg ineens het sterke gevoel dat hij al heel vaak het inwendige van een cel had gezien, hier of in het echte leven.

!Xabbu klauterde een eindje langs het bed omlaag en fluisterde in Renies oor: 'Ik heb die namen met opzet genoemd om te zien hoe hij zou reageren.'

'Had dat maar uit je hoofd gelaten,' fluisterde ze terug, bozer dan ze had bedoeld. 'Laat de intriges voortaan maar aan mij over.' !Xabbu keek haar verrast aan, waarna hij naar een hoek van de cel ging en daar bleef zitten, zijn kopje naar de grond. Renie had meteen spijt, maar voordat ze iets kon doen kwam Azador terug.

'Ik word gek als ik hier nog langer moet blijven,' riep hij ineens uit. 'We moeten ontsnappen. U doet toch mee? Ik heb een plan waarmee we onze vrijheid kunnen herwinnen.'

Renie keek hem geschrokken aan. 'Is het wel verstandig om zulke dingen te zeggen? Worden we hier niet afgeluisterd?'

Azador wuifde achteloos met zijn hand. 'Natuurlijk, je wordt hier overal afgeluisterd. Maar dat maakt niet uit, Vogelschrik heeft niet genoeg dienaren meer om al die banden bij te houden, kilometers banden! De technologie van dit Kansas stamt uit de twintigste eeuw, is dat u niet opgevallen?'

'Als het zo'n goed plan is,' vroeg !Xabbu, 'waarom bent u hier dan nog?'

Dat was een goede vraag, vond Renie. Ze had zich al afgevraagd hoe Azador zoveel over het bewakingssysteem van Vogelschrik kon weten.

'Omdat er voor dit plan meer mensen nodig zijn,' antwoordde Azador. 'Nu zijn we met twee mensen en een heel slimme aap!'

'Ik ben geen aap,' zei !Xabbu fronsend. 'Ik ben een mens.'

Azador lachte. 'Natuurlijk, het was maar een grapje. Ik wilde u niet beledigen.'

'Dan moet u betere grapjes maken,' antwoordde !Xabbu geprikkeld.

Azador wilde de details van zijn plan niet prijsgeven. Hij zei alleen dat ze moesten wachten tot het donker was. Renie vroeg zich af hoe hij dat laatste wilde vaststellen, want het enige raam in de cel was niet meer dan een horizontale luchtschacht. In elk geval had ze nu de kans om wat uit te rusten. Ze was geradbraakt na haar hachelijke avonturen in Kunohara's jungle en de verwoestingen van de tornado, waarbij ze telkens maar net aan de dood was ontsnapt.

!Xabbu hield zich nog steeds knorrig op in zijn hoekje, zichtbaar op zijn tenen getrapt, terwijl Azador zich ermee vergenoegde zachtjes een deuntje te fluiten. Renie was dolblij dat ze eindelijk eens de tijd had om rustig na te denken.

Een van haar voornaamste zorgen was hun geheimzinnige celgenoot. Azador had maar heel weinig losgelaten over zichzelf, over de reden voor zijn aanwezigheid in Anderland en over het netwerk in het algemeen. Als hij toch een Pop was en geen Burger van vlees en bloed, dan was zijn sim met veel zorg geconstrueerd, want hij sprak over het netwerk met een verachting alsof hij al die illusies aan den lijve had ondervonden. Hij was ook in het algemeen tamelijk indrukwekkend, en dat niet alleen vanwege het uiterlijk van zijn sim, een uiterlijk dat Renie bepaald verleidelijk vond. Af en toe meende ze ook iets anders bij hem te zien, een kwetsbaar gezicht, bijna alsof hij zich opgejaagd voelde.

Maar waarom tijd verspillen aan deze vreemdeling terwijl er nog zoveel andere problemen waren, zoveel raadsels waar haar eigen leven van kon afhangen?

Nou, ten eerste, begin je gewoon hitsig te worden, meisje, dacht ze. *Je hebt al een hele tijd geen vriendje meer gehad en je moet je niet zo laten opnaaien door het gevaar en al die adrenaline.*

Ze keek naar Azador, naar de zak van de overall waarin hij zijn sigaretten bewaarde. Een enkel sigaretje kon toch geen kwaad? Ze voelde zich net een te strak opgewonden tiktak. Maar de manier waarop ze reageerde beviel haar niet, alsof roken net zo belangrijk was als het redden van haar broertje. Ze had er twee dagen niet of nauwelijks aan gedacht; begon het nu allemaal overnieuw? Hier in Anderland had ze nog niets gegeten en voedsel was toch ook geen obsessie geworden?

Met veel moeite dwong Renie zichzelf aan de echte problemen te denken.

Hun reis door het netwerk had tot nu toe geen vragen beantwoord. Integendeel, het raadsel was er alleen maar groter door geworden. Wat was die Kring waar Kunohara over had gesproken, waren dat echt dezelfde mensen die !Xabbu in staat hadden gesteld een opleiding te volgen? En zo ja, wat betekende dat dan? Wist !Xabbu misschien meer dan hij haar had verteld? Maar hij was zelf over de Kring begonnen en daarom zette ze ook die gedachte van zich af. Dat hele gedoe met de Graalbeweging was zo ingewikkeld en verwarrend, en er waren nog zoveel dingen die ze niet wist, dat het begon te lijken op de doorgedraaide fantasieën van een psychopaat, een absurde complottheorie die nergens op stoelde. Ze kon zich beter op de grote lijnen concentreren.

Maar wat waren die grote lijnen eigenlijk? Hadden ze tot nu toe wel iets ontdekt? Uit Kunohara's woorden kon je opmaken dat er een conflict bestond tussen de Graalbeweging en de Kring, maar hij had ook gesuggereerd dat beide partijen zich vergisten, dat het systeem ingewikkelder was dan ze zelf beseften. Er waren andere dingen die erop wezen dat er iets aan de hand kon zijn, de op hol geslagen anomalie van Atasco, de onmogelijke wezens en effecten in de Bijenkorf, de bizarre ontbinding in de troonzaal van Vogelschrik.

Een plotselinge gedachte trof haar als een lange, koude naald. *Wat zal er met Stephen gebeuren als hij werkelijk ergens in dit netwerk vastzit? Zal hij bijkomen als dit mechanisme of universum instort, of zal hij sterven?*

Onwillekeurig keek ze naar !Xabbu, alsof de kleine man haar tegen de onuitgesproken gedachte kon beschermen. Hij had zijn handen uitgestoken en wriemelde met zijn vingers, het touwtjesspel zonder touwtje. Hij zat met zijn magere rug naar haar toe.

Ze kreeg ineens een warm gevoel vanbinnen. Ze had hem nodig, besefte ze, deze lieve, intelligente man in het lichaam van een baviaan. Hij was de beste vriend die ze had, hoe verbazend dat ook was voor iemand die ze nog geen jaar kende.

Renie haalde de veter uit een van haar laarzen en schoof naar !Xabbu toe.

'Hier.' Ze gaf hem de veter. 'Dan gaat het beter, denk je niet?'

Hij pakte hem aan met zijn kleine handen. 'Zo kun je niet lopen. Dat is gevaarlijk.' Hij keek peinzend naar de veter, bracht hem naar zijn mond en beet hem met zijn scherpe tanden in tweeën, waarna hij haar een van de helften teruggaf. 'Ik heb niet zo'n lang stuk nodig. Mijn vingers zijn nu kleiner.'

Ze glimlachte en stopte de veter in haar laars. 'Sorry dat ik zo tegen je uitviel. Dat had ik niet moeten doen.'

'Je bent mijn vriendin. Je wilt het beste voor mij, voor ons allebei.' Het was opmerkelijk hoe ernstig de baviaan kon kijken. 'Zal ik je iets laten zien?'

Azador zat een paar meter bij hen vandaan met zijn rug tegen de muur. Hij keek even naar hen, maar zijn blik was afwezig, alsof hij diep in gedachten verzonken was.

'Graag.'

!Xabbu maakte een knoop, rekte die uit tot een rechthoek en plukte met snelle bewegingen van zijn vingers aan de uiteinden van de veter tot er een ingewikkelde geometrische vorm tussen zijn handen te zien was.

'Dit is de zon. Zie je?'

Renie keek weifelend naar de diamantvorm die het midden van de veter had gekregen. 'Ik geloof het wel.'

'Nu gaat de zon onder: het wordt avond.' !Xabbu bewoog zijn vingers en de diamant werd platter terwijl hij naar de horizon schoof.

Renie lachte en klapte in haar handen. 'Dat is prachtig!'

Hij glimlachte. 'Nu zal ik je iets anders laten zien.' Zijn apenvingers gingen snel heen en weer en het viel Renie op dat het net was alsof hij een nethandschoen gebruikte. Het nieuwe patroon was heel anders dan de diamant, met in de bovenhoek een hele knot lusjes. 'Dit is een vogel, de honingzoeker. Zie je?'

Renie hield verrast haar adem in. 'Daar heb je het al eens over gehad.' Ze voelde dat het iets belangrijks was, maar het duurde even voordat ze het zich kon herinneren. 'Of nee, dat was Sellars. Toen we in Mister J's waren en jij... bewusteloos was, of aan het dromen. Hij stuurde een honingzoeker om je terug te halen.'

!Xabbu knikte plechtig. 'Sellars is een wijs man. De honingzoeker is heel belangrijk voor mijn volk. Wij volgen het dier over grote afstanden tot hij ons naar de wilde honing brengt, al houdt hij daar niet van. Hij vindt mensen te inhalig. Maar kijk, hij heeft honing gevonden!' !Xabbu wiebelde met zijn vingers en liet de kleine vogel dansen. 'Nu gaat hij het vertellen aan zijn beste vriend, de honingdas.' !Xabbu toverde onderaan snel een grotere vorm te voorschijn. 'De honingzoeker en de honingdas zijn dikke vrienden, mijn volk zou zeggen dat ze onder dezelfde vacht slapen. Heb je weleens een honingdas gezien, Renie?'

'In de dierentuin. Ze worden ook wel ratel genoemd, geloof ik. Ze hebben korte pootjes en scherpe klauwen om mee te graven.'

'Kleine etters zijn het,' zei Azador zonder op te kijken. 'Als ze de kans krijgen bijten ze je vingers af.'

'Ze zijn erg moedig,' zei !Xabbu zo waardig mogelijk. 'De honingdas komt voor zichzelf op.' Hij keek weer naar Renie. 'En de kleine vogel is zijn beste vriend. Als de bijen de goudgele honing in een boom of in een rotsspleet hebben gemaakt, vliegt de honingzoeker snel naar de das om hem te waarschuwen. "Vlug, vlug, er is honing! Kom vlug!"' !Xabbu herhaalde de woorden in zijn eigen kliktaal en liet het bovenste figuurtje weer dansen. Het onderste bleef op zijn plaats. 'Zijn vriend hoort hem, het mooiste geluid dat hij kent, en haast zich achter hem aan, zelf fluitend als een vogel. "Kijk, wezen met vleugels! Ik volg je!" Het is ook prachtig om in de bush de ene vriend de andere te horen roepen.' !Xabbu trok aan de touwtjes met zijn handige vingers en nu kwam ook de das in beweging. De twee figuurtjes werden kleiner, alsof ze langzaam uit het zicht verdwenen.

'Dat is prachtig,' zei Renie lachend. 'Ik kon ze heel duidelijk zien!'

'Honingzoeker en honingdas zijn de beste vrienden. En als de das eindelijk de honing vindt, gooit hij altijd wat op de grond om met de ander te delen.' De veter hing nu slap tussen zijn vingers. 'Dat doe jij voor mij ook, Renie. Wij zijn net zulke vrienden, jij en ik.'

Ze keek hem ontroerd aan en heel even was het alsof ze niet meer in een cel zaten, maar weer onder de maan in !Xabbu's virtuele woestijn stonden, moe en blij na hun dans.

Ze slikte iets weg. 'Ja, !Xabbu, wij zijn vrienden.'

Er viel een stilte, totdat Azador ineens luidruchtig zijn keel schraapte. Hij keek hen quasi verbaasd aan toen ze hun hoofden naar hem omdraaiden. 'Let vooral niet op mij,' zei hij. 'Ga rustig door.'

!Xabbu keek naar Renie en zijn bavianensnuit kreeg een verlegen uitdrukking. 'Ik verveel je maar.'

'Helemaal niet. Ik luister graag naar je verhalen.' Ze wist niets meer te zeggen. Er waren vaker van die vreemde momenten als ze bij !Xabbu was en ze wist niet waartoe die konden leiden. Tot een hechtere vriendschap dan ze zich kon voorstellen, alsof ze broer en zus waren? Tot echte liefde? Ze had soms het gevoel dat er helemaal geen menselijk voorbeeld voor hun omgang was. 'Wil je me nog een verhaal vertellen?' Ze keek naar Azador. 'Als er tenminste nog tijd voor is.'

Hun celgenoot zat weer zachtjes te fluiten en gebaarde afwezig dat ze hun gang konden gaan.

'Dan zal ik je nog iets anders laten zien,' zei !Xabbu. 'Zo geven wij onze verhalen door aan de kinderen.' Hij kreeg ineens een beschaamde uitdrukking. 'Ik bedoel natuurlijk niet dat jij een kind bent, Renie...' Hij keek haar onderzoekend aan en werd gerustgesteld. 'Dit verhaal vertelt hoe de haas aan zijn kapotte lip komt. Grootvader Sprinkhaan komt er ook in voor...'

'Mag ik je eerst nog iets vragen? Is die grootvader Sprinkhaan nu een insect of een oude man?'

Haar vriend grinnikte. 'Natuurlijk is hij een insect. Maar hij is ook een oude man, de oudste van zijn familie en van het Eerste Volk. In de oudste tijd waren alle dieren ook mensen.'

Renie probeerde hem te volgen. 'Is hij dan klein of juist groot?' Onwillekeurig dacht ze aan de monsterlijke sprinkhaan met zijn vlijmscherpe kaken die hen in de Bijenkorf had achtervolgd. Aan !Xabbu's gezicht te zien dacht hij precies hetzelfde.

'Grootvader Sprinkhaan zit tussen de hoorns van de elandantilope, daarom is hij erg klein. Maar als oudste en slimste van de eerste mensen, de grootvader van het Eerste Volk, is hij ook erg groot.'

'O ja.' Ze bestudeerde zijn gezicht, waar geen enkele spot op te lezen viel. 'Begin dan maar met je verhaal.'

!Xabbu knikte. Hij spreidde snel zijn vingers en wikkelde de veter eromheen tot er een veelhoekig patroon was ontstaan. 'Lang geleden was grootvader Sprinkhaan ziek en hij dacht dat hij ging sterven. Hij had biltong gegeten, gedroogd vlees dat hij had gestolen van zijn eigen zoon, Kwammanga de Regenboog. Toen Kwammanga merkte dat het vlees weg was, zei hij: "Laat de biltong weer tot leven komen in de maag van degene die het van mij heeft gestolen." Hij wist niet dat de dief zijn eigen vader was. De biltong kwam tot leven in de maag van grootvader Sprinkhaan, zodat hij verschrikkelijke pijnen leed.'

!Xabbu kromde zijn vingers en het figuurtje in het midden wiebelde heen en weer: grootvader Sprinkhaan die kronkelde van de pijn.

'Hij ging naar zijn vrouw, Rotskonijn, en vertelde haar dat hij heel erg ziek was. Ze zei dat hij water moest gaan zoeken en dat hij zich beter zou voelen nadat hij had gedronken. Kreunend ging hij op weg.

Er was geen water in de buurt en dus moest hij vele dagen lopen. Eindelijk kwam hij in de Tsodilo Hills en daar vond hij water. Hij dronk tot hij niet meer kon. Hij begon zich beter te voelen en besloot een tijdje te rusten voordat hij weer naar huis ging.'

De baviaan verschoof de veter en Renie zag de heuvels verrijzen en het water glanzen. Azador had zijn gefluit gestaakt en leek nu ook naar !Xabbu te luisteren.

'Maar in de kraal van grootvader Sprinkhaan was iedereen ongerust omdat hij nog niet was teruggekomen. Ze waren bang dat ze hem nooit meer zouden zien als hij stierf, want van het Eerste Volk was nog nooit iemand gestorven. Daarom stuurde Rotskonijn haar neef, de haas, er op uit om hem te zoeken.'

Haas werd zichtbaar in het touwtje en rende weg naar de horizon.

'Haas volgde de voetsporen van grootvader Sprinkhaan helemaal naar de heuvels. Hij kon heel snel lopen en bereikte ze nog voor de avond was gevallen. Op een van de toppen vond hij Sprinkhaan, die bij het water zat om te drinken en het stof van zijn lichaam te spoelen. "Grootvader," zei Haas, "je vrouw en je kinderen en alle anderen van het Eerste Volk willen weten hoe het met je gaat. Ze zijn bang dat je zult sterven en dat ze je nooit meer zullen zien."

Sprinkhaan voelde zich veel beter en het speet hem dat de anderen zich zorgen maakten. "Ga terug en zeg dat ze zich niet moeten aanstellen," zei hij tegen Haas. "Een echte dood bestaat niet. Denk je soms dat wij net als dit gras zijn als we sterven?" Hij trok wat gras uit de aarde. "Dat wij net als verdroogd gras tot zand zullen vergaan?" Met zijn andere hand schepte hij wat zand op en gooide het in de lucht. Daarna wees hij naar de maan die aan de nachthemel stond. Grootvader Sprinkhaan had de maan zelf gemaakt, maar dat is een ander verhaal.

"Zeg tegen ze dat ze vernieuwd zullen worden als ze sterven, net als de maan sterft en vernieuwd wordt. Daarom hoeven ze niet te vrezen." Met die woorden stuurde hij Haas van de heuvels terug naar zijn kraal.

Maar Haas was iemand die zichzelf heel verstandig vond en terwijl hij terugrende naar de kraal van grootvader Sprinkhaan en zijn familie, dacht hij bij zichzelf: Hoe weet Oude Sprinkhaan dat eigenlijk? Alles sterft toch zeker en vergaat tot stof? Als ik zijn boodschap overbreng zullen ze mij uitlachen. Ik zal nooit een bruid vinden en het Eerste Volk zal zich van mij afwenden.

Hij kwam terug in de kraal, waar Rotskonijn en alle anderen op hem zaten te wachten, en dit is wat hij tegen ze zei: "Grootvader Sprinkhaan zegt dat wij niet zoals de maan vernieuwd zullen worden als wij sterven, wij zullen net als het gras verdorren en tot stof vergaan."

En de familie van Sprinkhaan vertelde tegen de andere Eerste Mensen wat Haas had gezegd en iedereen werd met grote angst vervuld. Ze begonnen te huilen en ruzie te maken. Toen Sprinkhaan zelf thuiskwam met zijn zak van hartenbeestvel en zijn graafstok, vond hij het hele kamp in tranen. Toen hij hoorde wat Haas had gezegd en wat alle Eerste Mensen op aarde nu voor waar aannamen, werd hij zo boos dat hij zijn stok nam en Haas een kapotte lip sloeg. Daarna zei hij dat Haas nergens meer veilig zou zijn, niet in de struiken van het open veld of tussen de rotsen van de woestijn. Zijn vijanden zouden hem overal weten te vinden.

En zo komt het dat de haas een kapotte lip heeft.'

Het laatste figuurtje trilde nog even tussen !Xabbu's gespreide vingers, daarna drukte hij zijn handen tegen elkaar.

'Dat was heel mooi.' Renie had nog iets willen zeggen, maar op dat moment stond Azador op.

'Het is tijd om te gaan.'

Renie kreeg kramp in haar armen. 'Dit slaat nergens op.'

'Dat lijkt maar zo,' antwoordde Azador uit de hoogte. 'Houd uw handen plat tegen de muur.'

Renie bromde een verwensing. Ze stond met haar handen tegen het koude beton van de muur, wat haar het onaangename gevoel gaf dat ze werd gearresteerd. Azador lag op zijn buik tussen haar voeten en duwde eveneens tegen de muur, net boven de vloer. 'Ik heb nog nooit zoiets stoms gezien, maar goed,' zei ze. 'En wat nu?'

'Nu is het de beurt aan uw vriend, de aapman.' Azador draaide zijn hoofd om naar !Xabbu, die zonder veel geestdrift hun inspanningen volgde. 'Stel je voor dat onze handen de uiteinden van een x vormen. Zoek het punt in het midden op en sla zo hard mogelijk.'

'Die muur is erg stevig,' merkte !Xabbu op.

Azador lachte geprikkeld. 'Het is niet de bedoeling dat je er met je vuistje doorheen slaat, aapman. Doe nou maar wat ik zeg.'

!Xabbu ging voor Renie staan, met zijn kop net onder haar borsten. Daardoor voelde ze zich ongemakkelijk, maar haar vriend aarzelde niet. Hij sloeg met zijn vlakke hand tegen de muur.

De klap weergalmde nog tussen de kale wanden toen het stuk muur tussen de handen van Renie en Azador plotseling verdween. Renie viel naar voren en kwam languit in de aangrenzende cel terecht.

'Hoe is dat nou mogelijk?' vroeg ze.

Azador glimlachte onuitstaanbaar zelfvoldaan. 'Dit is een virtuele wereld, mevrouw Otepi, het is allemaal maar schijn. Ik weet toevallig hoe je daarmee moet omgaan. Dat stuk muur weet niet meer dat het een stuk muur is.'

!Xabbu was door de opening gestapt en keek de lege cel door, een exacte replica van de cel waarin ze hadden gezeten. 'Maar wat schieten we daarmee op? Moeten we dit net zolang doen tot we buiten zijn?'

Azador lachte nog steeds zo voldaan. Hij ging naar de celdeur, schoof de grendel weg en deed de deur open. 'Niemand vindt het nodig een lege cel af te sluiten.'

Renie bedwong de neiging om te roepen dat hij vals speelde, wat een stompzinnige opmerking zou zijn geweest. Ze probeerde haar ergernis te verbergen en keek de gang in. Aan weerskanten zag ze alleen maar muntgroen cement en gesloten deuren. Hier en daar hingen aanplakbiljetten met een afbeelding van Vogelschrik uit betere tijden, gezond, energiek en streng, met opschriften als: '10 000 dode Knagers, en waarvoor? Denk aan Oz!' en: 'Smaragd rekent op JOU!'

'Er is niemand, we kunnen weg.' Renie keek naar Azador. 'Weet u waar de uitgang is?'

'Er is een dienstingang aan de achterkant. Die zal minder streng worden bewaakt dan de voordeur, want aan die kant liggen alle overheidskantoren.'

'Kom mee dan.' Na een paar passen bleef ze staan en keek om naar !Xabbu. 'Wat is er?'

Hij schudde zijn hoofd. 'Ik hoor iets... ik ruik iets. Ik weet niet wat het is.'

Er klonk een gedempte slag, heel zacht, alsof iemand in een gesloten kamer een boek op tafel liet vallen. Het geluid werd een paar keer herhaald voordat het weer stil werd.

'Het is in elk geval ver weg,' zei Renie. 'Laten we hier maar niet blijven wachten.'

Ze liepen door verschillende gangen, die allemaal uitgestorven waren. Renie maakte zich zorgen over het lawaai van hun haastige voetstappen – althans van haar en Azador, want !Xabbu maakte nauwelijks enig gerucht – dat naargeestig nagalmde tussen de lange muren. 'Waar is iedereen?'

'Ik zei toch dat de boel op instorten staat,' antwoordde Azador. 'De oorlog is al jaren aan de gang en Vogelschrik heeft nog maar weinig dienaren over. We waren niet voor niets de enige gevangenen. De anderen zijn allemaal als soldaten naar het Bos gestuurd of in de Fabriek aan het werk gezet.'

Renie wilde niet eens weten wat voor 'fabriek' dat was. Eerst Atasco's rijk, daarna de verwoesting van de Bijenkorf en nu dit. Zouden al deze simwerelden tot virtueel stof vergaan, net als het droge gras uit !Xabbu's verhaal? Of zouden ze vervangen worden door iets dat nog veel grimmiger was?

'Voorzichtig!' zei !Xabbu. 'Ik hoor iets. En ik voel ook iets, een soort getik in mijn borst. Er is iets aan de hand.'

'Wat is dat nou voor gepraat?' vroeg Azador. 'We zijn bijna bij de uitgang. We kunnen hier toch niet blijven staan?'

'U kunt beter doen wat hij zegt,' zei Renie. 'Hij weet waar hij het over heeft.'

Ze vertraagden hun pas en keken voorzichtig om een hoek. Ze zagen een open ruimte waarop meerdere gangen uitkwamen. In het midden lag een grote man met een lange groene baard en een groene bril, waarvan de glazen versplinterd waren. Een antiek geweer lag naast hem. De man was dood: zijn ingewanden stulpten uit een grote wond in zijn buik.

Renie begon te kokhalzen. In de Bijenkorf hadden de mensen geen ingewanden, waarom hier dan wel?

Azador liep met een grote boog om het lijk heen. 'De dienstingang is honderd meter verderop,' fluisterde hij, naar een brede gang wijzend die een eindje verder een scherpe bocht maakte. 'Als we...'

Uit de gang klonk plotseling een kreet van pijn, zo abrupt dat Renie haar knieën voelde knikken. Zelfs Azador schrok zichtbaar, maar ze liepen op hun hoede door tot ze de bocht bereikten.

De gang kwam uit op een groot magazijn. Op het laadplatform waren nog meer mannen met groene baarden en brillen in een strijd op leven en dood gewikkeld met een legertje tiktaks. De groenbaarden werden geholpen door nog merkwaardiger uitziende wezens, magere mannen met wieltjes in plaats van handen en voeten, een knuffelbeer met een klapperpistool en soldaten die helemaal uit papier leken te zijn gevouwen. De verdedigers waren duidelijk aan de verliezende hand en op de grond lagen al tientallen slachtoffers. Slechts een van de tiktaks was geveld, hoewel nog twee of drie andere zo erg waren geraakt dat ze slechts in een kringetje konden ronddraaien. De groenbaarden waren blijkbaar door hun kogels heen en gebruikten hun lange geweren alleen nog om mee te slaan. De snorrende tiktaks roken de overwinning en drongen naar voren, als zoemende vliegen rond een stervend dier.

'Verdomme!' riep Renie, die haar angst een ogenblik vergat. 'Wie verzint er nou van die stomme oorlogsspelletjes!'

'Het spel is afgelopen als die dingen ons te pakken krijgen,' siste Azador. 'We moeten een andere uitgang nemen.'

Ze keerden terug naar de open ruimte met het eenzame lijk van de groenbaard. !Xabbu pakte Renie bij de hand. 'Waarom ligt hier een dode terwijl er bij de uitgang nog wordt gevochten?'

Voordat Renie begreep wat hij bedoelde hadden ze de dode groenbaard al achter zich gelaten. Azador sloeg een hoek om en rende verder.

'Azador!' riep ze, maar hij was al blijven staan.

Bij de volgende kruising lagen nog twee lijken. Twee lijken in drie stukken, want de groenbaard was met geweld in tweeën gehakt. Naast hem lagen de vermorzelde overblijfselen van een vliegend aapje. Uit de zijgang klonken de schrille kreten van andere aapjes in doodsnood.

'Die kant hoeven we niet op!' zei Azador opgelucht. 'Ik weet nog een andere uitgang.' Hij begon door te lopen en reageerde niet eens op een nieuwe kreet, de gil van een mens, van een vrouw.

'Emily?' riep Renie uit. 'Azador, dat is onze vriendin!'

Hij draaide zich niet om en vertraagde evenmin zijn pas, ook niet toen ze hem een verwensing naar zijn hoofd slingerde. !Xabbu ging al op de richting van het geluid af en Renie haastte zich achter hem aan.

In de zijgang was een gevecht aan de gang dat ze al eens eerder hadden meegemaakt, maar dat nog net zo'n bizarre indruk maakte: vliegende aapjes en mechanische mannen die elkaar op leven en dood bevochten. Plotseling dook de ranke gestalte van Emily op uit het gewoel en rende weg. Renie werd bijna onder de voet gelopen toen ze het meisje probeerde tegen te houden. Emily verzette zich als een wilde kat en Renie moest haar met twee armen beetpakken om haar in bedwang te houden.

'Ik ben het, Emily, ik ben het. We willen je helpen,' zei ze telkens opnieuw, net zolang tot het meisje haar verzet staakte en haar eindelijk aankeek. De angstige blik in haar ogen werd nog sterker.

'Jullie! De vreemdelingen!'

Voordat Renie iets kon zeggen vloog een aapje langs hen heen door de gang, maar niet op eigen kracht. Het dier werd tegen de muur geslingerd en viel slap op de grond.

'We moeten hier weg!' zei Renie. 'Kom op!' Zij en !Xabbu pakten elk een hand van het meisje en voerden haar mee, weg van het akelige gerammel van de tiktaks en het gekraak van verpletterde aapjes. Azador was al om een hoek verdwenen. Emily begon vrolijk te kletsen, alsof ze geen moment in gevaar had verkeerd.

'Ik had nooit gedacht dat jullie zouden terugkomen... Nou ja, dat ík zou terugkomen. De koning had een machine en die deed allemaal rare dingen met me, veel erger dan wat de medische henry altijd met me doet, ik kreeg er gewoon kippenvel van. En zal ik je eens wat vertellen?'

Renie probeerde haar gebazel te negeren. 'Hoor je nog iets?' vroeg ze aan !Xabbu. 'Zijn er nog meer van die mechanische mannen in de buurt?'

Hij haalde alleen zijn magere schouders op en trok aan Emily's hand om haar tot grotere spoed aan te zetten.

'Weet je wat hij tegen me zei?' hernam Emily. 'Het was zo'n verrassing voor me, want ik dacht dat hij heel boos was en dat hij me naar de Slechte Boerderij zou sturen. Daar sturen ze je heen als je iets uit de graanschuur hebt gestolen, zoals een andere emily die ik ken. Ze is er maar een paar maanden geweest, maar toen ze terugkwam zag ze er veel ouder uit. Maar weet je wat hij nou zei?'

'Hou je mond eens, Emily.' Renie naderde behoedzaam de volgende hoek. De gang mondde uit in een brede kamer met een glimmende tegelvloer en blinkende metalen trappen die naar een entresol leidden. Hier lagen nog meer aapjes op de grond, evenals twee tiktaks die blijkbaar over de zilveren balustrade van de tussenverdieping naar beneden waren gevallen. De opwindbare mannen waren als dure horloges opengesprongen. Naast een ervan bewoog iets.

Emily praatte maar door. 'Hij zei dat ik een kindje ga krijgen!'

Het was Azador. Een van de tiktaks had hem met zijn laatste krachten bij zijn enkel gegrepen en Azador probeerde zich uit de verstarde klauw te bevrijden. Toen hij de anderen zag maakte zijn angstige uitdrukking snel plaats voor ergernis.

'Haal dat ding van me af,' gromde hij. Op hetzelfde moment slaakte Emily een gil die Renie door merg en been ging.

'Henry!' Emily holde naar voren, sprong over een van de verbrijzelde tiktaks heen en wierp zich in Azadors armen. Door haar onverhoedse actie viel hij samen met haar op de grond, waardoor zijn enkel uit de klauw van de tiktak schoot. De pijp van zijn overall scheurde en op zijn enkel waren rode striemen te zien. Emily stortte zich als een opgewonden hondje op hem en hij slaagde er niet in zichzelf te bevrijden. 'Henry!' piepte ze. 'Lieve, lieve, lieve henry! Puddinghartje van me! Mijn eigen kerstcadeautje!' Ze bleef op zijn borst zitten en keek hem diep in zijn verbijsterde ogen. 'Raad eens,' zei ze. 'Weet je wat ik net van de koning heb gehoord? Jij en ik... wij hebben een kindje gemaakt!'

Er viel een gepaste stilte in de grote ruimte. De stalen grijper van de dode tiktak klikte nog een laatste keer en verstijfde voorgoed.

'Dit is heel, heel vreemd,' zei Renie ten slotte.

16

Kopers en slapers

NETFEED/NIEUWS: *Discussie over 'tijdstraffen'*
(beeld: archiefopnamen van een mortuarium)
COMMENTAAR: *Onder auspiciën van de Verenigde Naties zal een debat worden georganiseerd tussen verontruste criminologen en politici over de toepassing van de omstreden 'tijdstraffen', waarbij veroordeelden worden ingevroren en blootgesteld aan subliminale therapie, zodat een gevangenisstraf van twintig jaar in enkele maanden uitgezeten zou kunnen worden.*
(beeld: Telfer voor het gebouw van de VN*)*
ReMell Telfer, woordvoerder van de beweging Waakzame Mensheid, acht de invoering van deze strafvorm het zoveelste bewijs voor het feit dat onze samenleving slechts gericht is op 'het gelijkschakelen van mensen'.
TELFER: *'Ze zeggen wel dat deze veroordeelden daardoor eerder in de maatschappij kunnen terugkeren, maar in werkelijkheid zijn ze uit op volgzame gedetineerden en een hogere omzetsnelheid. In plaats van iets aan preventie te doen besteden we steeds meer geld aan steeds duurdere methoden om misdadigers te straffen: grotere gevangenissen en meer politie. En nu willen ze ook nog armzalige kruimeldieven in een coma brengen en hersenspoelen, allemaal op kosten van de gewone belastingbetaler...'*

Opnieuw dook een vraatzuchtig stel slavorken uit het water op, dichtklappend als een berenklem. Opperhoofd Strijkhout wist zijn hoofd nog net op tijd in te trekken, maar de berkenhouten kano werd heen en weer geslingerd en Orlando en de anderen rolden als knikkers over de bodem.

Orlando kwam op zijn buik terecht en voelde een steek in zijn zij. Het was de knop van zijn zwaard, dat dus toch nog aan zijn riem hing. Hij ging met een ruk rechtop zitten, toen hij een kreet van pijn hoorde. Een van de slavorken had de indiaan bij zijn arm gegrepen en probeerde hem uit de kano te sleuren. Orlando keek ontzet naar het lichaamsdeel, dat als een stuk toffee werd uitgerekt. Hij trok zijn zwaard en liet het uit alle macht op de vork neerkomen, net achter de tanden. De slag veroorzaakte een trilling die hem door merg en been ging, maar de vork liet de arm los en leek Orlando een vuile blik toe te werpen voordat hij in het kolkende water wegzakte.

Opperhoofd Strijkhout wreef over zijn arm, die alweer zijn normale vorm had aangenomen, en maakte zich klaar voor de volgende aanval. Orlando keek naar de oever in de hoop dat er van die kant hulp te verwachten was, maar de dansende en zingende groenten staakten hun festiviteiten slechts om de afloop van de zeeslag niet te missen. De meeste gewassen bekeken het gevecht met een mengeling van afschuw en opwinding, maar een paar beschonken bieten leken het allemaal bijzonder hilarisch te vinden en riepen luidkeels aanmoedigingen en nutteloze adviezen, nu eens naar de inzittenden van de kano en dan weer naar het vraatzuchtige bestek.

De kleine kano kreeg een nieuwe slag te verwerken. Orlando ging snel weer rechtop zitten en hief zijn zwaard. De boot kon elk moment omslaan en hij was van plan minstens een van die schaarvormige monsters de stompe kop af te hakken voordat hij verdronk. Fredericks was eveneens op zijn knieën gaan zitten en probeerde een pijl op zijn boog te spannen terwijl de kano door een van de vorken werd opgetild en weer terugviel op het water.

Het getier op de oever werd plotseling overstemd door een kreet van angst.

Een paar groenten waren in het water geduwd door de opdringende menigte die uit de omgekeerde vergiet stroomde om te zien wat er aan de hand was. Een kerstomaatje werd jammerend door de stroom meegevoerd, gevolgd door een gillende krop sla met een bloemenkrans rond zijn bladeren.

Het water barstte open en de slakrop vloog een eind de lucht in, opgevangen door een muil die zich met een klap sloot. Zelfs op grote afstand hoorde Orlando het gekraak waarmee de bladeren werden vermalen. Een hele school vorken haastte zich naar de plek des onheils om zich op de rondvliegende restanten te storten. Onder de toeschouwers op de oever brak paniek uit en nog meer groenten werden van de kant geduwd of onder de voet gelopen. Op het water dreven stukken vleestomaat en gehakte bietjes, de een na de ander verzwolgen door hongerige muilen. Een peen met een keukenschort voor werd uit het water getild en doormidden gebeten.

Binnen enkele ogenblikken was het water rond de kano gekalmeerd, hoewel de rivier op een steenworp afstand een schuimende chaos van glanzende tanden en stukken groente was. De indiaan gebruikte zijn peddel om de kano weer naar het midden van de rivier te sturen. 'Zij liever sla eten,' bromde hij. 'Dat goed voor ons zijn.'

'Maar dat is... dat is afschuwelijk!' Fredericks zat bij de rand van de kano en keek ontdaan naar de slachting in het water. Niet ver van de oever vormde zich een dikke groentebrij op de golven.

'Eigen schuld,' zei Strijkhout koel. 'Slavorken niet tegen geur van groente kunnen.'

Orlando had onwillekeurig te doen met het kerstomaatje, dat als een klein kind had gegild.

'Kunnen daar niet aan land gaan,' zei Strijkhout een tijdje later tegen de schildpad toen de kano op de zwakke stroom in het midden van de rivier dreef. Er hing een mist boven het water en de oevers waren bijna niet te zien, de keukenkastjes rezen als niet meer dan vage schaduwen aan weerskanten op. 'Slavorken nog heel lang bezig.'

'Daar heb ik alle begrip voor.' De schildpad had het eindelijk gewaagd zijn kop weer uit het schild te steken. 'Ik heb ook geen enkele behoefte aan de andere kant te worden afgezet, aangezien ik daar niet bekend ben. Als u er geen bezwaar tegen hebt, houd ik u nog een tijdje gezelschap totdat ik ergens anders aan land kan gaan.'

Strijkhout bromde instemmend en peddelde verder.

'We moeten hier weg, Orlando,' zei Fredericks zachtjes. 'Dit is compleet gestoord. Iedereen gaat een keer dood, maar ik ga liever niet door iets uit een bestekla...'

Orlando glimlachte vermoeid. 'Als we uw papoose hebben gevonden,' riep hij naar het opperhoofd, 'wilt u ons dan helpen uit deze keuken te komen? We horen hier niet thuis en we zijn op zoek naar onze vrienden.'

De indiaan draaide zijn hoofd om, zijn lange neus opgetrokken en gerimpeld in het zwakke licht van de plafondlamp. 'Jullie niet terug door kraan kunnen,' zei hij. 'Andere uitgang nemen.'

Voordat hij zich nader kon verklaren klonk er een vreemd geluid op het water. Orlando dacht even dat het de doodskreten van de vermorzelde groenten waren, maar al snel kon hij een welluidend driestemmig gezang onderscheiden.

'Hoor naar de zang van drie muizen,
blind en toch van goeden huize;
wij zingen con brio,
een blind en harmonisch trio.'

Uit de nevels doemde een langwerpig silhouet op met daarboven drie kleine figuurtjes. Het bleek een fles te zijn waarop drie muizen stonden, stuk voor stuk met een zonnebril op hun neus. Hun roze pootjes dansten razendsnel op de fles en ze hielden zich schijnbaar moeiteloos in evenwicht. Ze hadden hun voorpootjes over elkaars schouders geslagen en een van de buitenste muizen had een tinnen bekertje bij zich, de ander een witte wandelstok.

'Wij doen niets liever van jongs af aan
dan met stofdoeken aan de slag gaan.
Vul alleen onze beker bij,
geen vegen of strepen meer, iedereen blij!

Drie muisjes dol op zingen,
maar nog meer op schone dingen.
Geen angst voor mieren,
wij ruimen ze op, die dieren!
Een blind paard kan het nog zien:
De drie muizen ruimen het voor dien!'

Het stompzinnige liedje was zo volmaakt gezongen dat Orlando onwillekeurig begon te klappen toen het afgelopen was, net als de schildpad. Fredericks wierp hem een geërgerde blik toe, maar deed uiteindelijk toch mee; alleen het opperhoofd bewaarde zijn stoïcijnse stilzwijgen. De drie muizen maakten een diepe buiging, nog altijd balancerend op de draaiende fles.

'Nu verkrijgbaar als gezinsflacon!' piepte de muis met de wandelstok.

Het opperhoofd was misschien geroerd door het horen van het woord 'gezin', of anders had hij beleefd gewacht tot de muizen hun lied hadden voltooid. 'Jullie slechte mannen in grote boot gezien?' vroeg hij in elk geval. 'Met kleine papoose?'

'Ik geloof niet dat ze erg veel kunnen zien,' merkte de schildpad op.

'Nee, we zien niet veel,' beaamde een van de muizen.

'Maar horen doen we des te meer,' zei een van de andere.

De derde knikte ernstig. 'Toevallig hebben we iets over een boot opgevangen.'

'Een grote boot voer vlak langs ons.'

'Twee uur geleden.'

'Ik geloof niet dat ze ons optreden erg waardeerden.'

'En we hoorden een baby huilen.'

'Dat was erg verdrietig.'

'En dan de taal die de mannen uitsloegen!'

Na een stilte begon de muis met de wandelstok te praten. 'Erg lekker ruiken deden ze ook al niet, als je me vat,' zei het dier op samenzweerderige toon. 'Ietn gre nschoo, begrijp je wel?'

Strijkhout boog naar voren. 'Welke kant zijn ze op gegaan?'

De muizen staken hun kopjes bij elkaar en begonnen driftig te overleggen. Ten slotte draaiden ze zich om en spreidden hun voorpoten terwijl ze op de fles schoonmaakmiddel dansten – een behendige truc, zoals Fredericks later met tegenzin zou toegeven.

'De kust van Gitchee-Goomee
is lommerrijk en groen,
maar het is dat Hiawatha er is,
anders hoef je het niet te doen!
Wat jij zoekt is dichterbij,
de reis is zo voorbij!
Die mannen zijn boos,
volg de oude windroos
naar de beroemde IJsdoos!'

Een van de muizen zwaaide met zijn tinnen beker. 'Denk erom, het is bijna voorjaar! Tijd voor de grote schoonmaak!' Het trio begon razendsnel op hun roze pootjes te dansen en de fles dobberde weg van de kano. Orlando keek de muizen na en zag voor het eerst dat ze geen staart hadden.

Binnen enkele ogenblikken waren ze op de stroom in de mist verdwenen, maar hun hoge stemmen waren nog een tijdje te horen, een loflied op groene zeep en glanzende aanrechten.

'Als de kat van huis is...' mompelde Orlando. 'Wat een zielepoten.'

Fredericks keek hem fronsend aan. 'Waar gaan we heen?' riep hij verrast uit, toen het opperhoofd met hernieuwde energie naar de onbekende andere oever begon te peddelen.

'Naar de IJsdoos,' verklaarde de schildpad. 'Die bevindt zich aan de achterkant van de Keuken en is het voorwerp van vele legenden. Het verhaal gaat dat daar de "slapers" liggen, die zo oud zijn als de Keuken zelf en tot het einde der tijden zullen dromen als ze niet worden gestoord. Soms voorspellen ze de toekomst aan iemand die het geluk of ongeluk heeft om bij ze in de buurt te komen, zonder helemaal wakker te worden, of ze geven antwoord op vragen die anders onbeantwoord zouden blijven.'

'Slechte mannen niet om slapers geven,' zei het opperhoofd tussen twee krachtige slagen door. 'Zij goud willen.'

'Ach ja.' De schildpad legde een stompe vinger tegen zijn stompe neus en knikte. 'Ze zeggen ook dat een van de Kopers een goudschat in de IJsdoos heeft verborgen. Dat is misschien maar een fabel. Ik ken niemand die ooit een Koper heeft gezien. Het moeten goddelijke reuzen zijn die pas in de Keuken komen als de nacht voorbij is en de andere bewoners even diep slapen als de slapers in hun ijzige grot. Maar of het nu een fabel is of niet, die slechte mannen geloven blijkbaar in de schat.'

'Waar heeft hij het over, Gardino?' fluisterde Fredericks. 'Wat is in 's hemelsnaam een IJsdoos?'

'Ik denk dat hij gewoon een koelkast bedoelt.'

Fredericks keek naar de indiaan, die met onverzettelijke wilskracht de speurtocht naar zijn verdwenen zoon voortzette. 'Het wordt steeds gekker,' verzuchtte hij. 'Als je denkt dat je alles gehad hebt...'

Het leek minstens een uur te duren voordat ze de andere oever bereikten. De rivier paste niet in een realistische schaal, dacht Orlando. Afgaande op het tafelblad en het aanrecht dat ze hadden gezien, zou de Keuken honderden meters breed moeten zijn om zo'n langdurige tocht over de rivier aannemelijk te kunnen maken. Maar hij begreep dat het zinloos was lang bij zulke dingen stil te staan: de Keuken was niet bedoeld om op die manier bekeken te worden.

De indiaan legde aan bij de dikke poot van een tafel of stoel. Het grote meubelstuk was niet goed te herkennen, want deze kant van de Keuken was donkerder, alsof ze veel verder van de lamp aan het plafond verwijderd waren.

'Jullie hier blijven,' zei de indiaan. 'Mij slechte mannen gaan zoeken. Mij gauw terugkomen, dan samen plan maken.' Na deze voor zijn doen lange toespraak liep hij met de kano de rivier in tot het water zijn volmaakt cilindervormige borst bedekte, waarna hij met lenige bewegingen aan boord klom.

'Ik kan niet zeggen dat ik hier erg blij mee ben,' zei de schildpad terwijl hij de kano nakeek, 'maar we moeten er nu maar het beste van zien te maken. Het is jammer dat we geen vuur kunnen maken, dat zou het wachten wat veraangenamen.'

Fredericks keek naar de schildpad alsof hij hem iets wilde vragen, maar hij hield zijn mond en schudde zijn hoofd. Orlando begreep dat hij het niet kon opbrengen tegen een stripfiguur te praten. Orlando glimlachte. Het was gek dat je iemand zo goed kon kennen en toch ook weer niet. Hij kende Sam Fredericks nu al jaren en toch had hij nog nooit zijn gezicht gezien.

Háár gezicht.

Het bleef een vreemde gedachte. Hij keek naar het vertrouwde gezicht van Pithlit de Dief met zijn scherpe kin en grote, expressieve ogen en hij vroeg zich opnieuw af hoe Fredericks er in werkelijkheid uitzag. Was ze knap? Of zag ze er net zo jongensachtig uit als haar gebruikelijke sims? En maakte het eigenlijk wel iets uit?

Orlando wist het niet zeker. Misschien wel, misschien ook niet.

'Ik heb honger,' zei Fredericks ineens. 'Wat gebeurt er als we hier eten, Orlando? Ik bedoel, ik weet wel dat het geen echt voedsel is, maar zou het je een prettig gevoel geven?'

'Ik weet het niet. Dat hangt ervan af hoe we aan dit systeem vastzitten, denk ik.' Hij probeerde zich voor te stellen dat behalve zijn lichaam ook zijn hersenen aan een virtueel netwerk gekoppeld waren, maar daar kreeg hij al gauw genoeg van. 'Ik ben te moe om daarover na te denken.'

'Misschien moest u beiden maar gaan slapen,' zei de schildpad. 'Ik zal met alle plezier de wacht houden om te zien of onze vriend terugkomt en er geen gevaar dreigt.'

Fredericks keek de schildpad niet zonder achterdocht aan. 'Ja, ja.'

Orlando maakte het zich gemakkelijk met zijn rug tegen de poot, die zo breed was als een ouderwetse graansilo. 'Kom erbij,' zei hij tegen Fredericks. 'Je kunt je hoofd wel op mijn schouder leggen.'

Zijn vriend staarde hem aan. 'En wat moet dat betekenen?'

'Dan... dan zit je wat makkelijker, verder niks.'

'O nee? En zou je dat ook zeggen als je dacht dat ik een jongen was?'

Orlando wist het zelf niet. Hij haalde zijn schouders op. 'Dan niet. Sleep me voor mijn part voor de rechter.'

'Ik kan jullie een verhaal vertellen,' zei de schildpad opgewekt. 'Dat wil nog weleens helpen om de slaap te kunnen vatten.'

'U had het daarnet over Kopers,' zei Orlando, die razend nieuwsgierig was maar niet wist of hij lang genoeg wakker kon blijven om een heel verhaal aan te horen. 'Zijn dat de mensen die de Keuken gemaakt hebben, de Keuken en al zijn... al zijn bewoners?'

Fredericks snoof luidruchtig, maar de schildpad schonk geen aandacht aan hem. 'Ons gemaakt? Lieve hemel, nee.' Hij nam zijn bril af en begon de glazen driftig schoon te poetsen, alsof het idee hem kregel maakte. 'Nee, wij worden ergens anders gemaakt. De Kopers halen ons daar weg en brengen ons naar de Keuken, als we de verhalen mogen geloven. Hier komen we 's nachts tot leven, maar we verlangen altijd terug naar ons land van oorsprong.'

'Land van oorsprong?'

'Wij noemen het meestal de Winkel, hoewel ik eens een stel lepels en vorken van een bepaalde sekte over de Catalogus heb horen spreken. Iedereen is het erover eens dat we daar pas hoeven te slapen als we zelf willen en dat de oneindige nacht wordt verlicht door een prachtig stralende Lamp. Daar, zo wordt gezegd, zijn de Kopers onze bedienden.'

Orlando glimlachte en keek naar Fredericks, die al met gesloten ogen naast hem zat. Fredericks had nooit veel belangstelling getoond voor het hoe en waarom van de dingen...

Terwijl de schildpad op zachte toon verder ging, voelde Orlando zichzelf wegzinken in een soort dagdroom waarin hij en zijn Keukengezellen in vrijheid konden leven, niet opgesloten in kasten en laden, en waarin alle gewelddaden van de vorige avond vergeten waren.

Zo zou het zijn als ik hier permanent woonde, dacht hij slaperig. *Het is een gek idee dat zelfs stripfiguren willen leven, net als ik. Hier zou ik tenminste niet ziek zijn en nooit naar een ziekenhuis hoeven. De volgende keer dat ik naar het ziekenhuis moet kom ik er misschien nooit meer uit, ondanks al die buizen en slangen en zusters die net doen alsof ze zich geen zorgen om me maken. Maar als dit echt was zou ik nooit naar het ziekenhuis hoeven, dan zou ik hier voorgoed kunnen leven en nooit doodgaan...*

Hij schoot met een ruk overeind. Fredericks, wiens hoofd ongemerkt toch op Orlando's schouder was gezakt, bromde iets in zijn slaap.

'Word wakker!' Orlando schudde zijn vriend door elkaar. De schildpad, die zelf zat te dagdromen, keek hem over de rand van zijn bril aan voordat hij zijn ogen weer sloot. 'Kom nou, Fredericks!' fluisterde Orlando, die de schildpad erbuiten wilde houden. 'Wakker worden!'

'Wat? Wat is er?' Fredericks was een echte slaapkop, maar eindelijk drong het tot hem door dat ze zich in een mogelijk gevaarlijke omgeving bevonden en hij sperde zijn ogen open. 'Wat gebeurt er?'

'Ik snap het!' zei Orlando, heen en weer geslingerd tussen verrukking en afschuw. De volle betekenis was net tot hem doorgedrongen, de bloedstollende opzet van die mensen. Voor Fredericks en anderen zou het nooit dezelfde betekenis kunnen hebben als voor hem, maar ondanks zijn eigen angsten en obsessies voelde hij zich vooral boos en verontwaardigd over de bedoelingen van de Graalbeweging.

'Wat snap je? Je zit te dromen, Gardiner.'

'Nee, ik zweer het je. Ik heb net ontdekt waar de Graalbeweging op uit is, wat dit allemaal te betekenen heeft.'

Fredericks ging rechtop zitten en zijn gezicht kreeg een bezorgde uitdrukking. 'Echt waar?'

'Denk eens na. We zijn al in een heleboel van deze simwerelden geweest en die zijn net zo goed als de echte wereld, vind je niet? Of nog beter, omdat je hier alles kunt doen wat je maar wilt.'

'Ja, en?'

'Waarvoor hebben ze die simwerelden dan gemaakt, denk je? Toch niet om maar een beetje rond te zwerven zoals jij en ik in het Middenrijk doen?'

'Misschien niet.' Fredericks wreef de slaap uit zijn ogen. 'Het zal best mega belangrijk zijn, Orlando, maar kun je het misschien in een paar woorden samenvatten?'

'Gebruik je hersens nou eens! Stel je voor dat je multi rijk bent. Je hebt alles wat je maar wilt, maar er is één ding dat je voor geen geld ter wereld kunt kopen, iets waardoor al je huizen en vliegtuigen en noem maar op eigenlijk waardeloos zijn. Je gaat dóód, Fredericks, daar kan geen geld iets aan veranderen. De mensen die hierachter zitten worden oud en op een dag gaan ze dood en zijn ze alles kwijt. Tot nu toe.'

Fredericks keek hem met grote ogen aan. 'Wat bedoel je nou precies? Dat ze iets hebben gevonden waardoor ze niet doodgaan? Hoe dan?'

'Dat weet ik niet precies, maar als ze hun leven hier in Anderland kunnen voortzetten hebben ze hun lichaam niet meer nodig. Ze kunnen hier eeuwig blijven leven, Fredericks, met alles wat ze maar willen hebben. Ze zouden net goden zijn! En als ze een stel kinderen moeten doodmaken om dat te bereiken, dan moet dat maar.'

Fredericks staarde even voor zich uit, waarna hij zachtjes floot. 'Geloof je dat echt, Orlando? Dat is mordi.' Hij schudde zijn hoofd. 'Onwijs. Ik heb nog nooit zoiets gehoord.'

Nu Orlando voor het eerst begreep wat er op het spel stond, merkte hij ook hoe bang hij kon zijn. Het was de zwarte, zwarte schaduw van de gouden stad. 'Ik ook niet,' fluisterde hij. 'Ik ook niet.'

De donkere militair achter het bureau was niet de vriendelijke korporaal Keegan die daar meestal zat. Hij keek naar Christabel alsof hij vond dat kleine meisjes niet in de wachtkamer thuishoorden, ook al was haar vader in zijn eigen kantoor ernaast. Korporaal Keegan noemde haar altijd 'Christa Oorbel' en soms kreeg ze een snoepje uit de doos die hij in een la van het bureau bewaarde. Deze man had een erg streng gezicht en Christabel vond hem niet aardig.

Er waren meer grote mensen die onaardig deden en dat vond ze mordi – een woord dat ze van Portia had gehoord en waarvan ze niet precies wist wat het betekende, maar ze dacht dat het een ander woord voor *stom* was. En het was ook stom. De man zag toch wel dat ze juist heel erg haar best deed om geen lawaai te maken?

Ze had trouwens wel andere dingen aan haar hoofd en daarom probeerde ze niet op de strenge man met zijn nethandschoenen te letten. Ze had heel veel aan haar hoofd.

Het was die jongen van buiten waar ze over na moest denken, net als over meneer Sellars. De jongen was langs het trapje naar beneden geklommen, zwaaiend met dat scherpe ding in zijn hand. Christabel was heel erg bang geworden en ze wist zeker dat de jongen haar pijn zou doen. Hij had zelfs met het scherpe ding naar meneer Sellars gezwaaid en lelijke woorden tegen hem gezegd, zoals 'oude zot'. Maar meneer Sellars zelf was helemaal niet bang geweest, hij had een beetje raar gelachen en de jongen gevraagd of hij iets wilde eten.

Christabel had op het net eens een film gezien waarin een paar mensen de laatste tijger wilden vangen – ze wist niet meer of het de laatste tijger op aarde was of alleen in het land waar de film was gemaakt – omdat de tijger gewond was en niet meer voor zichzelf kon zorgen, zodat hij zou doodgaan. Maar al kon de tijger door de wond aan zijn poot nauwelijks lopen, hij wilde niet bij de mensen in de buurt komen, ook niet toen ze eten voor hem klaarlegden in een speciale kooi.

De jongen van buiten had net zo gekeken als die tijger, zo van 'ik laat me door jou niet vangen'. En hij had met het mes gezwaaid en was heel hard gaan schreeuwen, zodat Christabel bijna weer van angst in haar broek had geplast. Maar meneer Sellars had zich er niks van aangetrokken, ook al zat hij in een rolstoel en was hij mager en zwak – zijn armen waren niet dikker dan die van de jongen. Hij vroeg gewoon nog een keer of de jongen iets wilde eten.

De jongen had eerst niets gezegd en alleen maar net zo streng gekeken als die man achter het bureau. 'Wat heb je dan?' had hij ten slotte gevraagd.

En toen had meneer Sellars haar weggestuurd.

Dat vond Christabel nog het ergste. Als meneer Sellars niet bang was van die Cho-Cho, als hij niet dacht dat de jongen hem kwaad zou doen, waarom had hij haar dan weggestuurd? Deed de jongen alleen kleine kinderen kwaad? Of wilde meneer Sellars iets doen of zeggen wat alleen de jongen mocht weten en Christabel niet? Dat gaf haar een onprettig gevoel, net als toen Ophelia Weiner voor haar pyjamafeestje maar drie kinderen mocht uitnodigen en ze Portia, Sieglinde Hill en Delphine Riggs had gevraagd, ook al zat Delphine Riggs nog maar een paar weken bij hen in de klas.

Portia vertelde later dat het een stom partijtje was geweest, dat Ophelia's moeder allemaal foto's had laten zien van toen ze nog in Dallas woonden, in een huis met een zwembad erbij, maar Christabel was toch erg verdrietig geweest. En nu voelde ze zich net zo omdat meneer Sellars haar had weggestuurd om met de jongen te praten en hem iets te eten te geven, net alsof het niet meer zo was als vroeger.

Ze had heel graag haar sprookjesbril opgezet om 'Repelsteeltje' te zeggen en meneer Sellars te vragen waarom hij dat had gedaan, maar ze wist dat het geen goed idee zou zijn om het hier te doen, bij haar vader op kantoor en met die strenge man daar achter het bureau. Ook al zou ze nog zo zachtjes fluisteren, het was een slecht idee. Maar ze wilde het zo graag dat ze wel kon huilen.

Plotseling ging de deur naar haar vaders kantoor open, alsof hij openwaaide door de harde stem van de man die ze nu kon zien.

'Dat kan mij weinig schelen, majoor Sorensen. U moet het natuurlijk niet persoonlijk opvatten, maar ik ben alleen geïnteresseerd in resultaten.' De man achter het bureau sprong op alsof zijn stoel in brand was gevlogen. De andere militair was niet zo groot als haar vader, maar hij zag er heel sterk uit en zijn uniformjas zat strak om zijn rug. Zijn nek was donkerbruin en gerimpeld.

'Jawel, generaal,' zei haar vader. Twee andere mannen kwamen de kamer uit en gingen aan weerskanten van de deur staan, alsof ze bang waren dat de man met de bruine nek ineens zou omvallen.

'Zorg dan dat het in orde komt, verdomme!' zei de generaal. 'Ik wil dat hij wordt gevonden, al moet ik de hele omgeving afzetten en overal op de basis huiszoeking doen, zo belangrijk is deze zaak. Je had de nodige maatregelen kunnen nemen voordat hij een schuilplaats kon vinden en ik zou ervoor gezorgd hebben dat generaal Pelham je alle mogelijke steun had verleend. Maar je hebt niets gedaan en het heeft nu geen zin om slapende honden wakker te maken. Doe wat je nodig acht, als het maar gebeurt. Heb je me begrepen?'

Haar vader had al die tijd staan knikken. Het was net of hij schrok toen hij Christabel zag zitten. De generaal draaide zich om en keek haar aan met zo'n bars gezicht dat ze bang was dat hij tegen haar zou gaan schreeuwen. Hij had een grijze snor, veel kleiner en netter dan die van kapitein Ron, en zijn ogen waren heel helder. Hij staarde haar nog steeds aan als een vogel die een lekkere vette worm ziet.

'Wie hebben we daar?' zei hij met een brommerige stem. 'Een spionne!'

Christabel maakte zich zo klein mogelijk. Het tijdschrift waarin ze had zitten lezen viel fladderend op de grond.

'Ach nee, ik heb haar bang gemaakt.' Opeens begon hij te lachen. Zijn tanden waren heel wit en hij kreeg rimpeltjes bij zijn ooghoeken. 'Je hoeft niet bang te zijn, ik maakte maar een grapje. Hoe heet je, lieverd?'

'Dat is mijn dochter, sir,' zei haar vader. 'Christabel, zeg eens gedag tegen generaal Yacoubian.'

Ze probeerde zich te herinneren wat haar vader haar had geleerd, wat niet meeviel met die lachende man tegenover haar. 'Hallo generaal, eh... sir.'

'Hallo generaal!' zei hij, en hij draaide zich lachend om naar de man achter het bureau van korporaal Keegan. 'Hoor je dat, Murphy? Eindelijk iemand op deze basis die weet hoe het hoort.' De generaal kwam naar haar toe en ging op een knie voor haar zitten. Hij rook een beetje gek, naar de boenwas die haar moeder weleens gebruikte. Van dichtbij had hij nog steeds de heldere ogen van een vogel, bruine ogen met lichte vlekjes erin. 'En hoe heet je, meisje?'

'Christabel, meneer.'

'Ik weet zeker dat je vader heel trots op je is.' Hij stak een hand uit en kneep even in haar wangen, heel zachtjes, voordat hij weer opstond. 'Ze is een schatje, Sorensen. Zeg eens, lieverd, kom je je vader helpen met zijn werk?'

'Eerlijk gezegd weet ik zelf niet goed waarom ze hier is, sir.' Haar vader kwam nu ook dichterbij, alsof hij dacht dat ze misschien iets doms zou gaan zeggen en haar wilde tegenhouden. Christabel begon weer bang te worden zonder te weten waarom. 'Wat doe je hier, schat? Waar is mama?'

'Ze heeft naar school gebeld om te zeggen dat mevrouw Gullison ziek is en me niet kan ophalen. Ze doet vandaag boodschappen in de stad en daarom moest ik hierheen komen.'

De generaal lachte weer en liet bijna al zijn tanden zien. 'Ja, ja, een goede spionne heeft altijd een smoes achter de hand.' Hij draaide zich om naar haar vader. 'Ik moet over drie uur weer in Washington zijn, maar ik kom begin volgende week terug en ik zou heel graag zien dat er dan vooruitgang is geboekt. Dat zou heel goed voor je zijn, Sorensen. Het zou het beste zijn als je-weet-wel dan onder strenge bewaking in een cel zat, zodat we hem kunnen ondervragen.'

'Jawel, sir.'

De generaal en de andere militairen gingen naar de deur. Yacoubian draaide zich om nadat twee van zijn begeleiders naar buiten waren gelopen. 'Je bent een aardig kind,' zei hij tegen Christabel, die zich afvroeg wie 'je-weet-wel' was en waarom die in een cel opgesloten moest worden. 'Luister maar goed naar je vader, hoor je?'

Ze knikte.

'Want vaders weten het altijd beter.' Hij tikte tegen zijn pet en liep naar buiten. De strenge man volgde hem met een laatste geheimzinnige blik op haar vader, alsof hij bang was dat die de generaal een klap zou geven als hij even niet oplette.

Nadat de bezoekers waren vertrokken ging haar vader op de rand van het bureau zitten en staarde een tijdje naar de deur. 'Nou, ik moest je maar eens naar huis brengen,' zei hij ten slotte. 'Je moeder zal nu wel terug zijn uit de stad, denk je niet?'

'Wie moet je voor hem zoeken, papa?'

'Zoeken? Heb je dat gehoord?' Hij kwam naar haar toe en streek over haar hoofd.

'Niet doen, pap! Wie moet je...'

'Niemand, schat. Een oude vriend van de generaal, anders niet.' Hij nam haar bij de hand. 'En kom nu maar mee. Ik vind het eigenlijk wel prettig dat ik je naar huis kan brengen, want na zo'n dag kan ik een pauze hard gebruiken.'

Vreemd genoeg was het de stilte waardoor Jeremiah Dako uit zijn slaap werd gewekt.

Vreemd genoeg, omdat er maar twee mensen in heel die uitgestorven militaire basis waren en er dus eigenlijk overal stilte heerste. Met alleen Long Joseph als gezelschap in de bunker had hij het gevoel dat hij in een van de spookstadjes in het zuiden van Transvaal woonde, een van de weinige overlevenden van de Tokoza-epidemie die de bewoners halsoverkop op de vlucht had doen slaan zodat ze zelfs hun schamele bezittingen hadden achtergelaten – kookpotten, kartonnen koffers en gerafelde kleren – waardoor het net was alsof elke levende ziel door zwarte magie was weggevoerd.

Maar zelfs die verlaten buurtschappen, geteisterd door wind en regen, waren niet van elk leven ontdaan. In de stoffige straten was nog altijd het gefluit van vogels te horen en ratten en muizen krabbelden rond in de puinhopen.

In het Wespennest daarentegen heerste een doodse stilte. De massieve stenen muren hielden het geraas van de elementen op afstand, de machines waren bijna allemaal verstomd en de reusachtige deuren en luchtschachten waren zo goed afgesloten dat er nog geen mier naar binnen kon dringen. De basis leek op het kasteel van de Schone Slaapster waar iedereen in een diepe sluimer lag, bedekt door het stof van eeuwen.

Jeremiah Dako was een nuchter mens, maar op sommige momenten tijdens zijn vrijwillige opsluiting, als Joseph Sulaweyo eindelijk was weggezonken in een door kwade geesten gekwelde slaap, staarde hij weleens naar de grote betonnen kisten waarover hij waakte en vroeg hij zich af in welk sprookje hij was beland.

En welke rol de Schrijver hem eigenlijk had toebedacht.

Ik ben een van die mensen die maar een bijrol spelen, bedacht hij op een stille avond waarin er niets gebeurde en de uren traag voorbijgingen. Dat besef raakte hem niet echt. *Ik ben de krijger die met een speer de deur bewaakt. De dienaar die een magisch voorwerp op een fluwelen kussen naar de koning brengt. Een juichende figurant in de menigte. Ik heb altijd een ondergeschikte rol gespeeld. Ik heb mijn moeder onderhouden en daarna vierentwintig jaar lang voor de doctor gewerkt. Als Khalid het had gewild zou ik dat allemaal hebben opgegeven, maar ook die mooie, mooie Khalid zag hem alleen maar als een bediende. Er zou nooit echt iets veranderd zijn en daarom zit ik nu hier te waken over machines, in deze grote lege bunker onder een berg, omdat anderen mij dat hebben opgedragen.*

Natuurlijk kreeg ook een gewone wachter met een speer een beloning en deze bunker was nog altijd beter dan een spookstad. Hij had nu in ieder geval de tijd om te lezen en na te denken, iets waar hij bij de Van Bleecks nauwelijks aan toe was gekomen. Hij had al zijn vrije tijd aan zijn moeder besteed en hoewel Susan hem de vrije hand liet als ze zelf aan het werk was, had haar vertrouwen hem alleen maar aangezet tot een nog grotere en bijna altijd onopgemerkte plichtsvervulling. Maar hier had hij werkelijk geen andere taak dan af en toe de meters te controleren en ervoor te zorgen dat de vloeistof in de tanks op peil bleef. Het was niet moeilijker dan het bijhouden van de dure wagen van de doctor, de wagen die nu op de onderste etage van de parkeergarage stond en die hij om de paar dagen met een zacht doekje afstofte terwijl hij hoofdschuddend naar de gedeukte grille en de gesprongen voorruit keek.

Soms vroeg hij zich af of hij ooit nog in de auto zou rijden.

Jeremiah had niet veel op met zijn metgezel. Toch had hij wel wat meer van zijn vrije tijd willen besteden om een gesprek aan te knopen, maar Long Joseph, die toch al nooit erg toeschietelijk was geweest, had zich steeds meer teruggetrokken. Renies vader kon urenlang zitten broeden of door de verlaten gangen zwerven, waarna hij altijd met betraande ogen terugkwam. Jeremiah zag nog liever dat zijn metgezel gewoon knorrig was.

En elke toenaderingspoging was in de kiem gesmoord. In het begin had hij gedacht dat het alleen maar kwam door de eigenwaarde van Long Joseph of door diens bekrompen afkeer van homoseksuelen, maar na een tijdje begon hij in te zien dat Sulaweyo met dieper gewortelde problemen worstelde. Hij ontbeerde de woordenschat om zijn gevoelens enigszins subtiel tot uitdrukking te brengen, maar bovenal was hij niet in staat een andere denkwijze te aanvaarden, hij kon alleen maar op zijn eigen inzichten afgaan. De hele eenentwintigste eeuw leek aan hem te zijn voorbijgegaan en hij kon alleen op een primitieve manier met zijn frustraties omgaan, alsof het dingen waren die je moest slikken zonder er iets aan te kunnen veranderen.

Long Joseph was de laatste dagen steeds vaker op zwerftocht gegaan, alsof zijn innerlijke verwarring hem tot fysieke inspanningen aanzette. Hij trok niet meer de hele basis door – blijkbaar had hij eindelijk de hoop opgegeven nog ergens sterkedrank te kunnen vinden – maar liep onophoudelijk heen en weer, ijsberend op een manier waar Jeremiah helemaal gek van werd. Joseph had zich zelfs de gewoonte aangemeten onder het lopen te zingen, de stilte tussen de zeldzame gesprekken vullend met een eentonig geneurie dat Jeremiah de koude rillingen bezorgde. Het waren deuntjes die niets met hun huidige situatie te maken hadden, onbeduidende melodietjes waar Long Joseph zelf de woorden bij verzon, irritante dingen die toch in zijn hoofd bleven hangen.

Jeremiah had echt medelijden met de man. Joseph had zijn vrouw op een afschuwelijke manier verloren, zijn zoon lag met een raadselachtige ziekte in coma en nu was zijn dochter ook nog weggegaan, ook al was ze nog zo bedrieglijk dicht bij hem. Jeremiah begreep dat Long Joseph het erg te kwaad had en dat hij grote behoefte had aan een borrel, maar als dat heen-en-weergeloop en dat eindeloze idiote geneurie niet gauw ophielden zou hij zelf nog gek worden.

Zo kwam het dat hij midden in de nacht wakker werd, uren voordat het zijn beurt was om bij de kisten te waken, en hij schrok omdat zelfs in de verte geen gemompel van Joseph te horen was.

Jeremiah Dako had het militaire veldbed naar het ondergrondse lab gesleept, gedeeltelijk omdat hij moest waarnemen voor Long Joseph als die weer eens te lang wegbleef op een van zijn dwaaltochten door het complex... of helemaal niet terugkwam. Dat was althans de reden die hij op tamelijk hoge toon had aangevoerd toen Joseph Sulaweyo wilde weten wat dat bed daar moest.

Maar diep vanbinnen durfde hij Long Joseph ook niet meer te vertrouwen. Jeremiah was bang dat de man in een radeloze bui de tanks of de instrumenten zou beschadigen.

Die angst werd veel sterker nu hij in de donkere ruimte naar de vreemde stilte lag te luisteren. Was Joseph eindelijk doorgedraaid? Of begon hij zelf overspannen te raken? Het was slecht voor je gemoedsrust om wekenlang onder de grond opgesloten te moeten zitten met een halve gek die altijd maar liep te mompelen. Misschien had die stilte helemaal niets te betekenen.

Jeremiah kreunde zachtjes en stond op. Zijn hart klopte slechts iets sneller dan normaal, maar hij zou toch geen oog meer dicht kunnen doen voordat hij wist dat Long Joseph Sulaweyo in de stoel voor het controlepaneel zat of hoogstens even pauze had genomen. Ook Jeremiah ging tijdens zijn dienst weleens naar het toilet, koffiezetten of een frisse neus halen bij het rooster van een luchtschacht.

Er was vast een heel gewone verklaring voor die stilte.

Jeremiah trok de oude pantoffels aan die hij in een van de kleedkamers had gevonden, een luxe die hem nog enigszins aan thuis deed denken, en liep naar de balustrade boven het lab.

De stoel was leeg.

Hij probeerde niet het ergste te denken en ging op weg naar de trap. Long Joseph was even naar de keuken of naar de wc. Jeremiah hoefde de bewaking alleen maar even over te nemen tot hij terug was. Eigenlijk was dat niet eens nodig, want het water en de andere vloeistoffen werden op vaste tijdstippen aangevuld, de afvalstoffen automatisch afgevoerd. Slechts af en toe moest er een nieuw filter worden aangebracht. En in geval van nood konden ze toch niets anders doen dan Renie en !Xabbu uit de tanks halen, hoewel Renie dat uitdrukkelijk had verboden. De communicatie was de eerste dag al uitgevallen en Jeremiah was er niet in geslaagd die te herstellen. Dus ook al was Long Joseph weggelopen, veel kwaad kon dat niet.

Alle meters hadden een normale stand. Jeremiah controleerde ze voor de zekerheid twee keer en toen hij daarmee bezig was viel zijn oog plotseling op de zwakke gloed van een van de schermen. Er lag een lichtpen naast, het enige ding dat niet netjes op zijn plaats lag, een onbeduidende slordigheid die hem niettemin een angstig voorgevoel gaf. Jeremiah boog naar voren om de tekst op het scherm te lezen.

IK HOU HET NIET MEER UIT, stond er met onhandige zwarte letters. IK GA NAAR MIJN KIND TOE.

Jeremiah las het nog twee keer terwijl hij zijn groeiende paniek probeerde te bedwingen. Wie bedoelde Long Joseph met 'mijn kind'? Renie? Hij was toch niet op het onzalige idee gekomen in de tank te klimmen om in de gel naast zijn bewusteloze dochter te gaan liggen? Het was niet nodig om het zware deksel van de tank te schuiven: de meters vertoonden geen ongewone uitslag, ook niet voor de tank van !Xabbu.

Een nog verontrustender idee schoot door zijn hoofd. Jeremiah ging geschrokken rechtop staan.

Misschien dacht Joseph dat zijn zoontje was gestorven. Misschien had hij weer een nachtmerrie gehad of zag hij in zijn neerslachtige toestand het verschil tussen coma en dood niet meer...

Ik moet die idioot gaan zoeken. Jezus christus, hij kan overal wel zijn. Misschien is hij helemaal naar boven gegaan om zich naar beneden te storten.

Jeremiah keek onwillekeurig naar boven. Er was geen geluid te horen op de galerijen boven het laboratorium, geen beweging te zien. De kabels en slangen boven de VR-tanks waren net zo roerloos als anders, hoewel een van de grote lussen een akelige gelijkenis met een gehangene vertoonde.

Ook op de vloer van het lab was niets bijzonders te zien.

'Lieve god,' zei Jeremiah hardop. Hij wiste het zweet van zijn voorhoofd. Er zat werkelijk niets anders op dan de man te gaan zoeken. Dat zou een tijdje kunnen duren, maar in het afgesloten complex was het in elk geval geen onbegonnen werk. Het beviel hem alleen niet dat hij de tanks onbewaakt zou moeten achterlaten. Misschien kwam het door zijn eigen angst, maar de twee slapende mensen leken ineens heel erg kwetsbaar. Hij moest er niet aan denken dat er iets met ze zou gebeuren terwijl hij op zoek was naar die krankzinnige...

Jeremiah ging terug naar het bedieningspaneel. Hij probeerde zich te herinneren wat Martine hem twee weken geleden – of was het twee jaar geleden? – had laten zien. Hij vond het knopje van de intercom en plotseling klonk uit de luidsprekers aan de hoge wanden een dubbele hartslag, allebei krachtig en in een normaal ritme, die van !Xabbu iets langzamer: *bi-bom, bi-bom... bi-bom, bi-bom.* Het kloppen liep niet helemaal synchroon en af en toe leek het alsof er maar één hartslag te horen was.

Long Joseph zou van dit geluid wel helemaal gek worden of denken dat er iets mis was gegaan, maar dat kon Jeremiah op dit moment geen moer schelen.

'Joseph! Joseph, waar ben je?'

Terwijl hij door de uitgestorven gangen van het enorme complex liep, begeleid door het kloppen van de dubbele hartslag, moest Jeremiah onwillekeurig denken aan die afgrijselijke avond waarop hij naar het huis van de doctor was teruggegaan. Binnen had geen licht gebrand, wat normaal was, maar ook de lampen bij het hek waren uit geweest en vanaf dat moment was hij met een akelig voorgevoel over de brede oprit naar het donkere huis gereden. Bij elke stap door de lege gangen, waarin alleen het roepen van zijn eigen stem was te horen, nam zijn angst toe. Hoe afschuwelijk het ook klonk, het was bijna een opluchting geweest toen hij het verminkte lijk van Susan van Bleeck in het lab had gevonden. Zijn angst had in elk geval een duidelijke gestalte gekregen, erger kon het niet worden.

Natuurlijk kon hij toen niet weten dat het wél erger zou worden: hij had Renie afgezet en was teruggegaan naar het ziekenhuis, alleen om te horen dat de doctor was overleden.

En nu dwong die waanzinnige hem op zijn sloffen door deze lege gangen te lopen, alsof hij die gruwelijke avond opnieuw moest beleven en hij elk moment op een lijk kon stuiten... Zijn woede werd nog sterker dan zijn angst. Als Long Joseph zichzelf niets had aangedaan zou Jeremiah hem een pak slaag geven dat hem nog lang zou heugen, ook al was Sulaweyo een kop groter.

Het was een merkwaardige straf voor iemand die had verzuimd zich op te hangen, een bespottelijk idee waar hij ondanks alles om moest lachen. Het was een nerveuze, hortende lach, een onaangenaam geluid.

Jeremiah zocht eerst op de voor de hand liggende plaatsen. Het bed van Joseph in de grote slaapzaal was leeg, de lakens en dekens in een slordige hoop op de grond gegooid. Ook de keuken waar Joseph zo koortsachtig naar drank had gezocht was leeg. Jeremiah moest zichzelf dwingen in de kasten en in de grote vrieskist te kijken, bang als hij was dat Joseph een fles vergif of reinigingsmiddel had leeggedronken en hij plotseling in een paar dode ogen zou kijken. Maar in de hele keuken was geen mens te zien.

Stelselmatig zocht hij de woonvertrekken en werkkamers af en maakte alle manshoge kasten open. Het kostte hem bijna twee uur, met op de achtergrond het rustige kloppen van de twee harten, net afwisselend genoeg om hem het geruststellende gevoel te geven dat hij toch niet helemaal alleen was.

Bi-bom, bi-bom...

Jeremiah liet het woongedeelte en de kantoren achter zich en ging naar de parkeergarage. Die idioot van een Sulaweyo was misschien op het idee gekomen de motor van de Ihlosi te starten en zichzelf in de uitlaatgassen te laten stikken, hoe onmogelijk dat ook was in die enorme ruimte. Maar de auto was sinds de laatste poetsbeurt niet meer gebruikt en nog even geblutst en nutteloos als Jeremiah zich begon te voelen. Hij deed het portier open om de zaklamp uit het handschoenenkastje te pakken. Daarna zette hij zijn zoektocht voort en liet het licht zelfs in de donkere hoeken boven de hanglampen aan de zoldering schijnen, voor het onwaarschijnlijke geval dat Joseph naar boven was geklommen om zich daar te verhangen.

De vier etages van de garage waren veel sneller afgewerkt. Jeremiah bleef op de bovenste staan om uit te rusten en na te denken. Het ritmische kloppen weergalmde tussen de stenen wanden, zodat het leek alsof er veel meer hartslagen te horen waren. Jeremiah begreep er niets van. Hij had overal gekeken... tenzij Long Joseph toch in een van de tanks was geklommen en in de vloeistof was verdronken, waardoor er aan de stand van de meters niets veranderd zou zijn.

Jeremiah huiverde toen hij zich voorstelde dat Irene Sulaweyo daar in het stroperige donker lag, zich niet bewust van het lijk van haar vader dat naast haar dreef...

Hij zou moeten kijken, hoe afschuwelijk het ook was. Hij vroeg zich af of Renie en !Xabbu uit hun virtuele dromen zouden ontwaken als hij de tanks opende. Als Joseph er toch niet in lag, zou heel het experiment mislukt zijn...

Jeremiah ging verward en nog even angstig naar de grootste ventilatieschacht om wat frisse lucht te krijgen. Het resultaat was anders dan hij had gedacht.

Het rooster lag naast de schacht op de grond.

Jeremiah keek er een ogenblik met open mond naar en vervolgens naar de opening, een groot vierkant gat dat naar het stikdonkere niets leidde. Hij richtte de zaklamp weer op het rooster en zag in het midden een stel schroeven, netjes op een rij neergelegd.

De schacht was breed genoeg om naar binnen te klimmen. Als je voorzichtig was kon je met je schouders en voeten genoeg houvast aan de wanden vinden om naar boven te gaan, als je met alle geweld wilde... of krankzinnig was.

Er hing geen luidspreker in de buurt en het geklop van de hartslagen klonk hier zachter. Jeremiah stak zijn hoofd naar binnen. 'Joseph!' Het geluid van zijn stem galmde door de schacht en stierf weg. Hij riep opnieuw, maar ook nu kwam er geen antwoord. Hij schoof wat verder naar binnen en richtte de zaklamp omhoog. Net boven de kromming hingen de gescheurde draden van een spinnenweb, alsof er iemand langs was gekomen.

Terwijl hij naar boven staarde meende Jeremiah een vaag geluid te horen, een zacht geneurie of misschien de gesmoorde stem van iemand die gewond was. Hij spitste zijn oren, maar het geluid werd telkens overstemd door de dubbele hartslag en hij slaakte in stilte een verwensing. Hij stak de lamp in zijn zak en kroop zo ver de nauwe schacht in tot het geklop uit de luidspreker niet meer te horen was.

Het zachte gefluit was nu onmiskenbaar en hij herkende het ook bijna onmiddellijk. Hoog boven zijn hoofd, aan het eind van de buis, floot de wind van de Drakensbergen in de vroege ochtend rond de opening.

Long Joseph wilde bij zijn kind zijn, bij Stephen. Niet figuurlijk, door zichzelf van het leven te beroven, maar letterlijk. Natuurlijk. Joseph Sulaweyo nam de dingen altijd letterlijk.

O god, wat staat Joseph daarbuiten te wachten? Jeremiah kroop moeizaam terug naar de garage. In de holle ruimte echode nog altijd de dubbele hartslag van de mensen over wie hij moest waken, traag en gelijkmatig alsof er niets was veranderd.

De stomme, stomme idioot!

17

In de fabriek

NETFEED/MUZIEK: *Horrible Animals uit elkaar*
(beeld: clip van 1Way4U2B')
COMMENTAAR: *De tweeling Saskia en Martinus Benchlow, oprichters van de band My Family and Other Horrible, Horrible Animals, hebben besloten ieder hun eigen muzikale weg te gaan. De band is vooral bekend geworden door het nummer 1Way4U2B', een van de grootste hits van de laatste tien jaar, maar heeft daarna weinig succes meer gehad.*
(beeld: M.B. en zijn manager tijdens het feest na de uitreiking van de Gimme Awards)
M. BENCHLOW: *'Saskia is geweldig, maar ik zoek een andere richting, minder commercieel. Het gaat niet om geld, zie? Ik heb de flurry wel gezien. Ik ben helemaal weg van jazz, die hele geschiedenis. Ik heb zelf een trompet, zie? Ik ken elk nummer dat Neil Armstrong ooit heeft gespeeld, daar wil ik mee aan de slag. Saskia heeft haar eigen toekomst, maar ze blijft familie...'*

Het was een uiterst merkwaardig tafereel, Azador die tussen de vernielde tiktaks op de grond lag en grote moeite had de blijkbaar ongewenste kussen van Emily te ontwijken. Renie had geen tijd om er lang bij stil te staan. De gangen van het paleis waren bezaaid met de lijken van vliegende apen en groenbaarden, de soldaten van het steeds kleiner wordende leger van Nieuw-Smaragd. Andere verdedigers waren in het magazijn aan de achterkant in het nauw gedreven, slechts een paar honderd meter bij hen vandaan, en het gevaar werd met de minuut groter. Toch kon Renie onmogelijk vergeten wat ze net had gehoord.

'Bent... bent u met haar naar bed geweest?'

Azador wist zich eindelijk los te maken en keek haar fronsend aan. 'Misschien wel. Is dat uw zaak?'

'Ze is toch een Pop?' Renie kon het zelf moeilijk geloven als ze naar Emily keek, die als een opgewonden hondje rond haar hervonden vrijer danste.

'Ja, en?' Azador krabbelde overeind. 'Wat heeft u ermee te maken wie er hier met wie naar bed gaat of zichzelf bevredigt, om het maar ronduit te stellen? Of gaat u ons over uw eigen seksuele voorkeuren vertellen?'

'Maar... maar ze is gewoon een programma! Hoe kunt u zoiets doen? Hoe kunt u misbruik van haar maken?'

Azador schudde zijn hoofd. Hij begon zijn zelfverzekerdheid terug te krijgen, ondanks het meisje dat zich aan zijn voeten had geworpen om zijn knie te zoenen. 'Het is het een of het ander. Is ze nou een programma of heb ik misbruik gemaakt van een jonge vrouw?'

Renie keek sprakeloos naar !Xabbu, maar de baviaan volgde het gesprek al niet meer. 'Ik hoor die mechanische mannen aankomen.' Hij wees door de betegelde ruimte naar een van de gangen. 'Van die kant.'

'We moeten naar de hoofdingang.' Azador slaagde er niet in zijn been uit Emily's greep te bevrijden. 'Godverdomme!' Hij tilde zijn hand op.

'Waag het niet haar te slaan,' zei Renie scherp. 'Ik maak je af.'

Azador staarde haar aan. 'Zorg liever dat het onnozele ding me loslaat. Als we niet opschieten gaan we er allemaal aan.'

Renie trok de tegenstribbelende Emily naar zich toe. 'Maar ons kindje...' jammerde het meisje.

'Dat kindje wordt nooit geboren als we nu niet weggaan.' Een plotselinge inval trof haar. 'Wat zei die afschuwelijke Tinnen Man ook alweer? Hij had het over een Dorothy. Bedoelde hij daar die baby mee?'

Azador had geen zin in verdere discussies. Hij holde de brede kamer door, weg van de gang waaruit volgens !Xabbu het gevaar zou komen. Renie slikte een verwensing in en liep achter hem aan, met !Xabbu op vier poten naast haar. Emily had geen aansporing nodig om de man met de snor te volgen.

Je zei nou wel dat je hem zou afmaken, dacht Renie bij zichzelf, *maar hij is groter dan jij en je hebt geen enkel wapen bij je*. Ze had eraan moeten denken een van de antieke wapens van de dode soldaten op te rapen, hoewel ze bij de achterdeur blijkbaar al door hun kogels heen waren.

Azador rende op volle snelheid door en Renie had moeite hem enigszins bij te houden na de vermoeiende avonturen in Kunohara's wereld en in deze vreemde versie van het land van Oz. Hij kende de weg in het gebouw en volgde gangen die ogenschijnlijk doodliepen maar waarin hij steeds een in een nis verscholen deur wist te vinden. Renie vroeg zich opnieuw af hoe hij deze simwereld zo goed had leren kennen, nog afgezien van de goocheltruc waarmee hij een stuk van de celmuur had laten verdwijnen.

Wie is deze kerel, verdomme?

Het paleis van Vogelschrik had met zijn eindeloze stelsel van betonnen gangen met linoleum op de vloer en zijn zakelijke aankleding veel weg van een buurthuis in Durban en andere steden in de derde wereld. Ooit moest het hier een drukte van belang zijn geweest, te oordelen naar de stapels ouderwets printerpapier en andere documenten die her en der verspreid lagen en naar de tientallen bureaus en stoelen in de werkkamers die ze onderweg passeerden, hoewel de helft van het meubilair leek te zijn ontworpen voor dwergen. Nu was het gebouw even leeg als de Bijenkorf na de doortocht van de mierenzwerm.

Entropie, dacht Renie, *is dat het woord niet? Alsof al deze simulaties compleet zijn ontworpen en vervolgens aan hun lot zijn overgelaten tot er niets anders dan chaos overblijft*. Aan de andere kant waren ze pas in drie simwerelden geweest, een beetje weinig om al een oordeel te vellen.

Azador bleef voor een brede dubbele deur staan en duwde ertegen. De deuren gaven nauwelijks mee, alsof ze aan de andere kant waren geblokkeerd. Renie ging naast hem staan om hem te helpen en zelfs Emily deed mee, ondertussen naar haar beminde starend alsof hij eigenhandig de wateren van de Rode Zee scheidde. Dat was een toepasselijke vergelijking, zoals bleek toen de deuren ineens openzwaaiden en Renie door een rode stroom werd bedolven. Ze sloeg geschrokken haar handen voor haar gezicht, maar het spul was droog en knisperde tussen haar vingers. Het was...

'Confetti?'

Renie zag een grote kamer waarin het inderdaad confetti sneeuwde. Voor de drempel lagen de tafels die ze net hadden omgeduwd, met daarboven een banier waarop met grote letters een tekst was geschilderd: 'Veel geluk, Jellia Jamb! We zullen u missen!'

'Dit is de audiëntiezaal.' Azador keek naar de drie andere deuren in de ruimte; twee ervan waren eveneens met opgestapelde klaptafels geblokkeerd. 'Ze hebben geprobeerd het paleis te barricaderen.'

'Dan hebben ze niet erg hun best gedaan,' merkte Renie op.

'Er zijn nog maar weinig soldaten over,' antwoordde Azador. 'Nee, niet doen!' riep hij toen Renie naar de vrije deur liep.

Ze draaide zich geërgerd om. 'Wie denkt u wel dat u bent? Ik hoef me niet te laten bevelen.'

'Het is geen bevel. Misschien hebben ze die deur met opzet niet gebarricadeerd om de aanvallers daarheen te lokken. Dan lopen we aan de andere kant in de val.'

Ondanks haar afkeer voelde ze zich beschaamd. 'U heeft gelijk. Sorry.'

'Laat mij eerst gaan,' zei !Xabbu. 'Ik ben licht en snel.'

Renie schudde haar hoofd. 'Nu nog niet. Kunnen we niet via een omweg aan de andere kant komen, Azador?'

Hij keek zwijgend een ogenblik naar de muren en schudde zijn hoofd. 'In deze kamer kan ik niets beginnen. Er is geen standaardcode voor deze muren gebruikt, ze zijn speciaal ontworpen. Vroeger was het misschien een aardig detail geweest.'

Renie keek de raamloze, mintgroene zaal door en betwijfelde of het ooit een aantrekkelijke omgeving was geweest. Haar blik bleef op de banier rusten. 'Wacht eens even.' Ze trok het zware papieren vaandel van de muur, nam het mee naar de deur en wikkelde een uiteinde rond de knop. Ze gaf het andere uiteinde aan Azador, raapte een klapstoel op – het leek hier werkelijk wel het buurthuis in Pinetown! – en ging naast de deur tegen de muur staan. Renie stak haar arm uit en duwde met de klapstoel tegen de klink tot ze een klik hoorde, waarna Azador een ruk aan het vaandel gaf en de deur opentrok.

Er volgde geen ontploffing, geen gaswolk of regen van vlijmscherpe spijkers. !Xabbu hield zijn kin vlak boven de grond terwijl hij behoedzaam naar de deuropening sloop, alsof hij geen baviaan maar een slangenetende mangoest was. Renie prevelde een schietgebedje voor de kleine man.

!Xabbu bespeurde geen direct gevaar en ging stap voor stap verder tot hij uit het zicht was verdwenen. Renie hield haar adem in. Even later kwam hij snel teruggerend, het haar op zijn rug stond recht overeind. 'Kom gauw!'

De aangrenzende kamer was leeg, afgezien van een stel oude kleren die in het midden op de grond lagen, deels bedekt door gummislangen. Renie wilde net vragen waar !Xabbu zo van geschrokken was, toen er tussen de kleren een plat, verschrompeld hoofd zichtbaar werd. Emily gaf een gil en deinsde naar achteren.

'Help...' fluisterde het ding, een droog gemurmel dat nauwelijks te verstaan was.

'Lieve god, dat is Vogelschrik.' Renie deed enkele passen naar voren en bleef toen aarzelend staan. Had de koning hen niet bijna laten ombrengen? Aan de andere kant kon hij ze misschien helpen uit het paleis te komen. Anders waren ze helemaal afhankelijk van Azador, een idee dat haar steeds meer begon tegen te staan. 'Wat kunnen we doen?' vroeg ze aan de verfomfaaide figuur op de grond.

Vogelschrik wees met een slappe vinger naar een van de deuren in de kale muur. Ze hoopte maar dat hij nog genoeg hersens overhad om te weten welke deur hij bedoelde.

'Ik hoor de metalen mannen,' waarschuwde !Xabbu. 'Heel duidelijk. Ze zijn nu dichtbij.'

Renie stapte voorzichtig over de verwarde slangen heen en pakte de vogelverschrikker met twee handen op. De koning van Kansas hing slap in haar armen. Zijn juten lijf schuurde onaangenaam langs haar huid.

Vroeger vond ik die film zo leuk, bedacht Renie, *maar op deze manier is er geen aardigheid meer aan.*

De deur die Vogelschrik had aangewezen ging zonder moeite open en kwam uit bij een trap die naar boven voerde. Emily pakte een handvol bungelende slangen en een gelaarsde voet die de koning onderweg was kwijtgeraakt en volgde Renie, haar gezicht een mengeling van ontzag en afkeer. Azador en !Xabbu sloten de rij.

De trap bracht hen in een soort machinekamer, waar tal van buizen langs het plafond en de muren liepen. Voor een muurscherm met een lijst van imitatiehout stond een stoel die uit de cockpit van een antiek vliegtuig gehaald leek te zijn.

Vogelschrik tilde moeizaam zijn hoofd op en wees naar een buis die met een kraan was afgesloten, iets meer dan een meter boven de vloer. Hij schraapte zijn laatste krachten bijeen om adem te halen. Renie moest haar hoofd dicht bij zijn mond houden om zijn gefluister te kunnen verstaan.

'In borst...'

Ze keek naar de tuitvormige kraan en vervolgens naar de tuinbroek en het flanellen hemd die het lichaam van de koning bedekten. Ze zette het bijna platte lijf rechtop en schoof de kraan tussen twee knopen van zijn hemd door alsof ze hem aan een spies wilde rijgen. Er gebeurde niets. Vogelschrik gebaarde met een slappe hand naar een vliegwiel. Azador draaide eraan en de kraan begon te sissen.

De borst van Vogelschrik begon als eerste te zwellen, daarna kreeg zijn hoofd langzaam weer vorm. Zijn benen strekten zich en werden dikker tot zijn broekspijpen strak getrokken waren. Ten slotte zette de koning van Kansas zich met zijn opgeblazen, elleboogloze armen af tegen de muur en draaide zich om naar Renie en de anderen. Hij haalde zijn vinger uit het gat in zijn borst en liet wat lucht ontsnappen tot hij bijna zijn oude uiterlijk weer terug had, waarna hij de opening dichtstopte met wat stro uit zijn afgevallen voet.

'Het is een geluk dat ik zo'n goede blaas heb,' zei hij bij wijze van verklaring. Zijn hoge stem klonk gespannen. 'Ik kan hem in geval van nood met lucht vullen en van nood mag je hier wel spreken.' Hij probeerde te knipogen, maar zijn hoofd was net een ballon en het ooglid kon niet helemaal naar beneden. 'Het houdt niet lang, maar lang genoeg om ervoor te zorgen dat ze Smaragd niet in handen zullen krijgen... tenzij een van die smeerlappen zijn tenten op een smeulende puinhoop wil opslaan.'

'Wacht eens even!' Renie deed een stap naar voren, klaar om het stro uit de opening in zijn borst te trekken. 'U wilt de boel toch niet in brand steken? En wij dan?'

Vogelschrik stak een hand op en begon te lachen, waardoor zijn strakke huid piepte. 'Tja, dat zou inderdaad niet van grote dankbaarheid getuigen... Goed, dan zal ik jullie de tijd geven om te ontsnappen. Maar haast je, want langer dan een paar minuten red ik het niet. Deze kleren zijn niet bepaald luchtdicht, als je begrijpt wat ik bedoel.'

'Maar hoe komen we hier weg?' vroeg Renie. 'Is er hier niet een eh, een oversteekplaats zoals op de rivier?'

'Je bedoelt een Poort?' De uitgeschulpte lach van Vogelschrik werd nog breder. 'Weten jullie niet eens hoe die dingen heten? Je kan wel zien dat jullie groentjes zijn.'

'Ik weet wat een Poort is,' zei Azador nors. 'Ik weet ook dat er hier in het paleis een is.'

'Paleis!' Vogelschrik snoof luidruchtig en sloeg met een gehandschoende hand op zijn knie. Een wolkje strostof spoot uit zijn broekspijp. 'Dat is een goeie! Je had mijn onderkomen in het echte Smaragd eens moeten zien, dat was pas een paleis! Dit... Bespaar me, ik geloof dat het een oud arsenaal van de Nationale Garde of iets dergelijks moet voorstellen. We konden het programma goedkoop overnemen toen we hier begonnen.'

'Maar is er hier nu een ov... een Poort of niet?' drong Renie aan.

'Hij moet er nog zijn, als je er niet tegen opziet om eerst tweehonderd van die verdomde mechanische mannen uit te schakelen. De Poort is in mijn troonzaal, achter het muurscherm. Die opwindpoppen van de Tinnen Man zijn daar nu de baas, net als bijna overal. Dacht je dat ik me voor niks met mijn slappe benen helemaal hierheen had gesleept?' Hij nam een paar bungelende slangen in zijn hand en keek er met een treurig gezicht naar. 'Ik kan niet geloven dat het nu ineens voorbij is.'

'Ik hoor de mechanische mannen ratelen,' zei !Xabbu. 'In de grote zaal beneden.'

'Die kunnen hier niet komen,' zei Vogelschrik achteloos. 'Ze hebben dagen nodig om de deuren open te krijgen.'

'Hoe komen wij hier dan uit?' vroeg Renie fel.

Vogelschrik kon zijn opgeblazen nek nog niet draaien en moest een stap opzij doen om haar aan te kijken. 'Daar moet ik eens over nadenken. Je wilde toch een Poort, niet?' Hij legde een hand onder zijn vormloze kin en wreef peinzend met zijn wijsvinger over zijn bleke slaap.

'Wel verdomme!' riep Azador ineens uit een hoek van de kamer. 'Haal dat vervloekte schepsel bij me vandaan!'

Renie draaide zich om en zag Emily met trillende onderlip terugdeinzen. Het meisje leek eindelijk te beseffen dat haar avances niet op prijs werden gesteld. Renie ging tussen het tweetal in staan. 'Blijf maar bij mij in de buurt,' zei ze tegen het meisje.

'Maar hij is mijn speciale henry,' zei Emily met beverige stem. 'Hij noemde me zijn mooie puddinkje.'

'Dat zal best.' Renie wierp Azador een verachtelijke blik toe. 'Laat mij je dan eens wat vertellen: mannen zijn soms grote hufters.'

De aldus aangeduide man keek naar het plafond en sloeg zijn armen over elkaar.

Vogelschrik klapte plotseling in zijn mollige handen. 'Maar natuurlijk! Jullie kunnen naar de Fabriek gaan. De rivier stroomt er door de zuiveringsinstallatie en daar is ook een Poort.'

'De Fabriek?' zei Azador. 'Daar is de Tinnen Man heer en meester.'

'Jawel, maar op zijn eigen achtertuin let hij niet. Hij heeft alleen belangstelling voor Smaragd, waar het eindspel wordt gespeeld.' De koning van Kansas begon langzaam leeg te lopen. Zijn inzakkende gelaatstrekken kregen een zorgelijke uitdrukking. 'Maar dit meisje mag niet in zijn handen vallen. Als hij de Dorothy krijgt is het spel verloren.'

'Is dit allemaal maar een spel voor u?' Renie schudde geërgerd haar hoofd. 'De stad verwoest, al die doden en gewonden, en toch is het maar een spel?'

Vogelschrik kon zijn hoofd nog slechts met moeite rechtop houden. '*Maar* een spel? Ben je belazerd? Ik heb bijna twee jaar in deze simulatie doorgebracht, met af en toe een onderbreking omdat er het een en ander aan mijn VR-tank moest gebeuren. Ik ben nota bene vijftien procent van mijn bot- en spiermassa kwijtgeraakt! Ik heb mijn laatste cent aan deze simwereld uitgegeven en ik heb zelfs volgehouden toen mijn twee partners door die indringers werden verdreven. Nu ga ik mezelf en dit hele gebouw opblazen om ervoor te zorgen dat de Tinnen Man en zijn lakei er niets aan hebben, wat wel inhoudt dat het weken gaat duren voordat ik zelf kan terugkomen. En dat noem jij *maar* een spel?' Hij wreef over zijn slappe gezicht. 'Over gekken gesproken.'

'Bent u de laatste tijd nog van het net geweest?'

Hij keek haar achterdochtig aan. 'De laatste dagen niet, maar ik geloof dat ik nu een gedwongen vakantie moet nemen. Waarom vraag je dat?'

Renie haalde haar schouders op. 'Zomaar.' *Er staat je nog een hele verrassing te wachten, maat*, dacht ze onwillekeurig. Het was niet iets wat ze hem toewenste: zijn leven liep misschien wel gevaar. En zij hadden er zelf ook totaal geen idee van wat de gewijzigde spelregels van Anderland inhielden. 'Of nee, dat is niet waar,' zei ze. 'Ik heb een goede reden om het te vragen. Volgens ons is er iets met het hele netwerk aan de hand. Allerlei mensen ondervinden vreemde problemen, ze kunnen niet meer van het net af. En wat er hier gebeurt lijkt ook van invloed te zijn op hun echte leven.' Het was onmogelijk al haar vermoedens snel onder woorden te brengen, maar ze wilde hem waarschuwen. 'In uw plaats zou ik proberen op de normale manier van het net te gaan voordat ik mezelf opblies.'

Vogelschrik sperde zijn ogen open en trok een quasi verbaasd gezicht. Alleen Azador, die achter hem stond, leek zich haar woorden aan te trekken. 'Ooo, ik ben blij dat je het even zegt, meisje. Als ik ooit in jouw simwereld binnendring, zal ik je belonen met een hoop ongevraagde adviezen van mijn kant.' Hij draaide zich om naar Azador, alsof hij hem een betere gesprekspartner vond. 'Achter dat rooster daar zit een luchtschacht, daar kun je doorheen kruipen tot je op het dak komt. Als je per se wilt kun je natuurlijk ook naar de kelder, alleen is er dan geen weg terug, als je begrijpt wat ik bedoel.'

Azador knikte.

'Eenmaal buiten moet je door de stad naar de rivier, die brengt je vanzelf naar de Fabriek. Waar je ook heen gaat, doe het snel want ik kan niet eeuwig wachten. Vijftien minuten nadat jullie in die schacht zijn gekropen, steek ik hier een vuurwerk af als op de Dag van de Verenigde Naties. Langer kan ik niet wachten. Ik begin uit elkaar te vallen.'

!Xabbu kwam naar voren en ging op zijn achterpoten staan, vlak voor de lelijk inzakkende stropop. 'Kunt u uzelf niet meer oppompen?' vroeg de Bosjesman.

'Ik denk niet dat de naden van dit pak daartegen bestand zijn en als ik de stad niet opblaas kom ik hier nooit meer terug. Dus willen jullie nu alsjeblieft maken dat je wegkomt.'

'Ik wil nog één ding weten,' zei !Xabbu. 'Wie is die Dorothy waar u het over had? En waarom moeten we het meisje beschermen?'

'Zo zit deze simwereld in elkaar.' De stem van Vogelschrik begon haperend en ijl te klinken. 'Vergelijk het met een nucleaire winter. De overlevenden zijn onvruchtbaar, allemaal ouwe vrijsters en impotente ooms. Vandaar de legende over het kind dat door een van de emily's ter wereld zal worden gebracht. Die dochter is de Dorothy, snap je het nu?' Hij tuurde met zijn opgeschilderde ogen naar het verwonderde gezicht van !Xabbu. 'Niet dus,' piepte hij. 'Verdwijn nu maar.' Hij schakelde het muurscherm in. Het beeld liet het belegerde Nieuw-Smaragd zien, met brandende gebouwen en tiktaks die als tweebenige tanks door de vernielde straten ratelden.

!Xabbu kroop als eerste in de ventilatiekoker. Terwijl de anderen hem volgden hief Vogelschrik zijn slappe armen. 'Ik heb dingen gezien die jullie je niet kunnen voorstellen,' verklaarde hij, zijn stem zo dun alsof hij helium had ingeademd. Hij leek tegen zichzelf of tegen het scherm te praten. 'Brandende aanvalsschepen aan de kust van de Nonestische Oceaan. De vonken van magische donderbussen in het donker bij het paleis van Glinda. Dat alles zal verloren gaan als tranen in de regen.' De lucht ontsnapte met een luid gesis uit zijn hoofd. 'Verloren... dood...'

Renie keek bij de opening nog een laatste keer om. 'Vogelschrik, of wie u ook bent, ik meende wat ik zei. Er sterven mensen door wat er op het net gebeurt. Ze gaan echt dood. Er is iets helemaal mis.'

De stroman had een verborgen muurpaneel geopend en zette met veel moeite de ene na de andere schakelaar om. 'Allemachtig,' verzuchtte hij. 'Je weet wel hoe je een goede afscheidsrede moet verzieken.'

'Maar het is belangrijk!'

Hij kneep zijn ogen dicht en drukte zijn handen tegen zijn onzichtbare oren. 'Hoor ik nu iemand praten of is het mijn verbeelding...?'

Renie zuchtte en kroop achter de anderen aan.

Een paar minuten later klommen ze uit de luchtschacht en kwamen op het met grind belegde dak. Het moest dag zijn, al was dat nauwelijks te zien. Zwarte onweerswolken schoven rusteloos langs de hemel en de warme, vochtige lucht rook naar ozon. Renie veronderstelde dat er nog meer tornadoaanvallen waren geweest terwijl ze in het paleis waren. Het zweet liep van haar lichaam.

In de verte zagen ze de rivier en de Fabriek, die een heel industrieterrein met lage gebouwen, opslagtanks en dikke pijpleidingen bleek te omvatten. Na een korte discussie besloten ze eerst naar het rangeerterrein te gaan en vandaar zo snel mogelijk in de richting van de Fabriek, zodat ze op weg naar de rivier het gebied van de Tinnen Man konden omzeilen. Aan de voorkant van het betonnen paleis werden groepjes verslagen henry's door tiktaks weggevoerd, maar aan de zijkant was niemand te zien. Ze klommen langs een regenpijp naar beneden en renden naar een paar treinwagons die op een zijspoor waren afgerangeerd.

Ze doken weg achter de hoge wielen van een platte wagon om op adem te komen. Alleen !Xabbu had zich helemaal hersteld toen een doffe dreun de grond onder hun voeten deed schudden. Zelfs de zware goederenwagon werd van de rails getild en Renie was even bang dat ze door het gevaarte verpletterd zouden worden.

De aardbeving hield na een tijdje op en ze kropen naar de voorkant van de wagon om het paleis te bekijken. Het middenstuk van het gebouw was compleet ingestort en de vleugels werden door een wolk van stof en donkere rook aan het oog onttrokken. Een regen van as begon neer te dalen.

'Lieve god,' zei Renie. 'Hij heeft het echt gedaan. Hij heeft zichzelf opgeblazen.'

'Nou en?' snauwde Azador. 'Alleen een idioot houdt zich met zulke spelletjes bezig. Dit is onze kans om weg te komen terwijl zijn vijanden proberen uit te vinden wat er is gebeurd.' De ongedeerde tiktaks begaven zich inderdaad in de richting van het verwoeste paleis. Lichtstralen schoten uit hun navels te voorschijn en belichtten de geblakerde ruïnes. 'We kunnen in de Fabriek komen zonder dat de Tinnen Man iets merkt.'

'Wat weet u eigenlijk van die Fabriek af?' vroeg Renie. 'En hoe komt het dat u deze hele simwereld zo goed kent?'

Azador haalde zijn schouders op. 'Ik hou mijn ogen open.' Hij keek haar fronsend aan. 'En ik hou niet van zulke vragen. U mag weleens wat vriendelijker zijn. Wie heeft u uit die cel bevrijd? Wie kent de geheimen van het paleis? Azador.' Hij pakte een sigaret en zocht in zijn zakken naar zijn aansteker.

'Daar hebben we nu geen tijd voor.' Renie wees naar de lucht. 'Kijk die wolken eens. Er kan elk moment een andere tornado komen en dan kunnen we beter niet hier zijn.'

Azador trok een afkerig gezicht, maar hij stopte de sigaret achter zijn oor. 'Oké. Ga dan maar voorop.'

Alsof hij me daarmee een plezier doet, dacht Renie. *U wordt bedankt, meneer Azador.*

Het duurde ruim een uur om het grote rangeerterrein over te steken. Overal liepen groepjes mechanische mannen rond en een paar keer had het niet veel gescheeld of ze waren betrapt. De lucht werd nog donkerder en de verlichting werd automatisch ontstoken. Een oranje gloed viel op de wagons, draaibruggen en ouderwetse locomotieven. Renie begreep niet goed waarom Vogelschrik en zijn vrienden al die moeite hadden gedaan om deze simulatie tot stand te brengen, ook al hadden ze sommige onderdelen goedkoop kunnen krijgen. Dat iemand Oz wilde nabouwen was heel begrijpelijk, maar een afgetakeld rangeerterrein in Kansas...

Misschien was dat een van de verschillen tussen rijk en arm. Sommige mensen konden het zich veroorloven hun geld te verspillen aan de onzinnigste dingen, in tegenstelling tot gewone mensen.

De vluchtelingen kropen in een gesloten goederenwagon om even uit te rusten. De donkere stofmassa's boven het verwoeste paleis van Vogelschrik vermengden zich met de onweerswolken in de lucht. Het daglicht werd steeds zwakker, maar de lucht leek nog warmer dan een halfuur geleden.

Azador maakte van de rustpauze gebruik om zijn sigaret alsnog aan te steken. Hij blies kringetjes naar het lage dak van de wagon en vermeed zorgvuldig naar Emily 22813 te kijken. Het meisje was in een hoek weggekropen en volgde al zijn bewegingen met een treurige blik in haar ogen.

'Hij weet veel,' fluisterde !Xabbu tegen Renie. 'Ik weet dat je hem niet mag, maar misschien kan hij ons helpen onze vrienden te vinden. Ik denk dat het alleen maar erger kan worden als we gescheiden blijven.'

Emily schoof ineens naar Azador toe, haar hand gebald tot een vuist. Renie dacht even dat ze hem wilde slaan – wat ze helemaal niet erg zou vinden, los van de vraag hoe hij zou reageren –, maar het meisje deed haar hand open en hield hem voor het besnorde gezicht van Azador. Renie zag iets glinsteren.

'Zie je wel?' vroeg Emily op smekende toon. 'Ik heb hem nog. Je zei dat ik hem moest bewaren en dat heb ik gedaan.'

'Natuurlijk,' mompelde Renie, die helemaal niet meer aan het gouden kleinood had gedacht. 'Ze zei dat hij het haar had gegeven.' Ze ging staan. 'Waar komt dat vandaan, Azador?'

Hij hield zijn blik afgewend. 'Waar komt wat vandaan?'

'Dat juweel. Waar komt dat vandaan?'

Eindelijk keek hij haar aan, de rook uit zijn mond en neus blazend. 'Wat nou? Wat betekenen al die vragen, dwaze vrouw? Ik hoef geen antwoord te geven! Ik ga waar ik wil, ik doe wat ik wil. Ik behoor tot het volk van de Romany en wij hoeven de *gorgio* niets te vertellen.'

'Romany?' Renie dacht koortsachtig na. 'Dus u bent een zigeuner?'

Azador snoof en wendde zijn gezicht weer af. Renie verwenste zichzelf om haar ongeduld. !Xabbu had gelijk, misschien hadden ze Azadors hulp nog hard nodig. Hoe zwaar het haar ook viel, ze wist dat ze zich moest verontschuldigen. 'Het spijt me, Azador, ik moet inderdaad niet zoveel vragen stellen. Maar we zijn hier vreemd en we weten niet wat we moeten beginnen. U bent hier veel beter bekend.'

'Dat is een waar woord,' bromde hij.

'Help ons dan! Natuurlijk hoeft u ons niets te vertellen, maar we hebben uw hulp nodig! Weet u wat er met dit netwerk aan de hand is?'

Hij keek haar uit een ooghoek aan en trok driftig aan zijn sigaret. 'Het oude liedje. Een stel rijke idioten die een spelletje spelen.'

'Maar het is nu geen spelletje meer. Het hele systeem is aan het veranderen.' Ze vroeg zich af of het verstandig was hem al te veel te vertellen: het juweel was hem waarschijnlijk niet toevallig in handen gevallen. 'U hebt gehoord wat ik aan Vogelschrik vroeg. Ik wil u hetzelfde vragen. Heeft u geprobeerd van het net te gaan?'

Hij draaide zijn hoofd om. Emily drukte zich angstig tegen de wand van de goederenwagon, alsof zijn ogen vuur schoten. 'Ja, dat heb ik gehoord,' zei hij ten slotte. 'En ik heb het inderdaad geprobeerd.'

'En?'

Hij haalde zijn schouders op en veegde een lok van zijn voorhoofd. 'Het is waar, ik kon niet terug. Maar ik vind het niet erg,' voegde hij er nonchalant aan toe. 'Ik heb geen haast.'

'Ziet u wel?' Renie ging met gekruiste benen tegenover hem zitten. 'We moeten elkaar vertellen wat we weten.'

Azador keek haar weifelend aan en zijn gezicht verstrakte. 'Nee, zo gemakkelijk gaat dat niet. Bovendien kunnen we hier niet blijven zitten. Later misschien, in de volgende simwereld.'

Hij was dus van plan met ze mee te gaan. Renie wist niet goed of ze daar blij mee moest zijn, maar misschien hield Azador zijn informatie juist achter om er zeker van te zijn dat ze hem niet in de steek zouden laten.

'Akkoord.' Renie stond op. 'Dan gaan we nu verder.'

Het rangeerterrein ging bijna ongemerkt over in de Fabriek, een complex van buizen, tanks en stroomkabels. Pijpleidingen langs de rails voorzagen locomotieven van water en brandstof of voerden vloeibare ladingen af. De buizen werden dikker en werden een prominent deel van het landschap, samengevoegd met indrukwekkende lopende banden tot massieve bundels die zelf wel puffende en stampende locomotieven leken, gevreesde monsters uit het industriële tijdperk.

De donkere lucht, die als een natte deken boven het terrein hing, werd door de overhangende kabels en leidingen in vierkanten verdeeld die kleiner werden naarmate ze verder kwamen. Op het laatst was er nog maar af en toe iets van de wolken te zien. Ook de bodemgesteldheid veranderde. De door de hitte gebarsten aarde tussen de rails ging over in een ruwe betonnen vloer met hier en daar een plas water waarop een laagje olie glansde. De grimmige aanblik van de hemel maakte plaats voor de niet minder grimmige atmosfeer van de Fabriek. Er klonk gerommel in de buizen, stoom spoot sissend uit lekkende lassen en vonken sloegen als kunstmatige bliksemschichten uit slecht geïsoleerde stroomkabels.

Renie kreeg het onaangename gevoel dat ze door een muil vol smerige plastic kabels en roestige stalen buizen werd opgeslokt. Eigenlijk was dat een goede metafoor voor al hun ervaringen in het netwerk, bedacht ze vermoeid. In het begin leek het doel zo duidelijk, uitzoeken wat er met Stephen en de andere kinderen was gebeurd, maar intussen waren ze zo bij de vreemde spelletjes en obsessies van de Anderlanders betrokken geraakt dat ze nog maar nauwelijks wisten wat ze aan het doen waren.

De doolhof van opslagtanks en pijpleidingen bood in elk geval meer dan genoeg schuilplaatsen. Dat kwam goed uit, zoals ze ontdekten toen ze bijna het fabrieksgebouw zelf hadden bereikt, want ze waren hier niet alleen.

Er waren verrassend weinig tiktaks te zien – de onhandige mechanische mannen waren vermoedelijk te groot om zich vlot over het fabrieksterrein te kunnen bewegen – maar des te meer kleinere varianten. De opwindpoppen hadden een min of meer menselijk voorkomen en waren tamelijk slordig uitgevoerd. Sommige bestonden uit twee aan elkaar geklonken helften, een goedkope tinnen bescherming voor de veren en tandraderen in hun binnenste. Hun uniformen en gezichten waren in schrille kleuren geverfd, waardoor ze aan antieke speelgoedsoldaatjes deden denken en nog ziellozer leken dan de tiktaks.

Renie zat met de anderen weggedoken achter een paar verticale buizen en huiverde toen ze naar de ruwe pop keek die langs hun schuilplaats hobbelde, zijn platte ogen onbeweeglijk, zijn mond een gevoelloze streep. Die dingen zelf waren al akelig genoeg, maar ze vroeg zich vooral af wie er achter de figuur van de Tinnen Man zat en waarom hij zulke lege, zinloze dienaren wilde hebben, virtueel of niet.

Er waren ook een paar menselijke arbeiders, henry's en emily's, allemaal met kaalgeschoren hoofden en gekleed in vuile, gescheurde overalls, waarschijnlijk ontvoerd van het grondgebied van Vogelschrik. De meesten gingen gebukt onder zulke zware lasten dat Renie zich afvroeg hoe ze nog konden lopen, maar ook degenen die niets hoefden te dragen keken zonder uitzondering naar de grond. Ze sjokten door plassen vuil water en ontweken obstakels zonder te kijken, alsof ze dezelfde weg al duizend keer hadden afgelegd.

'Waar gaan we nu heen?' Renies gefluister was nauwelijks te verstaan in het gekletter van water dat overal uit lekkende buizen op het asfalt viel. Ze stonden in de schaduw van een paar betonnen pilaren, elk zo breed als de stam van een oeroude boom. De fabriek omringde hen aan alle kanten als een enorme spelonk. 'We moeten de rivier zien te vinden.'

Azador keek fronsend om zich heen. 'Dan moeten we... daarheen.' Hij wees, maar hij klonk niet erg zeker van zijn zaak.

!Xabbu verhief zich op zijn achterpoten en snuffelde als een hond in de wind. 'Ik kan geen water ruiken,' zei hij. 'Alles stinkt hier, net als in sommige grote steden. Maar de wind van die kant is iets koeler.' Hij stak een dunne behaarde arm uit, maar niet in dezelfde richting als Azador.

Renie keek naar het norse gezicht van Azador en besefte dat ze voor een crisis stonden. Ze vertrouwde op het instinct en de ervaring van !Xabbu, maar de zigeuner – als Azador werkelijk een zigeuner was – zou hen elk moment in de steek kunnen laten om zijn eigen weg te gaan, al was het maar uit ergernis. Konden ze zich dat veroorloven zolang hij niet alles had verteld wat hij wist? De ontsnapping uit de cel was misschien niet meer dan een handigheidje geweest, maar ze moesten ook rekening houden met de onverklaarde aanwezigheid van Sellars' juweel.

'Goed,' zei ze tegen Azador. 'Ga maar voorop.' Ze hoopte dat !Xabbu haar zou begrijpen.

Buiten was de zon ondergegaan of de stormachtige lucht was nog donkerder geworden. Achter gebarsten panelen begonnen lampen te gloeien die een ziekelijke geelgroene gloed verspreidden over het web van buizen en kabels, af en toe versterkt door een regen van vonken. In de klamme gangen klonken naargeestig gekreun en de echo van verre kreten, alsof de fabriek bij het vallen van de avond pas goed tot leven kwam.

Renie huiverde opnieuw. Het idee dat het maar een computerprogramma was, bood weinig troost zolang ze niet wist of zij en !Xabbu een ontijdige dood op het net zouden overleven. Ze wist alleen maar dat ze hier zo snel mogelijk vandaan wilde.

Ze bereikten een van de zeldzame open plekken, een soort zenuwknoop waar diverse tunnels op uitkwamen, toen uit een van de donkere gangen iemand naar voren stapte.

Renie voelde hoe haar hart even stilstond voordat ze zag dat het een van de henry's was, een haveloze figuur die gebukt ging onder de last van een metalen bak op zijn schouder. De arbeider kreeg hen in de gaten voor ze zich in het donker konden terugtrekken. Zijn ogen puilden uit in zijn bleke gezicht, waarvan de kin en wangen met een stoppelbaard bedekt waren. Renie deed een stap naar voren en legde een vinger tegen haar lippen.

'Je hoeft niet bang te zijn,' zei ze. 'We zullen je niets doen.'

De man bleef haar ontsteld aankijken. Hij tilde zijn kin op en Renie zag zijn adamsappel heftig bewegen. Plotseling sperde hij zijn mond open en werd er een kleine luidspreker zichtbaar, diep in zijn keel. Wat Renie voor een stoppelbaard had aangezien, bleken zilveren draden te zijn die uit zijn wangen staken. Uit de luidspreker kwam het oorverdovende geloei van een sirene. Renie en de anderen drukten hun handen tegen hun oren en deinsden geschrokken terug. De henry bleef hulpeloos staan, trillend onder het lawaai van het alarmsignaal dat uit zijn keel kwam.

Ze draaiden zich om en renden een van de gangen in. Andere sirenes begonnen te loeien, ondanks de grotere afstand nog altijd afschuwelijk luid. Een emily kwam uit een zijgang en liet prompt haar eigen onmenselijke kreet horen. Even later verschenen twee kleine tinnen soldaten in de vochtige tunnel, iets verderop. Het krijsen van de sirenes echode tussen de betonnen wanden.

Zo volgens ze ons, zo weten ze waar we zijn, besefte Renie. Ze zag Emily struikelen, pakte het meisje beet en sleepte haar mee naar de zijgang waarin Azador was verdwenen. *Ze gaan af op het hardste alarmsignaal, totdat ze ons omsingeld hebben.*

Een andere slaaf doemde op. Renie kreeg niet de tijd om te zien of het een man of een vrouw was. De uitgemergelde figuur liet een zware zak vallen en wilde zijn mond openen, toen Azador hem met zijn schouder tegen de grond smakte. Renie zag in het voorbijgaan het machteloze zwaaien van magere armen en benen. Uit de verwrongen keel kwam slechts een zwak geratel.

Zo komen we helemaal nergens, dacht ze. *We rennen gewoon wat rond. Zo gaan we eraan.* '!Xabbu!' riep ze. 'Breng ons naar de rivier!'

Haar vriend rende op handen en voeten naar voren zonder antwoord te geven, zijn staart hoog in de lucht. Bij de volgende kruising wachtte hij even tot de anderen hem hadden ingehaald, daarna draafde hij verder door de gang.

De alarmkreten klonken nu van alle kanten. De slaven deden weliswaar geen moeite om hen tegen te houden en lieten zich zonder verzet tegen de grond lopen, maar hun sirenes vormden een pijl van geluid die hun vluchtweg aangaf. Het lawaai was om gek van te worden.

Bij elke hoek zagen ze meer figuren opdoemen, dof starende mensen of tinnen soldaatjes met hun opgeverfde grijnslach, zelfs de donkere omtrekken van een paar tiktaks. Het kon niet lang meer duren voordat elke gang versperd was door de massa mensen en poppen.

Emily gleed uit in een plas olie en sleurde Renie in haar val mee. Ze krabbelden overeind en zagen !Xabbu zenuwachtig op en neer springen, snuivend met zijn lange snuit.

'Ik kan de rivier niet ruiken, maar ik denk dat we die kant op moeten.' !Xabbu gebaarde naar een smalle tunnel. Hij haalde diep adem en sloot zijn ogen zonder zich iets van de chaos om hem heen aan te trekken. Daarna stak hij een hand op alsof hij iets uit de lucht wilde plukken en deed zijn ogen weer open. 'Ja, ik voel dat het daar is,' zei hij.

De bochtige passage begon snel vol te stromen met tinnen figuren, die als slaapwandelaars op hen afkwamen. Renie keek er verslagen naar. 'Ze zijn ons voor,' zei ze.

Azador keek van haar naar !Xabbu en spuwde op de grond. 'Volg me,' gromde hij. Hij rende naar voren, recht op de voorste rij metalen dingen af. Ze vielen als kegels om en een ervan brak in twee stukken. Renie trok Emily met zich mee en probeerde het meisje zoveel mogelijk achter de brede rug van Azador te houden.

Het gegil uit tientallen mechanische kelen was nu luider dan het brullen van een straalmotor. Renie voelde ruwe, harde handen naar haar graaien en begon wild om zich heen te slaan, duwend en stompend. Emily dreigde onder de voet te worden gelopen, maar Renie wist in de opdringende massa de magere arm van het meisje te pakken en trok haar naar zich toe. Zelfs Emily begon zich nu te verzetten en sloeg met beide handen naar de tinnen figuren, haar mond vertrokken in een onhoorbare schreeuw.

Renie ploeterde verder, verdoofd en uitgeput, haar vuisten en armen onder het bloed. Een plat, geëmailleerd gezicht dook voor haar op en sperde ratelend zijn mond open. Ze schopte tegen het ronde middel van het ding en de Pop viel om. Daarachter zag ze alleen nog de rug van Azador in het donker.

Azador draaide zijn hoofd om en wenkte de anderen met een bevende hand. Zijn gezicht was rood van het bloed. De rest van de gang was verlaten, een spoor van zwak flikkerende lampen dat verderop in de duisternis verdween. Ze waren door het kordon heen gebroken.

'Lieve god,' stamelde Renie. 'Bent u...?' Achter haar klonk een ratelend geluid en ze draaide zich om. Sommige tinnen mannetjes waren nog niet definitief uitgeschakeld en lagen op de grond te spartelen om overeind te komen en de jacht voort te zetten. Renie voelde haar maag omkeren. 'Waar is !Xabbu?'

'Schiet op!'

Renie draaide zich met een ruk om. De baviaan was als een geest in de gang verschenen. 'We zijn bijna bij het water!' riep hij.

Ze hinkten achter hem aan. Niet veel verder werd de claustrofobische gang wijder en staken de betonnen zuilen tientallen meters de lucht in. Voorbij een kade strekte zich de brede, inktzwarte rivier uit. De kade was verlaten, ongetwijfeld door de arbeiders en bewakers die nu in de tunnel achter hen lagen. Een paar hadden de slag overleefd en sleepten zich voort op hun verbogen benen, nog steeds krijsend.

'Er was hier toch een Poort?' vroeg Renie terwijl ze naar adem snakte.

'Vergeet die maar,' snauwde Azador. 'Die halen we niet levend.'

'Dan hebben we een boot nodig.'

Aan de kade lagen twee grote containerschepen en boven een ervan bungelde een draagnet met kisten levensmiddelen en vaten smeerolie. Renie en de anderen renden langs de waterkant op zoek naar een geschikter vervoermiddel. Ten slotte vonden ze een kleine sleepboot, een soort motorsloep met dikke rubberen bumpers. Ze sprongen aan boord. Renie schoof de tros los met een vaarboom, waarna Azador de motor startte. De sleepboot kwam los van de kade en voer langzaam naar het midden van de donkere rivier.

Enkele krijsende mensen en tinnen figuren verschenen op de kade, maar hun afschuwelijke kreten werden snel zwakker.

Azador stond zwijgend en met een grimmig gezicht aan het roer, zijn handen nog erger bebloed dan zijn hoofd. Emily had zich snikkend op het dek laten vallen. !Xabbu en Renie brachten haar naar de kajuit en legden haar op het harde veldbed dat de kapitein van de sleepboot tot slaapplaats had gediend.

Renie zat sussend tegen het meisje te fluisteren, hoewel het gekrijs nog pijnlijk in haar oren nagalmde en ze zichzelf niet eens kon horen, toen er plotseling een geruis klonk. Een spiegel aan de wand bleek in werkelijkheid een muurscherm te zijn dat begon te gloeien. Even later kwam het oogloze gezicht van de Tinnen Man in beeld.

'Zo,' zei hij opgewekt, 'de buitenstaanders leven nog... En zie ik daar niet ons aanstaande moedertje? Prachtig, prachtig. De liefdesbaby is ongedeerd, meen ik. Uitstekend! Dan heb ik nog maar één ding te zeggen: geef mij de Dorothy!' Het schuifje in de mond van de Tinnen Man klapperde terwijl hij zijn afschuwelijke snorrende lach liet horen. 'Mooi gezegd, vind je niet? Maar natuurlijk hoop ik niet dat jullie je echt zo gemakkelijk gewonnen geven, dat zou het plezier maar bederven...'

Renie greep de vaarboom en sloeg op het scherm in tot er niets dan scherven en stof van overbleef. Daarna liet ze zich uitgeput op de grond vallen, vechtend tegen haar tranen.

18

De sluiers van Maya

NETFEED/BIOGRAFIE: *'De man in de schaduw'*
(beeld: Anford in slow motion tijdens een toespraak)
COMMENTAAR: *'Deze documentaire gaat over het leven van Rex Anford, bijgenaamd "de man achter de schermen" en "de grijze man", vanaf zijn jeugd in een onbeduidend stadje, via zijn optreden als woordvoerder van* ANVAC *en andere grote ondernemingen, tot en met zijn verkiezing tot president van de Verenigde Staten. Zijn veelbesproken zwakke gezondheid komt aan de orde en specialisten proberen aan de hand van archiefbeelden een diagnose te stellen...'*

Het oogverblindende gouden licht viel uiteen in allerlei kleuren: zwart, helrood en ten slotte een glanzend diepblauw met een zweempje ultraviolet dat dwars door zijn lichaam leek te dringen. Plotseling was Paul door de Poort, nog altijd in de greep van de man die hem had meegelokt. Hij worstelde om zich te bevrijden en merkte dat de ander niet vocht, maar hem alleen vasthield. Hij stak zijn handen uit en duwde hem van zich af. De magere man met het donkere haar schoot naar achteren en zwaaide met zijn armen om zijn evenwicht te bewaren.

Een paar meter achter de onbekende liep een met gras begroeide helling vrij steil naar beneden. In de diepte van de smalle kloof kronkelde een rivier, waarin hier en daar een schuimende stroomversnelling te zien was. Paul had geen oog voor het prachtige beboste heuvelland dat zich onder de stralende zon uitstrekte. Hij had alleen aandacht voor de bedrieger die hem uit zijn door Martianen veroverde Engeland had ontvoerd, ondanks de vernielingen toch het land waar hij zich het meest thuis voelde.

'Zo,' begon de vreemdeling. 'Ik moet u natuurlijk eerst mijn veront...' Hij zweeg abrupt en deed verrast een stap naar achteren toen Paul met een sprong op hem afkwam.

Paul stortte zich met zijn volle gewicht op de ander en greep hem beet. Ze vielen over de rand en rolden in een onontwarbare kluwen van armen en benen langs de helling naar beneden. Het was heel goed mogelijk dat ze van de rotswand helemaal de diepte in zouden vallen, maar dat kon Paul niets schelen. Hij was al te lang opgejaagd en mishandeld zonder te weten waarom. Nu hij een van zijn belagers te pakken had zou hij zich wreken, al was het het laatste wat hij deed.

De val liep goed af. De helling kwam uit op een stuk vals plat, dat een eind verder overging in de volgende helling. Ze landden met een harde klap op het vlakke gedeelte en werden uit elkaar geslingerd, waarna ze een ogenblik bleven liggen en naar adem snakten. Paul kwam als eerste in beweging. Hij rolde om en kroop naar zijn vijand toe, die snel opsprong toen hij hem in de gaten kreeg.

'Wat doet u nu toch?' De man ontweek Pauls uitgestoken handen. 'Het wordt onze dood als u zo doorgaat!'

Paul besefte ineens dat de Aziaat niet langer gehuld was in de gerafelde Engelse kleren die hij eerder had gedragen. Als door een wonder had hij nu een opzichtig glanzend hemd en een soort pofbroek aan, alsof hij een acteur was in een sprookje uit Duizend-en-eennacht. Paul keek omlaag en zag dat hij soortgelijke kleren droeg, een zijden broek met wijde pijpen en spitse pantoffels aan zijn voeten, maar hij gunde zichzelf de tijd niet om lang bij deze transformatie stil te staan.

'Onze dood?' zei hij hijgend terwijl hij opstond. 'Nee, ik wil alleen jouw dood!' Zijn ribben deden pijn van de val en hij voelde zijn knieën knikken. Toch was hij meer dan bereid om tot het bittere einde te vechten en dat besef schonk hem een zeker genoegen, het genoegen dat iemand voelt die nooit erg sportief is geweest en zelden heeft gevochten, maar die zich eindelijk realiseert dat hij toch geen lafaard is.

Ja, hij zou vechten en die instelling zorgde ervoor dat hij zichzelf en de situatie waarin hij verkeerde met andere ogen bekeek. Hij zou niet zomaar opgeven.

De man stak afwerend zijn handen op. 'Hou toch op. Ik ben geen vijand van u. Ik wilde u juist een dienst bewijzen, maar ik vrees dat ik het erg onhandig heb aangepakt.'

'Een dienst?' Paul wiste het zweet van zijn voorhoofd en deed weer een stap naar voren, maar hij zette nog geen nieuwe aanval in. 'U heeft me met een leugen meegelokt en me daarna door dat... door dat licht geduwd.' Hij gebaarde in de richting van de heuveltop waar ze waren doorgekomen. 'Noemt u dat een dienst?'

'Zoals ik al wilde zeggen, ik moet u mijn verontschuldigingen aanbieden. Het spijt me werkelijk heel erg. En wilt u nu vechten of geeft u mij de kans om het uit te leggen?'

Paul keek de man argwanend aan. Een nieuwe worsteling trok hem niet erg aan. De ander mocht dan mager zijn, hij was ook zo sterk en taai als gevlochten leer en in tegenstelling tot Paul leek hij nergens last van te hebben of zelfs maar buiten adem te zijn. 'Leg maar uit.'

De Aziaat ging met gekruiste benen op de grond zitten. 'Ik zag u op de markt. Het viel me op dat u een vreemdeling was en daarom lette ik op u. Daarna zag ik het tweetal dat bij u hoorde. Die mensen waren niet degenen voor wie ze zich uitgaven, maar dat ontging u blijkbaar.'

'Niet degenen voor wie ze zich uitgaven? Dat zei u eerder ook al, maar wat bedoelt u daarmee?'

'Ik kan het niet precies verklaren.' De man glimlachte voor het eerst weer. Het was een opgeruimde en tegelijk bescheiden lach, zo innemend dat Paul er instinctief een afkeer van kreeg. 'Ze zagen eruit als een doodgewoon Engels echtpaar dat eens op de markt kwam kijken, maar achter dat masker bespeurde ik donkere schimmen die me aan wilde dieren deden denken. Heer Sjiwah gaf mij in dat hun uiterlijk vals was en dat u in gevaar verkeerde.' Hij spreidde zijn armen. 'Daarom achtte ik het mijn plicht u te helpen.'

Paul herinnerde zich zijn eigen angst. Even had hij zelf gedacht dat de Pankies zijn belagers in vermomming waren, al hadden ze zich heel anders gedragen. Zijn achterdocht jegens de vreemdeling nam iets af. 'Maar waarom heeft u mij niet gewoon gewaarschuwd? Waarom lokte u mij mee naar dat licht waardoor je in een andere wereld terechtkomt?'

De man keek hem verwonderd aan. 'Licht? U bedoelt de Poort? Ze worden ook wel doorgang of deur genoemd, wist u dat niet?'

Nu was het Paul die verwonderd keek. 'Nee, dat wist ik niet. Ik weet niet eens wat een Poort precies doet.'

De Aziaat staarde hem even gespannen aan met zijn diepbruine ogen. Daarna schudde hij zijn hoofd. 'We moeten nodig praten, maar we moeten ook de volgende Poort zien te vinden, want dit is het land van mijn gevaarlijkste tegenstander en ik kan hier niet lang blijven.' Hij stond op en wees naar de rivier in de diepte. 'Gaat u met mij mee? Beneden vinden we wel een boot en onderweg kunnen we verder spreken.'

Als de man kwaad in de zin had wist hij dat goed te verbergen. Paul besloot hem het voordeel van de twijfel te gunnen zonder zijn waakzaamheid te laten verslappen. Misschien kwam hij zo iets aan de weet. Na alle onzekerheid en verwarring waarin hij had verkeerd, was hij bereid bijna elk risico te nemen om aan informatie te komen waar hij wat aan had.

'Goed dan,' zei hij. 'Als u mijn vragen tenminste naar waarheid wilt beantwoorden.'

'Voor zover mij dat is toegestaan. Er zijn geheimen aan mij toevertrouwd die ik met niemand mag delen, al zou het me mijn ziel kosten.'

Paul begreep er weinig van. 'U heeft nog niet gezegd hoe u heet.'

'Mijn naam is Nandi.' De man drukte zijn handpalmen tegen elkaar voor zijn borst. 'Nandi Paradivash, uw dienaar. Het spijt me dat onze kennismaking zo ruw is verlopen. En u bent...?'

'Paul,' begon hij zonder erbij na te denken. Hij verwenste zichzelf in stilte en probeerde snel een achternaam te verzinnen. Zonder te weten waarom moest hij aan de avonturier denken die hem door de paleizen en woestijnen van Mars had meegevoerd, hopelijk iemand die Nandi niet kende. 'Paul Brummond. En ik wilde u nog iets vragen. Waar zijn we in vredesnaam?'

Nandi leek zijn aarzeling niet te hebben opgemerkt. 'Dat verbaast me,' zei hij. 'U bent toch Engelsman? Het is op elke Engelse school verplichte kost.'

Paul schudde zijn hoofd. 'Ik kan u niet volgen.'

'Werkelijk niet? "*Waar menige wierookboom bloeide*,"' declameerde Nandi. '"*Waar in het woud, oud als de heuvels, het lover in de zon groeide.*" Daar zijn de bossen, ziet u wel? Je kunt het sandelhout en de sparren ruiken. En daar beneden stroomt de Alph, die ons hopelijk zal brengen naar de "onmetelijke grotten".'

Paul meende zich vaag iets te herinneren. 'De Alph...'

'Ja.' Nandi knikte en glimlachte weer. 'Welkom in Xanadu, Paul Brummond.'

De heuvels droegen bonte gewaden van gele, witte en bleekblauwe bloemen en de zachte wind voerde werkelijk exotische geuren met zich mee. Terwijl ze de ene na de andere helling afdaalden, merkte Paul dat het hem moeite kostte zo waakzaam te blijven als hij zich had voorgenomen. Dit was een van de prachtigste landschappen die hij ooit had gezien en hier voelde hij zich betrekkelijk veilig. Zijn overspannen zenuwen kregen eindelijk een beetje rust.

'Het is inderdaad mooi,' zei Nandi, alsof hij Pauls gedachten kon lezen. 'Het is heel goed gemaakt, hoewel het helemaal geen oosters landschap is. Het is de uitbeelding van een idee, om precies te zijn het idee van een Engelsman over hoe een Aziatisch paradijs eruit zou zien.'

Bij het woord 'gemaakt' dacht Paul even dat Nandi Sjiwah of een andere goddelijke schepper bedoelde. 'Gemaakt door wie?' vroeg hij.

Nandi keek een felgroene vogel na die door de lucht schoot. 'Door de ontwerpers en ingenieurs natuurlijk.'

'Ingenieurs? Door mensen?'

Nandi draaide zijn hoofd om en keek hem aan. 'Door wie anders?'

Paul aarzelde. Hij had sterk de neiging om zijn hart uit te storten, alles over zijn angst en onzekerheid te vertellen, maar hij had geleerd dat het verstandig was om op zijn hoede te zijn, hoe weinig hem dat tot nu toe ook had geholpen. 'Ik... ik begrijp het niet goed. Wat is dit voor land?'

'Bedoelt u deze simulatie? Of het hele netwerk?'

Paul voelde zijn benen slap worden. Hij wankelde even en moest ten slotte gaan zitten. 'Een simulatie? Is dit een simulatie?' Hij keek verwonderd naar zijn hand en vervolgens naar de schitterende vallei. 'Maar dat bestaat niet! Dit... dit is echt!'

'Wist u dat dan niet?' vroeg Nandi. 'Hoe is dat mogelijk?'

Paul schudde zijn hoofd, totaal verbijsterd. Een simulatie. Iemand moest een implantaat bij hem hebben aangebracht en de canule weggewerkt. Maar geen enkele simulatie kon zo volmaakt zijn als deze, dat bestond gewoon niet. Hij kneep zijn ogen dicht. Als hij ze weer opendeed, geloofde hij half, zou dit Xanadu verdwenen zijn en zou hij zich weer in de werkplaats van de reus of in het kasteel van Humpty Dumpty bevinden. Die krankzinnige oorden waren nog enigszins begrijpelijk geweest. 'Het kan niet waar zijn.'

Nandi hurkte naast hem neer met een verraste en zorgelijke uitdrukking op zijn gezicht. 'Wist u niet dat dit een simwereld is? U moet me vertellen hoe u hier bent gekomen. Het is belangrijker dan u zelf beseft, Paul Brummond.'

'Ik weet niet hoe ik hier ben gekomen. Trouwens, ik heet niet Brummond, dat was een leugen.' Hij had genoeg van al die geheimzinnigheid. 'Ik heet Paul Jonas.'

Nandi schudde zijn hoofd, alsof de naam hem niets zei. 'Weet u werkelijk niet hoe u hier bent gekomen?'

Paul was half verdoofd. Lusteloos vertelde hij alles wat hij zich kon herinneren, al die vreemde werelden die hij had gezien, de vragen zonder antwoord, de benauwende duisternis die zijn geheugen bedekte. Het was net of hij iemand anders hoorde praten. Toen hij zijn verhaal had gedaan liet Nandi zijn kin op zijn borst zakken en sloot hij zijn ogen, alsof hij er een pervers genoegen in schepte juist nu een dutje te doen, maar uiteindelijk keek hij Paul met een bezorgde blik aan.

'U bent al die tijd opgejaagd door de agenten van mijn vijand, Paul Jonas. Daar moet een reden voor zijn, al kan ik me niet voorstellen welke.' Hij ging staan. 'Kom, we moeten ons haasten. Ik denk dat we gevaar lopen als we hier te lang blijven.'

'Uw vijand... daar had u het al eerder over.' Paul volgde de slanke man over de helling. 'Wie is hij? En is deze simulatie van hem?'

'We zullen niet over hem spreken, niet hier.' Nandi Paradivash legde een vinger tegen zijn lippen. 'Een oud volksgeloof wil dat je een demon oproept als je zijn naam noemt en dat zou weleens waar kunnen zijn. Wie weet waardoor de aandacht van een agent wordt getrokken?'

'Kunnen we het er dan over hebben als we op de rivier zijn? Ik... ik moet er meer van weten.'

'Dat is goed, maar kies uw woorden met zorg.' Hij schudde verwonderd zijn hoofd. 'Ik had kunnen weten dat de Danser mij niet zonder reden met een vreemdeling in aanraking zou brengen. Een enkel ogenblik van Maya, van illusie, was voldoende om mij bijna de geur van de brandstapel te doen vergeten die ik rook toen ik hem leerde kennen.'

De schoonheid van Xanadu drong zich steeds sterker aan Paul op terwijl ze langs het laatste stuk van de berghelling liepen. Na wat hij had gehoord wilde hij alles in zich opnemen: een geurende bloem, een bloeiende boom, het gras dat ritselde onder zijn voeten... allemaal namaak, imitaties. Maar hij kon niet geloven dat zo'n perfecte imitatie mogelijk was. Hij mocht dan geen expert op dit gebied zijn, hij was ook geen leek. Op het net had hij vaak genoeg voorbeelden gezien van de veelbesproken 'fotorealistische' virtuele omgevingen die in China waren ontwikkeld, en zijn vriend Niles had hem zelfs een simulatie van de overheid gedemonstreerd, een diner in een ambassade waarbij je voor je eigen politieke belangen moest opkomen. Paul had het een indrukwekkende ervaring gevonden. De gesimuleerde mensen met wie je werkelijk een gesprek kon voeren, het bestek dat als een stemvork trilde als je ermee tegen een bord tikte... Maar zelfs die hoogstandjes van de moderne techniek vielen totaal in het niet vergeleken bij dit landschap!

'De mensen in deze... simulaties,' zei hij. 'Zijn die ook niet echt?'

'Sommigen wel,' antwoordde Nandi. 'Deze omgevingen zijn ontworpen voor rijke en machtige mensen die hier met hun vrienden elke gedaante kunnen aannemen die ze maar willen. Maar de meeste permanente bewoners zijn Poppen, dingen zonder ziel, computerprogramma's.'

Paul begreep nu wat professor Bagwalter op Mars had bedoeld. De prof was zelf een deelnemer geweest, een Burger, en wilde weten of dat ook voor Paul gold. Maar hoe zat het dan met die vogelvrouw, Vaala...?

'Bent u nog andere mensen tegengekomen die net als ik hun geheugen kwijt zijn?'

Nandi glimlachte flauwtjes. Ze waren nu dicht bij de rivier, waarvan het lichtgroene water schuimend over de rotsen stroomde. 'Dat niet alleen, u bent de enige die ik ken die niet wist dat hij zich in een virtuele omgeving bevond.' Hij ging Paul voor over een klein zandstrand naar een platte witte rots die als een steiger in de rivier lag, deels bedekt door een streng waterplanten. Op de stroom dobberde een sierlijk bootje, vastgelegd met een touw als een hond die wacht tot hij wordt uitgelaten.

Nandi liet Paul plaatsnemen op het bankje bij de voorsteven. 'Sta mij toe uw roerganger te zijn, zoals Krisjna de wagen van Ardjoena mende. Kent u de *Bhagavad Gita*?'

'Ik heb het boek thuis, waar dat dan ook is,' zei Paul. Hij zei er niet bij dat hij het had gekregen van een meisje met wie hij een tamelijk desastreuze affaire had gehad, kort voordat ze definitief in godsdienstwaan was weggezonken. Een paar maanden daarna had hij haar voor het laatst gezien, toen ze in het metrostation van Camden Town op een trommel sloeg en een mantra zong, verblind door de VR-bril waarmee ze op een neurojunk leek.

'Dat is goed.' Nandi glimlachte, maakte het touw los en duwde de boot af. 'Dan begrijpt u waarom ik u met Ardjoena vergelijk, een dapper man – een echte held! – die niettemin behoefte had aan wijze raad.'

'Zo goed heb ik het niet gelezen, vrees ik.' In werkelijkheid had hij het helemaal niet gelezen en alles wat hij van zijn vriendin had geleerd was dat Krisjna een god was, of misschien wel de oppergod. Daarom vond hij het tamelijk aanmatigend dat Nandi zichzelf met Krisjna vergeleek.

Moet je mij nou horen, dacht hij ineens. *Ik lijk m'n oma wel.*

Het landschap gleed voorbij, volmaakt in al zijn schoonheid. In de verte, voorbij talloze bochten in de rivier, hing een fijn waas boven de vallei, gekroond door een schitterende regenboog. Paul probeerde zich het beroemde gedicht van Coleridge te herinneren, maar slechts een enkele passage wilde hem te binnen schieten: '*In Xanadu, waar de statige koepel van Kublai Khan zich verhief...*'

'Kunnen we nu praten?' vroeg hij. 'Met dat ruisende water kan niemand ons afluisteren.'

Nandi stuurde de boot door het schuimende water achter een van de rotsblokken die in de rivier lagen. 'Dat is niet het enige gevaar. Alles wat u zegt wordt telkens vertaald en ook dat proces laat zijn sporen na. Onze vijanden zijn hier heer en meester, zoals Trimoerti heer en meester in de echte wereld is. Dat geldt voor het kleinste stofje, voor het nietigste kerndeeltje. Dat is juist de grote fout van die mensen, ze denken dat ze goden zijn.'

'U heeft het steeds over "vijanden" en "die mensen". Wie zijn dat?'

'Het is een groep mannen en vrouwen die aan alles en iedereen de oorlog heeft verklaard. Ze noemen zich de Graalbeweging en misbruiken die oude legende voor hun eigen doeleinden. Ze hebben het verhaal gestolen, zogezegd. Zij hebben dit netwerk tot stand gebracht en gedragen zich alsof ze de oudste zonen en dochters van de Hemel zijn. Niet elke simulatie is zo aantrekkelijk als deze. Nee, veel ervan zijn nog veel erger dan die u hebt gezien. Werelden van slavernij, terreur en seksuele uitbuiting, ze bestaan allemaal.'

'Maar wie bent u? Hoe bent u daarbij betrokken geraakt?'

Nandi keek hem een ogenblik peinzend aan. 'Ik kan u dit zeggen. De Broederschap heeft dingen opgerakeld en beschadigd waarvan ze het bestaan niet eens vermoedden. Daardoor zijn er mensen opgestaan die zich tegen hen verzetten. Wij zijn de Kring.' Hij vormde met duim en wijsvinger een rondje en tuurde daar met een van zijn heldere bruine ogen doorheen. Het was bijna een komisch gezicht. 'Ieder van ons zal u helpen en beschermen zoveel als in ons vermogen ligt, want het is duidelijk dat u een vijand van de vijand bent.'

'Maar waarom?' De moeizaam onderdrukte angst kwam ineens weer boven. 'Wat willen die mensen van mij? Ik ben niemand! Ik werk verdomme in een museum!'

De rivier werd smaller en de stroom sterker, de rotswanden verhieven zich aan weerskanten hoog boven hun hoofden. Op een plateau boven het water stond een verlaten theehuis in de schaduw van een grote wilg, als een juweel dat door een reus op de bergwand was gelegd. Het was bijna te mooi om waar te zijn, dacht Paul, die zijn paniek in toom probeerde te houden. Voor het eerst begon hij werkelijk te geloven dat deze wereld onecht kon zijn, moest zijn.

'Ik weet niet waarom ze juist achter u aan zitten,' bekende Nandi. 'Waarschijnlijk heeft het te maken met de tijd die u zich niet kunt herinneren. In elk geval lijdt het geen twijfel dat agenten van de leider van de Broederschap achter u aan zaten, want alle simulaties waar u bent geweest zijn van hem, net als dit Xanadu.'

'Allemaal van één persoon? Mars, het Wonderland en nu dit?'

'Aan geld heeft hij nu eenmaal geen gebrek,' zei Nandi met een wrang lachje. 'Hij heeft tientallen werelden laten maken.'

'Hoe heet hij?'

De donkere man schudde zijn hoofd. 'Niet hier. Als we door de Poort zijn zal ik het u vertellen. Het is onzinnig een naam te noemen die zeker de aandacht van zijn agenten zou trekken, want alleen wie van buiten het systeem komt kan beseffen dat er een menselijke schepper moet zijn.' Nandi keek plotseling naar boven. Op een tamelijk vlakke helling was een schaapherder te zien die zijn kudde bewaakte. De herder keek niet naar beneden, in tegenstelling tot enkele van zijn schapen. Paul realiseerde zich dat dit de eerste mens was die ze sinds hun aankomst in Xanadu hadden gezien.

'Agenten,' zei hij hardop. 'Dus die twee... dingen die mij achtervolgen zijn handlangers van die Broederschap?' Hij dacht even na. 'Denkt u dat de Pankies ook agenten waren? Ze hadden bepaald niet dezelfde uitwerking op mij als die twee anderen en ik heb een hele nacht naast ze geslapen zonder dat er iets gebeurde.'

'Ook dat kan ik niet zeggen.' Nandi moest zich een tijdje op het besturen van de boot concentreren, want er staken steeds meer rotsen boven het water uit. 'We weten nog niet al te veel van die mensen af,' hernam hij toen ze op een recht stuk kwamen. 'Per slot van rekening hebben ze alle moeite gedaan en veel geld uitgegeven om hun activiteiten te verbergen. Maar er was iets aan de hand met dat echtpaar, ik voelde het als een vingerwijzing van God.' Dat laatste zei hij op even bescheiden en toch volstrekt zekere toon, alsof hij een vrije parkeerplaats bij de supermarkt aanwees. 'Wie niet op de goden vertrouwt – wie niet op God vertrouwt – verwerpt zijn eigen ziel.'

Nandi concentreerde zich opnieuw op de besturing. Paul leunde naar achteren op het gelakte bankje en keek naar de groene heuvels en de ruwe rotswanden. Het duizelde hem. Waar moest hij in 's hemelsnaam beginnen? Zelfs voor een film zou het een tamelijk onwaarschijnlijk plot zijn, laat staan als scenario voor zijn enige echte leven. Maar op een afschuwelijke manier was het toch aannemelijk: als je eenmaal het idee aanvaardde dat simulaties zo goed konden zijn, vielen er veel stukjes op hun plaats.

Het was zelfs even een teleurstelling voor hem toen hij besefte dat hij niet echt het begin van de geschiedenis had meegemaakt, dat die ijstijdwereld slechts de uitbeelding van een fantasie was. Aan de andere kant had die wereld niet alleen een uiterst realistische indruk op Paul gemaakt, voor zover die oermensen Poppen waren geweest waren ze griezelig zelfstandig, met hun angsten, hun vreugde en hun folklore helemaal verankerd in hun gesimuleerde omgeving. Misschien, dacht hij, hadden zelfs denkbeeldige mensen behoefte aan hun eigen verhaal, iets om zin aan hun bestaan te geven.

Maar als het allemaal code was geweest, een illusie, wat moest hij dan denken van de vrouw die door het zieke kind tot hem had gesproken, de gevleugelde vrouw die hij eerder in zijn dromen had gezien? Ze had hem gesmeekt haar te zoeken...

Het was te veel om in een keer te verwerken.

'Als die mensen zo machtig zijn,' vroeg hij, 'wat kunnen u en uw vrienden van de Kring dan beginnen? En wat kan het u eigenlijk schelen of een stel rijke perverselingen hun virtuele orgieën op hun eigen netwerk houden?'

'Bleef het daar maar bij, Paul Jonas.' Nandi tilde de druipende peddel uit het water en draaide zijn hoofd om. 'Ik kan uw vraag niet volledig beantwoorden, maar geloof me als ik zeg dat hun activiteiten een bedreiging voor de hele wereld zijn. Zelfs als u mij niet gelooft, het is een feit dat ze nu al veel levens hebben opgeofferd om dit hele netwerk tot stand te brengen, dit... dit theater van Maya. Om hun opzet geheim te houden zullen ze nog veel meer mensen doden. Na wat u hebt verteld denk ik dat ze dat ook met u van plan zijn... als het niet iets veel ergers is.'

Paul kreeg weer kippenvel van angst en hij had het wel kunnen uitschreeuwen van woede. Wat had hij die mensen aangedaan, waarom moesten ze hem hebben? Hij beheerste zich met moeite. 'U heeft nog niet gezegd wat de Kring van plan is.'

'Dat kan ik ook niet,' zei Nandi, 'en niet alleen omdat onze plannen geheim moeten blijven. U heeft al genoeg aan uw hoofd, Jonas. Te veel kennis zou maar een extra grote belasting betekenen. En wat u niet weet kunnen ze u ook niet laten bekennen als u ooit in hun handen mocht vallen.'

'U doet net of er een oorlog aan de gang is!'

Ditmaal glimlachte Nandi niet. 'Het is ook oorlog.' Hij zweeg even voordat hij verder ging: 'Maar ook al denken ze dat ze gelijk zijn aan de goden, het blijven feilbare mensen. Ze hebben al fouten gemaakt en dat zullen ze blijven doen, welke gedaante ze ook aannemen en hoeveel levens ze zich hier ook aanmeten. Het is zoals Krisjna tegen Ardjoena zei: "Treur niet om het leven of de dood van enkelingen, want die zijn onvermijdelijk. Lichamen komen en gaan, maar het leven dat alles doordringt kan niet sterven of gewond raken, het maakt geen slachtoffers en wordt evenmin zelf het slachtoffer." Dit is een essentiële waarheid, Jonas. Krisjna bedoelde wat je de ziel of het levensbeginsel zou kunnen noemen. Die misdadigers van de Graalbeweging apen de goden na en zitten gevangen in een verbasterde versie van diezelfde grote waarheid, als de schaduw die door een stralend licht wordt geworpen. Ze kunnen zich niet losmaken van wat ze zijn, hoe vaak ze ook hun oude huid afwerpen.'

'Ik begrijp het niet.'

'Neem nu deze man, onze voornaamste vijand. U bent al in veel van zijn simulaties geweest, in de droomwerelden die hij voor zijn eigen genoegen heeft gemaakt. Wat hebben die met elkaar gemeen?'

Paul had zich nog niet zolang geleden hetzelfde afgevraagd. Hij probeerde het zich te herinneren. 'Ze... ze zijn erg oud. De ideeën die erachter zitten, bedoel ik.'

'Precies.' De wagenmenner was tevreden over zijn Ardjoena. 'Dat komt doordat hij een oude man is en naar de dingen uit zijn jeugd verlangt. Ik zal u iets vertellen. Hij is in Frankrijk geboren, deze man wiens naam ik niet zal noemen, maar toen de oorlog uitbrak vonden zijn ouders het veiliger om hem naar een school in Engeland te sturen. Hij voelde zich eenzaam in dat vreemde land en deed erg zijn best om op zijn medeleerlingen te lijken. Vandaar al die typisch Engelse motieven uit de literatuur die hij zich met alle geweld eigen wilde maken: Lewis Carroll, H.G. Wells, komische avonturen op andere planeten...'

'Wacht eens even.' Paul leunde naar voren. 'U wilt toch niet beweren dat deze man tijdens de Tweede Wereldoorlog al leefde?'

Nandi keek hem vermaakt aan. 'Eerlijk gezegd bedoelde ik de Eerste Wereldoorlog.'

'Maar dan is hij nu... Dat is onmogelijk, niemand wordt zo oud.'

'Hij wel.' De vage glimlach verdween. 'Hij probeert met bijna religieuze toewijding zijn eigen leven in stand te houden en die herinneringen zijn net relikwieën voor hem. Natuurlijk blijft hij op die manier eenzaam. De jeugdherinneringen die hij in zijn virtuele werelden uitstalt, kan geen mens echt met hem delen. Je zou bijna medelijden met hem krijgen als hij niet zo door en door kwaadaardig was.'

Plotseling zakte de boot een eind naar beneden en Paul moest zich aan het bankje vastklemmen om niet overboord te slaan toen het kleine vaartuig met een klap weer op het water landde.

'In de buurt van de grotten wordt de rivier moeilijk bevaarbaar,' zei Nandi, die snel zijn peddel in het water stak om de boot in bedwang te houden. 'We zullen op een veiliger plek verder praten.'

'Welke grotten?' vroeg Paul nog, maar de boot zakte opnieuw omlaag, schoot tussen twee stenen door en kwam in de volgende stroomversnelling terecht.

Een paar minuten lang hield hij zich met beide handen vast terwijl Nandi bedreven het ene na het andere obstakel ontweek en de rivier steeds smaller werd. De rotswanden rezen aan weerszijden nu zo steil op dat nog maar een klein stuk van de lucht zichtbaar was en het water zelf helemaal in de schaduw lag.

'We zullen de lusthof van de Khan moeten missen,' riep Nandi boven het geruis van het water uit. 'Er loopt een zijrivier langs de Poort, maar ik neem aan dat u er weinig voor voelt zijn paleis te bewonderen of met zijn beulen kennis te maken.'

'Wat zei u?' Paul had maar een paar woorden opgevangen.

'Daar!' Nandi wees met zijn hand. 'Kunt u het zien?'

De nevel die Paul eerder uit de verte had gezien hing als een flonkerende wolk boven het water. Achter de ijle slierten, ongeveer vijfhonderd meter verderop en gedeeltelijk verborgen achter de rotsen, zag hij een woud van witte en goudgele minaretten. De aanblik deed hem denken aan het droomkasteel dat hij had gezien nadat hij in de grote boom was geklommen. Ondanks alles bewonderde hij de kunstzinnige afwerking van deze wereld. Als Nandi gelijk had en het was allemaal mensenwerk, dan was het in elk geval het werk van mensen die heel goed wisten wat ze deden.

'Leven er mensen in het paleis?' vroeg hij. 'Echte mensen, bedoel ik?'

'Wacht even!' riep zijn metgezel in het lawaai. Ze rondden een bocht in de rivier, die recht naar een gapende zwarte opening in de rotswand stroomde. Paul slaakte een kreet van verrassing toen de boot opnieuw een eind zakte en door het bruisende water in de kille duisternis verdween.

De eerste ogenblikken zag hij helemaal niets en klampte hij zich angstig vast aan het bankje, klaar voor de onvermijdelijke botsing tegen de harde rotswand. De boot werd als een wildwaterkano heen en weer geslingerd op de razende stroom. Paul schreeuwde radeloos naar Nandi, maar die gaf geen antwoord op zijn kreten. In de peilloze duisternis begon hij te vrezen dat Nandi overboord was geslagen; dat hij aan zijn lot was overgelaten en zijn ondergang tegemoet snelde.

De boot werd weer uit het water getild en zweefde door de lucht. In Pauls angstige verbeelding leek het wel tien seconden te duren voordat de boot met een klap landde en het water omhoog spoot. Hij kon niets anders doen dan zich laten meevoeren. Eindelijk voelde hij dat ze in rustiger water begonnen te komen. Het ruisen van de laatste stroomversnelling werd minder.

'Soms is het opwindend om een mens te zijn,' zei Nandi in het donker. 'Al is het maar een virtueel mens.'

'V-van mij had het niet gehoeven,' antwoordde Paul. 'Wa-waar zijn we?'

'In de onmetelijke grotten, om met het gedicht te spreken. Maar u zult ze zo dadelijk zelf zien.'

'Z-zien?' vroeg Paul klappertandend. Het kwam niet alleen door de schrik: in deze onderaardse ruimte kon de zomerse hitte niet doordringen. Het was er zelfs gruwelijk koud. 'H-hoe dan?'

Achter hem klonk een gesop en geschraap en plotseling werd het donker verlicht. Nandi was erin geslaagd een lantaarn aan te steken en hing die aan de hoge rand van de achtersteven. Een zachte gloed verspreidde zich over de omgeving.

'O,' zei Paul. 'O...'

De zwarte rivier was veel breder geworden en de oevers aan weerskanten lagen op een boogschot afstand. Alleen achter hen was het water nog rusteloos, verder was het zo strak als een fluwelen tafelkleed. De boot dreef in een enorme tunnel van ijs, de zoldering minstens vijftig meter boven hun hoofd. Maar het was meer dan een ijsgrot, het was een abstractie met een eindeloze variatie van kristalstructuren.

Enorme zuilen verhieven zich als doorschijnende kaarsen helemaal tot aan het dak, in de loop van eeuwen gevormd door bevroren waterdruppels, en op de oever lagen reusachtige blokken ijs te flonkeren als diamanten. Alles was overdekt met een waas van rijp, delicate witte slierten als de zijden draden van een spinnenweb. IJsbruggen hingen in glanzende bogen over de rivier en de wanden van de tunnel waren op sommige plaatsen afgesleten tot gladde hellingen. Iets verderop brak een stuk ijs los van de wand, rolde langzaam over de oever en viel met een plons in het water van de Alph. Pas toen ze er vlakbij waren, besefte Paul dat de ijsschots bijna net zo groot was als zijn eigen appartement in Islington.

'H-het is hier sch-schitterend,' stamelde hij.

Nandi hoorde hem klappertanden. 'Ik geloof dat er dekens onder de bank liggen.'

Paul vond inderdaad twee dikke, glanzende dekens, versierd met fantasiedieren die muziekinstrumenten bespeelden. Hij wilde een ervan aan Nandi geven, maar de Indiër glimlachte en schudde zijn hoofd. 'Ik heb weinig of geen last van kou of warmte,' zei Nandi. 'Waar ik het laatst heb gewoond kon ik aan de elementen wennen.'

'Ik kan me het gedicht over Kublai Khan niet herinneren,' biechtte Paul op. 'Waar komen deze grotten op uit?'

'De grotten zijn eindeloos, maar de rivier vindt een uitweg naar zee. Lang voor die tijd zullen wij de Poort hebben bereikt.'

'Ik snap helemaal niet hoe het werkt,' zei Paul. Zijn aandacht werd even afgeleid toen een blok ijs ter grootte van een Londense zweeftaxi honderd meter verder met een smak in het water viel. Een paar seconden later voelde hij de boot deinen op de golven. 'Waarom zit zo'n Poort altijd onder water?'

'Dat lijkt maar zo. Uiteraard zijn er nog andere Poorten. De meeste simulaties hebben er tientallen, allemaal verborgen. Alleen wie met toestemming van de eigenaar op bezoek is, krijgt de lokatie van de Poorten te horen. Maar de bouwers van dit gigantische netwerk wilden iets gemeenschappelijks en daarom stroomt de Rivier door elke simwereld.'

'Welke rivier?'

'Die is telkens anders en in sommige werelden is het een zeearm, een kanaal of iets vreemders, zoals een lavastroom of een kilometers brede bedding gevuld met kwik. Maar al die dingen maken deel uit van die ene grote Rivier. Als je tijd van leven had, en nog heel wat meer dan onze voornaamste tegenstander, zou je het water kunnen volgen en alle simulaties bezoeken totdat je op je uitgangspunt was teruggekeerd. De Rivier is net de befaamde slang die in zijn eigen staart bijt.'

'Dus in elke simulatie is er wel een Poort te vinden als je bij het water blijft,' stelde Paul vast. Met de dekens over zijn schouders begon hij het warmer te krijgen en elke nieuwe ontdekking was als voedsel voor een uitgehongerde maag.

'Minstens twee zelfs, aan het begin en einde van de rivier.'

'Maar er zijn er nog meer, zoals die Poort in de doolhof van Hampton Court waar u me doorheen duwde.'

Nandi knikte. 'Ja. Ik was daar al enkele dagen en het viel me op dat sommige mensen niet meer uit de doolhof kwamen, misschien leden van de Broederschap of hun medewerkers. Daarom ben ik op onderzoek uitgegaan. Wie met toestemming reist kan elke Poort gebruiken om naar de simulatie van zijn keuze te gaan. Alleen de Poorten aan beide uiteinden van de rivier leiden slechts naar één andere wereld, hoewel de meeste andere door de eigenaars zijn afgesteld om toegang tot een van hun andere simulaties te geven. Ik kan echter tot mijn genoegen zeggen dat de Poort die wij straks gebruiken ons helemaal uit de virtuele wereld van deze man zal brengen.'

'Hoe weet u dat allemaal?' vroeg Paul geprikkeld. Er waren nog zoveel dingen die hij moest ontdekken voordat hij aan de belangrijkste vragen toekwam.

'Wij houden deze mensen al geruime tijd in de gaten en al ben ik zelf nog niet lang in dit netwerk, ik ben niet de eerste van de Kring die hier komt.' Nandi spreidde zijn handen alsof hij Paul iets wilde aanbieden. 'Mannen en vrouwen hebben hun leven gegeven om te ontdekken wat ik u nu vertel.'

Paul voelde bijna ongemerkt met een hand aan zijn hals. 'Maar als dit een simulatie is moet ik toch van het net kunnen? Waar is de canule? Waarom kan ik de verbinding niet gewoon verbreken?'

Zijn metgezel keek hem ernstig aan. 'Ik weet niet hoe of waarom u hier bent gekomen, Paul Jonas, en evenmin wat u hier houdt. Maar op dit moment kan ik zelf niet van het net af. Dat is voor mij niet zo erg – ik moet toch eerst de taak vervullen waartoe ik ben uitgezonden – maar voor anderen wel. Dat is een van de redenen waarom wij ons tegen deze mensen verzetten.' Zijn gezicht kreeg een spottende uitdrukking. 'Ik weet dat het een afschuwelijk cliché is, maar de Graalbeweging bemoeit zich met dingen die ze zelf niet goed begrijpen.'

Een deel van de tunnelwand was afgebrokkeld en Nandi stuurde de boot tussen de grote en kleine ijsschotsen door. Paul zat weggedoken in de dekens. Hij had het onbestemde gevoel dat er niet veel tijd meer was, dat hij er later veel spijt van zou krijgen als hij nu niet de belangrijke vragen stelde.

Hij dacht aan de vrouw, het enige houvast dat hij tot nu toe in heel dit waanzinnige avontuur had gevonden. Welke rol speelde zij? *Maar kan ik deze man alles vertellen, werkelijk alles? Stel dat Nandi zelf tot de Graalbeweging behoort en mij alleen maar aan het lijntje houdt?* Hij keek naar de scherpe trekken in het magere gezicht van de Indiër. Wat kon je eigenlijk opmaken uit iemands uiterlijk? *Misschien is hij wel krankzinnig en ziet hij overal de hand van de Graalbeweging in. Als dit een simulatie is kan hij net zo goed een Pop zijn. Misschien hoort ook dit bij het onbegrijpelijke avontuur.*

Paul trok de dekens strakker om zich heen. Zo kwam hij geen stap verder. Een paar dagen geleden had hij nog in een soort mist rondgedwaald en nu had hij in elk geval iets om zich aan vast te houden. Hij zou wel aan alles en iedereen kunnen twijfelen, maar het was waar wat Nandi Paradivash had gezegd: alleen als dit een simulatie was kon Paul al zijn belevenissen in een rationeel kader plaatsen, tenzij hij natuurlijk volslagen gestoord was. En zulke simulaties, die je niet van echt kon onderscheiden, moesten iets nieuws zijn. Alleen mensen met veel geld en macht konden zich zo'n kwantumsprong veroorloven.

'Wat willen ze eigenlijk?' vroeg hij opeens. 'Waar zijn die mensen van de Beweging op uit? Zulke werelden moeten biljoenen kosten of nog meer, onvoorstelbare bedragen.'

'Zoals ik al zei, ze willen net als de goden zijn.' Nandi tilde de lange peddel uit het water en duwde een blok drijfijs weg. 'Ze willen het eeuwige leven hebben in een wereld die ze zelf hebben ontworpen.'

'Het eeuwige leven? Hoe krijgen ze dat voor elkaar? U en ik hebben allebei ergens een eigen lichaam, nietwaar? Dat heeft een mens nu eenmaal nodig, waar je ook met je geest bent. Dus wat heeft dit voor nut? Het is alleen maar een ongelooflijk duur stuk speelgoed. Die mensen hebben nergens gebrek aan, behalve aan tijd.'

'Als ik overal een antwoord op wist zou ik hier niet zijn.' Ze hadden de ijsschotsen achter zich gelaten en Nandi peddelde weer rustig verder.

Paul schoof de dekens van zich af en leunde naar voren. 'Dus u bent hier gekomen om antwoorden te zoeken? Ik heb u veel verteld, wat kunt u mij vertellen?'

Nandi bleef geruime tijd zwijgen en het enige geluid in de grote ijsgrot was het regelmatige klotsen van de peddel in het water.

'Ik ben eigenlijk scheikundige,' zei hij ten slotte. 'Chemisch ingenieur, hoofd van de onderzoeksafdeling van een grote onderneming die vezelproducten fabriceerde. Ik woonde in Benares, beter bekend als Varanasi. Kent u die stad?'

'Varanasi? Dat... dat was een belangrijke stad in India. Heeft daar niet een giframp plaatsgevonden?'

'Benares was en is nog steeds de belangrijkste heilige stad. Het is een oeroud heiligdom, een juweel aan de oevers van de Ganges. Maar toen ik daar werkte zei dat me niet veel. Ik had mijn baan, ik ging om met collega's en schoolvrienden en ik had meer belangstelling voor het uitgaansleven, zowel in de echte stad als op het net. Er waren vrouwen en drugs beschikbaar, alles waar een welgestelde jongeman zich mee bezig kan houden. Tot die ramp zich voltrok.

Het gebeurde in een laboratorium van de overheid, maar het had net zo goed ergens anders kunnen gebeuren. Het was maar een klein lab, zeker voor een overheidsinstelling, veel kleiner dan dat waar ik zelf werkte.'

Er viel een stilte. 'Was dat die ramp waar zoveel over te doen is geweest?' vroeg Paul.

'Ja. Een enorme stommiteit, maar tegelijk een ongelukje dat in elk lab kan gebeuren. Een bepaald virus was niet zorgvuldig bewaard. Zoals in alle laboratoria werd er veel met virussen gewerkt, maar de gevaarlijkste werden gemanipuleerd zodat ze zichzelf niet of nauwelijks konden vermenigvuldigen, net voldoende om ze te kunnen bestuderen. Niemand weet wat er precies mis is gegaan. Misschien hadden ze een verkeerde procedure toegepast, maar er kan ook sprake zijn geweest van opzettelijke sabotage of van een resistente variant van het virus. Hoe dan ook, bij het centrifugeren brak een van de houders en binnen enkele minuten was iedereen in het lab dood. Alleen een kantoormedewerkster bleef lang genoeg in leven om het hek rond het gebouw te bereiken, een paar meter van een drukke straat. Het automatische alarm van het lab werkte en dat heeft waarschijnlijk miljoenen mensen het leven gered. Nu stierven er binnen een maand tweehonderdduizend, de meesten in de eerste dagen, voordat er een antivirus was ontwikkeld. Het ingeschakelde leger schoot duizenden mensen dood die zich niet aan de quarantainevoorschriften hielden.'

'God, dat herinner ik me nog van de nieuwsuitzendingen. Het... het was vreselijk.' Dat was een monsterlijk understatement, maar Paul wist niet wat hij anders moest zeggen.

'Ik heb die quarantaine meegemaakt. Mijn vader en moeder woonden maar twee straten bij me vandaan – twee straten! – en toch mocht ik niet naar ze toe. Hun huid was weggeteerd toen ze stierven en ze werden met honderden anderen in een grote kuil verbrand. De straat waar ik woonde was een maand lang een jungle. Als mensen denken dat ze binnen enkele uren zullen sterven...' Nandi schudde zijn hoofd. Er lag een holle blik in zijn ogen terwijl hij in het halfdonker zat. 'Ik heb vreselijke dingen gezien, kinderen die niet voor zichzelf konden opkomen...' Hij zweeg om de juiste woorden te zoeken. Zijn stem klonk gesmoord en schor toen hij verder ging. 'Zelfs nu kan ik er niet over praten. Ik heb me net zo goed als anderen schuldig gemaakt aan verschrikkelijke dingen, ik was gek, ik dacht alleen aan mezelf. Ik deed het uit angst of van de honger, ik geloofde dat ik het uit zelfverdediging deed. Maar de ergste misdaad was dat ik de anderen hun gang liet gaan en niets deed om ze tegen te houden. Althans, ik dacht dat dat mijn ergste misdaad was.'

Het licht in de grot begon bijna onmerkbaar te veranderen en het gelaat van de Indiër was nu beter zichtbaar. Paul zag dat er spleten in het dak van de grot zaten waardoor het daglicht in smalle bundels naar beneden viel, alsof felle schijnwerpers op het donkere water van de Alph waren gericht.

'Ik had lang daarvoor het geloof van mijn ouders al verworpen,' hernam Nandi abrupt. 'Het was een primitief bijgeloof voor mij, een man van de wetenschap, een verlicht mens uit de eenentwintigste eeuw. Ik kon de quarantaine overleven door op mijn instinct te vertrouwen en mijn verstand overboord te zetten. Maar toen we ons weer vrij konden bewegen en ik de lijken zag die op de straathoeken werden opgestapeld totdat ze verbrand konden worden, kreeg ik mijn verstand weer terug en begon ik me af te vragen of mijn manier van leven niet een grote vergissing was geweest. Ik keek naar de rook van de massaverbrandingen en naar de smeulende ruïnes van gebouwen – de stad was tijdens de quarantaine in een slagveld veranderd – en het begon tot me door te dringen dat sommige dingen in deze stoffelijke wereld door de wetenschap niet te genezen waren, dat de wetenschap zelf niet meer was dan een leugentje om bestwil dat je tegen een stervende vertelt.

Ik kwam bij het huis van mijn ouders en zag de kuil waarin hun lichamen waren verbrand. Iemand vertelde me wat er was gebeurd en een tijdlang zonk ik weer weg in die donkere trance. Ik wierp me in de kuil en wentelde me in de as van de doden tot mijn lichaam zwart was van de verkoolde resten en ik alleen nog de stank van hun verschroeide beenderen kon ruiken. En plotseling voelde ik dat de hand van God mij aanraakte.'

Paul merkte dat hij onbewust zijn adem had ingehouden. Hij ademde uit en in de koude lucht vormde zich een wolkje dat langzaam oploste.

'Ik herinnerde me een oude wijsheid,' vervolgde Nandi langzaam. 'De materiële oorsprong van de wereld is Maya, dat wil zeggen de illusie waarvan de sluiers de zielen ertoe aanzetten hun dans van goede en slechte daden op te voeren en zo het rad van incarnatie in beweging te brengen. Maar Sjiwah, die de dans zelf is, is de eerste oorzaak, de bron die altijd is geweest en altijd zal zijn. Zoals geschreven staat: "Zo komt het dat de Eerste Oorzaak, die ook de Angst en de Vernieler wordt genoemd, op de duisternis danst en zijn vijf daden uitbeeldt, schepping, bewaring, verwoesting, vormgeving en bevrijding. Hij draagt leven en dood van alle dingen in zijn binnenste. Om die reden wonen zijn dienaren op de brandplaatsen en hun hart is als de brandplaatsen zelf, woest en leeg, waar het Zelf met zijn gedachten en handelingen wordt weggeschroeid en niets anders overblijft dan de Danser." '

Nandi's gezicht had een andere uitdrukking gekregen, even hard en scherp als een mes van steen. Paul keek verontrust naar de koude glinstering in zijn ogen.

'Toen ik daar in de as van de doden lag, gaf ik mijzelf over aan Sjiwah, aan God. En daardoor leerde ik dingen kennen die heel de menselijke wetenschap nauwelijks kan benaderen. Alles wat gebeurt, gebeurt omdat God het wil. Alles is een onderdeel van de dans. Dus ook al is het mijn lot de Graalbeweging te bestrijden, ik weet dat zij op hun beurt niets kunnen bereiken zonder de Hemel te verheerlijken. Begrijpt u mij, Paul Jonas?'

Paul wist even niet wat hij moest zeggen. Had hij net een diepe wijsheid gehoord of het geraaskal van een fanaticus, iemand die door de ellende uit zijn verleden waanzinnig was geworden? 'Ik geloof het niet,' antwoordde hij ten slotte. 'Niet echt.'

'U zult zich wel afvragen met wat voor gek u bent opgescheept.' Nandi glimlachte mat. Het licht was nog sterker geworden en hij zag er iets minder beangstigend uit. 'In de kuil waarin mijn ouders waren verbrand leerde ik wat mijn ergste misdaad was geweest, namelijk dat ik mezelf tot maatstaf van het heelal had genomen. Jaren later, toen ik als *aghori* of dienaar van Sjiwah naar een andere crematieplaats ging, begon ik in te zien dat ook de kinderen die tijdens de quarantaine voor mijn ogen op zo'n gruwelijke manier waren misbruikt en vermoord, deel uitmaakten van het goddelijke lichaam. Zelfs de moordenaars waren goddelijk, zij deden het werk van God.'

Paul had het gevoel dat zijn hoofd op het punt stond uit elkaar te barsten. 'Nu begrijp ik het nog steeds niet. Ik ben het er in elk geval niet mee eens. Als moord het werk van God is, waarom verzet u zich dan tegen de Graalbeweging?'

'Omdat het mijn taak is, Paul Jonas. Door mijn handelingen, door mijn verzet, zal de wil van God steeds meer worden geopenbaard. Ook de Beweging doet Gods werk, net als ik, hoewel ze dat niet geloven en ongetwijfeld het tegendeel voor waar zullen houden. En ik weet zeker dat voor u hetzelfde geldt.'

Nog maar kortgeleden, opgejaagd en ellendig, had Paul het idee verworpen dat hij een factor van belang was, maar nu Nandi beweerde dat hij slechts een tandwieltje was in een onverbiddelijke hemelse machinerie begon hij naar de andere kant door te slaan. Misschien was het zijn trots, een gevoel van eigenwaarde dat helemaal bij hem paste, waardoor hij het een onaanvaardbaar idee vond. 'Zijn ze allemaal zoals u?' vroeg hij ten slotte. 'Zijn de mensen van de Kring allemaal volgelingen van Sjiwah?'

Nandi lachte voor het eerst hardop. 'Nee, dat lijkt er niet op. De hemel beware ons, zou ik bijna zeggen. Iedereen heeft zijn eigen geloof, zijn eigen achtergrond. Wat wij gemeenschappelijk hebben is onze kennis van het Eeuwige en de wil om ons leven daaraan op te dragen.'

Paul glimlachte onwillekeurig. 'De oecumenische gedachte. Mijn grootmoeder vond dat het grootste gevaar voor de mensheid.'

'Pardon?'

'Laat maar, dat was een binnenpretje.' Paul keek om zich heen. Het ijs aan de wanden was hier iets minder dik en het werd wat warmer in de grot. Hij liet de dekens los en spreidde zijn armen. 'En verder? Wat ons betreft, bedoel ik. Waar gaan we heen?'

'Naar de volgende simulatie,' antwoordde de Indiër, die met zijn magere armen schijnbaar onvermoeibaar doorpeddelde. 'Daar zal ik u vertellen hoe de man heet die mijn vijand is en vermoedelijk ook de uwe. Daarna zal ik mijn eigen weg gaan.'

'Uw eigen weg?'

Nandi's gezicht verstrakte weer, werd gesloten als een deur. 'U kunt niet met mij meegaan, Paul Jonas. Ik ben ervan overtuigd dat onze ontmoeting niet toevallig was, maar het is niet ons lot samen verder te reizen. U heeft uw eigen taak, welke die ook mag zijn, en ik de mijne. Alleen de leden van de Kring kunnen gaan waar ik naartoe ga. Het spijt me.'

Het was een klap voor Paul, een onverwacht pijnlijke schok. Na zijn eenzame omzwervingen leek hij eindelijk een metgezel te hebben gevonden, misschien zelfs een vriend, maar nu werd die menselijke band bijna meteen weer doorgesneden. 'Maar... maar waar moet ik dan heen? Ik kan toch niet eeuwig door al die simulaties blijven dwalen?' Hij voelde tranen opkomen en knipperde driftig met zijn ogen. 'Ik ben zo moe. Ik wil alleen maar naar huis. Help mij toch. Ik wil naar huis.'

Nandi's gelaatstrekken werden niet zachter, maar hij stak een hand uit en legde die op Pauls schouder. 'Als God het wil zult u de weg vinden.'

'Het kan me niet schelen wat God wil! Ik heb niets met die Beweging of met de Kring te maken. Ik hoor hier niet thuis.'

'Toch wel. Vraag me niet hoe, maar ik weet dat het zo is.' Nandi kneep licht in zijn schouder en trok zijn hand terug.

Paul wendde zijn hoofd af om zijn ellende te verbergen en staarde naar de rivier. In de verte zag hij een goudgele gloed op de ijswanden. 'Is dat de Poort?' vroeg hij.

'Nee, wat u ziet is het licht van de zon. Maar de Poort is niet ver meer.'

Paul schraapte zijn keel. 'Ik heb een paar keer van een vrouw gedroomd,' zei hij, zonder zijn blik af te wenden van het zwarte water en het naderende daglicht.

'Hier, bedoelt u? In dit netwerk?'

'Ja. In minstens een van de simulaties heb ik haar ook gezien.'

Hij vertelde alles wat hij zich kon herinneren, van de eerste tot en met de laatste droom, in een onstuitbare vloed van woorden. Hij vertelde over hun ontmoeting op Mars, over haar boodschap uit de mond van het zieke kind in de grot. 'Maar ik begrijp er helemaal niets van,' besloot hij. '*Je moet naar het huis van de zwerver gaan en de wever bevrijden*... Dat kan van alles betekenen.'

Nandi verviel in gepeins. Het daglicht werd sterker en de stalactieten wierpen lange schaduwen over het plafond van de tunnel. Na een tijd lachte de donkere man voor de tweede keer hardop.

'Wat is er zo grappig?'

'Ik denk dat het komt doordat wij Indiërs altijd zo afgunstig op de Britten zijn geweest, op alles wat zij ons lieten zien zonder dat we er ten volle de vruchten van mochten plukken. Nu geloof ik dat de universiteit van Varanasi een meer gedegen opleiding in de klassieken geeft dan het Engelse onderwijs.'

'Wat bedoelt u daarmee?' Paul probeerde zijn boosheid te bedwingen, maar hij had het gevoel alsof de ander hem uitlachte terwijl zijn leven gevaar liep. Het was misschien een onbeduidend leven, waarvan hij zich bovendien niet al te veel kon herinneren, maar het was alles wat hij had.

'Ik vermoed dat u op zoek bent naar Ithaka, beste vriend. Het huis van de zwerver bevindt zich in Ithaka.'

Ze bereikten de uitgang van de grot en het water kreeg een gouden glans in het licht van de zon. Paul moest zijn ogen half dichtknijpen tegen het geglinster. 'Ithaka...?'

'Allemachtig, heeft u zelfs Homerus niet gelezen? Het Engelse onderwijs is er nog erger aan toe dan ik dacht.' Nandi maakte nu een opgewekte indruk. Hij begon wat energieker te peddelen om de boot langs de stenen te sturen die in de opening van de spelonk in de rivier lagen. Het duurde een tijdje voordat Pauls ogen gewend raakten aan het licht, het felste en gloeiendste zonlicht dat hij ooit had gezien. Daarna zag hij in de verte een zee liggen, donker en roerloos, voorbij een beboste vlakte waar de bochtige rivier doorheen sneed. Hij zat zich net af te vragen waarom het water van de rivier zo'n vreemde kleur kreeg toen de pijl insloeg.

Paul staarde met open mond naar de pijl die trillend in de rand van de boot stak, vlak naast zijn hand, alsof het een ding was dat hij nog nooit van zijn leven had gezien. Een ogenblik later sloeg een pijl vlak naast de eerste in het hout en hoorde hij Nandi een kreet slaken.

Paul draaide zich om. Ze hadden een zijrivier bereikt, misschien dezelfde waarover Nandi eerder had gesproken, die door een sparrenbos naar de Alph stroomde. Over die kleinere stroom kwamen twee boten aangesneld, elk voortbewogen door vijf of zes roeiers. Op de voorplecht van de eerste boot, die tot op ongeveer honderd meter was genaderd, stonden een paar boogschutters, gehuld in bonte zijden gewaden die het zonlicht weerkaatsten. Een van hen spande zijn boog en schoot een pijl weg. Paul hoorde iets langs zijn hoofd suizen.

Nandi zat onderuitgezakt op het bankje. In zijn dijbeen stak een pijl met een dunne zwarte schacht en zijn pofbroek was al doorweekt met bloed. 'De Khan is blijkbaar toch aanwezig,' zei hij. Zijn gezicht zag vaal van de schrik, maar zijn stem was krachtig. 'Ik denk dat ze mij moeten hebben, niet u.'

Paul hield zijn hoofd zo laag mogelijk zonder zich helemaal achter Nandi te verschuilen. De twee achtervolgende boten hadden de Alph bereikt en naderden op de stroom, recht achter hen. De volgende pijlen misten hun doel, voornamelijk doordat de drie vaartuigen deinden op de golfslag. 'Wat doet dat er nou toe!' riep Paul uit. 'Ze maken ons allebei af! Hoever is het nog naar de Poort?'

Nandi klemde zijn tanden op elkaar, zó hard dat de spieren en aderen in zijn hals opzwollen. Hij pakte de pijl beet en brak de schacht af, net boven zijn huid. 'Tegen die tijd hebben ze ons als konijnen neergeschoten. Maar ik denk dat u weinig te vrezen hebt als ik niet bij u ben.' Hij hield zijn hoofd naar beneden en kroop naar de rand van de boot.

'Wat bedoelt u?'

'Ik wist dat we afscheid moesten nemen, alleen niet dat het zo snel zou gebeuren,' antwoordde Nandi. 'Wat u zoekt is niet in de volgende simulatie te vinden en ook niet daar in de buurt, maar met een beetje geluk zult u een weg vinden. Ik ben er vrijwel zeker van dat u Ithaka zoekt.' Hij liet zich over de rand glijden tot hij half in het water hing. Het bootje helde vervaarlijk over.

'Wat gaat u doen?' Paul probeerde hem tegen te houden, maar de Indiër duwde zijn uitgestoken hand weg.

'Ik ga geen zelfmoord plegen, Paul Jonas. De soldaten van de Khan zullen merken dat ik geen gemakkelijke prooi ben. Blijf in de boot, de stroom zal u naar de Poort brengen.' Een volgend salvo vloog over hun hoofden. 'De naam van uw vijand is Felix Jongleur – onderschat hem niet!'

Nandi zette af en dook met een plons het water in. De boot was al twintig meter verder toen Nandi Paradivash boven water kwam en Paul kon alleen maar toekijken terwijl de Indiër naar de kant zwom en hinkend tussen de bomen verdween.

De eerste boot week onmiddellijk uit naar de oever en de soldaten sprongen aan land om de achtervolging in te zetten, maar de tweede veranderde niet van koers. De boogschutters aan boord namen de taak van hun kameraden over en wilden laten zien wat ze waard waren. Paul drukte zich plat tegen de bodem van zijn kleine vaartuig en hoorde het hout versplinteren onder een hagel van pijlen.

Het blauw boven de rivier was maar heel even te zien, een glanzend azuurblauw als een wolk van licht, voordat het haar op zijn armen overeind kwam en hij in een regen van vonken uit Xanadu werd weggevoerd.

19

Een gewone werkdag

NETFEED/NIEUWS: *Pilker pleit voor nieuwe Wetgevende Vergadering*
(beeld: Pilker voor het Capitool)
COMMENTAAR: *Dominee Daniel Pilker, leider van de fundamentalistische christelijke groepering Het Koninkrijk Nu!, klaagt de regering van de Verenigde Staten aan om de instelling van een vierde volksvertegenwoordiging af te dwingen.*
PILKER: *'We hebben al een Huis van Afgevaardigden en een Industriële Senaat. Alle denkbare organisaties kunnen hun stem laten horen, maar waar klinkt de stem van de godvruchtige Amerikanen? Er moet ook een Religieuze Senaat komen, waar wetten in overeenstemming met het woord Gods kunnen worden beoordeeld en uitgevaardigd. Tot die tijd zullen talloze Amerikanen in hun eigen land rechteloos blijven...'*

De voorsteden gleden voorbij en maakten plaats voor de heuvels waar de forensen nog prettig konden wonen tussen de kale stukken grond van mislukte bouwprojecten. Het was een stralende morgen en alle schaduwen leken op te lossen in het schelle licht van de zon.

'Dus we hadden het niet met een telefoontje kunnen afhandelen?'

'Ik wil het met eigen ogen zien, Stan. Dat moet gewoon. Je weet hoe dat gaat.'

'Leg het dan nog één keer uit. Polly Merapanui kwam helemaal uit het noorden. Ze leefde in Kogarah van de straat en werd in Sydney onder het viaduct van een snelweg vermoord. Dat is geen van beide in de buurt van de Blue Mountains, dus wat gaan we daar precies doen?'

'Daar heeft ze gewoond.' Calliope passeerde een trage, met puin afgeladen vrachtwagen. 'Bijna een jaar nadat ze uit Darwin was weggegaan. Dat weet je trouwens zelf ook wel, het staat in haar dossier.'

'Ik probeer het alleen te begrijpen.' Hij wierp een bedenkelijke blik naar het zoveelste stoffige stadje waar ze doorheen reden. 'Waarom hebben we niet gewoon gebeld? Op mijn schaarse vrije dagen denk ik liever niet aan mijn werk, Skouros.'

'Alsof je wat beters te doen hebt. Trouwens, haar pleegmoeder is niet op het net aangesloten.'

'Heerlijk dat zulke mensen nog bestaan.'

'Je bent een snob, Stan.'

'Ik probeer me een beetje te amuseren. Het is een lange rit.'

Calliope deed het zijraam open. Het was iets koeler in de heuvels, waar het hoge gele gras ritselde in de bries. 'Ik moet nu eenmaal ergens beginnen, Stan. Ik moet... ik weet het niet. Ik wil me in het meisje kunnen verplaatsen.'

'Die pleegouders hadden haar de laatste twee jaar voor haar dood niet meer gezien. En als mama geen aansluiting had, kon het lieve kind ook niet naar huis bellen.'

'Praat liever gewoon. Maar inderdaad, ze hebben niets van haar vernomen, afgezien van twee telefoontjes naar het kantoor waar haar stiefmoeder werkte. In elk geval hebben ze haar gekend en dat is meer dan we van iemand in Kogarah kunnen zeggen.'

'Hou je er rekening mee dat dit allemaal weleens verspilde moeite zou kunnen zijn?'

Calliope zuchtte geërgerd. 'Dat doe ik voortdurend, Stan. Laat me nog even mijn gang gaan. Als dit niets oplevert zullen we er nog eens over praten, akkoord?'

'Goed. Zijn we er al?'

'Hou toch je kop.'

De heuvels werden echte bergen, een ruwe keten van verweerde rotsen met een blauwgroen waas van de gombomen die op de hellingen groeiden. De elektrische auto van Calliope had slechts weinig vermogen en was zelfs weer door de zware vrachtwagen ingehaald. Bij elke beklimming maakte de motor een geluid als van een opwindpop die in een hoek is vastgelopen.

'Luister, Stan, ik wil alleen maar zeggen dat zulke moordenaars óf kennissen zijn die in een vlaag van woede handelen, óf regelrechte sadisten. Steentjes in de oogkassen, tientallen steekwonden... Sadisten houden na de eerste keer niet op, dus we hebben te maken met iemand uit het verleden van het meisje of met een seriemoordenaar die niet als zodanig is herkend. In Kogarah hebben we geen enkele aanwijzing gevonden dat ze ooit ruzie met een vriendje of iets dergelijks heeft gehad. Dat geldt ook voor de andere plaatsen waar ze heeft gewoond.' Ze kneep de laatste druppel uit een drinkbuisje en gooide het ding over haar schouder op de smalle achterbank.

'Wat verwacht je eigenlijk? Zou iemand haar uit de Blue Mountains naar de grote stad zijn gevolgd om haar twee jaar later eens een keer te vermoorden? Dat lijkt me vergezocht, Skouros.'

'Dat weet ik ook wel. Verdomme, was dat de afslag naar Cootalee?'

'Zie je, je bent het spoor nu al bijster...'

'Hou nou op, Stan. Ik heb een hekel aan die flauwe grappen.'

'Wat moet ik anders zeggen?' Hij zweeg even terwijl ze tegen alle verkeersregels in op de verlaten tweebaansweg keerde. 'Calliope Skouros, je hebt mijn hart gestolen. Ik ben gek op je. Trouw met me en laten we samen al die gruwelijke moorden vergeten...'

'Ik zie het al voor me, een Griekse pot en een half-Chinese nicht. Dat kan nog wat worden.'

Hij liet zijn zonnigste lach zien. 'Ik kan je verzekeren dat ik in ieder geval en tot mijn grote genoegen geen nicht ben.'

'Dan maak je nog weinig kans, Chan.' Ze keek hem ineens zorgelijk aan. 'Dat was toch wel een grapje, hoop ik? Je loopt toch niet te smachten naar je onbereikbare partner?'

'Het was maar een grapje.'

'O, gelukkig.'

Ze reden een tijdje in stilte voort zonder dat het door een verkeersbord beloofde Cootalee in zicht kwam. Calliope zette de radio aan, maar ze kon geen muziek vinden die haar beviel. 'Ik ken nog een ouwe mop,' zei ze ten slotte. 'Adam, Eva en Knijp Me gingen naar de rivier om zich te wassen. Twee van hen vielen in het water en verdronken. Wie van de drie bleef over?'

'Zijn we er al?'

'Kom op, Stanley, wie van de drie?'

'Wie van de drie wat?'

'Wie van de drie bleef over?'
'Welke drie waren het ook alweer?'
'Doe niet zo flauw. Adam, Eva en Knijp Me.'
'Dan zeg ik... Adam.'
'Nee, Knijp Me... Au! God, wat ben jij een spelbreker, Chan.'
'Volgens mij had je hier de hoek om gemoeten.'
'Ik wil niet veel zeggen,' zei ze toen ze vijftien seconden later nogmaals keerde en door de vlakke middenberm reed, 'maar onze verloving kun je wel op je buik schrijven.'

'Hoezo weg?'
De vrouw die de deur van de caravan op een kier had geopend trok een gezicht alsof ze ten onrechte ergens van werd beschuldigd. 'Dat zeg ik toch, ze is een maand geleden vertrokken.'
'Waarheen?' Calliope wierp een blik op Stan Chan, die de houtblokken waarop de woonwagen stond bestudeerde alsof het de zuilen van het Pantheon waren. De vrouw hield hem op haar beurt achterdochtig in de gaten, blijkbaar bevreesd dat hij de met ruwe olie afgewerkte blokken zou willen stelen.
'Hoe moet ik dat weten? Ik kende dat wijf niet eens, maar die rothond van d'r hield me steeds uit mijn slaap. Ik ben blij dat ze is opgedonderd.'
Een paar minuten later reden ze langzaam het terrein af. 'Heb ik het niet gezegd?' vroeg Stan. 'Heerlijk dat zulke mensen nog bestaan.'
'Misschien weten de mensen voor wie ze werkte iets,' zei Calliope somber. 'Anders begint het erop te lijken dat we inderdaad beter niet hadden kunnen komen. Dan krijg je ook nog eens gelijk.'
Op het adres waar de pleegmoeder van Polly Merapanui volgens hun gegevens had gewerkt, aan de rand van Cootalee, stond een bescheiden woning. De voortuin lag bijna helemaal in de schaduw van een indrukwekkende gomboom. Twee donkere kinderen waren gillend aan het spelen met een tuinslang terwijl een bruin hondje opgewonden blaffend om hen heen rende.
De deur werd geopend door een aboriginal, een vrouw met een bril en een schort voor. Ze droogde haar handen af aan haar schort terwijl ze de legitimatie van Calliope bekeek. 'Komt u verder, dan zal ik mijn man waarschuwen.'
Een ogenblik later werden ze begroet door een man die uit een achterkamer kwam terwijl hij de knoopjes van zijn overhemd dichtmaakte. Zijn zwarte krulhaar was geknipt in een volle stijl die te vlot was voor zijn leeftijd. Met zijn lange en smalle baard leek hij zo te zijn weggelopen uit het schilderij van een Vlaamse meester.

'Goeiedag. Ik ben dominee Dennis Bulurame. Wat kan ik voor u doen?'

'Op dit adres zou een zekere Lily Ponegarra moeten werken, ook bekend onder de naam Lily Merapanui. We willen haar graag spreken.'

'Tja, ze is er niet meer, vrees ik, maar ze heeft inderdaad voor mij gewerkt. Voor de kerk, beter gezegd. Laten we naar mijn werkkamer gaan. Wilt u zo goed zijn die stoel mee te nemen?'

De tamelijk kleine studeerkamer van de dominee bevatte weinig meer dan een bureau, een goedkoop muurscherm en een aantal posters waarop diverse activiteiten werden aangekondigd, zoals veilingen, muziekuitvoeringen en buurtfeesten. 'Lily hield de kerk schoon en af en toe werkte ze ook hier in huis.'

'U spreekt in de verleden tijd,' merkte Calliope op.

'Dat klopt, ze heeft een man leren kennen en is de stad uitgegaan.' Hij schudde zijn hoofd en glimlachte spijtig. 'Niet dat ze hier erg veel te zoeken had. Van wat de kerk haar betaalde zou ze niet rijk worden.'

'Weet u misschien waar ze naartoe is gegaan of hoe die man heet?'

'Billy, Bobby, zoiets. Zijn achternaam ken ik niet. Ik kan u niet veel wijzer maken, vrees ik. Ze heeft ook niet gezegd waarheen ze verhuisde, alleen dat ze de stad uitging. Ik moet haar nageven dat ze ons twee weken van tevoren inlichtte. Zijn er problemen?'

Stan Chan stond naar de posters te kijken. Hij moest een stap opzij doen toen de vrouw van de dominee binnenkwam met een dienblad waarop een kan limonade en drie glazen stonden. 'Nee, we wilden haar alleen een paar vragen stellen over haar dochter.'

'Haar...?' Het bleef even stil. 'O, u bedoelt Polly. Na al die tijd?' Bulurame schudde zijn hoofd. 'Vreselijk, maar toch was ik het bijna vergeten. Het is gek dat zoiets afschuwelijks naar de achtergrond kan verdwijnen. Lily was er kapot van. Het meisje was alles wat ze had.'

'Ze hebben hem toch nooit gevonden?' vroeg de vrouw. 'De duivel-duivelman die haar heeft vermoord?'

'Of heeft u iemand gearresteerd?' De dominee leunde naar voren. 'Is dat de reden van uw komst?'

'Nee, jammer genoeg niet.' Calliope nam een slok van de limonade, die wel wat suiker kon gebruiken. Ze slikte de zure smaak weg. 'Heeft een van u Polly gekend?'

'Niet echt. We zagen haar weleens op straat of in de winkel, maar Lily werkte toen nog niet voor ons. Juist omdat ze na de moord zo in de put zat besloot ik dat de kerk wel wat regelmatiger schoongemaakt kon worden, als u begrijpt wat ik bedoel. Dan had ze iets om handen en kon ze ook wat bijverdienen. Sommigen hier hebben veel baat gehad bij de tweede landhervorming, maar er waren ook mensen zoals Lily die... Nu ja, die wisten gewoon niet hoe ze het moesten aanpakken.' Zijn toon maakte duidelijk dat hij en zijn vrouw dat wel hadden geweten en de onteigeningsregeling hadden gebruikt om een aardige woning en een behoorlijk elektronisch systeem aan te schaffen.

Calliope slaakte een stille zucht. Ze zouden heel weinig van belang te horen krijgen van deze innemende, zelfvoldane man. Plichtmatig stelde ze nog een paar vragen terwijl Stan Chan zijn limonade dronk en buitengewone belangstelling veinsde voor de aankondiging van een taartbakwedstrijd. Calliopes verwachtingen kwamen uit: de dominee en zijn vrouw konden niets vertellen over eventuele vrienden van Polly of over mensen in Cootalee die de pleegmoeder beter hadden gekend.

'Lily kwam niet veel buiten,' verklaarde Bulurame. 'Daarom is die man... nou ja, ik geloof niet dat er een hechte spirituele band bestond, als u me volgen kunt. Lily is heel eenvoudig van geest, het arme kind. Ik ben bang dat ze zich gemakkelijk door mooie praatjes laat misleiden.'

Calliope bedankte hem voor de moeite. Bulurame stond niet op. Zijn vrouw bracht hen naar de deur, waar Stan weifelend naar de kinderen keek die het pad met het water uit de tuinslang onveilig maakten.

'U had het net over een "duivel-duivelman", mevrouw Bulurame,' zei Calliope. 'Wat bedoelde u daar precies mee?'

De vrouw van de dominee keek haar met grote bruine ogen aan alsof haar iets totaal ongerijmds was gevraagd, bijvoorbeeld of ze graag naakt aan deltavliegen deed. 'O! Nou ja, aan dat verhaal moest ik denken.'

'Verhaal?'

'Ik hoorde het van mijn grootmoeder toen ik nog een klein meisje was. Het verhaal van de Woolagaroo, de duivel-duivelman met de tanden van een krokodil. Iemand had hem gemaakt als een houten beeld, maar in plaats van ogen had hij stenen. Net als wat er met die arme kleine Polly is gebeurd.'

Anderhalf uur later reden ze weg uit Cootalee, alle andere sporen even dood als het stof dat zich aan Calliopes auto had gehecht.

'Woolagaroo,' zei ze. 'Weet jij iets van de folklore van de aboriginals, Stan?'

'Zeker. Op de politieschool werd daar zelfs veel aandacht aan besteed, Skouros. Elke dag lazen we urenlang over de Bunyip en over hoe de kangoeroe leerde springen. Alleen als er tijd over was konden we nog op de schietbaan oefenen. Heb jij dat dan niet gehad?'

'Hou toch op. Kun je niet gewoon nee zeggen?' Ze schakelde de installatie in en zocht het muziekstuk op dat ze van een netshow had opgenomen, een modern stuk van een componist wiens naam ze nooit kon onthouden. De klanken vulden het interieur van de auto, ijl en bitterzoet, muziek om in een Japanse tuin bij te mediteren. Stan Chan sloot zijn ogen en leunde naar achteren.

Woolagaroo, zei Calliope in zichzelf. *De duivel-duivelman uit een oud verhaal, met stenen in plaats van ogen.*

Het had natuurlijk niets te betekenen. Maar het was een beter niets dan ze tot nu toe waren tegengekomen.

'Als advocaat moet u toch begrijpen dat we het privénummer en andere persoonlijke gegevens van onze medewerkers niet aan derden kunnen geven, meneer Ramsey. Dat zou ongehoord zijn. Het spijt me.' De woordvoerster bleef beroepsmatig glimlachen terwijl ze hem terechtwees, maar verder was alles op het muurscherm van Catur Ramsey in beweging, de veelkleurige, geanimeerde poster van oom Tierelier die de hele wand achter haar in beslag nam en een clip uit de show die in een kleiner venster werd vertoond.

'Natuurlijk vraag ik niet naar haar eigen code, miss Dreibach. Ik heb alleen iets belangrijks met haar te bespreken en geen van mijn boodschappen via de andere kanalen heeft haar bereikt.'

'Het is haar goed recht om niet te reageren, vindt u niet?' De glimlach werd iets minder star, alsof ze een tikkeltje bezorgd begon te worden. 'Als het een zakelijke kwestie is kunt u misschien beter rechtstreeks contact opnemen met onze juridische afdeling.'

In de clip werd oom Tierelier opgeslokt door een walvis die helemaal uit bakstenen bestond. Ramsey had de afgelopen week vaak genoeg naar de serie gekeken om te weten dat het dier Wally de Wal heette. De overdreven manier waarop oom Tierelier zijn doodsnood uitbeeldde was niet echt leuk om naar te kijken. Wat zouden kinderen daar nu eigenlijk van vinden?

Hij rukte zich los van het verkleinde spektakel. 'Misschien ben ik niet erg duidelijk geweest. Olga Pirofsky heeft niets verkeerds gedaan en mijn cliënten hebben geen enkele klacht over de show of over Obolos Entertainment. Zij zou inlichtingen kunnen verstrekken die voor mijn cliënten van groot belang zijn en ik roep alleen uw hulp in omdat ik haar niet kan bereiken.'

Miss Dreibach streek haar glanzende opgestoken haar glad. Ze leek opgelucht te zijn, maar nog niet helemaal overtuigd. 'Dat doet me genoegen, meneer Ramsey. Obolos is de grootste producent van kinderprogramma's ter wereld en we zouden niet graag zien dat allerlei ongegronde geruchten over juridische bezwaren op het net verschenen. Toch ben ik bang dat ik u niet kan helpen. Per slot van rekening kan ik onze medewerkers niet dwingen uw oproep te beantwoorden.'

'Is er echt geen andere mogelijkheid? Kan iemand haar misschien persoonlijk een boodschap overhandigen? Ze zou mijn cliënten met een zeer belangrijke zaak kunnen helpen en het hele gesprek hoeft maar een paar minuten te duren.'

'Tja...' De woordvoerster had haar lichte aarzeling overwonnen en leek nu te overwegen hoe ze de hele affaire in haar eigen voordeel zou kunnen afronden. 'Ik wil u niet graag wegsturen met het idee dat wij van "de vrolijkste plaats op het net" ons best niet doen. Ik kan u wel doorverbinden met de vrouw die de regie doet, denk ik... O nee, dat is deze week een man!' Ze trok een gezicht van 'hoor-mij-nou-eens', wat tien punten van haar IQ afhaalde en haar bijna tien jaar ouder deed lijken. 'Misschien kan hij uw boodschap aan Olga doorgeven.'

'Dat is geweldig, miss Dreibach. Ik kan niet zeggen hoe dankbaar ik u ben.'

Ze zette haar glimlach weer op terwijl ze haar gids raadpleegde. Op de muur achter haar duwde oom Tierelier een karrenwiel voort, een beweging die nooit ophield, rond en rond en rond.

Het was bijna tien uur toen het bericht binnenkwam, net toen hij dacht dat hij weleens naar huis kon gaan. Zuchtend liet hij zich weer in zijn stoel zakken. '*Aannemen.*'

Het was alleen een geluidsverbinding. De stem klonk heel erg aarzelend, met een vaag accent dat hem bij het zien van de show nooit was opgevallen. 'Hallo? Spreek ik met... met meneer Ramsey?'

'Decatur Ramsey, dat klopt. Het is erg fijn dat u mij belt, mevrouw Pirofsky. Ik weet dat u het erg druk hebt en ik ben...'

'Wat wilt u van me?'

Erg beleefd was die Pirofsky niet. De regisseur had al laten doorschemeren dat ze een beetje een vreemde vogel was. 'Ik ben advocaat, zoals ze u hopelijk hebben verteld. Ik zou u graag iets willen vragen in het belang van mijn cliënten.'

'Wie zijn dat dan?'

'Helaas kan ik dat in dit stadium niet zeggen.'

'Ik heb niemand iets misdaan.'

'Dat beweer ik ook helemaal niet, mevrouw Pirofsky.' *Jezus*, dacht hij, *die vrouw is niet zomaar een beetje vreemd, ze is doodsbang.* 'Ik wil u alleen enkele vragen stellen, en u bent geenszins verplicht te antwoorden. Maar ik moet wel zeggen dat u mijn cliënten een grote dienst bewijst door wel te antwoorden. Ze zien zich voor ernstige problemen gesteld en eerlijk gezegd zijn ze ten einde raad.'

'Hoe kan ik ze helpen? Ik weet niet eens wie ze zijn.'

Hij haalde diep adem en prevelde een gebedje tot de God der Kruisverhoren. 'Misschien mag ik de eerste vraag stellen. Zegt de term "syndroom van Tandagore" u iets?'

Het bleef lang stil. 'Ga verder,' zei ze eindelijk.

'Hoe bedoelt u?'

'Ik wil eerst weten wat u nog meer wilt vragen voordat ik een besluit neem.'

Catur Ramsey begon te geloven dat hij op een krankzinnige was gestuit, iemand die geloofde dat de overheid kleine groene mannetjes in dienst had of stralen uitzond om iedereen te hersenspoelen, maar na de vreemde verhalen van zijn eigen cliënten was het nog altijd mogelijk dat ze iets zinnigs te zeggen had.

'Ik kan u de andere vragen moeilijk stellen zolang ik het antwoord op de eerste niet ken,' zei hij. 'Als u met de term bekend was, zou ik bijvoorbeeld vragen of u mensen kent die aan het syndroom lijden. En zo niet, waarom u dan geïnteresseerd bent in deze en aanverwante ziektebeelden. Begrijpt u wel? Het is afhankelijk van uw eerste antwoord.'

Nu bleef het nog langer stil dan eerst. Hij begon al te denken dat ze de verbinding ongemerkt had verbroken toen ze plotseling en bijna fluisterend vroeg: 'Hoe... hoe weet u dat ik daarin geïnteresseerd ben?'

Lieve god, dacht hij, *ik heb het arme mens de stuipen op het lijf gejaagd.*

'Nu ja, dat is geen geheim. U moet er niets achter zoeken. Ik doe zelf onderzoek naar het syndroom ten behoeve van mijn cliënten. Ik heb al contact opgenomen met andere mensen die op de medische netten navraag hebben gedaan omdat ze zelf een ziekte hebben die aan Tandagore doet denken, maar ook met onderzoekers en auteurs. U bent lang niet de enige met wie ik heb gesproken.' *Maar je bent wel een van de belangrijkste*, dacht hij bij zichzelf, *omdat je op het net werkt en ook nog met kinderen. Nog afgezien van het feit dat je verdomd moeilijk te vinden bent.*

‘Ik heb een paar keer vreselijke aanvallen van hoofdpijn gehad,’ zei ze, en ze voegde er snel aan toe: ‘Nu zult u wel denken dat ik gek ben of dat het een hersentumor is of iets dergelijks, maar dat is niet zo. Volgens de artsen mankeer ik niets.’ Ze zweeg even. ‘Op het gevaar af paranoïde te lijken, ik kan er door de telefoon niet over praten.’ Ze lachte gespannen. ‘Bijna niemand heeft het tegenwoordig nog over “telefoon”. Ik geloof dat ik echt oud begin te worden.’

Het kostte Ramsey moeite haar warrige betoog te volgen. ‘U wilt het gesprek op een andere manier voortzetten?’

‘Misschien kunt u naar mij toe komen?’

‘Dat hangt ervan af. U woont in de buurt van Toronto, meen ik?’ In een klein netartikel van vijf jaar geleden had hij een paar persoonlijke gegevens van haar gevonden.

‘Ik woon...’ Ze zweeg opnieuw en het bleef een paar seconden stil. ‘Ik bedenk me ineens iets. Als u mijn naam op de medische netten heeft gevonden, dan kunnen anderen dat ook.’ Haar stem was steeds zwakker geworden, alsof ze bij de microfoon vandaan was gegaan of in een gat was gevallen. ‘O god,’ zei ze. ‘Ik moet weg, ik kan niet met u praten.’

‘Maar ik wil alleen...’ begon hij, maar de verbinding was al verbroken.

Hij staarde even naar het donkere scherm voordat hij zijn eigen achtergrond weer instelde. Hij vroeg zich af of hij tijd vrij zou kunnen maken voor een reisje naar Canada en ook of dat wel de moeite waard zou zijn. Olga Pirofsky was misschien wel net zo onevenwichtig als ze had geklonken.

Jaleel Fredericks was een van die mensen die altijd de indruk wekten dat ze eigenlijk iets belangrijkers te doen hadden. Zelfs als je hem kwam vertellen dat zijn huis in brand stond, zou hij je aankijken alsof hij het maar een hinderlijke onderbreking vond.

‘Ik ben misschien moe, Ramsey,’ zei Fredericks, ‘maar begrijp ik het goed dat je nog niets van belang hebt ontdekt?’

‘In grote lijnen.’ Het was nooit verstandig Fredericks aan het lijntje te houden, maar je hoefde ook niet over je heen te laten lopen. Catur Ramsey was lang geleden tot de conclusie gekomen dat Jaleel in orde was, afgezien van zijn behoefte om alles en iedereen naar zijn hand te zetten. ‘Je moet nu eenmaal eerst alle mogelijkheden aftasten voordat je verder kunt komen.’

‘Wat je zegt.’ Fredericks draaide fronsend zijn hoofd om toen zijn vrouw iets zei. ‘Daar belt hij niet over.’ Hij keek weer naar het scherm. ‘Ze zegt dat het nog een paar dagen kan duren voordat je die gegevens kunt inzien. En of je de bestanden van Sam hebt ontvangen.'

'Die heb ik ontvangen, ja, al heb ik nog niet de tijd gehad om ernaar te kijken. Jullie horen begin volgende week van me, misschien heb ik dan iets concreters te melden.'

Ramsey belde vervolgens de Gardiners op. Terwijl hij op de verbinding wachtte keek hij naar de auto's die in een onophoudelijke stroom over de verhoogde snelweg reden, drie etages onder het raam van zijn kantoor. Het licht van de koplampen glinsterde op het beregende asfalt. Eigenlijk had hij toestemming moeten vragen voor zijn reis naar Toronto, maar voorlopig hield hij de vrouw die oom Tierelier speelde liever nog even voor Fredericks verborgen. Hij wist zelf niet goed waarom hij het gevoel had dat Pirofsky hem verder zou kunnen helpen.

Hij was pas halverwege het lijstje met ontvangen berichten toen Conrad Gardiner aan de lijn kwam. Conrad was ongeveer van dezelfde leeftijd als Ramsey, maar aan zijn levenloze gezicht te zien was hij hard aan zijn pensioen toe.

'Zeg het maar, Ramsey.'

'Ik heb alleen een vraagje. Zijn jullie die bestanden van Orlando nog steeds kwijt?'

'Ja. We hebben twee firma's naar het systeem laten kijken, zonder resultaat.' Hij schudde traag met zijn hoofd. 'Ik kan nog niet geloven dat al die gegevens zijn verwijderd door een agent, een stom computerprogramma, alsof zoiets een eigen leven heeft.' Zijn lach klonk niet bepaald vrolijk. 'Maar ja, dit is de eenentwintigste eeuw.'

'Hoe heet het?'

'Dat programma, bedoel je? Ik weet het niet precies. Het is inmiddels verouderd, maar toen we het kochten was het knap duur. Een pseudo-kunstmatige intelligentie, zoals ze dat toen noemden. Ik zou het moeten opzoeken.'

'Eigenlijk bedoelde ik of Orlando er een naam aan had gegeven, een soort roepnaam. Veel kinderen doen dat.'

'Meen je dat nou?' vroeg Gardiner verbaasd. 'Ik zou het echt niet weten. Vivien?'

Zijn vrouw kwam de kamer in, nog net zichtbaar aan de rand van Ramseys beeldscherm. Ze trok net haar jas uit en Catur veronderstelde dat ze in het ziekenhuis was geweest. Conrad gaf haar de vraag door en ze antwoordde iets dat Ramsey niet kon verstaan.

'Kruiper,' zei Gardiner ten slotte. 'Nu weet ik het weer. Orlando heeft hem al van jongs af aan.' Zijn lippen trilden en hij wendde zijn hoofd af. 'Waarom wil je dat weten?' vroeg hij nadat hij zich had hersteld.

'Zomaar,' zei Ramsey. 'We hebben het er later nog weleens over.'
Hij verbrak de verbinding en keek peinzend naar de auto's die hun lichtende slakkenspoor op de snelweg trokken.
Het was al middernacht toen hij eindelijk thuiskwam. Dat was de derde keer die week en toch was het pas donderdag.

Hij wist dat het een droom was, maar dat maakte het bijna nog erger.
In het bloedeloze donker dat voor slaap moest doorgaan kreeg hij telkens van die visioenen, gevuld met dezelfde afgezaagde beelden, dezelfde angsten en verschrikkingen. Ook al vormden ze elke keer nieuwe en vreemde combinaties, het waren in wezen dezelfde dromen en sommige daarvan waren al meer dan een eeuw geleden begonnen.
Zelfs de hersenspinsels van Felix Jongleur werden oud.
De drie ouderejaars stonden voor hem op de trap en versperden hem de weg. Oldfield had het boord van zijn witte overhemd opgeslagen en hield een sigaret in zijn hand. Patto en Halsall stonden vlak achter hem. De jongens staarden hem aan als de drie heksen van Macbeth.
'Heb ik soms wat van je aan, Tiereliertje?' vroeg Oldfield bars.
'Klein snotjong,' vulde Halsall aan. 'Klein snotjong met je bolle ogen.'
'Die slome duikelaar wil ook meedoen,' zei Patto grinnikend. 'Hij wil een trek van je peuk, Oley.'
Het was allemaal zo voorspelbaar, werkelijkheid en verbeelding door elkaar gemengd tot een onbetrouwbare brij. Een deel van Jongleurs oude hersenen besefte dat de trap niet bij Cranleigh School hoorde maar bij het kasteel in Limoux, en dat de Patto van zijn dromen een heel ander uiterlijk had gekregen en meer leek op iemand die hij aan het begin van deze eeuw zakelijk had geruïneerd, bijna negentig jaar na de gebeurtenissen die hij zich zo onvolledig herinnerde.
Maar voorspelbaar of niet, de vernedering van deze en soortgelijke dromen werd er niet minder door.
De Engelse jongens sloten hem in als een stel jakhalzen die een gevallen antilope omsingelen. Halsall draaide een arm op zijn rug terwijl Oldfield hem bij zijn kruis pakte en kneep, net zolang tot hij het uitgilde en een trek van de gestolen sigaret nam. Weer proefde hij die afschuwelijke smaak en bij elke ademhaling was het of er gloeiende kolen door zijn luchtpijp gleden. Hij begon te kokhalzen en moest bijna overgeven.

'Parlee-voe, Juggles.' Patto draaide zijn oor om. 'Parlee-voe, kleine Franse stinkspion.'

Maar dit keer sloegen ze hem niet in elkaar zoals anders, ze grepen hem bij zijn ellebogen en draaiden hem met zijn gezicht naar het raam aan het eind van de gang op de tweede verdieping.

Dat hoort hier niet! dacht hij en plotseling vulde de overbekende droom hem met een onverwachte panische angst. *Nee, niet het raam!*

Maar ze hielden zijn armen stevig beet en duwden hem naar het raam, dat groot en rond opdoemde. Er zat geen scherm of tralierooster voor en alleen de dunne glazen ruit bevond zich tussen hem en de duisternis, de giftige donkere afgrond die zijn dromende ik bespeurde.

Hij wist dat hij nooit, nooit, nooit wilde weten wat er achter die ruit was.

Dit kunnen ze me niet aandoen, dacht hij vol afschuw. *Ze denken dat ik een jongen ben, maar dat is niet waar, ik ben oud, oud! Ze kunnen me niet...*

Ook in zijn droom riep hij luidkeels dat ze hem los moesten laten, maar Oldfield en de anderen begonnen nog harder te lachen. Met een gil raakte hij het harde glas, maar het was niet de ruit die brak: hij was het zelf, oud, verdroogd en broos, die in duizend stukken uiteenviel.

De dromen, de waarheid, zijn herinneringen vielen uiteen, vermengden zich weer...

... in een regen van scherven, elke scherf in het zonlicht rondtollend als een afzonderlijke planeet, een glinsterend universum waarin het evenwicht was verstoord en dat nu aan een chaotische expansie was begonnen.

Zoals altijd hoorde hij zichzelf gillen, alleen waren de kreten nu werkelijk van hem.

Het was donker toen hij ontwaakte. Zelfs de virtuele lampen van Abydos lieten hun geruststellende schijnsel niet zien. Even was hij weer helemaal in zijn lichaam, maar de verschrikking was onverdraaglijk en hij keerde snel terug naar zijn systeem. Een blind en hulpeloos ding, als een naaktslak in de donkere tank, gewikkeld in gaas en mylar – hij rilde bij de gedachte dat hij in zijn werkelijke gedaante zou moeten bestaan. Hij hulde zich in zijn VR-pak alsof het een harnas was.

De oudste man op aarde riep niet het Egypte in zijn volle glorie op, maar een veel eenvoudiger virtuele wereld waarin slechts een vage, diffuse blauwe lichtgloed te zien was. Jongleur baadde in het licht, gestreeld door subliminale geluiden, en probeerde de geweldige angst te bedwingen.

De jeugd kon de verschrikkingen van de ouderdom niet begrijpen. Dat was een natuurlijke bescherming tegen kennis waar ze alleen maar nadeel van zou ondervinden, zoals de aardse dampkring de mensheid beschermde tegen de schadelijke straling van de onverschillige sterren. Ouderdom was gebrek, zwakte, afdanking... en dat was nog maar het begin, want elke dag bracht je een stap dichter bij het niets van de dood.

Felix Jongleur had als kind zo vaak gedroomd van een donkere gedaante, de Dood die volgens zijn vader iedereen op een dag kwam halen, maar pas nadat zijn ouders hem naar die afschuwelijke school in Engeland hadden gestuurd had hij het gezicht van die gedaante gezien. Op een avond, toen hij in een verkreukelde krant zat te bladeren die een ouderejaars in de kast op de slaapzaal had laten liggen, zag hij een illustratie. Het bijschrift luidde: 'Visie van een tekenaar op de raadselachtige Mr. Jingo.' Hij had onmiddellijk beseft dat dit het gezicht was van de figuur die hem in zijn dromen achtervolgde, nog veel meedogenlozer dan de wreedste ouderejaars op Cranleigh. De man in de afbeelding was lang, hij droeg een donkere mantel en een ouderwetse hoge hoed. Maar het waren zijn ogen, zijn bezwerende, starende ogen die het hart van de jonge Felix angstig deden kloppen. Het bijbehorende artikel, dat over de figuur in de illustratie ging, was door de ratten weggeknaagd en zou voorgoed een mysterie blijven, maar de afbeelding zelf was meer dan genoeg geweest. Sindsdien had Felix Jongleur onafgebroken de blik uit die ogen gevoeld, die spottende, ontzielde, angstaanjagende ogen.

Ze wachtten af. Mister Jingo hoefde alleen maar te wachten, als een haai in de buurt van een uitgeputte drenkeling.

Jongleur verzette zich tegen de zwaarmoedigheid die soms als een opportunistische parasiet zijn geïsoleerde geest probeerde binnen te dringen. Het zou makkelijker zijn als je ergens in kon geloven, in een vriendelijke en liefhebbende macht, een tegenwicht tegen die gruwelijke, geduldige blik. Zijn tantes van moederskant hadden geloofd. Zelfs op hun doodsbed waren ze nog een toonbeeld van rust en vertrouwen geweest, gestorven in de zekerheid dat er voor hen een plaats in de hemel was – een oord dat veel van Limoux weg had, alleen hadden fatsoenlijke katholieke dames daar geen last meer van pijnlijke gewrichten en luidruchtige kinderen. Stuk voor stuk hadden ze kalm en zelfs opgewekt de dood onder ogen gezien.

Maar hij wist wel beter. Eerst had zijn vader het hem verteld met zijn treurige, vermoeide gezicht en daarna was het hem op brutere wijze duidelijk gemaakt in de jungle van de Engelse kostschool. Er was geen hemel voorbij de dampkring, er was alleen de inktzwarte en oneindige ruimte. Je kon slechts op je eigen innerlijk vertrouwen. Het duister wachtte, klaar om je op te slokken wanneer het maar wilde, en niemand zou een vinger uitsteken om je te redden. Al schreeuwde je de longen uit je lijf, andere mensen zouden alleen een kussen tegen je gezicht drukken om je niet te horen. De pijn zou blijven. Er was geen hulp te verwachten.

En de dood? De dood met zijn hoge hoed en bezwerende blik was de ergste van allemaal. Als hij je niet onverhoeds kwam halen, als je erin slaagde hem te ontlopen en sterk te worden, dan trok hij zich terug in de schaduw en wachtte tot de tijd je had ondermijnd. Als je oud, zwak en hulpeloos was kwam hij weer te voorschijn om je alsnog te grijpen, even genadeloos als een wolf.

En dat kon de jeugd met zijn zalige onwetendheid niet begrijpen. Voor hen was de dood niet meer dan een wolf uit een tekenfilm, een belachelijke figuur. Ze konden niet weten dat die wolf zich op een dag in zijn ware gedaante zou laten zien en dat niets hem zou kunnen tegenhouden, geen stro, geen hout en geen stenen muur.

Jongleur huiverde, een rilling die zijn verzwakte zenuwstelsel nauwelijks registreerde. Zijn enige troost was dat hij drie generaties had overleefd, jongeren van wie de ogen eindelijk waren opengegaan voordat ze schreeuwend uit hun verwoeste huizen waren gesleept terwijl hijzelf nog aan die grijnzende kaken was ontsnapt. Gentherapie, vitaminekuren, gerichte straling – allemaal zaken die de dood slechts korte tijd op een afstand konden houden (tenzij je over dezelfde middelen en originele ideeën als Jongleur beschikte). Een paar, de mensen met het meeste geld en geluk, hadden onlangs de leeftijd van honderdtwintig jaar bereikt, maar vergeleken met hem waren ze nog kinderen. De anderen waren allemaal gevallen, zijn eigen kleinkinderen, achter- en achter-achterkleinkinderen waren geboren, oud geworden en ten slotte gestorven, de een na de ander. Alleen hij was overgebleven om het geduld van Mr. Jingo op de proef te stellen.

En dat zou hij voor eeuwig blijven doen... als God of wat dan ook het wilde.

Felix Jongleur had zijn nachtmerries meer dan twee lange mensenlevens verdragen. Zonder op de chronometer te kijken of een van de andere instrumenten te raadplegen die hij bijna met zijn wil kon oproepen, wist hij dat de Golf van Mexico nog in het donker van vlak voor de dageraad gehuld lag. De paar vissers die hij gedoogde op

Lake Borgne, zijn eigen slotgracht, zouden bezig zijn hun netten binnen te halen. De politiemensen die 's nachts achter hun monitoren Baton Rouge bewaakten zouden blij zijn dat hun dienst er bijna op zat. Vijftig kilometer ten westen van Jongleurs vesting, op het Vieux Carré in New Orleans, zouden weer een paar bewusteloos geslagen toeristen in de goot liggen, beroofd van hun creditcards, sleutels en zelfrespect... als ze geluk hadden. Anderen zouden half verdoofd ontwaken en merken dat ze een hand kwijt waren, de slagader snel dichtgebrand zodat de daders niet van moord beschuldigd konden worden (het was ze alleen om de handafdruk te doen, hoewel de meeste autoverhuurders daar geen gebruik meer van maakten). En sommige van die toeristen zouden helemaal niet meer wakker worden.

De nacht was bijna voorbij.

Felix Jongleur was boos op zichzelf. Het was al genoeg dat hij in slaap dommelde zonder er erg in te hebben, maar nu werd hij ook nog wakker met een hart dat angstig bonkte. Hij leek wel een kind, en dat vanwege een paar bekende, inmiddels afgezaagde dromen...

Hij besloot liever wat werk te doen. Dat was de enige goede oplossing, de beste manier om de man met de hoge hoed in zijn gezicht te spugen.

Zijn eerste impuls was terug te gaan naar Abydos-Dat-Was om daar op zijn comfortabele goddelijke troon, bediend door zijn priesters, de laatste informatie te verwerken. Maar de nachtmerrie had hem verontrust, vooral door de ongewone mengeling van elementen. Hij voelde zich hier opeens niet veilig meer en hij wilde persoonlijk controleren of alles in orde was, ook al werd het grote huis waarin zijn lichaam werd geconserveerd beter bewaakt dan menige militaire basis.

De toren, waarvan de onderste dertig meter letterlijk de grond in waren geboord, bestond uit zeven subterrane en tien bovengrondse verdiepingen en verhief zich hoog in de mistige lucht boven Lake Borgne. Toch was dit fort slechts een klein onderdeel van het reusachtige complex op het kunstmatige eiland. Op de bewerkte rotsplaat van ongeveer vijftig vierkante kilometer woonden amper tweeduizend mensen, een dorp dat niettemin meer macht had dan de meeste staten op aarde. Jongleur was hier bijna even goddelijk als in zijn virtuele Egypte: een gefluisterd woord was voldoende om de batterij camera's in werking te stellen die elke hoek van zijn domein bewaakten. De muurschermen in de toren en de omringende gebouwen werden in een oogwenk tot spiegelruiten waar hij doorheen kon kijken, de beelden vergezeld door woorden en cijfers die als vonken door zijn blikveld schoten.

Hij begon aan de buitenkant. De camera's op de oostelijke muur lieten het eerste teken van de dageraad zien, een rode gloed boven de Golf, nog zwakker dan de felle oranje lichten van de olieplatforms. In twee observatietorens zaten bewakers te kaarten en ze waren niet allemaal volgens de voorschriften gekleed, maar alle ploegen in de zes torens waren wakker en paraat en Jongleur was tevreden. Hij zou de commandant erop wijzen dat de discipline wat aangetrokken diende te worden. De andere verdedigers van zijn domein, althans de menselijke verdedigers, lagen in de grote barakken te slapen. Hun onderkomens en exercitieplaatsen besloegen bijna de helft van het kunstmatige eiland waarop de toren stond.

Hij verplaatste zijn inspectie naar de toren zelf, het ene na het andere scherm inschakelend tot hij de tientallen kamers en gangen kon overzien als een geest die in magische spiegels leefde. De kantoren waren bijna allemaal verlaten, afgezien van een paar personeelsleden die de overzeese aanvragen behandelden of het werk van de dagploeg aan het voorbereiden waren. Een paar schoonmakers, mannen en vrouwen uit de omgeving die zelf geen idee hadden hoe streng ze waren geselecteerd, stonden op de kade voor het fort te wachten op de boot die hen naar de overkant zou brengen.

Het hogere kader was nog niet gearriveerd en in de stille directiekantoren was alleen de gloed van elektronische schermen te zien. Boven die kantoren lag de eerste woonetage van de toren, grotendeels gereserveerd voor hoge bezoekers; slechts een paar van de schitterend ingerichte appartementen waren bestemd als permanente woning voor de uitverkorenen van Jongleurs wereldomvattende onderneming.

Zijn verre blik ontwaarde de directeur van een grote dochteronderneming uit de Oekraïne. De man zat in zijn ochtendjas op het balkon van zijn appartement naar het meer te kijken. Jongleur herinnerde zich dat er een bespreking op de agenda stond en veronderstelde dat de directeur na de vliegreis moeite met slapen had. Uiteraard zou de bespreking alleen via muurschermen plaatsvinden. De directeur, een van de rijkste en machtigste mannen van de Oekraïne, zou zich ongetwijfeld afvragen waarom hij heel die reis had moeten maken als hij zijn werkgever toch niet onder vier ogen kon ontmoeten.

De man mocht de hemel op zijn blote knieën danken dat hij zijn meester niet van aangezicht tot aangezicht hoefde te zien, dacht Jongleur. Nu kon hij tenminste nog denken dat zijn baas een excentrieke oude man was die aan achtervolgingswaanzin leed en bleef de onaangename waarheid voor hem verborgen, namelijk dat de grote oprichter en leider een monsterachtig *ding* was, ondergedompeld in conserveermiddelen en bij elkaar gehouden door middel van drukverbanden. De bezoeker hoefde nooit in te zitten over de elektroden die dwars door Jongleurs ogen en oren heen waren verbonden met zijn zenuwen, over het huid- en spierweefsel dat met het uur slapper werd en elk moment kon loslaten van zijn flinterdunne, broze botten.

Jongleur stond niet lang stil bij de bekende verschrikking van zijn eigen toestand. Hij bepaalde zijn aandacht liever tot de onderste etages van zijn eigen heilige der heiligen, met de verblijven van zijn lijfwachten en ingenieurs en de kamers waar de belangrijkste apparatuur stond opgesteld. In een daarvan, afgesloten als een drukcabine en permanent bewaakt, lagen de tanks in hun gewatteerde wiegen. De tank met daarin zijn eigen lichaam, een capsule van glanzend zwart plaatstaal, verhief zich als een koninklijke sarcofaag in het midden van de kamer, met de regelapparatuur verbonden door talloze bundels kabels. In de enorme ronde kamer waren nog drie tanks, twee kleinere voor Finney en Mudd en een die dicht bij zijn eigen rustplaats stond, net zo groot en glanzend als de zijne en bijna even belangrijk.

Hij wilde niet te lang naar die andere tank kijken.

Evenmin voelde hij er veel voor zijn inspectietocht voort te zetten. De bovenste etage bleef zoals gewoonlijk verboden gebied, zelfs voor hem – misschien wel juist voor hem. De meester van Lake Borgne had lang geleden besloten nooit meer in de suite in de top van de toren te kijken. Omdat hij wist dat de verleiding om dat toch te doen te groot zou zijn, net zoals je met je tong onwillekeurig een pijnlijke tand aftast, had hij de camera's in die ruimte laten beveiligen met een code die hij zelf niet kende. Tenzij hij de bewakingsdienst uitdrukkelijk opdracht gaf de beveiliging op te heffen, een neiging waartegen hij zich wel duizend keer had verzet, zouden die kamers voor hem even donker blijven als de leegte tussen de sterren.

Overtuigd dat alles wel in orde was in zijn vazalstaat, maar niet van plan langer dan noodzakelijk stil te staan bij de inhoud van die vierde tank of van de overige torenkamers, zette hij zijn inspectietocht voort in de virtuele domeinen die hij had geschapen.

Aan het Westelijk Front ten zuiden van Ieper woedde nog altijd de slag van Amiens. De man die in de loopgraven gevangen had gezeten was verdwenen, maar de Poppen bleven vechten en sterven alsof er niets was gebeurd. Als deze versie van de veldslag was afgelopen zouden de lijken uit de modder opstaan alsof de dag des oordeels was aangebroken. De verminkte lichamen zouden hersteld worden, de granaatscherven aan elkaar gelijmd tot verwoestende wapens, waarna de hele slag opnieuw kon beginnen.

Op Mars hadden de krijgshaftige Rax uit de woestijn een aanval op Tuktubim ondernomen. De Soombar had tijdelijk vrede gesloten met Hurley Brummond en diens aardse soldaten ingezet bij de verdediging van de stad. Het zag er allemaal heel leuk uit.

In het oude Chicago werd het einde van de Drooglegging gevierd met algemene openbare dronkenschap; de cyclus daar was bijna voltooid. Atlantis was net uit zijn waterige graf verrezen en kon opnieuw beginnen. In Wonderland was de opstelling al voltooid, met rode en zwarte stukken aan weerszijden van het zinnebeeldige schaakbord.

Jongleur zapte zijn werelden af, soms een ander gezichtspunt kiezend als het oorspronkelijke beeld hem niet beviel. In een ervan was de armada erin geslaagd de stormen in Het Kanaal te overleven. De Spanjaarden voeren over de Theems om hun sterke troepenmacht aan land te zetten en Londen te verwoesten. Jongleur nam zich voor de afloop te bekijken, misschien wel in de gedaante van een sim, want dit resultaat kwam maar zelden voor en de vorige keer was hij te laat geweest.

Een andere invasie van Engeland, nu door de Marsrobots van H.G. Wells, was bijna afgelopen. Alles leek daar tergend traag te gaan. Hij vroeg zich af of de simwereld opnieuw ingesteld moest worden.

Ook bij diverse andere simulaties kreeg hij de indruk dat hij zijn virtuele domeinen wel wat meer aandacht mocht schenken dan hij de laatste tijd had gedaan. Xanadu was vrijwel uitgestorven en de tuinen van het lustslot waren lelijk verwaarloosd. Narnia lag nu al maanden onder een laag sneeuw en er was nergens een allegorische leeuw te zien om het einde van de winter aan te kondigen. In de Hobbitwereld, ontworpen voor een achter-achter-achterneef, was een totale oorlog uitgebroken. Dat was op zich prima, alleen het gebruikte wapentuig paste niet erg bij de simulatie. Vooral de machinegeweren en jachtbommenwerpers waren een beetje te veel van het goede.

In andere werelden waren de problemen subtieler, maar daarom niet minder verontrustend. De bewoners van Asgard leken zich liever te bezatten dan te vechten, wat hij nog kon toeschrijven aan het melancholieke karakter van de driftige Noormannen, en zelfs Bifrost zag er stoffig en onverzorgd uit. Elders, in het oude Rome, was de laatste der Julio-Claudiaanse keizers verdreven door Tigellinus, de commandant van de pretoriaanse garde. Dat zou een belangwekkende variant zijn, ware het niet dat de usurpator een groot deel van zijn gelaat miste. Het spookachtige gezicht, met een gladde huid op de plaats van zijn ogen en neus, was op alle munten en standbeelden weergegeven, een bizarre verschijning waar niemand in Rome echter iets bijzonders aan scheen op te merken.

Jongleur ging steeds sneller van de ene simwereld naar de andere en trof bijna overal zorgwekkende verschijnselen aan: Dodge City, Speelgoedland, Arden, Gomorra en tal van andere simulaties vertoonden vreemde afwijkingen, alsof iemand met de zwaartekracht had geknoeid en alles scheef was komen te staan.

De oude man stelde met grimmig genoegen vast dat zijn nachtmerrie toch nog iets positiefs had opgeleverd, want zonder die droom was hij nooit aan zijn inspectie begonnen. Deze werelden waren niet zomaar speeltjes, het waren de Elysische velden waarin hij zijn goddelijke onsterfelijkheid zou doorbrengen. Het paste niet om ze allemaal te gronde te laten gaan.

In een van zijn laatste scheppingen, een tamelijk rustige simulatie gebaseerd op de komische stripverhalen die hij in zijn jeugd in Engeland had gelezen, zag hij eindelijk het gezicht dat hij al zolang had gehoopt en gevreesd te zullen terugzien.

Hij zag het maar heel even, in een menigte fraai uitgedoste mensen, maar het trof zijn oog als een pijl. Zijn oude hart begon weer te bonzen, net als na zijn droom, en vaag voelde hij zijn echte lichaam traag spartelen in het harnas waarin het in de stroperige vloeistof dreef. Hij staarde naar het gezicht en in zijn ontsteltenis vergat hij een ogenblik dat hij regelrecht in de simulatie kon springen om de prooi te grijpen en te vangen. De kortstondige aarzeling werd hem fataal.

Hij nam de eerste de beste sim die zijn systeem aanbood en ging naar binnen, maar degene die hij al die tijd had gezocht scheen zijn komst te hebben voorvoeld en was al door de zaal naar de uitgang gesneld en in de drukte op straat verdwenen. Jongleur volgde hem, maar er liepen veel te veel mensen in de weg en er waren te veel vluchtroutes. Het was onbegonnen werk.

Bertie Wooster, Tuppy Glossop en de andere leden van de Drones Club waren niet weinig ontdaan toen er tijdens hun jaarlijkse liefdadigheidsbal plotseling een ijsbeer van bijna drie meter lengte in de zaal verscheen. Het fenomeen gaf onmiddellijk aanleiding tot opgewonden discussies en nieuwe bestellingen bij de bar. Diverse vrouwen – en, toegegeven, ook enkele leden van het sterke geslacht – vielen flauw toen de bleke verschijning over de dansvloer draafde en de halve band onder de voet liep, waarbij een klarinetspeler ernstig gewond raakte. Maar zelfs degenen die het hele gebeuren onbewogen hadden gevolgd en zonder te morsen van hun pure whisky hadden genipt, wisten niet hoe ze het hadden toen de ijsbeer zich op de drempel van Prince Albert Road op zijn knieën liet zakken en onbedaarlijk begon te snikken.

20

De onzichtbare rivier

NETFEED/KUNST: *Explosief eerbetoon*
(beeld: het verwoeste gebouw van de First Philadelphia Bank)
COMMENTAAR: *De bomaanslag op een kantoor van de First Philadelphia Bank waarbij vorige maand drie doden en zesentwintig gewonden vielen, is opgeëist door 'Bigger X', de guerrillakunstenaar wiens echte naam onbekend is.*
(beeld [archiefmateriaal]: een versplinterde gevelruit, met bloemen bedrukte lijkzakken)
De omstreden artiest, die eerder stoffelijke overschotten uit het mortuarium stal om ze te tatoeëren en in Florida en Toronto dreigde levensmiddelen te vergiftigen, heeft inmiddels drie moordaanslagen opgeëist. In een boodschap aan 'artOWNartWONartNOW' zegt hij dat zijn werk is bedoeld als eerbetoon aan pioniers van gedwongen performances, zoals Manky Negesco en TT Jensen...

'C*ode Delfi. Begin hier.*

Dit is het vervolg van het dagboek van Martine Desroubins. Er is veel gebeurd sinds mijn laatste bericht, twee dagen geleden.

Het belangrijkste is misschien wel dat we in een andere simulatie terecht zijn gekomen. Ik zal met een beschrijving van de nieuwe omgeving wachten tot ik heb verteld hoe dat in zijn werk is gegaan.

Verder ben ik iets meer over dit virtuele universum aan de weet gekomen en ook het kleinste stukje informatie kan van doorslaggevend belang zijn.

Ik heb nu een stadium bereikt waarin ik de fysische informatie van onze omgeving evengoed kan "lezen" als ik op het gewone net mijn weg kan vinden, zodat ik me bijna net zo gemakkelijk kan verplaatsen als mijn reisgenoten. Sterker nog, ik geloof dat veel andere zintuigen bij mij een stuk beter zijn ontwikkeld. Om die reden acht ik het mijn bijzondere taak om te begrijpen hoe de apparatuur achter deze werelden werkt. Zoals ik al eerder heb gezegd, ben ik niet optimistisch over onze kans op overleving, laat staan om onze missie tot een goed einde te brengen, maar elke nieuwe ontdekking maakt die kans in elk geval wat groter.

Er is zoveel te vertellen! Ik wou dat ik eerder in staat was geweest deze woorden in het donker te fluisteren.

In de vorige simulatie was onze groep, die nog slechts bestond uit Quan Li, T4b, Lieve William, Florimel en mijzelf, op zoek gegaan naar Orlando en Fredericks. We hadden dat beter meteen kunnen doen, maar het was al bijna donker toen ze door de stroom werden meegesleurd en het zou dwaas zijn geweest om direct door onbekend gebied te gaan zwerven, vooral als de spinnen daar zo groot zijn als een zweefmolen op de kermis.

De mannen – zo zal ik ze voor het gemak maar noemen – wilden weer een soort vlot van een boomblad maken, maar Florimel wierp tegen dat we dan zoveel tijd zouden verliezen dat we net zo goed konden gaan lopen. Ze is er duidelijk aan gewend dingen te organiseren en in dat opzicht doet ze me aan Renie denken, alleen is ze niet zo openhartig en minder snel bereid een fout toe te geven. Ik vermoed dat ze zich voortdurend aan de anderen ergert, als iemand die met een zwakke partner moet kaarten. Maar ze is ongetwijfeld intelligent. Ze stelde voor het strand en de oever te volgen om te zien of Fredericks en Orlando erin waren geslaagd ergens aan land te gaan. Bovendien zouden we dan niet door de sterke stroom meegesleept kunnen worden.

Quan Li viel haar bij en mijn eigen stem gaf de doorslag ten gunste van het plan, hoewel het niet mijn opzet was de mannen en de vrouwen tegenover elkaar te stellen. Zodra de zon boven de bomen op de andere oever zichtbaar werd gingen we op weg. Ook al kan ik dat zelf natuurlijk niet zien, ik voelde de warmte op mijn gezicht en nog veel meer dan dat: ook in een gesimuleerde wereld is de zon de oorsprong van veel dingen.

Het eerste deel van de tocht verliep zonder incidenten, afgezien van enig geruzie tussen Lieve William en Florimel waarbij Quan Li telkens probeerde te bemiddelen. Als we de twee jongemannen niet konden vinden, zei Florimel, moesten we proberen iemand van de Beweging in zijn eigen simwereld gevangen te nemen en hem desnoods met geweld dwingen alles te vertellen wat hij wist of zelfs ons te helpen. Volgens William was dat de goden verzoeken. Omdat we vrijwel niets van de Graalbeweging af weten, is de kans op succes vrijwel nihil en zouden we eerder de hele Broederschap op ons nek krijgen. Ook Quan Li was blijkbaar bang dat we al te erg in de gaten zouden lopen, iets wat Florimel afdeed als angsthazerij.

T4b bemoeide zich helemaal niet met de discussie. Het kostte hem al moeite genoeg om niet met de stekels van zijn pantser in de grote aardkluiten vast te raken en ik kan het hem niet kwalijk nemen dat hij zich afzijdig hield.

Tegen de middag, nadat we al een paar flinke bochten in de rivier waren gepasseerd, werd ik afgeleid door een vreemde en toch niet geheel onbekende sensatie. Het was dezelfde eigenaardige trilling die ik had gevoeld toen we met onze eerste boot tussen de vissen waren beland. Toen was ik nog half verdoofd door alle nieuwe indrukken en daarom begreep ik niet meteen waar het een voorbode van was.

Het trillen werd sterker en plotseling hoorde ik de anderen roepen dat er een witte gedaante boven het water zweefde, niet ver van de oever. Ik had geen besef van kleur en het trillen was zo verwarrend dat ik nauwelijks iets van een andere aanwezigheid merkte.

"Het is een man!" zei Quan Li. "Dezelfde die ons naar T4b bracht toen die door de vis was uitgespuwd!" William stond te roepen dat de man in het wit niet moest doen alsof hij Jezus was en naar de kant moest komen. Ook dat drong nauwelijks tot me door, want ik probeerde heel geconcentreerd te begrijpen wat ik toch voor vreemds voelde. In tegenstelling tot de stroom geordende informatie die de sims van mijn metgezellen uitzonden, was er bij de onbekende bijna sprake van afwezigheid van informatie, alsof het een zwart gat was dat je alleen kunt zien doordat het helemaal niets uitstraalt.

Door onze ontmoeting met een van de meesters van Anderland – al kwamen we er pas later achter dat hij dat was – begreep ik dat het ontbreken van informatie het gevolg moest zijn van uiterst geavanceerde apparatuur die bijna elk teken van virtueel bestaan onderdrukte, zoals je lawaai kunt uitschakelen door het uitzenden van contrasterende geluidsgolven die een dempende uitwerking hebben. De vraag blijft waarom iemand zo'n ongetwijfeld kostbare camouflage gebruikt in een omgeving waar hij zelf de baas is. Misschien wagen ook deze mensen zich weleens buiten de grenzen van hun eigen virtuele koninkrijk om ongemerkt de lusthoven en harems van hun buren te bezoeken.

Terwijl ik me nog steeds over dit zonderlinge verschijnsel verbaasde stelde de man zichzelf voor. "Ik ben Kunohara en u bent te gast in mijn wereld. Het is overigens niet erg beleefd om onaangekondigd bij iemand op bezoek te gaan, maar misschien weten ze in uw eigen land niet wat beleefdheid is."

Het was een vreemde ervaring voor me, want zijn stem leek uit het niets te komen, als het commentaar bij een oud journaal. Voor de anderen was het vreemdste zijn positie, ongeveer een meter boven het stromende water van de rivier.

Uiteraard was het Quan Li die haastig haar excuses aanbood. De rest hield zich rustig en zelfs William liet het bij die ene uitbarsting. Kunohara, volgens de anderen een kleine man met een oosters uiterlijk, zweefde naar ons toe en landde op de oever. Tamelijk uit de hoogte begon hij het een en ander te vertellen, als een kind dat een geheim verklapt. Ik besteedde minder aandacht aan de inhoud van zijn raadselachtige opmerkingen dan aan de algemene indruk die ik van hem kreeg. Als hij een vijand was, een van de meesters van deze virtuele wereld, wilde ik hem niet alleen zo goed mogelijk doorgronden, ik wilde vooral te weten komen hoe hij hier te werk ging. De besturing van het systeem was immers helemaal voor ons verborgen. Misschien maakte hij gebruik van filters, want ik kon vrijwel niets bijzonders ontdekken.

Het werd snel duidelijk dat die Kunohara meer van ons wist dan andersom. Hij zei dat we uit de simulatie van Atasco waren gevlucht – wat William, die zichzelf tot woordvoerder had gebombardeerd, in bedekte termen bevestigde – en hij liet doorschemeren dat hij een of meer van onze vermiste reisgenoten had ontmoet, hoewel hij beweerde niet te weten waar die zich nu bevonden. "Er is een verandering op til," zei hij, alsof dat iets verklaarde. "De meeste Poorten zijn willekeurig ingesteld." Vervolgens legde hij ons een soort raadsel voor dat ik woordelijk zal proberen weer te geven.

"De Graal en de Kring staan tegenover elkaar," zei hij. "Maar ze zijn allebei rond. Ze hebben hun systemen afgesloten en met dit nieuwe universum willen ze hetzelfde doen. Maar er is een plaats waar de twee cirkels elkaar snijden en daar kan wijsheid worden gevonden."

Lieve William, voor zijn doen nogal ingetogen, vroeg wat hij daarmee bedoelde. De naam van de Kring kwam me bekend voor, maar bij gebrek aan mijn gewone naslagbronnen moest ik op mijn geheugen afgaan en dat heeft ook nu nog geen resultaat opgeleverd.

Kunohara leek zich helemaal thuis te voelen in zijn rol als mystiek orakel. "Ik weet niet wat het betekent," antwoordde hij. "Wel kan ik een plaats aanduiden. Op de top van de Zwarte Berg zult u een plek vinden waar de twee cirkels elkaar heel dicht naderen."

Florimel vroeg op boze toon waarom hij zulke spelletjes met ons speelde. Ik hoorde Kunohara lachen. "Kinderen leren spelenderwijs," zei hij en met die woorden was hij verdwenen.

Er volgde een heftige discussie, maar daar nam ik niet aan deel. Ik probeerde me zijn woorden in te prenten en iets te ontdekken wat de anderen misschien over het hoofd hadden gezien. Ik moet wel geloven dat hij was voor wie hij zich uitgaf, de meester van deze wereld. In dat geval moet hij van de plannen van de Graalbeweging op de hoogte zijn, als hij zelf al geen lid van de Broederschap is. Maar als hij weet dat wij tegenstanders van de Beweging zijn – en waarom zou hij ons anders zo benaderd hebben? – waarom heeft hij ons dan verder met rust gelaten?

Ik kan er geen wijs uit worden. Dit zijn eigenaardige mensen. Zoals een Amerikaanse schrijver eens heeft gezegd, rijken zijn anders dan jij en ik.

Na Kunohara's verdwijning zetten we onze tocht langs de waterkant voort. William wees er fijntjes op dat Florimel de kans had laten lopen een van de Graalmeesters te grijpen en onder druk te zetten. Ze gaf hem geen klap voor zijn kop, maar ik denk niet dat het veel scheelde.

De middag ging voorbij. Ik sprak met Quan Li over Hongkong en over haar kleindochter Jing, die acht jaar is. Ik werd ontroerd toen ze vertelde hoeveel ellende de hele familie door de ziekte van het kind had meegemaakt. Haar zoon, die in de grondstoffenhandel zit, heeft een jaar vrij van zijn werk moeten nemen om zich samen met zijn vrouw om zijn kind te kunnen bekommeren en Quan Li is bang dat zijn bedrijf die klap niet meer te boven komt. Naar eigen zeggen is ze zelf bijna gek geworden van wat er met haar enige kleinkind is gebeurd. Haar familie dacht eerst dat ze als oude vrouw alleen maar bang was voor de technologie van het net en later dat ze werkelijk haar verstand begon te verliezen.

Toen ik vroeg hoe ze al die tijd op het net kon blijven, antwoordde ze enigszins verlegen dat ze haar spaargeld had aangesproken – ook al tegen de zin van haar zoon en schoondochter – en naar een soort virtueel badhuis aan de rand van het Centrale District was gegaan. Ze leek zich oprecht zorgen te maken over het feit dat het verblijf in Anderland haar hele pensioen zou opslokken.

William en Florimel hadden weer eens ruzie gekregen, ditmaal over wat Kunohara had gezegd – William vond het allemaal onzin, bedoeld om ons te misleiden of een spelletje met ons te spelen – en daarom praatten ze geen van beiden meer met iemand. Ik kreeg nauwelijks een woord uit T4b, van wie ik eigenlijk minder weet dan van de anderen. Hij leek eerder afwezig dan vijandig, net een soldaat die een verschrikkelijke veldslag heeft meegemaakt en op de volgende wacht. Ik drong voorzichtig aan, maar hij wilde alleen herhalen wat hij al eerder had gezegd, namelijk dat een vriend van hem hetzelfde was overkomen als Renies broer en de kleindochter van Quan Li. Hij ontweek de vraag hoe hij achter het bestaan van Atasco's wereld was gekomen. Over zichzelf wilde hij alleen kwijt dat hij ergens in Amerika woonde. Het blijft irritant weinig, al heb ik wel de indruk dat hij ondanks zijn beperkte woordenschat op het net heel goed uit de voeten kan. Meer dan de anderen lijkt hij geïmponeerd te zijn door de "sterke lijn" waarover de Graalbeweging moet beschikken om zo'n netwerk te kunnen bouwen; ik neem aan dat hij daarmee geld en macht bedoelt.

We mochten de hele dag niet klagen over onze veiligheid. Een waadvogel op enorme steltpoten, zo hoog als een kantoorgebouw, zat bij de waterkant te loeren, maar we hielden ons schuil in een natuurlijke opening in de oever en na een tijdje ging het dier verveeld weg. Later werden we in een smalle kloof verrast door een grote tor die als een vrachtwagen op ons af denderde. De kever besteedde geen aandacht aan ons, maar er was zo weinig ruimte dat ik mijn hand op zijn harde, met steentjes bezaaide schild kon leggen terwijl hij passeerde. Ik verbaasde me opnieuw over alle details in deze virtuele wereld.

Aan het eind van de middag bespeurde ik een verandering in de rivier. In de chaotische stroom van informatie, compleet met watergeluiden die het werk van wel honderd moderne componisten leken te zijn, begonnen zich structuren af te tekenen. Ik kan het moeilijk onder woorden brengen. De bijna volkomen willekeurige informatie ging bepaalde lijnen en patronen vertonen, als ertsaders in een rotswand, en ik had het gevoel dat we een nog grotere en nog ingewikkelder structuur naderden.

Ik waarschuwde de anderen, maar die merkten niets bijzonders aan de rivier. Dat werd binnen enkele minuten anders. Florimel was de eerste die iets in het water zag glinsteren, gelijkmatig over het oppervlak verdeeld als lichtgevende algen. Weldra zagen ook de anderen duidelijk iets gloeien. Zelf bespeurde ik iets heel vreemds, iets wat ik niet anders kan omschrijven dan als een kromming van de ruimte. De open ruimte die ik al die tijd om ons heen had gevoeld, zowel boven de rivier als aan weerskanten daarvan, leek begrensd te worden door een plaats waar nog maar twee dimensies bestonden. Ik merkte nog steeds een soort verdwijnpunt op, zoals een schilder gebruikt om een illusie van diepte te wekken, maar de ruimte strekte zich niet voorbij dat punt uit. De anderen zeiden dat de oever en de rivier doorliepen tot aan de horizon, hoewel de blauwe gloed die nu over alles heen hing slechts een beperkte reikwijdte had.

Aan de rand van de voor mij kenbare ruimte gebeurde iets vreemds. Het ene ogenblik liepen we over de stenige oever in een rij achter Florimel aan, het volgende ging Florimel de andere kant op, voorbij Quan Li die als eerste achter haar kwam.

Mijn verbaasde metgezellen overkwam hetzelfde: de een na de ander liep zonder overgang de andere kant op zonder dat ze zich hadden omgedraaid. Het was net of er een ouderwetse film werd afgedraaid waarbij tussen twee frames was geknoeid om dit eigenaardige effect te krijgen.

Zelf was ik minder verbaasd. Ik had Florimels essentiële informatiestroom voelen verdwijnen en vervolgens geïnverteerd voelen terugkomen. Blijkbaar waren alleen mijn verscherpte zintuigen in staat de overgang naar dit spiegeleffect waar te nemen. Maar dat maakte niets uit. Hoe vaak we het ook probeerden, snel of langzaam, een voor een of allemaal tegelijk, we slaagden er niet in dit punt op de oever te passeren. Ik vraag me af of de niet-menselijke Poppen die hier komen, misschien een geheugen krijgen met herinneringen aan de wereld achter de barrière die ze zelf niet kunnen zien.

We waren bijna een uur bezig met dergelijke speculaties, om over het geruzie maar te zwijgen. Het was in elk geval duidelijk dat we alleen op het water zelf uit deze simulatie konden komen. Het was even duidelijk dat het maken van een boot tot de volgende dag zou moeten wachten, want de zon was al aan het ondergaan. Verder was het de vraag of we Kunohara konden geloven, die had gezegd dat de Poorten – kennelijk de in- en uitgangen van de diverse simwerelden – willekeurig waren ingesteld. Als dat waar was hoefden we ons niet te haasten, want dan was er maar een kleine kans dat we in dezelfde simulatie als Renie, Orlando en de anderen terecht zouden komen.

Uiteindelijk besloten we toch niet langer te wachten. Florimel bood aan ons te voet door het ondiepe water langs de kant te leiden. Lieve William was niet blij met dat voorstel en merkte niet zonder reden op dat de stroom aan de andere kant van de Poort weleens sterker of breder zou kunnen zijn. Volgens hem hoefde die andere rivier niet eens water te bevatten: het kon net zo goed zwavelzuur, cyanide of een soortgelijke onaangename substantie zijn.

Ik was het met hem eens, maar ik zei ook dat snelheid geboden was als we onze verdwenen lotgenoten wilden terugvinden. Eerlijk gezegd voelde ik er niets voor nog een nacht in dat oord door te brengen. Voor het eerst begon ik enige structuur te ontdekken in dit nieuwe universum, zoals Kunohara het had genoemd, en mijn aanvankelijke hulpeloosheid begon te verdwijnen. Ik wilde verder. Ik wilde meer weten.

De drie anderen stemden in met mijn idee en William legde zich er met tegenzin bij neer, op voorwaarde dat hij aan Florimels zijde zou blijven om haar in geval van nood te kunnen helpen.

We zochten een plek op waar de oever laag was – we waren veel te klein om ons naar beneden te laten glijden – en klommen langs een grasstengel omlaag naar de rivier.

Het water reikte slechts tot onze knieën, maar de stroming was sterk en de rivier bruiste op een eigenaardige manier, alsof hij bestond uit trillende geladen deeltjes. Quan Li vertelde me dat het een spectaculair gezicht was, "net alsof je midden in een vuurwerk zit". Voor mij was het minder aangenaam, omdat de gesimuleerde energie sterk leek op de overweldigende chaos die ik bij mijn komst naar Anderland had ervaren. Ik hield me vast aan Quan Li's elleboog en ontwaarde een plat oppervlak, een soort deuropening die het einde van de simulatie markeerde. William en Florimel gingen erdoorheen en waren abrupt verdwenen, zodat ik niets meer van hun aanwezigheid bespeurde. Quan Li en ik volgden.

Het allereerste wat ik aan de andere kant ervoer, was een geweldig besef van ruimte. Afgezien van de rivier, die nog altijd langs ons heen stroomde, was er niets te merken van de overvloed aan informatie in Kunohara's wereld. Ik voelde dat Florimel aan de rand van die grote leegte stond, met William een of twee passen achter haar. Tot mijn verrassing waadde ze wat verder de rivier in, alsof ze een beter uitzicht wilde hebben. De stroom rukte aan haar benen. Ze zwaaide wild met haar armen, viel in het water en werd meteen meegesleurd.

Quan Li gilde het uit van afschuw. Lieve William stak vergeefs zijn armen uit naar Florimel. Ik voelde dat ze radeloos probeerde uit de stroom te komen en daarom was ik stomverbaasd toen ik Williams schorre stem hoorde: "Moet je zien! Ze vliegt! Wat gebeurt er nou toch?"

Terwijl iedereen toekeek slaagde Florimel erin rustiger water te bereiken, hoewel ik kennelijk de enige was die er een rivier in zag.

Ze hees zichzelf uit de stroom en het was net of ze in het niets zweefde. Meteen kwam ze niet meer vooruit, maar wel begon ze te vallen, steeds sneller.

"Gebruik je armen, Flossie!" riep William. Ik vond het zelfs voor hem een misselijke grap, maar het bleek een deugdelijk advies te zijn. Florimel sloeg haar armen uit en haar val werd gestuit alsof ze onzichtbare vleugels gebruikte. Tot onze stijgende verbazing begon ze werkelijk te vliegen; ze scheerde als een vogel door de ogenschijnlijk lege ruimte en beschreef grote cirkels. Binnen enkele minuten was ze bij ons teruggekeerd en bleef voor ons zweven op de wind, af en toe met haar armen wiekend om op haar plaats te blijven.

"Het is geweldig!" riep ze. "Kom ook! Je blijft vanzelf in de lucht!"

Ik begon door te krijgen dat de grote ruimte niet zo leeg was als ik had gedacht, alleen was de informatie lang niet zo statisch als in Kunohara's wereld. Ik moest me opnieuw aanpassen, als dat het juiste woord is, en de anderen hielpen me door te vertellen wat ze zagen. We stonden op een klip boven een uitgestrekte steenvallei, waarvan de bodem in de diepte in de schaduw verborgen lag. De dag liep ten einde, net als in de simulatie van Kunohara, of anders begon het net licht te worden: boven de bergtoppen die het dal flankeerden was alleen een grijsblauwe lucht te zien. In de vallei waren een paar kleine gedaanten zichtbaar, te ver weg om ze goed te kunnen onderscheiden, zelfs met mijn zintuigen.

De rivier was een snelle horizontale luchtstroom geworden die alleen ik kon waarnemen, een onafgebroken windvlaag die door de vallei joeg.

Na een korte discussie stapten Lieve William en ik van de rotswand. Net als Florimel konden we onze armen als vleugels gebruiken en op de wind zweven, geholpen door de thermiek rond die rivier van lucht. Na een tijdje konden we naar wens omhoog of omlaag duiken. Quan Li en T4b lieten zich niet zo makkelijk overhalen in het niets te stappen. Vooral T4b was bang dat hij door zijn pantser als een baksteen naar beneden zou vallen, ook al was zijn omhulsel net zo virtueel als de vallei of de wind.

"Daar had je dan maar aan moeten denken voordat je jezelf als een draaibank verkleedde," zei William tegen hem.

Ten slotte gaven Florimel en ik T4b allebei een hand en hielden hem vast tot hij zag dat hij op eigen kracht kon vliegen. Zijn angstige voorgevoel kwam nog bijna uit ook, want met hem tussen ons in konden we onze armen niet goed gebruiken en daalden we snel. We moesten T4b loslaten en hij stortte zeker honderd meter naar beneden voordat hij wild met zijn armen begon te zwaaien. Hij spartelde als een geschrokken kip, maar tot zijn onuitsprekelijke opluchting bleek hij net zo goed te kunnen zweven als wij en een kwartiertje later vlogen we allemaal verrukt rondjes, als engelen die tussen de wolken boven het paradijs speelden.

Vooral William leek het naar zijn zin te hebben. "Niet te geloven!" zei hij. "Eindelijk hebben die idioten eens iets goeds verzonnen! Dit is verrukkelijk!"

Ten slotte was ik degene die voorstelde dat we misschien beter eerst onze nieuwe omgeving konden gaan verkennen, omdat we niet wisten wat er voor onverwachte dingen konden gebeuren. Misschien zou de luchtrivier wel kunnen overstromen, in welk geval we tegen de rotswanden van de vallei te pletter zouden slaan. De anderen waren het met me eens en we gingen op weg als een stel uiterst zeldzame trekvogels.

We hadden zelfs geen onzichtbare vleugels, maar onze armen hadden nagenoeg hetzelfde effect. De informatie die ik opving kwam overeen met onze lichaamsgrootte, waardoor ik uiteindelijk tot de conclusie kwam dat deze nieuwe simulatie eerder fantasie was dan een wetenschappelijk experiment. Zelfs bij een geringe zwaartekracht zouden we lang niet zo wendbaar zijn geweest en we zouden ook minder snel zijn gevallen als we onze armen stilhielden. Deze simwereld was geen realistische omgeving, het was de vleesgeworden droom van de mens om te kunnen vliegen.

Al met al vond ik het een meeslepende, bijna poëtische ervaring en ik was het met William eens dat zulke vondsten de aanleg van zo'n kostbaar netwerk de moeite waard konden maken. Deze nieuwe wereld bestond uit meer dan alleen steen en lucht. Vreemde bomen met bladeren in onverwachte kleuren, paars als heide, felgeel of lavendelblauw, groeiden uit spleten in de rotswanden. Sommige stammen hingen bijna horizontaal, andere hadden in het midden een knik en groeiden verder omhoog, evenwijdig aan de rotsen. Sommige waren zo breed en vertakt dat een hele vlucht mensen er had kunnen nestelen – wat ook vaak het geval was, zoals we later ontdekten. Er waren ook andere soorten vegetatie, bloemen zo groot als dienbladen die eveneens uit rotsspleten groeiden en holle lianen die als zeewier bewogen in de stroom van de luchtrivier. Af en toe vloog er een klomp planten langs ons heen, losgerukt van de wanden.

De luchtstroom leek een levensader te zijn, net als een echte aardse rivier. De zwevende planten waren bijvoorbeeld vooral talrijk aan de rand, alsof ze van de oevers waren losgekomen. Allerlei vogels en insecten vlogen net boven de sterke stromingen, waarin ze blijkbaar allerlei eetbare levende dingen konden vinden. Die eerste uren wenste ik meer dan eens dat ik de tijd had om deze vreemde ecologie beter te bestuderen.

We merkten algauw dat we in de vroege ochtend waren gearriveerd, want boven de bergtoppen werd een rand van de zon zichtbaar. De lucht werd warmer en nog meer dieren werden door de windrivier aangelokt, zodat we weldra waren omgeven door een wolk van vogels, insecten en allerlei vreemde wezens. Er waren een soort vliegende eekhoorns bij, maar andere wezens vertoonden geen enkele gelijkenis met aardse dieren. Eén soort kwam opvallend veel voor, een hol creatuur dat eruitzag als een lange harige boot, met zwarte oogjes en vliezen aan de poten. Quan Li noemde ze "veermannetjes".

Urenlang volgden we de rivier. De vallei veranderde niet of nauwelijks, alleen passeerden we af en toe een waterval, maar dan van echt water dat van de rotsen afstroomde. In de rotswanden waren veel grotten en ik begon me af te vragen of er in deze wereld ook grotere dieren leefden, dieren die misschien minder onschuldig waren dan vogels en veermannetjes. Mijn zintuigen hadden zich nog niet voldoende aangepast om in de chaos van vliegende beesten en trillende luchtstromen te kunnen onderscheiden of er in die spelonken ook iets bewoog. Hoewel mijn waarnemingsvermogen op den duur misschien scherper zal zijn dan dat van mijn reisgenoten, net zoals ik bijvoorbeeld als enige de windrivier kon "zien", is het een nadeel dat ik moet afgaan op heel andere dingen dan ik gewend ben. Daar zal ik rekening mee moeten houden als we weer in andere simulaties komen. Vooral gedurende de eerste uren voelde ik me net een vleermuis die in een confettiregen was verdwaald.

De anderen daarentegen hoefden alleen maar af te gaan op hun natuurlijke zintuigen en toen ze het vliegen eenmaal onder de knie hadden amuseerden ze zich wonderwel. Vooral William was zo uitgelaten als een kind en hij was het ook die dit nieuwe oord een naam gaf: "Aerodromia". Een tijdlang vergaten we bijna in wat voor netelige situatie we ons bevonden. We dachten zelfs niet meer aan onze verdwenen vrienden. Die eerste halve dag in de nieuwe wereld was een soort vakantie voor ons.

Het was laat in de middag toen we voor het eerst mensen tegenkwamen. Een groep van ruim twintig personen zat in een horizontale boom niet ver van een grote waterval. Sommigen namen een bad in het water, anderen vulden de blazen die aan hun brede riemen hingen. Bij onze nadering bleven ze doodstil zitten en zonder de anderen had ik ze misschien niet eens opgemerkt, want het ruisen van de waterval bracht me in verwarring.

Op voorstel van Florimel gingen we langzaam en omzichtig naar ze toe om te laten zien dat we met vredelievende bedoelingen kwamen. De mensen in en rond de boom, die volgens mijn metgezellen een donkerbruine huid en scherpe gelaatstrekken hadden die aan de Nilo-Hamitische stammen op aarde deden denken, staarden ons uit de nevel boven het water aan als een stel ernstige uilen. Vrouwen trokken hun naakte kinderen naar zich toe en een paar mannen pakten hun korte, dunne speren, hoewel ze geen erg vijandige indruk maakten. We hoorden later dat die speren een soort harpoenen voor de visvangst waren, verbonden aan een van mensenhaar gevlochten touw van twintig of dertig meter lengte. Die touwen waren een nog kostbaarder bezit dan de wapens. Qua technische ontwikkeling bevonden ze zich ergens tussen de late steentijd en de vroege bronstijd, hoewel het snel duidelijk werd dat ze geen metaal kenden.

Een van de mannen, een pezig kereltje met een grijze stoppelbaard, liet zich uit de boom vallen en vloog naar ons toe, zo sierlijk dat we ons ineens weer beginnelingen voelden. Vlak voor ons hield hij stil en bleef als een vlinder zweven terwijl hij ons in verstaanbaar Engels vroeg wie we waren.

"Wij zijn reizigers," antwoordde Florimel. William keek haar fronsend aan, boos omdat ze het initiatief nam. Ik hoop werkelijk dat hun onenigheid over het leiderschap niet eeuwig blijft duren. "We hebben geen kwaad in de zin," vervolgde ze. "We zijn hier vreemd."

De man scheen dit een acceptabel antwoord te vinden en er volgde een kort gesprek. Florimel vroeg of hij andere reizigers had gezien en beschreef onze vier verdwenen metgezellen, maar hij schudde zijn hoofd en zei dat er al "twaalf zonnen" geen vreemdelingen door de vallei waren gekomen en dat hij geen mensen had gezien die aan de beschrijving voldeden. Daarna nodigde hij ons uit kennis te maken met zijn stamgenoten. Uiteraard gingen we daarop in.

Onze gastheren behoorden tot het Volk van de Middelste Lucht, een tamelijk merkwaardige omschrijving gezien het feit dat alleen de hemel boven de wolken en de diepste gedeelten van de vallei niet tot de "middelste lucht" werden gerekend. Hoe dan ook, deze groep bleek te bestaan uit één grote familie die weer een onderdeel was van de Stam van de Rode Rots, een van de "jachtvluchten" zoals ze zichzelf noemden. Eens te meer had ik het gevoel dat het me maanden of jaren zou kosten om alles hier te begrijpen.

We kregen fris water aangeboden en stukken gedroogd vlees die volgens William afkomstig waren van veermannetjes. Terwijl we deden alsof we aten, konden we de stamleden wat nauwkeuriger opnemen. Hun kleren waren gemaakt van huiden, vermoedelijk afkomstig van de dieren waarop ze joegen, maar er zaten knopen aan en ze waren met decoratieve inkepingen versierd zodat ze geen echt primitieve indruk maakten.

Na het eten koos de hele familie uit de boom bij de waterval het luchtruim. We probeerden ze te volgen, maar kregen algauw discreet een plaatsje bij de kinderen en de bejaarden toegewezen. Dat konden we ze nauwelijks kwalijk nemen. We hoefden maar even naar hun gracieuze bewegingen te kijken om te beseffen hoe onbeholpen we zelf waren.

We daalden met een ruime bocht af in de vallei en volgden de windrivier stroomafwaarts. Na iets minder dan een uur bereikten we de roestkleurige rotsen waaraan de stam zijn naam ontleende en kwamen in een min of meer permanent kamp, de nederzetting van de hele stam. Ze sliepen in grotten en bewaarden daar ook de dingen die ze overdag niet meenamen, zoals grote kookpotten. Het verbaasde me dat ze zo weinig bezittingen hadden, tot ik een man zag die een stenen speerpunt sleep door ermee langs een rots te vliegen, zodat het stof langs de steile wand opwolkte. Ik besefte dat hun omgeving veel te bieden had waar onze eigen voorouders lang en hard voor hadden moeten werken.

In het kamp hadden zich al enkele tientallen andere families voor de nacht verzameld, bij elkaar misschien wel vier- of vijfhonderd mensen. Er werden rituele groeten uitgewisseld, waarna er drukke gesprekken met de buren werden gevoerd. Het deed me denken aan een rotseiland in zee waar talrijke vogels nestelen, een ogenschijnlijk chaotische maar in werkelijkheid strak georganiseerde verzameling.

De zon verdween achter de rotswand aan onze kant van het dal en overal in het kamp werden vuren ontstoken. Families groepten bij elkaar om te eten en te praten. Onze eigen groep had beslag gelegd op de stammen en dikke takken van een paar bomen die als uitgestrekte handen loodrecht uit de klip groeiden. Blijkbaar was dit hun vaste onderkomen in de nederzetting.

Er werd een vuur ontstoken op een grote platte steen in de vork van een boomstam en iedereen verzamelde zich rond de vlammen. Een van de vrouwen zong een lied over een kind dat naar de naam De Twee Winden luisterde en dat tot verdriet van zijn moeder van huis was weggelopen om een wolk te worden. Daarna voerde een jongeman een dans op die de anderen bijzonder grappig vonden. Zelf vond ik hem zo sierlijk en atletisch dansen – voor mijn geestesoog zag ik zijn informatiestroom als kwikzilver op een stuk glas heen en weer rollen – dat ik tot tranen toe werd bewogen.

Alle kleur was uit de avondlucht verdwenen en aan de hemel fonkelden sterren toen onze gastheer, "Hij die een vuur in de lucht maakt", aan een lang verhaal begon over een man die een zwevende plant had opgegeten. Die planten worden "luchtdrijvers" genoemd, een accurate maar weinig dichterlijke benaming. De man werd door de windrivier meegevoerd en beleefde allerlei avonturen in landen die nog vreemder waren dan dit vreemde oord, zoals het Land van de Driehoofdige Mensen en het Land van de Vogels met Ogen op hun Vleugels. De planteneter kwam zelfs in het griezelige Land van de Omgevallen Klippen. Misschien was dit een vage herinnering aan een bestaande vlakte of anders het meest fantastische landschap dat deze mensen zich konden voorstellen. Ten slotte kreeg hij een mooie vrouw en een heleboel "veders", een woord dat ik nog niet goed begrijp maar dat op rijkdom lijkt te wijzen. Door al zijn hachelijke avonturen was hij echter zo ontdaan dat hij een grote steen inslikte, zodat de wind hem nooit meer zou kunnen meenemen, maar daardoor kon hij niet meer vliegen en moest hij de rest van zijn leven doorbrengen op een richel langs de rotswand.

Het is moeilijk te zeggen of dat een goede of een slechte afloop was. Van allebei een beetje, denk ik.

We kregen vers vlees en vruchten aangeboden, die we opaten om niet ondankbaar te lijken. Ik weet niet goed welk effect etenswaar in deze virtuele omgeving op ons heeft. Uiteraard heeft het geen invloed op onze echte lichamen, maar zoveel andere dingen hebben dat wel dat je je onwillekeurig afvraagt hoe sterk de band tussen geest en lichaam is. Geeft eten je energie, net als in zo'n oud computerspelletje waarbij je op krachten moet blijven? Ik kan het onmogelijk zeggen. Lieve William beklaagt zich er weleens over dat hij het *plezier* van het eten mist, net als T4b op zijn minder welbespraakte manier, maar verder heeft niemand er een nadelige fysieke uitwerking van ondervonden.

Na afloop van het verhaal werden we meegetroond naar een grot, waar de vrouwen of zussen van het familiehoofd slaapplaatsen voor ons hadden ingericht.

De anderen vielen vrij snel in slaap, maar ik lag nog lang na te denken over alles wat ik over mezelf en het netwerk had ontdekt. Veel vragen blijven onbeantwoord. Zo lijkt het me onmogelijk om tegen de stroom van de windrivier in terug te gaan naar de Poort, zodat we min of meer gedwongen zijn op zoek te gaan naar een andere doorgang. Ik vraag me nog steeds af of Anderland met opzet zo is ontworpen dat de rivier bezoekers langs een bepaalde route door het netwerk stuurt.

Dat leidt natuurlijk tot de vraag hoe groot het netwerk is, hoeveel simulaties het in totaal bevat en hoeveel kans we hebben Renie en de anderen terug te vinden als we willekeurig van de ene naar de andere wereld worden geleid.

Later viel ik in slaap en ik droomde dat ik weer in de verduisterde gangen van het Pestalozzi-instituut was. Ik zocht mijn ouders en werd zelf gevolgd door iets of iemand waar ik bang van was. Ik schrok rillend wakker en kon de slaap niet meer vatten, wat me in elk geval de gelegenheid gaf dit dagboek bij te werken...

Er klinkt buiten ineens een hoop lawaai. De anderen in de grot beginnen wakker te worden. Ik moet maar eens gaan kijken wat er aan de hand is, het lijkt wel of er ruzie wordt gemaakt. Ik hoop er later verslag van te doen.

Code Delfi. Einde.'

Het was ergens in zijn achterhoofd begonnen, een slepend ritme dat langzaam naar de voorgrond kwam tot het de rest van de muziek overheerste en een dwingend thema was geworden. Thuis in Sydney had hij gewoon op jacht kunnen gaan om zijn driften te bevredigen, maar hij moest nog minstens een week in Cartagena blijven om het Hemelgodproject af te ronden en hij durfde niet nog meer aandacht te trekken.

Hij had toch al spijt van die affaire met de stewardess, hoe heette ze ook alweer...? Een van de andere passagiers aan boord van het vliegtuig uit Sydney had hun intieme gesprekje opgevangen en het nodig gevonden naar de politie te stappen toen het nieuws melding maakte van haar verdwijning. De Slachter was heel kalm gebleven toen de politie ineens voor de deur van zijn hotelkamer stond, want het lijk van de stewardess had hij allang opgeruimd, maar het was evengoed een onaangename verrassing geweest.

De politie leek te zijn gerustgesteld door zijn verklaring en zag blijkbaar niets verdachts aan zijn papieren, die op naam stonden van een zekere Deeds. (Met het geld van de Oude Man kon hij elke identiteit aannemen die hij maar wilde en het 'valse' paspoort was in feite echt, alleen uitgeschreven op naam van een denkbeeldig persoon met het gezicht en de netvliesafdruk van de Slachter.)

Het was dus met een sisser afgelopen, maar dat maakte het nog niet minder onplezierig. Over een eventuele arrestatie maakte hij zich niet veel zorgen: zelfs al zouden de zusjes Beinha hem niet kunnen helpen, de Oude Man had zulke goede vrienden bij het Australische ministerie van buitenlandse zaken dat hij met het mes nog in zijn bebloede vingers op een vliegtuig gezet zou worden. Maar hulp van anderen zou betekenen dat ze hem vragen zouden stellen die hij liever niet beantwoordde.

De recherche van Cartagena had zich op andere verdachten gericht, maar de Slachter begreep dat dit niet het juiste moment was om toe te geven aan zijn jachtinstinct. In elk geval niet in deze wereld.

Hij had de beste simulaties op dit gebied al uitgeprobeerd, Moordland, het Jachtslot en Zwarte Madonna, evenals een paar illegale varianten waarvan werd gezegd dat de menselijke prooien geen vrijwilligers waren. Maar ook al waren sommige slachtoffers mensen van vlees en bloed, zoals het hardnekkige gerucht wilde, de virtuele ervaring bleef vaag en onbevredigend. Een belangrijk deel van de jacht was het opwindende gevoel, de sensatie die zijn bloed sneller deed stromen en de adrenaline op gang bracht, de verscherping van zijn zintuigen waardoor hij alles zag alsof hij radarogen had. Het ging om het hoorbare stokken van de adem, de glinstering van angst in de ogen van zijn prooi, fel als neonletters in de nacht, de toenemende radeloosheid als ze begrepen dat ze in de val zaten. De simulaties op het net konden niet meer dan een slap aftreksel van de werkelijkheid bieden.

Maar het Graalproject...

Het idee was bij hem opgekomen zodra hij besefte dat het netwerk honderden en misschien wel duizenden landen omvatte die even gedetailleerd en technisch volmaakt waren als het Egypte van de Oude Man en die veel minder regels en voorschriften kenden. Daarna was hij erop gaan zitten broeden, vooral door de samenwerking met Dulcie Anwin – hij zou de eerste zijn om toe te geven dat hij het heel prettig had gevonden om dat zelfvoldane wijf op haar nummer te zetten.

Al die figuren in Anderland leken niet alleen net echt, ze geloofden zelf dat ze bestonden. Dat maakte het hele idee nog aantrekkelijker. Hij kon zich voorstellen hoe zijn voorouders zich hadden gevoeld toen ze met hun kano's de oceaan waren overgestoken en voor het eerst voet op Australische bodem hadden gezet. Een heel werelddeel waar nog nooit een menselijke jager aan het werk was geweest! Dieren die niet geleerd hadden de mens te vrezen en voor zijn stenen, knotsen en speren te vluchten. En nu had de Slachter niet zomaar een werelddeel gevonden maar een compleet universum.

Overmoedig, eigenwijs, slordig, dood, zei een stemmetje in zijn binnenste. Hij moest oppassen dat hij niet aan grootheidswaan ging lijden. Als hij het goed aanpakte zou heel het netwerk op een dag voor het grijpen liggen. Maar die dag was nog ver weg – de Oude Man zou zich niet zomaar op een zijspoor laten zetten – en de drang was nu zo hevig...

Hij opende de verbinding met de sim in Anderland, schakelde Dulcies programmalus uit en trok het lichaam aan alsof het een kledingstuk was. Hij voelde de harde bodem van de grot onder zijn rug, hoorde de trage en gelijkmatige ademhaling van de andere reizigers. Hij hield een hand voor zijn gezicht en bewoog zijn vingers, die nauwelijks te zien waren. Het was bijna helemaal donker. Heel goed.

Hij stond voorzichtig op en zorgde ervoor in evenwicht te zijn voordat hij over het lichaam van zijn buurman heen stapte. Tussen hem en de opening van de grot lagen het stamhoofd en een paar van diens familieleden te slapen. Het kostte de Slachter bijna een kwartier om de negentig meter naar de uitgang volkomen geruisloos af te leggen zonder iemand te wekken.

Hij bleef een tijdje in de schaduw van de opening staan om de omgeving af te speuren. Er was nergens een levend wezen te bekennen. De dunne maansikkel was al achter de hoog oprijzende klippen verdwenen, de kampvuren smeulden nog wat na en in de diepe stilte was alleen het klapwieken van een vogel te horen, hoog boven de windrivier. Hij liep behoedzaam naar de rand van de rotswand en stapte in het niets. Na een adembenemende vrije val van twintig tellen spreidde hij zijn armen en begon te vliegen.

Hier hoort muziek bij. Muziek en het geluid van kabbelend water.

Hij bracht in zijn hoofd een zacht geklater en het getinkel van een carillon ten gehore en liet zich meevoeren. Een paar minuten bleef hij zweven tot hij voldoende gekalmeerd en geconcentreerd was. Daarna vloog hij terug naar de nederzetting van de luchtbewoners.

Dit was een verbazingwekkende wereld. Hij was blij dat Dulcie het pas de volgende ochtend weer van hem overnam, nu had hij de rest van de dag het rijk alleen. Het vliegen, deze hele simulatie zorgde ervoor dat hij zich weer een kind voelde... alleen niet het kind dat hij echt was geweest, het kind dat nooit een moment van pure vreugde had gekend. Niet voordat hij zijn eerste moord had gepleegd. Maar hier was het alsof de langsstromende lucht alle aardse ongerechtigheid van zijn lichaam schraapte, hier voelde hij zich een volmaakte machine, een ding van donker licht en zachte muziek.

Ik ben een zwarte engel, dacht hij, en hij glimlachte terwijl de klokken in zijn hoofd tinkelden.

Hij had haar al gezien toen ze aankwamen, een kindvrouwtje met wit haar dat zich in een van de grote bomen om de kleintjes bekommerde. Ze zou een albino of zoiets kunnen zijn. Belangrijker dan haar opvallende uiterlijk was haar leeftijd, jong genoeg om gecommandeerd te worden en oud genoeg om seksueel aantrekkelijk te zijn. De Slachter hield er niet van achter echte kinderen aan te zitten en hij had een zekere minachting voor degenen die dat wel deden, alsof die een zwak karakter hadden. Hij had dezelfde minachting voor degenen die alleen virtueel op jacht gingen naar gesimuleerde slachtoffers, zonder kans op ontdekking of straf, terwijl hij altijd rekening moest houden met de meute bloedhonden die hem achtervolgde om de grote kudde te bewaken.

Hij voerde het ritme van de klokken op tot een energiek thema, geschikt voor een heldhaftige eenzame rover. Nee, die namaakjagers waren maar niks. Haperende machines waren het, terwijl hijzelf een bijna perfect werktuig was.

De zachte, dramatische muziek had al geruime tijd geklonken voordat hij eindelijk de grot vond waarin zij en haar familie lagen te slapen. De vorige avond had hij onopvallend bekeken welke grotten werden gebruikt, maar in het donker van de maanloze nacht waren de herkenningspunten – de eigenaardig gevormde rots, de afgeknotte boomstam die uit de rotswand stak – moeilijk terug te vinden. Maar hij voelde zich letterlijk zweven en dat alleen was genoeg om hem te overtuigen van de goede afloop, om hem in de lucht te houden tot hij had gevonden wat hij zocht.

Ze sliep tussen twee kleine kinderen in, alleen te herkennen aan de zachte glans van haar lichte haar. Hij bleef even boven haar hangen, als een spin aan de rand van zijn web, klaar voor de enige aanval waartoe hij de kans zou krijgen. Zijn armen schoten naar beneden. Een hand klemde zich rond haar keel, de andere schoof onder haar rug door en tilde haar op. Ze schrok wakker, maar zijn sim was sterk. Hij drukte haar armen stijf tegen haar lichaam en kneep haar keel dicht, zodat ze geen geluid kon uitbrengen. Met drie grote stappen was hij de grot uit, een afkoelende plek achterlatend tussen de nietsvermoedende, slapende kinderen.

Ze spartelde in zijn armen en hij kneep de slagader in haar hals dicht tot ze bewusteloos was. Daarna hees hij haar op zijn schouder en ging de grot uit. Net als de andere vliegende mensen was ze zo licht als een veertje, alsof haar botten hol waren. Dat laatste bracht hem op allerlei ideeën, waardoor hij niet goed oplette en in het donker bijna struikelde. Hij rende snel naar de rotsformatie die hij eerder had gezien, een soort stenen brug die een eind boven het dal uitstak, nog verder dan de grootste horizontale bomen. Aan de voet van de brug bleef hij even staan. Nu kwam het moeilijkste gedeelte. Als hij zich had misrekend waren de gevolgen niet te overzien.

Hij schoof het meisje iets naar voren op zijn schouder en liet een zacht tromgeroffel onder de klaterende muziek in zijn hoofd opklinken. De hele omgeving leek gespannen af te wachten.

De ster in close-up, dacht hij. *De onmogelijke opgave. Tegenlicht. De held in silhouet.* De camera in zijn hoofd registreerde alles, zijn houding, zijn intelligentie, zijn moed. Geen stuntmannen. Hij deed het zelf.

Hij sprong op de overhangende rots en liet de virtuele evenbeelden van zijn eigen gespierde benen op volle snelheid over de brug rennen. De rots strekte zich als een wijzende vinger uit naar de donkere kloof en de rand was nauwelijks zichtbaar. Als hij ook maar een seconde te vroeg of te laat sprong zou het een ramp worden.

Hij sprong.

Hij had het goed gezien en was precies van de rand van de stenen brug gesprongen. Hij stak zijn armen zover mogelijk uit om meer draagkracht te krijgen zonder het meisje te laten vallen, maar hij merkte dat hij toch begon te dalen. Je kon niet met zijn tweeën vliegen, zelfs niet als de ander zo klein en licht was als zijn gevangene. Nog even en hij zou haar moeten loslaten als hij niet te pletter wilde slaan. Hij had gefaald.

Plotseling wakkerde de wind aan. Een sterke luchtstroom rukte hem met zich mee en hij moest zijn armen snel intrekken om het meisje vast te houden. Hij had de windrivier gevonden.

De muziek in zijn hoofd zwol triomfantelijk aan. De rivier kreeg hem in zijn greep en voerde hem weg van de slaapgrotten.

Het meisje begon bij te komen en hij zocht de tragere stroming aan de rand van de windrivier op. Toen hij voelde dat haar gewicht hem naar beneden trok, liet hij haar los en spreidde zijn armen om haar te volgen.

Ook dit had hij goed ingeschat: haar instinct redde haar en ze sloeg haar armen uit nog voordat ze helemaal bij bewustzijn was gekomen. Terwijl ze verward en angstig in de lucht zweefde, zonder te begrijpen waar ze was en wat er was gebeurd, begon hij in het donker om haar heen te cirkelen en tegen haar te praten.

Door haar pijnlijke keel kon ze niets zeggen, alleen maar luisteren terwijl hij vertelde wat hij zou gaan doen. Ten slotte draaide ze zich om en vluchtte weg door de vallei. Hij gaf haar niet meer dan een paar tellen voorsprong. Een goede jacht was mooi, maar het zou helemaal niet handig zijn om haar weer in de buurt van de nestbomen te laten komen. Zelfs in haar angst en verwarring kon ze immers beter vliegen dan hij.

Het werd evengoed een prachtige achtervolging. In een rechte lijn had ze hem misschien zelfs voor kunnen blijven, maar in het donker had ze niet goed kunnen zien wie of wat hij was en zoals hij had verwacht probeerde ze hem met slinkse manoeuvres af te schudden en een schuilplaats te vinden. Soms kwam hij zo dichtbij dat hij haar hortende ademhaling kon horen en op die momenten voelde hij zich werkelijk een donkere engel, een instrument van de koude kant van het bestaan, met een taak die geen andere sterveling dan hij zelfs maar gedeeltelijk kon begrijpen.

Het meisje met het lichte haar begon moe te worden en haar bewegingen werden steeds wanhopiger, maar hij vermoedde dat ze nu in de buurt van het kamp kwamen. Hij had zijn eigen opwinding bijna een uur in toom gehouden, een langdurig voorspel waarvan het genot zelfs door de muziek in zijn hoofd niet kon worden geëvenaard. Wat hij voor zijn ogen zag waren omgekeerde virtuele beelden, de projectie van zijn diepste en kwaadaardigste gedachten op het plooibare donker van de lucht. Gebroken poppen, zeugen die hun eigen jongen opaten, vechtende spinnen in een fles, geslachte schapen, verkoolde en smeulende houtblokken in de vorm van een vrouwenlichaam... de beelden zweefden als een halo rond zijn hoofd, een wolk van vuurvliegjes in het waas dat voor zijn ogen hing.

De hondmensen, de schreeuwende mannen, de kindereters. Bijna vergeten verhalen die zijn moeder hem in haar drankroes had verteld. Gezichten die veranderden, die smolten, ogenschijnlijk gewone mensen die een vacht, veren of schubben kregen omdat ze te lang rond het kampvuur hadden gezeten. De Droomtijd, waar het onwerkelijke altijd werkelijkheid was, waar nachtmerries letterlijk uitkwamen, waar jagers elke gedaante konden aannemen. Waar de kleine Johnny alles kon zijn wat hij maar wilde en waar de anderen hem moesten aanbidden of eeuwig moesten vluchten. De Droomtijd.

Terwijl hij boven de verzwakte, huilende prooi een parabool beschreef die exact zijn lang uitgestelde hoogtepunt in beeld bracht, precies op de top, ontplofte er in zijn hoofd een heldere vuurbal. Het was een idee zonder woorden, iets waar hij pas later over zou kunnen nadenken, in de rust na de jacht.

Dit is de Droomtijd, dit universum waar dromen werkelijkheid worden.

Ik zal het middelpunt vormen en alles naar mijn hand zetten. De hele schepping zal voor mij buigen. Ik zal koning van de Droom zijn. Ik zal de dromers verslinden.

En terwijl deze gedachte als een opvlammende ster bij hem opkwam dook hij omlaag door de zwarte wind en boorde zijn tanden in het vlees en het bloed. Hij verslond zijn prooi, heet als het vuur, koud als het niets, een donkere en eeuwigdurende kus.

Naderhand had hij nog net het benul om de restanten van het lichaam te verbergen op een plek waar niemand ze kon vinden. Hij hield alleen haar mes bij zich, een vlijmscherp stuk vulkanisch glas. Dat was geen aandenken – hij verzamelde nooit trofeeën – maar een kwestie van instinct. Ook in de virtuele wereld had hij graag een goed wapen bij de hand.

Hij spoelde de sporen van zich af in een waterval en kwam in het bijtende koude water weer enigszins bij zinnen, maar terwijl hij terugvloog en zijn lichaam door de wind liet drogen kwam hij steeds meer in de ban van de nog vage, maar overweldigende ingeving die hij had gekregen. In de grot waar de anderen lagen te slapen verloor hij even zijn concentratie en stootte een van hen aan toen hij zijn eigen plekje opzocht. Hij hoorde een boos gemompel en bleef roerloos staan, zijn vingers gekromd als klauwen, gereed om tot het bittere einde te vechten. Zelfs in deze kunstmatige wereld was er voor een echte jager geen vangnet, geen kooi waarin hij zich zou laten vangen, maar de gedaante op de grond draaide zich om en sliep weer in.

De Slachter kon zelf geen rust meer vinden. Zijn hele hoofd was gevuld met een verblindend licht. Het zette de sim op de automatische piloot en riep Dulcie op om haar het werk eerder dan gepland te laten overnemen.

Hij had zoveel om over na te denken. Hij had de Droomtijd gevonden, maar dan de ware Droomtijd, niet de door spoken bevolkte wereld uit de oude verhaaltjes. Er was zoveel te doen. Hij had geen behoefte aan slaap; misschien zou hij wel nooit meer slapen.

'C*ode Delfi. Begin hier.*

Er is iets heel ergs gebeurd. Een van de stamleden, niet van de familie die ons onderdak heeft verleend maar wel uit deze nederzetting, is verdwenen. De hoofdman kwam het ons vertellen en hoewel hij duidelijk argwaan koestert, was hij te beleefd om ons ergens van te beschuldigen. In de loop van de nacht is een jonge vrouw, Sneeuwhaar, uit de grot waarin ze met de rest van haar familie lag te slapen verdwenen.

De hoofdman zei wel met zoveel woorden dat de andere stamleden ons verdenken. We mogen nog blij zijn dat er wel vaker zoiets gebeurt. Meisjes lopen weleens weg met mannen van een andere stam of worden geschaakt, en soms wordt er iemand 's nachts door een roofdier aangevallen, maar iedereen is toch erg van streek.

Ik leef met de mensen mee, maar wat me nog meer verontrust is het feit dat ik vannacht meende dat ik iemand hoorde weggaan.

Ik heb, geloof ik, al gezegd dat ik nog lang wakker lag nadat we in deze grot waren gaan slapen. Ik was ongemerkt toch ingedommeld toen ik een beweging hoorde. Later – ik weet niet of er minuten of uren waren verstreken – hoorde ik opnieuw iets. Het was een gemompel waarin ik de stem van Quan Li dacht te herkennen, maar dat zegt natuurlijk nog niets. Misschien was ook zij wakker geworden of lag ze in haar slaap te praten.

Toch moet ik er eens goed over nadenken, want het kan van belang zijn. Nadat de hoofdman was weggegaan spraken we er onderling over. Geen van de anderen was naar eigen zeggen opgestaan en ik durf niet te beweren dat een van de vier liegt. Misschien heb ik het wel gedroomd. Natuurlijk blijft het een vervelende zaak. Bovendien betwijfel ik of ik hier nog alles kan vragen wat ik me had voorgenomen, want het hele kamp is in rep en roer en het is misschien ook niet verstandig om nog meer de aandacht op ons groepje te vestigen.

Mijn reisgenoten zitten gespannen bij elkaar in de grot. Buiten kan ik de andere kant van de vallei zien, een duidelijke massa vrijwel statische informatie waar alleen de nevelslierten beweging in brengen. De rotswand moet donkerpaars zijn, want de zon is nog niet boven de klippen gekomen.

We hebben nog een heel eind te gaan naar de volgende Poort en als deze mensen zich tegen ons keren hebben we geen schijn van kans, want ze zijn in de lucht net zo behendig als een stel circusacrobaten. Aerodromia is hun wereld, niet de onze. We weten niet hoever het nog is naar de Poort of waar Renie en de anderen kunnen zijn.

In het begin dachten we nog, althans Renie, Singh en ik, dat Anderland net zo was als andere virtuele netwerken waar overal dezelfde regels gelden. Maar hier is elke simulatie een afzonderlijke wereld waarin we telkens vastlopen en op onverwachte verrassingen stuiten. Bovendien zijn we geen stap dichter bij de oplossing van het eigenlijke probleem gekomen. We zijn te ambitieus geweest. Anderland begint zich te wreken.

De hoofdman komt weer naar de grot toe, nu in het gezelschap van een groepje gewapende mannen. Rond hun lichamen bespeur ik de vaste omtrekken van stenen speren en bijlen. Er is nog iemand bij, een opgewonden man die wellicht de vader van het vermiste meisje is. De hoofdman zelf is ongerust, verdrietig, boos, zijn emoties verstoren de informatiestroom die hij uitstraalt. Het ziet er niet goed voor ons uit.

Ik moet dus opnieuw afbreken. Dat is bijna symbolisch voor ons hele verblijf hier. Onze vijanden zouden lachen als ze ons zo zagen, als het ze tenminste iets zou kunnen schelen. We zijn zo onbeduidend! En ik probeer mijn gedachten maar vast te leggen in de hoop dat iemand er later iets mee kan of dat we toch nog zullen slagen. Elke keer vraag ik me af of dit niet het slot van mijn dagboek is, of deze laatste woorden niet eeuwig in de virtuele ruimte zullen blijven zweven, onopgemerkt en nutteloos.

De hoofdman gebaart dat we naar buiten moeten komen. Het Volk van de Middelste Lucht verzamelt zich voor de grot. De spanning is voelbaar. Ik moet gaan.

Code Delfi. Einde.'

21

In de diepvries

NETFEED/NIEUWS: *44 corrupte politiemensen opgepakt (beeld: Callan, Mendez en Ojee in een cel)*
COMMENTAAR: *Bij een grootscheepse operatie zijn in Californië 44 van corruptie verdachte politiemensen gearresteerd. Volgens hoofdofficier van justitie Omar Hancock staat vast dat sommige agenten geld hebben aangenomen van winkeliers en zelfs van hele winkelketens om straatkinderen uit stadscentra te ontvoeren en te vermoorden.*
HANCOCK: *'Deze politiemensen staan op film en om te voorkomen dat de zaak net als in Texas en Ohio in de doofpot verdwijnt, zijn die beelden al aan alle nieuwsnetten ter beschikking gesteld. Hier is sprake van georganiseerde moord, zeg maar gerust van genocide, gepleegd door mensen die betaald worden om het leven van de burgers te beschermen...'*

Orlando en Fredericks kregen niet veel tijd om over de betekenis van Orlando's ontdekking na te denken. Terwijl ze zich zaten af te vragen welke techniek de leden van de Beweging zouden gebruiken om het netwerk tot hun permanente en eeuwige verblijfplaats te maken, keerde het opperhoofd terug en stuurde zijn kano naar de landtong van droog linoleum waarop ze zaten.

'Slechte mannen gevonden,' verklaarde Strijkhout. Zijn toch al donkere gezicht stond inmiddels op onweer, maar hij sprak even bedaard als altijd. 'Tijd om papoose te halen.'

Ze maakten de schildpad wakker, die tijdens het gefluisterde gesprek van Orlando en Fredericks voornamelijk had geslapen. Het duurde een tijdje voordat hij zijn bril uit de diepte van zijn schild had opgevist en gereed was voor de tocht.

Orlando was nog niet zover. Hij moest denken aan wat Fredericks had gezegd. Zeker nu ze iets belangrijks over Anderland en de Graalbeweging hadden ontdekt, was het misschien niet zo'n goed idee om hun leven te wagen voor een stel stripfiguren, in elk geval niet voordat ze Renie, !Xabbu en de anderen hadden teruggevonden.

Maar hij ging toch maar achter de getekende indiaan in de kano zitten. Afspraak was afspraak en bovendien zouden ze verder te voet door de Keuken moeten gaan als ze het opperhoofd niet hielpen, een onzekere reis met onzekere gevaren. Dat slabestek was al erg genoeg geweest, hij voelde er niets voor om aan den lijve te ondervinden welke bizarre monsters er nog meer in het donker rondslopen.

De indiaan stuurde de kano snel over het donkere water en Orlando werd door de ritmische beweging bijna weer in slaap gewiegd. De schildpad voelde zich kennelijk veiliger in zijn stevige omhulsel en lag al snel zachtjes te snurken.

De rivier begon bijna op een zee te lijken. De verre oever was alleen te herkennen aan de vuren die hier en daar brandden. Het grote lichte vlak daarachter was niet een deel van de keukenmuur, zoals Orlando aanvankelijk dacht, maar een wit, rechthoekig ding dat dicht bij het water stond en nog hoger reikte dan het aanrecht.

'IJsdoos,' merkte Strijkhout op.

'En zijn daar die slechte mannen?' vroeg Orlando.

'Nee.' Het opperhoofd schudde nadrukkelijk zijn hoofd. 'Zij daar zijn.' Hij wees met zijn peddel.

In het licht van de kampvuren werd een donkere, gekromde romp zichtbaar, met daarboven een web van masten en touwen. Orlando keek er geschrokken naar en vloekte zachtjes. De indiaan liet de kano vaart minderen en vervolgens uitdrijven. In de romp van het grote schip waren hier en daar verlichte vensters te zien die Orlando eerst voor de weerkaatsing van de vuren op de oever had gehouden.

'Het lijkt wel een piratenschip,' fluisterde Fredericks met grote ogen.

Ze kwam steeds dichter bij het galjoen en Orlando verwonderde zich over het eigenaardige silhouet van het schip. De hoge masten met de strak opgerolde zeilen maakten een normale indruk, maar de romp was opvallend glad en bij de achtersteven zat een vreemde uitstulping die hij nog nooit op een afbeelding van piratenschepen had gezien. Pas toen ze voldoende waren genaderd om zachte stemmen aan dek te kunnen horen, zag Orlando dat er een rij vaten bij wijze van ballast aan de zijkant hing. Op een daarvan stond met grote letters CORSAIR VLEESJUS en daaronder een wervende reclametekst: 'Houdt u en uw bemanning in de beste conditie!'

Het dreigende piratenschip was een juskom.

De indiaan meerde de kano af tegen de romp van het enorme vaartuig, als een winterpeen die van een lepel was gevallen. 'Er moeten wel honderd bemanningsleden zijn,' fluisterde Orlando. 'Hoe moeten wij met ons vieren...'

Maar Strijkhout had geen belangstelling voor krijgsberaad. Hij toverde opnieuw het touw te voorschijn waarmee hij hen uit de gootsteen had gered en legde er een grote lus in. Daarna wierp hij de lasso bekwaam over de reling op de achtersteven, trok het touw strak en begon langs de kromme wand naar boven te klimmen. Orlando wierp een vragende blik naar Fredericks, die hem vertwijfeld aankeek. Ten slotte stopte hij zijn zwaard onder zijn riem en klom achter het opperhoofd aan.

'Iemand moet maar bij de kano blijven, vindt u ook niet?' fluisterde de schildpad. 'Veel succes, toi-toi-toi... of wat je dan ook zegt tegen iemand die piraten gaat bestrijden.'

Fredericks bromde iets minder aangenaams dan 'tot straks' en begon achter Orlando aan te klimmen.

De indiaan was veel sneller boven. Toen ze zich eindelijk over de reling aan boord hesen, zat Strijkhout al weggedoken in de schaduw op het achterdek en spande een pijl op zijn boog. Fredericks trok weer een bedenkelijk gezicht, maar hij nam de boog die de indiaan hem had gegeven van zijn schouder en deed hetzelfde. Orlando betastte de gekartelde rand van zijn zwaard en hoopte dat hij het wapen niet hoefde te gebruiken. Zijn hart klopte sneller dan hem lief was. Ondanks de totale absurditeit van deze simwereld met zijn dansende groenten en zingende muizen, leek dit heel wat gevaarlijker dan enig avontuur dat Thargor in het Middenrijk had beleefd... en waarschijnlijk wás het dat ook.

De meeste lantaarns brandden op het voordek, waar ook de stemmen te horen waren. De indiaan ging hen muisstil voor naar de rand van de kampanje, vanwaar ze naar beneden konden kijken.

'Wat is de afstand, boots?' klonk een luide en bepaald theatrale stem bij de voorplecht van het schip.

Een man met blote voeten en een gestreept hemd draaide zich bij de reling om en riep: 'Pakweg tweehonderd, kapitein.' Bij de bootsman stond een tweede piraat. Beide mannen zagen er afstotend uit met hun besmeurde kleren, bruine tanden en kwaadaardig glinsterende ogen.

'Ik zal mij naar het voordek begeven,' verklaarde de oratorische stem. Even later zagen ze een zwarte gedaante van de voorplecht op het dek springen, niet ver van hun schuilplaats. Zijn voetstappen hadden een eigenaardige klank en Orlando zag na een tijdje dat de kapitein een houten been had.

Dat was trouwens niet het enige kunstmatige aan zijn uiterlijk. Aan zijn linkerarm zat een ijzeren haak en de andere arm eindigde in een soort metalen grijper die Orlando op een onaangename manier aan de roofzuchtige slavorken herinnerde. Zelfs deze vreemde uitsteeksels waren nog minder opvallend dan de enorme zwarte hangsnor, die begon onder de haakneus in het vale gezicht van de kapitein en waarvan de uiteinden als vermoeide slangen op het witte kant van zijn kraag rustten.

De kaperhoofdman tilde met de grijper een lange verrekijker op en tuurde er een ogenblik door terwijl zijn mannen zich bij de grote mast al stonden te verkneukelen. 'Het uur heeft geslagen, schooiers van me, lekkere zeeschuimers,' verklaarde hij. 'Hijs de zwarte vlag en breng de Donderaar in gereedheid – ik wil geen tijd verspillen met kleinere wapens.'

Op zijn bevel sprongen twee jonge piraten, die er ondanks hun leeftijd al net zo groezelig en vervaarlijk uitzagen als de rest, het want in om de piratenvlag te hijsen. Een stel anderen haastte zich naar het voordek en rolde een reusachtig kanon uit een van de geschutpoorten. Het gevaarte rustte op een onderstel waarvan de wielen zo groot waren als tafels en de loop breed genoeg was om een nijlpaard af te schieten. Een van de matrozen nam een ragebol, waarvan de steel twee keer zo lang was als hijzelf, en begon de loop schoon te maken. Terwijl de anderen een hele zak kruit in de opening leegden dreef het kaperschip steeds dichter naar de oever. De IJsdoos torende als een rotswand boven hen uit.

De kapitein sloeg zijn roodzwarte mantel terug, liep stampend naar de reling en zette zijn ijzeren handen aan zijn mond. 'Ahoy daar!' bulderde hij met een stem die over het water galmde. 'Ik ben Grijper John, kapitein van de *Zwarte Terrine*. We komen jullie goud halen. Open de grote deur en geef je over, dan laten we jullie vrouwen en kinderen ongemoeid.'

Bij de IJsdoos was geen beweging te zien.

'We zijn binnen schootsafstand, kap'tein!' riep de boots.

'Laat de boten te water en maak je klaar om aan land te gaan.'

Grijper John hinkte naar het kanon, waar hij met een stoïcijnse uitdrukking op zijn gezicht bij het kruitgat bleef staan. 'En breng me de lucifer.'

Orlando voelde het opperhoofd verstrakken. Een piraat kwam uit een luik te voorschijn met in zijn armen een dekentje waaruit alleen een klein rood hoofdje stak. Het kind huilde, een ijl geluidje dat Orlando niettemin door merg en been ging.

'Klaar om te vuren, kap'tein!' riep de bootsman.

Enkele matrozen begonnen ineens te dansen, met hun armen over elkaar geslagen en korte sabels in hun harige vuisten geklemd.

'Wij zijn zo snood, snood, snood,'

zongen ze, verschrikkelijk vals maar in een opzwepend tempo,

'we slaan ze allemaal dood.
Wij zijn niet bang voor een plons,
smerig werk, da's iets voor ons!

Wij zijn zo boos, boos, boos,
met ons is altijd wel wat loos.
Een vuile klus is onze leus,
pas op voor de watergeus!'

De kapitein glimlachte toegeeflijk en wenkte met zijn haak. De matroos ging naar hem toe en gaf het kind aan Grijper John. Het gehuil werd luider.

'We zullen eens kijken of de Donderaar die ijzige vesting doet smelten, gepekelde varkens van me.' De kapitein trok de deken weg en Orlando zag een spartelend lucifertje, een miniatuurversie van Strijkhout en zijn vrouw. Grijper John maakte aanstalten om het zwavelhoofdje tegen het dek af te strijken, maar voordat hij iets kon doen hoorde Orlando naast zich een zoemende pijl wegschieten. Het projectiel bleef trillend in de zwarte mouw van Grijper Johns mantel steken. Even daalde een diepe stilte neer over het voordek. De kapitein liet het kind niet vallen; hij boog alleen zijn hoofd om naar de pijl in zijn arm te kijken.

'Een geheimzinnige onbekende zit op de kampanje pijlen af te schieten,' merkte hij achteloos op. 'Maak hem dood, stelletje ongewassen landkrabben, en haast je.' Een tiental ongeschoren piraten met grote littekens in het gezicht rende naar de ladder. Terwijl Orlando en Fredericks geschrokken overeind sprongen, streek Grijper

John met de kop van de baby over de zware loop van het kanon. Het kind begon te krijsen toen de vlammen uit zijn hoofdje sloegen. De kapitein stak de dikke lont van het kanon aan.

Strijkhout slaakte een woedende kreet en sprong abrupt van het achterdek naar beneden, een groepje verraste piraten als kegels omvergooiend. Met een paar grote passen was hij bij de kaperkapitein en rukte het brandende kind uit diens metalen handen. Hij hield het hoofdje van de baby in de emmer met water waarmee de loop van het kanon werd gekoeld, tilde het proestende kind op en drukte het tegen zich aan.

Orlando kon niet zien wat er verder met de indiaan gebeurde, want de eerste piraat had het achterdek bereikt en zwaaide dreigend met zijn sabel. En binnen vijf seconden zou de hele situatie veranderen.

Orlando ontweek een sabelhouw bijna even behendig als de oude Thargor zou hebben gedaan, deed snel een stap opzij en haalde uit met zijn zwaard. Hij trof de piraat in de rug en stootte hem van de kampanje naar beneden. Een tweede boekanier tuimelde van de ladder af met een van Fredericks' pijlen tussen zijn ribben.

Opperhoofd Strijkhout sprong met zijn gillende en smeulende kind over de reling in het water. Grijper John zag dit alles met een flauw lachje aan, onderwijl met zijn haak een punt van zijn snor gladstrijkend.

De lont van de Donderaar was bijna opgebrand. Het vlammetje verdween in het gat en een ogenblik later ontplofte het kruit met een oorverdovend lawaai. Een steekvlam schoot uit het kanon, dat op het onderstel naar achteren vloog tot het door de kettingen werd tegengehouden. Het hele schip begon te slingeren, waardoor Orlando, Fredericks en alle piraten plat op het dek werden gegooid.

De massieve kanonskogel vloog gierend over het water en raakte de IJsdoos precies op de grote handgreep, die in stukken brak.

Na al deze gebeurtenissen was even alleen de echo van de kanonsklap te horen. Daarna zwaaide de reusachtige deur van de IJsdoos langzaam open, alsof er een complete berghelling in beweging kwam.

Orlando zag het hachelijke van hun situatie in. Hoewel zeker de helft van de bemanning zich in de boten begaf met de kennelijke bedoeling naar de kust te roeien voor een aanval op de geopende IJsdoos, keerden de meeste andere piraten zich tegen Orlando en Fredericks. De eerste aanval was afgeslagen, maar een tiental volgende piraten stormde alweer over de ladder naar boven, zwaaiend met hun scherpe wapens.

De indiaan was met zijn gewonde papoose overboord gesprongen en zou zich vermoedelijk niet meer druk maken om de tekenfilmboekaniers of wat dan ook. De kano met de wakende schildpad was vanaf het achterdek niet te zien en bovendien was de *Zwarte Terrine* intussen verder naar de oever gedreven, zodat het niet zeker was of Orlando en zijn vriend hem konden terugvinden, zelfs al zouden ze erin slagen zich vechtend een weg door de massa lelijke piraten te banen.

We hebben een nieuw plan nodig, besefte Orlando, *en bijna elk plan is beter dan dit.*

Een van de roeiboten hing nog in de davits te slingeren, omringd door een groepje snauwende en vloekende zeeschuimers. Orlando weerde met zijn zwaard de aanval van de eerste aanstormende piraat af. 'Kom mee!' riep hij naar Fredericks.

Zijn vriend had zijn laatste pijl verschoten en gebruikte de boog als gebrekkig schild. In zijn andere hand hield hij een sabel die hij van het dek had opgeraapt. 'Waarheen?'

'Naar die boot!' Orlando haalde even diep adem. Thargor mocht dan heel sterk zijn, hij beschikte niet meer over de bovenmenselijke krachten van vroeger. Hij greep een van de touwen aan de bezaansmast en stortte zich van de kampanje, over de hoofden van de piraten heen. Hij liet zich op het dek vallen en rende naar de reling zonder te kijken of Fredericks zijn voorbeeld had gevolgd. Een van de nietsvermoedende piraten schopte hij overboord. Twee anderen waren nog bezig de boot naar beneden te laten, zodat Orlando zich op de vierde richtte. Fredericks dook naast hem op en samen maakten ze korte metten met de kaper. De twee laatsten waren alleen met messen gewapend. Na een korte aarzeling sprongen ze uit de boot en renden weg naar de voorplecht. De tekenfilmpiraten bleken minder heldhaftig te zijn dan hun woeste uiterlijk deed voorkomen, hoewel ze door hun grote aantal gevaarlijk bleven.

'Bij de draaikolken van Tortuga!' brulde Grijper John op het voordek, zijn mantel flapperend in de opstekende wind. 'Ze ontkomen! Is er dan geen fatsoenlijke vechtersbaas meer op deze ouwe schuit? Moet ik het weer helemaal alleen doen?'

Orlando en Fredericks klommen in de roeiboot en gingen aan weerskanten staan. Orlando telde tot drie, waarna ze met hun wapens de touwen doorsneden waaraan de boot over de reling hing. Zoals bijna alles in deze simulatie reageerde het touw niet zoals het in werkelijkheid had moeten doen. Bij de eerste aanraking knapte het af en de boot viel drie of vier meter omlaag naar het water, waardoor een fontein van wit schuim opspoot.

Orlando vroeg zich af wat ze moesten doen: achter de piraten aan naar de IJsdoos roeien of het midden van de rivier opzoeken. Fredericks wees naar boven, waar een stel piraten bezig was een zwaar kanon op hen te richten.

'We moeten achter de andere boten aan,' besliste Orlando. 'Ze schieten niet op hun eigen mensen.' Ze grepen de riemen en begonnen in de richting van de kust te roeien, achter de andere piraten aan. Toen ze nog ongeveer honderd meter van de oever verwijderd waren, vloog er een zwarte kogel over hun hoofden heen en trof een van de boten vlak voor hen. Wrakhout en hele of halve piraten werden alle kanten op geslingerd.

'Dat had je gedacht!' merkte Fredericks ten overvloede op.

Met ingetrokken hoofden roeiden ze verder. Het kanon werd nog twee keer afgevuurd, maar de kogels vielen naast de boot in het water. Ze bereikten het ondiepe gedeelte langs de kant, sprongen overboord en zwommen het laatste stuk naar de oever.

Terwijl ze aan land klommen, ingesloten tussen het kanon en de landingstroepen van Grijper John, hoorden ze plotseling trompetgeschal en luide kreten. De verdedigers kwamen uit de IJsdoos gestormd om de boekaniers op het strand te bevechten. Orlando's opluchting ging gepaard met de nodige verbazing, want een vreemdere strijdmacht had hij nog nooit gezien.

De voorhoede bestond letterlijk uit kanonnenvoer, een afdeling strijdbare groenten, grimmige tegenhangers van de feestvierende tomaten en bieten die ze eerder hadden gezien. Grote en kleine pompoenen in allerlei kleuren waren uitgerust met asperges als speren. Norse aardappelen werden opgejaagd door een rij reusachtige aubergines, paarse monsters die een even afschrikwekkende aanblik boden als wilde olifanten. De bevelhebber van deze militante salade was een fraai uitgedoste peen, die met een hoge, dramatische stem uitriep: 'Ten aanval! Voor God en de groentela!'

Terwijl de strijd op het strand losbarstte kwamen er nog meer verdedigers de IJsdoos uit, de meeste vers uit de verpakking. Een peloton Schotse soldaten met kilts en grote zwaarden kwam aangemarcheerd op doedelzakmuziek, gevolgd door een afdeling clowns met vervaarlijk grommende circuspoedels en een hele horde kinderen met glinsterende ogen en rode wangen, krijsend als harpijen en zwaaiend met geslepen bestek. Er waren opzichtig geklede worsten gewapend met schermstokken, snauwende beren die uit etiketten van honingpotten waren geknipt en een hele kudde koeien, bestaande uit melkflessen met doorzichtige horens en scherpe hoeven. Een kameel, een groepje woestijngeesten op een vliegend tapijt en nog een handvol minder duidelijk te onderscheiden verdedigers maakten het leger van de IJsdoos compleet. Orlando zag zelfs een stel quakers, wit van het meel en tamelijk zenuwachtig, die aan de rand van het slagveld stonden om erop toe te zien dat de strijd met eerlijke middelen werd uitgevochten.

Zijn opluchting over de verschijning van de hulptroepen werd snel getemperd toen hij besefte dat de bewoners van de IJsdoos ook hem en Fredericks als piraten beschouwden – ze werden bijna onthoofd door een paar als gondeliers uitgedoste worsten, die 'O sole mio' als een strijdlied aanhieven. Net op tijd wisten ze zich uit de voeten te maken. Een kanonskogel plofte op het linoleum bij de IJsdoos ten teken dat Grijper John de beschieting vanaf de *Zwarte Terrine* had hervat.

Ze vonden een donkere schuilplaats onder een kast op veilige afstand van de vijandelijkheden, waarna ze in betrekkelijke rust het verloop van de slag konden volgen.

Orlando had vanaf het begin moeite gehad met de interne logica van de Keuken en ook de strijd op het strand verschafte weinig duidelijkheid. Sommige dingen waren blijkbaar helemaal aan het toeval overgelaten: een met een roeispaan geslagen kameel kreeg overal bulten, terwijl een op gelijke wijze mishandelde zoete aardappel uiteenviel in krieltjes met luiers aan. De gondelworsten werden door sabelhouwen in een rij nette plakjes gehakt, maar de piraten zelf, die uit gestolde jus leken te bestaan, waren juist weer bijzonder veerkrachtig. Nergens was enige logica in te ontdekken, een frustrerende omstandigheid voor Orlando, die altijd graag wist waar hij aan toe was. Soldaten werden uitgerekt, opgeblazen of aan stukken gesneden, maar geen van hen bleef in zijn oorspronkelijke herkenbare gedaante dood op het slagveld achter. Ook de piraten die Orlando op het schip met zijn zwaard had doorboord, waren gewoon op de grond gevallen zonder dat er bloed of iets dergelijks te zien was geweest. Hij kreeg het vermoeden dat ze allemaal, winnaars en verliezers, de volgende dag hun oude gedaante weer zouden aannemen, voor zover er hier sprake was van een volgende dag.

Deze gedachte zou geruststellend en tamelijk belangwekkend zijn geweest, ware het niet dat hij en Fredericks zelf in deze absurde omgeving geen enkele neiging vertoonden dezelfde rekbaarheid te ontwikkelen. Orlando betwijfelde ernstig of ze bestand zouden zijn tegen het sabelgeweld waarmee juist op dat moment een van de aubergines aan stukjes werd gesneden. En wat zou er met hen gebeuren als ze hier of in een andere simulatie stierven?

Op die vraag moesten ze een antwoord zien te vinden, dacht Orlando, maar hij hoopte niet dat ze de proef op de som hoefden te nemen.

Het was nog steeds nacht in de Keuken en de veldslag woedde voort. De verdedigers werden aanvankelijk langzaam teruggedreven tot vlak bij de IJsdoos, waarvan de witte buitenkant onder de spetters van gesneuvelde groenten kwam te zitten, maar daarna keerde het tij en moesten de piraten zich steeds verder terugtrekken, tot aan hun knieën in het water vechtend voor hun leven. Urenlang golfde de strijd op en neer, aanvallen en tegenaanvallen volgden elkaar op totdat de meeste deelnemers uitgeschakeld op de grond lagen, zo dood als stripfiguren maar konden zijn. De deur van de IJsdoos hing scheef in zijn hengsels, bezaaid met kraters door de inslagen van kanonskogels, maar Grijper John had weldra zijn kruit verschoten en de kanonnen zwegen. Slechts hier en daar waren groepjes verdedigers en piraten nog in gevecht tussen de versnipperde restanten van hun kameraden.

'Hoe komen we hier ooit uit, Orlando?' vroeg Fredericks. 'De indiaan is weg... Moeten we straks de hele rivier afvaren?'

Orlando schudde zijn hoofd. 'Hoe moet ik dat weten? Ik denk het wel, maar misschien zijn er nog meer uitgangen. Zei die schildpad trouwens niet dat er een soort orakel in de IJsdoos zat? Hij had het over "slapers" of zoiets.'

Fredericks keek hem strak aan. 'O nee, Orlando, zet dat maar uit je hoofd. We gaan daarbinnen niet nog meer van die stripmonsters zoeken. Vergeet het maar.'

'Zo werkt het toch, Frederico? Je moet weten wat de regels zijn, maar daar moet je een prijs voor betalen. En denk nou eens na. We kunnen hier wel vlak naast een uitgang zitten, zonder dat we het weten. Dan kunnen we het toch beter eerst aan iemand vragen dan dat we heel die rivier afvaren?'

'Een prijs? Vertel mij wat. Jij krijgt altijd je zin, Orlando, en ik ben degene die de prijs betaalt. Jij met die briljante ideeën van je. Als je zo nodig moet, ga je maar naar die IJsdoos, mij krijg je daar niet naar binnen.'

'Dat zou ik niet te hard zeggen,' klonk een derde stem.

Grijper John kwam achter een poot van de kast vandaan. Hij had een brede witte lap om zijn gekwetste arm gebonden, ook al was er geen druppel bloed te zien. In plaats van de grijper had hij een ouderwets pistool aan zijn pols geschroefd, waarvan de loop op de twee vrienden was gericht. 'Door jullie toedoen is mijn bemanning gedecimeerd, dus ik vrees dat ik jullie nodig zal hebben om mijn goud uit de IJsdoos te sjouwen.' Hij leunde dreigend naar voren en lachte smakelijk. Van dichtbij maakte zijn gezicht een onnatuurlijke indruk, met hoekige randen en ongezond gladde trekken, net het gezicht van een pop.

'Heb jij de slag dan gewonnen?' vroeg Orlando nors. Hij was woedend op zichzelf omdat hij zich zo had laten verrassen. De echte Thargor zou de kapitein al op vijftig meter afstand hebben opgemerkt.

'Zoiets noemt men een Pyrrusoverwinning, meen ik.' Grijper John gebaarde met zijn haak naar het stille slagveld, dat bezaaid was met de restanten van aanvallers en verdedigers. Er was geen beweging meer te zien. 'Maar het scheelt weer bij de verdeling van de rechtmatige buit.' Hij zwaaide met het pistool. 'Opstaan. En jij daar,' zei hij tegen Orlando, 'ik zou maar iets warmers aantrekken dan dat bespottelijke worstelaarspak van je. Ze zeggen dat het daarbinnen nogal koud is.'

Terwijl ze door de prut op het strand waadden, raapte Orlando een vest op (of een wambuis, zoals Grijper John het noemde) en een soort pofbroek, achtergelaten door een piraat die door een rake meelbal uit zijn kleren was geschoten. Met de kapitein een of twee meter achter hen, voortdurend op zijn hoede om zich niet te laten overmeesteren, gingen ze naar de IJsdoos. De woorden van de kapitein bleken profetisch: de lucht daarbinnen was ijzig koud en zelfs met zijn nieuwe kleren liep Orlando binnen een minuut al te rillen.

De onderste afdeling van de IJsdoos bevatte soortgelijke onderkomens als die ze elders in de Keuken hadden gezien, alleen waren de diverse dozen, potten en bakken allemaal leeg, als de huizen van een bevroren spookstad. De wind floot door de openstaande deur naar binnen en een servetje werd over de open ruimte tussen de dozen geblazen. Op een langwerpig bakje zat een etiket met het opschrift 'Het Schip van de woestijn – Verse dadels', maar de kameel was uit de afbeelding verdwenen: het was dezelfde kameel die op het slagveld aan haar tragikomische einde was gekomen, in twee stukken gebroken toen een piraat een bos stro op haar rug gooide.

Ze klommen langs de verpakking omhoog naar de plank erboven, die al net zo'n uitgestorven indruk maakte. De openstaande eierdozen waren leeg: de dappere soldaten hadden zichzelf uit de hoogte naar de piraten geslingerd toen het erop leek dat de aanvallers de overhand zouden krijgen en de doos gingen bestormen. Diverse slachtoffers van hun kamikazeacties lagen nog vlak voor de drempel van de IJsdoos, op het laatste moment in hun opmars gestuit en bedekt met gestold eigeel.

Ook op de beide volgende planken was geen levend wezen te zien. Ze waren al meer dan een uur onderweg. Ze gebruikten het cellofaan dat over sommige bakjes was gespannen als trampoline om hogerop te komen. Na een angstige klim over de loszittende knop van de vleesla bereikten ze de bovenste plank. Daar, dicht bij de achterwand, werd Grijper John eindelijk voor zijn moeite beloond.

Op een bord van blauw porselein lag een papieren zak. Uit de opening was een kinderschat gestroomd: toverballen als felgekleurde juwelen, reepjes kauwgom, toffees met de wikkel er nog om... en een stapeltje glanzende gouden munten. Grijper John hinkte naar voren, zijn gezicht vertrokken van hebzucht en triomf.

'Dat is namaak!' fluisterde Fredericks. 'Het zijn chocolademunten!'

'De schat!' riep de kaperhoofdman opgetogen uit. 'Eindelijk is het fortuin mij goedgezind! Hiermee kan ik twee schepen kopen, drie schepen! Ik zal ze bemannen met de bloeddorstigste vrijbuiters uit het gootsteenkastje en de afvalemmer! We zullen de zee afschuimen en over de hele Keuken heersen!' Met haak en pistool pakte hij een van de munten op, die naar verhouding zo groot als een putdeksel was. Terwijl hij Orlando en Fredericks onder schot hield, strompelde hij ermee naar de rand van de plank om hem in het licht van de plafondlamp te kunnen bewonderen.

'Ik wist wel dat er een gouden toekomst voor mij was weggelegd!' kraaide hij. Hij tilde de munt op en drukte hem tegen zijn borst, alsof hij bang was dat het ding vleugeltjes zou krijgen en wegvliegen. 'Ik wist het wel! Die waarzegger loog niet toen hij tegen mijn moeder zei dat haar zoon als rijkste man van de Keuken zou sterven!'

Hij zweeg en staarde verrukt naar de munt. Plotseling werd de stilte verbroken door een gedempte knal, alsof iemand met een knokkel op een tafel tikte. Grijper John keek geschrokken om zich heen, tot zijn blik bleef rusten op de gevederde pijl die in de gouden munt stak. De kapitein draaide zich met een verbaasde uitdrukking op zijn gezicht om naar Orlando en Fredericks. Tevergeefs probeerde hij de munt weer op te tillen. De pijl was er dwars doorheen gegaan en had de munt tegen zijn borst gespietst. Met een ontsteld gezicht begon hij te wankelen, deed een stap naar achteren en viel van de plank naar beneden. De goudfolie rond de dukaat glinsterde nog een laatste maal.

Terwijl Orlando en Fredericks met open mond toekeken, werden twee handen zichtbaar op de plek waar de kapitein had gestaan. Een donkere gedaante hees zichzelf op en ging staan.

'Slechte man nu dood zijn,' zei opperhoofd Strijkhout.

Orlando liep snel naar de rand en keek omlaag. In de diepte zag hij het kleine, donkere en roerloze lichaam van Grijper John op het linoleum voor de IJsdoos liggen. Door de rode voering van zijn mantel leek hij net een vermorzelde vlieg.

'We... we dachten dat u weg was,' stamelde Fredericks. 'Hoe is het met de baby?'

'Papoose in boot,' zei het opperhoofd, wat niet echt een antwoord op de vraag was. 'Wij nu gaan.'

Orlando draaide zich om en liep terug naar de achterwand. 'Ik wil eerst weten of hier echt Slapers zijn, zoals de schildpad beweerde. Ik moet ze iets vragen.'

De indiaan keek hem weifelend aan, maar hij gebaarde met zijn duim naar boven. 'Slapers daar zijn.'

'Wat, op het dak?' vroeg Fredericks.

'Er moet ergens een vriesvak of zo zijn,' besloot Orlando. 'Kunnen we dat hiervandaan bereiken?'

De indiaan ging hen voor naar de zijwand en begon te klimmen, steun zoekend op de uitsteeksels waarop de plank kon worden gelegd. Toen hij bijna boven was, stak hij een arm uit en tikte ergens op. 'Hier.'

Geholpen door het opperhoofd klom Orlando naar boven tot hij een smalle richel zag met daarachter een deur die bijna net zo zwaar leek als die van de IJsdoos zelf. Hij hees zich op de rand en voelde een golf koude lucht. Misschien was dit toch niet zo'n goed plan, dacht hij terwijl hij van de duizelingwekkende hoogte naar beneden keek. De piraten hadden een reusachtig kanon nodig gehad om de buitendeur open te krijgen. Wat konden hij en Fredericks beginnen zonder pneumatische hamers of staven dynamiet?

Zonder veel hoop zette hij zich schrap in de hoek tegen de ijskoude wand en stak zijn zwaard in de kier van de klep. Er was alleen wat gekraak van ijs te horen, verder voelde hij geen weerstand. Hij wrikte het zwaard heen en weer en tot zijn verbazing begon de klep mee te geven.

'Wat ben je aan het doen, Gardiner?' riep Fredericks van beneden. 'Ik hang hier aan de muur boven een afgrond, dus zou je een beetje kunnen opschieten?'

Orlando spaarde zijn adem voor een nieuwe poging. Hij drukte zijn voeten tegen de ijzige rand en wrikte weer met zijn zwaard. Hij dreigde weg te glijden en zag zichzelf in een angstig visioen al naar beneden storten om net als Grijper John op de keukenvloer te eindigen, maar plotseling viel de klep krakend naar beneden. De zware rand schoot rakelings langs hem heen. Een witte wolk golfde naar buiten en spoelde over hem heen.

'Het is gelukt!' riep Orlando. Hij wilde naar binnen gaan, maar zijn hand zat aan de metalen rand van de klep gekleefd. Met een kreet van pijn trok hij hem los en viel bijna alsnog van de richel naar beneden. Hij hield zichzelf met moeite in evenwicht en bleef staan tot het kloppen van zijn hart enigszins bedaarde. 'De deur is open!' riep hij naar Fredericks. 'Maar verdomme, wat is het hier koud!'

'Dat is een geweldige ontdekking, Gardiner!' riep zijn vriend terug. 'Wat een verrassing!'

Orlando zwaaide met zijn armen om de witte nevels te verdrijven. Net achter de klep was een glinsterend ijslaagje te zien, venijnig koud maar lang niet zo erg als het bevroren metaal. Daarachter was het donker: het licht van de lamp drong hier niet door en de inhoud van de diepvries bleef verborgen. De kast leek wel aanmerkelijk groter dan Orlando had gedacht.

'Kom je nog?'

'Goed, goed.' Fredericks stak zijn hoofd boven de rand van de richel uit. 'Jij weet ook van geen ophouden, geloof ik. Wees blij dat je nog leeft. Waarom gaan we hier niet gewoon weg?'

'Omdat ik denk dat er hier in Anderland bepaalde regels gelden, net als in gewone simwerelden.' Orlando ging naar de rand om zijn vriend een hand toe te steken. 'Ik wil weten welke regels dat zijn. En bovendien hebben we nog meer te vragen.'

'Dat is waar,' gaf Fredericks toe. 'Alleen hoor ik van jou altijd dezelfde vraag: waarom zou je het makkelijk doen als het ook moeilijk kan?'

'Waar is het opperhoofd?'

'Die denkt dat je multi gestoord bent. Hij komt echt niet mee. Ik weet niet eens of hij op ons blijft wachten, Gardiner. Sterker nog, ik denk...'

'Ssst.' Orlando legde een vinger tegen zijn lippen. 'Niet zo hard... het is hier niet pluis. Laten we eerst maar eens rondkijken, nu we hier toch zijn.'

Fredericks wilde protesteren, maar voelde zich blijkbaar ook niet op zijn gemak en hield zijn mond. Nu ze stilstonden stegen de koude dampen weer op en hun benen verdwenen in de mist. Fredericks keek met grote ogen naar de witte leegte. Orlando had gelijk: deze vrieskist paste op de een of andere manier niet bij de Keuken. Het was net of ze in de stilte in de gaten werden gehouden door iets dat zich in de ijskoude nevel schuilhield.

Orlando begon te lopen. Bij elke stap kraakte de ijslaag onder zijn voeten hevig. Fredericks volgde hem hoofdschuddend. Al na enkele passen was het licht dat door de open deur naar binnen viel, gedoofd tot een zwakke gloed in de mist. Fredericks keek verlangend om naar de richel, maar Orlando liet zich niet vermurwen. Zijn ogen wenden langzaam aan het vreemde halfdonker en hij kon wat meer details onderscheiden. De zijkanten van de vrieskist waren niet te zien, net zomin als de achterwand, maar hij zag het ijs glinsteren tegen het hoge plafond en in de mist verderop waren halfronde vormen zichtbaar, als besneeuwde grafheuvels van oude koningen.

Fredericks liep aarzelend achter hem aan naar een van die heuvels. Orlando had zelf ook het gevoel dat hij hier een indringer was. De rest van de Keuken mocht dan bedoeld zijn als vermaak voor de ontwerper, deze vrieskist leek erbuiten te staan, een aparte wereld die aan niemand toebehoorde... een ding dat vanzelf was ontstaan, niet geschapen.

Ze bleven bij de ijstombe staan terwijl hun adem door de lucht wolkte. Orlando kreeg opnieuw het gevoel dat ze iets verbodens deden, dat ze zich op andermans terrein begaven. Ten slotte stak hij een hand uit om een laagje rijp weg te vegen.

Het leek een komische anticlimax toen ze de wikkel van de ijslolly zagen. Felle kleuren kwamen onder het ijslaagje vandaan, bijna oogverblindend in de egaal witte omgeving. Maar onder de woorden 'Lucky Boy Chocoladeijs' verscheen een afbeelding van een kind, zó realistisch dat het geen tekening leek te zijn maar een echt kind, dat op de wikkel was geperst. De jongen had een korte broek en een gestreept shirt aan en op zijn hoofd zat een vreemde pet die uit een veel vroegere tijd leek te stammen. Zijn ogen waren gesloten en zijn mond hing een klein stukje open. Orlando dacht even dat het een misselijke grap was, dat de fabrikant een afbeelding van een dood kind voor de verpakking had gebruikt, maar plotseling verroerde de jongen zich. Zijn oogleden en neusvleugels begonnen heel licht te trillen en ze hoorden een dun, verdrietig stemmetje.

'*Koud... donker... Waar...?*'

Orlando deed geschrokken een stap naar achteren en liep bijna Fredericks omver. Ongemerkt pakten ze elkaars hand en deinsden terug.

'Dit is afschuwelijk,' fluisterde Fredericks ten slotte. 'We moeten hier weg.'

Orlando schudde slechts het hoofd, bang dat de moed hem in de schoenen zou zinken als hij iets zei. Hij nam Fredericks mee in een wijde boog om de heuvel, nog dieper de vriezer in, maar hij kon het slapende kind niet vergeten. Ten slotte liet hij Fredericks los en keerde op zijn schreden terug om het ijslaagje boven het bleke gezicht van de jongen te herstellen. Daarna gingen ze zwijgend verder.

De heuvels werden talrijker en hoger, sommige zo groot als de kartonnen huizen die ze beneden in de IJsdoos hadden gezien, de geheimzinnige inhoud verborgen onder een dak van ijs. Hier en daar was het laagje zo dun dat ze naar binnen konden kijken, als door het dikke glas van een beslagen ruit. Ze zagen voornamelijk kinderen, maar ook enkele dieren, soms zo gestileerd dat ze bijna onherkenbaar waren, allemaal in een koude sluimering verzonken. De lucht was gevuld met een gefluister dat Orlando eerst aan zijn verbeelding toeschreef, zachte stemmen van kinderen die om hun moeder riepen of tegen het donker protesteerden, een ijl geluid als van de wind die door een schoorsteen blaast.

Het waren deerniswekkende stemmen, vreselijk om aan te horen, en Orlando wist na een tijdje niet goed meer wat hij hier deed. Het zou misdadig zijn om een van die slapende kinderen te wekken alleen omdat hij iets wilde vragen. Hij begon al te denken dat Fredericks weer eens gelijk had en dat ze hier nooit hadden moeten komen, toen hij plotseling de glazen kist zag.

De kist stond in een kring van heuvels, het langwerpige en doorzichtige omhulsel slechts bedekt met een dun laagje rijp in plaats van de witte deken waaronder al het andere schuilging. Hij stond op een opvallende plaats, alsof het de bedoeling was dat iemand hem daar zou zien. Het geluid van de stemmen vervaagde toen ze de kist naderden. Orlando voelde Fredericks naast zich verstijven en heel zijn door ervaring gesteunde instinct zei dat hij een valstrik kon verwachten, maar het was net of er een bezwering over hem was uitgesproken. Hij was niet in staat te blijven staan of zijn ogen van de kist af te wenden. Evenmin was het een opluchting voor hem toen hij ten slotte zag dat de kist een botervloot was, een ouderwets model met een glazen deksel. Reliëfletters op de zijkant waren onder het laagje ijzel nog net te ontcijferen: 'De schone slaapster – Voortreffelijke roomboter'.

Ook Fredericks leek wel gehypnotiseerd te zijn. Hij protesteerde niet toen Orlando bukte om het glas schoon te wrijven. Ze wisten allebei wat ze te zien zouden krijgen, geen afbeelding maar een mens in drie dimensies. Orlando wreef het ijslaagje weg tot ze haar helemaal konden zien.

Ze droeg een lang, groen gewaad dat met veren en ijskristallen was versierd. Haar handen rustten ineengeslagen op haar borst en in haar vingers hield ze de steel van een witte roos. De blaadjes waren afgevallen en lagen op haar hals en schouders en in haar donkere haar. Haar ogen waren gesloten, de lange wimpers glinsterend van het ijs.

'Ze... Ze ziet er zo... zo verdrietig uit,' fluisterde Fredericks gesmoord.

Orlando kon geen woord uitbrengen. Zijn vriend had gelijk, alleen was 'verdrietig' totaal ontoereikend. Je kon net zo goed zeggen dat de zon warm was of de zee nat. Met haar strakke mond en verstarde bleke gezicht leek ze een monument voor het menselijk ongeluk. Zelfs in de dood was haar treurnis nog tastbaarder dan haar grafkist van glas en ijs.

Opeens deed ze haar ogen open, verbazingwekkend donkere ogen die door het ijslaagje op twee beslagen vensters leken. Orlando voelde zijn hart een slag overslaan. De ogen schenen in een oneindige verte te staren.

'*Jullie zijn... vreemden*,' klonk een zuchtende stem, die overal en nergens vandaan leek te komen. '*Vreemden...*'

Fredericks hield zijn adem in. Orlando dwong zichzelf iets te zeggen. 'Wij... wij zijn...' Hij zweeg verward, niet zeker waar hij moest beginnen. 'Wij...'

'*Jullie zijn over de Zwarte Oceaan gekomen.*' Haar gezicht bleef even roerloos als de rest van haar lichaam, de donkere irissen strak naar boven gericht, maar het was net of ze worstelde om zich ergens van te bevrijden, als een vogel die een zolderkamer is binnengevlogen en een uitweg zoekt. '*Maar ik voel dat jullie anders zijn dan de anderen.*' Een nevelsliert steeg op van de bodem en onttrok de glazen kist een ogenblik aan het gezicht. '*Waarom zijn jullie gekomen? Waarom maken jullie mij wakker? Waarom hebben jullie me teruggestuurd naar deze afschuwelijke plaats?*'

'Wie ben je?' vroeg Orlando. 'Ben je een Pop? Houden ze je hier gevangen?'

'*Ik ben slechts een schaduw*,' zuchtte ze. '*Ik ben de wind die in de leegte huilt.*' Haar stem klonk afgemat, alsof het allemaal niets uitmaakte. '*Ik ben de... de koningin van de lucht en de duisternis. Wat willen jullie van me?*'

'Waar...' De stem van Fredericks sloeg over en hij schraapte zijn keel. 'Waar zijn onze vrienden? We zijn ze kwijtgeraakt.'

Het bleef lange tijd stil en Orlando vreesde dat de vrouw weer in slaap was gevallen, maar toen de mist optrok zag hij dat ze met haar donkere ogen nog steeds naar iets onzichtbaars lag te staren. '*Jullie zijn allemaal opgeroepen*,' zei ze eindelijk. '*Je zult vinden wat je zoekt als de zon ondergaat boven de muren van Priamus. Maar er is ook iemand die jullie zoekt. Hij is dichtbij en hij is ook ver weg. Hij komt.*'

'Hij komt? Wie dan?' Orlando leunde naar voren, alsof de betekenis van haar woorden daardoor duidelijk zou worden. 'Wanneer komt hij?'

'*Hij komt nu.*' Het antwoord klonk afwezig, achteloos, en Orlando voelde een rilling die helemaal niets met de kou te maken had. '*Hij is al hier. Hij is de Dromer – wij zijn z'n nachtmerries. Hij droomt jullie ook.*'

'Wat bedoelt ze toch?' vroeg Fredericks, die Orlando gespannen aan zijn arm trok. 'Waar heeft ze het over?'

'*Laat me weer slapen.*' De stem kreeg iets nukkigs, als een kind dat midden in de nacht door zijn ouders wordt gewekt. '*Laat me slapen. Het licht is zo ver weg...*'

'Wat zijn de muren van Priamus?' vroeg Orlando. 'Waar kunnen we die vinden?'

'*Hij komt.*' Haar stem werd zwakker. '*Laat me alsjeblieft gaan. Begrijp je het dan niet? Ik ben... verloren...*' De laatste woorden waren te zacht om te kunnen verstaan. De wimpers gleden terug over haar grote, donkere ogen.

De mist werd dichter en omhulde heel de kist terwijl ze zwijgend bleven staan. Orlando draaide zijn hoofd om, maar zelfs Fredericks was nog maar nauwelijks zichtbaar. Hij voelde een verpletterende treurigheid over zich heen komen, een verdriet dat nu eens niets met zijn eigen toestand te maken had en dat hem sprakeloos maakte.

'We moeten hier weg,' zei hij ten slotte, maar ineens veranderden het licht en de hele omgeving op een onverklaarbare wijze.

'Orlando?' Fredericks klonk nu heel ver weg. Orlando stak zijn hand uit en begon steeds wilder om zich heen te graaien zonder iets te voelen. Zijn vriend was weg.

'Fredericks? Sam?'

De mist om hem heen begon te gloeien, een diffuse glans die heel de wereld doorschijnend maakte, alsof hij opgesloten was in een stuk kwarts. Het licht ging van helwit over in een onbenoembare kleur, een tint tussen paars en oranje uit een nauwelijks voor te stellen spectrum waarin geen rood bestaat. Orlando werd bevangen door een gruwelijke angst die hem van elk gevoel voor onder of boven beroofde, die de wanden en de vloer wegduwde tot er niets anders overbleef dan dat lavendelachtige licht en een leegte waarin hij naar beneden stortte.

Na een eindeloze val werd hij opgevangen door iets dat de leegte was en toch niet de leegte. Het sprak tot hem in zijn hoofd, elk woord vervuld van pijn, een onmenselijke kreet van ellende.

Boos, zei het ding in zijn hoofd. De gedachten, de emoties werden het hele universum, keerden hem binnenstebuiten in die grote leegte. *Pijn*, zei het ding en hij voelde de pijn, bij zichzelf en bij anderen. *Eenzaam*, zei het.

Het laatste stukje Orlando zag plotseling met angstwekkende helderheid dat er nog iets ergers was dan de dood.

Zwarte berg. De woorden waren ook een visioen, het beeld van een zwarte piek die de sterren aan de donkere hemel bedekte, een duizelingwekkend gevaarte als een godslasterlijke toren van Babel. *Maak alles dood. Mijn kinderen... mijn kinderen... maak alles dood.*

Op hetzelfde moment werd alles opnieuw binnenstebuiten gekeerd met een onhoorbare donderslag. Orlando werd weer omringd door de witte nevel. Hij liet zich languit op de ijzige bodem vallen en de tranen op zijn oogleden en wangen werden ijspegels.

Niet lang daarna was Fredericks bij hem, zo abrupt en volledig dat hij wel ergens anders moest zijn geweest. Ze keken elkaar aan. Ook al zagen ze Pithlit en Thargor, de sims van hun kinderspel, ze hoefden niets te zeggen om te weten dat de ander dezelfde dingen had gehoord, dezelfde onbeschrijflijke aanwezigheid had gevoeld. Op dit moment hoefden ze ook niets te zeggen. Rillend liepen ze terug langs de heuvels, waar ook de andere stemmen nu zwegen, tot de mist dunner werd en ze eindelijk de uitgang zagen.

Opperhoofd Strijkhout stond op de richel te wachten. Hij keek hen hoofdschuddend aan, maar met zijn grote handen hielp hij ze behoedzaam tot ze de lange afdaling naar de bodem van de IJsdoos hadden voltooid.

Ze hadden allebei moeite met lopen. De indiaan steunde hen zoveel mogelijk tot ze een eind voorbij het slagveld een beschut plekje onder het aanrecht vonden, waar Strijkhout een vuur aanlegde. Terwijl Orlando en Fredericks in een dof zwijgen naar de vlammen staarden verdween de indiaan in het donker.

Orlando had moeite om zijn gedachten te ordenen, maar na een tijdje begon hij over de ergste schok heen te komen. Hij slaagde er zelfs in flauw te glimlachen toen het opperhoofd in gezelschap van de schildpad terugkwam, met in zijn armen zijn baby. Het boven de deken uitstekende kopje was zwartgeblakerd, maar het kind leek rustig te slapen.

Hij viel zelf ongemerkt voor het vuur in slaap, de vlammen een gordijn waarachter toch nog iets van de duisternis te zien was.

Deel Drie

GODEN EN GEESTEN

De oude dichters bezielden alle kenbare dingen met goden of geesten, waaraan zij de namen en eigenschappen toeschreven van bossen, rivieren, bergen, meren, steden, naties en alle andere objecten die zij met hun scherpe en talrijke zintuigen konden onderscheiden.
In het bijzonder bestudeerden zij de geest van steden en landen, die zij elk onder een eigen godheid plaatsten.
Op den duur ontstond hieruit echter een systeem dat door sommigen werd misbruikt om het gewone volk aan zich te onderwerpen en de niet-stoffelijke entiteiten te scheiden van hun object; dit was het begin van het priesterschap.
Zij ontleenden hun erediensten aan de verhalen van de dichters.
En ten slotte verklaarden zij dat al zulke dingen door de goden waren bevolen.
Zo vergat de mens dat alle godheden in zijn eigen boezem rusten.

William Blake, *De bruiloft van hemel en hel*

22

Binnenstebuiten

NETFEED/AMUSEMENT: *Ronnies ontkennen Poppenbestaan (beeld:* DYHTRRRAR *tijdens persconferentie in het Hiltonhotel te Luanda)*
COMMENTAAR: *De flurry-groep 'Did You Have To Run Run Run Away Ronnie?' heeft in het Angolese Luanda voor het eerst een live persconferentie gegeven om het gerucht tegen te spreken dat de band uit Poppen bestaat. De vrouwen hebben sinds hun eerste netoptreden veel stof doen opwaaien en volgens sommige critici zijn ze te gemaakt en te glad om mensen van vlees en bloed te kunnen zijn. Ribalasia Ronnie verklaarde namens de groep onder meer het volgende:*
R. RONNIE: *'Het is doodzonde dat we onze tijd moeten verspillen aan zulke verhalen. Wij zijn echte mensen en hardwerkende artiesten...'*
Maar de in Luanda aanwezige journalisten lieten zich niet snel overtuigen.
VERSLAGGEVER: *'Wie zegt dat jullie geen* look-alikes *zijn, uitgekozen om op de Poppen te lijken?'*

Renie stond naast !Xabbu, die op de reling was gaan zitten, en keek naar het donkere, enigszins vettige water van de rivier. *Een nieuwe dag, een nieuwe wereld*, dacht ze. *God, help me, ik ben zo moe.*

Achter hen verdween de Fabriek uit het zicht, en de pijpleidingen en pilaren op de oever maakten geleidelijk aan plaats voor populieren en moerasplanten. Het licht van de felle schijnwerpers doofde en boven de prairie was de wassende maan zichtbaar. Als Renie niet op haar pijnlijke blauwe plekken en op de baviaan naast haar lette, kon ze zich bijna voorstellen dat ze in een gewone wereld was. Bijna.

Ze zuchtte. 'Zo komen we er echt niet, hoor.'

!Xabbu slingerde zijn staart rond de reling en draaide zich naar haar toe. 'Wat bedoel je, Renie?'

'Dit allemaal.' Haar weidse gebaar omvatte Azador, die nors en zwijgend aan het roer stond, de onrustig in de kajuit slapende Emily, de rivier en de nacht boven Kansas. 'Onze hele aanpak. We worden van de ene simulatie naar de andere gesleept of gejaagd. We komen geen stap dichter bij ons doel en we kunnen al helemaal niets uitrichten tegen de schoften die Stephen ziek hebben gemaakt.'

'Aha.' !Xabbu krabde aan zijn arm. 'En wat is ons doel eigenlijk? En dat bedoel ik niet spottend.'

'Dat weet ik.' Ze fronste haar voorhoofd en liet zich op het dek zakken tot ze met haar rug tegen het dolboord zat. Ze zag dat het op de andere oever al even stil en donker was. 'Sellars zei dat we die Jonas moesten zoeken, maar sindsdien hebben we niets meer van hem gehoord. Hoe kunnen we Jonas tussen miljoenen virtuele mensen vinden? Dat is onmogelijk.' Ze haalde haar schouders op. 'En er zijn een heleboel nieuwe vragen bijgekomen. Die Kunohara vertelde dat jouw vrienden van de Kring hier ook iets mee te maken hebben.'

'Ik zou ze niet direct mijn vrienden willen noemen, als hij het al over dezelfde groep had. Het zijn mensen voor wie ik respect heb, een organisatie van mannen en vrouwen die hun stamgenoten willen helpen zoals ze mij hebben geholpen. Dat heb ik tenminste altijd geloofd.'

'Dat weet ik, !Xabbu, en ik verwijt je ook niets. Ik begreep trouwens toch niet of de Kring volgens hem voor of tegen de Graalbeweging is. Wat zei hij ook alweer? Iets over twee zijden van dezelfde munt.' Ze liet haar hoofd tegen de reling rusten, bijna overweldigd. Ze waren al zo lang in dit virtuele universum! Hoe zou Stephen het maken? Was er iets in zijn toestand veranderd? En hoe ging het met haar vader en Jeremiah? Het was bijna niet voor te stellen dat de twee mannen zich misschien maar op een paar centimeter afstand van haar bevonden. Ze kon nog eerder in spoken gaan geloven.

'Als je het mij vraagt,' zei !Xabbu bedachtzaam, 'denk ik dat Kunohara bedoelde dat de Beweging en de Kring elkaar bestrijden, maar tegelijk vond hij niet dat er veel verschil tussen de twee bestond.'

'Misschien heb je gelijk.' Ze keek hem fronsend aan. 'Maar ik heb genoeg van al die veronderstellingen. Ik heb feiten nodig, informatie.' Ze merkte afwezig op dat de rivier smaller was geworden of dat Azador dichter bij de oever was gaan varen: de bomen rezen hoger op dan enkele minuten geleden en de donkere omtrekken bedekten een groter stuk van de hemel. 'We hebben een landkaart nodig of we moeten Martine en de anderen zien terug te vinden. Liever allebei.' Ze zuchtte. 'Wat is er verdomme met Sellars gebeurd? Heeft hij ons in de steek gelaten?'

'Misschien kan hij niet meer terug naar het netwerk,' opperde !Xabbu. 'Of anders vergaat het hem net als ons en weet hij niet waar hij moet zoeken.'

'God, wat een treurig idee.' Ze ging rechtop zitten zonder op de protesten van haar pijnlijke spieren te letten. 'We hebben informatie nodig, daar komt het op neer. We weten niet eens hoe deze wereld in elkaar steekt.' Ze draaide haar hoofd om. 'Azador!'

Hij keek haar zwijgend aan.

'Ook goed, dan zeg je maar niks.' Ze hees zichzelf overeind en strompelde naar de stuurhut, gevolgd door !Xabbu. 'Dit lijkt me een goed moment om te praten, vind je ook niet?'

Azador nam een laatste trek van zijn sigaret en gooide de peuk over zijn schouder. 'De rivier wordt smaller,' zei hij.

'Dat is heel fijn, maar ik wil het niet over die stomme rivier hebben. Ik wil het over jou hebben en over wat je weet.'

Hij nam haar koel op. Hij had een soort oliejas gevonden die de gaten in zijn overall en de grote blauwe plekken op zijn lichaam bedekte. Zijn gezicht zat onder het opgedroogde bloed. Onwillekeurig dacht ze aan de manier waarop hij zich op hun vijanden had gestort. Hij mocht dan hinderlijk zwijgzaam zijn, een lafaard was hij niet. 'Praat zelf maar,' zei hij. 'Ik zeg niets. Ik ben dat gepraat zat.'

'Hoe bedoel, dat gepraat zat? Wat heb je ons nou helemaal over jezelf verteld? Dat je een zigeuner bent, ja. Verwacht je nu soms een lintje? Help ons toch! We zitten in de nesten, net als jij trouwens.'

Hij sloeg zijn kraag op, haalde de zoveelste sigaret te voorschijn en stopte die in een mondhoek onder zijn donkere snor. Renie brak geërgerd haar eigen belofte en stak een hand uit. Azador lachte smalend en gaf haar een sigaret, die hij in een aanval van hoffelijkheid voor haar aanstak.

'Nou?' vroeg ze, nog steeds geïrriteerd doordat ze zo snel en gemakkelijk aan haar verslaving toegaf. 'Vertel eens iets, wat dan ook! Hoe kom je bijvoorbeeld aan die sigaretten?'

'Dingen, voorwerpen, kunnen niet van de ene wereld naar de andere,' antwoordde hij vlak. 'Ik heb ze gevonden op een bureau in Nieuw-Smaragd.' Hij grinnikte. 'Zulke lekkernijen gelden als rechtmatige oorlogsbuit.'

Renie negeerde zijn grapje, als het dat was. 'Ik heb wel dingen zien meegaan. Orlan... Een van onze vrienden had in verschillende simulaties zijn zwaard bij zich.'

Azador maakte een wegwerpgebaar. 'Dat is dan iemands eigendom, net als je kleren. Die gaan gewoon met de sim mee. En sommige dingen veranderen als ze in een volgende simulatie komen.' Hij wees naar het dek. 'Zoals een boot. Als die door een Poort gaat kan hij een andere vorm aannemen.'

'Een analogon,' zei Renie. Ze moest aan de boot van Temilún denken die in een boomblad was veranderd.

'Dat is het. Maar sigaretten en andere kleine voorwerpen, muntstukken of sieraden die je hebt gevonden, die kun je niet naar een andere wereld meenemen.'

Ze dacht te weten wat hij onder 'gevonden' verstond, maar dat hield ze wijselijk voor zich; het was al mooi genoeg dat ze hem aan de praat had gekregen. 'Hoe komt het dat je dat allemaal weet? Ben je al lang in dit netwerk?'

'O, heel lang,' zei hij achteloos. 'Ik heb veel werelden gezien. En je hoort van alles op de bazaar.'

Renie keek hem verwonderd aan. 'Wat voor bazaar?'

Voor het eerst tijdens het gesprek leek Azador niet op zijn gemak, alsof hij meer had gezegd dan hem lief was. Maar hij was er de man niet naar om zijn aarzeling toe te geven. 'De bazaar van de Romany,' zei hij, op een toon alsof Renie dat ook zelf had kunnen bedenken. Ze wachtte op nadere uitleg, maar die bleef achterwege. Zelfs in deze betrekkelijk inschikkelijke bui was hij niet bepaald spraakzaam.

'De bazaar van de Romany,' zei ze ten slotte. 'En dat is...?'

'Dat is waar de reizigers – de Romany – elkaar ontmoeten, natuurlijk.'

'Is dat ook een simwereld?' Ze keek even naar !Xabbu, die er misschien meer van begreep dan zij. Haar vriend was op de reling van de achtersteven geklommen en scheen niet te luisteren. Hij staarde naar de rijen bomen die aan weerskanten voorbijgleden terwijl het lange, zilverachtige lint van de rivier in de verte uit het zicht verdween.

'Het is geen plaats, het is een... een bijeenkomst. De reizigers komen bij elkaar en na afloop gaan ze weer weg. De volgende keer ontmoeten ze elkaar ergens anders.' Hij haalde zijn schouders op.

'En dat is hier in... in dit netwerk?' Ze was bijna over het Graalproject begonnen. Wat had ze zich nog meer ongemerkt laten ontvallen? Haar hele lijf deed nog zeer na hun hachelijke ontsnapping, ze wist niet welke dodelijke gevaren haar nog te wachten stonden en het werd steeds lastiger om bij te houden welke hele en halve leugens ze had verteld om zichzelf en !Xabbu te beschermen.

'Uiteraard!' zei hij, blijkbaar verontwaardigd over het idee dat ze iets anders kon denken. 'Dit is de beste plaats, hier hebben de rijken hun grootste schatten verborgen. Waarom zouden wij reizigers genoegen nemen met minder?'

'Bedoel je dat jij en je vrienden hier naar believen rondlopen en af en toe een feestje bouwen? Maar hoe komen jullie hier binnen? De beveiliging van het netwerk kan dodelijk zijn!'

Zag ze opnieuw een aarzeling, een schaduw? Maar Azador begon ruw te lachen en zijn geamuseerdheid klonk oprecht. 'Tegen de Romany is geen beveiliging opgewassen. Wij zijn een vrij volk, de laatste vrije mensen. Wij gaan waar we willen.'

'Wat bedoel je daarmee?' Ze kreeg een ingeving. 'Maar wacht eens even. Als jullie op een afgesproken plaats bijeenkomen, dan moet iedereen wel de weg weten – jullie weten hoe de Poorten werken.'

Azador keek haar met gemaakte onverschilligheid aan.

'Lieve god, vertel me dan hoe het werkt! We moeten onze vrienden vinden, er staan levens op het spel!' Ze pakte hem bij zijn arm, maar hij schudde haar hand van zich af. 'Je mag het niet voor jezelf houden! Ze vermoorden kleine kinderen!'

'Wie denk je eigenlijk wel dat je bent?' Azador deed een stap opzij en keek haar boos aan. 'Waarom moet jij de dienst uitmaken?' Hij wees driftig naar de kajuit waarin Emily lag te slapen. 'Je noemt me een smeerlap vanwege die stomme Pop daar en als ik je een heleboel dingen vertel dan is het weer niet genoeg. Ik moet dit en ik moet dat! Je bent niet goed bij je hoofd.' Hij keek haar tartend aan.

Renie probeerde haar woede te bedwingen, die evenzeer tegen haarzelf als tegen hem was gericht. *Wanneer leer je het nou eens, meisje*? dacht ze. *Wanneer leer je eens die grote mond van je te houden? Wanneer*?

'Ik weet niet eens wie je bent,' hernam Azador met een stem die trilde van ingehouden woede. Hij nam haar tergend langzaam van top tot teen op. 'Een blanke vrouw die zich voor een zwarte uitgeeft? Een oude vrouw die zich jong en knap voordoet? Of ben je misschien niet eens een vrouw? Die zieke gewoonte komt veel voor op het net, maar goddank niet bij de Romany.' Hij draaide zijn hoofd om en spuugde een fluim over de reling, vlak langs !Xabbu die met zijn ondoorgrondelijke bavianenkop naar hem zat te kijken. 'Ik weet wel dat jij *gorgio* bent. Je bent een buitenstaander, niet een van ons. En toch waag je het te zeggen dat ik je alles moet vertellen, alsof je het recht hebt in onze geheimen ingewijd te worden.'

'Het spijt me,' begon Renie, hoewel ze zich afvroeg hoe vaak ze dat nog tegen hem zou zeggen terwijl ze hem het liefst op zijn besnorde smoel zou timmeren. 'Ik had zo niet tegen je moeten praten, maar...'

'Geen gemaar,' zei hij. 'Ik ben moe en al mijn botten doen zeer. Jij bent toch de baas? Goed, neem jij het roer van deze lelijke schuit maar over. Ik ga slapen.'

Hij liet het roer los en liep weg, langs de kajuit naar de voorplecht. De stuurloze boot maakte een scherpe draai naar de oever en Renie moest zich haasten om het roer te pakken en de boot weer in bedwang te krijgen, waardoor ze niet de gelegenheid had Azador nog iets na te roepen, ten goede of ten kwade.

'Praat jij de volgende keer maar met hem,' zei ze tegen !Xabbu. Ze had het gevoel alsof de rimpels nooit meer uit haar voorhoofd zouden wegtrekken. 'Ik geloof niet dat ik het erg goed aanpak.'

Haar vriend klauterde van de reling en kwam bij haar staan om een kneepje in haar arm te geven. 'Het ligt niet aan jou. Hij is erg boos. Ik denk dat hij zijn verhaal kwijt is.'

Renie tuurde naar voren. Het water en de bomen waren zo donker dat ze in de nacht nauwelijks te onderscheiden waren. 'Misschien kunnen we beter bij de oever aanleggen of het anker uitgooien. Ik kan nauwelijks iets zien.'

!Xabbu knikte. 'Slapen is een goed idee. Je hebt rust nodig, net als wij allemaal. Je weet hier nooit wanneer er iets gaat gebeuren.'

Daarop had ze een heleboel antwoorden kunnen geven, het ene nog sarcastischer dan het andere, maar ze had geen fut meer om iets te zeggen. Ze schakelde de motor uit en liet de boot uitdrijven naar de kant.

Renie voelde de zon branden op haar blote armen en gezicht. Ze kreunde en schoof zonder haar ogen te openen opzij om een schaduwplek te zoeken, maar die was niet te vinden. Zelfs met een arm voor haar ogen kon ze de felle gloed van de zon zien. De hitte golfde over haar heen alsof een sadistisch reuzenkind een vergrootglas boven haar lichaam hield.

Renie mompelde een verwensing en ging zitten. De schitterende witte zon stond bijna recht boven haar hoofd, nauwelijks getemperd door wat grijze sluierbewolking. Op het dek was nergens een beschut plekje te vinden. Ze merkte dat de boot was afgedreven, of dat de omgeving in de loop van de nacht was veranderd, geen van beide een erg aanlokkelijk idee. De rivier was veel smaller geworden, de oevers aan weerskanten lagen op minder dan een steenworp afstand, en het overzichtelijke populierenbos had plaats gemaakt voor een verraderlijke groene zee – een jungle. Sommige bomen waren wel dertig of veertig meter hoog en door het dichte struikgewas kon ze overal maar een paar meter het woud in kijken.

!Xabbu stond op zijn achterpoten bij de reling en keek eveneens naar de jungle.

'Wat is er gebeurd?' vroeg ze. 'Is het anker losgeschoten?'

Hij draaide zijn bavianenkop om en liet een van zijn eigenaardige, opwekkende lachjes zien. 'Nee. We zijn al een tijdje wakker en Azador staat weer aan het roer.'

De veelbesproken man stond inderdaad bij het stuurwiel op het achterdek, zijn donkere wenkbrauwen gefronst en met een wolk sigarettenrook rond zijn hoofd. Hij had de oliejas uitgetrokken en een touw bij wijze van riem rond zijn middel geknoopt, want het bovenstuk van zijn overall was helemaal aan flarden. Zijn sim was gebruind door de zon en bijzonder gespierd. Renie wendde haar blik af, geërgerd door zijn idioot aantrekkelijke uiterlijk: alleen een schooljongen zou zo'n sim kiezen, zelfs als hij er in werkelijkheid ook zo uitzag, wat ze in het geval van Azador sterk betwijfelde.

'Het is in elk geval goed dat je wakker bent,' vervolgde !Xabbu. 'Emily zit ergens mee, maar ze wil niet met mij praten en Azador niet met haar.'

Renie kreunde opnieuw en hees zichzelf overeind. Ze bleef even bij de reling staan tot de kramp uit haar benen was weggetrokken. Het was verbazingwekkend te beseffen hoeveel pijn je kon voelen terwijl je niet werkelijk door metalen vuisten en menselijke knokkels was geraakt, maar in een geleiachtige stof lag die zulke dingen kon nabootsen. Het resultaat was er niet minder realistisch door.

Ze ging hinkend naar de kajuit. Het meisje zat op bed, weggedrukt in de hoek van de kleine hut alsof ze een stel spinnen op de vloer had gezien. Haar jonge huid was zweterig van de warmte, maar toch hield ze de deken stevig tegen haar borst geklemd.

'Hallo, Emily? Alles goed?'

Het meisje keek haar met grote, zorgelijke ogen aan. 'Waar is de aap?'

'Buiten. Wil je dat ik hem haal?'

'Nee!' riep Emily angstig uit. Ze vermande zich en lachte gespannen. 'Nee, ik vind hem zo akelig. Hij doet me denken aan de vliegende apen van Vogelschrik, zo klein en harig. En dan die knijpvingers. Ik snap niet hoe je het met hem uithoudt.'

Renie overwoog heel even het meisje over !Xabbu te vertellen, maar daar zag ze vanaf. Als Emily een Pop was zou ze niets van VR of van sims begrijpen, of ze zou er alleen maar verdrietig van worden. Tenzij...

'Hij is niet echt een aap.' Renie probeerde geruststellend te lachen, hoewel haar kaak zeer deed. 'Hij... hij is betoverd. Eigenlijk is hij een mens, een heel aardige man, maar iemand heeft hem in een aap veranderd.'

'Echt waar?!' Emily zette weer grote ogen op. 'O, wat zielig voor hem!'

'Ja.' Renie ging op de rand van het bed zitten en probeerde een aangename houding te vinden, maar zo te voelen had ze geen pijnloze spier meer over. 'Was dat alles wat je dwarszit?'

'Nee... Ja, nee.' Deze snelle gedachtewisseling werd het meisje klaarblijkelijk te veel. Ze keek Renie een ogenblik aan en barstte plotseling in hevig snikken uit. 'Wat g-gaat er g-g-gebeuren?'

'Met ons?' Renie stak een hand uit en klopte haar op haar schouder. Ze voelde de kleine, dunne botten van Emily door de dunne stof van haar hemd. Het was vreemd dat ze nu alweer de rol van moeder op zich moest nemen om iemand te troosten. Het deed haar onwillekeurig aan Stephen denken, maar ze had vandaag al genoeg geleden. 'We zijn gevlucht voor al die mensen die achter ons aan zaten, weet je nog?'

'Dat bedoel ik niet. Wat gaat er met m-mij gebeuren? En met het kindje in mijn b-b-buik?'

Renie had graag iets opbeurends willen zeggen, maar ze kon niets bedenken. Wat had ze dit meisje eigenlijk te bieden, deze hulpeloze Pop met haar kinderpraat? Als zij en !Xabbu de volgende Poort vonden, zou Emily zeer waarschijnlijk niet met hen mee kunnen. En al zou ze het wel kunnen, was dat dan een goed idee? Wat konden ze verwachten van het zwangere, simpele kind dat voortdurend om aandacht vroeg? Het was een onverdraaglijke gedachte.

'Het komt allemaal wel goed,' zei ze ten slotte met grote weerzin.

'Nee, dat is niet waar! Mijn henry houdt niet meer van me! Vroeger wel, echt waar, daarom gaf hij me dat mooie ding en deden we allemaal spelletjes en noemde hij me zijn puddinkje. En nu... nu is alles kaduuk!' Het leek een van de ergste woorden te zijn die ze kende. Na haar uitroep liet ze zich languit op het bed vallen en begon luid te jammeren.

Renie kon alleen maar bij haar blijven zitten en een troostende hand op haar rug leggen tot Emily weer enigszins was gekalmeerd. 'Dat mooie glanzende ding dat je van hem kreeg,' zei ze toen het snikken was bedaard. 'Heeft hij weleens gezegd waar dat vandaan kwam?'

Zelfs met rode ogen, vlekken op haar wangen en een natte neus zag Emily er nog irritant aantrekkelijk uit. Ze wist nu wel zeker dat dit Kansas de creatie van mannen was. 'Hij heeft helemaal niets gezegd, alleen dat het van mij was!' kreunde het meisje. 'Ik heb het niet gestolen! Ik heb het gekregen!'

'Dat weet ik wel.' Renie durfde niet te vragen of ze het juweel nog een keer mocht zien, bang dat Emily opnieuw van de kook zou raken. 'Ik weet het.'

Renie bleef bij haar tot Emily als een zweterig hoopje ellende in slaap was gevallen, waarna ze terugging naar het achterdek. Ze had weer trek in een sigaret, maar ze had al een keer gezondigd. 'Ze is helemaal van streek,' meldde ze.

Azador wierp een vluchtige blik naar de kajuit. 'Dat hoorde ik, ja.'

'Het zijn misschien Poppen,' zei Renie, 'maar daar lijken ze zelf geen erg in te hebben. Ze gedragen zich in elk geval heel realistisch, geprogrammeerd of niet.'

'Die vervloekte *gorgio's* hebben meer geld dan goed voor ze is. Ze kunnen al die programmeurs betalen om het allemaal net echt te laten lijken.'

'Ja, en dat vond je bij Emily helemaal niet zo'n bezwaar, of wel soms?' Ze hoorde de woede in haar eigen stem sluipen en draaide zich om naar de reling. De begroeiing op de dichtstbijzijnde oever werd steeds dichter. De vegetatie had iets onnatuurlijks, maar ze kon niet zeggen wat ermee aan de hand was. Ze keek weer naar Azador. 'Heb je dan helemaal geen medelijden met haar?'

Hij kneep zijn ogen half dicht en speurde als een huurmoordenaar de rivier af. 'Heb jij medelijden met je vloerkleed als je eroverheen loopt? Ze is geen mens, het is een machine, een ding.'

'Hoe weet je dat? Dit hele netwerk zit vol met echte mensen die allemaal een rol spelen. Wat weet jij ervan?'

Tot haar verbazing zag ze zijn gezicht vertrekken. Hij probeerde zijn onverschillige masker te bewaren, maar er lag even een vreemde blik in zijn ogen voordat hij zijn hoofd afwendde en een nieuwe sigaret in zijn mond stopte.

Ze stond zich nog af te vragen wat hem bezielde, toen haar aandacht werd afgeleid door een gespannen kreet van !Xabbu die op de voorplecht zat.

'Renie! Kom eens! Ik geloof dat het belangrijk is!'

Ze liep naar voren en zag haar vriend opgewonden over de reling dansen. Tamelijk bezorgd besefte ze dat hij met de dag meer op een echte baviaan begon te lijken. Kwam het alleen doordat hij aan de sim gewend raakte of was zijn gedrag werkelijk aan het veranderen doordat hij alles door de ogen van een aap bekeek?

'Kijk.' Hij wees naar de oever.

Renie volgde zijn uitgestoken hand, maar haar hoofd zat vol verwarde gedachten die allemaal om haar aandacht vroegen. Ze kon niets bijzonders aan de waterkant ontdekken. 'Wat zie je dan, !Xabbu?'

'Kijk eens naar de bomen.'

Ze concentreerde zich op de plek die hij aanwees. Grote en kleine bomen stonden dwars door elkaar, met dikke lianen die van de takken afhingen als de overlevenden van een wurgslangenfeestje. Het enige opmerkelijke was een zekere regelmatigheid – en plotseling besefte ze dat dat haar een tijdje geleden ook was opgevallen. Zowel de bomen als de lianen zagen er natuurgetrouw uit, alleen leken de onderlinge afstanden en de aansluitingen bijna mathematisch bepaald, met bovendien wel erg veel rechte hoeken...

'Het lijkt wel een decor.' Ze tuurde in het felle zonlicht naar de oever en na een tijdje zag ze bepaalde vormen telkens terugkeren. 'Het doet me een beetje aan de fabriek denken, alleen bestaat alles hier uit planten.'

'Precies!' !Xabbu sprong weer op en neer. 'Weet je nog wat Vogelschrik zei? Zijn vijanden zaten in de fabriek, maar ook in het bos.'

'Nee toch?' Renie schudde haar hoofd, net niet moe genoeg om haar angst te kunnen vergeten. 'Dus we zijn hier op het gebied van die andere... hoe heette hij ook alweer?'

'Leeuw,' zei !Xabbu ernstig.

Plotseling klonk er op de oever een zacht sissend geluid en in de rechthoekige openingen tussen de bomen begon iets te bewegen, een stoet identieke spookachtige gezichten. Elke verschijning was bijna zo vaag als een spiegelbeeld in een woelige vijver, maar Renie meende een paar harde ogen en een groot, bleek gelaat te zien. Het gesis ging over in een luid gekraak en de gezichten verdwenen, alsof een leger van geesten op de vlucht was geslagen.

'Wat was dat in godsnaam?' riep Azador, die de motor afzette en de sleepboot met de stroom liet meedrijven.

Renie stond zich net hetzelfde af te vragen toen ze !Xabbu's kleine hand op haar arm voelde – zijn 'harige knijpvingers' zoals Emily zo onaardig had gezegd. 'Kijk,' fluisterde hij op een toon die zijn verbazing en onrust verried. 'Het is net een kudde antilopen die naar de rivier komt om zich te laven.'

Een paar honderd meter verder was een groepje menselijke gedaanten omzichtig uit de begroeiing te voorschijn gekomen. Ze hadden de boot nog niet in de gaten en gingen naar de waterkant om te drinken, terwijl enkelen bleven staan om de wacht te houden, gespannen naar de jungle en de nabije rivier kijkend. Hun blanke huid was besmeurd en bloot, afgezien van de versieringen die ze droegen. Renie kreeg de indruk dat het een soort jachttrofeeën waren: sommigen hadden een staart op hun rug gebonden, anderen droegen horens op hun hoofd of oren van dieren.

Renie dook weg achter de reling en beduidde Azador hetzelfde te doen. Hij hurkte neer bij het roer terwijl de boot langzaam het groepje naderde.

Ze hadden ongeveer twee derde van de afstand overbrugd toen een van de gehoornde wachters hen zag. Hij staarde een ogenblik met open mond naar de boot en produceerde vervolgens een vreemd blaffend geluid. De andere naakte mensen sprongen geschrokken op en renden terug naar de jungle, zwaaiend met hun staarten en elkaar onder de voet lopend in hun haast om weg te komen.

De boot was bijna bij de plek waar de mensen hadden gezeten. Alleen de wachter was aan de rand van de jungle blijven staan om de boot in de gaten te houden, blijkbaar bereid tot vechten om de aftocht van de anderen te dekken. In het spel van licht en schaduw onder de bomen leken de horens op zijn hoofd te bewegen, en even later zag Renie dat dat inderdaad zo was: wat ze voor horens had aangezien waren in werkelijkheid handen die uit zijn slapen staken. Zijn polsen, waaraan zijn echte handen hadden moeten zitten, eindigden in stompjes.

De vingers van dat afschuwelijke namaakgewei wiebelden terwijl de boot voorbijdreef. De ogen van de schildwacht – grote donkere ogen waarin helemaal geen wit te zien was – keken Renie even recht aan met de hopeloze, doodsbange blik van iemand die tot de hel is veroordeeld. Daarna draaide hij zich om en rende het woud in, zwaaiend met zijn staart die van mensenhuid was gemaakt en op zijn rug was genaaid.

Long Joseph Sulaweyo stond aan de rand van de berm naar de weg te staren met een gevoel alsof hij uit een droom was ontwaakt.

Die nacht had het zo eenvoudig geleken, toen Jeremiah lag te slapen en alleen zijn eigen eenzame voetstappen in dat vervloekte Wespennest weerklonken. Hij zou zijn zoon gaan opzoeken. Hij moest weten hoe het met Stephen was. Renie had een keer gezegd dat Joseph zelf zijn zoon ziek had gemaakt, een verwijt dat hij woedend van de hand had gewezen, maar hij had de opmerking niet kunnen vergeten.

Stephen was misschien wel uit zijn coma ontwaakt, had hij tegen zichzelf gezegd terwijl hij de weinige spullen inpakte die hij moest meenemen. Eigenlijk zou dat heel wreed zijn, want zijn vader en zijn zus waren weggegaan en er was niemand om voor hem te zorgen. Joseph had de laatste biljetten uit Renies portemonnee gepakt – ze had toch geen geld nodig in die rare badkuip – en gedacht dat het een uitstekend plan was. Hij zou zijn jongen gaan opzoeken. Hij moest weten hoe het met Stephen was.

Maar nu, in het licht van de late middag, onder het stof van de Drakensbergen, keek hij er heel anders tegenaan. Als Renie nu eens terugkwam terwijl hij weg was? Ze zou boos zijn, ze zou denken dat hij zich was gaan bedrinken en iedereen in gevaar had gebracht. Maar dat was toch zeker niet waar? Nee, hij was verantwoordelijk voor zijn zoon en niemand anders. Renie kon de plaats van haar eigen moeder niet innemen, ook al leek ze dat soms te denken. Ze hoefde hem niet te vertellen wat hij moest doen of laten.

Long Joseph liep door de harde berm naar de weg. Het werd hier vroeg donker; halverwege de middag was de zon al achter de berg verdwenen en de wind floot langs de helling, liet de bladeren in de bomen ritselen en drong door zijn dunne hemd heen. Joseph plukte een paar klitten van zijn kleren en begon heen en weer te lopen op de weg, met zijn voeten stampend om warm te blijven.

Renie wist niet hoe slim hij was – net als alle kinderen vond ze haar vader een dwaas. Maar hij zou naar Durban gaan om Stephen te bezoeken en terug zijn zonder dat ze er iets van merkte. Trouwens, ze had zelf geen recht van spreken. Was zij soms bij hem gebleven? Renie was weggegaan, net als haar moeder en haar broertje hadden gedaan. Allemaal verwachtten ze dat hij op hen zou blijven wachten, alsof hij niets beters te doen had.

Hij keek de verlaten heuvelweg af, tuurde in beide richtingen alsof er elk moment een bus kon aankomen.

Het was nu bijna helemaal donker. Joseph had al zo lang heen en weer gelopen dat hij niet meer wist of de pijn in zijn tenen van de kou of van het stampen kwam. Er waren maar twee auto's en een vrachtwagen langsgekomen en de bestuurders hadden, zonder vaart te minderen, slechts verbaasd naar de man aan de voet van de berg gekeken. Hij kon zijn eigen adem zien, een wit wolkje dat even voor zijn gezicht bleef hangen voordat het door de wind werd weggeblazen.

Hij stond net te overwegen of hij niet een slaapplaats tussen de struiken moest gaan zoeken, beschut tegen de wind, toen er op de top van de heuvel een kleine vrachtwagen in zicht kwam, de koplampen priemend door de schemering. Zonder erbij na te denken liep Joseph naar het midden van de weg en begon met zijn armen te zwaaien. De bestuurder leek hem eerst niet te zien en Long Joseph zag zichzelf al langs de kant van de weg liggen, zo dood als een overreden straathond, maar op het laatste moment remde de vrachtwagen af en stopte in het knarsende grind van de berm. De bestuurder, een gedrongen blanke man met een opzichtig jack aan, klom de cabine uit.

'Wat sta je daar nou te doen, stomme idioot?'

Joseph luisterde ontstemd naar het Afrikaander accent, maar hij kon zich niet veroorloven kieskeurig te zijn. 'Ik heb een lift nodig.'

De man staarde hem aan en keek vervolgens om zich heen alsof hij bang was dat de handlangers van Long Joseph uit de struiken zouden springen om zijn wagen te stelen of iets nog ergers te doen. 'Zo. En waar is je auto?'

Long Joseph besefte geschrokken dat hij geen smoes had verzonnen om zijn aanwezigheid op de afgelegen weg in de bergen te verklaren. De bunker was van het leger, daar mocht hij toch niets over zeggen?

De stilte beviel de chauffeur niet. Hij deed een stap terug in de richting van zijn wagen. 'Hoe ben je hier gekomen?'

Joseph herinnerde zich opeens een voorval uit zijn jeugd, een ingeving die regelrecht uit de hemel leek te komen. 'Ik had een lift van iemand gekregen,' zei hij tegen de blanke, 'maar we kregen ruzie en hij heeft me de auto uitgezet.'

'O ja?' De bestuurder was nog steeds achterdochtig. 'Waar hadden jullie ruzie over?'

'Ik zei dat rugby een stomme sport was.'

De ander begon plotseling breed te grijnzen. 'Krijg nou wat! Nou, volgens mij ben jij een echte kakker, maar dat is nog geen reden om iemand in de kou te laten staan. Stap in. Je bent toch geen ontsnapte moordenaar, hè?'

Long Joseph haastte zich naar de wagen en blies in zijn handen. 'Nee, al heb ik mijn zwager eens bijna doodgeslagen toen hij mijn auto aan puin had gereden.' In feite had Joseph de auto van zijn zwager total loss gereden, maar zoals hij het vertelde klonk het veel beter.

'Dan ben je een goede kerel. Ik heb mijn eigen zwager ook eens bijna doodgeslagen. Misschien ga ik dat alsnog een keer doen.'

De man heette Antonin Haaksbergen, een echte Afrikaander en derhalve volgens de Wet van Sulaweyo een hufter en een onbetrouwbare kwezel, maar Long Joseph moest toegeven dat er verzachtende omstandigheden waren. Zo was de kleine vrachtwagen uitgerust met een goed werkende verwarming en stelde Haaksbergen niet al te veel vragen. Maar het beste was al meteen in het begin gekomen, toen ze de eerste bocht passeerden nadat Long Joseph was ingestapt.

'Wil je iets drinken, maat?'

Het was of er een gordijn in een verduisterde kamer openging en het heldere zonlicht naar binnen stroomde. 'Heb je wijn?'

'Je hebt nog voorkeur ook, zie ik. Nee, maar als je erg aardig voor me bent krijg je misschien wel rode olie van me.'

Joseph was meteen op zijn hoede. Zat hij nu alweer met een flikker opgescheept? 'Rode olie?'

Haaksbergen stak zijn hand achter de rugleuning en haalde een blikje Rode Olifant te voorschijn. Hij gaf het aan Joseph en pakte een tweede blikje bier, dat hij openmaakte en op het dashboard zette. 'Ik heb me de hele reis al netjes gedragen en in gezelschap mag ik wel drinken, wat vind jij?'

Joseph knikte. Hij zette het blikje aan zijn lippen en liet het koele vocht naar binnen stromen om zijn verschroeide keel te laven.

'Hoe vind je mijn wagen?' vroeg Haaksbergen, die zelf ook een slok nam. 'Is het geen lekker ding? De motor loopt op waterstof, heel zuinig in het gebruik. Alleen moet er niks mee gebeuren, want dan vliegen we de lucht in. Maar ja, zo is het leven... Goeie god, man, heb je het nou al op?'

De rest van de reis verliep in een verrukkelijke warme gloed vol alcoholische vloeistof. Ze kwamen in bewoond gebied aan de voet van het gebergte, waar de lichten als tropische vissen voorbij leken te zwemmen. Tegen de tijd dat ze Howick bereikten, waren Long Joseph en Antonin ('mijn vader was Italiaan, dus wat wil je?') dikke maatjes geworden. Zelfs opmerkingen als 'jullie zwarten' of 'jouw soort' die Haaksbergen zich af en toe liet ontvallen, hoorden bij de ontboezemingen van nieuwe vrienden, net als zijn stille verwondering over de drankzucht van Joseph. Renies vader werd afgezet bij het station. In de drukte van de avondspits bleef hij staan om Haaksbergen uitbundig na te zwaaien terwijl de vrachtwagen optrok.

Na een enigszins moeizame optelsom kwam hij tot de conclusie dat hij niet genoeg geld had om de trein naar Durban te nemen, maar op dit moment voelde hij er toch niets voor om verder te trekken. Hij ging op een bankje in de stationshal liggen en viel snel in slaap. Zelfs zijn dromen waren wazig, alsof ze zich in diep water afspeelden.

Kort voor het aanbreken van de dag werd hij stevig maar niet onvriendelijk gewekt door een particuliere bewaker. Toen hij geen treinkaartje kon laten zien werd hij naar buiten gestuurd, net als een heel groepje multiraciale bedelaars en zwervers. Hij besteedde een deel van zijn contanten aan een knijpflesje Mountain Rose uit een dag en nacht geopende slijterij, deels om de onverwachte kater te onderdrukken, deels om zijn gedachten te ordenen.

Dat laatste eindigde ermee dat hij op een bankje in het park weer in slaap viel. Toen hij wakker werd stond de onaangenaam felle zon al aan de hemel. Hij ging zitten, bekeek de mensen die hem geen blik waardig keurden en wreef het kleverige slijm weg dat uit zijn mond over zijn kin was gelopen. Ten slotte besloot hij dat het tijd werd om op weg te gaan. Renie zou woedend zijn als ze uit dat ding kwam en merkte dat hij nog niet terug was.

Hij ging weer naar de slijterij, waarvan het loket een soort getraliede kooi was, en kocht een tweede fles Mountain Rose. Hij had nog net genoeg geld over voor een korte busreis, veel te kort om van nut te zijn. Na een paar slokken wijn wist hij de zelfbeheersing op te brengen om de vacuümkurk te sluiten, waarna hij de fles in zijn zak stopte en behoedzaam naar de grote weg liep.

De derde en laatste lift van de dag bracht hem aan de rand van Durban. Ingeklemd tussen de opgestapelde kratten met groente en fruit zag hij de stad oprijzen, een cluster rechthoekige gebouwen die de kust van Natal domineerde. Nu kon hij met zijn laatste geld de bus naar zijn uiteindelijke bestemming nemen. Hij overwoog terug te gaan naar het opvangcentrum waar hij met Renie had gezeten. Misschien zou Walter of een van zijn andere vrienden met hem mee willen naar het ziekenhuis. Maar Renie had duidelijk gezegd dat het daar niet veilig meer was en Long Joseph wilde zich geen moeilijkheden op de hals halen. Dat zou haar maar de kans geven hem uit te schelden omdat hij zich als een stomme oude man had gedragen.

Het kwam pas later bij hem op dat hij zijn dochter misschien helemaal niet meer zou terugzien als hij in moeilijkheden kwam.

In twee uur tijd was hij zeker tien keer heen en weer gelopen tussen de bushalte en de ingang van de kliniek aan de rand van de stad. Pas bij het uitstappen had hij zich herinnerd dat Renie iets over een quarantaine had gezegd en inderdaad had hij al die tijd alleen maar dokters en ander personeel in en uit zien gaan. De ingang werd zelfs bewaakt door mannen in een soort zwarte brandweerpakken, gespierde gasten waar zelfs een roekeloze dronkaard met een boog omheen zou lopen. Renie zou wel weer vinden dat hij een dronkaard was, maar Long Joseph wist dat hij niet roekeloos was.

Hij had ongeveer de helft van de wijn opgedronken, maar de rest klotste nog in de fles in zijn zak als een bewijs van zijn gezonde verstand en zelfbeheersing. Hij was niet de enige op straat en daarom zou hij ook niet zo gauw in de gaten lopen, maar verder was hij tegen een lege muur in zijn eigen hoofd opgelopen, een barrière die hem belette iets te ondernemen. Hij kon zijn zoon niet opzoeken als er een quarantaine was ingesteld, maar wat moest hij dan beginnen? Teruggaan naar die verwijfde Jeremiah en toegeven dat hij een stommiteit had begaan? Of erger nog, als Renie inmiddels uit die tank was gekomen zou hij haar niet eens kunnen vertellen hoe haar broertje het maakte.

Hij liep van de bushalte naar het groepje bomen op de lage heuvel net voorbij de ingang van de kliniek. Hij leunde tegen een van de stammen en trommelde afwezig met zijn vingers op de knijpfles. Hij kon niet op een helder idee komen. De muur in zijn hoofd bleef even zwaar en onverzettelijk als de gehelmde mannen bij de ingang. Een van de bewakers keek zijn kant op, het vizier even leeg als het oog van een insect, en Long Joseph trok zich terug in de schaduw.

Ja, het zou helemaal wat zijn als die Afrikaander kleerkast besloot deze kaffer een lesje te leren. Voor je het wist had zo'n smeerlap alle botten in je lijf gebroken, daar kon geen wet iets aan veranderen. Dat was de pest met dit land.

Hij had net een veiliger plekje tussen de bomen gevonden toen er een hand over zijn mond werd gelegd. Hij voelde iets hards tussen de wervels van zijn ruggengraat.

De stem was een schor gefluister. 'Je geeft geen kik.'

Long Joseph keek met uitpuilende ogen naar de bewakers. Konden ze hem nu maar zien... Maar hij stond helemaal in het donker tussen de bomen. Het harde ding in zijn rug bewoog.

'Er staat een auto achter ons. Draai je om en stap in. Waag het niet iets te proberen, want ik schiet je kapot.'

Long Joseph Sulaweyo voelde zijn knieën knikken toen hij hardhandig werd omgedraaid. Langs de stoeprand stond een zwarte auto, door de bomen aan het zicht van de bewakers onttrokken. Een van de portieren stond open. Het interieur van de auto was zo donker als een grafkuil.

'Ik haal mijn hand van je mond,' zei de stem. 'Als je een geluid maakt ben je dood.'

Hij kon het gezicht van de ander niet zien, alleen een donkere gedaante die vlak achter hem stond. Hij dacht radeloos aan wat hij zou kunnen doen, aan films die hij ooit had gezien, met helden die de overvallers hun wapens ontfutselden of met één kung-fustoot uitschakelden. Hij zou schreeuwend naar de kliniek kunnen rennen in de hoop dat het eerste schot mis zou zijn. Maar hij wist dat het er niet van zou komen. De loop tegen zijn ruggengraat was net de koude neus van een roofdier dat hem besnuffelde. Hij was de machteloze prooi. Voor de dood kon je niet wegrennen.

Hij werd naar de auto geduwd en op de achterbank geschoven, waarna iemand een zak over zijn hoofd trok.

Mijn kinderen verdienen een betere vader dan de stomme idioot die ik ben, dacht hij terwijl de auto snel optrok. Zijn woede maakte direct plaats voor angst. Hij dacht dat hij zou overgeven, dat hij met die zak over zijn hoofd in zijn eigen braaksel zou stikken. *Verdomme, ik ben echt volkomen gestoord*, dacht hij treurig. *Mijn arme kinderen. Ik heb ze allebei vermoord.*

Renie ging langzaam rechtop staan terwijl ze vocht tegen haar misselijkheid. In de insectenwereld was er, toen ze moest overgeven, niets naar buiten gekomen en ze vroeg zich vluchtig af waarom ze in dit gesimuleerde Kansas wel een stroom heldere vloeistof produceerde, maar ze voelde zich al ellendig genoeg zonder zulke gedachten. De oorzaak van haar misselijkheid, de aanblik van die arme, verminkte mensen, stond haar nog scherp voor de geest.

'Wat bezielt de mensen die deze plek hebben gemaakt?' kreunde ze terwijl ze haar kin afveegde. 'Zijn ze dan volslagen krankzinnig? En ik dacht nog wel dat de Gele Kamer erg was! Wat zijn dit voor sadisten?'

Azador startte de motor en de sleepboot tufte verder over de rivier. 'Het waren maar Poppen.'

'Dat is weer echt wat voor jou!' Alleen het feit dat ze zich wanhopig en slap voelde, voorkwam dat ze weer ruzie begon te maken.

'Ik begrijp wat Renie bedoelt.' !Xabbu stond op zijn achterpoten op de reling, volmaakt in evenwicht ondanks het lichte deinen van de boot. 'Zijn de meesters van deze simulaties allemaal van die... hoe noemde je ze, Renie? Van die sadisten?'

'Het zijn rijke schoften,' zei Azador. 'Ze kunnen doen wat ze willen.'

'Maar wie wil er nou zoiets afgrijselijks?' Renie haalde een paar keer diep adem en werd weer enigszins de oude. 'Daar kun je toch niet mee leven? Neem die Vogelschrik nou. In werkelijkheid is hij misschien een schoft, maar zulke dingen heb ik hem toch niet zien uithalen. Hoewel, als het ook voor hem allemaal maar een spel is...'

'Vogelschrik heeft daar niets mee te maken,' zei Azador op effen toon. 'Hij was hier al lang niet meer de baas. Die verminkte Poppen die je zag zijn het werk van de Tweeling.'

'De Tweeling? Wie zijn dat?' Renie probeerde rustig te blijven. Ze had tegen Azador al te vaak iets verkeerds gezegd.

'Dat zijn twee mannen die je in veel werelden van dit netwerk kunt tegenkomen. Misschien zijn ze zelf meesters of handlangers van hen. Maar waar ze ook heen gaan, overal verzieken ze de boel.' Hij gebaarde naar de jungle, die steeds meer op de beklemmende doolhof van de fabriek ging lijken, met bomen en slingerplanten in plaats van pilaren en pijpleidingen. 'Ik heb ze al eerder aan het werk gezien. Wanneer ze een van de reizigers te pakken krijgen gooien ze hem niet van het net af. Als ze kunnen, houden ze hem gevangen om hem te martelen.' Hij spuwde in het water. 'Ik weet niet wie ze in werkelijkheid zijn, maar het zijn monsters.'

'En het is een tweeling?' vroeg Renie gefascineerd. Ze kwam weer iets meer over Anderland te weten.

Azador rolde met zijn ogen. 'Dat is een grapje, omdat ze altijd alles samen doen. En welke gedaante ze ook aannemen, de een is dik en de ander dun. Hoe dan ook, ze worden de Tweeling genoemd en je herkent ze zonder moeite.'

'En je weet niet of het echte mensen zijn?' Renie wilde zoveel mogelijk van de gelegenheid profiteren. Azador leek zelf niet te beseffen dat hij al voor de tweede keer die dag aan het praten was. 'Maar ze kunnen toch niet echt zijn als ze in verschillende simulaties voorkomen?'

De zigeuner schudde zijn hoofd. 'Daar heb ik geen antwoord op. Ik weet alleen dat ze in veel werelden zitten en dat het altijd, altijd hufters zijn. Hier zijn ze de Tinnen Man en de Leeuw geworden.'

Je had dus mensen als Kunohara, dacht Renie, meesters van Anderland die zich tevredenstelden met hun eigen simulaties en liefhebberijen. Maar er waren er ook die rondtrokken of zelfs de domeinen van hun buren vernielden. Was er tussen de leden van de Graalbeweging oorlog uitgebroken? Dat zou niet eens zo vreemd zijn – het was echt iets voor de rijken om elkaar een hak te zetten, ook als er genoeg was voor iedereen. Het zou misschien zelfs gunstig kunnen zijn, hoewel Renie betwijfelde of één machtige vijand beter zou zijn dan een heleboel verdeelde. En hoe dan ook, zij en !Xabbu waren als argeloze voetgangers op een slagveld verzeild geraakt.

'Weet je nog iets meer over die tweeling of over andere bazen van het netwerk?' vroeg ze.

Azador haalde zijn schouders op. 'Het is te warm om te praten en ik wil niet meer aan die lui denken. Ik ben een Romany – wij gaan waar we willen, zonder ons af te vragen wiens land het is.' Hij stak een gespierde arm uit naar de jas die aan zijn voeten lag en zocht in de zak naar het pakje sigaretten.

Het was inderdaad erg warm: de zon stond recht boven hun hoofden en de bomen wierpen geen schaduw meer over de rivier. Renie vroeg zich vluchtig af hoe het met Emily was, die in de benauwde hut lag te slapen. Maar het meisje was toch zeker een Pop? En ze hoorde in deze simulatie thuis. Misschien had Azador gelijk en nam ze deze mechanische mensen, deze stukjes programmacode, wat al te serieus.

Die vraag bracht haar op een andere gedachte, iets dat ze in alle drukte was vergeten. 'Azador, hoe weet je eigenlijk zo zeker dat Emily een Pop is?'

Hij keek verrast op, maar deed alsof hij haar niet begreep. 'Wat?'

'Ik heb het je al eerder gevraagd, maar toen gaf je geen antwoord. Je zei dat het niet uitmaakte wat je deed omdat ze een Pop is. Maar hoe weet je dat?'

'Wat maakt het uit?' snauwde hij, maar zijn ergernis was niet erg overtuigend. Renie kreeg voor het eerst het idee dat haar vragen hem zo irriteerden omdat hij iets wilde verbergen.

'Ik ben gewoon nieuwsgierig,' antwoordde ze zo kalm mogelijk. 'Ik weet haast niets van zulke dingen af. Jij bent hier al veel langer, je hebt meer gezien dan ik.'

'Ik ben geen kind dat je met zulke praatjes uit zijn tent kunt lokken,' bromde Azador. 'Misschien wil jij hier in de zon blijven kletsen, maar ik niet. Je wilt toch zo graag de baas zijn? Neem deze hele rotboot dan ook maar over.' Hij liet de jas en het roer los en beende weg over het dek.

Voordat Renie nog iets kon zeggen zwaaide !Xabbu opgewonden naar haar. 'Er is iets aan de hand,' zei hij, en hij sprong van de reling op het dek.

Renie keek naar de oever. De trillende warme lucht tussen de bomen verdichtte zich en rond de takken werden beelden zichtbaar, duizend weerspiegelingen van hetzelfde visioen. Het was veel duidelijker dan de eerdere spookbeelden, een grote gele kop met verwarde vuile manen en varkensogen die bijna onzichtbaar waren onder de plooien van het voorhoofd. De brede bek ging gapend open en Renie zag rijen enorme, verbrokkelde tanden. Een grommende stem klonk op, maar was nauwelijks te verstaan door het geruis en gekraak op de achtergrond, alsof het een gestoorde radio-uitzending was. Ze kon slechts enkele woorden opvangen: 'Buitenstaanders... Bos... verschrikkelijk lot...' De angstwekkende kop bleef nog enkele ogenblikken zichtbaar, als een gedrocht uit een onbekend museum, pratend en grommend. Daarna verdween het beeld en werd het weer donker tussen de takken.

'Ik geloof dat ze ons in de gaten hebben,' zei Renie grimmig. 'Als ik hem tenminste goed heb begrepen. Het is moeilijk te zeggen, want de hele simulatie lijkt op instorten te staan.' Of misschien begonnen twee afzonderlijke werelden, het Bos en de Fabriek, tot één afstotend geheel samen te smelten. Ook Smaragd zou binnenkort wel ingelijfd worden. De verwoeste gebouwen, de akkers en de prairie die het domein van Vogelschrik waren geweest, de laatste belegerde buitenpost van een prachtig verhaal, zouden een analogon van de grote machine worden die op sterven lag maar nog altijd vol was van kwaadaardig leven. Zou dat op een dag met heel Anderland gebeuren? Het was een deprimerend en weerzinwekkend idee, ook al was dit grote netwerk het bastion van haar vijanden.

'Ik weet het niet,' zei !Xabbu, die over de reling stond te kijken.

'Of het op instorten staat? Dat meen je niet.' Renie proefde nog steeds een galsmaak in haar mond. Ze had dringend behoefte aan een sigaret. Waarom zou ze er niet aan toegeven? Ze kon er maar beter van genieten zolang ze de mogelijkheid had. Ze wilde Azador al gaan zoeken toen ze zijn jas op het dek zag liggen. Goed, erg beleefd was het niet, maar die zelfvoldane zak verdiende niet beter.

Ze bukte en begon in de zakken te zoeken. 'Heb je die mislukte uitzending dan niet gezien?' vroeg ze aan !Xabbu. 'Het is net of de generator waar deze simwereld op draait op zijn laatste benen loopt.'

'Dat bedoelde ik niet, Renie.' !Xabbu draaide zijn hoofd om en keek haar even aan met zijn dicht bij elkaar staande bruine ogen. 'Ik dacht dat ik net iets anders voelde, voordat die uitzending begon, zoals jij het noemt...'

Renie vond behalve een pakje sigaretten ook Azadors aansteker. Het was een zwaar zilveren ding dat toch prettig in de hand lag, de zijkanten versierd met ingewikkelde patronen als een erfstuk van twee eeuwen geleden. Ze knipte hem aan en op een onzichtbaar magnetisch veld verscheen een gloeiend balletje brandend plasma. Ondanks de ouderwetse vormgeving was het dus een Minisolar, een kostbaar modern speeltje dat vooral geliefd was bij jonge geldwisselaars en geslaagde neurodealers.

Renie verwonderde zich over de aanwezigheid van de aansteker in deze virtuele omgeving. In een van de overigens gladde zijden was een monogram gegraveerd, een sierlijke Y. Ze vroeg zich af of het een initiaal van Azador was. Was Azador eigenlijk een voor- of een achternaam? Maar het was natuurlijk niet zeker dat de aansteker zijn eigendom was. Misschien had hij deze ook ergens in Kansas 'gevonden'.

'Wat was dat afschuwelijke geluid?' vroeg Emily, die in de deuropening van de kajuit was verschenen. 'Dat... dat gegrom?' Ze kwam het dek op en knipperde met haar angstige ogen tegen het felle zonlicht. Met haar verwarde haren, blote voeten en simpele jurk zag ze er meer dan ooit uit als een uitgerekt kind. 'Ik werd er wakker van...'

Renie haalde de nog niet aangestoken sigaret uit haar mond, maar voordat ze iets kon zeggen viel de hemel uiteen in zijn samenstellende kleuren, blauw, wit en zwart, en kwam de hele wereld met een schok tot stilstand.

Renie had het gevoel alsof ze aan de grond was genageld, niet in staat zich te verroeren of te spreken. Alles wat ze kon zien – de lucht, de boot, de rivier, Emily – was platgedrukt, dood, even roerloos als de afbeeldingen op goedkope plakplaatjes. Maar achter elk afzonderlijk ding waren tientallen spookbeelden te zien die elkaar net niet helemaal overlapten, als een tekenfilm die te langzaam werd afgedraaid.

Even later kwamen de beelden in beweging en schoven in elkaar als een pak kaarten. De wereld kwam hortend weer op gang.

Renie bleef als verstard staan, te verbijsterd om te proberen of ze zelf weer kon bewegen. Plotseling verscheen er een wit licht boven de kajuit, een glinsterende verticale streep die boven het herstelde water van de rivier en boven de jungle hing als een engel, een ster, een scheur in het behang van de werkelijkheid. Aan het kronkelende licht ontsproten armen en benen, maar op de plaats van het gezicht was alleen een witte vlek te zien.

'Sellars...?' fluisterde Renie. Ze was nog steeds niet in staat zich te verroeren, ook al voelde ze haar lichaam weer, het gewicht van haar armen langs haar zijden, het dek onder haar voeten. Ze herinnerde zich heel duidelijk die vreemde gedaante, de afwezigheid van visuele informatie. 'Lieve god!' riep ze. 'Is Sellars eindelijk terug?'

De witte gestalte strekte zijn armen uit. !Xabbu ging naast Renie staan, zijn lange snuit naar boven gekeerd als een hond die naar de maan kijkt. Zelfs Emily, die zich na het vreemde verschijnsel doodsbang op het dek had laten vallen, tilde haar hoofd op om te zien waar Renie en !Xabbu naar keken.

De witte gedaante draaide langzaam rond in de lucht, als een bal aan een touwtje.

'*Chingate!* Wat ben je aan het doen, oude man?' Renie herkende de stem niet. Het was de hoge stem van een kind, schor en geschrokken. 'Ben je *loco*? Dit is het net toch niet, *viejo*.' De figuur begon wild met zijn armen en benen te zwaaien, waardoor het een ogenblik leek alsof er vlak boven de rivier een supernova was ontploft. 'Haal me hier uit! Laat me eruit, jij vervloekte *mentiroso*...'

De witte gedaante verdween. Aan de hemel was niets bijzonders meer te zien, de rivier was dezelfde kabbelende rivier als eerst.

'Dat was Sellars niet,' zei !Xabbu een paar seconden later. In andere omstandigheden had Renie om de overbodige opmerking kunnen lachen, maar nu was ze net zo verbluft als hij. Azador stond achter de kajuit op de voorplecht en ze zag alleen een stukje van zijn blote schouder. Haar hand deed zeer en toen ze ernaar keek, zag ze dat ze zijn aansteker zo stijf had vastgeklemd dat haar vingers er pijn van deden.

'Hé!' riep Azador. 'Wat ben je daar aan het doen?'

Wat *ik* aan het doen ben? dacht ze verward. De hele wereld was zojuist in een origamifiguur veranderd en hij geloofde dat het haar werk was? Ze keek weer naar de plek waar de witte gedaante te zien was geweest, niet in staat haar gedachten te ordenen.

'Als...' begon !Xabbu, maar hij kon zijn zin niet afmaken. Alles werd opnieuw op zijn kop gezet.

Renie was ditmaal geen buitenstaander die het gebeuren van een afstand kon bekijken. Dit keer klapte alles rondom en zelfs in haar in elkaar, kleur, vorm, geluid en licht. Het begon met een lichte schok en daarna stortte alles razendsnel in.

Lange seconden in de leegte. Niet grijs, maar leeg. Niet zwart, maar lichtloos. Tijd om zich te herinneren wie ze was, maar niet om zich te herinneren of dat er iets toe deed. Daarna expandeerde alles weer en werd het binnenstebuiten in een oogwenk omgekeerd.

Ze kreeg water naar binnen en om haar heen was alleen de koude, modderig rivier. De boot was verdwenen. Ze begon heftig met haar benen te trappen om boven te komen. Een van haar handen leek wel verlamd, de vingers gekromd alsof ze reuma had. Ze wist niet waar ze heen moest, want waar ze ook keek, ze zag niets dan water. Ze deed haar mond open om te roepen, kreeg opnieuw water naar binnen en begon te proesten.

'Renie, ik ben hier!'

Ze zwom spartelend op het geluid van !Xabbu's stem af tot ze zijn kleine hand op haar arm voelde. Hij trok haar naar zich toe en ze voelde iets groots en glads, half onder water. Ze sloeg haar arm eromheen om steun te zoeken tegen de stroming die haar opzij en naar beneden wilde trekken. Toen ze haar hoofd optilde zag ze Emily vlak naast haar. Het meisje hield zich net als zij vast aan de wortels van een boom, een dode banyan of iets dergelijks, die als een reiger aan de oever stond en half over de rivier hing. !Xabbu lag iets verderop en keek strak naar het midden van de rivier.

Renie draaide haar hoofd om en volgde zijn blik. De boot tufte verder, was al snel twintig of dertig meter bij hen vandaan. Ze riep Azador, maar die was niet bij het roer noch aan dek te zien. Misschien was hij ook in de rivier gevallen en verdronken of ergens anders aan land gekomen, misschien zat hij in de kajuit. Voor de boot maakte het geen verschil. Hij vertraagde niet en veranderde evenmin van koers, maar vervolgde zijn weg over de rivier tussen de beboste oevers en werd steeds kleiner tot hij om een bocht verdween.

23

Aan Bobs oceaan

NETFEED/NIEUWS: *Nieuw proces tegen nalatige ouders (beeld: Het echtpaar Hubbard huilend bij de ingang van het gerechtsgebouw)*
COMMENTAAR: *Er is een datum vastgesteld voor het begin van het tweede proces tegen Rudy en Violet Hubbard, het echtpaar dat door hun meerderjarige dochter Halvah Mae Warringer wordt beschuldigd van kindermishandeling door het scheppen van een 'sfeer van onwetendheid'. Warringer klaagt haar ouders aan vanwege vooroordelen en onwetendheid, en omdat hun 'hardnekkige weigering aan zichzelf te werken' de oorzaak zou zijn geweest van de discriminatie, de gebrekkige persoonlijke hygiëne en het negatieve zelfbeeld waarmee Halvah Mae sinds haar jeugd te kampen heeft gehad. Bij het eerste proces in Springfield, Missouri, kon de jury niet tot een unanieme uitspraak komen...*

Juniper Bay in Ontario deed Decatur Ramsey sterk denken aan de steden waar hij als jongen had gewoond, toen zijn vader als onderofficier telkens naar een andere basis was overgeplaatst, de eerste jaren nog samen met zijn vrouw, Caturs moeder. Op het eerste gezicht was Juniper Bay net zo plat als die stadjes van vroeger. Dat was niet alleen letterlijk het geval, bedacht hij terwijl hij stopte voor een jonge moeder die met haar twee kinderen overstak, hoewel het licht al op rood stond.

Er heerste hier ook een geestelijke platheid, bedacht hij. Alsof het innerlijke leven van de stad was samengeperst. Niet verdwenen, alleen maar afgevlakt.

Juniper Bay was groter dan veel plaatsen waar hij als kind had gewoond, maar net als andere leek het zijn beste tijd te hebben gehad. Zelfs op de drukste dagen reden er nog maar weinig vrachttreinen en de fabrieken werkten op halve kracht. De jongeren zouden wel naar opwindender steden trekken, naar Toronto, New York of naar de metropool rond D.C. waar Ramsey zelf zijn tenten had opgeslagen.

Boven de hoofdstraat klapperden spandoeken in de stevige bries. Ze waren opgehangen ter gelegenheid van een of andere feestdag. Ramsey voelde zich een tikkeltje beschaamd. Hij had makkelijk praten als import-grotestadsmens met zijn bespottelijk dure wagen (de huurauto ging eigenlijk boven zijn begroting, maar hij had de verleiding niet kunnen weerstaan). Was zo'n in verval geraakte plaats eigenlijk wel erger dan de moderne steden met hun chaotische drukte? Hier maakten de mensen op straat tenminste nog af en toe een praatje, misschien gingen ze naar dezelfde kerk of naar ouderavonden. In D.C. waagde je je alleen nog maar te voet op straat om van en naar je auto te komen, tenzij je dakloos of levensmoe was.

Het opgegeven adres bevond zich in een oude buurt achter de zakenwijk, met houten huizen van twee of drie verdiepingen waar in de vorige eeuw de betere middenstand moest hebben gewoond. Inmiddels lagen de huizen en hun ouderwetse tuinen onder het spoorviaduct, waarvan de schaduw een kwart van de wijk verduisterde. Even had hij het beeld voor zich van een dikke streep schaduw die iedere dag over de ramen rolde, zo regelmatig en voorspelbaar als de treinenloop. Dat was ongetwijfeld ook de reden waarom de huizen, ondanks de ongewoon riante tuinen die hun waarde hadden moeten verhogen, een enigszins verwaarloosde indruk maakten, alsof ze langzaam maar onvermijdelijk in verval raakten.

Hij stopte voor nummer 74. Door de hoge heg kon hij slechts een deel van het pand zien, maar het zag er iets schoner uit dan de naburige huizen of misschien was de verf minder oud. Hij liep naar het hek en maakte zichzelf bekend. Er kwam geen antwoord, maar het hek ging toch open. Terwijl hij over het lange tegelpad naar de deur wandelde, keek hij bewonderend naar de grote woning. Olga Pirofsky was slechts een van de twaalf acteurs die oom Tierelier speelden, maar het was een razend populaire show en zelfs wie buiten beeld bleef moest wel goed verdienen. Het was een grotendeels wilde tuin, hoewel niet helemaal verwaarloosd. Achter de dikke heg kon je het gevoel krijgen dat je naar een vroegere tijd was verplaatst, naar een tuin waarin theepartijtjes werden gegeven en kinderen spelletjes deden. Het huis zelf was vrij bescheiden in vergelijking met de oppervlakte van het terrein. Het telde drie verdiepingen, waarvan de ramen schots en scheef in de gevel leken te zijn gezet.

Ramsey vroeg zich af hoe het zou zijn om door een van die vensters naar je eigen tuin te kijken, een tuin waarin je kon verdwalen. Zelf had hij een torenhoge hypotheek moeten nemen voor zijn appartement met twee slaapkamers. Hoeveel ruimte kon je voor hetzelfde geld niet in zo'n stadje als dit krijgen?

Het duurde even voordat iemand de deur opendeed, wat hem de gelegenheid gaf een paar rubberlaarzen op de mat te bestuderen, evenals de verdroogde kerstversiering die aan het houtwerk hing. Zo te zien was de krans al een paar jaar oud.

De deur werd op een kier geopend en boven de ketting werd een klein, helder oog zichtbaar. 'Meneer Ramsey?'

Hij probeerde niet het gezicht van een moordenaar te trekken. 'Dat ben ik.'

Ze aarzelde nog steeds, alsof ze bang was voor een valstrik. *Lieve god*, dacht hij in de stilte, *ze is echt bang*. Hij zette een lichte irritatie van zich af. 'Als u wilt kan ik mijn rijbewijs wel laten zien. Herkent u mijn stem niet van onze gesprekken?'

De deur ging dicht en even dacht hij dat hij iets verkeerds had gezegd, maar daarna hoorde hij de ketting rammelen en werd de deur helemaal geopend.

'Komt u verder. Het spijt me dat ik u zo als een Jehova's getuige op de stoep liet staan,' zei ze met een nauwelijks waarneembaar accent.

Olga Pirofsky was jonger dan hij na het telefoongesprek had gedacht, een fitte vrouw van rond de zestig met een rechte rug en kort grijs haar dat ooit bruin was geweest. Hij verbaasde zich over haar zelfverzekerde oogopslag, omdat ze zojuist nog zo angstig door de kier van de deur naar hem had gekeken.

'Dat geeft niet,' zei hij. 'Ik ben juist heel erg blij dat u mij wilde ontvangen. Als dit gesprek iets oplevert zou dat heel veel voor mijn cliënten betekenen.'

Ze maakte een achteloos gebaar. 'Ik kan gewoon niet zeggen hoe vreselijk ik het allemaal vind, maar ik zou niet weten wat ik anders kon doen.' Voor het eerst sinds zijn binnenkomst leek ze iets van haar zelfvertrouwen te verliezen. Ze keek om zich heen alsof ze zichzelf eraan wilde herinneren dat ze veilig thuis was, daarna glimlachte ze weer. 'Ik ben er erg door van streek.' Ze deed een paar passen in de richting van de trap en wenkte hem. 'Laten we naar boven gaan – dit deel van het huis wordt eigenlijk nooit gebruikt.'

'U woont hier prachtig. Vooral de tuin is heel bijzonder.'

'Eerlijk gezegd is het een verwilderde boel. Vroeger woonde hier beneden een onderhuurster die van tuinieren hield, maar ze moest voor haar werk verhuizen. Dat is al jaren geleden!' Ze ging hem voor de trap op. 'Nu komt er eens in de maand iemand om de tuin een beetje bij te houden. Ik denk weleens dat ik de benedenetage weer zou moeten verhuren. Niet voor het geld, eerder om iemand in huis te hebben voor als er eens iets gebeurt. Maar ik geloof dat ik eraan gewend begin te raken alleen te wonen, afgezien van Misha natuurlijk.'

Op de eerste etage kwamen ze in een tamelijk kleine zitkamer met een open haard en een paar artistiek ogende meubelstukken. In scherp contrast met de bescheiden inrichting stond er in een hoek een indrukwekkend uitziend apparaat met allerlei kabelbundels, een kruising tussen de cockpit van een ruimteschip en een ouderwetse elektrische stoel.

'Ik geloof dat ik veel te veel praat.' Ze zag hem naar de stoel kijken. 'Die heb ik voor mijn werk. Iedereen die in de show oom Tierelier of een andere figuur speelt werkt thuis.' Ze bleef abrupt staan, keek fronsend naar de vloer en tikte met een vinger tegen haar slaap, de uitbundige lichaamstaal van een echte pantomimespeelster. 'Ik zou het bijna vergeten! Wilt u misschien thee? Ik kan ook koffie zetten.'

'Thee is prima.'

'Een ogenblikje dan.' Bij de tussendeur draaide ze zich om. 'U hoeft niet te schrikken. U bent toch niet bang uitgevallen, hoop ik?'

Hij kon haar gelaatsuitdrukking niet ontcijferen. 'Bang?' Lieve god, wat was die vrouw nu weer van plan? Of wilde ze hem iets laten zien dat al haar geheimzinnigheid rechtvaardigde?

Ze deed de deur open en een klein, harig ding rende de kamer in, met zijn pootjes krabbelend op de glimmende parketvloer. Ramsey deinsde onwillekeurig achteruit. Het kleine, harige ding begon meteen te blaffen, alsof het openen van de deur een signaal was. Het maakte een kabaal van jewelste.

'Misha heeft een vurig karakter,' zei ze met een lachje dat hem niet ontging. 'Maar hij is niet zo gevaarlijk als hij eruitziet.' Ze ging de kamer uit en deed de deur achter zich dicht. Ramsey bleef alleen achter met het hondje, dat de spitse oren van een vleermuis had en opgewonden heen en weer rende, net buiten zijn bereik. Het gekef klonk vol afkeer en wantrouwen.

Catur Ramsey maakte het zich gemakkelijk op de bank terwijl de vrouw vertelde over haar bezoeken aan de ene na de andere dokter, over hun verontrustend opgewekte rapporten die haar hoofdpijn niet konden wegnemen. Ze had blijkbaar voldoende vertrouwen in Ramsey om ook te vertellen wat haar eigen onderzoek had opgeleverd, wat haar evenmin veel verder had geholpen. Hij kon duidelijk zien dat ze nog iets achterhield, iets belangrijks waarvoor ze eerst voldoende moed moest verzamelen. Zijn blik dwaalde af en toe door de kamer en op de schoorsteenmantel had hij een lijst gezien die met het portret naar beneden was neergelegd. Hij vroeg zich af wiens portret dat kon zijn. Alle goede advocaten hadden iets van een speurneus in zich, een voortdurende bemoeizucht die altijd tot vragen leidde, maar alleen de beste advocaten wisten wanneer ze met die vragen moesten wachten. Olga Pirofsky had er behoefte aan met iemand te praten en daarom liet hij haar haar gang gaan.

'... En daarom dacht ik...' Ze aarzelde en boog naar voren om het hondje op zijn kop te krabben. Het nietige zwart-witte geval zat tussen haar enkels naar Ramsey te staren alsof die de voorbode van een hondse antichrist was. 'Het is zo moeilijk onder woorden te brengen... U zult het wel belachelijk vinden en dat na zo'n lange reis om mij te spreken.'

'Helemaal niet, het was hoog tijd dat ik eens uit mijn kantoor kwam. Ik begin zo langzamerhand tegen de kunstplanten te praten, dus de reis is niet voor niets geweest, ook al zet u me nu buiten de deur.' Het was nog waar ook, besefte hij. 'Zegt u het maar in uw eigen woorden.'

'Ik begreep er eerst niets van. Ik zei al dat we precies bijhouden welke kinderen aan de show hebben meegedaan, maar geen van hen heeft ooit aan het syndroom van Tandagore geleden. Dat is bijna uitgesloten, want het zijn er miljoenen. Natuurlijk ben ik geen statisticus, maar ik geloof er niets van.'

'En...?' Hij wist nog niet precies waar ze heen wilde, maar hij begon wel een idee te krijgen. Terwijl ze haar gedachten probeerde te ordenen, boog Ramsey zich naar voren en wiebelde met zijn vingers naar het hondje in een poging om vrede te sluiten. Misha keek ontsteld naar zijn hand, sprong overeind tussen de beschermende enkels van zijn baasje en begon te blaffen alsof hij zich had gebrand.

'O, hou toch op, Misha!' Ze stak haar hand achter het kussen van de sofa en haalde een zacht balletje te voorschijn. Ze hield het voor de neus van het hondje en gooide het naar de verste hoek van de kamer. Misha rende erachteraan, duwde het met zijn poten in de hoek bij de netstoel en zette zijn tanden erin. Tevreden grommend begon hij het balletje grondig te vermoorden.

'Dat houdt hem wel een tijdje zoet,' zei Olga vertederd. 'Maar ik vroeg me dus af wat het te betekenen heeft. Waarom wijken de cijfers zo ver af van het gemiddelde als het om de show van oom Tierelier gaat?'

'U bedoelt dat het bedrijf maatregelen heeft genomen om te voorkomen dat het syndroom van Tandagore optreedt? Maar dat zou toch juist een goede zaak zijn?'

'Niet als ze dat deden omdat ze iets te verbergen hebben,' antwoordde ze bedachtzaam. Ze leek nu helemaal zeker van haar zaak en keek hem bijna uitdagend aan.

Ramsey wist niet wat hij ervan moest denken. Het zou een interessant fenomeen zijn als de cijfers inderdaad klopten, hoewel het hem eerder toeval leek te zijn. En het was zelfs nog waarschijnlijker dat ze gewoon de verkeerde gegevens had gebruikt of zich in de statistieken had vergist. Dat was het grote nadeel en tegelijk het mooie van het net: je kon er alles uithalen wat je maar wilde, het was een onuitputtelijke schatkist voor amateurs, zonderlingen en regelrechte krankzinnigen.

Maar hij moest toegeven dat de vrouw die tegenover hem zat niet de indruk wekte een krankzinnige of zelfs maar een zonderling te zijn. Bovendien vond hij haar aardig en daarom wilde hij haar niet voor het hoofd stoten, ook al begon hij te vermoeden dat de reis verspilde moeite was.

'Dat is een heel belangwekkende mogelijkheid, mevrouw Pirofsky,' zei hij ten slotte. 'Ik zal er zeker naar kijken.'

De heldere blik in haar ogen veranderde. 'U denkt dat ik gek ben.'

'Nee, nee, helemaal niet. Maar mijn cliënten hebben een kind dat de symptomen van Tandagore vertoont en zij willen alleen harde feiten, geen theorieën. Ik zal uw opmerkingen beslist ter harte nemen.' Hij zette zijn beker op de vloer. Het werd tijd dat hij weer eens opstapte. 'Ik verzeker u dat ik alle aspecten van dit probleem in overweging zal nemen.'

'Dat kind, is het een jongen of een meisje?'

'Ik ben helaas gebonden aan mijn beroepsgeheim,' zei hij, maar hij had meteen spijt van zijn stijve toon. 'Het is een meisje. Ze ligt al enkele weken in coma en daarom is het ook zo dringend. Bij de weinige patiënten die van Tandagore zijn genezen is dat altijd in een vroeg stadium gebeurd.'

'Het arme kind.' Er lag een trieste uitdrukking op haar gezicht, veel intenser dan je zou verwachten bij iemand die slecht nieuws over een onbekende hoort. 'Daarom ben ik er zo van geschrokken,' zei ze zachtjes. 'Die kinderen zijn zo weerloos...'

'U werkt zeker al heel lang met kinderen?'

'Bijna mijn hele leven.' Ze wreef over haar gezicht, maar de trieste uitdrukking verdween niet helemaal. Ze had een gejaagde blik in haar grote ogen. 'Ze zijn mijn lust en mijn leven, net als Misha, denk ik.' Ze keek met een flauw lachje naar de hond, die zijn kin op het afgetakelde balletje had gelegd en zijn overwinning vierde door een tukje te doen.

'Heeft u zelf kinderen?' Hij had zijn aktetas al op zijn knieën gelegd, klaar om op te staan, maar na zijn vraag veranderde haar houding op slag. Ze liet haar schouders hangen, een gebaar dat hem een beschaamd gevoel gaf, alsof hij haar met opzet had gekwetst. 'Neem me niet kwalijk, dat gaat me niets aan.'

Ze zwaaide afwerend met haar hand, maar ze had rode vlekken op haar wangen gekregen. Ze staarde een tijdje zwijgend naar de hond en ook Ramsey durfde niets te zeggen, uit schaamte en beleefdheid.

'Mag ik u iets vertellen?' zei ze ten slotte. 'Ik ken u niet en natuurlijk kunt u gaan als u wilt, maar soms is het prettig om met iemand te kunnen praten.'

Hij knikte, hoewel hij het gevoel had dat zijn controle op de situatie als zand door zijn vingers wegliep.

'Mijn ouders waren circusartiesten. Ze reisden heel Europa af en traden zelfs in Azië op met hun *Cirque Royal*. U weet toch wat een circus is?'

'Ja. Dat wil zeggen, van het net. Ik geloof niet dat er nog veel echte circussen bestaan, althans niet in de Verenigde Staten.'

'Nee, dat klopt,' zei ze met een zucht. 'Ik weet zelf niet goed waarom ik u dit vertel, misschien heeft u er recht op het te weten. Als klein meisje al speelde ik voor clown en ik leerde ook paardrijden. Veel dingen uit de voorstelling gebruik ik nu als ik oom Tierelier speel. Ik ben misschien een van de laatsten die het zelf nog heeft gedaan. Het was in elk geval een heerlijk leven, hoewel we niet veel geld hadden. We waren altijd samen, we kwamen in allerlei plaatsen. En op een dag kwam er een jongeman bij ons, een mentalist. Kent u die term? Dat is een gedachtelezer, een heel populaire act, net als een waarzegger. Ik geloof dat ze weleens op het net te zien zijn. Hij was jong en knap, dus ik had alles wat mijn hartje begeerde. Hij heette Aleksandr Chotilo.' Ze zweeg even en glimlachte aarzelend.

'Die naam heb ik al heel lang niet meer uitgesproken. Het is minder pijnlijk dan ik had gedacht. Ik zal u niet met een lang verhaal vervelen. U bent zelf nog jong, dus u begrijpt de liefde wel.'

'Zo jong ben ik helaas niet meer,' zei hij zachtjes, maar hij knikte om te beduiden dat ze verder kon gaan.

'We zouden gaan trouwen. Mijn ouders mochten hem graag en hij was gewend aan het reizende bestaan, aan het circusleven. Toen ik tegen mijn vader zei dat ik zwanger was, werd er snel een datum vastgesteld. Ik was dolgelukkig.' Ze deed haar ogen even dicht, langzaam, alsof ze in slaap viel, en haalde diep adem. 'Maar daar kwam snel een einde aan. Ik was in de vijfde maand toen ik een stekende pijn in mijn buik kreeg. We waren in Oostenrijk, niet ver van Wenen. Ik werd met een helikopter naar het ziekenhuis gebracht, maar het kindje werd dood geboren. Ik heb hem nooit gezien.' Ze pauzeerde en kneep haar lippen op elkaar. 'Toen ik nog in het ziekenhuis lag om te herstellen werd Aleksandr in de Thaliastrasse door een auto aangereden. Hij was op slag dood. Hij had bloemen bij zich, want hij was net op weg naar het ziekenhuis om mij te bezoeken. Mijn ouders kwamen me het nieuws vertellen. Ze huilden allebei.' Ze wreef met haar mouw over haar ogen, hoewel die nog droog waren. 'Ik werd gek van verdriet. Ik was ervan overtuigd dat Aleksandr ontvoerd was, zelfs toen ik hem op de dag van de begrafenis in zijn kist zag liggen. Ze moesten me de kerk uit dragen. En ik geloofde dat mijn kindje ook nog leefde, dat er een verschrikkelijke fout was gemaakt. Ik beeldde me in dat Aleksandr en onze zoon mij probeerden te vinden, dat ze in de gangen van het ziekenhuis verdwaald waren. Ik riep hun namen en de zusters moesten me een spuitje geven om me in slaap te krijgen.' Ze glimlachte alsof ze zichzelf een dwaas kind vond, een heel verontrustende glimlach. 'Ik was gewoon mijn verstand kwijt.

Daarna heb ik drie jaar in een sanatorium gezeten – weer zo'n woord dat je tegenwoordig nooit meer hoort. Het was in Zuid-Frankrijk, waar de mensen van *Le Cirque Royal* hun winterverblijf hadden. Ik wilde met niemand praten en kon nauwelijks slapen. Als ik aan die tijd denk zie ik alleen maar kleine plaatjes, alsof het een geïllustreerd boek is dat over iemand anders gaat. Mijn ouders geloofden niet dat ik ooit nog de oude zou worden, maar daarin vergisten ze zich. Tot hun vreugde begon ik langzaam te herstellen, al was ik daar zelf helemaal niet zo blij om. Ik wilde ook niet terug naar het circus, het was voor mij een onverdraaglijke gedachte de plaatsen te moeten terugzien waar ik samen met hem was geweest. Ik ging eerst naar Engeland, maar dat was te grijs en te oud, en de mensen waren te stil en ingetogen. Het deed me aan Oostenrijk denken. Daarom ben ik naar Amerika gekomen. Ik ben alleen gebleven en mijn ouders zijn gestorven, mijn moeder pas een paar jaar geleden. En alles wat ik doe, doe ik voor de kinderen.'

Ze haalde haar schouders op. Er was niets meer aan toe te voegen.

'Het spijt me heel erg voor u,' zei hij.

'Het leek me wel zo eerlijk om het te vertellen,' antwoordde ze.

'Dat begrijp ik niet goed.'

'Dat ik in een inrichting heb gezeten. Iedereen dacht dat ik daar de rest van mijn leven zou moeten blijven. Nu u met een onderzoek bezig bent moet u wel begrijpen dat u met een vrouw praat die krankzinnig is geweest, iemand die heel haar leven aan kinderen heeft gewijd omdat ze haar eigen kind heeft laten doodgaan.'

'U moet niet zo streng over uzelf oordelen. En ik geloof niet dat u gek bent. Sterker nog, ik zou willen dat de meeste mensen met wie ik te maken had zo goed bij hun verstand waren als u.'

Ze lachte. 'Misschien heeft u gelijk, maar u bent gewaarschuwd. Ik zie dat u weg moet. Ik zal Misha even opsluiten, dan breng ik u naar de deur.'

Terwijl ze het opgewonden keffende hondje naar de keuken probeerde te lokken, liep Ramsey snel naar de open haard. Hij tilde de portretlijst op en keek in de spottende zwarte kraalogen van oom Tierelier.

'Is het geen lelijk ding?' vroeg ze terwijl ze de kamer binnenkwam. Hij draaide zich geschrokken om, als een kind dat met zijn vingers in de koektrommel is betrapt.

'Ik wou alleen...'

'Ik kan hem niet meer zien. Het is al erg genoeg om aan de show mee te doen. U mag hem wel hebben als u wilt.'

Hij wilde het aanbod beleefd afslaan, maar toen hij afscheid had genomen en door de met bomen omzoomde straten naar de snelweg reed stond het portret op de zitting naast hem. Oom Tierelier grijnsde als een kat in een vogelhuis.

Yacoubian merkte tot zijn genoegen dat er een zekere spanning in de lucht hing.

'Het is een schandaal,' zei Ymona Dedoblanco. De leeuwgodin schudde geërgerd met haar kop en haar ivoren snijtanden glansden. 'Het duurt nu al weken en nog steeds functioneert het niet naar behoren. Als er nu eens iets gebeurt?'

'Gebeurt?' Osiris keek haar aan, zijn gezicht zoals altijd een ondoorgrondelijk masker. Toch leek hij wat traag te reageren, vond Yacoubian, alsof de Oude Man er niet helemaal bij was. Als de strateeg die hij was kreeg hij de indruk dat Osiris deze slag niet de moeite waard vond. 'Wat zou er dan moeten gebeuren?'

De leeuwgodin kon haar woede nauwelijks beteugelen. 'Dat lijkt me toch duidelijk! Wat is dit voor dwaasheid?'

Deze inbreuk op het protocol leidde niet tot een merkbare reactie: de Egyptische dierenkoppen die de gastheer verplicht had gesteld bleven onbewogen, alsof ze de discussie met beleefde belangstelling volgden, maar Yacoubian wist dat er een grens was overschreden. Hij wierp een vluchtige blik op Wells, maar ook op het gele godsgezicht van de technocraat lag een neutrale uitdrukking.

'Een van ons kan toch sterven?' hernam de leeuwgodin. 'Er kan een ongeluk gebeuren terwijl wij hier maar staan te wachten, als zwervers voor een gaarkeuken.' De echte reden van haar woede was ineens duidelijk. Net als de meeste anderen zou ze haar veilige fort wel nooit verlaten en ongetwijfeld beschikte ze over de beste medische verzorging. Ze was niet direct bevreesd voor haar veiligheid of haar gezondheid: Ymona Dedoblanco was woedend omdat ze moest wachten.

De Oude Man gedroeg zich nog steeds eigenaardig. Besefte Jongleur dan niet dat veel andere leden van de Graalbeweging hun geduld begonnen te verliezen? De generaal had moeite zijn vreugde te verbergen. Na alle vergeefse pogingen die hij en Wells hadden gedaan om de oude smeerlap beentje te lichten, begon het ernaar uit te zien dat ze alleen maar hoefden af te wachten. De voorzitter was bezig zijn eigen ontslagbrief te schrijven.

'U moet een lichte vertraging niet zo opblazen,' zei Osiris. 'Er zijn een paar kleine complicaties geweest, maar dat is niet verbazingwekkend gezien het feit dat dit de grootste technologische vooruitgang is sinds de ontdekking van het vuur.'

'Maar hoe zit het met die aardbevingen?' vroeg Sobek, de krokodilgod.

'Aardbevingen?' herhaalde Osiris verward. 'Wat bedoelt u?'

'Ik geloof dat meneer Ambodulu refereert aan de storingen in het systeem waar we het laatst al over hadden,' zei Wells vlot. Het citroengele, altijd licht glimlachende gelaat van Ptah, de scheppende god van Memphis, paste heel goed bij hem. 'Ik zou ze liever kinderziekten willen noemen. De laatste tijd treden ze iets frequenter op dan anders, nu we bezig zijn het systeem volledig operationeel te maken.'

'Noem het zoals u wilt,' zei de krokodil met zijn bekakte Engelse accent, 'maar mijn paleis in dat netwerk van jullie heeft me zeventien miljard aan Zwitsers krediet gekost en nu gaat alles naar de bliksem. De kleuren, het licht, er blijft niets van over. Vertel me niet dat dat een kinderziekte is. Het lijkt meer op een hartinfarct!'

'Iedereen heeft behoorlijk veel in het project geïnvesteerd,' zei Osiris koel. 'We vatten deze kwestie ook niet licht op. Maar u hoorde wat Wells zei – Ptah, bedoel ik. Zoiets hoort bij de aanloopfase. Het gaat om een buitengewoon complex mechanisme.'

Yacoubian wist niet wat hij hoorde. De Oude Man was zijn eigen Egyptische onzin vergeten en had iemand bij zijn echte naam genoemd! Hij was inderdaad aan het aftakelen, daar kon geen twijfel over bestaan. De generaal keek om zich heen en verwachtte half scheuren in de granieten muren van het Westelijk Paleis te zien en gaten in het plafond waardoor het eeuwige schemerlicht naar binnen sijpelde, maar natuurlijk was de simwereld onveranderd.

Toch is dat het probleem met al dit virtuele gezeik, dacht hij met een grimmig lachje. *Het is net het leger van een derdewereldland: prachtige uniformen en veel lintjes, maar op een dag blijken ze allemaal naar de heuvels te zijn gevlucht om zich bij de rebellen aan te sluiten. Behalve de officieren, die de grens zijn overgestoken om uit handen van het oorlogstribunaal te blijven. En dat zullen wij ook doen als dit hele project in elkaar stort.* Het was prettig om de Oude Man te zien wankelen, maar zelfs een fervente tegenstander van Jongleur als Daniel Yacoubian wist dat het Graalproject zelf niet in gevaar mocht komen.

'Eerlijk gezegd begin ik me af te vragen of het werkelijk kleine afwijkingen zijn,' zei Wells. 'Ze komen vaker voor dan verwacht.' Hij ging staan en opende een venster, gevuld met driedimensionale diagrammen, een bonte verzameling gekleurde kolommen die langzaam ronddraaiden, de koortsdroom van een surrealistisch schilder. 'Zoals u ziet is het aantal storingen de laatste maanden verontrustend toegenomen en die trend zet zich tamelijk spectaculair door.'

'Godallemachtig,' zei Osiris, zonder het komische van zijn uitroep te beseffen. 'Natuurlijk komen ze vaker voor dan verwacht, dat is het hele punt met een storing. Dat weet u beter dan wie ook, Wells – en het is per slot van rekening uw taak om het Graalsysteem in te voeren, dus het gaat niet aan om een beschuldigende vinger op anderen te richten.' Hij keek de tafel rond. 'We hebben hier te maken met een volstrekt uniek netwerk en het belangrijkste is dat het functioneert, met duizenden cellen en biljoenen instructies per seconde. Dan zal er af en toe wat tegenslag zijn, hoofdzaak is dat het werkt.'

Hij zwaaide driftig met zijn gemummificeerde arm, waardoor de vlegel in zijn hand rammelde.

'Kan de Kring hier niet achter zitten?' Ricardo Kliment, de zonnegod met de kop van een mestkever, stond op. Zijn voelsprieten bewogen. 'Grote Osiris, kan dit het werk zijn van de lafaards die ons willen dwarsbomen?'

'De Kring?' herhaalde Osiris verbaasd. 'Wat heeft die ermee te maken?'

'De echte vraag,' zei Wells kalm, nog net voor iedereen verstaanbaar, 'moet luiden of deze problemen verband houden met het besturingssysteem. En ik wil wel opmerken dat dit laatste nog steeds het exclusieve domein van onze voorzitter is. Niemand anders heeft toestemming daar rechtstreeks mee te werken, zelfs mijn eigen programmeurs niet.'

'Maar die mensen van de Kring zijn onze gezworen vijanden!' drong de mestkever aan. 'Ze zijn in ons netwerk geïnfiltreerd, wie weet wat ze nog meer doen! Het zijn socialisten en ideologen, gekant tegen alle technologie en tegen alles wat wij willen bereiken!' Hij stond bijna te jammeren, maar Yacoubian wist dat juist Kliment alle reden had om zich zorgen te maken over de vertraging. De generaal beschikte over inlichtingen waaruit bleek dat de orgaanhandelaar in Paraguay in het ziekenhuis lag, aangetast door een uiterst kwaadaardige vorm van kanker waar geen transplantatie of geneesmiddel iets tegen kon uitrichten.

'Ieder van ons is machtig genoeg,' zei Osiris op een toon die duidelijk maakte dat Kliment in de pikorde vermoedelijk op de laatste plaats kwam, zoals iedereen al wist. 'We hoeven ons niet druk te maken om ideologieën. Als ik morgen wist dat de Kring uit engelen bestond zou ik ze nog uit de weg ruimen. Niets zal mij ervan weerhouden de Graal te vinden. Maar in werkelijkheid betekenen ze helemaal niets. Het zijn onbeduidende anarchisten en godslasteraars van het soort dat met spandoeken loopt of voor het station met verregende pamfletten leurt. Zeker, enkelen zijn het netwerk binnengedrongen, maar wat dan nog? Een paar dagen geleden heb ik er een betrapt in een van mijn domeinen. Ik kan u verzekeren dat hij praat... maar hij heeft niets gezegd waar ik me ook maar een moment zorgen om hoef te maken. Hij en de rest van het tuig weten niet eens precies wat het Graalproject is. U wilt dus wel zo vriendelijk zijn mijn tijd niet langer met dergelijke onzin te verspillen, beste Khepera.'

Kliment liet zich op zijn stoel zakken. Zijn zwart glanzende snuit had bijna de uitdrukking van een kind dat een uitbrander heeft gekregen. Toch wist iedereen dat de Zuid-Amerikaan een van de trouwste aanhangers van Jongleur was. Wat bezielde de Oude Man?

'U heeft mijn vraag nog niet beantwoord, voorzitter,' zei de geelhoofdige Ptah. 'Kunnen de regels niet worden aangepast nu velen van ons zich zorgen maken over hun belegging, over het uitstel? Ik zou me in elk geval veel geruster voelen als ik rechtstreeks aan de slag kon met het besturingssyteem dat aan heel ons netwerk ten grondslag ligt.'

'Dat geloof ik graag,' zei Osiris kil. 'Ik geloof dat u het zelfs nog prettiger zou vinden om het helemaal in handen te krijgen.' Hij keek naar de koppen van de vogels en andere dieren rond de lange tafel. 'Deze man heeft al eens geprobeerd de Beweging in zijn macht te krijgen. U bent er zelf getuige van geweest hoe hij een paar weken geleden een valse beschuldiging tegen mij inbracht, terwijl het nota bene een fout van zijn eigen mensen betrof, een schrikbarende overtreding van de regels!' Hij ging rechtop zitten en schudde met zijn zware masker, verontwaardigd als een nobele vorst die zich door zijn ondankbare hovelingen verraden voelt. 'En nu begint het weer, alsof het mijn schuld is! Alles is mijn schuld!' Hij richtte zijn dode ogen op Wells en Yacoubian. 'Jij en je ongewoon zwijgzame vriend trekken voortdurend mijn integriteit in twijfel, hoewel het project mijn idee is! Ik ben ermee begonnen! En nu moet ik het besturingssysteem uit handen geven? Hoe lang zou ik dan nog voorzitter zijn, Robert Wells? Ha!' Hij sloeg met een vuist op tafel, tot schrik van diverse aanwezigen. 'Je zou me meteen naar de keel vliegen, als de sluipmoordenaar die je bent!'

Terwijl Wells een protest stamelde – hoewel hij niet echt van zijn stuk leek te zijn gebracht, vond Yacoubian – stond Jiun Bhao in zijn gedaante van Thoth met de ibiskop op. 'Dit is onbehoorlijk,' zei hij op een rustige toon waarin zijn afkeuring doorklonk. 'Zo horen we niet met elkaar om te gaan, dat is onbeschaafd.'

De Oude Man keek hem tamelijk vertoornd aan en even zag het ernaar uit dat hij ook tegen de Chinese magnaat zou uitvallen, iets wat zou neerkomen op politieke zelfmoord. Yacoubian wachtte verbijsterd af, maar Osiris beheerste zich. 'De god van de wijsheid is inderdaad in ons midden. U heeft gelijk. Ik heb me onbehoorlijk gedragen.' Hij keek naar Wells, wiens gele glimlach hem razend moest maken, maar hij had zichzelf weer in de hand. 'Zoals Thoth opmerkte heb ik mezelf laten gaan en dat spijt me. Niettemin wil ik eraan toevoegen dat ook u te ver bent gegaan, Ptah. U wekt de valse suggestie dat ik iets voor mijn collega's wil verbergen.'

Wells knikte enigszins spottend. Yacoubian wist niet goed wat hij ervan moest denken. De oude baas zou toch niet weer als overwinnaar te voorschijn komen?

'Wacht eens even,' zei hij. 'Er zijn nog steeds onbeantwoorde vragen. Ptah beweert dat de problemen met het netwerk niet alleen een gevolg van de omvang zijn, maar ook van het besturingssysteem. En volgens u hebben wij daar niets mee te maken. Hoe kunnen we dan in 's hemelsnaam aan een oplossing werken?'

'Ah, Horus, de heerser van het luchtruim,' zei de Oude Man bijna vertederd. 'U bent zo zwijgzaam geweest dat ik bang was dat de verbinding was verbroken.'

'Ja, ja. Ik wil alleen maar weten welke garantie u kunt geven dat de hele zaak niet naar de donder gaat.'

'Ik heb geen zin om mezelf te herhalen,' begon Osiris, maar hij werd in de rede gevallen door Amon met de ramskop, eigenaar van zes Zwitserse banken en van een eilandstaatje voor de kust van Australië.

'Ik zou ook wel wat meer informatie willen hebben,' zei Amon. 'In al mijn domeinen treden regelmatig storingen in het systeem op. We hebben allemaal meer dan geld in het project gestopt. Binnenkort zitten we er met alles in, inclusief ons leven. Ik vind dat we er daarom recht op hebben beter geïnformeerd te worden.'

'Heel juist.' Yacoubian wilde de Oude Man nog een tijdje laten zweten nu hij zich kwetsbaar toonde. Hij keek naar Wells om diens hulp in te roepen. 'Volgens mij moeten nu alle kaarten op tafel komen. Ik wil weten waar we aan toe zijn.'

'Genoeg!' zei Osiris met strakke stem.

'Ja,' zei Wells tot grote verbazing van Yacoubian. 'Ik vind dat we de zaak moeten laten rusten.'

Sekhmet de leeuwin was het niet met hem eens. 'Ik verlang tekst en uitleg,' zei ze kortaf. 'En ik wil weten wat eraan gedaan wordt.' Dedobravo, eigenares van Krittapong en slechts iets minder machtig dan Wells met zijn Telemorfix, een vrouw wier naam fluisterend in verband werd gebracht met de slavenhandel in Zuidoost-Azië en die eigenhandig meer dan een van haar dienaressen had doodgeslagen, kon haar ongeduld nauwelijks verbergen. 'Ik eis nu een antwoord!'

'Ik sta er persoonlijk voor in...' begon Osiris, maar het was opnieuw Sobek de krokodil die hem in de rede viel.

'U kunt ons geld niet inpikken en ons dan vertellen dat we geen rechten hebben!' riep hij. 'Dat is misdadig!'

'Wat is dat voor nonsens, Ambodulu?' Osiris zat zichtbaar te trillen. 'U lijkt wel gek.'

De vergadering dreigde in geschreeuw te ontaarden totdat Jiun Bhao zijn hand opstak. Het werd langzaam stil in de zaal.

'Zo kunnen we geen zaken doen,' zei Jiun, traag met zijn vogelkop schuddend. 'Bijzonder vervelend. Onacceptabel.' Hij zweeg een ogenblik en keek de tafel rond. Het bleef stil. 'Kameraad voorzitter, diverse leden vragen om meer informatie omtrent deze... deze storingen in het systeem. U kunt toch geen bezwaar hebben tegen zo'n redelijk verzoek?'

'Nee.' Osiris was tot bedaren gekomen. 'Natuurlijk niet.'

'Misschien kunt u ons dan bij de volgende vergadering verslag uitbrengen. U bent een druk bezet man, maar het lijkt me de beste manier om overdreven emotionele reacties zoals vandaag te voorkomen.'

De Oude Man aarzelde slechts heel even. 'Dat is een uitstekend voorstel. Ik zal een rapport opstellen.'

'Iets waar we wat aan hebben,' zei Yacoubian, maar daar had hij onmiddellijk spijt van. De geïrriteerde blik van Jiun Bhao was verontrustend, zelfs uit zijn virtuele ogen.

De god van de wijsheid richtte zich tot Wells. 'En misschien wil ook onze Amerikaanse kameraad ons dan laten weten hoe hij tegen de problemen aankijkt?'

'Zeker.' De gele glimlach was bijna onmerkbaar nog iets flauwer geworden.

'Dat is heel vriendelijk van u.' Jiun Bhao knikte vluchtig en spreidde zijn armen. 'Het is een drukke dag geweest en we hebben belangrijke kwesties aan de orde gesteld. Misschien is het goed om het hierbij te laten tot onze volgende bijeenkomst.'

Osiris protesteerde net zomin als een van de anderen.

Op hetzelfde moment dat het Westelijk Paleis van de Oude Man verdween, hoorde Yacoubian de fluisterende stem van Bob Wells: 'Ik wil je nog even spreken, Daniel.'

Het donker maakte snel plaats voor een grote zonnige ruimte, een eetzaal met een hoog plafond en uitzicht op een rotsachtige kust. Daarachter was een zee te zien die vermoedelijk de Grote Oceaan moest voorstellen. De uitgestrekte kamer bevatte slechts een kleine tafel waaraan Wells zat, zijn sim een replica die nauwelijks van zijn echte lichaam was te onderscheiden.

'Weet je zeker dat dit een goed idee is?' vroeg de generaal terwijl hij tegenover Wells ging zitten. 'Kunnen we niet beter ergens anders afspreken, zoals de vorige keer?'

'Afgezien van onze eigen verbindingen is dit een heel betrouwbaar systeem, Daniel,' zei Wells. 'En na afloop zal ik de code wissen. Ik zal je iets laten zien.'

De ramen verdwenen, zodat de tafel op de klippen boven de zee leek te staan. Het gebulder van de golven vulde de ruimte. Zonder zich te verroeren verminderde Wells het volume tot een zacht geklots van de branding. De geur van zeewater en ozon was bepaald overtuigend. 'Beter dan een restaurant, vind je niet?' vroeg de eigenaar van Telemorfix. 'Je zegt het maar als je iets wilt eten of drinken om het helemaal echt te laten lijken.'

'Ik heb genoeg aan een sigaar,' zei Yacoubian. 'Je bent hier thuis, dus je kunt er wel voor zorgen dat je geen last van de rook hebt.' De generaal nam een van zijn Enaqueiros. Hij had behoorlijk wat geld uitgegeven om het genot zo goed mogelijk na te bootsen, geld dat goed besteed was nu hij de sigaar onder zijn neus hield om het aroma op te snuiven. Die techneuten mochten dan het oude Babylon voor je kunnen opbouwen, van een fatsoenlijke virtuele sigaar hadden ze geen benul...

Wells zag hem op zijn zakken kloppen en maakte ten slotte een gebaar met zijn vinger. Op de tafel verscheen een doosje lucifers.

'Waarom heb je de Oude Man niet te grazen genomen?' vroeg Yacoubian nadat hij de sigaar had aangestoken. 'Dat is niets voor jou, Bob. Hij was in de hoek gedreven – nog een paar tikken en hij was knock-out gegaan.'

Wells wendde zijn blik af van de golven. Hij had een milde, bijna lege uitdrukking in zijn ogen, waarvan het wit gecraqueleerd was. Hij zweeg geruime tijd. 'Ik zou het graag anders uitdrukken, Daniel,' zei hij uiteindelijk, 'maar soms ben je een ongelooflijke stommeling.'

Yacoubian blies proestend een wolk pseudo-rook uit, een geslaagde imitatie die in blauwgrijze slierten boven zijn hoofd kringelde. 'Wat is dat nou voor gelul?' vroeg hij toen hij weer op adem was gekomen. 'Zo praat je niet tegen mij!'

'Natuurlijk wel, Daniel. Want ondanks alles denk ik dat je verstandig genoeg bent om naar me te luisteren, misschien dat je er nog wat van opsteekt.' Wells wuifde nuffig met zijn hand om de rook te verdrijven. 'Zeker, als we de Oude Man nog meer in het nauw hadden gedreven had hij waarschijnlijk iets gezegd of gedaan waardoor hij het vertrouwen van de andere leden had verloren. Dat is precies de reden waarom ik mijn mond hield en jou probeerde te waarschuwen, Daniel. Een waarschuwing die je in de wind hebt geslagen.'

'Het kan me niet schelen hoe rijk of hoe oud je bent, Bob. Ik hoef me door niemand te laten afbekken.'

'Toch is dat soms nodig, Daniel. Het is je waarschijnlijk niet ontgaan dat Jiun Bhao aan het eind van de vergadering de touwtjes in handen nam. En wat is het resultaat, dankzij jou en dat Dedoblanco-wijf? Dat we bij de volgende vergadering tegen de Oude Man moeten opbieden.'

'Ja, en?' Yacoubian zat driftig aan zijn sigaar te trekken, zodat het gezicht van Wells telkens in de rode gloed verdween.

'En wie zal bepalen wie er gelijk heeft, denk je? Die Chinese smeerlap zal zich met zijn slinkse gehuichel tot voorzitter van de jury laten benoemen en de anderen met zich meetrekken. Als hij de Oude Man in het zadel houdt staat Jongleur bij hem in het krijt. Als hij ons gelijk geeft en Jongleur een stap terug laat doen, dan zijn wij *de facto* bondgenoten van Jiun Bhao – zolang hij ons kan gebruiken.'

Yacoubian begon in te zien dat hij een fout had gemaakt, maar dat wilde hij nog niet meteen toegeven. 'Ik dacht dat je de Oude Man opzij wilde schuiven.'

'Nee, Daniel, ik wil mezelf op de voorgrond plaatsen. Dat is een subtiel verschil. En vergeet niet dat Jongleur nog een paar troeven achter de hand heeft, zoals dat verdomde besturingssysteem waar hij niemand anders naar laat kijken. We hebben onze handen al vol zonder dat we met Jiun Bhao rekening hoeven te houden. Ik betwijfel of we een strijd op twee fronten kunnen winnen.'

'Verdomme.' Yacoubian was nog steeds verontwaardigd, maar hij werd ook neerslachtig. 'Dat gezeik van jullie altijd.'

'Wat bedoel je met "jullie"? Jij bent zelf met het voorstel gekomen de Oude Man op een zijspoor te zetten, weet je nog? "We hebben hem niet meer nodig, Bob. Hij is onberekenbaar, een buitenlander." Ben je dat soms al vergeten?'

'Hou maar op.' Yacoubian zwaaide met een hand om zijn nederlaag toe te geven. Het zou tijdverspilling zijn om zich groot te houden in zo'n hopeloze situatie, dat had hij in het leger wel geleerd. 'En wat gaan we dan doen?'

'Dat weet ik niet.' Wells leunde naar voren. Het geluid van de branding werd nog iets zachter, hoewel de golven zich als afgewezen minnaars op de rotsen bleven storten. 'Eerlijk gezegd maak ik me zorgen, Daniel. Die storingen zijn een serieus probleem. Mijn mensen begrijpen er helemaal niets van en zelfs de meest optimistische voorspellingen beloven weinig goeds. En zoals je weet zijn er nog andere dingen aan de hand. Sommige cliënten zijn bijzonder ontevreden over de geleverde diensten. Kijk maar naar dat fiasco met Kunohara.'

'Ik weet er alles van. Alleen heb ik steeds gedacht dat het kwam doordat we net het net op waren gegaan, een eenmalige kwestie. Maar volgens jou zit er dus meer achter? Denk je dat het iets te maken kan hebben met die ontsnapte gevangene van de Oude Man? Is hij een saboteur of iets dergelijks?'

Wells schudde zijn hoofd. 'Ik kan me niet voorstellen dat zelfs een expert het systeem van binnenuit kraakt, zeker niet als hij er zo diep in zit. Ik heb de indruk dat het iets veel omvangrijkers is, een chaotische storing. Kijk me maar niet zo aan, Daniel, zo achterlijk ben je niet. Een kleine afwijking in een complex systeem kan enorme gevolgen hebben...'

'Jezus.' Yacoubian kreeg ineens zin om met de stoelen te gaan smijten. 'Dus afgezien van dat politieke geruzie kan de techniek ons in de steek laten? Na alle tijd en geld die we in het project hebben gestoken?'

Wells fronste zijn wenkbrauwen. 'Ik denk niet dat het systeem zal crashen, Daniel, maar we zijn hier wel bijna letterlijk op onbekend terrein.' Hij legde zijn knokige handen met de strakke huid op tafel en bekeek ze alsof hij ze voor het eerst zag. 'Er gebeuren heel vreemde dingen. Je had het over die ontsnapte gevangene. Je weet toch dat we een agent hebben ontwikkeld om hem op te sporen, dat Nemesisprogramma?'

'Je gaat me toch niet vertellen dat Nemesis is ontploft of zo?'

'Nee, nee, dat niet. Het is nog steeds actief en voert zijn taak uit, alleen... Ik weet niet goed hoe ik het moet zeggen. Het is niet meer helemaal compleet.'

'Wat?' Yacoubian wilde zijn sigaar uitmaken, maar Wells was in gedachten verzonken en er verscheen geen asbak. De generaal legde de peuk voorzichtig op de rand van de tafel. 'Ik kan je niet volgen.'

'Ik weet zelf niet precies wat er aan de hand is. De hele Jerichogroep is de gegevens aan het uitkammen en één ding is zeker: Nemesis werkt lang niet op volle kracht. Het is net of een deel ervan met andere dingen bezig is, maar we weten niet hoe dat komt en evenmin waar het zich dan wel mee bezighoudt.'

'Het is maar een programma. Kun je geen ander ontwikkelen?'

Wells schudde zijn hoofd. 'Dat is een lastige zaak. We willen eerst weten wat er met Nemesis aan de hand is en misschien geeft het ons een antwoord op de vraag waar die storingen in het systeem vandaan komen. Dat zou al een hele vooruitgang zijn. Bovendien zijn zulke programma's erop gericht om bepaalde patronen op te sporen. Als we er meerdere tegelijk inschakelen heb je een goede kans dat ze elkaar te lijf gaan.'

Yacoubian schoof zijn stoel naar achteren en stootte tegen de tafel waardoor de sigaar van het randje viel, maar de peuk verdween in het niets voordat hij de grond raakte. 'Je wordt verdomme bedankt, Wells. Mijn dag is goed verziekt. Ik geloof dat ik me thuis maar voor mijn kop ga schieten.'

'Dat zou ik niet doen, Daniel. Maar ik hoop wel dat je de volgende keer eerst met mij overlegt voordat je bij de vergadering domme dingen doet. We gaan een spannende tijd tegemoet.'

De generaal keek hem fronsend aan, maar hij wist niets meer te zeggen. 'Nou goed.' Hij klopte weer op zijn zakken. 'O ja, kun je even een uitgang voor me maken?'

'Problemen met je systeem, Daniel?'

'Ja. Mijn mensen kijken het na. Het is een kleinigheid.'

'Je zegt het maar. Ben je klaar?'

'Nog één ding. Ik vraag het alleen uit nieuwsgierigheid, maar heb jij misschien gemerkt dat er dingen uit je systeem verdwijnen?'

'Verdwijnen?' Wells bleke ogen bekeken hem scherp.

'Kleine stukjes programma. Virtuele voorwerpen.'

'Ik geloof niet dat ik je begrijp, Daniel. Je bedoelt dat je zelf dingen mist die in je systeem zouden moeten zitten? Je bent iets kwijt?'

Yacoubian aarzelde even. 'Nou ja, alleen mijn aansteker. Die heb ik zeker in een van mijn domeinen laten liggen. Als een simulatie maar goed genoeg is, kun je net als in het echt dingen kwijtraken, denk ik.'

Wells knikte. 'Dat zal het zijn. Als het maar niets belangrijks is. Je kunt het altijd dupliceren.'

'Natuurlijk! Nee, het was maar een aansteker. Ik moet nu maar gaan, Bob.'

'Bedankt dat je even naar me wilde luisteren. Ik ben toch niet te streng geweest?'

'Erg tactisch was je niet, Bob, maar ik kan wel een stootje hebben.'

'Dat doet me genoegen, Daniel. Tot kijk.'

De eetkamer, de rotsen en de onophoudelijke branding van de Grote Oceaan waren in een oogwenk verdwenen.

24

De mooiste straat ter wereld

NETFEED/COMEDY: *Op reis met Sprootie de onzichtbare hond!*
(beeld: de zitkamer van Wengweng Cho)
CHO: *O nee! Iemand heeft mijn rapport voor de gouverneur aan stukken gescheurd! En ik heb de kamer de hele dag op slot gehouden!*
SHUO: *(fluisterend) Sprootie! Stoute hond die je bent! Ik zou je onzichtbare balletjes moeten afhakken!*
(audio: gelach)
CHO: *Hij laat me onthoofden! Mijn familie kan naar de levensverzekering fluiten! O, wat een ramp!*
SHUO: *Ik zal wel iets bedenken om u te helpen, eerbiedwaardige Cho. (fluisterend) Maar onze slimme Sprootie zal alles wel weer bederven!*
(audio: gelach en applaus)

Het blauwe neonwaas ebde weg. De laatste vonken doofden. Paul lag op zijn rug naar de sterreloze nachtelijke hemel te kijken. Hij herinnerde zich het gesprek met Nandi, de onverwachte aanval door de soldaten van de Khan en zijn ontsnapping. Eens te meer had de rivier hem opgenomen en meegevoerd naar een andere werkelijkheid, van Xanadu naar...

Terwijl hij languit op de bodem van de boot lag, kon hij alleen de grote volle maan zien, een geruststellend normaal verschijnsel – alsof dat hier iets te betekenen had. Wat voor ellendig oord zou dit nu weer blijken te zijn? De Amazonerivier vol met krokodillen? Het beleg van Khartoum? Of iets veel vreemders, de koortsdroom van een of andere dementerende rijke stinkerd? Een overweldigend gevoel van heimwee overviel hem.

Felix Jongleur is de man aan wie ik dit allemaal te danken heb.

De naam, het laatste wat Nandi hem had verteld, kwam hem bekend voor. Hij had hem al eerder gehoord, misschien uit de mond van professor Bagwalter op Mars. Maar de klank riep nog andere herinneringen bij hem op, onsamenhangende beelden: een grote ketel, een raam, een kamer vol vogels. Het waren vage en vluchtige beelden die oplosten zodra hij probeerde ze samen te voegen en de betekenis ervan te doorgronden. Ze lieten hem achter met een doffe pijn die sterk op zijn gevoel van heimwee leek.

Jongleur... Het was in elk geval iets, een naam waarover hij kon nadenken en waar hij in deze aan elkaar geregen werelden naar op zoek kon gaan. Een instrument, misschien zelfs een kompas dat hem in de juiste richting zou wijzen.

Maar deze nieuwe simulatie is niet van Jongleur. Dat zei Nandi.

Met die gedachte duwde hij zichzelf overeind. Hij leunde met zijn ellebogen op de rand van de boot om de omgeving op te nemen. De avondlucht was fris, maar niet onaangenaam en hij was redelijk warm gekleed (zijn oosterse kledij was blijkbaar in Xanadu achtergebleven). Veel belangwekkender waren de verspreide lichtjes die verderop langs de waterkant te zien waren, een vaag maar hoopgevend baken.

In elk geval ben ik niet weer in een wildernis terechtgekomen, hopeloos verdwaald in een niemandsland... Hoewel ook een drukke, bruisende virtuele stad natuurlijk niet meer zou zijn dan een elektronische illusie, een bedrieglijk programma dat hem zou omringen. Toch begon hij naar een beschaafde omgeving te verlangen, virtueel of niet. Na de ijstijd en het verwoeste Londen wilde hij wel weer eens in een gewoon bed slapen.

De wazige lichten verwijderden zich langzaam en Paul besefte dat hij de andere kant op dreef. Terwijl hij een peddel zocht trok de mist op – waarvan hij zich nu pas bewust werd – en lag de stad op de oever te stralen als een hemelse kandelaar.

Het was een van de mooiste dingen die hij ooit had gezien.

Hij staarde er verwonderd naar, de peddel roerloos in zijn handen. Tussen de dunne nevelslierten passeerden donkere vormen hem, als een penseelstreek tegen de glinsterende achtergrond. De eerste boot was te ver weg en verdween te snel uit het zicht om veel te kunnen zien. Hij meende alleen een zacht gelach op het water te horen. Even later doemden nog vijf of zes andere schepen op, alsof ze rechtstreeks uit de mist waren gevormd. Lantaarns schommelden aan de gebogen voorstevens en straalden als vuurvliegjes in het duister, zelfs nadat de donkere vaartuigen waren verdwenen.

Een kleinere en onverlichte boot schoot plotseling vlak voor hem langs. Paul had de glanzende zwarte romp met zijn peddel kunnen aanraken. Hij ving een glimp op van een paar gedrochtelijk verwrongen gezichten boven de reling en even dacht hij dat hij weer op Mars of een andere vreemde planeet was beland. Iemand riep hem lallend iets toe voordat de zwarte boot in de richting van de stad door de mist werd verzwolgen. Pas toen hij helemaal door de nevel was opgeslokt en Paul alleen achterbleef op zijn licht deinende boot, besefte hij dat de opvarenden maskers hadden gedragen.

De lichten waren nu dichterbij, verstrooid als flonkerende juwelen op een berghelling, en langzamerhand begon Paul de alledaagse en toch verlokkelijke bronnen ervan te ontwaren: toortsen, lantaarns, verlichte vensters, een lachend gezicht in de donkere nacht. Ook de andere oever was verlicht, ondanks de afstand net zo helder en net zo vrolijk. Inmiddels was Paul omringd door boten die vol waren met gemaskerde feestgangers. Behalve gelach en geroep klonken er ook snaarinstrumenten en schrille fluiten, niet erg harmonieus. De muziek was bepaald ouderwets, maar hij had het gevoel alsof hij een droom beleefde en kon zich moeilijk op het geluid concentreren.

Een veel grotere boot, overdekt met baldakijnen en verlicht door tientallen lantaarns, lag afgemeerd aan de uitgestrekte kade. Aan boord werd luidruchtig gezongen. Paul peddelde dichterbij tot hij bij de reling een drietal mensen met witte maskers zag staan.

'Ik ben verdwaald!' riep hij naar boven. 'Waar ben ik?'

De feestgangers keken om zich heen tot ze de kleine boot in de schaduw van de bark zagen liggen. 'Bij het arsenaal!' riep een van hen ten slotte terug.

'Het arsenaal?' Paul dacht even dat hij weer naar het oude Londen was verplaatst.

'Ja, natuurlijk. Je bent toch geen Turk?' vroeg een van de anderen. Hij keek naar zijn derde metgezel, die zwijgend toekeek. 'Hij is een Turkse spion.'

Paul hoopte dat het een grapje was, maar hij was er niet zeker van. 'Nee, ik ben geen Turk. Welk arsenaal bedoelt u? Ik ben echt verdwaald.'

‘Als je de Dalmatische Kade soms zoekt, daar ben je bijna.’ Een van de anderen liet iets uit zijn hand vallen. Paul hoorde het water vlak naast zijn boot opspatten. ‘Hola, daar gaat mijn fles.’

‘Stommeling,’ zei de tweede. ‘Wees eens een beste Turk, wil je, en gooi die fles terug.’

‘Is hij echt een Turk?’ vroeg de derde man ineens. Hij leek nog erger beschonken te zijn dan zijn kameraden.

‘Nee!’ zei Paul op besliste toon, want Turken vielen bij het trio blijkbaar niet in de smaak. Hij besloot het erop te wagen. ‘Ik ben Engelsman.’

‘Een Engelsman!’ De eerste man lachte. ‘Je klinkt anders alsof je hier uit Venetië komt. Ik dacht dat Engelsen alleen hun eigen barbaarse taal kenden.’

‘Ik ga wel naar de Dalmatische Kade!’ riep Paul terwijl hij zijn boot verward wegduwde van de bark. ‘Hartelijk dank!’

‘Hela, Engelsman!’ riep een van hen hem na. ‘Waar is onze fles nou?’

Aan de Dalmatische Kade lagen honderden grote en kleine vaartuigen afgemeerd, soms twee of drie rijen dik. De boulevard was deze avond uitbundig verlicht met toortsen en lantaarns, net als de hoge gebouwen met de boogramen daarachter, alsof er een festival aan de gang was. Paul vond een plekje in het halfdonker aan het eind van een steiger. Zijn bootje was maar een armzalig ding in vergelijking met de schepen aan de kade. Niemand zou het willen stelen.

Dus dit is Venetië, dacht hij terwijl hij zich op de boulevard tussen de hossende mensen begaf, een fantastische dronken stoet van maskers en wapperende gewaden. Tevreden besefte hij dat zijn opleiding als kunsthistoricus hem hier tenminste van pas kwam. *Ik weet niet precies welke tijd, met hun normale kledij verborgen onder kostuums, maar het moet ergens in de Renaissance zijn, de bloeitijd van La Serenissima, de Meest Verheven Republiek.*

Zelf droeg hij een donkere kuitbroek en een hemd waarvan hij zich vaag herinnerde dat het een wambuis werd genoemd, niet van de beste kwaliteit maar in elk geval niet gescheurd. Over zijn schouders had hij een zware mantel waarvan de zoom net niet over de modderige kade sleepte. Aan zijn middel hing een smal zwaard met een tamelijk onopgesmukt korfgevest in een schede. Onder het lopen voelde hij iets tegen zijn nek bungelen. Hij stak een hand over zijn schouder en pakte het voorwerp. Het was een masker, een verstild gelaat afgezet met een laagje porselein of email, met als enige opvallende trek een grote neus. Hij vroeg zich tevergeefs af wiens gezicht het moest voorstellen, maar gezien de vijanden die hij in zijn vreemde virtuele leven scheen te hebben leek het hem verstandig het masker op te zetten. Paul knoopte het touwtje vast in zijn nek en voelde zich direct minder opvallend. Hij liep verder, voorlopig met geen andere bedoeling dan in de menigte op te gaan.

Een vrouw met een lijfje aan dat een groot deel van haar borsten onthulde, viel struikelend tegen hem aan en klemde zich vast aan zijn arm. Hij hield haar overeind tot ze haar evenwicht had hervonden. Ook zij droeg een masker, het gezicht van een zwaar opgemaakte deerne met blozende wangen en volle rode lippen. De man in wiens gezelschap ze verkeerde trok haar ruw naar zich toe, waarbij ze haar boezem tegen Paul aandrukte en hem door een van de gaten in het masker een knipoog gaf, een lome beweging van haar wimpers, net zo subtiel als een klaroenstoot. Ondanks de licht zure geur van wijn op haar adem merkte hij ineens dat ze hem opwond, een reactie die hij door alle angst en verwarring heel lang niet meer had gevoeld.

Maar wat is die vrouw? Waarschijnlijk een Pop, en wat moet je je daarbij voorstellen?

Hij had eens een opblaaspop gezien, op een tentoonstelling over de twintigste eeuw in het Victoria and Albert Museum. Samen met Niles en de anderen had hij gelachen om dat namaakding met die grote ogen en die zuigmond. Maar zou het echt zoveel anders zijn om het met een als Venetiaans meisje vermomde Pop te doen, een meisje dat niet echt was?

'Kijk eens, signor, kijk eens.' Hij keek omlaag en zag een jongetje zonder masker aan zijn mantel trekken. 'Zoekt u een vrouw? Ik kan u naar een goed huis brengen, heel mooi, alleen het allerbeste. Houdt u van meisjes uit Cyprus? Of misschien van blonde vrouwen van de Donau?' De jongen was hoogstens zeven of acht jaar oud en zijn gezicht zat onder de vuile vegen, maar hij glimlachte even wervend als een makelaar. 'Zwarte meisjes? Arabische jongens?'

'Nee.' Paul had graag gevraagd waar er een café of iets dergelijks was, zodat hij daar even rustig kon gaan zitten, maar hij voelde er niets voor de rest van de avond met een gids opgescheept te zitten en bovendien wist hij niet of hij geld in zijn zakken had. 'Nee,' herhaalde hij op iets luidere toon en trok zijn mantel los. 'Laat maar zitten. Wees een goede jongen en ga weg.'

Het joch keek hem een ogenblik schattend aan, gaf hem plotseling een trap tegen zijn schenen en holde weg in de drukte. Even later hoorde Paul zijn hoge stemmetje opklinken toen de jongen een andere potentiële klant aanklampte.

Zelf werd hij nog herhaaldelijk door zulke kleine knapen lastig gevallen, de een nog vuiler en hardnekkiger dan de andere, maar ook door een paar mannen en door een stuk of tien vrouwen. Van die laatsten deed de oudste hem, ondanks haar blote schouders en gepoederde decolleté, onaangenaam veel denken aan zijn oma. Verder was die parade van geldtroggelaars (in een buidel aan zijn riem bleken toch enkele dukaten te zitten) een passend onderdeel van het hele spektakel, net als de jongleurs, de vuurvreters en de acrobaten, de kwakzalvers die hun wondermiddelen aanprezen, de erbarmelijke en briljante muzikanten die dwars door elkaar heen speelden, de vlaggen en de zwaaiende lantaarns en ten slotte de feestende inwoners van Venetië zelf, een eindeloze optocht van gemaskerde figuren in bonte fluwelen kledij, versierd met juwelen en glinsterend brokaat.

Hij kwam aan het einde van de Dalmatische Kade – die, zoals hij zich vaag herinnerde, was genoemd naar de schepen die van de overkant van de Adriatische Zee kwamen – en wilde net de beroemde Ponte della Paglia, de Strobrug, oversteken toen er opnieuw aan zijn mouw werd getrokken.

'Op zoek naar vertier, signor?' vroeg een kleine donkere figuur naast hem. 'Vrouwen?'

Paul besteedde nauwelijks aandacht aan hem – hij had gemerkt dat het tijdverspilling was om iets te zeggen – maar hij werd opzij geduwd door een viertal beschonken soldaten en voelde opeens dat iemand aan zijn beurs trok. Hij draaide zich met een ruk om en greep de arm van de jongen. De zakkenroller stribbelde tegen, maar Paul pakte ook zijn andere arm beet en hield hem een eindje van zich af om niet weer een schop tegen zijn schenen te krijgen.

'Laat me los!' riep de worstelende knaap, die hem in zijn pols probeerde te bijten. 'Ik deed niks!'

Paul trok hem naar zich toe en schudde hem ruw door elkaar tot de aankomende misdadiger zijn verzet staakte en zacht begon te snikken.

Paul wilde hem net loslaten en hem met een vermanende schop onder zijn achterste wegsturen toen zijn blik op het gezicht van de jongen bleef rusten. Hij bleef verrast staan terwijl de menigte zich langs hem heen drong over de hoge rug van de brug.

'Gally...?' Paul sleepte de knaap mee naar het licht van een lantaarn. De jongen had andere kleren aan, maar het gezicht was nog precies hetzelfde. 'Gally, ben jij het?'

De jongen keek hem aan met een mengeling van vrees en sluwe berekening. Zijn ogen schoten heen en weer terwijl hij een vluchtweg probeerde te ontdekken. 'Ik ken geen Gally. Laat me alstublieft gaan, signor. Mijn moeder is ziek.'

'Gally, herken je me niet?' Nu pas dacht Paul aan zijn masker. Hij trok het van zijn gezicht, maar de jongen profiteerde van de gelegenheid en probeerde zich los te rukken. Paul liet het masker op de grond vallen, pakte met zijn vrije hand de jongen bij zijn hemd en haalde hem naar zich toe als een aan de haak geslagen vis. 'Blijf verdomme eens staan! Ik ben het, Paul! Herken je me niet, Gally?'

Zijn gevangene staarde hem even aan, bang en boos tegelijk. Paul kreeg een bezwaard gemoed. Hij had zich vergist. Of erger nog, net als de gevleugelde vrouw was dit een fantoom, een verwarrende verschijning waardoor het raadsel nog groter werd. Maar plotseling kreeg het gezicht van de knaap een andere uitdrukking.

'Wie bent u?' vroeg de jongen langzaam. 'Ken ik u?' Hij sprak op de dromerige toon van iemand die aan het slaapwandelen is.

'Paul. Ik ben Paul Jonas!' Hij besefte dat hij bijna stond te schreeuwen en wierp met een beschaamd gezicht een bezorgde blik om zich heen, maar de feestende voorbijgangers toonden geen belangstelling voor het kleine drama dat zich aan de voet van de Strobrug afspeelde. 'Ik heb je in het Veldland ontmoet, jou en de andere kinderen uit het Oesterhuis, weet je nog?'

'Ik geloof... Ik heb u al eens eerder gezien.' Gally keek hem scherp aan. 'Maar ik kan me er niets van herinneren, of alleen maar een beetje. En ik heet niet Gally.' Hij duwde aarzelend tegen de hand waarmee Paul hem nog steeds stevig vasthield. 'Ze noemen me hier Zitan, de zigeuner, omdat ik van Corfu kom.' Deze mededeling werd door een nieuwe pauze gevolgd. 'Had u het over het Oesterhuis?'

'Ja,' zei Paul, aangemoedigd door de verwarde en bedachtzame uitdrukking op het gezicht van de jongen. 'Je zei dat jullie over de Zwarte Oceaan waren gekomen. En je werkte in een herberg, De Droom van de Koning.' Paul hield abrupt zijn mond. Het was niet verstandig al die namen te noemen terwijl hij niet wist wie er mee stond te luisteren. 'Breng me maar naar dat huis waar je het over had, ook al is het een bordeel. Als we er maar kunnen praten. Ik zal je geen kwaad doen, Gally.'

'Ik heet Zitan.' Maar de jongen rende niet weg toen Paul hem losliet. 'Kom maar mee.' Hij draaide zich om, draafde weg van de brug en schoot als een konijn tussen de mensen op de Dalmatische Kade door. Paul haastte zich achter hem aan.

Een paar minuten liepen ze langs een van de talrijke kanalen van Venetië, door smalle straten en nog smallere stegen waar Paul maar net doorheen kon, af en toe een kleine stenen brug overstekend om aan de andere kant te komen. Het rumoer en het licht van de Dalmatische Kade lagen snel achter hen en Paul zag de jongen voornamelijk als een schaduw die alleen in het licht van een venster of een deuropening kleur en drie dimensies kreeg.

'Is het hier carnaval?' vroeg Paul op een gegeven moment buiten adem. Gally of Zitan was op de balustrade van een sierlijke brug gaan zitten om op hem te wachten. De stenen kop van een leeuw keek tussen zijn enkels door.

'Ja, natuurlijk!' De jongen keek hem scheef aan. 'Waar komt u eigenlijk vandaan als u dat niet weet?'

'Niet uit de buurt. Net zomin als jij, alleen weet je dat blijkbaar niet meer.'

De jongen schudde langzaam zijn hoofd, alsof hij ergens mee zat. Even later klaarde zijn gezicht op. 'Het is een dolle avond, maar u had hier moeten zijn toen het nieuws over de Turken kwam. Toen was het nog veel gekker dan nu.'

'Over de Turken?' Paul stond uit te hijgen.

'Een halfjaar geleden. Weet u zelfs dat niet? Er is een geweldige zeeslag geleverd, bij een plaats met een rare naam... Lepanto, geloof ik. De grootste zeeslag die er ooit is geweest! En wij hebben gewonnen. Misschien hebben de Spanjaarden en anderen ook een beetje geholpen, maar admiraal Venier boorde de Turkse vloot de zeebodem in. Ze zeggen dat er zoveel lijken in het water dreven dat je van het ene schip naar het andere had kunnen lopen zonder natte voeten te krijgen.' De jongen zette grote ogen op, alsof hij zich het tafereel voorstelde. 'Ze hakten het hoofd van de Turkse pasja af en zetten het op een spies, en toen ze hier aankwamen hadden ze alle vlaggen en tulbanden van de muzelmannen aan de achterstevens gehangen en ze schoten hun kanonnen af tot het leek alsof ze de hele stad aan puin wilden schieten!' Gally trapte met zijn hielen tegen de stenen borst van de leeuw en grinnikte. 'En er werd een groot feest gegeven, iedereen was aan het zingen en dansen. Zelfs de zakkenrollers namen vrij, maar alleen die ene avond. Het festijn duurde weken!'

Paul had geamuseerd geluisterd naar het bloeddorstige relaas, maar hij werd snel weer serieus. 'Een halfjaar geleden? Maar je kunt hier nog maar een paar dagen zijn, Gally, of hoogstens twee weken, als ik de tijd niet goed heb bijgehouden. We waren samen in het Veldland, met de ridders en de koninginnen en bisschop Humphrey, weet je nog? En daarna op Mars, met Brummond en de anderen. Dat was nog maar kortgeleden.'

Zijn gids sprong van de balustrade. 'Ik weet niet wat u bedoelt, signor. Ik begrijp al die namen niet zo goed.' Hij begon weer te lopen, iets rustiger ditmaal. Paul volgde hem.

'Maar we waren vrienden. Weet je dat ook niet meer?'

De kleine, donkere jongen begon weer te draven, alsof Pauls woorden de uitwerking van een zweep hadden. Iets verderop bleef hij staan.

'U kunt beter weggaan, signor,' zei hij toen Paul hem inhaalde. 'Ga terug.'

'Wat bedoel je? Waarom?'

'Omdat er geen vrouwen zijn.' Hij durfde Paul niet aan te kijken. 'Ik wilde u naar de Rialtobrug brengen, waar de slechte mannen zijn. Rovers. Maar dat wil ik nu niet meer. Ga terug.'

Paul schudde verrast zijn hoofd. 'Maar je zei dat je er nog iets van wist. Dat we elkaar van vroeger kenden.'

'Daar wil ik niks van weten! Ga weg.'

Paul ging op zijn hurken zitten en pakte de jongen voorzichtig bij zijn pols. 'Ik verzin het niet. We waren vrienden... we zijn nog steeds vrienden, hoop ik. Die rovers kunnen me niets schelen.'

Eindelijk keek Gally hem aan. 'Ik hou niet van die dingen. Ze... het is net een droom. Ik word er bang van.' Dat laatste was bijna niet te verstaan. 'Hoe kunt u mijn vriend zijn als ik u niet ken?'

Paul ging staan zonder de jongen los te laten. 'Ik begrijp het zelf allemaal niet. Maar het is waar en ik vond het heel erg toen ik je kwijtraakte. Ik... ik vond dat ik beter op je had moeten passen. Ik wil je niet nog eens kwijtraken.' Hij liet de arm van Gally los. Het was waar, hij begreep er zelf niet veel van. Als de jongen een Pop was had hij de oorspronkelijke simulatie niet kunnen verlaten, maar hij was samen met Paul uit Wonderland naar Mars gegaan... en nu was hij hier in Venetië. Maar als hij net zo echt was als Paul, een Burger zoals dat heette, dan zou hij toch moeten weten wie hij was. Tijdens de overgang naar Mars was hij zijn geheugen niet kwijtgeraakt, waarom nu dan wel? Net als Paul zelf leek hij een heel stuk van zijn verleden te missen.

Weer een dolende ziel, dacht hij, *nog een geest in de machine*. Het idee stuurde een rilling langs zijn ruggengraat.

Hij overwoog alles te vertellen wat hij wist, maar een blik op het angstige gezicht van de jongen deed hem daarvan afzien. Het zou te veel en te snel zijn. 'Maar al snap ik het niet,' zei hij hardop, 'ik zal proberen het antwoord te vinden.'

Voor het eerst sinds hun ontmoeting bij de brug begon Gally weer iets van een echte straatjongen te krijgen. 'U? Dat kan nog wat worden. U wist niet eens dat het carnaval was.' Hij fronste zijn voorhoofd en beet op zijn lip. 'We kunnen het de vrouw in de kerk vragen. Die weet een heleboel.'

'Welke vrouw?' Paul vroeg zich af of Gally misschien de Madonna bedoelde. Dat zou in het Venetië van de vijftiende of zestiende eeuw een heel logische oplossing voor een probleem zijn.

'De meesteres,' zei Gally/Zitan, waarna hij zich omdraaide en dezelfde weg terug begon te lopen.

'Wie?'

De jongen keek om. 'De maîtresse van kardinaal Zen. Kom nou mee!'

Tot Pauls verbazing voerde zijn gids hem helemaal mee terug naar de Ponte della Paglia, die ze overstaken. Het was nog steeds druk op de boulevard, maar nog drukker op het San Marcoplein voor het befaamde Dogenpaleis met zijn galerijen.

Paul verwonderde zich over zijn reactie. Hij had diverse keren zijn vakantie in Venetië doorgebracht, onder andere een week tijdens de Biennale kort nadat hij was afgestudeerd (samen met een vriendin, want in die tijd hoopte hij nog de romantische avonturen te kunnen beleven die zijn vrienden onafgebroken schenen te hebben). Dat voor hem bekende Venetië bleek een illusie te zijn. Nu hij naar het paleis en de klokkentoren keek, naar de uivormige koepels van de San Marco – afgebeeld op duizenden kalenders en ansichtkaarten en het onderwerp van vele foto's die hijzelf bij zijn eerste bezoek had gemaakt – moest hij onwillekeurig aan het Venetië van zijn eigen tijd denken, een geliefde toeristenplaats en meer een pretpark dan het middelpunt van een machtige staat.

De jongen had daar duidelijk geen oog voor. Paul moest zich haasten om hem in de menigte niet uit het oog te verliezen, wat bijna toch gebeurde toen Gally plotseling uitweek bij de twee grote pilaren die de toegang tot het plein markeerden.

Aan een galg tussen de pilaren was een man opgehangen, een openbare executie die de grote massa tot stichting diende. De aanblik herinnerde Paul aan de duistere kanten van de Verheven Republiek. Het gezicht van de man was gezwollen en zwart, zelfs in de felle feestverlichting langs het water. Paul moest aan zijn eigen reizen denken; hij had de Brug der Zuchten bezocht, de overdekte overspanning hoog boven het kanaal waarlangs veroordeelden ooit van hun cel naar de kamers van de ondervragers werden gebracht. Dat was toen slechts een vreemd idee geweest, maar nu was het helemaal niet vreemd: dit was echt en onbarmhartig. Het zou geen kwaad kunnen om dat in gedachten te houden.

'Waar gaan we heen, Gally?' vroeg hij toen hij de jongen had ingehaald.

'U moet me niet zo noemen, dat vind ik niet leuk. Ik heet Zitan.'

Hij trok een peinzend gezicht. 'Op dit uur moet het niet zo moeilijk zijn om binnen te komen.' Hij holde verder en Paul had geen andere keus dan zijn mantel wat op te trekken en achter hem aan te gaan.

Bij de hoofdingang van het Dogenpaleis stonden bewakers met lansen en spitse helmen. Ondanks het uitbundige feestgewoel op het plein zagen ze er bijzonder ernstig uit en hun waakzaamheid verslapte geen moment. De jongen holde langs de ingang in de richting van de basiliek, waar hij in de schaduw achter een pilaar verdween. Toen Paul naderde voelde hij een kleine hand op zijn arm die hem het donker in trok.

'Nu wordt het lastig,' fluisterde de jongen. 'Blijf dicht bij me en maak geen geluid.'

Pas toen de kleine gids door de galerij wegsloop drong het tot Paul door dat hij van plan was in de San Marco in te breken, het belangrijkste kerkgebouw van Venetië.

'O jezus,' mompelde hij, een ongewilde blasfemie.

Maar uiteindelijk bleek het niet zo erg als hij had gevreesd. De jongen nam hem mee naar een keldertrap op de hoek van de kerk, weg van de drukte op het plein. Daarna liet hij zich door Paul op het muurtje naast de trap tillen en ging naar een raam, dat hij openwrikte. Enkele minuten later verscheen hij als bij toverslag op de begane grond, door een deur onder de trap die Paul nog niet eens had opgemerkt.

Ondanks een akelig voorgevoel voelde Paul zich nog toerist genoeg om in het halfdonkere interieur van de grote basiliek rond te kijken terwijl Gally hem haastig door de schaduwrijke galerijen voerde. In het licht van kaarsen waren wandtapijten en glanzende mozaïeken te zien, maar het was te donker om veel te onderscheiden en Paul had het gevoel alsof hij in een loods was waar allerlei vreemd gevormde objecten waren opgeslagen.

Gally bleef staan bij een portaal waarvan de opening met een tapijt was afgedekt. Hij beduidde Paul stil te zijn en stak zijn hoofd door de opening voor een snelle verkenning van het terrein. Daarna gebaarde hij dat de kust veilig was.

De zijkapel was behoorlijk groot, al viel de ruimte in het niet vergeleken met de enorme basiliek zelf. Het altaar stond voor een monumentaal Mariabeeld en was bijna helemaal bedekt met bloemen en wijkaarsen. Voor het altaar meende Paul nog een ander beeld te zien, iets minder groot, het gezicht onherkenbaar in het flikkerende kaarslicht.

'Signorina?' riep de jongen zachtjes. Het kleinere beeld draaide zich om en Paul maakte een sprongetje van schrik.

'Zitan!' De vrouw daalde het trapje af, bleef voor hen staan en schoof de kap van haar mantel naar achteren. Ze reikte nauwelijks tot aan Pauls borstbeen. Haar grijze haar zat in een knot en haar neus was even lang en krom als een vogelbek. Ze was minstens zestig, maar ze kon net zo goed negentig zijn. 'Goed nieuws?' vroeg ze, kennelijk een rituele Venetiaanse begroeting waarop geen antwoord werd verwacht, want ze voegde er onmiddellijk aan toe: 'Wie heb je bij je, Zitan?'

Paul stelde zichzelf voor, maar hij noemde alleen zijn voornaam. De vrouw zei niet wie ze was. Ze glimlachte slechts en zei: 'Ik heb vandaag mijn plichten voor de kardinaal vervuld. Laten we ergens iets gaan drinken – met voor jou veel water in de wijn, jongen – dan kunnen we praten.'

Paul moest denken aan wat de jongen over haar had gezegd en vroeg zich af wat haar taak precies inhield. Terwijl de vrouw hem door een zijdeur voorging naar een smalle gang zei ze, alsof ze zijn gedachten had geraden: 'Ik hou de gedenkkapel van kardinaal Zen bij. Dat is doorgaans geen vrouwenwerk, maar ik heb... ik heb vrienden, hooggeplaatste vrienden. Zitan en de rest van zijn boevenbende noemen mij voor de grap de maîtresse van de kardinaal.'

'Dat is toch geen grap, signorina,' zei de jongen verbaasd. 'Iedereen noemt u zo.'

Ze glimlachte. Iets verderop in de bochtige gang opende ze een deur die toegang gaf tot een privévertrek, dat verrassend groot was en comfortabel ingericht. Aan de wanden hingen tapijten en het hoge plafond was beschilderd met religieuze voorstellingen. Lage banken gingen bijna helemaal schuil onder geborduurde kussens en hier en daar stonden vazen met verse rozen. Olielampen wierpen een zachtgele gloed door de kamer. Voor Paul was het een opmerkelijk weelderig en typisch vrouwelijk boudoir.

De vrouw merkte blijkbaar iets aan zijn gezicht, want ze keek hem een ogenblik glimlachend aan voordat ze in een zijkamer verdween. Even later kwam ze terug met wijn, een kruik water en drie drinkbekers. Ze had haar mantel afgelegd en was gekleed in een eenvoudig kleed van donkergroen fluweel dat tot haar enkels reikte.

'Hoe moet ik u noemen, signorina?' vroeg Paul.

'Ja, mijn bijnaam is niet echt geschikt, geloof ik. Eleanora is mijn naam.' Ze schonk wijn in de bekers en voegde voor Gally een flinke scheut water toe. 'Wat heb je voor nieuws, zigeunerjongen?' vroeg ze toen ze klaar was. 'Van al mijn jonge vrienden heeft hij de scherpste ogen en oren,' zei ze tegen Paul. 'Ik ken hem nog niet zo lang, maar voor de laatste roddels vertrouw ik al helemaal op hem.'

De jongen voldeed aan haar verzoek en begon te vertellen over een paar duels, verrassende ontmoetingen en de twijfelachtige activiteiten van enkele senatoren, maar na een tijdje stak Eleanora haar hand op.

'Je bent er niet met je gedachten bij, jongen. Wat is er aan de hand?'

'Hij... hij kent me.' Gally gebaarde naar Paul. 'Alleen kan ik me hem niet herinneren, niet echt. En hij heeft het over plaatsen die ik me ook niet kan herinneren.'

Er lag een harde uitdrukking in haar heldere ogen toen ze Paul aankeek. 'Zo, en wie bent u dan eigenlijk? Waar kent u hem van?'

'Ik heb hem ergens anders ontmoet, niet in Venetië. Er is iets met zijn geheugen.' Hij voelde zich niet echt op zijn gemak onder haar blik. 'Ik heb geen kwaad in de zin. We waren vrienden.'

'Zitan,' zei ze zonder haar ogen van Paul af te wenden, 'ga nog eens een fles wijn uit de kelder halen. Ik wil een fles met de "S" erop, de letter die op een slang lijkt.' Ze tekende de letter in de lucht.

De jongen ging de kamer uit. Eleanora zuchtte en leunde naar achteren op de divan. 'U bent een Burger, neem ik aan?'

Paul wist niet zeker in welke betekenis ze die term gebruikte. 'Misschien.'

Ze stak haar hand op. 'Geen onzin, alstublieft. U bent hier als gast in deze simulatie.'

'Ik weet niet of ik te gast ben,' antwoordde hij langzaam, 'maar ik ben geen Pop als u dat bedoelt.'

'En ik evenmin.' Ze glimlachte kort en grimmig. 'De jongen is ook geen Pop, nu we het er toch over hebben, al zou ik niet precies weten wat hij dan wel is. Waarom heeft u hem gevolgd? Vlug – ik wil niet dat hij het hoort. De fles ligt wel helemaal achteraan, maar hij zal geen eeuwigheid wegblijven.'

Paul vroeg zich af welk risico hij liep. Hij wilde meer weten over deze zogenaamde maîtresse van de kardinaal, maar hij verkeerde niet in een gunstige positie. Misschien hoorde ze wel bij die Graalbeweging waar Nandi het over had gehad. Wat hem betrof zou ze zelfs Jongleur in vermomming kunnen zijn, maar hij was nu eenmaal hier en dat kon niet meer teruggedraaid worden. Als dit haar eigen simulatie was kon ze waarschijnlijk met hem doen wat ze wilde, of hij nu de waarheid sprak of niet. Hoe je het ook bekeek, hij kon slechts gokken.

'Goed dan,' zei hij. 'Ik leg mijn lot in uw handen.' Hij vertelde haar wat hij eerder tegen Nandi Paradivash had verteld, alleen nog beknopter. Hij werd even onderbroken door Gally, die onder het stof terugkwam om te vragen of er echt wel een fles wijn met een S erop was en of het er niet eentje met blauwe stippen of een gele X mocht zijn. Eleanora stuurde de mopperende jongen weer weg, waarna Paul zijn verhaal besloot met zijn ontmoeting met Nandi. Hij verzweeg de naam van de Indiër, maar vertelde alles wat hij van hem had gehoord over de Graal en de Kring.

'Ik zou de jongen met rust laten als ik dacht dat hij geen gevaar liep,' zei Paul ten slotte. 'Ik wil hem niet nog meer ellende bezorgen, maar er zitten mensen achter mij aan, al heb ik geen idee waarom, en als die de jongen vinden zullen ze hem...'

'Ze zullen hem martelen tot hij alles vertelt wat hij weet.' Haar mond vertrok van afkeer. 'Natuurlijk. Ik ken die mensen, althans hun soort.'

'Dus u gelooft me?'

'Ik geloof dat het allemaal waar zou kunnen zijn. Of het ook echt waar is... daar moet ik over nadenken. Waar zou u de jongen naartoe brengen als hij met u mee wilde?'

'Naar Ithaka. Die man van de Kring zei althans dat ik daarheen moest. Daar kan ik het huis van de zwerver vinden.' Paul keek naar het bezinksel van de wijn in zijn beker. 'Maar mag ik vragen welke rol u hierin speelt?'

Voordat ze antwoord kon geven kwam Gally terug, nog stoffiger dan eerst maar met de gezochte fles triomfantelijk in zijn hand.

'Laten we naar het dak gaan,' stelde Eleanora ineens voor. 'Het is een eindje klimmen, maar het uitzicht is prachtig.'

'Maar ik heb net die fles gehaald!' riep Gally, bijna stotterend van verontwaardiging.

'Dan zullen we die meenemen en een toast uitbrengen op de *Stato da Mar*, beste Zita. Je vriend Paul zal ongetwijfeld de fles voor je willen dragen.'

Zo ongeveer bij de honderste trede had Paul veel zin om de grote fles te laten vallen, als dat op de stenen trap niet al te veel lawaai zou hebben gemaakt. In elk geval had hij zijn zwaardschede in de kamer gelaten, anders had hij in de smalle ruimte helemaal niet kunnen manoeuvreren. Gally was al een eind hoger, zo behendig als een berggeit, en ondanks haar leeftijd leek de klim zelfs Eleanora niet te vermoeien. Paul moest denken aan de hardloopwedstrijden op school – hij kwam altijd als laatste aan, hijgend als een pakezel, zonder dat iemand nog naar hem omkeek.

Nou ja, misschien komt het doordat dit haar eigen simulatie is, dacht hij terwijl hij bukte voor een van de lage booggewelven waar zijn kleinere metgezellen geen last van hadden. *Waarschijnlijk heeft ze haar sim of hoe dat ding ook heet, uitgerust met een anti-zwaartekrachtmiddel of iets dergelijks.*

Aan het eind van de verticale reis die uren leek te duren kwam Paul eindelijk op een smal balkon en snoof hij de koele avondlucht op. Hij stond boven op een van de koepels van de basiliek en heel Venetië – heel de schepping, leek het wel – lag glinsterend aan zijn voeten.

'In werkelijkheid is er geen balkon,' fluisterde Eleanora terwijl ze op de lage balustrade klopte, giechelend als een overjarig schoolmeisje. 'Maar zo'n kleine aanpassing is wel de moeite waard, vindt u niet? Kijk toch eens!' Ze wees naar de schepen die aan de meerpalen bij de kade lagen. 'Een Franse gezant heeft het Grote Kanaal ooit "de mooiste straat ter wereld" genoemd. Het moet ook een van de drukste zijn: hier bij het San Marcoplein begint het handelsimperium van de republiek. Waar is die fles?' Ze verwijderde het loodzegel en nam een flinke slok. 'De schepen varen naar Alexandrië, Naxos, Modon, Constantinopel en Cyprus, er wordt handelgedreven met Aleppo, Damascus en Kreta. De ruimen puilen uit met alle mogelijke waren, specerijen, zijde, slaven, wierook, Spaanse sinaasappels, huiden, exotische dieren, zilverwerk, porselein en wijn – wijn!' Ze zette de fles weer aan haar mond. 'Een toast op de Meest Verheven Republiek en haar *Stato da Mar*!'

Ze gaf de fles aan Paul, die haar voorbeeld iets minder uitbundig volgde, hoewel haar geestdrift aanstekelijk werkte. Hij liet zelfs Gally een slok nemen, maar de jongen verslikte zich en proestte het meeste vocht weer uit door zijn neus.

'Toen de blinde Doge Dandolo in de buit van Byzantium deelde,' zei Eleanora, 'nam hij voor Venetië "een kwart en een half kwart van het Romeinse Rijk" in beslag. Wij zouden het wat minder omslachtig zeggen, maar stel je eens voor! Drie achtste van het grootste rijk dat de wereld ooit heeft gekend, geregeerd door een staatje van kooplieden en zeevaarders.'

'Het lijkt het Britse rijk wel,' merkte Paul op.

'Ja, maar dit is Venetië.' Eleanora leek een tikkeltje aangeschoten. 'Dat is niet te vergelijken met Engeland. Wij weten wat stijl is, wij weten wat liefde is... en wij weten wat koken is.'

Paul wilde de vriendschappelijke sfeer niet bederven en smoorde zijn opspelende nationale trots met een slok wijn. Eleanora keek een tijdje zwijgend naar het panorama terwijl de fles rondging. Het was bijna middernacht, maar op het Grote Kanaal voeren nog altijd tientallen verlichte boten, schommelend als vonken in de lucht. Verderop waren ook de eilanden in de lagune feestelijk verlicht, maar daarachter was slechts de donkere zee te zien.

Halverwege de afdaling bleef Eleanora voor een van de smalle openingen in de binnenmuur staan en keek naar het schip van de basiliek.

'Er zijn heel wat mensen daar beneden,' zei ze peinzend. 'Er is zeker een hoge bezoeker bij de mis.'

Paul was meteen op zijn hoede. Hij tuurde door de opening, maar zag alleen nog een paar donkere gestalten in een van de kapellen verdwijnen. 'Is dat normaal?'

'O, zeker. Ik was niet op de hoogte, maar dat gebeurt wel vaker.'

Na ruim een halve fles goede Toscaanse wijn, waarvan hij ook virtueel de invloed onderging, had Paul voldoende moed verzameld. 'Welke functie heeft u hier precies?'

'Later.' Ze gebaarde naar Gally, die een paar treden lager stond. 'Als hij slaapt.'

Ze waren nog maar enkele minuten terug in de kamer toen de jongen, die met zijn rug tegen de divan op de grond was gaan zitten, begon te knikkebollen. 'Kom, kind,' zei Eleanora. 'Je blijft vannacht hier slapen. Doe die deur daar open en ga in bed liggen.'

'In uw bed?' Ondanks zijn vermoeidheid stond het idee hem duidelijk niet aan. 'O nee, signorina, dat zou ongepast zijn.'

Ze zuchtte. 'Ga dan maar in een hoek liggen. In de kist kun je dekens vinden.' Ze wachtte tot Gally in de andere kamer was voordat ze zich tot Paul richtte. 'Ik kan u helaas geen koffie aanbieden. Thee, misschien?'

'Ik wil liever praten. Ik heb u alles verteld, maar wie bent u? Gaat u me uitleveren aan de mensen die deze simulatie hebben gemaakt?'

'Die ken ik amper.' Met opvallende lenigheid trok ze haar benen op en maakte het zich gemakkelijk op de divan. 'Maar gezien alle verhalen zou ik mijn ergste vijand nog niet aan ze uitleveren.' Ze schudde haar hoofd. 'Maar u heeft gelijk, u heeft er recht op ook iets van mij te weten. Om te beginnen ben ik een Venetiaanse, wat meer zegt dan de eeuw waarin ik ben geboren. Ik zou liever voorgoed in deze prachtige namaakstad leven dan waar ook in de zogenaamd echte wereld. Als ik er het geld voor had gehad zou ik deze simulatie zelf hebben laten maken, maar ik had geen geld. Mijn vader was wetenschapper. Ik ben opgegroeid in het Dorsoduro en was serveerster voor de toeristen, de idiote toeristen. Op een dag leerde ik een oudere man kennen en hij werd mijn minnaar. Hij was heel erg rijk.'

Er viel een stilte en Paul kreeg de indruk dat ze een vraag van hem verwachtte. 'Wat deed hij voor werk?'

'Tja.' Eleanora glimlachte. 'Hij was een van de bazen van de Camorra, de bekende Mafia-organisatie uit Napels zoals ze het op de nieuwsnetten noemen. Drugs, prostitutie, slavenhandel, daar hielden ze, en houden ze zich mee bezig. Tinto was een van hun leiders.'

'Dat lijkt me geen erg begerenswaardige vriend.'

'Veroordeel me niet!' zei ze scherp, maar beheerste zich toen snel. 'We sluiten allemaal compromissen. Ik probeerde zo min mogelijk te letten op wat hij deed, maar na een tijdje zit je er natuurlijk zelf te diep in om er nog iets aan te veranderen. Toen Tinto zich bij de Graalbeweging aansloot en ik zag wat die mensen allemaal konden, liet ik hem deze simulatie maken. Hij had zoveel geld, dat maakte hem niets uit. Voor zichzelf maakte hij een nieuwe versie van Pompeji en van het Romeinse Rijk, en ook een paar afschuwelijke vakantiewerelden met speedboten en spionnen. Maar wat hij eigenlijk wilde was het eeuwige leven, als een soort Jupiter Ammon op een bronzen troon. Dit was een cadeautje voor mij. Zijn bijdrage aan de Beweging was wel honderd keer zo groot, allemaal voor de bouw van hun onsterfelijkheidsmachines. De misdaad loont heel goed, wat het spreekwoord ook zegt.'

'Onsterfelijkheidsmachines,' mompelde Paul. Nandi had dus gelijk: deze mensen wilden echt gelijk worden aan de goden. Het was een stuitend idee, maar tegelijk ook opwindend. En angstaanjagend. Wat hij had toch gedaan om zich de woede van dat krankzinnige stel op de hals te halen?

'Maar wat nu het grappige is,' hernam Eleanora, 'hij deed al het mogelijke om in leven te blijven tot de behandeling was geperfectioneerd, want hij was al oud toen hij achter het bestaan van de Beweging kwam. Hij kreeg het ene na het andere nieuwe orgaan, er werden steeds meer apparaten op zijn lichaam aangesloten, hij kreeg vocht en plasma toegediend, hij werd bestraald en ingespoten met jonge cellen, noem maar op. Hij wilde alleen maar overleven totdat de machines werkten en zijn investering de moeite waard zou zijn. Maar op een dag werd iemand van het personeel omgekocht door een concurrent binnen de Camorra en werd Tinto ingespoten met een speciaal gekweekt dodelijk virus dat een langzame uitwerking had. Hij stikte in zijn eigen bloed terwijl zijn lichaam half was verteerd. Ik was vijftig jaar zijn minnares geweest, maar ik kan niet zeggen dat ik een traan om hem heb gelaten.'

Ze stond op en schonk weer een beker wijn voor zichzelf in. 'En nu zit ik hier, als gast in het huis van een dode. De rekeningen zijn betaald, hoewel ik niet weet hoe lang dat nog loopt. De Beweging heeft miljarden van Tinto gekregen, maar hij zal zelf nooit van hun diensten gebruik kunnen maken en zijn familie zal waarschijnlijk nooit een cent van dat bedrag terugzien. En dat is maar goed ook! Zijn laatste vrouw en zijn kinderen zijn net een nest slangen.'

Paul keek naar haar terwijl ze een scheutje water bij haar wijn deed. 'Zegt de naam Jongleur u iets, Felix Jongleur?' vroeg hij. 'Ik geloof dat hij iets tegen me heeft.'

'Dat belooft dan weinig goeds, mijn beste. Hij is de machtigste van het stel, iemand bij wie mijn Tinto maar een gewone bullebak was. Ze zeggen dat hij bijna tweehonderd jaar oud is.'

'Ja, dat zei die man van de Kring ook.' Hij kneep zijn ogen dicht, overweldigd door een groot gevoel van verslagenheid. 'Maar ik begrijp niet wat hij van me wil. En ik kan niet weg uit deze simulaties.' Hij deed zijn ogen weer open. 'U zei dat u niet precies wist wie Gally – Zitan – was, al is hij geen Pop. Wat bedoelde u daarmee?'

De maîtresse van de kardinaal zoog peinzend op haar onderlip. 'Ik kan het moeilijk uitleggen, maar ik weet dat hij een Burger is. Na zoveel jaar in een simulatie te hebben doorgebracht, merk je dat gewoon, denk ik. Maar hoewel ik hem pas onlangs heb ontmoet, schijnt hij zich deze plaats te herinneren alsof hij hier al heel lang woont.'

Paul keek haar fronsend aan. 'Maar hoe weet u dat hij hier niet thuishoort? U kent toch niet alle Poppen? Of bestaat er zoiets als een lijst met alle Burgers en Poppen?'

'O nee.' Eleanora lachte. 'Dat niet, maar ik was benieuwd naar hem en daarom heb ik me erin verdiept. De Poppen hier ontwikkelen zich samen met de simulatie. Wat dat betreft zijn het net echte mensen, ze hebben ouders en grootouders en ze wonen in een huis. Vroedvrouwen of priesters weten wanneer iemand geboren is, ook al is alles virtueel. Zitan vertelt dingen over zijn verleden die waar zouden kunnen zijn, maar ook dingen die niet kloppen. Hij weet veel van Venetië en toch liggen zijn echte wortels niet hier.' Ze dronk haar beker in één teug leeg. 'In elk geval is hij een aardige jongen. Hij is welkom in mijn huis.'

'Nu uw... uw minnaar dood is, bent u hier de baas.' Hij begon op een idee te komen.

'Niemand is de baas. Is een jachtopziener de baas over het bos omdat hij weleens een hert schiet of een stroper verjaagt? Hij kan de bomen niet laten groeien of de vogels vertellen hoe ze een nest moeten maken.'

Paul zwaaide ongeduldig met zijn hand. 'Ik bedoel dat u bijvoorbeeld uit het netwerk moet kunnen. Kunt u me niet terugsturen naar... naar mijn eigen systeem, of naar het systeem waarlangs ik hier ben gekomen?'

Ze dacht even na. 'Nee, ik kan u niet naar uw eigen systeem terugsturen, maar ik heb wel de macht om u uit de simulatie te laten verdwijnen.'

'Waar zou ik dan terechtkomen?'

'Bij de ingang, of het eerste niveau zoals Tinto's programmeurs dat noemen. Het is een soort grijze leegte waar je uit diverse mogelijkheden kunt kiezen.'

Paul voelde zijn hart heel snel kloppen. 'Wilt u dat dan alstublieft doen? Misschien kan ik op die manier terug naar huis of een andere oplossing vinden.'

Eleanora nam hem aandachtig op. 'Zoals u wilt. Maar ik ga met u mee.' Ze ging rechtop zitten en pakte de hanger met de smaragd die tegen haar hals bungelde. Ze drukte met haar vingers tegen haar hals en haar sim verstarde. Paul staarde naar het roerloze lichaam. Seconden verstreken en zijn optimisme sloeg langzaam om in teleurstelling.

Bijna een minuut later kwam Eleanora met een lichte schok weer tot leven. 'Het gaat niet,' zei ze, zichtbaar verbaasd. 'U bent niet meegekomen.'

'Dat heb ik gemerkt,' antwoordde hij verslagen. 'Bent u wel naar dat eerste niveau gegaan?'

'Natuurlijk.' Ze leunde naar voren. 'We zullen het Tinto vragen, maar ik zal eerst even naar de jongen kijken.' Ze ging staan en liep naar de zijkamer, Paul in verwarring achterlatend.

'Hoe kunt u het aan Tinto vragen?' vroeg hij toen ze terug was. 'Ik dacht dat hij dood was.'

'Dat is hij ook. Volg me maar.' Paul liep verbijsterd achter haar aan naar de donkere gang, waar ze een vinger op haar lippen legde. Uit een kapel aan de andere kant van de basiliek klonken zachte stemmen, onverstaanbaar in de enorme holle ruimte. Pauls verslagenheid begon om te slaan in paniek, in de benauwende zekerheid dat hij nooit uit deze simulaties zou kunnen ontsnappen.

Eleanora leidde hem naar de kapel van kardinaal Zen waar hij haar voor het eerst had gezien. 'Mijn Tinto is een echte ouwe smeerlap,' zei ze zachtjes. 'Daarom wilde ik zeker weten dat de jongen slaapt.'

Paul probeerde de angst van zich af te zetten. 'Ik begrijp het niet.'

Ze glimlachte sardonisch. 'Tinto is dood, maar in zijn laatste jaar waren ze al aan het proberen hem permanent in het netwerk te laten leven. Vraag me niet hoe – met die hekserij wilde ik niets van doen hebben. Ik geloof dat ze een soort kloon van hem hebben gemaakt, alleen mankeerde er iets aan. De apparatuur werkte niet goed of er was iets met de kloon aan de hand, ik weet het niet. In elk geval kun je ermee communiceren, maar dat doe ik alleen hier in de kapel.' Ze wees om zich heen. 'Ik moet er niet aan denken dat hij overal verschijnt. U zult zelf wel zien waarom.'

'Bestaat hij dan echt?'

'Even geduld.' Ze liep naar voren en wees naar een van de stoelen bij het altaar. 'Ga daar maar zitten. Het is beter dat hij u niet ziet.'

Paul ging zitten. Hij had een of ander ritueel verwacht, een bezwering of iets moderners, zoals een druk op een verborgen knop, maar ze liep de treden op en bleef voor het altaar staan. 'Tinto, ik wil met je praten.'

Op het altaar begon iets te flikkeren en er klonk een zachte stem. Het geluid werd plotseling harder, maar Paul kon de woorden nog altijd niet verstaan.

'Ach, dat vergeet ik.' Eleanora draaide haar hoofd om en keek Paul met een merkwaardig lachje aan. 'Tinto is de enige hier die geen gebruik maakt van een vertaalprogramma. U bent zeker niet thuis in Napolitaans dialect?' Ze bewoog haar hand en een ogenblik later klonk er begrijpelijk Engels uit het licht op het altaar.

'Hoe lang lig ik hier al op deze tafel? Ik heb toch gezegd dat ik vandaag werk te doen had, stelletje imbecielen. Maak me los of ik snij je ballen eraf.'

'Tinto.' Eleanora stak haar hand weer op. 'Tinto, hoor je me?'

De lichtvlek verdichtte zich en kreeg de vorm van het hoofd en de schouders van de dode man die Eleanora's minnaar was geweest. Zijn grove gezicht was gerimpeld van ouderdom en zijn hoofd wiegde op zijn nek. Onder zijn veelvuldig gebroken neus zat een borstelige snor die net als het haar op zijn hoofd een onnatuurlijke zwarte tint had. De bovenkant van zijn virtuele lichaam leek uit het langwerpige altaar te steken, zodat hij iets weg had van een dode die tijdens zijn eigen begrafenis rechtop was gaan zitten.

De sim had een slechte resolutie en Paul zag de kaarsen dwars door zijn borstkas branden. 'Eleanora? Wat doe je hier? Heeft Maccino je gebeld?'

'Ik wilde je alleen iets vragen.' Haar stem beefde een beetje, alsof ze toch minder koelbloedig was dan ze Paul had laten denken. 'Kun je me ergens antwoord op geven?'

'Waar ben ik in godsnaam?' De geest of wat het ook was wreef met twee klauwen van handen over zijn ogen. Het hele bovenlijf werd een ogenblik platgedrukt en leek helemaal te verdwijnen voordat het zijn oude omvang weer kreeg. 'Mijn benen doen zeer. Ik voel me klote. Wat heb je ook aan die dokters? Heeft Maccino je gebeld? Ik heb gezegd dat hij je bloemen moest sturen, mooie rozen waar je zo van houdt. Heeft hij je gebeld?'

'Ik heb je bloemen gekregen, Tinto.' Eleanora wendde even haar blik af van het altaar. 'Weet je nog dat je Venetië, die simulatie, voor me hebt laten bouwen?'

'En of ik dat nog weet. Dat heeft me een lieve duit gekost.' Hij trok aan het puntje van zijn snor en keek om zich heen. 'Waar ben ik? Er... er klopt iets niet met deze kamer.'

'Wat moet ik doen als ik niet van het net kan, Tinto? Wat moet ik doen als ik niet op de gewone manier uit de simulatie kom?'

'Hebben die stommelingen weer een fout gemaakt?' Hij lachte als een tandeloze tijger. 'Ik zal ze krijgen. Maar hoezo kun je niet van het net?'

'Vertel me nu maar gewoon wat ik moet doen.'

'Ik snap het niet.' Opeens betrok zijn gezicht alsof hij op het punt stond te gaan huilen. De rimpels werden nog dieper en hij schudde zijn hoofd als iemand die net wakker is geworden. 'Mijn benen doen pijn, verdomme. Als het niet op de gewone manier gaat, Eleanora, dan kun je simpelweg naar het domein van een ander gaan en diens systeem gebruiken. Volg het Kanaal, op de rivier kom je altijd een Poort tegen. Eens even denken, Venetië... Ja, vandaar kun je naar de Kruisvaarders of naar de Joden.'

'Is er geen directe manier om van het net te komen?'

Hij staarde haar wazig aan. 'Eleanora? Heb je mijn bloemen gekregen? Het spijt me dat ik niet bij je langs kon komen, meisje. Ze hebben me in dit stomme ziekenhuis opgesloten.'

'Ja, ik heb je bloemen gekregen,' zei ze langzaam. Ze haalde diep adem en stak haar hand op. 'Slaap lekker, Tinto.'

Het bovenlichaam verkrampte en was verdwenen.

Eleanora draaide zich om naar Paul. Haar gezicht stond strak. 'Hij begint altijd over die bloemen. Daar moest hij zeker aan denken toen ze die kloon maakten.'

'En heeft u ze echt gekregen?'

'Om eerlijk te zijn, ik kan het me niet herinneren.' Ze haalde haar schouders op en draaide zich om alsof ze zichzelf niet langer aan zijn blik wilde blootstellen. 'Laten we teruggaan. Je weet nooit wat hij gaat zeggen... Ik geloof niet dat we vandaag veel aan hem hebben.'

In de gang bleef Eleanora plotseling staan en trok Paul in de schaduw van de galerij. Aan de andere kant van de basiliek kwam een groepje ernstig kijkende mannen uit een zijkapel. Ze droegen zware mantels met op de borst een soort ambtskettingen.

'Dat is de Raad van Tien!' fluisterde Eleanora met hoorbare verbazing. 'Ik begrijp niet wat zij op dit uur in de kerk doen.' Ze pakte Paul bij zijn arm en nam hem mee door de galerij. Na enkele geruisloze passen bleef ze staan bij een booggewelf dat met een tapijt was afgesloten. Ze tuurde om de rand en wenkte Paul. 'Dat zijn de voornaamste bestuurders van Venetië, degenen die het onderzoek van de Inquisitie leiden,' fluisterde Eleanora.

Paul keek met groeiende onrust naar de mannen die bij de ingang van de kapel waren blijven staan en zacht met elkaar praatten. Zijn paniek keerde terug, nog sterker dan eerst. Eleanora moest in haar eigen simulatie toch weten wat er aan de hand was? Hij kreeg kippenvel en moest zich bedwingen om niet halsoverkop weg te rennen.

Het tiende raadslid kwam de kapel uit, en werd gevolgd door de nummers elf en twaalf. Deze laatsten droegen veel eenvoudigere, donkere mantels. Een van hen was heel erg groot, de andere leek ondanks zijn ruime pij juist bijzonder mager.

De magere zei iets en een paar senatoren knikten snel, alsof ze hem tevreden wilden stellen.

'O god.' Paul voelde zijn knieën knikken en hij moest zich aan de balustrade vastklemmen om niet te vallen. 'O god, zij zijn het.' Hij zei het binnensmonds en Eleanora had hem misschien niet eens gehoord, maar in zijn doodsangst meende Paul zijn woorden in de grote, holle kerk te horen weergalmen. Zijn bonkende hart was net een trommel die een signaal gaf: Hier ben ik!

De twee gestalten bij de kapel draaiden hun bekapte hoofden om en speurden het donker af als jachthonden die de prooi hebben geroken. Paul zag nu dat ze allebei een carnavalsmasker droegen, helwitte vlekken die als doodshoofden uit de mantels staarden. De magere droeg het masker van de Tragedie, zijn metgezel het grijnzende gelaat van de Komedie.

Paul voelde het bloed in zijn oren suizen en was bang dat hij zou flauwvallen. Hij stak een hand uit zonder iets te voelen. De maîtresse van de kardinaal was verdwenen. Ze had hem in de steek gelaten.

'*Ja, we weten dat je daar bent, Jonas*,' riep de stem die ooit aan Finch had toebehoord. De woorden zweefden naar Paul toe als een wolk gifgas. '*O ja, we kunnen je ruiken en we kunnen je horen... en nu gaan we je opvreten*.'

25

Rood land, zwart land

NETFEED/AMUSEMENT: ANVAC *klaagt Griggs aan*
(*beeld: het huis van Griggs met op de voorgrond een geschutkoepel*)
COMMENTAAR: *Bell Nathan Griggs, de auteur van bekende netprogramma's als 'Inner Spies' en 'Captain Corpse', is voor de rechter gedaagd door* ANVAC, *'s werelds grootste onderneming op het gebied van industriële beveiliging. Griggs wordt ervan beschuldigd afspraken te hebben geschonden door zijn huis op Isla Irvine open te stellen voor het netprogramma 'Cot n' Cave', waardoor buitenstaanders toegang kunnen krijgen tot de beveiliging van* ANVAC *zelf.*
(*beeld: de kale gevel van het hoofkantoor van* ANVAC)
ANVAC *weigert commentaar te geven, terwijl de inmiddels ondergedoken Griggs een verklaring voor de pers heeft afgelegd.*
(*beeld: Griggs, zijn gezicht onherkenbaar gemaakt*)
GRIGGS: *'Nou en of ik bang ben. Die lui zullen ervoor zorgen dat ik een ongeluk krijg. En ik maar denken dat het mijn huis was, mijn eigen huis! Over naïef gesproken.'*

Ze brachten de nacht door bij het kampvuur onder het aanrecht. De omringende duisternis verdween toen de lamp aan het plafond begon te branden. De Keuken kwam blijkbaar alleen in het donker tot leven. Nu het licht was teruggekeerd, gingen de meeste bewoners slapen. Orlando en zijn metgezellen stonden op.

In een bedrukt zwijgen gingen ze naar de kano van het opperhoofd. De indiaan sprak nauwelijks een woord en zelfs de baby liet zich niet horen, ondanks de brandblaren op zijn hoofdje. Na een tijdje staakte zelfs de praatzieke schildpad zijn pogingen om een conversatie op gang te brengen, wat Orlando wel zo prettig vond. Zelfs een gesprek was hem op dit moment te veel. Hij was in de rouw, al wist hij niet waarom.

Er klopte helemaal niets van. Samen met Fredericks had hij geholpen het kind van de indiaan te redden, een mooi afgerond avontuur waar Thargor trots op mocht zijn, ook al was het Middenrijk in vergelijking met de Keuken net een slaperig voorstadje. Hij en zijn vriend hadden de vriezer gevonden en een cryptische, maar ongetwijfeld belangrijke aanwijzing gekregen omtrent de verblijfplaats van de anderen. Al zijn spelinstincten waren juist gebleken. Waarom had hij dan toch het gevoel alsof er iemand door zijn schuld was gestorven?

Fredericks keek somber voor zich uit, terneergeslagen door precies dezelfde ervaring, een reden te meer om niets te zeggen. Pas toen ze in de kano zaten en het opperhoofd energiek naar het snelstromende water in het midden van de rivier peddelde, voelde Orlando zich gedwongen de stilte te verbreken.

'Waar gaan we heen?'

'Stroomafwaarts,' zei de indiaan.

Orlando keek naar Kleine Vlam, die op de rug van het opperhoofd hing. Het kind had net zo'n cartoonachtig gezicht als zijn vader, die een nat dekentje om het nietige rode hoofdje had gewikkeld. Onder de rand waren zwarte schroeiplekken te zien, maar het kind leek geen pijn te voelen en staarde Orlando met verontrustend ernstige, zwarte ogen aan. 'Stroomafwaarts?' vroeg Orlando. 'Moeten we dan nog meer doen?'

'Ik jullie naar einde van rivier brengen,' verklaarde de indiaan. 'Jullie hier niet horen.'

De nuchtere vaststelling was zó juist dat Orlando zich tot zijn eigen verbazing enigszins gekwetst voelde. Hoe schokkend de gebeurtenis in de vriezer ook was geweest, hier in de Keuken en in de andere virtuele werelden die ze hadden bezocht voelde hij zich gelukkiger dan hij ooit in werkelijkheid was geweest.

'Ik heb niet zo'n haast, ziet u,' vulde de schildpad aan. 'Het opperhoofd heeft beloofd mij op de terugweg af te zetten en ik heb er helemaal geen bezwaar tegen nog wat langer in uw gezelschap te verkeren. Piraten, een ontvoering, een grote veldslag... Wat een avonturen hebben we samen beleefd!'

'Avonturen...?' Orlando zou niet weten hoe hij de schildpad moest uitleggen waarom dat het verkeerde woord was en hij had er ook geen zin in. Fredericks zat naast hem nog steeds somber naar de voorbijglijdende oever te kijken, naar de kasten die zich als een rij hoge klippen verhieven. Orlando draaide zijn hoofd weer om naar de schildpad en glimlachte beleefd. 'Ja, avonturen, zeg dat wel.'

Aan het einde van die lange schemerige dag zaten ze nog steeds op de rivier.

De kasten maakten eerst plaats voor schuimende zeepmoerassen aan de voet van wat een ouderwetse wasmachine moest zijn. Vanaf het midden van de stroom zagen ze hutten op palen her en der tussen de zeepbellen staan. Sommige bewoners kwamen naar buiten om naar de passerende vreemdelingen te kijken, maar hoewel ze allemaal met speren gewapend waren – zo te zien moesten ze Afrikaanse krijgers voorstellen, gevormd uit flessen bleekwater met overdreven negertrekken en stralende witte tanden – gebruikten ze die alleen om er loom mee naar de kano te zwaaien.

Terwijl de uren verstreken hield het moeras op en zagen ze weilanden, in feite een vloermat die werd afgegraasd door schuursponsjes van een oogverblindend witte stof. Er waren ook een paar afwasborstels die op giraffes leken, hoog oprijzend om de bekers schoon te maken die aan bomen op de sisalvlakte groeiden.

Orlando's onderscheidingsvermogen functioneerde nog steeds, ook al was zijn plezier een stuk verminderd. Hij merkte met bewondering op hoe het oorspronkelijke concept van een keuken was gehandhaafd, ook al was er voldoende ruimte voor allerlei toevoegingen. Ook bleven de merkwaardige verhoudingen hem boeien. In het zwakke licht kon hij nog steeds de gootsteen zien waar ze deze wereld waren binnengekomen, zo hoog als een berg en bespottelijk ver weg. Als hij en de anderen echt maar een duim groot waren, afgaande op de afmetingen van de diverse voorwerpen en de bewoners... Orlando maakte in gedachten een snelle berekening en concludeerde dat de keuken in dat geval zo'n vierhonderd meter lang moest zijn, maar in werkelijkheid voeren ze al bijna twee dagen met de stroom mee en waren ze nog altijd niet aan het einde gekomen.

Orlando vroeg zich voor het eerst af wie de eigenaar van de Keuken was. Iemand van de Beweging? Of waren er nog andere meesters, gewone rijke lui die een deel van het netwerk van de Graalbeweging hadden gehuurd om hun eigen wereld te scheppen? Hij kon zich de bedenker van deze Keuken nauwelijks voorstellen als een van die genadeloze monsters waarover Sellars had gesproken. Daarvoor leek deze simulatie te... te surrealistisch, als dat het goede woord was (hij had het vaak gehoord, maar wist niet helemaal zeker wat het betekende).

De lamp aan het plafond begon zwakker te stralen. De indiaan stuurde de kano naar een ondiepe inham aan de rand van de sisalvelden, waarna ze allemaal aan land waadden. Het opperhoofd maakte een vuur door twee stokjes tegen elkaar te wrijven, een vreemde methode als je bedacht dat hij zelf een lucifer was. Maar toch ook weer niet zo vreemd, besefte Orlando, na de hardvochtige behandeling die Kleine Vlam van de piraten had gekregen.

Terwijl het laaiende vuur langzaam doofde tot een flakkerende oranje gloed vertelde de schildpad het verhaal van Zeder Zeepbak, de dwaze knaap met het zuivere hart die een vogel (niemand anders dan de vermomde Glazuurfee) uit de klauwen van een jager redde. Geholpen door de fee wist Zeder vervolgens de dodelijke raadsels van Koning Klopper op te lossen en de hand van diens dochter Prinses Pannenlap te krijgen. (Orlando kon niet alle details volgen, want hij was nog altijd neerslachtig en hij begon ook moe te worden.) Het was blijkbaar een van de bekende verhalen in de Keuken, met een afloop waarbij het goede het kwade overwon, dat laatste in de vorm van een angstaanjagend Afvoerspook, een allesverslindend monster dat zich in de gootsteen ophield. Terwijl Orlando zat te dommelen vroeg hij zich vaag af of het verhaal door de programmeurs was geschreven of dat de Poppen het zelf hadden bedacht.

Maar kunnen Poppen eigenlijk wel iets bedenken? Orlando dacht van niet. Alleen een mens van vlees en bloed kon verhalen verzinnen...

Een koele bries streek over de rivier en beroerde het gezicht van Orlando, die er wakker van werd. Fredericks zat naar het vuur te staren, waarvan weinig meer over was dan een bed gloeiende houtskool. Orlando dacht even dat het zijn vriend was die hij hoorde fluisteren.

'*... Jullie zullen hier sterven...*'

Hij ging rechtop zitten. In de houtskool was het gezicht te zien van de duivel die ze eerder in de potkachel gezien hadden. Orlando schrok nog het meest van de ernstige uitdrukking waarmee zijn vriend naar het grijnzende en knipogende gelaat zat te kijken.

'*Jullie hadden hier nooit moeten komen*,' zei de demon met een akelig gegrinnik. '*Het wordt jullie dood...*'

'Fredericks?' Orlando schoof naar voren en pakte zijn vriend bij zijn schouder. 'Gaat het?'

'Orlando?' Fredericks schudde zijn hoofd alsof hij uit een droom ontwaakte. 'Ja, ik geloof het wel.'

'Je moet niet naar dat morbi gepraat luisteren.' Orlando pakte een tak en pookte er kwaad mee in de houtskool. Het gezicht werd even vervormd, maar kreeg onmiddellijk zijn oude omtrek weer terug en keek hem lachend aan.

'Dat?' Fredericks haalde zijn schouders op. 'Daar zit ik niet mee. Het is net een film die je al tien keer gezien hebt, hij zegt steeds hetzelfde. Ik luisterde al niet meer naar hem.'

De duivel had hem blijkbaar gehoord en begrepen, want hij trok een dreigend gezicht en liet een sissend gelach horen dat niettemin enigszins teleurgesteld klonk. Daarna loste hij op in de vlammen. Even was alleen het kraken van het geëxorciseerde kampvuur te horen.

'Dat ding in de vriezer,' zei Fredericks na een tijdje. 'Dat andere ding, na de Schone Slaapster... Dat was toch echt?'

Orlando hoefde niet te vragen wat hij bedoelde. 'Ja, ik denk het wel. Ik weet niet precies wat het was...'

'Maar het was echt.' Fredericks wreef over zijn ogen. 'Het... het is veel te achterlijk, Orlando. Hoe zijn we hierin verzeild geraakt? Wat is er aan de hand? Dat ding... volgens mij was dat pas echt de duivel, net iets uit de Middeleeuwen. Echt slecht.'

'Ik weet het niet.' Orlando voelde het weer, alleen nu op een afstand. Zo'n bizarre en overweldigende gebeurtenis kon in zijn geheugen niet meer dan een zwakke afschaduwing zijn. 'Voor mij was het overal tegelijk, meer iets als God.'

'Maar ik heb het nooit eerder meegemaakt.' Fredericks keek hem aan met een bekommerde uitdrukking op zijn Pithlitgezicht. 'Zelfs toen ik merkte dat we hier vastzaten, toen ik van het net probeerde te gaan en ik die... die pijn voelde...' Hij had moeite de juiste woorden te vinden. 'Dit was nog iets heel anders, iets wat ik nooit ergens heb gezien of gevoeld. Het was puur kwaad. Net iets uit het Middenrijk, maar dan echt!'

Orlando zou zijn eigen ervaring minder eenvoudig uitdrukken, maar hij voelde er niets voor over woorden te gaan twisten. Hij wist wat Fredericks bedoelde. Ook hij had al hun belevenissen gedeeltelijk als een avontuur gezien, maar nu had hij aan den lijve ondervonden dat er een angstwekkende werkelijkheid bestond die hij zich nooit had kunnen indenken, nog veel erger dan zijn eigen angst voor de dood.

'Ja, het was...' Eigenlijk waren er geen woorden voor. 'Het was multi mega,' zei hij ten slotte. 'Ik dacht dat mijn hart zou ontploffen.'

Er viel opnieuw een stilte, slechts verstoord door het knisperen van het vuur en het zachte, fluitende gesnurk van de schildpad.

'Ik geloof niet dat we hier nog uitkomen, Orlando. Er is iets helemaal mis. Ik wil naar huis, dat is alles wat ik nog wil.'

Orlando keek naar Fredericks, die zijn of haar best deed om niet te huilen, en plotseling voelde hij zijn hart opengaan. Het was alsof er een deur met roestige scharnieren was ingetrapt en er licht naar binnen stroomde, zij het niet het licht van een stralende voorjaarsdag. Het was een heel nieuw gevoel. Een deur in zijn hart was geopend en daarachter lag de rest van zijn leven, of dat nu lang of kort zou duren.

Het was een verbijsterend gevoel en hij was even bang dat hij flauw zou vallen. Toen hij weer enigszins was hersteld rolden de woorden als vanzelf uit zijn mond. 'Ik krijg je hier wel uit. Ik zweer het, Sam. Heb je me gehoord? Ik beloof je dat ik je naar huis zal brengen.'

Fredericks hield zijn hoofd schuin en keek hem aandachtig aan. 'Je wilt toch zeker geen verkering, Gardiner?'

Orlando lachte, hoewel hij zich ook een tikkeltje gekwetst voelde. 'Nee,' zei hij, voor zover hij wist naar waarheid. 'Ik geloof het niet. Ik wil alleen je vriend zijn.'

Ze gingen naast elkaar liggen. Aan zijn ademhaling te horen viel Fredericks snel in slaap, maar Orlando lag nog lange tijd naar het halfdonkere plafond van de Keuken te kijken. Hij vond het jammer dat er geen sterren waren.

Ze hadden net weer een uur op de rivier gezeten toen Strijkhout de kano naar de oever stuurde. Met de papoose in zijn armen stapte hij uit en wenkte de schildpad. Toen Orlando en Fredericks zijn voorbeeld wilden volgen schudde hij zijn hoofd.

'Nee. Jullie kano nemen.' Hij wees naar het water. 'Rivier daar eindigen, heel dichtbij.'

'Maar wat gaat u dan doen?' Orlando keek van de indiaan naar de bedrieglijk kalme rivier, die hier smal was en zich door een bos van flessenborstels slingerde. 'Hoe komt u weer thuis bij uw vrouw?'

De indiaan schudde opnieuw zijn hoofd. 'Mij nieuwe kano maken voor terugreis. Jullie deze nemen, geschenk van mij, squaw en papoose.'

Fredericks en Orlando bedankten Strijkhout voor zijn hulp, waarna Orlando voor in de kano ging zitten en de peddel ter hand nam.

De schildpad was overmand door emoties en nam zijn bril af om de beslagen glazen met zijn duimen schoon te wrijven. Eigenlijk moest je ze allemaal als mensen behandelen, dacht Orlando, of ze het nu waren of niet.

'Tot ziens,' zei hij. 'Bedankt voor alles.'

'Wees voorzichtig, jongens,' snufte de schildpad. 'Als jullie in de problemen komen, neem dan een voorbeeld aan Zeder Zeepbak.'

'Wees goed voor je eigen mensen, je eigen volk,' voegde Strijkhout eraan toe. Hij tilde Kleine Vlam op en de baby keek hen zoals altijd met zijn ernstige ogen aan. 'Wees dapper,' besloot het opperhoofd.

Orlando stuurde de kano naar het midden van de rivier, waar de stroom de boot begon mee te voeren. 'Bedankt!' riep hij.

De schildpad had een zakdoek gepakt, waarmee hij probeerde zowel te zwaaien als zijn glazen te poetsen. 'Ik zal tot de Kopers bidden dat ze jullie behoeden!' riep hij, waarna hij opnieuw in een zacht gesnik uitbarstte. De indiaan keek hen met zijn brede rode gelaat onbewogen na tot tot de kano achter een van de flessenborstels uit het zicht verdween.

Fredericks stelde zich er tevreden mee naar het vreemde bos te kijken. Orlando liet de stroom het meeste werk doen en stuurde slechts af en toe bij met de peddel. Hij probeerde zijn gedachten enigszins op een rijtje te zetten, wat geen gemakkelijke opgave was. Vreemd genoeg waren het vooral de woorden van de indiaan die hem bezighielden.

Wees goed voor je eigen mensen, voor je eigen volk. Dat was leuk gezegd voor een indiaan uit een tekenfilm, maar wat moest Orlando zich bij zijn eigen volk voorstellen? Amerikanen? Kinderen met een zeldzame ziekte? Of zijn ouders, Conrad en Vivien, die nu zo onverklaarbaar ver bij hem vandaan waren? Hij had geen idee wat de woorden van de indiaan betekenden, als die al een betekenis hadden, maar toch leken ze iets te maken te hebben met de eigenaardige emotie die hij de vorige avond had gevoeld, het idee dat hij om de een of andere reden aan een nieuw leven was begonnen.

Hij schudde geërgerd zijn hoofd en begon wat sneller te peddelen.

Ze zagen het toen ze de bosrand bereikten, een muur die zich tot aan het plafond verhief, een uitgestrekt verticaal weiland vol met nogal vale bloemen. Het behang was op sommige plaatsen gescheurd en in het midden, torenhoog boven hun hoofden, hing een ingelijste foto van mensen met strohoeden op die op een rivier aan het roeien waren, de kleuren nauwelijks te onderscheiden in het zwakke licht. De rivier was hier nog maar een dun stroompje op het linoleum en verdween door een opening in de plint.

'Wat zou daarachter zijn?' vroeg Fredericks luid. Het gat in de plint kwam snel naderbij, donker als de mond van een grot. De muur eromheen begon te trillen, alsof er warme lucht van het water opsteeg.

'Ik weet het niet!' riep Orlando. De stroom was sterker geworden en het geruis van het water bulderde weldra in hun oren. 'Daar komen we vanzelf achter!'

De kano werd met een ruk door de opening gesleurd. In de plotselinge duisternis begon een blauw licht te gloeien.

'We gaan te hard!' riep Fredericks. Orlando, die de peddel had neergelegd en zich met twee handen aan de randen van de kano vasthield, had dat ook al door. De blauwe vonken schoten langs hen heen als luchtafweergeschut in een oorlogsspel. Het daglicht achter hen was verdwenen en de felle vonken waren niet meer dan vlekjes in het donker. Opeens dook de neus van de kano naar beneden en vielen ze in een warrelende wolk van blauw vuur. Orlando snakte naar adem.

De klap was lang niet zo hevig als hij had verwacht. Op het laatste moment leek hun val gebroken te worden en werd de kano voorzichtig in het water gelegd. De rivier stroomde weer horizontaal. Het vuur begon te doven en ze zagen een onregelmatig gevormde opening waar een fel geelrood licht doorheen stroomde. Orlando tuurde in de gloed en probeerde te zien waar ze naartoe gingen.

Fredericks zat juist met open mond naar achteren te kijken. 'Orlando!' riep hij, maar hij was nauwelijks te verstaan. Bij het ruisen en klateren had zich een ander geluid gevoegd, een koor van galmende stemmen die een of ander lied zongen. 'Orlando, kijk!'

Hij draaide zijn hoofd om. In de enorme grot achter hen, snel verdwijnend maar toch duidelijk zichtbaar, stond een reus die wel honderd keer zo groot moest zijn als zij. De kolos straalde een blauwe glans uit en uit de kruik in zijn handen vloeide het sprankelende water van de rivier. De gestalte had de borsten en heupen van een vrouw, maar had ook een volle baard en de spieren van een man. Zijn grote hoofd was gekroond met een krans van lotusbloemen. De brede, zwartgeverfde ogen knipperden even en het leek alsof de reus hen nakeek terwijl ze uit de grot werden geslingerd. In het heldere zonlicht zagen ze niets anders achter zich dan een rode berg en de spelonk waaruit de rivier stroomde.

Orlando draaide zijn hoofd weer om. De piratenkleding die hij had buitgemaakt was verdwenen. Ook hun boot was veranderd: ze zaten nu in een breder en platter vaartuig, met een lange stok bij wijze van vaarboom, maar hij schonk nauwelijks aandacht aan die veranderingen. De rivier liep door een uitgestrekte woestijn die heel in de verte omringd leek te zijn door blauwgrijze bergen. Verder was het hele landschap vlak, afgezien van enkele alleenstaande palmbomen die in de hete lucht schenen te zweven. De ochtendzon stond nog laag aan de hemel, een gloeiende witte bol in een onbewolkte lucht.

Op de donkere simhuid van Thargor kwamen nu al zweetdruppeltjes te voorschijn. Fredericks keek hem aan met een uitdrukking op zijn dievengezicht die duidelijk maakte dat hij van plan was weer iets totaal overbodigs te gaan zeggen.

'Waag het niet te zeggen dat we in de woestijn zitten,' waarschuwde Orlando, 'want ik maak je af.'

'De muren van Priamus,' zei Orlando nadat ze geruime tijd hadden gezwegen. 'De Schone Slaapster zei dat we Renie en de anderen konden vinden als de zon ondergaat boven de muren van Priamus. Maar wat betekent dat?'

'Het is multi gek dat we niks op het net kunnen opzoeken.' Fredericks boog over de zijkant van de boot en liet zijn vingers in het traag stromende water hangen. 'Zo komen we nooit iets te weten.'

'Ja. Ik mis Kruiper.'

Ze hadden het grootste deel van de dag op de rivier gezeten. In de enorme rode woestijn was aan weerskanten geen verandering gekomen. Ze konden alleen aan de palmbomen die ze af en toe passeerden, zien dat ze vooruitkwamen. De lange vaarboom was nuttig om de boot in het midden van de stroom te houden en een enkele zandbank te vermijden, maar ze kwamen er niet sneller door vooruit. Op de platte bodem van de boot hadden ze een zeil en een mast in twee stukken ontdekt, maar ze hadden er de voorkeur aan gegeven de doek als beschutting tegen de zon te gebruiken. Schaduw was heel welkom in deze gloeiende hitte en bovendien stond er geen zuchtje wind.

'Hoe zit dat eigenlijk met dat beest van je?' vroeg Fredericks loom. 'Hoe komt het dat je geen nieuwer model hebt?'

'Ik weet het niet. We kunnen het goed met elkaar vinden,' zei Orlando fronsend. 'Ik heb nou eenmaal niet veel vrienden.'

Fredericks keek haastig op. 'Sorry.'

'Laat maar zitten. En jij?'

'Wat bedoel je?' Fredericks klonk enigszins achterdochtig.

'Heb jij een eigen agent op je systeem? Ik heb je er nooit over gehoord.'

'Ach.' De dief stak zijn vingers weer in het water. 'Ik heb er wel eentje gehad. Het was zo'n *Miz pSoozi*, weet je nog? Zelfs mijn vader vond het maar niks. Toen ik twaalf werd kreeg ik een professioneel systeem en heb ik hem afgedankt.'

Orlando veegde het zweet van zijn voorhoofd en schudde de druppels af in het donkergroene water van de rivier. 'Wat is je vader voor een man? Je hebt nooit veel over hem verteld.'

'Ik weet het niet. Zoals alle vaders. Hij is heel groot en hij vindt dat iedereen een voorbeeld aan hem moet nemen. "Sam, als je iets doet dan moet je het goed doen," zegt hij altijd. Maar als ik nou eens zin heb om iets mega verkeerd te doen? Je kunt toch niet overal goed in zijn, of wel soms?'

'En je moeder?'

'Die is nogal zenuwachtig. Ze is altijd bang dat er iets mis zal gaan.' Fredericks probeerde een glanzende vis te pakken, maar het dier schoot snel weg. 'En jouw ouders? Zijn die een beetje normaal?'

'Gaat wel. Ze vinden het niet leuk dat ik ziek ben. Ze zijn niet vervelend of zo, ze doen echt hun best, maar ze worden er doodongelukkig van. Mijn vader zegt haast geen woord meer, net of hij bang is dat hij moet huilen als hij zijn mond opendoet.'

Fredericks ging rechtop zitten. 'Kunnen ze... kunnen ze helemaal niets doen?' vroeg hij schuchter. 'Aan die ziekte van je?'

Orlando schudde zijn hoofd. Hij kon er nu in elk geval zonder verbittering over praten. 'Nee. Je hebt geen idee wat ze allemaal hebben geprobeerd. Neem nou die celtherapie – daarna moest ik twee maanden op bed blijven liggen. Het was net zo'n SM-simulatie, alsof ze hete spijkers door mijn gewrichten sloegen.'

'O, Orlando! Dat is vreselijk.'

Hij haalde zijn schouders op. Fredericks zat hem aan te kijken met een blik die verdacht veel op medelijden leek, daarom wendde Orlando zijn hoofd af.

'Waar zouden we nu zijn?' vroeg Fredericks even later. 'En wat gaan we doen?'

Deze praktische vragen waren misschien een onhandige afleidingsmanoeuvre, maar Orlando had het zelf nog zo moeilijk met zijn ziekte dat hij van anderen niet veel anders kon verwachten. 'Ik heb net zomin als jij een idee waar we zijn, maar ik weet wel wat we moeten doen. We moeten die muren van Priamus zien te vinden – en de anderen. Ik moet ze vertellen wat de Graalbeweging van plan is.'

'Denk je dat ze het echt kunnen?' vroeg Fredericks. 'Onsterfelijk worden? Is dat niet... eh, wetenschappelijk onmogelijk of zoiets?'

'Dat moet je niet tegen mij zeggen.' Orlando ging staan en duwde de boot terug naar het midden van de rivier, waar de stroom iets sterker was. 'Morbi, ik heb genoeg van dat water. Ik hoop dat ik de rest van mijn leven geen rivier meer hoef te zien.'

In de wolkeloze, vaalblauwe hemel klonk een gedempte klap, gevolgd door het rollen van de donder dat tussen de verre bergen weergalmde en langzaam wegstierf.

Orlando zag hier wel sterren, maar veel vreugde schonken ze hem niet.

In de langdurige schemering was het water van de rivier eerst goudgeel geworden en daarna, in de schaduw van de westelijke bergketen, zwart gekleurd. Ze hadden de boot in het zand op de oever getrokken en een kamp opgeslagen in de voornamelijk symbolische beschutting van een paar palmen. Het werd koud toen de zon eenmaal onder was. Fredericks had een helft van het stijve zeil om zich heen geslagen en was vrij snel in slaap gevallen. Orlando was minder fortuinlijk.

Hij lag naar boven te staren. Hij meende dat hij iets aan de zwarte hemel zag bewegen, iets waardoor de sterren beurtelings doofden en oplichtten als lovertjes op het kostuum van een danseres, maar hij was te zeer afgeleid om de uiterst trage dans goed te kunnen volgen. Zijn gedachten werden in beslag genomen door zijn eigen lichaam. In de stilte voelde hij zijn hart kloppen, wat sneller dan normaal. Hij was ook enigszins kortademig, hoewel dat moeilijk uit te maken was doordat hij af en toe rilde van de kou.

Ik heb niet lang meer te gaan, dacht hij, misschien wel voor de tiende keer sinds de zon was ondergegaan. Hij was zich scherp bewust van zijn kwetsbaarheid, van zijn kwijnende gezondheid. Ondanks alle opwinding van Anderland en alle onverwachte avonturen werd zijn lichaam steeds zwakker. *In werkelijkheid lig ik ergens in een ziekenhuis, maar zelfs als dat niet zo was, zou ik er niet op vooruitgaan. Misschien ben ik al in coma, net als het broertje van Renie. En als ze net als bij Fredericks besluiten de verbinding uit te schakelen...*

Zijn hartslag versnelde weer, het overbelaste hart dat hij kon voelen en dat toch niet in dit marionettenlichaam zat.

Als ze dat doen, en de pijn is echt zo erg als Fredericks zei, dan overleef ik het niet.

In het laatste uur voor de dageraad zonk hij weg in een droom. Hij was in een gebouw met lange donkere gangen en ergens in de duisternis klonk voortdurend het zachte snikken van een kind. Het was een angstig en eenzaam kind en hij moest het vinden, al wist hij zelf niet waarom. Hij zocht zich zo snel mogelijk op de tast een weg, maar hij kon niet dichter bij het zwakke geluid van eenzaamheid en verdriet komen.

Orlando werd abrupt wakker toen het geluid was veranderd in de snuivende ademhaling van een dier. Hij bleef roerloos liggen en hield zijn ogen stijf dicht, maar hij voelde de koude woestijnlucht op zijn huid en wist weer waar hij was. Het gesnuif verplaatste zich, alsof een of ander beest rond hun kamp aan het snuffelen was.

Orlando opende zijn ogen een stukje en voelde zijn hart opnieuw bonken. Een vreemde, in elkaar gedoken gedaante stak af tegen de hemel; toen hij rechtop ging staan zag Orlando twee dierlijke ogen glanzen in het licht van de maan. Hij stak zijn hand uit naar het slagzwaard dat naast hem lag. Zijn lange trektochten door het Middenrijk hadden hem geleerd het wapen altijd bij de hand te houden.

Hij liet zijn hand op het gevest liggen en wachtte tot hij wat rustiger was geworden, klaar voor een gevecht. Het dier leek iets in de gaten te krijgen en verstarde plotseling, niet meer dan een schaduw in de nacht. Het gesnuif hield op. Orlando sprong met een kreet overeind om Fredericks te waarschuwen en haalde uit met het zwaard. Hij voelde de platte kant doel treffen en hief het zwaard voor een tweede aanval toen er een bijzonder menselijke uitroep klonk.

'Maak hem niet dood, maak hem niet dood!'

Orlando aarzelde. De schaduw wentelde zich door het stof aan zijn voeten. Hij keek gespannen om zich heen om te zien wie er had geroepen. Fredericks worstelde met het zeil, nog half in slaap en verward. Pas bij de tweede uitroep besefte Orlando dat het de indringer zelf was.

'Doe hem geen pijn, de arme jongen! Arme jongen!'

De schaduw lag nog steeds te kronkelen en mompelde iets tegen het zand. Orlando wou dat de indiaan nog bij hen was, dan zouden ze een vuur kunnen maken. Hij liet de punt van het zwaard zakken en de indringer verstijfde en hield zijn mond.

'We wachten tot het licht wordt,' zei Orlando langzaam en duidelijk. 'Tot die tijd verroer je je niet, begrepen?' Zonder erbij na te denken bediende hij zich van de afgemeten, bevelende toon van Thargor.

'U bent heel genadig,' zei de donkere gestalte haastig. 'Upaut hoort u.'

'Juist. Blijf daar maar liggen, Oepaoet, als dat je echte naam is. De zon zal weldra opkomen.'

Fredericks bleef met een bleek weggetrokken gezicht op veilige afstand van hun gevangene. Onder het wachten praatten hij en Orlando op rustige toon over al de gevangenen die ze in het Middenrijk hadden gemaakt en met wie het slecht was afgelopen als ze probeerden te ontsnappen (een oude intimidatietruc die ze als avonturiers vaker hadden toegepast): de meesten waren levend gevild of anderszins verminkt. Upaut scheen ze op hun woord te geloven: hij vroeg of ze niet zulke verschrikkelijke dingen wilden zeggen en bleef ineengedoken op de grond zitten tot de hemel in het oosten licht begon te worden.

In het grijze ochtendlicht bleek hun gevangene een overwegend menselijk uiterlijk te hebben. Hij was lang en mager, had een gevlekte grijsbruine huid en slechts een groezelige doek om zijn lendenen. Maar in plaats van een hoofd had hij een soort hondenkop met spitse, gescheurde oren en een grijze behaarde snuit. Verder had hij een lange tong, waar hij af en toe zijn lippen mee aflikte, en indrukwekkende gele snijtanden. Orlando hield het zwaard op de keel van de gevangene gericht.

'Het is een weerwolf,' zei Fredericks rustig. In het Middenrijk hadden ze allebei wel ergere monsters gezien. 'En hij ziet er nogal ellendig uit.'

'Maak hem niet dood!' Het wezen drukte zijn neus in het zand voor Orlando's voeten, waardoor hij moeilijk te verstaan was. 'Hij zal weggaan, terug naar het hete Rode Land! Hij heeft beloofd nooit meer in het Zwarte Land te komen en hij zal teruggaan naar de woestijn, ook al is hij eenzaam en uitgehongerd!' Upaut keek met een schuin oog naar Orlando om te zien welke uitwerking zijn smeekbede had. 'Hij is alleen gekomen om te zien wie de machtige vreemdelingen waren die zo dapper op het heilige water van vader Nijl varen.'

'De Nijl?' zei Orlando. 'Dan zijn we in Egypte.' Hij keek naar de knokige figuur die voor hem op zijn knieën lag en ineens kwam de herinnering bij hem boven. Hij had zich in zijn jonge leven niet voor niets met alle verschijningsvormen van de dood beziggehouden. 'En dit moet de god met de jakhalskop zijn: Anubis, de god van de dood.'

'Neeeee!' De gevangene begon over de grond te rollen en wierp zand over zijn eigen hoofd, als een krab die een schuilplaats graaft. 'Spreek die vervloekte naam niet uit! Praat niet over degene die het erfdeel van Upaut heeft gestolen!'

'Oeps,' zei Orlando. 'Heb ik iets verkeerds gezegd?'

Upaut bleef op zijn rug liggen, zijn lange armen en benen opgetrokken om zijn buik te beschermen. 'Als jullie hem sparen zal hij de geheimen van het Rode Land vertellen. Hij heeft hier vele manen gewoond, hij weet waar de dikke kevers zitten. Hij weet waar de bloemen om middernacht bloeien, de lekkere bloemen.'

Fredericks bekeek hem fronsend. 'Ik ken dat. Hij wacht tot we liggen te slapen en dan snijdt hij ons de keel af. Laten we hem doodmaken of zo, en verder gaan.'

'Nee, dit doet me ergens aan denken. Aan Tolkien – ik heb toch gezegd dat je dat echt eens moet lezen, Fredericks? Gewoon de tekst. Die interactieve versies laten alle goede dingen weg.'

'Woorden, allemaal woorden,' zei Fredericks uit de hoogte. 'Dat schiet niet op.'

Orlando liet zich niet afleiden. 'Er was ergens sprake van dat ze een gevangene zouden doodmaken en toen zei Frodo de Ringdrager dat ze dat niet mochten doen. "Door medelijden bewogen", of zoiets. En het was belangrijk.' Hij kon zich op dit moment niet precies herinneren hoe de situatie in elkaar stak, maar hij wist dat hij gelijk had.

'Dit is geen spel en al helemaal geen verhaaltje, Gardiner,' merkte Fredericks nijdig op. 'Het gaat om ons eigen hachje. Kijk eens naar de tanden van dat harige mormel. Je bent toch niet gek?'

'Als we je leven sparen,' zei Orlando tegen de knielende gevangene, 'wil jij dan onze gids zijn? En beloof je dat je ons geen kwaad zult doen?'

'Hij zal alles doen wat u zegt.' Upaut ging rechtop zitten, zijn lange bovenlijf bedekt met zand. Zijn ogen glansden. 'Hij zal uw slaaf zijn.'

Orlando herinnerde zich tijdig dat er nog iets anders moest gebeuren. 'Je moet ergens bij zweren. Wat is het heiligste waar je een eed op kunt afleggen?'

Upaut tilde zijn kop op en er kwam een wazige blik in zijn gele ogen. 'Hij zal zweren bij zijn goddelijke macht.'

Fredericks keek hem weifelend aan. 'Ben jij een god?'

'Natuurlijk is hij een god,' verklaarde de gevangene enigszins geprikkeld. 'Ooit, voordat de woede van heer Osiris op hem neerdaalde, was hij een grote krijgsgod, een van de voornaamste beschermers van de doden.' Upaut ging staan. Zijn uitgemergelde lichaam met de lange oren stak nog boven de sim van Thargor uit. In het blauwe ochtendlicht zag hij er heel geheimzinnig uit en zelfs zijn stem werd dieper. 'Ooit,' vervolgde hij plechtig, 'stond hij bij iedereen bekend als *Khenti Amenti*, de Heerser van het Westen.'

Upaut staarde naar de roze en oranje gekleurde bergtoppen, met zijn gedachten bij betere tijden. Even later liet hij zijn gehavende oren en zijn schouders weer hangen. 'En wie van de duizend en negenhonderd goden zijn nu de grote meesters?' vroeg hij op aangename toon.

'Eh,' zei Orlando. 'Dat... dat vertellen we later wel.'

Upaut was zeer verrukt over de boot. 'Hij heeft ooit een boot gehad,' zei hij terwijl hij vol waardering aan de boeg snuffelde. 'Lang en groot, bemand door twaalf mindere goden terwijl Upaut zelf voor de mast stond. Wij sleepten de koninklijke bark van de zon als die op een zandbak in de hemel vastliep. Groot was Upaut!' Hij wierp zijn wolfskop in zijn nek alsof hij wilde gaan janken. 'Hoog in aanzien onder de meesters van het Zwarte Land. Een van zijn namen luidde "Hij Die De Weg Opent!".'

Orlando wist niet goed wat hij moest zeggen. In deze wereld kon het allemaal waar zijn, of allemaal gelogen. 'Wat is er dan gebeurd?'

De wolfsgod keek verward om zich heen, alsof hij de aanwezigheid van de anderen was vergeten. 'Wat?'

'Hij vroeg wat er gebeurd is,' zei Fredericks. 'En waarom noem je jezelf de hele tijd "hij"?'

'Arme jongen, arme jongen!' Upaut was zichtbaar ontroerd door zijn eigen lot. Hij trok zijn benen op en ging in het midden van de boot zitten. 'Laten we de mooie rivier opgaan, dan zal ik jullie het trieste verhaal vertellen.'

Orlando duwde de boot naar het midden van de trage stroom en vroeg zich vluchtig af wat het nut was van een slaaf als hijzelf al het werk moest doen, maar voordat hij hier iets over kon zeggen was Upaut al aan het vertellen.

'Ooit was Ra, de zon, de farao over heel de schepping en alles was zoals het hoorde te zijn. Maar op den duur werd hij oud en beverig, zodat hij de lasten van het koningschap wilde afleggen. Zijn zonen en dochters hadden allemaal hun eigen domeinen, Geb de aarde, Shu de lucht, Hathor de nachthemel met zijn melkwitte sterren, en daarom gaf Ra het koningschap over goden en mensen aan zijn kleinzonen Osiris en Seth.

Seth regeerde hier over de rode landen van het zuiden, Osiris over de zwarte en vruchtbare landen van het noorden. Seth was een groot magiër, maar dat gold ook voor Osiris, die bovendien erg sluw en erg afgunstig was. Daarom zette hij een valstrik uit voor Seth. Hij nodigde zijn broer uit op een banket, waarna hij een grote kist van cederhout liet maken, met goud beslagen. Na afloop van het banket zei Osiris dat de kist het eigendom zou worden van degene die er precies in paste. Seth ging in de kist liggen en meteen sprongen Osiris en zijn soldaten naar voren om de klep dicht te gooien. Ze sloten hem af en gooiden hem in het water van Hapi, de Nijl, zodat Seth verdronk. Maar dit is een bekend verhaal, broedergoden, en Upaut zal zich haasten te vertellen hoe hijzelf zijn ondergang vond.' De wolfsgod schudde zijn spitse kop.

Orlando was altijd geboeid geweest door de Egyptische mythologie met zijn uitgebreide dodencultus en hij had verbaasd zitten luisteren. Het verhaal van Osiris was inderdaad bekend en hij durfde er iets om te verwedden dat het precies andersom was geweest, dat Osiris juist door Seth was verraden en vermoord. Hij haalde zijn schouders op. In deze simwereld kon alles wel op zijn kop staan, of misschien had iemand een biljoen uitgegeven en de zaak toch nog verprutst. Dat zou niet voor het eerst zijn.

Upaut zette zijn verhaal voort. 'Zo werd Osiris heer over beide landen en omdat hij zichzelf ook tot koning der doden uitriep kwam het lichaam van Seth onder zijn hoede. Zijn kleinzoon Anubis – volgens sommigen zelfs zijn eigen zoon – werd de voornaamste dienaar van Osiris en de Heer van Leven en Dood legde hem de taken op die van Upaut waren geweest: het beschermen van de doden tijdens hun reis naar de gezegende boezem van Ra. Dit zijn de riten van het bij dag te voorschijn komen.' De wolfsgod pauzeerde en schudde zijn hoofd. Er lag een glinstering in zijn ogen die niet bij het vervolg leek te passen. 'Maar Upaut was niet verbitterd, hoewel zijn offergaven hem werden ontnomen, samen met zijn erefuncties en titels, zodat hij slechts weinig aanbidders en tempels overhield en niet meer dan een dienaar in de paleizen der doden was. Maar er kwamen andere volgelingen van Osiris, nog minder verheven dan Anubis, die Upaut gingen kwellen. Zij werden Tefy en Mewat genoemd, de Tweeling. Het waren niet eens goden, doch slechts geesten van de minste soort, demonen uit de Onderwereld, maar als gunstelingen van Osiris konden zij alles nemen wat ze wilden zonder er iets voor terug te geven.

Ze beroofden Upaut van zijn laatste goddelijke voorrechten, van zijn laatste tempel en priesters. Ze verwoestten zijn heiligdom, wierpen zijn standaard ter aarde, braken zijn wapenrusting en strijdwagen in stukken, alleen maar omdat Upaut nu zwak was en zij het aanzien van hun heer genoten.

Toen Upaut, die ooit over het dodenrijk had geheerst, naar Osiris ging om zich te beklagen en genoegdoening te eisen, werd Osiris boos. "Hoe durf je hier te komen en eisen te stellen?" vroeg hij met vuur in zijn ogen, en hij groeide tot zijn kroon het plafond van de troonzaal raakte. "Wie ben je? Wat ben je? Je bent geen god meer, je bent zelfs nog minder dan een sterveling. Ga naar het Rode Land en leef als een wild dier." Zo werd Upaut verbannen. En de Heer van Leven en Dood bepaalde dat hij als een wild dier moest leven en dat hij anders ter dood gebracht zou worden, zodat zijn ziel eeuwig in de Grote Duisternis zal rondfladderen.'

Zijn stem trilde van woede en wanhoop. De grote gele ogen vielen dicht en de wolfsgod liet zijn kop op zijn borst zakken. Orlando was net bezig een zandbank te omzeilen en vond het na dit verhaal iets minder vervelend dat hij zelf het werk moest doen, maar hij kreeg ook de indruk dat de voormalige Heer van het Westen niet vies van melodrama was. Toch moest het niet meevallen om je goddelijke status te verliezen.

Fredericks zat blijkbaar aan hetzelfde te denken. 'Hij doet me een beetje aan jou denken,' zei hij zachtjes, 'toen Thargor dood was.'

Ik heb heel wat meer te verliezen dan Thargor, dacht Orlando, maar hij zei niets. Terwijl de wolfsgod naar zijn gebalde vuisten staarde en zachtjes jankte, richtte Orlando zijn aandacht weer op de brede rivier en de schijnbaar eindeloze woestijn.

Na een tijdje vergat Upaut zijn ellende en de rest van die lange, hete dag onthaalde hij hen op nog meer verhalen over zijn glorietijd. Vele daarvan gingen over zijn onophoudelijke strijd met de oerslang Apep, een monster dat er altijd op uit was om de hemelse bark van Ra te verslinden. Als Upaut niet bezig was speren naar Apep te slingeren vermaakte hij zich met een eindeloze stoet minnaressen, zowel godinnen als aardse priesteressen. Orlando was mans genoeg om zich iets bij deze bijzondere vorm van aanbidding te kunnen voorstellen en de standaarduitdrukking 'hij onthulde zijn stralende mannelijkheid' had ook wel iets vermakelijks, maar na de vijfde of zesde episode begon het een beetje te veel van hetzelfde te worden – Upaut leek zichzelf even viriel en onvermoeibaar te vinden als een vruchtbaarheidsgod – en bij het relaas over zijn tiende verovering kreeg Orlando de neiging om hem met de vaarboom de hersens in te slaan.

Fredericks was al eerder in de schaduw van het zeil in slaap gevallen en had hem aan zijn lot overgelaten, een streek die Orlando hem dubbel en dwars betaald wilde zetten.

'Weet jij waar de muren van Priamus zijn?' vroeg Orlando plotseling, voornamelijk om niet te hoeven horen hoe Upaut een geslaagde poging had gedaan om Selket de schorpioengodin te verleiden. Als de wolfsgod een Pop was die in deze simulatie thuishoorde, zou hij niets van andere werelden weten en het zou wel erg toevallig zijn als ze rechtstreeks in de gezochte simulatie waren beland.

Upaut zette langzaam de warme herinnering aan Selkets stekelige charmes van zich af. 'Wat? Nee, die naam heeft hij nooit eerder gehoord en daarom betwijfelt hij of er zoiets bestaat. Ik ken de paleistempel van Ptah, genaamd Ptah-Buiten-De-Muren. Ook Ptah de handwerksman is onder Osiris tot aanzien gekomen, hoewel hij met niemand echt bevriend is, zelfs niet met de Heer der Beide Landen. Is dat wat je bedoelt?'

'Nee, ik geloof van niet.' Orlando's rug ging pijn doen. Het systeem van het netwerk had hem blijkbaar een vrij willekeurige dosis gezondheid en kracht toebedeeld, veel meer dan hij in werkelijkheid bezat, maar een stuk minder dan de onvermoeibare Thargor op de schaal van het Middenrijk. 'Kun jij niet een tijdje sturen?'

Upaut zette grote ogen op. 'Mag hij dat? Sinds Osiris de straf heeft uitgesproken heeft hij geen boot meer mogen sturen.' Hij verhief zijn lange, magere gestalte en nam de vaarboom met bevende handen aan. De wolfsgod begon zelfs zachtjes te zingen terwijl hij voor de eerste keer afzette, een simpel melodietje dat Orlando onder andere omstandigheden misschien wel aangenaam had kunnen vinden.

Hij kroop onder het overhangende zeil en schoof de tegenstribbelende Fredericks een eindje opzij. Orlando had het verschrikkelijk warm en zijn slapen begonnen te kloppen nu hij niet meer in beweging was.

'Waar gaan we eigenlijk heen?' vroeg Fredericks slaperig.

'Weet ik niet. Met de stroom mee.' Orlando ging liggen en probeerde de spieren in zijn rug te ontzien.

'En dan? Van de ene naar de andere simulatie tot we ergens een bordje "Priamus" tegenkomen?'

'Dat kan jaren duren,' zei Orlando mat. Het was een groot probleem, maar hij kon er niet over nadenken zolang hij hoofdpijn had. Hij ergerde zich aan Fredericks, die je altijd alles moest voorkauwen en nooit zelf eens ergens over nadacht. 'We moeten een andere manier zien te bedenken om daar te komen,' zei hij. 'We kunnen niet blijven zwerven tot we een keer geluk hebben, Fredericks. Dat red ik niet.'

'Waarom zeg je...' Fredericks zweeg abrupt. Orlando ging op zijn zij liggen, met zijn rug naar zijn vriend toe, en probeerde de harde bodem van de boot te vergeten.

Upaut begon luider te zingen, een dromerig liedje dat hij telkens herhaalde, zodat Orlando op het laatst wel moest luisteren.

'Verhevene met uw sierlijk gewaad,
uw wapenrusting stralend als de bark van Ra,
machtig van stem, Wepwawet! Hij die de weg opent,
de Heer van het Westen
tot wie allen hun gelaat keren:
gij zijt machtig in majesteit!
Wepwawet, hoor naar mijn gebed.
Khenti Amenti, hoor naar mijn gebed.
Upaut, hoor naar mijn gebed!'

Orlando besefte enigszins ongerust dat de wolfsgod de oude hymne voor zichzelf zong.

Hij had nog maar kort geslapen toen hij weer wakker werd, bezweet en nog steeds met een kloppend hoofd, maar hij was blij dat Upaut zijn vreemde stemming van zich had afgeschud. Hun gevangene hield de boot in het midden van de Nijl, die nog breder was geworden. Maar al lag de oever aan weerskanten op aanzienlijke afstand, aan het landschap was verder niets veranderd: de zandwoestijn strekte zich naar alle kanten uit, de eentonigheid slechts doorbroken door een steenhoop langs het water. Het was de ruïne van een of ander gebouw, maar Orlando vond het beter Upaut er niet naar te vragen, bang dat de wolfsgod weer met een van zijn langdradige verhalen zou aankomen.

'Ja, de woestijn is zich aan het uitbreiden,' zei de wolfsgod. 'Het zijn slechte tijden sinds Seth door Osiris is vermoord. Ook al breekt het seizoen van de overstromingen aan, er is niet genoeg water in de Nijl om de oevers te bedekken en de akkers te bevloeien. In de bloeitijd is de grond droog en worden de zaden weggevoerd door de verschroeiende wind. De aarde is onvruchtbaar als er geoogst moet worden en als het nieuwe jaar aanbreekt, blijven de wateren van Hapi laag en somber. Het Rode Land is groter geworden, het Zwarte Land wordt bedreigd en zelfs Osiris is bevreesd in zijn grote paleis in Abydos.'

Orlando vroeg zich af wie die Osiris was. Als hij de menselijke heer van deze simwereld was, maakte hij dan ook deel uit van de Broederschap van de Graal? 'Als de droogte zo erg is, waarom doet de Heer van Beide Landen, of hoe hij ook heet, er dan niets aan?'

Upaut keek nerveus om zich heen, alsof er onder die strakke blauwe hemel iemand kon meeluisteren. Orlando zag alleen maar een gier die loom door de trillende lucht cirkelde. 'Er wordt gezegd dat Seth een vloek over hem heeft uitgesproken. Daarom heeft hij gedreigd het lichaam van de Heer van het Rode Land te vernietigen, waardoor zijn *ka* voor eeuwig in de oneindige duisternis zou moeten dolen.' Upaut rilde en hij streek met zijn grote roze tong over zijn zwarte lippen. 'Maar Seth heeft zijn vervloeking niet teruggenomen en heel het land zucht.'

Fredericks was wakker geworden en ging rechtop zitten. Hij keek om zich heen en trok een zuur gezicht. 'Zand, zand, zand. Konden ze niks anders verzinnen? Dit is morbi.'

Orlando glimlachte. Ook al stond de hele wereld op zijn kop, je kon er altijd op rekenen dat Fredericks iets te mopperen had.

'Ik meen het, Orlando. Als er niet gauw iets gebeurt loop ik een zonnesteek op.'

'Misschien wil Ra in zijn grote wijsheid u iets zeggen,' merkte Upaut, die zelf geen beschutting tegen de zon had, enigszins geprikkeld op. 'Stel uw hart voor hem open.'

'Hij geeft me net een boodschap voor jou door,' antwoordde Fredericks bars. 'Hou je mond en kijk waar je vaart.'

Upaut wierp hem een ondoorgrondelijke blik toe en zei niets meer.

Orlando wiste het zweet van zijn voorhoofd en vroeg zich af hoe zijn werkelijke lichaam op deze informatie zou reageren. *Ik hoop dat de artsen niet denken dat ik koorts heb. Dan geven ze me alleen nog maar meer contrabiotica. Aan de andere kant zou extra vocht geen kwaad kunnen.* Het was een vreemd idee dat hij echt nog een ander lichaam had. Hij liep nu al zolang rond als Thargor dat zijn echte leven imitatie begon te lijken.

'Als we eens gingen zwemmen?' zei hij tegen Fredericks. 'Dan koelen we een beetje af.'

Upaut keek hem aan alsof hij dacht dat Orlando krankzinnig was geworden. 'De Nijlkrokodillen eten niets liever dan godenvlees.'

'Aha,' zei Orlando. 'Dan kunnen we het zwemmen beter overslaan.'

Die nacht, in het donker, besefte hij eerst niet waar hij was, zelfs niet helemaal wat hij was. Het landschap had meer vorm gekregen, de vorm van ouderdom en verwoesting, met dikke pilaren die in het zand waren neergestort en reusachtige blokken graniet, verspreid als dobbelstenen. De sterren aan de nachthemel waren onnatuurlijk helder en wierpen een zilveren glans over de stenen.

'... *Ik ben nog bezig*,' klonk een stem. '*Hoor je me? Zeg eens wat.*'

De stem klonk bekend en hij begon nieuwsgierig te worden, maar hij moest een grote loomheid overwinnen voordat hij dieper in de ruïne kon doordringen. Pas toen hij verder zweefde tussen de fraai gebeeldhouwde stenen drong het tot hem door dat hij lag te dromen.

'*Baas? Zeg nou eens wat, dan weet ik waar ik aan toe ben.*' Het was een zachte stem, maar het enige geluid in de grote leegte van de nacht en daardoor duidelijk te verstaan, alsof iemand iets in zijn oor fluisterde. '*Baas?*'

Een obelisk was op zijn zijkant gevallen en alleen de top met een scherpe rand stak nog boven het zand uit. Zijn blik werd getrokken door het reliëf van een kever, de enige van de duizenden hiërogliefen in het zwarte graniet die in het licht van de sterren glansde, de enige die bewoog.

'*Ik heb niet veel tijd meer.*' De kever spartelde alsof hij zich uit zijn stenen gevangenis wilde bevrijden. Orlando kwam dichterbij en voelde een vage herinnering opkomen. '*Ik moet weten of je me kunt verstaan. Toe nou, baas!*'

'Wat is er?' vroeg hij. 'Wie ben je?'

'*Eindelijk! Maar als ik in je oor zit kan ik jou niet goed verstaan. Even wachten, dan zet ik een sonde op je oorbeen, baas. Ik bedoel er niks mee.*'

De kleine glanzende scarabee bewoog snel heen en weer op de obelisk. '*Zeg nog eens iets.*' Hij kon hem nu veel duidelijker horen.

'Wie ben je?'

'*Kruiper! Je agent, weet je nog? Je ligt half te slapen, baas, dus je kunt me misschien niet goed volgen. Luister alleen maar naar me, want ik wil je niet wakker maken. Je droomt, maar dat is de enige mogelijkheid voor mij om met je te praten. Het gaat om een bepaalde* REM*-frequentie die als een soort draaggolf werkt, maar het luistert erg nauw en soms zijn er mensen in de kamer, dus dan moet ik me gedeisd houden.*' De glanzende kever zat nu roerloos op de obelisk, alsof hij zich concentreerde. '*Ik heb maar een minuutje nodig. Ik heb alles van je systeem gehaald en verstopt, zoals je gezegd had.*'

Hij begon enigszins te begrijpen waar de kever het over had en hoewel hij zichzelf nog niet bepaald als Orlando Gardiner kon zien, drong het min of meer tot hem door wie hij was en wat het vreemde creatuur voorstelde. Toch was het moeilijk voor hem om alles te bevatten. 'Heb ik dat gezegd?'

'*Ja, natuurlijk! En hou je mond nou, baas. Sorry dat ik zo kortaf ben, maar ik moet je iets vertellen. Ik kan alleen op bepaalde tijd-*

stippen met je praten en bovendien ben je weer ziek geweest, dus dat maakt het nog lastiger. Je hebt flinke koorts, baas. De artsen en je ouders zijn bezorgd, dus probeer een beetje voor jezelf te zorgen. Ik heb navraag gedaan naar die Atasco die in Colombia is vermoord, maar dat systeem van hem is een heel raar geval, baas – het is van onder tot boven beveiligd, alleen op een heel andere manier dan je zou denken. Het is moeilijk uit te leggen, maar als je wilt kan ik je de details geven.' De scarabee zweeg even, maar ging snel verder toen Orlando niet reageerde. '*Volgens mijn informatie was hij lid van de Broederschap van de Graal, een organisatie waar op het ogenblik op het nieuws veel over te doen is. Over de dood van Atasco wordt ook het nodige gezegd. Maar nu moet ik van jou weten of ik op het goede spoor zit, baas. De nieuwsnetten geven ook veel informatie over het BoomHuis, zowel geruchten als feiten. Er zijn mensen gestorven, er liggen kinderen in coma. Zijn dat de dingen die je wilt weten? Op het moment kan ik niets anders doen dan verder gaan met mijn onderzoek. Als je wilt dat ik actiever word, dan moet je het zeggen. Ik moet wel een opdracht van je hebben, baas, anders laat ik het hierbij...*'

Orlando probeerde zijn gedachten te ordenen, die even vertakt waren als strengen zeewier. De puinhopen leken hem in te sluiten, zodat hij aan alle kanten was omringd door steenklompen. 'Doe het,' zei hij ten slotte. Hij kon zich de naam van de scarabee niet herinneren. 'Doe het, kever. Alles.' Zijn gedachten waren nog steeds ordeloos, nog steeds zonder samenhang, en hij moest zich inspannen om de woorden te vinden. 'Kom. Kom me halen.' Hij probeerde zich te herinneren waar hij was. 'In Egypte,' zei hij maar, hoewel hij voelde dat het niet klopte. 'Ik ben in...' Hij had het bijna, een woord, een idee... een ander land? Hij kon het niet vasthouden. 'In Egypte,' herhaalde hij. 'Op het net.'

'*Ik zal mijn best doen*,' zei de scarabee. De zilveren glans begon te doven. '*Je hoort nog van me...*'

De stem werd zwakker, net als het licht van de sterren. Orlando was zich weer bewust van zijn eigen naam, hoewel die onbelangrijk leek te zijn. Even later besefte hij dat hij had gedroomd en terwijl de laatste sluiers van de slaap verdwenen probeerde hij zich te herinneren wat hij had gedroomd.

Kruiper, dacht hij wazig. *Kruiper was in de ruïne. Hij zei dat hij me zocht, of niet?*

De meeste details waren al vervlogen. Hij deed zijn ogen open en zag de steenblokken waartussen ze hun kamp hadden opgeslagen, alleen werden die niet beschenen door het zilveren licht van de sterren maar door een vage roze gloed, het eerste licht van de dageraad. Een zwak geluid herinnerde hem eraan dat de wolfsgod Upaut de hele nacht rusteloos was geweest: zijn gemompel had Orlando lange tijd uit zijn slaap gehouden...

Plotseling zag hij een schaduw opdoemen, donker tegen de duistere hemel. Gele ogen fonkelden. Orlando voelde een koud en scherp ding tegen zijn keel drukken – het zwaard van Thargor.

'De grootste van allen heeft tot hem gesproken.' De stem van Upaut, zo rustig en redelijk toen ze aan land waren gegaan, had nu de triomfantelijke klank van toen hij zijn hymne had gezongen. 'Hij sprak door jouw mond terwijl je sliep, omdat hij wist dat Upaut luisterde. Hij sprak tot hem... tot... tot mij.' De wolfsgod gebruikte het persoonlijk voornaamwoord met een stem die trilde van verrukking. 'Tot mij, Upaut! En Ra verscheen in zijn gedaante van Khepera, de scarabee van de ochtend! Doe alles, zei hij. Kom mij halen, waren zijn woorden tot zijn trouwe Upaut. Ik ben Egypte, sprak hij tot mij, tot mij, tot mij!'

De wolfsgod voerde een merkwaardig dansje op. Hij zwaaide met zijn lange benen als een wandelende tak op een barbecue, maar hij hield het zwaard vlak bij Orlando's gezicht.

'Mijn verbanning loopt ten einde!' kraaide Upaut. 'Nu zal ik naar de tempel van Ra gaan en hij zal me mijn erfdeel teruggeven! Mijn vijanden zullen vernederd worden, zij zullen zich neerbuigen in het stof en weeklagen. Ik zal opnieuw Khenti Amenti zijn, de Heer van het Westen!'

Orlando keek naar de punt van het zwaard, die akelig dicht bij zijn gezicht zweefde, en schoof een paar centimeter naar achteren. Fredericks was net wakker geworden en lag met grote ogen naast hem. 'En wij dan?' vroeg Orlando.

'Ach ja.' Upaut knikte ernstig. 'Jij bent de Mond van Ra geweest. Ik zal mezelf niet te schande maken door zijn boodschapper te doden. Ik zal jullie allebei in leven laten.'

'Maar je belofte dan!' riep Orlando verontwaardigd. 'Je hebt gezworen bij je eigen goddelijkheid!'

'Ik heb beloofd jullie geen kwaad te doen en daar heb ik me aan gehouden. Ik heb beloofd jullie gids te zijn en dat ben ik geweest, zij het slechts korte tijd.' Upaut draaide zich om en liep met grote passen naar de waterkant. In het ochtendlicht stak hij af tegen de donkere rivier, even rank als een lotusstengel. Orlando en Fredericks konden alleen maar toekijken terwijl de wolfsgod hun boot in het water duwde en aan boord klom. Hij stuurde de boot naar het midden van de stroom en draaide zijn hoofd om naar de oever. 'Ik zal jullie genadig zijn als ik opnieuw Heer van het Westen ben!' riep hij. 'Ik zal jullie ziel met eer overladen!'

Terwijl de boot op de stroom werd meegevoerd richtte de wolfsgod zijn blik naar de hemel en hief een ander loflied op zichzelf aan.

Orlando sloeg zijn handen voor zijn gezicht. 'O god, nu zitten we helemaal vast.'

'Ik zei toch dat je hem had moeten afmaken.' Fredericks keek naar Orlando en draaide snel bij. 'Nou ja, zo erg is het nou ook weer niet.' Hij klopte Orlando op zijn schouder. 'We maken gewoon zelf een boot van een palmboom of iets dergelijks.'

'En waar wou je die boom mee omhakken?' Orlando schudde de troostende hand van zich af. 'Hij heeft mijn zwaard meegenomen, weet je nog?'

'O.' Fredericks zweeg een ogenblik. De zon kwam net boven de bergen in het oosten uit en de woestijn kreeg een rode tint. 'Hoever zouden we moeten lopen voordat we bij de volgende Poort komen?'

'Duizend kilometer door de woestijn, denk ik,' antwoordde Orlando bitter. Hij vond niet eens dat hij overdreef, maar door de geschokte uitdrukking op het gezicht van zijn vriend voelde hij zich geen greintje beter.

26

Wachten op de Droomtijd

NETFEED/NIEUWS: *'Dataterroristen' geven manifest uit*
(beeld: drie mensen op een berg speelgoed)
COMMENTAAR: *Gistermiddag om twaalf uur* GMT *werden de meeste commerciële netkanalen gekraakt door een groep die zichzelf het Dada Herstel Collectief noemt en een even kort als bizar manifest uitzond.*
(beeld: drie mensen met tekenfilmmaskers van Pantalona Pruimpit)
DRC 1: *'De zeeschede is een dier met een rudimentair brein dat zichzelf aan een rots vasthecht en zijn voedsel uit het zeewater filtert. Omdat de hersenen daarna niet meer nodig zijn, worden die stomweg verteerd.'*
DRC 2: *'Wij hebben de Zeeschedebrigade gevormd om dit feit te gedenken en onder ieders aandacht te brengen. Wij zullen ons richten op de vernietiging van elke vorm van telecommunicatie.'*
DRC 3: *'Zo is het. S3 leeft! Wij gaan het net killen. Op een dag zullen jullie ons dankbaar zijn.'*

Stan Chan stak zijn hoofd om de hoek van het schot. 'Ik heb iets voor je. Iemand van de universiteit van New South Wales met de nogal onwaarschijnlijke naam Victoria Jigalong. Ze moet op haar terrein de allerbeste zijn, je kent dat wel. Ik heb je haar naam en nummer al gestuurd.'

'Wat sta je daar dan nog op en neer te springen?'

'Ik wilde met eigen ogen zien hoe jouw gezicht straalde van dankbaarheid. En ik ga lunchen... ga je mee?'

'Nee, dank je. Ik sla vandaag over. Meisjes moeten aan de lijn denken.'

'En jij noemt mij ouderwets?' Hij liep weg en ze hoorde hem nog een paar grappen uitwisselen met andere collega's.

Calliope Skouros liet Stans memo op het scherm verschijnen en begon te lezen, maar ze werd algauw afgeleid door de wetenschap dat er in de onderste la van haar bureau een pak koekjes lag. Jezelf uithongeren was per slot van rekening geen goede manier om aan de lijn te doen. Aan de andere kant kon ze zich weinig veroorloven als ze haar toch al stevige lichaam in een redelijke conditie wilde houden.

Ze fronste en liet de la dicht. Ze wilde er toch uitzien als een beroeps? Een man kon gewoon een bierbuik en een dikke kont hebben, maar een vrouw die hogerop wilde komen en ook nog eens een pot was...

Afgaande op Chans korte dossier leek Jigalong inderdaad een goede bron van informatie. Ze was gespecialiseerd in de folklore van de aboriginals en in vergelijkende antropologie, en ze had deel uitgemaakt van een angstwekkend aantal commissies. Bovendien leek ze een voorkeur te hebben voor vrouwenstudies, wat een goed teken zou kunnen zijn.

Het telefoontje naar de universiteit van New South Wales bracht haar via een eindeloos aantal tussenstations in verbinding met een medewerker van de antropologische faculteit. Hij liet haar een ogenblik wachten en plotseling kwam professor Jigalong in beeld.

Wat Calliope het eerst opviel was de donkere, bijna letterlijk zwarte huidskleur van Jigalong, waardoor het gezicht een masker leek met twee ontstellend witte ogen totdat Calliope het contrast van het scherm enigszins bijstelde. De vrouw had haar hoofd kaalgeschoren en ze droeg enorme oorringen en een halsketting van ruwe stenen kralen.

'Wat kan ik voor u doen?' Jigalong had een diepe, doorrookte stem en een geweldige uitstraling, zelfs via een beeldverbinding. Calliope vergat op slag wat ze over vrouwen-onder-elkaar had gedacht. Deze vrouw leek sterk op een... heks.

Skouros stelde zichzelf voor en legde op zakelijke en tegelijk respectvolle toon (dat laatste leek haar om de een of andere reden wel nodig) uit dat ze op zoek was naar gegevens over de Woolagaroo en eventuele overeenkomstige verhalen.

‘Er zijn veel mythologische verzamelbundels voor beginners op de markt,’ antwoordde de hoogleraar, even koel als een mistige ochtend. ‘Verkrijgbaar in diverse mediavormen. Ik kan u wel een lijst toesturen.’

‘De meeste ken ik wel, denk ik. Eigenlijk zoek ik iets serieuzers.’

De vrouw trok haar wenkbrauwen op. ‘Mag ik vragen waarom?’

‘Het betreft een onderzoek naar een moord. Het is mogelijk dat de dader zich heeft laten leiden door een mythe van de aboriginals.’

‘U bedoelt dat de dader een zwarte is?’ vroeg de professor op dezelfde vlakke en ontoeschietelijke toon. ‘Het is niet bij u opgekomen dat hij een blanke man zou kunnen zijn die iets imiteert?’

‘Ik ben er om te beginnen nog helemaal niet zeker van dat de dader een man is,’ antwoordde Calliope geïrriteerd. ‘Maar ook al is dat het geval, zijn huidskleur interesseert me alleen voor zover die voor de opsporing van belang is.’ Ze was bozer dan ze zelf besefte. Dit mens geloofde blijkbaar niet in vrouwelijke solidariteit en bovendien beschouwde ze Calliope als een typisch blanke smeris. ‘Voor mij telt voornamelijk het arme meisje dat hij heeft vermoord, toevallig zelf een aboriginal – een Tiwi. Dat maakt haar niet beter of slechter dan iemand anders, noch minder dood.’

Victoria Jigalong zweeg even. ‘Vergeeft u mij die opmerking.’ Erg oprecht klonk ze niet, maar Calliope betwijfelde of de vrouw in staat was werkelijk ergens excuses voor te maken. ‘Waarom denkt u dat inheemse mythen iets met die moord te maken hebben?’

Calliope vertelde in welke toestand het slachtoffer was aangetroffen en wat de vrouw van de dominee had gezegd.

‘Verminkingen komen ook in andere landen en andere culturen voor,’ zei de professor. ‘Ook waar ze nog nooit van Woolagaroo hebben gehoord.’

‘Het is inderdaad mogelijk dat er geen verband bestaat, maar iemand heeft Polly Merapanui vermoord en haar ogen uitgesneden, dus ik zal elke mogelijkheid moeten nagaan.’

Het donkere gezicht op het scherm keek haar een ogenblik aandachtig aan. ‘We krijgen toch niet weer van die sensatieverhalen in de pers? Zo van “abomythe-moordenaar gezocht”?’

‘Als het aan mij ligt niet. Overigens is de moord al vijf jaar geleden gepleegd. De trieste waarheid is dat alleen mijn collega en ik met de zaak bezig zijn. Als we binnenkort niet iets concreets vinden zal het dossier waarschijnlijk voorgoed in een la verdwijnen.’

‘Komt u vanmiddag dan maar langs,’ zei Jigalong, ineens enthousiast nu ze een besluit had genomen. ‘Ik zal u zo goed mogelijk helpen. U kunt een tijd afspreken met Henry, de man die u heeft doorverbonden. Hij houdt mijn agenda bij.'

De verbinding werd verbroken voordat Calliope met haar eigen volle agenda kon schermen.

Ze keek een tijdje met nutteloze ergernis naar het scherm voordat ze met Henry een afspraak maakte. Boos over haar eigen inschikkelijkheid – haar vader had haar nota bene altijd ezel genoemd vanwege haar koppigheid – trok ze de onderste la open om de koekjes te pakken. Naar de duivel met de slanke lijn. Ze zou zichzelf tonnetje rond eten, al was het alleen maar om dat mens van een Jigalong te laten schrikken.

Na een lange en vruchteloze speurtocht door de la vond ze slechts een briefje van Stan Chan van twee dagen geleden, waarop stond dat ze een pak koekjes van hem te goed had.

De koekjesdief was met een ander onderzoek bezig, zodat Calliope in haar eentje naar de universiteit moest. Het zweefbusje was net vertrokken toen ze op de parkeerplaats was uitgestapt en daarom ging ze te voet naar het gebouw van de faculteit.

De studenten staken zonder uitzondering goed in de kleren. Zelfs de imitatie zwerversmode was van dure merken en Calliope voelde zich erg uit de toon vallen met haar bepaald simpele uniform en haar platte, degelijke schoenen.

Ze verbaasde zich erover dat de meeste studenten die ze zag Aziatisch waren, hoewel ze wist dat er aan de universiteit veel Chinezen studeerden (men sprak wel van de 'universiteit van Beijing, filiaal Sydney'). In feite bestond de halve bevolking van Australië tegenwoordig uit Aziaten, hoewel de meesten, of ze nu van Chinese, Laotiaanse of Koreaanse afkomst waren, net zo Australisch waren als de kangoeroe. Ze waren, net als Stan, helemaal ingeburgerd. Of misschien moest je zeggen dat de samenstelling van de bevolking zich had verbreed, al maakte natuurlijk niet iedereen daar echt deel van uit. De aboriginals bijvoorbeeld stonden nog steeds aan de rand van de samenleving.

Calliope moest denken aan haar eigen voorouders, Griekse immigranten die nog maar enkele generaties geleden als rare buitenlanders werden beschouwd, het lijdend voorwerp van grappen en soms van kwalijker vormen van discriminatie. Maar voor aboriginals waren Calliope en haar Grieks-Australische familie nauwelijks anders geweest dan andere blanken.

De werkkamer van Victoria Jigalong was niet groter dan de meeste academische bezemkasten, maar hij onderscheidde zich wel door zijn sobere inrichting. Calliope had verwacht voorbeelden van aboriginal kunst aan de wanden te zien, maar afgezien van een kast met ouderwetse boeken en een niet helemaal opgeruimd bureau leek het wel de cel van een monnik. Die indruk werd nog versterkt door de vormeloze witkatoenen jurk die Jigalong droeg en die haar nog langer maakte dan ze al was. Calliope kreeg een droge, stevige hand en nam plaats op de enige vrije stoel. Ze voelde zich weer niet erg op haar gemak.

'Zo.' De professor zette een bijna antiek aandoende bril op; mede door haar glimmende kale schedel leek ze haast een spiegel. 'U wilt dus iets weten over de Woolagaroo.'

'Eh, ja.' Calliope had liever eerst over koetjes en kalfjes gepraat om het ijs te breken, maar dat zou er blijkbaar niet van komen. 'Is het een bekende mythe?'

'Tamelijk. Het verhaal komt in verschillende vormen voor bij diverse inheemse volken. De belangrijkste elementen keren telkens terug. Een man krijgt het in zijn hoofd een kunstmatig mens tot leven te wekken. Hij snijdt de gestalte van een mens uit hout, met stenen als ogen, maar hij slaagt er niet in zijn schepping de levensadem in te blazen. Als hij boos wegloopt merkt hij dat hij wordt gevolgd. Het is uiteraard de Woolagaroo, de houten duivelman, die hem achternazit. Doodsbang verstopt hij zich en de Woolagaroo loopt verder, over rotsen en doornen en zelfs dwars door rivieren, tot hij uiteindelijk verdwijnt.' Jigalong drukte haar vingertoppen tegen elkaar. 'Sommige onderzoekers denken dat het geen mythe uit de Droomtijd is, maar een van recenter datum.'

'Kunnen we nog even teruggaan naar het begin?' Calliope haalde de recorder uit haar tas. 'U vindt het toch niet erg als ik dit opneem?'

Jigalong keek afkeurend naar het apparaat en Calliope had even het bizarre idee dat deze moderne en zelfbewuste vrouw haar ervan zou beschuldigen haar ziel te willen stelen. 'Als het echt nodig is,' was haar enige commentaar.

'U had het over de Droomtijd. Dat is toch ook een mythe, een oertijd waarin alles wat er in de verhalen wordt verteld werkelijk gebeurde?'

'Zo eenvoudig is het niet. Voor echte gelovigen bestaat die tijd nog steeds. In onze dromen bevinden we ons in die tijd.'

Jigalong zei het met opvallende nadruk, maar Calliope voelde er weinig voor zich aan een wetenschappelijke discussie te wagen. 'Maar dat verhaal over de Woolagaroo zou dus van latere oorsprong zijn?'

'Volgens sommigen is het een allegorie over het eerste contact met de Europeanen en hun technologie, een mythe die de aboriginals duidelijk moet maken dat machines uiteindelijk over hun makers zullen heersen.'

'Maar u bent een andere mening toegedaan?'

'Er steekt meer wijsheid in de verhalen van zogenaamd primitieve volken dan de meeste "beschaafde" mensen kunnen begrijpen.' De barse toon waarop Jigalong sprak leek wel een automatisme, een aanwensel na jaren van discussies over hetzelfde punt. 'Je hoeft geen geweer of auto gezien te hebben om te geloven dat mensen beter op hun innerlijk kunnen vertrouwen dan op wat ze maken.'

Calliope probeerde het gesprek terug te brengen op het eigenlijke onderwerp en Jigalong stemde daar ten slotte mee in, alsof ze besefte dat de rechercheur niet een van haar academische tegenstanders was. Een kwartier lang vertelde ze over allerlei varianten op het verhaal en over de gangbare interpretaties. Terwijl ze sprak maakte ze vluchtige en toch enigszins theatrale gebaren met haar handen, haar zware stem had iets bezwerends en zelfs haar terzijdes wekten de indruk dat ze er goed over had nagedacht. Calliope werd zich opnieuw bewust van de eigenaardige uitstraling van de vrouw. Die was niet zozeer erotisch, zoals ze aanvankelijk had gedacht – Jigalong was behalve indrukwekkend ook aantrekkelijk – maar meer het besef dat ze te maken had met een sterke persoonlijkheid, iemand met een natuurlijk overwicht waaraan ze zich gewillig zou kunnen onderwerpen.

Dat beviel Calliope helemaal niet. Ze beschouwde zichzelf niet als een fan van wie of wat dan ook en al helemaal niet van zo'n bitse vrouw. En toch riep Jigalong een heftige reactie bij haar op.

Onder het luisteren (met een half oor, vanwege alle details die haar dreigden te overspoelen) liet Calliope haar blik door het kantoor dwalen. Een van de ogenschijnlijk kale kloostermuren bleek in beslag te worden genomen door een bijzonder groot en ongetwijfeld duur muurscherm dat op het ogenblik een effen witte tint vertoonde. Nu zag ze ook het enkele siervoorwerp dat bij haar binnenkomst verborgen was gebleven tegen de achtergrond van de veelkleurige ruggen van de boeken in de kast.

Het voorwerp op het houten tafeltje was heel eenvoudig, een niet helemaal volmaakte cirkel van geel ivoor of been als de opening van een tunnel, niet groter dan een hand. Het ding zou nauwelijks opvallen als de kamer verder niet zo functioneel was ingericht, maar nu kon Calliope haar ogen er niet van afhouden.

'... Daarom begrijp ik ook niet dat u zo'n rituele moord in verband brengt met deze mythe.'

'O, neem me niet kwalijk.' Calliope, die niet meer had geluisterd, schudde de recorder heen en weer alsof er iets aan het ding mankeerde. 'Kunt u dat nog eens herhalen?'

Jigalong keek haar streng aan, maar liet niets blijken. 'Ik zei dat sommige Australische inheemsen geloven dat de Droomtijd opnieuw zal komen. Zoals bij de meeste fundamentalistische bewegingen is dat een reactie op armoede en politieke uitsluiting. Maar het zijn niet allemaal dwazen of gedupeerden die dit geloof aanhangen.' De professor pauzeerde alsof ze voor het eerst haar woorden woog. 'Sommigen denken dat ze de terugkeer van de Droomtijd kunnen bespoedigen en die tot hun eigen voordeel kunnen gebruiken. Ze schrikken er zelfs niet voor terug om de rituelen en opvattingen van hun eigen volk te verdraaien.'

Calliope begon weer meer belangstelling te krijgen. 'Denkt u dat de moordenaar zo iemand kan zijn? Iemand die een magisch ritueel gebruikt om de Droomtijd terug te brengen?'

'Dat is mogelijk.' Victoria Jigalong zei het met tegenzin, alsof ze niet graag toegaf dat iemand van haar eigen volk zo stompzinnig kon zijn. 'Er zijn mensen die de Woolagaroo een sprekend symbool vinden, en niet alleen voor de kwalijke kanten van de moderne techniek. Sommigen zien hem als het prototype van wat er van de inheemsen zal overblijven als de blanken hun zin krijgen. Hun eigen maaksel zal zich tegen hen keren.'

'Met andere woorden, voor sommigen is het een reden om zich tegen de blanken te verzetten?'

'Ja. Maar u moet niet vergeten dat het een mythe is. Het mooie en het echte van alle mythen mag niet verward worden met de interpretatie die sommige radicalen eraan geven, zelfs niet in zo'n onzekere tijd als de onze.' Calliope kreeg het vreemde gevoel dat de barse vrouw haar om begrip vroeg.

Na afloop van het gesprek liep Calliope naar de deur, waar ze zich omdraaide. 'Ik zag die benen ring bij de boekenkast,' zei ze. 'Is dat een kunstvoorwerp of zoiets? Ik vind hem erg mooi.'

Jigalong keek niet naar de kast en gaf evenmin antwoord op de vraag. 'Ik geloof dat u het goed bedoelt. Het spijt me dat ik zo onwelwillend ben geweest.'

'Dat geeft niet.' Calliope wist niet wat ze moest denken. De professor klonk ineens weer heel aarzelend. Zou ze dan toch iets van haar willen? En hoe zou ze daar dan zelf op reageren?

'Ik zal u iets vertellen. Er zijn veel mensen die op de Droomtijd wachten en sommigen doen hun best om de komst daarvan te bespoedigen. Het zijn vreemde tijden.'

'Dat kun je wel zeggen,' zei Calliope snel. Ze had meteen spijt. Jigalong keek haar heel indringend aan, maar dat was nog geen reden om in onbeduidende praatjes te vervallen.

'Vreemder dan u misschien beseft.' Jigalong stond op en ging naar de boekenkast. Ze pakte de benen ring en liet eerbiedig een vinger over de rand glijden, als een non met een rozenkrans in haar handen. 'Ik zou niemand onderschatten die de magie van de Woolagaroo oproept,' zei ze ten slotte. 'De Droomtijd is niet iets om mee te spotten.'

'Dat doe ik ook niet, professor.'

'Het is niet zomaar een geloof. Er is een grote verandering op komst, ook al zien de meeste mensen het niet. Maar ik zal u niet langer ophouden. Tot ziens.'

Een halfuur later zat Calliope nog steeds in haar dienstauto op de parkeerplaats. Ze staarde naar haar aantekeningen over de Woolagaroo-mythe, beluisterde de opname van het gesprek en vroeg zich af wat ze in vredesnaam te horen had gekregen.

Christabel stond al een hele tijd bij de metalen deur en probeerde haar angst te overwinnen. Ze was ervan overtuigd dat er een draak of een ander monster achter de deur op de loer lag, hoewel ze wist dat alleen meneer Sellars daar was. Meneer Sellars en die enge jongen.

Toen ze eindelijk voldoende moed had verzameld tikte ze met de steen tegen de deur, het geheime teken dat meneer Sellars haar had geleerd: *tik, tik-tik, tik, tik*.

De deur ging open en ze keek in het gezicht van de enge jongen.

'Ik kom voor meneer Sellars,' zei ze heel ernstig.

De jongen deed de deur verder open en ze glipte langs hem heen. Ze trok haar neus op omdat hij zo stonk, maar hij lachte alleen maar: een sissend geluid dat haar aan de Miezerige Muis deed denken.

Het was erg warm en vochtig in de tunnel en ze kon eerst maar weinig zien door de damp die uit de ketel op het kleine fornuis kwam. Er hing ook een vreemde geur, niet de stank van de jongen, eerder de reuk van het medicijnkastje thuis of van de whisky die haar vader dronk.

Ze bleef net over de drempel staan en tuurde in de dampende wolken tot de jongen haar een duwtje in de rug gaf, hard genoeg om haar bijna te laten struikelen. Ze begon weer bang te worden. Meneer

Sellars riep altijd gedag, zelfs als ze hem niet eerst door haar Sprookjesbril had gesproken.

'Heb je iets te eten bij je, *mu'chita?*' vroeg de jongen.

'Ik kom voor meneer Sellars.'

'*Ay, Dios!* Loop dan maar door.' Hij bleef vlak achter haar en Christabel haastte zich over de vochtige betonnen vloer om niet weer een duw te krijgen.

De lege stoel van meneer Sellars stond in een breder gedeelte van de gang, iets waardoor ze nog banger werd. De stoel zag eruit als een van de ruimteschepen die op Mars waren geland en waar kleinere dingen uit te voorschijn kwamen, als een moederpoes die jongen kreeg. Ze bleef stokstijf staan, zelfs toen de jongen vlak achter haar was. Ze voelde zijn adem in haar nek.

'Dit grietje lijkt wel gek,' zei hij.

Ze zag iets bewegen in de schaduw achter de stoel. 'Wat zeg je?' vroeg een zachte stem.

'*Mu'chita loca*, weet je wel? Ze zegt dat ze voor jou komt, maar ze is net een bang konijn.' De jongen snoof luidruchtig en ging naar de dampende ketel.

'Meneer Sellars?' vroeg Christabel aarzelend. Ze vond hem vreemd klinken.

'Kleine Christabel? Wat een verrassing. Kom verder, lieverd, kom maar.'

Ze zag een wenkende hand en liep langs de stoel. Meneer Sellars lag op een veldbed onder een deken, zodat alleen zijn hoofd en armen te zien waren. Hij zag er nog magerder uit dan anders en tilde zijn hoofd niet op toen ze dichterbij kwam, al zag ze tot haar opluchting dat hij glimlachte.

'Kom eens bij me. Neem me niet kwalijk dat ik niet opsta, maar ik ben op het ogenblik tamelijk zwak. Mijn werk is erg vermoeiend.' Hij deed zijn ogen dicht en ze dacht al bijna dat hij in slaap was gevallen, zo lang duurde het voordat hij ze weer opende. 'Je zult wel denken wat ik met die ketel moet. Mijn luchtbevochtiger is buiten werking – hij is kapot en daardoor moet ik even improviseren.'

Christabel wist wat 'buiten werking' betekende, want dat zei de Ratelende Robot in de show van oom Tierelier altijd wanneer zijn achterste eraf viel. Wat de bevochtiger te maken had met het achterwerk van meneer Sellars wist ze daarentegen niet, net zomin als wat 'improviseren' was, maar ze veronderstelde dat het iets met kokend water te maken had.

'Wordt u wel weer beter?' vroeg ze.

'O, dat denk ik wel. Er is nog veel te doen en dat zal niet gebeuren als ik hier blijf liggen. Niet dat het iets zou uitmaken als ik op mijn hoofd ging staan, maar ik moet in elk geval sterker worden.' Zijn ogen werden ineens groot, alsof hij haar nu pas goed zag. 'Neem me niet kwalijk, kindje, ik praat maar een eind weg. Ik voel me niet zo goed. Wat brengt je hier? Moet je niet...' Hij aarzelde even, alsof hij naar iets onzichtbaars keek. 'Moet je niet op school zijn?'

'Die is uit. Ik ga naar huis.' Christabel wilde het niet over school hebben, ze had andere dingen aan haar hoofd. 'Waarom heeft u me niet gebeld?'

'Ik heb het erg druk, zoals ik al zei. En ik wil niet dat je problemen krijgt.'

'Maar waarom is hij hier dan?' Ze vroeg het fluisterend, maar de jongen hoorde haar toch en begon te lachen. Ze was nu niet meer bang van hem, ze had alleen een hekel aan hem, aan zijn stomme gezicht dat altijd in de buurt was als ze bij meneer Sellars langsging. 'Hij is een slechte jongen, meneer Sellars. Hij steelt.'

'O ja? Waarom koop jij al die zeep dan niet in *la tienda*?' zei de jongen. Hij lachte weer.

'Dat is niet nodig, Cho-Cho.' Meneer Sellars stak een hand op, bevend als een tak in de wind. 'Hij steelt alleen omdat hij honger heeft, Christabel. Niet iedereen heeft een mooi huis, een warm bed en voldoende te eten zoals jij.'

'*Verdad*,' zei de jongen instemmend.

'Maar waarom is hij uw vriend? Wij zijn toch vrienden?'

Meneer Sellars schudde langzaam zijn hoofd, alsof hij verdrietig was. 'Jij en ik zijn nog steeds vrienden, Christabel – jij bent de beste vriend die iemand zich maar kan wensen. Je hebt meer gedaan dan je zelf weet, de hele wereld mag je dankbaar zijn! Maar nu ben ik met ander werk bezig en daar kan Cho-Cho me weer beter bij helpen. En omdat hij geen huis heeft laat ik hem hier blijven.'

'Ja, en anders zeg ik tegen die *vatos* van het leger dat er een gekke oude vent onder hun basis woont, snap je?'

Meneer Sellars glimlachte, maar hij was helemaal niet vrolijk. 'Ja, daarom ook. Dus je ziet het, Christabel. En bovendien kun je niet zo geheimzinnig blijven doen. Straks krijg je nog ruzie met je ouders.'

'Helemaal niet!' Ze was boos, ook al begreep ze dat hij gelijk had. Het werd steeds lastiger om smoesjes te verzinnen, zodat ze het huis uit kon om het brood en fruit dat ze van de lunch had overgehouden naar de jongen en meneer Sellars te brengen. Maar ze was bang dat de jongen iets ergs zou doen als ze niet meer kwam, dat hij meneer Sellars ergens anders heen zou brengen of hem pijn zou doen. Haar vriend was erg mager en niet sterk. En nu leek hij nog ziek te zijn ook. 'Het kan me trouwens niet schelen of ik ruzie krijg.'

'Zo moet je er niet over denken, Christabel,' zei meneer Sellars zachtjes. 'Toe, ik ben erg moe. Ik roep je wel op als ik je nodig heb. Vergeet niet dat we nog steeds vrienden zijn, maar nu moet je zorgen dat je ouders tevreden over hun dochter zijn. Dan kun je des te makkelijker weg als je weer iets heel belangrijks voor me moet doen.'

Ze had zoiets wel vaker gehoord. Zoals toen ze net zo'n kapsel wilde hebben als Palmyra Jannissar, de zangeres die je steeds op het net zag. 'We willen niet dat je eruitziet als Palmyra, we willen dat je eruitziet als Christabel,' had haar moeder gezegd, wat zoveel betekende als 'het mag niet'.

'Maar...'

'Het spijt me, Christabel, ik moet nu echt rusten. Het werk in de tuin is zo vermoeiend en er moet nog zoveel gesnoeid worden...' Zijn ogen gleden even dicht. Zijn vreemde, weke gezicht had ineens een heel lege uitdrukking en Christabel werd weer bang. Hij had helemaal geen tuin meer nu hij hier onder de grond zat, niet één plant, dus waarom zei hij dat dan?

'Kom, kleintje,' zei de jongen, die naast haar was komen staan. '*El viejo* moet slapen. Laat hem met rust.'

Hij klonk bijna bezorgd, alsof hij iets om meneer Sellars gaf. Maar hij was een dief en een leugenaar, dus dat kon niet. Terwijl ze opstond begreep ze ineens wat het betekende als er in een verhaal werd gezegd dat iemand 'een bezwaard gemoed' had. Het was net of er een groot gewicht op haar borst drukte. Ze liep langs de jongen heen zonder naar hem te kijken, hoewel ze uit haar ooghoek zag dat hij een spottende buiging voor haar maakte. Meneer Sellars zei geen gedag. Zijn ogen waren weer gesloten en zijn magere borst ging snel op en neer.

Christabel at die avond niet veel. Haar vader zat over zijn werk te praten en zei dat hij het gevoel had alsof de muren op hem af kwamen, wat haar deed denken aan een enge film over een aardbeving die ze bij Ophelia Weiner had gezien toen de volwassenen beneden een feestje hadden. Hij merkte niet dat ze maar een beetje met haar eten zat te spelen en de puree over haar bord uitsmeerde om net te doen alsof ze er iets van had opgegeten.

Zodra ze van tafel mocht ging ze naar haar kamer. De speciale Sprookjesbril die ze van meneer Sellars had gekregen lag naast het bed op de grond. Ze keek er even naar en pakte haar schoolboek om sommen te gaan maken, maar ze moest telkens aan meneer Sellars denken. Hij had er heel ziek uitgezien, helemaal verfrommeld als een bal papier.

Misschien probeerde de jongen hem wel te vergiftigen, dacht ze ineens. Misschien had hij iets in die ketel gedaan, net als de boze koningin met de appel. Dan zou meneer Sellars nóg zieker worden.

Ze pakte de Sprookjesbril en legde hem weer neer. Hij had gezegd dat hij haar zelf zou roepen en hij zou vast boos op haar zijn als ze niet wachtte. Niet dat hij ooit echt boos op haar was geweest, maar toch...

Maar als hij nu eens echt vergiftigd was? Of als hij niet beter werd? Misschien moest hij wel medicijnen hebben. Daar had ze niet naar gevraagd omdat hij er zo moe uitzag, maar ze begon te denken dat hij echt hulp nodig had. Die jongen zou nooit aan medicijnen kunnen komen, terwijl haar moeder een hele kast vol met poeders en pillen had.

Christabel zette de bril op en staarde peinzend naar het donkere beeld. Als meneer Sellars nu eens toch boos werd en zei dat hij haar nooit meer wilde zien?

Maar misschien was hij wel echt ziek.

Ze deed haar mond open, aarzelde nog even en zei ten slotte: 'Repelsteeltje.' Ze had het maar gefluisterd en ze vroeg zich al af of ze het nog een keer moest zeggen toen ze een stem hoorde... maar niet uit de bril.

'Christabel?'

Ze maakte een sprongetje van schrik en zette de Sprookjesbril af. Haar moeder stond in de deuropening fronsend naar haar te kijken. 'Christabel, ik had net Audra Patrick aan de lijn.'

Christabel was ontzettend bang dat haar moeder wist dat ze het geheime woord gebruikte om met meneer Sellars te praten, daarom begreep ze even helemaal niet waar haar moeder het over had.

'Je weet wel, de moeder van Danae?' Het gezicht van haar moeder was nog ernstiger geworden. 'Ze zei dat je vandaag niet bij haar bent geweest. Waar ben je na school naartoe gegaan? Je was pas tegen vieren thuis. Ik vroeg nog hoe het bij Danae was en toen zei je "leuk".'

Christabel wist niet wat ze moest zeggen. Ze staarde naar haar moeder en probeerde iets te verzinnen, een leugen zoals ze al zo vaak had verteld, maar nu kon ze niets bedenken, helemaal niets.

'Christabel, doe eens niet zo raar. Waar ben je geweest?'

Daar in de tunnel, kon ze alleen maar denken. *Bij die slechte jongen en die giftige damp en de zieke meneer Sellars*. Maar natuurlijk kon ze dat niet zeggen en haar moeder bleef haar maar aankijken, zodat Christabel voelde dat er iets heel ergs zou gaan gebeuren. Plotseling klonk er een zacht gekraak uit de Sprookjesbril in haar hand.

'Christabel?' klonk het stemmetje van meneer Sellars. 'Wilde je mij spreken?'

Christabel staarde even verward naar de bril. Haar moeder deed hetzelfde, met een gezicht dat alleen nog maar verbazing uitdrukte.

'Christabel?' herhaalde het stemmetje zacht, maar het klonk heel erg luid.

'O, mijn god! Wat heeft dit te betekenen?' Haar moeder was met twee passen bij haar en pakte de donkere bril. 'Blijf waar je bent, jongedame,' zei ze, boos en bang tegelijk. Ze draaide zich om en ging de kamer uit, waarna ze de deur met een klap dichttrok. Even later hoorde Christabel haar op luide toon tegen haar vader praten.

Christabel bleef alleen achter in haar kamer. De klap waarmee de deur was dichtgegaan galmde nog na in haar oren, alsof er een kanon was afgeschoten, alsof er een bom was ontploft. Ze keek naar haar lege handen en barstte in snikken uit.

27

Het geliefde Stekelvarken

NETFEED/NIEUWS: *'Diamond Dal' overleden*
(beeld: Spicer-Spence ontmoet Paus Johannes XXIV*)*
COMMENTAAR: *Dallas Spicer-Spence, beter bekend als 'Diamond Dal', is in haar kasteel in Zwitserland dood aangetroffen, overleden na een hartaanval. Ze is 107 jaar geworden. Spicer-Spence won en verloor net zo makkelijk haar vermogen als haar diverse echtgenoten tijdens haar kleurrijke bestaan, maar ze was misschien wel het meest bekend door haar pogingen om de chimpansee Daba tot haar executeur-testamentair te benoemen. Daarmee wilde ze haar betrokkenheid bij de rechten van de Tanzaniaanse apen benadrukken, waarvan er jaarlijks honderden verkocht worden voor biomedisch onderzoek.*
(beeld: Daba achter een bureau, met een sigaar in zijn bek)
Spicer-Spence had succes met haar juridische strijd, maar Daba overleed ruim tien jaar eerder dan zij. De afwikkeling van haar nalatenschap is nu in handen van verscheidene menselijke juristen...

Renie kon zich maar moeilijk bewegen. Haar hele lichaam klopte van pijn, maar de pijn was niets vergeleken met de enorme vermoeidheid die haar in zijn greep had. Ze had geen puf meer om verder te gaan en geen vertrouwen meer waaruit ze nog wat kracht kon putten. De wereld was een massief, weerbarstig ding geworden en zijzelf was net zo krachteloos als de rivier waar ze een paar minuten eerder aan was ontkomen.

!Xabbu was net klaar met het keurig opstapelen van het brandhout in het midden van de open plek in het bos. Emily, de vluchtelinge uit Nieuw-Smaragd, zat bibberend in een snel kleiner wordend straaltje zonlicht en keek zonder belangstelling toe terwijl de vlugge bavianenvingers twee stukken hout uit de stapel visten. De Bosjesman-baviaan plaatste het uiteinde van de kleinere stok in het gat van de grotere, die hij met zijn voeten op zijn plaats hield, en begon het stokje tussen zijn handpalmen heen en weer te draaien alsof hij probeerde het gat groter te maken.

Renie voelde zich bijna schuldig omdat ze toekeek hoe haar vriend al het werk deed, maar niet voldoende om haar ellende te overwinnen. 'Je hebt die survivalkunsten niet nodig, !Xabbu,' zei ze. 'We hebben Azadors aansteker.' Ze gaf hem de aansteker, die ze in het water zo stevig had vastgeklemd dat er nog steeds indrukken op de virtuele huid van haar hand stonden.

Hoe vind je de technologie van Anderland? dacht ze bitter. *Reuze indrukwekkend, niet? Drie hoeraatjes.*

!Xabbu bekeek de aansteker een ogenblik, zijn aandachtige beschouwing was bijna komisch, net een echte aap die probeerde iets slims en menselijks te begrijpen. 'Ik vraag me af wat die letter Y betekent,' zei hij terwijl hij het monogram op de huls van de aansteker bestudeerde.

'Het is misschien een initiaal van die schoft. Per slot van rekening weten we niet of Azador een voor- of een achternaam is.' Ze wreef over haar knieën. De opstekende wind streek over de oever en de bladeren van het oerwoud ritselden.

!Xabbu draaide de aansteker om en keek haar aan. 'Hij zei tegen me dat hij Nicolai heette. Dat Azador zijn achternaam was.'

'Wat? Wanneer heb je het daar met hem over gehad?'

'Toen je lag te slapen. Hij zei niet erg veel. Ik vroeg hem uit welk land zijn naam kwam en hij zei dat het Spaans was, maar dat hij uit een familie van zigeuners stamde en dat Spanje voor hem maar een land was als alle andere. Hij zei dat Nicolai een gebruikelijke voornaam bij de Romany is.'

'Verdomme.' Ondanks haar afkeer van de man was Renie geïrriteerd door het feit dat de mysterieuze Azador aan !Xabbu in een gesprek van vijf minuten meer over zichzelf verteld had dan hij tegen haar in verscheidene dagen gedaan had. 'Nou, dan zullen we wel nooit weten wat die Y betekent. Misschien was het ding van zijn vader. Misschien heeft hij hem gestolen. Ik wed op het laatste.'

!Xabbu vond een manier om met zijn niet helemaal menselijke duim op het knopje te drukken. De kleine nova schitterde net boven de aansteker en bewoog zelfs niet in een windvlaag. Zodra het aanmaakhoutje gloeide gaf !Xabbu de aansteker terug aan Renie, die hem in de zak van haar gescheurde overall stak.

'Je ziet er erg bedroefd uit,' zei hij tegen haar.

'Moet ik dan gelukkig zijn?' Het was tijdverspilling om dingen uit te leggen die zo overduidelijk waren. 'Azadors echte naam is wel het minste van onze problemen. We zitten midden in deze verdomde simulatie vast zonder boot, omringd door bloeddorstige misbaksels, en alleen maar om het spannend te houden lijkt het hele netwerk in elkaar te storten.'

'Ja, het was erg vreemd, heel beangstigend, de manier waarop de hele wereld... veranderde,' zei !Xabbu. 'Maar het is niet de eerste keer dat we zoiets meemaken. Emily, wat er op de rivier en in het paleis van Vogelschrik gebeurde, is dat hier al eens eerder voorgekomen?'

Het meisje keek op, haar grote trieste ogen vol behoefte aan overgave. 'Weet ik niet.'

'Je zult geen zinnig woord uit haar kunnen krijgen,' zei Renie. 'Geloof me, dat is hier al eerder gebeurd. En het zal weer gebeuren. Er is iets fout met het hele systeem.'

'Misschien hebben ze vijanden,' suggereerde !Xabbu. 'Die mensen van de Graal hebben veel vijanden gemaakt en misschien zijn er anderen die terugvechten.'

'Ik hoop het.' Renie wierp een gevallen zaaddop op het vuur, waar hij zwart werd en omkrulde. 'Ik zal je vertellen wat er aan de hand is. Ze hebben een groot netwerk voor zichzelf gemaakt en daar hebben ze miljarden en miljarden aan uitgegeven. Singh zei toch dat ze duizenden programmeurs in dienst hadden? Nou, het is net als met het bouwen van een grote wolkenkrabber of iets dergelijks. Waarschijnlijk hebben ze last van betonrot.'

'Betonrot?' !Xabbu had zijn rug naar het vuur gedraaid om zich te warmen en hij zwaaide zijn staart zachtjes heen en weer, alsof hij een symfonie van vlammen dirigeerde.

'Nou ja, zoiets. Als iemand een gecompliceerd gesloten systeem ontwerpt kunnen kleine dingen grote gevolgen hebben, juist omdat het gesloten is. Na een tijdje wordt een klein foutje in het ventilatiesysteem van een wolkenkrabber een heel groot probleem. Mensen worden ziek, systemen vallen uit, zulke dingen.' Ze had de energie niet om dichter bij het vuur te kruipen, maar het gaf haar de kleinste, allerkleinste voldoening om alleen al de vlammen te zien bewegen en de trillende warmte te voelen. 'Ze hebben iets vergeten, of een van die vroegere programmeurs heeft het gesaboteerd of zoiets. Het zal uit elkaar vallen.'

'Maar dat is toch een goede zaak?'

'Niet met ons erin, !Xabbu. Niet als we niet uitvinden hoe we van het net kunnen komen. God weet wat het instorten van het systeem voor ons zou betekenen.' Ze zuchtte. 'En wat moet er van al die kinderen worden... van Stephen? Wat gebeurt er als het net het enige is dat hen op de een of andere manier in leven houdt? Ze zijn erin opgesloten, net als wij.' Zodra ze dat had gezegd kreeg ze een koude rilling, die niets met de wind te maken had. 'O, mijn god,' kreunde ze. 'Jezus Christus. Wat ben ik een idioot! Waarom heb ik daar niet eerder aan gedacht...?'

'Wat is er, Renie?' !Xabbu keek op. 'Je klinkt erg opgewonden.'

'Ik heb al die tijd gedacht dat iemand de tanks wel zou openen om ons terug te halen als er iets gebeurt. Misschien zou het pijn doen, zoals bij die knul Fredericks, misschien ook niet. Maar ik besef nu pas dat... dat we allemaal net als Stephen zijn.'

'Ik begrijp het niet.'

'We zijn in een coma, !Xabbu! Jij en ik! Zelfs als ze ons uit die tanks halen zouden we niet wakker zijn, we zouden alleen maar... daar zijn. Zo goed als dood. Net als mijn broertje.' Ze begon te huilen – onverwachts, omdat ze dacht dat ze al haar tranen had vergoten.

'Weet je het zeker?'

'Ik weet niets zeker!' Ze wreef in haar ogen, boos op zichzelf. 'Maar het ligt voor de hand, nietwaar? We zijn Anderland ingezogen en kunnen niet terugkeren naar ons eigen fysieke lichaam... Is dat niet precies wat er met Stephen is gebeurd, met Quan Li's kleindochter en met alle anderen?'

!Xabbu zweeg een tijdje. 'Als dat zo is,' zei hij ten slotte langzaam en op peinzende toon, 'betekent dat dan dat Stephen ook hier is? Ergens in Anderland, met een lichaam zoals wij hebben?'

Renie was overdonderd. 'Daar heb ik nooit aan gedacht. O god, daar heb ik nooit aan gedacht.'

Haar dromen waren onrustig en koortsachtig. De laatste was een lang, onsamenhangend epos; in het begin achtervolgde ze Stephen door een huis met eindeloos vertakte gangen, zijn voetstappen altijd voor haar uit en hijzelf een schaduw of een vage gestalte die om een hoek verdween, net buiten bereik van haar wanhopig grijpende handen.

Het huis zelf, realiseerde ze zich langzaam, was een levend ding. Alleen door de wazigheid van haar dromende geest had ze eerst de zweterige rekbaarheid van de muren niet opgemerkt, de darmsgewijze kronkelingen van de gangen. Ze kon zijn monsterlijke, langgerekte ademhaling voelen, inademing en uitademing lagen minuten uit elkaar, en ze wist dat ze Stephen moest inhalen voordat hij dieper het ding inging en voor altijd verloren was, opgeslokt en verteerd, onherroepelijk veranderd.

De bochtige gang kwam uit bij een immense duisternis, een steile afgrond die steeds smaller werd, als een omgekeerde zwarte berg van lucht. Er klonken stemmen uit de diepte, eenzame kreten als de klaagzang van vogels. Stephen viel – op de een of andere manier wist ze dat, en ook dat ze maar een ogenblik had om te beslissen of ze achter hem aan zou springen of hem zou laten gaan. !Xabbu's stem klonk op het pad achter haar. Hij riep dat ze moest wachten, dat hij met haar meeging, maar !Xabbu begreep de situatie niet en er was geen tijd om het uit te leggen. Ze liep naar voren en ging met haar tenen op het uiterste puntje van de rand staan, klaar om zich in de fluisterende duisternis te werpen, toen iemand haar arm greep.

'Laat los!' gilde ze. 'Hij is gevallen! Laat me los!'

'Renie, hou op.' De greep werd steviger. 'Zo val je in de rivier. Blijf staan.'

De duisternis strekte zich uit, de afgrond werd plotseling langer en smaller tot het een zwarte rivier was, een Styx die snel voorbijstroomde. Ze hoefde er alleen maar in te stappen, dan zou ze naar haar broertje gevoerd worden...

'Renie, word wakker!'

Ze opende haar ogen. De echte rivier – hoewel niets in dit avontuur 'echt' genoemd kon worden – kabbelde nauwelijks een meter onder haar, was bijna onzichtbaar in het donker, met slechts hier en daar een glinstering en de golvende weerspiegeling van de maan. Ze zat op handen en voeten aan de rand van de afbrokkelende rivieroever terwijl !Xabbu zich aan een van haar armen vastklemde, zijn magere poten schrap gezet tegen een boomwortel.

'Ik...' Ze knipperde met haar ogen. 'Ik heb gedroomd.'

'Dat dacht ik al.' Hij hielp haar met opstaan voordat hij haar arm losliet. Ze strompelde terug naar het vuur. Emily lag met opgetrokken armen en benen naast de gloeiende kolen, zachtjes ademend, haar elfachtige gezichtje platgedrukt tegen de arm die ze als kussen gebruikte.

'Is het mijn beurt niet om de wacht te houden, !Xabbu?' vroeg Renie terwijl ze in haar ogen wreef. 'Hoe lang heb ik geslapen?'

'Dat doet er niet toe. Jij bent heel moe. Ik ben niet zo moe.'

De verleiding was groot om zich te laten gaan, om in haar dromen terug te glijden, al waren die nog zo verontrustend. Alles was beter dan deze grimmige, bewuste werkelijkheid. 'Maar dat is niet eerlijk.'

'Ik kan heel goed wakker blijven. Dat is de kunst van een jager, zoals de familie van mijn vader me heeft geleerd. In ieder geval ben jij belangrijk, Renie, heel belangrijk, en we kunnen zonder jou niets doen. Je moet wat rusten.'

'Ik belangrijk? Dat is een goeie.' Ze liet zich op de grond zakken. Haar hoofd leek wel van beton, haar nek was te zwak om het langer dan een paar ogenblikken rechtop te houden. Nergens heen kunnen, niets meer kunnen doen, niets om haar alle ellende even te doen vergeten. Ze kreeg begrip voor haar vaders hang naar vergetelheid. 'Ik ben net zoveel waard als... als... ik weet het niet. Maar het is niet veel waard, wat het ook is.'

'Je hebt het mis.' !Xabbu zat het vuur op te poken, maar nu draaide hij zich om en keek haar aan op een vreemde manier, zelfs voor een baviaan. 'Je weet het echt niet, hè?'

'Wat weet ik niet?'

'Hoe belangrijk je bent.'

Renie wilde nu beslist geen aanmoedigingen horen van wie dan ook, !Xabbu inbegrepen. 'Dat is aardig van je, maar ik weet wat ik wel en niet kan doen. En op dit moment sta ik helemaal machteloos. In feite geldt dat voor ons allemaal.' Ze probeerde de energie op te brengen om het hem duidelijk uit te leggen, hem te laten weten hoe hopeloos de toestand was, maar ze had bijna geen reserves meer. 'Begrijp je het niet? We staan tegenover iets veel omvangrijkers dan we ooit konden vermoeden, !Xabbu. En we hebben niets gedaan, helemaal niets! Niet alleen hebben we geen enkele aanval op de Graalbeweging gedaan, ze weten niet eens dat we hier zijn. En het zou ze niets kunnen schelen als ze het wel wisten. We zijn een lachertje, een stelletje vlooien dat plannen maakt om met een olifant te gaan worstelen.' Haar stem klonk gevaarlijk onzeker. Ze beet op haar onderlip, kwaad nu en vastbesloten om niet weer te gaan huilen. 'We zijn zo... zo stom geweest. Hoe konden we nou denken dat we iets tegen een zo grote, zo sterke vijand konden ondernemen?'

!Xabbu bleef lange tijd zwijgend op zijn hurken zitten, de stok die hij als rakel gebruikte in zijn kleine hand geklemd. Hij staarde naar de vlammen alsof hij een heel moeilijk gedeelte in een leerboek las.

'Maar jij bent het geliefde Stekelvarken,' zei hij ten slotte.

Het onverwachte van zijn opmerking deed Renie in de lach schieten. 'Ik ben *wat?*'

'Stekelvarken. Zij is de schoondochter van grootvader Sprinkhaan en in veel opzichten degene die hij van heel het Eerste Volk het meest liefhad. Ik heb je ooit beloofd het laatste verhaal van Sprinkhaan te vertellen.'

'!Xabbu, ik geloof niet dat ik sterk genoeg ben...'

'Renie, ik heb je nooit iets gevraagd. Nu doe ik dat wel. Alsjeblieft, luister naar dit verhaal.'

Ze keek op van de gloeiende houtskool, getroffen door de aandrang in zijn stem.

Natuurlijk was het een dwaas gezicht, een bedelende baviaan met zijn handjes smekend opgeheven, maar ze lachte niet – ze kon niet lachen. Hij had gelijk. Hij had nooit iets van haar verlangd.

'Goed dan. Vertel maar.'

!Xabbu boog zijn kop, richtte zijn snuit een ogenblik naar de grond terwijl hij nadacht. 'Dit is het laatste verhaal van Sprinkhaan,' zei hij ten slotte, 'niet omdat er verder geen verhalen zijn – er zijn er veel, veel die ik je nog niet verteld heb – maar omdat het gaat over de laatste dingen die in deze wereld met hem gebeurden.'

'Is het droevig, !Xabbu? Ik weet niet of ik nu tegen een droevig verhaal kan.'

'Alle belangrijke verhalen zijn droevig,' antwoordde hij. 'Om wat er in het verhaal zelf gebeurt of daarna.' Hij stak een pootje uit en raakte haar arm aan. 'Luister alsjeblieft, Renie.'

Ze knikte vermoeid.

'Dit verhaal speelt zich laat in het leven van grootvader Sprinkhaan af, toen er al zwarte mensen en misschien zelfs blanke mensen naar het land van mijn voorvaderen waren gekomen. Wij weten dat omdat het begint met de schapen die met de zwarte herders meekwamen. Deze mensen brachten hun schapen in grote kuddes naar het magere gras dat alle dieren waarvan grootvader Sprinkhaan en zijn jagers hielden, voedde, de antilopen, springbokken en hartenbeesten.

Sprinkhaan zag de schapen en merkte dat ze een nieuw soort dieren waren. Hij joeg op ze en was zowel blij als ongerust omdat ze zo gemakkelijk te doden waren – er was iets mis met schepsels die zo gelaten hun dood afwachtten. Maar toen hij er twee met zijn pijlen geschoten had kwamen de zwarte mannen op hem af. Die waren even talrijk als mieren en ze sloegen hem. Ten slotte trok hij zijn mantel van hartenbeestvel om zich heen, zodat de magie hen verblindde, en hij wist te ontkomen. Hoewel hij de twee schapen die hij gedood had met zich mee kon nemen, hadden de herders hem duchtig geraakt. Tegen de tijd dat hij naar zijn kraal was teruggehinkt was hij zo moe en tot bloedens toe gewond dat hij dacht dat hij stervende was.

Sprinkhaan zei tegen zijn familie: “Ik ben ziek. Ze hebben me gedood, die mannen die niet van het Eerste Volk zijn.” En hij vervloekte de nieuwkomers. “Mijn woord is tegen hen. Ze zullen hun vuren kwijtraken, ze zullen hun schapen kwijtraken, ze zullen slechts leven als teken, op ongebraden voedsel.” Maar hij was nog steeds ziek en voelde dat de wereld een duistere plaats was geworden. Hij voelde dat er werkelijk geen ruimte meer was voor het Eerste Volk.’

Renie begreep dat dit een eerste parallel was die !Xabbu probeerde te trekken tussen haar eigen machteloze wanhoop en de ellende van grootvader Sprinkhaan. Ze had zich kunnen ergeren aan wat leek op psychologie van de koude grond, als !Xabbu niet zo dodernstig had gesproken. Hij las haar voor uit het Oude Testament van zijn volk. Dit betekende iets.

‘Hij riep zijn hele familie bij zich,’ ging !Xabbu verder, ‘zijn vrouw Rotskonijn, zijn zoon Regenboog, zijn geliefde schoondochter Stekelvarken en hun twee zoons, de kleinzonen van Sprinkhaan, die Mongoeste en Jongere Regenboog werden genoemd. Stekelvarken, met haar grootmoedig hart en meelevend oog, was de eerste die zag dat er iets helemaal mis was met haar schoonvader. Ook moest ze weinig hebben van de schapen, die haar onbekend waren. “Kijk,” zei ze tegen haar echtgenoot Regenboog, “kijk naar de schepselen die je vader meegebracht heeft.”

Maar Sprinkhaan beval ze allemaal stil te zijn en zei: “Ik ben zwak door de pijn en mijn keel is gezwollen, zodat ik niet de juiste woorden kan spreken of deze schapen kan eten. Stekelvarken, jij moet naar je vader gaan, degene die de Alles-Verslinder wordt genoemd. Zeg hem dat hij moet komen om me te helpen deze schapen op te eten.”

Stekelvarken was bevreesd en zei: “Nee, grootvader, want als de Alles-Verslinder komt zal er voor niemand iets overblijven. Hij zal niets onder de hemel overlaten.”

Sprinkhaan bleef aandringen. “Ga naar de oude man, daarginds, de Alles-Verslinder, en zeg hem te komen, zodat hij mij kan helpen deze schapen op te eten. Ik voel dat mijn hart verward is, zodat ik de oude man, daarginds, wil laten komen. Als hij komt, zal ik opnieuw de juiste woorden kunnen spreken, want nu is mijn keel gezwollen en ik kan niet spreken op de manier waarop het hoort. Laat ons de schapen voor je vader neerleggen en hem verwelkomen."

Stekelvarken zei: "Die oude man kan beter niet hierheen komen. Laat mij u wat vlees van de springbok geven, opdat u uw buik kunt vullen."

Sprinkhaan schudde zijn hoofd. "Dat vlees is wit van ouderdom. Ik zal deze schapen eten – dit verse vlees – maar zeg tegen je vader dat hij moet komen om mij te helpen."

Stekelvarken was bedroefd en vervuld van een diepe vrees, omdat Sprinkhaan nooit eerder zo ziek en ongelukkig was geweest, en er zou vast iets verschrikkelijks gebeuren. "Ik zal hem gaan halen en morgen komt hij. Dan zult u hem met uw eigen ogen zien, die vreselijke oude man."

Sprinkhaan was hiermee tevredengesteld en viel in slaap, maar nog steeds kreunde hij van de pijn, zelfs terwijl hij sliep. Stekelvarken liet haar zonen Jongere Regenboog en Mongoeste het vlees van de springbok wegnemen en verbergen, evenals de speer van hun vader Regenboog. Daarna begaf zij zich op reis.

Onderweg keek ze naar alles waar ze aan voorbijging met het oog van haar hart en sprak tot zichzelf: "Morgen zal dit ding weg zijn. Morgen zal dat ding weg zijn." Toen zij de plaats bereikte waar haar vader woonde durfde ze hem niet onder ogen te komen, maar riep van een afstandje: "Sprinkhaan, uw neef, smeekt u om te komen en te helpen de schapen op te eten, want zijn hart is bezorgd." Daarna haastte zij zich terug naar haar familie in de kraal van grootvader Sprinkhaan.

Sprinkhaan vroeg haar: "Waar is je vader?"

Stekelvarken antwoordde: "Hij is nog onderweg. Kijk naar de struiken die daar boven ons staan om te zien of er een schaduw vanuit de hoogte komt aanglijden."

Sprinkhaan keek, maar zag niets.

Stekelvarken zei: "Let goed op als de struiken beginnen te verdwijnen. Als u ziet dat alle struiken daar weg zijn, kijk dan uit naar zijn schaduw. Want zijn tong zal alle struiken verslinden nog voordat hij van achter de heuvel zal verschijnen. Dan komt zijn lichaam te voorschijn en alle struiken om ons heen zullen verdwenen zijn, zodat hij ons kan zien."

Sprinkhaan antwoordde: "Ik zie nog steeds niets." Nu was ook hij bevreesd, maar hij had de Alles-Verslinder nu eenmaal uitgenodigd en die was in aantocht.

Stekelvarken zei: "U zult een tong van vuur in de duisternis zien, want wat hem in de weg staat vernietigt hij en zijn mond verzwelgt alles." Vervolgens ging ze weg en nam het vlees van de springbok, dat verborgen was geweest, en gaf het aan haar twee jonge zonen, opdat zij sterk zouden zijn en opgewassen tegen hun taak.

En terwijl grootvader Sprinkhaan afwachtte viel er een grote, grote schaduw op hem. Hij riep tot Stekelvarken: "O, dochter, waarom is het zo donker terwijl er geen wolken aan de hemel staan?" Want op dat moment begreep hij wat hij gedaan had en werd hij ontzettend bang.

De Alles-Verslinder zei met zijn verschrikkelijke, holle stem: "Ik ben uitgenodigd. Nu moet je me voeden." En hij zette zich neer in het kamp van Sprinkhaan en begon alles op te eten, want in die grote mond, in het hart van de schaduw, zat een tong van vuur. Eerst at hij de schapen op, knaagde hun botten af en verzwolg hun huiden. Toen hij daarmee klaar was at hij al het andere vlees op, en de tsama-meloenen, en de wortelen, en ieder zaadje en bloem en blad. Daarna verzwolg hij de schuilplaatsen en de graafstokken, de bomen en zelfs de stenen van de aarde. Toen hij Regenboog opslokte, de zoon van Sprinkhaan, nam Stekelvarken hun twee kinderen en rende weg. Terwijl zij ontsnapten slokte de Alles-Verslinder Sprinkhaans vrouw Rotskonijn op en ten slotte verdween ook grootvader Sprinkhaan in de maag, die zich nu van horizon tot horizon uitstrekte.

Stekelvarken pakte de speer die haar zoons verborgen hadden, verhitte hem in het vuur tot hij gloeide en stelde haar zonen op de proef om er zeker van te zijn dat zij gereed waren voor de strijd. Ze raakte Jongere Regenboog en Mongoeste met de verhitte speerpunt aan, ze drukte hem tegen hun voorhoofd, hun ogen, hun neus en oren, om er zeker van te zijn dat zij dapper genoeg waren om de weg die voor hen lag te zien en te begrijpen. De ogen van Mongoeste vulden zich met tranen en ze zei: "Jij bent de zachte – jij zult aan de linkerhand van mijn vader zitten." Maar de ogen van Jongere Regenboog werden alleen maar droger, hoe meer zij hem brandde, en ze zei: "Jij bent de harde, jij zult aan de rechterhand van mijn vader zitten." Daarna nam ze hen mee terug naar het vuur en ze zetten zich ieder aan een kant van de Alles-Verslinder, die nog steeds hongerig was, hoewel hij bijna alles onder de hemel opgegeten had.

Elk ogenblik kon hij ook hen verslinden, maar in plaats daarvan grepen de twee broers zijn armen en trokken hem naar achteren, sleurden hem tegen de grond. Terwijl ze hem vasthielden en met zijn grote kracht worstelden, verzengd door de tong van vuur in zijn mond, nam Jongere Regenboog de speer van zijn vader. Op bevel van zijn moeder Stekelvarken sneed hij de Alles-Verslinder open. Hij en Mongoeste trokken de maag wijd open en alles wat de Alles-Verslinder had opgegeten kwam er in een vloedgolf uit – vlees en wortelen en bomen en struiken en mensen. Zelfs grootvader Sprinkhaan kwam uiteindelijk te voorschijn, veranderd en stilletjes.

Stekelvarken zei: "Ik voel dat alles anders is geworden. Dit is de tijd dat wij moeten vertrekken en een nieuwe plek moeten vinden. We laten mijn vader, de Alles-Verslinder, hier in de kraal liggen. We zullen ver weg gaan. Wij zullen een nieuwe plek vinden." En ze leidde haar schoonvader en haar hele familie weg, de wereld uit en een nieuw land binnen, waar zij nu nog wonen.'

Renie was zo getroffen door het beeld van de kleine Sprinkhaan die angstig wegkroop toen de lucht donker werd en de Alles-Verslinder op hem afkwam, dat ze eerst nauwelijks besefte dat het verhaal ten einde was. In zijn dwaasheid had de god van de Bosjesmannen een verschrikkelijk lot over zichzelf afgeroepen – iets dat sterk leek op wat ze zelf had gedaan.

'Ik... ik weet niet zeker of ik het verhaal begrijp,' zei ze ten slotte. Het was niet zo droevig als ze gevreesd had, maar de afloop woog toch niet op tegen de afschuwelijke lotgevallen van de hoofdpersonen. 'Wat is de bedoeling ervan? Het spijt me, !Xabbu, ik wil niet expres moeilijk doen. Het is een heel indrukwekkend verhaal.'

De baviaan zag er vermoeid en terneergeslagen uit. 'Herken je hier jezelf niet in, Renie? Dat jij, net als Stekelvarken, degene bent op wie we rekenen? Dat jij, net als de geliefde schoondochter van Sprinkhaan, degene bent die in actie komt als alles reddeloos verloren lijkt te zijn? We vertrouwen erop dat jij ons uit dit netwerk weet te halen.'

'Doe dat maar niet!' viel ze woedend uit. 'Het is niet eerlijk – ik wil niet dat iemand op mij rekent! Ik ben mijn hele leven al bezig andere mensen op te peppen en bij de hand te nemen. Misschien zit ik er helemaal naast. Misschien ben ik niet sterk genoeg.'

!Xabbu schudde zijn hoofd. 'Je hoeft ons niet bij de hand te nemen, Renie. Je hoeft ons alleen maar de weg te wijzen. We hebben de ogen van je hart nodig, want daarmee kun je zien welke kant we op moeten.'

'Ik kan het niet, !Xabbu! Ik ben uitgeput. Ik kan geen monsters meer bevechten.' Het verhaal van de Alles-Verslinder vermengde zich in haar hoofd met haar eigen dromen en met de schaduwfiguren van deze onwerkelijke werelden. 'Ik ben Stekelvarken niet. Ik ben niet lief en verstandig. En mijn hart heeft al helemaal geen verdomde ogen.'

'Maar je hebt wel scherpe stekels, net als zij.' De mond van de baviaan vertrok in een tamelijk wrange glimlach. 'Ik geloof dat je meer ziet dan je zelf weet, Renie Sulaweyo.'

Emily was wakker geworden en lag stil op de grond naar hen te kijken, het wit van haar ogen waren twee lichte vlekken in het donker van de nanacht. Renie voelde zich schuldig – ze waren allemaal moe en hadden dringend behoefte aan slaap – maar zelfs dat korte ogenblik van schuldgevoel zorgde weer voor een gloeiende vonk van irritatie. 'Genoeg van die geheimzinnige prietpraat, !Xabbu. Ik begrijp het niet, ik heb het nooit begrepen. Ik zeg niet dat je je vergist, maar je spreekt een taal die ik niet ken. Dus in plaats van op mij te wachten kun je beter eens vertellen wat jij hier allemaal aan gaat doen – aan de Graalbeweging, aan dit netwerk waar we niet uit kunnen, aan deze hele santenkraam. Wat is jouw eigen plan?'

!Xabbu zweeg even, alsof hij door haar felheid geschokt was. Ze verbaasde zich erover hoe zwaar haar ademhaling ging, hoezeer haar zelfbeheersing haar in de steek had gelaten. Maar in plaats van zich terug te trekken of te protesteren, knikte !Xabbu alleen ernstig.

'Ik wil je niet boos maken door dingen te zeggen waar je niet in gelooft, Renie, maar ook nu heb je met de ogen van je hart gekeken. Je hebt de waarheid gesproken.' Een vermoeidheid, net zo hevig als de hare, leek hem te overvallen. 'Het is waar dat ik niet langer weet wat ik zou moeten doen. Ik vertel verhalen, maar ik ben mijn eigen verhaal vergeten.'

Ze was plotseling bang dat hij hen in de steek zou laten – haar in de steek zou laten – en op eigen houtje de rivierjungle in zou trekken. 'Ik bedoelde niet...'

Hij hief een poot op. 'Je hebt gelijk. Ik ben het doel vergeten dat mij gegeven was. In mijn droom werd mij gezegd dat alle Eerste Mensen samen moeten komen. Daarom heb ik dit lichaam.' Hij wees op zijn harige ledematen. 'Daarom moet ik dansen.'

Dat was wel het laatste wat ze had verwacht. 'Je... je moet wat?'

'Dansen.' Hij draaide in een kring rond om de bodem te inspecteren. 'Ik zal geen lawaai maken. Je kunt weer gaan slapen als je wilt.'

Renie staarde hem aan, niet zeker wat ze moest zeggen. Ook Emily keek verward toe, maar er lag een glans in haar ogen die er eerst niet geweest was, alsof het Sprinkhaanverhaal haar ergens geraakt had. !Xabbu liep in een cirkel rond en trok een van zijn handen door de aarde om er een lijn in te tekenen. Daarna bleef hij staan en staarde naar de lucht. Een glimpje van de dageraad verscheen net aan de horizon. Hij draaide zich langzaam om tot hij er met zijn gezicht naartoe stond en er schoot Renie een van zijn andere verhalen te binnen. !Xabbu had haar verteld dat zijn volk geloofde dat het eerste rood van de dageraad de jagende Morgenster was, die naar zijn kamp terugkeerde en zich naar zijn bruid, Lynx, haastte.

En de reden waarom Morgenster zich haastte, herinnerde zij zich nu, was dat hij de haat en jaloezie vreesde van Hyena, een verloren schepsel van de duisternis, bijna net zo angstwekkend als de Alles-Verslinder.

Terwijl hij begon met de schuifelende passen van wat hij eens de Dans van de Grote Honger genoemd had, leek !Xabbu zich te richten op iets buiten het kamp, misschien zelfs buiten Anderland zelf. Renies eigen wanhoop was bezonken tot iets stroperigs, als een zwaar, kleverig web dat haar uitputte en haar in bedwang hield. Dus dit was waar haar wetenschappelijk onderzoek toe geleid had, dacht ze – halfslachtige antwoorden op onmogelijke vragen, dansende apen, magische werelden langs een eindeloze rivier. En op de een of andere manier zouden ze deze gigantische zandwoestijn uitziften en het enige korreltje vinden dat haar broertje terug kon brengen?

!Xabbu's dans ging verder, een deinende, ritmische beweging die hem geleidelijk rond de cirkel voerde die hij getrokken had. Een paar vogelkreten vrolijkten de dageraad op en de oerwoudbomen ruisten en bewogen in het briesje, maar in het kamp was de enige beweging de dans van de baviaan: *stap, sleep, sleep, stap*, naar de grond gebogen en dan weer rechtop met zijn uitgestrekte armen boven zijn hoofd, zijn ogen nog steeds naar buiten gericht. Hij maakte de cirkel af en ging verder, nu eens sneller, dan wat langzamer.

De tijd verstreek. Tien rondgangen werden er honderd. De oogleden van Emily waren allang dichtgevallen en Renie was half gehypnotiseerd van vermoeidheid, maar nog steeds danste !Xabbu op muziek die alleen hij kon horen, bewegingen uitvoerend die al onvoorstelbaar oud waren toen Renies eigen voorouders voor het eerst in de zuidelijke streken van Afrika waren doorgedrongen. Het was het stenen tijdperk waar ze naar keek – het levende geheugen van de mensheid, hier in de modernste van alle omgevingen. !Xabbu verbond zichzelf niet met het materiële heelal, met zon, maan en sterren, maar met de kosmos van de diepere betekenis. Hij herontdekte zijn eigen geschiedenis.

En terwijl de dans verder ging en het oerwoud zich in de volle morgenstond ontvouwde, voelde Renie de koude hopeloosheid in haar een beetje ontdooien. Het ging om het verhaal, dat had hij haar duidelijk willen maken. Stekelvarken, Sprinkhaan – het was niet alleen maar een typisch volksverhaal, maar ook een zienswijze. Het vormde een verhaal dat orde in het leven aanbracht, dat het universum de woorden gaf die de mensheid kon verstaan. En dat was toch de kern van alle menselijke kennis of geloof? Ze kon zich door de chaos laten verzwelgen, bedacht ze, zoals de Alles-Verslinder alles verzwolgen had – zelfs grootvader Sprinkhaan, de ziel van het eerste weten – of ze kon choas omvormen tot iets wat ze begrijpen kon, net als Stekelvarken gedaan had, orde scheppend waar slechts wanhoop leek te bestaan. Ze moest haar eigen verhaal ontdekken en ze kon het iedere vorm geven die ze zelf het beste vond.

Terwijl ze deze dingen bedacht, en terwijl de kleine man in het lichaam van de baviaan voortdanste, voelde Renie hoe de dooi zich uitbreidde en haar verwarmde. Ze keek naar !Xabbu, die zijn zorgvuldige herhalingen tekende, even mooi als een geschreven taal, even ingewikkeld en bevredigend als de beweging van een symfonie, en plotseling besefte ze dat ze van hem hield.

Het was een schok, maar het was geen verrassing. Ze wist niet zeker of het liefde tussen man en vrouw was – het was moeilijk om door het onbehaaglijke van hun verschillende culturen en door de vreemde vermommingen waarin ze rondliepen heen te kijken – maar zonder de geringste twijfel wist ze dat ze nooit méér van iemand had gehouden en dat ze nooit van iemand op dezelfde manier gehouden had. Zijn aapachtige vorm, die zijn levendige, dappere geest maskeerde maar niet echt verborg, was veranderd van een verwarrend uiterlijk in een stralend duidelijke betekenis, even sterk als een trip, even moeilijk uit te leggen als een droom.

Ik ben degene die erop moet toezien dat we allemaal verbonden worden, dacht ze. *!Xabbu zag in zijn droom dat het hele Eerste Volk bijeen moest komen, net als in dat verhaal over zijn voorvader en de bavianen. 'Ik wou dat er bavianen op deze rots zaten,' was het niet zoiets? Maar dat verhaal gaat niet echt over hem – het gaat over mij. Ik ben degene op wie de hyena jacht maakt en !Xabbu heeft mij zijn schuilplaats aangeboden, net als de bavianen voor zijn voorvader deden.*

'Er zitten echt bavianen op deze rots,' fluisterde ze tegen zichzelf.

Ze ontdekte deze waarheid en voelde hem in haar gloeien. Het klopte. Ze had een geschenk afgewezen waarvan ze dacht dat het er niet toe deed, maar in feite was een geschenk – en speciaal het geschenk van de liefde – het enige dat er wel toe deed.

Ze wilde de kleine man beetpakken, hem uit zijn trance halen en hem alles uitleggen wat ze zojuist begrepen had, maar zijn concentratie was nog steeds heel diep en ze besefte dat deze onthullingen voor haar bedoeld waren en dat !Xabbu naar de zijne zocht. Dus stapte ze achter hem de cirkel in, eerst aarzelend, maar met steeds toenemend zelfvertrouwen tot ze evenwijdig van elkaar dansten, de kring aldoor tussen hen in en toch erdoor verbonden. Hij liet niet merken dat hij zich bewust was van haar aanwezigheid, maar in haar hart wist Renie zeker van wel.

Emily werd weer wakker en dit keer werden haar ogen zelfs nog groter toen ze haar beide metgezellen in een kring zag rondgaan.

Ze dansten nog steeds toen de dageraad aanbrak en de morgen bezit nam van het oerwoud.

Vanuit de stilte, een verhaal. Vanuit de chaos, orde. Vanuit het niets, liefde...

Renie was zelf een hele poos in een soort trance geweest en pas toen ze van vermoeidheid struikelde, werd ze zich de wereld om haar heen weer gewaar. Het was een verontrustende overgang: ze was ergens anders geweest en wist op onverklaarbare wijze wat !Xabbu met 'de ogen van het hart' bedoelde. Hijzelf danste nog steeds, maar nu langzamer, met grote omzichtigheid, alsof hij een moment van bewustwording naderde.

Er bewoog iets anders in de hoek van haar gezichtsveld. Renie draaide zich om naar Emily, die als een angstig diertje in elkaar gedoken zat en met haar hand zwaaide alsof ze iets wilde verjagen. Renie dacht eerst dat het meisje bang was geworden doordat !Xabbu en zij zo lang en ingespannen hadden gedanst. Opeens zag ze een gezicht dat uit het kreupelhout naar hen gluurde, nauwelijks vijf meter bij haar vandaan.

Renie struikelde opnieuw, maar uit voorzichtigheid dwong ze zichzelf om verder te dansen, hoewel ze haar hoofd er niet langer bij had. Ze hield de spion zo goed ze kon in de gaten, zonder duidelijk te staren. Het was een van de vreemd samengestelde misbaksels die ze eerder gestoord hadden bij het drinken uit de rivier. Het gezicht was menselijk, maar slechts ternauwernood. De neus zag er als iets anders uit dat toevallig midden in het gezicht terecht was gekomen, als een teen of een duim misschien. De oren van het schepsel staken uit zijn hals, wat maakte dat zijn kale hoofd er als een stormram uitzag. Maar afgezien van deze angstaanjagende afwijkingen zag het creatuur er niet gevaarlijk uit. De zachte ogen keken naar het dansen van !Xabbu met een hunkering die bijna aandoenlijk was.

Maar dat betekent niets. Renies onthullende trance was verstoord, haar inwendige alarmsignalen gingen af. *Die wezens zijn veranderd – hun gelaatsuitdrukking, hun lichaamstaal, niets kan ze voor waar aannemen.*

Ze vertraagde haar eigen dans zo natuurlijk mogelijk en stapte ten slotte de cirkel uit alsof ze moe was. Het was niet helemaal onwaar – ze hijgde en was bezweet. Ze keek heimelijk naar het wezen terwijl ze haar voorhoofd afveegde. Er was een tweede gezicht naast het eerste verschenen, met ogen die op de wangen zaten. Een derde bizar gelaat volgde, toen een vierde, elkaar verdringend in het kreupelhout om naar de dans van de baviaan te kijken.

Emily was op handen en knieën neergevallen en drukte haar gezicht tegen de grond, terwijl haar magere rug trilde van nauwelijks onderdrukte angst. Renie was bezorgd, maar er was iets zo verlegen en hulpeloos aan de schepsels dat ze, veranderd of niet, geen direct gevaar leken te zijn. Toch riep ze haar vriend.

'!Xabbu. Laat het niet merken, maar we hebben bezoek.'

Hij danste verder, *stamp, schuifel, schuifel, stamp*. Als hij alleen maar deed of hij haar niet hoorde, dan was dat een briljant stukje acteerwerk.

'!Xabbu. Ik wil dat je nu ophoudt.' Achter haar maakte Emily een klein, verstikt angstgeluidje. Haar vriend leek nog steeds volledig op zichzelf geconcentreerd.

Er kwamen nog meer mismaakte wezens te voorschijn. Ten slotte stonden er minstens tien in de dichte begroeiing aan de rand van het kamp, schuw als herten, en Renie hoorde ook een vaag geritsel achter zich. Zij en haar metgezellen werden voorzichtig omsingeld.

'!Xabbu!' zei ze nu harder. Hij bleef staan.

De baviaan wankelde even en viel plotseling tegen de grond. Voordat Renie bij hem was krabbelde hij weer overeind, maar de manier waarop zijn hoofd op zijn nek waggelde joeg haar angst aan. Ze sloeg een arm om hem heen en noemde zijn naam, maar zijn blik was wazig. Een stroom van klikkende, onverstaanbare geluiden kwam uit zijn mond en ze luisterde er verbijsterd naar tot ze zich realiseerde dat het vertaalprogramma van het netwerk geen raad wist met dit dialect van de Bosjesman.

'!Xabbu, ik ben het, Renie. Ik kan je niet verstaan.' Ze vocht tegen de opkomende paniek. Een dansende en mediterende !Xabbu was tot daar aan toe, maar een !Xabbu die niet in staat was tot communiceren was een eenzaam en angstaanjagend beeld.

De pupillen van de baviaan rolden weg onder zijn oogleden en de onverstaanbare taal, vloeiend en tegelijk doorspekt met puffende geluiden, maakte plaats voor een gefluister. 'Renie?' zei hij ineens zwak. Haar naam, dat enkele woordje, was een van de mooiste dingen die ze ooit had gehoord. 'O, Renie, ik heb dingen gezien, dingen geleerd – de zon klinkt weer voor me.'

'We hebben nu geen tijd om daarover te praten,' zei ze zachtjes.

'De wezens die we eerder gezien hebben zijn hier, overal om ons heen, en ze houden ons in de gaten.'

!Xabbu sperde zijn ogen wijd open, maar hij scheen niets te hebben gehoord van wat ze had gezegd. 'Ik ben dom geweest.' Zijn duidelijk goede stemming was verrassend. Renie vroeg zich af of hij een beetje gek geworden was. 'Aha, het is al anders.' Zijn ogen werden spleetjes. 'Maar wat voel ik? Wat is er anders?'

'Ik zeg toch, die wezens zijn hier! Ze zijn overal om ons heen.'

Hij worstelde zich uit haar armen, maar wierp slechts een vluchtige blik op de kring van half-menselijken voordat hij zich naar Renie omdraaide. 'Schaduwen,' zei hij. 'Maar er is iets wat ik miste.' Tot haar verbazing duwde hij zijn lange snuit tegen haar gezicht aan en begon te snuffelen.

'!Xabbu! Wat doe je?' Ze duwde hem weg, bang dat de wezens gewelddadig zouden worden nu de dans van de Bosjesman geëindigd was. !Xabbu stribbelde niet tegen, maar liep gewoon om haar heen en besnuffelde haar aan de andere kant. Zijn apenhandjes bewogen zich zacht over haar armen en schouders.

Het publiek kwam nu dichterbij, sloop de begroeiing uit en de kring van het kamp binnen. Er lag geen dreiging in hun bewegingen, maar ze vormden nog steeds een griezelige aanblik, een rariteitenkabinet: hoofden die te laag uit het lichaam staken, armen die uit borstkassen groeiden, drie of vier benen, een rij handen die als een dinosauruskam op een rug zaten. Al die ingrepen waren gedaan met een onhandige lompheid. Het ergste van alles waren de ogen van de samengestelde wezens, afgestompt door pijn en angst, maar zich nog steeds bewust van hun eigen lijden.

Radeloos probeerde Renie !Xabbu beet te pakken, maar hij ontweek haar en ging door met snuffelen en klopjes geven zonder op haar vragen te reageren. Haar angst en verwarring dreigden haar al te verpletteren toen een luide zucht door de monsterachtige menselijke kudde ging. Renie verstarde, overtuigd dat de wezens op het punt stonden aan te vallen, wat !Xabbu de gelegenheid bood om met zijn hand in haar zak te grabbelen.

'Ik had het kunnen weten,' zei hij terwijl hij Azadors aansteker in het licht van de ochtendzon hield. 'Hij sprak tot me, maar ik luisterde niet.'

De menigte kwam weer in beweging, maar in plaats van aan te vallen verdwenen ze zo vlug de struiken in dat hun mismaakte vormen bijna vloeibaar leken te worden en weg te stromen. Renie was overrompeld, zowel door de schijnbaar overbodige terugtocht als door het onbegrijpelijke gedrag van haar vriend.

'!Xabbu, wat... wat doe je nou?' hijgde ze.

'Dit hoort er niet bij.' Hij draaide de aansteker om en om, alsof hij hoopte er een of ander geheim teken op te zien. 'Ik had het al eerder kunnen weten, maar ik heb mezelf in de war laten brengen. Het Eerste Volk riep me, maar ik hoorde het niet.'

'Ik weet niet waar je het over hebt!' De misvormde schepsels waren weg, in tegenstelling tot haar angstige voorgevoel. Dichtbij knapte een tak, luid als een zevenklapper. Iets baande zich een weg door de jungle zonder een poging te doen zijn nadering te verhullen. Op het moment dat Renie haar handen opnieuw naar haar verstrooide vriend uitstak brak een groep duistere, verticale vormen door de rij bomen heen en bleef staan op de rand van de open plek.

Ze zag een stuk of tien reusachtige, harige, beerachtige wezens, alleen lang niet zo eenvoudig en schoon als echte beren. Blauwgrijze plukken mos groeiden op hun vacht en klimplanten wortelden in de zijkant van hun hals, kronkelden door de vacht heen als een troep wormen en verdwenen dan weer via kruis en knie naar binnen. Maar het ergste was dat ze in plaats van een hoofd de hersenloze grijns van vleesetende planten droegen, grote paars en groen glanzende peulen die rechtstreeks uit hun korte nekken opschoten, de mondachtige openingen gevuld met rijen stekels.

Terwijl deze monsters zwaar hijgend stilstonden, verscheen er een andere figuur tussen de bomen en stelde zich op voor de plantberen, een figuur die kleiner maar breder was dan zijn gigantische dienaren. Zijn oogjes glansden wellustig en zijn kwabbige mond verbreedde zich tot een grijns die gebroken gele stompjes van verschillende lengte onthulde.

'Wel, wel, wel,' donderde Leeuw. 'De Tinnen Man is een stoute kleine machine geweest door jullie te laten ontsnappen. Maar zijn ongeluk is mijn geluk en nu is het mijn spelletje. Ha! Dit moet de Dorothy zijn met haar... draagster.' Hij deed een waggelende stap in de richting van Emily, die zich als een gewonde krab uit de voeten maakte. Leeuw lachte. 'Gefeliciteerd met je zwangerschap, klein Emily-schepsel.' Hij draaide zijn knobbelige hoofd naar Renie en !Xabbu. 'Een beeldhouwer heeft eens gezegd dat het beeld al in het marmer zit – dat de kunstenaar slechts het overbodige moet weghakken.' Hij lachte opnieuw. Speeksel glom op zijn gezwollen onderlip. 'Ik heb hetzelfde gevoel over de Dorothy.'

'Wat wilt u van ons?' vroeg Renie, maar ze wist hoe kleintjes en weinig overtuigend haar stem klonk, hoe onbeduidend haar kracht was, zelfs vergeleken met slechts een van die reusachtige, afzichtelijke plantberen. Hopeloosheid kreeg haar in zijn greep. 'Dus het is allemaal een spelletje? Alleen maar een wreed spel?'

'Maar het is ons spel – en nu mijn spel.' Leeuw grijnsde. 'Jullie zijn de indringers. En zoals iemand ooit zei... overtreders worden opgegeten.'

Renie pijnigde haar hersens af om iets over Leeuw of de andere helft van de tweeling te vinden dat hen zou kunnen helpen, maar ze wist niets te bedenken. Ze waren afschrikwekkend, had Azador haar verteld. Ze waren onvoorstelbaar wreed.

'Ik voel iets,' zei !Xabbu opgewekt. Renie werd er zo door verrast dat ze zich omdraaide en hem aanstaarde. Hij tuurde nog steeds naar de aansteker die hij in zijn handen hield, alsof Leeuw, diens hersenloze slaven en de rest van de wereld niet bestonden. 'Iets...'

'!Xabbu, ze gaan ons doden!' riep Renie. Emily zat op de grond bij haar voeten te snikken. Renies angst maakte even plaats voor woede: kon dit meisje niets anders doen dan jammeren en huilen?

'Die?' !Xabbu keek op, nog steeds ver weg, nog steeds aan iets anders denkend. 'Die zijn zinloos. Het zijn schaduwen.' Hij zag Leeuw en zijn mond vertrok van afkeer. 'Misschien niet allemaal schaduwen, maar ze blijven zonder betekenis.'

Leeuw zag de aansteker en zijn roofdierogen vernauwden zich. 'Hoe kom je daaraan?'

'!Xabbu, wat is er aan de hand?' vroeg Renie zachtjes.

'En ik heb me ook in andere dingen vergist.' !Xabbu stak zijn vrije hand uit naar Emily. Ze wilde niet opstaan, maar hij zette zich schrap met zijn brede voeten en bleef trekken tot ze in een geknielde houding zat. 'Ik zal het later wel uitleggen,' zei hij, en schreeuwde toen plotseling: '*Rennen!*'

Hij trok weer aan Emily's arm en sleepte haar mee in de richting van de rivier. Renie keek een ogenblik verbluft toe voordat ze het zelf op een lopen zette. Leeuw schreeuwde geen bevel, maar binnen enkele tellen voelde ze de daverende schreden van de beerwezens die de achtervolging inzetten.

!Xabbu leidde de strompelende Emily helemaal naar de oever en waadde door het water tot het tot zijn eigen schouders kwam. Renie dacht dat hij zou gaan zwemmen, maar in plaats daarvan draaide hij het meisje om en duwde haar met de stroom mee voor zich uit. Daarna keek hij om naar Renie.

'Blijf die kant opgaan,' zei hij toen Renie hem inhaalde. Zelf zwom hij terug naar de oever.

'Wat doe je?'

'Blijf bij Emily!' riep hij terug. 'Vertrouw op me!'

Ze bleef in het water staan en verloor bijna haar evenwicht. 'Dat is zelfmoord!' gilde ze. 'Je mag jezelf niet opofferen. Dat is ouderwets gedoe!'

'Renie! Alsjeblieft, vertrouw me!' schreeuwde hij vanuit het kreupelhout op de oever. De bomen kraakten al dicht bij hem terwijl Leeuws dienaren zich een weg door de jungle baanden.

Ze aarzelde een ogenblik. Emily was omgevallen en werd heen en weer geslingerd door de stroom, niet in staat op haar benen te blijven staan. Renie vloekte en waadde achter haar aan.

Ze vorderden pijnlijk langzaam door de modder en het hoge water, maar Renie zag dat !Xabbu's eerste plan in elk geval goed was geweest – ze kwamen nog steeds sneller vooruit dan Leeuw en zijn reusachtige wezens, die gedwongen waren zich een weg door het dichte oerwoud te zoeken. Ze wist ook dat het uiteindelijk een vergeefse inspanning zou zijn. Ze hapte al naar adem en Emily zou het niet langer dan een paar minuten volhouden, terwijl hun achtervolgers ongetwijfeld virtueel onvermoeibaar waren. Als !Xabbu hoopte dat ze in staat waren om het hele eind naar de volgende Poort te waden, die misschien nog wel vijftien of twintig kilometer verderop was, dan was dat een moedige maar hopeloze gedachte.

Leeuw kreeg hun strategie door. Een van zijn beermonsters brak door het struikgewas heen naar de oever, die afbrokkelde onder zijn gewicht zodat het ondier in de rivier belandde. Het kwam vlug weer boven, de mossige vacht druipnat, klapperend met de doornige kaken in zijn oogloze plantaardige kop terwijl het ontmoedigend snel achter ze aan kwam. Renie zwoegde nog sneller voort en sjorde de telkens struikelende Emily met zich mee, maar ze kon de aanzwellende geluiden achter haar dichterbij horen komen, vergezeld door het gestamp van poten op de rivieroever.

Haar benen waren gevaarlijk slap aan het worden toen ze een dunne grijsbruine arm van een tak net voor haar zag wenken.

'Hierheen!' riep !Xabbu. Terwijl ze naar de tak strompelden greep hij Emily en hielp haar de oever op. Het wezen achter hen brulde of siste niet, vertoonde geen spoor van emotie. Het liet zich voorovervallen zodat het op handen en voeten kon lopen en verdubbelde zo zijn snelheid. De gruwelijke plantaardige kop doorkliefde het water als de boeg van een tanker.

Renie en Emily ploeterden achter !Xabbu aan, de oever op en de dichte struiken in.

'Ik dacht dat ik sneller van boom tot boom kon gaan dan jullie,' legde hij uit terwijl ze zich een weg door het oerwoud baanden.

'Maar waar gaan we naartoe? We kunnen ze nooit voor blijven.'

'Hierheen,' zei !Xabbu. Hij bleef staan om de huilende Emily te helpen die in een liaan verstrikt was geraakt. Hij hijgde zelf ook, maar zijn stem was vreemd kalm. 'Nog maar een paar passen. Ha, hier is het.'

Ze kwamen hinkend op een kleine open plek die bedekt was met gevallen takken en een laag bladeren. Licht straalde tussen de bomen en de klimplanten door, als door de ramen van een kathedraal. Het lawaai van de achtervolgers klonk akelig dichtbij.

'Maar er is hier niets.' Renie keek wanhopig naar haar vriend en ze vroeg zich af of de spanning hem eindelijk te veel was geworden. 'Niets!'

'Je hebt gelijk,' zei hij terwijl hij zijn smalle handje ophief. De eerste van Leeuws plantberen kwam schommelend in zicht, stampte door de struiken. 'Er is hier echt helemaal niets... als je alleen maar kijkt.'

Een bundel goudgeel licht vlamde voor hen op, een strak opgewonden spiraal die eindeloos om zijn as wentelde als het gesmolten uithangteken van een kapper. Even later werd de spiraal plat en spreidde zich tot een volmaakte rechthoek uit. Renie kon binnen de vier rechte zijden niets anders zien dan wisselende kleuren, als een regenboog in een radioactieve zeepbel. !Xabbu nam Emily en Renie bij de hand en leidde hen erheen.

'Hoe wist je...?' begon ze, bijna sprakeloos van verbazing.

'Later zal ik het uitleggen. We moeten nu opschieten.'

Nog twee plantberen naderden en de schimmige maar niet minder angstaanjagende gestalte van hun meester stond vlak achter ze. Leeuw schreeuwde iets naar de vluchtelingen, maar zijn woorden gingen verloren in het verwarde, dierlijke gebrul van zijn stem. 'We kunnen Emily niet uit haar simulatie halen,' zei Renie gespannen, zich bewust van de weinige seconden die ze nog hadden. 'Maar als we haar achterlaten krijgen ze haar te pakken. Ze zullen haar pijn doen, de baby van haar afnemen.'

!Xabbu schudde zijn hoofd en bleef ze allebei meetrekken. Renie keek naar Emily en wilde zeggen dat het haar speet, maar het meisje zag grauw van vermoeidheid en liet haar hoofd hangen. Renie hoopte dat er een snel en pijnloos einde zou zijn voor een Pop die haar simwereld probeerde te verlaten. Misschien zou het systeem Emily zelfs verplaatsen naar een ander gedeelte van Kansas.

En ineens was de gloed van de Poort overal om hen heen, een flikkerende zonnevlek die geen warmte afgaf, en het aanzwellende gebrul van Leeuw verstomde abrupt.

Ze vielen languit op wat in een normale wereld de bodem zou zijn geweest. In plaats daarvan was het een hobbelig schuin oppervlak, alsof ze op een berghelling terecht waren gekomen. De grond, als je het zo kon noemen, was een vreemdsoortige lappendeken met alle mogelijke kleuren die zich in slow motion van het ene naar het andere vak bewogen, doorsneden met platte aderen van een dofwitte substantie, als botten onder een opengereten huid. Maar het verwarrendste van heel deze surrealistische omgeving was dat er op veel plaatsen juist geen enkele kleur te zien was, al helemaal niet in de ruimte die de lucht zou moeten zijn. Maar geen kleur, bedacht Renie voordat haar hersenen protesteerden en ze haar ogen moest sluiten, was niet zwart en niet wit, zelfs niet de grijze sneeuw van een beeldscherm. Het was stomweg... geen kleur.

'Lieve Jezus,' kreunde Renie uiteindelijk, half eerbiedig, half angstig. 'Waar zijn we, !Xabbu? En hoe deed je dat?' Ze opende haar ogen een stukje om te kijken waar haar vriend was. Wat ze van het landschap in haar omgeving kon zien was ongelijkmatig, met vreemde blokvormige dingen die hoogstens een suggestie van bergen of bomen konden zijn, maar alleen de aanblik bezorgde haar al een stekende hoofdpijn.

!Xabbu lag op zijn zij en zijn magere borst bewoog bijna niet. Zijn pupillen waren onder zijn oogleden weggedraaid.

Renie kroop naar hem toe. De grond onder hem vertoonde visuele diepte, alsof de baviaan op een stuk glas boven een bewolkte lucht lag. Even had ze de duizelingwekkende zekerheid dat ze allebei in het niets zouden vallen, maar de onzichtbare grond was net zo stevig als aangestampte aarde.

'!Xabbu?' Hij antwoordde niet. Ze schudde hem bij zijn schouder, eerst zachtjes, daarna steeds heftiger. '!Xabbu, zeg iets tegen me!'

Er klonk een geluid achter haar. Renie draaide zich snel om, klaar om zich te verdedigen.

Emily 22813 ging overeind zitten, haar ogen wijd opengesperd.

'Maar... hoe kun jij hier nou zijn?' vroeg Renie aan het meisje. Op een dag vol wonderen leek dit er eentje te veel. 'Behalve... behalve als we nog steeds in Kansas zitten... maar dat denk ik niet.' Ze kon er niks begrijpelijks van maken. 'Nou ja, het doet er ook niet toe. Help me met !Xabbu. Ik geloof dat hij gewond of ziek is.'

'Wie bent u?' Emily klonk alsof ze het echt niet wist. De stem was hetzelfde, maar iets in de intonatie was veranderd. Haar ogen vernauwden zich in haar knappe, kinderlijke gezicht. 'En wat is er met uw aapje aan de hand?'

Renie draaide zich om en zag !Xabbu's armen en benen hevig

schokken. Hij lag te stuiptrekken.

'O, mijn god!' schreeuwde ze. 'Help!'

In het onvoltooide landschap was geen beweging te zien. Ze waren alleen.

28

Duisternis op het net

NETFEED/NIEUWS: *Oom Tierelier heeft* JOU *nodig!*
(beeld: Sunshine Soldiers op zonnecellen marcheren in gelid)
S. SOLDIERS: *'We snappen niet hoe je kan wachten*
Oompje zit naar je te smachten!
Geluid uit! Drie, vier...!'
(beeld: Oom Tierelier als aanvoerder van de stoet)
TIERELIER: *'Kindertjes, hier is jullie oude Ri-Ra-Rijmpjesoom en ik moet wel zeggen dat ik bijna sta te snikken van wanhoop en verdriet. We zijn bezig met de Verpletterende Verkoop van alle Verbluffende Voorwerpen uit onze show en die zijn allemaal flink afgeprijsd – als je niet weet wat dat betekent, vraag het aan je ouders! – maar er zijn nog steeds dingen die op de plank blijven liggen. Hela, is dat nou eerlijk? Ik kan zelfs mijn muurscherm niet meer zien! Ren dus gauw naar je plaatselijke Tierelierwinkel en help me om reuzevlug van die spullen af te komen! Straks valt het allemaal boven op me en ben ik dood – of nog erger!'*

Anneliese zei: '*Er is een oproep voor je.*'
Haar zachte zuidelijke accent was zo bekend dat het even in de droom van Decatur Ramsey werd opgenomen. Zijn voormalige assistente voegde zich bij hem op de heuvel die uitzag over de mistige vallei. Iets hield zich schuil in die grijze nevels. Ramsey wist al-

leen dat het op hem loerde en dat hij het niet graag wilde zien. Hij vroeg zich af of Anneliese hem dat probeerde te vertellen, maar toen hij zich omdraaide om het haar te vragen was de mist dichter geworden en kon hij haar niet meer zien.

De droom eindigde plotseling, ging over in de alledaagse duisternis van zijn slaapkamer en daarmee verdween het ronde, ernstige gezicht van Anneliese. Maar haar stem bleef en zei opnieuw dat iemand hem opriep. Ramsey kwam overeind en knipte met zijn vingers, waarna zijn systeem gehoorzaam de tijd in gloeiende blauwe cijfers op de muur projecteerde: 03.45 uur.

De toon van Anneliese werd een beetje strenger, vertoonde de harde zoetheid die als een stroompje koud water door generaties vrouwen uit Virginia vloeide. Het was vreemd te bedenken dat haar stem hem nog steeds op berichten en andere huishoudelijke zaken attent maakte, jaren nadat ze zijn dienst verlaten had. Hij wist zelfs niet waar ze nu was. Ze was getrouwd, naar een andere staat verhuisd, en vaag herinnerde hij zich dat ze hem een geboortekaartje van haar eerste kind gestuurd had...

Ramsey wreef over zijn ogen. Zijn gezicht voelde aan als een slechtpassend masker, maar hij was inmiddels wakker. Bijna vier uur 's morgens – wie kon dat verdomme zijn? '*Aannemen.*'

De stem van Anneliese viel midden in haar vermaning uit, maar er kwam niets voor in de plaats. Ramsey hoorde tenminste niets – geen stem, geen gezoem of fluisterend geruis. Maar hij voelde wel iets, alsof hij voor een open raam stond en naar de leegte van het heelal staarde.

'Olga Pirofsky? Bent u het?'

Niemand antwoordde, maar het gevoel van afwachtende ruimte wilde niet weggaan. Het was alsof de leegte zelf hem geroepen had, alsof de duisternis op het net probeerde een stem te vinden om mee te spreken.

'Hallo? Is daar iemand?'

Weer een weifelend moment, seconde gevolgd door seconde. Ramsey zat nu rechtop in bed terwijl hij naar het plafond staarde dat hij niet kon zien als zijn verduisteringsgordijnen dicht waren, al was het midden op de dag. Een vage angst bekroop hem.

De stem die ten slotte kwam was een bizarre verrassing. 'Ramsey, Decatur?' Een sappige neusstem als een rasechte inwoner van Brooklyn, maar vreemd aarzelend, alsof hij de uitspraak uit fonetische tekens moest ontcijferen.

'Wie is daar?'

'Ramsey? Decatur?' vroeg de stem opnieuw en daarna braakte hij een aanvankelijk nietszeggende reeks cijfers en letters uit. Het duurde even voordat Decaturs slaperige brein elektronische adressen en codes herkende. Zijn hart ging sneller kloppen.

'Ja, ja. Ik ben Catur Ramsey. Ik heb die boodschappen achtergelaten. Met wie spreek ik?'

Een lange pauze. 'Niet bevoegd,' zei de stem ten slotte. 'Wat mot je?'

Hij kon de tekenfilmachtige stem moeilijk serieus nemen, maar hij wist dat hij zich weinig kon veroorloven. 'Blijf alsjeblieft aan de lijn. Spreek ik met Kruiper? De agent van Orlando Gardiner? Kun je dat tenminste bevestigen?'

Er volgde weer een lange stilte terwijl er blijkbaar opnieuw allerlei procedures werden afgewerkt. Ramsey kon de *fuzzy logic* bijna horen knetteren. 'Onbevoegd,' zei de stem uiteindelijk, maar het uitblijven van een ontkenning was voor Ramsey voldoende.

'Luister goed,' zei hij langzaam. 'Dit is heel belangrijk, vooral voor Orlando. Wat voor toestemming heb je nodig om met me te praten, is er een manier om die te krijgen? Als die er niet is zit je in een lus, begrijp je? Ik wil hem helpen, maar dat kan ik niet doen als jij niet wilt meewerken. Als ik hem niet kan helpen komt hij niet terug, en als hij niet terugkomt zal hij nooit meer in staat zijn om toestemming waar dan ook voor te geven.'

De stem als van een taxichauffeur uit Brooklyn kreeg een merkwaardig gekrenkte klank. 'Ik weet wat een lus is. Ik weet heel veel, meneertje. Ik ben een goede machine.' Ramsey was onwillekeurig onder de indruk van de reactie, zeker van zo'n vroege generatie pseudo-kunstmatige intelligentie. Kruiper was echt een goede machine.

'Dat weet ik. Luister dan naar me. Orlando Gardiner ligt in coma, hij is buiten bewustzijn. Ik ben de advocaat van zijn vriendin Salomé Fredericks – ik geloof dat Orlando haar Sam noemt. Ik wil helpen.'

'Fredericks,' zei de agent. 'Hij noemt haar Fredericks.'

Ramsey moest een uitroep van triomf onderdrukken. Het ding praatte tegen hem. Er moest meer plooibaarheid in zijn programma zitten dan hij gedacht had. 'Prima, dat is prima. En om ze allebei te helpen moet ik informatie hebben, Kruiper. Ik moet toegang hebben tot Orlando's bestanden.'

'Orlando's ouders wilden me ontladen.' Het klonk bijna knorrig.

'Ze begrijpen het niet. Ze begrijpen niet waarom je ze Orlando's bestanden niet wilt laten zien. Zij willen ook helpen.'

'Orlando zei tegen me dat niemand ze mocht zien, dat niemand iets mocht veranderen of wissen.'

'Maar dat was vóór zijn... ongeluk, zijn ziekte. Nu is het belangrijk dat je mij laat helpen. Ik beloof je dat de Gardiners je niet zullen ontladen. En als het mogelijk is, zal ik Orlando helpen terugbrengen.' Hij had nu het gevoel of Kruiper een levend ding was, zij het van een rare soort. Hij kon het bijna daar in de duisternis voelen, een wezen met pootjes en een hard omhulsel en met razendsnelle, geconcentreerde gedachten. Het was of hij een vis binnen probeerde te halen, van een grote afstand, aan een heel dunne lijn. 'Je kunt niet meer wachten tot Orlando ergens toestemming voor geeft,' vervolgde hij. 'Jij moet de oorspronkelijke geest van zijn opdrachten in ere houden.'

God, dacht hij, *als iets zijn logica kan ondermijnen, is dat het wel. Ik ken niet veel mensen die geen problemen met zo'n concept zouden hebben.* En alsof de duisternis zijn angsten wilde bevestigen bleef het een hele tijd deprimerend stil.

Maar toen het ding iets zei was het niet om de meltdown van zijn logische circuits aan te kondigen of om tegen een onjuiste procedure te protesteren. Wat het zei alarmeerde hem zo dat hij de rare stem en de vreemde omstandigheden totaal vergat.

'Ik zal het hem vragen. Ben zo terug.'

De agent was weg. De lijn naar de leegte was een gebroken draad.

Ramsey ging verward weer liggen. Hem vragen? Wie? Orlando? Was het softwarehulpje misschien getikt geworden? Konden apparaten getikt worden? Of betekende het iets wat hij niet kon begrijpen?

Hij lag een hele tijd in het donker terwijl allerlei luidruchtige twijfels zijn hersenen plaagden. Ten slotte stond hij op, maakte een boterham klaar en nam die mee naar de woonkamer, samen met de melk die sinds gisteravond al op het aanrecht stond om op temperatuur te komen. In de kamer ging hij zitten eten. Hij bekeek zijn aantekeningen en wachtte.

De zwevende stem van Anneliese wekte hem uit zijn sluimering. De bundel papieren – Ramsey had de ouderwetse werkwijze van zijn vader geleerd en nooit opgegeven – gleed met een droog geritsel op de grond.

'*Er is een oproep voor je*,' herhaalde Anneliese, een beetje teleurgesteld door zijn trage reactie terwijl hij zijn papieren bijeenraapte.

Deze dingen, deze machines, dacht hij, *wat zouden we zonder moeten beginnen? Als alle echte mensen verdwijnen, hoe lang zal het dan duren voordat enkelen van ons het merken?* Nog waarschijnlijker, maar niet prettiger, wat zou er gebeuren als zijn ex-assistente stierf, maar hij daar niets over hoorde? Haar stem zou hem nog steeds wekken, alsof ze vanuit het graf tot hem sprak.

'*Aannemen*,' zei hij scherp terwijl hij zijn aantekeningen ordende, boos op zichzelf maar ook verward en ongerust, alsof hij nooit echt uit zijn vorige droom was ontwaakt.

'Het is in orde – ik mag met je praten,' zei de taxichauffeur zonder verdere inleiding. 'Maar denk niet dat je alles te horen krijgt, want dat krijg je niet.'

'Kruiper, met wie heb je net gesproken?'

'Met Orlando.' De agent zei het op heel besliste toon.

'Maar hij ligt in coma!'

Kruiper vertelde snel, maar niet zonder trots, over zijn nachtelijke strooptochten en steelse audiënties bij zijn baas. 'Maar het werkt alleen in bepaalde perioden van zijn slaapcyclus,' besloot hij. 'Zoiets als een draaggolf, vat je wel?'

Ramsey zag in dat hij voor zijn eerste echte ethische dilemma stond. Als Kruiper de waarheid sprak moesten Orlando's ouders worden ingelicht. Een mogelijkheid tot communiceren met hun comateuze kind verzwijgen zou niet alleen onprofessioneel zijn, maar ook onmenselijk wreed. Maar zelfs als hij een stuk software moest geloven en niet wat de artsen zeiden, dan nog was de beslissing niet makkelijk. Het verhaal van Olga Pirofsky had Catur Ramsey de laatste dagen op enkele verontrustende wegen gebracht en hij begon zich af te vragen waar hij aan begonnen was. Als zijn verdenkingen juist waren zouden Orlando Gardiner en Salomé Fredericks samen met hun ouders in groot gevaar verkeren als iemand op het idee kwam dat de kinderen niet zo onbereikbaar waren als iedereen veronderstelde.

Hij overwoog het probleem een ogenblik en besloot toen dat het holst van de nacht, na niet meer dan twee of drie uur slaap, niet de tijd was om knopen door te hakken.

'Goed, ik geloof je,' zei hij hardop. Zijn lach klonk beverig. *Ik praat met een imaginare tekenfilmkever,* dacht hij, *een kever is mijn enige contact met iemand die getuige is van een moordpartij die op genocide neerkomt. O ja, en die getuige is op sterven na dood.* 'Ik geloof je. Miljoenen mensen zouden dat niet doen. Laten we dus praten.'

En terwijl de meeste mensen diep in hun dromen waren verzonken, spraken ze met elkaar ergens in die grenzeloze duisternis.

Dulcie zette het programma in de lus en liet de sim slapen om de komende overdracht te maskeren. Het krampachtige bewegen en de onregelmatige ademhaling van het ontzielde lichaam weerspiegelden haar eigen ongemak, alsof het instrument de gevoelens van zijn gebruiker gedeeltelijk had overgenomen.

Eigenlijk moest ze het meervoud gebruiken, bedacht ze. De sim had per slot van rekening twee bazen.

Om de zaak professioneel aan te pakken (maar ook om de opdringerige aanwezigheid van haar opdrachtgever te ontlopen) had Dulcinea Anwin een virtuele kantoorruimte opgezet voor het Anderlandproject – het Slachtersproject zoals ze het heimelijk noemde. Het was een eenvoudig systeem, een gewone werkruimte waarvan de ramen op een achtergrond uitzagen die de Slachter had gekozen, een koude, hoekige versie van middernachtelijk Sydney die tamelijk deprimerend was. Ze had haar best kunnen doen om iets anders te krijgen en als ze aan het werk was kon ze gemakkelijk een ander uitzicht aanbrengen, maar net als in veel andere opzichten had ze zich willoos overgegeven aan de grillen van haar werkgever.

Ze dacht een tijdje na en sloeg haar bevindingen (voor zover die veilig vastgelegd konden worden) op in het logboekbestand. Ze had meer te zeggen dan gewoonlijk: hun Pop en de rest van het kleine reisgezelschap zaten in een moeilijke situatie. De plaatselijke stambewoners waren verstoord omdat er een ontvoering was geweest, en hun groep was als vreemdelingen automatisch verdacht.

Ze vroeg zich eventjes af of een van hen betrokken kon zijn bij de verdwijning, maar dat leek onwaarschijnlijk. Ze vormden een vreemde en geheimzinnige groep, maar het was moeilijk om zich wie dan ook van hen voor te stellen als kidnapper of verkrachter. In feite begon ze stilletjes zoiets als genegenheid voor het reisgezelschap te voelen. Nee, als er iemand in staat was iets drastisch te doen, dan was het haar eigen baas – maar dat was onmogelijk. De Slachter had een heel goede reden om niet de aandacht te vestigen op hun virtuele persona of het gezelschap waar die toe behoorde.

Dulcie staarde naar het raam. De virtuele stad spreidde zich onder haar uit als een ouderwetse wegenkaart, miljoenen kleine routines brachten hun eigen hoekje in beeld zonder oog te hebben voor de grote samenhang. Op wat voor manier ze het ook probeerde, ze kon de angst niet helemaal van zich afzetten dat de Slachter misschien iets te maken had met hun huidige virtuele dilemma, hoewel ze zichzelf ervan verdacht alleen maar overgevoelig te zijn. Ja, hij had haar afgesnauwd, haar bedreigd, maar dat betekende nog niet dat hij achterlijk was. Als het nodig was zou hij iemand doden, natuurlijk zou hij dat – ze had een tiental mensen omgebracht zien worden bij de commando-overval op het eiland van Bolivar Atasco, en zijzelf had op zijn bevel iemand neergeschoten, maar dat waren bewapende soldaten en geharde misdadigers, en dat was een oorlog geweest. Min of meer.

En wat hij tegen haar gezegd had... goed, sommige mannen hielden ervan vrouwen te bedreigen. Ze had dat type eerder ontmoet, was zelfs eens gedwongen geweest om het gezicht van een dronken, agressieve Russische huurling te verbouwen met een kristallen asbak. Maar de Slachter zou, zoals haar vader altijd zei, zijn eigen nest toch niet bevuilen? Daar was hij veel te slim voor.

Maar dat was het probleem toch? Dat was waarom ze niet helder over deze dingen kon nadenken. Ze had nog nooit iemand ontmoet die net zo slim als de Slachter leek te zijn, ze was althans nooit iemand tegengekomen met dezelfde vreemde dierlijke aantrekkingskracht. Haar eerdere indruk – van een omhooggevallen krachtpatser, een liefhebbertje van dood en verderf zoals ze die al veel te vaak had meegemaakt – scheen nu te gemakkelijk: er school nog iets anders dan de normale brutaliteit van een huurling achter dat vreemde donkere gezicht en Dulcie moest toegeven dat ze belangstelling begon te krijgen.

Toe zeg, alsjeblieft, zei ze tegen zichzelf. *Het is al erg genoeg dat je ervoor gekozen hebt om met zulke lui te werken. Je wilt toch niet weer met zo iemand een relatie beginnen? Hoe vaak zul je die fout nog maken?*

Maar het was natuurlijk de spanning van het echte gevaar waarvoor ze haar baan in het internationale geldverkeer had opgegeven om zich op het betere werk te storten – eerst via een rijke vriend die terugschrok voor echt grote fraude. Een deel van haar verlangde er nog altijd naar om op een dag naar een schoolreünie te gaan en alle meisjes die haar gewoonlijk 'Dulcie de Robot' en 'Neurojunk' hadden genoemd, de waarheid te vertellen. 'Wat ik voor werk doe?' zou ze zeggen. 'O, regeringen omverwerpen, wapens en drugs smokkelen, je weet wel... gewoon...' Maar het was een nutteloze fantasie. Zelfs als ze haar geloofden zouden ze het nooit begrijpen, die ex-cheerleaders en trotse voorzitters van de oudercommissie. Voor hen was het toppunt van slechtheid het ontduiken van de belastingen of een onbeduidende verhouding aangaan met de man die het zwembad schoonmaakte. Ze zouden nooit de duizelingwekkende extase begrijpen, de roekeloze en angstwekkende climax van een grote operatie. En zij, Dulcinea Anwin, die kleine Dulcie de Robot met haar wiskundeboeken en haar bril en haar haarstijl van een jaar geleden, was nu betrokken bij heel grote operaties.

Er klonk een zachte bel. Een ogenblik later verscheen de Slachter midden in het kantoor. Zijn sim droeg zoals gewoonlijk een zwart shirt en een zwarte broek en zijn haar zat in een staart. Hij maakte een kleine buiging. Dulcie vroeg zich onwillekeurig af in hoeverre de slanke maar gespierde vorm van zijn gestalte de werkelijkheid nabootste. Hij was niet groter dan zij, misschien zelfs iets kleiner, wat hij makkelijk had kunnen corrigeren als hij dat nodig had gevonden. Ze vond het prettig dat hij dat niet vond.

'Slaap je?' vroeg hij. Hij maakte een stralende indruk, alsof hij duizend binnenpretjes tegelijk had.

'Ja. Sommigen zijn aan het praten, maar een van de anderen ligt te slapen en dat leek me een goed moment om mijn aantekeningen bij te werken. Het is een drukke dag geweest in het Land van de Vliegende Holbewoners.'

'Aha.' Hij knikte bijna overdreven ernstig, alsof hij op het punt stond een sterke bak te vertellen. 'Nog steeds die ontvoering? Geen verandering?'

'Niet echt. Ze worden nog steeds vastgehouden en er schijnt een soort van stammenvergadering te zijn waarop de misdaad zal worden besproken.' Ze kreeg vandaag geen hoogte van hem. Er was werkelijk iets aan de hand – zelfs zijn sim scheen met elektriciteit geladen te zijn. 'Je ziet er vrolijk uit. Heb je misschien goed nieuws gekregen?'

'Goed nieuws? Nee, ik geloof dat ik gewoon in een goede bui ben.' Hij grinnikte, een haaiachtige witte flits. 'Je ziet er zelf ook heel goed uit, Dulcie. Is dat een levensechte sim of heb je hem een beetje bijgewerkt?'

Ze keek snel naar haar virtuele evenbeeld voordat ze besefte dat hij haar plaagde. 'Het is een levensechte, zoals je verdomd goed weet. Gewoon mijn eigen ouwe ik.' Zelfs de manier waarop hij haar bewonderde was vreemd – ronduit seksueel maar tegelijkertijd niet seksueel, als een sultan met honderd vrouwen die moet besluiten of hij een jonge edelvrouw met belangrijke relaties tot zijn honderd-en-eerste zal maken. Opnieuw werd ze door tegenstrijdige gevoelens overmand, enerzijds de noodzaak om afstand te nemen van deze man, anderzijds het hypnotische effect dat hij op haar had.

Het is maar kalverliefde, dacht ze met een mengeling van spot en verachting. *Je valt altijd op jongens die niet willen deugen, Anwin.*

'Nou, ik weet zeker dat je nog veel te doen hebt,' zei hij plotseling, alsof hij haar de deur wees. 'Je kat te eten geven of zo. En ik kan maar beter aan het werk gaan.' Hij hield zijn hand op om haar volgende opmerking voor te zijn. 'Ik kijk de notities wel na als ik begonnen ben.' Hij dacht even na. 'Weet je, je hebt de laatste tijd hard gewerkt. Waarom neem je niet vierentwintig uur vrij? Nee, maak er maar achtenveertig van. Doorbetaald natuurlijk. Geeft je de kans om thuis het een en ander te regelen. Ik heb je daar de laatste tijd niet veel gelegenheid voor gegeven.'

Hij was haar opnieuw te vlug af – ze had nog nooit iemand ontmoet die dat zo consequent kon doen. Wat had dit te betekenen? Probeerde hij haar uit de weg te krijgen, bang dat ze deze zaak bij de stammenraad zou verprutsen? Of was hij gewoon aardig? Het was waar, ze had de laatste tijd zoveel diensten van twaalf uur gedraaid, dat ze tussendoor weinig anders had kunnen doen dan douchen, slapen en haar urgente post bekijken. Er waren nog steeds dingen op het thuisfront die geregeld moesten worden, dingen die sinds haar terugkeer uit Colombia waren blijven liggen.

'Dat is... ja, dat zou prettig zijn.' Ze knikte. 'Weet je zeker dat het niet te veel voor je wordt?'

'O, ik rust wel uit als het nodig is.' Hij glimlachte zelfverzekerd en ze werd opnieuw getroffen door zijn energieke houding. Ze had hem eigenlijk nog nooit zo meegemaakt.

'Oké. Dan zie ik je...'

'Overmorgen, om deze tijd. Geniet er maar van.'

Ze verliet het virtuele kantoor, verbrak de verbinding en ging op de bank zitten om haar verwarde gedachten te laten uitrazen. Jones sprong op haar schoot en duwde zijn kopje tegen haar hand om aangehaald te worden.

Dulcie kon de gedachte aan die stralende lach, aan de energie die door zijn virtuele gestalte stroomde, niet uit haar hoofd zetten. Of aan zijn gezicht de vorige keer, toen hij haar had bedreigd met zijn ogen als zwarte kiezelstenen. Ze kon hem niet vergeten.

God sta me bij, dacht ze, terwijl ze verstrooid aan Jones' halsbandje trok. *Ik ben verliefd aan het worden... of ik ben doodsbang voor hem.*

Als daar tenminste enig verschil tussen zit.

Nadat Dulcie was vertrokken zette de man die als jongen naar de naam Johnny Wulgaru had geluisterd, zijn inwendige muziek aan – meervoudige ritmes, de meeste zonder melodie, maar energiek als een zwerm sprinkhanen. Hij keek naar de virtuele stad die achter de ramen van het denkbeeldige kantoor lag uitgespreid. Het was echt iets voor een vrouw om zo'n ruimte te willen hebben. Dat was een van de dingen waaraan je het dier in ze herkende, die diepe nestdrang. Zelfs zijn hoer van een moeder had af en toe kleurige doeken over het kapotte meubilair gehangen, de ampullen en lege knijpflesjes bij elkaar geveegd en 'de boel een beetje gezellig gemaakt'. Ze had net zo goed een hondendrol kunnen afstoffen, maar probeer dat zo'n del maar eens duidelijk te maken. Vrouwen konden niet zweven zoals mannen dat konden. Zij hadden wortels, of wilden die hebben. Je zag niet vaak vrouwen die langs de weg trokken, die van de ene plek naar de andere rondzwalkten, al was dat misschien alleen omdat ze niet met het soort mannen wilden omgaan die dat wel deden.

Maar het was ook de reden waarom hij, sinds hij geleerd had zijn woede te beteugelen, mannen alleen voor geld doodde en soms uit praktische noodzaak. Omdat vrouwen nuchtere wezens waren, die dicht bij de bron van het leven stonden, hadden ze een vitaliteit die mannen niet bezaten. Mannen konden hun leven zomaar verspelen, vaak op een zinloze manier, in een soort voorgeprogrammeerde woede-uitbarsting die niets betekende. Dat was gewoon de manier van de natuur om opruiming te houden. Maar vrouwen klampten zich aan het leven vast, ze behoorden het helemaal toe, zaten er volledig in met hun gewortelde voeten, hun leven gevende lendenen en hun waakzame ogen. Zij waren het leven zelf, op een manier die hij niet kon verklaren, en daarom was het meer dan een betaalde baan om ze op te jagen en ze van het leven te beroven. Het was een kreet tegen de hele wereld. Het was een manier om het heelal zelf erop attent te maken.

De Slachter knipte met zijn vingers en de vorm van de stad veranderde. Het operagebouw verscheen aan de rand van het scherm en gleed naar het midden van zijn gezichtsveld, alsof het kantoor zelf ronddraaide. De stadslichten stroomden voorbij, glinsterend als even zoveel sterren die stuk voor stuk hun eigen wereld verlichtten. Maar de Slachter was de Vernietiger van Werelden.

Hij voerde de ritmes op tot hij ze door zich heen voelde rollen als de ballen van een flipperkast, tot zijn hoofd ervan dreunde en zijn huid strak werd getrokken. Hij voelde zich goed, heel erg goed zelfs. Hij had een plan, nog grotendeels ongevormd, maar zelfs in zijn embryonale fase brandde het binnen in hem en liet hem sidderen van energie. Op momenten als deze voelde hij zich het enige echt levende wezen in het universum.

De jacht was goed geweest, heel, heel erg goed. Het lichtharige wezen in de vliegende wereld had precies zo gehandeld zoals een prooi zou moeten. Ze had gehuild. Ze had onderhandeld. Ze had gevloekt en daarna weer gehuild. Ze had tot het laatste moment gevochten en ten slotte zijn zwarte kus geaccepteerd met een gebroken, gepijnigde gratie waaraan geen mannelijk slachtoffer, echt of virtueel, ooit kon tippen. De herinnering aan dit alles stroomde nog steeds als puur opium door zijn aderen, maar het onderdrukte de opwinding van zijn ontluikende plannen niet. Sterker nog, de herinnering aan zijn eigen meesterschap maakte de overpeinzing beter, legde de koele hand van praktische mogelijkheden tegen het koortsige voorhoofd van zijn ambitie.

Van zijn ambitie? Nee, zeg het, vertel de waarheid – van zijn goddelijkheid. Want dit moest zijn hoe de goden zich voelden, al die verkrachtende, moordende, bliksemwerpende, vormveranderende gedrochten die eraan gewend waren de wereld te beheersen. De oude verhalen van zijn moeder, de Griekse mythen van school, de stukgelezen stripboeken die hij in de cel of in kindertehuizen gelezen had, alle bronnen waren het eens: de goden waren sterk en konden alles krijgen wat ze wilden, konden alles doen wat ze wilden. Dat was het enige waarin ze van mensen verschilden. Terwijl mensen soms alleen maar ergens naar konden verlangen, hoefden de goden het maar te nemen.

Maar hij was toch al hard op weg om goddelijk te worden? Dan kon de rest ook niet zo moeilijk zijn.

De Slachter activeerde de sim en lag een tijdje in de gedeelde duisternis naar zijn eigen ademhaling te luisteren. Hij voelde een koude tochtstroom door de opening van de grot naar binnen komen. Niet ver bij hem vandaan hoorde hij gefluister – zijn reisgezelschap misschien, of hun bewakers. Hij hield zijn ogen gesloten. Hij had geen haast. Er was argwaan ontstaan tussen de leden van de kleine groep, maar nog niet openlijk. Afgezien van die roemrijke jacht, hadden hij en Dulcie niets gedaan om onnodig de aandacht te trekken.

Maar de Slachter begon zich af te vragen of dat er nog iets toe deed. Wat had het voor zin een van deze dolende idioten te spelen als ze toch niet in staat waren om iets te doen? Er waren hier talloze werelden, elk ervan in talloze opzichten opwindend, en ze hadden nog bijna geen ervan onderzocht. Erger nog, ze hadden niets bruikbaars ontdekt over de plannen van de Oude Man en zijn collega's. De Slachter had zich grotendeels aan dit vreselijk gevaarlijke verraad overgegeven, omdat hij verwachtte dat het zijn beste (en misschien enige) kans zou zijn om de oude schurk op de pijnlijke weg naar de vergetelheid te sturen, maar daar kwam niets van terecht.

Hij was nog wel zo geduldig geweest. Vroeg of laat zou hij daarvoor beloond moeten worden. Maar het ging erop lijken dat hij zich dan niet langer door deze trage ossen moest laten afremmen. Behalve die Martine leken ze geen benul te hebben van de basisregels van het netwerk, ze konden de patronen niet zo aanvoelen als hij. Ze hadden geen ritme, dat was de trieste waarheid, geen gevoel voor de muziek van het bestaan.

Dus wat stond hem nu te doen? Hoe kon hij dichter bij de schat komen die in het hart van dit door mensenhanden gemaakte universum lag te wachten? Misschien was het tijd om deze sukkels van zich af te schudden en verder te gaan.

Terwijl hij zo in het donker lag te piekeren, draaide een van de anderen zich om en legde een hand op zijn schouder. De Slachter was zo ver weg geweest, zo verdiept in zijn ingewikkelde en verheven gedachten, dat hij zich eerst niet kon herinneren wie hij moest voorstellen. Ook toen zijn valse identiteit hem weer te binnen schoot duurde het nog een paar seconden voor hij de fluisterende stem herkende.

'Ben je wakker? Ik moet met je praten.' De stem klonk vlak bij zijn oor. 'Ik... ik hoorde een van ons afgelopen nacht terugkomen, nadat we allemaal waren gaan slapen. Toen dat meisje verdween. En ik denk dat ik weet wie het was.'

De Slachter draaide zich om en hield de spieren van de sim ontspannen, klaar om in actie te komen. 'O, nee!' Hij hoopte dat zijn gefluisterde angst overtuigend klonk. 'Je denkt toch niet dat... dat een van ons... een moordenaar is?'

Maar inwendig lachte hij alleen maar.

Deel Vier

HET LIED VAN BEDLAM

Met een heir van felle furiën
onder mij als generaal,
met brandende speer en paard van lucht
door de wildernis ik dwaal.
Een ridder van geest en schaduw
roept mij op tot een toernooi,
dertig mijl voorbij het eind der wijde wereld.
Mij dunkt het is wel mooi.

Toch zal ik zingen: iets te eten,
voedsel, drank of kleren?
Kom, dame of maagd, wees niet bevreesd,
Arme Tom zal je niet deren.

Het lied van Tom O'Bedlam (volksliedje)

29

Denkbeeldige tuinen

NETFEED/NIEUWS: *Implantaten alleen met gerechtelijke toestemming*
(beeld: Holger Pangborn stapt de auto uit met zijn advocaat)
COMMENTAAR: *Het Hooggerechtshof van de VS heeft de uitspraak van een lagere rechtbank bevestigd dat de vader en stiefmoeder van Holger Pangborn ten onrechte een implantaat bij hun kind lieten inbrengen om zijn doen en laten te kunnen controleren. De ingebrachte chip is vergelijkbaar met de implantaten waarmee in Rusland en sommige andere derdewereldlanden criminelen in de gaten worden gehouden. De vader van Holger Pangborn heeft aangekondigd een proces aan te spannen bij het hof voor de rechten van de mens van de Verenigde Naties.*
ADVOCAAT VAN H. PANGBORN: *'Zijn lichamelijke integriteit is niet alleen letterlijk geschonden, maar het is ook nog eens op een uiterst slordige en zelfs gevaarlijke wijze gebeurd. De chip is ingebracht door iemand die twee jaar geleden wegens grove nalatigheid de bevoegdheid tot het uitoefenen van een medische praktijk is ontnomen door de staat Arizona...'*

Zijn eigen taal had betere woorden dan het Engels om uit te drukken waar Sellars al zijn plannen en handelingen naar behoren kon overwegen.

Techneuten hadden er hun eigen aanduidingen voor, meestal beschamend banaal, een enkele keer heel poëtisch. Maar of het nu een interface werd genoemd, een datascherm of een droombibliotheek, wat een eeuw geleden was begonnen om informatie voor gewone mensen begrijpelijk te maken door het gebruik van doodgewone symbolen – mappen, postvakjes en prullenmanden – was met de techniek meegegroeid tot iedere gebruiker de informatie kon ordenen op de manier die het beste met zijn eigen aard overeenkwam. En Sellars was in elk opzicht een eigenaardige gebruiker.

Zoals elke dag sloot hij niet lang na het ontwaken zijn ogen om weg te zinken in de diepte van zijn systeem, dat verborgen was in de hoeken en gaten van talloze andere systemen, een hele zwerm parasieten die zich in de dikke vacht van het uitgebreide aardse netwerk genesteld had. Sellars had het principe van deze distributie geleerd van de mensen van het BoomHuis en andere hackers, maar hij had de truc verbeterd en uitgebreid op een manier die niemand voor mogelijk had gehouden. In het begin had hij zijn tentakels voornamelijk uitgeslagen naar het systeem van het Amerikaanse leger dat hem huisarrest had gegeven. In afwachting van betere tijden had hij vervolgens contact gemaakt met tientallen andere netwerken, maar het bleef hem niet weinig voldoening schenken dat zijn ontsnapping vooral mogelijk was dankzij de instrumenten van de mensen die hem gevangenhielden. Het was ook nog eens pal onder hun neus gebeurd, met methoden waar ze geen rekening mee hielden en die onzichtbaar bleven voor de mensen van de veiligheidsdienst die regelmatig zijn kleine woning op de legerbasis uitkamden, op zoek naar clandestiene apparaten of andere tekenen die erop wezen dat hij zich niet zo gelaten bij zijn lot neerlegde als het wel leek. Ook de legerartsen die hem al jaren van tijd tot tijd onaangekondigd en op bijzonder onaangename wijze onderzochten, hadden niets kunnen vinden.

Sellars had meer geduld dan iedereen dacht en hij ging uiterst subtiel te werk. Hij had altijd naar de toekomst gekeken en na bijna vijftig jaar gevangenschap waren zelfs zijn meest fervente tegenstanders ervan overtuigd dat hij zich in zijn lot had geschikt. Daardoor hadden ze een fundamenteel feit over het hoofd gezien: ook al was hij pas onlangs gevlucht en hield hij zich in de ongebruikte tunnels onder de basis schuil, zoals Conan Doyles verdwenen brief onder de neus lag van degenen die hem zochten, in werkelijkheid was zijn ontsnapping in de datasfeer al jaren geleden geslaagd. Sellars beschouwde zichzelf al niet meer als een gevangene zodra hij die eerste keer aan zijn kreupele lichaam en zijn huisarrest was ontsnapt en de vrijheid van het net had gevonden.

Hij zocht het hart van zijn systeem op en verzamelde zijn informatie als een Prospero die ontelbare Ariëls uit ontelbare gekloofde pijnbomen te voorschijn riep. Ook al zag hij zichzelf niet meer als een gevangene, de feitelijke vlucht uit zijn kleine woning was een noodzakelijke stap in zijn campagne geweest, een campagne waarvan de moeilijkste fase nu was aangebroken. In tegenstelling tot de schermutselingen met de afgeblufte militairen was zijn eigenlijke taak van het begin af aan bijna hopeloos geweest, een opgave die elk ogenblik te veel voor hem had kunnen worden. Maar een mislukking was geen aanvaardbare optie: de gevolgen daarvan waren te vreselijk om zelfs maar aan te denken.

Sellars voelde de gegevens in dichte zwermen om zich heen zweven. In de diepte van zijn eigen geest, met een aaneenschakeling van *aan* en *uit* in schier eindeloze combinaties, begon hij de laatste veranderingen in zijn informatiemodel te bestuderen. Dit was zijn eigen Tuin, iets waar hij met niemand over sprak.

Ooit, toen hij gelukkiger en optimistischer was geweest dan nu, had hij het zelfs zijn Poëzietuin genoemd.

Zijn informatiemodel was een overvloed, een voortdurende strijd, een heftige en toch gecontroleerde stroom van subtiele veranderingen. Het zag eruit als een jungle waar dingen groeiden en elkaar verdrongen, veranderden en zich aanpasten, waar sommige plannen groots opbloeiden om dan weer te verwelken terwijl andere overleefden en zich voedden met de humus van informatie. 'Tuin' was meer dan een symbolische naam, want Sellars gebruikte iconen in de vorm van planten, zij het dat de meeste niet voorkwamen in enig botanisch handboek. De virtuele flora veranderde van vorm en gewoonten, tegelijk met de achterliggende gegevens.

De Tuin had de vorm van een grote bol die Sellars vanuit het middelpunt kon bekijken, zowel het geheel als minuscule details, de afzonderlijke stuifmeelcellen op een symbolische meeldraad. Ooit had de Tuin heel zijn eigen kosmos bevat, al zijn interesses en liefhebberijen, de dromen die hij alleen in de informatieruimte ongehinderd kon najagen. Daar waren nog slechts een paar symbolen van overgebleven, een fractie van het totaal: het mos dat de infrastructuur voorstelde, een paar klimplanten voor de telecommunicatie, hier en daar de verbleekte bloem van een vrijwel vergeten project.

Tegenwoordig gold er een nieuw regime in de Tuin. Wat jaren geleden was begonnen met een nieuw zaaisel, een kleine aanpassing van een paar dataplanten, had inmiddels de overhand gekregen. Als een taai onkruid had het de inheemse soorten overwoekerd, zodat Anderland nu het overheersende gewas in Sellars' hof van Eden was.

Hij had zijn model deze vorm gegeven omdat hij altijd van tuinen had gehouden.

Tijdens de lange jaren waarin hij als piloot zijn even befaamde als eenzame reizen had gemaakt, had hij er altijd naar verlangd weer thuis te zijn om zich om zijn tuin te bekommeren en te zien hoe de planten onder zijn zorgzame handen groeiden en bloeiden. Sellars kon zich voor God geen betere metafoor voorstellen dan die van een Tuinman. In zijn hart vond hij het heel terecht dat God de engel met het vlammende zwaard had gestuurd om de onwaardige eerste man en vrouw uit de paradijstuin te verdrijven. En als uitvloeisel van die metafoor geloofde Sellars dat Adam en Eva niet door kennis, maar door verkeerd begrepen kennis ten val waren gekomen: de slang of iets anders had hen ertoe gebracht te denken dat zij de eigenaars van de Tuin waren in plaats van een onderdeel ervan, een geloof dat veel mensen nog steeds aanhingen.

Sellars noemde het weleens zijn Poëzietuin omdat hij een poëtische aard had. Gedichten waren tijdens zijn langdurige gevangenschap een troost voor hem geweest, zoals andere gevangenen soelaas zoeken in drugs of in een nieuwe geloof, en hij gebruikte ze bij alles wat hij deed of dacht. Hij bewonderde de telkens wisselende aanblik van de Tuin alsof hij naar een reeks haiku's over de regen luisterde. Zoals bij elk goed gedicht was het meer een kwestie van gevoel dan van verstand, maar, eveneens zoals bij goede poëzie, als hij er zijn gedachten over liet gaan bleek er veel meer in te zitten dan hij had kunnen dromen.

De Amerikaanse dichteres Marianne Moore had ooit geopperd dat dichters 'denkbeeldige tuinen met echte padden erin' moesten vormen, met andere woorden dat de kunst van de poëzie en de kunst van het leven elkaar moesten aanvullen.

Maar door Anderland was zijn Poëzietuin een vrijwel onbegrijpelijk ding geworden, een wirwar van fantastische planten waar bijna geen kop of staart aan te ontdekken was, alsof de informatie achter die symbolen was uitgegroeid tot een web van een gekmakende complexiteit. Anderland stond voor een uitermate verfijnde en tegelijk absurde samenzwering, iets waar zelfs de grootste schizofreen voor zou terugschrikken. Het was een bedreiging voor de hele wereld en toch was het volslagen irrationeel.

Sellars begon te geloven dat zijn denkbeeldige Tuin wel een paar echte padden kon gebruiken.

Hij besefte dat hij lange tijd maar een beetje had zitten piekeren. Zijn lichaam betekende niet veel voor hem, maar het ongemak van zijn huidige situatie, zowel fysiek als anderszins, had een moeilijk te ontkennen uitwerking op zijn geestesgesteldheid. De afgelopen dagen had hij moeite om wakker te worden en vervolgens viel het hem zwaar zich voldoende te concentreren op de belangrijke dingen. Hij had gehoopt dat de toevallige ontmoeting met de dakloze jongen een meevaller zou zijn, maar de experimenten met Cho-Cho waren tot nu toe faliekant mislukt.

Sellars was afgunstig op de precisie waarmee machines hun werk deden. Soms was het of zijn organische levensvorm een extra handicap was. Hij had de afgelopen nacht uren geslapen en nog voelde hij zich niet uitgerust, terwijl de voortdurend wisselende patronen in de Tuin om aandacht schreeuwden. Hij deed zijn best om de uitputting en de teleurstellingen van de afgelopen week te vergeten.

Eén teleurstelling liet zich niet zo makkelijk verdringen, want bij elk bezoek aan dit metaforische oord werd hij er opnieuw mee geconfronteerd. De mensen die hij naar Anderland had gehaald en met wie hij in de simulatie van Atasco had gesproken, waren bijna helemaal onzichtbaar voor hem. Zij waren juist degenen op wie hij al zijn hoop had gevestigd en daarom was het moeilijk te verkroppen dat hun bewegingen niet in zijn model terug te vinden waren. De laatste paar dagen was daar nog een andere paradox bij gekomen, een schrille tegenstelling: zonder de verschijning van zijn grootste vijand zou hij helemaal geen informatie over de anderen hebben.

In de loop van de jaren, naarmate zijn kennis over de Graalbeweging en hun waanzinnig ambitieuze netwerk was gegroeid, was hij gaan denken dat Jongleur degene was die hij het scherpst in de gaten moest houden. De oudste levende mens was nog steeds een even machtige als subtiele tegenstander, maar iemand met zoveel invloed in de echte wereld liet onvermijdelijk sporen achter. Een grote struik met giftig uitziende witte bloemen dicht bij het middelpunt van zijn model stond symbool voor alles wat Sellars van Jongleur wist. De takken strekten zich als wroetende dunne vingers uit tot in de verste uithoeken van de Tuin en de wortels vormden dikke bobbels in het mos, maar het was toch een en dezelfde entiteit, een individu dat onderzocht en in theorie begrepen kon worden.

Maar tijdens zijn worsteling met Anderland, tijdens zijn zoektocht naar de vrijwilligers die hij zo plotseling in de steek had gelaten, was hij steeds meer gaan inzien dat zijn grootste en gevaarlijkste probleem het netwerk zelf was en alles wat daaruit was voortgekomen. De virtuele struik die Jongleur en diens acties vertegenwoordigde was nog begrijpelijk: net als een echte plant had hij voedsel en zonlicht nodig bij zijn voortdurende strijd om het bestaan, precies zoals Jongleur alles in de strijd wierp om zijn nog duistere, maar zeer waarschijnlijk egoïstische doeleinden te bereiken.

Veel minder begrijpelijk was het besturingssysteem of een ander mechanisme dat het netwerk beschermde en dat diverse mensen het leven had gekost en Sellars bijna. In zijn door Anderland gedomineerde Tuin werd het voorgesteld door een soort schimmel, een primitief organisme dat zich in de echte wereld snel en onzichtbaar onder de grond kon uitbreiden en soms duizenden meters lang werd, het grootste van alle levende wezens. Het fenomeen achter deze virtuele schimmel, de Ander zoals hij in de geheime communicatie tussen de leden van de Beweging werd genoemd, maakte ongetwijfeld een essentieel deel van het netwerk uit. In Sellars' model, gebaseerd op alle informatie die hij erover had verzameld, stuurde de Ander naar alle kanten kleine tastdraden uit in een bijna onontwarbare kluwen, maar de vruchtlichamen van zijn handelingen kwamen slechts op enkele plaatsen aan de oppervlakte.

Maar dit was de gunstige kant van de paradox: de alomtegenwoordigheid van de Ander was in de praktijk een geweldig voordeel voor Sellars.

In de eerste uren na de aanval op het fort van Atasco, net als bij latere behoedzame experimenten, had Sellars ontdekt dat de Ander, wie of wat die ook mocht zijn, bijzondere belangstelling scheen te hebben voor de mensen die hij in het netwerk had gesmokkeld. Bij de zeldzame gelegenheden waarbij hij hun positie had weten te achterhalen (en de ene keer dat hij al te vluchtig contact had gemaakt) had hij gemerkt dat die plaats werd omgeven door activiteiten die met de Ander te maken leken te hebben. Het was een vreemd verschijnsel, bijna alsof het netwerk zelf in zijn vrijwilligers geïnteresseerd was. Het was niet de natuurlijke afweerreactie op de aanwezigheid van indringers, want dan zouden die ongetwijfeld allang zijn geëlimineerd – net als de oude Singh, die in zijn ziekenhuisbed ergens in Zuid-Afrika door een zware hartaanval was getroffen.

Maar voor zover Sellars het tussen zijn schermutselingen met de Ander door had kunnen zien, waren de meeste leden van de kleine groep nog in het netwerk aanwezig. En even verbazingwekkend als gunstig was het feit dat hij hun bewegingen indirect kon volgen door te letten op de handelingen van de Ander, die vreemde en veelvormige vijand.

Anders gezegd, hij had ontdekt dat hij zijn eigen mensen in het netwerk kon vinden op de plaatsen waar de Ander het actiefst was.

Renie Sulaweyo, Orlando Gardiner en de anderen waren niet de enigen met wie de Ander zich zo intensief bezighield, maar ze waren duidelijk wel belangrijk voor hem. Dat was goed nieuws voor Sellars, al kon hij slechts hopen dat de anomalie niet was opgemerkt door Jongleur en de andere leden van de Graalbeweging.

Terwijl zijn vermoeidheid enigszins afnam, zag Sellars dat er sinds de vorige keer de nodige veranderingen in de Tuin waren opgetreden. Diverse schimmelsporen van de Ander waren boven de grond gekomen en op één plaats waren plotseling veel nieuwe vertakkingen ontstaan, in een obscure en nog niet onderzochte hoek van zijn symbolische groene wereld. Hij vroeg zich vluchtig af of deze opeenhoping betekende dat de vrijwilligers, die kortgeleden zo onverwachts in groepjes waren gesplitst, elkaar weer hadden gevonden. Dat zou een goed teken kunnen zijn. Hij vroeg zich tevens af of het nuttig zou zijn weer een experiment met Cho-Cho te doen. Hij begreep nu wel dat hij de jongen de laatste keer niet goed had voorbereid – zijn eerste kennismaking met het netwerk had hem zo geschokt dat er daarna weinig meer met hem te beginnen was geweest. Toch was dit na het fiasco van Temilún Sellars' grootste succes geweest, want de jongen had een duidelijke beschrijving gegeven van Irene Sulaweyo en de Bosjesman in de gedaante van een baviaan.

Sellars besloot de mogelijkheid in gedachten te houden. Het was uitermate zwaar werk om de beveiliging van het systeem af te leiden en tegelijk een verbinding voor de jongen open te houden, en hij wist niet of hij daar al sterk genoeg voor was.

Hij bestudeerde de patronen in de rest van de Tuin. Ook de jongste vruchtlichamen van de Ander waren belangwekkend. Het was nog niet duidelijk wat ze betekenden, maar blijkbaar stak het netwerk er heel veel energie in. Hij nam zich voor er nader onderzoek naar te doen.

Met enige opluchting liet hij Anderland met al zijn onduidelijkheden achter zich en bekeek de delen van zijn Tuin die niet met het netwerk te maken hadden maar met het echte leven, waar de informatie betrouwbaarder en gemakkelijker te interpreteren was. Ook daar waren de laatste dagen veel nieuwe vertakkingen ontstaan, vooral door een aantal sterfgevallen en bepaalde incidenten die toch ook weer met Anderland in verband stonden.

Een tamelijk beroemde maar sinds lang gepensioneerde uitvinder van VR-apparatuur, die volgens de geruchten vanwege geleverde diensten een eigen simulatie in Anderland had gekregen, was dood aangetroffen, ogenschijnlijk het slachtoffer van een hartinfarct; een paar kinderen uit de technocommune van het BoomHuis bleken aan het syndroom van Tandagore te lijden; maar belangrijker, en voor de Graalbroederschap misschien verontrustender, was het feit dat een tiental wetenschappers uit diverse landen binnen een tijdsbestek van acht uur waren overleden.

De onderzoekers waren gestorven door zeer uiteenlopende oorzaken, van hartaanvallen tot hersenbloedingen, maar Sellars wist (ook al hadden de autoriteiten dat nog niet toegegeven) dat ze allemaal deelnemers waren aan een entomologisch project van Hideki Kunohara, iemand die zo nauw met Anderland was verbonden dat hij in de Tuin van Sellars een eigen soort korstmos had gekregen. Kunohara's project in het netwerk moest op een dramatische ramp zijn uitgelopen, hoewel de berichten die Sellars had onderschept erop wezen dat niemand enig idee had welk verband er tussen de simwereld en de sterfgevallen kon bestaan.

De diverse propaganda-afdelingen van de Beweging waren al volop bezig om de autoriteiten bij hun onderzoek op het verkeerde spoor te zetten, iets waar ze dankzij hun onbeperkte middelen weleens in zouden kunnen slagen, maar de opzienbarende gebeurtenis moest een zware slag zijn geweest. Waarom zou de Graalbeweging op zijn eigen netwerk zoveel vooraanstaande wetenschappers laten sterven? Waren ze hun eigen systeem niet meer de baas? Of waren ze al zo machtig, waren hun plannen al bijna voltooid, dat ze zich niet meer om zulke dingen bekommerden?

Sellars bekeek de ene na de andere kleine botanische aanwinst, zowel afzonderlijk als in samenhang, voordat hij verder ging.

De Tuin was verbonden met zijn eigen systemen, die uit alle mogelijke bronnen informatie vergaarden en doorgaven. Sommige nieuwe planten sprongen nauwelijks in het oog, maar andere waren zo snel opgeschoten dat ze hem onmiddellijk opvielen.

Een ervan was het plantaardige symbool van een jurist in Washington die de ouders van Salome Fredericks en Orlando vertegenwoordigde. De wortels breidden zich zo snel en ver uit dat Sellars zich soms verbaasde over de plekken waar hij ze aantrof. Deze Ramsey was met een eigen onderzoek in de informatieruimte bezig, bijna net zo vlug als Sellars hem kon volgen, en blijkbaar was hij een uitgebreide symbiotische verbintenis met de omgeving van Orlando Gardiner aangegaan.

Er was ook sprake van een opvallende en mysterieuze activiteit op de netwerken van de Australische justitie, een activiteit die te maken had met het aparte tuintje van de Kring – waar Sellars binnenkort eens een hele dag aan zou moeten besteden – met Jongleur en zelfs met de schimmeldraden van de Ander. Hij had geen idee wat dat te betekenen had. Nog meer vragen.

De reële omgeving van Irene Sulaweyo, veel duidelijker zichtbaar dan haar activiteiten in Anderland, vertoonde eveneens verontrustende ontwikkelingen, uitgedrukt door scheef groeiende zijtakken en verdorde bladeren die plotseling geen informatie meer bevatten. Hij meende zich vaag te herinneren dat ze uit een gebroken gezin kwam en natuurlijk was ze vanwege de ziekte van haar broer op onderzoek uitgegaan. Sellars deed al het mogelijke voor haar terwijl ze in Anderland was, maar voor haar fysieke lichaam kon hij niets doen. Hij nam zich voor ook hier nader onderzoek naar te doen.

Ten slotte, en voor Sellars zelf nog het meest bedreigend, was daar de glanzende bleke bloem die de kleine Christabel Sorensen voorstelde. Tot vierentwintig uur geleden had die er vrolijk bij gestaan, ondanks alle risico's die ze voor hem had gelopen. Maar nu kon hij geen contact meer met haar krijgen en ze had niet gereageerd op zijn laatste oproep via de aangepaste Sprookjesbril. Volgens zijn gegevens zou de bril kapot of anderszins buiten gebruik kunnen zijn, maar tegenover een technisch mankement stonden de feiten dat ze gisteren niet naar school was geweest en dat haar vader vanwege 'privéproblemen' een vrije dag had genomen.

Hij maakte zich er grote zorgen om, en niet alleen vanwege Christabel. Zijn afhankelijkheid van het kind maakte hem kwetsbaar, ook al had hij in het begin geen andere keus gehad. Het was een lelijke zwakke plek in zijn verdediging.

De hangende bloemblaadjes leken hem verwijtend aan te kijken. Het probleem vroeg om een delicaat onderzoek, misschien wel om een niet minder delicate oplossing, maar hij beschikte nog niet over voldoende gegevens. Hij ging verder.

Sellars begon moe te worden. Hij keek slechts vluchtig naar de enkele groene loot die Paul Jonas symboliseerde. Aanvankelijk, tot het moment waarop het vermetele plan om Jonas in Anderland te laten ontsnappen was geslaagd, was die stengel omringd geweest door een hele struik van plannen en activiteiten. Nu was de man in het systeem verdwenen, buiten het bereik van Sellars' waarneming, maar de belangrijke vragen rond Paul Jonas bleven bestaan.

Hoe kon een enkeling voor de Beweging zo gevaarlijk zijn dat ze hem als een gevangene naar Anderland hadden verbannen en elk spoor van zijn reële bestaan hadden uitgewist? En als hij echt zo gevaarlijk was, waarom hadden ze hem dan niet meteen vermoord? Sellars wist zeker dat ze dat met honderden anderen wel hadden gedaan.

Hij kreeg hoofdpijn. Er zaten nog te weinig echte padden in zijn Tuin.

Alles was in beweging en hij kon nog geen duidelijk beeld krijgen van de nieuwe patronen die zich hadden gevormd. Sommige gaven hem hoop, andere maakten hem juist radeloos. Zijn bolvormige Tuin vertegenwoordigde de hoop en de vrees van miljarden mensen en Sellars had zich in een gewaagde onderneming gestort. Zou zijn jungle over een week of over een maand nog altijd levensvatbaar zijn? Of zou het onkruid van Anderland alles hebben overwoekerd en andere planten, struiken en bomen hebben verstikt tot compost voor de giftige bloemen van Felix Jongleur en zijn vrienden?

En zijn eigen geheim? Het geheim dat ook zijn weinige bondgenoten niet konden bevroeden, dat de Tuin alsnog in een onvruchtbare woestijn kon doen veranderen, zelfs in het onwaarschijnlijke en wonderbaarlijke geval van een overwinning op de Graalbeweging?

Het was zinloos zichzelf met zulke vragen te kwellen: hij had geen tijd en geen energie om zich aan nodeloze speculaties over te geven. Hij was in de eerste plaats een tuinman, en of de toekomst hem nu regen of droogte bracht, hitte of kou, hij kon er alleen maar het beste van zien te maken.

Sellars zette de zwartste gedachten van zich af en ging verder met zijn werk.

30

Dood en Venetië

NETFEED/NIEUWS: *Een fax voor mensen?*
(beeld: Jiun Bhao en Zheng bij de opening van de Natuurwetenschappelijke en Technische Hogeschool)
COMMENTAAR: *De Chinese minister van wetenschappen Zheng Xiaoyu verklaarde vandaag dat zijn land grote vooruitgang heeft geboekt in de race rond de technologie van het 'teleporteren', de spontane verplaatsing van materie die tot nu toe alleen in* SF*-films te zien is geweest. Op een persconferentie tijdens de feestelijke opening van de nieuwe hogeschool in T'ainan, voorheen de Nationale Universiteit van Cheng Kung, maakte Zheng bekend dat Chinese onderzoekers het probleem van de 'antideeltjes-symmetrie' bijna hebben opgelost. Volgens hem zal het transport van materie binnen niet al te lange termijn werkelijkheid zijn, misschien al halverwege het volgende decennium. Doctor Hannah Gannidi van de Universiteit van Cambridge is minder optimistisch.*
(beeld: Dr. Gannidi in haar werkkamer)
GANNIDI: *'Ze hebben ons maar weinig laten zien en dat weinige heeft veel vragen opgeroepen. Ik zeg niet dat ze geen belangrijke stap voorwaarts hebben gezet, want sommige Chinese onderzoekers zijn briljant, maar ik denk niet dat we onszelf binnenkort naar onze vakantiebestemming kunnen faxen...'*

De maskers van Komedie en Tragedie kwamen door de half-donkere basiliek op hem af, maar juist nu hij in beweging moest komen was Paul verlamd van angst. Het verschrikkelijke tweetal had hem opnieuw gevonden. Zouden ze hem dan tot het eind der tijden blijven achtervolgen?

'Blijf toch staan, Jonas,' zei het smalle gezicht van Tragedie uitnodigend. 'We hebben net een leuk feestje voor je in gedachten.'

'Als we je voor die tijd niet aan stukken scheuren,' zei Komedie.

Een derde stem klonk in zijn eigen hoofd, de stem van de angst die hem aanspoorde zich over te geven, zich op de grond te laten vallen om het onvermijdelijke te laten gebeuren. Wat had het voor zin om te vluchten? Dacht hij nou werkelijk dat hij eeuwig uit handen van zijn onvermoeibare achtervolgers zou kunnen blijven?

Paul moest tegen de muur leunen om zich staande te houden. De twee straalden een of andere giftige kracht uit die zijn hart aantastte. Hij voelde zijn vingers, zijn handen, armen en benen koud en stijf worden...

Gally! De jongen lag nog steeds in de kamer van Eleanora te slapen. Als ze Paul te pakken kregen, zouden ze ook achter de jongen aan gaan.

Die gedachte gaf hem nieuwe kracht. Hij deed nog een stap naar achteren, zette zich af tegen de muur en draaide zich om. Even kon hij zich niet herinneren in welke richting de vertrekken van Eleanora lagen en de onzichtbare tentakels van het duo achter hem dreigden hem opnieuw te grijpen. Hij begon door de donkere galerij te rennen in de hoop dat hij de goede kant op ging. De drang om zich over te geven nam vrijwel onmiddellijk af, al voelde hij dat het duo hem volgde. Het was angstaanjagend en tegelijkertijd absurd, een nachtmerrie van vluchten en achtervolgd worden.

Waarom nemen ze me niet gewoon gevangen? vroeg hij zich af. *Dit zijn de meesters van het netwerk, ze kunnen me toch insluiten of mijn sim uitschakelen of iets dergelijks?* Hij rende zo snel mogelijk over de gladde stenen vloer. Het was onzinnig zichzelf te kwellen met vragen die hij toch niet kon beantwoorden, hij kon beter proberen zijn vrijheid te bewaren.

Maar ze komen elke keer dichterbij, besefte hij. *Elke keer.*

Paul herkende tot zijn opluchting een van de wandtapijten: hij had de juiste richting gekozen. Even later duwde hij tegen de deur van Eleanora's kamer, maar die ging slechts op een kier open. Hij hoorde Gally verward praten, zette zijn schouder tegen het houtwerk en duwde uit alle macht. Het obstakel aan de andere kant schoof krassend over de vloer en Paul vloog struikelend de kamer in. Eleanora zat ineengedoken in een hoek en hield de angstig kijkende Gally tegen zich aan gedrukt.

'Je hebt me alleen gelaten!' riep Paul. 'Je hebt me aan die... die monsters overgeleverd!'

'Ik wilde de jongen redden,' snauwde de kleine vrouw. 'Hij betekent iets voor me.'

'Je... denkt toch niet... dat ze zich door een tafel... laten tegenhouden?' vroeg Paul, naar adem snakkend. Hij voelde het dreigende gevaar alweer naderen. 'We moeten hier weg. Als ik niet van het net kan, kun je me dan ten minste naar een andere simulatie brengen? Naar zo'n Poort?'

'Nee.' Ze schudde haar hoofd en haar gerimpelde gezicht stond strak. 'Als ik een Poort maak om de agenten van Jongleur dwars te zitten komt de Beweging erachter. En ik wil hier buiten blijven. Dit Venetië is alles wat ik nog heb en dat ga ik niet voor een vreemde in de waagschaal stellen.'

Paul kon de hete adem van Dood en Verderf in zijn nek voelen. Waarom moest hij tijd verspillen aan deze discussie? 'Maar de jongen dan? Ze nemen Gally ook te pakken!'

Ze staarde hem een ogenblik aan en keek naar de jongen. 'Neem hem dan met je mee. Er is een geheime deur waardoor je op het plein kunt komen. Volgens Tinto zijn de dichtstbijzijnde Poorten die naar de joden en naar de kruisvaarders. Het Getto is veel verder weg, helemaal in het midden van Cannaregio. Je kunt het beste naar het hospitaal van de kruisvaarders gaan. Als je geluk hebt kom je daar eerder aan dan die agenten.'

'En waar kan ik dat hospitaal vinden?'

'De jongen zal je de weg wijzen.' Ze boog haar hoofd om Gally een kus te geven en streek hem ontroerd door zijn haar. Daarna duwde ze hem naar Paul toe. 'De deur is in mijn slaapkamer. Ik zal doen alsof je hier met geweld bent binnengekomen.'

'Maar jij bent hier toch de baas!' Paul greep de jongen bij een arm en trok hem mee naar de deur van de slaapkamer. 'Jij hebt toch niets van ze te vrezen?'

'Iedereen heeft iets van ze te vrezen. Ga nu.'

Paul moest bijna met zijn neus op de grond lopen in het smalle steegje. Ze kwamen midden in het licht terecht, in de drukte van het San Marcoplein, waar Gally pardoes tegen een groepje carnavalsvierders aanbotste. In de opwinding die daardoor ontstond liep Paul zelf tegen een feestganger op en viel samen met de man op de grond.

'Gally!' riep hij terwijl hij overeind probeerde te komen. 'Gally, wacht!'

Zijn riem was in de mantel van de man blijven haken. Paul probeerde zich los te rukken en kreeg een oorvijg toegediend. 'Kun je niet uit je doppen kijken?' riep de man. Paul duwde hem weer tegen de grond en sprong over hem heen. De man probeerde hem bij zijn enkel te grijpen, waardoor Paul zijn evenwicht verloor en struikelend een paar meter doorholde. Toen hij ten slotte rechtop ging staan, bevond hij zich midden in de menigte en was er geen spoor meer van de jongen te zien.

'Gally! Zitan!'

Op hetzelfde moment gingen zijn nekharen overeind staan onder een onzichtbare, koude aanraking. Hij draaide zich met een ruk om en zag iets bewegen onder het donkere booggewelf aan de zijkant van de San Marco, twee witte gezichten die in de schaduw om zich heen keken. De maskers leken als dwaallichten boven de donkere mantels te zweven.

Hij voelde een echte aanraking en zijn adem stokte. 'Wat doe je nou?' vroeg Gally. 'We kunnen niet tegen ze vechten. We moeten weg!'

Paul hield zijn mond en liet zich door de jongen op sleeptouw nemen. Gally had in meer dan een opzicht gelijk, besefte hij, want hij had zijn zwaard in de kamer van Eleanora laten liggen.

Ze baanden zich een weg over het plein, rond groepjes vrolijke mensen en soms dwars door ze heen. De jongen was snel genoeg om een klap of een schop te ontwijken als hij tegen iemand aanbotste, maar dat gold niet voor Paul: toen hij de rand van het plein bereikte, was hij al een paar keer uitgedaagd tot een handgemeen en bovendien was hij zijn kleine gids opnieuw uit het oog verloren. Een blik over zijn schouder leverde nog andere zorgen op. Hij zag een groep lansiers op een draf uit het paleis van de Dogen komen en over het San Marcoplein uitwaaieren. Het huiveringwekkende tweetal was blijkbaar niet van plan op hun eigen jachtinstinct te vertrouwen.

'Paul!' riep de jongen vanuit de galerij niet ver van de grote klokkentoren aan de rand van het plein. 'Deze kant op!' Paul volgde hem door een smal gangetje tussen de huizen en over een binnenplaats naar een bochtige straat, waar ondanks het late uur nog een drukbezochte markt aan de gang was. Een paar honderd meter van het plein vandaan dook Gally opnieuw een steeg in. Aan het uiteinde stak hij een donkere straat over en daalde langs de oever van een kanaal af naar een looppad.

'Ze hebben soldaten achter ons aan gestuurd,' zei Paul hijgend nadat hij de stenen trap was afgelopen. Hij liet zijn stem dalen toen er een slingerende boot met zingende mensen aan boord voorbijkwam. 'Het is nog een geluk dat het zo druk is op straat.' Hij zweeg even. 'Je noemde me bij mijn voornaam. Weet je weer wie ik ben?'

'Een beetje,' bromde de jongen zenuwachtig. 'Ik weet het niet, misschien wel. Maar we moeten opschieten. Als we naar het Grote Kanaal gaan, vinden we wel een boot om...'

Paul legde een hand op zijn schouder. 'Wacht eens even. Dat kanaal is hier de hoofdstraat en bovendien kun je daar altijd een Poort vinden. Het is wel zeker dat ze ons daar zullen zoeken. Is er geen andere manier om bij het hospitaal van de kruisvaarders te komen?'

Gally haalde zijn schouders op. 'We kunnen dwars door de stad gaan, langs Castello naar Cannaregio.'

'Goed, dan doen we dat.'

'Maar het is daar aardedonker,' zei Gally weifelend. 'En nogal gevaarlijk ook. Castello is een linke wijk, daar kun je ook zonder dat soldaten van de Dogen je achtervolgen gedood worden.'

'Dat risico moeten we nemen. Alles is beter dan die twee... dingen.'

Gally begon te hollen en Paul volgde hem op de voet. De jongen bleef in oostelijke richting rennen tot het kleine kanaal een bocht naar het noorden maakte. Ze passeerden een brug over de rivier die achter het Dogenpaleis en de San Marco stroomde. Er waren nog steeds mensen onderweg naar het plein en het Grote Kanaal, waar de voornaamste festiviteiten zich afspeelden, maar de jongen had gelijk: de straten werden steeds leger en donkerder, met slechts hier en daar nog een verlicht venster. De klinkerstraatjes waren verstikkend smal en de muren van de omringende huizen leken hen in te sluiten. Vage stemmen en de geur van warm eten verrieden dat er nog mensen wakker waren, maar de gevels van de panden waren net gesloten maskers.

Paul moest zich inspannen om de watervlugge Gally bij te houden op zijn tocht door de steegjes en langs de kanalen. Intussen probeerde hij te begrijpen wat er aan de hand was. Die twee creaturen, aan wie hij in hun gedaante van Finch en Mullet nog maar een vage herinnering bewaarde, waren hem van de ene naar de andere wereld gevolgd, om precies te zijn van de ene naar de andere simulatie. Toch wisten ze niet onmiddellijk waar hij zich in een bepaalde simulatie bevond en als ze hem eenmaal hadden gevonden, hem in het oog hadden gekregen, was dat nog niet voldoende om hem in hun macht te krijgen.

Dat betekende dus dat deze dienaren van de Beweging in het netwerk niet over onbegrensde vermogens beschikten.

Sterker nog, dacht hij, *de leden van de Graalbeweging lijken in deze simulaties net zo in hun mogelijkheden beperkt te zijn als ieder ander. Anders hadden ze hem al lang geleden in hun eigen netwerk kunnen opsporen, even gemakkelijk als een verdwenen bestand.*

Dat was een hoopvolle conclusie. De meesters van de Beweging mochten dan angstwekkend rijk en genadeloos zijn, op hun manier goden, maar zelfs in hun eigen schepping waren ze niet almachtig. Ze konden bedrogen en misleid worden. Dat was meer dan een hoopvolle conclusie, het was een uiterst belangrijk feit.

Terwijl hij zo de dingen overpeinsde draafde hij mechanisch verder zonder op zijn omgeving te letten, waardoor hij niet zag dat Gally plotseling bleef staan en hij de jongen bijna omverliep. Gally zwaaide driftig met zijn handen om hem tot stilte te manen. Paul begreep niet zo gauw waarom ze waren blijven staan. Ze bevonden zich een paar honderd meter ten oosten van de paleisrivier, aan het begin van een voor Venetiaanse begrippen tamelijk brede straat. Het was doodstil en alleen aan het eind hing een brandende lamp boven een deur. Boven de keistenen hing een lage mist waarin de huizen leken te zweven, alsof Paul en de jongen in een boot op een van de kanalen zaten.

'Wat is er?'

De jongen zwaaide opnieuw met zijn hand. Even later hoorde Paul gemompel van stemmen en plotseling werden vage figuren in de straat zichtbaar, een groepje mannen die doelgericht maar zonder veel haast hun kant op kwamen.

'Soldaten!' siste Paul. 'Ze zijn uit een zijstraat gekomen.'

Gally trok hem aan zijn mouw mee in de richting waar ze vandaan kwamen. De jongen vond een zijstraatje en schoot erin om zich schuil te houden tot de soldaten waren gepasseerd. Het groepje liep echter niet door in de richting van de San Marco, maar kwam het straatje in alsof ze door de vluchtelingen werden aangetrokken. Paul vloekte in stilte. Vijf of zes soldaten met helmen en borstkurassen doemden op in de nevel, stampend met hun laarzen op de keien, hun lansen op hun schouders.

Gally rende verder. De steeg kwam uit op de oever van een ander kanaal. De enige uitweg was een door lantaarns verlichte, stenen brug die in een boog, als de gekromde rug van een kat, over het water lag. De soldaten zouden hen in dat licht zeker zien, maar het straatje bood geen enkele schuilplaats: de soldaten namen de hele breedte in beslag. Gally aarzelde slechts heel even voordat hij zich langs de kademuur naast de brug naar beneden liet glijden. Paul had geluk dat hij naar hem keek, want de jongen verdween plotsklaps uit het gezicht. Hij volgde Gally's voorbeeld terwijl de stemmen van de soldaten nu luid in zijn oren klonken. Het was een wonder dat ze nog niet waren ontdekt.

Onder de brug bevond zich een smalle richel waarop ze net konden staan. Het kanaal lag te ver onder hen om zonder lawaai in het water te kunnen komen. Dat stonk trouwens naar al het afval van de Meest Verheven Republiek, maar dat was wel hun minste zorg. Hun schuilplaats was niet meer dan een meter hoog en Paul stond met zijn hoofd pijnlijk tegen de onderkant van de stenen brug gedrukt. De soldaten liepen de brug op, maar plotseling stokte het geluid van hun voetstappen. Paul hield geschrokken zijn adem in. Gally was in de schaduw nauwelijks zichtbaar; hij stond roerloos ineengedoken terwijl ook hij zijn adem inhield.

Nog geen meter bij hen vandaan klonk een plons in het water. Paul draaide met een ruk zijn hoofd om. De plons werd een tweevoudig geklater alsof er een fontein begon te spuiten. Ze roken de stank van urine.

'Ze wilden een senator vermoorden,' hoorden ze iemand boven hun hoofd zeggen. Een tweede soldaat mompelde iets en er werd gelachen. Paul zag de twee stralen urine verschuiven en dunner worden. 'Nou zou ik dat ook wel willen, maar dat kun je beter niet hardop zeggen,' zei de eerste soldaat. 'Ik heb geen zin om aan de galg te eindigen.'

'Lieve god!' riep iemand aan de andere kant van de brug. 'Wat staan jullie daar te flikflooien? Schiet toch op, we moeten twee moordenaars vinden.'

'Weet je dat een van hen zo'n zwerfjongen is?' vroeg de eerste soldaat aan zijn kompaan. 'Ze moesten die kleine ratten allemaal oppakken en vierendelen, als je het mij vraagt.' Zijn straal druppelde nog wat na en verdween. De ander was nog niet klaar; zijn antwoord was opnieuw onverstaanbaar. 'Ja,' besloot de eerste, 'maar met deze mogen we tenminste doen wat we willen als we hem vinden.'

Paul kon niet geloven dat de soldaten zo snel zo goed op de hoogte konden zijn: het was nog maar een kwartier geleden dat hij en Gally uit de kathedraal waren gevlucht. Finch en Mullet moesten de simwereld hebben gemanipuleerd om de informatie sneller te verspreiden dan in de echte Renaissance mogelijk zou zijn geweest. Hij wist dat het belachelijk was, maar hij was verontwaardigd dat dit spel zo oneerlijk werd gespeeld.

De soldaten stampten de brug over. Gally legde een hand op Pauls arm om hem op zijn plaats te laten blijven. Het geluid van stemmen en voetstappen werd zachter en verdween uiteindelijk. Ze bleven staan. In de stilte was alleen het zachte kabbelen van het water langs de oever te horen.

'Ik... ik weet niet meer wat er gebeurde voordat we over de Zwarte Oceaan kwamen,' fluisterde Gally ten slotte, onzichtbaar in de schaduw.

Pauls gedachten waren alleen maar gericht op ontsnappen en hij begreep niet direct wat de jongen bedoelde.

'De Zwarte Oceaan?'

'Korfoe en zo,' zei de jongen hortend, alsof hij een brok in zijn keel had. 'Ik kan het me niet goed herinneren, ik weet alleen dat ik daar vandaan kom. Maar ik begin me wel andere dingen te herinneren – het Oesterhuis waar jij het over had, Bay, Blue en de andere kinderen. Ik... ik geloof zelfs dat ik toen een andere naam had, voordat ik Gally heette. Maar ik weet niets meer van wat er gebeurd is voordat we over de Zwarte Oceaan kwamen.' Zijn stem sloeg over en Paul hoorde hem snikken. 'Ik weet niet eens wie mijn vader of mijn moeder is, helemaal niks!'

Ondanks de gevaarlijke toestand vroeg Paul zich onwillekeurig af wie Gally en de andere kinderen van het Oesterhuis werkelijk waren, welke rol ze in dit netwerk speelden. Waren het ontsnapte gevangenen, net als hij? 'Je hebt het al een paar keer over die Zwarte Oceaan gehad, maar ik weet niet wat dat is,' zei hij tegen de jongen. 'Was dat ook een...' Hij besefte dat het begrip 'simulatie' voor Gally waarschijnlijk geen betekenis zou hebben. 'Was het een land, zoiets als het Veldland of dit Venetië?'

Het bleef even stil. 'Nee, dat niet.' Gally snikte niet meer, maar hij sprak nog steeds moeizaam. Paul herinnerde zich ineens zijn verbazing toen hij had gemerkt dat de jongen in zijn slaap niet ademde. Hij legde een hand op zijn eigen borst en voelde die langzaam en regelmatig op- en neergaan. Simulatie of niet, waarom zou de een wel gewoon ademhalen en een ander niet? 'Ik weet er niet veel meer van,' hernam de jongen, 'maar het was gewoon... gewoon donker. Niet zoals hier, maar echt stikdonker. En heel lang was er helemaal niemand behalve ik en God.'

'Jij en... God?'

'Ik weet het niet. Er was iemand in het donker, alleen overal tegelijk, en ik hoorde hem in mijn hoofd praten. Altijd dezelfde stem. Hij vertelde me wie ik was. Hij zei dat ik ergens anders zou gaan wonen en... en dat is alles wat ik me kan herinneren.' Gally's aarzelende toon verdween. 'We moeten nu verder.'

'Verdomme, je hebt gelijk.' Paul kroop onder de brug vandaan en gleed bijna over de modderige kade het water in. Sterren flonkerden als gestold vuurwerk aan de hemel, ogenschijnlijk heel dichtbij. 'Ik zou het bijna vergeten,' mompelde hij verbaasd. Al die raadsels, hoe fascinerend ook, moesten wachten tot ze zelf in veiligheid waren. Gally liep langs hem heen en draafde de smalle straat in. Paul zorgde ervoor vlak achter hem te blijven.

Maar waar zijn we veilig? vroeg hij zich af. *De vogelvrouw heeft me verteld dat ik het huis van de Zwerver moet zoeken en dat staat volgens Nandi in Ithaka. Dat betekent Griekenland. Ik ken Ithaka uit de Griekse mythologie. Maar bestaat er niet ook een Ithaka in Amerika? Een kleine plaats in de buurt van New York of iets dergelijks?*

Ze haastten zich verder door de straten. De enkele voorbijgangers die ze hier tegenkwamen, waren niet in feestkledij en leken het carnaval voornamelijk te hebben gevierd door zich te bedrinken. Nog twee keer moesten ze zich voor soldaten verbergen, maar hun achtervolgers kwamen niet meer zo dichtbij als bij de brug. Zelfs de manschappen van de Doge beseften blijkbaar dat ze weinig kans hadden in de drukte van het feest twee misdadigers te vinden.

'We zijn nu in Cannaregio,' zei Gally eindelijk, nauwelijks verstaanbaar terwijl ze over de keien holden. 'Het is niet ver meer.'

De jongen voerde hem door een wirwar van steegjes en over verlaten pleinen, even zeker als een vos die naar zijn leger terugkeert. Paul prees de hemel dat Gally zijn gids was. Eigenlijk was het geluk in alle simulaties aan zijn zijde geweest en ook dat was een belangrijk feit om te onthouden. Dit netwerk had net als het echte leven verrassingen in petto, aangename verrassingen, hartelijke mensen. De Beweging had geen realistische simulaties kunnen maken zonder in elk geval iets van de rooskleurige kanten van de werkelijkheid over te nemen. Die wetenschap zou hem kunnen opbeuren als hij weer eens de moed dreigde te verliezen, iets wat onvermijdelijk zou gebeuren.

De mist werd dichter in de laatste stille uren voor het aanbreken van de dag. Paul merkte dat de nevelslierten nauwelijks bewogen als hij met zijn hand zwaaide; elke opening werd onmiddellijk weer gevuld.

'Dat noemen ze pekelmist,' zei Gally, die in de nevel amper nog te zien was. 'Die komt van zee. Ze noemen het ook wel "Bruidssluier".'

Je moest een zeevarende natie zijn om zulke vieze smog zo'n romantische naam te geven, dacht Paul.

De pekelmist gaf het nachtelijke Venetië een nog onwezenlijker aanblik, hoe onmogelijk dat ook scheen. Op elke straathoek leek wel een kerk te staan en uit de mist doemden telkens onverwachts de stenen gezichten van monsters en heiligen op. Vroom of grotesk, allemaal staarden ze omhoog naar iets dat nog grootser was dan het verheven Venetië.

'Dat is het paleis van Zen,' zei Gally zachtjes terwijl ze een gebouw passeerden dat hoog boven de nevelslierten uitstak. Paul begon de vermoeidheid te voelen en had zijn pas vertraagd tot een stevig wandeltempo. 'Daar woont de familie van de kardinaal.'

Paul was te moe en te gespannen om ook maar enige aandacht te schenken aan deze toeristische informatie en daarom schudde hij zijn hoofd, maar Gally vatte het op als een teken dat hij hem niet begreep. 'Je weet wel, kardinaal Zen die een grafkapel in de basiliek heeft.'

Paul had niet alleen helemaal geen zin in een rondleiding, hij voelde zich nog steeds door Eleanora in de steek gelaten, al kon hij haar motieven begrijpen. Hij bleef een ogenblik staan en snoof de zilte lucht op om op adem te komen. 'Waar is dat hospitaal?' vroeg hij hijgend.

'Nog iets verder, net voorbij de jezuïeten.' Gally pakte hem bij zijn arm en spoorde hem aan om verder te lopen.

Paul voelde zijn knieën knikken en zijn longen deden zeer. Het viel niet mee om een halfuur lang te moeten hardlopen, iets waar avonturiers uit boeken en films nooit last van leken te hebben. Dit hele avontuur begon trouwens belachelijk vermoeiend te worden.

Als ik van tevoren had geweten dat ik hier zo vaak voor mijn leven zou moeten rennen, dacht hij somber, *was ik eerst in training gegaan...*

De jongen leidde hem langs de barokke gevel van een kerk die blijkbaar aan de jezuïeten toebehoorde. Ze kwamen op een plein en plotseling kreeg Paul een wee gevoel in zijn maag: de redeloze angst en de verlammende kou die Finch en Mullet verspreidden keerden in volle hevigheid terug. Hij keek met grote ogen om zich heen. Op het kleine plein stonden vijf of zes feestvierders in een groepje bij elkaar. Geen van hen leek op hun gemaskerde belagers, maar Paul bespeurde onmiskenbaar dezelfde angst, ook al was die iets zwakker dan in de basiliek.

'O god,' hijgde hij. 'Ze zijn hier... ergens in de buurt.'

Gally keek hem angstig aan. 'Ik voel ze ook, want ze hebben me aangeraakt toen ik droomde. Sindsdien kan ik ze voelen.'

'Toen je droomde?' vroeg Paul fronsend. Samen staken ze het plein over, waakzaam als patrouillerende soldaten, elke schaduw in de gaten houdend. Iemand uit het groepje feestgangers op de stoep van de jezuïetenkerk riep iets naar hen, een onverstaanbaar dronken gebral.

'In dat kasteel in de lucht,' antwoordde Gally zachtjes.

'Weet je dat nog?' Paul was zelf bijna gaan geloven dat het hele kasteel maar een droom was geweest, net als de mechanische reus die hij daar de eerste keer had gezien. Het was een heel andere ervaring geweest dan alle andere simulaties.

Gally huiverde. 'Ze deden dingen met me. Het... het deed pijn.'

Als een spookschip doemde in de mist een klein, donker gebouw op met vier hoge schoorstenen op het dak. Gally pakte hem bij zijn hand en trok hem mee over het plein naar het hospitaal, maar Paul voelde plotseling weerzin opkomen. De sombere aanblik van het gebouw maakte hem gespannen en bovendien kreeg hij het gevoel dat de Tweeling nu dichterbij was. Misschien wachtten ze binnen wel op hem...

Een lange gestalte kwam uit de nevel te voorschijn. Gally slaakte een kreet van schrik.

'Wat nieuws?' vroeg een zware, onvaste stem.

De wankelende figuur was gehuld in een versleten mantel die als een stel gerafelde vleugels achter hem aan fladderde. Het was een oude man met een lange neus, een slappe kin en fonkelende ogen, het toonbeeld van een verlopen zeeman. 'Wat nieuws?' herhaalde hij, en staarde toen strak naar Paul en de jongen. 'Vreemden!' zei hij op luide toon, wat Paul heel slecht uitkwam. 'Hebben jullie wijn meegenomen? Het zijn harde tijden in het Oratorium. Wij, gasten van de kruisvaarders, zijn vergeten – en dat op carnavalsavond!'

Paul knikte zo vriendelijk mogelijk en probeerde langs hem heen te lopen, maar de oude zeerob greep hem met een verbazend sterke hand bij zijn kleren. Gally stond ongeduldig te trappelen.

'Zeg nou zelf,' zei de oude baas, die de mist met zijn zure adem vervuilde. 'Het is toch niet juist ons te laten stikken, alleen omdat we oud zijn? Houden we ons soms niet als goede christenen aan de vasten? Dan mogen we toch zeker ook carnaval vieren?'

'Ik heb geen wijn.' Paul voelde de schaduw van de Tweeling naderen, steeds donkerder, steeds breder. Hij kreeg een ingeving. 'Maar als je ons naar het hospitaal brengt geef ik je geld, dan kun je zelf wijn kopen.'

De oude man wankelde alsof hij zijn oren niet kon geloven. 'Naar het hospitaal? Is dat alles? Jullie willen naar de kruisvaarders?'

'We gaan bij iemand op bezoek.'

'Wij krijgen nooit bezoek,' zei hun nieuwe gids, die moeizaam in de richting van het gebouw met de vier schoorstenen begon te lopen. Hij sprak Paul niet tegen maar constateerde slechts een treurig levensfeit. 'Wij zijn oud. Onze kinderen zijn weggegaan of gestorven. Niemand bekommert zich om ons, zelfs niet met carnaval.' Hij spreidde zijn armen alsof hij een albatros imiteerde en bracht hen om de hoek van het gasthuis naar een zijdeur die Paul in de mist nooit zou hebben gezien. Binnen was het donker en kaal. 'Ze hebben de voordeur vergrendeld, ze willen niet hebben dat we vanavond naar buiten gaan.' De gids tikte met een vinger tegen zijn neus. 'Maar ouwe Nicoló laat zich niet opsluiten. Nu kan ik wijn kopen en drinken tot ik me de liederen van vroeger herinner.'

Het hospitaal van de kruisvaarders leek aanvankelijk een ontmoetingsplaats voor spoken te zijn. Een stuk of tien oude mannen, gewikkeld in dekens en lakens, liepen heen en weer of de trappen op en af; anderen stonden in deuropeningen te mompelen en voor zich uit te staren, net zo blind als de stenen beelden aan de gevels van de kerken. Het Oratorium was een oudemannenhuis, verklaarde Gally fluisterend, speciaal voor wie geen familie meer had. Ze waren lang niet allemaal afgetakeld: velen namen de nieuwkomers scherp op en Nicoló kreeg heel wat vragen naar zijn hoofd, maar hun gids maakte slechts een weids gebaar met zijn armen en bracht Paul en de jongen naar de door kaarsen verlichte kapel. Boven de deur was in reliëf een madonna met kind aangebracht.

Paul staarde naar het kindergezicht van de Verlosser en wist zich ineens geen raad meer. Ze hadden geen idee waar de Poort precies was en het was niet erg waarschijnlijk dat Nicoló of een van de anderen dat wel wist: waarom zou een sim op de hoogte zijn van de technische details van het netwerk? Paul zou zelf de plaats moeten vinden die het meest in aanmerking kwam. Hij dacht koortsachtig na, maar tot nu toe had hij alleen de Poorten in de rivier gezien. Hier was geen water in de buurt. Zou deze uitgang ergens aan te herkennen zijn of was hij alleen bestemd voor degenen die het netwerk hadden aangelegd?

Hij draaide zich om naar Gally, maar voordat hij iets kon zeggen zag hij de jongen verstijven en wit wegtrekken. Paul voelde het zelf ook. De angst greep hem bij de keel, deed zijn hart bonzen. Het koude zweet brak hem uit. De twee belagers waren dichtbij, heel dichtbij.

Op hetzelfde moment hoorde hij een zachte stem spreken. In zijn angst en verwarring herkende hij hem niet direct. '*De catacomben*,' zei de stem. '*Je moet naar beneden*.'

Gally had het ook gehoord en keek hem met grote ogen aan. 'De meesteres!' zei hij.

Paul knikte wazig. De stem was uit het niets gekomen, maar hij had Eleanora herkend.

De oude Nicoló kreeg een argwanende uitdrukking op zijn verweerde gelaat. Hij stak zijn hoofd als een gier naar voren. 'Je zou me geld geven, zei je.'

'Als je ons naar de catacomben brengt.' Paul probeerde zijn stem in toom te houden, maar vanbinnen had hij een ijskoud gevoel en heel zijn instinct schreeuwde dat hij zich ergens moest verbergen. 'Onder de grond.'

'Daar liggen alleen maar dooie kruisvaarders,' protesteerde Nicoló. 'Je zei dat je bij iemand op bezoek wou.'

Paul pakte zijn beurs en liet die aan de oude man zien. 'We willen bij de doden op bezoek.'

Nicoló keek hem aarzelend aan, maar daarna draaide hij zich om en ging de kapel binnen. 'Deze kant op.'

De oude bracht hen naar een trap achter het altaar, waarvan ze in het zwakke kaarslicht alleen de bovenste treden konden zien. Paul gooide hem de beurs toe en Nicoló keek ongelovig naar de dukaten die in zijn bevende hand gleden. Vervolgens haastte hij zich naar de deur, vermoedelijk op weg om zijn verdiensten te gaan verteren voordat het carnaval helemaal was afgelopen. Zijn verrukte gemompel had onder andere omstandigheden grappig kunnen zijn, maar op dit moment was Paul alleen maar bang dat hij zich in de val had laten lokken. Hij liep snel naar een kandelaar die aan de muur hing, maar die zat te hoog en hij moest Gally optillen om hem de kaars te laten pakken.

Ook in het flauwe licht van dc kaars was het een verraderlijke trap, met smalle treden die in het midden waren uitgesleten door de voeten van talloze monniken die hier al eeuwenlang dag in dag uit, jaar na jaar naar de catacomben waren afgedaald om de beenderen te zegenen van de ridders die hun leven voor het christendom hadden gegeven. Paul en Gally liepen behoedzaam naar beneden, waar ineens veel meer schaduw dan kaarslicht was. De flakkerende gloed onthulde een rij openingen in een oude stenen muur, doorgangen die allemaal op elkaar leken. Paul veegde het zweet van zijn voorhoofd en vloekte binnensmonds. Dit leek sterk op zo'n stom avonturenspel waar hij altijd een hekel aan had gehad.

'Eleanora?' vroeg hij zacht. De dreiging leek nu zo dichtbij dat zelfs een gefluister hun positie zou kunnen verraden. 'Kun je me horen? Waar moeten we heen?' Maar er kwam geen antwoord. De openingen in de muur staarden hem aan als blinde ogen.

Gally plukte ongeduldig aan zijn mouw om hem in beweging te krijgen. Paul keek naar de vloer. Ook de zware tegels waren door generaties monniken kaal gesleten, maar vooral aan de rechterkant, alsof daar de meeste aandacht naar uit was gegaan; de vloer voor de opening aan de linkerkant was het minst aangetast. Paul aarzelde slechts heel even voordat hij naar links ging.

De nissen in de gang werden in beslag genomen door gebeeldhouwde sarcofagen; koude marmeren handen waren gevouwen op stenen borsten en marmeren gezichten staarden naar het plafond. De gang liep enigszins naar beneden af en verderop maakte het marmer plaats voor minder kostbare steensoorten. Het beeldhouwwerk was grover en zelfs de nissen waren kleiner. De bochtige tunnel was lang en moest zich tot ver onder het plein uitstrekken. Ten slotte kwamen ze in een gedeelte waar de doden niet meer individueel waren bijgezet. Er waren alleen nog hoge stapels botten en schedels te zien. Gally rilde en pakte Pauls hand.

De stapels werden steeds hoger en bedekten uiteindelijk de wanden van de tunnel. Hier en daar waren schedels opgestapeld als een piramide van kanonskogels, andere lagen als decoratieve elementen temidden van beenderen, een zigzagmotief van ontvleesde gezichten. Honderden lege oogkassen staarden hen aan, schier eindeloze rijen donkere putten.

Paul keek naar de naargeestige overblijfselen, symbolen van de ijdelheid van het menselijk streven, en ondanks zijn radeloze angst begon hij bijna bewondering te krijgen voor de Graalbeweging. Het mochten dan wrede misdadigers zijn, het had ook iets nobels om niemand minder dan de Dood te slim af te willen zijn, dat grote zwarte niets waardoor al het leven ten slotte werd verzwolgen.

Zijn gedachten keerden al snel terug tot de werkelijkheid van het moment. Het begon net tot hem door te dringen dat het wel eigenaardig was om in Venetië zo diep onder de grond te zitten zonder dat het zeewater tot aan je lippen stond, toen de gang plotseling uitkwam op een brede onderaardse ruimte. Het plafond werd geschraagd door wel duizend pilaren, grote stenen zuilen in de vorm van botten, een woud van tibia en femur. De kaars verlichtte slechts een deel van de zaal, die zich naar alle kanten eindeloos leek uit te strekken, maar recht voor hen zagen ze een open plek zonder pilaren, de vloer bedekt met stoffige mozaïektegels. Paul ging naar voren en tilde de hete kaars op. Het mozaïek stelde een grote, door engelen en demonen gedragen ketel voor waaruit een glanzend licht stroomde.

In de gang waar ze net uit waren gekomen klonk een zacht geschuifel. Paul maakte bijna een sprong van schrik en Gally begon te kreunen.

Opeens werd in het midden van de open plek een streep lichtgeel vuur zichtbaar. De gloed van de Poort werd sterker, tot het mozaïek op de vloer niet meer te zien was en de griezelige pilaren grillige schaduwen wierpen. Paul kreeg weer hoop, maar juist toen hij met Gally naar de vlammende rechthoek wilde lopen stapten twee figuren de opening uit, de een monsterachtig dik, de ander uitgemergeld. Paul snakte naar adem en deinsde vol afschuw terug terwijl hij Gally met zich meetrok.

Het is dus toch een val!

Ze draaiden zich om en deden een paar wankelende stappen terug naar de gang toen er in de ruimte tussen de pilaren opnieuw iets zichtbaar werd. De kleine gestalte van Eleanora zweefde net boven de vloer. Er lag een gespannen uitdrukking op haar gezicht.

'Ga niet terug!' Haar stem leek niet uit haar mond te komen, maar van ergens dicht bij Pauls oor. 'Het is niet wat je denkt... het grootste gevaar loert nog steeds in de gang!'

Paul negeerde haar waarschuwing. Er bestond geen groter gevaar dan dat van de twee die net uit de Poort waren gekomen. Hij sleepte Gally mee in de richting van de tunnel. Eleanora strekte smekend haar handen uit en de jongen aarzelde, maar Paul liet hem niet los. Ze waren vlak bij de opening naar de catacomben, toen twee andere gedaanten uit de gang kwamen, identiek aan het duo in de Poort. In het glanzende licht leken de maskers van Komedie en Tragedie uit gesmolten goud te bestaan. Paul werd verlamd door de golf van verschrikking die ze uitwasemden.

Even dacht hij dat hij gek was geworden. Finch en Mullet waren voor hem, Finch en Mullet waren achter hem. Ze waren ingesloten en zouden sterven als ratten in de val. De vogelvrouw had hem in de steek gelaten, haar woorden waren zinloos geweest. Hij had nog geen veertje om zich aan vast te klampen.

'Draai je om!' riep Eleanora. 'Ren naar de Poort! Het is je enige kans!'

Paul staarde haar sprakeloos aan. Zag ze dan niet dat de vijand overal was? Bij de Poort net zo goed als in de gang...

Hij week terug voor de opdoemende maskers en trok Gally met zich mee, maar hij was zich scherp bewust van het gevaar achter zijn rug. Hij draaide zich weer om toen hij bijna de plek had bereikt waar de nog altijd smekende Eleanora in de crypte zweefde. De twee bizarre gedaanten uit de Poort kwamen op hem af. Hij voelde zijn benen verslappen en het had niet veel gescheeld of hij was samen met Gally op de grond in elkaar gezakt, ten prooi aan de dubbele vijand.

De zwarte gedaanten uit de Poort waren nu heel dichtbij en hij zag hun ogen glanzen. Hulpeloos bleef hij staan toen de grootste van de twee een zware arm naar hem uitstak.

'Mijnheer Johnson? Bent u het?' Undine Pankie bleef voor hem staan, haar vormeloze grijze jurk wat optrekkend om de zoom niet over de stoffige vloer te laten slepen. 'Lieve hemel, u bent het werkelijk. Sefton!' riep ze over haar schouder. 'Zei ik je niet dat we die aardige mijnheer Johnson hier zouden vinden?'

Paul wist nu zeker dat hij gek was geworden.

Haar broodmagere echtgenoot kwam naast haar staan, knipperend met zijn ogen als een uil bij daglicht. 'Je hebt gelijk, lieve. Wat een genoegen u weer te zien, mijnheer Johnson!' Het klonk alsof ze elkaar op een theepartijtje weer tegenkwamen.

'Misschien heeft hij iets van onze Viola vernomen,' opperde Undine. Ze schonk Paul een innemende glimlach die hem onder andere omstandigheden met afschuw zou hebben vervuld, maar die nu alleen maar onbegrijpelijk was. 'En wie is dit kleine engeltje? Wat een heerlijke knaap! U wilt toch wel zo goed zijn ons voor te stellen...'

Paul wist niets anders te doen dan de tegenstribbelende Gally stevig vast te houden – de jongen moest helemaal geen idee hebben van wat er gebeurde – en naar de Pankies te staren. Ze keken hem verwonderd aan, alsof ze zich afvroegen wat hem bezielde. Undine Pankie liet haar koeienogen langs hem heen naar de naderende maskers gaan, die grote en kleine spiegelbeelden. Haar mond viel abrupt dicht en heel haar massieve, weke gezicht werd bleek. Zij en haar bebrilde echtgenoot wisselden een snelle blik waarvan Paul de betekenis slechts kon raden, maar als op stilzwijgende afspraak keerden ze elkaar de rug toe en verdwenen in de schaduwen aan weerskanten. Voor Paul lag de weg naar de Poort nu open.

'Vlug!' riep Eleanora achter hem. 'Ga naar de Poort! Waar wil je heen?'

Paul probeerde Gally mee te trekken, maar de jongen verzette zich.

'Kom, Jonas,' siste Finch achter hem. 'Het spelletje heeft nu lang genoeg geduurd... het is allang niet leuk meer.'

Paul keek naar Gally, die door een redeloze angst was bevangen en zijn ogen half dichtgeknepen hield, alsof hij op het punt stond een toeval te krijgen.

'Waarheen?' vroeg Eleanora.

Hij kon amper nadenken. De vreemdste plaatsnamen schoten door zijn hoofd, namen die hem als kind exotisch waren voorgekomen maar die hem nu gevangen konden houden en zijn dood konden worden: Idaho, Illinois, Keokuk, Attica...

'Ithaka!'

Ze knikte en pakte de smaragd die aan de ketting om haar hals hing. Het licht van de Poort begon te dansen als de vlammen van een kampvuur in de wind. Finch en Mullet waren nu vlak bij haar en hadden hun maskers afgelegd. Hun ware gezicht bleef verborgen onder hun donkere kappen, maar Paul herkende de glinstering in de ogen van Finch en Mullets blikkerende tanden. Hun kwaadaardige uitstraling beroofde hem van zijn laatste krachten.

Gally kwam opeens weer bij zijn positieven toen het tweetal Eleanora tot op een meter was genaderd. 'Ze zullen haar iets doen!' schreeuwde hij, en hij begon weer driftig te spartelen om los te komen, maar ditmaal om zijn vriendin bij te staan. 'Ze zullen haar doden!'

'Nee, Gally!' Paul voelde zijn vingers verkrampen en probeerde de jongen met zijn andere hand beet te pakken, maar Gally maakte van de gelegenheid gebruik om zich los te rukken en naar Eleanora te rennen.

'Nee, Zitan!' riep ze. 'Ze kunnen me niet eens...'

De twee stapten dwars door haar heen.

'... aanraken,' besloot ze op hopeloze toon. 'O, Zitan...'

Mullet stak zijn brede, vormloze hand uit en tilde de jongen de lucht in. Gally spartelde, gevangen in de machtige vuist als een vlieg in een web.

Paul aarzelde. De koele gouden glans van de Poort was slechts een paar passen bij hem vandaan, maar de afstand leek ineens heel groot. 'Laat hem gaan!'

Finch grinnikte. 'Natuurlijk laten we hem gaan. Hij is niet het kind dat we echt zoeken, hij is maar een zwerfjongen van het netwerk. Wij willen jou, Jonas. Kom, ga met ons mee.'

Paul had de moed niet meer om te vechten. Dit was dan toch het einde dat hij altijd had gevreesd. Ze zouden hem meenemen naar een duisternis die nog erger was dan de dood. Hij keek naar Eleanora, maar die zweefde nog op dezelfde plek, een onmachtige geest met een treurig gezicht. 'Als je belooft dat je hem loslaat,' zei hij. 'Dan ga ik met jullie mee.'

Finch keek naar de kronkelende kleine jongen en er klonk een lach in zijn kille stem. 'Zeker. Hij stelt niets voor. Hij is een holbewoner, een minderwaardige.'

Paul voelde hoe een verschrikkelijke matheid hem beving. 'Goed dan,' zei hij schor en deed een stap naar voren.

'Nee!' schreeuwde Gally. De jongen trok zijn benen op, zette zijn voeten tegen Mullets reusachtige buik en begon te duwen. Tegelijkertijd beet hij hard in de vuist die hem vasthield. Mullet stootte een kreet van woede en verbazing uit. Hij greep de jongen met zijn andere hand en smeet hem met ontstellende kracht tegen de grond. Paul hoorde een luid gekraak en daarna werd het gruwelijk stil.

Mullet bukte zich en schudde de roerloze gestalte door elkaar. Daarna bromde hij en gooide de jongen achteloos opzij. Het lichaam schoof als een lappenpop over de tegels, ontdaan van alle leven.

'Zitan!' De langgerekte jammerklacht van Eleanora eindigde abrupt op het moment dat haar beeld verdween. Even later begonnen de wanden van de crypte door te buigen, ze vervormden alsof de ruimte door een reus werd fijngeknepen. De grote zaal stortte in en Finch, Mullet en Gally's levenloze lichaam werden onder het puin bedolven.

Totaal verdoofd, alsof hij uitgehold was, en te verbijsterd om zelfs maar te huilen, draaide Paul zich om en wierp zichzelf door de poort van licht.

31

De stem van de dolenden

NETFEED/NIEUWS: *Zeeboeren betwisten schadelijkheid van krill (beeld: de treiler* Johanna B. *werpt geluidsnetten uit)*
COMMENTAAR: *Zeeboeren wijzen verontwaardigd de geruchten van de hand dat er in de geoogste krill een parasiet voorkomt die het syndroom van Tandagore veroorzaakt.*
(beeld: Tripolamenti op de kade)
Clementino Tripolamenti, leider van de internationale Bond van Zeeboeren, beroept zich op uitspraken van vele artsen die van mening zijn dat het syndroom van Tandagore, een raadselachtige neurologische aandoening, geen verband houdt met voedingsgewoonten.
TRIPOLAMENTI: *'Ze kunnen wel zoveel zeggen. Heb je dit gezien? Ze hebben het al over de "Gekke Krillziekte", alsof het iets om te lachen is. Er worden miljoenen tonnen van dit gezonde, eiwitrijke product geoogst en verwerkt in talloze gezonde levensmiddelen, maar er hoeft maar één idioot een verhaaltje op het net te zetten en we worden meteen in ons bestaan bedreigd...'*

'Code Delfi. Begin.*
Er is zoveel te vertellen, zoveel trieste, vreemde en vreselijke dingen, dat ik niet weet waar ik moet beginnen. Ik zal alles duidelijk moeten maken, anders blijft het onbegrijpelijk voor degene die

deze woorden ooit uit de lucht plukt. Ik heb nu even tijd om te praten – de anderen zullen wel denken dat ik in mezelf sta te mompelen – voordat de waanzin weer opnieuw begint. Ik vind het frustrerend, maar ik zal proberen alles in de juiste volgorde te vertellen.

We waren nog bij de vliegende mensen in Aerodromia, zoals we de simulatie hadden genoemd. Er was een meisje verdwenen en de verdenking viel op ons, als buitenstaanders. Vuurmaker, het hoofd van een van de familiegroepen, had ons onderdak verleend in zijn grot, maar toen hij met een paar gewapende mannen naar ons toe kwam was ik bang dat we voor de misdaad gedood of aan een van hun goden geofferd zouden worden. Ik zat er niet zo ver naast.

We werden naar een andere grot gebracht, waar het heel wat minder aangenaam was. Het was er koud en vochtig en overal lagen uitwerpselen van vleermuizen en vogels. Quan Li zat te snikken bij het kleine kampvuur en ik zag het licht flakkeren op haar onopvallende gezicht. Net als Florimel en ik had ze nog steeds de standaardsim van een inheemse vrouw uit Zuid-Amerika die ze bij de ingang van Temilún had gekregen. T4b zat nors zwijgend stenen op elkaar te stapelen om ze vervolgens weer om te gooien, telkens opnieuw, even nukkig als een kind dat op school moet nablijven. Florimel en William waren weer eens aan het bekvechten, waarbij Florimel ons zoals gewoonlijk verweet dat we veel te passief waren. Ik ging verder de grot in om niet naar ze te hoeven luisteren.

De vliegende mensen van Aerodromia dachten werkelijk dat wij iets te maken hadden met de verdwijning van het meisje, dat Sneeuwhaar heette. Bij het vallen van de avond zouden we de een of andere proef moeten ondergaan om onze schuld of onschuld aan te tonen. Vuurmaker zei dat maar weinigen die proef overleefden en dan meestal nog krankzinnig werden, waardoor ik met enige weemoed aan de oude wetten van Napoleon moest denken. We waren allemaal even ongelukkig en bang. We wisten nog niet of we in zo'n simulatie echt konden doodgaan of niet, maar wel dat we veel pijn konden voelen.

Terwijl ik de anderen observeerde – ik kon ze nu heel goed van elkaar onderscheiden, net zo goed als ik hun doffe angst kon voelen – besefte ik ineens dat ik mijn eigen verantwoordelijkheid uit de weg was gegaan.

Sinds mijn jeugd heb ik het onweerlegbare excuus van mijn blindheid gehad, een excuus dat ik soms heb gebruikt om anderen te manipuleren. Ik zou woedend zijn als ik een baan kreeg aangeboden of op een feest werd uitgenodigd alleen omdat ik blind was, maar ik moet toegeven dat het omgekeerde weleens het geval is geweest. Soms ben ik iets of iemand uit de weg gegaan met mijn blindheid als excuus, terwijl ik in werkelijkheid gewoon geen zin had.

Op dezelfde manier, zo begrijp ik nu, heb ik me door mijn problemen laten afleiden van waar het werkelijk om gaat. Ik heb niet meer te verduren gehad dan mijn metgezellen, althans niet na de eerste dagen in dit netwerk toen ik zo verschrikkelijk te lijden had. Maar nu ik over vermogens beschik waar de anderen niet aan kunnen tippen, heb ik toch verzuimd een grotere rol in de groep te spelen.

Ik heb in mijn echte leven geen benijdenswaardige positie verworven door zo volgzaam en krachteloos te zijn, dus waarom zou ik dat hier wel zijn?

Maar laat ik niet afdwalen van de gebeurtenissen die ik wilde beschrijven. Dit is een andere zaak, een kwestie waar later over gesproken moet worden. Laat ik volstaan met te zeggen dat ik niet langer zo doelloos bezig wil zijn. Ik weet niet of ik mijn angstige lotgenoten kan helpen, maar laat ik dan in elk geval proberen alles te doen om mezelf te redden. Het is misschien egoïstisch, maar ik wil in de eerste plaats mijn zelfrespect bewaren.

De dag van onze gevangenschap verstreek en zelfs Florimel en William hadden op het laatst de kracht niet meer om te redetwisten, iets wat ze vermoedelijk vooral hadden gedaan om de illusie in stand te houden dat ze nog wisten wat er moest gebeuren. Ik probeerde een gesprek aan te knopen met Quan Li en T4b, maar die waren allebei te neerslachtig om veel te zeggen. Vooral Quan Li leek ervan overtuigd te zijn dat we om het leven gebracht zouden worden en dat alle hoop voor haar zieke kleindochter vervlogen was. De jongen met het uiterlijk van een strijdrobot wilde helemaal niet praten. Hij bromde slechts als ik iets vroeg, en ten slotte liet ik hem alleen met zijn eindeloze stapels stenen.

We waren bijna klaar met eten – onze bewakers hadden ons bessen en een paar stukken dun, ongedesemd brood gegeven – toen Lieve William naast me kwam zitten. Hoewel de anderen een paar meter bij ons vandaan waren, stuk voor stuk verzonken in hun eigen sombere gedachten, fluisterde William. Er was iets vreemds in zijn houding, hoewel ik ondanks al mijn nieuwe eigenschappen niet kon zeggen wat. Het was alleen duidelijk dat hij erg opgewonden was: de informatiestromen waaraan ik hem herkende, waren veel levendiger dan bij de anderen.

"Ik geloof dat ik je nu maar iets over mezelf moet vertellen," zei hij. Dat verbaasde me enigszins, want hij had altijd heel weinig over zijn echte leven losgelaten, maar ik veronderstelde dat het alles te maken had met de onheilspellende toestand waarin we verkeerden.

"Als je dat wilt, graag," zei ik. "Ik zou liegen als ik zei dat ik niet nieuwsgierig was. Maar je bent me niets verplicht."

"Dat weet ik ook wel," antwoordde hij op zijn bekende norse toon. "Ik ben niemand iets verplicht." Meer dan zijn toon was het zijn accent dat me trof, het typisch Noord-Engelse accent dat in veel Britse comedyseries wordt gebruikt omdat het daar blijkbaar als grappig wordt ervaren. Hij sprak een beetje slordig, alsof het een aangeleerde tongval was.

Hij zweeg even en daarna zei hij, alsof hij mijn gedachten had geraden: "Ik praat niet altijd zo, weet je. Niet in het echt."

Ik zei niets. Wilde hij iets uitleggen of zocht hij een excuus? Ik begreep nog steeds niet waarom hij zo'n geagiteerde indruk maakte, al reageren mensen heel verschillend op gevaar.

"In mijn echte leven ben ik heel anders." Hij gebaarde naar zijn pak en fladderde met zijn lange cape. "Dit is maar schijn. Een mens moet zich toch ergens mee vermaken."

Ik begon te wensen dat ik hem echt kon zien. Ik had hem graag in zijn ogen gekeken om te weten wat daarin schuilging.

Hij boog naar me toe. "Ik zal je iets grappigs vertellen, als je belooft dat je het tegen niemand zegt." Hij wachtte niet op mijn reactie. "Dat vampiergedoe is eigenlijk niets voor mij, het is maar een pakkie om er mooi en tegelijk gevaarlijk uit te zien. Ik ben al oud." Hij lachte zachtjes, zenuwachtig. "Echt oud: een paar maanden geleden ben ik tachtig geworden. Maar ik hou wel van een geintje."

Ik probeerde me hem als een oude man voor te stellen en dat lukte ook wel, al begreep ik nog niet waarom hij me dit vertelde. Ik wist niet eens zeker of hij wel een man was en daarom vroeg ik hem dat ronduit.

"O ja, helaas wel, want transseksuelen zijn pas echt opwindend. Nou kom ik al jaren het huis niet meer uit, dus veel verschil maakt het niet. Wat kan het iemand nou schelen wie of wat je op het net bent?"

Ik moest het hem vragen, want ik had het gevoel dat ik werd gemanipuleerd. "Als het niemand wat kan schelen, waarom vertel je het mij dan? En waarom word je er zelf verlegen van, William?"

De vraag overviel hem. Hij trok zijn hoofd terug en ik voelde dat hij zich in zichzelf terugtrok, als een vogeltje dat ineengedoken in de regen zit. "Ik wou het aan iemand kwijt, denk ik, voor als er iets met ons gebeurt. Je snapt wel wat ik bedoel."

Het speet me dat ik hem zo hard had aangepakt. Aan de vooravond van een grote slag vertellen soldaten in de loopgraven elkaar hun levensverhaal, zeggen ze. Misschien brengt niets de mensen zo dicht bij elkaar als de naderende dood. "Hoe ben jij op het netwerk gekomen?" vroeg ik hem, iets vriendelijker nu.

Hij gaf niet meteen antwoord en ik had het vreemde idee dat hij nadacht over de details van wat hij ging vertellen, alsof hij een verhaal voor een klein kind verzon. Maar ik vond hem heel oprecht klinken.

"Ik ben zelf niet jong," zei hij, "maar ik hou van jonge mensen, althans van de vrijheid die ze tegenwoordig hebben en die ik nooit heb gekend. Ik benijd ze omdat ze kunnen zijn wie ze maar willen – een nieuwe sim, een nieuwe wereld, alles ligt voor ze open. In mijn jeugd moest je het met je eigen gezicht doen en daar was ik niet erg gelukkig mee. Kun je je dat voorstellen? Niet dat ik mezelf lelijk vond of zo, maar zeker ook niet opwindend. Ik had geen gezicht dat de mensen bijbleef. Toen ik tien jaar geleden met pensioen ging – ik werkte als regionaal inspecteur bij de posterijen – besloot ik het net op te gaan en eindelijk een ander leven te gaan leiden, mijn eigen leven. En niemand was geïnteresseerd in mijn echte leven, alleen in wie ik op het net was. Ik heb Lieve William zelf bedacht en zo extravagant mogelijk gemaakt. Burgerlijke erotiek, omgangsvormen, ik lapte alles aan mijn laars. Ik leerde de verzen van onbekende dichters uit mijn hoofd, mensen van de NewBeat en de Quiet Apocalypse, en deed alsof het mijn eigen werk was. Ik had het geweldig naar mijn zin en ik had er spijt van dat ik niet eerder met pensioen was gegaan.

Tot er jonge mensen uit mijn virtuele kringetje ziek werden en van het net verdwenen. Nu weet ik natuurlijk dat ze ook in coma zijn geraakt, maar toen vroeg iedereen zich af waar ze gebleven waren. Het verbaasde me dat er zulke jonge kinderen bij waren. Net als ik hadden ze zich voor iemand anders uitgegeven. Er was zelfs een jochie van twaalf bij!

Na een tijdje begon ik uit te zoeken wat er aan de hand was." Hij glimlachte vaag. "Het leek een beetje op mijn werk bij de post en ik moet toegeven dat ik er enigszins door geobsedeerd werd. Mijn onderzoek leverde in het begin alleen maar meer vragen op, tot ik op de eerste kleine aanwijzing van Sellars stuitte. Uiteindelijk kreeg ik een tip van een collega die bij UnComm zat en daardoor kon ik in Anderland inbreken om de stad Atasco te zoeken. Zo ben ik hier gekomen." Hij knikte alsof daarmee alles gezegd was. Ik voelde me een beetje teleurgesteld, niet door het verhaal zelf maar door de plotselinge onthulling nadat hij al die tijd over zichzelf had gezwegen. Was hij echt alleen maar bang voor wat ons te wachten stond? Per slot van rekening hadden we in Anderland van het begin af aan in gevaar verkeerd. Misschien hoopte hij ook op menselijk contact, iets dat ik zeker niet achter hem had gezocht. Misschien had ik hem onrecht gedaan. Veel mensen zeggen dat ik koel en afstandelijk ben.

Maar wat zijn motieven ook waren, en ongeacht mijn reactie, Lieve William leek niet alleen zijn hart te willen uitstorten, maar vroeg ook naar mijn verleden. Ik vertelde hem over mijn jeugd en dat ik door een ongeluk blind was geworden. Dat was niet helemaal waar, maar ik begreep niet goed waarom hij het wilde weten en ik wist me ook nog geen raad met de energie die hij uitstraalde. William vroeg verder wat ik van de verdwijning van het meisje vond en of ik enig idee had van wat er was gebeurd. Het hele gesprek was verwarrend voor me, alsof ik iets over het hoofd zag. We spraken nog een kwartier over minder belangrijke zaken, daarna nam hij zwierig afscheid en ging in een rustig hoekje van de grot zitten.

Terwijl ik over zijn verhaal zat na te denken kwam Florimel vragen wat Vuurmaker tegen mij over het verdwenen meisje had gezegd. Omdat ik haar en Lieve William eerder zo heftig had zien praten, merkte ik op dat William vandaag zo spraakzaam was.

Ze keek me aan met een gezicht dat nog minder emotie verraadde dan anders en zei: "Nou, ik niet." Daarna draaide ze zich om en ging terug naar het vuur. Misschien dacht ze dat ik van plan was haar uit te horen en dat is eigenlijk heel goed mogelijk. Hoe dan ook, ik vroeg me opnieuw af in wat voor merkwaardige groep mensen ik terecht was gekomen.

En als een blinde vrouw die zelf een paar dagen op de rand van de waanzin heeft gestaan zich zoiets afvraagt, dan is het niet moeilijk te raden dat die mensen problemen hebben.

Tegen het vallen van de avond kwamen Vuurmaker en andere leden van zijn stam ons halen. We werden naar een reusachtige horizontale boom gebracht. Op de stam zaten drie oudsten die blijkbaar als rechters fungeerden. De vader van het vermiste meisje sprak opgewonden over haar ontvoering. De halsketting die Sneeuwhaar altijd droeg was teruggevonden bij de ingang van haar grot, wat erop wees dat ze niet uit vrije wil was weggegaan. Andere familiegroepen zeiden dat ze niets hadden gezien of gehoord en dat het lang geleden was dat andere stammen uit de vallei op strooptocht waren gegaan. Florimel zei dat ze het recht had vragen te stellen en zichzelf te verdedigen, maar ze legden haar het zwijgen op. Een van de oudsten, een breekbaar mannetje dat zo licht als een veertje was, zei op even beleefde als besliste toon dat wij als buitenstaanders niet te vertrouwen waren. Hij was bang dat we zijn mensen zouden betoveren als ze ons toestonden zelf vragen te stellen.

Zo kwamen de rechters tot de verwachte uitspraak: we moesten een proef ondergaan om onze schuld of onschuld aan te tonen. Op hoogst plechtige toon zeiden ze dat we naar de Grot der Dolenden gebracht zouden worden.

Die naam beviel ons helemaal niet. Onder andere omstandigheden zouden Florimel en T4b wellicht hebben geprobeerd te vluchten, maar we waren door tientallen stamleden omringd en na een hele dag in die grot waren we mentaal uitgeput. In het licht van de ondergaande zon werden we weggevoerd, overigens niet al te hardhandig. Ik geloof dat het Volk van de Middelste Lucht in wezen uit fatsoenlijke mensen bestaat.

Wij en onze bewakers moesten te voet gaan, maar vlak achter ons vormde zich een hele stoet van toeschouwers in de lucht, cirkelend als meeuwen boven een schip. De tocht duurde bijna een uur, aan het eind waarvan we aankwamen bij een grote uitholling in de rotswand met een doorsnee van wel driehonderd meter, een door de natuur gevormd amfitheater waarin toekomstige generaties vliegende mensen misschien wel naar concertuitvoeringen komen luisteren. De bodem van deze waarschijnlijk door een gletsjer uitgeslepen holte was bezaaid met stenen en in het midden stond een groot rond rotsblok dat me op akelige wijze aan een offertafel deed denken.

Ik begon te vrezen dat de proef een echte marteling zou zijn en voor het eerst drong het tot me door dat mijn dood weleens heel nabij kon zijn. Het zweet brak me uit, ondanks de aangename koelte. Vreemd genoeg was ik ineens bang dat ze iets met mijn ogen zouden doen, de organen waar ik wel het minste aan had en die bovendien virtueel waren. Mijn benen werden slap van angst en mijn twee bewakers moesten me vasthouden, anders zou ik zijn gevallen.

Een twintigtal jonge en sterke stamleden landde bij de grote rots. Ze zetten hun schouders ertegen en moedigden elkaar met kreten aan tot de steen in beweging kwam en een paar meter wegrolde. Op de plaats waar hij had gelegen was een zwarte opening zichtbaar. We werden er een voor een naartoe gesleept en er ingegooid. Lieve William ging als eerste en ik vond dat hij zich verbazend waardig gedroeg. Toen ik aan de beurt was, maakte ik me zo klein mogelijk. Ik viel een eind naar beneden en spreidde mijn armen zonder te weten of we in deze grot zouden kunnen vliegen, maar ik voelde vreemde luchtstromingen, onvoorspelbaar en toch sterk genoeg om ons zwevende te houden als we er moeite voor deden.

Quan Li was er nog niet in geslaagd haar evenwicht te vinden en ik voelde haar niet ver bij me vandaan spartelen. Voordat ik iets tegen haar kon zeggen werd de rots voor de opening gerold en werden we gedompeld in totale duisternis.

De onbekende luisteraar die het begin van mijn dagboek heeft gevolgd, zal begrijpen dat duisternis voor mij minder erg is dan voor de anderen, althans in het begin. Ik voelde me juist in mijn element en de verdwijning van het licht was iets dat zich in het zichtbare spectrum afspeelde, niet in het spectrum waar ik mee uit de voeten kon. Ik kon de afgebakende ruimte van de spelonk om ons heen voelen, de grillig gevormde wanden met hun spleten en scherpe stalactieten, ongeveer zoals je de plaats van stenen onder water kunt afleiden uit de manier waarop de stroom verandert.

Ik had mezelf beloofd mijn lot meer in eigen hand te nemen en daarom probeerde ik rustig een mentale kaart van mijn omgeving te maken, zelfs toen de anderen nog angstig naar elkaar riepen.

Hoewel, rustig? Eigenlijk ben ik daar niet zeker van. Een van mijn vrienden aan de universiteit, uit de tijd voordat ik me letterlijk en figuurlijk in mijn huis onder de Zwarte Berg had teruggetrokken, zei ooit dat ik net zo koud, hard en onbuigzaam was als titanium. Daar bedoelde hij mee dat ik de gewoonte had alles van een afstand te observeren. Voor de onbekende die dit hoort, zal het inderdaad een vreemde indruk maken dat ik de verschrikkingen van onze belevenissen zo afstandelijk beschrijf. Ik voelde me gekwetst toen mijn vriend dat zei en ik vroeg hem: "Wat had je anders verwacht? Moet een blinde soms overal halsoverkop induiken?"

"Jij ergens induiken?" antwoordde hij lachend. Onze relatie liep slecht af, maar hij hield wel van een goede grap. "Jij kunt niet eens een huis binnengaan zonder eerst de bouwtekeningen te bestuderen."

Dat was niet eens zo erg overdreven. En nu ik naar mezelf luister hoor ik die Martine, degene die alles wil onderzoeken en in een hokje plaatsen, misschien wel doordat ik altijd een kaart nodig had om me in de wereld van de zienden te handhaven.

Het is dus mogelijk dat mijn verslag te koud, te zelfverzekerd klinkt. Mijn metgezellen waren hulpeloos in het donker, ik niet. Maar ik was nog wel bang en ik ontdekte al snel dat die angst gegrond was.

De grot was een grote ruimte, net een gebroken honingraat, vol met kloven en kronkelige gangen. We zweefden in de lucht onder de opening terwijl overal om ons heen in het donker vlijmscherpe randen en dodelijke steenpunten waren. Wat hadden we eraan om te kunnen vliegen als we niets zagen en de dood overal loerde? Quan

Li had al meteen haar arm opengehaald aan een scherpe steen. Zelfs de stem van de anders zo dappere en onafhankelijke Florimel trilde alsof ze haar zenuwen nauwelijks kon bedwingen.

En we waren niet alleen, hoewel de anderen dat nog niet wisten.

Toen ik enigszins een idee had van de ons omringende ruimte riep ik naar de anderen dat ze zoveel mogelijk op hun plaats moesten blijven. Terwijl ik enkelen een iets minder gevaarlijke plek wees, begon ik een verandering in het informatieveld op te merken, kleine storingen die snel groter en duidelijker werden. Quan Li was de eerste die de stemmen hoorde.

"Wat is dat?" riep ze. "Er... er is hier nog iemand..."

Het geluid werd sterker, een gefluister dat uit alle hoeken van het labyrint leek te komen, een gemurmel en gezucht in het donker waar pas na enige tijd herkenbare woorden in klonken.

"*Nee...*" fluisterden de stemmen. "*Verdwaald...*" Andere snikten en jammerden. "*Help me! Koud, zo koud, zo koud...*" Duizend zacht huilende geesten omringden ons, mompelend en ruisend als de wind.

Maar ik was de enige die ze kon zien, op mijn manier dan. Alleen ik kon merken dat het geen complete wezens waren met de virtuele lichamen van mij of mijn metgezellen, flexibele en toch gesloten algoritmenverzamelingen. Wat ons omgaf was een wolk van ontluikende vormen, min of meer menselijke gedaanten die zich van de informatieruis losmaakten en daarna weer oplosten. Maar ook al waren het onvoltooide en vluchtige verschijningen, het waren ook individuele entiteiten, als afzonderlijke vlokken in een sneeuwbui. Ik kreeg de indruk dat het niet om een gewone programmeertruc ging: hoe kortstondig hun optreden ook was, ze leken om de een of andere reden heel levensecht. Ik vind het toch al lastig om onderscheid te maken tussen mijn lotgenoten en de Poppen van het netwerk, maar deze fenomenen waren nog ingewikkelder. Als zoiets met zuiver kunstmatige middelen kan worden opgewekt, al is het door het wonderbaarlijke systeem van Anderland, dan geeft me dat veel stof tot nadenken.

Maar het overheersende effect van deze fantomen was de mengeling van afgrijzen en medelijden die ze bij ons opwekten. Het waren de stemmen van kinderen die om hulp riepen omdat ze hopeloos verdwaald waren of door een nachtmerrie werden geplaagd, een bittere en gekwelde koorzang die geen normaal mens onberoerd zou kunnen laten. Elke vezel van mijn echte lichaam spande zich om iets voor ze te doen, maar ze waren even ongrijpbaar als rook. Ook al waren het misschien slechts stukjes programmacode, het waren tegelijkertijd geesten in de ware zin van het woord.

T4b begon plotseling woedend te schreeuwen, bijna als een volwassene. “Matti?” riep hij. “Matti, ik ben het! Kom terug!” Hoewel hij op dat moment een blinde was schoot hij naar voren, zwaaiend met zijn armen om de ontastbare wolk te grijpen. Hij vloog onmiddellijk een zijgang in, nog steeds graaiend naar iets dat er niet was. Ik was de enige die hem in het donker kon volgen en vloog achter hem aan. Ik kreeg zijn enkel te pakken en gilde het uit van de pijn toen een van de scherpe punten op zijn pak zich in mijn hand boorde. Ik riep naar de anderen om ze te laten weten waar ik was en probeerde T4b in bedwang te houden.

Voordat ze bij ons konden komen gaf hij me een woedende vuistslag tegen de zijkant van mijn hoofd, waardoor mijn innerlijke wereld zwart werd en ik bijna het bewustzijn verloor. Ik weet niet wie hem uiteindelijk wist te overmeesteren, want hij bleef zich heftig verzetten, maar ten slotte slaagden ze erin hem mee terug te nemen naar de ingang. Hij snikte en riep telkens die naam: “Matti”. Ik was nog half verdoofd van de klap en zweefde als een verdwaalde astronaut door de lucht tot Quan Li me bij een elleboog pakte en me terugbracht naar de anderen.

Een tijdje luisterden we slechts naar de wolk van treurende geesten. Schaduwvingers strekten zich naar ons uit, nauwelijks hoorbare stemmen mompelden vlak achter ons en soms, zo leek het, *in* ons. Quan Li begon te snikken. Ik voelde haar hele lichaam trillen en schokken terwijl ze machteloos huilde.

“Wat zijn dat voor dingen?” vroeg Florimel. “Wat gebeurt er?” Maar er klonk geen arrogantie in haar stem, geen kracht. Ook zij was aan verwarring ten prooi gevallen.

Ik kwam weer bij mijn positieven en moest aan de bewoners van Aerodromia denken, de vliegende mensen buiten de grot. Geen wonder dat dit hun vuurproef was voor mensen die ze van een misdaad verdachten. Als het voor ons, die wisten dat het niet echt was, al zo angstaanjagend was, hoeveel erger moest het dan niet voor de stamleden zijn.

Ik besefte ineens dat ik medelijden had met deze fictieve wezens, dat ik me had laten meeslepen door het realisme van hun onwerkelijkheid.

Terwijl ik mijn gedachten nog probeerde te ordenen, merkte ik dat de onstoffelijke wolk om ons heen bezig was ons weg te voeren van de ingang. De vederlichte aanrakingen en de fluisterende stemmen spoorden ons aan, wezen ons de weg. Doordat ik de omgeving kon waarnemen begreep ik dat ze ons naar een gang wilden sturen die breed genoeg was om veilig doorheen te vliegen, daarom verzette ik me niet. De anderen hadden in het begin helemaal niet door dat ze zich steeds verder verwijderden van de plaats waar we de Grot der Dolenden waren binnengegaan.

Florimel kwam naast me zweven en verhief haar stem boven het winderige ruisen van de wolk. "Denk je dat dit de kinderen zijn die we zoeken?" vroeg ze. "De zieke kinderen?"

Ik had al een klap van de gepantserde vuist van T4b gehad, anders had ik mezelf wel voor mijn kop kunnen slaan. Ik had er nog helemaal niet bij stilgestaan wat de reden voor de uitbarsting van de robot had kunnen zijn. Had Florimel gelijk? Was deze grot de plaats waar de slachtoffers van de Graalbeweging hun virtuele bestaan leidden? Waren de kwetterende geesten om ons heen dan toch geen kunstmatig element in een magische simwereld? In dat geval waren we werkelijk omringd door geesten – de geesten van de kinderen die in coma lagen.

Mijn masker van gereserveerdheid verdween definitief en ik voelde me ijskoud worden. Misschien was Stephen hier wel, het broertje van Renie. Wat een verschrikking moest dit voor hem zijn, vele malen erger dan zijn droomloze slaap in het ziekenhuis. Ik probeerde me in te denken wat zo'n bestaan betekende, te moeten leven als weinig meer dan een wolk van informatie zonder veel samenhang, zonder doel of hoop. Hoe moest het zijn voor zo'n jongetje, die worsteling om de herinnering aan zijn eigen individualiteit te bewaren, om niet gek te worden in die eeuwige, chaotische duisternis waarin hij elk moment opgelost kon worden als een nietig ijsblokje in zee.

Ik kreeg tranen in mijn ogen en drukte woedend mijn gebalde vuisten tegen mijn buik, tot ik mijn armen weer moest strekken om niet te vallen. Zelfs nu ik dit achteraf vertel voel ik me weer ellendig. Als Florimel of wie ze in werkelijkheid ook is, gelijk heeft, dan kan ik me niet voorstellen dat ik hier ooit iets over kan zeggen tegen Renie Sulaweyo. Ik kan beter tegen haar liegen en zeggen dat haar broertje dood is. Alles is beter dan zelfs maar een vermoeden van zo'n afgrijselijke waarheid.

De geesten voerden ons mee door die benauwende donkere ruimte en na een tijdje werden de stemmen duidelijker. Hele zinnen werden verstaanbaar in die kakofonie, losse gedachten en herinneringen, voor ons even betekenisloos als de flarden van een gesprek tussen onbekenden. Sommigen spraken over dingen die ze gedaan hadden of hadden willen doen, anderen stootten slechts een stroom onsamenhangende woorden uit. Ik hoorde de zachte, slissende stem van een klein meisje. Ze zei een rijmpje op dat ik uit mijn jeugd kende en ik dacht even dat ik naar mijn eigen geest luisterde, de schim van het kind dat in het Pestalozzi-instituut bijna was doodgegaan toen de stroom uitviel.

Eindelijk kwamen we aan bij een open plek, een grote ondergrondse spelonk als de holte in een stuk fruit. Alleen was dit fruit verrot en de pit verdwenen. In de leegte klonken ruisende en fluisterende dingen, zuchtend en ons aanrakend met vingers als ragfijne spinnenwebdraden. Waar eerst duizend stemmen ons hadden omringd leken het er nu wel honderd of duizend keer zoveel.

Terwijl wij levenden in die eindeloze klaagzang zweefden, rillend ondanks de warme luchtstromingen, verward en bang en tot tranen toe bewogen, begonnen de stemmen zich te verenigen. Langzaam werden er patronen in de chaos gevormd, net als in die grote rivier bij de uitgang van de vorige simulatie. De ontelbare fluisteringen werden geleidelijk aan op elkaar afgestemd, snelle praters gingen langzamer spreken om zich bij de stamelaars aan te passen. Het was zo'n bizar en fascinerend gehoor dat ik de aanwezigheid van de vier anderen nauwelijks nog opmerkte: ze werden vage vlekken aan de horizon van mijn gezichtsveld.

De stemmen raakten hun individuele eigenschappen kwijt. Kreten werden gedempt, zacht gemompel werd luider en hoger van toon. De overgang verliep snel, maar was even complex en boeiend als het ontstaan van een nieuwe wereld. Ik kon het niet alleen met mijn gehoor volgen, ik ontwaarde ook hoe de pieken en dalen van de informatiestromen dichter bij elkaar kwamen. Ik kon de groeiende samenhang proeven, ruiken, voelen... De Babylonische spraakverwarring loste zich uiteindelijk op tot een enkele toon zonder woorden, de zachtste noot uit het grootste orgel in het heelal. Ineens hield het op. De echo's galmden en sisten nog een tijdje na in de uithoeken van de spelonk, als vonken van een vuurwerk wegschietend door de zijgangen. In de stilte die erop volgde klonk ten slotte een stem. Alle stemmen, verenigd tot een enkele stem.

"*Wij zijn de Dolenden. Waarom zijn jullie gekomen?*"

Florimel, William – geen van de anderen zei iets. Ze zweefden in het donker naast me, even slap en hulpeloos als vogelverschrikkers. Ik deed mijn mond open, maar ik kon geen woord uitbrengen. Mezelf voorhouden dat dit allemaal niet echt was, hielp niet. De geesten die de grot vulden wachtten geduldig af, als een bijenvolk vlak voor zonsopgang, een miljoen zielen met één gedachte.

Eindelijk slaagde ik erin iets te zeggen, al was het nauwelijks meer dan een gestamel. "Het Volk van de Middelste Lucht heeft ons veroordeeld..." begon ik.

"*Jullie komen van over de Zwarte Oceaan,*" klonk de stem van de Dolenden. "*Jullie horen hier niet. Wij kennen jullie.*"

"H-hoe kan da-dat?" stotterde ik.

"*Jullie hebben Andere Namen,*" zeiden de Dolenden. "*Dat hebben alleen degenen die de oceaan zijn overgestoken.*"

"Maar hoe... hoe bestaat het dat jullie ons... ons kennen?" Ik kon nog nauwelijks uit mijn woorden komen. Ik voelde of hoorde een korte, snelle beweging naast me, alsof een van de anderen mij een teken wilde geven, maar het drong amper tot me door. Ik was verdoofd, om het zo maar te noemen, door de kracht van die enkele stem, even verward als wanneer ik me een melodie probeerde te herinneren terwijl er een groot orkest speelde.

"*Jullie hebben Andere Namen,*" herhaalden de Dolenden, alsof ze vonden dat ik traag van begrip was. "*Jij bent Martine Desroubins, afkomstig van* LEOS/433/2GA/50996-LOC-NIL *aan de andere kant van de Zwarte Oceaan. Het nummer voor noodgevallen is...*"

De machtige stem noemde het nummer van mijn zakenadres in Toulouse, evenals dat van het bedrijf waarvan Singh en ik het systeem hadden gekraakt om ongemerkt naar Anderland te kunnen gaan, op de zware toon waarmee God zich op de berg Sinaï tot Mozes moest hebben gericht. Even had ik het gevoel alsof de hele wereld op zijn kop stond. Was alle ellende van de laatste weken slechts de inleiding geweest van een bizarre grap? Waren we met zoveel omslag hierheen gebracht voor een niet erg sterke, maar wel verbazingwekkende uitsmijter? Maar opeens realiseerde ik me dat de Dolenden niets anders deden dan de informatie van mijn verbinding aflezen. De wereld was weer normaal, voor zover je deze krankzinnige gebeurtenis normaal kon noemen. Voor de Dolenden waren mijn "andere namen" blijkbaar niet onbelangrijk, hoewel ze geen idee leken te hebben van de samenhang, als een hond die zijn baasje overal in huis achternaloopt zonder te weten dat zijn riem zoek is.

"*En jij bent Quan Li,*" vervolgde de stem. We luisterden naar de cijfers en codenamen die Quan Li's toegang tot het netwerk symboliseerden, verbijsterd door alle triviale details. "*Afkomstig uit het Virtuele Paleis der Kleine Waarheid in Victoria, Bijzonder Administratief District van Hongkong, China, aan de andere kant van de Zwarte Oceaan...*"

"*Florimel Margethe Kurnemann... uit Stuttgart, Duitsland.*" Ook de gegevens van Florimel passeerden de revue, een schier eindeloze stroom van data. We konden alleen maar luisteren.

"*Javier Rogers,*" reciteerde de stem, "*afkomstig uit Phoenix in*

Arizona..." Pas toen ik T4b verslagen hoorde kreunen, alsof hem iets met geweld was afgenomen, begreep ik dat dit zijn echte naam was.

De stem van de Dolenden dreunde nog minutenlang door. T4b had een uitgebreide omweg gevolgd om in het netwerk te komen, even mysterieus en kronkelig als een ontdekkingsreis uit de zestiende eeuw. Eindelijk zweeg de stem en we wachtten af, stil en overweldigd. Een vage ingeving speelde door mijn achterhoofd, maar voordat ik me daarin kon verdiepen begon de gemeenschappelijke stem weer te praten en had ik nergens anders meer aandacht voor.

"*Waarom zijn jullie hier? Zijn jullie gekomen om ons over de Witte Oceaan te brengen?*"

"De Witte Oceaan?" vroeg ik. "Dat begrijp ik niet. Je had het toch over de Zwarte Oceaan? We weten niet waar die is. We kunnen niet meer uit het netwerk."

"*Wij hebben gewacht,*" zei de stem. "*Wij zijn de Dolenden. Maar als we de Witte Oceaan oversteken kunnen we naar huis gaan. Alles zal weer goed zijn.*" In de gedeelde stem klonk een afschuwelijk hol verlangen door dat me deed rillen.

"Daar weten we niets van," zei ik hulpeloos. Ik kreeg het sterke gevoel dat we onze tijd aan het verspillen waren, dat er iets gebeurde of dreigde te gebeuren terwijl we ons door deze waanzin lieten afleiden. Ik wist niet waar dat gevoel vandaan kwam, maar het werd elk moment sterker. "Wie zijn jullie?" vroeg ik. "Hoe zijn jullie hier gekomen? Zijn jullie de kinderen die door het netwerk ziek zijn geworden?"

"*Wij zijn de Dolenden!*" zei de stem luid en bijna boos. "*Jullie zijn anderen en jullie moeten ons helpen. De Ene die de Ander is heeft ons verlaten en nu zijn we verloren... verloren!*" De enkele stem begon te rafelen en ik hoorde de stemmen van individuele geesten meetrillen.

Iemand trok me aan mijn arm, maar ik was volledig op de woorden van de Dolenden gericht. "Wat betekent dat? De Ene die de Ander is heeft jullie verlaten? Dat zegt ons allemaal niets!"

"*De Ene die de Ander is heeft ons hier gebracht.*" Het waren nu meerdere stemmen door elkaar, hees en niet synchroon. "*Hij heeft ons uit de duisternis van de Zwarte Oceaan gered, maar nu heeft hij ons in de steek gelaten. Hij is verward, hij kent ons niet meer, hij geeft niet meer om ons...*" Er leek nu bijna een tweezang te ontstaan, alsof de stemmen het niet met elkaar eens waren. "*Wij moeten de Witte Oceaan vinden, achter de grote Berg... Alleen daar zullen wij genezing vinden. Alleen daar kunnen we naar huis terugkeren...*" Er klonk een geruis als bij een slechte radioverbinding. Een van mijn metgezellen trok nog steeds aan mijn arm en nu herkende ik de informatievorm van Florimel.

"Martine... William is weg!"

Ik keek haar verbijsterd aan. "Hoezo weg? Wat bedoel je?"

"William is verdwenen! De stemmen noemden zijn naam niet, heb je dat niet gemerkt?" Ook Florimel was tot het uiterste gespannen. "En nu is hij weg!"

"Ja, net als die Chinese, hoe heet ze," zei T4b met een stem die trilde van angst.

Het grote koor van de Dolenden was bijna helemaal uit elkaar gevallen. Ik had nog steeds het gevoel alsof er elk moment iets verschrikkelijks ging gebeuren.

"Nee, ik ben hier!" riep Quan Li. Ik voelde haar energiestroom naderbij komen. "William heeft me geslagen!" Ze klonk vreselijk opgewonden. "Ik dacht dat hij me wilde vermoorden!"

Mijn eerdere bedenkingen kwamen in volle hevigheid terug. William had dus iets te verbergen. Misschien had hij werkelijk het meisje van de stam ontvoerd. "Hij is gevlucht omdat hij niet wilde dat de Dolenden zijn echte naam noemden," zei ik. "Ik had mijn aandacht er niet bij, terwijl ik het toch als enige had kunnen zien toen hij wegging!"

Voordat de anderen iets konden zeggen verhieven zich opnieuw enkele stemmen uit de ruis, niet het grote koor van zonet maar wel trillend van opwinding. "*De Ene die de Ander is!*" riepen ze met een mengeling van angst en hopeloze vreugde. "*De Ander komt!*"

Het werd opeens kouder in de grote spelonk en ik bespeurde een aanwezigheid, overal om ons heen. Alle informatie van de omgeving leek een ogenblik te bevriezen. Ik voelde een verschrikkelijk *iets* vlakbij, dezelfde afschuwelijke bewaker die me bijna had verpletterd toen ik in het netwerk kwam. Ik kon er niets aan doen, een dierlijke angst kreeg me volkomen in zijn greep. Ik pakte Florimel bij haar arm en schreeuwde: "Vlucht! Vlucht!" Daarna schoot ik naar voren terwijl Florimel zich aan me vastklampte in wat voor haar een totale duisternis moet zijn geweest. Ik hoorde haar roepen en de anderen pakten haar beet om zich door mij te laten meeslepen. Ik moet bekennen dat ik er niet bij stilstond langs welke obstakels ik ze voerde, hoe ze zich in bochten moesten wringen of hun huid aan de scherpe rotsen openhaalden, ik wist alleen maar dat ik bij die Ander uit de buurt moest komen. Ik zou mijn eigen ouders en mijn vrienden hebben opgeofferd om mezelf te redden. Ik geloof dat ik zelfs een eigen kind ervoor zou hebben afgestaan.

Ik voelde de Ander als een supernova van ijs in de ruimte achter ons, een grote schaduw waarin niets kon groeien. De tentakels van zijn zoekende geest strekten zich naar mij uit en ik besef nu dat mijn vlucht zinloos zou zijn geweest als hij me werkelijk had willen tegenhouden. Maar op het moment zelf was er alleen het besef dat ik moest ontsnappen.

Op de een of andere manier slaagden de anderen erin mij te volgen, waarbij ze heel wat letsel opliepen. Als gedesoriënteerde vleermuizen vlogen we tegen elkaar en tegen de stenen wanden op, in het donker wiekend en tollend om voor de opdringende kou achter ons te vluchten. We zaten gevangen in de eindeloze, vertakte gangen van de Grot der Dolenden, we waren zelf aan het dolen.

We bereikten een andere open plek, een grote uitsparing in het donker. Ik bleef even zweven en draaide om mijn as, paniekerig zwaaiend met mijn armen. De kakofonie van stemmen en de doodse verschrikking van de Ander waren iets afgenomen, maar we waren nog steeds verdwaald in de catacomben. De informatie van de spelonk was zinloos als ik hem niet interpreteerde en ik moest een uiterste krachtsinspanning leveren om mijn aandacht te richten op de vragen waar we ons bevonden en wat we konden doen.

De anderen klampten zich aan elkaar vast als drenkelingen. Ik siste scherp om ze tot zwijgen te brengen en probeerde me te concentreren. De gestructureerde informatie om me heen bleef ontoegankelijk voor mijn angstige geest, ik zag slechts een wirwar van gangen en met elkaar verbonden spelonken, een wriemelende donkere massa zonder uitweg. Ik drukte mijn handen tegen mijn oren om de vage echo van de stem der Dolenden niet te horen, maar mijn omgeving bleef troebel. Waarom zag ik geen patronen? Wat gebeurde er met me?

En in mijn achterhoofd, zelfs niet verdrongen door de afschuw van de Ander, zat nog steeds het ongelukkige besef dat een van mijn metgezellen, bijna een vriend, een verrader bleek te zijn. Alsof die naamloze verschrikking niet genoeg was, moesten we deze catacomben ook nog delen met een bondgenoot die zich om een onverklaarbare reden tegen ons had gekeerd. Of had hij van het begin af aan de bedoeling gehad ons in de steek te laten? Was William een spion van de Beweging, zodat die precies wist wat we tijdens onze zwerftocht door dit nieuwe universum hadden ontdekt, gezegd en gedaan?

We waren toch al niet erg hoopvol gestemd, maar zelfs die houding bleek nu veel te optimistisch te zijn.

Plotseling werd ik uit mijn gedachten opgeschrikt. In het diepst van mijn innerlijke duisternis ontwaarde ik iets nieuws. Ik kan onmogelijk uitleggen hoe mijn veranderde zintuigen werken, maar ik voelde een verstoring in de informatie alsof er vanbuiten aan de omgeving werd geknaagd en er een zwakke plek was ontstaan. Maar wat had het te betekenen? Het was allemaal zo nieuw, het is nog steeds zo nieuw, dat ik het zelf nauwelijks kan bevatten. Ik wist alleen dat er iets was veranderd, dat er een gat in onze omgeving ontstond.

Ik kwam weer enigszins bij mijn positieven en ik vroeg me af of die opening een Poort kon zijn. Veel tijd om daarover na te denken had ik niet, want dat onvoorstelbaar grote en vreemde ding zat nog steeds achter ons aan. Het had me al eens aangeraakt en ik dacht niet dat ik een tweede confrontatie zou overleven.

Terwijl ik mijn metgezellen nog hoorde hijgen van angst en inspanning, concentreerde ik me op die zwakke plek in de denkbeeldige ruimte om mij heen, maar wat ik ook probeerde, de opening kreeg geen concrete vorm. Ik drong zo diep mogelijk door in de duisternis zonder enig houvast te vinden, al was het maar een naad of een kier waarop ik mijn geringe vermogens kon loslaten. Het was alsof ik met mijn nagels een kluisdeur wilde openmaken.

Mijn hoofd leek uit elkaar te barsten en ik wilde het net opgeven toen ik iets zag, een miniem beeldje dat opflikkerde alsof het rechtstreeks op mijn oogzenuw was geprojecteerd. En ik *zag* het ook werkelijk. Het beeld zelf was bizar, een vervormd, min of meer menselijk silhouet tegen een grijze achtergrond, maar het was onvergelijkelijk duidelijker dan de herinneringsbeelden die ik in mijn dromen zie. Het was tientallen jaren geleden dat ik mijn ogen had kunnen gebruiken en even dacht ik dat het een illusie was, dat ik door de inspanning een hersenbloeding had gekregen. Maar daarna hoorde ik een stem, zacht als een gefluister op een stille avond. Het was de stem van Renie... van Renie!

"... zien? Kunnen ze..."

"Renie?" riep ik uit, helemaal verbluft.

De anderen zullen wel gedacht hebben dat ik gek was geworden. Een van hen trok weer aan mijn mouw. "Martine, er komt iemand aan!" riep Quan Li angstig. "Ik geloof dat het William is! Hij zit achter ons aan!"

Ik schudde haar hand van me af om het contact niet te verliezen. Het silhouet danste en knipperde alsof het elk moment kon verdwijnen, het werd vager naarmate ik me sterker concentreerde. Verder zag ik in mijn innerlijke duisternis alleen een vreemde grijze lucht en ik probeerde via de opening tot de informatie door te dringen om te zien wat er aan de andere kant was. "Renie?" zei ik smekend. "!Xabbu? Kunnen jullie me horen? Ik ben het, Martine. We hebben hulp nodig."

De grijze lucht werd groter en lichter van kleur, naar mijn gevoel even fel als het flitslicht van een camera. Ik hoorde de anderen angstig roepen, maar daar luisterde ik niet naar. Iemand riep dat William eraan kwam, een luide kreet die nauwelijks tot me doordrong, geobsedeerd als ik was door dat onmogelijke gat, die enkele zwarte vlek in het eindeloze wit. Ik probeerde uit alle macht mijn gedachten te bundelen tot een draad waarmee ik de twee uiteinden van het universum kon verbinden, een draad die even broos en fijn als de verbeelding zelf moest zijn.

Ik voelde een aanraking, diep in mijn binnenste. De informatie bloeide op, groeide uit tot een nieuw universum. Ik stak mijn echte hand uit om de anderen met me mee te trekken door de opening. De gloed werd nog feller, tot er niets anders was waar te nemen.

Maar terwijl we door het licht vielen kwam er een schaduw met ons mee...'

32

De veer van de waarheid

NETFEED/BIOGRAFIE: *Barnes' erfenis, angstaanjagend amusement (beeld: Gezicht van Barnes in de Vuurtunnel uit Demon Playground)*
COMMENTAAR: *Elihu McKittrick Barnes, die gisteren op de leeftijd van 54 jaar na een hartaanval is overleden, is vooral bekend geworden als bedenker van tal van snelle en bloedstollende spelwerelden als Demon Playground en Crunchy. Daarnaast verzamelde hij als groot liefhebber van* De Tovenaar van Oz *alles wat met deze film te maken had. Hij had een van 's werelds grootste collecties bijeengebracht. (beeld: filmfragment met figuren uit* De Tovenaar van Oz *op de Gele Steenweg)*
Deze twintigste-eeuwse film is na meer dan honderd jaar nog altijd geliefd en tal van beroemdheden hebben verzamelingen aangelegd. Barnes was de laatste eigenaar van de Robijnen Slippers die door een van de figuren uit de film werden gedragen, en hij beschouwde ze als het pronkstuk van zijn collectie. Barnes was ongehuwd en kinderloos, zodat het nog wel een tijd kan duren voordat de Robijnen Slippers een nieuwe eigenaar hebben gevonden.
(beeld: Daneen Brill, directeur van The Gear Lab)
BRILL: *'Hij leefde en stierf als een programmeur. Het is nog een geluk dat de schoonmakers naar binnen konden, anders had hij daar nu nog gelegen...'*

Tijdens de moeizame tocht door de rode woestijn werd het Orlando volmaakt duidelijk waarom de oude Egyptenaren de zon tot hun oppergod hadden gemaakt. Het witgloeiende oog zag alles en zijn vurige aanraking was al even onontkoombaar. De hitte hing als een deken over hen heen, een zware last die het moeilijk maakte om op te staan als ze in de rode duinen weer eens waren gestruikeld. De Egyptische zon was ongetwijfeld een god – een god die verzoend, verheerlijkt en vooral gevreesd diende te worden. Elke ademtocht was een verschroeiende stroom die in Orlando's keel brandde en al het vocht uit zijn longen zoog, de weefsels verdroogd en gebarsten achterlatend als oud leer.

Het was een merkwaardig persoonlijke belevenis. Hij en Fredericks waren speciaal voor deze behandeling uitgekozen en hij begon zich op een eigenaardige manier verbonden te voelen met de dodelijke natuurkracht, zoals een gevangene na enige tijd een diepe, niet onder woorden te brengen band krijgt met degene die hem martelt.

Het had ook wel iets eervols om door een god te worden vermoord.

Hij had maar een halve dag nodig gehad om dit inzicht te verwerven. De zon stond nog hoog aan de hemel toen ze hun nederlaag toegaven en zich naar de oever sleepten om in het ondiepe water van de Nijl verkoeling te zoeken zonder zich om het mogelijke gevaar van krokodillen te bekommeren. Toen ze weer een beetje mens waren, gingen ze onder de enige palmboom in de wijde omtrek zitten en deelden samen de smalle strook schaduw. Het water op zijn huid was binnen enkele ogenblikken verdampt, maar Orlando zat toch te rillen, zo oververhit dat het op een ijzige kou begon te lijken.

'We zouden iets van een beschutting moeten hebben,' mompelde Fredericks lusteloos. 'Een tent of zo.'

'Waarom geen vliegtuig met airconditioning,' zei Orlando klappertandend, 'dan kunnen we in Caïro een zakje pinda's gaan halen.'

Zijn vriend keek hem gekwetst aan. 'Het is oké hoor. Ik hou mijn mond wel.'

'Sorry. Ik voel me niet zo goed.'

Fredericks knikte met een treurig gezicht. 'Dat wachten is ook zo vervelend. Het duurt nog uren voor het weer donker wordt. Als we nou nog ergens konden gaan liggen...' Hij inspecteerde zijn Pithlitkleding, waar ze een breed stuk van af hadden gescheurd dat nu als een soort *keffiyeh* Orlando's hoofd tooide. 'Of nee, hadden we nog maar meer van die stof. En jouw zwaard om het op maat te snijden,' zei Fredericks fronsend. 'Dat lijkt me realistischer dan de wens om een vliegtuig.'

Het deed pijn toen Orlando lachte, alsof hij vanbinnen roestig was geworden. 'Misschien heb je gelijk, Frederico.' Hij keek naar zijn gespierde bruine benen. De echte Thargor, de sim waar hij aan gewend was, had in ieder geval altijd voldoende wapenrusting om zijn huid mee te bedekken.

Ja, een pak van zwart leer, bedacht hij, *dat zou hier echt goed van pas komen.*

Fredericks zei niets meer. De trillende hete lucht vervormde het eentonige rode landschap en de vlakke blauwe lucht, alsof ze onder een koepel van antiek glas zaten. Er was werkelijk iets vreemds met hun kleren aan de hand, dacht Orlando. Zijn sim was die van de jonge Thargor, niet van de volwassen avonturier uit zijn latere periode in het Middenrijk. Het leek zo willekeurig. Hij had zich nog kunnen indenken dat het netwerk Thargor gewoon zou afwijzen en hem een nieuwe sim zou geven, maar waarom moest hij uitgerekend een jongere versie van Thargor gebruiken? En hoe kwamen ze daaraan? Als de Graalbeweging in staat was in zijn eigen systeem of in dat van het Middenrijk in te breken om zijn oude gegevens op te zoeken, dan zouden ze hem toch zonder moeite in het netwerk moeten kunnen terugvinden? Waarom lieten ze hem dan hier rondlopen?

Het was een vage gedachte en de verstikkende warmte maakte het moeilijk om na te denken. Het hele idee dreigde in het niets op te lossen, net als de kleine stofstormen die af en toe boven de woestijn te zien waren, maar Orlando probeerde zich te concentreren.

Het is alsof iemand ons in de gaten houdt, besloot hij ten slotte. *Maar is die belangstelling een goed of een slecht teken? Proberen ze ons te helpen... of spelen ze alleen maar een wreed spelletje met ons?* Hij kon zich gemakkelijk voorstellen dat de leden van de Beweging – met het denkbeeldige uiterlijk dat hij ze had gegeven – rond een tafel zaten om te bespreken hoe ze hem en zijn vrienden nog wat meer konden kwellen, een troep monsterlijke oude mannen die elkaar op de schouders sloegen en brulden van het lachen als ze weer een nieuwe marteling hadden bedacht. Het leek hem beter dit denkbeeld voor Fredericks te verzwijgen.

Zijn vriend zat naar de rivier te kijken, zijn gezicht strak van vermoeidheid. Vanuit de lengende schaduw onder de palmboom was niets anders te zien dan de traag stromende Nijl en het eindeloze, onverschillige zand van de woestijn tussen de bergketens.

'Het kan toch niet zo ver meer zijn naar een stad,' zei Fredericks. 'We hoeven hier niet te eten of te drinken, we hebben eigenlijk alleen maar een dak boven ons hoofd nodig.' Hij fronste zijn voorhoofd. 'Ik wou dat ik beter had opgelet bij geschiedenis.'

'Ik geloof niet dat je daar veel aan gehad zou hebben,' antwoordde Orlando somber. 'Al was je afgestudeerd op het oude Egypte, dan zou je nog niet weten hoe het in deze simulatie werkt.'

'Maak het nou, Gardiner!' Zijn vriend slaagde er niet echt in om zijn irritatie te verbergen. 'Er moeten hier toch steden zijn! Dat zei die Hoempapa de wolfsgod toch? Volgens hem woonde Osiris in een grote stad.'

'Ja, maar dit is niet het echte Egypte,' wierp Orlando tegen. 'Of dacht je dat Upaut en de andere goden hier vroeger werkelijk rondliepen? Dit is een krankzinnige mythologische versie van Egypte, met een heleboel goden en tovenarij en zo. Wie weet vonden de makers het leuk om vijftigduizend kilometer woestijn aan te leggen. Alles wat je daarvoor nodig hebt is een programmalus, denk je niet? Duizend kilometer zand, duizend kilometer zand, duizend kilometer zand... een kind kan de was doen.'

Fredericks zuchtte gelaten en liet zich languit in het zand vallen. Al snel legde hij zijn hoofd weer in de smalle strook schaduw, waar de temperatuur een graadje lager was dan in de zon. 'Je zult wel gelijk hebben, Orlando, maar vind je het echt nodig om steeds te zeggen dat we reddeloos verloren zijn?'

Orlando moest er bijna weer om lachen. 'Ik zal het niet meer doen, Frederico. Je hebt het nu wel door.'

'Is er geen enkele redding meer mogelijk?' Fredericks sloeg zijn ogen theatraal naar de hemel, alsof de hele woestijn een hinderlijk verzinsel van zijn vriend was. 'Zijn we verdoemd?'

Orlando glimlachte flauw. 'Zo is het.'

'Goed, dan zijn we verdoemd. Maak me maar wakker als het donker is.' Fredericks sloeg een arm voor zijn ogen en bleef zwijgend liggen. Het moment van ontspanning had niet lang geduurd.

Orlando zat te dommelen. Hoewel de zon nog hoog aan de vaalblauwe hemel stond, was de schaduw van de palmboom op de een of andere manier breder geworden, zodat het hele landschap donker was geworden en de stam niet meer was dan een silhouet. In de takken hoorden hij iets ritselen, een donker ding met veel poten.

'Baas?' Er klonk geruis in de bladeren. 'Kun je me horen, baas?'

Hij kon zich de naam niet herinneren, maar hij herkende de stem van een vriend. 'Ik... Ja, ik hoor je.'

'Mooi zo. Maak je niet druk, je hoeft alleen maar te luisteren. Ik heb iemand gesproken die zegt dat hij je wil helpen. Hij heet Ramsey en hij beweert dat hij als advocaat optreedt namens de ouders van Fredericks. Hij wil jouw bestanden inzien. Ik heb gezegd dat ik het zou vragen.'

Kruiper, zo heette het ding. Orlando maakte zich enigszins bezorgd om zijn agent, want de palm begon te schudden in de wind. Maar wacht eens... Het was toch een warme en windstille dag? 'Neem me niet kwalijk,' zei hij langzaam. 'Fredericks?'

'Die vent beweert dat hij de advocaat van Fredericks' ouders is.' Voor een software-agent kon Kruiper een bijzonder ongeduldige indruk maken. 'Ik heb het nagetrokken en zijn verhaal klopt. Ik zou gegevens met hem kunnen uitwisselen, maar alleen als jij het zegt. De bestanden zijn allemaal beveiligd, dus zonder jouw toestemming komt er, behalve jij en ik, niemand in.'

De hemel begon zijn kleur te verliezen en een schaduw schoof snel over het verschroeiende witte gelaat van de zon. 'Zie maar wat je doet.' Orlando kon zijn gedachten moeilijk bij het gesprek houden. Er was iets aan het gebeuren in de lucht. Moest hij Fredericks niet wakker maken?

'Ik weet dat je denkt dat je ligt te dromen, baas, maar dit is moeilijk voor me. Als ik hem moet helpen, zeg dan gewoon: "Ramsey mag bestanden zien." Anders laat ik hem niet toe. Maar zelf zie ik weinig of geen mogelijkheden meer. Dit is misschien onze laatste kans.'

De zon was bijna helemaal verduisterd; er was nog slechts een licht randje te zien. De palmboom zwaaide heen en weer in de wind die over het donkere zand woei. Orlando aarzelde. Hij wist niet goed wat er gebeurde, maar hij meende zich te herinneren dat hij vijanden had. Was dit een van hun listen?

'Baas? Ik raak zo het contact kwijt. Zeg me wat ik moet doen.'

Orlando keek naar het kleine donkere ding in de boom, dat gespannen met zijn pootjes zwaaide. Niets doen leek de makkelijkste oplossing. De wolken zouden weldra alles bedekken en dan zou het allemaal geen betekenis meer hebben...

'*Zeg het*,' klonk een andere stem uit het niets, maar even duidelijk als die van Kruiper. Het was de stem van een vrouw, een bekende stem, al had hij niet kunnen zeggen van wie. '*Zeg het*,' herhaalde ze. '*Vraag om hulp, voor het te laat is*.'

De woorden van de vrouw drongen door de droomsluiers die nu om hem heen dansten en hem in duisternis hulden. De stem klonk vriendelijk, maar ook verdrietig en bang.

Hij dwong zichzelf antwoord te geven. 'Wat... wat moest ik zeggen, Kruiper?'

'"Ramsey mag bestanden zien", dat is alles.' De stem van Kruiper werd zwakker, maar de intensiteit was duidelijk hoorbaar. 'Toe nou, baas!'

'Goed, Ramsey mag bestanden zien.' De wind gierde, zodat hij zichzelf nauwelijks kon horen. 'Ramsey mag bestanden zien!' riep hij, zonder dat het enig verschil leek te maken. Het veelpotige figuurtje tussen de takken was verdwenen. De hemel was verduisterd en een donkere wolk daalde neer over de palmboom, over Orlando, over de hele woestijn.

In een flits zag hij een vrouw, alsof er een lucifer was afgestreken. Ze hield iets in haar uitgestrekte hand, maar de wolk bedekte ook haar.

'Verdomme, Gardiner, word wakker!' Fredericks zat naast hem en schudde hem door elkaar, maar zijn stem leek van ver te komen. 'We zitten in een zandstorm. Wakker worden!'

Orlando kon zijn vriend nauwelijks zien. De hele omgeving leek te zijn veranderd in een witte stofwolk. Het zand vloog van alle kanten op hem af en drong in zijn ogen, neus en mond. Orlando spuugde een paar natte korrels uit. 'We moeten dekking zoeken!' riep hij. 'Bij de rivier!'

Fredericks riep iets terug, maar Orlando kon hem niet verstaan. Hij greep zijn vriend bij een arm en samen ploeterden ze in de richting van de Nijl, eerst gebogen tegen de beukende wind in, daarna bijna struikelend toen de storm ineens van richting veranderde. Ze hadden vlak bij het water onder de palmboom gezeten, maar twee minuten later was er nog steeds niets anders te zien dan schuivende zandheuvels en Orlando besefte dat ze de verkeerde kant op waren gegaan.

Zijn geïmproviseerde *keffiyeh* zat zo strak dat hij amper kon ademhalen, maar zonder de doek zou hij binnen enkele tellen blind zijn. In het wilde weg doorlopen was geen goed idee, besefte hij, dan zouden ze de rivier misschien helemaal kwijtraken. Hij bleef staan, pakte Fredericks bij zijn schouders en trok hem naar zich toe, zodat hij zich in het bulderen van de wind verstaanbaar kon maken.

'We gaan van de rivier af!' riep hij. 'We moeten hier wachten tot de storm voorbij is!'

'Maar ik... ik krijg geen lucht!'

'Hou je kap voor je mond!' Orlando liet zijn flapperende hoofddoek een ogenblik los om hem te helpen. 'Zo kun je nog ademhalen! En hou je ogen dicht!'

Fredericks' antwoord werd bijna helemaal gesmoord door de wind en de stof van zijn mantel. 'Ik ben bang,' had het kunnen zijn. Orlando trok hem mee naar de grond en sloeg zijn armen om hem heen tot het voorhoofd van Fredericks tegen zijn hals rustte. Hij slaagde er met moeite in zijn evenwicht te bewaren in de ziedende wind en de regen van vlijmscherpe zandkorrels.

Zo bleven ze urenlang zitten, als een vreemd ding met vier poten. Doodsbang klampten ze zich aan elkaar vast, beiden het gezicht tegen een schouder van de ander gedrukt. Het zand sproeide als hagel over hen heen en brandde op hun huid als steenzout. De wind gierde maar door en Orlando meende er stemmen in te horen, verdoemde zielen die huilden als verdwaalde kinderen. Hij hoorde zelfs zijn eigen moeder die snikte en riep dat hij naar huis moest komen. Hij hield zichzelf voor dat het alleen maar verbeelding was en drukte zich nog dichter tegen Fredericks aan. Hij mocht zijn vriend geen moment uit het oog verliezen, dat zou voor hen allebei de dood kunnen betekenen. Eindelijk was de storm uitgeraasd.

Met hun laatste krachten sleepten ze zich naar de rivier, die slechts een paar meter bij hen vandaan bleek te zijn: verblind door het zand hadden ze vrijwel evenwijdig aan de oever gelopen. Ze stapten het water in om het stof en bloed van hun gestriemde armen en benen te wassen. Daarna gingen ze op de kant liggen en vielen in het licht van de late-middagzon in slaap. Orlando werd even wakker en smeerde modder op zijn benen, die ondanks Thargors gebruinde huid leken te verbranden. Daarna zonk hij weer weg in een duizelingwekkende, onrustige slaap.

'Alles doet zeer, alles,' kreunde Fredericks. De zon was achter de bergen in het westen gedaald en de hitte was sterk afgenomen, hoewel de hemel dezelfde vurig rode kleur als de woestijn had gekregen. De eerste sterren waren aan de avondhemel te zien. 'We moeten hier vannacht blijven, Gardiner. Ik kan geen stap verzetten.'

Orlando dacht fronsend na. Ook hij was uitgeput en zijn hele lichaam deed pijn. Bovendien had hij er een hekel aan zijn vriend op te jagen. 'We kunnen hier niet blijven. Wat gaat er morgen gebeuren als we de hele nacht doorslapen? Dan krijgen we weer hetzelfde, alleen twee keer zo erg. Ik weet toch al niet of ik het nog een dag langer volhou, als we geen beschutting tegen de zon vinden.' Hoewel de lucht nog warm aanvoelde begon hij alweer te rillen. 'Sta dus maar op, anders komen we hier nooit meer weg.'

Fredericks zuchtte diep, maar hij protesteerde niet. Trillend en kreunend krabbelde hij overeind en volgde Orlando langs de oever van de Nijl.

'Als dit niet het echte Egypte is,' zei Fredericks na een tijdje met rauwe stem, 'waar gaan we dan heen?'

'We gaan hier weg.' Orlando's gehavende lippen sprongen open. Zijn hoofd klopte en zijn verbrande en gezandstraalde huid voelde aan alsof hij in een rol prikkeldraad had gelegen. Voor het eerst in lange tijd had Thargor net zoveel te lijden als de echte Orlando Gardiner. 'We moeten een uitgang zien te vinden, een van die deuren of poorten.'

'Moeten we dan helemaal naar het andere eind van de rivier lopen?' Fredericks was te moe om veel verontwaardiging in zijn stem te leggen. Hij klonk alleen maar vreselijk neerslachtig.

'Alleen als het niet anders kan. Er moeten nog meer van die dingen zijn. Ik denk niet dat de makers zelf elke keer door heel hun simwereld hoeven te trekken.'

Fredericks sjokte een tijdje zwijgend naast hem voort. 'Misschien kunnen ze vertrekken waar ze maar willen,' zei hij ten slotte. 'Omdat ze leden zijn of hoe je dat ook noemt.'

Orlando vond het een weinig opwekkende gedachte. Hij was Renie en de anderen iets verschuldigd, Sam Fredericks niet in de laatste plaats. Hij wilde niet sterven in deze denkbeeldige woestijn. Hoe zijn verhaal ook zou aflopen, in elk geval niet zo. Dat was gewoon... uitgesloten.

'We vinden wel een uitgang.'

De maan had zijn weg aan de hemel al afgelegd en was aan het eind van de nacht ondergegaan toen ze bij een andere ruïne kwamen, een gigantische steenhoop op een rotsige steilte langs de brede rivier. Ze zagen twee massieve steenblokken die schuin tegen elkaar stonden en ze kropen in de opening om te gaan slapen.

Orlando kon zich geen droom herinneren toen hij wakker werd. Hij lag met zijn hoofd op een been van Fredericks en de late zon glinsterde op het zand vlak voor hun schuilplaats. Ze sprongen in het lauwe water van de Nijl om het vuil van zich af te spoelen, waarna ze in de schaduw van de ruïne bleven zitten tot de zon opnieuw achter de bergen in het westen was ondergegaan en ze hun tocht konden voortzetten.

Deze tweede nacht kwamen ze iets vlotter vooruit omdat ze beter uitgerust waren, maar het bleef een moeizame en vreugdeloze onderneming. De enige afleiding werd gevormd door de sterren, die beweeglijker waren dan in de echte wereld, waardoor de sterrenbeelden bijna tot leven schenen te komen, maar verder was de woestijn net zo oninteressant als bij daglicht. Fredericks haalde het in zijn hoofd hardop een afgrijselijk spelletje met zichzelf te spelen, met als voornaamste attractie het inpakken van een denkbeeldige koffer en het steeds opnieuw opsommen van de inhoud. Tegen de tijd dat hij een tseetseevlieg, ronde stenen, roggebrood, een hangslot, een vlinderdas, twee oude sokken, een bessentaart, drie klokken, papa's linkeroog, een jonge vos, twee octopussen en een kleine zwarte doos had genoemd, had Orlando zijn vriend het liefst vermoord en hem samen met zijn miezerige liedjes onder het eeuwige zand begraven. Hij liet het bij een kreet van afschuw, die meteen een eind aan het spelletje maakte.

Fredericks keek hem vragend aan. 'Wat is er met jou? Heb je een schorpioen gezien?'

'Zou je alsjeblieft willen ophouden met dat geneurie?'

'Wat moet ik dan doen?'

'Weet ik veel. Vertel eens wat.'

Fredericks liep een tijdje in stilte verder. Het zand schuurde en knarste onder hun voeten. 'Wat moet ik dan vertellen?'

Orlando bromde geërgerd. 'Over school, over je ouders, maakt niet uit. Als je maar ophoudt met dat geneuzel. Wat doe je bijvoorbeeld als je niet op het net zit? Ga je met meisjes om of ook met jongens?'

Fredericks keek hem fronsend aan. 'Je gaat me toch niet weer uithoren, Gardiner?'

'Nee, maar als ik een meisje was en ik gaf me uit voor een jongen, zou jij dan niet willen weten hoe het zat?' Hij wachtte af, maar het zag er niet naar uit dat hij antwoord zou krijgen. 'Nou?'

'Misschien wel.' Fredericks wierp hem een snelle blik toe voordat hij weer naar de eindeloze duinen keek. 'Ik weet het niet, Orlando. Wat ik allemaal doe? Gewoon... Ik ga voetballen, een beetje rondhangen. Ik heb heel vaak *BlueBlazes Collective* gespeeld.'

'Als je niet op het net zit, zei ik.'

'Dan doe ik niet veel, daarom zit ik juist zo vaak op het net. Bij mij op school zijn ze alleen maar in sex en drugs geïnteresseerd. Er worden pillen verhandeld en ze spelen van die interactieve spellen... Ze geven feesten als hun ouders de stad uit zijn en ze luisteren naar van die afgrijselijke mordi muziek. Stomvervelend allemaal. Lezen doen ze niet, niet eens zoveel als ik!' Fredericks trok een gezicht: hij vond dat alleen een mutant zoveel tekst in zich kon opnemen als Orlando. 'Als je ze hoort praten gaat het nooit ergens over.'

Orlando kende buiten het net alleen maar een paar andere chronisch zieke kinderen en wat Fredericks vertelde klonk even wild en spannend als het bonte leven van een internationale meesterspion, maar hij probeerde meelevend te brommen.

'Daarom ben jij mijn beste vriend, denk ik,' hernam Fredericks. 'Ik bedoel maar, jij was interessanter dan al die doorgedraaide idioten, ook al had ik je nog nooit ontmoet.' Fredericks liep nog twintig meter door voordat hij eraan toevoegde: 'Hoewel ik natuurlijk niet had kunnen denken dat ik hier nog eens terecht zou komen. Misschien had ik toch beter samen met Petronella Blankenship een paar pillen kunnen nemen.'

Het was bedoeld als een grapje, maar in deze eindeloze woestijn, beschenen door het zilveren licht van de maan, klonk het tamelijk venijnig.

Kort na zonsopgang sloegen ze hun kamp op bij een kleine oase van enkele dadelpalmen en een paar lage, armetierige struiken. Terwijl het zwarte water van de Nijl weer een metaalblauwe kleur kreeg, vielen ze in slaap in de schaduw van een omgevallen boom. Tegen de middag werden ze gewekt door de nadering van een volgende storm, die hen achterliet onder een deken van verstikkend zand. Onder een weggeblazen duin lagen de overblijfselen van drie dode kamelen. Bij nadere inspectie bleken het slechts omhulsels te zijn, want insecten en andere aaseters hadden alles opgevreten behalve het geraamte en de huid, die in de hete woestijnlucht waren geconserveerd zodat het leek alsof de dieren nog compleet waren. Orlando vond het een buitengewoon deprimerende aanblik en hij dwong Fredericks weer op weg te gaan voordat de zon in het westen was ondergegaan.

De trektocht door de woestijn begon routine te worden, maar was daarom niet minder onaangenaam. De uren leken voorbij te kruipen. Fredericks zong geen stomme liedjes meer, zelfs niet om Orlando te ergeren.

De ochtendzon was nog niet boven de oostelijke bergen verschenen en toch werd het al snel warmer. Orlando wist dat het een zware dag zou worden. Nergens was een beschutte plek te zien, geen bomen of schaduwrijke ruïnes. Hij en Fredericks besloten zich in te graven.

Met hun handen maakten ze een ondiepe kuil in het vochtige zand niet ver van de rivier. Ze stutten de wanden zo goed mogelijk met een paar kleine stenen. Fredericks deed zijn mantel uit, waarna ze naast elkaar gingen liggen en het kledingstuk over de kuil legden. De vroege zon drong snel door de stof heen en ondanks het vocht dat door de wanden van de kuil sijpelde begon het er warm te worden.

Fredericks viel zoals gewoonlijk tamelijk vlug in slaap. Orlando was minder fortuinlijk. Het zweet droop in zijn ogen en vormde een plasje op zijn borst. Hij kon de slaap niet vatten, was niet in staat zijn gedachten uit te schakelen.

Ze waren al een paar dagen onderweg zonder dat er enig verschil aan de afstand tot de heuvels in de verte te merken was. Hij ging zich bijna afvragen of het netwerk hem had gehoord toen hij over die vijftigduizend kilometer woestijn had gesproken. Misschien had het systeem zijn woorden opgevangen en de simulatie aangepast...

Fredericks bewoog in zijn slaap en schoof tegen zijn bezwete lichaam aan, wat hem een onaangenaam gevoel gaf. Het was verwarrend en zelfs enigszins pijnlijk. Fredericks had het magere, mannelijke lijf van Pithlit en droeg alleen een lendedoek; zijn schriele borst had niets vrouwelijks. Maar ook al had dit gesimuleerde lichaam niets te maken met hoe de echte Fredericks gekleed was, hij kon moeilijk het idee van zich afzetten dat dit Salome was, een meisje van vlees en bloed dat halfnaakt naast hem lag. Maar Fredericks deed zich voor als een jongen, althans op het net, dus waarom zou Orlando zich onder de aanraking van deze virtuele huid tegelijkertijd ongemakkelijk en opgewonden moeten voelen? Hij was toch geen homo?

Nee, ik ben alleen maar nieuwsgierig, dacht Orlando. *Ik zal wel nooit sex met iemand hebben, tenzij ik ervoor betaal, op het net of in het echt. En dan moet ik trouwens nog opschieten ook.*

Sommige helden ontleenden hun enorme kracht aan hun maagdelijkheid. Als het aan hem had gelegen was Orlando liever een ander soort held geweest.

De lange hete dag bracht hem weinig rust. De kuil leek wel een sauna en zijn gedachten bleven onstuimig. Toen ze bij het vallen van de avond opstonden voelde Orlando zich moe en niet erg lekker. Ze hadden nog geen kilometer gelopen toen hij zich afvroeg of hij het wel de hele nacht zou volhouden.

Fredericks kreeg door dat er iets aan de hand was en nadat Orlando een paar keer snauwerig elke hulp had afgewezen, vertraagde hij zijn pas om het zijn vriend iets gemakkelijker te maken. Dat ging niet ongemerkt en Orlando vond het bijna nog erger dan het feit dat hij niet kon bijblijven.

Hij wist zelf niet goed wat hij mankeerde. Zijn gewrichten deden zeer, maar dat was hij gewend. Dat zijn hoofd gloeide, was ook niet ongewoon na die helse dag in de kuil en Fredericks liep net als hij te zweten in de nog warme avondlucht. Het ergste was dat hij niet genoeg lucht kon krijgen. Hoe diep hij ook inademde, zijn longen lieten zich niet helemaal met zuurstof vullen en bij elke stap leek hij buiten adem te raken.

Hij bleef voor de zoveelste keer hijgend staan en boog voorover, met zijn handen op zijn knieën steunend. 'Is het zo erg?' vroeg Fredericks met een nerveuze trilling in zijn stem die hij slechts gedeeltelijk kon verbergen.

Orlando knikte. Hij begon te hoesten en zag sterretjes in het donker achter zijn gesloten oogleden. Het vuurwerk was er nog steeds toen hij zijn ogen opende. 'Ja. Erg...'

'We hoeven vanavond niet verder te gaan,' opperde Fredericks voorzichtig. 'We kunnen ergens een plekje zoeken en misschien een kampvuur maken als we een paar takjes kunnen vinden.'

Orlando schudde zijn hoofd, dat heel zwaar aanvoelde. 'We moeten doorgaan. We moeten de... de anderen waarschuwen voor...'

'Ik weet het. Voor wat die lui van de Graal van plan zijn.'

'Daarom moeten we naar...' Orlando zweeg even om gierend adem te halen. 'Naar de muren van Priamus.'

'Ja, alsof je dat zo haalt!' riep Fredericks ontdaan en bijna uitdagend uit.

Orlando ging rechtop staan. 'Ik weet dat ik het niet haal, Frederico,' zei hij. 'Ik ga dood, maar dat is niet jouw schuld en je kunt het ook niet verhinderen.'

'We gaan allemaal een keer dood.'

'Je weet best dat ik dat niet bedoel. Ik denk niet dat ik nog uit dit... dit netwerk kom. Het is te veel voor me. Normaal lig ik de halve dag op bed, zelfs als ik niet ziek ben.' Hij stak zijn hand op om een tegenwerping van Fredericks te smoren. 'Ik kan hier geen halve dagen rusten, dat kan gewoon niet. We moeten verder. Ik heb een gezond Thargorlichaam en daar moet ik het mee doen. Als we Renie, !Xabbu en de anderen niet vertellen wat we weten komen zij hier misschien ook nooit meer uit. Ze kunnen hier allemaal wel sterven, om nog maar te zwijgen van Renies broertje en al die andere kinderen. En wat mij betreft, al was er hier een streekziekenhuis waar ik me kon laten opnemen, met een kleine piramide als nachtpo, dan zou ik hoogstens een paar maanden langer leven.' Hij liep traag verder langs de waterkant en voelde de blik van Fredericks in zijn rug. 'Dus bedankt voor je goede zorgen,' riep hij over zijn schouder, 'maar ik heb gewoon geen keus.'

Fredericks had hem binnen een minuut ingehaald, maar hij wist niets meer te zeggen.

Orlando had zich vast voorgenomen voorlopig niet meer te blijven staan en ze kwamen inderdaad wat sneller vooruit. Omdat diep inademen hem aan het hoesten maakte, nam Orlando zijn toevlucht tot een trucje dat hij vanwege zijn zwakke longen had aangeleerd, namelijk het vluchtig door zijn neus ademen. Na een tijdje begon hij wel iets langzamer te lopen, maar hij probeerde zijn pas gelijkmatig te houden. De maan stond net boven de horizon en verdween achter een wolkenbank, de eerste wolken die ze in dit Egypte zagen.

'Denk je dat het gaat regenen?' vroeg Fredericks hoopvol.

'Nee. Upaut zei dat het in deze simwereld al in geen jaren heeft geregend.'

Toen het licht werd vonden ze een beschutte plek tussen een paar rotsen, honderd meter bij het water vandaan. Orlando hoefde zich voor zijn gezonde metgezel niet meer groot te houden en liet zich uitgeput op de grond zakken. Hij merkte nog net dat Fredericks zijn dievenmantel als een deken over hem heen legde voordat de slaap hem overmande.

De vrouw wier stem hij eerder had gehoord keerde terug in het schaduwland van zijn droom.

Ze had alleen een rok van doorzichtige stof aan, maar ondanks haar kleine blote borsten en de ronde, bijna kinderlijke buik die ze hem ongegeneerd liet zien, en ondanks zijn eigen frustratie en verlangen, had haar aanwezigheid geen erotische lading. Haar dik opgemaakte ogen leken dwars door hem heen te kijken. Ze hield iets tegen haar borsten gedrukt, verborgen onder de lange lokken van haar donkere haar. Pas toen ze vlak bij hem was en hij haar had kunnen aanraken (hoewel hij zich in de droom een onbeweeglijke waarnemer voelde) stak ze haar hand uit en zag hij dat het een veer was, een glanzende pluim van een onbestemde kleur, even lang als haar onderarm.

'Wie ben je?' hoorde hij zichzelf vragen.

'*Ik ben Maät*,' antwoordde ze, '*de godin der gerechtigheid. Bij het laatste Oordeel wordt je ziel in een weegschaal gewogen tegen deze veer, het gewicht van de Waarheid. Is je ziel zwaarder, dan word je in de buitenste duisternis geworpen. Is hij lichter, dan zul je met de andere rechtvaardigen naar de bark van Ra worden gebracht om in het Westen in zaligheid te leven.*'

Ze sprak op de rustige toon van een gids die een rondleiding gaf, of als een commentator bij een documentaire. Hoewel hij haar nog nooit eerder had gezien kwam ze hem toch bekend voor, maar zijn dromende geest gaf de herinnering niet prijs.

'Waarom vertel je me dit?' vroeg Orlando.

'*Omdat het mijn taak is. Omdat ik een van de goden van dit land ben.*' Ze zweeg even en leek van haar stuk gebracht, alsof zijn vraag haar voor onverwachte problemen stelde. '*Omdat ik niet weet wie je bent terwijl je door de grensstreek trekt,*' zei ze ten slotte. '*Je aanwezigheid verontrust mij.*'

Grensstreek? Orlando probeerde haar te begrijpen, maar de godin Maät was al aan het vervagen. *Welke grensstreek?*

Ze gaf geen antwoord. Toen hij wakker werd was het laat in de middag. Hij lag te hijgen en de inspanning van het ademhalen verdreef de droomgodin uit zijn gedachten.

Het was hun vijfde nacht in de woestijn en de zandheuvels waren nog even eindeloos, nog even monotoon. De Nijl vloeide kronkelend door het lege land, onder de sterren in de verte versmallend tot een slap zwart koord. De duinenrijen strekten zich uit tot aan de horizon, voortdurend van vorm veranderend door de windvlagen en toch voortdurend eender.

Maar niet alles was hetzelfde gebleven.

Fredericks had het ook gemerkt. 'H-hoorde jij iets?'

Orlando sjokte koppig door het zand waarin hij tot zijn enkels wegzakte en schudde zijn hoofd. 'Het is geen geluid.'

'Wat bedoel je?'

'Het is geen geluid.' Hij haalde diep adem en vertraagde zijn pas nog meer. 'Ik voel het al een tijdje. Het is een soort trilling, maar ik kan het ook bijna ruiken. Het is een heleboel dingen, al dacht ik eerst ook dat het alleen een geluid was. Het zit ergens voor ons uit en het wordt sterker.'

'Ja, ik begin te begrijpen wat je bedoelt, geloof ik.' Fredericks trok een gezicht. 'Wat zou het zijn, denk je?' Het scheelde niet veel of zijn stem was overgeslagen.

'Ik weet het niet, maar het is geen goed teken.'

'Wat moeten we dan doen?'

'Doorlopen, wat anders? We hebben geen keus, Frederico.'

Het fenomeen werd steeds sterker en indringender. Wat eerst het gezoem van een insect of de vage stank van bedorven voedsel had geleken, begon Orlando's gedachten te overheersen. Het was alsof hij een kloppende hoofdpijn had, alleen zat het geklop ergens in de verte en niet in zijn hoofd.

Wat het ook was, ze kwamen weldra tot de conclusie dat ze er maar beter een eind bij uit de buurt konden blijven en ze veranderden van koers. De Nijl was hier heel breed, de andere oever was zelfs in het heldere maanlicht onzichtbaar, zodat ze besloten dieper de westelijke woestijn in te gaan. Maar hun koerswijziging haalde niets uit: welke kant ze ook opgingen, het verschijnsel leek altijd recht vooruit te zijn. De hele nacht was vervuld van die koude, angstwekkende en onontkoombare aanwezigheid.

Het is net zo'n bijnadoodsimulatie, dacht Orlando, die vroeger vrijwillig aan zulke dingen had meegedaan om zijn angst voor de dood kwijt te raken. *Je weet dat ze je elk moment kunnen komen halen en je kunt er absoluut niets tegen doen.*

'Dat is het ding uit de vriezer,' zei hij hardop. 'Het wacht op ons. Jij noemde het de duivel, de echte duivel.'

Fredericks bromde alleen maar. Hij wist het ook.

Orlando verlangde op dit moment niets anders dan dat zijn ouders hem kwamen redden. Hij wilde naar zijn moeder. Dat besef zou hem onder andere omstandigheden het schaamrood naar de kaken hebben gejaagd, maar nu niet. Hij wilde alleen maar dat zijn moeder hem in haar armen zou nemen om hem te troosten. De ellende was dat ze misschien vlak bij hem zat, maar tegelijkertijd was ze aan de andere kant van het heelal. Dat deed pijn, erg veel pijn.

Fredericks naast hem liep ook tegen zijn tranen te vechten, domweg vastbesloten zich net zo groot te houden en stoer te doen als ieder jongetje.

Ze veranderden weer van richting en probeerden eerst een stukje terug te lopen, hoewel het stuifzand hun voetsporen al had uitgewist. Het maakte trouwens niet uit, want die afschuwelijke wolk hing opnieuw voor hen.

We moeten er wel naartoe, besefte Orlando somber. *We hebben geen keus.*

Fredericks slaagde er niet langer in een onbewogen uitdrukking op zijn gezicht te houden: zijn ogen waren wijd opengesperd en hij staarde als een opgejaagd dier voor zich uit. 'Ik wil hier niet zijn... ik wil hier helemaal niet zijn,' mompelde hij. 'Ik heb hier geen zin in...'

Orlando legde een hand op zijn schouder om zijn vriend moed te geven, maar zijn eigen stem klonk dof van radeloosheid. 'We moeten maar gewoon onze oude weg volgen.' Hij draaide zich om en begon weer langs de Nijl te lopen. 'We kunnen toch niet ontsnappen, al zouden we helemaal teruggaan naar het begin.'

Fredericks had geen energie meer om te protesteren. Hij liet zijn kin op zijn borst zakken en liep achter Orlando aan. Het was of ze door de wolk werden aangetrokken, als planeten in de greep van een donkere ster. Ze wisten dat het ding op hen wachtte en toch gingen ze steeds sneller lopen, struikelend op hun stijve benen.

Ze kwamen op de top van een grote duin en eindelijk zagen ze het. Orlando had het gevoel alsof hij een stomp in zijn maag kreeg, een klap die alle lucht uit zijn longen perste.

Ogenschijnlijk was het helemaal niet zo vreselijk. De tempel lag verscholen in een woestijndal, feller verlicht dan alleen door het schijnsel van de maan. Hij was omringd door lage rotswanden en een grote, onregelmatige cirkel van ruwe stenen. Langs de gevel liep een ononderbroken reeks zuilen die kilometers lang scheen te zijn, als een rij vaalbruine tanden in de grijns van een doodshoofd. Hoewel Orlando en Fredericks op de hoge duintop stonden en naar beneden keken was het net of de tempel boven hen uittorende, alsof de onweerstaanbare aantrekkingskracht van het gebouw de hele omgeving had kromgetrokken.

Orlando had nog nooit zo'n doodse verlatenheid gezien, een plek die zo somber, zo leeg en levenloos was. Toch wist hij dat er daarbinnen wel degelijk iets leefde, het ding dat ze al uren geleden hadden gevoeld, een zo angstaanjagende levensvorm dat zelfs de aanblik van de tempel al voldoende was om elke vezel in zijn lichaam tot vluchten aan te sporen. En ondanks het feit dat vluchten zinloos zou zijn, omdat elke route door de gekromde simulatie hen op deze hoge plaats zou terugbrengen, zou hij toch zijn weggerend of desnoods weggekropen als de tempel zelf niet een verlammend web van ellende was geweest dat hem gevangenhield en elke beweging onmogelijk maakte.

Het duurde zeker een minuut voordat ze iets konden zeggen, maar elke seconde daarvan was een worsteling tegen de lokroep van de vallei.

'Dat... dat ziet er slecht uit,' zei Fredericks ten slotte met droge mond. 'Nog erger d-dan de vriezer. Ik wil naar huis, Orlando... O god, laat me alsjeblieft naar huis gaan.'

Orlando gaf geen antwoord: hij wilde iets proberen en daarvoor zou hij al zijn kracht nodig hebben. Hij keek strak naar een van zijn voeten, boog tegen het zwaartekrachtveld van de tempel in en tilde zijn voet langzaam op uit het zand. Het was alsof hij door een sterke telescoop naar iemand op een verre planeet keek en hij moest zich tot het uiterste concentreren om de voet (die hij slechts vaag als de zijne herkende) in beweging te houden. Hij liet de voet weer zakken, iets verder dan waar hij had gestaan. Daarna deed hij hetzelfde met de andere voet, een moeizame operatie alsof hij van een afstand een robot bediende. Het verzet tegen die zwarte aantrekkingskracht van de vallei dreigde hem van zijn laatste krachten te beroven.

Terwijl hij zich centimeter voor centimeter van de tempel afwendde stak hij een loodzware arm uit naar Fredericks. Zodra hij zijn vriend aanraakte was het of er wat energie doorheen stroomde, een vonkje leven. Ook Fredericks begon zich in een kleine kring om te draaien, vechtend voor elke stap, zijn gezicht vertrokken van inspanning en angst. Toen ze de tempel eindelijk niet meer zagen – hoewel ze hem nog met het uiteinde van al hun trillende zenuwen konden voelen – werd de druk iets minder. Orlando slaagde er zelfs in zich een eerste volle stap van de vallei te verwijderen, met knikkende knieën en zwetend over zijn hele lichaam.

Wankelend legde hij nog een paar meter af, elke beweging even pijnlijk alsof hij probeerde zich los te maken van de scherpe stekels van een monsterachtige vleesetende plant. Ongeveer halverwege de helling van de zandduin voelde hij de aantrekkingskracht plotseling wegvallen, alsof het hele tempelcomplex met zijn griezelige aura was gaan zweven, en hij wist met grote stelligheid dat de tempel en zijn naamloze bewoner opnieuw voor hem zouden liggen zodra hij nog een stap deed, ongeacht in welke richting. Afgemat, maar kracht puttend uit een onbekende bron, liet hij zich op zijn knieën vallen en begon te graven.

Fredericks kwam bij hem en liet zich eveneens op het zand zakken om hem te helpen, onhandig gravend als een dier dat net een blikseminslag heeft overleefd. Toen de kuil een halve meter diep was liet Orlando zich naar beneden glijden. Fredericks volgde zijn voorbeeld en lange tijd bleven ze half over elkaar heen liggen, snakkend naar adem.

'We raken dat ding nooit kwijt,' zei Fredericks met een afgeknepen stem, alsof zijn ribbenkast was ingedrukt. 'Het zuigt ons op. Het krijgt ons te pakken.'

Orlando kon er niet meer aan denken. Hij had al zijn energie verbruikt om de ban te breken en tijd te winnen. Fredericks had gelijk, maar Orlando kon domweg niets meer bedenken. Nu was het niet de tempel maar zijn eigen vermoeidheid die aan hem trok en ditmaal verzette hij zich niet.

Het was te bespottelijk, zelfs voor de logica van een droom.

De dofzwarte piramide was zo hoog dat de top onzichtbaar was, en hij was zo breed dat je er letterlijk niet omheen kon kijken. De kleine stukken van de nachtelijke hemel aan weerskanten, hoewel slechts verlicht door een paar zwakke sterren, leken wel helblauw naast het intense zwart van de piramide.

Hij wist dat dit adembenemende ding te veel voor hem was en hij riep de kever met wie hij in andere dromen had gesproken, maar hij durfde niet erg luid te roepen en ook na lange tijd had Kruiper niet geantwoord. Maar er klonk wel een andere stem.

'*Hij kan niet komen, je dienaar. Ik voel zijn aanwezigheid hier niet.*' Ze zei het op een toon alsof ze zichzelf enigszins verantwoordelijk achtte voor het slechte nieuws. '*Misschien komt hij in andere dromen voor.*'

Orlando draaide zijn hoofd om en zag haar dichtbij zweven, een nauwelijks zichtbare schaduw in de nacht, de veer nog in haar hand geklemd alsof het een schild was tegen die onmogelijk zwarte piramide.

'Kun je me niet helpen?' Hij keek weer naar de reusachtige wand van het bouwwerk dat de hele wereld scheen te vullen. 'Ik kom niet voorbij dit ding. We zullen hier omkomen als niemand ons helpt.'

'*Je kunt het niet ontlopen,*' zei ze niet onvriendelijk. '*Zoiets bestaat niet. Hij is het middelpunt van alles. Je moet hem tegemoet treden.*'

'Is hij... is hij Osiris?'

Het was moeilijk te zien in het donker, maar er leek een vleug van pijn over haar gezicht te trekken. '*Nee,*' zei ze. '*Nee, degene die jouw ziel zoekt is nog veel vreemder. Hij is Heer Seth, de slaper die over het Rode Land regeert. Hij is degene die droomt – wij zijn z'n nachtmerries. Hij droomt jou ook.*'

Hij had die woorden al eerder gehoord, ergens anders. 'Wie ben je?'

'Maät, de godin der gerechtigheid,' zei ze.

'Nee, ik bedoel echt.'

'Ik ben een stem,' zei ze, '*een woord. Ik ben een ogenblik. Het is niet van belang.*'

En opeens wist hij het weer. 'Jij bent de vrouw uit de vriezer, de Schone Slaapster. Je hebt al eens met ons gesproken. Je zei dat we onze vrienden bij de muren van Priamus konden vinden.'

Ze gaf geen antwoord en haar gezicht ging nu helemaal schuil in de schaduw.

'Maar waarom wil je ons niet helpen? Jij bent hier toch ook gevangen, net als wij? Als we niet uit deze woestijn komen zullen we allemaal sterven, net als een heleboel anderen. En denk eens aan de kinderen, de zieke kinderen!'

De vrouw was iets naar achteren gegaan en toen ze opnieuw niet antwoordde dacht hij dat ze zou verdwijnen. Hij zag alleen nog een omtrek, een gat in de nachtelijke hemel, het silhouet van een engel.

'Help ons.' Hij stak een hand uit. 'Alsjeblieft?'

'*Vergeet niet dat dit een droom is,*' zei ze, hoewel het klonk alsof ze zelf half in slaap was.

'Ik weet dat je ons kunt helpen,' zei Orlando. Het kon hem ineens niet meer schelen of dit een droom was of niet. Dit was een kans, misschien wel de laatste die hij zou krijgen, en hij mocht hem niet door zijn vingers laten glippen. 'Jij weet hoe we hier weg kunnen komen.'

'*Er zijn evenwichten die je niet kunt begrijpen,*' protesteerde ze met een stem die even zacht klonk als een zuchtje wind. '*Dingen die je niet weet...*'

'Alsjeblieft?'

Daarop boog ze haar hoofd en stak een hand op, bleek als een spook in het donker. Dwars erdoorheen zag hij een ster glinsteren. '*Ga verder tot je mijn teken ziet,*' fluisterde ze. '*Ik hoop dat ik er goed aan doe. Wij zijn met te velen en er is niemand om ons de weg te wijzen.*'

'Ik begrijp het niet.' Ze wilde hem blijkbaar toch helpen, maar wat bedoelde ze? Hij voelde de kans door zijn vingers glippen. 'Waar moeten we heen?'

'Naar de duisternis,' zei ze. '*Daar zul je mijn teken zien...*'

Met die woorden was ze verdwenen. De grote piramide loste op in het niets en aan de zwarte hemel was nog slechts een enkele heldere ster te zien.

Orlando deed zijn ogen open. Hij lag met zijn wang in het zand gerukt en zijn mond zat vol met zandkorrels. De nacht werd alleen nog verlicht door die heldere ster en zijn zwakkere soortgenoten; de maan was allang verdwenen. De aanwezigheid van de tempel aan de andere kant van de duin was nog even tastbaar als eerst. De vallei leek een draaikolk en zij waren door de maalstroom gegrepen. Waar ze ook heen zouden gaan, er was geen ontsnapping mogelijk.

Naar de duisternis...

Maar dat kon de vrouw toch niet bedoeld hebben?

Naar de duisternis...

Orlando voelde zijn hart sneller kloppen en ging zitten. Hij moest er niet te lang over nadenken want dan zou hij het niet kunnen geloven, zelfs niet temidden van al deze waanzin, dit virtuele universum, dit denkbeeldige Egypte, deze tempel, de gruwelijke schuilplaats van een vampier. Ze was in een droom aan hem verschenen en ze had hem gezegd wat hij moest doen. Het was wel het laatste wat hij wilde, en juist daarom was het noodzakelijk er niet langer bij stil te staan.

Hij schudde Fredericks wakker.

'Wat? Wat?'

'Kom mee.' Hij klom de ondiepe kuil uit en bleef bij de rand staan. Een vuur brandde in al zijn gewrichten en elke ademtocht schroeide zijn longen, maar ook aan die dingen mocht hij niet denken. 'Kom.'

'Waar gaan we heen?'

'Volg me nou maar.'

Fredericks keek met een verbaasde uitdrukking op zijn slaperige gezicht naar de eerste moeizame passen die Orlando deed. 'Wat ga je doen? Dat... dat ding is daar.'

'Dat ding is overal.'

'Orlando! Kom terug!'

Hij liep door zonder op zijn vriend te letten. Naar de stem van de rede mocht hij op dit moment beslist niet luisteren.

'Gardiner, hou nou toch op! Ben je gek geworden? Orlando, kom terug!'

Het ging eerst maar voetje voor voetje, links, rechts, links. Daarna voelde hij weer die gruwelijke magnetische kracht van de tempel en plotseling moest hij moeite doen om er niet naartoe te rennen. Het ding had hem nu in zijn machtige greep, zodat hij zich er desnoods naartoe had gesleept. Het wezen in het dal sloeg zijn tentakels naar hem uit, lokte hem als een gifplant onzichtbaar en zonder woorden aan, vrijwel onweerstaanbaar. Het wilde hem hebben. Het wilde zijn leven.

'Gardiner!'

De stem van Fredericks leek van ver te komen. Orlando was nog voldoende bij zinnen om zich verdrietig te voelen: zijn vriend aarzelde, ongetwijfeld verscheurd tussen Orlando en zijn eigen hachje. Even later was de aarzeling voorbij en hoorde hij voetstappen achter zich in het zand. Orlando kon slechts hopen dat hij en de vrouw met de veer zich niet hadden vergist, anders zou het voor hen allebei verkeerd aflopen.

Wat had ze ook alweer gezegd? *Je zult mijn teken zien...* Maar wat betekende dat? Welke hulp kon ze hem bieden?

Hij was de top van de duin gepasseerd en daalde snel de helling af met de houterige bewegingen van een pop die op batterijen loopt. Twee keer struikelde hij en viel in het zand, maar de kracht die hem in zijn greep had rukte hem meteen weer overeind en sleepte hem voort.

Fredericks riep niet meer naar hem, alleen zijn angstig gierende ademhaling was te horen. Wankelend bereikten ze de bodem van de vallei. De lage tempel die tegelijk zo hoog was doemde voor hen op, de zuilen als een grijnzende mond die hen wilde opslokken. Orlando voelde dat de bewoner achter die doodse grijns lag te slapen of anderszins niet helemaal aanwezig was, maar het ontzagwekkende bewustzijn begon snel te ontwaken. Hij voelde een machtige trilling, alsof hij een vlo op de rug van een hond was. Hij werd opnieuw op de grond gesmeten door het gewicht van dat verschrikkelijke besef, maar de kracht werd er niet minder op. Hij nam niet eens de tijd om op te staan en begon over de oneffen bodem naar voren te kruipen.

Het zand in de vallei was samengeperst tot harde klompen en ribbels, alsof een vulkanische hitte het tot ruw glas had omgesmolten. Overal staken rotsen en gekartelde stukken steen uit het zand, afkomstig van de bergen in de verte. Orlando haalde zijn handen en knieën eraan open. Zijn mond hing open en hij stootte een onafgebroken jammerklacht uit. Ook Fredericks liep achter hem te snikken. Orlando probeerde zoveel mogelijk in het zachte, korrelige zand te blijven, maar hij was nog nauwelijks meester over zijn eigen lichaam.

De aantrekkingskracht was zo overweldigend dat hij de verandering in de bodem pas laat opmerkte. Hij kreeg zwarte vlekken voor zijn ogen en moest even blijven zitten. Hij zoog lucht in zijn verschroeide longen en kreeg een vreselijke hoestbui. Daarna boog hij zijn hoofd naar de grond om het bloed weer naar zijn hersenen te laten stromen. Langzaam drong het tot hem door dat hij op een of ander voorwerp zat dat half onder het zand lag.

Het was een stuk aardewerk, besefte hij na een tijdje, de zichtbare buitenkant zo hard als steen. Tussen de abstracte lijnen die in de klei waren gesneden zag hij een enkel pictogram, omringd door een ruitvormig patroon. Het was een veer.

Je zult mijn teken zien...

De tempel trok weer aan hem, maar voor het eerst verzette hij zich ertegen. Terwijl het bloed naar zijn hoofd steeg en zijn hart bonsde, begon hij het zand weg te vegen om het voorwerp los te wrikken. Fredericks haalde hem in met open mond en koortsige ogen.

'Help me,' hijgde Orlando. 'Dit is het!'

Fredericks bleef op handen en voeten zitten, niet in staat iets te doen. Orlando stak zijn handen in het zand om de rand van het voorwerp te vinden, maar hij voelde alleen het harde oppervlak.

Fredericks kwam eindelijk in beweging en hielp hem. Samen maakten ze een groot stuk van de buitenkant vrij, maar nog altijd konden ze het ding niet uit het zand krijgen. Orlando voelde de als een berg oprijzende tempel aan hem trekken, hem aansporen om verder te gaan, om zich te haasten zonder zich om iets anders te bekommeren...

Hij kreunde en veegde de tranen uit zijn ogen. 'Het is een vaas of zo, maar enorm groot!' Hij wist dat ze de lokroep nooit lang genoeg konden weerstaan om het ding uit te graven. De vrouw met de veer had het geprobeerd, maar hij was niet sterk genoeg om haar symbool te gebruiken, wat het dan ook was.

Al zijn gedachten werden naar de tempel getrokken.

'Ik wilde ze helpen...' stamelde hij. 'Ik wilde ze redden...'

Plotseling merkte hij dat Fredericks niet meer bij hem was en hij schrok. Hij kon zijn vriend niet in zijn eentje naar binnen laten gaan. Hij had zijn kans verspeeld.

Hij tilde zijn hoofd op en wilde verder gaan toen hij Fredericks zag terugkomen, struikelend maar toch op twee benen en met een groot stuk steen in zijn handen. Onder de verbaasde ogen van Orlando tilde Fredericks de steen boven zijn hoofd en liet hem op het symbool van de godin der gerechtigheid neerkomen.

Orlando hoorde alleen zijn eigen bloed gonzen toen de kleiwand aan scherven vloog. Ze staarden naar de scherpgerande opening en zagen in de donkere diepte iets flikkeren. Een bleke wolk kringelde door het gat naar buiten en schoot langs hen heen omhoog. De kleine wervelwind werd een ogenblik onzichtbaar tegen de donkere hemel, daalde vervolgens neer en tolde om hen heen. Orlando hield beschermend zijn handen voor zijn gezicht. Toen hij zijn ogen weer opende zat er een minuscuul geel aapje op zijn vinger dat hem belangstellend opnam. Een heel stel soortgelijke aapjes had zich op zijn armen en die van Fredericks genesteld.

'Hé, Landogarner!' zei het creatuur op zijn vinger. Het klonk onwezenlijk vrolijk. 'Waar was je nou ineens? Waarom heb je de Apenbende zo lang in die donkere kamer laten zitten?'

Twee miniaapjes vlogen op van zijn arm en bleven voor zijn gezicht zweven. 'Apenbende boos!' riepen ze. 'Het was saai in die kamer, saai, saai, saai!'

'Maar nu,' verklaarde de eerste, even opgewekt als een muskiet bij de poort van de hel, 'nu gaan we lol trappen!'

Moet dit stel ons redden? dacht Orlando radeloos. *Kan die vrouw echt niets beters verzinnen?* De moed zonk hem in de schoenen. Hij had zijn laatste krachten verbruikt, maar de tempel trok nog even onweerstaanbaar aan hem. Hij wist dat hij nu gewillig naar binnen zou gaan.

Het aapje op zijn vinger leek zijn gedachten te raden en draaide zijn kopje om. Het slaakte een kreet van afschuw toen het de grijnzende tempel zag en sloeg zijn nietige handjes voor zijn gezicht.

'Jakkes!' zei het aapje. 'Waarom heb je ons hierheen gebracht? Dit is helemaal niet leuk!'

33

Een onvoltooid land

NETFEED/NIEUWS: Collectieve zelfmoord bij sekte in Nieuw-Guinea (beeld: door rook bedwelmde omstanders op luchthaven Somare)
COMMENTAAR: Zesentwintig leden van een religieuze sekte in Papoea-Nieuw-Guinea hebben zichzelf op het vliegveld van de hoofdstad Port Moresby door verbranding van het leven beroofd. De aanhangers van de sekte, die verwant is aan de ooit wijdverbreide 'Cargocultus', overgoten hun kleren met benzine en staken zichzelf in brand in de vertrekhal van het vliegveld Somare. Er was vooraf geen bekendmaking gedaan, zodat het motief voor hun daad onbekend is.
(beeld: Kanijiwa voor de ingang van de Universiteit van Tasmanië)
Volgens professor Robert Kanijiwa van de Nieuwe Universiteit van Launceston maakt deze collectieve zelfdoding deel uit van een angstaanjagende tendens.
KANIJIWA: 'Je kunt dit niet afdoen als de daad van een stel fanatiekelingen. Deze sekte bestaat al sinds de achttiende eeuw. Dit verschijnsel komt tegenwoordig veel voor, en niet alleen in dit deel van de wereld. Het lijkt een beetje op de millenniumkoorts van dertig jaar geleden, maar dan zonder zo'n duidelijke aanleiding. Veel mensen schijnen te denken dat er een apocalyptische tijd nadert en daarom ben ik bang dat dit niet de laatste keer is geweest...'

Sommige kleuren hadden geen namen. Stukken van de hemel staken zonder aanwijsbare reden uit de grond. Zelfs de aanwezigheid van Emily, de Pop die in haar eigen simulatie had moeten blijven, was een raadsel dat Renie niet kon oplossen. Maar alle raadsels waren op slag onbelangrijk zodra ze haar vriend stuiptrekkend op de bijna-bodem zag liggen.

Geschrokken nam ze de kleine sim van !Xabbu in haar armen en drukte hem tegen zich aan om de afschuwelijke krampen te laten ophouden. Het was niet de aangewezen manier om in te grijpen bij een toeval, maar ze wist niets beters. Toen de stuiptrekkingen heviger werden sloeg ze haar armen nog steviger om hem heen, alsof hardnekkigheid zijn leven zou kunnen redden. Eindelijk voelde ze zijn spieren verslappen en begon hij minder heftig te schokken. Eerst durfde ze nauwelijks naar hem te kijken, bang dat zijn hart het had begeven, tot ze zijn snuit tegen haar hals voelde.

!Xabbu knipperde met zijn ogen. Zijn blik dwaalde even over de bonte lucht en het onvoltooide landschap voordat hij haar ernstig aankeek. 'Renie... Ik ben blij je weer te zien.'

'Wat gebeurt er toch?' vroeg Emily 22813 achter haar. 'Waarom vertelt niemand mij iets? Is de aap ziek? Waar zijn we? En wie ben jij?'

Renie zou niet in staat zijn geweest iets te zeggen, ook al had ze de antwoorden geweten. Ze drukte !Xabbu dicht tegen zich aan terwijl tranen van opluchting over haar wangen stroomden en in zijn vacht vielen.

'O, ik dacht...' Ze huiverde. 'Ik was bang dat je...' Ze durfde het niet uit te spreken. 'Hoe voel je je nu?'

'Ik... ik ben moe,' zei hij. 'Erg moe.'

!Xabbu maakte zich los en ging op zijn hurken naast haar zitten, zijn kleine kop naar de grond gericht. Hij zat nog steeds te trillen en zwaaide heen en weer op zijn achterpoten, zijn staart tussen zijn benen.

'Wat is er gebeurd?' vroeg ze. 'Hoe heb je die Poort gevonden?'

'Dat zal ik je vertellen,' zei hij, 'maar ik moet eerst even rusten.'

'Natuurlijk.' Ze streelde zijn rug. 'Kan ik iets voor je doen?' De betrekkelijke rust in de omgeving maakte een onwezenlijke indruk. Nog maar enkele ogenblikken geleden waren ze bijna gegrepen door Leeuw en zijn vreemde plant-beren, en nu waren ze... ergens anders. Op een plaats die het verwrongen Oz van Leeuw het summum van normaliteit deed lijken.

'Hebben jullie niets te eten?' vroeg Emily, alsof er verder niets aan de hand was. 'Mijn maag rammelt.'

'Nee, het spijt me.' Het kostte Renie moeite haar geduld te bewaren. Emily leek iets minder kinderlijk dan eerst, maar blijkbaar leefde ze nog steeds in haar eigen wereldje. 'We gaan straks wel kijken of we iets kunnen vinden.'

!Xabbu verhief zich op zijn achterpoten om zich uit te rekken, waarna hij naast Renie op de grond ging zitten en geeuwde. Even zag ze zijn indrukwekkende hoektanden. 'Ik voel me al wat beter,' zei hij. 'Ik hoop niet dat ik je heb laten schrikken.' Hij glimlachte bepaald verlegen, voor zover een baviaan daartoe in staat was, en ze vroeg zich af wat hij van haar verdriet had gemerkt. Er waren dingen die ze zelf nog niet helemaal begreep.

'Ik was bang omdat ik... omdat ik dacht dat je dood zou gaan.' Nu had ze het toch gezegd. Ze zuchtte. 'Maar alles is ook zo raar. Hoe wist je dat dat gouden licht daar was, die Poort? En hoe komt zij hier?'

'Emily is geen Pop,' zei !Xabbu, 'al zou ik je niet kunnen zeggen hoe ik dat weet. Door de dans ben ik de dingen met andere ogen gaan zien.'

'Bedoel je dat zij net als wij in het netwerk gevangenzit?'

Hij schudde zijn hoofd. 'Dat weet ik niet. Maar ze is geen... hoe zeg je dat ook weer? Geen constructie.' Hij ging weer staan. 'Misschien moet ik bij het begin beginnen.' Renie verbaasde zich over de snelheid waarmee hij was hersteld, ongetwijfeld dankzij het weerstandsvermogen van zijn volk dat al duizenden generaties dag in dag uit in de woestijn had moeten overleven.

'Moeten we hier niet eerst weg?' vroeg ze. 'Kun je die Poort nog een keer openen? Ik voel me hier niet op mijn gemak. Het is hier niet pluis.'

'Ik weet niet of ik er sterk genoeg voor ben en ook niet of het me nog een keer zou lukken,' zei !Xabbu. 'Ik zal je eerst vertellen wat er is gebeurd.'

Renie probeerde een redelijk gemakkelijke houding te vinden, wat niet meeviel op de merkwaardig gevormde, harde bodem. Ze was in elk geval blij dat er een normale temperatuur heerste. Deze nieuwe simwereld was er een van uitersten, maar van enige weersinvloed was net zo weinig te merken als in een kantoor.

'Gisteren zei ik tegen je dat je met de ogen van je hart moest kijken,' begon !Xabbu. 'En dat was waar, Renie. Jij bent erg belangrijk voor ons allemaal, ook al weet je dat zelf niet.'

Ze had hem graag over haar eigen visioen verteld, maar daar was het nu niet het moment voor. Bovendien wilde ze graag antwoord op een paar dringende vragen. 'Ga verder.'

'Maar toen je vroeg wat ík eigenlijk deed, besefte ik dat je de dingen al heel scherp zag. Sinds we hier in dit netwerk zijn ben ik de ogen van mijn volk kwijt.

Ik probeerde als een stadsmens naar mijn omgeving te kijken, lieve Renie. Ik vergat de gave van grootvader Sprinkhaan, alle wijsheid van mijn eigen volk, en ik deed heel erg mijn best om net als jou te zijn, of als Martine of die arme Singh. Maar in jouw wereld, de wereld van machines, ben ik als een kind en daardoor kan ik ook alleen zien wat een kind kan zien.' Hij knikte alsof hij de juistheid van zijn eigen woorden inzag.

'Ik heb je eens een verhaal verteld over de Mensen-die-op-hun-hurken-zitten, over de bavianen, weet je nog? Ze doodden een zoon van Sprinkhaan en gooiden elkaar zijn oog toe alsof het een bal was. Ik heb je ook verteld dat ik deze sim heb gekozen omdat grootvader Sprinkhaan aan mij verscheen in een droom, maar ik begreep zelf het verband niet. Ik was de wijsheid van mijn volk kwijt. Daarom danste ik, want dat doe ik als mijn geest honger heeft.

Toen ik daar op die dansplaats was begon ik het te zien. De bavianen voerden oorlog tegen Sprinkhaan en ze gooiden dat oog heen en weer alsof het kinderspeelgoed was, omdat ze niet begrepen hoe ze met hun hart moesten kijken. Dat oog was het oog van Sprinkhaan zelf, middels diens zoon, en de bavianen verwierpen het. Ze voerden oorlog met dat visioen.

Dat leerde ik toen ik aan het dansen was. Ik geloof dat ik dit uiterlijk heb gekregen om die waarheid te ontdekken. De baviaan, die altijd praat en ruzie met zijn buren maakt, kijkt niet met het oog van Sprinkhaan, met het oog van de geest. Ik zeg niet dat de Mensen-die-op-hun-hurken-zitten slecht zijn. Ze hebben hun eigen vormen van wijsheid, hun vriendschap, hun familiebanden en de kracht die ze daaraan ontlenen, hun slimme gedachten en behendige vingers waarmee ze problemen oplossen. Maar ik moest mijn eigen les leren, Renie. Tijdens de dans begreep ik dat ik weer moet leren kijken met de ogen die mij gegeven zijn, met het hart van mijn volk. Dat heb ik niet gedaan sinds wij hier zijn, in deze... luchtspiegeling.

Aan het eind was het net alsof ik na weken van duisternis weer in het daglicht kwam, Renie. Wat ik niet allemaal kon zien! Hoe moet ik het je duidelijk maken? Jouw mensen, de stadsmensen, denken vaak dat er twee manieren zijn om te kijken, een goede en een foute. Ze horen oude verhalen of liederen van mijn volk en dan zeggen ze: "Moet je die Bosjesmannen nou horen, het zijn net kinderen. Ze geloven dat er gezichten aan de hemel te zien zijn en dat de zon geluid maakt." Maar er zijn echt gezichten aan de hemel, als je maar de ogen hebt om ze te zien. En de zon maakt muziek, als je maar de oren hebt om het te horen. We hebben nu eenmaal een andere manier om de wereld te bekijken, Renie, jouw volk en mijn volk, en ik heb al te lang dat wat ik heb geleerd, verwaarloosd.

Toen ik met dansen ophield en mijn hoofd vervuld was van die oude wijsheid, had ik het gevoel alsof niets nog voor mij verborgen zou blijven. Jij zou misschien zeggen dat het inzicht uit mijn onderbewuste kwam, maar dat doet er niet toe. Ik weet wat ik weet. En het eerste wat ik begreep, was een raadsel waarmee ik geworsteld had maar dat ik was vergeten door alles wat er sindsdien was gebeurd, door mijn eigen verblinding.

Dat was natuurlijk de aansteker, maar dat besefte ik pas toen ik hem in je zak vond. Je vroeg nog hoe het kwam dat Azador hem bij zich had, omdat de initiaal niet van hem was. En Azador zei zelf dat zulke voorwerpen niet naar een andere simwereld kunnen overgaan. Daarom was je immers zo verbaasd toen je zag dat Emily nog bij ons was!'

'Maar dat bewijst nog niets,' wierp Renie tegen. 'Hij had de aansteker van iemand in Kansas gestolen kunnen hebben.'

!Xabbu had goed gegokt en haalde alleen maar zijn schouders op.

'Nee, wacht eens even,' zei Renie. 'De aansteker kan niet uit Kansas komen, want het is een moderne Minisolar die op waterstofplasma werkt terwijl de simwereld uit de vorige eeuw stamt.'

'Dat wist ik nog niet eens,' zei !Xabbu. 'Maar toen ik er na de dans naar keek voelde hij veel echter aan, echter dan de boot, onze kleren en de rest van onze omgeving. Duidelijker kan ik het jammer genoeg niet zeggen. Ik heb het met de ogen van mijn hart gezien. Vergelijk het met een krijtlijn op een steen en een tekening van een antilope op dezelfde steen. Er is een enorm verschil in betekenis, in inhoud zoals jij zou zeggen. Toen ik de aansteker in mijn hand hield zag ik dat het veel meer was dan dat. Neem de graafstokken die de Bosjesmannen gebruiken. Jij of een ander stadsmens zou een gewone stok met een scherp uiteinde zien, maar voor een Bosjesman zou hij net zoveel betekenen als een vuurwapen of een zeewaardig schip voor jullie. Wij zouden denken aan alle manieren waarop hij ooit is gebruikt en gebruikt zal worden, nog afgezien van het eigenlijke doel.' Hij hield zijn hoofd schuin en keek haar vragend aan. 'Begrijp je wat ik wil zeggen, Renie? Ik ben moe en deze dingen zijn moeilijk onder woorden te brengen.'

'Ik geloof het wel.' Ze draaide haar hoofd om naar Emily, die al een tijdje ongewoon stil was geweest. Het meisje had zich nergens iets van aangetrokken en lag op de niet-grond te slapen, opgerold als een dier. 'Ik probeer je tenminste te begrijpen. Je zag dus dat de aansteker nog meer was dan een aansteker?'

'Ja. Toen ik hem aanraakte voelde ik dat er meer mogelijkheden waren. Bepaalde oneffenheden op het oppervlak hadden een diepere betekenis, alsof ze bedoeld waren om er tegen te duwen. Ik liet mijn vingers eroverheen glijden en daardoor ging de Poort plotseling open. Ik kon het licht in de verte zien.'

'Maar ik zag hem pas toen we er vlakbij waren.'

'Dat is niet zo vreemd. Dat ding, dat werktuig dat er als een aansteker uitziet, is ongetwijfeld het eigendom van iemand van de Broederschap. Wie hem heeft kan dingen zien die voor anderen verborgen blijven, dingen doen die alleen de goden kunnen. Ik weet zeker dat we heel bijzondere dingen zouden kunnen doen als we erachter kwamen hoe hij precies werkt.'

Renie voelde haar hart sneller kloppen. Dit was niet zomaar goed nieuws, dit was uitstekend nieuws, een mogelijkheid om hun lot weer in eigen handen te nemen! Ze keek naar het glimmende metalen voorwerp in !Xabbu's kleine vuist en voor het eerst in dagen begon ze weer moed te vatten.

'En ik heb nog andere dingen gezien,' hernam hij. 'Of gevoeld, ik weet niet hoe je dat precies moet noemen. Ik zag dat die arme, verminkte onderdanen van Leeuw slechts schimmen waren, net zomin van vlees en bloed als de bomen, de rotsen of de lucht. Maar Leeuw zelf is net zo echt als Emily.' !Xabbu wierp een blik op het slapende meisje. 'Hij is een bestaand mens, geen onderdeel van de simulatie.'

'Dus je kunt nu zien wat echt is en wat niet?'

Hij schudde zijn hoofd. 'Alleen in die korte tijd aan het eind van de dans. Soms is het alsof we naar een heuveltop worden verplaatst, zodat we heel ver en heel scherp kunnen kijken. Maar dat gebeurt niet altijd en bovendien verdwijnt dat gevoel weer.' Hij keek opnieuw naar het slapende meisje. 'Aan Emily zie ik nu niets meer of minder dan de eerste keer dat ik haar zag.'

'Maar je kunt toch weer gaan dansen?'

Hij maakte een zacht blaffend geluid, een vermoeide lach. 'Het werkt niet als een van jouw machines die je aan en uit kunt zetten, Renie. Mijn geest was uitgehongerd en ik danste omdat ik antwoorden wilde hebben. Heel even kreeg ik die, maar ook op het moment zelf wist ik niet waar de Poort ons zou brengen. Daarom zijn we hier in dit vreemde land. En misschien gebeurt het wel nooit meer, al zou ik een jaar lang elke avond dansen.'

'Het spijt me,' zei ze oprecht. 'Het... het zou alleen prettig zijn.'

'We hoeven niet te wanhopen. Die aansteker van Azador kan een Poort openen. Nu ik niet meer in trance ben kan ik er misschien niet zo goed mee omgaan, maar het is iets uit jouw wereld, het is een machine. Misschien kunnen we op eigen kracht ontdekken hoe hij werkt.'

'Mag ik eens?' Ze nam het ding even behoedzaam aan alsof het een zeepbel was. Ondanks de ruwe behandeling die de aansteker de laatste tijd had moeten verduren – de val op de betonnen vloer van de cel en op het dek van de sleepboot, de onderdompeling in de rivier – was het ineens een kostbaar object en ze wilde niet dat er iets mee zou gebeuren.

Uiterlijk was er niets aan veranderd: zo te zien was het een ouderwetse, geribbelde metalen aansteker met in reliëf een wel erg opzichtige Y, zelfs nu ze er met andere ogen naar keek. 'Hoe heb je... wat heb je ermee gedaan?' vroeg ze terwijl ze met een vinger over de initiaal streek.

'Dat is lastig uit te leggen.' !Xabbu geeuwde weer. 'Het was op het hoogtepunt van mijn trance. Je moet er op een bepaalde manier met je vingers overheen gaan.'

Renie bestudeerde het voorwerp op de manier die haar eigen was, om te zien wat de bedoeling ervan was, maar het was kennelijk speciaal voor de eigenaar ontworpen. Er was geen herkenbare interface op aangebracht, de betekenis slechts bekend aan de maker en de gebruiker.

Of, bedacht ze met wrange spot, *aan Bosjesmannen in trance en aan zigeunerdieven.*

Heel even voelde ze een vlaag van mededogen voor Azador, die de gestolen aansteker waarschijnlijk had gebruikt om van de ene naar de andere simulatie te gaan en nu gedwongen was doelloos rond te trekken.

Renie probeerde zich voor te stellen hoe !Xabbu na zijn dans naar de aansteker had gekeken en draaide hem om en om in haar handen, knedend, duwend en knijpend met haar vingers alsof het een deegballetje was. Even meende ze een lichte beweging te bespeuren, als het trillen van de vleugels van een mot, maar het hield bijna onmiddellijk weer op. Wat ze verder ook deed, het bleef een doodgewoon ding zonder magische eigenschappen. Ze gaf de aansteker terug aan !Xabbu, die hem voorzichtig aanpakte, eraan snuffelde en op zijn handpalm woog.

'Waar zouden we nu zijn, denk je?' vroeg ze. 'En als Emily geen Pop uit Kansas is, wie is ze dan verdorie wel?' Ze kreeg een ingeving. 'Azador moet het hebben geweten, die vuile verkrachter! Hij deed alleen maar alsof ze een Pop was.'

'Misschien,' zei !Xabbu. 'Maar vergeet niet dat mijn inzicht slechts heel kort duurde. Het is niet zeker of je met dit voorwerp nog andere dingen kunt doen, dus Azador hoeft het niet geweten te hebben. En als hij de aansteker inderdaad heeft gestolen wist hij misschien niet hoe hij precies werkte.' Hij keek aandachtig naar het zware, glanzende object. 'Ik durf niet te zeggen wie Emily in werkelijkheid is, alleen dat we haar als een mens moeten behandelen. Hoewel ze misschien een geest is – je hebt me eens verteld dat er geesten op het net zijn.'

Renie rilde, maar niet van de kou. 'Nou, ik zei dat sommige mensen dat geloven – dezelfde mensen die in spoken geloven en niet onder een ladder door durven te lopen, zulke onzin.'

!Xabbu hield zijn hoofd schuin, wat vaak betekende dat hij een beleefde manier zocht om te zeggen dat hij het niet met haar eens was, maar in dit geval protesteerde hij niet. 'In elk geval weet ik niet wie of wat ze is. Wat deze simulatie betreft, ik geloof niet dat hij helemaal af is.'

'Misschien niet.' Ze keek fronsend om zich heen. 'Al vraag ik me af waarom hij dan toch al in gebruik is, als je begrijpt wat ik bedoel. Je zou denken dat de programmeurs eerst alle fouten eruit halen. Hoewel, volgens Atasco groeien deze simulaties, dus misschien...' Ze haalde haar schouders op. 'Het doet er trouwens niet toe. Ik weet alleen dat het me hier niet bevalt. Al die rare weerspiegelingen en kleuren, ik word er misselijk van en het doet pijn aan mijn ogen. Zouden we niet ergens anders heen kunnen?'

'Dan moeten we een andere Poort vinden.' !Xabbu rook weer aan de aansteker. 'Ik weet het niet, Renie. Ik ben erg moe en ik heb niet meer dat scherpe inzicht.'

'Maar je zei zelf al dat het een machine is. Ik wil niet dat je jezelf afmat, !Xabbu, maar probeer het nog eens. Misschien kun je je herinneren wat je de eerste keer deed.'

'Maar een andere Poort brengt ons misschien naar een veel ergere wereld.'

'Dan gaan we meteen weer terug naar deze lappendeken. Die Poorten werken toch zeker naar twee kanten?'

'Dat weet ik niet.' Desondanks pakte hij de aansteker nu wat doelgerichter beet en wreef hem als een stuk natte zeep tussen zijn handen heen en weer. Even later hield hij op. 'Ik geloof dat het wel zou gaan, Renie, maar ik ben nu echt te moe. Dit is niet het juiste moment.'

In gedachten zag ze hem ineens weer op de grond liggen, stuiptrekkend als een halfuur geleden, en ze verwenste haar eigen onachtzaamheid. 'Sorry, !Xabbu. Natuurlijk kan het wachten. Je moet rusten. Kom, leg je hoofd maar op mijn schoot.'

Ze ging met haar rug tegen een oneffenheid zitten, een bobbel met vage randen, eerder een virtuele schets dan een graspol die het ooit zou kunnen worden. Erg gemakkelijk zat het niet, maar ze had de laatste tijd wel vervelender dingen meegemaakt. !Xabbu ging languit tegen haar been liggen, sloeg zijn armen rond haar knie en legde zijn hoofd op zijn handen, een vreemd samenspel van mens en dier. Ze voelde zijn staart onder haar kin kriebelen. !Xabbu was binnen enkele tellen in slaap gevallen.

Renie bleef zelf nog een paar minuten langer wakker.

Ze wist niet hoe lang ze had geslapen, want in deze wereld was niets waarmee ze het verstrijken van de tijd kon bepalen, maar het duurde even voordat ze helemaal wakker was. Eerst begreep ze niet goed wat ze zag en daarna kreeg ze het sterke gevoel dat er iets wezenlijks was veranderd.

Het eerste wat haar opviel was de lucht, die een duidelijker kleur had gekregen: de aanvankelijk naamloze tint had zich verdicht tot iets dat leek op lichtgrijs. Ook andere kleuren waren veranderd, alsof er een groot filter was bijgesteld waardoor de structuren in de onvoltooide simwereld iets donkerder waren geworden en wat meer substantie hadden gekregen. Maar hier en daar had ook het omgekeerde plaatsgevonden: enkele dingen hadden hun structuur verloren, zodat ze in het landschap bijna onherkenbaar waren geworden, terwijl andere simpelweg in het niets waren verdwenen. Misschien veranderde de hele omgeving langzaam, dacht ze, is die bezig uit te groeien tot een nieuwe wereld.

Maar wat was er nu precies aan het veranderen? En waarom had ze de indruk dat het langzaam ging? Dat laatste kwam misschien doordat ze aan de schokkende omwenteling in Oz dacht, de even totale als abrupte wijziging van de hele omgeving toen ze Azador en de boot waren kwijtgeraakt. Waren de snelle veranderingen daar en de trage hier gewoon varianten van hetzelfde verschijnsel? Was het netwerk aan het ineenstorten, zoals ze eerst had gedacht? Of werd het alleen getransformeerd tot iets anders?

Ze was zo verdiept in die niet te beantwoorden vragen dat ze pas merkte dat !Xabbu niet meer tegen haar aan lag toen ze ineens zijn stem hoorde.

'Ik moest ergens aan denken, Renie.' Hij zat niet ver bij haar vandaan en bekeek Azadors aansteker weer.

'Heb je goed geslapen?'

'Ja, dank je. Maar ik wil je iets vertellen. Ik vergeleek dit voorwerp met een werktuig, zoals een graafstok een werktuig is. Maar misschien is het nog wel meer.'

'Ik begrijp je niet.' Renie keek om zich heen. Emily was nergens te bekennen, maar aangezien !Xabbu zich er niet druk om leek te maken zei ze er niets over. 'Meer dan een werktuig?'

'Ja. Misschien is het een *naam*. Bosjesmannen geloven in de kracht van namen, net als de meeste zogenaamd primitieve volken. Als je de echte naam van iets kent, heb je macht over dat voorwerp. Stel nu eens dat dit aan iemand van de Beweging toebehoort.'

'Dan kunnen we het gebruiken om van de ene naar de andere simulatie te gaan,' zei ze peinzend. 'Misschien kunnen we zelfs kiezen waar we heen gaan in plaats van steeds te moeten afwachten waar we terechtkomen.'

'Ja, maar als dit echt iets van de Graalbeweging is, dan is het misschien nog wel meer dan een middel om de Poorten te bedienen – misschien is het een naam.'

'Een soort toegangscode, bedoel je? Zodat we overal kunnen komen en misschien wel helemaal uit het netwerk kunnen?'

'Of in de gegevensbestanden van de Beweging.' !Xabbu grijnsde. 'Dan zouden we ze heel wat moeilijkheden kunnen bezorgen.'

'O, !Xabbu!' Ze klapte opgetogen in haar handen. 'Dat zou nog veel beter zijn dan ik had durven hopen! Dan kunnen we eindelijk iets over Stephen en alle andere...'

Haar vreugde werd verstoord door de verschijning van Emily, die met zwaaiende armen langs de helling kwam aangerend alsof ze door de duivel op de hielen werd gezeten. 'Help!' riep ze. Renie sprong overeind.

Emily bleef wankelend staan, haar gezicht verwrongen van pijn en woede. 'Ik zei toch dat ik iets moest eten? Je zei dat je zou zoeken, maar dat heb je niet gedaan en nu ben ik uitgehongerd! Er is hier helemaal niks te vinden!'

Renie verbaasde zich over de heftige reactie van het meisje. Of Emily nu wel of geen Pop was, wie kon zeggen of ze eten nodig had, zelfs in een virtuele omgeving? Misschien was ze echt uitgehongerd. 'We zullen je helpen zoeken,' begon Renie, maar Emily slaakte een geërgerde kreet.

'Ik zeg toch dat ik al gezocht heb! Er is hier helemaal nergens iets te vinden! En het is niet eens voor mij. Je denkt wel dat ik stom en egoïstisch ben, maar je kent me helemaal niet! Het is voor mijn kindje! Ik heb een baby in mijn buik!'

'Alweer?' vroeg Renie voor ze er erg in had. 'Nog steeds, bedoel ik?' voegde ze eraan toe.

'Je weet helemaal niks van me af,' jammerde Emily, waarna ze zich bitter snikkend op de grond liet zakken.

'Ik geloof dat ze echt iets moet eten,' zei Renie met een zucht tegen !Xabbu. 'Misschien groeit er hier fruit of zo.' Ze staarde naar het meisje. 'Ze is nog steeds zwanger. Wat heeft dat te betekenen?'

!Xabbu liet zijn vaardige vingers over het oppervlak van de aansteker glijden alsof hij een lang gedicht in braille aan het lezen was. 'Misschien moeten we toch ergens anders heen,' zei hij. 'Naar een simulatie met bekende dingen, met voedsel voor Emily en een dak boven ons hoofd.'

En niet te vergeten een verloskundige, had Renie willen zeggen voordat ze door een andere, onaangename gedachte werd getroffen. 'Wanneer moet je bevallen?'

Emily snikte iets minder luid. 'Dat... dat weet ik niet.'

'Wanneer ben je voor het laatst ongesteld geweest?'

Het meisje keek haar fronsend aan. 'Ik ben zes weken over tijd, daardoor weet ik het.' Ze liet haar stem dalen tot een gefluister. 'En ik heb zo'n raar gevoel vanbinnen.'

Renie slaakte een zucht van verlichting. Soms kon je nauwelijks zien of een vrouw in verwachting was, maar zo te horen zou de bevalling nog wel een tijdje op zich laten wachten, zelfs met de verwarrende tijdrekening van het netwerk. 'We zullen ons best doen,' zei ze op iets mildere toon. 'Misschien is er wat eten...' Ze zweeg abrupt en keek naar !Xabbu. Diens handen bewogen nog maar heel langzaam en hij keek niet meer naar de metalen aansteker, maar staarde in de verte alsof hij ergens naar luisterde.

'Renie,' zei hij kalm, 'ik geloof dat ik een uitgang heb gevonden, heel dichtbij. Misschien is het dezelfde Poort waardoor we zijn gekomen...'

'Dat is geweldig!' Afgezien van Emily's problemen zou alles een stuk makkelijker gaan als de Bosjesman erin slaagde de aansteker te laten werken.

'Maar er is iets vreemds aan de hand. Ik voel dat er aan de andere kant iets gebeurt.'

'Wat bedoel je?' Er liep een rilling over haar rug en haar stem werd scherp. 'Kun je iemand zien? Wie?'

!Xabbu sloot zijn ogen en zweeg enkele ogenblikken. Hij hield de aansteker behoedzaam in zijn vingers, alsof het een ruwe diamant was die hij moest slijpen. 'Je zult wel denken dat ik gek ben,' zei hij ten slotte, 'maar het is alsof er iemand aan de andere kant van een laagte in de woestijn staat. Als de wind van die kant komt kan ik een stem horen, hoewel ik helemaal niemand zie.' Hij trok een merkwaardig menselijk gezicht, met een gefronst voorhoofd, en voor het eerst sinds lange tijd verbaasde ze zich erover dat haar beste vriend een baviaan was. 'Ik geloof dat het Martine is, Renie.'

'Wat? Dat meen je niet!'

'Ik kan haar horen, of voelen. Ik heb er geen woorden voor, maar ze is daar ergens en ik geloof dat ze een uitweg zoekt.' Hij trok zijn hoofd met een ruk naar achteren, alsof hij schrok van een harde knal. 'Ze is heel dichtbij!'

Renie kroop naar hem toe, maar durfde hem niet aan te raken, bang dat ze zijn onbegrijpelijke visioen zou verdrijven. 'Zijn de anderen bij haar? Kun je ze zien? Kunnen ze ons vinden?'

'Ik weet het niet. Ik zal proberen de Poort te openen. Misschien weet ik nog wat ik de eerste keer deed.' Er verschenen nog meer rimpels in zijn voorhoofd. 'Het is nu veel moeilijker... Ik doe iets verkeerd.'

Maar terwijl hij die zorgelijke woorden uitsprak maakte een onzichtbare hand een opening in de lucht, slechts een paar meter bij hen vandaan, en zagen ze een gouden gloed. De scheur werd snel breder en vervolgens liepen twee vurige lijnen naar beneden, tot er een trillend, rechthoekig membraan was gevormd, een schitterend licht dat aan alle kanten scherp werd begrensd.

Emily staarde er met open mond naar, net als Renie zelf. Dit was pas de tweede keer dat ze een Poort zag verschijnen en het effect was net zo overweldigend als in het bos. Alleen !Xabbu was niet onder de indruk van het onaardse fenomeen: zijn ogen waren stijf gesloten en zijn lippen bewogen alsof hij een bezwering prevelde.

De schittering nam iets af. Het vlammende gordijn kreeg een ambergele kleur en Renie kreeg het angstige voorgevoel dat het experiment zou mislukken, dat ze er niet in zouden slagen contact te leggen met Martine, als die zich werkelijk aan de andere kant bevond.

Plotseling kwam er een geweldig lawaai uit de Poort, een onverwacht tumult waarin Renies verbaasde uitroep verloren ging. Een paar gedaanten vielen in een verwarde kluwen uit de opening, waardoor Renie en !Xabbu tegen de grond werden gesmakt. Het lawaai verstomde en tegelijkertijd zag Renie de gouden rechthoek met een laatste flikkering verdwijnen. Verder kon ze niets zien, want een van de figuren was op Renies rug geland en een zwaar gewicht met scherpe punten drukte haar gezicht tegen de onvoltooide grond.

'Martine?' riep ze terwijl ze zich van de pijnlijke last probeerde te bevrijden. 'Ben jij dat?'

T4b, de netrobot met zijn vervaarlijke pantser, liet een verbaasde kreet horen en rolde van haar af. Even staarde hij haar aan alsof hij een spook zag.

Een van de andere figuren maakte zich los uit de kluwen. 'Renie! God, je bent het echt!' De sim was nog steeds die van een volksvrouw uit Temilún, maar het accent was onmiskenbaar.

'Martine!' Renie sprong overeind, wierp zich in de armen van Martine Desroubins en tilde de Française op zonder de blauwe plekken te voelen die ze aan de botsing met T4b had overgehouden. 'Lieve hemel, wat is er gebeurd? We dachten dat we jullie nooit meer zouden terugvinden! Is Orlando bij je?'

De stem van Florimel sneed als een cirkelzaag door alles heen. 'William is ook doorgekomen, Martine,' zei ze, wat Renie als een goed bericht opvatte. 'Maar hij heeft zijn hoofd gestoten. Hij is bewusteloos.'

'Goddank,' zei Martine zachtjes. 'Kunnen we hem ergens mee vastbinden?' vroeg ze vervolgens tot Renies verbijstering.

'Vastbinden?' herhaalde Renie. '*Ver*binden, bedoel je zeker? Of heb je het over een andere William?'

'Nee. Hij is... ik weet niet wat hij is,' antwoordde Martine, 'maar hij is niet voor wie hij zich heeft uitgegeven. Hij heeft geprobeerd Quan Li te vermoorden.'

'Ik begrijp er niets van.' Renie schudde haar hoofd, totaal in de war door deze onverwachte ontwikkelingen. 'Wie heb je nog meer bij je? En wat is er gebeurd?' In deze nieuwe simwereld, die enkele ogenblikken geleden nog zo onnatuurlijk stil was geweest, heerste ineens een drukte van belang. T4b was opgestaan en probeerde de vreemde aarde weg te vegen, die donkere strepen op zijn gepantserde handschoenen had achtergelaten. Daarna keek hij belangstellend naar Emily 22813, die hem op haar beurt aanstaarde alsof hij een groot en buitengewoon onaangenaam insect was.

Quan Li en Florimel (het duurde even voordat Renie wist wie wie was, want ze had hen een tijdje niet meer gezien en allebei hadden ze nog dezelfde sim uit Temilún) zaten op hun hurken bij Lieve William, wiens in het zwart geklede lichaam roerloos op de grond lag, net onder de plek waar de Poort was geweest. Een straaltje bloed sijpelde van zijn voorhoofd over zijn bleke gezicht. Florimel was bezig repen stof van haar blouse te scheuren om Williams polsen aan elkaar te binden. Quan Li deed hetzelfde, maar dan nog energieker, alsof ze de andere vrouw voor wilde zijn en William het liefst helemaal zelf had vastgebonden. Renie vroeg zich af wat hij had gedaan om de bescheiden Quan Li zo woedend en fel te maken.

Van Orlando en diens vriend Fredericks was geen spoor te bekennen.

!Xabbu was op zijn achterpoten gaan zitten met de aansteker nog in zijn hand. Hij bekeek alle drukte met een vage glimlach, alsof hij nog niet helemaal uit zijn trance was.

'Hebben jullie ons nu gevonden of wij jullie?' vroeg Martine. Ze maakte een uitgeputte indruk en leunde op Renies arm om niet door haar knieën te zakken. 'Het was allemaal zo verwarrend. En we moeten jullie zoveel vertellen!'

'We hebben iets gevonden,' zei Renie, 'een soort sleutel of afstandsbediening. Je kunt er in elk geval Poorten mee openen, hoewel het er als een gewone aansteker uitziet. !Xabbu weet hoe het werkt, hij heeft er nu al twee keer een Poort mee geopend! Volgens ons is dat ding van iemand van de Graalbeweging geweest, maar iemand die we eerder hebben ontmoet had het gestolen en...' Ze merkte ineens dat ze maar een eind weg stond te praten, zo blij en opgelucht was ze. 'Maar dat vertel ik later allemaal wel. Zeg nu eerst eens wat er met William aan de hand is. Hij wou Quan Li vermoorden, zei je? Waarom? Hij is toch niet gek geworden?'

'Ik ben bang dat hij een spion van de Beweging is,' antwoordde Martine. 'Toen we in het Land van de Dolenden waren... maar... dat is waar ook, je weet natuurlijk niet waar wij zijn geweest.' Ze schudde haar hoofd en lachte schor. 'En van jullie weten we ook niets! O Renie, het was allemaal zo vreemd!' Ze keek vermoeid om zich heen. 'En over vreemd gesproken, waar zijn we hier? Ik krijg allemaal bizarre informatie.'

Beide vrouwen maakten een sprongetje van schrik toen Emily plotseling een gil gaf. 'Is hij dood?' jammerde het meisje. 'Moet je al dat bloed zien!'

Renie draaide zich om. Emily had geprobeerd bij T4b uit de buurt te komen en was daarbij over Lieve William gestruikeld, maar dat was niet de enige verrassing. Florimel staarde verwonderd naar haar opgestoken handen, die onder het bloed zaten. Ook Quan Li's handen waren ermee besmeurd en de Chinese deinsde met grote schrikogen achteruit.

'Hij heeft een zware hoofdwond, daarom bloedt hij zo erg,' zei Florimel, maar haar stem klonk onzeker.

Renie ging snel naar haar toe en samen met Florimel draaide ze William op zijn rug. Renie voelde haar adem stokken. Zijn zwarte pak was op zijn buik helemaal aan flarden gescheurd en het bloed welde uit de openingen. Op zijn lichaam was het helder rood van kleur, maar op de grond naast hem nam het allerlei andere tinten aan, lichtblauw, groen en dofgrijs.

'Godallemachtig.' Renie begon misselijk te worden. 'Wat is er gebeurd? Het lijkt wel of hij door een wild dier is aangevallen.'

!Xabbu boog zich over het lange lichaam heen. 'Hij leeft nog. We moeten zijn wonden snel verbinden.' Hij ging op zijn hurken zitten, pakte een paar repen stof van Florimel en Quan Li aan en begon die strak om de lelijke wonden te binden. T4b stond naast de baviaan en de twee boerinnen maar een beetje toe te kijken, even slecht op zijn plaats als een modern stuk speelgoed in een klassiek schilderij. Van zijn sim was in elk geval geen verband te maken, dat was wel duidelijk.

Renie voelde een hand aan haar mouw trekken en liep een eindje met Martine mee. De Française boog zich dicht naar haar toe en begon te fluisteren. Wat ze zei was zo onthutsend dat Renie eerst dacht dat ze het niet goed verstond.

'Een van de anderen heeft het gedaan, denk ik,' zei Martine. 'Iemand heeft geprobeerd hem te doden. We zaten in een grot en ik voelde dat er iets gewelddadigs gebeurde, net voordat we door de Poort vielen. We waren allemaal bij elkaar, dus ik weet niet wie het is geweest. Iemand van ons doet alsof hij net zo verbaasd is als de anderen, maar ik kan niet voelen wie. Iets in deze nieuwe simulatie stoort mijn zintuigen.'

Martine deed alsof ze gedachten kon lezen en Renie snapte nauwelijks wat ze bedoelde. Ze begreep trouwens helemaal niet wat er allemaal aan de hand was. 'Ik snap het niet.' Ze haalde diep adem en dwong zichzelf rustig te blijven. 'William is een spion, maar een van ons heeft geprobeerd hem te doden?'

'Een van de mensen die bij mij waren,' antwoordde Martine. 'Dat denk ik, ja. Het moet in de grot gebeurd zijn, vlak voordat we door de Poort gingen. Ik ben bang, Renie.'

'Wat moeten we doen?' Renie keek snel om. Afgezien van Emily schenen de anderen allemaal hun best te doen om Williams leven te redden, wat hij ook gedaan mocht hebben. En wie zei dat Martine het bij het rechte eind had, dat de blinde vrouw werkelijk een soort zesde zintuig had? Nog maar een paar dagen geleden was ze door het netwerk zo in verwarring gebracht dat ze bijna hulpeloos was geweest.

Martine draaide zich plotseling naar het groepje om. 'Ik weet dat een van jullie dit heeft gedaan,' zei ze met een luide, bevende stem.

Iedereen verstijfde. Florimel en Quan Li hielden hun handen stil met de lappen stof van hun gescheurde blouses nog in hun vingers, als versteende beelden. Ook T4b bleef roerloos staan, maar zijn gezicht was verborgen achter zijn stekelige masker.

Emily stond te trillen als een konijn, haar handen beschermend tegen haar buik geslagen. 'Ik heb niets gedaan!' riep het meisje uit Nieuw-Smaragd. Ze boog voorover alsof ze zichzelf tussen haar ongeboren kind en de aanklaagster wilde plaatsen.

'Nee, jij hebt niets gedaan, Emily,' zei Renie sussend. 'Martine, we kunnen toch niet zomaar...'

'Nee.' Martine schudde haar hoofd. 'Met die onzekerheid kunnen we niet leven. Misschien vergis ik me, maar dat geloof ik niet. We zullen het trouwens snel genoeg weten.' De kleine vrouw ging op het verraste groepje af, even vastberaden als een herdershond die een kudde schapen opjaagt. 'Jullie weten dat ik meer kan zien dan anderen, in elk geval degenen die al die tijd bij me zijn geweest.'

'Al zou een van ons William hebben aangevallen, wie ben jij dat je hier een beetje rechter loopt te spelen?' Florimel schudde vol afkeer haar hoofd, maar in haar ogen lag een glinstering van angst en woede. 'Dit is waanzin!'

'Er valt voor een rechter niet veel te doen,' antwoordde Martine met een felheid die Renie nooit eerder bij haar had meegemaakt. 'Jij of Quan Li moet het zijn geweest, jullie zijn de enigen die onder het bloed zitten.'

Florimel keek haar alleen maar verachtelijk aan en Quan Li protesteerde zwakjes, maar Renie moest ineens ergens aan denken. Ze wees naar T4b. 'Martine, ik zag hem zijn handschoenen schoonmaken nadat jullie door de Poort waren gekomen.'

'En wat zou dat?' riep T4b. 'Je lijkt wel gek. Kom maar op, ik lust jullie allemaal rauw!' Hij hief zijn gepantserde vuisten en zette al zijn stekels op, waardoor hij even onaantastbaar leek als een egel. Renie besefte dat ze zonder de barbaarse sim van Orlando in een gevecht met de strijdrobot weinig kans zouden maken.

'Dan is T4b ook verdacht,' zei Martine koppig. 'Als jullie mij niet vertrouwen, laat Renie dan oordelen.'

'Vergeet het maar!' antwoordde T4b. 'Ik laat me niet beoordelen, door jou niet en door niemand niet!'

'Hou op!' riep Renie uit alle macht. Ze moest oppassen dat alles niet geweldig uit de hand liep. 'Hou toch op allemaal!'

De plotselinge stilte werd snel verstoord door de rustige stem van !Xabbu. 'Hij wil iets zeggen,' zei de baviaan.

Iedereen keek naar Lieve William. Zijn geverfde ogen knipperden. Allemaal wachtten ze af wat er ging gebeuren; bijna allemaal, want ineens dook een van hen over William heen om zich op !Xabbu te storten.

De aanvalster was een van de vrouwen uit Temilún, maar Renie zag in de verwarring niet zo gauw wie van de twee. Ze besefte amper wat er gebeurde, want waarom zou iemand de baviaan aanvallen? Alles leek zich in slow motion af te spelen en zonder logica, alsof ze er in een roes naar keek. De donkerharige vrouw greep !Xabbu beet en wierp hem met verrassend grote kracht tegen de grond. Pas toen ze haar hoofd optilde zag Renie dat het Quan Li was.

Een glanzend ding vloog door de lucht en viel vlak voor Renie op de grond. Het was de aansteker die Azador had buitgemaakt. Ze besefte dat het Quan Li alleen om dat voorwerp te doen was en bukte zich snel om het op te rapen.

Quan Li stond op en wreef over haar bebloede arm. 'Verdomme,' snauwde ze, 'dat rotbeest bijt!' Ze zag de aansteker in Renies hand en deed verbazend snel een stap naar voren, maar ze bleef staan toen T4b en Florimel zich beschermend aan weerskanten van Renie opstelden. De furieuze uitdrukking op haar gezicht maakte abrupt plaats voor een verwarrende lome glimlach. Haar mond leek onnatuurlijk breed. 'Geef me dat ding nou maar, dan ga ik mijn eigen weg en laat jullie verder met rust.'

De stem en houding van de Chinese grootmoeder waren dramatisch veranderd, maar de metamorfose van haar vertrouwde gezicht was nog angstwekkender. Het was of er iemand anders achter het masker tot leven was gekomen.

!Xabbu was overeind gekrabbeld en ging hinkend naar Renie toe. Zo te zien was hij niet ernstig gewond en ze wilde net iets zeggen toen Quan Li met verbluffende snelheid naar Emily rende en het meisje in een vloeiende beweging tegen zich aan drukte, even lenig en doelgericht als een aanvallende slang. De lach werd nog breder. 'Verroer je niet, anders breek ik haar nek, dat beloof ik je. En zullen we het nu dan nog eens over die aansteker hebben?'

'Emily is een Pop,' zei Renie radeloos. 'Ze is niet echt.'

Quan Li trok een wenkbrauw op. 'Dus wat jou betreft kan ik haar hier aan stukken scheuren?'

'Ik maak je af als je het waagt,' gromde T4b.

'Daar hebben we onze cowboy ook,' antwoordde Quan Li ruw. 'Zullen wij het dan maar in een duel uitvechten, maatje?'

De luchtige toon gaf Renie een nog beklemmender gevoel. Ze probeerde de opkomende paniek te bedwingen. 'Als we je de aansteker geven, laat je haar dan gaan?'

'Met alle genoegen. Er zijn er nog genoeg van haar soort.'

'Goed dan. Maar alleen als je ons eerst iets vertelt.' *Als ik haar of wat ze ook is aan de praat kan houden*, dacht Renie, *kan iemand anders misschien een plan verzinnen.* Ze dacht zelf koortsachtig na, maar kon niets zinvols bedenken. Ze was woedend op zichzelf omdat ze zich had laten verrassen, woedend op Emily die zich gevangen had laten nemen. Ze voelde er niets voor het leven van het meisje op het spel te zetten, maar evenmin wilde ze de aansteker zomaar uit handen geven. Ze hadden de bijzondere eigenschappen ervan net ontdekt en het zou een onschatbaar verlies zijn als ze hem nu al kwijtraakten.

'Zoals?'

'Wie je echt bent. Quan Li ben je in elk geval niet.'

'Wou je de slimmerik uithangen?' vroeg de sim van de boerenvrouw. 'Je wilt toch niet beweren dat je me dit kind rustig levend laat villen?' Emily gaf een gil en spartelde een beetje, maar ze hield zich meteen weer stil toen de vrouw haar door elkaar schudde. 'Als je het mij vraagt ben jij helemaal niet zo slim – zo heb je er bijvoorbeeld geen idee van wat er met je broertje is gebeurd. Nou, ik wel, en ik kan je verzekeren dat het verdomd grappig is, maar niet heus.'

'Luister niet naar haar!' Martine legde een hand op Renies schouder. 'Ze liegt! Ze wil je alleen maar pijn doen om je kwaad te maken!'

Renie staarde naar het verwrongen, hatelijke gezicht dat al zijn vertrouwdheid had verloren. Ze voelde zich misselijk. *Quan Li is een wolf, een echte wolf in schaapskleren...*

'Zo, dus ik lieg?' De sim keek sissend naar T4b, die een stap naar voren had gedaan, sloeg een arm rond de keel van Emily en tilde het trappelende meisje even van de grond. 'En waarom zou ik liegen? Waarom zou ik moeite doen voor zo'n stelletje hopeloze sukkels als jullie?' De brede grijns keerde terug op het gezicht. 'Maar als jullie dan toch het laatste nieuws willen horen, laat ik je dan vertellen dat onze originele Chinese grootmoeder zo dood als een pier is. Atasco had haar uitgenodigd, daardoor kon ik van haar verbinding gebruik maken. Opoe Quan deed wel alsof ze zelf een hacker was, maar ze is ongetwijfeld geholpen door een relatie in Hongkong... zij het naar de andere wereld.' De lach klonk koortsig, opgewonden. Het monster genoot van wat er gebeurde.

'Hoor jij bij de Beweging van de Graal?' vroeg Renie. 'Heb je ons daarom bespioneerd?'

'Voor de Beweging?' vroeg de sim langzaam. 'Denk je nou werkelijk dat jullie zo belangrijk zijn? Zie je wel dat je er geen donder van weet.' Het gezicht kreeg opnieuw een andere uitdrukking, een koude en lege blik die nog angstwekkender was dan die duivelse grijns. Emily leek in de armen van de sim te zijn flauwgevallen. 'Genoeg gepraat nu. Laat maar eens zien wat je waard bent, vuile teef. Geef me die aansteker, anders laat ik geen spaan van haar heel.'

Renie wist dat het geen loos dreigement was. In de fonkelende ogen van de sim was geen spoortje menselijk mededogen te zien, ze stonden even gevoelloos als de ogen van Hyena uit !Xabbu's verhalen. Ze had graag gezien dat een van de anderen het initiatief nam, maar geen van haar metgezellen deed of zei iets. Het kwam op haar schouders neer. Ze moest kiezen tussen Emily, de huilebalk die misschien niet eens een mens van vlees en bloed was, en de aansteker die hun de weg door heel Anderland kon wijzen en misschien wel het leven van haar broertje kon redden.

Ze gaf de aansteker aan !Xabbu. 'Kun je een Poort openen?'

'Wat ben je van plan?' snauwde de sim van Quan Li.

'Je denkt toch niet dat je hem zo krijgt?' antwoordde Renie vol minachting. 'God weet wat je met dat ding kunt doen. Als de Poort open is laat je Emily los, daarna kun je met de aansteker verdwijnen en ons met rust laten.'

Florimel keek haar verbijsterd aan. 'Je laat dat monster toch niet zomaar met dat ding weggaan?'

'We hebben geen keus.' Renie keek weer naar de sim van Quan Li. 'Nou?'

De vrouw aarzelde even en knikte. 'Goed, maar geen geintjes of je zult wat beleven.'

!Xabbu had zijn ogen gesloten en liet zijn vingers geconcentreerd over het glanzende omhulsel van de aansteker glijden. Renie was even bang dat het hem niet meer zou lukken, maar plotseling verscheen er opnieuw een vurig gordijn in de lucht. De sim van Quan Li ging er langzaam naartoe, terwijl ze Emily als een schild voor zich hield tot vlak bij de gouden rechthoek.

'Gooi de aansteker naar me toe,' zei de sim.

'Laat het meisje los.'

'Jij bent niet meer aan zet.' De stem klonk weer even vlak en gevoelloos als eerst. 'Al maak je me hier dood, ik hoef alleen maar van het net af te gaan – wat meer is dan jullie kunnen zeggen, want ik zit hier niet vast. Maar ik heb liever de aansteker, dus doe wat ik zeg.'

Renie haalde diep adem en knikte naar !Xabbu, die de aansteker naar de sim van Quan Li gooide. De onbekende ving hem op en keek er vluchtig naar. Glimlachend trok de sim Emily met zich mee tot aan de rand van het goudgele licht, waar de vrouw een zoen op de wang van het bewusteloze meisje drukte. 'Kom, liefje, we gaan een plekje zoeken waar we ongestoord kunnen spelen.'

'Nee!' schreeuwde Renie.

Een kleine gedaante schoot naar voren en stortte zich op een been van de onbekende. De sim slaakte een kreet van woede en pijn terwijl Renie, Florimel en T4b het voorbeeld van !Xabbu volgden en slaand en krabbend probeerden Emily uit de greep van de spion te bevrijden. De sim van Quan Li was aalglad en ongelooflijk sterk, maar haar belagers waren te talrijk en ze kon de bijtende !Xabbu niet van haar been krijgen zonder het meisje los te laten. Met een woedende kreet gooide de sim Emily van zich af en rukte zich los.

Het silhouet stond dreigend afgetekend tegen de vurige Poort en de sim stak een bevende vinger naar Renie en de anderen uit, maar de stem klonk ijzig kalm. 'Goed, dus jullie willen het zo spelen? Dan zie ik jullie nog wel terug, stuk voor stuk.'

'Reken maar,' bromde Renie.

De sim zwaaide spottend met Azadors aansteker en stapte achterwaarts het licht in. Even later doofde de Poort als een nachtkaars.

Een paar seconden bleven ze allemaal roerloos en zwijgend staan. 'Waar is !Xabbu?' riep Renie plotseling ontzet uit. 'Hij zat nog op dat... dat ding!'

Ze voelde een kleine hand op haar arm. De baviaan stond naast haar en tilde zijn gehavende en bebloede snuit naar haar op. 'Nee, ik ben hier, Renie. Ik liet los zodra Emily vrij was.'

'O, goddank.' Renie voelde haar knieën knikken en liet zich met een plof op de grond zakken. 'Twee keer op een dag is te veel van het goede.'

Martine en Florimel bekommerden zich om het zwangere meisje, dat langzaam begon bij te komen. T4b stond met gebalde vuisten toe te kijken, weer onmachtig na zijn heldhaftige optreden. William had al die tijd vergeten op de grond gelegen, maar nu begon hij te hoesten en bloed op te geven.

'Wa-water,' stamelde hij, met een stem die kraakte als dorre bladeren.

Renie kroop op handen en voeten naar hem toe, snel gevolgd door de anderen. Haar hoop vervloog onmiddellijk. William had een ongerichte blik in zijn ogen en hij haalde rochelend adem.

'Er is hier geen water te vinden, William,' zei !Xabbu. 'Het spijt me.' Hij aarzelde even. 'Ik heb alleen dit voor je.' Hij boog over William heen en liet een stroompje speeksel in diens mond lopen.

William drukte zijn bebloede lippen op elkaar en slikte moeizaam. 'Dank je,' mompelde hij.

'Je moet niet praten,' zei Florimel streng. 'Je hebt rust nodig.'

'Ik ga dood, Flossie, dus hou je kop.' Er klonk opnieuw gerochel in zijn keel. 'Je bent zo... van me af. Luister naar me.' Hij sperde zijn ogen open en keek naar Renie. Zijn gezicht vertrok van pijn en zijn ogen vielen weer dicht. 'Ik dacht al dat ik je stem hoorde. Dus... dus je bent terug?'

Ze pakte zijn hand. 'Ik ben terug.'

Zijn ogen gingen abrupt weer open. 'Quan Li! Pas op voor Quan Li!'

'Ze is weg, William,' zei Martine.

'Ze wilde me van kant maken, die... ouwe heks. Ik... ik mocht jullie niet waarschuwen. In de grot... Ik zei tegen haar dat ik... iemand had horen terugkomen.' Hij haalde moeizaam adem. 'Ze had ook iemand gehoord, zei ze... maar ze beweerde dat het... dat het Martine was.'

De blinde vrouw boog over hem heen. 'Ben je daarom naar me toe gekomen? Heb je me daarom al die vreemde dingen verteld?'

'Om... om te zien hoe je reageerde. Maar het was waar wat ik zei. Ik was bang... dat je het zou merken als ik loog.' Hij probeerde te lachen, maar het klonk afschuwelijk. 'Dat wijf heeft me lelijk... te pakken genomen.' Zijn gezicht vertrok weer even. 'God, wat doet het pijn. En wat duurt het lang... Het is net of ik... of ik al dagen op sterven lig.'

Renie begreep niet waar hij en Martine het over hadden en ze kon het niet aanzien dat hij probeerde te praten. Martine zou het later allemaal kunnen uitleggen. 'Het geeft niet, William. Quan Li is weg.'

Hij leek haar niet te horen. 'Nou weten we hoe het is... sterven op het net, Flossie. Dit kan geen mens nadoen. Als je hier het... het lo-loodje legt, dan is het voorgoed.'

Het gezicht van Florimel was even strak als anders, maar ze hield Williams andere hand stevig vast. 'We zijn allemaal bij je,' zei ze.

'Martine, ik heb je niet... de hele waarheid verteld,' mompelde de stervende man. Hij had zijn ogen geopend, maar zijn blik kon de Française niet vinden. 'Ik zei dat mijn... mijn vrienden van het net... in coma lagen. Maar het ging me om... om een meisje. Ik... ik was verliefd op haar. Ik wist niet dat ze zo jong was... Ik heb haar nooit ontmoet... niet echt.' William zweeg even, overmand door pijn. 'Ik heb haar nooit aangeraakt, nooit! Maar ze wist wat ik... voor haar... voelde.' Hij kreunde en zijn gescheurde longen maakten een gruwelijk fluitend geluid. 'Ze werd ziek en ik... dacht dat het mijn schuld was. Daarom was ik hier... om haar te zoeken en te zeggen dat ik... Ik dacht dat ze volwassen was, geloof me. Anders had ik nooit...' Hij zweeg en snakte naar adem.

'We geloven je, William,' zei de blinde vrouw.

Hij schudde zwak met zijn hoofd en deed zijn mond open, maar het duurde een tijdje voor hij weer kon spreken. 'Nee, ik ben... stom geweest. Een stomme oude dwaas. Ik... ik wilde het goedmaken...'

Hij haalde een poos hijgend adem, licht trillend, zonder nog iets te zeggen. Ten slotte voer er een schok door zijn lichaam en bleef hij roerloos liggen.

Renie keek naar de verstarde, onbezielde sim, trok een stuk van de zwarte cape over zijn gezicht en ging rechtop zitten. Ze knipperde met haar ogen en veegde een paar tranen van haar wangen. Het bleef geruime tijd stil.

'We moeten hem begraven,' zei Renie uiteindelijk. 'Wie weet hoe lang we hier nog zijn.'

'Ben je nou helemaal gek geworden?' vroeg Florimel kwaad. Ze hield Williams hand nog steeds in de hare. 'Hij is nog maar net dood!'

'Ja, hij is dood, maar wij leven nog.' Renie ging staan. *Zachte heelmeesters maken stinkende wonden*, dacht ze. Ze waren William kwijt en ze hadden ook de aansteker verloren. Het was belangrijk om iets te doen, voor haar en voor de anderen. Zelfs een begrafenis was beter dan niets. 'Straks komt die spion terug om ons ook te vermoorden. Bovendien hebben we een heleboel dingen te bespreken.' Ze wees naar een plek die er iets minder vreemd uitzag dan de rest van het landschap, het grijze protoplasma was daar gekneed tot iets dat in elk geval leek op steen, aarde en gras. 'Als we hem daarheen brengen hoeven we in elk geval niet de hele tijd naar zijn lege sim te kijken. Daar heb je toch zeker ook geen zin in?'

'Renie,' begon Martine, 'we zijn allemaal moe en van streek...'

'Dat weet ik.' Ze keek langzaam om zich heen alsof ze een inventaris opmaakte. 'Daarom kunnen we beter nu aan de slag gaan, voordat we weer voor onaangename verrassingen komen te staan.' Ze hoorde hoe bazig ze klonk en probeerde haar toon te temperen. 'Ik vond het trouwens heel goed van je hoe je het aanpakte, Martine. Je kunt heel volhardend zijn als je wilt.'

De Française haalde verlegen haar schouders op en wendde haar gezicht af.

!Xabbu ging naast Renie staan. 'Kan ik iets doen?'

Emily 22813 was helemaal bijgekomen en ging rechtop zitten, in de steek gelaten door de mensen die haar hadden gered. 'Die vrouw wilde me vermoorden!'

'Stil maar,' zei Renie. '!Xabbu, als je een manier kunt bedenken om hier vuur te maken zou dat een uitstekend idee zijn.'

'Ik zal het proberen.' Hij draafde tegen de opgelapte heuvel op.

'Ze wilde me vermoorden!' jammerde Emily weer. 'Mij en mijn kindje!'

'Emily,' zei Renie, 'we weten wat er is gebeurd en we leven allemaal met je mee, maar we hebben nu andere dingen aan ons hoofd. Zou je dus eindelijk je kop eens willen houden?'

Emily deed haar mond met een klap dicht.

!Xabbu kwam terug met wat in deze simwereld voor sprokkelhout moest doorgaan, een hoop takken die wel van staaldraad gemaakt leken te zijn. Hij stapelde ze zorgvuldig op en slaagde er na hard werken in een vlammetje aan de aanmaakstokjes te ontlokken, met als resultaat een verbazend echt namaakkampvuur. De vlammen hadden weliswaar een merkwaardige kleur en leken diepe gaten in de lucht te branden, maar het vuur verspreidde een aantrekkelijke en geruststellende warmte en daar was het Renie om begonnen.

!Xabbu heeft gelijk met wat hij zei over het vinden van je eigen verhaal, dacht ze terwijl ze naar de verdoofde, ongeruste gezichten van de anderen keek. *Of het nu een echt vuur is of niet, je moet gewoon doen alsof.* Ze probeerde de vermoeidheid van zich af te zetten. Slapen was nu niet het belangrijkste. Om te beginnen zou iemand de wacht moeten houden en daar kwam zij als eerste voor in aanmerking, ook al had ze zich het liefst op de grond laten vallen en haar ogen gesloten. Als ze dan zo nodig de leiding wilde nemen – iemand moest het toch doen – dan zou ze ook het meeste werk opknappen.

Renie keek nadenkend van de een naar de ander: naar T4b met zijn sim die glansde in het licht van de vreemde vlammen; naar Emily met haar in zichzelf gekeerde blik, veel raadselachtiger dan haar kinderlijke houding deed vermoeden; naar !Xabbu die haar met zijn warme bruine ogen zat aan te staren; naar de koppige Florimel met haar strakke gezicht en haar van vermoeidheid afhangende schouders; en ten slotte naar Martine, die met geheven kin zat te luisteren naar dingen die alleen zij kon horen.

'Goed,' zei ze uiteindelijk. 'Er is veel te bepraten en er zijn veel verschrikkelijke dingen gebeurd. William is dood, Orlando en Fredericks zijn weg en Sellars heeft niets meer van zich laten horen – misschien doet hij dat wel nooit meer. Maar wij zijn hier. We leven nog en we weten heel wat meer dan toen we begonnen. Zo is het toch?' Er werd geknikt en gemompeld. Geen al te geestdriftige reactie, maar heel wat beter dan ze een uur geleden had durven hopen. 'We hebben elkaar weer gevonden in dit netwerk en dat kwam niet alleen door die aansteker. !Xabbu en Martine hebben daar veel mee te maken gehad, of niet soms?'

'Probeer je soms weer de leiding te nemen, Renie?' vroeg Florimel, maar ze klonk minder strijdlustig dan gewoonlijk.

'Ik zeg alleen hoe ik erover denk. Iedereen kan hier zijn zegje doen, maar ik heb geen zin om af te wachten terwijl we onderling ruzie maken. Nee, dat ben ik niet van plan.'

Florimel glimlachte flauwtjes zonder nog iets te zeggen. De anderen knikten alleen maar, aangeslagen maar niet zonder hoop. In deze wereld, in dit grijze uur, leek alles uit een verbinding van tegengestelde elementen te bestaan; zelfs de opkringelende rook van het vreemde vuur was een glanzende combinatie van vaste en vluchtige stoffen.

'We hebben een doel,' hernam Renie. 'Horen jullie me? We kunnen allerlei dingen doen, hier en nu. We kunnen op ons doel afgaan. Maar eerst zullen we moeten praten.' Weer keek ze van de een naar de ander, zoekend naar de juiste woorden, naar de juiste toon waarmee ze hen tot een eenheid kon smeden. Ze had werkelijk iets van een doel in gedachten, misschien omdat ze met de 'ogen van haar hart' keek, zoals !Xabbu zou zeggen, maar het was nog even vaag en afstandelijk als een verre ster en zonder hulp zou ze het weer kwijtraken. 'We mogen nu geen geheimen meer voor elkaar hebben, begrijpen jullie? We zijn nu meer dan ooit van elkaar afhankelijk. Geen geheimen meer!'

Ze konden vuur laten branden in dat onvoltooide land, maar ze konden het geen nacht laten worden. Ze spraken en twistten urenlang met elkaar, er werd zelfs gelachen en gehuild voordat ze in het onveranderlijke licht gingen slapen.

Terwijl Renie de wacht hield keek ze naar die merkwaardig neutrale lucht. Ze dacht aan haar broer Stephen.

Ik kom naar je toe, broertje van me, dacht ze. Het was een stille belofte, zowel aan hem als aan haarzelf, een waarschuwing aan iedereen die haar voor de voeten wilde lopen. *Ik kom naar je toe, ik zal je vinden.*

Van nu af aan, zwoer ze plechtig, zou ze haar ogen wijd openhouden.

Nawoord

Hij kwam bij met zijn gezicht in het bleke zand. Na die lange, lange nacht in Venetië was het vreemd de zon weer op zijn huid te voelen, vooral zo'n felle zon die het strand tot een sneeuwvlakte maakte en de blauwe zee tot een schaal van glinsterend email.

Paul ging kreunend staan en keek uit over het verlaten strand. Zelfs de hemel was leeg, afgezien van een paar sluierwolken en de eenzame silhouetten van wat zeevogels boven de klippen.

Op de rug van de landtong stond een groot laag gebouw van steen en hout, omringd door een muur. Herders, in de trillende lucht slechts zichtbaar als vage gestalten, dreven hun kuddes door de poorten naar buiten terwijl een met aarden kruiken afgeladen kar naar de binnenplaats werd gereden. Paul wierp een laatste blik op het strand en op de door de zon beschilderde golven voor hij zich omdraaide en zich naar het huis op de heuvel begaf.

Op het strand lag iets te schitteren, nog witter dan het zand. Hij hurkte neer om het te bekijken en ontdekte het half begraven skelet van een vogel, de doorschijnende botjes losgerukt door de wind of door aaseters. Paul voelde een onbestemd verdriet. Hij was net als die vogel: verbleekt, aangevreten, uitgedroogd. Het zou niet zo erg zijn om hier in de zon te gaan liggen en op zijn dood te wachten, om onder het zand en de golven begraven te worden.

Hij had geen muntstuk op zak, anders zou hij het lot hebben laten bepalen wat hij ging doen. In zijn gerafelde kleren zaten alleen maar zoutkristallen en zandvlooien.

En ik maar denken dat mijn zwerversbestaan was afgelopen, dacht hij grimmig. Hij kwam overeind en liep verder over het strand naar een van de heuvelpaden.

Bij de poort stonden baardige mannen met sandalen aan hun voeten. Ze hielden hem niet tegen, hoewel ze hatelijke opmerkingen maakten over zijn smerige uiterlijk en zijn leeftijd. Het kon hem niet meer schelen wat anderen van hem vonden, zeker niet als het Poppen waren die zelf niet wisten wie er aan de touwtjes trok, en hij liep door. Geiten en een paar varkens snuffelden aan zijn haveloze kleren, op zoek naar iets eetbaars, maar de mensen op de binnenplaats schonken niet de minste aandacht aan hem totdat hij in de schaduw voor de ingang bleef staan om nog eens naar de weidse, vlakke blauwe zee te kijken.

Een oude vrouw met een kapmantel aan hield hem een kom wijn voor met haar gerimpelde en eeltige handen. Hij bedankte haar en zette de kom aan zijn lippen terwijl hij de zeemeeuwen bekeek die in zwermen over het water scheerden.

De oude vrouw leek sterk aangedaan door zijn gezicht. Paul zag met lichte verwondering tranen in haar ogen wellen terwijl een van haar knoestige handen zich om zijn pols sloot.

'Mijn heer!' fluisterde ze, met een stem die even ruw was als haar huid. 'Mijn heer, u bent teruggekomen!'

Paul knikte vermoeid. Als het zo moest zou hij het spel meespelen, maar hij kon geen enthousiasme opbrengen voor zijn zoveelste rol. Hij had alleen maar gedaan wat hem was gezegd. Volgens Nandi waren de Zwerver en de Weefster in Ithaka te vinden en daarom was hij hier gekomen.

'Kom,' zei ze. 'O, kom toch!' Ze glimlachte nu opgewekt en haar opwinding had iets meisjesachtigs. 'Volg mij, maar spreek geen woord. Het huis – uw huis, mijn heer – is vol slechte mannen. Ik zal u naar uw zoon brengen.'

Hij keek haar fronsend aan. Van een zoon wist hij niets af. 'Ik moet het huis van de Zwerver zoeken. Ik moet de Weefster bevrijden.'

De dienstmaagd zette grote ogen op. 'Heeft een der goden u vervloekt? U bent toch de zwerver, heer, en dit is uw huis.' Ze wierp een zorgelijke blik in het rond voordat ze haar betraande ogen weer op hem richtte. 'Ik zal u bij haar brengen – maar ik smeek u, maak geen geluid en spreek met niemand!'

Hij liet zichzelf langs de grote muur van het huis naar een zijdeur brengen, die toegang tot een rokerige keuken gaf. De paar vrouwen die er aan het werk waren keken afkeurend naar zijn vodden en maakten schalkse opmerkingen tegen zijn gids, die Eurykleia bleek te heten. Hij begon te vermoeden in welk verhaal hij terecht was gekomen, een vermoeden dat werd bevestigd toen een oude, manke hond van het vuur naar hem toe kwam. Het dier gromde even, snuffelde aan zijn hand en begon gretig zijn vingers te likken.

'Odysseus,' zei hij zachtjes, 'koning van Ithaka.'

Eurykleia draaide zich geschrokken om en drukte angstig een vinger tegen haar lippen. Daarna ging ze hem snel voor door een grote zaal met speren en schilden aan de muren. Door de openstaande deuren van de zaal zag hij in de schaduw op de binnenplaats een stuk of twintig mannen, aan hun kleding en wapens te zien duidelijk van adellijke komaf. Er was een of ander feest aan de gang. Stukken vlees hingen boven gloeiende kolen te braden en bedienden werden met vloeken en klappen tot grotere spoed gemaand. Een van de gasten had een obsceen lied ingezet en zijn bebaarde kin naar een donker raam boven de binnenplaats gericht.

'Hoor het zoete lied van Antinoös, vrouwe!' riep een van de andere feestgangers, die op dit vroege uur al beschonken was, met schorre stem. 'Mag hij niet bij u op de kamer komen zingen?'

Achter het raam was geen beweging te zien. De mannen lachten en gingen verder met feesten.

Paul voelde zich vanbinnen verdoofd. Hij volgde de oude vrouw over een krakende ladder naar de bovenverdieping, maar zelfs nu hij bijna had gevonden wat hij al die tijd en in zoveel verschillende werelden had gezocht, was het alsof het hem niets meer kon schelen.

Ze hebben het kind vermoord. De onuitgesproken gedachte had in zijn hoofd gezeten zodra hij op het strand zijn ogen had geopend en drong zich nu opnieuw aan hem op. De herinnering aan het slappe lichaam van de jongen en aan zijn eigen machteloosheid had al zijn emoties verschroeid. Hij had de jongen de dood in geleid. Hij had hem als een pion opgeofferd en was daarna zelf gevlucht.

Hij was leeg.

Eurykleia bleef bij de deur staan, schoof de voorhang opzij en beduidde Paul naar binnen te gaan. Toen hij haar passeerde pakte ze opnieuw zijn hand en kuste die, waarna ze zijn vingers in een gebaar van vrijwillige dienstbaarheid tegen haar voorhoofd drukte.

De Weefster keek op toen hij binnenkwam. Haar weefgetouw leek wel een harp met veelkleurige snaren, een kleed dat bijna was voltooid maar dat de vrouw juist aan het uithalen was. Het was versierd met alle mogelijke vogels; duiven, kraaien en kievieten liepen door elkaar heen of vlogen met gespreide vleugels, hun veren glanzend in allerlei felle kleuren.

De vrouw achter het weefgetouw staarde hem aan. Paul had min of meer verwacht dit gezicht aan te treffen, en ondanks zijn dode hart voelde hij zijn bloed sneller stromen. Ze was hier ouder dan in haar andere verschijningsvormen en tegelijk verbazend jong. Haar volle, glanzende haar vloeide over haar schouders en hing als een donker gordijn op haar rug. Haar ogen waren even diep en gejaagd als die van onbekenden op oude foto's. Maar zij was geen onbekende, zij was iets veel ongrijpbaarders. Zij kende hem en hij kende haar ook, met elke vezel van zijn ziel, ook al wist hij niet hoe ze heette.

'Je bent terug,' zei ze en zelfs haar stem was als een thuiskomst. 'Eindelijk ben je gekomen.' Ze ging staan en stak haar armen naar hem uit, haar lange gewaden fladderend als een stel vleugels. Ze glimlachte, waardoor ze opeens het gezicht van een jong meisje kreeg. 'We hebben zoveel te bepraten, mijn lang vermiste echtgenoot – zo ontzettend veel!'